田村俊子全集

第1巻

明治36年〜明治43年

【監修】黒澤亜里子
長谷川　啓

ゆまに書房

刊行にあたって

本全集は、田村俊子（一八八四～一九四五）の全作品を初出復刻の形で集成する。

大正初期に活躍した田村俊子は、一葉没後の明治三〇年代に文壇に登場し、昭和の「女流輩出時代」への道を切り拓いた、先駆的かつ重要な存在である。平塚らいてうが主宰した『青鞜』にも参加、文壇という男性中心の市場に、本格的な職業作家として参入した初めての女性作家でもある。

ただし、大正七（一九一八）年にその経歴を中断、恋人鈴木悦を追ってカナダに渡った後、一時帰国をはさんで中国で客死したこともあって、文学史的には長い間忘れられた存在だった。戦後、瀬戸内晴美（寂聴）の伝記小説『田村俊子』（文藝春秋新社、一九六一年四月）によって改めてその人生に光が当てられたが、肝心の作品を読むことが難しい状態が続いていた。

『田村俊子作品集』（全三巻、オリジン出版センター、一九八七～八八年）の刊行により、主要作品だけは容易に読めるようになったが、作家としての全盛期である大正前期に発表した「暗い空」「女優」などの長編をはじめ、多くの短編が刊本に未収録のままであり、加えて、露伴門下の佐藤露英時代の初期作品や、カナダ時代および帰国した後の昭和期の作品は、わずかな例外を除き、いまだまとまった形で刊行されたことがなかった。前述の作品集や、生前に刊行された単行本を集めても、彼女が発表した小説全体の三割程度に過ぎない。

本企画は、エッセイ、韻文等を含む全作品を調査収集し、編年体・初出復刻の形態で刊行する初の全集となる。詳細は各巻の解題、および別巻の著作年譜等にゆずるが、これまでの年譜等でも知られていなかった七〇編余の新出作品（小説、韻文、その他）を収録する。また、別巻『田村俊子研究』においては、晩年の俊子が上海で主宰・刊行していた華字女性誌『女声』の一部を資料として紹介する。

凡　例

一、本全集は田村俊子の多岐にわたる著作を、編年体で纏め刊行するものである。
一、田村俊子の他、佐藤露英、露英、花房露子、俊子、田村とし子、田村露英、田村とし、田村としこ、鳥の子、とりのこ、鈴木俊子、優香里、佐藤俊子等の署名（＊上海時代を除く）がある作品を収録の対象とした。
一、復刻原本には原則として初出紙誌を使用した。
一、配列は原則として発表順とした。
一、収録にあたって、各原本を本書の判形に納めるために適宜縮小した。また、新聞連載は、三段組へのレイアウト調整を行った。
一、執筆者が複数となる雑文などについては、レイアウトの調整を行っている場合がある。
一、原則として、底本の修正は行わない。
一、アンケート回答など、著者の付した題名がない雑文に関しては、その記事名を〔　〕で括り表記した。
一、各巻には監修者による解題を付す。
一、単行本等に収録される際に、初出との異同が生じた場合には、その主な一覧を巻末に付した。
一、文中には、身体的差別、社会的差別にかかわる当時の言葉が用いられているが、歴史的資料であることを考慮し、原文のまま掲載した。

明治36年

「露分衣」『文藝倶楽部』（第9巻第3号）明治36年2月1日　3
「花日記」『女鑑』（第13年第17号）明治36年9月1日　25
「小萩はら」『女学世界』（第3巻第15号）明治36年11月15日　32

明治37年

「夕霜」『新小説』（第9年第2巻）明治37年2月1日　40
「夢のなごり」『文藝界』（第3巻第3号）明治37年2月1日　64
「白すみれ」『女鑑』（第14年第4号）明治37年3月1日　92
「痩せて帰られなば詩想を得て」『手紙雑誌』（第1巻第1号）明治37年3月26日　105
「賞めてやらざりしが口惜しく候」『手紙雑誌』（第1巻第1号）明治37年3月26日　107
「乙女写真帖」『女学世界』（第4巻第11号）明治37年9月5日　109

明治38年

「若紫」『女鑑』（第15年第4号）明治38年4月1日　117

「ゆく春」『日本』(第5659号)明治38年4月26日 131
「春のわかれ」『文藝界』(第4巻第8号)明治38年7月1日 133
「露」『新小説』(第10年第11巻)明治38年11月1日 171
「かざし笠」『文藝界』(第4巻第13号)明治38年11月1日 183
「人形」『はつしほ』(泰山堂)明治38年12月26日 184
「山寺」『はつしほ』(泰山堂)明治38年12月26日 185
「初夏」『はつしほ』(泰山堂)明治38年12月26日 186
「秋の蝶」『はつしほ』(泰山堂)明治38年12月26日 187

明治39年

「冬の月」『文藝界』(第5巻第1号)明治39年1月1日 188
「冬の夜」『文藝界』(第5巻第1号)明治39年1月1日 189
「柔」『文藝界』(第5巻第2号)明治39年2月1日 190
「濁酒」『文藝界』(第5巻第2号)明治39年2月1日 191
「葛の下風」『新小説』(第11年第7巻)明治39年7月1日 224

明治40年

「貴公子」『万朝報』（第4817号）明治40年1月21日 308
「その暁」『新小説』（第12年第11巻）明治40年11月1日 310
「袖頭巾」『東京毎日新聞』（第11659〜11772号）明治40年11月26日〜3月18日 330

明治41年

「小説家より女優となりて初めて舞台に上りし時の所感」『婦人世界』（第3巻第13号）明治41年11月1日 457

明治42年

「老」『文藝倶楽部』（第15巻第5号）明治42年4月1日 465
「仲好し」『少女界』（第8巻第9号）明治42年8月1日 499

明治43年

「私の扮した女音楽師」『歌舞伎』（第125号）明治43年11月1日 508
「やきもち」『文藝倶楽部』（第16巻第16号）明治43年12月1日 510
「下女いぢめ」『少女界』（第9巻第8号）明治43年7月1日 541
「人浚ひ」『少女界』（第9巻第12号）明治43年11月1日 549

解題　黒澤亜里子　567

田村俊子全集 第1巻

露《つゆ》分《わけ》衣《ごろも》

佐藤露英女史

庭《には》の櫻《さくら》、盛《さか》りなりし頃《ころ》は病重《やまひおも》りに重《おも》りて、此世《このよ》の最期《なごり》と何事《なにごと》も思《おも》ひ諦《あきら》めは斷念《あきらめ》ながら、風強《かぜつよ》き夕《ゆふ》べ、硝子《がらす》越《こ》しの花《はな》の美《うつ》くしさも、別《わか》れの一《ひ》ト目《め》かと悲《かな》しく、誘《さそ》はゞ共《とも》にと念《ねん》せしものを、片手《かたて》落《おち》なる春《はる》の山風《やまかぜ》や、我《われ》は浮世《うきよ》に殘《のこ》されて、蜘蛛《くも》の糸《いと》より果敢《はか》なき玉《たま》の緒《を》の、何處《いづこ》までもと引《ひ》き盡《つく》したる果《はて》、弗《ふつ》と切《き》るゝ折《をり》は計《はか》られねど、暫《しば》しとばかり繋《つな》がれつ、彼《かれ》は空《むな》しき遺骸《むくろ》となりたり、と葉隠《はがく》れに紅色《くれなゐ》殘《のこ》る櫻《さくら》の梢《こずゑ》見上《みあげ》つゝ、お君《きみ》は其處《そこ》に佇《たゝず》みぬ。

稍反《やゝそ》りたる銀杏返《いてふがへ》し、引《ひ》き詰《つめ》たれば細《ほそ》き面《おもて》愈《いよ〳〵》細《ほそ》くなりて、長《なが》き睫毛《まつげ》の眼元涼《めもとすゞ》しく、透《す》き通《とほ》る迄《まで》に色白《いろしろ》さが、唇《くちびる》の色《いろ》も薄《うす》ければ、間狹《あはひせま》く濃《こ》き眉《まゆ》ばかり鮮明《あざやか》に、描《ゑが》きたるやうなり、其《それ》に隔《へだ》たりて並《なら》べるを憚《はゞか》る樣《やう》に蹲踞《しやが》むは名《な》を聞《き》きても直《す》ぐなる心《こゝろ》は忍《しの》ばるゝ杉《すぎ》と云《い》ひて、氣質《きだて》忠實《まめ》々々《〳〵》しく、お君《きみ》の漸《やうや》くいろは書《か》く頃《ころ》より仕《つか》へ初《そ》めしなれど、乳《ちゝ》まゐらせての添寢《そひね》せしにも増《ま》して、最愛《いと》しさは兩親《ふたおや》なき哀《あは》れさに一層《ひとしほ》深《ふか》くおぼゆれば、お君《きみ》も幼《をさな》きよりの馴染《なじみ》淺《あさ》からぬ其人《そのひと》の嬉《うれ》しき情《なさけ》、取《と》り分《わ》け懷《なつか》しき思《おも》ひの爲《す》るなるべし、今《いま》しもお杉《すぎ》が脱《はつ》したる襷輪《たすきわ》にしては一筋《ひとすぢ》に延《の》ばしつゝ、當惑氣《たうわくげ》に俯向《うつむ》くを覗《のぞ》き込《こ》みて、何《ど》うしても打明《うちあ》けられぬとお云《い》ひか、其《それ》では杉《すぎ》は姉樣《ねへさま》のお味方《みかた》を爲《す》るのだね、宜《よ》いよ、私《わたし》の心配《しんぱい》は搆《かまつ》てお吳《く》れでないのだから、とツンとして云《い》ふお君《きみ》の、強《す》ねたる心《こゝろ》は唇《くちびる》キと態《わざ》とらしく結《むす》びたるにも知《し》らるゝを、其樣《そのやう》に一途《いちづ》にお怒《おこ》り遊《あそ》ばすなよ、と杉《すぎ》は笑《わら》ひ消《け》して、然《さ》ればと申《まをし》て奥樣《おくさま》は、嬢樣《ぢやうさま》のお耳《みゝ》に入《い》れぬ樣《やう》にと、呉々《くれ〴〵》もの仰言《おほせ》で御坐《ござ》りまするを、迂濶《うつか》りとは申上《まをしあげ》られませず、杉《すぎ》は誠《まこと》に困《こま》りまする、と思案《しあん》するに、何《ど》れほど姉樣《ねへさま》と杉《すぎ》とでお隱《かく》しでも、此《こ》の後始終《のちしじゆう》家に居《ゐ》る私《わたし》に知《し》れずに居《ゐ》るものでもなし、聞《き》かしてお呉《く》れでも宜《よ》さゝうなもの、何故《なぜ》兄樣《にいさま》は昨夜《ゆふべ》お歸《かへ》りに成《な》らなかつたかとも思《おも》ふたなれど、お出先《でさき》で何《ど》のやうな急《きふ》の御用《ごよう》がお起《おこ》りなさらぬとも限《かぎ》らず、御都合《ごつがふ》でお宿《とま》り遊《あそ》ばす事《こと》も有《あ》らうとの姉樣《ねへさま》の仰言《おほせ》に、然《そ》うかとばかり別《べつ》に心《こゝろ》にも留《とめ》ずに居《ゐ》たを、愁《なま》じ杉《すぎ》が若旦那樣《わかだんなさま》にも弱《よわ》るとかお云《い》ひゆゑ、氣《き》にも成《な》らうではないか、半分云《はんぶんいつ》て後《あと》は云《い》はれませぬでは意地《いぢ》が惡《わる》いと云《い》ふもの、其共《それとも》にわざと氣《き》を揉《も》ませやうとでもお思《おも》ひか。と許《ゆる》さぬ口吻《くちぶり》。成程《なるほど》、云《い》はるれば我《われ》の口辷《くちすべ》らせしが惡《わる》かりしには違《ちが》ひなけれど、遂思案《つひしあん》に餘《あまつ》て漏《も》らしたばかりなるを、と思《おも》ふあまりに、お邪推深《じやすいぶか》い、杉《すぎ》が何《たん》で其樣《そのやう》な心《こゝろ》を持《もち》ませう。と恨《うら》めしく云《い》へば、何《なん》とお云《い》ひでも私《わたし》には然《さ》うとの他《ほか》には受取《うけと》れぬ、然《さ》もなければ云《い》はれる筈《はず》。と濟《す》ますに、縱《よ》しや一日《ひとひ》、二日《ふつか》は申上《まをしあげ》ずに置《おい》たとて、車夫《しやふ》の丁吉《ていきち》までも知《し》る若旦那樣《わかだんなさま》のお品行《みもち》、隱《かく》し果《おほ》せやう筈《はず》のあるでもなし、お打《う》ち明《あ》け申《まを》して却《かへ》つて嬢樣《ぢやうさま》にも能《よ》い御分別《ごふんべつ》のお有《あ》りなさるやら知《し》れねばと胸《むね》を据《す》えて、嬢樣《ぢやうさま》の仰有《おつしや》る通《とほ》り、杉《すぎ》が惡《わる》う御坐《ござ》りました、其《それ》では殘《のこ》らず申上《まをしあげ》ませうが、併《しか》し、お隱《かく》し申《まをし》たをお恨《うら》み遊《あそ》ばすな、奥樣《おくさま》の嬢樣《ぢやうさま》にお聞《き》かせ申《まを》すまいとお思《おも》ひ成《な》されたは、平常《ひごろ》から些細《さゝい》の事《こと》をもお氣《き》に成《な》され、御苦勞《ごくらう》に遊《あそ》ばす嬢樣《ぢやうさま》のお氣質《きだて》をよく御存《ごぞん》じ故《ゆゑ》、其《それ》には御病氣上《ごびやうきあが》りのお身体《からだ》で、お心痛《こゝろいた》めさするも宜《よ》くないとの思召《おぼしめし》でござりまするを、決《けつ》してお氣持惡《きもちわる》う遊《あそ》ばすなよ、宜《よろ》しう御坐《ござ》りまするか。と面見詰《おもてみつめ》て云《い》へば、何《なに》をや語《かた》り出《い》づる疾《と》く聞《き》きたしの心《こゝろ》のみ先《さき》に走《はし》りて、能《よ》い加減《かげん》に點頭《うなづ》く。ほんとの事《こと》はマア此樣《かう》でござります、若旦那樣《わかだんなさま》のお宿《とま》り遊《あそ》ばして居《ゐ》らつしやるは、昨日《きのふ》や今日《けふ》の事《こと》にてはなく、貴嬢樣《あなたさま》の小田原《をだはら》へお在《い》で成《な》されてよりは御在宅《おいで》の日數《ひかず》は指折《ゆびを》る程《ほど》でござんす、と首傾《くびかし》げしが、ソレ此春奥《このはるおく》さまや、嬢《ぢやう》さまと濱松亭《はまゝつてい》へ參《まゐ》りました時眞打《ときしんうち》で蔦之助《つたのすけ》と申《まを》す義太夫語《ぎだいふかた》りがござりましたでせう、お覺《おぼ》えで居《ゐ》らつしやいまするか、目《め》に険《けん》のある、鬘《かつら》のやうな生際《はえぎは》の、目《め》の覚《さ》める程《ほど》、美《うつ》くしいので御坐《こざ》りましたが。と云《い》へば、確《しか》とは覚《おぼ》えぬ。と返事《へんじ》は唯一言訝《たゞひとこといぶか》しげに瞶《みつむ》る。妾《わたくし》は少《すこ》しも存《ぞん》せずに居《を》りましたが、お馴染《なじみ》は餘程《よほど》以前《ぜん》よりとか、其《それ》を大層御贔負《たいそうごひいき》に遊《あそ》ばして、所屬品《もちもの》、衣類《きもの》と請求《ねだ》らるゝは申《まを》すまでもなけれど、彼女《あれ》が得意《とくい》の語《かた》り物《もの》に合《あ》ふやうな摸様《もやう》を選《えら》ませ、繻珍《しゆちん》、博多《はかた》と切《き》れ地《ぢ》ばかりも高價《かうか》なるを肩衣《かたぎぬ》に仕立《した》てさするやら、緞子《どんす》の後《うしろ》幕《まく》に態々《わざ〳〵》と意匠《いしやう》を凝《こ》らさせるやら、寶玉入《はうぎよくい》りの見臺持《けんだいもち》まするは蔦之助《つたのすけ》ばかりとの大《たい》した評判《ひやうはん》の由《よし》、其《それ》も若旦那《わかだんな》樣《さま》のお贈《おく》りなされた品《しな》で御坐《こざ》りますさうな、藝《げい》の良否《よしあし》は知《し》りませねど、申《まを》すは失禮《しつれい》ながら馬鹿々々《ばか〳〵》しき程《ほど》のお力《ちから》のお入《い》れなさりやう、と噓《うそ》は云《い》ふ筈《はず》はござりませぬ丁吉《ていきち》の咄《はなし》で御坐《こざ》りまする、お宿《とま》り遊《あそ》ばす先《さき》は其女《それ》の住居《すまゐ》、濱町河岸《はまちやうがし》と申《まをし》ました、この程《ほど》では四日《よつか》、五日《いつか》ぐらゐ續《つゞ》きまするは珍《めづ》らしからぬこと、其《それ》も宜《よろ》しう御坐《こざ》りまする、果《はて》は奥樣《おくさま》にも辛《つら》くなされて、お嫌《きら》ひ遊《あそ》ばす事《こと》と云《い》ふ者《もの》は一ト通《ひとゝほ》りでなく、何《なに》を仰有《おつしやつ》ても御返答一《ごへんじひと》つ成《な》さらうでなし、唖《おし》のやうに默《だまつ》てばかりお在《い》で遊《あそ》ばせば、内々《うち〳〵》とは申《まをし》ながら奥樣《おくさま》のお間《ま》の悪《わる》う思《おぼ》すはどれ程《ほど》で御坐《こざ》りませう、家《うち》にお在《い》での間《あひだ》は何事《なにごと》によらず、お獨《ひと》りでなされて、私《わたくし》にすらお命令《いひつけ》になつた事《こと》はござりませぬ、一昨日《をとつひ》貴孃《あなた》樣《さま》のお歸《かへ》りなされた日《ひ》は、如何《いか》なる表裏《へうり》であつたやら、若旦那樣《わかだんなさま》の三日目《みつかめ》でお歸《かへ》りあそばした日《ひ》で御坐《こざ》んしたに、何《なに》も御存知《ごぞんぢ》なければ孃樣《ぢやうさま》の常《つね》の通《とほ》りにあそばして居《ゐ》らつしやるを、有繋《さすが》にお妹樣《いもうとさま》は懐《なつか》しく思《おぼ》すか、御《ご》機嫌《きげん》のよかりし事《こと》、何故手紙《なぜてがみ》も寄越《よこ》さず、突然《ふい》とは歸《かへ》つて來《き》た、兄《あに》を驚《おどろ》かせやうの悪戯《わるさ》でかとお笑《わら》ひ成《な》された時《とき》、譬《たと》へば曇《くも》つた空《そら》に星《ほし》一《ひと》つ煌《かゞや》き出《いだ》せしやうに、是《こ》れを機《しほ》に若旦那樣《わかだんなさま》が迷《まよ》ひの雲《くも》も漸次《しだい》に拂《はら》はれて、奥樣《おくさま》とのお仲《なか》もお直《なほ》り遊《あそ》ばすやうな事《こと》にもと、染々嬉《しみぐうれ》しう思《おも》ひましたを何《なん》の空頼《そらだの》め、矢張《やつは》り彼方《あちら》がお忘《わす》れ遊《あそ》ばされぬと見《み》えまする。とホと溜息吐《ためいきつ》く。瞬《また》きもせず身動《みうご》きもせぬお君《きみ》の、下《した》に曳《ひ》き摺《ず》る長《なが》き袂《たもと》の先《さき》に、落葉《おちば》ハラハラと風《かぜ》に追《お》はれて逃《に》げつ隠《かく》れつ。

杉《すぎ》は詞續《ことはつゞ》けて、當節《たうせつ》の女義太夫《をんなぎだいふ》と申《まを》さば体《てい》の好《よ》き高等淫賣《かうとうぢごく》同前《どうぜん》、節《ふし》の稽古《けいこ》よりは、秋波遣《ながしめつか》ふ稽古《けいこ》に念入《ねんい》るゝ賣《ばい》女《た》を、唯優《たゞやさ》しい一方《いつぽう》に氣品高《きひんたか》き若旦那樣《わかだんなさま》の、賤《いや》しき心《こゝろ》をお量《はか》り成《な》さらう術《すべ》もなく、好《よ》い樣《やう》に迷《まよ》はされてお在《い》でのでござりませう、さりとて御利發《ごりはつ》のお性質《うまれつき》なり、何時《いつ》かはお悟《さと》りあそばす事《こと》も有《あり》ませうなれど、お可哀想《かあいさう》なは奥樣《おくさま》で御坐《ござ》りまする、お氣《き》がお付《つ》き成《な》されたか、奥樣《おくさま》は滅切《めつき》りとお瘦《や》せあそばしました。と目《め》を瞬《しばた》連くにお君《きみ》も思《おも》はず胸閉《むねふさ》がりたれど、舞《ま》ひ上《あが》りし雲雀《ひばり》の影《かげ》の小《ち》さき黑星《くろほし》の他《ほか》は何《なに》もなき麗《うらゝか》なる春《はる》の空《そら》とのみ思《おも》ひ居《ゐ》し我《わが》家《や》に、一群雲《ひとむらくも》出《い》でゝ、風騒《かぜさわ》立《だ》ち初《そ》めたりと云《い》ふ事《こと》の、信《まこと》ならぬ樣《やう》に思《おも》はれて、杉《すぎ》、其《それ》が此頃《このごろ》の兄樣《にいさま》のお仕打《しうち》か、私《わたし》には眞實《まこと》とは思《おも》はれぬ、假説《つくりごと》のやうな。と云《い》へば、御無理《ごむり》もござりませぬ、朝夕《てつせき》お傍《そば》に居《を》りまする私《わたくし》にすら、何樣《どう》して斯《か》うまでお變《かは》り遊《あそ》ばされたか、と得心《とくしん》の參《まゐ》らぬほどで御坐《ござ》んするを、暫《しばし》なりとも離《はな》れてお在《い》でなされた貴孃樣《あなたさま》には、怪《あや》しいとも、疑《うたが》はしいとも、一層《いつそ》虚言《うそ》とでもお思《おも》ひでござんしやう、此《こ》の事《こと》の夢《ゆめ》でゞもあらば、杉《すぎ》は何樣《どんな》にお嬉《うれ》しう御坐《ござ》りませうを。と聲濕《こゑうる》みて、如何《どう》すれば皆樣《みなさま》と昔《もと》のやうに面白《おもしろ》く暮《くら》しまする事《こと》の出來《でき》るのやら。と歎《なげ》くにお君《きみ》は今更《いまさら》に悲《かな》しく、我《われ》だに此方《こちら》にあらば、然《さ》まで兄《あに》の心《こゝろ》も鈍《おぞ》ましくはすまじく、內氣《うちき》なる姉《あね》の心《こゝろ》も痛《いた》めさせはせざりしものを、と返《かへ》らぬ事《こと》の口惜《くちを》しくて思案《しあん》に沈《しづ》めば、杉《すぎ》は惶忩《あはたゞ》しく袖叩《そでひか》へて、孃《ちやう》さま御覽《ごらん》あそばせ、奥樣《おくさま》が。と座敷《ざしき》の椽《えん》を指《ゆびさ》す。お君《きみ》は振向《ふりむ》きて海棠《かいだう》、椿《つばき》、猫柳《ねこやなぎ》、とさま〴〵の樹間《このま》をすかして見《み》通《とほ》せば。實《げ》にや姉《あね》の春江《はるえ》は此方《こなた》に側面《よこみ》見せて椽《えん》の柱《はしら》に凭《もた》れたり、結《ゆ》ひ日《び》を二日《ふつか》程遲《ほどおく》れし丸髷《まるまげ》、崩壞《こは》れし儘《まゝ》に繕《つくろ》ひもせず、白《しろ》き領筋《えりすぢ》に後《おく》れ毛《げ》亂《みだ》れて、瘦《や》せに瘦《や》せたる肩《かた》よりはお納戸縞《なんどじま》のお召《めし》の袷《あはせ》に引《ひ》き掛《か》けたる米澤《よねざは》の羽織《はおり》脫《ぬ》げ落《お》ちんばかり、亂次《しどろ》になれる衣服《きもの》の裙足《すそあし》に纒《まと》はして立《た》てる姿《すがた》の、心《こゝろ》なかりし一昨日《をとつひ》すら御病氣《ごびやうき》かと怪訝《あやし》みしお君《きみ》には一層《ひとしほ》痛々《いたく〳〵》しく、前《まへ》に廻《まは》らば一重瞼《ひとへまぶち》の美《うつく》しき目《め》より、思案《しあん》の餘波《なごり》の雫《しづく》、落《お》ちて、流《なが》れてやあらん、と思《おも》ふより、はや我身《わがみ》の先《さ》きに淚含《なみだぐ》まれて、力《ちから》なく立上《たちあが》るに、それ〴〵申《まを》さぬ事《こと》では御坐《ござ》りませぬ、直《す》ぐと其樣《そのやう》に深《ふか》く〳〵お考《かんが》へあそばす故《ゆゑ》、お身体《からだ》にも障《さは》りますのでござりまする、何《なに》も孃樣《ちやうさま》の然《さ》うお案《あん》じなさるゝ事《こと》でも御坐《ござ》んせぬを。とお杉《すぎ》の云《い》ひ掛《か》くる時《とき》、表《おもて》に車《くるま》の止《とま》る氣勢《けはひ》せしが、軈《やが》て潜戸《くゞりど》開《ひら》く音《おと》して訪《おとな》ふ人《ひと》の聲《こゑ》聞《き》こゆ。マア今頃何誰樣《いまごろどなたさま》で居《ゐ》らつしやいませう。と心得《こゝろえ》ぬ顔《かほ》するに、お君《きみ》は兄樣《にいさま》のお歸《かへ》りにや。逢《あ》ひ申《まを》さば何《なに》とや云《い》ふべき、意見《いけん》など云《い》ひ立《た》つるも嗚呼《をこ》がましきかと胸轟《むねとゞろか》しつゝ。

二

お出《い》であそばしたは兩國《りやうごく》の大御新造樣《おほごしんぞさま》で御坐《ござ》りまする、と囁《さゝや》けば、マアお珍《めづ》らしい。と驚《おどろ》くに、イヽエ此頃《このごろ》は折々《をり〳〵》お運《はこ》びに成《な》りますの、何時《いつ》も密々《みつ〳〵》に奥樣《おくさま》とお話《はなし》あつてお歸《かへ》り遊《あそ》ばしまする、奥樣《おくさま》は何共《なにとも》仰《おほ》せられねど、差《さし》越《こ》しました話《はなし》ながら、多分《たぶん》は若旦那樣《わかだんなさま》のお品行《みもち》あちらにも聞《きこ》えて、御離縁沙汰《ごりえんざた》ではないかとも思《おも》ひまするに、さう云《い》ふ事《こと》であれば、奥樣《おくさま》のお打明《うちあ》けなさらう筈《はず》もない譯《わけ》、惡《わる》い事《こと》でも詮《せん》がない、暫次《しばしつぎ》の間《ま》でそつとお聞《き》きあそばしたら。と杉《すぎ》の勸《すゝ》むる儘《まゝ》に、もしやと胸《むね》の安《やす》からず、氣遣《きづか》はし氣《げ》なる色《いろ》の面冴《おもてさ》えで、お君《きみ》は次《つぎ》なる兄《あに》の書《しよ》齋《さい》に忍《しの》び入《い》りぬ。

六疊《でふ》の小座敷《こざしき》、床《とこ》の間《ま》には古流《こりう》と見《み》ゆるが、龍《りよう》を彫《ほ》りたる唐金《からかね》の薄端《うすはた》に、茶《ちや》の木《き》巧《たく》みに活《い》けられたり、床柱《とこばしら》に假初《かりそめ》に立《た》て掛《か》けし琴《こと》を背後《うしろ》に、中指《なかゆび》に黄金《こがね》輝《かゞや》く左手《ゆんで》を上《うへ》に右手《めて》と重《かさ》ねて坐《すわ》れる春江《はるえ》に、唐桑《たうぐは》の火鉢《ひばち》を間《あひだ》に差向《さしむか》ひたるは母《はゝ》のお峰《みね》、鼻筋通《はなすぢとほ》りて黑《くろ》き齒《は》漏《も》るゝ口元《くちもと》に愛敬殘《あいけうのこ》れる邊《あた》り、遉《さすが》に能《よ》く似通《にかよ》ひたるが、水々《みづ〳〵》しき色艶《いろつや》に、眉毛《まゆげ》なき額《ひたひ》の波《なみ》夥《おびたゞ》しうよらねば、五十には遠《とほ》くまじき齡《よはひ》ながら、猶其《なほそれ》よりは若《わか》く見《み》ゆ。根《ね》の低《ひく》き丸髷恰好《まるまげかつかう》よく結《ゆ》ひて、半襟《はんえり》付きたる西陣大島《にしぢんおほしま》の袷《あはせ》にセルを重《かさ》ね、立枠小紋《たてわくこもん》の羽織《はおり》、優《いう》に着《き》こなしたる姿《さま》、大柄《おほがら》なれば鷹揚《おうやう》らしく、金鎖《きんぐさり》の胸《むね》の邊《あた》りより唐繻子《たうじゆす》の帶《おび》に下《さが》りたる、金《かね》に飽《あ》かして流行《りうかう》を逐《お》ふ樣《さま》も見《み》えて、奥樣《おくさま》とは云《い》へぬ意《い》氣《き》なる粧《つくり》の、山《やま》の手《て》の赤手柄《あかてがら》などに見《み》せなば、待合《まちあひ》の女將《おかみ》かと早合點《はつがてん》すべき風体《ふうてい》、筒差《つゝざし》の煙草入《たばこいれ》取出《とりいだ》して吸付《すひつけ》ながら、俯向《うつむ》き勝《が》ちなる春江《はるえ》が姿《すがた》熟々《つくづく》と眺《なが》めて、實《ほん》に來《く》る度、來《く》る度《たび》にお瘦《や》せだよ、少《すこ》しは私《わたし》の身《み》にも成《なつ》ておくれ、どれ程《ほど》の心配《こゝろづかひ》かしれぬ、いかに心柄《こゝろがら》とは云《い》ふ條《でう》、此《こ》のやうな處《ところ》にお嫁《い》でのばかりで、面白《おもしろ》い事《こと》もなく、毎日泣《まいにちな》き暮《くら》して、瘦《や》せるほど苦勞《くらう》お仕《し》かと思《おも》ふと私《わたし》は氣《き》が氣《き》ではない、これ程馬鹿《ほどばか》を盡《つく》されても、仕度《した》い三昧《ざんまい》されても、正二《しやうじ》の傍《そば》を離《はな》れられぬと云《い》ふ、そなたの未練《みれん》が何《ど》うも私《わたし》には合點《がてん》が行《ゆ》かぬ。と云《い》へば五月蠅氣《うるさげ》に顔《かほ》顰《しか》めて、馬鹿《ばか》を盡《つく》すの、放蕩《はうたう》のとお云《い》ひなされど、何《なに》も正二《しやうじ》は其程《それほど》の事《こと》を致《いた》しは爲《し》ませぬ、若《わか》い折《なり》には一旦《いつたん》の謬《あやま》りと云《い》ふ事《こと》もあり、いつまでも不身持《ふみもち》とばかり定《き》まつた事《こと》でもござんすまいに、其《それ》を楯《たて》に取《とつ》て是非《ぜひ》共《とも》離縁《りえん》離《り》緣《えん》とお騷《さわ》ぎなさるお母樣《つかさま》のお心《こゝろ》こそ、私《わたし》には却《かへつ》て合點《がてん》が參《まゐ》りませぬ。と落着《おちつい》たる云《い》ひ振《ぶ》り、否《いえ》、幾何体《いくらてい》の好《い》い事《こと》をお云《い》ひでも、どの位《くらゐ》蔦之助《つたのすけ》に現《うつゝ》を拔《ぬ》かして、馬鹿《ばか》を盡《つく》して居《ゐ》るかは、家《うち》にばかり籠《こもつ》て居《ゐ》るそなたより、最《も》些《そつ》と世間《せけん》の人《ひと》が知《し》つて居《ゐ》ます位《くらゐ》、悉《くは》しく此方《こちら》には分《わか》つて居《ゐ》る、と微笑《ほゝゑ》むに、假令《たとへ》馬鹿《はか》を盡《つく》しに盡《つく》した處《ところ》で、其《その》やうな一時《じ》の心《こゝろ》の長《なが》く續《つゞ》かう者《もの》でもなし、打捨《うつちやつ》て置《おい》て下《くだ》され、傍目《はため》では夫《をつと》に嫌《きら》はれ、辛《つら》さうに思《おも》はれるか知《し》らねど、自分《じぶん》では其苦勞《そのくらう》が結句《けつく》、味《あぢ》ある事《こと》と思《おも》ふて居《を》りますを、案《あん》じて下《くだ》さるな、離縁《りえん》々々と仰有《おつしや》る程《ほど》お恨《うら》みで御座《ござ》りまする。と云《い》ひも終《をは》らぬに、未《ま》だその樣《やう》な事《こと》をお云《い》ひか、其《それ》はそなたの云《い》ふ通《とほ》り若氣《わかげ》の至《いた》りで一時《じ》の過《あやま》ちと云《い》ふ事《こと》もあれど、其《それ》に仕《し》てからが。妻《かない》へは妻《かない》へだけの情《なさけ》のなくては成《な》らぬ筈《はず》、其《それ》を云《い》はゞ出《で》て行《ゆ》けがしの待遇《あしらひ》は、性根《しやうね》が眞《しん》から腐《くさ》つたればこそなるを、普通越《なみこ》えた容貌《きりやう》は持《も》ち、何一《なにひと》つ欠《か》けた事《こと》なき藝《げい》も有《あ》りながら、何《なに》に苦《くる》しんで彼《あ》のやうなる者《もの》に縋《すが》り付《つい》て居樣《ゐやう》と思《おも》ふぞ、何時《いつ》かは迷《まよ》ひも覺《さ》めやう、悟《さと》れも仕《し》やう、其時《そのとき》こそは日本晴《につぽんば》れしたやうに、胸《むね》も開《ひら》け、憂《う》きも除《のぞ》かるゝと思《おも》ふて居《ゐ》るそなたの結構《けつこう》さ加減《かげん》、呆《あき》れも返《かへ》らぬ事《こと》よ、正二《しやうじ》が迷《まよ》ひの覺《さ》めて妻《かない》のそなたに一《ひと》つ二《ふた》つ世辭《せじ》も云《い》ふ樣《やう》の時《とき》は、此處等《こゝら》切《きつ》てとは云《い》へ高《たか》が知《し》れた財産《しんだい》、一切《さい》滅《め》茶《ちや》滅《め》茶《ちや》に遣《つか》ひ盡《つく》して手《て》も足《あし》も出《で》ず、女房《にようばう》の機嫌《きげん》取《と》り〲實家《さと》から引《ひ》き出《だ》させやうの手段《てだて》に取《と》り掛《か》ゝる頃《ころ》で有《あ》らうを、其《それ》でも嬉《うれ》しいとお思《おも》ひか、考《かんが》へれば考《かんが》へる程《ほど》そなたの行末案《ゆくすゑあん》じられて、中々《なか〲》に安閑《あんかん》とは落着《おちつ》いて居《ゐ》れぬ、親父《おやぢ》樣《さま》でも御坐《ござ》ればなれど、今《いま》は相談《さうだん》の相手《あひて》もなく、母《はゝ》一人《ひとり》弟《おとつと》一人《ひとり》の心細《こゝろぼそ》さは何《ど》れ程《ほど》と思《おも》ふぞ、少《すこ》しは察《さつ》してお呉《く》れでなくては困《こま》る、釣合《つりあ》はぬは不縁《ふえん》と親類《しんるゐ》が故障《こしやう》に、無理《むり》にお斷《ことわ》り申《まをし》た立花樣《たちばなさま》の若殿《わかとの》は未《いま》だにそなたをお忘《わす》れなさらず、勿体《もつたい》ない、一生《いつしやう》お獨《ひと》り住《す》みと御決心遊《ごけつしんあそ》ばしたとやら、比《くら》べなば彼方《あなた》は月《つき》、此方《こなた》は鼈《すつぽん》、望《のぞ》まるゝ月《つき》は捨《す》てゝ、嫌《きら》はるゝ鼈《すつぽん》に添《そ》ふて居樣《ゐやう》とは何《なん》たる馬鹿々々《ばか〲》しい事《こと》であらう一度《ど》嫁入《よめい》りしたとて、此方《こなた》に云譯《いひわけ》なき事《こと》あつて戻《もど》されたと云《い》ふではなし、身体《からだ》は何處迄《どこまで》も立派《りつぱ》な者《もの》であるまいか、是《これ》でも分別《ふんべつ》はつかぬか。とボンと拔《ぬ》けるを特色《とくしよく》の村田張《むらたは》りの煙管《きせる》火鉢《ひばち》の端《ふち》に當《あ》つれば、其程思《それほどおも》ふて下《くだ》さるお方《かた》の有《あ》るか無《な》きかは知《し》らぬが、何《ど》うでも戻《もど》るは嫌《いや》で御坐《ござ》んする、縱《よし》や無理《むり》暇《ひま》お取《と》らせなされたとて、二度《ど》とは嫁《とつ》かう心《こゝろ》も有《あり》ませねば只其切《たゞそれき》りのもの、如何程嫌《どれほどきら》はれても、疎《うと》まれても、打《ぶ》たれても、叩《たゝ》かれても、正二《しやうじ》の傍《そば》に居度《ゐた》いと思《おも》ふ眞情《まごゝろ》の、いつかは通《つう》せすに有《あり》ませうや、一生嫌《しやうきら》はれ通《とほ》したとて、しがない境遇《さかひ》に落《お》ち果《は》てましたとて、世《よ》を終《をは》るまで、共《とも》にさへ棲《す》む事《こと》の出來《でき》まするなら、其《それ》で滿足《まんぞく》と思《おも》ふて居《ゐ》ますを、私《わたし》を不憫《ふびん》とお思《おも》ひ成《な》さるなら打捨《うつちや》つて置《おい》て下《くだ》され、離縁《りえん》の話《はなし》なぞ弗《ふつ》とも云《い》ひ出《だ》して下《くだ》さるな、お願《ねが》ひでござりまする。波打《なみう》つ動悸《どうき》高《たか》く聲音《こわね》震《ふる》へて、心《こゝろ》の張《は》れるか紅潮《くれなゐさ》したる頰《ほゝ》、窶《やつ》れたるながら艶々《つや〲》しく、思《おも》ひ入《い》りて云《い》ふさま、哀《あは》れは一層深《ひとしほふか》さを、何《なに》とお云《い》ひでも離縁《りえん》はさする、小田原《をだはら》のお耳《みゝ》にでも入《い》らば騷《さわ》ぎは猶大《なほおほ》きく何《なん》の彼《か》のと面倒《めんだう》なれば一日《にち》も早《はや》く運《はこ》んで了《しま》はねばならぬ。此儘《このまゝ》に仕《し》て置《おい》たらそなたの我意《がい》は其《それ》で通《とほ》らうが、日毎々々《ひごと〲》に憂《う》きは重《かさ》なり、痩《や》せて行《ゆ》くを捨《す》てゝ置《おい》て私《わたし》の心配《しんぱい》は何《ど》うして拔《ぬ》ける、それに。と聲潛《こゑひそ》ませて、小田原《をだはら》へお出《い》でだとの話《はなし》で安心《あんしん》して居《ゐ》たを、又此頃《またこのごろ》東京《こちら》に歸《かへ》つて來《き》たとか、其《それ》が一番《はん》の苦勞《くらう》。と云《い》ふに怪《あや》しく母《はゝ》の顏《かほ》見上《みあ》れば、最《も》うそなたが附《つ》きに附《つ》いて看護《かんご》をお爲《し》だと聞《き》いた時《とき》にさへ、身《み》震《ふる》ひする程恐《ほどおそろ》しく思《おも》ふたに、表面《うはべ》はお治《なほ》りか知《し》らぬが此後《このゝち》共棲《ひとつ》家根《やね》の中《なか》に住《すま》ふやうでは弱《よわ》いそなたの身《み》に何時《いつ》傳染《うつ》らぬとも限《かぎ》らず。と云《い》ひ續《つゞ》くるを、マア。と春江《はるえ》は遮《さへぎ》りて、母樣《かあさま》情《なさけ》ない事《こと》を仰有《おつしやつ》て下《くだ》さりますな、傳染《うつゝ》たとて宜《よ》いでは御坐《ござ》んせぬか、正二《しやうじ》に妹《いもうと》なれば私《わたし》にも妹《いもうと》、人《ひと》一倍《ばい》可愛《いと》しうも思《おも》へば、十人《にん》が十人嫌《にんきら》ふ病《やまひ》の妙齡《としごろ》の身《み》に起《おこつ》たを、何《なん》と云《い》ふ不仕合《ふしあはせ》と私《わたし》の身《み》にも代《か》へて遣《や》り度《た》き程《ほど》、可哀想《かわいさう》と思《おも》ふて居《を》りますに、彼《あ》の女《こ》の病《やまひ》の傳染《うつ》つたとて何《なん》とも思《おも》ひませぬ、せめては正二《しやうじ》が妹《いもうと》と同《おな》し病《やまひ》に仆《たふ》るれば本望《ほんまう》とまで思《おも》ふて居《を》りますを、何故《なぜ》また其《それ》が御苦勞《ごくらう》なのでござりませう、お案《あん》じ遊《あそ》ばす事《こと》はないでは御坐《ござ》んせぬかと、肝癪《かんしやく》の聲《こゑ》稍《やゝ》高《たか》く投《な》げるやうに云《い》へば、母《はゝ》は呆《あき》れて暫《しばし》春江《はるえ》の顏《かほ》見守《みまも》りし儘物《まゝもの》も云《い》はず、軈《やが》てハッと溜息《ためいき》漏《も》らして、何《なん》でも宜《よ》し、今日《けふ》は餘程《よつぽど》そなたは逆上《のぼせ》て居《ゐ》る、未《ま》だ云《い》ひ度《た》き事《こと》もあれど甲斐《かひ》もあるまいに、今度《こんど》又篤《またとつ》くりと云《い》ひ聞《き》かして見《み》やう。と煙草《たばこ》二三服吸《ぷくす》ひ續《つゞ》けて、水《みづ》のやうになりし茶《ちや》を眉頭《まゆがしら》寄《よ》せながら、一口《ひとくち》に飮《の》み干《ほ》しつゝ、然《しか》し自分《じぶん》の思慮《おもわく》ばかり通《とほ》さずと、少《すこ》しは私《わたし》の身《み》にも成《なつ》て考《かんが》へてお呉《く》れでなくてはね、強《たつ》て嫌《いや》とお云《い》ひなら又考《またかんが》へもあれど。と手早《てはや》く煙草入《たばこいれ》納《をさ》めて、其《それ》では私《わたし》は最《も》う歸《かへ》らうから。と立上《たちあが》るに春江《はるえ》は何《なに》か云《い》ひ度氣《たげ》に脣動《くちびるうご》かせしが、無言《むごん》に立《た》ちて後《あと》に續《つゞ》けば、病氣《びやうき》なら病氣《びやうき》のやうにせめては身体《からだ》丈《だけ》も大切《だいじ》にして、養生《やうじやう》をせねば惡《わる》い。と振返《ふりかへ》りて云《い》ふ、我《われ》のみ誠盡《まことつく》しながら、我《われ》を思《おも》ひ呉《く》るゝ人《ひと》なき世《よ》に適《さす》が母《はゝ》の情《なさけ》嬉《うれ》しく、何彼《なにか》に涙脆《なみだもろ》き此頃《このごろ》の只點頭《たゞうなづき》て俯向《うつむ》けば、髮《かみ》もお結《ゆ》ひでないのかへ。と鬢《びん》の毛《け》密《そつ》と撫《な》で上《あ》けやりて、立出《たちいづ》る襖《ふすま》の外《そと》に、お歸《かへ》りで御坐《ござ》りまするか。と杉《すぎ》は佇《たゝず》み居《ゐ》て云《い》ふ。これにも會釋《ゑしやく》如才《じよさい》なく歸《かへ》り行《ゆ》く後《あと》暫《しばし》見送《みおく》りて茫然《ぼんやり》と立盡《たちつく》せば、杉《すぎ》も兩手《りやうて》疊《たゝみ》に支《つ》きし儘《まゝ》詞《ことば》もなく、顏《かほ》も得上《えあ》げず、後《うしろ》の椽端《えんはた》の押戸《おしど》やゝ明《あ》けて頰濡《ほゝぬ》らしたるまゝ、お君《きみ》の寄《よ》り掛《かゝ》りしに氣付《きづ》きたる春江《はるえ》は、立《た》ち戻《もど》りながらに淋《さみ》しき笑《ゑ》みを浮《うか》べて、オヽ君樣《きみさま》、久《ひさ》し振《ぶり》で琴《こと》でも合《あ》はして見《み》ませぬか。と返《かへ》す白《しろ》き足《あし》に長《なが》き裾亂《すそみだ》れたり。

三

松井《まつゐ》の孃樣《ちやうさま》、大方《おほかた》ならず此家《こなた》の若旦那樣《わかだんなさま》に焦《こが》れ給《たま》ふと杉《すぎ》より聞《き》きて、燈火《ともしび》の許《もと》に何《いづ》れへかの文《ふみ》お認《したゝ》めあそばす御傍《おそば》に寄《よ》りて斯《かく》と申《まを》せば、處女《をんな》のやうに顏《かほ》を赤《あか》う成《な》されしばかり御返答《ごへんたふ》もなきに、其《そ》の夏明石《なつあかし》へ伴《ともな》ひ給《たま》はざりし復讐《かたき》はこゝぞと、散々《さん〴〵》にお調戯申《からかひまを》せしにお筆持《ふでも》つ手《て》驚《おどろ》かるゝ程慄《ほどふる》へて、恐《おそろ》しき目《め》にお睨《にら》みなされしが、明日《あす》の空模樣《そらもやう》の氣遣《きづか》はるゝよと杉《すぎ》が呟《つぶや》きしも道理《だうり》、烏《からす》の松《まつ》が枝《え》に聲《こゑ》せぬ日《ひ》はありとも、此《これ》のみは欠《か》かせし事《こと》なき夜《よ》着《ぎ》の中《うち》よりの竹生島《ちくぶしま》の一曲《いつきよく》、其夜《そのよ》は何故《なぜ》か聞《き》く事《こと》の叶《かな》はざりし。さまで、優《やさ》しく愛《あい》らしく持《も》ち給《たま》ひしお心《こゝろ》の、何《ど》うなされたればとて、斯《か》くお遷《うつ》り遊《あそ》ばせるものやら、最初《さいしよ》より厭《いと》はしかりし人《ひと》なれば、いかに小田原《をだはら》の伯父《をぢ》樣《さま》が御周旋《ごしうせん》ありしとて何《なん》の拒絶《ことわ》るに難《かた》き事《こと》あるべき、我《われ》を思《おも》ふの情《なさけ》に絆《ほだ》されて、一時《じ》最愛《いと》しう思《おも》ひしのみと仰《おほ》せらるゝや、さり迚《とて》は餘《あま》りに輕薄《なさけな》きお心《こゝろ》なり、兄樣《にいさま》の他《ほか》には人《ひと》と云《い》ふ者《もの》も無《な》き樣《やう》にお思《おも》ひ成《な》さるゝ姉樣《ねへさま》の、其《それ》は〱私《わたし》すら涙溢《なみだこぼ》るゝ程嬉《ほどうれ》しいお心《こゝろ》を御存知《ごぞんぢ》なき筈《はず》もあるまじ、嫌《きら》はれ通《どほ》さうがお傍《そば》を離《はな》るゝは好《この》もしからねど、若《も》しや私《わたし》が姿《すはた》のお目《め》に觸《ふ》るゝさへ胸惡《むねわる》いとお思《おも》ひ成《な》されてか、と思《おも》へば居《ゐ》ても立《たつ》ても安《やす》からず、母《はゝ》には毎《まい》日《にち》のやうに蒼蠅《うるさ》きこと云《い》ひ聞《き》かさるゝに其《それ》も心苦《こゝろぐる》しく、我《われ》だに思《おも》ひ切《き》りよく、つい此家《こゝ》を退《の》いてさへ了《しま》へば、三方《はう》四方思《はうおも》ふ儘《まゝ》に濟《す》むべきを、とは思《おも》ひ乍《なが》ら其決心《そのけつしん》のつかぬとは扨《さて》も我《われ》ながら、方圖《はうづ》なきまで、意地《いぢ》弱《よわ》き身《み》に生《うま》れ出《い》でたり、とて熟々《つく〴〵》とお歎《なげ》き成《な》されしが、あのお窶《やつ》れあそばせし事《こと》よ、眼《め》は常住《じやうぢう》、窪《くぼ》み頰《ほゝ》は痩《や》せて、此頃《このごろ》では莞爾《につこり》となされた事《こと》もなし、連《つ》れ添《そ》ふ人《ひと》に由《よ》らば、美《うつく》しき御容貌《ごきりやう》一層《そう》に磨《みが》き添《そ》えつ、旦那《だんな》樣欲《さよせ》かし立《た》てゝ明日《あす》の上野《うへの》の森《もり》の音樂會《おんがくくわい》には夜會姿品好《やくわいすがたひんよ》く、明日《あす》の木挽町《こびきちやう》には髷形態々《まげがたわざ〳〵》と取寄《とりよ》せての粹《すゐ》なる化粧《つくり》も仕《し》て見《み》ま欲《ほ》しの念《ねん》の外《ほか》はあるまじく、若々《わか〳〵》しくも初々《うひ〳〵》しくも持《も》てるお心《こゝろ》を、唯憂《たゞう》きと涙《なみだ》とに消《け》し去《さ》りて、可惜《あたら》御《ご》容貌《きりやう》埋めさするも兄樣《にいさま》の御不了簡《ごふれうけん》よりならずや、姉樣《ねへさま》は其樣《そのやう》なこと、露《つゆ》お搆《かま》ひなされず、兄樣《にいさま》の昔《むかし》の通《とほ》りに優《やさ》しくだに仕《し》て下《くだ》さらばとばかり念《ねん》じ給《たま》ふを、聊《いさゝ》か哀《あは》れと思《おぼ》すでもなく、嘘《うそ》で固《かた》めし蔦之助《つたのすけ》とやら云《い》ふ者《もの》に、有《あ》る丈《たけ》の實意《じつい》お盡《つく》しなさるゝ兄樣《にいさま》の邪慳《じやけん》さ、佛《ほとけ》とも菩薩《ぼさつ》とも勿体《もつたい》なき程《ほど》お優《やさ》しい姉樣《ねへさま》に比《くら》ぶれば、あなたは鬼《おに》か夜叉《やしや》か、生《い》きながら無間地獄《むげんぢごく》にお落《お》ちなさるは必定《ひつぢやう》なり。是程申《これほどまをし》てもお悟《さと》りあそばす事《こと》は出來《でき》ませぬや。と正二《しやうじ》の袖《そで》に縋《すが》りて泣《な》き〳〵繰《く》り返《かへ》せしは幾度《いくたび》か知《し》れず。

如何《いか》なる緣《えにし》か、相澤《あひざは》の邸《やしき》に祝《いはひ》の事《こと》ありし折節《をりふし》、餘興《よきよう》にとて招《まね》かれし蔦之助《つたのすけ》が姿《すがた》の、訝《いぶか》しくも正二《しやうじ》が瞼《まぶた》の裏《うら》にまで刻《きざ》み込《こ》まれて、瞑《つぶ》りても開《ひら》きても面影《おもかげ》附《つ》き添《そ》ひて離《はな》れず、悶《もだ》え悶《もだ》ゆる中《うち》、かゝる事《こと》に馴《な》るゝは早《はや》くて何時《いつ》しか親《した》しみ深《ふか》く成《な》りし儘《まゝ》に、見返《みかへ》しの奧《おく》の奧《おく》なる底《そこ》の心《こゝろ》は表《おもて》より見透《みす》かされぬを、只一筋《たゞひとすぢ》に無邪氣《むじやき》に、可愛《かあゆ》き者《もの》と思《おも》ひては戀《こひ》しさ愈募《いよ〳〵つの》りて、身《み》も心《こゝろ》も引《ひ》かれ勝《が》ちなれど、病後《びやうご》のお君《きみ》が心遣《こゝろづか》ひの可憐《いぢ》らしさに、勉《つと》めて春江《はるえ》を痛《いた》はる積《つもり》にはありながら、何故《なぜ》にか恐氣《こはけ》に待遇《もてな》して、用《よう》なくは傍近《そばちか》くも寄《よ》り來《こ》ぬが面白《おもしろ》からず、甘《あま》えて強《す》ねて、突《つ》きたる跡《あと》に醫《ゑくぼ》の印殘《しるしのこ》さするやうなる打解優《うちとけまさ》りに微笑《ほゝゑ》みし身《み》は、鑄形《いがた》の中《なか》に篏《は》め込《こ》まれしやうにて、身《み》も心《こゝろ》も詰《つま》り氣辛《きづゝ》なしとばかり、猶家《なほいへ》を明《あ》くる事《こと》は止《や》まねば、兩國《りやうこく》の母《はゝ》が決心愈堅《けつしんいよ〳〵かた》く、春江《はるえ》は獨《ひと》り思《おも》ひ煩《わづ》らふに、お君《きみ》は身《み》も世《よ》もあられず、腑甲斐《ふがひ》なき兄《あに》の心《こゝろ》の腹立《はらだゝ》しくも口惜《くちを》しく、心苛《こゝろい》れに苛《い》れていかになさば兄《あに》が無明《むみやう》の醉《ゑひ》の覺《さ》むる事《こと》かと、思《おも》ひては泣《な》き、泣《な》きては案《あん》ずる程《ほど》に、持病《ぢびやう》又《また》もや募《つの》り來《き》て、憂《う》きに憂《う》き、重《かさ》ね行《ゆ》く身《み》をば哀《あは》れと庇《かば》ひ給《たま》ふ神無月《かみなづき》の、末《すゑ》つ頃《ころ》より臥床《ふしど》の中《うち》に枕邊《まくらべ》近《ぢか》く藥瓶《くすりびん》置《おく》やうになりぬ。

四

雁《かり》二《ふた》つ渡《わた》り行《ゆ》きし空《そら》に薄黒《うすずみ》流《なが》れて、溢《こぼ》れ出《い》でし小《ち》さき雨《あめ》の、散《ち》り敷《し》きたる落葉《おちば》の上《うへ》にはら〳〵と注《そゝ》ぐを、お君《きみ》は暫窓《しはしまど》より眺《なが》めしが、突《つ》き當《あた》りの春日《かすが》燈籠《どうろう》に纏附《まとひつき》し蔦《つた》かづら、紅葉《こうえふ》して一入美《ひとしほうつく》しきが我《われ》は顔《がほ》なるも憎《にく》らしく、椽《えん》を曲《まが》りたる彼方《あなた》の座敷《ざしき》に姉《あね》が羽織《はおり》の後姿見《うしろすがたみ》ゆれば未《いま》だに母様《かあさま》とのお話絶《はなした》えぬは愈《いよ〳〵》其《それ》と決定《きま》りて、種々《さま〴〵》の相談《さうだん》など成《な》さるればか。と悲《かな》しくて、臥床《ふしど》のうちの思《おも》ひに堪《た》へ兼《か》ね、寢衣《ねまき》の裾《すそ》いさゝか、かゝげて出《で》て見《み》れば、此處《こゝ》にも思《おも》ひの種《たね》は散《ち》りたりと、力《ちから》なく引返《ひきかへ》す後《うしろ》に、我好《われこの》めりとて姉《あね》が心盡《こゝろづく》しの白菊幾本《しらぎくいくもと》、床花瓶《とこはないけ》に摑《つか》み挿《ざ》しにしたるを、姉樣《ねへさま》は高髷《たかまげ》、我《われ》は束髮《そくはつ》に、對《つゐ》にかざしたる事《こと》もありしと一輪手折《りんたを》りて床《とこ》の上《うへ》に戻《もど》りつゝ搔遣《かいや》りし夜着《よぎ》に凭《もた》れかゝりて打沈《うちしづ》みしが、私《わたし》がこの病《やまひ》も姉樣《ねへさま》のお戻《もど》り成《な》さらねばならぬ事情《わけ》の一《ひと》つかと思《おも》へば情《なさけ》ない、然《さ》うまでに姉樣《ねへさま》のお身《み》を案《あん》じ不憫《ふびん》と思召《おぼしめ》さるゝなら、兄樣《にいさま》に御《ご》意見《いけん》の一度《いちど》や二度《にど》仕《し》て下《くだ》されても宜《よ》さゝうな者《もの》なるを、兄樣《にいさま》にお逢《あ》ひなさるゝ時《とき》ありても、例《いつ》も蔦《つた》のつの字《じ》も知《し》らぬ振《ふり》してお出《い》でなさる面憎《つらにく》さ、姉樣《ねへさま》が強《きつ》い御《ご》執心《しふしん》、殊《こと》に小田原《をだはら》の伯父樣《をぢさま》が仰言《おほせ》には背《そむ》かう樣《やう》もなくて、嫁入《よめい》らしては見《み》たるもの末永《すゑなが》く斯《こ》の樣《やう》な家《うち》に置《お》かうお心《こゝろ》もなき母樣《かあさま》の、何《なに》か云《い》ひがゝりをと鵜《う》の目《め》、鷹《たか》の目《め》、折《をり》も折《をり》、今度《こんど》の兄樣《にいさま》が不撿束《ふしだら》、作《つく》り附《つけ》の鳥《とり》を近《ちか》く射《い》たとて斯樣《かう》は甘《うま》く行《ゆ》くまじき話《はなし》に。此機會《このをり》を外《はづ》さず離緣《りえん》をと思《おも》ひ立《た》たれたのであらう、小田原《をだはら》に一言云《ひとことい》ふてやらば、然《さ》う母樣《かあさま》の思慮通《かんがへどほ》りにも行《ゆ》くまじきが、其《それ》では兄樣《にいさま》が面目《めんぼく》なく思《おぼ》さうを、御自身《ごじしん》は何のやうな積《つも》りのやら出《で》やうなら、離緣狀《さりじやう》も書《かい》てやるべしのお心《こゝろ》十分《ぶん》に見《み》えたるを、何《なに》とすれば兄樣《にいさま》のお心持《こゝろも》ち直《なほ》さする事《こと》の出來《でき》やうぞ、噫斯《あゝかゝ》る憂目《うきめ》に逢《あ》へよとて繋《つな》がれし命《いのち》かや淺間《あさま》しさよと、同《おな》じ事同《ことおな》じ樣《やう》に繰返《くりかへ》しては考《かんが》へ盡《つく》して歎《なげ》きつゝ、白菊《しらぎく》頰《ほゝ》に當《あ》てし儘《まゝ》、おのが袖《そで》の上《うへ》に俯伏《うつぶ》しつ。

漸《やうや》くに母《はゝ》を歸《かへ》したる春江《はるえ》の、幾度《いくたび》か拭《ぬぐ》はれしと見《み》ゆる、眼元赤《めもとあか》らみて、所嫌《ところきら》はず散《ち》りくる後《おく》れ毛《げ》、五月蠅《うるさ》相《さう》にもなく物靜《ものしづか》に襖開《ふすまひら》きてお君《きみ》が室《へや》に入《い》れば、足音《あしおと》に驚《おどろ》きしお君《きみ》の起《お》き返《かへ》りながら、母樣《かあさま》は既《もう》お歸《かへ》り遊《あそ》ばして。と云《い》へど春江《はるえ》は點首《うたづ》きしばかり何共云《なにともい》はず、思案《しあん》に沈《しづ》むに氣遣《きづか》はしく、又嫌《またいや》な事《こと》でもお云《い》ひ成《な》されてか。と亂次《しどろ》になりたる衣《ころも》の前確《まへしか》と合《あ》はすれば、否《いゝえ》、嫌《いや》も好《い》いも其處《それところ》の話《はなし》では無《な》く、愈明日《いよ〳〵あした》は兄樣《にいさま》のお在《い》でであつてもなくても一旦連《たんつれ》て戻《もど》ると仰有《おつしやつ》てお歸《かへ》りなされた、何《なん》の私《わたし》はもう熟々《つく〴〵》と斷念《あきらめ》て居《ゐ》る、自分《じぶん》の未練《みれん》をさへ捨《す》てゝ家《うち》に戻《もど》り、母樣《かあさま》のお望《のぞ》みなさるゝ處《ところ》へ行《いつ》たなら其《それ》で濟《す》むのであらう、我身《わがみ》を魂《たましひ》ある人《ひと》と云《い》ふ者《もの》と思《おも》へばこそ腹《はら》も立《た》ち辛《つら》くもあれど、木彫《きぼり》か、土作《つちつく》りの人形《にんぎやう》と思《おも》はゞ氣《き》も安《やす》く、お好《す》きなさらば何時迄《いつまで》もお相人《あひて》と成《な》らう、お嫌《いや》ならば元《もと》の賣人《うりて》へお戻《もど》し成《な》さらうなり、お崩壞《こは》し成《な》さらうなり、御隨意《ごずゐい》と、斯《か》う思《おも》へば何《なん》の騒《さわ》ぐ處《ところ》もない、唯君樣《たゞきみさま》の介抱《かいはう》するも今宵切《こよひぎ》り、私《わたし》の爲《ため》に煩《わづら》ふてお在《い》でのを、捨《す》てゝ行《ゆく》が悲《かな》しくて。と思《おも》はずホロリと膝《ひざ》に置《お》きたる露《つゆ》の、哀《あは》れも身《み》に染《し》む秋《あき》の風窓《かぜまど》より入《い》れば、病《やまひ》の身《み》に障《さは》らば惡《わ》るからん。と立《たつ》て障子閉《しやうじさ》す、お君《きみ》は今更《いまさら》に悲《かな》しさ迫《せま》りて、思《おも》へば思《おも》ふ程蔦之助《ほどつたのすけ》と云《い》ふ女《ひと》の憎《に》くゝ、斬《きつ》て、斬《きつ》て、斬《き》り苛責《さいなん》でも足《た》らぬ程私《ほやわたし》は口惜《くや》しい。其樣《そのやう》な者《もの》さへなければ、姉樣《ねへさま》のお心《こゝろ》も能《よ》く兄樣《にいさま》に分《わか》り、兩國《りやうごく》の母樣《かあさま》の然《さ》う思《おも》ふ存分《ぞんぶん》にお計《はか》らひ成《な》さるゝ事《こと》も有《あ》るまいを、嘸《さぞ》お腹《はら》が立《た》ちませうなれど、兄樣《にいさま》ばかり惡《わ》るいのでも御坐《ござ》いませぬを、免《ゆる》して下《くだ》され、兄樣《にいさま》は何故《なぜ》確固《しつかり》とした氣性《きしやう》を持《もつ》て下《くだ》さらぬか。と咽《む》せ返《かへ》りて泣《な》けば、春江《はるえ》は撫《な》で痛《いた》はりて、私《わたし》は兄樣《にいさま》のお品行《みもち》を恨《うら》めしい事《こと》とも思《おも》ひませぬ、生《しやう》ある人間《にんげん》なれば迷《まよ》ふ事《こと》もあり、悟《さと》る事《こと》もあり、嫌《きらひ》なるもあれば、好《この》むもあるを、其《それ》は是非《ぜひ》なければ、離縁《りえん》を取《と》らした上《うへ》に一《ひ》と考《かんが》へあると云《い》ふやうな胴慾《どうよく》な母樣《かあさま》のお心《こゝろ》か、勿体《もつたい》なけれど恨《うら》めしく、腹《はら》も立《た》てど、兄《にい》樣《さま》のお身持一々《みもちいち〳〵》と數《かぞ》へられては一言《ひとこと》もなく、庇《かば》ひても證據《しようこ》は押《おさ》へられたるに詮《せん》なくて。私《わたし》は戻《もど》らうと決定《きめ》ました、然有《さあ》らば蔦之助《つたのすけ》を妻《つま》と成《な》さるべく、お心《こゝろ》に叶《かな》ひし人《ひと》のお傍《そば》にあらば自然《しぜん》と馬鹿々々《ばか〳〵》しき遊《あそ》びも止《や》み。斯如《このやう》な疾《やま》しき事《こと》の數々《かず〳〵》も起《おこ》らず、穩《おだやか》に面白《おもしろ》くお暮《くら》し成《な》さるので御坐《ござ》りませうを、お氣《き》に召《め》さぬと知《し》りつゝ未練《みれん》に添《そ》ふて居《ゐ》たればこそ、お互《たがひ》に思《おも》はしからぬ事《こと》も出來《でき》るのでござります、藝人氣質《げいにんかたぎ》なりとて實情《まこと》なき者《もの》のみとも限《かぎ》らず、縦《たと》へ其樣《そのやう》な者なればとて物狂《ものぐる》はしき迄《まで》の御執心《ごしふしん》には何《いづ》れにか優しさ含《ふく》む女心《をんなごゝろ》に、何時《いつ》かに眞實語《しんじつかた》らう樣《やう》にも成《なつ》て居《ゐ》るか知《し》れぬを、私同樣睦《わたしどうやうむつま》じう親《した》しきものにお思《おも》ひなされや、風《かぜ》の上《うへ》の塵如《ちりごと》き我身《わがみ》の行方《ゆくへ》も知《し》れねど心細《こゝろぼそ》しとも思《おも》はず、唯又未《たゞまたみ》練《れん》らしけれど、お逢《あ》ひ申《まをし》て云《い》ひ度《た》き事《こと》もあるを、今宵《こよひ》の雨《あめ》にてはお歸《かへ》りあるまじく其《それ》が中々《なか〳〵》に惜《を》しくて。と絶《た》えず落《お》ち來《く》る涙指先《なみだゆびさき》に拂《はら》ひ〳〵て、泣《な》き伏《ふ》すお君《きみ》を抱《だ》き起《おこ》せば、何《ど》うでも然《さ》うとお決《き》めあそばしたか、若しや明日《あす》兄樣《にいさま》のお居《ゐ》で、何《なに》とか仰有《おつしやつ》たら、母樣《かあさま》も無理《むり》にとお連《つ》れなさる、事《こと》も有《あり》ますまいを、何《なに》とか考《かんが》へ直《なほ》して下《くだ》され。と云《い》ふに、もう此間際《このまぎは》になつて、其樣《そのやう》な思切《おもひき》りの惡《わる》い事《こと》を云《いつ》て下《くだ》さるな、兄《にい》樣《さま》のお出《い》で合《あは》せ成《な》された處《ところ》で、離縁《さら》せやう、戻《もど》らせやうの兩方《りやうはう》の心《こゝろ》なるを、何《なん》の造作《ざうさ》もない話《はなし》、決心《けつしん》したからには潔《いさぎよ》くお別《わか》れ申《まを》すばかり、何共《なにとも》云《い》はで戻《もど》ります、もうお泣《な》き成《な》なるな。私《わたし》も泣《な》きませぬ。とお君《きみ》の肩《かた》に手《て》を掛《か》けて覗《のぞ》けば、袖《そで》を顏《かほ》に掩《おほ》ひし儘《まゝ》、暫默《しばしもく》して打案《うちあん》ずるやうなりしが、不覺《ふい》と顏上《かほあげ》て、何《なに》やら疲《つかれ》た樣《やう》で眠氣《ねむけ》が催《さ》してまゐりました、姉樣彼方《ねへさまあちら》へ行《いつ》て下《くだ》されぬか、少《すこ》し休《やす》みますればと會釋《ゑしやく》もなく、夜着《よぎ》被《かつ》ぎて横《よこた》はる。春江《はるえ》は思寄《おもひよ》らぬ詞《ことば》に呆《あき》れたれど、思《おも》へば無理《むり》もない、達者《たつしや》なれば未《ま》だしも病氣《びやうき》の身《み》を種々《さま〴〵》と苦勞《くらう》さするのだもの、私《わたし》は胸《むね》も張《は》り裂《さ》くる程切《ほどせつ》ない。と風入《かぜい》らぬやうと肩《かた》の邊《あた》へ押付《おしつけ》て、見《み》れば早眠《はやねむ》れるに、夕暮《ゆふぐれ》の色淋《いろさみ》しく迫《せま》りし一《ひと》室《ま》の中見《うちみ》廻《ま》はしながらに春江《はるえ》は出《い》で行《ゆ》きぬ。襖閉《ふすまた》て切《き》りて、足音消《あしおとき》えたりと、耳澄《みゝす》ませしお君《きみ》は密《そつ》と起上《おきあが》りざま、傍《そば》に袖疊《そでだゝ》みに積《つ》みたる平常着《ふだんぎ》取上《とりあげ》て、手早《てはや》く着換《きか》へしが、疲《つか》れたる身《み》を烈《はげ》しく立振舞《たちふるまひ》たるに、息切《いきはつ》みて胸《むね》に打《う》つ波高《なみたか》く苦《くる》しきを、堪《た》え兼《か》ねてか手《て》に押《おさ》へつゝ、溜息深《ためいきふか》く吐《つ》きて恍然《うつとり》と其處《そこ》に坐《すわ》る折《をり》から、孃《ぢやう》さまお寐《よつ》でお居《ゐ》で遊《あそ》ばすか、嘸《さぞ》お暗《くら》からふ。と衫《すぎ》は手探《てさぐ》りに内《うち》に入《い》りて臺洋燈《だいらんぷ》据《す》ゑしが、臥床《ふしど》の外《そと》にあるお君《きみ》を見《み》て、ヤア何《な》う成《な》された、お召替《めしかへ》あそばして。と驚《おどろ》くに、今宵《こよひ》切《ぎ》りで最《も》う姉樣《ねへさま》とお別《わか》れ故《ゆゑ》、せめて平常着《ふだんぎ》にでも着直《きなほ》して、面白《おもしろ》くお話致《はなしいた》たうと思《おも》ふたの。と拔《ぬか》らず云《い》ふ。余《あま》り御無理《ごむり》を成《な》さいますな、冷《ひ》えてはお惡《わる》う御坐《ござ》りませう、お床《とこ》の上《うへ》へ。と手《て》を取《と》るを振拂《ふりはらつ》て、今日《けふ》は大分《だいぶ》に快《い》いのだから斯《か》うして居《ゐ》ても大切《だいじ》はない、其《それ》よりはね、姉様《ねへさま》に御用《ごよう》がお濟《す》みあそばしたら君《きみ》の許《もと》へお出《い》で成《な》さるやう申上《まをしあげ》てお吳《く》れ。と云《い》ふに、ハイ。と承《うけたま》はりながら立《た》ちもせず、兩國《りやうごく》の大御新造樣《おほごしんぞさま》にも。と云《い》ひ掛《か》くるを、其《そ》のやうなこと止《や》めてお吳《く》れ、未練《みれん》らしく詰《つま》らぬ事《こと》を聞《き》かしておくれではいや、早《はや》く姉様《ねへさま》に直《す》ぐ〳〵と申上《まをしあげ》て來《き》てよ。と急《せ》き立《た》てつゝ訝《いぶか》しがる杉《すぎ》を逐《お》ひやりて椽《えん》に出《いづ》れば、雨《あめ》の日《ひ》の黄昏早《たそがれはや》くて何時《いつ》しか庭《には》は闇《やみ》となりしを、暫見透《しばしみすか》せしが、誰《たれ》のか古《ふる》びたる中下駄《ちゆうげた》脫《ぬ》ぎ捨《すて》てあるを穿《は》きて、傘《かさ》なけれど表《おもて》に廻《まは》らば見咎《みとが》められん。と病《や》める身《み》は足許埒《あしもとらち》なく亂《みだ》れて危《あやう》きを、踏《ふ》み占《し》めながら面《おもて》に酷《たこ》く打付《うちつく》る冷《つめた》き雨袖《あめそで》に避《さ》けつゝ、暗《くら》き中《なか》をば辿《たど》り出《い》でぬ。空蟬《うつせみ》の臥床《ふしど》を照《て》らす照火《ともしび》、開《あ》け放《はな》したる障子《しやうじ》の外面《そとも》より夜風颯《よかぜさつ》と強《つよ》く吹《ふ》き入《い》りしに、主《ねし》の行方案《ゆくへあん》じ顏《がほ》に暫《しばし》は瞬《またゝ》く。

五

青色電氣《せいしよくでんき》の許《もと》に、席《せき》へ出際《でぎは》の粧《よそほ》ひ擬《こ》らせし姿《すがた》、心地醉《こゝちゑ》ふ迄《まで》に艶美《あでやか》なる蔦之助《つたのすけ》の、姿見《すがたみ》に向《むか》ひて眞紅《しんく》の脣《くちびる》にあらずもがなの口紅一寸彩《くちべにちよいとさ》す、濃《こ》き一の字眉《じまゆ》に引添《ひきそ》ふて釣《つ》りたる眼尻《まなじり》、聊《いさゝ》か劍《けん》はあれど小氣味《こきみ》能《よ》く、小豆色縮緬《あづきいろちりめん》の繻絆《じゆはん》の襟《えり》、黑繻子《くろじゆす》の半襟《はんえり》に映《うつ》りよき媚《なまめ》きたる襟元《えりもと》、風通《ふうつう》お召《めし》のコート着流《きなが》したる恰好《かつかう》の美《よ》さを後《うしろ》に見《み》せ付《つけ》られて、柱《はしら》に寄《よ》りし儘正二微笑《まゝしやうじほゝゑ》みて眺《なが》め盡《つく》せしが、我如《われごと》き一人《ひとり》や、二人《ふたり》は迷《まよ》はし足《た》らずとてか、何處《どこ》まで粧《よそほ》ひ立《た》つるぞ。と笑《わら》ふ。何《なん》の迷《まよ》ふて下《くだ》さるやうなお方《かた》が有《あり》ませうか、せめて　其處等《そこら》にお居《ゐ》で成《な》さるゝ方《かた》に愛想盡《あいさうつ》かされぬ心遣《こゝろづか》ひで御坐《ござ》んす。と女《をんな》めかしからぬ聲《こゑ》これは莞爾《にこり》ともせず、無造作《むざうさ》に疊《たゝ》みある正二《しやうじ》の洋服取上《やうふくとりあげ》て、お約束《やくそく》で御坐《ござ》んす、必《かなら》ずお宿《とま》り遊《あそ》ばしませうな。と否應《いやおう》も聞《き》かず簞笥《たんす》に納《い》るゝ處《ところ》へ、お師匠樣《しゝやうさま》。根岸《ねぎし》のお宅《たく》からお人《ひと》が見《み》えました。と口元《くちもと》可愛《かわゆ》き目《め》のクルリとしたるが來《き》て云《い》ふ。あなた、と振返《ふりかへ》りて正二《しやうじ》見れば、女《をんな》か男《をとこ》か、何《なに》の樣《やう》なの。と急《せ》はしく尋《たづ》ぬるに、十七八ばかりの、別嬪《べつぴん》さんなれど幽靈《いうれい》のやうな仁《ひと》と聞《き》きて正二《しやうじ》さては。と胸安《むねやす》からず、立上《たちあが》りながら蔦之助《つたのすけ》のなるべし、中形縮緬《ちゆうがたちりめん》に絳裏《もみうら》附《つ》きたる褞袍《どてら》、脱《ぬ》ぎ捨《す》てゝ玄關《いりぐち》に出《いで》て見《み》れば、思《おも》ふに違《たが》はぬお君《きみ》の力無氣《ちからなげ》に、悄然《しよんぼり》と土間《どま》の隅《すみ》に立《た》てるに、思《おも》はずも胸迫《むねせま》りて、君樣《きみさん》か、何《ど》うして此降《このふ》りに出《で》て來《き》た、然《そ》して病氣《びやうき》ではないか、よく此家《こゝ》が知《し》れたの。と何《なに》を云《い》ふやら、我《われ》も覺《おぼ》えぬまで、言葉《ことば》の前後《ぜんご》亂《みだ》れて下《お》り立《た》てば、お君《きみ》は幽《かす》かに、兄樣《にいさま》。と云《い》ひし切《ぎ》り、暫途絶《しばしとだ》えて、直《すぐ》と歸《かへ》つて下《くだ》され、と聲音《こわね》絞《しぼ》りたる樣《やう》なり、まあ上《あが》つてくれ、此處《こゝ》で其樣《そのやう》な事云《ことい》つたとて譯《わけ》も分《わか》らず。と先《さ》きに立《た》つに、イヽエ。と腕《うで》に縋《すが》りて、上《あが》りませぬ、斯《この》樣《やう》な家格子《うちかうし》に手《て》を觸《ふ》れたも腹《はら》が立《た》つ、其儘此處《そのまゝこゝ》から直《す》ぐお歸《かへ》り成《な》されて、兄樣《にいさま》。と口惜《くちを》しさ、悲《かな》しさ、種々《さまざま》の念慮《おもひ》を一歩《いつぽ》々々《〳〵》に踏《ふ》み交《まじ》へて、漸々《やう〳〵》我家《わがや》を拔《ぬ》け出《いで》しお君《きみ》の、恨《うら》めしかりし兄《あに》も逢《あ》ひ見《み》れば懷《なつか》しき思《おもひ》爲《せ》られて、譯《わけ》もなく溢《あふ》れ出《い》づる涙《なみだ》正二《しやうじ》が腕《うで》に注《そゝ》ぐに、遉《さす》が哀《あは》れ催《もよほ》してか、優《やさ》しう、分《わか》らぬ事《こと》を云《い》ふては困《こま》る、仔細《しさい》も云《い》はず唯《たゞ》歸《かへ》れとばかりでは、鬼《おに》の住《す》む家《いへ》でもなし、まあ上《あが》つてくれ、よく君樣《きみさん》の心《こゝろ》の靜《しづ》まつた上《うへ》、篤《とく》と譯《わけ》も聞《き》かうから。と無理《むり》に引上《ひきあげ》られて詮《せん》なく、奥《おく》の座敷《ざしき》に伴《ともな》はれ行《ゆ》けば、散亂《ちらば》りたる四邊《あたり》片付《かたづ》け居《ゐ》し蔦之助《つたのすけ》の振向《ふりむき》て、まあお妹樣《いもとさま》で御坐《ござ》んしたか、お出迎《でむか》へも致《いた》しませず。と後《うしろ》に退《すさ》りて、何卒《どうぞ》彼《あ》れへと八丈《ちやう》の坐蒲團《ざぶとん》押据《おしす》ゆ、電氣《でんき》に照《て》らされたる顏色《かほいろ》物凄《ものすご》きまで蒼白《あをじろ》く、憂《うれひ》の雲《くも》深《ふか》く鎖《とざ》されし眉《まゆ》、露含《つゆふく》む眼元《めもと》は哀《あは》れ氣《げ》ながら、情《つれ》なき野分《のわけ》に吹《ふ》き返《かへ》されし一本《ひともと》の秋《あき》の花《はな》、猶仆《なほたふ》れまじと勉《つと》むる意氣地《いきぢ》、犯《をか》し難《がた》き風采《とりなり》にも見《み》ゆるを蔦之助《つたのすけ》には何《なに》とや感《かん》じけん、翻《こぼ》るゝ浮世《うきよ》の愛敬《あいきやう》、豐《ゆたか》なる頰《ほゝ》に漂《たゞよ》へて、私《わたくし》は蔦之助《つたのすけ》と申《まをし》ますもの、卑《いや》しき藝人風情《げいにんふぜい》を若旦那樣《わかだんなさま》のお目掛《めか》けられて、常々《つね〴〵》冥加《みやうが》に餘《あま》る程《ほど》、御愛顧《ごひいき》を蒙《かう》むります。貴孃樣《あなたさま》にもお兄樣御同樣《あにいさまごどうやう》、お心安《こゝろやす》う。と慇懃《いんぎん》に手《て》を支《つか》へて、お逢《あ》ひ申《まをし》た事《こと》は御坐《ござ》んせぬが、常《つね》からお噂《うはさ》承《うけたま》はります毎《ごと》に、失禮《しつれい》ながら他人《たにん》の樣《やう》にも思《おも》はず、お慕《した》はしう存《ぞん》じて居《を》りましたに、此程《このほど》から御病氣《ごびやうき》で居《ゐ》らつしやるとやら、強《きつ》うお案《あん》じ申《まを》して居《をり》ました、御血色《ごけつしよく》もお惡《わる》く。と媚作《こびつく》りて見上《みあぐ》れば、お君《きみ》は何《なに》も云《い》はず、矢飛白《やがすり》の羽織《はおり》の濡《ぬ》れたる袖搔《たでか》き合《あ》はして、顔背向《かほそむ》けて居《ゐ》るに、稍呆《やゝあき》れ顔《がほ》に見詰《みつ》めしが、オヽ大層《たいそう》お羽織《はおり》が濡《ぬ》れて居《な》りまする、お氣味《きみ》がお惡《わる》う入《い》らつしやいませう、小蔦《こつた》や〳〵、と手《て》持無沙汰《もちぶさた》、隱《かく》して立《たつ》て行《ゆ》く、お君《きみ》は見返《みかへ》りて後姿見送《うしろすがたみおく》りしが、此《こ》の女《をんな》を思《おも》ふ十分《ぶん》の一なりと姉樣《ねへさま》を哀《あは》れがつて下《くだ》さらば、この樣《やう》な憂苦勞《うきくらう》も有《あ》るまいを、儘《まゝ》ならぬ者《もの》よ、我忍《われしの》び出《いで》し後《あと》、嘸《さぞ》や杉《すぎ》と案《あん》じて御居《おゐ》で成《な》さらふ。と泪含《なみだぐ》む目拭《めぬぐ》ふに、卷煙草《まきたばこ》燻《くゆ》らして思案顔《しあんがほ》なりし兄《あに》は顔擡《かほもた》げて、病氣《びやうき》の身体《からだ》を押《おし》てまで、此家《こゝ》へ來《き》たは大抵《たいてい》の事《こと》であるまい、何の樣《やう》な事《こと》か、能《よ》く春江《はるえ》が留《と》めなんだの。と云《い》ふ、お君《きみ》は姉《あね》の知《し》らぬ間《ま》を斯樣《かう》〳〵と云《い》ひ解《と》かんもうるさしと、よく〳〵の事《こと》なればこそ出《で》て參《まゐ》つたので御坐《ござ》りまする。と唯一言《たゞひとこと》、暫兄《しばしあに》の氣色《けしき》覗《うかゞ》ひて、今日《けふ》兩《りやう》國《こく》の母樣《かあさま》お出《い》で成《な》されて長々《なが〳〵》とお話《はなし》が有《あり》ましたが、畢竟《つまり》は末《すゑ》の見込《みこ》みなければ、明日《あした》兄樣《にいさま》の御在宅《おいで》あらうと、なからうと、是非《ぜひ》姉樣《ねへさま》を連《つれ》て戻《もど》ると仰有《おつしやつ》てお歸《かへ》り成《な》されました、一度《ど》兩國《りやうごく》にお戻《もど》り成《な》されたが最期《さいご》、元《もと》の鞘《さや》に納《をさ》まる者《もの》でもなきを、兄樣《にいさま》のお不在《るす》に勝手《かつて》がましく處分《しよぶん》され、後《あと》で取返《とりかへ》しの付《つ》かぬ事《こと》にでも成《な》らばと態々《わざ〳〵》お迎《むか》ひに參《まゐ》りました。と淀《よど》みもなく、一切《いつさい》は堅《かた》く包《つゝ》んで表部《うはべ》ばかりをさらりと云《い》ふに、其《それ》でか。と正二《しやうじ》は苦々《にが〳〵》し氣《げ》に眉顰《まゆひそ》ませしが、取《と》るにも足《た》らぬ事《こと》に彼是《かれこれ》と心《こゝろ》を痛《いた》め、身《み》を疲《つか》らすよ。と笑《わら》ひて、兩國《りやうごく》のに我《われ》と云《い》ふ者氣《ものき》に入《い》らねばこそ、緣離取《りえんと》らせ度《た》しと望《のぞ》むのではないか、氣任《きまか》せに爲《さ》せて置《お》けよ、其《それ》に爭《あらそ》ふ程春江《ほどはるえ》に未練《みれん》はなし、離《さ》緣狀欲《りじやうほ》しとならば書《かい》てやらん、何處《どこ》で認《した》めたとて其丈《それだけ》の用《よう》は足《た》りる筈《はず》なるを、態々家《わざ〳〵いへ》の敷居《しきゐ》跨《また》ぐにも及《およ》ぶまい。と落着《おちつい》たる顔色《かほいろ》、其《それ》では兄樣《にいさま》は愈《いよ〳〵》姉樣《ねへさま》を離緣《りえん》さするお積《つも》りか。と急《せ》き込《こ》みて云《い》ふに、何故然《なぜさ》う不審《ふしん》さうに聞《き》くぞ、春江《はるえ》なりとて戻《もど》りて見《み》れば又其《またそ》れ相應《さうおう》の分別出《ふんべついで》て、立花《たちはな》の若殿《わかとの》とやらが俄《にはか》の獨身主義《どくしんしゆぎ》。消《き》えて失《な》くなる事《こと》になるや知《し》れず、腑甲斐《ふがひ》なき此身《このみ》のやうな者《もの》に添《そ》ふて居《ゐ》るよりは彼女《あれ》が身《み》の幸《さいは》ひ、榮《はえ》ある人《ひと》となれるのではないか、疾《と》くにも其決心《そのけつしん》の就《つい》て有《あ》つたか知《し》れぬを、幼《をさな》きに兩親《ふたおや》に別《わか》れた爲《た》め、兎角《とかく》に人懐《ひとなつか》しがりて、一度親《ひとたびした》しみては善《よ》きにも惡《あ》しきにも、離《はな》れ難《がた》なく思《おも》ふそなたの心《こゝろ》に、別《わか》るゝを悲《かな》しがりて身勝手《みがつて》に騒《さい》ぎ立《た》つるより云《い》ひも兼《かね》て居《ゐ》るのであらう。と云《い》ふ。兄様《にいさま》、其《それ》は心《しん》から底《そこ》からお云《い》ひなさるお言葉《ことば》でござんすか、え、情《なさけ》ない兄様《にいさま》、何故《なぜ》貴方《あなた》には姉様《ねへさま》のお心《こゝろ》がお分《わか》りなさらぬか、何《なに》を證據《しようこ》に其様《そのやう》な事《こと》を仰有《おつしや》るぞ。と只《たゞ》は置《おく》まじきお君《きみ》の勢強《いきほひつよ》く、詰《なじ》るやうに摺《す》り寄《よ》れば、よし〳〵分《わか》つて居《ゐ》る、分《わか》つて居《ゐ》る、なれども、我《われ》は離縁《さら》せんと思《おも》ふなり、母《はゝ》は連《れつ》て戻《もど》らんと云《い》ふなり、話《はなし》は其《それ》で濟《す》めるものを。と云《い》ふに、あゝ何《ど》うでも其《そ》のお心《こゝろ》を翻《ひるがへ》さす事《こと》は出來《でき》ませぬか、幾度《いくたび》云《い》ふも同《おな》じなれど少《すこ》しは姉様《ねへさま》のお心《こゝろ》も察《さつ》して下《くだ》され、これ程兄様《ほどにいさま》に辛《つら》くされ、嫌《いや》がられても恨《うら》むでもなく、一生共《いつしやうとも》に暮《くら》したいとお思《おも》ひ成《な》さるゝを、胴慾《だうよく》な母様《かあさま》の爲《ため》に無理遣《むりや》りに戻《もど》らせらるゝ事《こと》と成《な》つたとて歎《なげ》いてばつかり居《ゐ》らつしやるを、逐《お》ひ出《だ》すやうな兄様《にいさま》のお仕打《しうち》、他人《たにん》の身《み》の上《うへ》と聞《き》き流《なが》す話《はなし》でも不憫《ふびん》と思《おも》ふ節《ふし》はあるを…能《よ》くも其様《そのやう》な事《こと》の出來《でき》たもので御坐《ござ》んす。とお君《きみ》は泣《な》きに泣《な》きて、其《それ》では仕方《しかた》がありませぬ、私《わたし》も何《なに》も申《まを》しませねば、別《わか》るゝお積《つも》りで是非今宵《ぜひこよひ》は歸《かへつ》て下《くだ》され、病氣《びやうき》の身《み》を押《おし》てお迎《むか》ひに參《まゐ》りました私《わたし》に免《めん》じて、是非共歸《ぜひともかへつ》て下《くだ》され。と云《い》ふ。正二《しやうじ》は無言《むごん》に深《ふか》く思《おも》ひに耽《ふけ》りしが、オゝよし、直《す》ぐに戻《もど》らう。と立上《たちあが》りて早身繕《はやみづくろ》ひするに、お君《きみ》は驚《おどろ》きながら、兄様《にいさま》お歸《かへ》り成《な》さるゝとは家《うち》へで御坐《ござ》んすか、根岸《ねぎし》へお歸《かへ》り成《な》さるゝので御坐《ござ》んすか。と思《おも》はずも腰浮《こしう》かせば、根岸《ねぎし》でなくば何處《どこ》の家《うち》へ歸《かへ》るぞ。と正二《しやうじ》は打笑《うちゑ》みて、歸宅《かへり》ての上《うへ》の事《こと》は今云《いまい》はねど、兎《と》に角《かく》に一旦《いつたん》は歸《かへ》る。と次《つぎ》の間《ま》を見《み》やりて、やよ羽織《はおり》を。と呼《よ》ぶ、小蔦《こつた》なるべし愛《あい》らしき返答《へんじ》、襖近《ふすまぢか》くに聞《きこ》えしが、やがて羽織《はおり》持《も》て來《き》し蔦之助《つたのすけ》の、お君《きみ》には目《め》も呉《く》れず、お歸《かへ》り成《な》さるの。と後《うしろ》に廻《ま》はりて着《き》せ掛《か》くれば、點首《うなづ》きて袖《そで》を通《とほ》すにお君《きみ》は嬉《うれ》しく、お心持《こゝろもち》は何《ど》うで有《あ》らうと、歸《かへつ》てさへ下《くだ》さらば、お話《はなし》の仕方《しかた》もあり、お諫《いさ》め申《まを》す工《く》夫《ふう》もあり、姉様《ねへさま》が何《ど》の樣《やう》にお喜《よろこ》び成《な》さらう。と暖《あたゝ》かき風《かぜ》にも、冷《つめ》たき風《かぜ》にも、曇《くも》れる身《み》は又《また》も一兩袖《ひとまめそで》にかゝりつ、正二《しやうじ》の、車《くるま》を」と命《めい》ずるに、猶豫《いうよ》ありて思《おも》ひ返《かへ》しなど仕給《したま》はゞ甲斐《かひ》なしと、私《わたし》の乘《のつ》て參《まゐつ》たのが待《まつ》て居《を》ります筈《はず》、其《それ》で。と云《い》へば、君樣《きみさん》は。と聞《き》く。私《わたし》は少《すこ》しお話《はなし》する事《こと》ありお後《あと》から參《まゐ》ります。と云《い》ふに怪《あや》しみもせず、早《はや》く戻《もど》れよ。と云《い》ひ捨《す》てゝ急《いそ》がはしく正二《しやうじ》は出《い》で行《ゆ》きぬ、我《われ》に用《よう》ありと聞《き》きて、蔦之助《つたのすけ》のお君《きみ》を眺《なが》めし眼《め》、小《こ》癪《しやく》な。と云《い》はぬばかりに輝《かゞや》きて、正二《しやうじ》の跡《あと》を追《お》ひ行《ゆ》きしが、お君《きみ》の玄關《いりぐち》に出《い》でし時《とき》は外面《そとも》にありて、車上《しやじやう》の正《しやう》二《じ》に何《なに》か囁《さゝや》けるに、齡《とし》は我《われ》と一《ひと》つ、二《ふた》つとは違《ちが》ふまじきが、いかに客商賣《きやくしやうばい》とは云《い》へ、素早《すはや》き人《ひと》や。とお君《きみ》呆《あき》れて座敷《ざしき》に立戻《たちもど》りつゝ、云《い》ふべき事《こと》胸《むね》の中《うち》に並《なら》べて待《ま》つに、暫經《しはした》ちて足音《あしおと》荒《あら》く聞《きこ》えしが、襖《ふすま》開《あ》けたる蔦之助《つたのすけ》の滿《まん》面《めん》に笑《ゑみ》を含《ふく》んで、席《せき》へ出《いづ》る時間《じかん》の遲《をそ》うなりますれば、是《これ》にて御免《ごめん》を蒙《かうむ》りまする、お疲《つか》れでお休《やす》み遊《あそ》ばしまするならばお床《とこ》も延《の》べさせませう、何《なん》なりと小蔦《こつた》に仰《おほ》せ付《つ》けられまして。と立上《たちあが》るに、一寸《ちよつと》待《まつ》て下《くだ》され、お心急《こゝろぜ》きか知《し》らぬが、一言《ひとこと》お話申度《はなしまをした》い事《こと》が。と云《い》ふ、これは又迷惑《まためいわく》な、卑《いや》しき商賣柄《しやうばいがら》の者《もの》とは申《まを》せ、勤《つと》めを怠《おこた》る事《こと》は出《で》來《き》ませねば、御用《ごよう》なれば明日《みやうにち》。と行《ゆ》かうと爲《す》るを、でも御坐《ござ》りませうが一寸《ちよつと》、と押《おし》て云《い》ふを聞《きこ》えぬ振《ふり》にて、格《かう》子《し》に手《て》を觸《ふ》れたさへ腹《はら》の立《だ》つ蔦之助《つたのすけ》の家《いへ》に、長居《ながゐ》は御無用《ごむよう》。と呟《つぶや》きて會釋《ゑしやく》もせず、お君《きみ》快《こゝろよ》からねど、是非《ぜひ》にと追《お》ひ縋《すが》るを尻目《しりめ》にかけて、嘲《あざけ》りの笑《ゑ》み浮《うか》べつゝ引返《ひきかへ》せば、小蔦《こつた》は絹肩掛渡《きぬかたかけわた》しながら、只今席《たゞいませき》の方《はう》からお迎《むか》ひが。と云《い》ふに點頭《うなづ》きて格子《かうし》の外《そと》に出《い》でつ、行《いつ》て參《まゐ》ります。の車夫《しやふ》の聲勢《こゑいきほ》ひよく、提灯《かんはん》の雪笹《ゆきざゝ》の紋《もん》は、濱町《はまちやう》の住居《すまゐ》より何々亭《なに〳〵てい》へのお道筋《みちすぢ》、通《とほ》り擦《すが》りの香水《かうすゐ》の匂浴《にほひあ》びたき願望《ねがひ》に、かんてらの薄汚《うすぎたな》き物乞《ものこ》ふ人《ひと》の有樣《ありさま》眞似《ね》るか、橋《はし》の袂《たもと》、柳《やなぎ》の影《かげ》に蹲踞《うづくま》りて待《ま》つ後生樂漢《ごしやうらくかん》が胸騷《むねさわ》がす種《たね》にやあるべき。

六

膝突《ひざつ》き合《あ》はしては見《み》たるもの丶好《よ》き思案《しあん》も浮《うか》ばず、空《むな》しく時《とき》のみ移《うつ》れば、杉《すぎ》は嬢樣《ちやうさま》に限《かぎ》りて、無分別《むふんべつ》なこと成《な》さる筈《はず》もなし、お平常着《ふだんぎ》の儘《まゝ》なれば蔦之助《つたのすけ》の許《もと》へとも受《う》け取《と》り兼《か》ねますれど、それともに、兄樣《にいさま》をお迎《むか》へ申《まを》さうの御一念《ごねん》で、お出掛《でか》けなされたやら知《し》れず、何《なん》に致《いた》せ、丁吉《ていきち》が居《を》りますれば、相談相手《さうだんあひて》にも成《な》りませうを、生憎《あやにく》に夕暮《ゆふぐれ》から出《で》た儘《まゝ》、まだ歸《かへ》つて來《こ》ず、無益《むだ》と思《おも》うて濱町河岸《はまちやうがし》を尋《たづ》ねて參《まゐ》りませう、お淋《さみ》しくとも、よねと二《ふた》人《り》で暫《しばら》くお待《ま》ち遊《あそ》ばして。と忠實《まめ》々々しく取《と》り計《はか》ひて申《まを》すを、春江《はるえ》は茫然と氣拔《きぬけ》せしやうに返答《へんじ》もせず、襖《ふすま》の引《ひき》手見詰《てみつ》めて居《ゐ》るに、奥樣宜《おくさまよろ》しう御坐《ござ》りませう、若《も》し其處《そこ》にもお出《い》でなければ若旦那樣《わかだんなさま》にお計《はか》らひ申《まをし》て何《なに》とか。と立上《たちあが》るを、だとて愈君樣《いよ〱きみさま》の其處《そこ》にも見《み》えずば、私《わたし》は良人樣《だんなさま》に申譯《まをしわけ》がない、お知《し》らせ申《まを》さずに探《さが》すことは出來《でき》まいか。と止《とゞ》むるを、お案《あん》じ遊《あそ》ばすな、杉《すぎ》に思案《しあん》が御坐《ござ》りまする。と帶《おび》引き締《し》むる折《をり》から米《よね》は急忙《あはたゞ》しく、旦那《だんな》樣《さま》のお歸《かへ》りで御坐《ござ》いまする。と告《つ》ぐるに驚《おどろ》くお杉《すぎ》、恐《おそ》る丶春江《はるえ》の顔見交《かほみか》はす間《ま》もなく、はや正二《しやうじ》は入口《いりぐち》に立《た》ちて、今歸《いまかへつ》た。と聲音《こわね》も荒々《あら〱》しからず穩《おだやか》に云《い》ふ、春江《はるえ》狼狽《うろたへ》ながら、お歸《かへ》りあそばせ。と手《て》を支《つか》ふるに、君《きみ》は？。と早《はや》くも鐵槌《てつゝゐ》は下《くだ》りつ、頓《とみ》には云《い》ひ出《いづ》る言葉《ことば》もなく、首垂《うなだ》れしまゝ恐《おそ》れに戰《をのゝ》く唇《くちびる》嚙《か》み占《し》めて居《ゐ》るに、病氣《びやうき》の者《もの》を使者《しゝや》にして迄《まで》、我《われ》を迎《むか》ふる用事《ようじ》とは何《なに》なるぞ、いかなる大事《だいじ》あればとて丁吉《ていきち》も居《を》るべし、現《げん》に杉《すぎ》も其處《そこ》に居《ゐ》るではないか、然《さ》なくてさへ此雨《このあめ》に濡《ぬ》れ萎《しほ》たれ、濱町《はまちやう》へ來《き》たお君《きみ》の哀《あは》れの姿《すがた》は何《なん》とも云《い》はう樣《やう》もない、隨分《ずゐぶん》と酷《むご》き仕方《しかた》ぞ、其《それ》ともわれに面目失《めんぼくうしな》はせんわざか。と云《い》ふ、無理《むり》なる詞《ことば》も春江《はるえ》の耳《みゝ》には入《い》らず、お君《きみ》の在所《ありか》知《し》れたる嬉《うれ》しさに、其《それ》では君樣《きみさま》は矢張《やつは》り濱町《はまちやう》へお居《ゐ》でなされたか、夕方誰《ゆふがただれ》も此處《こゝ》に居《を》りませぬうち、何《いづ》れへか忍《しの》びてお出《い》でに成《な》つたと見《み》え、皆暮家中《かいくれうちぢゆう》にお姿《すがた》見えず、お出先《でさき》の見當《けんたう》も付《つ》かず、思案《しあん》に暮《く》れて居《を》りました處《ところ》。と眉開《まゆひら》いて云《い》へば、然《さ》らばお君《きみ》の家《うち》を出《で》たを知《し》らぬと云《い》ふか、知《し》らぬとは云《い》はさぬ、臥床《ふしど》にある病人《びやうにん》の外出《そとで》を氣《き》付《つ》かぬ筈《はず》はあるまじきなり。と云《い》ひ張《は》るに杉《すぎ》は堪《たま》り兼《か》ねて、失禮《しつれい》ながら若旦那樣《わかだんなさま》の餘《あま》り其《それ》はお疑《うたが》ひ深《ぶか》い、確《たしか》に奥樣《おくさま》の御存知《ごぞんぢ》ないので御坐《ござ》りまする、杉《すぎ》なりとて存《ぞん》じてさへ居《を》らば、强《し》ひてもお留《とゞ》め申《まを》さずには置《お》かぬので御《ご》坐《ざ》りますれど、其《それ》を孃樣《ぢやうさま》にもお悟《さと》り成《な》されて、密《そつ》とお出掛《でか》けあそばしたので御坐《ござ》んす、奥樣《おくさま》の知《し》らず顏《がほ》など、決《けつ》して其樣《そのやう》な事《こと》はござりませぬ。と憶《おく》せず云《い》ふを、杉《すぎ》の知《し》りたる事《こと》でもなし、云《い》ふな。と詞《ことは》鋭《するど》く、情《じやう》に絡《から》みては何《なん》の分別《ふんべつ》もなく、思《おも》ふ通《とほ》りを一筋《ひとすぢ》に仕《し》て退《の》くる君《きみ》が氣質《きしつ》に附入《つけい》りて、種々《さま〴〵》と傍《はた》より杖持《つゑも》ち添《そ》ふる面憎《つらにく》さ、然《さ》程《ほど》にしてわが機嫌《きげん》を損《そこな》はせ、無理離縁《むりひま》取《と》らんと企《たくら》むにも及《およ》ばぬ、此方《こなた》より離縁《ひま》取《と》らさうぞ、聞《き》けば明日《あす》は兩國《りやうごく》の母《はゝ》の來《き》て、是非《ぜひ》に連《つ》れ歸《かへ》る由《よし》、何《なに》も彼《か》も君《きみ》の話《はなし》にて分《わか》りたり、明日《あす》まで待《ま》つ事《こと》かは、今直《いますぐ》に歸《かへ》るべし。と嚴《おごそか》に云《い》ふ、例《いつ》になく御酒氣《ごしゆき》も帶《お》びぬに其《それ》では愈《いよ》御本心《ごほんしん》か。と泣《な》き頽《くづ》れ居《ゐ》し春江《はるえ》の亂《みだ》るゝ胸《むね》、しどろもどろに這《は》ひ寄《よ》りて、あんまりな、あんまりな、貴郞《あなた》其《それ》はあんまり酷《ひど》い成《な》され樣《やう》で御坐《ござ》ります、其《それ》ならば何故《なぜ》、氣《き》に入《い》らぬ故今日迄《ゆゑけふまで》は堪《こら》へて居《ゐ》たれど、無《な》き緣《えん》と諦《あきら》めて出《で》てくれと穩《おだやか》に仰有《おつしやつ》ては下《くだ》さらぬ、疾《と》うに心《こゝろ》も決定《きめ》てあり、今更《いまさら》愚痴《ぐち》らしきことは申《まを》しませねど、我《われ》から離緣《りえん》の欲《ほ》しさに病《や》める妹《いもと》が心苦《こゝろくるし》ますと有《あつ》ては、何《ど》うしても此胸《このむね》が濟《す》みませぬ、私《わたし》の心《こゝろ》の聊《いさゝか》もあなたに通《つう》ぜず、却《かへつ》て惡《わる》い者《もの》にお取《と》り成《な》さるは恨《うら》みませぬが、其樣《そのやう》な口實《いひがゝり》に去《さ》らせやうとはお情《なさけ》ない。と齒切《はぎし》りの音靜《おとしづ》まりたる部屋《へや》に物凄《ものすご》く聞《きこ》えて、直泣《ひたな》きに泣《な》き入《い》りつ、正二《しやうじ》の裾《すそ》に縋《すが》るを、五月蠅《うるさし》。と拂《はら》ひて、疾《と》くより出《いづ》る決心《けつしん》とは遉《さすが》によき覺悟《かくご》ぞ、然《さ》らば猶更《なほさら》に未練《みれん》がましき事《こと》は云《い》はぬ筈《はず》なり、離《さ》緣狀《りじやう》遣《や》るべし、直《す》ぐ歸《かへ》れ、一刻《いつこく》も置《お》くこと叶《かな》はねば直《す》ぐさま立去《たちさ》れよ、米《よね》、米《よね》、丁吉《ていきち》は居《を》らぬか。と權幕《けんまく》も恐《おそろ》しきに、杉《すぎ》は孃樣《ぢやうさま》のせめてお在《い》であらば、又何《またなん》とかならんを、まだお歸《かへ》りはなき事《こと》か、何處《どこ》に何《なに》を仕《し》て御坐《ござ》るのやら。と居《ゐ》ても立《たつ》ても安《やす》からず、まあ暫御猶豫《しばしごいうよ》下《くだ》さりませ、孃樣《ぢやうさま》も追付《おつゝ》けお歸《かへ》り遊《あそ》ばしませうに、其《それ》までお待《ま》ち成《な》さるやう。と拜《をが》まぬばかりに云《い》ふを、愚《おろか》のことを云《い》ふよ。と笑《わら》ひて、君《きみ》は今宵歸《こよひかへ》らぬや知《し》れず、縱《よ》し又《また》歸《かへ》りたりとて何《ど》うなるものぞ。と正体《しやうたい》もなく俯伏《うつぶ》したる儘《まゝ》の春江《はるえ》の傍近《そばちか》く寄《よ》りつゝ、出《いつ》る際《きは》になりてまで、逆《さか》らふては見度《みた》きか。と云《い》ふ、返《かへ》すぐも恨《うら》めしき言葉《ことは》、骨身《ほねみ》に徹《とほ》りて應《こた》ゆれど、何《なん》の逆《さか》らひは仕《し》ませぬ、戻《もど》りまする。と幽《かすか》に云《い》ひて起《お》きも上《あが》らず、一輪《りん》の白菊《しらぎく》亂《みだ》れたる郡內《ぐんない》の蒲團《ふとん》の上《うへ》に、轉《ころ》げたる塗枕《ぬりまくら》、濡《ぬ》れたる紙《かみ》の實《じつ》意嬉《いうれ》しかりし人《ひと》が、この樣《やう》な騷《さわ》ぎ起《おこ》させやうにもあらざるべきを、如何《いか》なる行違《ゆきちが》ひのかくまで怒《いか》らせ給《たま》ふ原《もと》とは成《な》りしと杉《すぎ》は太《ふと》き溜息《ためいき》漏らしつ、暫《しはし》は三人《みたり》ながら言葉《ことは》なく、物音《ものおと》もせぬに庭《には》の虫《むし》の音《ね》耳近《みゝちか》く聞《きこ》えしが、軈《やが》てハタと止《や》みし途端《とたん》に、足音《あしおと》もなかりしを、何時《いつ》か椽《えん》の障子《しやうじ》開《ひら》かれて人影《ひとかげ》射《さ》すに、正二《しやうじ》驚《おどろ》きて見返《みかへ》れば、血汐《ちしほ》冷《ひ》え盡《つく》したるかと思《おも》はるゝ樣《やう》なる顏色《かほいろ》、バツチリと見張《みは》りたる目《め》に据《すわ》りたる眸《ひとみ》、凄《すさ》まじき姿《すがた》に立《た》ちたるお君《きみ》の、一文字《もんじ》に結《むす》びたる唇《くちびる》開《ひら》くか。と見《み》る間《ま》にハタリと其處《そこ》に倒《たふ》れぬ、裙《すそ》の邊《あた》りより眞白《ましろ》の足《あし》の爪先《つまさき》まで夥《おびたゞ》しう泥《どろ》に塗《まみ》れたり。

七

君樣《きみさん》、情《なさけ》ない身《み》になつてくれたの。と我知《われし》らずホロリと落《お》ちたる一滴《いつてき》、注《つ》ぎし硝子盃《こつぷ》の藥水《やくすゐ》に交《まじ》りしに、銜《つ》と顏背《かほそむ》向けて片手《かたて》に拂《はら》ひつゝ、病《や》みたる人見返《ひとみかへ》れば幽《かすか》に眼《め》を開《ひら》きて瞶《みつむ》るに、藥《くすり》を呑《の》まぬか。と正二《しやうじ》は膝《ゐざ》行り寄《よ》りて勸《すゝ》むれば、頭振《かしらふ》りて、姉樣《ねへさま》。と力《ちから》なく云《い》ふ、何《なに》ぞ。と前髮《まへがみ》の毛《け》拂《はら》ひてやるに、夜着《よぎ》の袖《そで》に身《み》を投《な》げ伏《ふ》して泣《な》ける春江《はるえ》を見《み》つゝお君《きみ》は又姉樣《またねへさま》。と繰《く》り返《かへ》して、息遣《いきづか》ひ苦《くる》し氣《げ》に、私《わたし》が亡《な》くならば跡《あと》には骨肉《しんみ》の人《ひと》と云《い》ふ者《もの》は小田原《をだはら》の伯父樣《をぢさま》ばかり、他《ほか》には緣《なに》者もなき兄樣《にいさま》の、今度《こんど》の事《こと》に愛想盡《あいさうつ》かさず、今迄《いまゝで》にも增《ま》して仲好《なかよ》くして下《くだ》され、悉皆《すつかり》と迷《まよ》ひも覺《さ》め、御後悔《ごこうくわい》なされたのなれば、辛《つら》くせし事《こと》は水《みづ》に流《なが》して、何《なに》も恨《うら》んで下《くだ》さるな。と云《い》へと答《こたへ》なきに、姉樣《ねへさま》、何《なに》とか一言云《ひとことい》つて下《くだ》され、今朝《けさ》からまだ一度《いちど》も姉樣《ねへさま》と口《くち》を聞《き》かぬ、姉樣《ねへさま》、姉樣《ねへさま》、と呼《よ》び續《つゞ》けて、何《なに》も壽命《じゆみやう》で御坐《ござ》んすを、諦《あきら》めてもうお泣《な》きなさるな、そのやうに歎《なげ》いて若《も》しや煩《わづら》ひでも成《な》されたら惡《わる》い。と力《ちから》なく窪《くぼ》みたる眼《め》をば閉《と》ぢつ、絶《た》え入《い》るばかり泣《な》き沈《しづ》む春江《はるえ》の、昨日《きのふ》の涙《なみだ》と今日《けふ》の涙《なみだ》と、さても憂《う》きは免《のが》れられぬ身《み》や。

春江《はるえ》が懷《なつか》しき丸髷《まるまげ》の姿《すがた》、お君《きみ》が床《ゆか》しき高髷《たかまげ》の姿《すがた》、並《なら》べて伴《ともな》ひ歩《ある》きて、人々《ひとぐ》に振《ふ》り返《かへ》らせ、見送《みおく》らせて微笑《ほゝゑ》みし瀧《たき》の川《がは》の紅葉狩《もみぢが》り、今更《いまさら》に戀《こひ》しう忍《しの》びて、再《ふた》ゝび其影《そのかげ》捉《とら》へたしと燥急《あせ》るも甲斐《かひ》なき、一葉《ひとは》散《ち》りたる楓《かへで》に霜《しも》置《お》き初《そ》めて、果敢《はか》なき露《つゆ》を生命《いのち》に、暫《しば》し浮世《うきよ》の秋《あき》に生存《なが》らへし虫《むし》の音《ね》、泣《な》き盡《つく》して次第《しだい》〳〵に弱《よわ》りもて行《ゆ》く。　（完）

小說

花日記

佐藤露英女史

（上）

垂《た》れたる伊豫簾《いよす》の一《ひ》と搖《ゆ》れ搖《ゆ》れて、松《まつ》の木下《こした》に鳴《な》き切《しき》りたる蟬《せみ》の聲《こゑ》途絶《とだ》えぬ。樟腦《しやうなう》の薫《かを》り一室《ひとま》に充《み》ちて、八重十文字《やへじふもんじ》に引張《ひきは》りたる麻繩《ほそびき》の上《うへ》より、疊《たゝみ》の下《した》にも、椽《ゑん》にも、足《あし》を踏《ふ》み入《い》る隙《ひま》なきまで、並《なら》べられたる書籍《しよじやく》の中《うち》に、机《つくゑ》を夢《ゆめ》の置《お》き所《どころ》、良人《をつと》はすや〳〵と眠《ねむ》り安氣《やすげ》なり。夕風《ゆふかぜ》の涼《すゞ》しさに夢《ゆめ》、破《やぶ》らるゝ途端《はづみ》、虚弱《かよわ》き御身《おんみ》に風邪《かぜ》召《め》し給《たま》ふな。と妻《つま》は優《やさ》しう後《うしろ》より小搔卷《こかいまき》着せかけて、足音《あしおと》忍《しの》ばせつゝ、室内《へや》を出《い》でんとせしが、不圖《ふと》、傍《かたはら》の書棚《しよだな》の上《うへ》に、緞子《どんす》の表紙《ひやうし》美《うつく》しき畫帖《ぐわでう》めきしもの唯一冊《たゞいつさつ》、斜《なゝめ》に置《お》かれたるが目《め》に留《とま》りつ。

何《なに》ならむ、伯林《べるりん》に在《お》はす友《とも》の君《きみ》より、送《おく》り越《こ》し給《たま》へる油畫《あぶらゑ》の畫帖《ぐわでう》とは是《こ》れにや、凄《すさ》まじきもあり、笑《ゑ》ましきもあり、折《をり》あらば見《み》よやと許《ゆる》されたる其《そ》れにか。と立寄《たちよ》りて妻《つま》は靜《しづか》に取《と》り上《あ》げしが、表紙《へうし》を繰《く》れば次《つ》ぎに良人《をつと》の手蹟《しゆせき》もて、「花日記《はなにつき》」、と記《しる》してあり。花日記《はなにつき》と云《い》ふに先《ま》づ心《こゝろ》を動《うご》かされて、西《にし》へ東《ひがし》へ良人《をつと》が旅寐《たびね》の其折々《そのをり〳〵》、採《と》り集《あつ》めし紀念《かたみ》なるべし、と妻《つま》は躊躇《ためらひ》もせず、懐《なつ》かし氣《げ》に抱《かゝ》へて、丸窓《まるまど》の許《もと》に涼《すゞ》しき風《かぜ》を脊《せな》に受《う》けつゝ、正《たゞ》しう膝《ひざ》を折《を》りしが、美《うつく》しき笑《ゑ》み含《ふく》みたる眼《まなこ》に、嚴《いつく》しき花日記《はなにつき》の文字《もんじ》を熟《ぢつ》と見入《みい》りて、暫時《しばらく》は開《ひら》きもやらず。

氷賣《こほりう》る兒《こ》の哀《あは》れなる聲門《こゑかど》に聞《きこ》えしが、何《いづ》れへか消《き》えて、濟《す》ませて歸《かへ》る髪結《かみゆひ》を捉《とら》へて、婢女共《はしためども》の浮世話《うきよばなし》に耽くると見《み》えたり、幾室《いくま》か隔《へだ》たりたる勝手《かつて》元《もと》の彼方《かなた》に、さゞめき笑《わら》ふ聲《こゑ》のさわがし。

（中）

萩《はぎ》の花《はな》一《ひ》と本《もと》、色褪《いろあ》せたり、十文字《じふもんじ》にしたる細《ほそ》き紙《かみ》もて二箇所《にかしよ》留めてあり。

目黒《めぐろ》の不動《ふどう》より停車場《ていしやぢやう》への途次《みちすがら》、茅葺《かやぶき》の屋根《やね》低《ひく》く、柴垣高《しばがきたか》く結《ゆ》ひ繞《めぐ》らして、竹《たけ》の編戸《あみど》を内《うち》へと開《あ》け放《はな》したる儘《まゝ》の家《いへ》あり、風情《ふぜい》ありと中《なか》を覗《のぞ》けば、瓢一つ、さらりと掛《か》かりたる袖垣《そでがき》の許《もと》に、小《ちい》さき莚《むしろ》敷かれて、麥藁細工《むぎわらざいく》の籠《かご》の仆《たふ》れたる傍《かたはら》に、萎《しほ》れたる秋草亂《あきくさみだ》れ、可愛《かあい》らしき人形《にんぎやう》、爼板《まないた》、庖丁《はうてう》など散亂《ちらば》れるに、我《わ》れはれい子《こ》を見返《みかへ》りて、仲間《なかま》に入《い》りて遊《あそ》び度《た》しとは思《おも》はずや、と笑《わら》へば、其《それ》には氣付《きづ》かず、垣《かき》の外《そと》を見詰《みつ》めて立《た》てるに、何《なに》ぞと眺《なが》むれば垣越《かきご》しの白萩《しらはぎ》、半《なか》ば外面《そと》に溢《こぼ》れて美《うつく》しく咲《さ》けるなり、れい子《こ》は其《そ》れを欲《ほ》しと云《い》ふ、主《ぬし》ある花《はな》なり、思《おも》ひ捨《す》て給《たま》へと云《い》へど聞《き》かず、兩《りやう》の手《て》を我《わ》が腕《うで》に絡《から》まして、取《と》れよ、とせがむに、密《そ》つと三本《みもと》ばかりを手折《たを》りて與《あた》ふれば、邪氣《つみ》なき笑顔《ゑがほ》して、一《ひと》つを我《わ》が制服《せいふく》の胸《むね》に挿《さ》しながら、奇麗《きれい》なりとて喜《よろこ》ぶ事《こと》かぎりなし。

我《わ》れは花盗人《はなぬすびと》の罪《つみ》を犯《をか》しぬ、されど情知《なさけし》り給《たま》ふ神《かみ》は許《ゆる》しも仕《し》給《たま》ふべし。

紅葉《もみぢ》二葉《ふたば》、くれなゐの色《いろ》昔《むかし》の儘《まゝ》なり。

千しほの楓《もみぢ》、一としほの楓《もみぢ》、取《と》り交《ま》ぜて自轉車《じてんしや》の把手《はんどる》に結《ゆ》ひ付《つ》け、眞間《まゝ》より、都《みやこ》の湯島《ゆしま》まで直走《ひたばし》りに走《はし》りぬ。

れい子《こ》の微笑《びせふ》はこの紅葉《もみぢ》に落《お》つるよと思《おも》ひしは仇《あだ》なりき、告《つ》げずして我《わ》れ一人《ひとり》遊《あそ》びしを恨《うら》みて、枝《えだ》には指《ゆび》も觸《ふ》れず、果《は》ては何《いづ》れへか姿《すがた》を隱《かく》して、呼《よ》べども出《い》でこず、探《さが》せども見《み》えぬに、れい子《こ》の淚《なみだ》を拭《ぬぐ》ひやりて、執《と》りなし給《たま》ふ母人《はゝびと》は今日《けふ》はお不在《るす》なり、我《わ》れ一人《ひとり》の力《ちから》にてれい子《こ》が機嫌《きげん》を直《なほ》さん事《こと》の難《かた》きを思《おも》ひて、其儘《そのまゝ》家《いへ》に歸《かへ》る、紅葉《もみぢ》の半《なか》ばを椽《えん》に置《お》きしが、明日《あす》までも猶《なほ》そを打捨《うちす》て置《お》くべきか。

菫《すみれ》の花一輪《はないちりん》、形《かたち》くづれず。

潜《くゞ》り戸《ど》の開《あ》く音《おと》す、誰《たれ》や訪《と》ひ來《き》しと窓《まど》より覗《のぞ》けば、千代田《ちよだ》袋《ぶくろ》に蝙蝠《かうもり》持ち添《そ》へたるを重氣《おもげ》に左手《ゆんで》に提《さ》げて、菫《すみれ》の花束《はなたば》を右手《めて》に持《も》ちたるれい子《こ》の、靴穿《くつは》きたる足《あし》を引摺《ひきず》りながら、敷石《しきいし》傳《つた》ひて庭《には》の方《かた》へと歩《あゆ》み來《く》るなり、今日《けふ》は大宮《おほみや》へ遠足《ゑんそく》と聞《き》きしが、其《そ》れの歸途《かへり》なるべし、大方《おほかた》ならず疲《つか》れしと見《み》えて、意氣地《いくぢ》なき歩《あゆ》み振《ふ》りするよ、とをかしく、椽《えん》に出《い》でゝ打笑《うちわら》へば、物云《ものい》はで、袋《ふくろ》も菫《すみれ》も其處《そこ》に投《な》げ出《い》だして、腰下《こしおろ》せしが、可愛《かわゆ》き頰《ほゝ》を膨《ふく》らして、靴脱《くつぬ》がしてよ、椽《えん》より上《うへ》へ抱《だ》き上《あ》げてよ、と迫《せま》るやうに云《い》ふ、我《わ》れの賴《たの》みて大宮《おほみや》へ行《ゆ》きて貰《もら》ひしにもあらず草臥《くたびれ》たりとて、さほど恩《おん》に被《き》せらるゝ理由《いはれ》なし、と云《い》へば、この菫花《すみれ》を參《まゐ》らせ度《た》きばかりに、上野《うへの》より此處《こゝ》まで迂曲《まはり》路《みち》して、猶更《なほさら》に草臥《くたびれ》しなれば、少《すこ》し位《くらゐ》は恩《おん》に被《き》せてもよき筈《はづ》なりとて、亂《みだ》れたる下《さ》げ髮《かみ》の頭《かしら》を振《ふ》る、果《は》ては袴《はかま》までも取《と》らせられぬ。

白薔薇《しろばら》一輪《いちりん》、色醜《いろみにく》く黄《き》ばみて、香《か》もなし。

假初《かりそめ》の風邪《かぜ》に打臥《うちふ》したるを誰《たれ》より聞《き》きけむ、出校間際《しゆつかうまぎは》に認《したゝ》めたりと云《い》ふれい子《こ》よりの見舞狀《みまひじやう》、届《とゞ》きぬ。

友《とも》に誇《ほこ》らんとて簪《かざ》したる白薔薇《しろばら》、墨摺《すみす》る折《をり》にこの文《ふみ》の上《うへ》に落《お》ちたれば其儘《そのまゝ》封《ふう》じてとあり、今日《けふ》は母人《はゝびと》の御手《みて》もて、桃割《もゝわ》れとか云《い》へるに結《ゆ》ひ上《あ》げしや、節立《ふしだ》ちたる薔薇《ばら》の短《みぢ》かき幹《みき》に、日本油《にほんあぶら》の移《うつ》り香《か》高《たか》し。

白百合《しろゆり》一《ひ》と本《もと》、花片《はなびら》に記《しる》されたる紅《くれなゐ》の文字《もんじ》鮮明《あざやか》に殘《のこ》れり、高木氏《たかぎし》が送別《そうべつ》の宴果《えんは》てゝ、深夜《しんや》家《いへ》に歸《かへ》りて見《み》れば、床《とこ》の間《ま》の花籠《はなかご》に、睡魔《すゐま》を拂《はら》ふやうなる眞白《まつしろ》き百合《ゆり》の花數本《はなすうほん》、投《な》げ入《い》れてあるに、れい子《こ》が我《わ》れの不在《ふざい》に來《き》ての仕業《しわざ》、と微笑《ほゝゑ》みつゝ近寄《ちかよ》れば、俯向《うつむ》ける美《うつく》しき花《はな》の面《おもて》の一《ひと》つに、紅《くれなゐ》のインクもて「折角參《せつかくまゐ》りしにお不《る》在《す》にて、あんまりに候《さふらふ》、れい子《こ》」と記《しる》してあり、思《おも》はず我《わ》れは其花《そのはな》に接吻《きつす》しつ、されどれい子《こ》に代《かは》れる紅《くれなゐ》の筆《ふで》は、酒《さけ》の匂《にほひ》を厭《いと》はしとて、面《おもて》も向《む》けざりき。

桔梗《きゝやう》の花一輪《はないちりん》、花片一《はなびらひと》つ缺《か》けたるまゝ。

穩《おだや》かなる今日《けふ》の日曜《にちやう》を、れい子《こ》はいかなる事《こと》して暮《くら》すやと、我《わ》れは湯島《ゆしま》を訪《おとづ》れぬ。

友《とも》に誘《いざな》はれて枯野《かれの》に遊《あそ》べると云《い》ふ、いさゝか力落《ちからお》ちて、我《わ》れも何《いづ》れへかと思《おも》ひ立《た》ちしが、れい子《こ》の不《る》在《す》を機會《をり》として母人《はゝびと》の、來年《らいねん》は是非《ぜひ》に其方《そなた》との式《しき》を擧《あ》げさせ度《た》しと思《おも》へど、彼女《あれ》が振舞《ふるまひ》の何時《いつ》までも稚《おさな》く、大人《おとな》しからぬに其《そ》れのみ氣遣《きづか》はるゝ、と云《い》ひ出《い》でられしに、繰《く》り言《ごと》とばかり聞《き》き流《なが》しもならず、種々《さま〴〵》に云《い》ひ宥《なだ》めて、遂日《つひゝ》を暮《くら》したり、戻《もど》りがけにれい子《こ》の書齋《しよさい》に入《い》りて見《み》れば、片付《かたづ》きたる小《ち》さき塗机《ぬりつくゑ》の上《うへ》に、我《わ》れより贈《おく》りたる水入《みづい》れを中央《まんなか》に据《す》えて、薄紫《うすむらさき》の色《いろ》ゆかしき桔梗《きゝやう》二輪《にりん》を挿《さ》せしが、其《その》花《はな》に印《しる》し紙《がみ》をつけて、片々《かたへ》に「兄樣《にいさま》」、片々《かたへ》に「れい」、と書《か》きてあるに、我《わ》れ知《し》らず笑《ゑ》まれて「れい」の印《しるし》つきたる方《かた》を胸《むね》に挾《はさ》みて戻《もど》りぬ、歸途《きと》、海老茶《ゑびちや》の袴《はかま》、幾群《いくむ》れかに逢《あ》ひたれど、れい子《こ》の姿《すがた》は見《み》えざりき。

白菊《しらぎく》二輪《にりん》、葉《は》の添《そ》ひたる儘《まゝ》を、藤色《ふぢいろ》のリボンにて結《むす》びてあり。

昨夜《ゆふべ》れい子《こ》は泊《とま》りたり、我《わ》れは思《おも》ひの外《ほか》に寢過《ねす》ごして、軒《のき》を傳《つた》ふ霜解《しもど》けの雫《しづく》、大方《おほかた》絶《た》えし頃《ころ》目覺《めさ》めしが、れい子《こ》は、と爺《ちゝ》に聞《き》けば、出校時間《しゆつかうじかん》を氣遣《きづか》ひて疾《と》くに歸《かへ》りたりと云《い》ふ、常《つね》のやうに起《お》きよとて困《こま》らせもせざりしは、昨夜《さくや》調《しら》べ物《もの》にかゝりて、三時《さんじ》過《す》ぐるまでも我《わ》れの臥床《ふしど》に入《い》らでありしを、知《し》りてなるべしと、起《お》き上《あ》がれば、庭《には》より手折《たを》り來《き》し白菊《しらぎく》二輪《にりん》、リボンにて結《むす》びしを、角帽《かくばう》の横《よこ》に挾《はさ》みて机《つくゑ》の上《うへ》に載《の》せ、傍《そば》の白紙《はくし》に「私《わたくし》もこれとお對《つひ》の簪《かんざし》を、學校《がくかう》へ挿《さ》して參《まゐ》り候《さふらふ》、兄樣《にいさま》もこの儘《まゝ》被《かぶ》りて學校《がくかう》へ御出《おい》でおそばさるべく、必《かな》らず途中《とちう》にて落《おと》し給《たま》ふな」と鉛筆《えんぴつ》の走《はし》り書《が》き、我《わ》れは思《おも》はず苦笑《くせう》したり、れい子《こ》が聞《き》かば、何故《なにゆゑ》と怪《あや》しむべし。

櫻《さくら》の花《はな》一片《ひとひら》、吉野紙《よしのがみ》のやうなり。

常《つね》よりも勝《すぐ》れて元氣《げんき》好《よ》きに聊《いさゝか》安堵《あんど》して、今宵《こよひ》は一と先《ま》づ我家《わがや》に歸《かへ》るべしと、別《わか》れを告《つ》ぐれば、れい子《こ》は悲《かな》し氣《げ》なる面《おもて》して我《わ》れを眺《なが》めしが、さらば明日《あす》。と聲音《こわね》も明瞭《はつきり》と云《い》ふ、點首《うなづ》きつゝ、附《つ》き添《そ》ひ給《たま》へる母人《はゝびと》に何《なに》かと注意《ちうい》して、いざとて扉《どあ》を押《お》せば、兄樣《にいさま》、々々、と惶《あわ》たゞしく呼《よ》ぶに、驚《おどろ》きて振《ふ》り返《かへ》れば、細《ほそ》りたる指《ゆび》に櫻《さくら》の花一片《はなひとひら》持《も》ちて、今兄樣《いまにいさま》の其處《そこ》を開《ひら》き給《たま》ふ途端《とたん》、花瓶《くわびん》に插《さ》してある櫻《さくら》の花《はな》の、眼《め》の前《まへ》に散《ち》りて參《まゐ》りたり、共《とも》に行《ゆ》き度《た》しと云《い》ふにやあらん、我《わ》れと思《おも》ひて伴《つ》れゆき給《たま》へと云《い》ふ、をかしき事《こと》を仰《おほ》せらるゝよと、看護婦《かんごふ》は笑《わら》ひたれど、我《わ》れは中々《なかく》に胸迫《むねせま》つて引《ひ》き返《かへ》しつゝ、花片《はなびら》持《も》つ左手《ゆんで》を輕《かろ》く握《にぎ》りて、この花《はな》に琴《こと》も彈《ひ》かすべし、花《はな》も活《い》けさすべし、病《やま》ひの身《み》に苦《くる》しうはあらぬや、と云《い》へば頭振《かしらふ》りて微笑《ほゝゑ》む、紙《かみ》に包《つゝ》みて風呂敷《ふろしき》に入《い》るゝまで、眼《め》も離《はな》さで見守《みまも》り居《ゐ》しが、明日《あす》は早《はや》くに來《き》ませよ、さらば。と我《わ》れを仰《あふ》ぎて再《ふた》び微笑《ほゝゑ》むに、昨夕《ゆふべ》までは唯笑《たゞゑ》みかとばかり、果敢《はか》なき影《かげ》の靑《あを》き唇《くちびる》に射《さ》せしのみにて、笑《わら》ふべき力《ちから》さへ失《う》せ果《は》てしか、と我《わ》れを泣《な》かせしものが、僅《わづか》一日《にち》にてかゝる經過《けいくわ》を見《み》んとは實《げ》に思《おも》ひよらざりき、と我《わ》れは心勇《こゝろいさ》まれて、退院《たいゐん》も程《ほど》なきにあるべしと、身《み》も心《こゝろ》も輕《かろ》く始《はじ》めて病院《びやうゐん》の門《もん》を出《い》でたり。

椿《つばき》の花一《はなひと》つ、禮子《れいこ》の墳墓《みはか》に手向《たむ》けたる花《はな》なり、明日《あす》を契《ちぎ》りて去《さ》らんとする時《とき》、足許《あしもと》に落《お》ちたる花《はな》の我《わ》れと思《おも》ひて伴《とも》なへよ。と墳墓《みはか》の下《した》にて呼《よ》びつゝあるにや、今宵《こよひ》も母人《はゝびと》と二人《ふたり》して、泣《な》きつゝ在《あ》りし世《よ》の君《きみ》を語《かた》るなり、其折《そのをり》この花《はな》を傍《かたはら》に据《す》えて、三人《みたり》まどゐせし昔《むかし》の樣《さま》を忍《しの》ぶべくや、れい子《こ》の代《かは》りて笑《ゑ》みてもくれよかし、泣《な》きてもくれよかし、物云《ものい》はではあるまじきぞ。

（（下））

後幾枚《あといくまい》かの白紙《はくし》を殘《のこ》して、他《ほか》には一文字《いちもんじ》の痕《あと》もなし、悲《かな》し氣《げ》の色迫《いろせま》りたる面色《おもいち》して、妻《つま》は再《ふたゝ》び繰《く》り返《かへ》さんとする時《とき》、圓《まど》かなる夢《ゆめ》を何《なに》にや破《やぶ》られたる、奥《おく》の方《かた》に幼兒《おさなご》の泣《な》く聲頻《こゑしきり》なり、妻《つま》は我《わ》れを忘《わす》れて立《た》ち上《あ》がりしが、日記《につき》を元《もと》の處《ところ》に直《なほ》しつゝ、良人《をつと》の寐顔《ねかほ》を見守《みまも》りて、實《げ》にもよ、嫁《とつ》ぎてよりこの方《かた》、始《はじ》めて夫《せ》の君《きみ》が笑顔《ゑがほ》を見《み》しは、彼子《あれ》が風車《かざぐるま》を見《み》て笑《ゑ》み初《そ》めし其《そ》の時《とき》なりけり。と恍惚《うつとり》と其儘佇《そのまゝたゝず》むを、促《うなが》す如《ごと》き幼《をさ》兒《なご》の泣《な》く聲再《こゑふたゝ》び聞《き》こえつ、妻《つま》は出《い》で行《ゆ》きぬ、良人《をつと》の夢《ゆめ》はいまだ安《やす》らかにして、淋《さび》しき面《おも》ながら、口許《くちもと》に微笑《びせう》を浮《うか》べたり、果敢《はか》なき瞬間《しゆんかん》の熟睡《うまひ》に、幼兒《おさなご》が甘《あま》ゆる顔《かほ》や見《み》し、故《むかし》の人《ひと》が愛度《あど》無《な》き振舞《ふるまひ》や見《み》し。

才媛文壇

小萩《こはぎ》はら

上

佐藤露英

情《つれ》なき小夜《さよ》の嵐《あらし》に、明日《あす》は破《や》れ衣《ころも》とならんとも知《し》らで、春《はる》の粧《よそほ》ひをその儘《まゝ》の翼《つばさ》美《うつく》しう、流《なが》れに添《そ》へる野菊《のぎく》の蔭《かげ》よりひら〳〵と舞《ま》ひ出《い》でし胡蝶《こてふ》の、女郎花《をみなめへし》、紫苑《しをん》の色《いろ》もなく打《う》ち臥《ふ》せる寂《さ》び果《は》てたる野邊《のべ》を、心《こゝろ》なきさまに打《つ》ち廻《めぐ》りて、高《たか》く低《ひく》く、右《みぎ》へ左《ひだり》へ、と狂《くる》ひ行《ゆ》く。

開《ひら》き切《き》つたる紅菊《べにぎく》〓白菊《しらぎく》の幾輪《いくりん》、取《と》り交《ま》せて絹半巾《きぬはんけち》に包《つゝ》みたる幹《みき》を片手《かたて》に、片手《かたて》は葡萄色《ぶだういろ》の袴《はかま》をやゝ高《たか》く掻《か》い繰《ぐ》りて、裏付《うらつき》の草履《ざうり》輕《かる》う、藤色甲斐絹《ふぢいろがひき》の袘《ふき》を返《かへ》して一《ひ》と足前《あしまへ》に落葉《おちは》を踏《ふ》みつゝ、窶《やつ》れの見《み》ゆる頬《ほゝ》を淋《さび》し氣《げ》に、涼《すゞ》しき眼光《まなざし》を上《あ》げて蝶《てふ》を追《を》ひしがやがて、何《なに》を求《もと》めてか、花《はな》なき草《くさ》の中《なか》に半《なか》ば姿《すがた》を隠《かく》したる行方《ゆくへ》に目《め》を注《とゞ》めて、哀《あは》れ氣《げ》に打守《うちまも》りつ。油氣《あぶらけ》なき洗《あら》ひ髪《がみ》の、白《しろ》き面《おもて》に散《ち》りたる後《おく》れ毛《げ》の風情《ふぜい》惱《なや》まし氣《げ》に、何結《なにむす》びか、束髪《そくはつ》に白《しろ》きリボンの風《かぜ》に、いで此《こ》處にも秋《あき》の蝶《てふ》は潜《ひそ》めり。

紋緞子《もんどんす》の洋傘《かふもり》に紅葉《もみぢ》の枝《えだ》を添《そ》へたるを間《あひだ》に、後《うしろ》へと少《すこ》し隔《へだ》たりて、濃淡《むら》なく染《そ》めし薄墨色《うすゞみいろ》の空《そら》の面《おもて》の、水底《みなそこ》に映《うつ》りて沈《しづ》みたる色《いろ》に流《なが》るゝ小川《をがは》を右手《めて》に、大方花《おほかたはな》の散《ち》り失《う》せたる一《ひ》ト叢《むら》の小萩《こはぎ》が許《もと》に身《み》を埋《うづ》めて、黒《くろ》ずみたる海老茶色《えびちやいろ》の袴《はかま》の裾《すそ》を打《う》ち亂《みだ》しつゝ、靴穿《くつは》きたる兩《りやう》の足《あし》を前《まへ》に左右《さいう》へと交《か》はして同《おな》じう蝶《てふ》の行方《ゆくへ》を眺《なが》めながら、

『果敢《はか》ないものねえ、秋《あき》の蝶《てふ》なんて』

と爽《さわや》かに云《い》ひて、立《た》ち盡《つく》せる友《とも》をば後《うしろ》より仰《あふ》ぐ。濃《こ》き生際《はえぎは》の亂《みだ》れ毛《け》もなき前髪《まへがみ》大《おほ》きう、頭髪《かみ》には飾《かざ》りもなくて、締《しま》りたる面《おも》ざし、間狹《あはひせま》き一の字眉《じまゆ》の男《をとこ》めきて、際立《きはだ》ちて凛《り》々し氣なり。

『果敢《はか》ないはねえ』と彼方《かなた》は優《やさ》しき物《もの》の云《い》ひ振《ぶ》り、後方《うしろ》は見返《みかへ》らで、其儘《そのまゝ》茫然《うつとり》と夢見《ゆめみ》るさまに、小川《をがは》を隔《へだ》てたる彼方《かなた》の、いさゝか刈《か》り殘《のこ》されたる田《た》の面を窺《のぞ》みて、何《なに》か獨《ひと》り思《おも》ひを辿《たど》れるに、

『三重《みへ》さん』と呼《よ》びながら訝《いぶか》し氣《げ》に見守《みまも》りしが、耽《ふけ》る思《おも》ひを其《そ》れと推《すゐ》して、搆《かま》ひ氣《げ》もなく、

『兄《にい》さんの事《こと》を思《おも》ひ出《だ》したの？』と輕《かろ》き調子《てうし》に聞《き》く、親《した》しき間柄《なか》ながら、あまりに明《あか》らさまなる問《と》ひにさすが嬌羞《はづかし》さを覺《おぼ》えて、

『いゝえ』と胸《むね》の思《おも》ひを掩《おほ》ふつもりの、然《さ》り氣《げ》なくは答《こた》へたれど、端《はし》なくも色《いろ》に出《い》でたる面麗《おもてうるは》しう、思《おも》はず伏《ふし》目《め》になりて、

『秋《あき》の所爲《せい》なのね、悲《かな》しい事《こと》ばかり考《かんが》へて』と手《て》にせる花《はな》を空《あだ》に眺《なが》めつ。

『おや、矢張《やつぱ》り兄《にい》さんの事《こと》も考《かんが》へて居《ゐ》たのえ』と笑《ゑ》みながら、『お墓《はか》の中《なか》で、何樣《どんな》に兄《にい》さんは喜《よろこ》んで居《ゐ》るか分《わか》らないわ』

首傾《くびかし》げて、恥《はぢ》らふ人《ひと》の面《おもて》を差《さ》し窺《のぞ》くに、つい見返《みかへ》りて、合《あ》はせたる目許《めもと》に懷《なつか》しげなる笑《ゑ》みを交《かは》せしが、沈《しづ》みたる顏色《かほいろ》の浮《う》いて見《み》えしもこれ一時《いつとき》、何時《いつ》か眼光《まなざし》さへ曇《くも》りて、

『何《ど》う考《かんが》へても、既《も》うこの世《よ》にはいらつしやらないのね』と、熟《つく》と俯向《うつむ》きて、胸《むね》に近《ちか》く溜息《ためいき》の聲細《こゑほそ》し。

『仕方《しかた》がないわ、いくら云《い》つたつて返《かへ》る事《こと》ぢや無《な》いんですもの、其樣《そんな》ことは妾《わたし》もう諦《あきら》めてしまつたの』

崩折《くづを》るゝ心《こゝろ》を見《み》せまじとて、殊更調子《ことさらてうし》強《つよ》うは云《い》ひながら、

『だけれどと打萎《うちしほ》れて、『存命《いき》ていらしつた時分《じぶん》、せめて其《そ》の半分《はんぶん》だけでも兄《にい》さんを思《おも》つて下《くだ》されば好《よ》かつたのに』と力《ちから》なき聲《こゑ》に怨《うら》みを含《ふく》んで云《い》ふ。

合點《がてん》ゆかぬさまに、

『兄《にい》さんを思《おも》ふつて？』と問《と》ひ返《かへ》せば、

『思《おも》ふと云《い》つては悪《わ》るくて？』と稍《や》ゝ言葉《ことは》荒《あら》く、

『妾《わたし》のやうに、兄《にい》さんとも仲好《なかよ》くして下《くだ》されば好《よ》かつたと云《い》ふの、あなたは亡《な》くなつた兄《にい》さんが嫌《きら》ひだつたわ。』

癇聲《かんごゑ》の終《をは》りの一《ひ》と言《こと》、その胸《むね》を刳《えぐ》りしか、唇《くちびる》を堅《かた》く結《むす》んで、切《せつ》なげに見《み》えしが、堪《た》へ得《え》ぬさまに其處《そこ》に腰《こし》を屈《かゞ》めて、

『あなた、知《し》つていらつしやるの？』

と安《やす》からぬ面色《おももち》、袴《はかま》の裾《すそ》は草《くさ》の上《うへ》に波《なみ》を打《う》つて、後《うしろ》の方《かた》に長《なが》く曳《ひ》いたり。

『今《いま》まで默《だま》つて居《ゐ》たけれども、すつかり聞《き》いたわ、亡《な》くなる前《まへ》に兄《にい》さんから』

熟々《つくづく》と友《とも》の面《おもて》を打守《うちまも》つて

『あなたは平常《ふだん》優《やさ》しいやうで、隨分無情《ずゐぶんむじやう》なのねえ』

言葉《ことは》付《つき》冷《ひや》やかに、摘《つ》むとにもあらず、汚《よご》れし花《はな》の僅末《わつかすゑ》に殘《のこ》れる一《ひ》と本《もと》の萩《はぎ》に指《ゆび》を絡《から》ませて、首垂《うなだ》れつゝ弄《もてあそ》ぶ。

思《おも》ひに思《おも》ひて焦《こが》れし人《ひと》の、優《やさ》しき笑《ゑ》みを一《ひ》と度《たび》も見《み》る事叶《ことかな》はで曉寒《あかつきさむ》き病院《びやうゐん》の床《とこ》に、この世《よ》を去《さ》りゆきし兄《あに》が臨《いま》終《は》の物語《ものがたり》、妹《いもと》の玉江《たまえ》は唯哀《たゞあは》れと思《おも》ひ泌《し》みて、不治《ふぢ》の肺《はひ》の病《やまひ》とは云《い》ひながら、一時《いちじ》に重《おも》らせしも友《とも》の三重子《みへこ》が大方《おほかた》は原因《もと》なり、況《ま》して、玉《たま》の緒《を》の絶《た》ゆるに猶時《なほとき》の早《はや》かりしも、その人《ひと》の心《こころ》の暖《あたゝか》らぬより、兄《あに》の身《み》には廿五年《ねん》の短《みぢか》き浮世《うきよ》を、樂《たの》しみと云《い》ふ事《こと》は更《さら》に覺《おぼ》えで、身《み》は病《やまひ》に、心《こゝろ》は戀《こひ》に、悶《もだ》え苦《くる》しみて果敢《はか》なくも終りたる恨《うら》みのさぞや深《ふか》からんを、其《そ》れも、此《こ》れも、情無《つれな》き友《とも》が心《こころ》の唯一《たゞひと》つより、と口惜《くちを》しさは極《きは》まりて、昨日《きのふ》まで校舍《かうしや》の門《もん》を潜《くゞ》るも、出《い》づるも手《て》を携《たづさ》へし人《ひと》の上《うへ》をば、今《いま》は仇敵《かたき》のやうにも思《おも》ひ做《な》して、人《ひと》の情《なさけ》を噛《か》み分《わ》けぬ幼《おさな》き心《こゝろ》に一向《ひたすら》憎《にく》み初《はじ》めたりしに、思《おも》ひの外《ほか》なりき、鬼《おに》の心《こゝろ》を持《も》つやうにも思《おも》ひし人《ひと》の、兄《あに》失《う》せたりと傳《つた》へし日《ひ》より、我《わ》れへの笑顔《ゑがほ》さへ稀《まれ》になりゆきて、病《や》める身《み》にもあらぬを此《こ》の頃《ごろ》の面窶《おもやつ》れ、胸《むね》に惱《なや》みの絶《た》えぬ狀態《さま》に、家《いへ》に在《あ》りては書《ふみ》も讀《よ》まず、筆《ふで》も取《と》らず、言葉《ことは》は少《すく》なう涙《なみだ》のみ多《おほ》き其《そ》の風情《ふぜい》の痛《いた》ましうて、兄《あに》あらずなりし爲《ため》とばかり

も思《おも》ひ取《と》れねど、憂《う》きに閉《とざ》されて日《ひ》を送《おく》れる人《ひと》のさすが哀《あは》れに、解《と》けぬ心《こゝろ》は其《そ》の儘《まゝ》、何事《なにごと》も胸《むね》に秘《をさ》めて今日《けふ》まで打《う》ち過《す》ごしつ。

明日《あす》は兄《あに》が命日《めいにち》、二人《ふたり》連《つ》れ立《だ》つて此處《こゝ》に手向《たむけ》の花《はな》をば摘《つ》みつゝ、秋《あき》の物悲《ものがな》しさに失《う》せにし人《ひと》の一層戀《ひとしほこひ》しう、言《こと》葉《は》の端《はし》よりつい恨《うら》みは冴《さ》え返《かへ》りて、友《とも》を責《せ》めしが、思《おも》ひに惱《なや》めると知《し》りつゝ、心強《こゝろづよ》くも云《い》ひ過《す》ごしたりと、今《いま》更《さら》に悔《く》ひて氣遣《きづか》はし氣《げ》に眺《なが》むれば、屈《かゞ》めたる膝《ひざ》の上《うへ》に頰杖《つらづゑ》突《つ》きて、凝然《じつ》と見入《みい》りたる草《くさ》の面《おもて》の、露《つゆ》はあらぬ方《かた》に宿《やど》りて、

『無情《むじやう》だと云《い》はれても辛《つら》いとは思《おも》はないの、みんな自分《じぶん》が惡《わる》いんですもの』

はらりと落《お》ちたるを袖《そで》に拭《ぬぐ》ひつゝ、

『兄《にい》さんからお話《はなし》を聞《き》いていらつしやりながら、よく交際《つきあ》つて居《ゐ》て下《くだ》すつたわ、でも心《こゝろ》の中《なか》では何樣《どんな》に恨《うら》んでいらつしやるでせう、爾後《これから》はあなたにまで妾《わたし》は隔《へだ》てられなければ成《な》らないわ』

遣《や》る瀨《せ》無《な》げなる吐息《といき》漏《も》らして、默《もく》せるを見上《みあ》ぐれば、

『隔《へだ》てやしないけれど』と言葉《ことば》澁《しぶ》りて、

『兄《にい》さんですもの、可哀想《かわいさう》で仕方《しかた》がないわ』

雨《あめ》を含《ふく》む風《かぜ》、冷々《ひやひや》と兩人《ふたり》が面《おもて》を吹《ふ》きて、云《い》ひ合《あ》はさねど心密《こゝろひそ》かに、亡《な》き人《ひと》の魂魄《みたま》かと懷《なつか》しかりし彼《か》の蝶《てふ》の、何《いづ》れへか姿《すがた》を忍《しの》ばせて、再《ふたゝ》び野邊《のべ》に影《かげ》も見《み》せず。

中

端艇競漕《ボートレース》の歸《かへ》り途《みち》、散《ち》り布《し》く花《はな》をば踏《ふ》んで、三重子《みへこ》と二人《ふたり》長《なが》き堤《つゝみ》を辿《たど》りし時《とき》、兄《あに》の、後《うしろ》より共《とも》にと追《お》ひ來《き》しに、其《そ》れを厭《いと》ふてか忽《たちま》ち事《こと》に托《かこつ》けて上野《うへの》へ迂曲《まは》る約束《やくそく》も外《よそ》に、車《くるま》を雇《やと》ふて周章《あはた》だしう歸《かへ》り去《さ》りしが、云《い》ひ敢《あ》へず果《は》敢《か》なげなりし兄《あに》の氣色《けしき》の、其《そ》の日《ひ》より我《わ》が目《め》にも怪《あや》しと思《おも》ふ擧動《そぶり》の幾度《いくたび》か見《み》えたれど、兄《あに》の眞情《まごゝろ》の其《そ》れ程《ほど》とも知《し》らず、友《とも》の無情《つれなさ》の其《そ》れ程《ほど》とも思《おも》はざりき。

面《おもて》には似《に》ぬ華《はな》やかなる兄《あに》の文章《ぶんしやう》の、まして燃《も》ゆるやうなる思《おも》ひを染《そ》め出《い》だしていかばかり艶麗《あでやか》なりしか、重《かさ》ねて、又重《またかさ》ねて、十幾通《いくつう》の書状《ふみ》、間断《ひま》なきまでに送《おく》りたれど、暖《あたゝ》かき心《こゝろ》を交《かは》し合《あ》ふ人《ひと》の、他《よそ》にあるにも有《あ》らぬを、遂《つい》に彼《あ》の人《ひと》の心《こゝろ》は動《うご》かず、我《わ》が思《おも》ふ人《ひと》に限《かぎ》りて、一入厭《ひとしほいと》はるゝとは幸《さち》もなき我身《わがみ》なり。と打《う》ち歎《なげ》きつゝ、今日《けふ》明日《あす》の命《いのち》と迫《せま》りし其《そ》の宵《よひ》に、我《わ》れを招《まね》きて殘《のこ》らずを兄《あに》は明《あか》しつ。

飽《あ》くまでも嫌《きら》はるゝ我身《わがみ》を悲《かな》しみて、嫌《きら》ふ人《ひと》は怨《うら》まず、猶思《なほおも》ひ絶《た》えんともせで、せめてはと、君《きみ》が手《て》に成《な》りし書《か》き捨《す》ての田家《でんか》の油書《あぶらゑ》、紛《まぎ》れて我《わ》が紙挾《かみはさ》みの中《うち》にありしを、妹《いもと》に恥《はぢ》つゝ幾度《いくたび》か躊躇《ためら》つて、漸《やうや》く其《そ》れを望《のぞ》みたる兄《あに》が心《こゝろ》の、其時《そのとき》は心《こゝろ》なく過《す》ごしたれど、今《いま》にして思《おも》へば如何《いか》ばかり味氣《あぢき》なき朝夕《あさゆふ》を送《おく》りしにか、と哀《あは》れに悲《かな》しう、悼《いた》ましき死《し》は運命《さだめ》と斷念《あきらめ》ても、是《こ》れのみは口惜《くちを》しう心《こゝろ》に殘《のこ》りて、甲《か》斐《ひ》もなき事《こと》と知《し》りながら、兄《あに》に冷《ひや》やかなりし友《とも》が心《こゝろ》の唯恨《たゞうら》めしき心地《こゝち》ぞする。

「何《ど》うして兄《にい》さんが其樣《そんな》に嫌《いや》だつたの、妾《わたし》の兄《にい》さんぢやありませんか」

靨《ゑくぼ》美《うつく》しかりし頰《ほゝ》の窶《やつ》れて、眼《め》に涙《なみだ》持《も》ちたる面《おもて》を見上《みあ》げしが、

「優《やさ》しい人《ひと》だつたわと打沈《うちしづ》んで、眼《め》に面影《おもかげ》を描《えが》きつゝ、果敢《はか》なき昔《むかし》を繰《く》り返《かへ》して限《かぎ》りもなし。

實《げ》にも優《やさ》しき人《ひと》なりき、姿優《すがたやさ》しう、言葉《ことば》優《やさ》しう、心《こゝろ》さま優《やさ》しう、分《わ》けてもこの身《み》に優《やさ》しかりしものを、何故《なぜ》なれば彼《あ》のやうにまで嫌《きら》ひ通《とほ》せしなるべき、一週《いつしう》に一度《いちど》の日曜日《にちえうび》を、隔《へだ》たりては悲《かな》しかりし親《した》しき友《とも》のその、兄《あに》なる人《ひと》をば、何故《なぜ》なればあのやうにまで心強《こゝろづよ》う待遇《もてな》せしなるべき。

送《おく》られて文《ふみ》は初《はじ》めの一通《いつつう》を讀《よ》みしばかり、譯《わけ》もなく厭《いと》はしう思《おも》ひ捨《す》てゝ何《いづ》れの文《ふみ》も大方《おほかた》は其《そ》れと、皆封《みなふう》の儘《まゝ》手《て》文庫《ぶんこ》に納《おさ》め置《お》きしを、嫌《きら》ひこそしたれ、憎《にく》うは思《おも》はざりし其人《そのひと》果《は》てたりと聞《き》きて、そゞろ悩《なや》ましかりし雨《あめ》の夜《よ》半《は》ふ、と悉皆《のこらず》を打《う》ち開《ひら》いて一句《く》一《ひ》と文字《もじ》、籠《こも》りたる眞情《まこゝろ》の優《やさ》しかりしを今更《いまさら》に染々《しみ〴〵》と身《み》に覺《おぼ》えつゝ、三日《か》三夜《よさ》を泣《な》き明《あか》し泣《な》き暮《くら》して、返《かへ》らぬ人《ひと》を慕《した》ひしが、唯昔《たゞむかし》の我《わ》が心怪《こゝろあや》しう、芙蓉《ふよう》の造花《ざうくわ》、見惚《みは》るゝばかりの美《うつく》しかりし挿花《かざし》を、彼《か》の人《ひと》より贈《おく》られて、用捨《ようしや》もなく投《な》げぬばかりにして、押返《おしかへ》したる驕慢《たかぶり》、梨子《なし》を剝《む》くとて小刀《こがたな》に指《ゆび》を傷《きず》つけし時《とき》、親切《まめやか》に細《ほそ》き紙《かみ》もて卷《ま》きくれしを、窣《そ》つと打捨《うちす》てし我儘《わがまゝ》など、犇《ひし》と身《み》をば責《せ》めて、詫《わ》びて、手《て》を

把《と》られ度《た》き人《ひと》は既《はや》あらぬに悲《かな》しさの深《ふか》く、際涯《はてし》なき物思《ものおも》ひに日《ひ》毎打沈《ごとうちしづ》んでやがて、胸《むね》の冴《さ》ゆるは何時《いつ》?、我《わ》が身《み》永《とこしな》へに眠《ねむ》らむ時《とき》にもあるべきか。

何時《いつ》か菊《きく》を放《はな》したる片手《かたて》を其《そ》の儘《まゝ》、苦《くる》しき胸《むね》を抱《いだ》いて、

『何《ど》れ程《ほど》濟《す》まないと思《おも》つても……』と云《い》ひさしたれど、聲音《こわね》震《ふる》えて後《あと》は續《つゞ》かず。

『何《なん》と云《い》つたつて、今《いま》に成《な》つて仕方《しかた》がないわ、兄《にい》さんも妾《わたし》にみんな打明《うちあ》けてから、一言《ひとこと》もわなたの事《こと》は云《い》はなかつたの、三重《みへ》さんを呼《よ》びませうかつて聞《き》いた時《とき》、厭《いや》がつて居《ゐ》るものを、此様所《こんなところ》へまで呼《よ》ぶのは可哀想《かわいさう》だつて』

曉《あかつき》に淡《あは》き電燈《でんとう》の許《もと》に、死《し》を待《ま》つ人《ひと》の靜《しづ》かなりし姿《すがた》を思《おも》ひ浮《うか》べてか、涙含《なみだぐ》みて、

『短命《たんめい》な自分《じぶん》のやうな者《もの》に、動《うご》かされないで三重《みへ》さんは幸福《しあはせ》だつたと云《い》つたわ、兄《にい》さんの身《み》になつたら何様《どんな》に逢《あ》ひ度《た》かつたかも知《し》れないのに、其《そ》れ切《き》り妾《わたし》には何《な》にも云《い》はないの』

當時《たうじ》を語《かた》りて、悲《かな》しさは今更《いまさら》に迫《せま》りつゝ、思《おも》はず音《ね》に立《た》てゝ泣《な》けば、其處《そこ》に膝《ひざ》を支《つ》きし三重子《みへこ》の、吹《ふ》き惱《なや》まさる、女郎花《をみなめし》、仆《たふ》れ臥《ふ》して咽《むせ》び入《い》りつ。

小荷駄《こにだ》、車《くるま》の響《ひゞ》き幽《かすか》に、雨《あめ》を告《つ》ぐるか夕烏哀《ゆふがらすあは》れに鳴《な》き過《す》ぎて、根方《ねがた》の萩《はぎ》の花《はな》ほろりと散《ち》りたり。

下

思ひ返《かへ》せしやうに、面《おもて》を拭《ぬぐ》ふて、

『つまらない事《こと》云《い》ひ出《だ》したわ』と立上《たちあが》つて、袴《はかな》の塵《ちり》を拂《はら》ひながら、

『泣《な》かせて濟《す》まかつてねえ』

答《こた》へもなく、泣《な》き沈《しづ》みしまゝ、微《かす》かに慄《ふる》ふ痛《いた》々しき姿《すがた》を凝然《じつ》と眺《なが》めて、

『今更《いまさら》もう何《ど》うしたつて仕方《しかた》がないわ、嫌《いや》がるものわ好《よ》く思《おも》はせやうとする方《はう》が無理《むり》なんですもの、あなたに嫌《いや》がられた兄《にい》さんが不幸《ふしあはせ》な人《ひと》だつたんだわ』

言葉《ことは》穩和《おだやか》に、立《た》ち寄《よ》つて抱《だ》き起《おこ》せば、

『勿體《もつたい》なくてと』腕《うで》に凭《もた》れて、袖《そで》は顔《かほ》より離《はな》さず。

『すつかり兄《にい》さんは斷念《あきらめ》て亡《な》くなつたんですもの、其樣事《そんなこと》を氣《き》に爲《す》る事《こと》はありやしないわ、此《こ》の事《こと》はもう話《はな》さない積《つも》りで居《ゐ》たのに、惡《わ》るい事《こと》してねえ、つい云《い》ひ出《だ》して餘計《よけい》あなたを苦《くる》しませたわ、』と摺《す》り寄《よ》つて、

『勘忍《かんにん》して、ね』と肩《かた》に頰《ほゝ》を當《あ》てゝ、友《とも》の身《み》を搔《か》い抱《いだ》けば、

『取《と》り返《かへ》しがつかないんですもの』と悶《もだ》えて又《また》一《ひ》としきり泣《な》く。

『其樣事《そんなこと》ばかり考《かんが》へて、身體《からだ》を惡《わ》るくしてしまつたら何《ど》うして？』と心《こゝろ》もそゞろに、

『亡《な》くなつた後《あと》であなたがそんなに思《おも》つて下《くだ》さるんですもの、兄《にい》さんは必然《きつと》喜《よろこ》んで居《ゐ》てよ、だけれど、あなたの身《み》が一生幸福《いつしやうしあはせ》なやうにつて兄《にい》さんは何處《どこ》かで祈《いの》つて居《ゐ》るのに、其《そ》の爲《ため》に病氣《びやうき》にでも成《な》つたら、何《ど》んなに歎《なげ》くか知《し》れないわ、却《かへ》つて濟《す》まないとは思《おも》はないの』

あはれの友《とも》を思《おも》ふ餘《あま》りに、今迄《いまゝで》胸《むね》になかりし事《こと》のさま〴〵と浮《うか》び來《き》て、柔和《やさ》しう云《い》ひ慰《なぐさ》むれば、

『いつそ病氣《びやうき》になつて死《し》ぬ事《こと》が出來《でき》たら、兄《にい》さんのお傍《そば》へも行《ゆ》かれるわ』

腫《は》れて赤《あか》らみし瞼《まぶた》を重《おも》げに上《あ》げて、友《とも》の面《おもて》を恍惚《うつとり》と見入《みい》りつゝ、

『何處《どこ》にいらつしやるのでせう、お詫《わ》びをしたら……………

淚《なみだ》は又溢《またあふ》れて、はら〳〵と落《お》つるを我《わ》が袖《そで》に拭《ぬぐ》ひやりながら、

『兄《にい》さんは最《も》う神樣《かみさま》だわ、優《やさ》しい上《うへ》にも優《やさ》しくなつて、あなたを一生庇護《いつしやうまも》つて下《くだ》すつてよ。』

起《た》つて、亂《みだ》れ落《お》ちたる菊《きく》の花《はな》を拾《ひろ》ひ上《あ》げしが『あなたの其《そ》の淚《なみだ》がかゝつたのねえ。此花《これ》を捧《あ》げたら兄《にい》さんは何《ど》んなに喜《よろこ》ぶでせう』

淋《さび》しく笑《ゑ》んで、在《お》はしますは御空《みそら》の何方《いづれ》と打仰《うちあふ》げば、何時《いつ》降《ふ》り出《い》でしか輕《かる》き村雨《むらさめ》横《よこ》に頰《ほゝ》を打《う》ちて、田《た》の面、畑《はた》の面《も》、見《み》ゆる限《かぎ》り朧《おぼろ》にかすみ渡《わた》りつ。

『雨《あめ》が……』と詫《わ》びし氣《げ》に頭《かふべ》を返《かへ》して、崩折《くづを》るゝ友《とも》の手《て》を無言《むごん》に取《と》るを、其《そ》れに縋《すが》りて危《あや》ふくも立《た》てば、薄紅《うすくれな》ゐの扱《しご》き、袴《はかま》の明《あ》きより外《そと》に飜《こぼ》れ出《い》でゝ、襞積《びだう》失せし裾《すそ》の邊《あた》り亂次《しどけ》なし。

力《ちから》なく姿繕《すがたつくら》ふ間《ま》を、甲斐々々《かひ〴〵》しう小《ちひ》さき靴《くつ》の先《さ》き踏《ふ》み占《し》めて、菊《きく》に楓《もみぢ》の枝《えだ》を合《あ》はせつゝ細《ほそ》き柄《え》の洋傘《かさ》すつと開《ひら》きしが、友《とも》に添《そ》ふて、

「心細《こゝろほそ》くはなくつて？」と

點頭《うなづ》きながら花《はな》を受《う》け取《と》りて、矢飛白《やがすり》の紫《むらさき》の袂《たもと》と、琉珠飛白《りうきうがすり》の袂《たもと》と、絡《から》みたるその下《した》に、堅《かた》く取《と》り交《かは》せし兩人《ふたり》の手《て》の、何《なに》とはなく胸《むね》の暖《あたゝ》かう燃えて、我《わ》れにもあらずしかと握《にぎ》り締《し》むるに、懐《なつか》しげに其《そ》の手《て》を抱《かゝ》へつゝ、友《とも》の方《かた》へと深《ぶか》う頷《かず》して、歩調《あゆみ》しづかに、言葉《ことば》は無《な》くて唯進《たゞすゝ》みしが、二人《ふたり》が今日《けふ》の宿《やど》なりし小萩《こはぎ》が許《もと》の戀《こひ》しう、名《な》殘《こり》の惜《をし》まれて見返《みかへ》れば、細《ほそ》き雨《あめ》其《それ》花にかゝりて、風一陣《かぜひとしきり》、今宵《こよひ》は過《す》ごされまじき花《はな》の姿《すがた》の、濡《ぬ》れて、亂《みだ》れて、惱《なや》まされて、打萎《うちしほ》るゝ。

夕霜

露英

一

爪琴《つまごと》の音《ね》の余韻《よいん》漸次《しだい》に消《き》えゆきてよりは、さら〳〵と秋《あき》の風梢《かぜこずゑ》に渡《わた》りて、亂《みだ》れ落《お》ちたる雫《しづく》の地上《ちじやう》に音《おと》を響《ひゞ》かせしばかり、内廊下《うちらうか》一《ひと》つ隔《へだ》てたる奥《おく》の方《かた》も寂寞《ひつそり》として、我住居《わがすまゐ》ながら聲太《こゑおほ》きうするも心咎《こゝろとが》めさるゝばかりの四邊《あたり》の物靜《ものしづ》かさ、更《ふ》けたりと見《み》えて庭《には》に集《すだ》く蟲《むし》の遠音《とほね》も冴《さ》えたるに、身近《みぢか》う引寄《ひきよ》せたる燈火《ともしび》の許《もと》に、唯一人《たゞひとり》の我姿《わがすがた》を我《わ》れと眺《なが》めて、花《はな》なき床《とこ》の風情《ふぜい》淋《さみ》しく、片隅《かたすみ》の蒔繪《まきゑ》の硯箱《すゞりばこ》一《ひと》つ置《お》かれたるばかりの、ひろ〳〵とせし室《へや》の内《うち》を見廻《みま》はせしが、一入《ひとしほ》肌寒《はださむ》う覺《おぼ》えしか、爪嵌《つめは》めたる儘《まゝ》の指《ゆび》を袖《そで》の内《うち》に、胸《むね》の前《まへ》に掻《か》き合《あ》はせて、面俯向《おもてうつむ》かせつ。

眉淡《まゆあは》く、鼻筋通《はなすぢとほ》りて、小《ちひ》さき口許《くちもと》の、雛《ひな》見《み》るやうなる面愛《おもてあい》らしく、鬢《びん》と共《とも》にふつくりと大《おほ》きく前髪取《まへかみと》りて、奇麗《きれい》に結《むす》びたる[illegible]巻《まき》に、黄菊《きぎく》の花《はな》やゝ萎《しは》れたり。

猶片手《なほかたて》は袖《そで》に、片手《かたて》を後方《うしろ》に伸《の》ばして爪箱《つめばこ》探《さぐ》りしが、忍《しの》ぶともせぬ人《ひと》の足音《あしおと》、庭《には》に聞《き》こえしに驚《おどろ》かされて顔擡《かほあ》ぐれば、やがて雨戸《あまど》の傍《そば》に近《ちか》く、

「おていさん、起《お》きて居《ゐ》るの？」

と低《ひく》き男《をとこ》の聲《こゑ》す。一重瞼《ひとへまぶた》の切《き》れ長《なが》き眼《め》を見張《みは》りて、少時《しばし》外面《そとも》を窺《うかゞ》ひしが、思《おも》はず聲高《こゑたか》く、

「あ、道衞《みちゑ》さんね」

「然《さ》うだよ、開《あ》けてくれないか」

と彼方《あなた》は愈々《いよ／＼》低《ひく》し。

衝《つ》と立《た》つて、心付《こゝろづ》きしやうに外《はづ》したる琴《こと》の爪《つめ》を、忙《せは》しう箝《は》め重《かさ》ねて傍《かたへ》に投《な》げやり、椽《えん》に走《はし》り出《いで》て雨戸《あまど》を繰《く》れば、セルに半外套《インバネス》纏《まと》ひたる男《をとこ》の、化粧《けはひ》したる女恥《をんなはづ》かしき程《ほど》の色白《いろしろ》き面《おもて》に、淋《さび》しき笑《ゑ》みを含《ふく》みて其處《そこ》に立《た》ちしが、窄《つぼ》みたる傘《かさ》を右手《めて》に直《なほ》して、力無氣《ちからなげ》に雨《あめ》の雫《しづく》を拂《はら》ふ。村雨《むらさめ》横《よこ》に投《な》げて軒《のき》より吹《ふ》き入《い》りし夜風《よかぜ》、開《あ》けさしたる戶《と》に身《み》を凭《もた》せて立《た》つ人《ひと》の裙《すそ》を飜《ひるがへ》して、いさゝか溢《こぼ》れ出《い》でたる紅《くれなゐ》の色《いろ》、闇《やみ》に艶《えん》なり。

身《み》を横《よこ》に椽《えん》に上《のぼ》りて、外套《ぐわいたう》脫《ぬ》ぎ捨《す》てつゝ。

「氣《き》が滅入《めい》つて仕樣《しやう》がないんだ」

と泌々《しみ／＼》云ふを、身《み》を起《おこ》して戶《と》を引寄《ひきよ》せながら、淋《さび》し氣《げ》なる面《おもて》して見上《みあ》げしが、無言《むごん》の儘《まゝ》、長《なが》き袂《たもと》を前《まへ》に後手《うしろで》して、輕《かる》う下《した》より振《ふ》りを押《おさ》へつゝ、琉球紬《りうきうつむぎ》の飛白《かすり》の羽織《はおり》長《なが》う、すらりと敷居《しきゐ》の上《うへ》に立《た》てば、懷《なつか》し氣《げ》に其姿《そのすがた》を熟《ぢつ》と眺《なが》めて、

「美清《みきよ》さんにも其癖《そのくせ》があつたね」

と猶目《なほめ》を離《はな》さず。我《われ》にもあらず袖《そで》より手《て》を放《はな》して、羞《はづか》し氣《げ》に。

「然《さ》う」

と笑《ゑ》みながら室內《へや》に入《い》るを、男《をとこ》は追《お》ふて、

「おばさんは？」

「既う寐《やす》んだでせう」

と優雅《しとやか》に琴《こと》の前《まへ》。男《をとこ》もその前《まへ》に對《むか》ふて座《すわ》りしが、

「今迄《いままで》彈《ひ》いて居《ゐ》たの？」

と問《たづ》ねながら膝《ひざ》をば崩《くづ》す。額《ひたひ》ひろやかに、眉《まゆ》の鮮明《あざやか》さ、目《め》の涼《すゞ》しさ、酒氣《しゆき》帶《お》びたれば頰《ほゝ》に紅《くれな》ゐ潮《さ》して、燈火《ともしび》よこ側面《よこ》に受《う》けたるその面《おもて》、冴《さ》えぬながら氣高《けだか》く美《うつく》し。おていは點頭《うなづ》きて
「遲《おそ》いのよ、最《も》う仕舞《しま》ひませう」

と柱《ぢ》を外《はづ》しにかゝれば、

「何《なに》か聞《き》かして貰《もら》ひ度《た》いな」と一寸考《ちよつとかんが》へて、「美濤《みきよ》さんの好《す》きだつた彼曲《あれ》は何《なん》とか云《い》つたね」

「住吉《すみよし》？」

「然《さ》うだ、住吉《すみよし》さ、琴《こと》を見《み》たら何《ど》うしても其曲《それ》が聞《き》き度《た》くなつた」

「ほんとに姉《ねへ》さんは住吉《すみよし》が好《す》きでしたね、よく二人《ふたり》で合奏《あは》しちやあなたに聞《き》かせて上《あ》げたわ」

「だからさ、其《そ》れだから」

と手枕《てまくら》して其處《そこ》に横《よこた》はりしが、深《ふか》く沈《しづ》み込《こ》んで、放心《うつかり》と眼《め》の注《ゆ》く處《ところ》を眺《なが》めつゝ、他《あた》に心《こゝろ》をば走《はし》らせて押《おし》てとも云《い》はず。

古風《こふう》に平打揷《ひらうちさ》したる對《つひ》の高髷《たかまげ》、對《むか》ひ合《あ》ふたる姉妹《あねいもと》の、二面《にめん》の琴《こと》の上《うへ》に白《しろ》き手《て》美《うつく》しう舞《ま》ふて、歌《うた》ふは何《い》時《つ》も妹《いもと》の役《やく》、聲張《こゑは》り上《あ》ぐる時《とき》の頰《ほゝ》の愛《あい》らしさは心《こゝろ》なく眺《なが》めて、薄《うす》き唇堅《くちびるかた》く結《むす》んで、押手《おして》張《は》りたる肩付《かたつき》

優《やさ》しう、恥羞《はぢ》を含《ふく》みし目元《めもと》を此方《こなた》に向《む》けては微笑《ほゝゑ》みし人《ひと》の、艶麗《あでやか》なる姿《すがた》にのみ憧《あこが》れつゝ、さながら醉《ゑ》ふたる心地《こゝち》の樂《たの》しき宵々《よひ〳〵》を過《す》ごせしは去年《こぞ》の秋《あき》、次《つ》ぎの秋《あき》には昔《むかし》の姿《すがた》を其儘《そのまゝ》、他《あた》し人《びと》の前《まへ》に其《そ》の曲《きよく》を奏《かな》でゝ、變《かは》らぬ座敷《ざしき》の爰許《こゝもと》には我《わ》れ一人《ひとり》殘《のこ》りて泣《な》けよ、と彼《か》の人《ひと》の契《ちぎ》りたるにはあらざりしに——、

ふと起《お》き上《あが》りて、

「矢張《やつぱ》りつまらないな」

と長《なが》く息《いき》を吐《つ》く。暫《しば》し首垂《うなだ》れてじつと物《もの》を思《おも》ひしが。

「でも弾《ひ》いて見《み》なせうか」

と慰《なぐさ》め顔《がほ》に爪《つめ》を取《と》り上《あ》ぐれば、情《すげ》なく頭《かしら》を振《ふ》りて、燈火凝視《ともしびみつめ》たる味氣《あぢき》なげなる目許《めもと》に、心弱《こゝろよわ》くも涙浮《なみだうか》めたるを、おていは仰《あふ》ぎ見《み》てそゞろ悲《かな》しく、昨日《きのふ》まで樂《たの》しき春《はる》は知《し》りて、淋《さみ》しき秋《あき》は知《し》らで過《す》ごしたる身《み》なりしに、何時《いつ》となく情《なさ》け知《し》りて、戀失《こひうしな》ひし人《ひと》の哀《あは》れと身《み》に泌《し》みつゝ、されど今宵《こよひ》はその閉《とざ》されたる胸《むね》を、一時《いちじ》なれど開《ひら》かする事《こと》の叶《かな》ふやうなる嬉《うれ》しき話《はなし》のありしなり。と告《つ》げぬ前《さき》に心密《こゝろひそ》かに味《あぢは》ひて、獨《ひと》り笑《ゑ》み漏《も》らしつ。

牛込《うしごめ》に姉樣《ねへさま》の緣付《えんづ》かれてより既《も》う半年餘《はんとしあま》り、夜毎日毎《よごとひごと》この樣《やう》に悶《もだ》え〳〵て、いまだに甲斐《かひ》ない事《こと》を忘《わす》れやうとも成《な》さらず、未練《みれん》なれどせめては一《ひ》と目《め》、無事《ぶじ》なる姿《すがた》の笑顔《ゑがほ》を見度《みた》し。と口癖《くちくせ》のやうに仰《おほ》せられしが、明後日《あさつて》は父樣《とうさま》の墓參《はかさん》を兼《か》ねて久《ひさ》し振《ぶり》に姉樣《ねへさま》の戻《もど》らるゝ由《よし》、不意《ふい》なる今日《けふ》の御消息《おんたより》の、聞《き》かれなば直《すぐ》に氣《き》も浮々《うき〳〵》と、躍《をど》らぬばかりに喜《よろこ》ばるゝなるべし、何《ど》う云《い》ひ出《だ》して、何《ど》う驚《おどろ》かすべきか。と思案《しあん》しながら、面晴《おもては》れやかに道衞《みちゑ》を見上《みあ》ぐれば、何《なに》を思《おも》ふとも知《し》らねど、憂《う》き知《し》らぬ花《はな》の心《こゝろ》を、我《わ》が

爲《ため》に惱《なや》ますと覺《おぼ》えて可愛《いと》しう。偶然と見遣《みや》りたる道衛《みちゑ》の目《め》と合《あ》ひしに、おていは思《おも》はず笑顔《ゑがほ》になりしが、瞬《またゝ》きもせず見守《みまも》られて、何《なに》かは知《し》らず面羞《おもはゆ》く、遂横《つひよこ》に外《そ》らせて、又俯向《またうつむ》く。睫毛《まつげ》長《なが》く眼眦《まなじり》上《あが》りて、輕《かる》う結《むす》ぶともなき薄《うす》き口許《くちもと》、濃《こ》き耳前髪《みみあげ》の頰《ほゝ》の邊《あた》り、姉《あね》の面影《おもかげ》の床《ゆか》しくて、道衛《みちゑ》は眺《なが》め入《い》りしが、膝《ひざ》の上《うへ》に爪《つめ》を弄《もてあそ》びて羞《はぢ》らひたる風情《ふぜい》の、戀人《こひゞと》と唯二人《たゞふたり》、樂《たの》しう過《す》ごせし或《あ》る夜半《よは》を忍《しの》ばしめて現《うつゝ》なし。

二

產聲《うぶごゑ》上げてより岩月家《いはつきけ》に嫁入《よめい》るまで二十年《にじふねん》の長《なが》き月日《つきひ》を、半《なか》ばまでは父《ちゝ》と共《とも》に、母《はゝ》と妹《いもと》と弟《おとゝ》として起《お》き臥《ふ》しせし駒込《こまごめ》なる池島《いけじま》の家《いへ》の敷居《しきゐ》をば、姉娘《あねむすめ》の美濤《みなと》は今日《けふ》久《ひさ》し振《ぶり》に越《こ》えて、戀《こひ》しき母《はゝ》と、懷《なつか》しき妹《いもと》との傍《そば》に一日《ひとひ》を夢《ゆめ》と暮《くら》せしが、唯《たゞ》この家《いへ》の離《はな》れ難《がた》くて、今宵《こよひ》牛込《うしごめ》の家《いへ》に歸《かへ》らねばならぬ身《み》を熟々《つくゞ》と果《は》敢《か》なみつ。母《はゝ》に逢《あ》ひて、妹《いもと》に逢《あ》ひて、實家《さと》心着《こゝろづ》きし其《そ》ればかりにはあらず、一人子《ひとりご》の身《み》を淋《さび》しがりて、大方《おほかた》は池島《いけじま》の家《いへ》に遊《あそ》び暮《くら》したる又從兄《またいとこ》の道衛《みちゑ》と、妹《いもと》と、弟《おとゝ》として戲《たは》ふれし此《こ》の庭《には》の、無花果《いちじく》、柿《かき》の實《み》、と秋《あき》は分《わ》けても騷《さわ》がしかりし裏庭《うらには》。桃《もゝ》の節句《せつく》は何時《いつ》も雛壇《ひなだん》の前《まへ》に、雛《ひな》を見習《みなら》ふ行儀正《ぎやうぎたゞ》しくて、四人美《よたりうつく》しう並《なら》びし奧《おく》の廣間《ひろま》。歌留多《かるた》に更《ふ》けて、幼《をさな》き程《ほど》は、其《そ》の人《ひと》と二人《ふたり》同《おな》じ臥床《ふしど》に夢靜《ゆめしづ》かなりし離《はな》れの一と室《ま》。ましてや戀成《こひな》りてよりの、雪《ゆき》の日《ひ》、雨《あめ》の夜《よ》、のさま〴〵を、今《いま》の身《み》には何《いづ》れも悲《かな》しき思《おも》ひ出《で》ながら、さて其《そ》れあるばかりに此《こ》の家《いへ》の戀《こひ》しうて。

良人《をつと》が晚酌《ばんしやく》の相人《あひて》に强《し》ひられて、漸《やうや》う味《あぢ》を覺《おぼ》えし麥酒《ビール》をば、今日《けふ》の饗應《ちそう》に實母《はゝ》を驚《おどろ》かすまでに過《す》ごして、はや黃昏《たそがれ》の未《いま》だに醉《ゑひ》の醒《さ》めず、頰《ほゝ》の熱《ほて》り、胸《むね》も苦《くる》しく、端近《はしぢか》う椽《えん》に出《い》でゝ柱《はしら》に凭《もた》れしが、藤掛《ふぢかけ》鼠《ねずみ》の二《に》枚袷《まいあはせ》、衣紋《えもん》や、亂《みだ》れて、蔦《つた》の模樣《もやう》の裾美《すそうつく》しう、裏返《うらがへ》りたる袘《ふき》より長襦袢《ながじゆばん》の緋《ひ》の色《いろ》仄見《ほのみ》ゆる居膝《ゐずま》ひのしどけなさ、膝《ひざ》の上《うへ》に重《かさ》ねたる兩《りやう》の手《て》の、寶玉《はうぎよく》の輝《かゞや》き色白《いろしろ》きに榮《は》えて、袖口《そでぐち》より溢《こぼ》れたる紅《くれな》ゐ、髮《かみ》は古代紫《こだいむらさき》の手《て》柄《がら》床《ゆか》しき丸髷《まるまげ》ながら、猶《なほ》人《ひと》の妻《つま》とは見《み》えぬ若《わか》々しき姿《すがた》の唯《たゞ》鮮明《あざやか》に、夏瘦《なつや》せの餘波《なごり》か面《おも》窶《やつ》れて、眼《め》は恍然《うつとり》と、垣《かき》に萩《はぎ》の振《ふ》り柔《やさ》しう、低《ひく》き秋海棠《しうかいだう》の殊勝《しほら》しきを眺《なが》めて、思《おも》ふは幼《をさ》な馴染《なじみ》の其《そ》の人《ひと》が上《うへ》なり。

始《はじ》めて島田《しまだ》に結《ゆ》はせたる其《そ》の時《とき》よりも。親《おや》の目《め》には此《こ》の姿《すがた》の一層嬉《ひとしほうれ》しく

「實際《ほんと》に立派《りつぱ》な奧樣《おくさま》におなりだ」

と母《はゝ》のおちせは座敷《ざしき》より見《み》やりて、夫婦《めうと》の語《かた》らひも然《さ》こそと笑《ゑ》ましき風情《ふぜい》。丹精《たんせい》見《み》ゆる秩父銘仙《ちゝぶめいせん》の袷《あはせ》に、同《おな》じ品《もの》の飛白《かすり》の羽織《はおり》、腰《こし》を低《ひく》う疊《たゝみ》に落《おと》して坐《すわ》りしが、皺《しわ》多《おほ》き面《おもて》の鼻筋《はなすぢ》通《とほ》りて目元《めもと》優《やさ》しく、小《ちひ》さき丸髷《まるまげ》に結《ゆ》ひたる鬢《びん》の毛《け》、白《しろ》きもさまで交《ま》ぢらねど、齒《は》のなき印象《しるし》の頰《ほゝ》の窪《くぼ》み、年輩《としばへ》に合《あ》はして老《ふ》けて見《み》ゆ。

母《はゝ》の言葉《ことば》の耳《みゝ》に入《い》りてそゞろ悲《かな》しう、人懐《ひとなつ》かしき秋風《あきかぜ》の冷《ひや》やかに襟筋《えりすぢ》に通《かよ》ひし時《とき》、譯《わけ》もなく熱《あつ》き涙《なみだ》の湧《わ》き出《い》てしを、見《み》られて怪《あやし》まれなじと然《さ》り氣《げ》なう夕暮《ゆふぐれ》の空見《そらみ》上《あ》ぐれば、雁《かり》一羽《いちは》聲《こゑ》も殘《のこ》さず、誰《たれ》を慕《した》ふかつと過《す》ぎゆく。哀《あは》れは增《ま》さりて、愈々《いよ／＼》迫《せま》りくる胸《むね》の其《そ》の儘《まゝ》にはあられず、利休茶《りきうちや》の繻珍《しゆちん》の帶高《おびたか》う細《ほそ》りと立《た》つて、椽《えん》を踏《ふ》みしが、心付《こゝろづ》きて

「おていさんは何處《どこ》へ行《い》つて？」

と振《ふ》り返《かへ》る。

「お」と母《はゝ》は後《うしろ》の襖《ふすま》を見返《みかへ》りながら。

「おてい、おていや、何《なに》をしておいでだ」

と面《おもて》は此方《こなた》に暫《しば》し耳《みゝ》を澄《す》ませば、幽《かすか》に震《ふる》えたる聲音《こわね》の、

「はい」とばかり。

「何《なに》をして居《ゐ》るのでせう」

と足《あし》を返《かへ》して裾《すそ》の捌《さば》きやさしう、次《つぎ》の室《ま》へ入《い》りしが、おていの姿《すがた》は見《み》えぬに其《そ》の室《ま》を過《よ》ぎりつゝ、右《め》手《て》は茶《ちや》の室《ま》、前《まへ》は玄關《げんくわん》に續《つゞ》きたる内廊下《うちらうか》、何《いづ》れにかと迷《まよ》ふて、

「おていさん」と呼《よ》ぶ。

答《こた》へなきに猶《なほ》怪《あや》しく、襖《ふすま》開《ひら》きて茶《ちや》の室《ま》を窺《うかゞ》へば、閉《た》て籠《こ》めたる室内《へや》の、他《ほか》よりは早《はや》く黄昏《たそが》れて薄暗《うすぐら》う淋《さび》しき中《なか》に。襟足《えりあし》白《しろ》き中高《ちうだか》島田《しまだ》の後姿《うしろすがた》を此方《こなた》に見《み》せて、中腰《ちうごし》のまゝ鏡臺《きやうだい》に對《むか》ひたるおていの、髮《かみ》掻《か》き上《あ》ぐる樣《さま》にも見《み》えず。微笑《ほゝゑ》みながら立寄《たちよ》つて。

「お化粧《けしやう》して居《ゐ》たの」

と手《て》を肩《かた》に差《さ》し覗《のぞ》けば、

「いゝえ」

と振《ふ》り上《あ》げたる面《おもて》の。目許《めもと》可憐《いぢら》しう赤《あか》らみて、

「姉《ねへ》さん、何《ど》うしても道衞《みちゑ》さんに逢《あ》つては惡《わ》るくて?」

と聲《こゑ》うるます。俄《にはか》に沈《しづ》んで力《ちから》なく膝《ひざ》を折《を》りしが、

「先刻《さつき》裏《うら》で話《はな》した通《とほ》りよ。妾《わたし》だつて何様《どんな》にお目《め》に掛《か》ゝり度《た》いか分《わか》らないけれど」

胸切《むねせま》つて言葉《ことば》絶《た》ゆれば。おていは其処《そこ》に腰据《こしす》ゑて。

「道衛《みちゑ》さんは何様《どんな》に楽《たの》しみにして居《ゐ》らつしやるか分《わか》らないわ。姉《ねへ》さん」

と掻《か》き口説《くど》くやうに云《い》へど、美清《みきよ》は唯俯向《たゞうつむ》きて何《なに》も云《い》はず。姉《あね》の心《こゝろ》を情《つれ》なしと少《すこ》しは恨《うら》めしく。

「あれ程喜《ほどよろこ》んでいらしつたのに何様《どんな》に力《ちから》を落《おと》すでせう、今夜妾《こんやわたし》には何《なん》とも云《い》ひ様《やう》がないわ」

とほろりと頬《ほゝ》に一《ひ》と滴《しづく》、袂《たもと》の先《さ》きに拂《はら》つて。

「罪《つみ》な事《こと》をしてよ、黙《だま》つて居《ゐ》れば可《よ》かつたんですけれど、余《あんま》り道衛《みちゑ》さんが可哀想《かわいそう》なんですもの、縁《えん》の無《な》いものと断念《あきらめ》て、自分《じぶん》が叱《しか》る程《ほど》にして岩月様《いはつきさん》へ嫁《ゆ》かしたのだけれど、何《ど》うしても未練《みれん》でもう一度《いちど》逢《あ》つて見度《みた》い、一《ひ》と目《め》姉《ねへ》さんを見度《みた》いつて仰有《おつしや》るの、聞《き》いて居《ゐ》る妾《わたし》も辛《つら》いけれども道衛《みちゑ》さんの身《み》になつたら何様《どんな》かと思《おも》つて…………」

肩《かた》に置《お》かれし姉《あね》の手《て》の辷《すべ》りしに、云《い》ひさして見返《みかへ》れば、絹半巾《きぬはんけち》に直《ひた》と面《おもて》と掩《おほ》ふて、肩先微《かたさきかす》かに戦《をのゝ》かせしが

「よく分《わか》つて居《ゐ》るわ」

と一句《いつく》絶《た》え入《い》るやうなり。

楽《たの》しく戀人《こひゞと》に逢《あ》ふは夢《ゆめ》の一時《いつとき》、立別《たちわか》るれば永《とこしな》への人《ひと》の妻《つま》なり、夜半《よは》の寐覺《ねざめ》に戀人《こひゞと》を忍《しの》ぶとも、飽《あ》くまで表面《うはべ》は美《うつく》しう夫《をつと》に仕《つか》へねばならぬ身《み》の上《うへ》なるに、生中逢《なまなかあ》ひ見《み》ての後《のち》の心《こゝろ》は一層思《ひとしほおも》ひ亂《みだ》れて、その果《は》敢《か》なさはいかゞあるべき、況《ま》して今《いま》の身《み》に、戀《こひ》しと思《おも》ふ念《ねん》を絶《た》たず、他《あだ》に心《こゝろ》を通《かよ》はして朝夕《あさゆう》を送《おく》るす

ら罪《つみ》を犯《おか》せるやうに思《おも》ふものを、良人《をつと》の傍《そば》を離《はな》れて密《ひそ》かに其《そ》の人《ひと》と手《て》を把《と》り合《あ》ひつゝ昔《むかし》を語《かた》るは、まざ〳〵と罪業《つみ》と思《おも》ひ知《し》られて、淺間《あさま》しう心苦《こゝろぐる》しきに、我《わ》れから思《おも》ひ定《さだ》めし唯一人《たゞひとり》の戀《こひ》の良人《をつと》は思《おも》ひ捨《す》てゝ、親《をや》の敎《をし》へ、人《ひと》の諭《さと》し、に定《さだ》められし義理《ぎり》の良人《をつと》には從《したが》はねばならぬが世《よ》のさだめと諦《あきら》めて、生《しやう》涯胸《かいむね》に戀《こひ》しき俤《おもかげ》の消《き》えぬは詮《せん》もなし、再《ふたゝ》び眞《まこと》の姿《すがた》に目《め》は觸《ふ》れまじ。と美淸《みきよ》の先刻《さき》に云《い》ひし言葉《ことば》をおていは心《こゝろ》に繰《く》り返《かへ》して、實《げ》に其《そ》れも道理《どうり》ながら、昔《むかし》は昔《むかし》、今《いま》は今《いま》、其《そ》の心《こゝろ》して逢《あ》ふに何《なん》の事《こと》もあるまじく、唯一《たゞひ》と目笑顔《めゑがほ》さへ見《み》る事叶《ことかな》はゞ、と云《い》はれし道衛様《みちゑさま》の言葉《ことば》も道理《だうり》と思《おも》ふを、唯姉様《たゞねへさま》も可哀想《かわいさう》、道《みち》衛様《ゑさま》も可哀想《かわいさう》、所詮《しよせん》はこの様《やう》な悲《かな》しい思《おも》ひを爲《す》ると知《し》つたら、此様《このやう》な事《こと》を道衛様《みちゑさま》に明《あ》かすではなかりしに、と身《み》を責《せ》めて、

「何《なに》も云《いは》なければ好《よ》かつた」

と我《わ》れ知《し》らず言葉《ことば》に出《いだ》して溜息漏《ためいきも》らす。

美淸《みきよ》は顔《かほ》より放《はな》したる半巾《はんけち》を、其儘口《そのまゝくち》に當《あ》てゝ熟《ちつ》と思《おも》ひに沈《しづ》みしが、涙《なみだ》のまゝの面《おもて》を妹《いもと》の方《かた》に向《む》けて、

「おていさん、道衛《みちゑ》さんがいらしつたらね、姉《ねへ》さんは道衛《みちゑ》さんの事《こと》なぞ全然《まる》で忘《わす》れて了《しま》つて居《ゐ》て、お噂《うはさ》しても五月蠅《うるさ》がるし、逢《あ》ふのは面倒《めんだう》だから嫌《いや》だと云《い》つて無理《むり》に歸《かへ》つて了《しま》つたと云《い》つて頂戴《ちやうだい》よ、妾《わたし》の泣《な》いた事《こと》なんぞは云《い》はないで」

思《おも》ひよらぬ言葉《ことば》に姉《あね》の心《こゝろ》を汲《く》み兼《か》ねて、濡《ぬ》れたる睫毛《まつげ》の眼《まなこ》を圓《まる》うするを、

「妾《わたし》が斷念《あきらめ》て了《しま》つて、思《おも》ひ出《だ》しもしないとお聞《き》きになつたら、少《すこ》しはお心《こゝろ》を取《と》り直《なほ》して下《くだ》さる事《こと》が出《で》

來《き》るかも知《し》れないわ、一人子《ひとりご》の大切《たいじ》なお身躰《からだ》だと云《い》ふのに」

はら〳〵と落《お》つる涙《なみだ》を手《て》に押《おさ》へて、

「ね、きつと、妾《わたし》は既《も》う道衞《みちゑ》樣《さん》の事《こと》など忘《わす》れて居《ゐ》ると云《い》つて頂戴《ちやうだい》、思《おも》ひ切《き》つて酷《ひど》く、え」

と促《うなが》せど猶答《なほこた》へず、前髪《まへがみ》の亂《みだ》れ哀《あは》れに脣嚙《くちびるか》み占《し》むるを、美淸《みきよ》は打守《うちまも》つて、

「有《あ》りの儘妾《まゝわたし》の事《こと》をお話《はな》したら、餘計《よけい》道衞《みちゑ》さんを苦《くる》しませるやうなものだとは思《おも》はなくて」

と手《て》を妹《いもと》の膝《ひざ》に摺《す》り寄《よ》せながら
「ねえ、然《さ》うでせう、分《わか》らないの？」

合點《がてん》ゆきしか僅《わづか》に點頭《うなづ》く時《とき》、奧《おく》に老《お》ひたる人《ひと》の咳嗽《せき》の聲《こゑ》聞こゆるに美淸《みきよ》は驚《おどろ》かされて、思《おも》はず振《ふ》り返《かへ》りつゝ
「まあ、何《なに》をして居《ゐ》ると思《おも》つていらつしやるでせう」

と衣紋正《えもんなほ》して、物憂《ものう》げに立上《たちあが》れば、おていは無言《むごん》に身《み》を退《ひ》いて鏡《かゞみ》の前《まへ》の席《せき》を明《あ》けつゝ、靜《しづか》に立寄《たちよ》りて、寫《うつ》るはうら恥《はづ》かしき丸髷姿《まるまげすがた》、我《わ》れには恨《うら》めしき其《そ》の姿《すがた》の、涙《なみだ》の眼《め》に熟《じつ》と凝視《みつむ》れば、妹《いもと》は側面《よこ》より汚《よご》れし頰《ほゝ》の痕《あと》を眺《なが》めて、

「顏《かほ》を直《なほ》していらつしやるでせう」

と心遣《こゝろづか》ひやさしう、化粧《けはひ》の水《みづ》を取《と》り出《いだ》して臺《だい》に置《お》く。なつかしや昔《むかし》。この鏡《かゞみ》に對《むか》ふて日《ひ》毎朝化粧《ごとあさげしやう》。夕《ゆふ》化粧《げしやう》の、誰《た》が爲《ため》に口紅《くちべに》冴えぬ日《ひ》を恨《うら》むまで。繕《つくろ》ひし姿《すがた》なりしか。

「くれ〴〵も身躰《からだ》を大切《だいじ》にしてね、彼方《あちら》の舅御《しうと》にも宜《よろ》しく申《まう》しておくれよ」

脊《せ》の高《たか》き人《ひと》の肩《かた》の痩《や》せ、腰《こし》の細《ほそ》り目立《めだ》ちて、敷臺《しきだい》の上《うへ》に裾長《すそなが》う弱々《よわ〳〵》と立《た》てば
「お母《かあ》さんもお大切《だいじ》に」

と美清《みきよ》は振返《ふりかへ》りて、

「平常《ふだん》弱《よわ》くつていらつしやるから心細《こゝろぼそ》くて」

と下駄《げた》の音《おと》輕《かろ》う母《はゝ》の傍《そば》に寄《よ》りしが、名殘《なごり》を惜《を》しんで懷《なつか》し氣《げ》に仰《あふ》ぐを、

「舅御《しうとご》は分《わ》けてもお年老《としよ》りだから、寒《さむ》さには向《むか》ふし、隨分《ずゐぶん》氣《き》を付《つ》けて御介抱《ごかいはう》申《まう》すやうにね、妾《わたし》も伺《うかゞ》はなくては濟《す》まないのだけれど、何《ど》うか皆《みな》さんに宜《よろ》しく申《まう》しておくれ」

「はい」と温順《おとな》しう受《う》けて、身《み》を返《かへ》しながら「其《そ》れでは」

と腰屈《こしかゞ》むれば、會釋《ゑしやく》する母《はゝ》の足許《あしもと》に手燭《てしよく》の火影《ほかげ》搖《ゆら》めいて、傍《かたはら》に膝支《ひざつ》きたる年若《としわか》き下女《げぢよ》の、頭《かしら》を低《ひく》う、

「御機嫌《ごきげん》宜《よろ》しう」

と慇懃《いんぎん》なり。うら淋《さび》しき思《おも》ひしつゝ、格子《かうし》を出《い》でゝ茫然《うつとり》と夕闇《ゆふやみ》の空《そら》を眺《なが》むれば、黑《くろ》の法被《はつぴ》きび〳〵と、
車夫《しやふ》は片手《かたて》に膝掛《ひざかけ》抱《かゝ》へて、片手《かたて》には定紋《ぢやうもん》の提灯《ちやうちん》高《たか》く掲《かゝ》げながら
「お危《あぶな》う御座《ござ》います」

と主人《あるじ》の先《さき》に立《た》つて闇《やみ》を照《てら》しつ。夜寒《よさむ》を厭《いと》ひて引《ひ》つ掛《か》けたる妹《いもと》の羽織《はおり》、袖長《そでなが》う一人《ひとり》若《わか》やぎて、夜風《よかぜ》

に返《かへ》りし紅裏《もみうら》媚《なま》めかしう、足許《あしもと》危《あや》ふげに其《そ》れを追《お》ふて、敷石《しきいし》辿《たど》れば、

「待《ま》つていらつしやいよ」

と後《うしろ》に聲《こゑ》して、中下駄《ちうげた》の音響《おとひゞ》かせつゝ、おていは走《はし》り寄《よ》つて直《ひた》と添《そ》ふた、探《さぐ》りながらその手《て》をしかと把《と》つて、門《かど》に車《くるま》の停《とゞま》れる所《ところ》まで無言《むごん》に歩《あゆ》みしが、

「ぢやあ、最《も》うお別《わか》れよ、日曜《にちやう》に健《けん》ちやんが歸《かへ》つたらよろしく、余《あんま》り勉強《べんきやう》して身躰《からだ》を惡《わる》くしないやうにつてね」

稍《や》々改《あらたま》りて、

「えゝ、然《さ》う云《い》ひませう、義兄《にい》さんにもよろしく」

と悄然《しよんぼり》と立《た》てば、美清《みきよ》は後《うしろ》より掻《か》い抱《いだ》くやうにして、耳《みゝ》の傍《はとり》に聲低《こゑひく》う、

「眞實《ほんとう》の兄《にい》さんと思《おも》つて、少《すこ》しでも心《こゝろ》の晴《は》れるやうにとして上《あ》げて頂戴《ちやうだい》よ、余《あんま》り怒《おこ》らせないで、姉《ねへ》さんを斷念《あきらめ》て下《くだ》さるやうにと仕向《しむ》けてね、おていさんも蒼蠅《うるさ》いとお思《おも》ひだらうけれど、何時《いつ》も三人《さんにん》集《よ》るとおていさんは必然《きつと》道衛《みちゑ》さんの事《こと》を兄《にい》さんとお云《い》ひだつた、あの時分《じぶん》の心持《こゝろもち》で、逆《さか》らはないやうに優《やさ》しくして上《あ》げて頂戴《ちやうだい》」

「兄《にい》さんと思《おも》つて居《ゐ》るわ」と幽《かすか》に。

「其《そ》れから、おていさんが幾許《いくら》云《い》ひ辛《づら》くつても、姉《ねへ》さんはもう今《いま》の氣《き》になつて居《ゐ》ると、きつと然《さ》う云《い》ふんですよ、其《そ》れが二人《ふたり》の利益《ため》なんだから、屹度《きつと》ですよ」

と念《ねん》を押《お》して、つと身《み》を離《はな》れて、潜戸《くゞりど》出《い》づるを、何《なに》か思《おも》ひに暮《く》れしおていの蒼惶《あわたゞ》しう、

「姉《ねへ》さん」
と呼《よ》び止《と》めながら續《つゞ》いて出《い》でしが、はや車《くるま》の上《うへ》に悠然《ゆつたり》と、俯向《うつむ》きたる白《しろ》き面《おもて》、膝掛《ひざかけ》の上《うへ》に置《お》きし白《しろ》き手《て》、判然《はつきり》と闇《やみ》に浮《う》きたり。
四邊《あたり》靜《しづ》まりたる淋《さび》しき裏通《うらどほ》りの、木犀《もくせい》の匂《にほ》ひ何處《どこ》よりともなく薫《かほ》り來《き》て、俄《にはか》に薄《うす》ら寒《さむ》う覺《おぼ》えつゝ身《み》を側《そば》めて、後方《うしろ》に立《た》てば、車夫《しやふ》の挨拶《あいさつ》丁寧《ていねい》に、やがて車《くるま》は動《うご》きしが
「道衛《みちゑ》さんの事《こと》くれ〴〵もよ、病氣《びやうき》なんぞ成《な》さらないやうに」
と幌《ほろ》の横《よこ》より漏《も》らせし聲音《こわね》の、語尾《ごび》消《き》えてやゝ離《はな》れ行《ゆ》く。三足《みあし》ばかり前《まへ》に出《い》でゝ
「余《あん》り心配《しんぱい》を成《な》さらない方《はう》が好《い》いわ」
車《くるま》の音《おと》に紛《まぎ》れしか返答《へんじ》聞《きこ》えず。流石《さすが》に憚《はゞか》りて小《ちひ》さき聲《こゑ》の彼方《かなた》には達《とゞ》かざりしや、と本意《ほい》なく見送《みおく》れば、後《うしろ》に忙《せは》しき駒下駄《こまげた》の足音《あしおと》して、
「今《いま》のは姉《ねへ》さん？」
と男《をとこ》の聲《こゑ》の亂《みだ》れたる調子《てうし》。振返《ふりかへ》つて、
「あ、道衛《みちゑ》さん」
と叫《さけ》びしが、幽《かすか》に聞《きこ》ゆる轍《わだち》の響《ひゞ》きの胸《むね》に應《こた》えて、思《おも》はず袖《そで》を顏《かほ》に
「情《なさ》けないわ」
としやくり上《あ》ぐるを、其《そ》の肩《かた》を抱《いだ》いて道衛《みちゑ》は詰《なじ》る樣《やう》に
「歸《かへ》つたのだね」

其《そ》れには答《こた》へず、嗚咽《をえつ》の聲《こゑ》の間《ひま》より。

「姉《ねへ》さんは可哀想《かわいさう》よ。」

飽《あ》くまでも我《わ》が心《こゝろ》、情《つれ》なしと傳《つた》へよと言葉《ことば》殘《のこ》しゆきし人《ひと》の、車《くるま》は何處《いづこ》を走《はし》れるなるべし。其《そ》の思《おもひ》は此處《こゝ》を彷徨《さまよ》ふて。

四

南向《みなみむ》きの室内《へや》の、椽《えん》の障子《しやうじ》に鳥影《とりかげ》射《さ》せしを、おていは針箱《はりばこ》に頰杖《はゝづゑ》支《つ》きて眩《まば》ゆ氣《げ》に見上《みあ》げしが、余《あま》りの果敢《はか》なさに、つい姉《あね》の敎《をしへ》を破《やぶ》りてありの儘《まゝ》、その眞情《まごゝろ》を道衛《みちゑ》に打明《うちあ》けしに、さすが今朝《けさ》は物案《ものあん》じのせられて、昨夜《ゆうべ》一《ひ》と夜《よ》をいかにして道衛《みちゑ》の明《あ》かせしや。呉々《くれぐ》も利益《ため》にならねばと云《い》ひ含《ふく》められしものを背《そむ》きて、若《も》し今迄《いままで》よりも道衛《みちゑ》の悶《もだ》えは募《つの》り、苦《くる》しみの増《ま》さらばいかにすべき。など思《おも》ひ煩《わづら》ひしが、後《の》刻《ち》に訪《と》ひ來《く》るは定《でう》なり。其《そ》の折云《をりい》ひ拵《こしら》へて慰《なぐさ》めなば、却《かへ》りて始《はじ》めより彼方《かなた》の心《こゝろ》を冷《ひや》やかなりと告《つ》げしよりは、思《おも》ひを飜《ひるが》へさするに利目《きゝめ》あるやも計《はか》られず。と自《みづか》ら思《おも》ひ捨《す》てゝ、薩摩《さつま》飛白《かすり》の羽織《はおり》の縫《ぬ》ひさしを裁板《たちいた》の上《うへ》に擴《ひろ》げつゝ
「ねえお母《かあ》さん」

と茶《ちや》の室《ま》を見返《みかへ》りて。

「紐《ひも》の下《さがり》は一尺一寸《いつしやくいつすん》でしたか」

「然《さ》うですよ」

と閉《た》て切《き》りたる襖《ふすま》の彼方《かなた》に物靜《ものしづ》かなる返事《へんじ》。獨《ひと》り合點《がてん》して尺《さし》を取《と》り上《あ》ぐれば、少時《しばらく》して、

「おていさん、一寸《ちよつと》お出《い》で」

と呼《よ》ぶ。躊躇《ためらひ》もせず立《た》つて、隔《へだ》てを開《ひら》きながら。

「御用《ごよう》なの」

「いゝえ」

と香《か》の散《ち》るやうなる熱《あつ》き茶《ちや》を一《ひ》と口飲《くちの》んで、九谷燒《くたにやき》の湯吞《ゆのみ》の底《そこ》を掌《てのひら》に當《あ》てながら。

「まあ好《い》いから此處《こゝ》へお出《い》で、話《はな》しがあるんだよ」

と膝《ひざ》を向《む》け直《なほ》す。何《なん》の氣《き》もなくおていは其處《そこ》に座《すわ》りて母《はゝ》を見《み》れば。

「お前《まへ》ね、昨夜《ゆうべ》道衛《みちゑ》さんと何《なに》を泣《な》いておいでだつたの」

おていは我《わ》れ知《し》らずはつとしつ。言葉《ことば》の優《やさ》しう、面《おもて》も和《やは》らぎて、咎《とが》め立《た》てさるゝやうにもあらず、況《ま》して其《そ》の事《こと》の身《み》には疾《や》ましき事柄《ことがら》にもあらぬに、唯胸《たゞむね》は轟《とゞろ》きて、自《みづか》ら覺《おぼ》ゆるまでに血《ち》の面《おもて》に上《のぼ》るを。母《はゝ》は其《そ》れには氣《き》も留《と》めず。

「それはもう、二人《ふたり》ながら好《す》きで讀《よ》む小說《せうせつ》なんぞの悲《かな》しい話《はなし》や。道衛《みちゑ》さんのお友達《ともだち》の可愛想《かわいさう》な身《み》の上《うへ》話《ばなし》でもして、泣《な》いて居《ゐ》たのだらうし、平常《ふだん》なら何《なん》でもない事《こと》にして了《しま》ふのだけれど」

と殘《のこ》りたるを一《ひ》と息《いき》に飲《の》み干《ほ》して、湯吞《ゆのみ》を傍《かたはら》に置《お》く。おていは俯向《うつむ》きし儘《まゝ》物云《ものい》はず、母《はゝ》は調子《てうし》を變《か》へて、

「自分《じぶん》の子《こ》のやうにも思《おも》つて居《ゐ》る道衛《みちゑ》さんだし、少《ちい》さい時《とき》から淡泊《さつぱり》した氣性《きしやう》の子《こ》だつたから、豈《よ》もや[illegible]《そん》

樣《な》事《こと》も、とは思《おも》ふけれど、何《ど》うもこの頃少《ごろすこ》し腑《ふ》に落《お》ちない處《ところ》があると思《おも》ふんだよ。美清《みきよ》の居《ゐ》た頃《ころ》は續《つゞ》けて來《く》る日《ひ》が珍《めづら》しい位《くらゐ》だつたのに。お前一人《まへひとり》になつてからは全然《まる》で毎晩《まいばん》のやうにお出《い》でぢやないかえ、そして來《き》ても妾《わたし》には逢《あ》はないやうにとして居《ゐ》るし、今迄《いまゝで》に合《あ》はせて氣《き》の浮《う》かない茫然《ぼんやり》として居《ゐ》るやうな。何《ど》うも合點《がてん》がゆかない。いくら發明《はつめい》だの、怜悧《りかう》だのと云《い》つても。二十四歳《にじうし》と云《い》へば前《まへ》の方《はう》に火《ひ》があらうが水《みづ》があらうが後《うしろ》は振返《ふりかへ》つても見《み》ない、と云《い》ふ若盛《わかざか》りだもの。何程《どんな》無分別《むふんべつ》な考《かんが》へを持《も》ち始《はじ》めたかも分《わか》らず」

「あら其樣《そんな》事《こと》が」

と遮《さへぎ》つて面《おもて》を上《あ》げしが、處女心《をとめごゝろ》の甲斐《かひ》なし、道衛《みちゑ》の戀《こひ》の主《ぬし》を我《わ》が身《み》と思《おも》ひ誤《あやま》られて、母《はゝ》の前《まへ》に羞《はづか》しさは深《ふか》う、そゞろ身《み》の顫《ふる》はるゝに、聲《こゑ》を呑《の》んで云《い》ひ解《と》かんともせず」

「いゝえ、其《そ》れはお前《まへ》がほんの小供《こども》で、何《なに》も分《わか》らないから然《さ》うお思《おも》ひなんだよ、此方《こつち》は手《て》を引《ひ》かれ合《あ》つて遊《あそ》んだ時《とき》と同《おな》じ樣《やう》な心持《こゝろもち》で居《ゐ》ても、道衛《みちゑ》は何《ど》う思《おも》つて居《ゐ》るか分《わか》りません」

とおていを眺《なが》めて可愛《いと》しらし氣《げ》に笑《ゑ》みつゝ。

「今《いま》までと變《かは》つて新奇《しんき》に何《なに》か心《こゝろ》に湧《わ》いた事《こと》があればこそ、夜《よ》る夜《よ》半《なか》十時《じうじ》過《す》ぎにもなつて、お前《まへ》の處《ところ》へ飛《と》んで來《き》たり、男《をとこ》の癖《くせ》に鬱《ふさ》いで見《み》たり、昨夜《ゆうべ》のやうに泣《な》いて見《み》たりするんだらうぢやないかね、よし又其樣《またそんな》つまらない事《こと》ではなく。他《ほか》に起《おこ》つた心配事《しんぱいごと》とした處《ところ》で、年齡《とし》のゆかない女《をんな》の身《み》のお前《まへ》の許《ところ》へなんぞ來《き》て何《ど》うならう。然《さ》うぢやないか」

おていは何《なに》か云《い》ひ度氣《たげ》に母《はゝ》を見《み》たれど。思《おも》ひ返《かへ》して又下《またした》を向《む》く。

「自分《じぶん》は邪氣《つみ》がなくて居《ゐ》るから、傍《はた》の目《め》に餘《あま》る程仲好《ほどなかよ》くして居《ゐ》ても平氣《へいき》だらうけれど、何《なん》でもなくてさへ妙齢《としごろ》になると世間《せけん》では種々《いろ〳〵》と云《い》ひ度《た》がるものなんだもの、何樣《どんな》取沙汰《とりさた》をされないとも限《かぎ》りません、若《も》しつまらない噂《うわさ》でも立《た》てられたら何《ど》うおしだ。小供《こども》ぢやなし、十八歳《じうはち》にもなつて其《そ》れ位《くらゐ》の事《こと》の分《わか》らないんでも無《な》からうに。夜分《よる》散歩《さんぽ》とかに二人《ふたり》切《ぎ》りでなんぞ出《で》て歩《ある》いたりしないで、少《すこ》しは考《かんが》へて謹《つゝし》まないぢや可《い》けませんよ、何《なに》も道徳はお前《まへ》と二人《ふたり》だけでなくては話《はな》しが出來《でき》ないと云《い》ふのでもあるまいから、その樣《やう》にしてお逢《あ》ひ成《な》さい」

と次第《しだい》に嚴《きび》しうなりし語調《ごてう》の、この時《とき》ふと途絶《とた》えしが、やがて重《おも》く、

「お母《かあ》さん一人《ひとり》の手《て》で育《そだ》て上《あ》げられたのだと思《おも》つて、世間《せけん》の口《くち》を厭《いと》つておくれ」

としんみりと云《い》ふ。二人《ふたり》の間柄《なか》に聊かの曇《くも》りも持《も》たねばこそ、母《はゝ》に怪《あやし》まるゝまで、憚《はゞか》りもせで親《した》しうせしなれど、おていは姉《あね》の昔《むかし》を繰《く》り返《かへ》して母《はゝ》を驚《おどろ》かさんも益《やく》なしと、何事《なにごと》も默《もく》して聞《き》きしが、今《いま》よりは逢《あ》ふ事《こと》さへ思《おも》ふに任《まか》せず、安《やす》らかに語《かた》り合《あ》ふも叶《かな》はぬ身《み》となりしに、隔《へた》りて後《のち》、その悶《もだ》ふる心《こゝろ》を誰《た》が宥《なだ》むるやと悲《かな》しく。男泣《をとこな》きに泣《な》きし昨夜《ゆうべ》の哀《あは》れの姿目《すがため》に浮《うか》びて遂《つい》涙含《なみたぐ》めば、母《はゝ》は見《み》やりて、云《い》ひ過《す》ごして心弱《こゝろよわ》きものを泣《な》かせしかと、不憫《ふびん》に可愛《かわゆ》く、

「なにも泣《な》く事《こと》はありやしない、おていさんが惡《わ》るいと云《い》つて叱《しか》つた譯《わけ》ぢやなし、唯《たゞ》これから氣《き》を付《つ》けてさへおくれなら好《い》いのだよ」

と優《やさ》しう云《い》へど、其《そ》の聲音《こわね》は耳《みゝ》を掠《かす》りしばかり、眼《め》は他《よそ》に唯《たゞ》恍惚《うつとり》と何《なに》か思《おも》ひつ。猶心《なほこゝろ》にかけて考《かんが》へ惱《なや》むかと可憐《いぢ》らしく、我《わ》れから談話《はなし》を他《ほか》へ移《うつ》して、

「健次郎《けんじらう》の羽織《はおり》は地《ぢ》が厚《あつ》くつて、嘸縫《さぞぬ》ひ惜《にく》いだらうね、羽織《はおり》と云《い》へばお前《まへ》の米澤《よねざは》のね、よく姉《ねへ》さんに似合《にあ》つたぢやないか。丸髷《まるまげ》でさへないと恰《まる》でおていさんさ」と微笑《ほゝゑ》んで云《い》へば、その話《はなし》より端《はし》なくもおていは昨夜《ゆふべ》道衛《みちゑ》の腕《うで》に縋《すが》りし門《かど》の邊《あた》りの樣子《やうす》を思《おも》ひ出《い》でゝ、何故《なぜ》か胸《むね》の躍《をど》るやうに思《おも》ひぬ。

五

突然《ふと》母《はゝ》に隔《へだ》てられてより、心《こゝろ》に嘗《かつ》てなかりし道衛《みちゑ》の慕《した》はしさ、戀《こひ》しさを覺《おぼ》えて、うら淋《さび》しき裏《うら》に何《なに》やら胸《むね》の暖《あたゝか》う感《かん》じつゝ、母《はゝ》の言葉《ことば》は忘《わす》るゝともなく心《こゝろ》に留《とま》らで、唯一《たゞひ》と筋《すぢ》に道衛《みちゑ》の上《うへ》をのみ思《おも》ひしが、余《あま》りの歎《なげ》きに病《やま》ひなど起《おこ》せしか、さらずば母《はゝ》の危《あや》ふんで彼方《かなた》より遠《とほ》ざけさせしか、美清《みきよ》に逢《あ》ひ得《え》で別《わか》れし霄《よひ》より今日《けふ》まで七日《なのか》余《あま》り其《そ》の人《ひと》は見《み》えず、文出《ふみいだ》すも心咎《こゝろとが》めて徒《あた》に日《ひ》をば送《おく》れど、明《あ》くれば、憚《はゞか》らで相逢《あひあ》ふを許《ゆる》されずなりしを悲《かな》しみながら。暮《く》るれば、其人《そのひと》を待《ま》ちに待《ま》ちて影《かげ》だに見《み》ざりし恨《うら》み深《ふか》く、果《は》てはせめて物《もの》の蔭《かげ》より聲音《こわね》だに聞《き》く事叶《ことかな》はじとばかりおていは思《おも》ひ焦《こが》れつゝ、牛込《うしごめ》に果敢《はか》なき戀《こひ》に惱《なや》む姉《あね》あるは忘《わす》れて、寐《ね》られぬ夜半《よは》を覺《おぼ》えしはきのふけふなり。

臺町《だいまち》の老祖母《らうそぼ》の容躰《やうたい》重《おも》りたりとて迎《むか》へられて行《ゆ》きしまゝ。夜《よ》に入《い》りたれど母《はゝ》は未《いま》だ歸《かへ》らず、一人居《ひとりゐ》の淋《さび》しさに床柱《とこばしら》に凭《もた》れて綠色《みどりいろ》のリボン膝《ひざ》の上《うへ》に亂《みだ》しながら。花輪結《はなわむす》びか、胡蝶結《こてふむす》びか、手際《てぎは》よく結《むす》び上《あ》がるべき指先《ゆびさき》器用氣《きようげ》に動《うご》かしつゝ、待《ま》ちて甲斐《かひ》なき今宵《こよひ》をば悲《かな》しみしが、偶然《ふと》勝手元《かつてもと》に高笑《たかわら》ひする下女《げぢよ》の聲《こゑ》の耳《みゝ》に入《い》りしに、誰《たれ》を相人《あひて》にと怪《あや》しんで面《おもて》を擡《あ》ぐる時《とき》、はた〳〵と下女《げぢよ》は走《はし》り來《き》て、

「お機嫌、道衛《みちゑ》様《さま》がいらつしやいました」

と云《い》ふ。

「えツ」

と思《おも》はず腰《こし》を浮《う》かす途端《とたん》、黒綾《くろあや》の脊廣《せびろ》を着《き》たる道衛《みちゑ》の、下女《げぢよ》を押《お》し退《の》けながら其處《そこ》に凛々《りゝ》しう立《た》ちて。

「おていさん久《ひさ》し振《ぶり》だね」

となつかし氣《げ》なる云《い》ひ振《ぶ》り。おていは目《め》も眩《くら》むばかりに覺《おぼ》えて、何處《いづこ》へかおのが身《み》を隱《かく》し度《た》き思《おも》ひしつゝ、身《み》を浮《う》かせしまゝ綻《ほころ》るゝ笑《ゑ》みを袖《そで》に掩《おほ》ふて眼《め》のみを伏《ふ》すれば、何時《いつ》か其《そ》の前《まへ》に薔薇香水《ローズ》の薫《かは》りぱつと散《ち》つて、

「隨分逢《ずゐぶんあ》はなかつたぢやないか」

と口《くち》よりは酒《さけ》の香《かほ》り高《たか》し。今日《けふ》まで思《おも》ひ惱《なや》みし我《わ》が胸《むね》に比《くら》べて、屈托氣《くつたくげ》もなき浮《う》きたる調子《てうし》を遉《さすが》が憎《にく》く思《おも》ふて、結《むす》びたる口許《くちもと》に濟《す》まぬ氣色《けしき》見《み》せつゝ覩上《みあ》げしが、濡《ぬ》れ髮《かみ》のやうなる毛《け》の白《しろ》き額《ひたひ》にこぼれて、冴々《さえ〴〵》としたる面《おもて》に笑《ゑ》み含《ふく》みし道衛《みちゑ》の、目《め》に新《あたら》しう映《うつ》りて取《と》り繕《つくろ》はぬ我《わ》が姿《すがた》恥《はづ》かしく、顏《かほ》を赤《あか》めて打側《うちそば》めば、熟々《つく〴〵》と見守《みまも》つて。

「何《なん》だか今夜《こんや》は妙《めう》ぢやないか、母親《おつか》さんに小言《こごと》でも云《い》はれたんだらう」

と打笑《うちわら》つて。

「久《ひさ》し振《ぶり》で來《き》たのぢやないか、おていさんが其樣《そんな》顏《かほ》をして居《ゐ》ちや僕《ぼく》は嫌《いや》だ」

と眞面目《まじめ》に云《い》ふ。長《なが》らく訪《と》はざりし仔細《しさい》も云《い》はで、一人《ひとり》面白氣《おもしろげ》なる樣子《やうす》に腹立《はらた》しく。夢《ゆめ》に憧《あこが》れ、現《うつゝ》に憧《あこが》れし人《ひと》の今《いま》は中々《なか〳〵》に恨《うら》めしくて、返事《へんじ》せぬを。

「可笑《をか》しいぢやないか」

と焦燥《ぢ》れ氣味《ぎみ》に。

「一體《いつたい》おばさんは何處《どこ》へ行《い》つたの、不在《るす》なのだらう」

と面《おもて》を摺《す》り寄《よ》せて聞《き》かれて、漸《やうや》く。

「居《ゐ》ないの」と唯一言《たゞひとこと》。

「妙《めう》な人《ひと》だ」

と聊《いさゝ》か不興氣《ふけうげ》ながら、猶目《なほめ》には笑《ゑ》みの色絶《いろた》えず。

おていは心《こゝろ》を損《そこ》ねしかと遉《さすが》に氣遣《きづか》はれてそつと見《み》れば、莞爾《につこり》と笑《わら》つて。

「おていさんに好《い》いお土產《みやげ》があるんだ」

と右方《みぎ》の衣囊《かくし》を探《さぐ》りしが、軈《やが》てフラシ製《せい》の小《ちひ》さき箱《はこ》をおていの前《まへ》に抛《はふ》つて。

「但《たゞ》し、氣《き》に入《い》らないかも知《し》れないが、と云《い》ふお言傳《ことづて》が其《そ》れに添《そ》はるのさ」

と聲高《こわだか》に笑《わら》へど、おていは唯不審氣《たゞいぶかしげ》なる面色《おもゝち》して無言《むごん》に箱《はこ》を凝視《みつめ》て居《ゐ》るに、張合拔《はりあひぬ》けて道衞《みちゑ》は眞顏《まがほ》になりしが、暫《しば》し躊躇《ためら》つて聲低《こゑひく》う。

「美淸《みきよ》さんと僕《ぼく》のお土產《みやげ》だよ」

「え」

とおていは不安《ふあん》の眼光《まなざし》に道衛《みちゑ》を屹《きつ》と見《み》つ。

「分《わか》つたらう、今夜《こんや》姉《ねへ》さんと逢《あ》つて來《き》たのさ、池《いけ》の端《はた》で」

と安《やす》らかに云《い》ひつゝ、誰《たれ》よりも喜《よろこ》んで、何《ど》のやうにして美清《みきよ》の心《こゝろ》を動《うご》かせしかと膝進《ひざすゝ》めて聞《き》く筈《はず》なり、とおていの面《おもて》を見《み》れば。

「まあ」

と色《いろ》を失《うしな》ひたる唇《くちびる》より、幽《かすか》に細《ほそ》う漏《も》れしばかり。良人《をつと》持《も》つ身《み》にありながら、と姉《あね》を淺間《あさま》しう思《おも》ふてにもあらず、何《なに》かは知《し》らず胸《むね》に苦痛《くつう》を覺《おぼ》えて、果敢《はか》なさ。果敢《はか》なき思《おも》ひに深《ふか》く沈《しづ》むを。道衛《みちゑ》は怪《あや》しう思《おも》ひて默《もく》せしが、ふと氣《き》を變《か》へて、

「それでね。非常《たいへん》におていさんに苦勞《くらう》をさせたからと云《い》つて、二人《ふたり》で見立《みた》てゝ指環《ゆびわ》を購《と》つて來《き》たの、一方《ひとつ》には二人《ふたり》逢《あ》つて改《あらた》めて行末《ゆくすゑ》を契《ちぎ》つた紀念《きねん》にしやうと云《い》ふのさ、當人同士《たうにんどうし》の指《ゆび》に輝《かゞや》かす譯《わけ》にはゆかないからね。おていさんの指《ゆび》から離《はな》さないで、二人《ふたり》の永久《えいきう》を祈《いの》つてくれ給《たま》へ」

おていは熟《ぢつ》と俯向《うつむ》きて指先《ゆびさき》も動《うご》かさず、二人《ふたり》が心盡《こゝろづく》しの指環《ゆびわ》の箱《はこ》は蓋《ふた》さへ取《と》られて、座《すは》りたるまゝ絶《た》え入《い》りしかと思《おも》ふ樣《やう》なる狀態《さま》に、道衛《みちゑ》は怪訝《いぶか》しくて思案《しあん》に暮《く》れたれど、何《なに》とも思《おも》ひ得《え》ぬに其《そ》の儘口《まゝくち》を噤《つぐ》んで靜《しづか》に卷煙草《まきたばこ》の灰《はひ》を落《おと》せしが、今宵再會《こよひさいくわい》の樂《たの》しかりしを辿《たど》つて獨《ひと》り打笑《うちゑ》みつゝ。問《と》はず語《がた》りに、

「實際僕《じつさいぼく》はおていさんに姉《ねへ》さんの心《こゝろ》を聞《き》いてから、自分《じぶん》ながら氣《き》が狂《くる》ふかと思《おも》つたね。何《ど》うにも僕《ぼく》には抑《おさ》へる力《ちから》がなくなつて了《しま》つて……………」

と云《い》ひさしながら何《なに》とや云《い》ふとおていの氣色《けしき》を窺《うかゞ》へば、大方《おほかた》ならず何《なに》をか悔《く》ゆるさまの、振《ふ》りに出《い》でゝ吻《ほつ》と吐息《といき》つきつゝ、猶默《なほもく》して、俯向《うつむ》きて、手《て》も正《たゞ》しう膝《ひざ》に置《お》かれし儘《まゝ》なり。やゝ激《げき》したる調子《てうし》の、

「おていさん」

と道衛《みちゑ》は高《たか》く呼《よ》んで。

「僕《ぼく》は、おていさんは非常《ひじやう》に喜《よろこ》んでくれる事《こと》と思《おも》つて居《ゐ》たんだが、案外《あんぐわい》だつた。再會《さいくわい》した事《こと》を不《ふ》潔白《きたな》い所業《しわざ》だと思《おも》つて其《そ》れで物《もの》も云《い》はないのだね」

無言《むごん》に、周章《あわた》だしう其《そ》れを振《ふ》り仰《あふ》ぎしが、

「然《さ》うぢやありません」

と力《ちから》ある聲音《こわね》の低《ひく》く沈《しづ》んで、青褪《あをざ》めたる頰《ほゝ》に玉《たま》のやうなる涙《なみだ》のはら〳〵と傳《つた》ふを、哀《あは》れとは眺《なが》めながら、

「然《さ》うでない事《こと》があるものか、今迄《いまゝで》のやうに僕《ぼく》を眞《ほんと》の兄《あに》と思《おも》つてやつてくれるのぢや無《な》いんだ」

おていは涙《なみだ》に咽《むせ》んで唯頭《たゞかしら》を振《ふ》るに、

「おや、何故《なぜ》有《あ》りの儘《まゝ》、思《おも》ふだけを僕《ぼく》に云《い》つてくれないの」

と袖《たもと》に添《そ》えて顏《かほ》に當《あ》つるおていの細《ほそ》き手《て》を握《にぎ》つて、取《と》り除《の》けんとすれば、慄《ふる》ふ身《み》を後《うしろ》に退《する》りて疊《たゝみ》の上《うへ》に伏《ふ》し沈《しづ》みながら、

「妾《わたし》が何《なに》も云《い》ふ譯《わけ》はないの、唯姉《たゞねへ》さんもあなたも、然《さ》う云《い》ふ事《こと》が永《なが》く續《つゞ》くでせうか」

と聲音《こわね》絶《た》え〴〵なり。

一瞬《いつしゆん》に萌《も》えたる戀《こひ》の草《くさ》の忽《たちま》ち霜《しも》に逢《あ》ひて、始《はじ》めて他《よそ》の前途《ゆくて》を危《あや》ぶみつ。道徳は、

「續《つゞ》かなくつて」

と一句《いつく》鋭《するど》く。

「僕《ぼく》は他人《たにん》の妻《つま》を誘惑《かどは》したのぢやない、一旦《いつたん》奪《うば》はれた妻《つま》を取《と》り返《かへ》したのだ」

何《なん》の葉《は》か、窓《まど》に落葉《おちば》の當《あた》る音《おと》して、秋《あき》は暮《く》れゆく。

＊　＊　＊　＊　＊　＊　＊

黄金《こがね》の指環《ゆびわ》は、おていが手匣《てばこ》の底《そこ》の闇《やみ》に輝《かゞや》いて永《とこしな》へなり。

夕霜

終

夢《ゆめ》のなごり

佐藤露英女史

（一）

上野《うへの》の鐘《かね》を池《いけ》一《ひと》つ隔《へだ》てゝ聞《き》く茅町《かやちやう》の外《はづ》れに、呉木《くれき》やへ、と呼《よ》ぶ女名前《をんななまへ》の瀬戸《せと》札《ふだ》なまめかしく、傍《かたはら》に『美《み》笑流《せうりう》活花《いけばな》指南《しなん》』と拙《つたな》からず古風《こふう》に書《か》き流《なが》したる、新《あたら》しき札《ふだ》を掲《かゝ》げし閑静《かんせい》なる一《ひ》と構《かまへ》あり。年輩《としばへ》は廿二三《にじふにさん》にて、面細《おもてほそ》く、一《いち》の字眉《じまゆ》に鬢搔目《びんかきめ》の美《うつく》しきが此家《このいへ》の主婦《あるじ》なるべし、他《ほか》には其妹《そのいもと》らしき面影《おもかげ》の似通《にかよ》ひたる艶麗《あでやか》なるのと、中《なか》に交《まじ》はりて花畑《はなばたけ》に南瓜一《かぼちやひと》つのおもむきある下女《げぢよ》との三人暮《さんにんぐら》し、女世帯《をんなぜたい》の先《ま》づ目《め》を惹《ひ》くを、五《ご》、十《とを》、の稽古日《けいこび》に二《に》三人《さんにん》の弟子《でし》を相人《あひて》にするより他《ほか》は日髮《ひがみ》、日風呂《ひぶろ》、に永《なが》き春《はる》の日《ひ》を明《あか》し暮《くら》して、月《つき》の夜《よ》の琴《こと》の音《ね》に奥床《おくゆか》しきを忍《しの》ばする事《こと》あれば、雨《あめ》の夜《よ》の忍《しの》び駒《こま》に仇《あだ》なる思《おも》ひを湧《わ》かさする事《こと》もあり、門《もん》を潜《くゞ》るものは大方小間物屋《おほかたこまものや》、貸本屋《かしほんや》の類《たぐ》ひばかりなるに、活花《いけばな》の師匠《ししやう》とは表向《おもてむ》き、内實《ないじつ》は本妻《ほんさい》が嫉妬《しつと》の炎《ほのほ》を右《みぎ》に受《う》け、主人《あるじ》が惚《のろ》き涎《よだれ》を左《ひだり》に受《う》けて、水責《みづぜ》め火責《ひぜ》めに惱《なや》まさるゝ妾《めかけ》と云《い》ふ辛《つら》き世渡《よわた》りをする女《をんな》なるべしとは、忽《たちま》ち井《ゐ》の端《はた》に集《あつ》まりたる種々《さまざま》の目《め》に睨《にら》まれしが、果《は》ては、日本橋邊《にほんばしあた》りの唐物屋《たうぶつや》の娘《むすめ》にて、番町《ばんちやう》のさる華族《くわぞく》へ御奉公中若殿《ごほうこうちうわかどの》の御寵愛《ごちやうあい》かゝりしに、親許《おやもと》は不足《ふそく》なく暮《くら》せるものなれど、大奥樣《おほおくさま》の行屆《ゆきとゞ》きたる計《はか》らひに不承《ふしよう》も云《い》はれず其儘此處《そのまゝこゝ》へ圍《かこ》はるゝと云《い》ふ事《こと》より、さても慮外《りよぐわい》なお手當《てあて》の高《たか》まで好奇《ものずき》が無用《むよう》の詮義《せんぎ》は其《それ》を又用《またよう》あり氣《げ》に聞《き》く人《ひと》もありて、兎角世間《とかくせけん》の取沙汰《とりざた》と云《い》ふものやかましき事《こと》なり。

去く〳〵と昨日《きのふ》一日《ひとひ》降《ふ》り暮《くら》したる五月雨《さみだれ》の、今日《けふ》もまだ軒《のき》の雫《しづく》絶《た》えぬ鬱陶《うつとう》しさに、おやへは眠《ねむ》り過《すご》したりと見《み》えて、腫《は》れたる瞼《まぶた》の重《おも》げなるも一《ひ》と風情《ふぜい》にて、紅梅色《こうばいいろ》の頭痛膏《づつうかう》を伊達《だて》らしう顳顬《こめかみ》に貼《は》りしが、丸髷《まるわげ》に肉色《にくいろ》の手柄《てがら》は堅《かた》くるしき好《この》みなれど、格子縞《かうしじま》のお召《めし》の羽織《はおり》を引掛《ひか》けたる姿《すがた》の婀娜《あだ》めかしく、長火鉢《ながひばち》の前《まへ》に身體《からだ》を稍々《やゝ》斜《なゝめ》にして次《つぎ》の間《ま》を振返《ふりかへ》り、

『お友《いう》ちやん、朝茶《あさちや》を入《い》れたのよ、こつちへお出《い》でなさいな。』

と呼《よ》べば、優《やさ》しき聲《こゑ》の返答《へんじ》聞《き》こえて、軈《やが》て障子《しやうじ》開《ひら》きしが、姉《あね》の傍近《そばちか》く坐《すわ》りながら、

『アラ姉《ねえ》さん、頭痛《づつう》?』と打仰《うちあふ》ぐ。

荒《あら》き縞八丈《しまはちぢやう》の着物《きもの》に、板締《いたじ》め鹿《か》の子《こ》と繻黒子《くろじゆす》との晝夜帯《ちうやおび》を帯揚《おびあ》げなしに低《ひく》く結《むす》びて、友禪縮緬《いうぜんちりめん》の丈長《たけなが》き前垂《まへだれ》を端折《はしを》りの上《うへ》よりきつと締《し》め、鬢尻上《びんじりあが》りたる中高《ちうだか》の島田《しまだ》に、摘《つま》みの花《はな》の簪《かんざし》を挿《さ》したる、年齢《とし》よりは愛度氣《あどけ》なき裝《つく》りなり。

『頭痛《づつう》して、仕方《しかた》がないの、加之《これ》に今日《けふ》はお稽古日《けいこび》なんだもの、うんざりしちまつた。』

と眉根《まゆね》に皺《しわ》を寄《よ》すれば、

『お稽古日《けいこび》は妾《あたし》もうんざりよ。』

とお友《いう》は調子《てうし》高《だか》に仍《はした》なく云《い》つて、姉《あね》の八字《はちじ》を我《われ》もその儘《まゝ》額《ひたひ》に刻《きざ》むに、

『何故《なぜ》さ、お友《いう》ちやんが世話《せは》をするのぢやあるまいし、憚《はゞか》り樣《さま》だわね。』

と微笑《ほゝゑ》めば、

『いゝえ、然《さ》うぢやないのよ、奈杉《なすぎ》さんね、あの人《ひと》はお稽古《けいこ》に來《く》ると何時《いつ》でもひとの處《ところ》へ來《き》ちや、種々《いろ〳〵》な事《こと》を云《い》つてるでせう、其《それ》が五月蠅《うるさ》くつてうんざりするつて云《い》ふのよ、熟々《つく〴〵》嫌《いや》になつちまうわ、妾《わたし》はあの人《ひと》の顔《かほ》を見《み》るのも思《おも》ひなの。』

と遣瀬《やるせ》無《な》げなる鼻聲《はなごゑ》。姉《あね》は笑《わら》つて、

『ほんとに奈杉《なすぎ》さんは嫌《いや》な人《ひと》ねえ、隨分《ずゐぶん》氣障《きざ》だものね、氣取《きどつ》て居《ゐ》るのでお花《はな》を活《い》けるのにも捗《はか》がゆかないんだよ。』

『然《さ》うでせうとも、ほんとに嫌《いや》な人《ひと》つちやないわ、あれで自分《じぶん》ぢや中々《なか〳〵》御《ご》容貌《きりやう》自慢《じまん》なのよ、男《をとこ》の癖《くせ》にあんな自惚《うぬぼれ》が強《つよ》くてスウ〳〵して居《ゐ》る人《ひと》はね、男妾《をとこめかけ》に雇《やと》はれ度《た》しなんて内々《ない〳〵》新聞《しんぶん》へ廣告《くわうこく》してあるのかも知《し》れないわ。』

『まさか。』

と姉《あね》は眞顏《まがほ》。

『だつてね姉《ねえ》さん、彼《あ》の人《ひと》が此處《こゝ》へお稽古《けいこ》に來《く》る樣《やう》になつた譯《わけ》はね、何時《いつ》だとか云《い》つたわ、忘《わす》れちまつたけれ共《ども》、なんでも雨《あめ》の降《ふ》る日《ひ》に妾《わたし》が窓《まど》から首《くび》を出《だ》して外面《そと》を眺《なが》めて居《ゐ》た時《とき》、丁度《ちやうど》奈杉《なすぎ》さんが我家《うち》の前《まへ》を通《とほ》つたんですつて、其《それ》でね奈杉《なすぎ》さんが幾度《いくど》振返《ふりかへ》つて見《み》ても、幾度《いくど》振返《ふりかへ》つて見《み》ても、妾《わたし》があの人《ひと》を見送《みおく》つて居《ゐ》たつて、其《それ》が何《なに》てきだとか云《い》つたわ、いてきとか、すてきとか。』

と暫《しばし》首《くび》かしげて、

『何《なん》とか云《いつ》たわ、何《なん》でも其《それ》が忘《わす》れられなくつて、水道町《すゐだうちやう》からわざ〳〵此處《こゝ》まで通《かよ》ふんだと云《い》ひましたよ、雨《あめ》の降《ふ》る日《ひ》で洋服《やうふく》を着《き》て居《ゐ》たと云《い》ふから、必然《きつと》道路《みち》が惡《わ》るいので、ハネの上《あが》らない用心《ようじん》しながら及《およ》び腰《こし》でもして歩《ある》いて行《い》つたに違《ちが》ひないわ、其《それ》ををかしな風《ふう》だと思《おも》つて見《み》て居《ゐ》たのかも知《し》れないのに、よく濟《す》ましして妾《わたし》の前《まへ》でそんな事《こと》が云《い》へたと思《おも》つて驚《おどろ》いてよ、自分《じぶん》の顏《かほ》や樣子《やうす》を一寸《ちよつと》でも見《み》るのは奇麗《きれい》な人《ひと》だと思《おも》つて見《み》るのだと思《おも》つてるのね、逆《さか》さにならないぢやあ睨みの利《き》かないやうな眼付《めつき》して居《ゐ》る癖《くせ》に。ほんとに呆《あき》れて了《しま》ふわ。』

と玉椿《たまつばき》の花片《はなびら》の樣《やう》なる脣《くちびる》、輕《かる》う動《うご》かして罵《の》り盡《つく》せば、おやへは脫《ぬ》げかゝりたる羽織《はおり》の襟《えり》を搔《か》き寄《よ》せながら、

後手《うしろで》突いて、

『妾《わたし》はお友《いう》ちやんの口《くち》が惡《わ》るいので呆《あき》れて了《しま》つた。』

と口《くち》を窄《すぼ》めて、わざと眼《め》を大《おほ》きく睜《みは》る。

（二）

『實際《ほんと》に然《さ》うなんだから仕方《しかた》がないわ、惡口《わるくち》云ひ度《た》いやうな事《こと》ばかり仕《し》て居《ゐ》るんですもの。』

含《ふく》みたる薙刀酸漿《なぎなたほゝづき》、フッと出《だ》したるを掌《てのひら》に受《う》けて、

『過日《このあひだ》はもつと可笑《をか》しかつたの、奈杉《なすぎ》さんは頭《あたま》に禿《はげ》があるんですよ、お母《つか》さんにだつて、妹《いもと》にだつて女《をんな》と云《い》ふ女《をんな》には一切《いつさい》隱《かく》して見《み》せずに置《お》くんでせうに、何《ど》うした途端《はづみ》か、分《わ》け具合《ぐあひ》が惡《わ》るかつたと見《み》えて出《で》て居《ゐ》たの、妾大概《わたしたいがい》ならそんな事面《ことめん》と向《むか》つて云《い》やあしないんだけれ共《ども》、あんまり氣障《きざ》らしくて腹《はら》が立《た》つて居《ゐ》たから、まあ禿《はげ》が見《み》えて居《ゐ》ますよ、合《あは》せ鏡《かゞみ》して來《こ》なかつたのつて、然《さ》う云《い》つてやりました、ほんとに能《い》い氣味《きみ》だつたわ。』

と得意滿面《とくいまんめん》。

『あんまり惡《わ》るいよ、若《わか》い男《をとこ》なんて云《い》ふ者《もの》はみんな、其樣《そんな》ものだわね、自惚《うぬぼ》れると云《い》ふ譯《わけ》ぢやあるまいけれ共《ども》、嫌《きら》はれて居《ゐ》ても好《す》かれて居《ゐ》る、好《す》かれて居《ゐ》ると思《おも》つてるものなのよ、何《なに》も憎々《にくにく》しい仕打《しうち》や、非道《ひだう》な事《こと》をする人《ひと》ぢやなし、惡氣《わるぎ》の少《すこ》しもない人《ひと》なんだのに、いくら嫌《きら》ひな人《ひと》だつて、あんまり恥《はぢ》を搔《か》せるやう

な、氣《き》の毒《どく》らしいヿ《こと》はお云《い》ひでないよ。』

と姉甲斐《あねがひ》に分別《ふんべつ》ある云《い》ひ分《ぶん》を、

『恥《はぢ》を掻《か》せたつて掻《か》くやうな人《ひと》ならまだ好《い》いわ、厚《あつ》かましいと云《い》つたら無《な》いんですもの、普通《あたりまへ》の人《ひと》ならそんな事《こと》を云《い》はれて御覧《ごらん》なさい、眞赤《まつか》に成《な》つて了《し》まうわ、だのに平氣《へいき》で、あなただからこそ蔭口《かげぐち》も云《い》はないで直接《ちか》に效《なし》へて下《くだ》たすつたのだつて、然《さ》うしてね分《わ》け直《なほ》すからお友《いう》さんの挿《さ》してる櫛《くし》を貸《か》して下《くだ》さいつて云《い》ひましたよ、妾《あたし》ね、呆《あき》れて了《しま》つて口《くち》がきけなかつたの、姉《ねえ》さんだつて驚《おどろ》くでせう、憎々《にく〳〵》しい事《こと》をしないからつて、氣障《きざ》な眞似《まね》するから腹《はら》か立《た》つわよ、ぢり〳〵して來《く》るとね、あの人《ひと》の襟《えり》がみ持《も》つてこづき廻《まは》して、顏中引掻《かほぢうひつか》いて蚯蚓腫《みゝずば》れだらけにしてやり度《た》くなるの。』

歯切《はぎし》りしながら火鉢《ひばち》の端《はし》を平手《ひらて》で打《う》つ。

『オホヽヽヽウ。』

とおやへは失笑《ふきだ》して、

『まあ大變《たいへん》ねえ、そんなに厚《あつ》かましい人《ひと》なら餘計默《よけいだま》つて居《ゐ》る方《はう》がいゝんだわ、何《なに》を云《い》つたつてお感《かん》じはありやしないから、云《い》ふだけ無益《むだ》ぢやありませんか、お腹《なか》の中《なか》で嫌《いな》な人《ひと》だと思《おも》つて濟《す》まして居《ゐ》ればいゝやね。』

『然《さ》うはゆかないわ、何《なん》にも云《い》はないで默《だま》つて居《ゐ》れば、自分《じふん》と話《はなし》を仕《し》て居《ゐ》るのを喜《よろこ》んでると思《おも》ふもの。』

『然《さ》う思《おも》つたつて好《い》いぢやありませんか、喜《よろこ》ばして置《お》く方《はう》が功徳《くどく》よ、飛《と》んだお茶番《ちやばん》をやつてると思《おも》つて濟《す》ましてをりや其《それ》で好《い》いよ。』

『いつそお茶番《ちやばん》なら其《それ》で又《また》をかしい處《ところ》があるから好《い》いけれ共《ども》、氣障《きざ》な風《ふう》を爲《す》る間々《あひだ〳〵》に、無暗《むやみ》と西洋《せいやう》を振《ふ》り廻《まは》してお高尚振《かうしやうぶ》つた事《こと》を云《い》ふから堪《たま》りやあしないわ、あの人《ひと》は洋行《やうかう》した事《こと》もありもしない癖《くせ》に、何《なん》でも西《せい》洋《やう》の事《こと》は知《し》つてる樣《やう》な顔《かほ》して居《ゐ》るのね、だからあんな、菫《すみれ》の造《つく》り花《はな》を澤山《たくさん》に固《かた》めて鴇色《とういろ》のリボンで結《ゆ》ひたのなんか持《も》つて來《く》るのよ、然《さ》うしてね、この鴇色《とういろ》にも譯《わけ》があるんだし。菫《すみれ》にも何《なん》とか、譯《わけ》があるんだとか云《い》つてたわねえ、リボンへピンを通《とほ》して束髪《そくはつ》に挿《さ》すのだ位《ぐらゐ》妾《わたし》だつて知《しつ》てるけれ共《ども》、これが簪《かんざし》なの、柄《え》がなくつちやあ挿《さ》す事《こと》が出來《でき》ないつて然《さ》う云《い》つて遣《や》つて、ほんとに心持《こゝろもち》が好《よ》かつた、いくらリボンだつて鴇《とう》色《いろ》なんか野暮《やぼ》な色《いろ》だと云《い》つた時變《ときへん》な顔《かほ》して居《ゐ》たわね。』

『あの時妾《ときわたし》はヒヤ／＼したよ。』

『だつて妾《わたし》の嫌《きら》ひな事《こと》や何《なん》か、云《いつ》たり、爲《し》たりされると遂《つひ》むしやくしや仕《し》て來《き》て、有《あり》つ丈云《たけい》つて了《しま》はないぢやあ氣持《きもち》が惡《わる》いもの、未《ま》だ癪《しやく》に觸《さは》つてる事《こと》があつてよ。』

と云《い》ふを抑《おさ》へて、

『お止《よ》しなさいよ、つまらないぢやあないか、其《それ》に奈杉《なすぎ》さんはあれでも新體詩《しんたいし》とか何《なん》とか作《つく》つて本《ほん》へ出《だ》すんだと云《い》ふぢやないか、何《なに》かは出來《でき》る人《ひと》なのでせう。』

奈杉《なすぎ》を敬《うや》まふ心《こゝろ》にはあらず、妹《いもと》が未《ま》だ稚《をさな》き心《こゝろ》に分別《ふんべつ》もなく物云《ものい》ふを、愛敬《あいけう》なき心《こゝろ》と人《ひと》の憎《にく》しみもあるべしと制《せい》する心《こゝろ》にて云《い》へば、

『何《なに》か出來《でき》たつて恐《こは》かないわ。』

と言葉《ことば》に力《ちから》を入《い》れて、

『これを本《ほん》へ出《だ》すのだとか云《い》つて、紙《かみ》へ長《なが》く書《か》いてあつたのを妾《わたし》に見《み》せてよ、妾《わたし》が讀《よ》んだつて分《わか》りやあしないけれ共何《どもなん》でも戀《こひ》だの、愛《あい》だのつて紺屋《こんや》の手間取《てまと》りが云《い》ふやうな事《こと》を並《なら》べてあつたわ。』

と濟《す》ました顔色《かほつき》。

『先日《このあひだ》も若様《わかさま》がお前《まへ》の口《くち》の惡《わ》るいので驚《おどろ》いて居《ゐ》らしつたよ。』

『アラ。』と姉《あね》を仰《あふ》いで、

『若様《わかさま》は溫和《おとな》しくつて居《ゐ》らつしやるんですもの、妾《わたし》何《なん》にも申《まを》しやしないのよ。』

と少《すこ》し悄氣《しよげ》て、云《い》ひ解《わけ》する聲《こゑ》の勢失せたり。

『なんにしても、明後日《あさつて》お見合《みあひ》だと云《い》ふのに、其惡《そのわ》るい口《くち》を聞《き》かれて御覽《ごらん》成《な》さい、花嫁《はなよめ》にならないうちにお拒絕《ことわり》だわ、其《それ》こそお友《いう》ちやんが嫌《きら》はれますよ、日本橋《にほんばし》の母親《おつか》さんは、まだ其口《そのくち》を御存《ごぞん》じないんだよ。』

『嫌《きら》はれた方《はう》が能《よ》う御坐《ござ》んす、お母親《つか》さんが御存《ごぞん》じだつて構《かま》やあしないわ。』

と口《くち》だけは未《ま》だ弱點《よわみ》を見《み》せねど、花嫁《はなよめ》と云《い》はれしに恥《はづ》かしくなりて、左《ひだり》の手《て》の上《うへ》に乘《の》せたる右《みぎ》の袂《たもと》の先《さき》を弄《もてあそ》びながら、赤《あか》らみし顏《かほ》を俯向《うつむ》かす。

『さあもう其《そ》れ丈惡《だけわ》るロを云《い》つたら堪能《たんのう》お仕《し》だらう、お中入《なかいり》に甘納豆《あまなつとう》でも召上《めしあが》つては如何《いかゞ》。』

と身輕《みがる》に立上《たちあが》つて、茶棚《ちやだな》に直《ひた》と身《み》を寄《よ》せ、菓子《くわし》の器《うつわ》を取《と》り出《だ》す時《とき》、噂《うはさ》の主《ぬし》の影《かげ》が射《さ》せしか、格子戸《かうしど》靜《しづ》かに開《ひら》くる音《おと》するに、おやへは思《おも》はず微笑《ほゝゑ》んでお友《いう》を見返《みかへ》れば、何《なに》か一人《ひとり》思《おも》ひにくれて、お友《いう》は振仰《ふりあふ》ぎもせず。

されど訪《おとな》ふ聲《こゑ》は女《をんな》なりき。

（三）

奧《おく》より漏《も》るゝ花鋏《はなばさみ》の音《おと》を聞《き》きても、奈杉《なすぎ》が持《も》つ手《て》から、と思《おも》へばお友《いう》は慄然《ぞつ》として、逢《あ》はずに濟《す》ます工《く》夫《ふう》を思案《しあん》しつゝ、連子窓《れんじまど》に寄《よ》りかゝりて小說本《せうせつぼん》の挿繪《さしゑ》を眺《なが》め入《い》る折《をり》から、薄《うす》き髮《かみ》の毛《け》を一本並《いつぽんなら》べにきちんと分《わ》けて、鼠縞《ねずみじま》の伊勢崎銘仙《いせざきめいせん》の衣服《きもの》に白縮緬《しろちりめん》の兵兒帶《へこおび》を解《ほど》けそうに卷《ま》きたる男《をとこ》の、足音《あしおと》も立《た》てず密《そつ》とお友《いう》の

後《うしろ》に立《た》つて、

『何《なに》を成《な》すつてお居《ゐ》でゞす、彼方《あちら》へいらつしやいませんか。』

と聲《こゑ》をかけつ。活《い》け上《あ》ぐる迄《まで》には未《ま》だ卅分程《よんほど》の猶豫《ゆうよ》を油斷《ゆだん》せしお友《いう》は、常《つね》よりも驚《おどろ》かされて其人《そのひと》を見上《みあ》げしが、

『まあ、もうお濟《す》みなすつたの。』

と不平《ふへい》らしく云《い》ひて、手《て》にせる本《ほん》を傍《かたはら》へ投《な》げ遣《や》る。

『濟《す》んだ處《どころ》ですか、僕《ぼく》は未《ま》だ始《はじ》めないのです、僕《ぼく》より先《さ》きに來《こ》られた、何《なん》とか云《い》ふ若《わか》い細君《さいくん》が未《ま》だ活《い》けて居《ゐ》る最中《さいちう》でしたからね、あなたは何《なに》を爲《し》てお出《い》でかと思《おも》つて。』

片手《かたて》を懐《ふところ》に入《い》れたる儘《まゝ》、づつと寄《よ》つて中腰《ちゆうこし》になりながら本《ほん》を取上《とりあ》げしが、

『あ丶花束《はなたば》ですか、この小説《せうせつ》は實《じつ》に面白《おもしろ》いですね、短篇物《たんぺんもの》にしちやあ中々《なか〳〵》好《よ》く出來《でき》てるですよ、僕《ぼく》は實《じつ》に花束《はなたば》の主人公《しゆじんこう》に同情《どうじやう》を寄《よ》せる。』

とお友《いう》の傍《そば》に坐《すわ》つて、

『あなたもお讀《よ》みになつたのでせう。』

聊首《いさ・かくび》を傾《かし》げて、濃《こ》き眉毛《まゆげ》の片々《かた〳〵》を釣《つ》り上《あ》げ、小《ちひ》さけれ共厚《どもあつ》き唇《くちびる》の口許《くちもと》を成《な》る丈開《たけひら》かせまじと勉《つと》めながら、一言々々《ひとこと〳〵》に重《おも》みを持《も》たせて物《もの》を云《い》ふなり。

胸《むね》を据《す》ゑしかお友《いう》は美《うつ》くしう片頰笑《かたほゝゑ》んで、

『まだ讀《よ》みません、何《なん》だか挿繪《さしゑ》だけ見《み》ても奇麗《きれい》で面白《おもしろ》そうですわね。』

と普通《ふつう》の挨拶《あいさつ》。奈杉《なすぎ》は顏《かほ》を背向《そむ》けて、

『何《ど》うして斯《か》う、僕《ぼく》の身《み》の上《うへ》と主人公《しゆじんこう》の身《み》の上《うへ》とが似《に》たものか。』

とお友《いう》の耳《みゝ》に達《とゞ》く程《ほど》の聲《こゑ》して呟《つぶや》けば、

『ぢやあ、貴方《あなた》見《み》たいに遊《あそ》んでばかり居《ゐ》る人《ひと》の事《こと》を書《か》いたのね。』

と邪氣《つみ》も無《な》く笑《わら》ひつゝ、柱《はしら》に低《ひく》く掛《か》けたる姿見《すがたみ》の前《まへ》までお友《いう》は膝行《いざり》ゆきしが、其《それ》に向《むか》つて半身《なかばみ》を浮《う》かせ、前髷《まへまげ》の恰好《かつかう》を直《なほ》しながら兎見角見《とみかうみ》して、やがて鬢櫛《びんぐし》取《と》りし手《て》を後《うしろ》へ廻《まは》す、眞白《ましろ》き腕《かひな》、黒繻子《くろじゆす》の袖口《そでぐち》より現《あら》はれし途端《はづみ》に、長《なが》き袂《たもと》の振《ふ》りより溢《こぼ》れ出《い》でし紅《くれなゐ》の袖《そで》の、素足《すあし》の踵《かゝと》に絡《から》まりて、牡丹《ぼたん》の花陰《はなかげ》に翼休《つばさやす》むる胡蝶《こてう》の其《それ》にも似《に》たるを、奈杉《なすぎ》は高野山《かうやさん》の法師《はふし》が美《うつ》くしき若衆《わかしゆう》を見《み》る樣《やう》なる顏色《かほつき》して眺《なが》め入《い》りしが、

『あなたは僕《ぼく》を遊《あそ》んでばかり居《ゐ》る人間《にんげん》の樣《やう》に仰有《おつしや》るけれ共《ども》、そりや些《ち》つと酷《むご》いですよ、僕《ぼく》の辛《つら》い境遇《きやうぐう》を御《ご》存《ぞん》じないからだ。』

と恨《うらみ》みがましく、冴《さ》えぬ聲《こゑ》して云《い》ふに、

『然《さ》うですか。』

とばかり、脊《せな》を向《む》けたるまゝ、お友《いう》は面倒氣《めんだうげ》に聞《き》き外《はづ》すを、

『明日《あす》の麪包《ぱん》の苦勞《くらう》をするではなし遊《あそ》ぶより他《ほか》には能《のう》がないのですからな、身體《からだ》は樂《らく》の樣《やう》に見《み》えるかも知《し》れんです、然《しか》し精神《こゝろ》に於《おい》て僕《ぼく》は嘗《かつ》て愉快《ゆくわい》と云《い》ふ事《こと》を覺《おぼ》えた事《こと》はないですよ、隨分苦悶《ずゐぶんくもん》の爲《ため》に寐《ね》られないで明《あか》して了《しま》ふ事《こと》は幾夜《いくよさ》もありますよ、殊《こと》に此頃《このごろ》は眠《ねむ》られないで困《こま》るです。』

と吐《と》息漏《いきも》らすに、お友《いう》も遉《さすが》に知《し》らぬ振《ふり》は繕《つくろ》へねど、奈杉《なすぎ》の言葉《ことば》の能《よ》く解《げ》せぬに挨拶《あいさつ》の仕樣《しやう》もなく、此方《こちら》へ向《む》き直《なほ》つて暫案《しばしあん》ぜしが、

『必然《きつと》お身體《からだ》の具合《ぐあひ》が惡《わる》いのでせう。』

と眞面目《まじめ》で云《い》へば、男《をとこ》は笑《わら》ひもせず、

『夜分《よろ》寐《ね》られないのが身體《からだ》の所爲《せい》だと仰有《おつしや》るのですか。』

と顏《かほ》を擡《あ》げしが、お友《いう》の點頭《うなづく》を見《み》て、

『然《さ》うぢやないのですよ、苦悶《くもん》の爲《ため》に、煩悶《はんもん》の爲《ため》に、畢竟《つまり》心配《しんぱい》が有《あ》つて、其《そ》の心配《しんぱい》の爲《ため》に惱《なや》まされるので眠《ねむ》れないと云《い》ふのですよ。』

と力無氣《ちからなげ》なる眼光《まなざし》して、又吐息《またといき》つく。

『そんなにも御心配《ごしんぱい》がお有《あ》りなさるのですかねえ。』

と聞《き》き度《た》くもなけれど、詮《せん》なさに斯《か》く云《い》へば、我身《わみ》を氣遣《きづかひ》ての問言《とひこと》と奈杉《なすぎ》は喜《よろこ》びて、

『僕《ぼく》は未《ま》だ他人《たにん》に此樣話《こんなはなし》をした事《こと》はないですが、實《じつ》を云《い》へば僕《ぼく》の母《はゝ》は異《かは》つて居《ゐ》るのです、妹《いもと》も弟《おとゝ》も僕《ぼく》とは義理《ぎり》の間柄《なか》であるですからね、お互《たがひ》に隔意《へだて》があつて情《じやう》を交《かは》すと云《い》ふ事《こと》は出來《でき》ず、家《うち》に居《ゐ》ても少《すこ》しも快樂《くわいらく》と云《い》ふ事《こと》を感《かん》じる事《こと》がないです、これに母《はゝ》は僕《ぼく》を他《ほか》へ出《だ》して、妹《いもと》に養子《やうし》したいと云《い》ふ考《かんがへ》で居《ゐ》るのですからね。』

と云《い》ひさして思案《しあん》らしう俯向《うつむ》きしが、

『隨分《ずゐぶ》僕《ぼく》は三方四方《さんぱうしはう》の思惑《おもわく》を計《はか》る爲《ため》に、居辛《ゐづら》い位置《ゐち》に立《た》つ事《こと》があるですよ、僕《ぼく》は非常《ひじやう》に感《かん》じたですな殊《こと》に此頃《このころ》になつて、人《ひと》の心《こゝろ》と云《い》ふものは賴《たの》むべからざるもの、實《じつ》に人間《にんげん》は孤《こ》である事《こと》を悟《さと》つたです、僕《ぼく》に對《たい》して愛情《あいじやう》、眞情《しんじやう》を持《も》つて居《ゐ》るべき筈《はず》の、唯一人《たつたひとり》の父《ちゝ》でさへ此頃《このごろ》は僕《ぼく》には信《しん》じられなくなつたですもの。』

と自《みづか》ら我《われ》を嘲《あざ》ける樣《やう》に打笑《うちわら》ふ。お友《いう》は缺皿《かけざら》が物語《ものがたり》の半分程《はんぶんほど》も可哀想《かあいそう》とは思《おも》はねども、

『おつ母《か》さんが變《かは》つていらしつちや、お辛《つら》いでせう。』

と坐《ざ》なりの挨拶《あいさつ》すれば、

『非常《ひじやう》に悲觀的《ひくわんてき》、厭世的《えんせいてき》の考《かんがへ》を起《ねこ》す事《こと》があるですな、此儘《このまゝ》ゆけば必然《きつと》僕《ぼく》は冷靜《れいせい》な冷酷《れいこく》な人間《にんげん》に成《な》つて了《しま》ふに違《ちが》ひありません。』

と袂《たもと》を探《さぐ》りしが絹半巾《きぬはんけち》を取《と》り出《だ》して眼尻《まなじり》を二《に》三度《さんど》強《つよ》く拭《ふ》く。眠氣《ねむけ》を催《もよほ》す五月雨《さみだれ》にお友《いう》は愈々《いよいよ》奈杉《なすぎ》の言葉《ことば》のうるさく、飽々《あきあき》したる餘《あま》りに出《い》でたる欠伸《あくび》を、流石《さすが》悟《さと》られても彼方《かなた》へ氣《き》の毒《どく》と噛《か》み殺《ころ》して、

『何《なん》だか鬱陶《うつとう》しい、眠《ねむ》たいやうな日《ひ》ですね。』

と瞼《まぶた》に浮《うか》みし涙《なみだ》を密《そつ》と拂《はら》つて紛《まぎ》らかせば、透《すか》さず見《み》て取《と》りし奈杉《なすぎ》は欠伸《あくび》の涙《なみだ》を同情《どうじやう》の涙《なみだ》と早合點《はやがてん》して、我《わが》身《み》の上《うへ》の斯《か》う迄《まで》、花《はな》の如《ごと》き爛熳《らんまん》たる一少女《いつせうぢよ》の心《こゝろ》を動《うご》かしたか、と態《わざ》と沈《しづ》ませたる調子《てうし》を我知《われし》らず高《たか》くするまで得意《とくい》になり、

『昨夜《ゆふべ》も面白《おもしろ》くない事《こと》があつたので、せめては『ギター』でも彈《ひ》いて彈《ひ》いて彈《ひ》き捲《まく》つて、自《みづか》ら慰《なぐさ》めやうと思《おも》つたのです。』

『いたを彈《ひ》くつて、何《ど》うするの。』

『ギターですよ、是《こ》れは主《おも》に西班牙《すぺいん》や伊太利《いたりー》で用《もち》ひる樂器《がくき》で、形《かたち》は稍々《やゝ》『ヴァイオリン』に似《に》て居《ゐ》るですな、絃《いと》は六本《ろくほん》で爪彈《つめび》きにするのです。』

『あゝ。』とお友《いう》は點頭《うなづ》いて、

『先日《このあひだ》漸《やう》やつと何處《どこ》とかの道具屋《だうぐや》で見付《みつ》けて買《か》つたと仰有《おつしや》つたあれでせう、其時《そのとき》のお講釋《かうしやく》と、今《いま》のお講釋《かうしやく》と似《に》て居《ゐ》るやうだわ。』

『然《さ》うく、お話《はなし》しましたね、彼品《あれ》ですよ。』

『ぢやあ買《か》はない前《まへ》から、旣《も》うお稽古《けいこ》して居《ゐ》らしつたのね。』

『いえ。』

『だつて遂先日《つひこのあひだ》買《か》つたばかりなんぢやありませんか、まあ何時《いつ》の間《ま》に彈《ひ》き捲《まく》る程御上達《ほどごじやうたつ》。』

と微笑《ほゝゑ》む、此言葉《このことば》も奈杉《なすぎ》の耳《みゝ》には兎《う》の毛《け》で突《つ》いた程《ほど》も感《かん》ぜずと見《み》ゆ。

『上達《じやうたつ》も、上達《じやうたつ》しないもありません、僕《ぼく》は獨學《どくがく》でやるのですもの、畢竟《つまり》器用《きよう》でやるのです。實際《じつさい》僕《ぼく》には音《おん》樂《がく》の天才《てんさい》があるですよ。』

お友《いう》は何《なに》も云《い》はず、奈杉《なすぎ》の面《おもて》を見詰《みつ》めて愈々《いよ〳〵》笑《わら》ふ。

『其《それ》からギターを取《と》り出《だ》して糸《いと》を引締《ひきし》めると、二度《にど》までも切《き》れたぢやありませんか、僕《はく》は糸《いと》までが僕《ぼく》には同情《どうじやう》を寄《よ》せず、馬鹿《ばか》にするかと思《おも》ふと、腹《はら》が立《た》つて、腹《はら》が立《た》つて、ギターを抛《ほう》り出《だ》して仕舞《しま》つたです、實《じつ》に昨夜《ゆふべ》は不愉快《ふゆくわい》でしたよ、何《ど》う考《かんが》へても花束《はなたば》の主人公《しゆじんこう》は丁度僕《ちやうどぼく》ですな、これを讀《よ》んであなたがお泣《な》きなさればですね。畢竟《つまり》あなたは奈杉《なすぎ》の爲《ため》に泣《な》いて下《くだ》すつたものと僕《ぼく》は非常《ひじやう》に嬉《うれ》しく思《おも》ふです。』

と少《すこ》し身體《からだ》を反《そ》らす。

『若《も》し讀《よ》んでも涙《なみだ》が出《で》なかつたら困《こま》るわ。』

僕《ぼく》の話《はなし》を聞《き》いた丈《だけ》でも泣《な》いたのぢやアありませんか。とは眞逆《まさか》に云《い》へず、

『總《すべ》てに同情《どうじやう》の深《ふか》いあなたが、これを讀《よ》んで涙《なみだ》が出《で》ないと云《い》ふ事《こと》はありません、確《たしか》に清《きよ》い美《うつ》くしい涙《なみだ》を此《こ》本《れ》へお注《そゝ》ぎに成《な》る筈《はず》です。』

と他人《ひと》の涙《なみだ》を我《わ》物顏《ものがほ》に説《と》き明《あか》せば、

『何《なん》だか知《し》らないけれ共《ども》、私《わたし》はあんまり小説《せうせつ》を讀《よ》まないの、姉《ねえ》さんが好《す》きで取《と》るんですよ、必然《きつと》そのお話《はなし》をすると面白《おもしろ》がつて讀《よ》むでせう、妾《わたし》は小説《せうせつ》なんか讀《よ》んで泣《な》くより、芝居《しばゐ》の愁歎場《しうたんば》を見《み》て泣《な》いた方《はう》が餘程氣《よつぽどき》

が利《き》いてると思《おも》ふの。』

姉《あね》が聞《き》かば眉《まゆ》を顰《ひそ》むべし、お友《いう》は憎體《にくて》らしく云《い》ひ放《はな》つ。常《つね》ならば理想《りさう》が低《ひく》いと嘲《あざ》ける所《ところ》を、奈杉《なすぎ》は唯苦《たゞにが》笑《わら》ひして、

『お友《いう》さんは芝居《しばゐ》がお好《す》きですか。』

と聞《き》けば、

『はあ大好《だいすき》きよ。』

と答《こた》へながら立上《たちあが》つて、

『今日《けふ》は朝寐坊《あさねばう》した癖《くせ》に、眠《ねむ》つたくて仕様《しやう》がない。』

と連子窓《れんじまど》を開《ひら》きしが、袂《たもと》を肩《かた》に投《な》げ掛《か》けつゝ、軒端《のきば》を見詰《みつ》めて雨《あめ》の數《かず》を讀《よ》みぬ。

（四）

『奈杉《なすぎ》さん、今《いま》お歸《かへ》り？』

持《も》つ手《て》も撓《たゆ》たげに見《み》ゆる蛇《じや》の目《め》の傘《かさ》の中《うち》より、床《ゆか》しき白粉《おしろい》の匂《にほ》ひ漏《も》れて、濡《ぬ》れ手拭《てぬぐひ》の包《つゝ》みを片手《かたて》に、高《たか》足駄《あしだ》の足許《あしもと》危《あや》ふく蹈《ふ》み止《とゞま》りて、仲町《なかちやう》の角《かど》にお友《いう》はすつと立《た》つ。

彼方《かなた》は傘《かさ》を前《まへ》に、斜《なゝめ》に降《ふ》る雨《あめ》を避《さ》けつゝ辿《たど》り來《き》しが、傘《かさ》と共《とも》に顔《かほ》を上《あ》げて、

『やあ、お友《いう》さんですか、僕《ぼく》は何誰《どなた》かと思《おも》つて。』

と足早《あしばや》に歩《あゆ》み寄《よ》り、

『お湯《ゆ》へいらしつたのですか。』

と湯《ゆ》上《あが》りの水際立《みづぎはた》つたるお友《いう》の顔《かほ》を打守《うちまも》る。

『はあ、貴方《あなた》は最《も》うお歸《かへ》りなの。』

『歸《かへ》るのです、あれから。』

と手《て》に持《も》つ木振《きぶ》り作《つく》りたる芍藥《しやくやく》の花《はな》を見《み》せて、

『此《こ》れを活《い》けて、又茶《またちや》の間《ま》へ行《い》つたらあなたはお見《み》えにならないぢやありませんか、活《い》ける前《まへ》まで此處《こゝ》で僕《ぼく》とお話《はなし》を爲《し》て居《ゐ》たのに、何時《いつ》の間《ま》に何方《どちら》へいらしつたかと思《おも》つて、下女《げぢよ》に聞《き》いても知《し》らないと云《い》ふのでせう、其《それ》から直《ぢ》きお歸《かへ》りだらうと思《おも》つて少時《しばらく》お待《ま》ち申《まを》したのですが、門口《かどぐち》に似《に》た樣《やう》な足音《あしおと》も聞《きこ》えず、それに、活《い》け上《あが》つて了《しま》つてから愚圖々々《ぐずぐず》して居《ゐ》てはお姉《あね》さんへの手前《てまへ》もあるのですからな、何《なん》だか物足《ものた》らなかつたですが、思《おも》ひ切《き》つて僕《ぼく》はお暇《いとま》したのです。』

大方其《おほかたそれ》と推《すゐ》して、錢湯《せんたう》を暫隱《しばしかく》れ里《ざと》、伏木《ふしぎ》の蔭《かげ》にも増《ま》さる思《おも》ひして潛《ひそ》み居《ゐ》しとも知《し》らで、其人《そのひと》の前《まへ》に逢《あ》はで歸《かへ》りし本意《ほい》無《な》さを打明《うちあ》くるに、お友《いう》は何《なに》となく濟《す》まぬ心地《こゝち》して、

『まあ其樣《そんな》に待《ま》つていらしつたの、お早《はや》は妾《わたし》の糠袋《ぬかぶくろ》を包《つゝ》んで呉《く》れた癖《くせ》に、何《なん》だつて知《し》らないと云《い》つたのでせう、妾《わたし》もお湯《ゆ》へ來《く》る積《つも》りぢやなかつたのですけれ共《ども》ね、餘《あま》りくさ〱しましたから入浴《はいり》に來《き》たの、でも歸途《かへり》にお目《め》に掛《かゝ》つて能《よ》う御坐《ござ》んしたわ。』

此語《このことば》は眞底《しんそこ》から優《やさ》しく、慰《なぐさ》むる積《つも》りにてお友《いう》は云《い》ふ。奈杉《なすぎ》は態《わざ》と聞《き》こえぬ振《ふり》にて、

『あなたは何《なん》ともお思《おも》ひにならんでせうが、僕《ぼく》は此儘《このまゝ》あなたに逢《あ》はないで歸《かへ》つてごらん成《な》さい、愈々《いよ〱》今夜《こんや》から不眠症《ふみんしやう》になるです。』

と我《わ》れ面白《おもしろ》に笑《わら》つて、

『是れからずつとお歸《かへ》りなのでせう。』

と聞《き》く。

『いゝえ、仲町《なかちやう》の小間物屋《こまものや》へ寄《よ》つてから歸《かへ》ります。』

『仲町《なかちやう》ですか、ぢやあ其處《そこ》まで御一所《ごいつしよ》に行《ゆ》きませう。』

とはや足《あし》を返《かへ》すに、無下《むげ》に拒《いな》みもならず、

『貴方《あなた》道《みち》が異《ちが》ふぢやありませんか、切通《きりどほ》しを上《あが》つて居《ゐ》らつしやるのでせう。』

『道《みち》などは何《ど》うでも好《い》いですよ。』

と先《さき》に立《た》つて芍藥《しやくやく》の花《はな》を雨《あめ》に打《う》たせながら、

『僕《ぼく》は餘《あま》り此《こ》の花《はな》は好《この》まんですな、お友《いう》さんは？』

と眞直《まつす》ぐに立《た》てゝ、お友《いう》の眼前《めさき》へ出《だ》せば、詮《せん》なさに後《うしろ》へ引添《ひきそ》ふて、

『妾《わたし》も嫌《きら》ひ、牡丹《ぼたん》はよ御坐《ござ》んすけれ共《ども》ね、何《なん》だか擬似物《まがひもの》の樣《やう》な氣《き》がして嫌《いや》ですわ。』

『嗜好《しかう》まであなたと一致《いつち》して居《ゐ》る。』

と嬉《うれ》し氣《げ》に奈杉《なすぎ》は呟《つぶや》いて、

『今度《こんど》ねお友《いう》さん、月《つき》の好《い》い晩《ばん》、池《いけ》の周圍《まはり》を廻《まは》つて上野《うへの》の山《やま》の方《はう》へ二人《ふたり》して散歩《さんぽ》に行《ゆ》かうぢやありませんか。』

とお友《いう》を見返《みかへ》る、雨《あめ》の日《ひ》とは云《い》へ流石《さすが》小晝時《こひるどき》の、往來《ゆきゝ》繁《しげ》くて人目《ひとめ》多《おほ》きをお友《いう》は恥《は》ぢらひてか、俯向《うつむ》き勝《が》ちに物《もの》も云《い》はで歩《あゆ》みを運《はこ》ばすを、

『ねえお友《いう》さん、是非《ぜひ》行《ゆ》かうぢやありませんか、今日《けふ》は幾日《いくにち》の月《つき》だらう、確《たしか》六日《むひか》か七日《なのか》だと思《おも》つたが、此《この》

次僕《つぎぼく》の來《く》る時分《じぶん》にや必然《きつと》好《い》いですよ。』

　お友《いう》は猶言葉《なほことば》なく、顏上《かほあ》げて四邊《あたり》を見廻《みまは》せしが、

『憚《はゞか》りさま、此《こ》れを持《も》つてゝ頂戴《ちやうだい》な。』

と濡手拭《ぬれてぬぐひ》に包《つゝ》みたるを奈杉《なすぎ》に預《あづ》けて、筋違《すぢちがひ》の小間物屋《こまものや》へッと這入《はいり》りしに、奈杉《なすぎ》は足《あし》を止《とゞ》めて後《うしろ》を見送《みおく》りながら、

『何《なに》を買《か》ふのだらう、根掛《ねがけ》？　簪《かんざし》？　白粉《おしろい》？　紅《べに》？　あれでお友《いう》さんは趣味《しゆみ》は中々高尚《なかなかかうしやう》なのだが、束髮《そくはつ》が嫌《きら》ひだから何《ど》うも困《こま》る、今度《こんど》は僕《ぼく》は島田《しまだ》に挿《さ》せるやうな簪《かんざし》を買《か》つて來《こ》やう、必然《きつと》お友《いう》さんの氣《き》に入《い》る樣《やう》なのを見立《みた》てゝ……。』

　不圖濡手拭《ふとぬれてぬぐひ》に眼《め》を遣《や》りて、

『何《なん》の匂《にほ》ひだか好《い》い薫《かほ》りがする。』

と氷《こほり》の樣《やう》に冷《ひ》えしを頰《ほゝ》に當《あ》つる處《ところ》へ、

『お待遠樣《まちどほさま》。』

と笑顏美麗《ゑがほうつく》しく、走《はし》り寄《よ》つて奈杉《なすぎ》と同《おな》じ傘《かさ》の中《なか》に雨《あめ》を厭《いと》へば、歩《あゆ》みながら奈杉《なすぎ》は濡《ぬ》らせまじと蔽《お》ふ樣《やう》にして、包《つゝ》み切《き》れぬ嬉《うれ》しさを笑《ゑ》みと溢《こぼ》す、

『早《はや》かつたぢやありませんか、香水《かうすゐ》を買《か》つたのですか。』

『はあ、日本橋《にほんばし》の實家《うち》へ行《ゆ》けば勝手《かつて》なのが有《あ》るんですけれ共《ども》ね、先日忘《このあひだわす》れて持《も》つて來《き》てくれなかつたの。』

と口許《くちもと》をリボンにて飾《かざ》りし香水《かうすゐ》の瓶《びん》を見《み》せながら、窄《つぼ》めたる傘《かさ》の柄《え》を持《も》ちたる儘《まゝ》、細《ほそ》き指先《ゆびさき》に力《ちから》を込《こ》めて口《くち》を取《と》りしが、

『まあ厭《いや》な匂《にほ》ひだこと、同《おな》じ菫香水《バイオレット》でも斯《か》う違《ちが》ふのね。』と眉《まゆ》を顰《ひそ》めて、

『姉《ねえ》さんは麝香《じやかう》ばかりで使用《つかは》ないし。』

と呟《つぶや》きつゝ、奈杉《なすぎ》の袂《たもと》を外《そと》より探《さぐ》りて、

『貴方《あなた》半巾《はんけち》は？』と聞《き》く。

枝《えだ》を歯《は》に支《さゝ》へて、取《と》り出《だ》せし半巾《はんけち》を渡《わた》せば、一寸《ちよつと》其《それ》を嗅《か》いで、切地《きれぢ》を貫《とほ》して滴《しづく》の垂《た》るゝまで香水《かうすゐ》を振《ふ》り撒《ま》きて、

『先《せん》のと匂《にほ》ひが一所《いつしよ》になりましたよ。』

と逆《ぎやく》に手《て》を延《の》ばして、奈杉《なすぎ》の懐《ふところ》へと捻《ね》ぢ込《こ》み、聊殘《いさゝかのこ》りたるを帶《おび》に挾《はさ》みながら、

『お宅《うち》へのお土産《みやげ》よ。』

と莞爾《につこり》として、呆《あき》れて疑視《みつむ》る奈杉《なすぎ》より手拭《てぬぐひ》を奪《うば》ひ取《と》り、三歩《みあし》ばかり外《そと》に身《み》を退《ひ》きて、片手業《かたてわざ》に傘《かさ》を開《ひら》きしが、肩《かた》に掛《か》けて、

『左様《さやう》なら。』

『まあお待《ま》ちなさい、お宅《うち》の前《まへ》まで送《おく》りますよ。』

『いゝえ、最《も》う澤山《たくさん》。』

池《いけ》の方《はう》へと足《あし》を向《む》けし時《とき》、風《かぜ》さと渡《わた》りて半開《はんびら》きの傘《かさ》の面《おもて》に波《なみ》を打《う》たせぬ。

（五）

あゝ、あゝ。お友《いう》さんは嫁入《よめい》りする事《こと》に極《きま》つて了《しま》つた、何《ど》うでも斯《か》うでも他人《ひと》の妻君《さいくん》に成《な》つて了《しま》ふのだ

明日《あした》日《に》本橋《ほんばし》の實家《うち》へ歸《かへ》つて　來月《らいげつ》の初《はじ》めに結婚《けつこん》の式《しき》を擧《あ》げるのだと云《い》ふ、然《しか》しお友《いう》さんは望《のぞ》んで行《ゆ》くのではない、病《やま》ひを起《おこ》すまで其《それ》を厭《いと》つて居《ゐ》る。

お友《いう》さんを一ト目《め》見《み》て邪《じや》が非《ひ》でも欲《ほ》しいと云《い》つた人《ひと》は、身分《みぶん》もあり。財産《ざいさん》もあり。名譽《めいよ》もあり。立派《りつぱ》な人物《じんぶつ》。お友《いう》さんも其人《そのひと》を見《み》てから思《おも》ひ窶《やつ》れる程《ほど》慕《した》つて居《ゐ》るので、望《のぞ》んでもない縁《えん》だとお友《いう》さんの姉《ねえ》さんは獨《ひと》り喜《よろこ》んで居《ゐ》られる、僕《ぼく》が何《ど》う云《い》ふ御病氣《ごびやうき》だと聞《き》けば、病氣《びやうき》と云《い》ふ病氣《びやうき》ではない、此《こ》の上《うへ》もなく其人《そのひと》を思《おも》ふ餘《あま》りに、餘《よ》許他《けいほか》の人樣《ひとさま》に逢《あ》ふ事《こと》を嫌《いや》がつて、妾《わたし》が物《もの》を云《い》つてすら五月蠅《うるさ》がつて、唯《たゞ》閉《と》ぢ籠《こも》つた切《き》りで居《ゐ》ると云《い》はれた。失意《しつい》の爲《ため》に人《ひと》に接《せつ》する事《こと》を嫌《きら》つて憂鬱《いうゝつ》となる例《ためし》こそあれ、何處《どこ》にか成功《せいこう》する戀《こひ》の爲《ため》に病氣《びやうき》する者《もの》があるだらうか、誤解《ごかい》も甚《はなはだ》しい。確然《たしか》にあれはお友《いう》さんの意志《いし》の何《いづ》れにあると云《い》ふ事《こと》を究《きは》めず、親《おや》達《たち》の一存《ぞん》で勝手《かつて》に結納《ゆひなふ》を取《と》り交《かは》せて了《しま》つたに違《ちが》ひない、其《それ》を厭《いと》ふ餘《あま》りにお友《いう》さんは床《とこ》に就《つ》いて了《しま》つたのだ。寐《やすん》でお在《い》でなら一言《ひとこと》見舞《みま》つて行《ゆ》き度《た》い、何《ど》うしても逢《あ》つて御容子《ごようす》を伺《うかゞ》ふ、と僕《ぼく》が切《しきり》に望《のぞ》んだので、若《も》し逢《あ》つてからお友《いう》さんが同情《どうじやう》を求《もと》めるやうな事《こと》でも僕《ぼく》に云《い》ふと大事《だいじ》と思《おも》つて、其《それ》で彼樣《あゝ》云《い》ふ事《こと》を云《い》つて僕《ぼく》に斷《だん》念《ねん》さし、歸《かへ》らせ樣《やう》と計《はか》つたのだ。然《しか》しさう云《い》ひ切《き》られて、見《み》す〳〵彼《か》の人《ひと》が姉《あね》や親《おや》の賴母《たのも》しからぬ心《こゝろ》に苦《くる》しめられ、無情《むじやう》を訴《うつた》へ樣《やう》とする所《ところ》もなくて、寐所《ねどころ》に泣《な》いて、悶《もだ》えて、果敢《はか》なんで居《ゐ》るを知《し》り拔《ぬ》いて居《ゐ》ながら、其《それ》でも押《お》して云《い》ふ事《こと》が出來《でき》ず、悄然《すご》々々《く》と歸《かへ》つて來《き》て了《しま》つた僕《ぼく》は實《じつ》に男一匹《をとこいつぴき》甲斐《がひ》のない意氣地《いくぢ》無《な》し、嘸後《さぞあと》で姉《ねえ》さんは笑《わら》つて居《ゐ》たであらう。僕《ぼく》の身《み》の上《うへ》に同情《どうじやう》を寄《よ》せて呉《く》れた其人《そのひと》が、今《いま》は自分《じぶん》の身《み》の上《うへ》に同情《どうじやう》して呉《く》れと願《ねが》つて居《ゐ》るのに、腑甲斐《ふがひ》ない僕《ぼく》には何《ど》うする事《こと》も出來《でき》ないのだ。

燈火《ともしび》薄《うす》き臺洋燈《だいらんぷ》を身近《みぢか》う引寄《ひきよ》せて、文机《ふづくゑ》に頰杖《ほゝづゑ》支《つ》きし奈杉《なすぎ》は、一人《ひとり》思《おも》ひに耽《ふけ》りしが、机《つくゑ》の抽斗《ひきだし》より幾重《いくへ》にも折《を》り重《かさ》ねし絹半巾《きぬはんけち》を出《だ》して、

『情《なさけ》ないぢやあないか、漸次《だん〳〵》匂《にほ》ひが薄《うす》らいで來《く》る、彼《あ》の優《やさ》しい手《て》でかけて呉《く》れた匂《にほ》ひが漸次《だん〳〵》と消《き》えてゆくのだ。』

と少時《しばし》顔《かほ》に當《あ》てし儘《まゝ》、放《はな》しもやらざりしが、

『これが永久別離《えいきうべつり》の紀《き》念《ねん》と成《な》らうとは思《おも》はなかつた、あの時僕《ときぼく》は傘《かさ》の中《うち》へ這《は》入《い》つた、清《きよ》い美《うつ》くしいお友《いう》さんを、僕《ぼく》は最《も》う二度《にど》と見《み》る事《こと》が出來《でき》ないのだ、お友《いう》さんは何《なん》と思《おも》つて居《ゐ》るのであらう、結納《ゆひなふ》の濟《す》んだものを何《なにと》取り返《かへ》しが付《つ》くものか、と諦《あきら》めて居《ゐ》るのだらうか、斷念《あきらめ》られる位《くらゐ》なら床《とこ》に就《つ》いて居《ゐ》る筈《はず》もないのだ、實際何《じつさいど》う思《おも》つて居《ゐ》るのだらう、若《も》し偶然二人《ぐうぜんふたり》が逢《あ》つたとすれば、お友《いう》さんは僕《ぼく》に縋《すが》り付《つ》いて薄命《はくめい》を歎《なげ》くだらうか、歎《なげ》かれたら僕《ぼく》は何《なん》と云《い》はう、自分《じぶん》の失戀《しつれん》した事《こと》なんぞは云《い》はないで、知《し》らない振《ふり》して居《ゐ》やうか、泣《な》かれても、口説《くど》かれても、恨《うら》まれても。』

　自《みづか》ら名乘《なの》る失戀《しつれん》に打惱《うちなや》み、歎聲《たんせい》、吐息《といき》、溜息《ためいき》、を漏《も》らし盡《つく》して思《おも》ひ疲《つか》れしが其儘机《そのまゝつくゑ》の上《うへ》に俯伏《うつぶ》せしが、何時《いつ》となく四邊《あたり》眞暗《まつくら》となりて、やがては耳立《みゝだ》ちし時計《とけい》のセコンドの音《おと》も聞《き》こえずなり、物思《ものおも》ひも忘《わす》れ、お友《いう》も忘《わす》れ、婚禮《こんれい》も忘《わす》れ、失戀《しつれん》も忘《わす》れ、奈杉自身《なすぎじしん》も打忘《うちわす》れて、机《つくゑ》も身體《からだ》も何《いづ》れへか消《き》え去《さ》りし時《とき》、雨戸《あまど》を密《ひそか》に叩《た》いて、

『奈杉《なすぎ》さん、々々々々。』

と幽《かすか》に呼《よ》ぶ聲《こゑ》す、現《うつゝ》とも覺《おぼ》えず、夢《ゆめ》の樣《やう》にありながらこの世《よ》へ引返《ひきかへ》されし樣《やう》なる心地《こゝち》して身《み》を起《おこ》せば、

『奈杉《なすぎ》さん、此處《こゝ》を明《あ》けて下《くだ》さいませんか、奈杉《なすぎ》さん、奈杉《なすぎ》さん。』

と漸次《しだい》に近《ちか》く、

『此處《こゝ》を明《あ》けて頂戴《ちやうだい》な。』

の聲音《こわね》は口許《くちもと》を耳《みゝ》に寄《よ》せしかとばかり。

『や、お友《いう》さん。』

走《はし》り出《で》たも知《し》らず、雨戸《あまど》を開《あ》けたも覺《おぼ》えぬ間《ま》に、はやお友《いう》は後《うしろ》にありて袖《そで》を顔《かほ》に當《あ》てしまゝ、

『奈杉《なすぎ》さん、何《ど》うしませう。』

と奈杉《なすぎ》の肩《かた》へ俯伏《うつぶ》して泣《な》くに奈杉《なすぎ》は呆《あき》れながら見返《みかへ》りて、

『そんなに泣《な》いてばかり居《ゐ》たつて譯《わけ》の解《わか》るものぢやありません、判然《はつきり》と譯《わけ》を云《い》はなくては、何《なん》だつて又《また》こんなに遲《おそ》く唯一人《たつたひとり》で出《で》て來《き》たの、姉《ねえ》さんと喧嘩《けんくわ》でもしたのぢやないか。』

と優《やさ》しう云《い》へば、

『まア、貴方《あなた》あんまりよ。』

と振上《ふりあ》げし顔《かほ》の、涙《なみだ》に濡《ぬ》れたるを拭《ぬぐ》ひもせず、つと奈杉《なすぎ》の前《まへ》に廻《まは》りて、

『何《なん》にも御存《ごぞん》じないのぢやあるまいし、知《し》つて居《ゐ》ながら知《し》らない振《ふり》してあんまりだわ、今日《けふ》だつて然《さ》うよ、何程《なんぼ》姉《ねえ》さんが彼樣《あゝ》云《い》つたからつて默《だま》つて歸《かへ》つて了《しま》ふんですもの、妾《わたし》は蔭《かげ》で聞《き》いて居《ゐ》てほんとに口惜《くや》しくて自烈度《じれつた》くて泣《な》いて居《ゐ》たわ、最《も》うね、切迫詰《せつぱつま》つてしまつたから、家《うち》へは二度《ど》と歸《かへ》らない積《つもり》で妾出《わたしで》て來《き》ちまつたのよ。』

膝《ひざ》へ凭《もた》れかゝつて男《をとこ》の顔《かほ》を窺《のぞ》き込《こ》む。

『僕《ぼく》は何《なに》も知《し》らない、何故《なぜ》歸《かへ》らない積《つもり》で出《で》て來《き》たの、姉《ねえ》さんが心配《しんぱい》して居《ゐ》るでらう。』

と眞目面《まじめ》に云《い》ふ顔《かほ》熟《じつ》と眺《なが》めて、

『何時《いつ》もとは違《ちが》つてよ、冗談云《じやうだんい》つて焦《じ》らしてる所《どころ》ぢやありませんよ。』

と語氣強《ごきつよ》く叱《しか》るやうに云《い》つて、

『こんなに落着《おちつい》ちやあ居《ゐ》られないのよ、今《いま》にも我家《うち》から誰《だれ》かゞ尋《たづ》ねて來《こ》やうものなら、妾《わたし》泣《した》いたつて追付《おッつ》かない、何處《どこ》へでも直《す》ぐ連《つれ》てつて下《くだ》さい、何處《どこ》でも構《かま》やあしないわ、最《も》う此後《これから》は貴方《あなた》ばかりが頼《たの》りなんだから、能《よ》う御坐《ござ》んすか。』

と奈杉《なすぎ》の腕《うで》を取《と》りて引立《ひきた》てる樣《やう》にすれば、突《つ》き放《はな》して、

『頼《たの》りにするも、頼《たよ》りにしないもあるものか、財産《ざいさん》もなし、身分《みぶん》もなし、前途望《ゆくさきのぞ》みもない僕《ぼく》のやうな人間《にんげん》に決《けつ》して義理立《ぎりだて》をする事《こと》はない、さつさと嫁入《よめい》りして立派《りつぱ》な奥樣《おくさま》に成《な》つたら好《い》いでせう。』

と靜《しづか》に腕《うで》を組《く》んで傍《よこ》を向《む》く、

『貴方何《あなたなに》を仰有《おつしや》るの、馬鹿《ばか》々々《〱》しい。』

と鋭《するど》くは云《い》ひたれど、心弱《こゝろよわ》う、

『貴方《あなた》の嫌味《いやみ》を聞《き》かうと思《おも》つて、母親《おつか》さんや姉《ねえ》さんの苦勞《くらう》も構《かま》はず、家《うち》を出《で》て了《しま》つたのぢやありませんか、少《すこ》しは察《さつ》して下《くだ》さい、こんな無分別《むべんべつ》を誰《たれ》の爲《ため》に仕《し》たとお思《おも》ひなの。』

と歔欷上《しやくりあ》げて、

『どんなにでも、貴方《あなた》の得心《とくしん》がゆくまで妾《わたし》は云解《いひわけ》したいのだけれ共《ども》、若《も》し斯《か》うして居《ゐ》る間《うち》に、誰《たれ》かに來《こ》られやうものなら取《と》り返《かへ》しが付《つ》かないんだから、何處《どこ》へでも好《い》いの、後生《ごしやう》だから早《はや》く連《つれ》てつて頂戴《ちやうだい》、一時《いちじ》何處《どこ》へか隱《かく》れなくちやあ氣《き》が落着《おちつか》ないで何《ど》うする事《こと》も出來《でき》やしないわ。』

と急《せ》き立《た》てながら立上《たちあが》り、甲斐《かひ》々々《〲》しう裾高《すそだか》に端折《はしよ》り直《なほ》して、下締《したじめ》キッと引締《ひきし》むるを、奈杉《なすぎ》は見向《みむき》もせず、

『其《そ》れ程《ほど》の心底《しんてい》があるなら、結納《ゆひなふ》の取《と》り交《かは》すまで濟《す》まして居樣《ゐやう》筈《はず》がない。』

と憎々《にく〳〵》しく云《い》ふ。

『まだ然《さ》う云《い》ふ事《こと》を云《い》ふのね。』

と術無氣《じゆつなげ》に吐《と》息《いき》漏《も》らせしが、思《おも》ひ浮《うか》みし事《こと》ありしと見《み》え、屹《きつ》と奈杉《なすぎ》の面《おもて》を見詰《みつ》めて、

『貴方《あなた》は妾《わたし》に今更《いまさら》こんな事《こと》をされて迷惑《めいわく》するんですね、生涯《しやうがい》妾《わたし》の樣《やう》な者《もの》に附纏《つきまと》つて居《ゐ》られちやお邪魔《じやま》なんでせう、然《さ》うなら然《さ》うと判然《はつきり》と云《い》つて下《くだ》さい、詰《つま》らない口實《いひがかり》を云《い》つて體《てい》好《よ》く逃《に》げやうとは男《をとこ》らしくもないぢやありませんか、妾《わたし》が嫌《いや》に成《な》つたなら、嫌《いや》に成《な》つたで能《よ》う御坐《ござ》んす、貴方《あなた》に然《さ》う云《い》はれたからと云《い》つて、無理《むり》にも御迷惑《ごめいわく》を掛《か》けやうとは申《まを》しません、何《ど》うせ最《も》う一旦《いつたん》家出《いへで》しちまつたからにはおめ〳〵と歸《かへ》る事《こと》は出來《でき》ないし、頼《たの》りにして居《ゐ》た貴方《あなた》は然《さ》う云《い》ふ心《こゝろ》なんだから。』

とハラ〳〵と涙《なみだ》を疊《たゝみ》に注《そゝ》いで、

『けれ共《ども》奈杉《なすぎ》さん、妾《わたし》にだつて人間《にんげん》の魂《たましひ》はあるのですから、其積《そのつも》りで居《ゐ》らつしやいよ。』

と云《い》ひ捨《す》てゝ勢凄《いきほひすさま》じく走《はし》り行《ゆ》く。奈杉《なすぎ》は今更《いまさら》に驚《おどろ》き狼狽《あわて》て立上《たきあが》らんとせしが、俄《にはか》に肩先《かたさき》を強《つよ》く押《おさ》へられしやうに覺《おぼ》えて、我物《わがもの》にありながら身體《からだ》を動《うご》かす事出來《ことでき》ぬに訝《いぶ》かしく、兩手《りやうて》を下《した》に支《つ》きて腰《こし》を起《た》てんとすれば、押《おさ》ゆる者《もの》の力《ちから》は愈々增《いよ〳〵まさ》りて其儘下《そのまゝした》に引据《ひきす》ゑられつ、せめては呼《よ》び止《と》めてと思《おも》へど何時《いつ》か咽喉《のど》つまりて其《それ》さへ叶《かな》はぬに、焦躁《あせり》に焦《あせ》つて身悶《みもだ》えしながら彼方《かなた》を見《み》れば、

『奈杉《なすぎ》さん、必然《きつと》覺《おぼ》えていらつしやいよ。』

と聲音爽《こわねさわや》かに、振返《ふりかへ》つて、涙《なみだ》もなく、愁《うれひ》の痕《あと》も殘《のこ》らぬ淨《きよ》き面《おもて》に嫣然《につこ》と笑《ゑみ》を含《ふく》みし艶麗《あでやか》さ奈杉《なすぎ》は我《われ》を忘《わす》れて
『お友《いう》さん。』

と叫《さけ》びしが、其聲《そのこゑ》の四邊《あたり》の靜《しづ》かさを破《やぶ》りて凜《りん》と響《ひゞ》きしに、思《おも》はずはツとして目《め》を開《ひら》けば、香《かほ》りなつかしき

半巾《はんけち》、面《おもて》より辷《すべ》りて、笑《ゑ》みを含《ふく》みし人《ひと》の姿《すがた》は影《かげ》も見《み》えず、愈々《いよ〳〵》淡《あは》き燈火《ともしび》の許《もと》に肱《ひぢ》を曲《ま》げたる我《わ》ればかり。

さても、口惜《くちを》し、さても口惜《くちな》し、夢《ゆめ》と知《し》りせば覺《さ》めざらましを。

（六）

『お友《いう》さん、僕《ぼく》はねえ、實《じつ》に深《ふか》い〳〵殆《ほとん》ど測《はか》る事《こと》も出來《でき》ぬやうな絶望《ぜつばう》の淵《ふち》に沈《しづ》んで了《しき》つたのですよ、誰《たれ》の爲《ため》だとお思《おも》ひ成《な》さる、他《ほか》でもない野蠻《やばん》な舊思想《きうしさう》の爲《ため》に、』

目覺《めざ》ましき高襟《はいから》に、白《しろ》き竹筒《たけづつ》のやうなる襟首《えりくび》して洋服《やうふく》の膝《ひざ》を窮屈氣《きうくつげ》に折《を》りしが、流石《さすが》に思《おも》ひに惱《なや》む印象《しるし》の頰《ほゝ》の窶《やつ》れ、眼《め》の中朦朧《うちどんより》として亂《みだ》るゝ心《こゝろ》の隱《かく》れもなし。

お友《いう》は我《わ》が後《うしろ》にありて、誰《たれ》か物云《ものい》ふとは覺《おぼ》ゆれど、沈《しづ》みたる聲音《こわね》のガヤ〳〵と耳《みゝ》に入《い》るばかり、魂《たましひ》は遠《とほ》く過《すぐ》る日《ひ》の見《み》合《あひ》の場所《ばしよ》、四《よ》ッ木《ぎ》の芳野《よしの》園《ゑん》を逍遙《さまよ》ひ居《ゐ》て、『日本橋《にほんばし》の家《うち》へ暫《しば》らく歸《かへ》つてお出《い》での間《あひだ》お前《まへ》を見《み》て是非《ぜひ》欲《ほ》しいと仰有《おつしや》つたのは彼《あ》の方《かた》、御身分《ごみぶん》もよし、何《なに》も不足《ふそく》のない方《かた》なので、お母《つか》さんは望《のぞ》んでもと喜《よろこ》んで居《ゐ》らつしやる、お友《いう》ちやんさへ異存《いぞん》がなければ』と云《い》ひ含《ふく》められて、改《あらた》めて引《ひ》き合《あ》はされたる其人《そのひと》の面影《おもかげ》、熟《じつ》と物《もの》を見《み》る眼付《めつき》の優《やさ》しさ、嚴《きび》しそうにキッと結《むす》んだ締《しま》つた口許《くちもと》、五分刈《ごぶが》りの嫌味《いやみ》のない、すつきりとした風采《やうす》、何處《どこ》となく凜々《りゝ》しいうちに溫和《おとな》しそうな處《ところ》があつて、などお友《いう》は今更《いまさら》に戀《こひ》しう忍《しの》びつゝ、

『此處《こゝ》の池《いけ》の傍《そば》に立《た》つて姉《ねえ》さんと菖蒲《しやうぶ》を見《み》て居《ゐ》た時《とき》、後方《うしろ》の東屋《あづまや》からお連《つ》れの方《かた》と一所《いつしよ》に此方《こつち》へ出《で》ていらしつたが、彼《あ》の方《かた》が影浦《かげうら》さんよと姉《ねえ》さんに云《い》はれて密《そつ》と振返《ふりかへ》つたら、妾《わたし》の顏《かほ》を熟《じつ》と見《み》て少《すこ》し笑《わら》つていらしつた、其時《そのとき》の耻《はつ》かしかつたこと、足《あし》が震《ふる》へて、顏《かほ》へ血《ち》の上《のぼ》るのが瞭然《はつきり》と分《わか》れば分《わか》る程《ほど》、胸《むね》は切《せつ》なくなるばかり、唯《たゞ》耻《はつ》かしくて、耻《はつ》かしくて、あんなに極《きま》りの惡《わ》るい思《おも》ひはした事《こと》がない。』と當日《そのひ》の樣《さま》を思《おも》ひ浮《うか》べ

て、お友《いう》は恍惚《うつとり》と力《ちから》なく柱《はしら》に凭《もた》れしが、『襟飾《えりかざ》りのみどりも彼《あ》の色《いろ》よ。』と懐《なつ》かし氣《げ》に庭《には》の若葉《わかば》を眺《なが》め入《い》る。

物《もの》も云《い》はず、答《こた》へもせず、獨《ひと》り思案《しあん》に耽《ふけ》る風情《ふぜい》に奈杉《なすぎ》は愈々《いよ〳〵》乘《の》り出《い》でて、

『然《さ》うあなたが鬱《うつ》して思《おも》ひに沈《しづ》んでいらつしやる譯《わけ》も僕《ぼく》には能《よ》く分《わか》つて居《ゐ》るです、思《おも》ふに任《まか》せられるものなら、此處《こゝ》を拔《ぬ》けて出度《でた》いとも思《おも》つてお在《い》でゞせう、其《そ》のあなたの心《こゝろ》が僕《ぼく》に通《つう》じて、昨夜《ゆふべ》僕《ぼく》は夢《ゆめ》に見《み》たですよ、折角僕《せつかくぼく》を賴《たよ》りに思《おも》つて、母親《おつか》さんやお姉《あね》さんの御苦勞《ごくらう》も構《かま》はず、心細《こゝろぼそ》い思《おも》ひをしながら、出《で》て來《き》て下《くだ》すつたものを、散々苛《さん〴〵》らして、怒《おこ》らして、泣《な》かして濟《す》まなかつたです、嘸《さぞ》あなたも口惜《くや》しかつたでせう、僕《ぼく》は夢《ゆめ》だと悟《さと》つてから後《のち》も。何《なに》と思《おも》つて一時《いちじ》でもお友《いう》さんを苦《くるし》めたかと思《おも》ふと、殘念《ざんねん》で、殘念《ざんねん》で、僕《ぼく》は男《をとこ》泣《な》きに泣《な》いたですよ。』

斯《か》く云《い》へば、まあ何《ど》う云《い》ふ夢《ゆめ》、と取《と》り縋《すが》つて聞《き》くは定《ちやう》なり、さる上《うへ》は樂《たの》しかりし夢《ゆめ》を語《かた》り、續《つゞ》きて我思《わがおも》ひも語《かた》り、眞《まこと》の心《こゝろ》を互《たがひ》に打明《うちあ》けて、と奈杉《なすぎ》は一人《ひとり》思《おも》ひ定《さだ》めて身構《みがまへ》へす。

お友《いう》は心付《こゝろづ》かねば、自分《じぶん》は自分《じぶん》での樂《たの》しき思《おも》ひを辿《たど》りつゞけて『何時妾《いつわたし》をごらん成《な》すつたのだらう、家《うち》へ歸《かへ》つても滅多《めつた》にお店《みせ》へなんか出《で》た事《こと》もないのに、何時《いつ》の間《ま》にか妾《わたし》やあの方《かた》に見《み》られたのよ、然《さ》うして是非《ぜひ》貰《もら》ひ度《た》いと仰有《おつしや》つたつて、妾《わたし》の方《はう》で却《かへ》つて釣合《つりあ》はない位《くらゐ》だと思《おも》つて居《ゐ》るのに、是非《ぜひ》なんて勿體《もつたい》ない。』と繰《く》り返《かへ》す心《こゝろ》の中《うち》の嬉《うれ》しさ、面《おもて》に現《あら》はれて微笑《びせう》を含《ふく》めば、目算外《もくさんはづ》れし奈杉《なすぎ》は側面《わき》より覗《のぞ》き見《み》て、

『何《なに》が可笑《をか》しいのです、泣《な》いたのがをかしいと仰有《おつしや》るのですか、いや實際僕《じつさいぼく》は見得《みえ》もなく口惜淚《くやしなみだ》を溢《こぼ》したですよ、昨日《きのふ》お目《め》に掛《かゝ》り度《た》いと思《おも》つたですが、何《ど》うしてもお姉《あね》さんが逢《あ》はして下《くだ》さらんので、最《も》う決然《きつはり》と男《をとこ》らしく諦《あきら》めて了《しま》つて、此儘《このまゝ》あなたには逢《あ》ふまい、物《もの》も云《い》ふまいと決心《けつしん》したのです、處《ところ》が其夢《そのゆめ》でせう、脆《もろ》くも又心《またこゝろ》を動《うご》かされてしまつて、恰《あ》るでからあなたに引《ひ》き附《つ》けられるやうな心地《こゝち》がして伺《うかゞ》つたのです、處《ところ》が

姉《ねえ》さんはお不在《るす》で、あなたは床《とこ》を離《はな》れて居《ゐ》らつしやるぢやありませんか、僕《ぼく》は又《ま》た夢《ゆめ》ぢやないかと思《おも》つたですよ。』

とお友《いう》の氣色《けしき》を覗《うかゞ》ふ。お友《いう》は彼方《むかふ》向《む》きたる儘《まゝ》瞼《まぶた》も動《うご》かさず、益々《ますく〵》自分《じぶん》だけの想像《さう〴〵》に耽《ふけ》つて、『今日《けふ》一日《いちにち》を除《よ》けて御婚禮《ごこんれい》までには。』と胸《むね》の中《うち》に指《ゆび》を繰《く》り、『まだ廿八日《にじふはちにち》あるわ、恰度《ちやうど》二月《にくわつ》の月《つき》だけあるもの、姉《ねえ》さんに此樣《こんな》事《こと》を云《い》ふと、そんなにも待遠《まちどほ》しいのつて死《し》に度《た》い程《ほど》調戯《からか》はれなければならないけれ共《ども》、何《なん》だか四《し》五年《ごねん》も經《た》たなければ其日《そのひ》が來《こ》ない樣《やう》な氣《き》がして仕方《しかた》がない、一《ひ》ト月《つき》も經《た》つうちには彼《あ》の方《かた》御婚禮《ごこんれい》の事《こし》なんか忘《わす》れて了《しま》やアしないかしら。』と思《おも》ひ餘《あま》つて吐息《といき》つく。

奈杉《なすぎ》は、お友《いう》の先刻《さき》より一度《ひとたび》も口《くち》を開《ひら》かず、夢《ゆめ》にありし樣《やう》に、『何《ど》うしませう。』と凭《もた》れ寄《よ》る樣子《やうき》も見《み》えぬに焦躁《もど》かしく、

『お友《いう》さん、何故《なぜ》あなたは默《だま》つて鬱《ふさ》いでばかり居《ゐ》て、あなたの意中《いちう》を打明《うちあ》けて下《くだ》さらない、其《それ》は女性《によしやう》の事《こと》ですから充分《じうぶん》意志《いし》を表《あら》はす事《こと》もお出來《でき》にならないでせうが、何《なん》とかこの僕《ぼく》に打明《うちあ》けて下《くだ》すつても宜《よ》いでせう、大概《たいがい》僕《ぼく》も察《さつ》しては居《ゐ》るですが。』

とお友《いう》の前《まへ》に廻《ま》りて、

『ねえお友《いう》さん、お友《いう》さん。』

と膝《ひざ》の邊《あた》りを強《つよ》く突《つ》く、お友《いう》は現《うつゝ》に返《かへ》されて、驚《おどろ》きながら振《ふ》り向《む》きしが、

『まあ奈杉《なすぎ》さん。』

と呼《さけ》むで思《おも》はず後方《うしろ》へ身《み》を退《すさ》るに、

『其《そ》れ、その通《とほ》り迂濶《うつか》りしていらつしやる、何時《いつ》も快活《くわいくわつ》なあなたが、然《さ》う急《きふ》に考《かんが》へ込《こ》んで了《しま》つて僕《ぼく》の居《ゐ》

るをすら忘《わす》れて了《しま》ふと云《い》ふ筈《はず》がありません、其《それ》には何《なに》か理由《わけ》があるのでせう、其《それ》をお聞《き》かせ成《な》さいと申《まを》して居《ゐ》るのですよ、今迄《いままで》思《おも》ひに耽《ふけ》つていらしつた事《こと》をお打明《うちあ》け成《な》さいと申《まを》すのです、僕《ぼく》はあなたに満腔《まんこう》の御《ご》同情《どうじやう》を寄《よ》せて居《ゐ》る者《もの》ですよ。』

この言葉大《ことばおほい》に力《ちから》ある筈《はず》と奈杉《なすぎ》は摺《す》り寄《よ》つてお友《いう》の面《おもて》を見《み》れば、雪《ゆき》の頰《ほゝ》に薄紅梅《うすこうばい》を散《ち》らして、

『あらそんなことが。』と恥《はづ》かし氣《げ》なる面振《おもぶ》り。

成程《なるほど》、處女心《をとめごころ》の然《さ》る事《こと》を、打附《うちつけ》に明《あ》けても云《い》はれぬ仕義《しぎ》、と奈杉《なすぎ》は獨《ひと》り打點頭《うちうなづ》いて、

『然《しか》し既《も》う結納《ゆひなふ》まで濟《も》んでしまつた上《うへ》は、否《いや》でも應《おう》でも取《と》り返《かへ》しのつく筈《はず》がないんですから、くよ〳〵と思《おも》ひに沈《しづ》んでばかり居《ゐ》たつて仕方《しかた》は有《あ》りません、詰《つま》らぬ事《こと》は思《おも》ひ捨《す》てゝ。』

と云《い》ひかくるを遮《さへぎ》りて、

『まあ結納《ゆひなふ》なんて、誰《たれ》から其樣事《そんなこと》をお聞《き》きに成《な》りましたの、誰《だれ》が貴方《あなた》に話《はなし》して、妾《わたし》いやだわ。』

と恥《はづ》かしさに身《み》も世《よ》もあられぬと云《い》ふ風情《ふぜい》。

『昨日《きのふ》お姉《あねえ》さんから聞《き》きましたよ、御病氣《ごびやうき》だとも云《い》はれました、理由《わけ》も仰有《おつしや》つたですが僕《ぼく》には事實《じじつ》と思《おも》はれんですな。』

『理由《わけ》まで。』とお友《いう》は眼《め》を瞠《みは》つて、

『あれ程《ほど》、他人《ひと》に云《い》つては嫌《いや》だと云《い》つたものを。』と小聲《こごえ》に呟《つぶや》けば、

『大層御婚禮《たいそうごこんれい》の日《ひ》を待兼《まちか》ねていらつしやるとお姉《あねえ》さんは仰有《おつしや》つたですが。』

『嘘《うそ》よ、嘘《うそ》よ。』と周章《あわた》たゞしく打消《うちけ》して、

『妾些《わたしち》つともお嫁《よめ》になんか行《ゆ》き度《た》くないのよ。一生獨身《いつしやうひとり》で居《ゐ》たいんですけれ共《ども》、矢張《やつぱ》り然《さ》うは行《ゆ》かなくつ

て、ほんとに嫌《いや》で仕方《しかた》がないの。』

と云譯《いひわけ》らしう云《い》ひ出《い》でしが、若《も》しこの言葉《ことば》を彼《あ》の人《ひと》に聞《き》かれたならばと思《おも》はず胸轟《むねとゞろ》いて、口《くち》を噤《つぐ》む。

『そ、それだから僕《ぼく》は御同情《ごどうじやう》を寄《よ》せるのですよ、僕《ぼく》は御兩親《ごりやうしん》の壓制《あつせい》なのに驚《おどろ》いて居《ゐ》るのです。』

又同情《またどうじやう》が始《はじ》まつたとお友《いう》は可笑《をか》しく思《おも》ひながら、身《み》につゝましき事《こと》あれば、何時《いつ》も程《ほど》の元氣《げんき》もなく、默《もく》した儘差俯向《まゝさしうつむ》けば、

『其《それ》が原因《もと》になつて病《やまひ》をお起《おこ》しになるのも實《じつ》に無理《むり》はないと僕《ぼく》は思《おもつ》て居《ゐ》るです、然《しか》し僕《ぼく》が夢《ゆめ》の中《うち》にあつたやうな無分別《むぶんべつ》は成《な》さらんが好《い》いですよ、最《も》う此上《このうへ》は皆《みな》さんの仰有《おつしや》る處《ところ》にお從《したが》ひになる他《ほか》は有《あ》りますまい。』

と奈杉《なすぎ》は力《ちから》なき聲《こゑ》に云《い》ひて、『其《それ》が出來《でき》る程《ほど》なら、こんなに窶《やつ》れはしません。』と答《こた》ふる筈《はず》と耳《みゝ》を澄《すま》せば、

お友《いう》は不審氣《いぶかしげ》なる面色《おもゝち》して奈杉《なすぎ》を見守《みまも》りしが、

『妾疾《わたしと》うから皆《みんな》の云《い》ふ通《とほ》りにして居《ゐ》ますよ、些《ち》つとも反抗《さから》ひなんかしないわ、無分別《むぶんべつ》なんて緣起《えんぎ》が惡《わる》い。』

と殊《こと》の外《ほか》なる立腹《りつぷく》、癇癪《かんしやく》の眼《まなこ》に奈杉《なすぎ》を睨《にら》めば、奈杉《なすぎ》は意外《いぐわい》と云《い》ふ風《ふう》にもなく、忽《たちま》ち悲《かな》し氣《げ》なる顏《かほ》して、

『さあ、其《そ》れ丈僕《だけぼく》には猶更斷腸《なほさらだんちやう》の思《おも》ひがされるです、病氣《びやうき》を起《おこ》す程《ほど》の切《せつ》なさをも無理《むり》に忍《しの》んで、その樣《やう》に未練《みれん》もなく、斷念《あきらめ》て了《しま》つてお出《い》でかと思《おも》ふと、實《じつ》に僕《ぼく》は胸《むね》の中《うち》を搔《か》き挘《むし》られるやうな思《おも》ひがされるですよ、あなたの其《そ》の言葉《ことば》に對《たい》しても、僕《ぼく》が女々《めゝ》しい事《こと》を云《い》へる筈《はず》ではないのですが、唯此後《たゞこのゝち》の僕《ぼく》の境遇《きやうぐう》を察《さつ》して下《くだ》さい、何《ど》う云《い》ふ人間《にんげん》に成《な》つて了《しま》ふかと云《い》ふ事《こと》を、ねえ、お友《いう》さん。』

と進《すゝ》み寄《よ》つてお友《いう》の手《て》を取《と》らんとすれば、お友《いう》はつと身《み》を退《の》けて、

『後生《ごしやう》ですから彼方《あつち》へいらしつて頂戴《ちやうだい》な、貴方《あなた》と御一所《ごいつしよ》に居《ゐ》ると何《なん》とも云《い》へない心持《こゝろもち》がして、餘計氣分《よけいきぶん》が惡《わ》るくなつて來《き》て仕方《しかた》がないの、其内姉《そのうちはえ》さんも歸《かへ》つて來《き》ませうから何卒《どうぞ》彼方《あつち》へ行《い》つて頂戴《ちやうだい》、然《さ》もなければア

妾《わたし》彼方《あつち》へ行《ゆ》くわ。』

『いや、でもつともです、僕《ぼく》も斯《か》うあなたと對《むか》ひ合《あ》つて居《ゐ》ると、無量《むりやう》の感《かん》が湧《わ》いて來《き》て、居堪《ゐたゝ》れぬ樣《やう》な氣《き》持《もち》がするですもの、全《まつた》く顏《かほ》を合《あは》せて居《ゐ》るはお互《たがひ》の利益《ため》にならんです。』

『其《そ》れなら猶《なほ》ですわ、何卒《どうぞ》拜《をが》むから彼方《あつち》へ行《い》つて頂戴《ちやうだい》。』

『ですがお友《いう》さん、いやもう何《なに》も申上《まをしあ》げますまい、唯圓滿《たゞゑんまん》な家庭《かてい》をお作《つく》りに成《な》つて。』

『うるさい人《ひと》よ。』と癇聲《かんごゑ》に云《い》ひ放《はな》つて、立上《たちあが》る。

『然《しか》しお友《いう》さん。』と重《かさ》ねて其手《そのて》を取《と》らうとするを、

『いや〳〵。』と振《ふ》り拂《はら》つて、

『貴方《あなた》の聲《こゑ》を聞《き》いて居《ゐ》ると、情《なさけ》なくて、心細《こゝろぼそ》くなるわ。』

隔《へだ》てを開《ひら》くるなり走《はし》り込《こ》んで、勢《おきほひ》よくぴつしやり。

襖《ふすま》に錠《ぢやう》が欲《ほ》しとて自烈《じれ》る次《つぎ》の間《ま》の傍《そば》まで奈杉《なすぎ》は居膝《ゐざ》り行《ゆ》きしが、流石《さすが》に引手《ひきて》に手《て》はかけず、

『では是《こ》れでお別《わか》れを致《いた》します、僕《ぼく》の身邊《しんぺん》には再《ふた》ゝび春風《しゆんぷう》の吹《ふ》く事《こと》も有《あ》りますまいが、あなたの御一生《ごいつしやう》に幸《さいは》ひ多《おほ》かれとは祈《いの》つて居《ゐ》るですよ、唯相愛《たゞさうあい》の結果《けつくわ》の失戀《しつれん》と思《おも》へば幾分《いくら》か慰《なぐさ》まるゝ節《ふし》は有《あ》るですが、香《かほ》りと云《い》ふ者《もの》の永久續《えいきうつゞ》かず、何時《いつ》かは消《き》えて了《しま》ふ事《こと》があると思《おも》へば、其《それ》が非常《ひじやう》に悲《かな》しいです。』

云《い》ひ畢《をは》つて座敷《ざしき》の片隅《かたすみ》にグッと見得《みえ》。見《み》たる人《ひと》なければ、笑《わら》ひたる人《ひと》はなかりき。

奈杉菫星《なすぎきんせい》、當年取《たうねんと》つて二十五歳《にじふごさい》。始《はじ》めて詩趣《ししゆ》ある相愛《さうあい》の結果《けつくわ》の失戀《しつれん》を味《あぢ》はひたりとて、それを常々《つねぐ》自《みづ》から誇《ほこ》る生花《せいくわ》の才筆《さいひつ》を以《も》つて詩《し》に舒《の》べたるが世《よ》に出《い》でしと云《い》ふ。たゞし其《そ》の作《さく》の成功《せいこう》せしや、失敗《しつぱい》せしやは知《し》らず。

《をはり》

白すみれ

佐藤露英

（上）

都大路《みやこおほぢ》に、衣紋《えもん》亂《みだ》れし花見小袖《はなみこそで》の匂《にほ》ひ溢《こぼ》れて優《やさ》しう、足《あし》は千鳥《ちどり》の一《ひ》とむれ騷《さわ》がしき、彌生《やよひ》のたそがれ。額《ひたい》にも頰《ほゝ》にも髮《かみ》の毛散《けち》らけて髷《まげ》の恰好《かつこう》も捋《とら》なく、節美《ふしうつく》しき守唄《もりうた》に乳欲《ちゝほ》しとて泣《な》く背《せな》の子《こ》を賺《すか》して、爪先破《つまさきやぶ》れたる麻裏《あさうら》草履に塵砂《ちりすな》を立《た》てつゝ、右手《めて》の風車《かざぐるま》高《たか》う翳《かざ》し行《ゆ》きし少女《をとめ》の、唐人髷《とうじんまげ》に房長《ふさなが》き簪《かんざし》の欲《ほ》しかるべき年輩《としばへ》に、さすが装《よそほ》ひ飾《かざ》れる浮世《うきよ》の人《ひと》の羨《うらや》ましくてか、唯有《こあ》る小路《こうぢ》の前《まへ》に足《あし》を停《とゞ》めて、圓《つぶ》らなる愛《あい》くるしき眼《め》にしばし恍惚《うつとり》と往《ゆ》き変《か》ふ樣《さま》を打《う》ち眺《なが》めしが、再《ふた》び泣《な》き出《い》でし嬰兒《みどりご》の聲《こゑ》におどろかされて、思《おも》ひ出《いで》せしやうに守唄《もりうた》を續《つゞ》けつゝ、足《あし》を返《かへ》して小走《こばし》りに其《そ》の小路《こうぢ》へと曲《まが》りゆく、時《とき》、忽《たちま》ち後《うしろ》に人《ひと》の聲《こゑ》して、消魂《けたゝま》しき鈴《りん》の音《ね》、耳近《みゝちか》う響《ひゞ》き渡《わた》りつゝ、年齢《とし》足《た》らねども都《みやこ》に住《す》む身《み》は見馴《みな》れ聞《き》き馴《な》れて、人《ひと》を注意る自轉車《じてんしや》の鈴《べる》の音《ね》とは知《し》りながら、何方《いづれ》に身《み》を退《ひ》かばやと躊躇《ためら》ふてそゞろ心《ごころ》に振返《ふりかへ》れば一方《かたへ》は淺《あさ》き小溝《こみぞ》、一方《かたく》は折《を》り曲《まが》りたる黒板塀《くろいたべい》、間挾《あひだせま》き一《ひ》と筋道《すぢみち》のはや車《くるま》の輪《わ》は少女《をとめ》の脊《せな》に迫《せま》つて進《すゝ》むは危《あや》ふし、さりとて避《さ》くるに途《みち》はあらず、と彼方《かなた》も思《おも》ひ惑《まど》ひながらに身《み》を輕《かる》う轉《ころ》ばして、周章《あわた》だしう自轉車《じてんしや》より下《お》りる途端《とたん》、叶《かな》はぬまでもと右方《めて》に走《は》せ寄《よ》りし少女《をとめ》の足《あし》に車輪《しやりん》觸《ふ》れて、あと叫《さけ》ぶ間《ま》に幼《をさな》き者《もの》の足許弱《あしもとよわ》く支《さゝ》えられて其處《そこ》に轉《まろ》びしが、何時《いつ》か溝《どぶ》に落入《おちい》りて、身《み》を俯伏《うつぶ》せに少女《をとめ》の半身《なかば》は埋《うづも》れたり。

年若《としわか》き自轉車《じてんしや》の主《ぬし》は、車《くるま》を塀《へい》に投《な》げかけつゝ、走《はし》り寄《よ》つて華奢《きやしや》なる兩《れう》の手《て》に少女《をとめ》を抱《いだ》き上《あ》げしが、地上《ちじやう》に立《た》たせて言葉《ことば》せはしう、

「何處《どこ》か痛《いた》めたでせう、え、石《いし》で打《う》ちはしなかつたの」

其《そ》の人《ひと》の身《み》の氣遣《きづか》はれながら、驚《おどろ》き餘《あま》りて波《なみ》うつ胸《むね》の我《わ》が苦《くる》しさに堪《た》へかねつゝ、組《く》みたる腕《うで》にしかと胸《むね》を押《おさ》へて、青年《わかうど》は少時《しばし》天空《みそら》を仰《あほ》ぐ。

何《いづ》れへか草履《ざうり》の失《うしな》はれたる、片々《かたく》の足《あし》を爪立《つまだ》てながら悄然《しよんぼり》と佇《たゝず》みて、幼兒《をさなご》に被《き》せたる半纏《はんてん》の半《なか》ばより、裾《すそ》も袂《たもと》の先《さ》きも泥《どろ》に塗《まみ》れしあさましき我姿《わがすがた》を我《わ》れと眺《なが》めし少女《をとめ》は、恨《うら》めしき人《ひと》ながら言葉《ことば》優《やさ》しう問《と》はれて急《きう》に物悲《ものかな》しさの迫《せま》りしが、答《こた》へもせで犇《ひし》と振《よ》れし袂《たもと》に面《おもて》を掩《おほ》ひしが、忍《しの》び泣《な》きてその音《ね》も洩《も》らさず。

「濟《す》まない事《こと》をしました、勘忍《かんにん》して下《くだ》さい、ね、負傷《けが》はしなかつたの？」

吻《ほつ》と息吐《いきつ》きて再《ふたゝ》び問《と》へば、幽《かすか》に點頭《うなづ》くに、

「然《さ》う、そりや可《よ》かつた、けれど」

と不安氣《ふあんげ》に、幾度《いくたび》か洗《あら》ひ洗はれて地《ち》の薄《うす》うなりし垂帽子《たれはうし》の、毛糸《けいと》ながら暖《あたゝ》か氣にもなきをそつと除《の》けて、

少女《をとめ》の脊《せな》をさし覗《のぞ》けば、露持《つゆも》つ瑠璃《るり》の眼《まなこ》を見張《みは》りて、小《ちい》さき口《くち》を窄《すぼ》めたる幼兒《おさなご》は、色白《いろしろ》う柔和《やさ》し氣《げ》なるその人《ひと》の面《おもて》を珍《めづ》らかに眺《なが》めてやがて懷《なつか》し氣《げ》に打微笑《うちほゝゑ》む、唇綻《くちびるほころ》びたるさまの愛《あい》らしさに思《おも》はず笑《ゑ》まれて、

「お丶機嫌《きげん》の好《い》いこと、何《なん》ともなかつたね」

と胸安《むねやす》らかに、頭《かしら》を撫《な》でやりつゝ、衣囊《かくし》を探《さぐ》りしが、取《と》り出《だ》したる絹半巾《きぬはんけち》を少女《をとめ》に渡《わた》して

「濡《ぬ》れたところをこれで拭《ふ》いて下《くだ》さい、氣味《きみ》が惡《わ》るいでせう」

年齡《としは》經かねばとも思《おも》ひ侮《あなど》らず、懇《ねんごろ》に云《い》へど少女《をとめ》は泣《な》き續《つゞ》けて見《み》も返《かへ》らぬに、怪《あやし》みて、

「何《ど》うしたの？、矢張《やつぱ》り痛《いた》めた所《どころ》があるぢやないか」

美《うつく》しき眉《まゆ》を顰《ひそ》まして擂《す》りよれば、歔欷《すゝ》り上《あ》げて

「歸《かへ》るとおつかさんに叱《しか》……………」

後《あと》は咽《むせ》んで聞《き》き分《わ》け得《え》ず。

「叱《しか》られる？」

合點《がてん》ゆかぬさまに少女《をとめ》を見守《みまも》りつゝ、

「なに此方《どちら》が惡《わ》るいんだもの、落《お》ちたものに咎《とが》があるのぢやなし、叱《しか》られる氣遣《きづかひ》はないの、けれど此《こ》の儘《まゝ》では僕《ぼく》も濟《す》まないから一所《いつしよ》に行《い》つて詫罪《あやま》ります、ね、家《うち》は近所《きんじよ》ですか」

その言葉《ことば》の嬉《うれ》しう、少女《をとめ》は袖《そで》を放《はな》して晴々《はれ〲》と見上《みあ》げしが、

「もう少《すこ》し前《さ》き」

と、さすが憶《おく》して聲低《こゑひく》し。

「然《さ》う」

と調子《てうし》輕《かろ》う、自轉車《じてんしや》の許《もと》に立寄《たちよ》りて、

「別《べつ》に、氣分《きぶん》の惡《わ》るいやうな事《こと》もありませんか」

と慈悲《なさけ》含《ふく》む眼《め》許《もと》にぢつと見《み》やれば、鼻筋通《はなすぢとほ》りて氣品《きひん》高《たか》き面立《おもだち》の、涙《なみだ》の痕《あと》の白《しろ》う輝《かゞや》く頰《ほゝ》をいさゝか赤《あか》めて俯《うつ》向《む》きたる、可憐《いぢ》らしう、その風情《ふぜい》の見守《みまも》られて、親《した》し氣《げ》に、

「何《なん》ともないの？」

と青年《わかうど》は重《かさ》ねて問《と》ひよりつ、面《おもて》は上《あ》げたれど伏目《ふしめ》になりて、

「えゝ、何《なん》とも」

と漸《やうや》う答《こた》へながら、しばし紛《まぎ》れて沈靜《しづか》なりし脊《せな》の子《こ》の、乳《ちゝ》欲《ほ》しう母《はゝ》を忍《しの》びてか、ふと泣《な》き出《い》でしに、投《な》げ出《いだ》されたる風車《かざぐるま》拾《ひろ》ひ上《あ》げて翳《かざ》しやれば、夕風《ゆふかぜ》さと吹《ふ》き過《す》ぎて美《うつく》しう、廻《め》ぐれば花《はな》は輪《わ》になりて隱《かく》れ、止《と》まれば形現《かたちあら》はれてとり〴〵の色《いろ》浮《うか》ぶ。

「ぢや、行《ゆ》きませう」

我《わ》れも面白《おもしろ》う、風車《かざぐるま》に心《こゝろ》奪《こ》られながら青年《わかうど》は自轉車《じてんしや》曳《ひ》き出《いだ》す、促《うなが》されて少女《をとめ》も片々《かたく》の草履《ざうり》脫《ぬ》ぎ捨《す》てつゝ、素足《すあし》に地《ち》を踏《ふ》みて步調《あゆみ》しづかに運《はこ》ばせしが、汚《よご》れたるを自《みづか》ら洗《あら》ひ濯《すゝ》ぐはさらに辛《つら》からねど、着替《きがへ》なき唯《たゞ》一枚《まい》の平常着《ふだんぎ》をこのやうに泥《どろ》にしたりしなれば、さぞや母《はゝ》の小言《こごと》は激《はげ》しく、姉《あね》は口汚《くちぎたな》う罵《のゝし》るなるべし、わが過《あやま》ちにはあらずとて、いかにこの人詫《ひとわ》罪《び》くるゝとも、歸《かへ》られし後《あと》何《なに》のやうな目《め》に逢《あ》はせらるゝやら知《し》れぬをと、恐《おそろ》しく、足萎縮《あしすく》む思《おも》ひの行《ゆ》き惱《なや》みて、力無氣《ちからなげ》に立《た》てば、小《ちい》さき人の胸《むね》の思《おも》ひは知《し》らねど、今日《けふ》までも猶父《なほちゝ》を楯《たて》、母《はゝ》の御袖《みそで》にかくれて世《よ》を經《へ》し身《み》は、かゝる時《とき》、いかなる言葉《ことば》もて詫《わ》びすべきか、と大事《だいじ》に逢《あ》ひたる心地《こゝち》の、此方《こなた》も思案《しあん》にくれて自轉車《じてんしや》に身《み》を寄《よ》せつゝ、共々足《ともぐ〜あし》を停《とゞ》めて青年《わかうど》は茫然《うつとり》と立《た》ち盡《つく》しつ。そ

小説

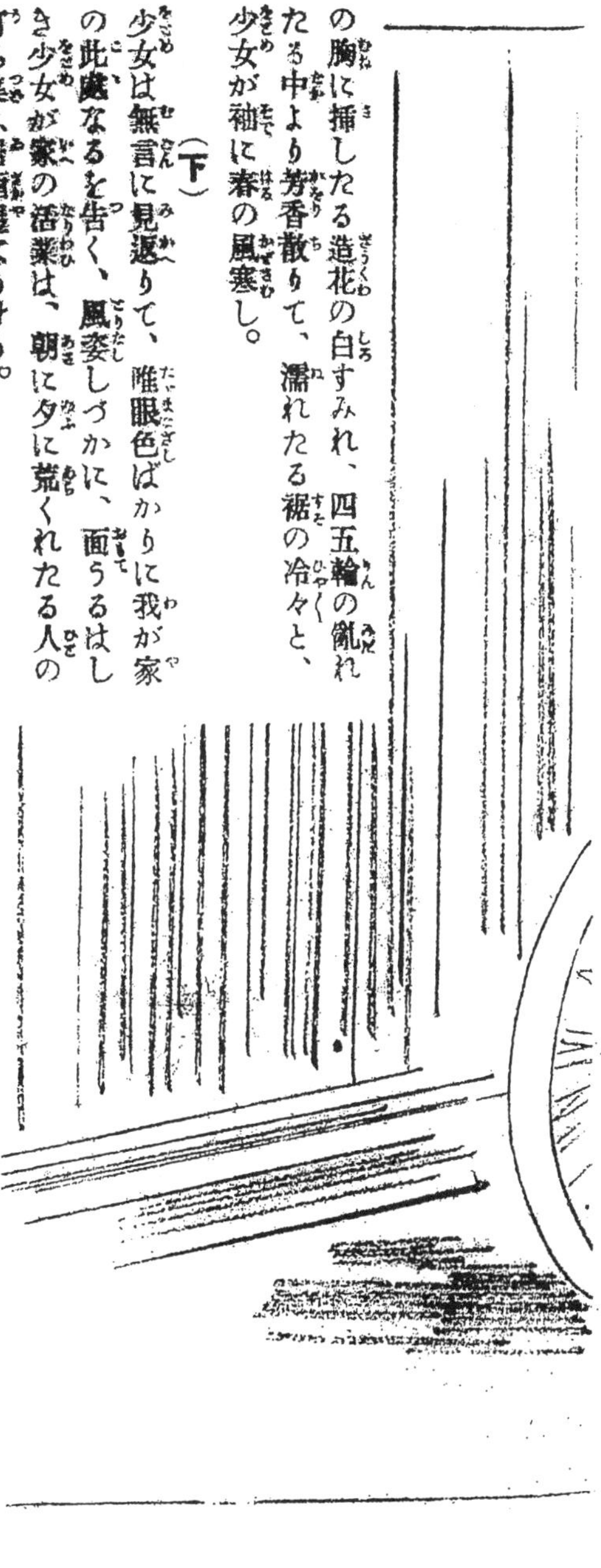

の胸《むね》に挿《さ》したる造花《ざうくわ》の白《しろ》すみれ、四五輪《りん》の亂《みだ》れたる中《なか》より芳香《かをり》散《ち》りて、濡《ぬ》れたる裾《すそ》の冷々《ひやく》と、少女《をとめ》が袖《そで》に春《はる》の風《かぜ》寒《さむ》し。

（下）

少女《をとめ》は無言に見返《みかへ》りて、唯眼色《たゞまなざし》ばかりに我《わ》が家《や》の此處《こゝ》なるを告《つ》ぐ、風姿《とりなし》しづかに、面《おもて》うるはしき少女《をとめ》が家《いへ》の活業《なりはひ》は、朝《あさ》に夕《ゆふ》に荒《あら》くれたる人《ひと》の打《う》ち集《つど》ふ居《ゐ》酒屋《ざかや》なりけり。

何《なに》としもなけれど青年《わかうど》は縄《なは》の暖簾《のれん》を潜《くゞ》り得《え》ず、家内《なか》なる人《ひと》をば外面《そと》に呼《よ》び出《いだ》して語《かた》らふべきかと、躊躇《ためら》ふて店《みせ》を透《すか》し眺《なが》めしが、いかに心弱《こゝろよわ》ければとて、其《そ》れも餘《あま》りに稚《をさな》びたる振舞《ふるまひ》と自《みづか》ら笑《わら》ふて、少女《をとめ》の袖《そで》を捉りつゝ、思《おも》ひ切《き》りて、つと走《は》せ入《い》る時《とき》、横方《よこて》の流《なが》し元《もと》に腰《こし》を屈《かゞ》めて無造作《むざうさ》に物《もの》盛《も》る器《うつは》を洗《あら》ひ居《ゐ》し女《をんな》の、結《ゆ》び髪《がみ》に紺襯せたる筒袖《つゝそで》着《き》たるが、振返《ふりかへ》りざま客《きやく》と心得《こゝろえ》て聲高《こわだか》う、

「いらつしやい」

と叫《さけ》ひつ、青年《わかうど》の面《おもて》は火《ひ》と燃《も》えたり、

樽《たる》に腰据《こしす》えて、一杯《ぱい》の濁《にご》り酒《ざけ》に快《こゝろよ》からぬ酔《ゑひ》を得《え》ながら、猶快《なほこゝろよ》しとする客人《まらうど》の跡絶《あとた》えて、此處《こゝ》に今《いま》は見《み》えず、裸身《はだかみ》に印判纏《しるしはんてん》一枚《まいつ》着けしばかりなる姿《すがた》の寒氣《さむけ》にもなく、崩《くづ》れたる土竈《かまど》の傍《わき》に立《た》ちて、其《そ》れに懸《か》れる鍋《なべ》の中《なか》を攪《か》きまはせる男一人《をとこひとり》あるばかり、寂寥《ひつそり》と靜《しづ》まれるさまに心《こゝろ》いさゝか落着《おちつ》きて、其《そ》の儘無言《まゝむごん》に云《い》ひ出《だ》すべき端緒《いとぐち》を打《う》ち案《あん》ずるを、何《なに》をか思《おも》ふと訝《いぶ》かしう青年《わかうど》の服裝《いでたち》を眺《なが》めやりし主婦《あるじ》は、其《そ》の後《うしろ》に隠《かく》るやうに身《み》を側《そば》めて立《た》つ少女《をとめ》の、泥《どろ》に塗《まみ》れし姿《すがた》を目早《めばや》に見出《みいで》て何《なに》かひそかに點頭《うなず》きつゝ、再《ふた》び流《なが》し元《もと》に向《むか》ひて、小桶《こをけ》の中《なか》の汚《よご》れたる水《みづ》を流《なが》せしが、其處《そこ》に散亂《ちらば》れる葱《ねぎ》の間《あひだ》を潜《くゞ》り、貝《かひ》の剝身《むきみ》を上《あ》げたる小笊《こざる》の下《した》を通《こほ》りて彼方《かなた》に落《お》ちゆく。心《こゝろ》なく偶然《ふと》それに目《め》をやりたる青年《わかうど》の胸惡《むねわる》う覺《おぼ》えて面顰《おもてしか》むれば、主婦《あるじ》は心付《こゝろづ》かぬさまを装《よそほ》ふて、

「あなた、何《なに》を差上《さしあ》げます」

と改《あらた》めて立直《たちなほ》りつゝ、今初《いまはじ》めて其《そ》の姿《すがた》の目《め》に留《とま》りしやうに、殊更《わざと》らしう青年《わかうど》の後方《うしろ》を覗《のぞ》き込《こ》みながら、

「おや、お咲《さき》ぢやないか」

「あつ、おつかさん」

我《わ》れにもあらず身《み》を退《ひ》くを、進《すゝ》み出《いで》て、

「おや〱まあ、其《そ》の態《ざま》は何《ど》うしたつてんだい」

眉《まゆ》の邊《あた》り少女《をとめ》と似通《にかよ》ひたれど、色黒《いろくろ》う、口許《くちもと》の皺《しわ》の卑《いや》しう見《み》ゆる面《おもて》に、屹《きつ》と凄《すさま》じう睨《にら》みて、

「また溝渠《どぶ》へ落込《おつこ》つて來《き》たんだね、圖體《づうたい》の大《おほ》きな癖《くせ》に何故《なぜ》然《さ》うぼんつくなんだよ」

癇走《かんばし》りたる聲《こゑ》に罵《のゝし》りて、小腕《こうで》提《とら》へんと立寄《たちよ》るを、青年《わかうど》は周章《あはたゞ》しう、後《うしろ》に少女《をとめ》を圍《かこ》ひつゝ、

「ま、待《ま》つて下《くだ》さい、僕《ぼく》が惡《わ》るいのです、僕《ぼく》がこのお子《こ》を自轉車《じてんしや》で落《おと》したのです、實《じつ》はその事《こと》で……」

と云《い》ひさして、涼《すゞ》しき眼《め》に主婦《あるじ》を見《み》やりしが、鮮麗《あざやか》なれどや丶險《けは》しう、端黒《ふちくろ》ずみたる眼《まなこ》に熟《ぢつ》と見返《みかへ》されて春《はる》なれど猶木枯《なほこがらし》荒《すさ》ぶ裸木《はだかぎ》の許《もと》に立《た》つ思《おも》ひして、思《おも》はず面《おもて》を外《そ》らしながら、

「實《じつ》は其《そ》れをお詫《わ》びに上《あ》がりましたのです、其處《そこ》の角《かど》の、道巾《みちはゞ》の狹《せま》い曲《まが》り角《かど》だつたものですから、兩方《れうはう》で避《よ》けやうがなくつてつい斯《か》うなつてしまつたので、お二人《ふたり》ながら負傷《けが》はなさらなかつたやうですが、濟《す》まない事《こと》をしました、小《ちい》さい方《かた》をこのやうな目《め》に逢《あ》はして申譯《まをしわけ》もありません」

語尾《ごび》に力入《ちからい》れて憚《はゞか》らず謝《しや》す、それを、

「左樣《さやう》で御座《ござ》いますか」

とばかり、主婦《あるじ》は冷《ひや》やかに聞《き》き流《なが》して、

「お咲《さき》ッ」と銳《するど》く、

「聾《つんぼ》ぢやないんだらう、盲目《めくら》ぢやないんだらう、自轉車《じてんしや》が後《うしろ》から來《く》るか前《まへ》から來《く》るか、知《し》らずに居《ゐ》る奴《やつ》が何處《どこ》にゐる、眞拔《まぬけ》め、だからぼんつくだつて云《い》ふんだ、ぼんやりだつて云《い》ふんだ」

右手《めて》を延《の》ばすより早《はや》く、お咲《さき》の耳朶《みゝたぼ》を抓《つね》り上《あ》げて、

「この耳《みゝ》は何《なん》の爲《ため》につけてるんだ、自轉車《じてんしや》の鈴《りん》が何《ど》うして聞《きこ》えない！

其儘《そのまゝ》ぐつと引寄《ひきよ》せて、皮《かは》も裂《さ》けよと力《ちから》の限《かぎ》り平手《ひらて》に頰《ほゝ》を打《う》つ。

「あれつ」

と聲振絞《こゑふりしぼ》つて、背《せな》の子《こ》と共《とも》に泣《な》き叫《さけ》ぶ少女《をとめ》を前《まへ》より抱《いだ》きつゝ身《み》を飜《かへ》して
「手荒《てあら》い事《こと》を成《な》さるな、このお子《こ》に咎《とが》は無《な》いのです、だからこそ僕《ぼく》が詫罪《あやま》つて居《ゐ》るのぢやありませんか」

切《はつ》む息《いき》を押鎮《おしづ》めて、慄《ふる》へをのゝく少女《をとめ》を後方《うしろ》に逐《お》ひやれば、

「いゝえ、飛《と》んでもない、其樣《そんな》ことは御座《ござ》いません生《せう》のつくやうに撩《れう》つてくれなきや」

留《とゞ》むる青年《わかうど》を押退《おしの》けて少女《をとめ》の傍《そば》に走《は》せ寄《よ》り、

「おい、誰《だれ》を守《も》りしてると思《おも》つてるんだい、若《も》しその坊《は》つちやんに負傷《けが》でもさせたら、家内《うち》の者《もの》は親分《おやぶん》に何《なん》と云《い》つて申譯《まをしわけ》する、え、何《なん》と云《い》つて云譯《いひわけ》するよ」

合點《がてん》ゆかぬ氣《げ》に、怒《いか》り猛《たけ》れる母《はゝ》を振《ふ》り仰《あふ》ぎし少女《をとめ》を何《なに》か目《め》に制《せい》して、

「生命《いのち》に關《かゝ》はつたとした處《ところ》で家《うち》の子《こ》なら內輪《うちわ》で濟《す》むけれど、その子《こ》には爪《つめ》の跡《あと》一つつけても云譯《いひわけ》は立《た》たないんだよ、どぢめ、今夜《こんや》終夜《よつぴて》親分《おやぶん》への申譯《まをしわけ》だ、眞《ま》つ裸《はだか》にしてこの土間《どま》へ立《た》たして置《おく》から、然《さ》う思《おも》つて居《ゐ》な」

言葉《ことば》の調子《てうし》の手荒《てあら》き事《こゝ》を又《また》もやすると青年《わかうど》は少女《をとめ》を庇《かば》ひて、

「もう叱《しか》らないで下《くだ》さい、僕《ぼく》が困《こま》りますから」

吐息《といき》つきつゝ、宥《なだ》むる術《すべ》のなきに困《こう》じて彼方《かなた》を見《み》やれば、先刻《さき》より、物《もの》も云《い》はず、眉《まゆ》も顰《ひそ》めず、笑《ゑ》みも漏らさず、腕《うで》を組《く》みて唯茫然《たゞほつ》と立盡《たちつく》せる彼《か》の男《をとこ》は物云《ものい》はねばならぬ場合《はめ》を五月蠅《うるさ》く思《おも》ひてや、火《ひ》の勢《いきほひ》失せたる竈《かまど》の前《まへ》に向《む》き直《なほ》りて、再《ふた》び見《み》も返《かへ》らず。其《そ》れを怨《うら》めしとも思《おも》はねど、情《なさけ》なくは覺《おぼ》えて詮《せん》なさに、

「何處《どこ》までも僕《ぼく》が惡《わ》るいのです、飽《あ》くまで罪《つみ》は僕《ぼく》にあるのです」

呟《つぶや》くやうに繰《く》り返《かへ》して云《い》へば、いさゝか嘲《あざけ》りたる言葉付《ことばつき》に、

「いゝえあなた、迂濶《うつか》り茫然《ほんや》り、歩《ある》いてた者《もの》の方《はう》の落度《おちど》なんでございますよ、他人樣《ひござま》が然《さ》う仰有《おつしやつ》て下《くれ》さるからと申《まをし》て、親《おや》の身《み》で默《だま》つちや居《を》られません、此《こ》の後《のち》の見《み》せしめに充分折檻《みつちりせつかん》してやります」

「其《そ》れでは實《じつ》に僕《ぼく》が困《こま》ります、このお子《こ》が惡《わる》いと云《い》ふのではなし、殆《まる》で僕《ぼく》の爲《ため》に」

哀《あは》れの人《ひと》を思《おも》ふて胸迫《むねせま》りつゝ、そと後《うしろ》より掻《か》い抱《いだ》けば、其《そ》れに縋《すが》りて少女《をとめ》は細々《ほそ〴〵》と嗚咽《おえつ》の音《ね》を漏《も》らす。

「僕《ぼく》の罪《つみ》は罪《つみ》で償《つぐな》はなけりやなりませんが、お母様《つかさま》が然《さ》う仰有《おつしや》るものを仕方《しかた》がありません、このお子《こ》の過《あやま》ちと云《い》ふのぢやないんですけれど、半分《はんぶん》はこのお子の過《あやま》ちとして、これも僕《ぼく》からお詫《わ》びをしますが、其《そ》れでも許《ゆる》して上《あ》げる事《こと》は出來《でき》ませんか」

筋正《すぢたゞ》しう云《い》はれて枉《ま》ぐる言葉《ことば》もなかりしが、默《もく》して思《おも》ひに耽《ふけ》りし主婦《あるじ》は、やがて打解顔《うちとけがほ》に微笑《ほゝゑ》みて、

「許《ゆる》すも許《ゆる》さないもあなた、親子《おやこ》の間柄《なか》にそんなむづかしい事《こと》はございません、唯自分《たゞじぶん》の子《こ》となりますと人《ひと》一倍惡《ばいわ》るい事《こと》は矯《た》めて直《なほ》してやり度《た》い氣《き》がいたしましてね、つい手酷《てひど》い事《こと》も爲《す》るんでございますよ、罪《つみ》を償《つぐな》ふとか仰有《おつしや》るが、なあに貴郎《あなた》お互様《たがひさま》ですもの、これが晴着《はれぎ》と云《い》ふのぢやなし、平常着《ふだんもの》の一枚《まい》や二枚泥《まいどろ》にいたしましたつて、何《なん》の事《こと》もありやしません、唯《たゞ》ねえ」

當惑氣《たうわくげ》に再《ふたゝ》び默《もく》して首傾《くびかたむ》けしが、

「困《こま》りますことには此子《このこ》が宅《うち》のぢやございません、些《ち》と家主《うち》で立《た》てゝ置《お》きます親分《おやぶん》の秘藏《ひざう》つ子《こ》なんで御座《ござ》いますよ、今《いま》の分《ぶん》ぢやあ負傷《けが》もなし、温和《おとな》しいやうぢや御座《ござ》いますけれど」

何《なに》とや思《おも》ひし、媚《こび》つくりて、主婦《あるじ》の秋波《ながしめ》に見《み》やりたる、其《そ》れを厭《いと》ふて俯向《うつむ》きし青年《わかうど》の、片手《かたて》を腋下《わきのした》に支《さゝ》えて、

「は」と謹《つゝし》みて受《う》けつ。

「其《そ》の時《とき》は必定驚《てつきりおどろ》いたに違《ちが》ひないと思《おも》ふんですよ、誕生前《たんじやうまへ》の乳呑兒《ちのひつこ》ですもの、後《あと》になつて虫《むし》が起《おこ》らないとも限《かぎ》りやしません、若《も》しそんな事《こと》にでもなつた時《とき》、誠《まこと》に私共《わたくしども》が困《こま》るんでございます、若《わか》い方《かた》が自轉車《じてんしや》で斯《か》う〳〵と申《まをし》た處《ところ》で、あなたがお出《い》でに成《なら》ない事《こと》にはそれも證《しよう》に立《た》ちませんし、守《も》りをして居《お》たお咲《さき》は猶《なほ》

更《さら》、一同《みんな》が憂《う》い目《め》を見《ひ》なけりやなりません、親分《おやぶん》と云《い》ふのが中々《なか〱》の悪黨《わる》なんでございますからね、お住居《すまゐ》を伺《うかゞ》つて置《お》いて然《さ》う申《まをし》たら事實《ほんと》にしませうが其《そ》れこそやれ藥代《くすりだい》の、やれ診察料《しんさつれう》のと其《そ》れを假托《かこつ》けに何《ど》れ程《ほど》のお鳥目《あし》を強請《ゆす》られなさるか知《し》れないんですから、其《そ》れもお氣《き》の毒《どく》です――、困《こま》つてしまひました」

と溜息《ためいき》つく。

まだ妹《いもと》の幼《をさな》き頃《ころ》、我《わ》れ可愛《かは》ゆくてさま〲と調戯《からかひ》ては打《う》ち笑《わら》はせしを、驚《おどろ》き恐《おそ》れて泣《な》き切《しき》りたる時《とき》ばかりにはあらず、興《けう》も餘《あま》りに過《す》ぎては虫《むし》と云《い》ふものゝ起《おこ》るとか云《い》ひて、乳母《うば》の押止《おしとゞ》めし事《こと》ありしが、これは自《みづか》ら泣《な》きこそはせざりつれ、危《あや》ふき目《め》に逢《あ》ひていかばかりその小《ちい》さき胸《むね》を躍《おど》らせけん、實《げ》にさる事《こと》の起《おこ》らぬとも限《かぎ》らぬを、と青年《わかうど》は一向《ひたすら》それを思《おも》ふて心弱《こゝろよわ》くも涙含《なみだぐ》みつ。

「こんなにもお優《やさ》しい方《かた》を、つまらない目《め》にはお逢《あ》はせ申度《まをした》くないと思《おも》ふんですよ、なにねあなた、虫《むし》が出《で》たの引込《ひつこ》んだのと、紛紜《いさくさ》の起《おこ》らない前《まへ》に、若干金《いくらかつゝ》包んで私《わたし》からお内儀《かみ》さんへ渡《わた》して置《お》きやあ造作《ざうさ》のない話《はなし》なんですがね、この貧乏世帯《びんばふじよたい》ぢや一錢《ひやく》の事《こゝ》も出來《でき》やしません、斯《か》うしませう、子供《こども》の事《こ》つですからお咲《さき》一人《ひとり》の所業《しわざ》にして置《お》きませう、親分《おやぶん》の目《め》の前《まへ》で、思《おも》ふさま折檻《せつかん》してやつて親分《おやぶん》にも脊中《せなか》の五つ六つ打《ぶ》たせりや、其《そ》れで濟《す》んでしまひます」

痛々《いたく》しき樣《さま》を目《め》に見《み》る思《おも》ひの、事《こゝ》もなげに云《い》はれて若人《わかうど》は唇《くちびる》をのゝかしつゝ、

「其《そ》れは可《い》けません、其《そ》のやうな目《め》に逢《あ》はさせる事《こゝ》は出來《でき》ません、御自分《ごじぶん》のお子《こ》を其《そ》れほどまでにしても僕《ぼく》を庇護《かば》はなくてはならぬと云《い》ふ理由《いわれ》はない筈《はづ》です」

激《げき》して言葉《ことば》荒《あら》く云《い》ひかゝる時《とき》、少女《をとめ》は青年《わかうど》の手《て》を退《の》けて、見張《みは》りたる涙乾《なみだかわ》きし眼《め》に母《はゝ》を疎《うと》ましう眺《なが》めやりながら、

「おつかさん、親分々々《おやぶん〱》つて誰《だれ》の事《こと》なの、これは家《うち》の子《こ》よ、乙吉《をときち》ぢやありませんか」

母《はゝ》の言葉《ことば》を偽《いつは》りと思《おも》ふ信《しん》の強《つよ》く、恐《おそ》れ氣《げ》もなく明瞭《はつきり》と云《い》へば
「えつ」

と我《わ》れ知《し》らず叫《さけ》びて振返《ふりかへ》りしが、閃《ひらめ》く眼光《まなざし》にきつと見据《みす》えて、

「つべこべ、つべこべ、と何《なに》を云《い》ふんだい、家《うち》の乙吉《をときち》だらうが、親方《おやぶん》の子《こ》だらうが、手前《てまへ》の知《し》つた事《こと》ぢやない、好《い》い加減《かげん》にして置《お》かないと後《あと》が恐《こわ》いぞ」

烈《はげ》しく胸《むね》を突《つ》かれて蹌踉《よろめ》きながら少女《をとめ》は恐《おそ》れず、猶何《なほなに》か云《い》ひ爭《あらそ》はんとするを、世馴《よな》れぬ心《こゝろ》にも大方悟《おほかたさと》るところあり、

「もう好《い》いです、分《わか》りました」

と青年《わかうど》は遮《さへぎ》つて、黒金《きん》に白金《はつきん》を散《ち》らせし鎖《くさり》を胸《むね》より外《はづ》しつゝ、その儘《まゝ》引《ひ》き出《だ》したる小形《こがた》の金側時計《きんがはどけい》を、皿《さら》小鉢《こばち》の順序《じゆんぢよ》よく並《なら》ぶ傍《かたはら》の棚《たな》の上《うへ》に置《お》きて、

「何《なん》にしても飛《と》んだ御迷惑《ごめいわく》をかけて濟《す》みませんでした、僕《ぼく》に金子《かね》の持《も》ち合《あ》はせはありませんから、失禮《しつれい》ですがこれを總《すべ》てのお詫《わ》びとして置《お》いて行《ゆ》きます」

言葉《ことば》を切《き》りて少女《をとめ》を見返《みかへ》り、

「このお子《こ》が偽言《うそ》を云《い》ふ筈《はづ》もなし、又《また》あなたが初《はじ》めて會《あ》つた僕《ぼく》を欺《あざむ》くと云《い》ふ筈《はづ》もなし、其處《そこ》には何《なに》か複雜《こみい》つた事情《わけ》があるのでせう、若《も》しこの粗忽《そゝう》が原因《もと》になつて仰有《おつしや》るやうに虫《むし》が起《おこ》つたと云《い》ふ樣《やう》な事《こと》になりましたら、名刺《めいし》を置《お》いて行《ゆ》きますから、その親分《おやぶん》とか云《い》ふ人《ひと》に僕《ぼく》の住居《すまゐ》を敎《をし》へて上《あ》げて下《くだ》さい、お出《い》で下《くだ》されば充分《じうぶん》手當《てあ》てをして差上《さしあ》げます。これで最《も》うこのお子《こ》を惱《なや》める必要《ひつえう》はないでせう、衣服《きもの》を汚《よご》したのは僕《ぼく》が

惡《わ》るいのですから、勘忍《ゆる》して上《あ》げて下《くだ》さい」

再《ふたゝ》び繰《く》り返《かへ》して、

「ぢや失敬《しつけい》します」

卑《いや》しき心《こゝろ》の計《はか》らひを見透《みす》かされしとは猜《すゐ》したれど、價貴《あたひたふと》かるべき時計《しな》の、ゆくりなく我《わ》が手《て》に入《い》りし喜《よろこ》びに胸《むね》は滿《み》ち充《み》ちて、それも深《ふか》くは思《おも》はず、心落着《こゝろおちつか》ぬさまに辭儀《ぢぎ》する術《すべ》も忘《わす》れて唯會釋《たゞゑしやく》するを、青年《わかうど》は不《ふび》憫氣《んげ》に見守《みまも》りながら、襟《えり》に插《さ》したる白菫《しろすみれ》を、少女《をとめ》の艶《つや》なき頭髪《かみ》に簪《かざ》しやりつゝ、

「この花《はな》の色《いろ》と同《おな》じう、その心《こゝろ》の永《とこしな》へに淸《きよ》かれよ」

と密《ひそ》かに念《ねん》じて、無言《むごん》に店《みせ》を立《た》ち出《い》でゝ、汚《けが》れたる氣《き》に蒸《む》されて曇《くも》りたるやうに覺《おぼ》えし面《おもて》をば、この巷《ちまた》にも花《はな》の香《か》こもる夕風《ゆふかぜ》に拂《はら》はせて、まだ暮《く》れ殘《のこ》る空《そら》に、影淡《かげあは》き五日《か》の月《つき》をば打仰《うちあふ》ぐ。名《な》殘《ごり》の惜《をし》まれてか、暖簾《のれん》をそと分《わ》けて輝《かゞや》く面《おもて》を出《いだ》したる少女《をとめ》の。片手《かたて》に白菫《しろすみれ》を捧《さゝ》げたり、與《あた》へられたる意《こゝろ》の何《なに》とも知《し》らずして。

谷《たに》の眞淸水、落《お》ちて流《なが》れゆく儘《まゝ》にその末《すゑ》の濁《にご》らでやあるべき。

○痩せて歸られなば詩想を得て

（友人の外國へ出發したる時の模樣を其師へ報ずる書）

御端書唯々御なつかしく拝しまゐらせ候

△△様には十日身體檢査を滯りなく濟ませられ、十一日に消毒も濟み午前十一時に御無事に船へお乗り込みあそばされ候。

御見送りには○○様、○○様、○○様、○○様、○○様、江見様、○様、○○様、○○様、○○様、○○様、○○様御出あそばされ候和田彦旅館にて△△様の爲にとて○○様發起にて小さき送別會のやうの者開き候△△様も元氣好く何誰も浮わく〳〵と御酒酌み交はされて、歸朝の折には神戸にて船より上り後は汽車の方宜かるべく、この總勢にて神戸まで迎ひにゆくべしなど江見様仰せられ候に、その折は○○君も○○君も小供など連れて行くべしなど申さるゝ方もあり肥えて歸られなば金を得て來たる事と思ふそれより痩せて歸られなば、詩想は充分に得て來られしなるべきも金は持たぬ事と知るべしと申さるゝ方もあり笑ひ興じられて、やがて賑やかに波止場まで參られ候。（女は車）

時は丁度日盛りに候、棧橋の上の暑さ大方の事にてはなく日に照りつけられて、この儘焦げ死ぬかとも覺え候ひき、それに私は兩扶《りやうぐり》を穿き居り候ひし爲板の隙間々々へ落込み眼は眩むやうにて一方ならぬ難澁いたし候、船は旅順丸と申候ひて他に碇泊せるのより大きやかに候皆様その船の甲板にて休み候、支那人の多き事驚かるゝばかりにて肌を脱ぎしまゝ醜き姿などして憚りもせず彼方此方と逍遥ひ居り候ひき、一時間餘り甲板に居り候△△様は再びの身體檢査にて一度もお出でなく、やがて其れも濟みし時、出船も程なければ棧橋へ出でよとの事に候ひき、皆様は充分名殘を惜まれて、御無事にお遂着にと云ひ交はされしも私は一言も何も申さず唯ぼんやりとして船より出で候ひしが恐ろしく暑き日の色を眺め候ひし時は今にも仆るゝかと思ふやうにて○○様に手を引張られ、漸く棧橋の端まで參り候ひき、△△様は甲板に出でられ、皆様は波止場に並ばせられ候（△△様は浴衣がけ、先生より賜はりしと承りし兵兒帶、麥藁帽子、遲塚様より送られし扇子を手に成されて）三十分程此處に立ち盡し申候、足許より傘の上よりぢり〳〵と焼かるゝやうにて焦熱地獄とはこれなるべしと皆様男ながらお弱りなされ候、やがて解纜、船は次第に離れ候、一同して△△君萬歳を唱へられし時、もう止せ／＼と扇子をふりて果敢なげなる顔をなされ候ひき、江見様は大きなる日の丸の扇子を蝙蝠傘に結び付け、高くかざゝれ候、船は一筋に進まず、うねり／＼ねりて、右側を見せ、左側を見せ候に、其度毎にお姿隠れては又彼方、此方と現はるゝにて候、今は焦熱地獄と叫び給ふ君もなく、次第に幽になり行くお姿を認むるに忙しくて、「それ彼處へ出て来た」「見えなくなつた」「何處へ行つた」「扇子であふいで居る」「あれが然うだ」「頻にふつて居る」「頻にやつて居る」などゝ申され其の度に帽子扇子をふり玉ひて「眼が惡いか未だ見えるだらうか」「なに場所が定まつてるから位置で分るさ」「大分船が接近して来た」なんどゝとり／＼に申されし候いかに接近いたし候へばとて、何樣で去つて了ふ船に候ふものを果敢なき事云ひて喜ばるゝ君もあり、人々の垂るゝやうなる汗を見候ひし時、物別れの悲しさに加へて、唯何となくこの君たちの爲に泣かされ申候情けある友程世に嬉しきものはあるまじと存じ候ひき、竟に何も見えずなりて、皆樣お歸り成され候、横濱の停車場にて、この先き何うしてよきにや、あとの事が胸につかへて何する氣もなしとお何樣の申されて泣かるゝに、此處にて又泣き申候。

お何樣旅館にて先生の御許へ手紙差出し度けれど鹽原の何處なるや分らねばとの事に私お教へ申候、直ぐさまおしたゝめ成され候ひしが、胸のみ迫りて思ふやうに書けねば後にてよろし／＼と傳へて貰ひ度しと仰せられ候、お別れ際になりて足繁く御出であそばされし故ひとしは淋し／＼悲し／＼候。

當分は鹽原に在はし候由、秋風立たではお目もじ叶ふまじくや、淋しく候、閑靜のところに渡らせ給ふとは申ながら、猶はお暑さ御いとひあそばされ御機嫌うるはしうおはし給ふやう念じまゐらせ候。かしこ

十二日夜　　　　露　英

師の君御前

露伴曰く此の發信者露英は漸くこのごろ其の著を世に出せるのみの婦人なるが其の小說の調子は故一葉に似て其の尖鋭のところは及ばざれども其の艶麗のおもむきは或は勝れり勗めて休まずんば前程測るべからざる作家なり

○賞めてやらざりしが口惜しく候　（妹の死を報ず）

夏は過ぎぬと申候へど猶晝のほどは堪へがたき殘炎の暑さをぼえども、都なればこそ斯くもあれ、師の君渡らせ給ふ鹽原は朝夕ネルを纒ふ程の氣候に候由、さらば世は露けき秋とのみ思し給ひ、御心爽にすごさせ給ふ御事と心安う存じ居り候ひしに、けふ○○樣よりお端書參りて、師の君には疾く去月二十二日頃お歸り遊ばされしとの事に候ひき、存ぜぬ事とは申しながら、おのが推量に任せて其儘に打ち過ごし御氣色更にも伺ひまつらざりし事の悔まるゝばかりに候日頃より御健かには在はしませど、取り分けて暑氣をば憎ませられ候ふものを、それにては嘸や日毎御心地惱しう渡らせ給ふなるべし御機嫌いかゞに在はしまし候や、奥樣にも孃樣にも皆々樣いかゞにや、謹みて御伺ひ申上候。

長らく病床にありし妹は遂に先月二十二日の夜半この世を去り申候日數經る程夢より覺めしやうにてたしかに冷たる頰も撫でたり、棺へおさむる時變り果てたる面も見たり、煙りとなりて殘りたる哀れの姿も見たること、幾度思ひ返し思ひ直すにて候へど、いかにしても失せたりとは思はれず今にも何處よりか歸り來るやうに思はれ候。

兎でも角でも短命に生れ出でしものなれば一昨年の春よりけふまで二年餘り漸う生存へしをせめての心やりにして思ひあきらめよと人々は申候へど、始めより短命と定まりてありしものならば何故に人の子、人の妹となりて一時なりともこの世には出で來しと口惜しく、世には数多き兄弟持てる人の一人も缺くる事なくて終るも候ふにいかなる罪ありとてか撰りに撰りて唯一人の姉妹のうち片々を奪ひゆきしにやと恨めしく、まして あのやうなる少さきものをと情けなくも思はれ候、人世などてさらぬ別れのさだめあるにて候ふにや、 唯何事も果敢なく候、母と二人して紀念の品を集め候ふ時、拙者とてそしりたる習字の清書、繪など殘りたるを今見れば誰よりも勝れて書きなれしやうに思はれて賞めてやらざりしが口惜しく、插し古したる簪にも一度も簪さゞりし花にも、それ〴〵の哀れこもりて限りなき悲しさを覺え候ひき、父も母も誰もまだ踏み見ぬ冥路へ何故一人して旅立ちしかと愚痴ながらそれのみ繰り返され候

月よき霄のこの頃は分けても淋しさ堪へがたく候に、師の君御歸京と承りてはいよ〳〵川一つの彼方忍ばれて、御許に參り度しと申候ひしに忌明けねば人樣のお宅には上られぬもの、せめて三十五日過ぐるまで遠慮すべしと母に申され候、折角樂しう胸ひらきかゝりしに、彼岸の二十五日までそれも叶はぬ事と相成り候悲しうは候へど妹の忌中なれば快く思ひきり候ひて、唯暑氣に當らせ給ふ事の在はさぬやう蔭ながら祈りまつり候　かしく

九月五日　　　　露英

師の君御前

露伴曰く、書簡文とたゞの文とに論なく、すべて文は情至れば即ち筆至るものなり。この書状は實に其の適例にて、人を感動するところは即ち其の情の字《マコト》あるところにして、其の情のこまやかなるところには筆もおのづから能くまはりておのづからに美しき文章をなせるを見るべし。「てがみ」編者の需によりて吾が家に散り殘れるいろ〳〵の人の書状どもを見たれども、此の状ほどに美しく書かれたるは無し。よつて其の人を動かすの箇處に圏點を加へて聊か我が言の謬らざるを明らかにするのみ。

乙女寫眞帖

露英女史

何《いづ》れも園《その》に生《お》ひたれど、取《と》り集《あつ》むれば美《うつく》しきばかりはあらず。と端《はし》にしるして、友《とも》が手製《てせい》の寫眞帖《しやしんてう》に收《をさ》められたる幾輪《いくりん》の撫子《なでしこ》、實《げ》にや、濃《こ》き紅《くれなゐ》、薄《うす》紅《くれなゐ》、白《しろ》きも交《まぢ》りてとり／＼に面白《おもしろ》し。

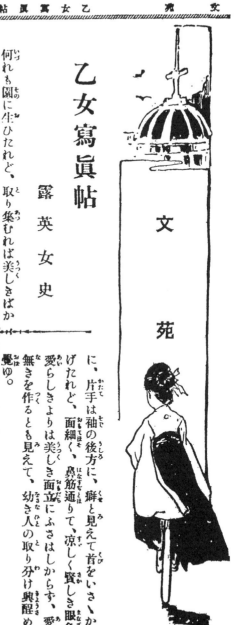

小《さ》枝《え》子《こ》　六《むッ》歳《つ》

禿切《かぶろ》り房々《ふさ／＼》と頰《ほゝ》を埋《うづ》めて、友禪《いうぜん》の被布《ひふ》の丈長《たけなが》う、厚《あつ》袵《よき》仄見《ほのみ》ゆるを少《ちひ》さき足《あし》の重《おも》げにて、片手《かたて》は卓子《テーブル》の上《うへ》に、片手《かたて》は袖《そで》の後方《うしろ》に、癖《くせ》と見《み》えて首《くび》をいさゝか傾《かし》げたれど、面細《おもてほそ》く、鼻筋通《はなすぢとほ》りて、涼《すゞ》しく賢《さか》しき眼色《まなざし》、愛《あい》らしきよりは美《うつく》しき面立《おもだち》にふさはしからず、愛度《あどけ》無《な》きを作《つく》るとも見《み》えて、幼《をさな》き人《ひと》の取《と》り分《わ》け興醒《きようさ》めて覺《おぼ》ゆ。

同《おな》じ年頃《としごろ》の人《ひと》は厭《いと》ひながら、遊《あそ》びに見《み》ゆれば嬉《うれ》しげにて、人形《にんぎやう》よ、菓子《くわし》よ、と主《あるじ》振《ぶ》りてのおもてなし、年《とし》長《た》けたる人《ひと》にはよく馴染《なじ》みて、さして好《この》まぬ人《ひと》にも逢《あ》へば取《と》り縋《すが》りて甘《あま》ゆるに、さすが初《はじ》めは可愛《いと》しくもあれど、野《の》に出《い》でゝ探《さぐ》り求《もと》めし花菫《はなすみれ》、近《ちか》よるまゝに花片《はなびら》の破《や》れ居《ゐ》しやうにも思《おも》はれて、漸次《しだい》に口惜《くちを》しき心地《こゝち》のさるゝ、まして、贈《おく》られたる挿花《かんざし》、玩弄物《おもちや》など、其《そ》の人《ひと》に出《よ》りては心《こゝろ》に叶《かな》はずとも久《ひさ》しく保《たも》ち置《お》きて、再《ふたゝ》び其《そ》の人見《ひとみ》えられし時《とき》、取《と》り出《いだ》して得意氣《とくいげ》なる風情《ふぜい》の、誰《た》が斯《か》くまでに教《をし》へて、と疎《うとま》しさ限《かず》りもなし。

母樣《かあさま》はいかなる人《ひと》にや、賤《いや》しく生《ね》ひたれど、容姿《かたち》麗《うる》はしく、交際《かうさい》多《おほ》き主人《あるじ》を助《たす》けて天晴《あつぱ》れの奥樣《おくさま》とは聞《き》きにしが、

「母樣《かあさん》は恐《こは》いのよ、母樣《かあさん》がお怒《おこ》りだとちつともお返事《へんじ》をして下《くだ》さらないの、然《さ》うしてちつとも構《かま》つて下《くだ》さらないの、父樣《とうさん》だつて恐《こは》がつていらつしやるんですもの、その時《とき》はね、父樣《とうさん》が母樣《かあさん》の御機嫌《ごきげん》をお取《と》りだつて衆人《みんな》が云《い》ふのよ、だから妾《わたし》も取《と》るのよ。然《そ》うしなきや何時《いつ》までも默《だま》つていらつしやるんだもの、お前《まへ》も氣《き》をお注《つ》け、父樣《とうさん》なんか何《ど》うでも好《い》いの」

口輕《くちかる》う、新參《しんざん》の婢女《はしため》に諭《さと》せしこの言葉《ことば》を、聞《き》かば何《なに》とや思《おも》はん、たゞ其《そ》の發明《はつめい》を誇《ほこ》りにのみするや。と友《とも》は微笑《ほゝゑ》む、さぞや交際家《かうさいか》になりぬべし、この後《のち》の人《ひと》、然《さ》なくては、と我れも微笑《ほゝゑ》みて。

幸《さち》枝《え》　八《や》歲《つ》

前髮《まへがみ》下《さ》げて、太《ふと》き稚兒輪《ちごわ》に何《なん》の飾《かざ》りもなく、頰豐《ほうゆた》かに、濃《こ》き眉長《まゆなが》う、一重瞼《ひとへまぶた》の眼元《めもと》冴々《さえ／＼》として、小指《こゆび》の先《さ》きにも隱《かく》るゝやうなる脣《くちびる》結《むす》ぶともなく輕《かる》う、總《そう》模樣《もやう》の袷《あはせ》、長《なが》き袖《そで》の、わざとらしからず襦袢《にゆはん》の振《ふ》り前《まへ》に溢《こぼ》れで、何《なん》の色《いろ》か穿《は》きたる袴《はかま》の裾短《すそみぢ》かく、靴《くつ》の先《さ》きに芝生《しばふ》を踏《ふ》みて、稍々《やゝ》上《うへ》を仰《あふ》ぎつゝ、袖垣《そでがき》の傍《そば》に薔薇《ばら》の花《はな》を持《も》ちて立《た》つ。

姿《すがた》の通《とほ》り素振《そぶ》りも可愛《かはゆ》ゆけれど、少《すこ》し羞《はづか》しがりにて、繪《ゑ》も字《じ》も兄樣《にいさま》のを見習《みなら》ひて能《よ》く書《か》くを、賞《ほ》め賛《そや》されながら見《み》らるゝを厭《いと》ひて、手文庫《てぶんこ》の奥深《おくふか》く、一人《ひとり》して秘《ひ》め置《お》くが常《つね》なる程《ほど》なれば中々人《なか／＼ひと》にも馴《な》れず、誰《た》が躾《しつけ》にや、優《やさ》しげなる會釋《ゑしやく》ばかりして、稀《まれ》ならでは物《もの》も云《い》はず、幼《をさな》き人《ひと》にしては餘《あま》りに内氣《うちき》過《す》ぎて、やゝ飽《あ》かぬ思《おも》ひすれど、床《ゆか》しさは母樣《かあさま》までも忍《しの》ばせて、氣品《きひん》の高《たか》さ、思《おも》はず拙《つたな》き人《ひと》をして、言葉改《ことばあらた》めさする事《こと》もあり。友《とも》も欲《ほ》しがらざりしが、學校《がくかう》に通《かよ》ひ初《そ》めて、唯一人《たゞひとり》、

これも温和《おとな》しう病身《びやうしん》らしき友《とも》と睦《むつま》じうなりてよりは、日曜毎《にちえうごと》に呼《よ》び迎《むか》えて、一《ひ》と日《ひ》を遊《あそ》び暮《くら》すまで、その友《とも》にのみ親《した》しみつ、何時《いつ》なりしか夏《なつ》の初《はじ》め、半途《なかは》に病氣《やまひ》起《おこ》りてその友《とも》の歸《かへ》りし事《こと》ありし時《とき》、後《あと》に殘《のこ》りて課業《くわげふ》も身《み》に染《し》まで泣《な》きつゞけつゝ、近《ちか》き儘《まゝ》に歸《かへ》り途《みち》、其《そ》の友《とも》の家《いへ》へ一人《ひとり》にて迂《ま》路《わ》りゆきしが、門《かど》を開《あく》る術《すべ》もなく、訪《おと》ふ術《なすべ》もなく、空《むな》しく外《そと》に立《た》ち盡《つく》して打泣《うちな》き居《ゐ》しより、人《ひと》に迷兒《まよひご》と誤《あやま》たれて大騷《おほさわ》ぎせし事《こと》ありし由《よし》、生《お》ひ

ゆく先《さ》きの、匂《にほ》ひぞ籠《こも》れる。と友《とも》は懐變《なつか》しげなり。實《げ》にも美《うつく》しう咲《さ》きこそ出《い》でたれ、情《なさ》けの露《つゆ》を仇《あだ》になとばしぞ。

みつ枝《え》
九歳《こゝのつ》

廻《まは》りを下《さげ》て、唐人髷《たうじんまげ》に大《おほ》きなる西洋花《せいやうばな》の簪花《かんざし》、鎖《くさり》は何《なに》やら小《ちい》さき女《め》時計《どけい》生意氣《なまいき》らしう、指環《ゆびわ》まで輝《かゞや》かして、矢筈絣《やはずかすり》に袴長《はかまなが》う、兩《りやう》の手《て》に修業證書《しうげふしようしよ》を大《たい》切氣《せつけ》に捧《さゝ》げつゝ、植木《うゑき》鉢置《はちお》かれたる卓子《テーブル》に添《そ》ふて、

少《すこ》し済《すま》したる様《さま》の見《み》ゆ。

此寫眞《これ》は日本髪《にほんがみ》なれど、大方《おほかた》は下《さ》げ髪《がみ》、日毎《ひごと》に更《か》ゆるリボンを友人《ともだち》へ自慢《じまん》の種《たね》にして、誰《たれ》が家《いへ》にありて云《い》ひ馴《な》るゝにや。

「裏《うち》が緋でなくつちや、着《き》にくいわね」

と老《ま》せたる云《い》ひ振《ぶ》り憎《にく》らし、身形《みなり》の賤《いや》しき友《とも》は譏《そし》り散《ち》らして近付《ちかづ》けず、日曜毎《にちようごと》の遊山《ゆさん》の衣服《きもの》を一々《いち〳〵》に吹聴《ふいちやう》して、三井《みつゐ》が、玉寶堂《ぎよくほうだう》が、と自慢《じまん》なりしが、學校《がくかう》にありてお習字《しふじ》の折《をり》、墨含《すみふく》みたる友《とも》の筆《ふで》をつい袂《たもと》に拂《はら》ひて、縞《しま》八丈《ぢやう》の羽織《はおり》に黒々《くろ〴〵》と汚點《しみ》つけたるを、顔色《かほいろ》かへて驚《おどろ》きつゝ、友《とも》を怨《うら》みて、怒《いか》りて、打返《うちかへ》し〳〵眺《なが》めながら果《は》ては泣《な》き入《い》りて、教《をし》への師《し》をも持《も》て餘《あま》させし由《よし》、あり餘《あま》りたる着物《きもの》のうち、何《なん》のこれ一枚《まい》が、と年上《としうへ》の友《とも》が思《おも》はず、一言《ひとこと》辷《すべ》らせしに、さすが耳《みゝ》に入《い》りしか、

「お家《うち》でどんなにか叱《しか》られる」

とは憐《あは》れならずや、まだ世《よ》に染《し》まぬ心《こゝろ》に、貧《まづ》しうは育《そだ》たねば、物《もの》を吝《をし》むとにはあらねど、吝《をし》む親《おや》より咎《とが》めらるゝ事《こと》の辛《つら》さに悲《かな》しきなるべし、衣裳《いしやう》の虫干《むしぼし》の時《とき》、多《おほ》くの友《とも》を集《つど》はせし我子《わがこ》に、小言《こごと》も云《い》はれざりし親《おや》なればこそ。と冷《ひやゝ》かに友《とも》の口調《くてう》の輕《かる》し、實《げ》に白糸《しらいと》なれや、何時《いつ》としもなくはや染《そ》めぞかゝれる。

や枝《ゑ》　八《や》才《つ》

くるりと眼圓《まなこつぶ》らに、眉近《まゆちか》く長《なが》う下《さが》りて、一文字《もんじ》に緊《し》めたる口許《くちもと》、靨深《えくぼふか》き頬《ほゝ》の愛《あい》らしくや、仰《あほ》に被《かぶ》りたる麥藁帽子《むぎわらばうし》の下《した》より、下《さ》げ髪《がみ》いさゝか見《み》えて、絽縮緬《ろちりめん》に秋草《あきくさ》模様《やう》の袖長《そでなが》き單衣《ひとへ》、扱《しご》きばかり悠然《ゆつたり》と後《うしろ》に結《むす》び下《さ》げて、穿《は》きたるは二枚裏《まいうら》の雪駄《せつた》、心付《こゝろづ》かぬ氣《け》に小《ちひ》さき兩手《りやうて》を兩傍《りやうわき》に下《さ》げつゝ、木《き》の根《ね》の傍《わき》に立《た》ちしが、風采《とりなり》寛濶《おうやう》にて女子《をなご》めかず。

眞《まこと》の母様《かあさま》は三才《みつゝ》の時《とき》亡《な》くなられて、今《いま》の母様《かあさま》は藝妓上《げいしやあが》り、繼《まゝ》しき中《なか》とは見《み》えぬまで今《いま》の母様《かあさま》の可愛《かあい》がりて、人形《にんぎやう》を手遊《てあそ》ぶやうに、あの姿《すがた》。この裝《よそほ》ひと、おのが好《この》みを化粧《つく》せ見《み》ては可愛《かあい》らしさを誇《ほこ》りにして、何處《どこ》へ行《ゆ》くにも連《つ》れ立《だ》つ由《よし》、父様《とうさま》は官位《くらゐ》高《たか》く、務《つと》めも繁《しげ》ければ大方《おほかた》は不在《るす》勝《が》ちを、母様《かあさま》は教《をしへ》無《な》き人《ひと》なり、朝夕《あさゆふ》の禮《れい》も

知《し》らず、仕《し》たき儘《まゝ》に打《う》ち遣《や》り置《お》くより、小《ちい》さき手《て》を支《つか》へて父様《とさま》を迎《むか》ふる事《こと》もなく、お食事最中《しよくじさいちう》歌も唱《うた》へど、物《もの》に拘泥《とんぢやく》なきは男《をとこ》の兒《こ》のやうにて、例《れい》の構《かま》はぬ母様《かあさま》が、其處等《そこら》に出《い》だし置《お》きて紙入《かみい》れを見付《みつけ》し時《とき》、取《と》り出《だ》したる十圓紙幣《えんしへい》一枚《まい》、下女《げぢよ》に渡《わた》して、此《こ》れだけビスケットを買《か》ふて來《こ》よ。と命令《いひつけ》しとて大笑《おほわら》ひなりき、こゝに寫《うつ》りたる姿《すがた》の、何《なに》か氣《き》に入《い》らぬ事《こと》ありて、父様《とうさま》、母様《かあさま》を叱《しか》れる時《とき》のやうなり、と友《とも》は笑《わら》ふ。可愛《かわゆ》き人《ひと》なり、まことの母《はゝ》に代《かは》りたる陰《かげ》にして、よくぞ直《す》ぐにも生ひにたる、猶幾年《なほいくとせ》！　雨《あめ》に逢《あ》ひて屈《かゞ》みもせずば。風《かぜ》に逢《あ》ひて撓《たは》みもせず。

高《たか》枝《え》　十《と》才《う》

受《う》け口《くち》に愛敬《あいけう》ありて、小《ちい》さきながら張《は》りある眼許《めもと》の、地藏眉《ぢぞうまゆ》も愛らしく、リボンに前髪《まへがみ》のみを結《むす》びたる下《さ》げ髪《がみ》、改良服《かいりやうふく》の、靴下膝《くつしたひざ》より見《み》えて、片手《かたて》に帽子《ぼうし》を抱《かゝ》へたり、快活《くわいくわつ》げなる振《ふ》りに、聲《こえ》も爽《さわや》かと心地《こゝち》よく覺《おぼ》えて。

この様《やう》なる面立《おもだち》して、意地惡《いぢあ》しきこと驚《おどろ》くばかり、學《がく》校《かう》にありても、心弱《こゝろよわ》き友《とも》と見《み》れば、墨《すみ》をすれよ、鉛筆《えんぴつ》を削《けづ》れよ、と命《めい》じて若《も》し聞《き》かねば諂《へつら》ふ友《とも》を味方《みかた》にして、泣《な》き詫《わび》るまでは苛責《いぢ》めぬくとか云《い》ふ噂《うはさ》なれど、家《いへ》にありても母様《かあさま》を見習《みなら》ひて、幼《をさな》き身《み》にありながら、御膳《ごぜん》の立《た》て方《かた》の惡《あし》きにまで腹立《はらだ》てゝ、婢女《はしため》を罵《のゝし》り散《ち》らすなり。母様《かあさま》の昔《むかし》は御殿女中《ごてんぢよちう》、口《くち》に出《いだ》して叱言《こごと》は云《い》はず、眼鏡《めがね》越《こ》しにぢろりと睨《にら》まるゝが常《つね》にて、さらでも女《をんな》らしきを好《この》まるゝに、いかにしてかこの人《ひと》の荒々《あらく》しう、袖《そで》の綻《ほころ》び、袴《はかま》の鍵裂《かぎざ》き、と大方《おほかた》は日毎《ひごと》なるを、一度《ど》損《そん》じたる後《あと》は中々《なかく》に繕《つくろ》ひてやらず、其儘《そのまゝ》に納《をさ》め置《お》きて日《ひ》を隔《へだ》てゝは幾度《いくたび》となく、取《と》り出《いだ》して無言《むごん》に示《しめ》すより、折角《せつかく》の後悔《こうくわい》の念《ねん》も薄《うす》れて、底意地惡《そこいぢわる》く仕向《しむ》けらるゝそれに堪《こら》へられる限《かぎ》りの、意地惡《いぢわ》るさを我《わ》れも身《み》に何時《いつ》となく養《やしな》ひつゝ、果《は》てはさして意《こゝろ》にもとめねば、稀《まれ》には隨《ずゐ》分手《ぶんて》酷《ひど》き折檻《せつかん》をさるゝ事《こと》もあり、さすがに叱《しか》らるゝは恐《おそろ》しきか母様《かあさま》の前《まへ》にありては手《て》も足《あし》も出《だ》さず、三つ指《ゆび》流《りう》に辭儀《じぎ》をしながら、學校《がくかう》の成績《せいせき》に操行《さうかう》は乙《おつ》。何時《いつ》なりしが、走《はし》り競《くら》べすとて、轉《まろ》びて、膝《ひざ》を石《いし》に打《う》ち付《つ》けし時《とき》、泣《な》きもせず一人《ひとり》して始末《しまつ》して、譯《わけ》を云《い》はゞ叱《しか》らるゝは定《ぢやう》、と其《そ》の日直《ひす》ぐお風呂《ふろ》にも入浴《はいり》たれど眉《まゆ》さへ顰《しは》めず、あくまで秘《かく》して、秘《かく》し果《はた》せし振舞《ふるまひ》の、女子《をなご》にかゝる剛情《がうじやう》は要《えう》もあるまじ。と友《とも》は面《おもて》を顰《しか》めつ。花《はな》の裝《よそほ》ひは美《う》しくとも、枝振《えだぶ》りくねりては甲斐《かひ》もあるまじ。

しづ枝《え》　七才《なゝつ》

ぱつちりと鈴《すゞ》を張《は》りたる眼許《めもと》、人懐《ひとなつ》かしげにて、笑《ゑ》みかけたる顔《かほ》の、ふくよかに唯可愛《たゞかわい》らし、お河童《かつぱ》の、髪《かみ》は薄《うす》きやうなれど、頭付《かみつき》の恰好《かつかう》よく、裙模様《すそもやう》に緋《ひ》の無垢《むく》を重《かさ》ねて、手鞄《てかばん》をさげたる、眞向《まむ》きなれば取《と》り分《わ》け人形《にんぎやう》を据《す》へたるやうなり。

兄様一人《にいさまひとり》、姉様一人《ねえさまひとり》、弟一人《おとゝひとり》、妹一人《いもとひとり》、の丁度間《ちやうどあひだ》にて、一番《ばん》の容貌好《きりやうよ》しなれど、父様《とうさま》は男《をとこ》の子《こ》、母様《かあさま》は上《うへ》の姉《ねえ》様《さま》と末《すゑ》の赤兒《あかご》をばかり可愛《いと》しがりて、この人《ひと》には構《かま》はず、それを痛々《いたく》しきまで柔順《すなほ》にて、兄様《にいさま》、姉様《ねえさま》の命令《いひつけ》に背《そむ》きしこともなく、弟《おとゝ》には苛責《いぢ》められ通《とほ》し、刀《かたな》に脊《せ》中叩《なかたゝ》かれて泣《な》き出《だ》しても、お前《まへ》が惡《わる》いの一《ひ》と言《こと》に打消《うちけ》さるゝより、何《ど》れ程《ほど》の目《め》に逢《あ》ひても告《つ》げ口《ぐち》もせねば、我《わ》れからは惡戯《いたづら》一つせしこともなく、夜分《よる》もこの人《ひと》は小《ちひ》さき床《とこ》にたゞ一人《ひとり》寢《やす》むなれども、姉様《ねえさま》の、乳母《おんば》の添寢《そひね》を羨《うらや》みもせで、一度與《どあた》へられし手遊物《おもちや》は大切《たいせつ》に、何時《いつ》でもそれにて遊《あそ》び居《ゐ》るさまの可哀想《かあいさう》のやうなり。

兄姉《きやうだい》の中《なか》の何時《いつ》も除《の》け者《もの》なれど、此方《こなた》より思《おも》ふ心《こゝろ》は深《ふか》く、弟《おとゝ》が泣《な》けば袂《たもと》に涙《なみだ》を拭《ふ》きやりて小《ちひ》さき身《み》にさま〴〵と打《う》ち宥《なだ》め、姉様《ねえさま》が病氣《びやうき》すれば、唯何《たゞなに》としもなく臥床《ふしど》の傍《そば》に附《つ》き切《き》りて、取《と》り分《わ》け兄様《にいさま》は大好《だいす》き、他人《たにん》にても一度《ど》脊負《せお》はれしことありし人《ひと》は懐《なつか》しがりて、母様《かあさま》に甘《あま》ゆるやうなる振《ふ》りの、手《て》を取《と》りて抱《いだ》かずにはあられまじきやうなり、と友《とも》は可愛《いと》しげに打《う》ち笑《ゑ》む。風情《ふぜい》こそあれ、そと我袖《わがそで》に包《つゝ》みもせば、身《み》も任《まか》すやとしほらしくて。

まさ枝《え》　九才《こゝのつ》

周圍《まはり》を下《さ》げて、前髪大《まへがみおほ》きく取《と》りたる後《うしろ》の、髷《まげ》は何《なに》か分《わか》らず、模様《もやう》華美《はで》なる友禪縮緬《いうぜんちりめん》の袷《あはせ》に、立矢《たてや》の字《じ》の頭《さま》、いさゝか細《ほそ》き肩《かた》の上《うへ》より見《み》せて、腰上《こしあ》げながら、凜然《きりゝ》としたる裾《すそ》の邊《あた》り、身《み》を斜《なゝめ》に石橋《いしはし》の上《うへ》に立《た》ちつゝ、伏目《ふしめ》なれば眼尻《まなじり》上《あが》りて睫毛《まつげ》ばかり長《なが》う、口許締《くちもとしま》りたる細《ほそ》き面《おもて》の、手《て》にせる花《はな》を眺《なが》めたる風情《ふぜい》も高慢《かうまん》氣《げ》なり。

まだ乳吸《ちゝす》ひたる齒《は》の、其儘殘《そのまゝのこ》れる程《ほど》の年齢《としはへ》にありながら、我《わ》が着《き》るものは一人《ひとり》して見立《みた》てゝ、若《も》しリボンなど知《し》らぬ間《ま》に、氣《き》に入《い》らぬ色《いろ》を母樣《かあさま》の求《もと》めて歸《かへ》られなどする時《とき》は、揉《も》み苦茶《くちや》にして投《な》げつくるか、鋏《はさみ》にて切《き》り刻《きざ》みてしまふを、よき惡戲《いたづら》の種《たね》なりしとて、笑《わら》ふて濟《すま》さるゝは、甘《あま》えて泣《な》くをも病氣《びやうき》かと、はら〳〵して育《そだ》てしなるべし、髮《かみ》の結《ゆ》ひやうが心《こゝろ》に染《そ》まねば其日《そのひ》は學校《がくかう》も休課《おやすみ》、好《す》きな踊《をど》りの稽古《けいこ》にも行《ゆ》かで、一日癇《にちかん》癪《しやく》の起《おこ》しづめ、御寵愛《ごちようあい》の狆《ちん》が打《う》たれ、寢《ね》る間《ま》も離《はな》さゞりし人形《にんぎやう》が、ふと破壞《こは》されて了《しま》ふは、このやうな時《とき》なり、大方《おほかた》の人《ひと》を嫌《きら》ひて、誰《たれ》に向《むか》ひても召使《めしつかひ》の者《もの》を見《み》るやうなるを、彼方《かなた》には氣《き》の毒《どく》らしき顏《かほ》もせず、却《かへ》りて我子《わがこ》を庇《かば》ふ親《おや》なる人《ひと》をば、譏《そし》りて笑《わら》はぬ人《ひと》もなし。おのが乘《の》れる電車《でんしや》の、混雜合《こみあ》ひし時《とき》、隣《とな》りの人《ひと》、前《まへ》に立《た》つ人《ひと》を睨《ね》めつけて、地團太踏《ぢだんだふ》む人《ひと》の幼《をさな》き程《ほど》はかくもあるや。と友《とも》は聲高《こゑたか》う笑《わら》ふ。形見好《かたちみよ》げに咲《さ》くとも、おのれ一人《ひとり》の世《よ》ぞと面擡《おもてもた》げては、やさしう立《た》ち添《そ》ふ人《ひと》もあらぬなるべし。

もと枝《え》　　九《こゝの》才《つ》

下《さ》げ髮《がみ》にして、袖口括《そでぐちくゝ》りたるリボン長《なが》う、袴《はかま》に靴穿《くつは》き、淡《あは》けれど畫《なが》きたるやうなる眉《まゆ》の、少《すこ》し俯向《うつむ》きて彼方《むかふ》を見《み》たる眼許《めもと》に威《ゐ》ありて、何《なに》か含《ふく》めるやうなる下豐《しもぶく》れの口付愛《くちつきあい》らしう、蝙蝠傘《かうもりがさ》片手《かたて》に支《つ》きて、片手《かたて》に包《つゝ》みを抱《かゝ》へたる風姿《さま》の重々《おも〳〵》しげなる處《ところ》あり。

成績優等《せいせきいうとう》にて、尋常三年《じんじやうねん》の級長《きふちやう》、他《ほか》の生徒《せいと》がたゞ恐《おそ》れて敎《をし》への師《し》よりは級長《きふちやう》の爲《ため》に、お行儀《ぎやうぎ》も好《よ》くするとはおそろしきやうなり、規律正《きりつたゞ》しきこと、父樣《とうさま》の性《さが》を受《う》けしと見《み》えて、我《わ》が部屋《へや》の机《つくえ》の周圍《まはり》など取《と》り散《ち》らし置《お》きたる事《こと》なく、人手《ひとで》も多《おほ》く、誰《た》れ敎《をし》へぬに、靴《くつ》を磨《みが》くも、袴《はかま》の出《だ》し入《い》れも自分《じぶん》の手《て》にして、少《すこ》し暮《くら》れば婢女《はしため》が迎ひの勞《らう》を思《おも》ひやり、雨傘《あまがさ》を攜《たづさ》へて學校《がくかう》に出《い》でゆくと云《い》ふ風《ふう》。

植木《うゑき》や草花《くさばな》が何《なに》より好《す》きにて、何時《いつ》ぞや西洋菫《せいやうすみれ》の美《うつく》しき鉢《はち》を母樣《かあさま》より與《あた》へられし時《とき》、朝夕《あさゆふ》に水《みづ》をやりて大喜《おほよろこ》びなりしに、ふと風邪《かぜ》引《ひ》きて熱《ねつ》はげしく、其儘《そのまゝ》打臥《うちふ》して三《み》日《か》目《め》に、心地《こゝち》よくなりしまゝ樂《たの》しみながら起《お》き出《い》でゝ見《み》れば、母樣《かあさま》も忘《わす》れ、下女《げぢよ》も忙《せは》しさに取《と》り紛《まぎ》れしか、二日《か》椽側《えんがは》に打《う》ちやり置《お》きしより、可惜《あたら》美《うつ》しかりし幾輪《いくりん》の菫《すみれ》、皆萎《みなしは》み果《は》てゝ葉《は》の大《おほ》きう殘《のこ》れるばかり、思《おも》はぬ花《はな》の姿《すがた》にさすが悲《かな》しく、心《こゝろ》なき人《ひと》を怨《うら》みもせしが、驚《おどろ》き惑《まど》ひて頻《しきり》に詫《わ》び入《い》る下女《げぢよ》を見《み》て、可哀想《かはいさう》になりし。とてたゞ泣《な》きつゝ、又花《またはな》のありし時《とき》病氣《びやうき》などしたらば、忘《わす》れずに水《みづ》をやるやう幾度《いくど》も頼《たの》みおきて寐《やす》まん。と云《い》ひ切《き》り、菫《すみれ》の事《こと》は思《おも》ひ絶《た》えしやうに病氣《びやうき》の間《あひだ》再《ふたゝ》びその事《こと》は云《い》はざりし、とてこれは母樣《かあさま》も御自慢《ごじまん》なり。天晴《あつぱ》れの寛《ひろ》やかなる心《こゝろ》ばえこそ持《も》ちたれ、生ひゆきていかなる榮《はえ》ある人《ひと》とやなるべき。と友《とも》は寫眞《しやしん》の面《おもて》を見直《みなほ》して云《い》ふ。これこそは花《はな》の王《わう》、我《わ》が前《まへ》には蝶《てふ》も狂《くる》はせ、默《もく》して蜂《はち》も舞《ま》はさすべし、風《かぜ》を厭《いと》ひて立《た》ち寄《よ》らば、身《み》に掩ひもして庇《かば》ひもして。知《し》らぬ園《その》のは興《きよう》なしとて、擇《よ》り出《いで》し他《ほか》はたゞ裝《よそほ》ひを眺《なが》めやりしのみ。

（完）

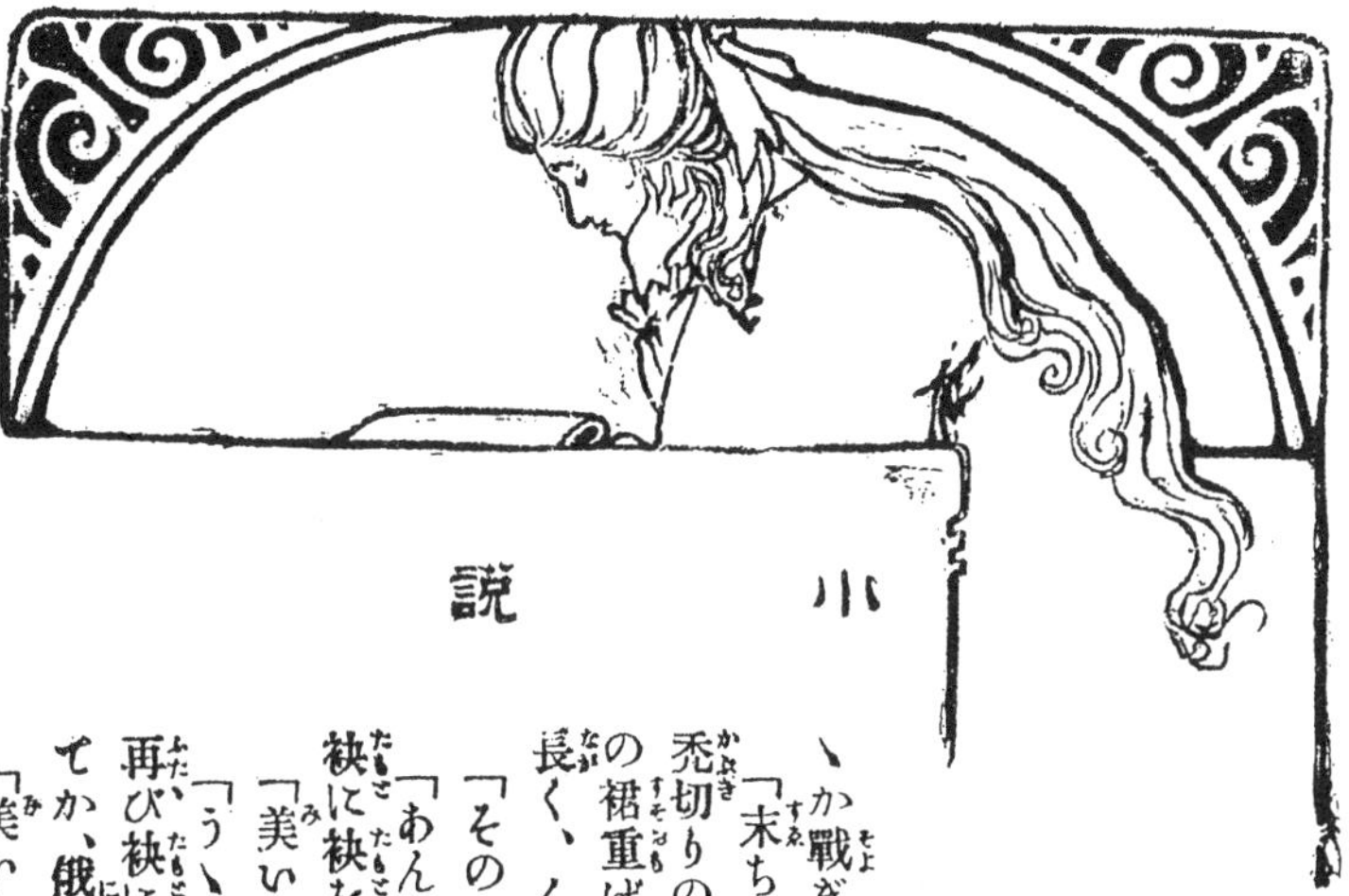

若紫

佐藤露英女史

上

日向《ひあた》りよき椽《えん》に、丸々《まろく》と眠《ねむ》れる小猫《こねこ》の緋鹿《ひか》の子《こ》の首輪美《くびわうつく》しう、袖垣《そでがき》に山茶花《さゞんくわ》はら〳〵と散《ち》りかゝりて、近《ちか》く紅葉《もみぢ》の朽葉《くちは》にいさゝか戦《そよ》ぎあり。

「末《すゑ》ちやん、お庭《には》へ行《い》つて花々《はなくさ》取つて來《き》ませう」

禿切《かぶき》りの、眞白《まつしろ》き頬愛《ほゝあい》らしう、友禪《いうぜん》の兩《りやう》の袂《たもと》に人形抱《にんぎやうか》へて、重《かさ》ねたる紅《くれない》の裾《すそ》重げに立《た》てば、二つばかり妹《いもうと》らしう、此子《これ》はお河童《かつぱ》にして、やつこ長《なが》く、くるりとしたる眼付《めつき》の惡戯《いたづら》らしきが「いや」、と首振《くびふ》りて、

「そのお人形《にんぎやう》ちやん、私《あたち》のよ」、「あら」、身《み》を横《よこ》にその手《て》を振《ふ》り放《はな》して、

「あんな事《こゝ》を云《い》つて！、美《み》いちやんのよ」、

袂《たもと》に袂《たもと》を重《かさ》ねて、しつかと抱《かゝ》へ直《なほ》しつゝ、人形《にんぎやう》の頭《つむり》に頬摺《ほゝず》りして、

「美《み》いちやんのだね」、

「うゝん、末《すゑ》ちやんの」

再《ふたゝ》び袂《たもと》に縋《すが》れば、取《ご》られまじとてばた〳〵と逃《に》げゆくを、誰《たれ》に告《つ》ぐるとてか、俄《にはか》に、

「美《み》いちやんが」

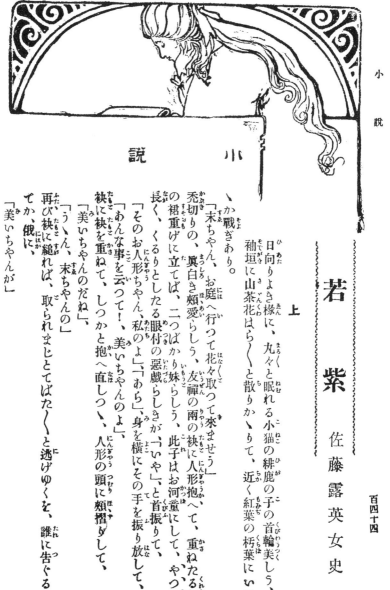

と叫《さけ》んで、兩足椽《れうあしゑん》に投《な》げ出《いだ》しながら、咽喉《のど》も破《わ》れよとわつと泣《な》き立《た》つるに、聞《き》きつけて走《はし》り來《き》し女《をんな》の、筒《つゝ》口《くち》の襦袢《じゆばん》の袖《そで》、太《ふと》き手頸《てくび》に窮屈《きうくつ》らしう、周章《あわたゞ》しく抱《いだ》き上《あ》げて、

「おゝ、おゝ、可愛想《かあいさう》に、誰《たれ》が此樣《こんな》に苛責《いぢめ》ましたの」、

皺《しわ》みし双子《ふたこ》の前垂《まへだれ》に頰《ほゝ》を拭《ぬぐ》ひやりて、涼《すゞ》しき眼《め》をば見張《みは》りて、呆《あき》れ顏《がほ》に佇《たゝず》む方《かた》を見返《みかへ》り、

「美《う》いちやんですか？」

點頭《うなづ》きしが、唇《くちびる》戰《をのゝ》かして悲《かな》しげに、

「いぢめて！」と又《また》泣《な》き出《いだ》す。

「まあ惡《わる》いのねへ、お母《かあ》ちやんに云《い》ひ告《つ》けて、叱《しか》らせて上《あ》げますから最《も》う泣《な》かないの」

袖無《そでな》しの被布《ひふ》の亂《みだ》れし房《ふさ》を直《なほ》して、

「お孃《ぢやう》ちやまは何故然《なぜさ》うでせうね、小《ちい》さい物《もの》を苛《いぢ》めて、ほんとに惡《わる》いお子《こ》だ」

炭團《たどん》に眼鼻《めはな》の、さらでも黑《くろ》き面《おもて》に底光《そこびか》りする眼《め》を剝《む》きて、後《うしろ》ざまに睨《にら》めば、はやおろ〳〵と淚聲《なみだごゑ》になりて、

「だつてこのお人形《にんぎやう》を末《すゑ》ちやんが取《こ》るんだもの、私《あたし》のものを」

「取《こ》つたつて好《い》いぢやありませんか、欲《ほ》しがつたら貸《か》してお上《あ》げ成《な》さいな、意地《いぢ》の惡《わる》い」

片手《かたて》に肩《かた》を捉《とら》へて、

「姉《ねへ》さんの癖《くせ》に、吝嗇坊《しわんぼう》だよ」

と一《ひ》と小突《こづ》き、小突《こづ》く、何故《なぜ》か此方《こなた》は泣《な》きも立《た》てず、ぢつと押默《おしだま》りて温順《おとな》しう、

「あい」と抱《いだ》かるゝ子《こ》に人形《にんぎやう》を差出《さしだ》すを、小《ちい》さき身《み》に手《て》を振《ふ》り上《あ》げて、口付憎《くちつきにく》らしう、

「吝嗇坊《しわんぼう》」

「ほんとですね、其樣《そんな》吝嗇坊《しわんはう》さんのお人形《にんぎやう》なんか要《い》りませんよツて、お母《かあ》ちやんに云《い》つて又叱《またしか》らしてやりませうよ」

我《わ》れ面白氣《おもしろげ》に云《い》ひ捨《す》てゝ去《さ》らうとすれば、

「りんや」

と思《お》はず走《はし》り寄《よ》つて、見上《みあ》げたる眼《め》の涙《なみだ》に輝《かゞや》きつゝ、

「勘忍《かんにん》して、ね、末《すゑ》ちやん御免《ごめん》なさい、最《も》う意地惡《いぢわ》るしないから」

袂《たもと》に縋《すが》りし風情《ふぜい》の可憐《いぢ》らしきを、見返《みかへ》りもせず、

「おほゝゝ、今《いま》になつて詫罪《あやま》つたつて知《し》りませんよ、お母《かあ》ちやんに叱《しか》られるのが恐《こわ》いもんだから」

立《た》ち塞《ふさ》がりし身《み》を、手酷《てなご》う押退《おしの》けて、摺《す》り拔《ぬ》ける時《とき》、後《うしろ》の障子《しやうじ》を開《ひら》きて、

「騷々《さうぐ》しいねへ、何《なん》だいおりんどん」

と、色蒼《いろあを》う、頰骨立《ほゝはねた》ちし險《けは》しい眼付《めつき》の、赤《あか》き髮《かみ》を丸髷《まげ》に結《ゆ》ひたるが、聲低《こゑひく》う云《い》ひて敷居《しきゐ》の上《うへ》にすつと立《た》つ、

「あゝ、乳母《はあや》さん、又《また》お孃《ぢやう》ちやまが苛《いぢ》めたんですよ、だから御新造樣《ごしんぞうさま》に然《さ》う云《い》はうと思《おも》つたら、自分《じぶん》が惡《わる》い事《こと》をして置《お》きながら可《い》けないつて止《さ》めるのさ」

追從《つゐしやう》らしう差《さ》し寄《よ》れば、

「ばあや」と小《ちい》さき手《て》を出《だ》すに抱《いだ》き取《こ》りて、

「此後《これから》お泣《な》かせ申《まをし》ちや顏《かほ》にひゞが切《き》れて可《い》けないよ」

「私《わたし》が泣《な》かせたんぢやありませんよ、お孃《ぢやう》ちやまでさ」

身《み》には庇《かは》ひくるゝ人《ひと》もなく、咎《とが》あればとて下婢共《はしためども》に苛酷《さいな》まるゝが悲《かな》しくて、兩《れう》の袖《そで》に面《おもて》を掩《おほ》ひたるまゝ、

しく〳〵と泣《な》くを、屹《きつ》と横目《よこめ》に見《み》やりて、

「ほんとにこの頃《ごろ》は惡《わる》くおなりだ、癖《くせ》になるから言告《いひつけ》てお上《あ》げ」

云《い》はるゝ儘《まゝ》に、つと袖《そで》を取《と》りて、

「さあお母《かあ》ちやんの處《ところ》へいらつしやい、來《く》るんですよ」と勢《いきほひ》猛《たけ》く引《ひ》く。

引《ひ》き立《た》てられながら、片々《かたく》の袖《そで》に涙《なみだ》を拭《ふ》きつゝ、乳母《うば》の方《かた》を向《む》きて、

「御免《ごめん》して頂戴《ちやうだい》よ、もう仕《し》ないから」

面《おもて》を背向《そむ》けて、

「乳母《はあ》やは存《ぞん》じませんよ」、と素氣《そつけ》なし。

「さあ」と再《ふたゝ》び手荒《てあら》う引《ひ》かれながら、繼母《はゝ》の小言《こごと》の怖《おそろ》しく、抓《つ》め〳〵されたり、打《ぶ》たれたり、其《その》の上《うへ》闇《くら》きお土藏《くら》の中《なか》に入《い》れられねばならず、と身《み》も震《ふる》はれて、直《ひた》と椽《えん》に座《すは》りて了《しま》ふに、

「打捨《うつちやつ》てお置《お》きよ、傍《そば》に置《お》かないだつて言告《いひつけ》られらあね、さあ〳〵、お母《かあ》ちやんの處《ところ》へ行《ゆ》きませう、ねえお末《すゑ》ちやま」

丈高《たけたか》き身《み》を反《そ》らせて、木綿裾《もめんすそ》をやゝ長《なが》う、落着《おちつ》き顔《がほ》にそと椽《えん》を傳《つた》へば、

「この通《とほ》り云《い》ふ事《こと》つたら聞《き》きやしない、よ御座《ござ》んすとも、其《そ》の代《かは》りお負《ま》けをつけてどん〳〵叱《しか》らしてやるから」

端無《はしたな》く走《はし》りて乳母《うば》の跡《あと》を追《お》ひ行《ゆ》く。

今日《けふ》は父樣《とうさま》はお不在《るす》、文三《ぶんざう》の意地惡《いぢわる》きには引《ひ》き代《か》へて、斯《か》う云《い》ふ時《とき》何時《いつ》も詫《わ》びてくるゝ新吉《しんきち》も、父《ちゝ》の病氣《びやうき》とて宿《やど》へ下《さが》りし儘《まゝ》まだ歸《かへ》らず、何《いづ》れに潜《ひそ》みても免《のが》るゝに由《よし》なき苛責《かしやく》の手《て》の、迫《せま》り來《き》ては今更《いまさら》に悲《かな》しく、思《おも》

はずしやくり上《あ》げて、

「新《しん》や」と呼《よ》びつゝ立上《たちあが》れば、目《め》覺《た》めたる小猫《こねこ》、鈴《すゞ》の音《ね》可《か》愛《あい》らしう走《はし》り來《き》て、戯《たは》ふれ顔《がほ》に幼《をさな》き主人《あるじ》の裾《すそ》に纏《まご》繞《は》るを、

「いや〳〵」

と首《くび》振《ふ》りて、身《み》を退《の》けざま袂《たもと》のうちに嗚咽《おえつ》の聲《こゑ》小《ち》さう、俯《うつ》向《む》きたる細《ほそ》き首筋《えりすぢ》に、ちゞ毛《け》寒氣《さふけ》なり。

中

風《かぜ》稍《や》々強《つよ》う、手《た》向《む》けの花《はな》の新《あた》らしきも散《ち》りて、仆《たふ》れたる卒《そ》塔《こ》婆《は》に今《いま》降《ふ》り出《い》でし雨《あめ》の痕《あと》の情《つれ》なさ、落葉《おちば》燒《た》きし煙《けふ》りの黄昏《たそが》るゝ儘《まゝ》に絶《た》えゆきて、投《な》げ置《お》かれたる竹箒《たかはゝき》の許《もと》に、猶《なほ》名殘《なご》りの一と筋《すぢ》、色《いろ》薄《うす》うそれかとばかり僅《わづか》に靡《なび》く寂《さび》しき墓所《はしよ》の夕《ゆふ》ぐれを、破《や》れ傘《がさ》傾《かた》げて、奥《おく》深《ふか》き本堂《ほんだう》に供養《くやう》の鐘《かね》の音《ね》、折《をり》からに哀《あは》れなるを耳《みゝ》にしつゝ、右《みぎ》に左《ひだり》に石塔《せきたう》の間《あひだ》を縫《ぬ》ひ〳〵て、裏方《うらて》の垣《かき》の破《や》れ、繕《つくろ》はぬ儘《まゝ》に何時《いつ》か自然《おのづ》と其《そ》れになりし拔《ぬ》け道《みち》を、辿《たど》り行《ゆ》く十五ばかりの子《こ》の、眉《まゆ》濃《こ》く、切《き》れ長《なが》き眼《め》の清《すゞ》しう、愛嬌《あいけう》深《ぶか》き白《しろ》き頰《ほゝ》のふつくりと、肩《かた》に腕《うで》に繼《つ》ぎ目《め》は荒《あら》けれど破《やぶ》れも見《み》えぬ丹精《たんせい》の筒袖《つゝそで》、小倉《こくら》の帶《おび》に縞《しま》の前垂《まへだれ》堅《かた》く締《し》めて、左手《ゆんで》に藥瓶《くすりびん》を抱《かゝ》へしが、垣《かき》を潜《くゞ》りて表通《おもてどほ》りへと右手《めて》に折《を》れし時《とき》、最前《さき》より此處《こゝ》に待《ま》ち受《う》けてやありし、眼付《めつき》面《おも》ざし能《よ》く似通《にかよ》ひたれど、色《いろ》はさまで白《しろ》からず、汚《よご》れに縞目《しまめ》も分《わ》かぬ肩入《かたい》れの着物《きもの》きて、赤《あか》き唐縮緬《めりんす》の帶《おび》小《ちい》さく結《むす》び、前髪《まへ》も後髪《うしろ》も無理《むり》に上《あ》げて引詰《ひきつ》めたる銀杏返《いてうがへ》し、輪《わ》に少《すこ》し足《た》らぬ毛《け》の前《まへ》の邊《あた》りに刎《は》ねたる頭《かしら》を聊《いさゝ》か傾《かし》げて、

「兄《あん》ちやん、遲《おそ》かつたねへ」

と、つと走《はし》り寄《よ》る。足《あし》を止《とゞ》めて、

「さわかい、阿《お》父《とつ》さんは？」

嬉《うれ》し氣《げ》に兄《あに》の腕《うで》に捉《つかま》りて、片足立《かたあしだ》ちに跳《は》ねながら、

「阿父《おとつ》ちやん、寢《ね》て居《ゐ》るよ、遲《おそ》かつたぢやないか兄《あん》ちやん」

又繰《またく》り返《かへ》して、

「待遠《まちどほ》しかつたよ」

「然《さ》うかい、お醫者樣《ゐしやさま》が手間《てま》がとれたんだ」

歩《あゆ》み出《いだ》して、思《おも》ひ有《あ》り氣《げ》に傾向《うつむ》けば、

「兄《あん》ちやん、私《あたい》お藥持《くすりも》つて行《ゆ》かう」

其《そ》れには答《こた》へず、妹《いもこ》を見返《みかへ》りて、

「お前《まへ》、傘《かさ》なしだね、濡《ぬ》れると毒《どく》なんだよ」

「あゝ、私《あたい》には傘《かさ》が取《と》れないんだもの」

傘《かさ》を仰《あふ》ぎ見《み》て、破《やぶ》れたるを我《わ》が方《かた》に廻《まは》しつゝ、小《ちい》さき身體《からだ》に低《ひく》う翳《かざ》しやれば、莞爾《にこり》と甘《あま》え顏《かほ》に寄《よ》り添《そ》ふて
「今《いま》ね、お隣家《となり》のおばさんにお芋《いも》を貰《もら》つたの」

それも聞《き》き流《なが》して、すた〳〵と急《いそ》ぎ足《あし》に、

「さあ、早急《さつさ》と歩行《あるく》んだよ、阿父《おとつ》さんが待《ま》ち遠《どほ》しいや」

「あゝ」

黑《くろ》ずみて鼻緒《はなを》の色《いろ》もなき、草履《ざうり》のやうなる大人物《おとなもの》の駒下駄《こまげた》を引《ひ》き摺りつゝ小走《こばし》りに走《はし》り出《だ》して、

「阿父《おとつ》ちやんがね兄《あん》ちやん、兄《あに》やは何處《どこ》か惡《わる》いのぢやないかつて心配《しんぱい》して居《ゐ》たよ」

「え？」と訝《いぶか》し氣《げ》に妹《いもこ》を眺《なが》めて、

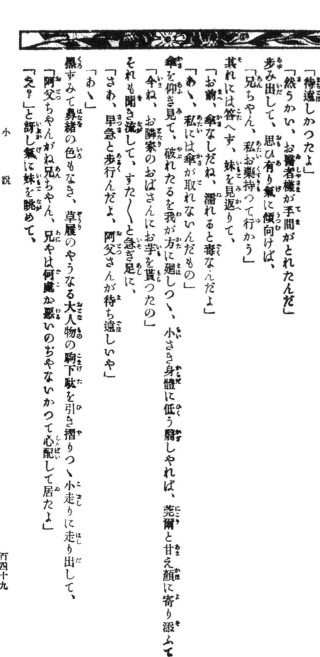

「阿父《おとつ》さんがかい」

「あゝ、だつて兄《あん》ちやん、時々《ときどき》默《だま》つちやつた切《ぎ》りで居《ゐ》るもの、だからなんだよ」

熟《ぢつ》と見上《みあ》ぐれば、何《なに》か云《い》ひ度《た》け氣《げ》に見《み》えしが、軒毎《のきごと》に燈火《ともしび》輝《かゞや》きて、雨《あめ》に暮《く》れゆく大路《おほぢ》の淋《さび》しさを眺《なが》め廻《ま》はして、

「まあ可《い》いや、早《はや》く行《ゆ》かうよ」

「鹽梅《あんばい》が悪《わる》いんぢやないかね、兄《あん》ちやん」

「然《さ》うぢやないとも、然《さ》うぢやないけれどね主家《うち》のお孃《ぢやう》ちやまが可哀想《かあいさう》なんで時々《ときどき》考《かんが》へるんだよ」

寒氣《さむけ》に片々《かたく》の手《て》を腰揚《こしあ》げの下《した》に差《さ》し入《い》れて、首《くび》を窄《すぼ》めつゝ、

「お孃《ぢやう》ちやまが？」

「あゝ」と言葉《ことば》を途切《ごぎ》らして、

「可哀想《かあいさう》なんだよ、繼子《まゝつこ》だから衆人《みんな》に苛《いぢ》められてね、女中《ぢよちう》なんか、自分等《じぶんたち》が摘《つま》み食《ぐ》ひをして置《お》いて、お孃《ぢやう》ちやまの行爲《せい》にばかりしちまふんだ」

一向《ひたすら》に其《そ》れをのみ思《おも》ひ渡《わた》るか、又默《またもく》して俯向《うつむ》くを、幼《をさな》くとも貧《ひん》の辛《つら》さに馴《な》れて、七度《たび》八度迎《たびむか》へたる歳月《としつき》の間《うち》、冬枯《ふゆが》れの景色《けしき》ばかりを味《あぢは》ひし胸《むね》には、悲《かな》しき浮世《うきよ》の相《すがた》の移《うつ》り易《やす》う、心《こゝろ》より、

「繼子《まゝつこ》なの、可哀想《かわいさう》だね」

大人《おさな》めかしう眉《まゆ》を顰《ひそ》めしが、何《なに》とや思《おも》ひし、ふと立止《たちどま》りて、

「平常《ふだん》に好《い》い着物《きもの》を着《き》て居《ゐ》る、あのお孃《ぢやう》ちやまかい？」

歩調《あゆみ》を緩《ゆる》めて、

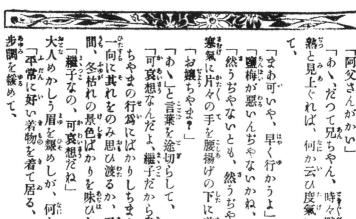

「うむ、お孃《ぢよう》ちやま知《し》つてるの？」

「何時《いつ》か、ほら、私《あたい》が行《い》つた時《とき》、兄《あん》ちやんに背負《おぶ》さつて居《ゐ》たぢやないか、彼《あ》の奇麗《きれい》な被布《ひふ》を着《き》て居《ゐ》たんだよ、兄《あん》ちやんに聞《き》いたら、始中彼樣服裝《しよつちうあんななり》をして居《ゐ》るんだつて！」

「然《さ》うだつたかしら、忘《わす》れちやつた」

「好《い》いな、私《あたい》なんか余所《よそ》行《ゆき》にもあんな着物《きもの》はありやしない」

打萎《うちしほ》れて、

「繼子《まゝこ》でも好《い》いや、私《あたい》もあんなに成《な》り度《た》い」

昨夜《ゆふべ》、凍《こほ》る月影《つきかげ》の許《もと》、量《はか》り炭《すみ》片手《かたて》に下《さ》げて、唇《くちびる》紫《むらさき》に染《そ》めつゝ、人《ひと》の軒《のき》に暫《しば》し泣《な》きたりし。

「苛《いぢ》められた方《はう》が好《い》いんだね」

「あゝ」

「馬鹿《ばか》云《い》つてらあ」

されど、抓《つね》りたる痕《あと》の脊《せ》には痣《あざ》、咎《こが》なくて小《ちい》さき指先《ゆびさき》には灸《やいと》の痕《あと》の絶《た》えしことなき哀《あは》れさを物語《ものがた》らんともせず。破《やぶ》れたる屏風《べうぶ》の内《うち》に、四邊《あたり》は闇《やみ》となりて、病《や》み臥《ふ》す父《ちゝ》の、又《また》咳《せ》き入《い》りてや一人《ひとり》苦《くる》しむ。と心急《こゝろせ》きて傘《かさ》を妹《いもと》に渡《わた》しつゝ、

「轉《ころ》ばないやうに來《く》るんだよ」

と雨《あめ》の中《なか》をツッと走《はし》りて、路次《ろじ》の門《かど》に、「按摩《あんま》揉《も》みりやうぢ」と看板《かんばん》新《あた》らしき横《よこ》を折《を》れゆく、今宵《こよひ》も病《や》み臥《ふ》す父《ちゝ》をば後方《うしろ》にして、妹《いもと》と唯二人《たゞふたり》、油煙《ゆえん》閉《こ》ざす手洋燈《てらんぷ》の許《もと》に、隙漏《すきも》る障子《しやうじ》の木枯《こがらし》を塞《さふ》みつゝ、内職《ないしよく》の手《て》をば夜更《よふ》くるまでも休《やす》めぬなるべし。

下

浮世《うきよ》の波《なみ》は裏町に荒《あら》くして、年《とし》の瀬《せ》の越《こ》えも兼《か》ねつゝ、悶《も》搔《が》き疲勞《くたび》れて、母《はゝ》と子《こ》は泣寢入《なきねい》りの、終《をは》るともなく何時《いつ》しか一夜《よ》は明《あ》けたる春《はる》の空《そら》、父《ちゝ》は火《ひ》もなき角火《かくひ》鉢《はち》の許《もと》に去年《こぞ》の姿《すがた》を腕組《うでぐ》みの儘《まゝ》、ましてや、門松《かどまつ》の緑《みどり》は軒《のき》つゞきの邊《あた》りに見《み》えず、屠蘇《とそ》の香《か》の薫《かほ》りもあらねど、初日影《はつひかげ》の平和《おだやか》なる姿《すがた》は破《やぶ》れ障子《しやうじ》にも映《うつ》りて、初烏《はつからす》の聲《こゑ》の嫌《きら》ひなく此處《こゝ》をも訪《と》へば、淋《さび》しき思《おも》ひながら氣《き》ばかりは浮《う》き立《た》ちて、昨日《きのふ》の辛《つら》さも何《なに》を苦《くる》しみしかと今《いま》はおかしく、いざや此《こ》れより寢《ね》正月《しやうぐわつ》の、我《わ》れも春樂《はるたの》しき味《あぢ》は知《し》りつるとて。

内職《ないしよく》を休《やす》みし三《さん》が日《にち》の間《あひだ》の嬉《うれ》しさ、髪《かみ》は隣家《となり》の女房《にようばう》が心遣《こゝろづか》ひに美《うつく》しうなりて、さすがは襟《えり》に垢《あか》も見《み》えず、色《いろ》は褪《あ》せたれど、紫縞《むらさきじま》の双子《ふたこ》の綿入《わたい》れ、折目《をりめ》正《たゞ》しきを端然《きちん》と着《き》て、路次《ろじ》の外面《そと》に一日懐手《にちふところで》の、他人《ひと》が上《あ》ぐる空《そら》の紙鳶《かみのぼり》もおもしろく。姿《なり》に似合《にあ》はぬ大《おほ》きなる羽子板《はごいた》持ちて、追羽子《おひはね》拾《ひろ》ふに袂《たもと》の先《さ》きを厭《いと》ふ、小《こ》ましやくれの遊《あそ》び戯《たは》ふるゝ様《さま》をも、嬉《うれ》し氣《げ》に眺《なが》めくらせしおさわは、相人《あひて》にはせられねど我《わ》れも共《とも》に樂《たの》しう遊《あそ》び過《す》ごしたる心りの可憐《いぢ》らしく、晩《ばん》は双六《すごろく》と、夕暮《ゆふぐ》れを散《ち》り〴〵に別《わか》れゆく子《こ》の後《あと》、我《わ》れは今日《けふ》一日《にち》のさまを、兄《あに》と共々語《こもごもかた》り合《あ》はんとて、いそ〳〵と路次《ろじ》の内《うち》へと曲《まが》る時《とき》、寶舟《たからぶね》の羽子板《はごいた》を袖《そで》に抱《かゝ》へし子《こ》の、葡萄地《ぶだうぢ》色《いろ》に寒牡丹《かんぼたん》の大模樣《おほもやう》鮮《あざや》かなる友禪縮緬《いうぜんちりめん》の被布《ひふ》着《き》て、いさゝか見《み》ゆる藤色袘《ふぢいろふき》の二枚《まい》、板締《いたじ》め縮緬《ちりめん》の紅《くれなゐ》燃《も》ゆる襦袢《じゆばん》の袖《そで》をはら〳〵と風《かぜ》に飜《ひるが》へさせつゝ、木履《ぽくり》の足許危《あしもとあや》ふく後方《うしろ》をば走《はし》り過《す》ぎしが、やがて再《ふたゝ》び此方《こなた》に立《たち》戻《もど》り、禿切《かぶき》りの頭《かしら》を右《みぎ》に左《ひだり》にと返《かへ》して、迂路々々《うろ〳〵》と何《なに》をか尋《たづ》ね迷《まよ》ふ風情《さま》の、はや涙溢《なみだこぼ》るゝまで泣《な》き度氣《たげ》の顔《かほ》となりし哀《あは》れさを、服裝《なり》の美《うつく》しさに眼《め》を奪《うば》はれて、氣疎《けうと》き顔《かほ》に眺《なが》めつめしおさわは、ふと向《む》き返《かへ》りし其《そ》の面《おもて》を見《み》るより、急《いそ》ぎ馳《か》けよりて、にこ〳〵と、

「お嬢《ちよう》ちやま、お嬢《ぢやう》ちやま」

と、呼《よ》ぶ、見覺《みおぼ》えなきか、我《わ》れを呼《よ》ばれて振《ふ》り上《あ》げたる面《おもて》に怖《おそ》れの色動《いろうご》きて、二足《あし》三足退きながら、

「だあれ？」

と不安氣《ふあんげ》に見守《みまも》るを、夕《ゆふ》べの支度《したく》に忙《せは》しう、色褪《いろあ》せたる繼《つ》ぎ〲の盲縞《めくらじま》の筒袖《つゝそで》着《き》て、手《て》桶片手《をけかたて》に、溝板踏《どぶいたふ》みつゝ表《おもて》に立《た》ち出《い》でし新吉《しんきち》の、妹《いもと》に伴《ともな》はるゝ、思《おも》ひよらぬ小《ちい》さき人《ひと》のその姿《すがた》におどろかされて、手《て》桶持《をけも》つ手《て》も打忘《うちわす》るゝばかり、我《わ》れ知《し》らず走《はし》りよれば、目敏《めざと》く、

「新《しん》や」

と叫《さけ》びざま縋《すが》りつきて、面《おもて》を彼方《かなた》の身《み》に埋《うづ》めしまゝ、慕《した》ひに慕《した》ひし日頃《ひごろ》の思《おも》ひ、責《せ》め苛《さいな》まるゝ日毎《ひごと》の悲《かな》しさの、一時に湧《わ》き出《い》でゝか、わつと聲《こゑ》を上《あ》げて泣《な》き出《いだ》しつ、心地《こゝち》も惑《まど》ひて、物云《ものい》ふ由《よし》さへあらず、狼狽《あわたゞ》しく抱《いだ》き上《あ》げし途端に、かたりと音《おと》して下《した》に落《お》ちたる羽子板《はごいた》、おさわは拾《ひろ》ひ上《あ》げて砂《すな》に埋《まみ》れし押繪《おしゑ》を、驚《おどろ》き顏《かほ》に頰膨《ほゝふく》らまして、ふう〱と打《う》ち拂《はら》ふ、

「何《ど》うして來《き》たんです？」、よく新《しん》やの家《うち》が見付《みつか》りましたね」

漸《やうや》うと尋《たづ》ねかけて、己《おの》が掌《てのひら》に涙《なみだ》の頰《ほゝ》を拭《ぬぐ》ふてやれば、啜《すゝ》り上《あ》げながら、

「りんやがね、りんやと二の宮《みや》さんへ來《き》た時《とき》にね、旗《はた》やの處《ところ》で、此處《こゝ》から向《むか》ふの方《はう》へ行《ゆ》くと新《しん》やとこだつて」

唯點頭《たゞうなづ》きて、

「きつとお孃《ぢやう》ちやまを探《さが》して居《ゐ》ますよ、お母《かあ》ちやんは？」

「居《ゐ》ないの、みんながね、美《み》いちやんをお土藏《くら》へばかり入《い》れるの」

袖《そで》を手弄《てあそ》びて、泣顏《なきがほ》の哀《あは》れに、

「新《しん》や、歸《かへ》つて來《こ》ないんだもの」

年端《としは》はゆかねど、幼《をさな》き主人《しゆじん》が我《わ》れを慕《した》ふ可愛《いと》しさの身《み》に沁《し》みて、庇護《かば》ふものなきこの頃《ころ》の、嘸《さぞ》や身澁《みじ》めの思《おも》ひに暮《くら》すなるべし。と今更《いまさら》に忍《しの》ばれて、

「阿父《おとつ》さんの病氣《びやうき》が直《なほ》りさへすりや、新《しん》やは歸《かへ》ります」

と見上《みあ》ぐる面《おもて》に、袖《そで》をはらりと落《おと》して、

「今日《けふ》歸《かへ》つておいで！」

と鼻聲《はなごゑ》に身《み》を搖動《ゆす》る。

「もう少《すこ》し經《た》つて……」

と云《い》ひさせば、遮《さへぎ》りて、

「新《しん》やが居《ゐ》なけりや、美《み》いちやんもお家《うち》へ歸《かへ》らないの」

「そんな事《こと》しちや、猶《なほ》お母《かあ》ちやんが叱《しか》りますよ」

久《ひさ》し振《ぶり》に抱《いだ》きて我《わ》れも嬉《うれ》しく、離《はな》し度《た》くはなけれど主人《あるじ》の手前《てまへ》、さすがに家内《うち》の者《もの》の案《あん》じ尋《たづ》ねてやあらんと、

「新《しん》やも一所《しよ》に行《ゆ》きますよ、然《さ》うしたら歸《かへ》るでせう」

「新《しん》や來《く》るの？、お家《うち》へ行《ゆ》くのかい」

俄《にはか》に笑顔《ゑがほ》になれば、妹《いもと》は聞《き》き咎《とが》めて、

「兄《あん》ちやん行《い》つちやつちや嫌《いや》だよ」

と兄《あに》の肱《ひぢ》を押《おさ》へて差《さ》し窺《のぞ》く。

「新《じん》やも行《ゆ》きますよ」

と優《やさ》しう答へて、身《み》をば返《かへ》しながら、

「行《ゆ》きやしないよ、大丈夫《だいぢやうぶ》だよ、だけれどお孃ちやまを置《お》いて來《こ》なくつちや成《な》らないから、大急《おほいそ》ぎで行《い》つて來《く》る間《あひだ》だけ、不在《るす》番《はん》をして居《ゐ》ておくれ、ね、好《い》いだらう」

そと抱《いだ》き下《おろ》して、機嫌《きげん》取り顔《がほ》に妹《いもと》の肩《かた》に手《て》を置《お》くを、はや涙浮《なみだうか》めて、

「厭《いや》だわ、私《あたい》も一緒《しよ》に行《ゆ》くんだよ、晩《はん》になるもの兄《あん》ちやん」

「分《わか》らない事《こと》を云《い》ふもんぢやないよ、晩《はん》にならない間《うち》歸《かへ》つて來《く》るからね、阿父《おとつ》さんの傍《そは》にちやんと座《すは》つて待《ま》つて居《ゐ》るんだよ」

「え」、と頬《ほゝ》に口《くち》の觸《ふ》るゝばかり差《さ》し寄《よ》つて掻《か》い抱《いだ》けば、

「新《しん》や、歸《かへ》らうよ、お家《うち》へ行《い》つたら双六《すごろく》をしやうね」

辨《わきま》へもなう、腕《うで》に縋《すが》りて、

「新《しん》や歸《かへ》らうよ」と繰《く》す返《かへ》す。

點頭《うなづ》き見《み》せて、

「馳《か》け出《だ》して行《い》つて來《く》るんだから直《す》ぐだよ、二人《ふたり》ながら行《い》つちまふと、阿父《おとつ》さんが一人《ひとり》法師《はつち》で可哀想《かはいさう》だもの、だからお前丈家《まへだけうち》に待《ま》つて居《ゐ》るんだよ、分《わか》つたらう」

龍泉寺町より廣小路《ひろこうぢ》まで然《さ》まで遙《はるか》にはあらねど、昨日《きのふ》より容體惡《ようだいあ》しう、片寢《かたね》に横《よこた》はりしまゝ粥湯《おもゆ》も却《しりぞ》けて唯現《たゞうつゝ》なく眠《ねむ》れる父《ちゝ》の氣遣《きづかは》しく、胸《むね》も安《やす》からねど、

「確守《しつかり》とお不在居《るすゐ》して、おくれ、直《す》ぐ〳〵歸《かへ》るから」

涙《なみだ》の中《うち》に合點《がてん》して、

「阿父《おとつ》ちやんの傍《そば》に待《ま》つてるから、早《はや》く歸《かへ》つてお出《い》でよ」

「あゝ直《す》ぐだとも」

幼心《をさなごゝろ》の解《わか》らぬ儘《まゝ》を語《かた》り聞《き》かさば、無益《むやく》に父《ちゝ》の案《あん》じや過《すご》さんと、

「阿父《おとつ》さんが聞《き》いたらば、出來上《できあが》つた袋《ふくろ》をお店《たな》へ持《も》つて行《い》つたと云《い》つてお置《お》き、お孃《ちよつ》ちやまが來《き》たなんて云《い》ふと餘計《よけい》な心配《しんぱい》をするから、好《い》いかい、忘《わす》れちや可《い》けないよ」

くる〳〵と我《わ》が帶《おび》を引《ひ》き解《ほご》きて、孃樣《ぢやうさま》を脊負《せお》ひ上《あ》ぐれば、抱《かゝ》へたる袂《たもと》にはた〳〵と其《そ》の肩《かた》を打《う》ちて、

「お家《うち》へ行《ゆ》くのよ新《しん》やと、一緒《いつしよ》に來《こ》ないの？」

と首曲《くびま》げて、別《わか》るゝ際《きは》のさすが懷《なつか》しうおさわを見下《みおろ》すを、淋《さび》し氣《げ》に、携《たづさ》へし羽子板《はごいた》を渡《わた》して、無言《むごん》に振《ふ》り仰《あふ》ぎしばかり。

「有難《あがた》う」と打笑《うちゑ》みて、

「羽根《はね》をつかうね新《しん》や、明日《あした》もよ」

答《こた》へぬ面《おもて》に無限《むげん》の愁《うれひ》は含《ふく》まれつ、しかと帶《おび》を前《まへ》に結《むす》んで、一と足《あし》二た足足早《あしあしはや》に歩《あゆ》み出《いで》しが、手桶《ておけ》の傍《そば》に佇《たゝず》みて悄然《しよんぼり》と見送《みおく》る妹《いもと》を振《ふ》り返《かへ》り、

「早《はや》くお歸《かへ》り！、阿父《おさつ》さんが心配《しんぱい》するから」

凝視《みつめ》られて、詫《わ》びしき思《おも》ひの振《ふ》りに出《い》でつゝ、手桶《ておけ》に手《て》を掛《か》けて涙含《なみだぐ》む眼《め》を伏《ふ》せながら、

「あい」

「直《ぢ》つき歸《かへ》るよ」

云ひ捨《す》てざまに走《はし》り出《い》づるを、

「直《す》ぐだよ、兄《あん》ちやん」

と思《おも》はず叫《さけ》びて跡《あと》を追《お》ふ時《とき》、

「さよなら」

と暮《く》れ残《のこ》る巷《ちまた》に晴々《はれ〴〵》しき聲《こゑ》。腰上《こしあ》げ深《ふか》う短《みぢか》き裾《すそ》に、露《あら》はなる細《ほそ》き足寒《あしさむ》う立《た》ち盡《つく》せば、兄《あに》の脊《せ》に友禅《いうぜん》の袂色《たもといろ》麗《うるは》しう舞《ま》ひて、風《かぜ》消えて星輝《ほしかゞや》き初《そ》めし大空《おほぞら》に奴凧《やつこだこ》高々《たか〴〵》と唯一《たゞひ》とつ、手繰《たぐ》りも兼《か》ねて佇《たゝず》める主《ぬし》は何《いづ》れにや。今宵又立別《こよひまたたちわか》れて、小《ちい》さき臥床《ふしど》に、おのがじゝ汚《けが》れなき夢《ゆめ》の何《なに》をや結《むす》ぶ、寳舟《たからぶね》は括《くゝ》り枕《まくら》の下《した》に、昨夜《ゆふべ》敷《し》きたるまゝにして。

（終り）

＊　＊　＊　＊　＊　＊　＊　＊　＊　＊　＊

小説 ゆく春《はる》　露英女史

一、

長閑《のどか》に囀《さへづ》る鳥《とり》の聲《こゑ》も思《おも》ひある耳《みゝ》には噪《さわ》がしく、吹《ふ》くともなき風《かぜ》の、香《か》を含《ふく》みて面《おもて》を掠《かす》むるさへ蒼蠅《うるさ》き歟《か》、椽《えん》の障子《しやうじ》をはたと閉《た》て切《き》りて、若葉《わかば》に暗《くら》き丸窓《まるまど》の許《もと》、小形《こがた》の塗机《ぬりづくゑ》に片肱《かたひぢ》凭《もた》せて頬杖《つらづゑ》つきし若《わか》き男《をとこ》の、愛嬌《あいけう》深《ふか》き口許《くちもと》吐息《といき》にのみ幾度《いくたび》か開《ひら》かれて、張《は》りある切《き》れ長《なが》き眼《め》を力《ちから》なく伏《ふ》せしが、机《つくゑ》の上《うへ》なる白薔薇《しろばら》の造花《ざうくわ》、花籠《はなかご》の内面《うち》に咲《さ》きて外面《そと》に亂《みだ》るゝをいたづらに片手《かたて》して弄《もてあそ》びつゝ、思《おも》ひの一向《いちず》に凝《こ》りゆけばにや、椽《えん》の老鶯《おいうぐひす》の、漏《も》らしたるゆくりなき音《ね》にさへも驚《おどろ》かす。机《つくゑ》には蒔繪《まきゑ》の硯箱《すゞりばこ》、花《はな》の綸模樣《もやう》美《うつく》しく、小《ちひ》さき友禪縮緬《いうぜんちりめん》の蒲團《ふとん》に象牙彫《ざうげぼり》の豆人形《まめにんぎやう》飾《かざ》りて、筆立《ふでたて》には墨《すみ》つきたる筆《ふで》の幾本《いくほん》と、新《あたら》しき鉛筆《えんぴつ》、錆《さ》び見《み》ゆる小刀《こがたな》、中《なか》に入交《いりまじ》りし西洋花《せいやうばな》の挿頭《かざし》の、磨《みが》し古《ふる》してそれに油《あぶら》の香《か》あり。内《うち》や空《むな》しき、黒塗《くろぬ》りの文箱《ふばこ》に朱總《しゆぶさ》の色《いろ》冴《さ》えて、そと打置《うちお》かれたる上《うへ》に、白百合《しろゆり》の臘花《らふばな》大切氣《たいせつげ》にもてなして乘《の》せたる、床脇《とこわき》に桐《きり》の本箱《ほんばこ》一箇《ひとつ》据《す》ゑて、傍《かたはら》に新《あたら》しき雜誌《ざつし》を高《たか》く積《つ》みたるが、崩《くづ》れて落《お》ちて其《そ》の餘波《なごり》二《ふた》つ重《かさ》ねられたる寫眞帖《しやしんてう》の上《うへ》の危《あや》ふきわたり、可憐氣《かれんげ》に好《よ》なき室《へや》の、主人公《しゆじんこう》は今何《いまいづ》れにや、今日《けふ》の日和《ひより》に身《み》も蝶《てふ》と化《な》りて、野面《のもせ》、庭面《にはもせ》、戯《たは》ふれ舞《ま》へるかとぞ忍《しの》ばるゝ。

思《おも》ひ疲《つか》れしさまに溜息《ためいき》一《ひと》つ、その人《ひと》は面《おもて》を上《あ》げしが、身《み》を起《おこ》す途端《はづみ》に、這々人形《はうはうにんぎやう》の恰恰《かつかう》可笑《をか》しき爪袋《つめぶくろ》、袖《そで》の下《した》より轉《ころ》び出《い》でしを取《と》り上《あ》げ見《み》て、その目鼻《めはな》の念入《ねんい》れて可愛《かあい》ゆく書《か》かれしに、思《おも》はず笑《ゑ》みをやる時《とき》、

「良人《あなた》、此室《こちら》？」

と襖《ふすま》の外《そと》に爽《さわや》かなる聲《こゑ》しつゝ、

「うむ。」

とは頑げに再《ふたゝ》び肱《ひぢ》を凭《もた》せて、

「まだ行《い》かなかつたのか。」

「はあ。」

跪《ひざまづ》きしまゝ襖《ふすま》を開《ひら》きて、

「別《べつ》に支度《したく》つて云《い》ふ程《ほど》の事《こと》もないのに、何《なん》だか遲《おそ》くなつてしまつて！。」

云《い》ひ譯《わけ》がましう獨《ひと》り言《ごと》つゝ、挿《さ》し心《ごゝち》惡《あし》かりしか、本黒《ほんくろ》に蒔繪《まきゑ》の櫛《くし》、一寸俯向《ちよつとうつむ》きて挿《さ》し直《なほ》す。二十三ばかりの、此《こ》の人《ひと》よりは六才七才《むつゝなゝつ》若《わか》う、色《いろ》白《しろ》く細《ほそ》き面《おもて》に、化粧《けはひ》薄《うす》うして頬《ほゝ》の紅《くれなゐ》一層《ひとしほ》つやゝしく、二重瞼《ふたへまぶち》の眼許《めもと》冴えて、絶《た》えず笑《ゑ》みの湛《たゝ》へる、思《おも》ひは何時《いつ》も春《はる》なればか。珊瑚《さんご》の横挿《よこざし》しばかりに髪付《かみつき》は淡泊《あつさり》と、澁縞《しぶじま》のお召《めし》にお納戸《なんど》紋博多《もんはかた》の帶《おび》きまり無《な》く結《むす》びて、衣紋《えもん》繕《つくろ》はねながら、痩《や》せて脊《せ》の高《たか》き人《ひと》の姿《すがた》醜《みにく》からず。

「ぢや、行《い》つて參《まゐ》ります。」

立上《たちあが》れば見送《みおく》るともなく仰《あふ》ぎ見《み》て、

「何《なん》で又《また》、阿父樣《おとうさん》は急《きふ》に照《てる》さんを嫁付《かたづ》けやうと仰有《おつしや》りだしたものだらうな。」

「ほんとですね、お手紙《てがみ》ばかりでまだ能《よ》くは分《わか》りませんけれど、何《ど》う成《な》すつたのでせう、先月《せんげつ》お出《い》での時些末もそんなお話《はなし》なんぞは無《な》かつたんですよ、ピアノが習《なら》ひ度《た》いとか何《なん》とか照《てる》ちやんがお強請《ねだ》りしてました時《とき》にね、學校《がくかう》は卒業《そつげふ》仕《し》たし、當分《たうぶん》頭腦《あたま》休《やす》めに遊《あそ》んで居《ゐ》た方《はう》が好《い》いなんて氣樂《きらく》な事《こと》を云《い》つていらしつたんですよ。」

聞《き》き流《なが》して、

「然《さ》う云《い》ふ話《はなし》は照《てる》さんはまだ無理《むり》なのだ、妹《いもうと》の事《こと》は氣《き》を長《なが》く此方《こつち》へ任《まか》してお置《お》き成《な》さるやうに、能《よ》くお話《はなし》をした方《はう》が好《い》いね。」

「はあ、全《まつた》くまだ早《はや》いんですよ、彼樣《あれ》ぢや可哀想《かはいさう》ですわ、けれどなに、未《ま》だ先方《さき》も何《なに》も定《きま》つた譯《わけ》ぢやないんでせう、必然《きつと》早《はや》く縁付《かたづ》けた方《はう》が好《よ》からう位《くらゐ》なお話《はなし》なんですよ。」

「まあ然《さ》うさ、又《また》煙《けむ》のやうなお話《はなし》に違《ちが》ひない。」

元氣《げんき》好《よ》く云《い》ひさしたれど、何《なに》の思《おも》ひの胸《むね》に潜《ひそ》めばか又默《もく》して打沈《うちしづ》む。

「父樣《とうさま》は思《おも》ひ立《た》つと直《す》ぐお手紙《てがみ》なんです者《もの》！」

突然《とつぜん》、立《た》つ裾《すそ》に、主《しゆう》を見付《みつ》けて駈《か》けよりざま纒《まつ》る手飼《てが》ひの狆《ちん》を、

「おや、キメ！」

と振返《ふりかへ》りざま抱《いだ》き上《あ》げて、笑《ゑ》めば、小《ちひ》さき口許《くちもと》

に糸切齒《いときりば》の黄金《こがね》漏る〻。

「おほ、相變《あひかは》らず剽輕《ひやうきん》な顔《かほ》ね、一人《ひとり》法師《ぼつち》ぢやないか、お前《まへ》のお友人《ともだち》は何《ど》うしたの?。」

見返《みかへ》りて、

「良人《あなた》、照《てる》ちやんは何處《どこ》へ參《まゐ》りましたの?」

「何處《どこ》へ行《い》つたか、離室《はなれ》だらう!」

蒼蠅《うるさ》氣《げ》に額髮《ひたひがみ》を右手《めて》に上《あ》げて、

「早《はや》く出掛《でか》けたら好《よ》ささうなものだな。」

終末《すゑ》まで聞《き》かず、

「はい。」と周章《あはただ》しう、

「さア彼方《あつち》へおいで、お前《まへ》のお蔭《かげ》でお小言《こごと》ぢやないか。」

そと疊《たゝみ》に下《おろ》しながら、

「ぢや良人《あなた》、行《い》つて參《まゐ》りますよ。」

「うむ、今夜《こんや》はな、成丈《なるたけ》宿《とま》らずに歸《かへ》つて來《き》てくれ。」

「はア。」

床《ゆか》しき香《かを》りを此室《こゝ》にとゞめて、忙《せは》し氣《げ》に襖《ふすま》閉《た》つれば、

「おい靜《しづ》!、例《いつも》のやうにはいとばつかりで宿《とま》つて來《こ》られちや今日《けふ》は困《こま》るんだ、好《い》いかね。」

「大丈夫《だいぢやうぶ》ですよ。」

足音《あしおと》と共《とも》に聲《こゑ》は消《き》えて。やがて玄關《げんくわん》の方《かた》、奥樣《おくさま》お外出《でまし》の折《をり》には下婢《はしため》共《ども》の口《くち》ばかり騷《さわ》がしくて、何《なに》にか笑《わら》ふ女《をんな》の聲《こゑ》の、物思《ものおも》ふ人《ひと》ある此處《こゝ》にひゞきて仰々《ぎやう〳〵》し。

春《はる》のわかれ

露英女史

（一）

夏《なつ》は瀧《たき》、秋《あき》は楓《もみぢ》、春《はる》の眺《なが》めは飛鳥山《あすかやま》の、花《はな》も末《すゑ》になりては都人《みやこびと》のさして遊《あそ》べるも見《み》えず。閑静《かんせい》に少《すこ》しは寂《さび》しき町《まち》を停車場《ていしやぢやう》より一《ひ》と筋《すぢ》に過《よぎ》りて麓《ふもと》の此方《こなた》を左《ひだり》に折《を》るれば、流《ながれ》に沿《そ》ふて打續《うちつゞ》きたる茨垣《いばらがき》、園内《うち》に八重櫻《やへざくら》今《いま》を盛《さか》りと亂《みだ》れ咲《さ》きて、君島順《きみじまじゆん》と標札《へうさつ》打《う》ちたる門《もん》の傍《かたはら》に海棠《かいだう》の花《はな》美《うつく》しき、廣《ひろ》やかなる構《かま》への邸宅《やしき》あり。

紋緞子《もんどんす》の蝙蝠傘《かうもりがさ》深《ふか》う翳《かざ》して、お召鼠《めしねずみ》の一《ひ》と重《へ》の裾輕《すそかろ》く、紋博多《もんはかた》の帶《おび》、やゝ高《たか》く結《むす》びたる後姿《うしろすがた》醜《みにく》からず、丸《ま》髷《げ》に平打《ひらうち》の後挿《うしろざ》し、白《しろ》き面《おもて》に二重瞼《ふたへまぶち》の眼許《めもと》かつきりと、思《おも》ひなげに艶々《つやつや》したる頬《ほゝ》の人馴《ひとな》れ顔《がほ》にして、其《そ》の垣《かき》に添《そ》ふて女《をんな》は歩《あゆ》みしが、懐《なつか》し氣《げ》に垣《かき》を透《すか》して熟《じつ》と庭《には》の方《かた》を眺《なが》めやる時《とき》、

『おや。』

と氣疎《けうと》き聲《こゑ》のたかく、

『奥樣《おくさま》、小石川《こいしかは》の奥樣《おくさま》！』

と門《もん》の内《うち》より呼《よ》ぶ。姿《すがた》は探《たづ》ねず、聲《こゑ》に知《し》りて、

『まあ、里《さと》！』

と打《う》ち笑《ゑ》む時《とき》、潛《くゞ》りを徐《しづか》に押開《おしあ》けて、今聲《いまこゑ》かけし女《をんな》か、十九歳《さい》ばかりの愛嬌《あいけう》多《おほ》きが立《た》ち出《い》づるに歩《あゆ》みよりつゝ、窄《すぼ》めたる蝙蝠傘《かうもり》を其女《それ》に渡《わた》して、

『久《ひさ》し振《ぶり》だね。』

『まことに久濶《しばらく》で御坐《ござ》います、小石川《こいしかは》の皆樣《みなさま》お變《かは》りもいらつしやいませんで？』

『有難《ありがた》う、みんな丈夫《たつしや》よ。』

まだ言葉《ことば》付《つき》の處女《むすめ》らしう、疲《つか》れたる風情《さま》の、稍《や》々傾《かし》げたる面《おもて》に海棠《かいだう》を仰《あふ》ぎて、汗《あせ》ばみし額《ひたひ》を手巾《はんけち》に蔽《おほ》へば、指環《ゆびわ》の寶玉《たま》に太陽《ひ》の光《ひか》り射《き》して、白《しろ》き指《ゆび》に眩《まばゆ》きばかりきらりと輝《かゞや》く。

『足疲《くたびれ》たこと！』

足《あし》を返《かへ》して、格子《かうし》の内《うち》へと入《い》りながら、

『父樣《とうさま》は？　さと！』

『只今《たゞいま》お庭《には》にいらつしやいますが、お知《し》らせ申《まを》して參《まゐ》りませう。』

心付《こゝろづ》きて、里《さと》は裏方《うらて》へと廻《まは》りゆくに、此方《こなた》は一人《ひとり》玄《げん》關《くわん》に上《あが》りて、此處《こゝ》にも迎《むか》ふる下女《はした》に愛想《あいさう》よく、茶《ちや》の間《ま》

のうちに主《ある》じ振《ぶ》りて坐《すわ》りしが、椽側《えんがは》に、

『然《さ》うか、小石川《こいしかは》の奥樣《おくさま》がお在《い》でか。』

と高笑《たかわら》ひする父《ちゝ》の聲《こゑ》の可笑《をか》しう聞《き》こゆるに再《ふたゝ》び立上《たちあが》りて、椽《えん》の障子《しやうじ》を開《ひら》きつゝ、

『父樣《とうさま》、御機嫌《ごきげん》よう。』

と、笑顔《ゑがほ》鮮明《あざやか》に、爽快《さはやか》なる調子《てうし》、少《すこ》し隔《へだゝ》りて、手洗《てあらひ》鉢《ばち》の許《もと》に、

『おゝ正子《まさこ》か、何《ど》うだな、富彌《とみや》も相變《あひかは》らずか。』

藍微塵《あゐみぢん》の糸織《いとおり》の書生羽織《しよせいばおり》、暖氣《あたゝかげ》に着なしたる脊《たけ》の見《み》上《あ》ぐるばかりに高《たか》く、頬髭《ほゝひげ》白《しろ》き面《おもて》の、眼尻《まなじり》の皺《しわ》の壽老《じゆらう》人《じん》めく眼許《めもと》に笑《ゑ》み含《ふく》みて、傍《わき》より下女《げぢよ》の差出《さしいだ》すタオルに、洗《そゝ》ぎたる皺手《しわで》をば押拭《おしぬぐ》ふ。

『は、相變《あひかは》らずですわ、先日中《このあひだぢゆう》父樣《とうさま》お風邪《かぜ》の氣《け》でいらつしやいましたつてね。』

『うむ、少《すこ》しばかり感冒《やら》れたが、なに！』

下女《げぢよ》を返《かへ》り見《み》て、

『お前《まへ》、手數《てすう》だがあの鉢《はち》を傍《わき》へ片寄《かたよ》せて置《お》いてくれ。』

畏《かしこま》りて去《さ》れば、正子《まさこ》は父《ちゝ》に隨《したが》ふて室内《へや》に入《い》りつゝ、長火鉢《ながひばち》の前《まへ》に、

『父樣《とうさま》、眞實《ほんとう》にもうお快癒《よろしい》んですの？　何《なん》だかお痩《や》せなすつた樣《やう》ですよ。』

一寸《ちよつと》顰《しわ》めたる淡《あは》き眉《まゆ》の、甘《あま》え顔《がほ》に差《さ》し窺《のぞ》きて、

『お月代《さかゆき》をなさらない所爲《せい》でせうか。』

『然《さ》うだらう、まだ鼻風邪《はなかぜ》位《ぐらゐ》に痩《や》せる程《ほど》は老《お》い込《こ》まないつもりだが。』

そゞろ、頬《ほゝ》の邊《あた》りを撫《な》でゝ、居馴《ゐな》れぬ氣色《さま》に、長火《ながひ》鉢《ばち》の前《まへ》に坐《すわ》る。

『おほゝゝ、また父樣《とうさま》の豪傑《つよ》がりがお始《はじ》まりよ、餘《あんま》り輕忽《かるはづみ》は成《な》さらない方《はう》がよう御坐《ござ》んすよ。』

『うむ。』

と微笑《ほゝゑ》みて、

『珠子《たまこ》は何《ど》うしたの？』

『珠《たま》ちやんですか、毎日《まいにち》々々子供《こども》見《み》たやうな事《こと》ばつかり仕《し》て遊《あそ》んで居《を》りますわ、學校《がくかう》がなくなつてから用務《よう》がないので却《かへ》つて不可《いけ》なくなりましたの、それに富彌《とみや》が赤坊遣《あかんばうあつか》ひにして置《お》くから餘計《よけい》駄目《だめ》なんです。』

『困《こま》るな、あはゝゝ。』

可愛《いと》しさは幼《をさな》き方《かた》の姉《あね》よりも優《すぐ》れてか。

『彼女《あれ》をな、嫁付《かたづ》けやうとも、まだ思《おも》はんが、先日《このあひだ》小《を》田《だ》から云《い》ふて寄越《よこ》した事《こと》があつたのでな。』

六

『はあ！』

父《ちゝ》を仰《あふ》ぎ見《み》て、

『小田《をだ》つて……、京都《きやうと》に行《い》つてお在《い》での小田《をだ》の小母《をば》樣《さま》ですか？』

『然《さ》うよ、小田《をだ》が珠子《たまこ》を欲《ほ》しいと云《い》ふのだ。』

其《そ》の書簡《ふみ》を自《みづか》ら探《たづ》ねんとて、立《た》ちかゝれば、

『あ、お手紙《てがみ》なら拜見《はいけん》しないでも、お話《はなし》だけ伺《うかゞ》へば分《わか》りますよ。』と抑止《とゞ》めて、

『ぢや、小田《をだ》の幾男《いくを》さんにと、仰有《おつしや》るんですか？

『然《さ》うなのだ、今《いま》ぢや幾男《いくを》さんは、京都《あつち》で有名《いうめい》な畫工《ぐわこう》になつて居《ゐ》るさうだな。』

『はあ、然《さ》うですつて！　幾男《いくを》さんの事《こと》は富彌《とみや》がよく知《し》つて居《ゐ》ますわ。』

『然《す》うさの、幾男《いくを》が上野《うへの》に通《かよ》つて居《ゐ》つた頃《ころ》は富彌《とみや》の許《ところ》へよく遊《あそ》びに來《き》たやうだつたな。』

『あの頃《ころ》は、まだ兄《にい》さんは高等學校《かうとうがくかう》だつたんですよ。』

姿優美《すがたやさ》しかりし幾男《いくを》が、書《か》き捨《す》てたる何《なに》やらの女神《めがみ》の繪《ゑ》をば、我《わ》れと妹《いもと》と欲《ほ》しがりて爭《あらそ》ひしを、今《いま》こそ良人《をつと》と侍《かしづ》けどその頃《ころ》は兄《あに》と睦《むつ》びて親《した》しみし富彌《とみや》の、珠子《たまこ》には我《わ》れ畫《が》きてやらんとて、をかしき男《をとこ》の顏《かほ》を畫《ゑが》き出《い》でしに、皆々《みな〳〵》笑《わら》ひて興《きやう》じたる、去《さ》の春《はる》の宵《よひ》、其《そ》の室《しつ》にはフリージヤの香《か》の匂《にほ》ひ高《たか》かりし。と忍《しの》び出《い》でゝ昔床《むかしゆか》しく、思《おも》はず幼《をさな》き時《とき》の富彌《とみや》が呼名《よびな》を洩《も》らして、ふと心付《こゝろづ》きしか、

『おほ。』

と羞《はつか》し氣《げ》に口窄《くちすぼ》めて、

『今《いま》でも時々《とき〴〵》富彌《とみや》へお手紙《てがみ》下《くだ》さるんですけれど、彼《あ》の方《かた》なら宜《よ》う御坐《ござ》んすわ、幼少《ちひさ》い時《とき》のお馴染《なじみ》で珠《たま》ちやんもお友人《ともだち》のやうに思《おも》つて居《ゐ》たのですもの、小母樣《をばさま》は好《い》い方《かた》だし。』

自《みづか》ら點頭《うなづ》きて、

『まあ、小田樣《をださん》からのお望《のぞ》みなんですか、それなら好《よ》う御坐《ござ》いますわね。』

『俺《わし》も然《さ》う思《おも》ふのだが、然《しか》し富彌《とみや》にもよく相談《さうだん》して見《み》てくれ、何《いづ》れ其《そ》のうち、小母御《をばご》が出京《こつち》へ見《み》える筈《はず》だ。』

『お一人《ひとり》でッ？』

『然《さ》うだらうよ、手紙《てがみ》には自分《じぶん》ばかりとしてあつたがな。』

一寸默《ちよつともく》して、

『俺《わし》は美術家《びじゆつか》の、然《さ》う云《い》ふ肌《はだ》は何《ど》うも好《この》まんのだがな。』

『あら、あんな事《こと》を仰有《おつしやつ》て！』

見守《みまも》りたる眼色《まなざし》、子供《こども》らしう輝《かゞや》きて、

『何故《なぜ》ですの？　父樣《とうさま》、私《わたくし》にはその方《はう》が宜《よ》う御坐《ござ》いますわ、何樣《どんな》に好《い》いでせう、京都《きやうと》にお在《で》での畫師《ゑし》なんて、何《なん》だか斯《か》う優美《いうび》で、風雅《ふうが》で！　大層《たいへん》に好《い》いぢやありませんの？　私《わたくし》畫師《ゑし》は大好《だいす》き！』

思《おも》はず力籠《ちからこ》めたる調子《てうし》の自《おの》づと勢《はづ》めば、

『工學士《こうがくし》は嫌《きら》ひかな、あはゝゝゝ。』

父《ちゝ》の聲《こゑ》に伴《つ》れて、眞白《ましろ》き齒《は》の紅《あか》き唇《くちびる》に溢《こぼ》るゝかとばかり、正子《まさこ》も冴々《さえ〴〵》と笑《わら》ひしが、

『富彌《とみや》も、必然《きつと》これには贊成《さんせい》ですよ、父樣《とうさま》。』

『然《さ》うかな、兎《と》に角《かく》小田《をだ》がやつて來《き》てからの話《はなし》だ。』

『唯《たゞ》ね、富彌《とみや》は珠《たま》ちやんが彼樣《あんな》ですから、それを心配《しんぱい》してまだ無理《むり》だとは云《い》つて居《ゐ》たんですが、幾男《いくを》さんならそんな氣掛《きが》りはありませんわ、小母樣《をばさま》も分《わか》つて居《ゐ》るし、家《うち》に居《ゐ》ると同《おな》じやうなもんですもの。』

『然《さ》うさ、萬事《ぜんじ》の都合《つがふ》は好《い》いやうだが、ま、然《しか》し大切《たいせつ》の事《こと》だ、富彌《とみや》に能《よ》く相談《さうだん》して見《み》てくれ、何《ど》うせ一度《いちど》は人《ひと》に嫁《や》る身《み》だが、何《なん》でも幸福《しあはせ》の好《い》いやうにな。』

『然《さ》うですとも、たつた一人《ひとり》の妹《いもと》ですもの。』

ふと、淋《さび》しき思《おも》ひして、言葉《ことば》絶《た》ゆれば、

『今夜《こんや》は宿《とま》つて行《ゆ》くな？』

返事《へんじ》も待《ま》たず、立上《たちあが》りて

『晩《ばん》は正《まさ》の自慢《じまん》の料理《れうり》で、一酌《いつしやく》やるかな。』

笑《わら》ひ捨《す》てゝ出《い》でゆくを、

まあ父樣《とうさま》、何方《どちら》へいらつしやるの？』

『なに、一寸《ちよつと》、鉢《はち》へ植《う》ゑかけにして置《お》いたのが氣《き》になるのだ。』

『あ、然《さ》う。』

又庭弄《またにはいぢ》りかと、衣紋《えもん》直《なほ》して、帶《おび》の結《むす》び尻《じり》きつと上《あ》げつゝ、正子《まさこ》も立《た》つて後《あと》を追《お》ふ、彼方《かなた》に低《ひく》き藤棚《ふぢだな》の下《した》を、はや庭下駄《にはげた》の音《おと》させて鏝《こて》を片手《かたて》に悠然《ゆつたり》とゆく老《おい》の姿《すがた》の何時《いつ》見《み》ても健《すこや》かなるが嬉《うれ》しく、幼《をさな》き時《とき》より良人《をつと》と定《さだ》められし懷《なつか》しき其《そ》の人《ひと》と、華《はなや》かに今《いま》は都《みやこ》の空《そら》に過《す》ごす我《わ》が上《うへ》までも今更《いまさら》に嬉《うれ》しう覺《おぼ》えて、云《い》ひ知《し》れぬ樂《たの》しさの迫《せま》り來《く》るやうに、庭内《には》に咲《さ》き誇《ほこ》れるさま〴〵の花《はな》の香《か》の、此處《こゝ》に一《ひ》とつに集《あつま》りて、面《おもて》を拂《はら》ふともなく軒《のき》の下《した》を漂《たゞよ》へば、それに醉《ゑ》ふてたゞ恍惚《うつとり》と、下《お》り立《た》たんともせず佇《たゞず》むとき、

『奧樣《おくさま》。』

と何時《いつ》か里《さと》は後《うしろ》に立《た》ちて、

『今日《けふ》こそは御緩《ごゆつ》くりあそばせな。』

夢覺《ゆめさ》めし心地《こゝち》の、我《わ》れに返《かへ》りて、

『然《さ》うねえ。』と微笑《ほゝゑ》みしが、

『あ、これから又《また》お臺所騒《だいどころさわ》がせなんだよ、厄介《やくかい》ねえ。』

『おや、ぢや又《また》、先日《このあひだ》のやうにお料理《れうり》をあそばしますの？』

『あゝ、だつても正《まさ》の御馳走《ごちそう》で御酒《ごしゆ》を飲《あが》ると仰有《おつしや》るのだもの。』

『まあ、それは嬉《うれ》しう御坐《ござ》いますこと。』

今宵《こよひ》の賑《にぎ》はしきを思《おも》ひやりて、里《さと》の喜《よろこ》べば、少《すこ》しは得意《ほこり》の、口許《くちもと》に浮《うか》びて、

『後《あと》で道具《だうぐ》を揃《そろ》へておいておくれよ。』

『はい。』

都《みやこ》の家《いへ》には今日《けふ》我在《われも》らで、良人《つま》も妹《いもと》も淋《さび》しくや思《おも》ひ渡《わた》るらん、と空《そら》を見上《みあ》ぐれば、太陽《ひ》は斜《なゝめ》になりて、銀杏《いてふ》の梢《こずゑ》のうへ、風雲一《かざぐもひと》つ、動《ゆる》ぎ初《そ》めつゝ。

（二）

落花《らくくわ》を心《こゝろ》なく浮《うか》ぶる池《いけ》の面《も》に魚跳《うをは》ねて、人《ひと》あれど聲《こゑ》せぬ離室《はなれ》の一《ひ》と間《ま》の椽低《えんひく》う、閉《た》てたる障子《しやうじ》に音《おと》やゝ高《たか》く響《ひゞ》く。

珠子《たまこ》は庭下駄《にはげた》の、水際近《みぎはちか》く歩《あゆ》みをひそめて、花《はな》の散《ち》りしく其《そ》の梢《こずゑ》の許《もと》、佇《たゝず》みて見返《みかへ》りしが、泳《およ》ぎさる鯉《こひ》の姿《すがた》の麗《うる》はしさに笑《ゑ》まれてか、靨《ゑくぼ》を水に我《われ》と映《うつ》して、眞《ま》白《しろ》き足袋《たび》の黄昏《たそがれ》にあざやかに、紫裾《むらさきすそ》に絡《から》む山吹《やまぶき》の亂《みだ》れを分《わ》けて、再《ふたゝ》び一《ひ》と足《あし》。桃割《もゝわれ》に簪《かざし》の花大《はなおほ》きく、縞八《しまはち》丈《ぢやう》の長《なが》き袂《たもと》を左手《ゆんで》にあげて、葉柳《はやなぎ》の松《まつ》に翻《こぼ》るゝ垣《かき》の傍《ほとり》、燈籠《とうろう》を側面《よこ》にして過《す》ぎ行《ゆ》けば、築山《つきやま》を前《まへ》にして乙《をと》女椿《めつばき》の盛《さか》れる彼方《かなた》に、人影《ひとかげ》暗《くら》う動《うご》きて、そと打《う》ち潛《ひそ》むやうなるを、珠子《たまこ》は目敏《めざと》く見出《みい》でゝ、つと走《はし》り寄《よ》りながら、

『兄《にい》さん？』

答《こた》へはなけれど、椿《つばき》の蔭《かげ》にその人《ひと》を押《おさ》へて、

『をかしな兄《にい》さん、隠《かく》れたつて見《み》えますよ。』

戯《たは》ふれて、兄《あに》が身《み》の楯《たて》にしたる椿《つばき》を袂《たもと》に打《う》てば、鴇《とき》色《いろ》の襦袢《じゆばん》の袖《そで》、振《ふ》りより落《お》ちて、途端《はづみ》に散《ち》りたる紅椿《べにつばき》の一《ひ》と片《ひら》、夕闇《ゆふやみ》に色美《いろうつく》しうひら〳〵と舞《ま》ふ。

『兄《にい》さん、姉《ねえ》さんはまだなのよ、何《ど》う成《な》すつたんでせう。』

兩手《りやうて》を懷手《ふところで》の儘《まゝ》、猶無言《なほむごん》に立《た》ち盡《つく》せるを、

『兄《にい》さん、何故《なぜ》默《だま》つていらつしやるの？』

例《いつ》も事《こと》の戲《たは》ふれとは知《し》りながら、焦慮《じれつた》げに、

『兄《にい》さん。』

と庭下駄《にはげた》踏《ふ》みならして打《う》ち仰《あふ》ぐ。薔薇《ばら》の頰《ほゝ》に匂《にほ》ひありて愛度《あど》なく、繻袢《じゆばん》の襟《えり》の紫《むらさき》、ほの見《み》えて、これのみは物々《もの〳〵》し。

『うるさい人《ひと》だな。』

聲《こゑ》に笑《わら》ひを含《ふく》みて、そと步《あゆ》み出《い》でしが
『姉《ねえ》さんは今晩遲《こんばんおそ》いだらう、宿《とま》つては來《こ》まいが。』

『然《さ》う、私《あたし》も一所《いつしよ》に參《まゐ》りたかつたわ。』

突然《ふつ》と
『何故《なぜ》でせう兄《にい》さん、何《ど》うしても今日《けふ》は私《わたし》が一所《いつしよ》ぢやいけないつて云《い》ふんですもの、姉《ねえ》さん一人《ひとり》でなけりや不可《いけない》んですつて！　父樣《とうさま》の許《ところ》へいらつしやるのに可笑《なかしい》のね、姉《ねえ》さんは何《なん》の御用《ごよう》でいらしつたの？』

黑《くろ》ずみし梢《こずゑ》を無心《むしん》に見上《みあ》げて、

『珠《たま》さんの御用《ごよう》で！』

『そんな譯《わけ》はないわ、私《あたし》の用《よう》なら一所《いつしよ》に行《い》つて好《い》い筈《はず》ですもの、え、兄《にい》さん、何《なん》の用《よう》でいらしつたの？』

『珠《たま》さんの用事《ようじ》だと云《い》ふのに。』

『あら。』瞬《また》きもせず眺《なが》め入《い》つて、

『ほんと？　噓《うそ》でせう兄《にい》さん、私《あたし》の用《よう》なら何《なん》なの？』

身《み》の一大事《いちだいじ》のやうに、勢《いきほ》ひ込《こ》んで詰《なじ》りよる。

『學校《がくかう》は卒《す》業だし、珠《たま》さんに王子《こつち》へ歸《かへ》つて來《こ》いと父樣《とうさま》が仰有《おつしや》るのさ。』

『王子《うち》へ歸《かへ》るんですつて？　まあ。』

力拔《ちからぬ》けしたる調子《てうし》に、

『つまらない、そんなこと！』

一《ひ》と搖《ゆす》り、後手《うしろで》に帶《おび》を抱《か》へれば、簪《かざし》の花《はな》のからりと音《おと》して、肩《かた》を辷《すべ》りつゝ下《した》に落《お》ちしを、

『何樣《どんな》大切《だいじ》な用《よう》かと思《おも》つて心配《しんぱい》しちまつた、父樣《とうさま》が歸《か》へれと仰有《おつしや》つたつて、私《あたし》いやなら歸《か》へりやしないわ。』

云《い》ひつゝ、拾《ひろ》ひ上《あ》げし簪《かざし》の埃《ほこり》をふうと拂《はら》ひしが、花片《びら》に息吹渡《いぶきわた》りて、さら〳〵と小波立《さゞなみた》てつゝ、優《やさ》しき音《おと》のするを興《きよう》がりて、再《ふた》びふうと花片《はなびら》を吹《ふ》く。

郷《きやう》より迎《むか》へられて、この君島《きみじま》の家《いへ》に養《やしな》はれ初《そ》めし時《とき》は、姉《あね》は十三歲《じふさん》、妹《いもと》は八歲《ヤツツ》、詰《つま》りたる鬢付《びんつけ》に、顏《かほ》の格《かた》恰《ち》のをかしきを悟《さと》りたる年頃《としごろ》の、臙脂《べに》さす口許《くちもと》に笑《わら》ひ

三〇

の聲《こゑ》の忍《しの》ばれ勝《が》ちなりし正子《まさこ》の溫和《をとな》しさも好《この》ましかりしが、崩《くづ》れたる稚兒髷《ちごまげ》に手鞠三昧《てまりざんまい》の妹《いもと》一向《ひたすら》可愛《かあ》ゆくて、明《あ》くれば抱《いだ》き、暮《く》るれば負《お》ひて、同《おな》じ家居《いへゐ》の、猶間《なほま》を隔《へだ》てゝも心《こゝろ》にかゝるまで最愛《いと》しう、正子《まさこ》の迫《せま》る讀書《どくしよ》の稽古《けいこ》は蒼蠅《うるさ》き事《こと》もありながら、珠子《たまこ》の飯事《まゝごと》の相人《あひて》は何時《いつ》も嬉《うれ》しかりし思《おも》ひの、更《ふ》けても對《むか》ふ机《つくゑ》の傍《そば》に我《わ》が膝《ひざ》を枕《まくら》して轉寐《うたゝね》の小《ちひ》さき姿《すがた》を搔《か》き抱《いだ》きし昔《むかし》は戀《こひ》にあらざりしに、六年《むとせ》を經《へ》たる秋《あき》の夕《ゆふ》べ、十四歲《じふし》の少女《をとめ》やゝ振《ふ》りの媚《なまめ》きて、われの茨《いばら》に小指《こゆび》を傷《いた》めしを、迸《ほとばし》る血汐《ちしほ》に驚《おどろ》きて哀《あは》れと泣《な》きしその可憐《いぢら》しさの、嘗《かつ》て覺《おぼ》えぬまで身《み》に沁《し》みてかなしかりしが、ふと、姉《あね》の正子《まさこ》を妻《つま》と定《さだ》めて、我《わ》れに慈愛《いつくしみ》深《ふか》き養《やしな》ひ親《おや》を思《おも》ひやりし時《とき》、云《い》ひ知《し》らぬ果敢《はか》なさを覺《さと》りしは何故《なぜ》なりけん。清《きよ》き思《おも》ひの何時《いつ》の程《ほど》か變《かは》り來《き》て、その夕《ゆふ》べ然《さ》る怪《あや》しき思《おも》ひをば知《し》りしや。口惜《くちを》しくも思《おも》ひは去《さ》らず、雨《あめ》に、月《つき》に、我《わ》が情《こゝろ》深《ふか》うなりまさりつゝ、一人《ひとり》悶《もだ》えて何事《なにごと》も運命《さだめ》と斷念《あきらめ》しつもりの、永《とこしな》へにその人《ひと》の我《わ》が妹《いもと》と定《さだ》まりてよりは、猶更《なほさら》に思《おも》ひは捨《す》てゝ、せめては賴母《たのも》しき人《ひと》の袖《そで》に掩《おほ》はれて一生《いつしやう》の幸《さち》あれとばかり念《ねん》じたる筈《はず》なりしに、幸《さち》ある身《み》とやなるべき其《そ》の今日《けふ》となりて、又更《またさら》なる味氣《あぢき》なさに我《わ》れは泣《な》かるゝ。

心《こゝろ》なき姿《すがた》を眺《なが》めて、われ知《し》らず漏《も》れたる富彌《とみや》の深《ふか》き溜息《ためいき》を、悟《さと》らねば氣安《きやす》げに、

『父樣《とうさま》はね、淋《さび》しくおなり成《な》すつたのよ、學校《がつかう》はないし丁度好《ちやうどい》いとお思《おも》ひで私《あたし》をお呼《よ》びなさるんだわ。』

咲《さ》くは知《し》りて、摘《つ》まるゝは知《し》らぬ花《はな》の心《こゝろ》の、思《おも》ひ稚《をさな》く、

『兄《にい》さん、家《うち》へはいりませう。』

促《うなが》して、再《ふた》び翳《かざ》せば、下駄《げた》の音《おと》して、近《ちか》よる儘《まゝ》に燈火《ともび》の光《ひかり》此處《こ》に射《さ》しつゝ、やがて其處《そこ》に立《た》ちたる年少《としわか》き女《をんな》の、片手《かたて》に手燭《てしよく》高《たか》くかゝげて、

『おや、離室《はなれ》においでゞ御坐《ござ》いましたの？』

『いゝえ、然《さ》うぢやないの、ね、兄《にい》さん。』

見返《みかへ》りたれど、何《なに》か思《おも》ひに惱《なや》みて答《こた》へなきに、

『今《いま》まで此處《こゝ》に居《ゐ》たのよ、つなは何處《どこ》へ行《ゆ》くの？』

『お離室《はなれ》の戶《と》を締《し》めに參《まゐ》ります。』

少《すこ》し退《すさ》りて、

『孃《ぢやう》さま、手燭《これ》をお持《も》ちあそばせ、彼方《あちら》がお暗《くら》う御坐《ござ》いますよ。』

『然《さ》う。』

と溫和《おとな》しう片手《かたて》に受《う》けしが、風《かせ》すぎて搖《ゆらめ》く火影《ほゝかげ》を、消《き》

えもやすると袖《そで》に圍《かこ》ひて、

『ぢや、いらつしやいな。』と振《ふ》り返《かへ》る。走《は》せ行《ゆ》く下女《げぢよ》の足音《あしおと》に驚《おどろ》きて立《た》ちよりし富彌《とみや》の、わが手《て》の燈火近《ともしびちか》く、面《おもて》、白々《しろ〳〵》と愁《うれひ》を含《ふく》む眉《まゆ》に心付《こゝろつ》きて、

『何《ど》う成《な》すつて？　兄《にい》さん。』

足《あし》を止《と》めて打《う》ち仰《あふ》ぐを、ぢつと見返《みかへ》して、

『何故《なぜ》？』

『だつて、お顔《かほ》の色《いろ》がひどく惡《わる》いわ、御氣分《ごきぶん》でもお惡《わる》くて？』

『何《ど》うもしない。』

輕《かる》き歩《あゆ》みの事《こと》もなげに、

『姉《ねえ》さんが不在《るす》で今夜《こんや》は淋《さび》しいね。』

辿《たど》り着《つ》きたる枝折戸《しをりど》の傍《そば》、紅《くれなゐ》、仄《ほの》めく裾《すそ》の邊《あた》り照《て》らされて、その許《もと》に楓《かへで》の若葉《わかば》一《ひ》と枝明《えだあか》るく、やゝ隔《へだた》りて物憂《ものう》げに立《た》つ人《ひと》の、木影《こかげ》の闇《やみ》に姿《すがた》おぼろなり。

（三）

總髪《そうがみ》にして、丸髷《まげ》小《ちひ》さく、齒《は》は染《そ》めねど眉《まゆ》は拂《はら》ひて淺黑《あさぐろ》き細面《ほそおもて》の、目《め》の冴《さ》え、髪《かみ》の艶《つや》に猶若《なほわか》きところあり、小紋《こもん》の袷《あはせ》に黑縮緬《くろちりめん》の羽織《はおり》、紋《もん》の色新《いろあたら》しからず。兩手《りやうて》を緩《ゆる》う膝《ひざ》に組《く》みて、當今《いま》の世《よ》の名家《めいか》の手《て》になれる花鳥《くわてう》の大幅《たいふく》、唯立派《たゞりつぱ》なるが掛《か》けられし床《とこ》を脊《うしろ》にして坐《すわ》りたる人《ひと》の前《まへ》に、富彌《とみや》は葉卷煙草《はまきたばこ》をゆるう吹《ふか》して
『王子《わうぢ》は田舍《ゐなか》で、不自由《ふじいう》な上《うへ》に父《ちゝ》が彼樣《あれ》ですから、何《なに》もお構《かま》ひが出來《でき》んでせう。』

『いえ。』

輕《かる》き會釋《ゑしやく》に受《う》けて、

『今日《けふ》で、三日《みつか》、貴郎《あんた》、親父樣《おやぢさま》の甚《えら》い御厄介《ごやつかい》に成《な》つて居ります、相變《あひかは》らず閑靜《かんせい》な事《こと》で御坐《ござ》んすな。』

愛想《あいさう》よき笑《ゑ》みの老《おい》の面《おもて》に浮《う》きて見《み》ゆれば、今日《けふ》も化粧《けはひ》の面美《おもうつく》しう、傍《そば》に茶《ちや》を進《すゝ》むる正子《まさこ》を、懷《なつか》し氣《げ》に打《う》ち守《まも》りて、

『もう少《すこ》し早《はや》くいらつしやれば、向島《むかふじま》の花《はな》がまだ好《よ》う御坐《ござ》いましたのに、ねえ良人《あなた》。』

思《おも》はず笑《わら》つて、

『何《なに》を云《い》ふのだ、上野《うへの》や向島《むかふじま》なんぞより、もつと美事《みごと》な花《はな》を飽《あ》きるほど眺《なが》めていらつしやるぢやないか。』

『あ、然《さう》でしたね。』

客《きやく》を返《かへ》り見《み》て、餘《あま》りに疎《おろそ》かなりし我身《わがみ》を、正子《まさこ》はは

ほと獨《ひと》り笑《わら》ふ。

『なに其丈《それだけ》の事《こと》も御坐《ござ》んせん、京都《あつち》には馴《な》れました所《せ》爲《ゐ》か、土堤《どて》の花《はな》の方《はう》が嵐山《あらしやま》なんぞのよりは好《い》いやうな氣《き》がするで御坐《ござ》んさ。』

正子《まさこ》を見《み》ればうなづきて、

『それに東京《とうきやう》にばかりお在《い》でゞございましたから、何《ど》うしても最負目《ひいきめ》が御坐《ござ》いますわ。』

『然《さ》うで御坐《ござ》んせうなぁ』

叮嚀《ていねい》に疊《た》みたる木綿《めん》の半巾《はんけち》を、右《みぎ》の膝《ひざ》に置《お》き直《なほ》して、煙草《たばこ》入《い》れ取《と》り上《あ》ぐる。縫模樣《ぬひもやう》ある黒《くろ》の襦袢《じゆばん》の半襟《はんえりふる》古めかしう重《かさ》ねたる處《ところ》に人品《ひとがらみ》見えて。

『でも例《いつ》もお達者《たつしや》で結構《けつこう》でいらつしやいますわ、東京《とうきやう》にお在《い》での時《とき》より何《なん》だかお肥滿《ふと》り成《な》すつたやうで御坐《ござ》いますよ。』

銀《ぎん》の延《の》べ煙草《きせる》に、一服《いつぷく》、二服《にふく》、吸《す》ひつゞけて、

『肥滿《ふと》りましたどころか、他國《よそ》に居《を》る爲《ため》かして、此頃《このごろ》は滅切《めつき》りと虚弱《よわ》りました。』

『けれど、幾男《いくを》さんが立派《りつぱ》にお成《な》りですもの、何《ど》れ程《ほど》御安心《ごあんしん》か知《し》れませんわねえ。』

押《お》し默《だま》りて愛想氣《あいさうけ》なきを、責《せ》め顔《がほ》に促《うなが》せば、

『や、非常《ひじやう》な御成功《ごせいこう》でしたな。』

思《おも》ひ付《つ》きしやうに、面《おもて》を上《あ》げて突然《ふつと》云《い》ひ出《づ》る。

『お陰《かげ》で人並《ひとなみ》らしくは成《な》りましたが、けれどこの先《さ》き何《ど》う御坐《ござ》んすか。』

話《はなし》の端緒《いとぐち》を得《え》て老母《は》は嬉《うれし》く、この機《をり》をはづすまじと。

『幾男《あれ》も何時《いつ》まで獨身《どくしん》では、何《ど》うも私《わたし》が安氣《あんき》になれませんでな。』

『然《さ》うでいらつしやいませうとも。』

優《いう》に氣高《けだか》かりし幾男《いくな》の姿《すがた》の、この頃《ころ》はさてこそ見榮《みば》えのしてなど正子《まさこ》は忍《しの》びてそゞろ床《ゆか》しく。

『然《さ》うかと云《い》つて貴郎《あんた》、一人《ひとり》の息子《せがれ》ぢや御坐《ござん》すな、好《よ》い加減《かげん》なものも貰《もら》へませんで。』

見向《みむ》かれて富彌《とみや》の、

『然《す》うですとも。』と周章《あわて》顔《がほ》に、

『適當《てきたう》な配遇者《つれあひ》がお出來《でき》になるまでは御心配《ごしんぱい》でせうとも。』

『それやこれやで、獨《ひと》り上京《じやうきやう》しましたんで、此方《こちら》の親《おや》父樣《ちさま》にもいろ〳〵と、ま御相談申《ごさうだんまをし》ました。』

『は。』、と何氣《なにげ》なくは受《う》けたれど、云《い》ひ出《だ》すべき次《つ》ぎの言葉《ことば》を其《そ》れと猜《すゐ》して、聞《き》く事《こと》の胸痛《むねいた》く覺《おぼ》えてか、腕《うで》

を組《く》みてぢつと俯向《うつむ》く。

『先日《せんじつ》ね、王子《わうじ》へ參《まゐ》りましたらそのお話《はなし》で御坐《ござ》いましたの。』

心底《おくそこ》もなき正子《まさこ》の云《い》ひさして良人《をつと》に向《む》けば、急《きふ》に面《おもて》を上《あ》げて、

『おゝ、つなに命令《いひつけ》て置《お》いた事《こと》は何《ど》うしたか、あまり遲《おそ》くならんやうにと云《い》つて置《お》いたら好《よ》からう。』

何《なに》かは知《し》らず、眼色《まなざし》に停止《とゞ》めて言葉《ことば》を避《さへぎ》る。に、その意《こゝろ》は汲《く》めねど、氣忙《きぜは》しき老人《としより》への待遇《もてなし》、遲《おそ》うなりてはと正子《まさこ》も心付《こゝろづ》きて、

『然《さ》うでしたね。』

と心《こゝろ》は殘《のこ》しながら立上《たちあが》るを、引《ひ》き止《とゞ》めて、

『まあ話《はなし》かけたもんですに、急《きふ》な用《こと》でなくは正子《まさこ》さんも一應《いちおう》この話《はなし》を聞《き》いて置《お》いて下《くだ》さいませ、富彌《とみや》さんばかりでもまた、な。』

『然《さ》うで御坐《ござ》いますか、でもまあ御悠《ごゆつく》り成《な》すつて、お話《はなし》は後《あと》でも伺《うか》へますわ。』

幾男《いくを》と聞《き》きてより何《なに》となく氣《き》の進《す》ゝまぬらしき良人《をつと》の氣振《けぶ》りに、その思惑《おもわく》を兼《か》ねて、無益《むやく》しき事《こと》を云《い》ひ出《いで》てもと、立《た》ちて躊躇《ためら》へば、

『さうして珠子《たまこ》さんは？』

『は、宅《たく》に居《な》ります、丁度牛込《ちやうどうしごめ》の從妹《いとこ》が參《まゐ》つて居《を》るもんですから、つい。』

一寸膝《ちよつとひざ》を疊《たゝみ》に支《つ》きて、

『あの人《ひと》も全《まる》で子供《こども》で困《こま》り切《き》るんですの、十八歳《じふはち》にもなつて居《ゐ》て、から分《わか》らずやなんですよ。』

嬉《うれ》し氣《げ》に聞《き》きて、

『結構《けつこう》で御坐《ござ》んすとも、其《そ》れでなきや不可《いけ》ません、妙《とし》齡《ごろ》のいやらしいは醜態《みつとも》なうての。』

『おほゝゝ、でも年相應《としさうおう》と云《い》ふ事《こと》が御坐《ござ》いますわ、珠《たま》ちやんはお話《はなし》になりませんの。』

美《び》にのみ心《こゝろ》をよすると云《い》ふなる、畫師《ゑし》と云《い》ふ名目《な》に正子《まさこ》は思《おも》ひ入《い》りて、幼稚《をさな》馴染《じみ》のその人《ひと》に珠子《たまこ》を添《そ》はせ度《た》く、つい親《した》し氣《げ》に物云《ものい》ひかけては、何時《いつ》に似《に》ぬ澁面《むつか》しき富彌《とみや》の樣《さま》に心《こゝろ》おきて、

『珠子《たまこ》をよこしませう、まあ御《ご》ゆつくりと遊《あそ》ばせよ。』

と、つと正子《まさこ》は立《た》つて去《さ》りつ。

人妻《ひとづま》となりてさすがに心遣《こゝろづか》ひ多《おほ》ければか、幼《をさな》き折《をり》よりは物《もの》の調子《てうし》の瞭然《はつきり》と、如才《ちよさい》なげの振《ふ》り頼母《たのも》しく、十《じふ》四《し》歳の春別《はるわか》れし儘《まゝ》の珠子《たまこ》はどの樣《やう》に面變《おもがは》りして、など

三四

早《はや》く逢《あ》ひ度《た》さの念《おもひ》に、閉《た》てゆきし襖《ふすま》の方《かた》を空《むな》しう眺《なが》めやれば、思《おも》ひよらず、『此室《こゝ》?』と小《ちひ》さき聲《こゑ》の其處《そこ》に聞《きこ》えて、やがて物怖《ものお》ぢするらしう、そと襖《ふすま》を開《ひら》きしが、姉《あね》に似《に》し笑顔《ゑがほ》の口許《くちもと》愛《あい》くるしう、洗髪《あらひがみ》の前髪《まへがみ》、ふさ〳〵と戰《おのゝ》かせて、何處《いづこ》へか從妹《いとこ》の由子《よしこ》と連《つ》れ立《た》ち出《いづ》るとて、裝《よそほ》ひ飾《かざ》りし珠子《たまこ》の、室内《へや》には入《い》らず其處《そこ》に頭《かしら》を下《さ》ぐる。

『ま。』

煙管《きせる》持《も》つ手《て》も打《う》ち忘《わす》るゝばかり、忙《せは》し氣《げ》に膝《ひざ》向《む》け直《なほ》して、小豆色《あづきいろ》の紋《もん》お召《めし》の被布《ひふ》、細《ほそ》き肩《かた》より袖口《そでぐち》までおのれなりの着付《きつけ》優《やさ》しう、俯向《うつむ》きたる謹《つゝし》み深《ふか》さを惚々《ほれ〴〵》と眺《なが》めつゝ、

『美《うつく》しくお成《な》りなさつたの、さ、此方《こちら》へおはいり。』

左手《ゆんで》を伸《の》ばして此處《こゝ》へと招《せう》ずるを、珠子《たまこ》はこの人《ひと》に然《さ》る望《のぞ》みのありとも知《し》らねど、思《おも》はしき挨拶《あいさつ》の云《い》ひ得《え》られぬに羞《はぢ》らひて、唯《たゞ》『は、』と再《ふた》び頭《かしら》を下《さ》ぐれば、香水《かうすゐ》のかをり散《ち》りて、綠色《みどりいろ》のリボンS卷《まき》の横《よこ》にひらりと搖《そよ》ぐ。

『さ、初《はじ》めて逢《あ》ふた人《ひと》のやうぢや御坐《ござ》んせぬかえ。』

『おほゝ』

袖《そで》の中《うち》に、愛度《あど》なく思《おも》はず笑《わら》ひを洩《も》らして、兄《あに》を見《み》れば、吃《きつ》と此方《こなた》を見据《みす》ゑたる眼《め》の、燃《も》えて、輝《かゞや》きて、笑《ゑ》みもたぬ面《おもて》の平常《いつも》とは異《たが》ひて優《やさ》しからぬに訝《いぶか》しく、何《なん》の故《ゆゑ》ぞと客《きやく》の前《まへ》に興《きよう》さめて、椽《えん》の側面《よこ》に身《み》を退《すさ》らするを、推《おも》ひしよりは風采《とりなり》の優雅《しとやか》に、美《うつく》しうなりし人《ひと》の老母《なば》は唯《たゞ》嬉《うれ》しく、はや我《わ》が娘《むすめ》に貰《もら》ひ受《う》けし心地《こゝち》、長閑《のどか》なる顔付《かほつき》して、その横顔《よこがほ》を可愛《いと》し氣《げ》に莞爾《にこり》と打《う》ち守《まも》る。襖《ふすま》の蔭《かげ》より珠子《たまこ》は富彌《とみや》を見《み》たれど、面《おもて》を返《かへ》して富彌《とみや》は再《ふた》び見向《みむ》かず、何《なに》としもなく眺《なが》めたる丸窓《まるまど》に、新樹《しんじゆ》の影《かげ》うごきて今日《けふ》も日和《ひより》は麗《うらゝか》なり。

（四）

『今日《けふ》は餘程《よつぽど》何《ど》うかしていらつしやる。』

自《みづか》ら臺洋燈《だいらんぷ》を卓子《てーぶる》の上《うへ》に据《す》ゑて、その許《もと》に、兩手《りやうて》を頭《つむり》の下《した》に仰《あふ》向に横《よこた》はれる富彌《とみや》を見下《みおろ》しつゝ、正子《まさこ》は湯《ゆ》上《あが》りの素足《すあし》白々《しろ〴〵》と立《た》つて、

『何《ど》う成《な》すつたの?』

薄紅《うすくれなゐ》したる瞼《まぶた》を見張《みは》りて、黑《くろ》き瞳《ひとみ》の定《さだ》かならぬ樣《さま》に凝視《じつ》と見上《みあ》げしが、頭《かしら》重《おも》げに正子《まさこ》の方《かた》へと捩《ね》ぢ向《む》けて、

『何故《なぜ》だ。』

『だつて妙《めう》ですよ、お風呂《ふろ》へ入浴《はい》つて居《ゐ》る間《あひだ》に、一人《ひとり》で麥酒《びーる》を三本召飲《さんぼんめしあが》つたつて！』

『飲《の》み度《た》いものなら飲《の》みもしやうぢやないか、なに、妙《めう》な事《こと》があるものか。』

ふうと息《いき》を吐《は》けば、苦《くる》し氣《げ》に胸《むね》に歷然《まざ〳〵》と波《なみ》を打《う》つ。

『でも例《れい》のない事《こ》つてすもの、妙《めう》ですわ、今朝《けさ》から御《ご》不機嫌《ふきげん》でいらつしやるのね、小田《をだ》の小母《なば》樣《さま》に幾度《いくたび》お氣《き》の毒《どく》したか知《し》れやしません、なにも私《わたし》、癇癪《かんしやく》の種《たね》なんぞ蒔《ま》かない筈《はず》なんだけれど、』

何《なに》も知《し》らねば、『おほゝゝゝ。』と事《こと》もなく笑《わら》ひ捨《す》てて、

『最《も》う珠《たま》ちやんも歸《かへ》つて來《き》ませう、其樣《そんな》可厭《いや》な顏《かほ》して居《ゐ》らつしやると又心配《またしんぱい》しますよ、先刻《さつき》も、何《なに》を姉《ねえ》さんが怒《おこ》らしてつて聞《き》くんですもの。可哀想《かわいさう》に今日《けふ》は私《わたし》の知《し》つた事《こと》ぢやないのに。』

卓子《テーブル》に身《み》を凭《もた》せて、差《さ》し窺《のぞ》きたる妻《つま》の面《おもて》の淸《きよ》らかなるを、見守《みまも》るともなく、眼色《まなざし》ばかりは見守《みまも》りて、珠子《たまこ》の可愛《かわ》ゆき心遣《こゝろづか》ひと聞《き》くより、胸《むね》の炎《ほのほ》の又燃《またも》え立《た》ちし思《おも》ひ切《せつ》なく、今日《けふ》の話《はな》の若《も》し成《な》りて、良人《をつと》持《も》つ身《み》となりしと知《し》らば、さながら際涯《はてし》なく物《もの》なき虛空《こくう》に舞《ま》ひ居《ゐ》し身《み》が、俄《にはか》に山聳《やまそび》え、河流《かはなが》れ、人住《ひとす》みて、木々《きゞ》の繁《しげ》れるこの下界《した》へ抱《かゝ》へ下《おろ》されし思《おも》ひして、複雜《こみいりた》る心地《こゝち》の唯《たゞ》物恐《ものおそろ》しう、幼稚《をさな》き心《こゝろ》に他人《ひと》の許《もと》へと嫁《とつ》ぐをば拒《いな》むべきか。其《そ》は我《わ》が得手《えて》なる思《おも》ひ過《す》ごしにして、珠子《たまこ》も女《をんな》の名《な》に漏《も》れず、處女心《をとめごゝろ》に戀《こ》ひ忍《しの》べる良人《をつと》と云《い》ふ名《な》の、さらでも姿優《すがたやさ》しう、名《な》の秀《ひい》でたる其《そ》の人《ひと》と聞《き》きては、妻《つま》と呼《よ》ばれ度《た》き願望《ねがひ》の笑顏麗《ゑがほうる》はしう、父《ちゝ》をも我《わ》れをも打《う》ち捨《す》てゝ、自《みづか》ら嫁《とつ》ぎゆくなるべし。思《おも》へば何《なに》にもあれ、同《おな》じ袖《そで》なる中《うち》にして、我《わ》が蔭《かげ》には圍《かこ》はれて眠《ねぶ》りし蝶《てふ》の、明日《あす》よりは人《ひと》の蔭《かげ》に圍《かこ》はれて舞《ま》はんとぞする、嫉《ねた》きは人《ひと》の上《うへ》のみにもあらず。

一時《いつとき》に身内《みうち》の血汐《ちしほ》、湧《わ》き上《あが》るかと思《おも》ふばかりを、苦《くる》しさにぐつと仰向《あふむ》きて眺《なが》めやりたる襖《ふすま》の上《うへ》、額《がく》にしたる日光《につくわう》の千丈《せんぢやう》が原《はら》の、水彩畫巧《すゐさいぐわたく》みなるが思《おも》はずも眼《め》に入《い》りて、人少《ひとずくな》き仙境《せんきやう》の一途《いちづ》に戀《こひ》しく、何方《いづれ》へなりとも其《そ》の人《ひと》の緣《えん》の定《さだ》まらば定《さだ》まれかし、嫁《とつ》ぎ行《ゆ》くまで珠子《たまこ》の姿《すがた》を再《ふた》び見《み》ずして、眼《め》に味氣《あぢき》なき樣《さま》を觸《ふ》れしめず、一耳《じ》に果敢《はか》なき沙汰《さた》を聞《き》かずば、憂《う》き悶《もだ》え、淺間《あさま》しき思《おも》ひの自《おのづか》ら風淸《かぜきよ》き地《ち》に拂《はら》はれもやすべき、とつい聲《こゑ》に漏《も》らして、

『日光《につくわう》へでも出掛《でか》けやうか。』

『まあ、旅行《りよかう》を成《な》さるんですつて？　何時《いつ》！』酔《よひ》はまだ十分《じふぶん》の、紅潮《くれなゐ》呈《さ》してやゝ釣《つ》りたる眼許《めもと》の険《けは》しう見《み》ゆるを、熟々《つく〴〵》と打守《うちまも》りて、

『幾程《いくら》酔《よ》つて在《い》らつしやるからつて、餘《あんま》り呑氣《のんき》ぢや御《ご》坐《ざ》いませんか、直《ちよ》と遊《あそ》ぶ事《こと》ばかり考《かんがへ》ていらつしやるんだもの、今日《けふ》のお話《はなし》は何《ど》う成《な》さるお積《つも》り？　良人《あなた》の氣《き》が進《すゝ》まないからと仰有《おつしやつ》て、この儘《まゝ》放棄《うつちや》つて置《お》いて好《い》いつもりで在《い》らしやるんですか。

言葉《ことば》の調子《てうし》の少《すこ》し荒《あら》く、そこに坐《すわ》りて、

『彼《あ》れ程《ほど》彼方《あちら》では望《のぞ》んで在《い》らつしやるゝ、父様《とうさま》は富彌《とみや》次第《しだい》と仰有《おつしや》るけれど別《べつ》に何《ど》うと云《い》ふ異存《いぞん》もお在《あ》りに成《な》らないんですし、私《わたし》はもう幾男《いくな》さんなら是非《ぜひ》珠《たま》ちやんを上《あ》げ度《た》いと思《おも》つて居《ゐ》るんですもの、氣《き》の進《すゝ》まないのは貴郎《あなた》ばかりなんですわ、其《そ》れも判明《はつきり》と氣《き》の進《すゝ》まない處《ところ》を斯《か》う〳〵とでも仰有《おつしや》るならばだけれど、何《ど》うと云《い》ふ事《こと》も無《な》くつて、此《こ》のお話《はなし》とさへ云《い》へば唯《たゞ》面白《おもしろ》くない顔《かほ》ばかり成《な》すつてお在《い》でなんですわ、然《さ》うすれば父様《とうさま》だつてお考《かんが》へでせうし、話《はなし》が漸次《だん〴〵》面倒《めんだう》になつて行《ゆ》きますよ、それを肝腎《かんじん》の良人《あなた》がお不在《るす》のやうな事《こと》でもあつては困《こま》つてしまうぢやありませんか。』

息《いき》もつき敢《あ》へず、唇《くちびる》の紅《くれなゐ》燃《も》ゆる。妻《つま》の言葉《ことば》の一句《いつく》、一句《いつく》に我身《わがみ》を切《き》らるゝかと切《せつ》なく、

『最《も》う好《い》い、分《わか》つた、分《わか》つた。』

『ほんとに妙《めう》ですね、幾男《いくな》さんの事《こと》は良人《あなた》も平常《ふだん》讃《ほ》めてお在《い》でなんぢやありませんか、つい先日《このあひだ》もお手紙《てがみ》でしたでせう。』

居堪《ゐたま》へぬ様《さま》に身《み》を起《おこ》して、

『なに、何《なん》でもないのだ、幾男君《いくなくん》の人物《じんぶつ》に就《つ》いて何《ど》うと云《い》ふ事《こと》もなければ、俺《おれ》にはこの縁話《はなし》に一言《いちごん》の否《いな》やもないんだが、唯《たゞ》この二三日《にさんにち》、脳《なう》の工合《ぐあひ》かして面倒《めんだう》の話《はなし》が聞《き》いて居《ゐ》られないのだ、其《そ》の為《ため》に復雑《こみい》つた話《はなし》に成《な》つて來《く》ると、誰《だれ》の前《まへ》にても自然《しぜん》可厭な顔《かほ》をする様《やう》にも成《な》るのだらう、この談《はなし》は一同《みんな》の思《おも》ふやうにしたらば其《そ》れで好《い》いのだ。』

『まあ然《さ》うなんですか、ぢや最初《はじめ》から其《そ》の様《やう》な態度《やうす》を成《な》して在《ゐ》らつしやれば好《い》いんですのに、今日《けふ》なんぞも小母様《ばさま》の前《まへ》へ何《ど》れ程《ほど》氣兼《きが》ねして……。』

『まあ好《い》い、もうがや〳〵と何《なに》か云《い》つてくれるな、頭《あたま》も身體《からだ》も一時《いちじ》に破裂《はれつ》でも為《す》るやうな氣《き》がする。』

再《ふた》び横臥《よこたは》りつゝ、手枕《たまくら》して、

『今夜《こんや》は闇《やみ》だな。』と呟《つぶや》く。

『それなら安心《あんしん》しましたわ、然《さ》う話《はなし》が定《き》つてさへ居《ゐ》れば。何《なん》だか斯《か》う清々《せいせい》と、重荷《おもに》を下《おろ》したやうですよ。』

見返《みかへ》りたれど、答《こた》へなき時《とき》、

『只今《たゞいま》！　遅《おそ》かつたでせう、姉《ねえ》さん。』

開《あ》け放《はな》したる儘《まゝ》の、中仕切《なかじき》りの許《もと》に突《つ》と現《あら》はれしは珠子《たまこ》。

『おや、お歸《かへ》ん成《な》さい、遅《おそ》かつたのねえ、何時《どこ》へ行《い》つたの？』

『植物園《しよくぶつゑん》と瀧澤《たきざは》さんの許《とこ》だけよ、由子《よしこ》さんには植物園《しよくぶつゑん》でお別《わかれ》したんですの、ほんとに今日《けふ》は面白《おもしろ》かつたわ。』

『歩《あゆ》み寄《よ》りて、藤色《ふぢいろ》のリボンに束《たば》ねたる西洋花《せいやうはな》をきらりと卓上《テーブル》に置《お》く、香《か》と共《とも》に露《つゆ》散《ち》りて、前髪《まへがみ》にかゝれば、

『ま、亂暴《らんばう》ね。』と眉《まゆ》をひそめて、

『何《なん》と云《い》ふ花《はな》？　奇麗《きれい》ねえ。』

『スパラキシスと云《い》ふんですつて。』

急《きふ》に閉《た》て籠《こ》めたる室内《へや》に入《い》りて、上氣《じやうき》したる面《おもて》を眞《まつ》赤《か》にしつゝ、

『あ、熱《あつ》い。』

立《た》ちたる儘《まゝ》に被布《ひふ》を脱《ぬ》げば、糸織《いとおり》の荒《あら》き矢筈絣《やはずがすり》の袷《あはせ》に、平常物《ふだんもの》の帯《おび》小《ちひ》さく結《むす》びて、撫肩《なでがた》の形《かたち》よき、振《ふ》りにも姉《あね》に似《に》たる處《ところ》あり。

『小母樣《をばさま》はお歸《かへ》り成《な》すつたの？』

足疲《くたび》れし身《み》を重々《おもおも》と夫妻《ふたり》の間《あひだ》に坐《すわ》りしが、

『スパラキスか。』

と漏《も》らしたる富彌《とみや》の息《いき》の、酒《さけ》の香《か》高《たか》きに珠子《たまこ》は驚《おどろ》きて、

『兄《にい》さん御酒《おさけ》を飲《あが》つたの？』

『あゝ、ビール！　お珍《めづ》らしいわね。』

『然《さ》うね、矢張《やつぱ》り兄《にい》さんも年《とし》を老《と》るとだん〳〵、父樣《とうさま》のお仲間《なかま》入《い》りになるんでせう。』

姉妹《ふたり》は樂《たの》し氣《げ》に面《おもて》を交《か》はして、ほゝと笑《わら》ふ。

『小母樣《をばさま》は王子《わうじ》？』

『あゝ、王子《わうじ》へお歸《かへ》り成《な》すつたの、宜《よろ》しくと仰有《おつしや》つたよ。』

『然《さ》う。』

姉《あね》の言葉《ことば》には意《こゝろ》あれど、妹《いもと》は知《し》らねば然《さ》まで意《こゝろ》にも留《と》めず。

『折角《せつかく》在《い》らしつたのに、由子《よしこ》さんと遊《あそ》びになんか出《で》ちまつて失禮《しつれい》したわね、姉《ねえ》さんが構《かま》はないと仰有《おつしや》つた

からだけれど。』

云《じ》ひつゝ、何《なに》を思《おも》ひ出《いで》てか莞爾《につこり》と振返《ふりかへ》りて、

『あ、兄《にい》さん好《い》い事聞《ことき》きましたわ、おほゝ、ほんとに今日《けふ》は由子《よしこ》さんに笑《わら》はされて亥まつたの。』

又笑《またわら》つて兄《あに》を見《み》しが、我身《わがみ》の影《かげ》に燈火《ともしび》を遮《さへぎ》りて、能《よ》く其《そ》の面《おもて》の見《み》えぬに、姉《あね》の方《はう》へと居膝《ゐざ》りながら眞正面《まとも》に向《む》きて、

『兄《にい》さん、それは面白《おもしろ》いお話《はなし》なのよ。』

『何《なん》だ！』

五月蠅氣《うるさげ》に、さりとて其《そ》の笑《わら》ひの物語《ものがた》りを聞《き》きも亥度《た》げに。唯懷《たゞなつか》しさの餘《あま》りあまりて。

（六）

『だが、由子《よしこ》さんは相變《あひかは》らずの美人《びじん》ね。』

正子《まさこ》の言葉《ことは》を挾《はさ》めば、

『ほんとに美人《びじん》ね、だから猶《なほ》をかしいわ。』

『何《ど》うしてなの？』

再《ふた》び富彌《とみや》を見《み》て笑《わら》ひながら、

『あの、由子《よしこ》さんの理想《りさう》の人《ひと》は兄《にい》さんですつて！』

引《ひ》き絞《しぼ》りし弓《ゆみ》を、つと放《はな》せしやうに、早口《はやくち》に云《い》ひ切《き》りて珠子《たまこ》は三度《みたび》富彌《とみや》を見《み》る。

『馬鹿《ばか》な。』

常《つね》ならば共《とも》に笑《わら》ひて戲《たは》ふれもすべき筈《はず》を、今宵《こよひ》は眞《ま》顏《かほ》にいさゝか腹立《はらだ》しう云《い》ひて、面《おもて》を背向《そむ》くるを、

『あら、だつて眞實《ほんとう》の事《こと》ですわ、ねえ姉《ねえ》さん。』

『何《なん》だか。』興《きよう》さめ顏《がほ》に、

『それが可笑《をか》しいんですか、いやな人《ひと》ねえ。』

『いゝえ、だから其《そ》れが何《なに》も、なんぢやないけれど、種々《いろ〳〵》な事《こと》を今日《けふ》は私《あたし》にお話《はなし》だつたの、二十歳《はたち》をお過《す》ぎだからつて、そら、早《はや》くお嫁《よめ》にやり度《た》いつて伯母樣《をばさま》が大騷《おほさわ》ぎをして在《い》らつしやるでせう、それをね、由子《よしこ》さんは理想《りさう》の人《ひと》に逢《あ》はない限《かぎ》りは何時《いつ》まで獨身《どくしん》で居《ゐ》たつて仕方《しかた》がないつて、幾何《いくら》程父樣母樣《とうさまかあさま》のお氣《き》に召《め》したつて、自分《じぶん》の心《こゝろ》に適《かな》はない人《ひと》の許《ところ》へなんぞは、決《けつ》して行《ゆ》かないんですつて、ですからね、理想《りさう》の人《ひと》つて何《ど》う云《い》ふやうな人《ひと》？　つて聞《き》いたら……。』

『餘計《よけい》な事《こと》を聞《き》く人《ひと》ね。』

『だつてもお話《はなし》して下《くだ》さるのに默《だま》つて居《ゐ》る譯《わけ》には行《ゆ》かないわ、然《さ》うしたら、まあ富彌《とみや》さん見《み》たいな方《かた》と仰有《おつしや》つたの、兄《にい》さんの樣《やう》な人《ひと》が理想《りさう》の人《ひと》なんですつて、だ

から可笑《をか》しいぢやありませんか、未《ま》だ種々《いろ〳〵》な御話《おはなし》も成《な》すつたけれど、ほんとに可笑《をか》しかつたの。』

不意《ふい》と事《こと》あり氣《げ》に、

『姉《ねえ》さん、姉《ねえ》さんの理想《りさう》の人《ひと》は兄《にい》さん？』

思《おも》はずも姉《あね》は不興《ぶきよう》して、

『馬鹿々々《ばか〳〵》しい、そんな事姉《ことねえ》さんは知《し》りませんよ。』

『私《わたし》の理想《りさう》の人《ひと》つて、何《ど》う云《い》ふんでせう。』

珠子《たまこ》は夢見《ゆめみ》るさまに茫然《ばうぜん》と、姉《あね》の肩《かた》に手《て》をば置《お》く。

正子《まさこ》も珠子《たまこ》と同《おな》じう、髮結待《かみゆひま》つ間《ま》を洗《あら》ひ髮《がみ》の束髮《そくはつ》、ハート形《がた》の髷留《たぼどめ》に小《ち》さきリボンを飾《かざ》りしが、燈火《ともしび》の側《そ》面《ば》に若々《わか〳〵》しく見《み》えて、其《それ》身に、押重《おしかさ》なるばかりにして慿《もた》れよりし珠子《たまこ》の、何《なに》にか憧《あこが》るゝ艶《えん》なるその頬《ほゝ》を眺《なが》めて、富彌《とみや》は青春《わか》き思《おも》ひをば辿《たど》りつゝ、仰《あふ》ぐも綠《みどり》、伏《ふ》すも綠《みどり》の野《の》を彷徨《さまよ》ひ居《ゐ》し身《み》が、急《きふ》に薔薇《ばら》の香《か》充《み》つる花園《はなぞの》に誘《いざな》はれし心地《こゝち》の、今迄《いままで》の野《の》は忘《わす》れ、出《い》でての後《のち》の花《はな》なき里《さと》は思《おも》はず、唯一向《たゞひたすら》に今踏《いまふ》む花園《こゝ》の美《うつく》しさにのみ惑《まど》ふ。

花《はな》に露消《つゆき》えて、莖短《くきみぢか》き一輪漸《いちりんやうや》く萎《しほ》れかゝりつ、衣《きぬ》の香《か》、物《もの》の香《か》、消《き》えて流《なが》れぬ室内《へや》のうちの、遠《とほ》く池面《いけのも》に初蛙鳴《はつかはづな》きて、何時空模樣《いつそらもやう》の變《かは》りしか、雨含《あめふく》む風《かぜ》のことりと雨戸《あまど》に訪《おとづ》るゝ靜《しづ》かさを、正子《まさこ》は一人心澄《ひとりこゝろす》まして、卯《う》の花白《はなしろ》きわが庭《には》の夜《よる》を忍《しの》びしが、

『お郵便《いうびん》が。』と氣魂《けたゝま》しう、つゞきて、

『お孃樣《ぢやうさま》、お風呂《ふろ》をお召《め》し成《な》さいまし。』

と憚《はゞか》りもなく、身《み》を伸《の》して云《い》ふ下女《げぢよ》の聲《こゑ》に、はしなくも美《うつく》しき想念《おもひ》をば破《やぶ》られて、耳《みゝ》の傍《そば》に、珠子《たまこ》は分《わ》けて破《わ》れ鐘《がね》と響《ひゞ》きしが、はつと現《うつゝ》に返《かへ》りて身《み》を擡《もた》ぐれば、正子《まさこ》は、

『珠《たま》ちやん、入浴《はい》つてお在《い》でなさいな。』

と沈靜《おちつ》きて、下女《げぢよ》より受取《うけと》りし封書《ふうしよ》を富彌《とみや》の頭《つむり》の傍《そば》に置《お》く。

『はい。』

肩《かた》より離《はな》れて、姉《あね》を見詰《みつ》めし眼《め》の晴《は》れ〴〵と、

『私《わたし》、何《なに》か考《かんが》へて居《ゐ》ましたわね。』

『何《ど》うだか。』

『いゝえ、考《かんが》へて居《ゐ》たんですわ、何《なん》だか、斯《か》う、茫然《ぼんやり》しちまつて……。』

富彌《とみや》はまだ思《おも》ひに耽《ふけ》りてか其《そ》の儘《まゝ》なる封書《ふうしよ》を、珠子《たまこ》は見《み》返《か》りて眼《め》にいるより早《はや》く、取《と》り上《あ》げ見《み》て、

『「小田幾男《をだいくを》」あ、幾男《いくを》さんからよ、何《ど》うして今度《こんど》小母《をば》

樣《さま》と御一所《ごいつしよ》ぢやなかつたでせうね。』

『何《ど》うしてだか、お忙《いそが》しいからでせう。』

と姉《あね》は微笑《ほゝゑ》む。

『然《さ》うなの、小母樣《をばさま》は遠江《おくに》へ在《い》らしつた序《ついで》に、東京《とうきやう》へお廻《まは》り成《な》すつたのですつてね。』

『然《さ》うですと、それに東京《こつち》にも御用《ごよう》がお有《あ》り成《な》すつたからさ。』

『然《さ》う。』

封書《ふうしよ》を舊《もと》の處《ところ》に置《お》きて、一寸兄《ちよつとあに》の面《おもて》を覗《のぞ》きながら、

『兄《にい》さん、眠《ねぶ》つて在《い》らつしやるのぢやなくて？』

『あら、良人《あなた》其處《そこ》へお休《やす》みぢや風邪《かぜ》を召《め》しますよ。』

姉《あね》は驚《おどろ》き顔《がほ》に立上《たちあが》る。

『眠《ねむ》りやしない。なに、幾男君《いくをくん》の許《ところ》からの手紙《てがみ》だつて？』

取《と》り上《あ》げはせず、面《おもて》を返《かへ》して上書《うはがき》を眺《なが》むれば、

『はお幾男《くいな》さんから、必然今度《きつとこんど》の事《こと》が書《か》いてありますよ。』

脱《ぬ》ぎ捨《す》てたる被布《ひふ》を下女《げぢよ》に渡《わた》して、卓上《テーブル》の花《はな》を大切《たいせつ》氣《げ》に携《たづさ》へつゝ、共々《とも〴〵》に室内《へや》を去《さ》らんとせし珠子《たまこ》は、ふと耳《き》に入《い》れて、

『今度《こんど》の事《こと》つてなに？　姉《ねえ》さん。』

『何《なん》でも宜《よ》う御坐《ござ》んすよ、直《ぢ》きに聞《き》き度《た》がる人《ひと》よ。』

優《やさ》しく睨《にら》め、

『直《ぢ》きに怒《おこ》り度《た》がる姉《ねえ》さんよ、おほゝゝ。』

平常《いつも》の調子《てうし》の、元氣付《げんきづ》きて、下女《げぢよ》と戯《たは》ふれつゝ出《いで》てゆくを、

『おほゝ、馬鹿《ばか》な人《ひと》。』

見送《みおく》り果《は》てゝ、

『良人《あなた》、お讀《よ》み成《な》さらないんですか、私拔《わたしぬ》けて見《み》ませうか？』

立寄《たちよ》れば、

『まあ好《い》い。』と癇癪聲《かんしやくごゑ》に、

『其《そ》れ程《ほど》、急《いそ》ぐ事《こと》はないぢやないか、うるさいな。』

『でも早《はや》く讀《よ》み度《た》う御坐《ござ》いますわ、御自分《ごじぶん》でも是非《ぜひ》珠《たま》子《こ》をと仰有《おつしや》つて在《い》らつしやるのだが、それ共小母樣《ともをばさま》のお心持丈《こゝろもちだけ》なのを、御自分《ごじぶん》は强《し》ひてとも拒《こば》まずに在《い》らつしやるのだか、何《なん》とか、そのお手紙《てがみ》で分《わか》りますもの。』

富彌《とみや》は起《お》き上《あが》りざま、醉《ゑ》ひ醒《ざ》め際の身振《みぶる》ひして、

『羽織《はおり》を持《も》つて來《き》てくれ。』

『はあ。』

立《た》ち出《い》でしと思《おも》ふ間《ま》もなく、正子《まさこ》は引返《ひきかへ》し來《き》て、伊勢崎《いせざき》銘仙の、細《こまか》き絣《かすり》の羽織《はおり》を後《うしろ》より打《う》ち着《き》する。封書《ふうしよ》は手《て》に取《と》られしと見《み》えて卓子《テーブル》の上《うへ》にあるを、

『良人《あなた》、まだなんですか。』

『うるさいな、其方《そつち》へ持《も》つて行《い》つて、珠《たま》と緩《ゆつく》り讀《よ》んだら好《よ》からう、俺《おれ》には別《べつ》に必要《ひつえう》のない事《こと》だ。』

濃《こ》き眉《まゆ》の昂《あがり》しを、正子《まさこ》は始《はじ》めて訝《いぶか》しう良人《をつと》を眺《なが》めて、

『まあ、妙《めう》な事《こと》を仰有《おつしや》る。』

『餘《あんま》りお前《まへ》が執拗《くどい》からさ。』

心付《こゝろつ》きしか去《さ》り氣《げ》なく、

『暫《しば》らく彼方《あつち》へ行《い》つてゝくれ、何《いつ》れ後刻《ごこく》お前《まへ》の室《へや》まで出《で》て、逐一申上《ちくいちまをしあ》げることにしやうから。』

快濶《こゝろよ》げに笑《わら》はれて、思《おも》ひ邪推《よこしま》なく、

『馬鹿《ばか》にしていらつしやる。』

と腹立《はらだ》し氣《げ》の面《おも》ながら、我《わ》れ知《し》らず笑《ゑ》みは溢《こぼ》れて、

『ぢや必然《きつと》ですよ、良人《あなた》は何《ど》んな事《こと》でも遣《や》りッ放《ぱな》しだから！』

念押《ねんお》して、正子《まさこ》も去《さ》りつ。

燈火《ともしび》の俄《にはか》に淋《さび》しく見《み》ゆる卓子《テーブル》の上《うへ》には、花《はな》の露《つゆ》の痕《あと》少《すこ》し殘《のこ》りて、眞白《ましろ》き封筒《ふうとう》の、墨《すみ》よく、手跡《しゆせき》美《うる》はしき、上書《うはがき》の朧《おぼろ》なるを熟々《つくづく》と見入《みい》りて、富彌《とみや》は思《おも》ひ再《ふたゝ》び亂《みだ》れゆく。

（七）

珠子《たまこ》は我《わ》が妹《いもと》なり、その人《ひと》は妹《いもと》なり、と富彌《とみや》は幾度《いくたび》か繰《く》り返《かへ》しつ。

幾男《いくな》は我《わ》が親《した》しき友《とも》なり、況《ま》して郷《きやう》を同《おな》じうして、我《わ》れには遠《とほ》き縁者《えんじや》の、幾分《いくぶん》の血《ち》を分《わ》けし二人《ふたり》が間《あひだ》なり。と富彌《とみや》は幾度《いくたび》か繰《く》り返《かへ》しつ。さらぬだに榮譽《はえ》ある人《ひと》となりし幾男《いくな》の、思想《おもひ》は幽遠《たか》くして、心驕《こゝろおご》れるにもあらず、自《おのづ》から人格秀《じんかくひい》でし男《をとこ》にして、娶《めあは》せて珠子《たまこ》の幸薄《さちうす》からはあるまじく、婚《こん》を結《むす》びてこの君島《きみじま》の家《いへ》の、さまで誇《ほこ》りはあるまじきが、人《ひと》に恥《は》づべき緣《えにし》にもあるまじ。殊《こと》には幾男《いくを》に兄妹《はらから》なく、氣性《きだて》好《よ》き姑一人《しうとめひとり》に仕《つか》へて藹々《あいあい》と過《す》ごすべき家庭《かてい》は、世馴《よな》れず、事《こと》に馴《な》れず、人《ひと》よりは稚《をさな》き珠子《たまこ》の身《み》を、其《そ》れに委《まか》して、唯一人《たゞひとり》の父《ちゝ》に心懸《こゝろが》りのなく、姉《あね》の身《み》に案《あん》じ過《す》ごしもあらぬなるべし。望《のぞ》まば、小田《をだ》よりは財《ざい》富《と》みて、位高《くらゐたか》き人《ひと》の緣《えにし》もあるべきが、事繁《ことしげ》く、交際《まじはり》多《おほ》く、家族《かぞく》うるさき其《そ》の内《うち》に迎《むか》へらるゝは、風車《かざぐるま》に目馴《めな》れし幼兒《をさなご》が、燃《も》え上《あが》る火炎《くわえん》を前《まへ》に近《ちか》く

差《さ》し出《いだ》されしと同《おな》じにて、何《なに》を何《なに》と思《おも》ひ分《わ》くる術《すべ》もなく、其《そ》の身《み》の不幸《ふかう》この上《うへ》もあるまじきを、この度《たび》の縁《えん》は珠子《たまこ》の身《み》に相應《ふさは》くして、永久《えいきう》變《かは》るまじき、樂《たの》しき間《なか》らひの結《むす》ばるゝは定《ぢやう》なり。と富彌《とみや》は思《おも》ひつ。

さらば、斯《か》くばかり幸《さち》ある、人妻《ひとづま》となるべき珠子《たまこ》の今度《こたび》の話《はなし》の起《おこ》りてより、何《なに》なれば我《わ》れは今更《いまさら》に悲《かな》しく思《おも》ふか、行末《ゆくすゑ》は姉《あね》の正子《まさこ》を我身《わがみ》の蔭《かげ》に掩《お》ふべき身《み》と定《さだ》まりてありながら、何時《いつ》しかに其《そ》の妹《いもと》を戀《こ》ひしは我《わ》が辛《つら》き運命《さだめ》にして、我世《わがよ》は涙《なみだ》に終《をは》りぬるとも、戀《こひ》しき其《そ》の人《ひと》の一生《いつしやう》は幸《さち》あれと念《ねん》じたりしに、何故《なぜ》なれば今日《けふ》となりて、他《あだ》し人《ひと》に珠子《たまこ》を妻《つま》と呼《よ》ばする事《こと》の斯《か》くまでも口惜《くちを》しきか。

一昨年《おとゝし》の霜月《しもつき》、正子《まさこ》との式《しき》を擧《あ》げし其《そ》の前《まへ》の夕《ゆふ》、結《ゆ》ひ馴《な》れぬ高髷重氣《たかまげおもげ》に我《わ》が前《まへ》に立《た》ちて可笑《をか》しきかと笑《ゑ》みし珠子《たまこ》を、この儘《まゝ》に抱《いだ》き去《さ》りて深山路《みやまぢ》の果《はて》、人住《ひとす》まぬ里《さと》へなりとも二人《ふたり》隱《かく》れ住《す》むべきかと思《おも》ひ迫《せま》りて、美《うつく》しき身《み》を人《ひと》の指《ゆびさ》しもやする、人《ひと》なき巷《ちまた》へ伴《ともな》ひ行《ゆ》かん。と戲言《ざれこと》めきて我《わ》れの云《い》ひしを、兄《あに》と共《とも》に住《す》むならば。と其《そ》れには無心《むしん》ながら精神《こゝろ》こめて珠子《たまこ》は云《い》ひけり。養《やしな》ひ親《おや》が喜悦《きえつ》の面《おも》を見《み》ては我心《わがこゝろ》狂《くる》はず、空《むな》しく其日《そのひ》を送《おく》りて遂《つひ》に永久《とは》なる正子《まさこ》の良人《をつと》と定《さだ》まりつ。猶《なほ》幾日《いくひ》幾月《いくつき》、共《とも》に起《お》き共《とも》に臥《よ》す朝夕《あさゆふ》の、果敢《はか》なき上《うへ》は打《う》ち忘《わす》れて、月《つき》に二人《ふたり》涼《すゞ》む時《とき》、花《はな》に二人《ふたり》戲《たは》ふるゝ時《とき》、情《じやう》の炎《ほのほ》の燃《も》え立《た》ちて語《かた》らうは珠子《たまこ》一人《ひとり》の世《よ》とも思《おも》はれしが、謹愼《つゝしみ》深《ふか》き妻《つま》の風情《さま》を見慣《みな》れて可憐《いぢ》らしく、仇《あだ》し我心《わがこゝろ》を恥《は》ぢて夕《ゆふ》べの床《とこ》を涙《なみだ》に濡《うるほ》しつゝ、昨日《きのふ》今日《けふ》美《うつく》しう思《おも》ひ絶《た》えにし其《そ》の人《ひと》の、今更《いまさら》になどて人《ひと》に與《あた》ふる事《こと》のかくまで恨《うら》めしきか。』

『……………、照《て》らすと知《し》れど去《さ》りも敢《あ》へず、名《な》に憧《あこが》れて佇《たゞず》めば、黑白《あや》なくて見《み》る果敢《はか》なさを、花《はな》や悲《かな》しむ露《つゆ》は涙《なみだ》よ。』

一と日《ひ》雨《あめ》の夜《よ》の徒然《つれ〴〵》に、富彌《とみや》が作《か》きて與《あた》へし琴歌《ことうた》を、喜《よろこ》びて歌《うた》ひ慣《な》るゝ珠子《たまこ》の、今宵《こよひ》も思《おも》ひなく朗《ほが》らかに歌《うた》ふが聞《き》こえて、富彌《とみや》は思《おも》はず耳《みゝ》を澄《す》ませば、ふと止《や》んで、初蛙《はつかはず》の聲《こゑ》の又《また》一《ひ》としきり鳴《な》き立《た》つる。

思《おも》ひは其《そ》れに消《き》えて、富彌《とみや》は封書《ふうしよ》を手《て》にしつゝ、何《い》時《つ》よりは層《かさ》ある文《ふみ》の氣色《けはひ》の、いかなる思想《おもひ》を我《わ》れに示《しめ》せしかとそゞろ床《ゆか》しく、燈火《ともしび》近《ちか》くよせて封押《ふうおう》し切《き》れば、我《わ》れへ宛《あて》たる他《ほか》に二《に》重《ぢゆう》に封《ふう》せし文《ふみ》ありて、『珠子《たまこ》さま』と假名《かな》書《がき》の優《やさ》しう、裏《うら》には、『幾男《いくを》』とばかり。彼方《かなた》よりの消息《せうそく》のうち、珠子《たまこ》に宛《あ》てし事《こと》なきは更《さら》なり、此方《こなた》よりの富彌《とみや》の文《ふみ》に姉妹《きやうだい》が沙汰《さた》しても、彼方《かなた》には名《な》のみすら出《いだ》せし事《こと》なかりしその人《ひと》に今日《けふ》殊更《ことさら》宛《あ》てゝ、何《なに》をか認《したゝ》めしと富彌《とみや》は怪《あや》しく胸《むね》の躍《をど》きて、つと取《と》り上《あ》ぐれば、内《うち》より好《よ》き匂《にほ》ひの溢《も》れて馥《ほのか》しう、封筒《ふうとう》に薄紫《うすむらさき》の菫花《すみれ》は自《みづか》らゑがきしか、宛名《あてな》の文字《もじ》の下《した》に一輪《いちりん》かくれて色美《いろうつく》しきを、秘《ひ》められし艶《えん》なる思《おも》ひの一字《じ》一句《いつく》、眞《しん》情《こゝろ》ながるゝ墨《すみ》の痕《あと》まで、思《おも》ひ浮《うか》べらるゝ傍に富彌《とみや》は暫《しば》し眺《なが》め入《い》りしが、戀《こひ》は誰《たれ》にも優しきものか。と呟《つぶや》きて我《われ》へ宛《あ》てたる書面《しよめん》を勢《いきほひ》よくさつと押《お》し披《ひら》きつ。短《みじか》き文章《ぶんしやう》の、思《おも》ひしまゝを唯流暢《たゞなだらか》と書《か》き流《なが》したるばかりなれど、情《こゝろ》こもりて、我《われ》を兄《あに》と懐《なつか》しみつゝ、筆《ふで》取《と》りしさまの思《おも》ひやらるゝばかり、この縁《えん》の誰々《たれ/＼》の心《こゝろ》には叶《かな》ふとも、珠子《たまこ》一人《ひとり》の心《こゝろ》に適はずば、何事《なにごと》も強《し》ひずして打《う》ち捨《す》てよ、と終末《をはり》にやさしく、疾《と》く文《ふみ》出《いだ》すべき筈《はず》を珠子《たまこ》への書状《よみ》幾度《いくたび》か書《か》き直《なほ》して遅《おそ》うなりし。とは、殊勝《しほ》らしき心《こゝろ》の奥《おく》も見《み》えて。

珠子《たまこ》の心《こゝろ》に適《かな》ふまじきか、珠子《たまこ》の思《おも》ひに叶《かな》ふまじきか。と幾男《いくを》の心遣《こゝろづか》ひ哀《あは》れなり、一《ひ》と度《たび》も戀《こひ》の巷《ちまた》に思《おも》ひの花《はな》を打開《うちひら》きし事《こと》なき珠子《たまこ》は、今宵《こよひ》その濃情《こまやか》なる文《ふみ》を披《ひら》き見《み》て、今宵《こよひ》より京《きやう》の君《きみ》を思《おも》ひ渡《わた》るべし。他《あだ》し人《ひと》を戀《こ》ひ初《そ》めて羞《はづか》し氣《げ》の振《ふ》り添《そ》ふ珠子《たまこ》を、今宵《こよひ》より眺《なが》めで友《とも》の爲《ため》に我《われ》は笑《ゑ》むべきか。思《おも》ひ返《かへ》しても猶《なほ》珠子《たまこ》を望《のぞ》みし人《ひと》の恨《うら》めしく、それに胸《むね》の砕《くだ》かるゝこそ疎《うと》まし。珠子《たまこ》は我《わ》が嘗《かつ》ての思《おも》ひ人《びと》にして、現在《いま》は可愛《いと》しき妹《いもと》の身《み》ならずや、思《おも》はぬ人《ひと》を戀《こ》ひて夜半《よは》に泣《な》きしは昔《むかし》なり、今《いま》は妹《いもと》が上《うへ》を喜《よろこ》びて、幸《さち》あれと祝《しゆく》して、京《きやう》にやるべき身《み》ならずや。

淋《さび》しく笑《ゑ》みて、巻《ま》き納《をさ》めて、現《うつゝ》なく富彌《とみや》は立上《たちあが》りしが、目眩《めまひ》して足元《あしもと》の定《さだ》かならぬに、酔《ゑひ》のまだ残《のこ》りてかと、片手《かたて》に額《ひたひ》を押《おさ》へて立《た》てば、引掛《ひつか》け儘《まゝ》なりし羽織《はおり》するりと脱《ぬ》け落《お》ちて、下《した》に珠子《たまこ》が残《のこ》しゆきし薄紅《うすくれなゐ》の絹手巾《はんけち》に、餘波《なごり》の風《かぜ》渡《わた》りて、白薔薇《ホワイトローズ》香水《かうすい》の薫《かほ》り今更《いまさら》にぱつと散《ち》る。見返《みかへ》りて其《そ》の儘《まゝ》、富彌《とみや》は室内《へや》を出《い》でゝ、やがて茶《ちや》の間《ま》の前《まへ》に足《あし》を止《と》めつゝ、襖《ふすま》へ手《て》をばかくる時《とき》、正子《まさこ》の聲《こゑ》して

『ほんとに好《い》いお姿《すがた》ねえ、今夜《こんや》出《だ》して見《み》たらば、餘計《よけい》斯《か》うお立派《りつぱ》に見《み》えるわ。』

『………』

『これぢや御自分《ごじぶん》のお思《おも》ひ通《どほ》りの奥様《おくさん》がお出來《でき》になる

でせう、小母様《をばさま》は奥様《おくさん》をお迎《むか》ひにわざ〳〵東京《とうきやう》へお在《い》でなの。』

『然《さ》う。』と珠子《たまこ》の聲《こゑ》の少《ちひ》さく。

富彌《とみや》は開《ひら》きて、黑《くろ》き小袖《こそで》の影暗《かげくら》う其處《そこ》に立《た》ちたり、正子《まさこ》は面《おもて》を上げつ。白金寫眞《プラチナ》の臺紙《だいし》大きやかなる表面《うへ》に、立身《たちみ》に寫《うつ》せし洋装《やうさう》の若き人《ひと》、翩然としたるが珠子《たまこ》の膝《ひざ》の上《うへ》に置《お》かれて、袖《そで》に半面《はんめん》を忍《しの》ばせし儘《まゝ》、片手《かたて》を疊《たゝみ》に支《つ》きて、眺《なが》め入《い》る珠子《たまこ》の、身動《みうご》ぎもせで何《なに》をか思《おも》へる。

（八）

白雲漂《はくうんたゞよ》ふ上《うへ》に立《た》ちて、足許《あしもと》の危《あや》ふく身《み》を後方《うしろ》に退《すさ》らせんと焦慮《あせ》る時《とき》、徐《しづ》かに我《わ》が手《て》を取《と》りて先《さき》に立《た》ちし兄《あに》の富彌《とみや》の、進《すゝ》む儘《まゝ》に右方《みぎて》より左方《ゆんで》より眞白《ましろ》き雲《くも》の押《お》し寄《よ》せ來《き》て何時《いつ》しかそれに圍《かこ》まれたる恐《おそろ》しさに、確《しか》と縋《すが》れば抱《いだ》きよせて己《おの》が袖《そで》に庇《かば》ひつゝ、兄《あに》の装《よそほ》ひもたゞ白《しろ》く、我《わ》が装《よそほ》ひもたゞ白《しろ》く、朧《おぼろ》に明《あか》るき宙《ちう》を辿《たど》りて、何《いづ》處《こ》までもと進《すゝ》み行《ゆ》きしが、不圖《ふと》心《こゝろ》澄《す》み渡《わた》るまで香氣《かうき》薫《くん》じて、洋服《やうふく》扮装の、昔《むかし》の面影《おもかげ》見ゆる年少《としわか》き幾男《いくを》の、菫花《すみれ》幾束《いくたば》か掲《かゝ》げて遥《はるか》に我《われ》をば打招《うちまね》くに、花《はな》の艶《つや》ましさに富彌《とみや》を趁《お》ひて走《はし》り寄《よ》れば、君《きみ》が胸《むね》に我《わ》が頭髮《かみ》はかざして、殘《のこ》りたる一輪《いちりん》を富彌《とみや》へと渡《わた》しつ、いかにしてか、我《わ》が花《はな》の露《つゆ》もちて樂《うら》しきに引《ひ》き代《か》へ、富彌《とみや》の花《はな》は忽《たちま》ち萎《しほ》みて色失《いろう》せ果《は》てし悲《かな》しさに、幾男《いくを》を仰《あふ》ぎて富彌《とみや》を見《み》返《かへ》れば、姿《すがた》は半《なか》ば雲《くも》に包《つゝ》まれて見《み》えず、其《そ》れを追《お》はんと、何時《いつ》か幾男《いくを》に捉《とら》へられし手《て》を悶《もが》き放《はな》すを、力《ちから》は強《つよ》くいよ〳〵引《ひ》き据《す》ゑられし、重《かさ》ねての悲《かな》しさに、音に立《た》てゝ思《おも》はず泣《な》きしわが聲《こゑ》に自《みづか》ら驚《おどろ》きて、眠《ねぶ》り覺《さ》めたる昨夜《ゆふべ》の夢《ゆめ》の、枕邊《まくらべ》には京《きやう》より送《おく》られし文《ふみ》の披《ひら》きたる儘《まゝ》にして、夜半《よは》より降《ふ》り出《い》でし春雨《はるさめ》のまだしめやかに降《ふ》る窓《まど》の許《もと》、曉《あかつき》に消《き》えぬ燈火《ともしび》淡《あは》き影《かけ》を眺《なが》めつめて、珠子《たまこ》はたゞ物《もの》をのみ思《おも》ひぬ。

盛《さか》りは過《す》ぎて落花《らくくわ》に情《つれ》なき雨《あめ》の夕《ゆふ》、しばしの花《はな》の世《よ》ぞ、梢《こずゑ》に傘《かさ》きせばやと富彌《とみや》の戯《たは》ふれて、我《わ》れを伴《ともな》ひゆきし堤《つゝみ》の上《うへ》に、渡守《わたしもり》の蓑《みの》浮《う》きて客《きやく》の雨傘《あまがさ》おぼろに霞《かす》む風情《ふぜい》のおもしろさを、遊《あそ》び過《す》ぎし春《はる》、歸《かへ》り路《ぢ》にはからず出《い》で逢《あ》ひし幾男《いくを》の、再《ふたゝ》び共《とも》に雨《あめ》の花《はな》にあこがれよと迫《せま》りて引返《ひつかへ》せし時《とき》、その人憎《ひとにく》しとまでは思《おも》はざりしが、兄《あに》と二人《ふたり》樂《たの》しき間《なか》に交《まじ》らひて少《すこ》しは妬嫉しとも思《おも》ひつ、さすがに疎《うと》ましき顔《かほ》は傘《かさ》の中《うち》に隠《かく》して一人《ひとり》離《はな》れしを、富彌《とみや》の氣《き》遣《づか》ひて珠子《たまこ》の快《こゝろよ》からずば我《わ》れも歸《かへ》らんとて幾男《いくを》に別《わか》れを告《つ》ぐれば、恨《うら》めし氣《げ》の面色《おもゝち》して見向《みむ》きし幾男《いくを》の、濟《す》まぬとも思《おも》ひながら、世《よ》に嬉《うれ》しき人《ひと》は兄《あに》ばかりと徹々《しみ〲》と其時《そのとき》に思《おも》ひこそ渡《わた》りしが。程《ほど》もなく其《そ》の人《ひと》は立別《たちわか》れて京《きやう》へ去《さ》りつ、我《わ》れには兄《あに》と齊《ひと》しう優《やさし》かりし人《ひと》なれど、さまで思出《おもひい》づることもなくて幾年月《いくとしつき》を過《す》ごせしに、彼方《かなた》には猶《なほ》我《わ》れを疎《うと》まで宵々《よひ〲》は此方《こなた》戀《こひ》しき思《おも》ひの、忘《わす》られし古《ふる》ごとの一々《いち〲》彼方《かなた》には昨日《きのふ》のやうにも思《おぼ》さるゝとか。常々《つね〲》の消息《せうそく》にも、君戀《きみこ》ふと人《ひと》や覺《し》る、と、我《わ》が上《うへ》を筆《ふで》にしても尋《たづ》ね得《え》られず、たゞ他《よそ》に我心《わがこゝろ》の散《ち》るなとばかり念《ねん》じて、技藝《わざ》を勵《はげ》みつゝ、今《こと》年《し》漸《やうや》う我《わ》れの學《まな》びの業卒《わざな》へしと聞《き》きて誰《た》が許《ゆるし》さへなきものを、はや新妻《にひづま》と定《さだ》めし心地《こゝち》の、嬉《うれ》しさ餘《あま》りて幾夜《いくよさ》熟睡《まどろ》まで明《あ》かしねるその思《おも》ひ。深《ふか》や推《すゐ》せよ。とあり、始《はじ》めて知《し》りし君《きみ》が情《なさけ》の、埒《らち》なき昔《むかし》も思《おも》ひ出《い》でられて寐《い》ねがてに、嬉《うれ》しとは思《おも》ひ染《し》みたれど、何故《なぜ》か妻《つま》と呼《よ》ばれん事《こと》の恨《うら》めしく、昔《むかし》を知《し》りて、君《きみ》の柔和《やさ》しさも覺《おぼ》えこそはあれ、ましてや我《わ》れを思《おぼ》さるゝと聞《き》くからに、慕《した》はしき心地《こゝち》も迫《せま》り來《く》るやうながら、その人《ひと》の傍《そば》に花《はな》を眺《なが》めて嬉《うれ》しとも思《おも》はれず、我《わ》れ病《や》む傍《そば》にその人《ひと》のありて心地《こゝち》爽《さわや》かならんとも思《おも》はれず、懷《なつ》かしき兄《あに》、親《した》しき姉《あね》に別《わか》れゆきて、長《なが》く、長《なが》く、末長《すゑなが》く、人知《ひとし》らぬ京《きやう》の住《すま》ひの、さる人《ひと》の傍《そば》にありて月日《つきひ》を送《おく》らん事《こと》、如何《いか》ばかりの心細《こゝろぼそ》さなるべき。とはや悲《かな》しさ迫《せま》りて、夜半《よは》の雨《あめ》を物哀《ものあは》れに聞《き》きしうち、何時《いつ》しかうと〲と夢路《ゆめぢ》に入《い》りしと思《おも》ひしが、心安《こゝろやす》からねばか奇《く》しき夢《ゆめ》をば結《むす》びて、胸《むね》の思《おも》ひの亂《みだ》れに亂《みだ》れゆく。

さらでも雨《あめ》の日《ひ》の頭《かしら》なやましくて、臥床《ふしど》は其《そ》の儘《まゝ》に珠子《たまこ》の起《お》き出《い》でぬを、姉《あね》の正子《まさこ》は訪《と》ひよりて、冴《さ》えたる調子《てうし》の今朝《けさ》も活々《いき〲》と、

『何《ど》うおしなの？　氣分《きぶん》が勝《すぐ》れないんですか？　昨夜《ゆふべ》湯上《ゆあが》りに薄衣《うすぎ》をして居《ゐ》たから、それで風邪《かぜ》でもお冒《ひ》きなのぢやないか。』

荒《あら》き縞《しま》のフラネルの寐衣《ねまき》の儘《まゝ》、珠子《たまこ》は臥床《ふしど》の上《うへ》に坐《すわ》りて、

『えゝ、然《さ》うなのかも知《し》れないわ。』

『頭痛《づつう》でもするの？』

『えゝ、非常《たいへん》に頭《あたま》が痛《いた》いの！』

思《おも》ひに堪《た》へられず、蒲團《ふとん》の上《うへ》を辷《すべ》り出《い》でゝ、兩手《りやうて》を眉《まゆ》よりやゝ高《たか》く、窓《まど》の戸《と》を開《あ》け放《はな》せば、冷《つめ》たき風《かぜ》吹《ふ》き入《い》

りて、若葉《わかば》の上《うへ》に雨白《あめしろ》う、雫《しづく》は滴《した》りて綠《みどり》なり。

『風《かぜ》になんぞあたつて！　雲走《くもはし》る空《そら》を眺《なが》めて、惡《わる》いでせう珠《たま》ちやん。』

『いゝえ、好《い》い氣持《きもち》よ。』

『寒氣《さふけ》がする譯《わけ》でもないのねえ。』

ふと落《お》ち散《ち》りたる文殼《ふみがら》に眼《め》を留《と》めて、居膝《ゐざ》りよりながら取《と》り上《あ》ぐれば、

『あ、不可《いけ》ないの。』

振返《ふりかへ》りざま、その手《て》より奪《うば》ひ取《と》りて、蒲團《ふとん》の下《した》へ確《しか》と押祕《おしかく》しつゝ、其《そ》の上《うへ》に身《み》を俯伏《つツぴ》して兩袖《りやうそで》の中《うち》に面深《おもてふか》深《ぶか》と押埋《おしうづ》めしが、髮毛《かみのけ》の幾條《いくすぢ》亂《みだ》るゝ襟筋《えりすぢ》を赤《あか》う染《そ》めて、胸《むね》の轟《とゞろき》の、切《せつ》なきか肩先《かたさき》わなゝく。

（九）

『見《み》せては惡《わる》い事《こと》なの？』姉《あね》は笑《わら》つて、

『もう分《わか》つて居《ゐ》る事《こと》なのぢやありませんか、お祕《かく》しでなくつたつて！』

前《まへ》より抱《いだ》き起《おこ》して、

『何樣《どんな》ことを云《い》つてお寄越《よこ》し成すつたの？　珠《たま》ちやんを何《ど》うでも奧樣《おくさん》に成《な》さり度《た》いと仰有《おつしや》つてッ？　えッ？』

再《ふた》び笑《わら》つて覗《のぞ》き込《こ》めば、擡《あ》げたる面《おもて》の固《もと》に復《かへ》りて、肅然《きつ》と居坐《ゐずま》ひ正《たゞ》しく。

『いろ〳〵な事《こと》を書《かい》いておよこし成《な》すつたの、昔《むかし》の事《こと》も、今《いま》の事《こと》も……』

細《ほそ》き溜息《ためいき》漏らして、

『何《なん》だか昔《むかし》の事《こと》を考《かんが》へると夢《ゆめ》のやうね、姉《あね》さん！』

幼《をさな》めかず、眞顏《まがほ》の安靜《おちつき》て思案《しあん》らしきに、姉《あね》は驚《おど》ろかされて、

『まあ！……、おほゝゝ急《さふ》に老《ま》せて既《も》う奧樣《おくさま》になりのやうね。』

果《は》ては例《いつ》もの揶揄調子《からかひでうし》を厭《いと》はし氣《げ》に見守《みまも》りて、その妻《つま》と呼《よ》ばるゝ事《こと》の悲《かな》しく、思《おも》はずも涙含《なみだぐ》みながら、

『姉《ねえ》さん、私《あたし》何《ど》うしても京都《きやうと》へ行《ゆ》かないぢやならないの？』

『まあ。』

こ度《たび》はまこと驚《おどろ》かされて、

『嫌《いや》だとお云《い》ひなの？』

幽《かすか》に頭《かうべ》を振《ふ》りしが、濡《ぬ》れたる鳥《とり》の軒《のき》に近《ちか》く、羽搏《はゞた》きしつゝ聲《こゑ》なくて去《さ》りしその影《かげ》を慕《した》ひて頭《かうべ》を返《かへ》せし珠子《たまこ》、何《なに》ともなく京《きやう》の人《ひと》を思《おも》ひやりて、今日《けふ》まで知《し》らぬ

雨《あめ》の風情《ふぜい》の淋《さび》しさを味《むぢは》ひつゝ。

『何《なん》だか茫然《ぼんやり》して居《ゐ》るのね、何《なに》をそんなに考《かんが》へておいでなの？』

『何《なんに》も考《かんが》へては居《ゐ》ないの、甚《ひど》く頭痛《づつう》がするんですもの。』

　昨夜《ゆうべ》の眠《ねぶ》り足《た》らで、頭重《かしらおも》きは事實《まこと》なり、横臥《よこたは》るとも瞼《まぶた》は合《あ》ふまじきが、人《ひと》なく聲《こゑ》せぬ所《ところ》に暫《しば》しは物思《ものおも》ひ度《た》き心地《こゝち》のされて、

『少《すこ》し靜《しづか》に寐《やす》んで見《み》たいやうなのよ。』

『堀内《ほりうち》に診《み》て貰《もら》つたら何《ど》うだ。』

　思《おも》ひがけず富彌《とみや》の聲《こゑ》の、何時《いつ》此《こ》室に來《き》しか、緋裏《ひうら》の返《かへ》る夜着《よぎ》の裾《すそ》の許《もと》に立《た》つを、正子《まさこ》は振返《ふりかへ》りて、

『其《そ》れ程《ほど》ぢやないんですよ、ねえ！』

點頭《うなづ》きたれど、人妻《ひとづま》となる身《み》の羞《つゝま》しくて其方《そなた》を仰《あふ》ぐすら叶《かな》はず。

『たゞ、氣《き》が重《おも》いのだらう。』

と富彌《とみや》の聲《こゑ》の打沈《うちしづ》みて。

『何時《いつ》もの我儘《わがまゝ》病氣《びやうき》かも知《し》れませんよ、でもまあ床《とこ》へはいつて居《ゐ》て大切《だいじ》にしないぢや可《い》けませんわ、え、珠《たま》ちやん。』

　言葉《ことば》なく、君《きみ》は我《わ》れを思《おも》ふと云《い》ふに、我《わ》れもその人《ひと》を思《おも》ばねばなるまじきか、と今日《けふ》よりの我《わ》が上《うへ》を辿《たど》りて思《おも》ひに耽《ふけ》れば、富彌《とみや》は眺《なが》めやりて、何《なに》を思《おも》ひてか我《わ》れをまで隔《へだ》て顔《がほ》の訝《いぶ》かし、我《わ》れ病《や》む時《とき》は兄《あに》を呼《よ》び、兄《あに》病《や》む時《とき》は我《わ》れ泣《な》きて、慕《した》ひ慕《した》ひしその昔《むかし》はまこと兄妹《はらから》の親《したし》みにして、そは打捨《うちす》つるまでに然《さ》ばかり頼母《たのも》しう戀《こひ》しう良人《なつと》と云《い》ふ名《な》の胸《むね》に應《こた》へしや、彼方《かなた》を思《おも》ひて我《わ》れにも見《み》する面羞《おもは》ゆ振《ぶ》り、そゞろに嫉《ねた》き思《おも》ひのさるゝ。

と窓《まど》より雨《あめ》を眺《なが》めて富彌《とみや》も語《かた》らず。

　京《きやう》へ行《ゆ》くべき身《み》を悲《かな》しめるかと、さすがに正子《まさこ》の危《あや》ふんで珠子《たまこ》を見詰《みつ》めしが、思《おも》ひ寄《よ》らぬ身《み》の定《さだ》まりに、唯《たゞ》遠《とほ》き行末《ゆくすゑ》を思《おも》ひ過《す》ごして、物《もの》の恐《お》ぢらるゝよりと思《おも》ひ捨《す》てゝ、

『自分《じぶん》から無益《つま》らない事《こと》なんぞを考《かんが》へては駄目《だめ》ですよ、何《なん》でも兄《にい》さんや姉《ねえ》さんに任《まか》して置《お》いたら其《そ》れで好《い》いんですわ。』

『安靜《おちつい》で寐《やす》んで居《ゐ》た方《はう》が好《い》い、昨夜《ゆうべ》から餘《あま》り思《おも》ひを凝《こ》らし過《す》ぎたのだらう、氣《き》を濶々《ひろ〴〵》とさへ持《も》ちて居《ゐ》りや好《い》いんだ。』

　我《わ》れを氣《き》づかふ何時《いつ》もの優《やさ》しさの、珠子《たまこ》は徹々《しみ〴〵》と兄《あに》

懷《なつか》しう覺《おぼ》えて、云《い》ひ知《し》れぬけふの心《こゝろ》の惱《なや》み、兄《あに》に縋《すが》りて思《おも》ひを語《かた》らば胸《むね》の縺《もつ》れも解《と》くる術《すべ》あるか。と自《おの》づと聲迫《こゑせま》りて、

『兄《にい》さん、此室《こゝ》に居《ゐ》て頂戴《ちやうだい》な。』

見上《みあ》げて、打守《うちまも》りたる眼色《まなざし》、情《こゝろ》の美《うつく》しき影射《かげさ》して、暖《あたゝか》う輝《かゞや》く。

『淋《さび》しいの？』　と姉《あね》の正子《まさこ》。

『何《なん》だ、子供《こども》見たやうな事《こと》を云《い》ふぢやないか、然《さ》う云《い》ふ樣《やう》な時《とき》は却《かへ》つて人《ひと》の居《ゐ》ない方《はう》が好《い》いのだ。』

見交《みか》はしたる眼色《まなざし》の、はしなく嘗《かつ》ての思《おも》ひに返《かへ》りて、富彌《とみや》は可愛《いと》し氣《げ》に珠子《たまこ》を見《み》つ。

『珠《たま》ちやんのお株《かぶ》よ、少《すこ》し何處《どこ》か惡《わる》いと淋《さび》しがつて！』

『淋《さび》しい氣《き》がするんですもの。』

明日《あす》よりは人妻《ひとつま》？　と誰《たれ》か近《ちか》く囁《さゝや》くやうに覺《おぼ》えて、云《い》ひ敢《あ》へず悲《かな》しさの迫《せま》りつゝ、衝《つ》き上《あが》り來《く》る淚《なみだ》を唇《くちびる》嚙《か》みてぢつと忍《しの》びしが、避《さ》けて反《そむ》けたる窓《まど》の方《かた》、軒《のき》に玉水《たまみづ》の音低《おとひく》きを味氣《あぢき》なく聞《き》きて、はらりと落《お》ちし一《ひ》と雫《しづく》、忍《しの》び顏《がほ》に夜着《よぎ》の袖《そで》に消えゆく。

（十）

十疊《じふでふ》の座敷《ざしき》の、南《みなみ》に向《むか》へる椽《えん》の障子《しやうじ》を殘《のこ》らず開《あ》け放《はな》して、一《ひ》と目《め》に見《み》ゆる構《かま》へ廣《ひろ》き庭內《には》の、築山泉水《つきやませんすゐ》の都《みやこ》振《ぶ》りたるはなく、振《ぶ》り面白《おもしろ》き松《まつ》が枝《え》の下《もと》に躑躅紅《つゝじくれなゐ》にして、傍《かたへ》なる花崗《みかげ》石の石燈籠《いしどうろう》のみに風情《ふぜい》をとゞめつゝ、區劃《かぎ》りたる中垣《なかゞき》の彼方《かなた》、稍《や》ゝ荒《あ》れたる景色《けしき》見ゆる菊畑《きくばたけ》の模樣《もやう》より、聳《そび》えたる銀杏《いてう》の梢《こずゑ》、立《た》ち續《つゞ》きたる杉《すぎ》の幾《いく》本《ほん》、寂《さ》びたるを見渡《みわた》したるこの室《へや》の、側面《よこ》に備《そな》へ付《つ》けられし姿見《すがたみ》に姉妹二人《はらからふたり》育《そだ》ちたる俤《おもかげ》を殘《のこ》して、床《とこ》には文晁《ぶんてう》が大幅《たいふく》、銅作《かねつく》りの、孔子《こうし》の像《ざう》の置物《おきもの》これも大《おほ》きく、主人《あるじ》が半日《はんにち》の遊《あそ》びに過《す》ごす碁盤一面《ごばんいちめん》、床《とこ》の片隅《かたすみ》に据《す》ゑられて今《いま》は客待遇顏《きやくもてなしがほ》に見《み》ゆ。

幾男《いくを》が越《こ》し方《かた》の久《ひさ》しき思《おも》ひ、母《はゝ》の所望《しよまう》の、傍近《そばちか》く幾《いく》日《ひ》か說《と》かれて、父《ちゝ》の心《こゝろ》は動《うご》きに動《うご》きつゝ、富彌夫妻《とみやふたり》が左右《とかう》なき胸《むね》に話《はなし》は成《な》りて、今日《けふ》珠子《たまこ》を招《よ》びしが、引添《ひきそ》ふべき姉《あね》の正子《まさこ》は調理《てうり》の會《くわい》ありとて來《こ》ず、代《かは》りて富彌《とみや》の、それに關《かゝ》はる事共《ことゞも》四人《よにん》語《かた》らひ盡《つく》して、はや晚餐時《ゆふげどき》となれば、一座《いちざ》は父《ちゝ》の好《この》みに任《まか》せて酒《さけ》なり。

富彌《とみや》は量弱《りやうよわ》く、父《ちゝ》が相人《あひて》を仕《し》兼《か》ねて半途《なかば》より庭《には》を漫《そゞろ》歩《あるき》の、珠子《たまこ》は思《おも》ひありて座《ざ》に得《え》堪《た》へず、椽《えん》に佇《たゝず》みて一《ひと》人《り》黄昏《たそがれ》の空《そら》をば打《う》ち眺《なが》むる。

濃《こ》き化粧《けはひ》の襟元《えりもと》、細《ほそ》きに白壁《しろかべ》羽《は》二重《ぶたへ》の襦袢《じゆばん》の襟《えり》しつくりと、淡葡萄地《うすぶどうち》に、白立枠《しろたてわく》の紋《もん》お召《めし》、紅掛鼠《べにかけねずみ》の裙薄《すそうす》う、椽《えん》より長《なが》き袂《たもと》の振《ふ》りを落《おと》して、紫紺《しこん》に和蘭菊《おらんだぎく》の模《も》樣華《やうはなや》かなる繻珍《しゆちん》の帶高《おびたか》う、柱《はしら》に凭《もた》れよりつゝ、床《とこ》に臥《ふ》したるは二日《ふつか》に餘《あま》る日《ひ》なれど、甚《いた》く面窶《おもやつ》れして、霑《うる》みたる眼許《めもと》の冴《さ》えねど、薄《うす》き口許《くちもと》を思《おも》ひあり氣《げ》に堅《かた》く結《むす》びたる、愁《うれ》ひの頬《ほゝ》に趣《おもむき》あり。頭《かしら》なやめばか今日《けふ》も束《そく》髮《はつ》の、心淋《こゝろさび》しきとてか寶玉《たま》美《うつく》しきピンの外《ほか》に飾《かざ》り見《み》えず。我《われ》を思《おも》ふと云《い》ふその心《こゝろ》は嬉《うれ》しけれど、その人《ひと》は嬉《うれ》しからぬを、他《あだ》し思《おも》ひもなき我心《わがこゝろ》にして、いかにせば我思《われおも》ふ人《ひと》を我《わ》れも思《おも》ふやうに成《な》るべきか。と其《そ》れのみを思《おも》ひ煩《わづら》ひて。

『おい、珠《たま》！　酌《しやく》をしてくれ、何《なん》だ嫌《いや》がつて逃《に》げ出《だ》すなんて、親不孝者《おやふかうもの》だぞ。』

朱《しゆ》を塗《ぬ》りしやうなる醉顔《すゐがん》に椽《えん》の方《かた》を眺《なが》めやりて、此《こ》處《こ》よりは横顔《よこがほ》の、腮愛《おとがひあい》らしきに父《ちゝ》は笑《ゑ》みの面《おもて》も崩《くづ》れて、

『珠《たま》！　此處《こゝ》へ來《こ》い、よ。』

と手招《てまね》きす。わづかに見返《みかへ》りて笑《わら》ひを漏《も》らしたれど、立復《たちかへ》らんともせず、雙袖《もろそで》を膝《ひざ》の上《うへ》に組《く》みて吻《ほ》と小《ちひ》さき息《いき》しつ、富彌《とみや》が、白薔薇《しろばら》一輪《いちりん》を手《て》にして、靴下《くつした》の先《さ》きに庭下駄《にはげた》穿《は》き苦《くる》し氣《げ》に、ゆる〳〵と垣越《かきこ》えて來《き》かゝるを、熟《ぢつ》と見守《みまも》りて待《ま》てば、

『阿父樣《おとつさま》が呼《よ》んでお在《い》でなさる、珠子《たまこ》さん來成《きな》さつたら宜《よ》からうが。』

髮《かみ》は今日《けふ》も奇麗《きれい》に取《と》り上《あ》げて、茶萬筋《ちやまんすぢ》の糸織《いとおり》の着物《きもの》、黑繻子《くろしゆす》の幅狹《はゞせま》き帶《おび》を堅《かた》く結《むす》びしが、振返《ふりかへ》りて促《うなが》すに、小母《をば》には遠慮《ゑんりよ》ありて、

『は。』と素直《すなほ》に、柱《はしら》に手《て》を支《つか》へて、物憂《ものう》く立上《たちあが》りつ、夕風《ゆふかぜ》頬《ほゝ》を吹《ふ》きて、はら〳〵と後《おく》れ毛《げ》の亂《みだ》るゝ。

『薔薇《ばら》が盛《さか》りですな。』

疲《つか》れたるらしく手《て》より先《さ》きに、洋服《やうふく》の身《み》を捻《ひね》りて椽《えん》に腰下《こしおろ》せしが、躊躇《たゆた》ひて猶其處《なほそこ》に立《た》てる珠子《たまこ》を無言《むごん》に見上《みあ》げて、富彌《とみや》は手《て》に持《も》つ白薔薇《しろばら》を差出《さしいだ》すを笑《ゑ》みもたぬ面《おもて》の淋《さび》しく、此方《こなた》も無言《むごん》に手《て》に受取《うけと》りて、花《はな》をそと面《おもて》に當《あ》つれば輝《かゞや》く指環《ゆびわ》の、黃金《きん》に相生《あひおい》の松《まつ》の彫《ほ》り、『ある夜《よ》ひそかに』の月一輪《つきいちりん》にダイヤを鏤《ちりば》めて、凝《こ》りたる意匠《いしやう》は幾男自らの思《おも》ひ付《つ》きとか、今日《けふ》送《おく》り越《こ》せしを、母《はゝ》の手《て》づから珠子《たまこ》の指《ゆび》に篏《は》めたりし其《そ》れなり、

『何《ど》うだ、俺《おれ》の丹精《たんせい》を見《み》てくれたか、あはゝゝ、去年《きよねん》小石川《こいしかは》へ白《しろ》を一《ひ》と株《かぶ》持《も》つて行《い》つたが、何《ど》うしたかな。』

獨酌《どくしやく》の元氣《げんき》は更《さら》にも增《ま》して、聲《こゑ》の自《おの》づと高《たか》く。富彌《とみや》は指環《ゆびわ》に留《と》めたる目《め》を、再《ふた》び庭《には》に返《かへ》して、

『彼花《あれ》も盛《さか》りです、今年《ことし》は殊《こと》に美事《みごと》に咲《さ》いたやうです、小石川《こいしかは》の薔薇《ばら》は正《まさ》と珠子《たまこ》の丹精《たんせい》ですからな。』

『然《さ》うか、兄《にい》さんは頓着《とんぢやく》せずか。』

『僕《ぼく》には一向《いつかう》に構《かま》へんですね、其《そ》の癖花《くせはな》は好《す》きなのだが……。』

『横着《わうちやく》なんだな、手入《てい》れする事《こと》が嫌《きら》ひだが、咲《さ》けば眺《なが》めても見度《みた》いと云《い》ふんだからな、あはゝゝゝ。』

老《お》いたる方《かた》は齊《ひと》しう笑《わら》ひたれど、若《わか》きは笑《ゑ》まず、分《わ》けても富彌《とみや》は、自《みづか》ら手入《てい》れ仕盡《しつく》して美《うつく》しく咲《さ》かせし花《はな》は、明日《あす》より他人《ひと》の一人《ひとり》して眺《なが》むるならずや、思《おも》ひの花《はな》ならぬものをば、何徒《なにいたづ》らに培養《つちか》ふべきかは、と譯《わけ》もなく云《い》ひさせし我《わ》が言葉《ことば》ながら、意深《こゝろふか》かりしを自《みづか》ら思《おも》ひて打沈《うちしづ》みつゝ、

漸《やうや》う坐《ざ》に復《かへ》りて、父《ちゝ》の傍《そば》に花《はな》を手弄《たまさぐ》る珠子《たまこ》に、

『さあ、酌《しやく》をしてくれ、な。』

杯洗《はいせん》の水《みづ》も濺《こぼ》れぬ食卓《てーぶる》の上《うへ》より、硝子盃《こつぷ》を左手《ゆんで》に取《と》り上げて、茶博多《ちやはかた》の卷帶《まきおび》緩《ゆる》う、胡坐《あぐら》組《く》みたる膝《ひざ》を向《む》け直《なほ》しつゝ、ふうと酒《さけ》の息《いき》を吐《は》き出《いだ》すを、

『まあ、いやな！』

つと面《おもて》を背向《そむ》けしが、斜《なゝめ》に毛《け》の亂《みだ》れ眉《まゆ》にかゝりて、長《なが》き睫毛《まつげ》の鬱陶《うつたう》し氣《げ》に閉《と》ぢらるゝ。

『あはゝゝゝ、酒息《さけくさ》いか、困《こま》つたな。』

更《さら》に上方《うへ》をば仰《あほ》ぎてはつと一《ひ》と息《いき》。

『御酒《ごしゆ》を嫌《きら》ふものは、まことに香《かほり》だけもいやなもんでさ。』

吸《す》ひ付《つ》けて片手《かたて》を膝《ひざ》に、やゝ仰向《あほ》に悠然《ゆつくり》と燻《ふか》せば、煙《けぶ》り一《ひ》と筋立《すぢた》ち昇《のぼ》りて、笑《ゑ》みの面《おもて》にかすみかゝる。

『俺《わし》の娘《むすめ》はなおつかさん、生意氣《なまいき》のない丈《だけ》が取柄《とりえ》よ、海老茶色《えびちやいろ》の袴《はかま》を穿《は》いて學校《がくかう》へも通《かよ》つたのだが、喧嘩《やかま》しい小理屈《こりくつ》なんぞを捻《ひね》つた事《こと》はなし、唯《たゞ》溫和《おとな》しい一方《いつぱう》でな。』

醉《よ》へば我娘《わがこ》の自慢《じまん》が常《つね》なり、赤《あか》き面《おもて》に白《しろ》き髯靡《ひげなび》きて、乾《かわ》きたる脣《くちびる》に炎立《ほのほた》つ。母《はゝ》は大《おほ》きく點頭《うなづ》きて、

『私《わたし》も幾男《いくを》もこれからは大自慢《おほじまん》で御坐《ござ》んす、幾男《いくを》の喜《よろこ》びが目《め》に見《み》えるやうでの、其丈《それだけ》私《わたし》も嬉《うれ》しいんで御坐《ござ》んす。』

珠子《たまこ》はふと幾男《いくを》の母《はゝ》を見《み》たり、幼少《えうせう》にして我母《わがはゝ》は失《うしな》ひたれど、優《やさ》しき頰摺《ほゝず》りを受《う》けし記憶《おぼえ》の今《いま》も殘《のこ》りて、な

つかしき母《はゝ》と云《い》ふ名《な》の、この後《のち》よりこの人《ひと》を我《わ》が母《はゝ》と侍《かしづ》くにかと慕《した》はしくも覺《おぼ》えて。

椽《えん》に富彌《とみや》は後手支《うしろでつ》きて、話《はなし》には耳傾《みゝかたふ》けしが言葉《ことば》挾《はさ》む事《こと》の憂《う》く、暮《く》れかゝる空《そら》の色《いろ》の、漂《たゞよ》ふ雲《くも》の行方《ゆくへ》を眺《なが》め、や、色《いろ》づき初《そ》めし半月《はんげつ》を裏手《うらて》の森《もり》の影《かげ》に見出《みい》でゝ、微《び》醉《すゐ》の頬《ほゝ》に風《かぜ》をよろこびつゝ、思《おも》ひ忘《わす》られ顔《がほ》の、襟飾《ネクタイ》の色結《いろむす》び目《め》に榮《は》えて麗《あでや》か。

（十二）

『お前《まへ》さんも知《し》つて居《ゐ》らうが三那三《みなみ》の由子《よしこ》な、いやもう始末《しまつ》につかん女《やつ》で、この伯父《をぢ》も何《なに》も彼女《あれ》には全然《すつかり》しやべり負《ま》かされる、妹《いもうと》に何時《いつ》も云《い》ふ事《こと》だが、父親一人《てゝおやひとり》の手《て》でさへ斯《か》う育《そだ》つものを、何《ど》う思《おも》ふて兩親揃《ふたおやそろ》つて居《ゐ》ながら一人《ひとり》の娘《むすめ》を不具者《かたはもの》に育《そだ》て上《あ》げてしまつたかと云《い》ふてやるが、由子《よしこ》にも困《こま》るな。

娘《むすめ》を見返《みかへ》りて、

『お前《まへ》も由子《よしこ》にかぶれた樣《やう》だな、鍋蓋《なべぶた》を乘《の》つけたやうな髮《かみ》に丸《まる》めて居《ゐ》るやうでは、なあ、あはゝゝゝ。』

小母《をば》も苦笑《にがわら》ひして共《とも》に珠子《たまこ》をば見返《みかへ》りつ、笑《ゑ》みもせず、答《こた》へもせず、靜《しつか》なるその姿《すがた》を唯氣高《たゞけだか》しと眺《なが》めて、

『阿父様《おとつさま》は口《くち》がお惡《わる》うて不可《いけ》んの。』

『あはゝゝ、なあ富彌《とみや》、然《さ》うだな。』

椽《えん》に上《あが》りて、立身《たちみ》の儘愛嬌深《まゝあいけうふか》き笑《ゑ》みを含《ふく》みて、

『大分《だいぶ》珠子《たまこ》が攻撃《こうげき》されるやうですね。』

『うむ、富彌《とみや》も其方《そつち》へ援護《えんご》か？』

『然《さ》うですな、はゝゝ。』

『不憫《かわいさう》になあ、流行《はやり》の髮《かみ》は誰《たれ》にしろ結《ゆ》ひますさ。』

小母《をば》は立《た》ちて椽傳《えんづた》ひに。何《いつ》れへ行《ゆ》くとてか低《ひく》き姿《すがた》は障子《しやうじ》の彼方《かなた》へと隱《かく》れて。

『一同《みんな》して苛《いぢ》めるんですもの。』

怨《えん》じ顔《がほ》の父《ちゝ》を見上《みあ》げて、

『お酒《さけ》さへ飲《あが》れば斯《か》うなの！』

『それ、そろ〳〵口《くち》が開《む》いて來《き》た、要害《えうがい》々々。』

父《ちゝ》は一入高《ひとしほたか》く笑《わら》ふ。

『小母様《をばさん》の前《まへ》では少々極《せう〳〵きま》りが惡《わる》いのです。』

富彌《とみや》も笑《わら》ひて、珠子《たまこ》の傍《そば》に投《な》げ捨《す》て置《お》きし鰐皮《わにがは》の卷《まき》煙草入《たばこい》れを取《と》り上《あ》ぐるを、眞赤《まつか》にはなりながら口惜《くや》し氣《げ》に、

『極《きま》りなんぞ惡《わる》くはないわ、お品振《ひんぶ》つてゞも居《ゐ》ると思《おも》つて！　よう御坐《ござ》んすわ。』

『それ其《そ》の通《とほ》り饒舌《しやべ》れるからな。』

調戯顔《からかひがほ》に父《ちゝ》に差《さ》し窺《のぞ》かれて、抵抗《あらが》はんとは思《おも》ひながら、つい何事《なにごと》も重《かさ》ねては云《い》ひ憂《う》くして、濟《す》まぬ顔色《かほつき》ばかりに、花片《はなびら》、一片《ひとひら》そと挘《むし》りとるを、

『困《こま》りものだな、珠子《たまこ》は！』

『はゝゝ、小石川《こいしかは》に隱《かく》れない丈《だけ》の哆々子《だゞつこ》です、さして驚《おどろ》く程《ほど》の事《こと》もありませんでせう。』

『あつはゝゝゝ。』

室内《へや》に笑《わら》ひの聲《こゑ》は搖動《どよ》めきて、暮《く》れ迫《せま》る色《いろ》の、隅々《すみ／＼》に一《ひ》としきりぱつと冴《さ》ゆる。

『もう暮《く》れますな。』

燻《くゆ》らして、吹《ふ》く煙草《たばこ》の煙《けふ》より庭《には》を透《すか》せば、珠子《たまこ》はふと不《ふ》安《あん》らしく、

『兄《にい》さん、今夜《こんや》は一人《ひとり》お歸《かへ》りなさるの？』

『然《さ》うさ、珠《たま》さんは歸《かへ》らないでも好《い》いんぢやないか。』

『何《なん》だ歸《かへ》る話《はなし》なんぞ、富彌《とみや》まだ早《はや》いぞ。』

遮《さへぎ》りて不興氣《ぶきようげ》の父《ちゝ》を、

『早《はや》いですとも、』と受《う》けて、

『何方《どつち》でもまあ好《い》いぢやないか。』

『いゝえ、兄《にい》さん私《わたし》も今夜《こんや》歸《かへ》りますわ。』

富彌《とみや》の前《まへ》に硝子盃《コツプ》を据《す》ゑて、自《みづか》ら父《ちゝ》は酌《しやく》せんと銚子《てうし》を取《と》り上《あ》げしが、冷《ひ》え切《き》りたるに再《ふたゝ》び其處《そこ》に置《お》きて、

『珠子《たまこ》は暫《しば》らく此方《こつち》に居《ゐ》るのだからな、今日《けふ》わざ〳〵歸《かへ》る事《こと》はない、歸《かへ》らんでも好《い》い、何《なに》！　其《そ》の用意《ようい》で出《で》て來《き》たのだらうが。』

『然《さ》うです、家《うち》に用事《ようじ》でもあるなら、明日《あした》姉《ねえ》さんが來《き》た時《とき》一所《いつしよ》に歸《かへ》つたら好《い》いぢやないか。』

『珠《たま》に用《よう》なんぞがあるものか、はゝゝ。』

父《ちゝ》の言葉《ことば》、兄《あに》の言葉《ことば》を聞《き》きながら、珠子《たまこ》は唯《たゞ》何《なに》となく、今日《けふ》歸《かへ》らずば都《みやこ》の土《つち》を再《ふたゝ》び踏《ふ》む事《こと》の叶《かな》はぬやうに思《おも》はれ、今別《いまわか》れては兄《あに》にも姉《あね》にも再《ふたゝ》び面《おもて》を合《あ》はす折《なり》なきやうに思《おも》ひ迫《せま》りて、小石川《こいしかは》の住居《すまゐ》の、その庭《には》、その室《へや》の譯《わけ》もなく戀《こひ》しく、涙《なみだ》さへ差含《さしぐ》まれて、

『何《ど》うしても今日《けふ》歸《かへ》り度《た》いんですもの。』

『歸《かへ》り度《た》いのか！』父《ちゝ》は笑《わら》つて、

『然《さ》うして又明日《またあした》姉《あね》と出《で》て來《く》るか、然《しか》し面倒《めんだう》だな、止《よ》せ、止《よ》せ。な。』

珠子《たまこ》は愛溢《あいこぼ》るゝ父《ちゝ》の面《おもて》を見守《みまも》りて、急《きふ》に、變《かは》るべき我身《わがみ》の上《うへ》の淋《さび》しく、云《い》ひ知《し》れぬ悲《かな》しさの、一時《いちじ》に堰《せ》き上《あ》げて浮《うか》びし涙《なみだ》を、花《はな》に拂《はら》ひて然《さ》あらぬ樣《さま》に立上《たちあが》る。

思《おも》ふやうにならぬ時《とき》の珠子《たまこ》の癖《くせ》と、富彌《とみや》は其《そ》の後姿《うしろすがた》を見《み》て、

『子供《こども》と云《い》つて、まるで赤《あか》ん坊《ばう》ですな。』

『赤《あか》ん坊《ばう》よ、おしやぶりを持《も》つて嫁《よめ》に行《ゆ》く事《こと》にするかな、あはゝゝ。おい！　兄《にい》さんと一所《いつしよ》に歸《かへ》るのかい？』

『歸《かへ》るのなら一所《いつしよ》に行《ゆ》かうよ兄《にい》さんと、えい？　珠《たま》さん！』

後《うしろ》に、うなづき見《み》せて珠子《たまこ》は障子《しやうじ》の際《きは》に立《た》つ。

『厄介《やくかい》だが、ぢや然《さ》うしてやつてくれるか、もう直《む》き兄《にい》さんの世話《せわ》もぬける、まあ少《すこし》の間《あひだ》だ、好《い》い丈哆々《だけだゝ》を捏《こ》ねさせてやつてくれ。』

富彌《とみや》の答《こた》へは聞《きこ》えざりき。暮春《ぼしゆん》の夕風《ゆふかぜ》、若《わか》き人《ひと》の胸《むね》をば挟《えぐ》りて、ゆるう軒端《のきば》を吹《ふ》く。

（十二）

月《つき》の姿《すがた》は、この巷《ちまた》を限《かぎ》れる虚空《みそら》には仰《あふ》がれもせず、眩《まば》ゆきは晝《ひる》とも紛《まぎ》れて、辻々《つじつじ》に白《しろ》き電燈《でんとう》の光《ひか》り、軒毎《のきごと》、店頭《みせさき》に赤《あか》き瓦斯《がす》燈《とう》の、輝《かゞや》きは夜《よる》の世《よ》に入《い》り交《ま》じりて、電車《でんしや》、人車《じんしや》に煽《あふ》られて立《た》つ大路《おほぢ》の風《かぜ》に忙《せは》し氣《げ》に瞬《また》く。

華奢《きやしや》なる洋杖《すてつき》を右手《めて》に重《おも》く、埃《ほこり》降《ふ》る都《みやこ》には馴《な》れて住《す》みながら、父《ちゝ》の許《もと》よりの歸途《かへるさ》には摺《す》れちがひ樣《ざま》の人聲《ひとごゑ》までも耳喧《みゝかしま》しく覺《おぼ》えて、女《をんな》を伴《ともな》ふ身《み》の心《こゝろ》づかひも只《たゞ》ならず、盛粧《かざ》りたる身《み》を物見高《ものみだか》き都《みやこ》の人《ひと》の、見返《みかへ》り振返《ふりかへ》り行《ゆ》くを厭《いと》ひて、脊高《たけたか》き兄《あに》の後《うしろ》に潛《ひそ》めたる身《み》の小《ちひ》さう、俯向《うつむ》き勝《がち》に行《ゆ》くその人《ひと》を街《まち》の光《ひか》りに透《すか》しては、足弱《あしよわ》きに連《つ》れて我《わ》が足取《あしど》りをも撓《た》めつゝ、月好《つきよ》き上野《うへの》に暫《しば》し遊《あそ》びて、やがての永《なが》き別《わか》れを二人《ふたり》忍《しの》ばんと、汽車《きしや》の中《うち》にて約《やく》せしなゝ、此處《こゝ》には物語《ものがた》り合《あ》ふひまもあらで、共《とも》に無言《むごん》に兄妹《はらから》は上野《うへの》の森《もり》へと辿《たど》りつ。

坂《さか》を過《よぎ》りて、柔《やはら》かき靴《くつ》の爪先《つまさき》輕《かる》う、石段《いしだん》を上《のぼ》りしが、車《くるま》の音《おと》、物《もの》の聲《こゑ》、騷《さわ》がしかりしが俄《にはか》に隔《へだ》たりゆく心地《こゝち》の、山内《さんない》はさこそと半途《なかば》に仰《あふ》げば、清凉《すゞしき》を帶《お》びてさと吹《ふ》き下《おろ》したる風《かぜ》の、蒸《む》されたる如《ごと》き面《おもて》を拂《はら》ひて、遠《とほ》く梢《こずゑ》にさらさらと音立《おとた》てつゝ、頂《いたゞ》きの電氣燈《アークとう》、淡鼠《うすねずみ》の中折帽《なかを》子《れ》深《ふか》き額《ひたひ》を眞正面《まとも》に射《い》て眩《まばゆ》きを、避《さ》けて見《み》やりたる我《わ》が後《うしろ》、蝙蝠傘《かうもりがさ》を右手《めて》に支《さゝ》へし珠子《たまこ》の、白《しろ》き額《うなぢ》にも光《ひか》りは雪《ゆき》と投《な》げて、一段《いちだん》、一段《いちだん》、高《たか》く踏《ふ》む毎《ごと》に、袖《そで》の振《ふ》りに波立《なみだ》ち、濃《こ》き紅色《くれなゐ》、黑塗《くろぬ》りの駒下駄《こまげた》に連《もつ》れては紅《べに》かけ鼠《ねずみ》の褄《ふき》にかくるゝ。

『やつと人心地《ひとごゝち》になつた樣《やう》だ。』

我《わ》れのみ一人《ひとり》上《のぼ》り盡《つく》して、富彌《とみや》は少時《しばし》ぢつと立《た》つ、

月《つき》の影《かげ》は此處《こゝ》に冴《さ》えて、木《こ》の間《ま》の闇《やみ》に風《かぜ》の音低《おとひく》う、誰《た》が詩《うた》か、聲美《こゑよ》き吟聲《ぎんせい》の幻《まぼろし》の蔭《かげ》に響《ひゞ》きて、やがて梢々《こずゑ／＼》を此方《こなた》へと渡《わた》り來《く》る時《とき》、先刻《さき》の白薔薇《しろばら》、香《か》は殘《のこ》れどやゝ萎《しぼ》みて持《も》ち惱《あぐ》みながら、道傍《みちばた》に唯打捨《たゞうちす》つる事《こと》の花《はな》に憐《あは》れと、珠子《たまこ》は其儘《そのまゝ》に左手《ゆんで》にして、其《そ》れに持《も》ち代《か》へたる傘《かさ》の、前髪《まへがみ》の亂《みだ》れを右手《めて》に撫《な》で上《あ》げて、富彌《とみや》の傍《そば》に、

『好《い》い月《つき》ね。』

『好《い》い月《つき》だね。』

されども月《つき》は眺《なが》めず、片手《かたて》を衣嚢《かくし》に深《ふか》く差《さ》し入《い》れて、幽《かすか》になりゆく吟聲《ぎんせい》の行方《ゆくへ》をば追《お》ひつゝ、一《ひ》と足《あし》、二《ふ》た足《あし》、そゞろ心《ごゝろ》に歩《あゆ》み出《いづ》るを、珠子《たまこ》は、繁《しげ》り重《かさな》りて、若《わか》葉《ば》の香《か》の昔《むかし》なつかしく、心《こゝろ》は今《いま》も鬱《うつ》して、

『何《ど》うして斯《か》う、何《なに》かゞ淋《さび》しいんでせう。』

月《つき》の光《ひか》りに、薄衣《うすぎぬ》かゝりて艶麗《あでやか》なる人《ひと》の立姿《たちすがた》を眺《なが》めし富彌《とみや》は、俄《にはか》に人妻《ひとづま》と變《かは》るべき身《み》の、哀《あは》れを知《し》りて、思《おも》ひ綾《あや》に亂《みだ》るゝは女《をんな》の常《つね》。とさしては意《こゝろ》にもとめず、再《ふた》び歩《あゆ》み出《い》でゝ、

『神經《しんけい》が弱《よわ》つて居《ゐ》るからだらう、何《なに》を然《さ》う思《おも》ふのだか！　考《かんが》へる事《こと》も何《なに》もあるまいぢやないか。』

我《わ》れのみ一人《ひとり》京《きやう》へ去《さ》り行《ゆ》く事《こと》の悲《かな》しきなり、父《ちゝ》の傍《そば》に兄《あに》と住《す》みて、喜《よろこ》びある時《とき》も、悲《かなし》みある時《とき》も、語《かた》らふは嬉《うれ》しき人《ひと》のみにして、父《ちゝ》と兄《あに》とに痛《いた》はり慰《なぐさ》めらるゝ姉《あね》の身《み》の羨《うらや》ましう、我《わ》れを妻《つま》と望《のぞ》める人《ひと》の心盡《こゝろづく》し、身《み》に泌《し》みては覺《おぼ》えながら何故《なぜ》かその人《ひと》の好《この》もしからず。と姉《あね》に語《かた》れど、笑《わら》ひに打消《うちけ》して、侍《かしづ》き初《そ》めなばやがて其《そ》の人《ひと》の、世《よ》にも嬉《うれ》しき君《きみ》となるべし。とて取《と》り合《あ》はず、其《そ》のやうに心變《こゝろがは》りて、せめては其《そ》の人《ひと》を我《わ》れよりも情《こゝろ》深《ふか》く思《おも》ふやうにならば、斯《か》くまで別《わか》れゆく事《こと》の辛《つら》さにもあらぬなるべきを、如何《いか》にせばこの思《おも》ひの今《いま》にして飜《ひるがへ》す事《こと》の叶《かな》ふべきか。

『でも、京都《きやうと》へ行《ゆ》くのが淋《さび》しいやうで、悲《かな》しいやうな氣《き》がするんですもの。』

足《あし》の運《はこ》び徐《しづ》かに、默《もく》する富彌《とみや》に添《そ》ふて梢《こずゑ》の下《もと》を潛《くゞ》れば、茂《しげ》みを漏《も》るゝ月《つき》の光《ひか》り、漆《うるし》の髪《かみ》の影《かげ》は暗《くら》く、花《はな》に寶玉《たま》の匂《にほ》ひばかり小《ちひ》さくきらりと、星一《ほしひと》つそれに宿《やど》りて閃《きらめ》く。

『何故《なぜ》！　小田《をだ》の家《うち》へゆくのぢやないか。』

ふと首垂《うなだ》れし面《おもて》を上《あ》げて、

『それは家族《みんな》に別《わか》れるのだから、一時《いちじ》悲《かな》しくない事《こと》もなからうが……。冬《ふゆ》の景色《けしき》の、斯《か》う寂《さ》びれた、荒《あ》れた

枯野《かれの》へでも出向《でむ》くやうな心持《こゝろもち》のする譯《わけ》でもあるまい。』

戯《たは》ふれしその言葉《ことば》の、我胸《わがむね》にぴたりと適合《あ》ひて、

『あ、然《さ》うなの、私《あたし》には何《ど》うしてもそんな寂《さび》しい處《ところ》へでも行《ゆ》くやうな氣《き》がするんですもの、幾男《いくな》さんが嫌《いや》な所爲《せゐ》なんでせうか？』

立《た》ち並《なら》ぶ富彌《とみや》の側《かは》の頰《ほゝ》を花《はな》に忍《しの》ばせて、思《おも》ふと云《い》ふも、思《おも》はぬと云《い》ふも、人《ひと》に語《かた》りては同《おな》じ羞《はづか》しさの、いさゝか憶《おく》したる聲《こゑ》に物云《ものい》へば、

『幾男《いくな》さんが嫌《いや》？』

洋杖《すてつき》を後《うしろ》に、身《み》を斜《なゝめ》にして、珠子《たまこ》の面《おもて》を富彌《とみや》はきつと見《み》つ。さすがに確然《しか》とも合點《うなづ》き得《え》で、

『何《なん》だか嫌《いや》なやうな……。』

清水堂《きよみづだう》の薄《うつす》りと、木蔭《こかげ》に浮《う》きたるを透《すか》すともなく打《うち》眺《なが》めて、

『何《ど》うしたんでせう、私自分《あたしじぶん》でも解《わか》らない程《ほど》、幾男《いくな》さんが嫌《いや》で仕方《しかた》がない。』

身《み》を返《かへ》して、富彌《とみや》は直《ひた》と思《おも》ひ入《い》りしが、

『僕《ぼく》は然《さ》う云《い》ふ人《ひと》は嫌《きら》ひだ、あれ迄《まで》に思《おも》はれて膠《にべ》もなしに只《たゞ》いやと云《い》ふ樣《やう》な事《こと》を口《くち》へ出《だ》す女《をんな》は大嫌《だいきら》ひだ、片《め》眼《つ》聾《かち》でも、跛足《ちんば》でも、不具者《かたわ》でも好《い》い、若《も》し貴重《たつと》い眞《しん》情《じやう》を自分《じぶん》へ注《そゝ》いでくれたものが有《あ》つたらば、淚《なみだ》で酬《むく》ひなければ成《な》らない筈《はず》だ、僕《ぼく》は珠《たま》さんへ來《き》たあの手紙《てがみ》を讀《よ》んだ時《とき》、たゞ人《ひと》の切情《せつじやう》に動《うご》かされてしまつて淚含《なみだぐ》んだが、珠《たま》さんには何《なん》の感《かん》じもなかつたのか！　人《ひと》を思《おも》ふと云《い》ふ情《じやう》の、何《ど》れ程《ほど》貴《たつと》いか、美《うつく》しいか、切《せつ》ないか、と云《い》ふ事《こと》を珠《たま》さんが解《かい》せないのは無理《むり》もないが、解《かい》せなかつたら解《かい》せない儘《まゝ》……、解《かい》せないと云《い》ふのは云《い》はば珠《たま》さんの心《こゝろ》が他《た》に動《うご》いて居《ゐ》ないと云《い》ふ印《しるし》なのだが……、したらば其《そ》の無垢《むく》の儘《まゝ》に、自分《じぶん》と云《い》ふものを飽《あ》くまで庇《かば》つてくれやうと云《い》ふ人《ひと》の影《かげ》に慕《した》ひよつて、縋《すが》つたらば好《い》いのだ。人《ひと》の情《じやう》を解《かい》する事《こと》さへ出來《でき》なくつて居《ゐ》て、其《そ》の人《ひと》を單《たん》にいやと云《い》ふ樣《やう》な優《やさ》しくない事《こと》を云《い》ふものぢやない。』

三六

富彌《とみや》は、はと吐《と》息深《いきふか》うつく。言葉《ことば》は分《わか》らぬながらも優《やさ》しからぬと云《い》はれし事《こと》の珠子《たまこ》は悲《かな》しく、

『何《ど》うしてゞせう、いくら濟《す》まないと思《おも》つても、惡《わる》いと思《おも》つても、何《ど》うしても幾男《いくな》さんを好《す》きには思《おも》へないんですもの、優《やさ》しくないからなのね。』

我《わ》れと我心《わがこゝろ》の恨《うら》めしく、

『でも、始《はじ》めてお手紙《てがみ》を讀《よ》んだ夜《よる》は私《あたし》も泣《な》きましたの、

嬉《うれ》しいとも思《おも》つて、何《なん》だか寐《ね》られないほど其時《そのとき》も考《かんが》へて……、あ、其《そ》の曉方《あけがた》、私《あたし》は兄《にい》さん妙《めう》な夢《ゆめ》を見《み》ましたわ。』

夢物語《ゆめものがたり》！　それは何《なに》か我《わ》が一生《いつしやう》を我《わ》れに暗示《しらせ》の夢《ゆめ》ならざりしや、とふと珠子《たまこ》は思《おも》ひて、夜《よる》の森蔭《もりかげ》に物凄《ものすご》う、思《おも》はずも慄然《ぞつ》としたる襟元《えりもと》に風冷《かぜつめ》たく吹《ふ》きて、帶上《おびあ》げの薄紅《うすくれなゐ》、振りの紅絹《もみ》、麗《あで》に仄《ほの》めく木下闇《こしたやみ》に、富彌《とみや》に近《ちか》う寄《よ》り添《そ》ひしが、折《をり》から撞《つ》き初《そ》めたる鍾《かね》の音《おと》の餘韻《よゐん》、長《なが》う山内《さんない》に響《ひゞ》き渡《わた》りて、木《こ》の間《ま》、木《こ》の間《ま》を、縫《ぬ》ひては漂《たゞよ》ひ、漂《たゞよ》ひては縫《ぬ》ひゆく。

埒《らち》なき夢《ゆめ》とは思《おも》ひながら、口紅《くちべに》うすき花《はな》の唇《くちびる》の、もるゝ言葉《ことば》を唯《たゞ》よろこびて、

『どんな夢《ゆめ》？』

『それは妙《かう》な夢《ゆめ》でしたわ、私《あたし》と兄《にい》さんと二人《ふたり》白《しろ》い雲《くも》の上《うへ》へ乘《の》つて、斯《か》う歩《ある》いて行《ゆ》きますとね、私《あたし》も兄《にい》さんも眞白《まつしろ》な衣服《きもの》を着《き》て居《ゐ》て、私《あたし》は兄《にい》さんに手《て》を引《ひ》かれて居《ゐ》て……。』

今《いま》も取《と》られ度《た》き思《おも》ひの、袖《そで》の下《した》に徒《いたづ》らにして、

『雲《くも》が四方《しはう》から、矢張《やつぱ》り白《しろ》い雲《くも》が斯《か》う寄《よ》つて來《き》て恐《こわ》いと思《おも》つて居《ゐ》るうちに、あの幾男《いくを》さんがふつと其處《そこ》へ、寫眞《しやしや》にある通《とほ》りの洋服《やうふく》で、菫花《すみれ》を持《も》つて何處《どこ》からか出《で》て來《き》ましたの、夢《ゆめ》ですわね、其《そ》の時《とき》その菫花《すみれ》を私《あたし》の髮《かみ》へ挿《さ》して下《くだ》すつて、御自分《ごじぶん》の胸《むね》へも挿《さ》して、そして殘《のこ》つた一輪《いちりん》を兄《にい》さんへお渡《わた》し成《な》すつたかと思《おも》ふと、急《きふ》に兄《にい》さんの花丈《はなだけ》は萎《しほ》れて色《いろ》も何《なに》も失《な》くなつてしまひましたの。』

富彌《とみや》は不思議《ふしぎ》の思《おも》ひに耳傾《みゝかたむ》くる、風《かぜ》さつと、鍾《かね》の音《おと》は再《ふた》び響《ひゞ》きを殘《のこ》して、幽《かすか》に掠《かす》れゆきつゝ。

『私《あたし》の、菫花《すみれ》も幾男《いくを》さんのも露《つゆ》を持《も》つて奇麗《きれい》なのに、私《あたし》は何《ど》うしたのかと思《おも》つて悲《かな》しくなつて振返《ふりかへ》ると、今《こん》度《ど》は兄《にい》さんはその雲《くも》の中《なか》へ包《つゝ》まれてしまつて見《み》えなくなつて仕舞《しま》つたんですもの、私《あたし》は悲《かな》しくつて追《お》つて行《ゆ》かうと思《おも》つて、何《なん》でも幾男《いくを》さんに取《と》られた手《て》を振《ふ》り放《はな》さうとしても放《はな》して下《くだ》さらなくつて、大層《たいへん》に泣《な》いたと思《おも》ひましたら其《そ》の聲《こゑ》で眼《め》が覺《さ》めましたわ。』

語《かた》り終《な》へて、其《そ》の夜《よ》の夢《ゆめ》を再《ふた》び辿《たど》る思《おも》ひの、地上《ちじやう》に月白《つきしろ》きを白雲《にくうん》とも思《おも》ひ做《な》されて珠子《たまこ》は恐《おそ》ろしう、傘《かさ》を杖《つゑ》に身《み》を退《ひ》きて、歩《あゆ》みを止《とゞ》むれば、富彌《とみや》は其《そ》の夢《ゆめ》に何《なに》か示現《じげん》の一《ひと》つありと、夢中《むちゆう》に引《ひ》き入《い》れられし心地《こゝち》して、襲《おそ》ひ來《き》し白雲《にくうん》の中《うち》に身《み》は包《つゝ》まれて消《き》えゆくかと、心《こゝろ》に

もあらず頭《かうべ》を回《か》へして、後方《うしろ》に高《たか》き清水《きよみづ》の觀音堂《くわんおんだう》を打《う》仰《あふ》ぐ。

（十三）

『何《なん》とお思《おも》ひ成《な》すつて？　兄《にい》さん！　私《あたし》は不思議《ふしぎ》な夢《ゆめ》だと思《おも》ふの、何《なん》だか幾男《いくを》さんが兄《にい》さんを悲《かな》しい人《ひと》にして了《しま》ふやうな氣《き》がして、其《そ》の朝《あさ》の心持《こゝろもち》の惡《わる》かつたこと！　何《ど》うしても幾男《いくな》さんを好《よ》くは思《おも》へないんですもの。』

心《こゝろ》なく語《かた》らふ珠子《たまこ》の、富彌《とみや》は唯無言《たゞむげん》に立《た》てば、

『夢《ゆめ》つて、正夢《まさゆめ》なのでせうか、正夢《まさゆめ》ならば何《ど》う云《い》ふんでせう。』

我《わ》れに返《かへ》りて、

『夢《ゆめ》なんぞが何《ど》うあるものか、彼《も》の宵《よひ》に寫眞《しやしん》を見《み》たり、封筒《ふうとう》に菫花《すみれ》が書《か》いてあつたりしたから、其《そ》れでさ、寐《ね》られない程物《ほどもの》を思《おも》つた時《とき》なんぞは、能《よ》く然《さ》う云《い》ふ面白《おもしろ》い夢《ゆめ》を見《み》るものだ。』

事《こと》もなく云《い》ひ消《け》したれど、精神《こゝろ》の感應《かんおう》の、幾年深《いくとせふか》く祕《ひ》めたる我《わ》が思《おも》ひは何時《いつ》か通《つう》じて、清《きよ》き心《こゝろ》の其《そ》の水底《みなそこ》に、宿《やど》り初《そ》めたる小《ちひ》さき影《かげ》を、心稚《こゝろをさな》くして自《みづか》ら探《さぐ》らず、ふと他人《ひと》よりの戀《こひ》と云《い》ふ炎《ほのほ》に照《て》らされて、朧氣《おぼろげ》ながら先《さ》きに宿《やど》りし其《そ》の影《かげ》を見出《みい》でたる、其《そ》の途端《とたん》の夢《ゆめ》ならずや。と富彌《とみや》は我《わ》れにもあらず身《み》の戰《をのゝ》かれて、夢《ゆめ》に惑《まど》ふて我《わ》れに迫《せま》る人《ひと》の顔色《かほいろ》、窺《うかゞ》ふも怖《お》ぢたる思《おも》ひの、肩《かた》を左手《ゆんで》に自《みづか》ら抱《かゝ》へて面《おもて》を背《そ》らせば、兄《あに》の言葉《ことば》を力《ちから》に、

『然《さ》うですわね、夢《ゆめ》なんか。』

見《み》やりたる其《そ》の兄《あに》の頰《ほゝ》、嘗《かつ》て知《し》らぬ深《ふか》き戀《こひ》しさを身《み》に犇《ひし》と覺《おぼ》えて、眺《なが》め入《い》りながら、思《おも》ひは舊《もと》に戻《もど》りつゝ、

『私姉《あたしねえ》さんが羨《うらやま》しい！　何時《いつ》になつても父樣《とうさま》だの兄《にい》さんだの、お傍《そば》に居《ゐ》られて、樂《たの》しい事《こと》ばかり考《かんが》へて居《ゐ》れば好《い》いんですもの、私《あたし》は一人法師《ひとりぼつち》、行《い》つて了《しま》はないぢやならないわ。』

斯《か》くして兄《あに》と二人《ふたり》月《つき》に遊《あそ》ぶ事《こと》も絶《た》えてなく、王子《わうじ》の里《さと》に姉《あね》と二人《ふたり》、何《な》にか父《ちゝ》を笑《わら》はせて樂《たの》しむ事《こと》も叶《かな》はずか。

『京都《きやうと》へは行《ゆ》き度《た》くないわ。』

と淚含《なみだぐ》みて、

『其《そ》れは珠《たま》さんの我儘《わがまゝ》と云《い》ふものだ、阿父樣《おとうさん》は珠《たま》さんと一所《いつしよ》に當分京都《たうぶんきやうと》にお在《い》で成《な》さると云《い》ふのぢやないか、一《ひ》と月《つき》、二《ふ》た月《つき》の間《うち》には直《す》ぐ馴《な》れて、京都《きやうと》にも小《こ》

五八

石川《いしかは》のやうな大好《だいす》きな家《うち》が出來《でき》る事《こと》になる、一度《いちど》は別《わか》れなければ成《な》らないのぢやないか、何時《いつ》までも珠《たま》さんが小石川《こいしかは》の家《うち》に遊《あそ》んで居《ゐ》られるものでもない、一年一《いちねんいち》年《ねん》と人《ひと》は齡《とし》を老《と》つて、一年《いちねん》々々と春《はる》と云《い》ふものは過《す》ぎて行《ゆ》くのだ。』

思《おも》はずも述懷《じゆつくわい》の、我《わ》れにも知《し》るゝ迄《まで》富彌《とみや》は聲《こゑ》に顫《ふる》ひを帶《お》びて、つと口《くち》を噤《つぐ》む。

『姉《ねえ》さんは羨《うらやま》しい。』

再《ふた》び繰《く》り返《かへ》して、生涯《しやうがい》離《はな》れて又合《またあ》ふまじき我《わ》が上《うへ》の悲《かな》しく、愁《うれ》ひを含《ふく》む兄《あに》の聲《こゑ》に誘《さそ》はれし涙《なみだ》の、止《と》め度《ど》もなく溢《あふ》れ出《い》でつゝ、兩手《りやうて》を組《く》みて傘《かさ》に置《お》きたる上《うへ》に、はらり、はらり、と落《お》ち散《ち》れば、熱《あつ》きつゆの萎《しほ》れたる花片《はなびら》に痛々《いたく》し氣《げ》にして、思《おも》ひよらず假初《かりそめ》のこの花《はな》に、やさしき紀念《しるし》は殘《のこ》りたり。

我《わ》れを戀《こ》ふと云《い》ふ人《ひと》の文《ふみ》を讀《よ》みし其夜《そのよ》より、我心《わがこゝろ》も戀《こひ》に亂《みだ》れて、其人《そのひと》ならぬ人《ひと》をば思《おも》ひ初《そ》めしなれど、其人《ひと》には幼《をさな》きよりの愛《あい》に馴《な》れて、新《あらた》に湧《わ》きたる思《おも》ひのそれとしも思《おも》ひ分《わ》かず。兄《あに》の心《こゝろ》の奧何時《おくいつ》か通《つう》じて、其方《そなた》に映《うつ》りてありしをば、人《ひと》に戀《こひ》を說《と》かれて始《はじ》めて自《みづか》ら其《そ》の影《かげ》を探《さぐ》りつゝ、猶《なほ》探《さぐ》りは兼《か》ねて主《ぬし》なき戀《こひ》の、惱《なや》みの理《もと》も解《と》き得《え》ずして、唯一向《たゞひたすら》にいかにして京《きやう》の人《ひと》の厭《いと》はしきにや。と其《そ》れをのみ思《おも》ひ煩《わづら》へるなり。と富彌《とみや》は悟《さと》り得《え》つゝ。

この時《とき》、幾年《いくとせ》の我《わ》が悶《もだ》え、一言《ひとこと》珠子《たまこ》の耳《み》に漏《も》らさば、忽《たちま》ちに美《うつく》しき情火《じやうくわ》は燃《も》え立《た》ちて、自《みづか》ら抑《おさ》へ得《え》ぬ若《わか》き苦《くる》しみに今宵《こよひ》より打《うち》なやみ、明日《あす》よりは戀《こひ》の涙《なみだ》の淵深《ふちふか》く身《み》をば沈《しづ》めて、世《よ》は闇《やみ》の、笑《ゑ》みの影《かげ》をば追《お》ふ事《こと》もなくして、果敢《はか》なき身《み》をば恨《うら》みつ終《をは》らん。と富彌《とみや》は人《ひと》の心情《こゝろ》に微妙《びめう》の機《き》あるをば思《おも》ひて、物恐《ものおそろ》しき心地《こゝち》の、我嘗《わがかつ》ての思《おも》ひ人《びと》を、我《わ》れと同《おな》じ運命《さだめ》の涙《なみだ》に世《よ》を終《をは》らしむる事《こと》の可憐《いとほ》しくて。

『姉《ねえ》さんが羨《うらやま》しい事《こと》はない、姉《ねえ》さんよりも珠《たま》さんは幸《かう》福《ふく》だ、いや我々《われく》誰《たれ》の上《うへ》も幸福《かうふく》であらうが、殊《こと》に珠《たま》さんは幸福《かうふく》なのだ、其《そ》れを自分《じぶん》から妄想《まうざう》を起《おこ》して悲《かな》しがつたり、淋《さび》しがつたりすることはないのだ、例《たと》へたらば珠《たま》さんの身《み》は花《はな》に包《つゝ》まれて居《ゐ》るやうなもので、其《そ》の花《はな》に若《も》し當《あた》る雨《あめ》や風《かぜ》があつたなら、身《み》に代《か》へても避《さ》けてくれやうと云《い》ふ人《ひと》が唯一人《たつたひとり》あるのぢやないか、夫《をつと》に愛《あい》のあるのが女《をんな》の身《み》の此上《このうへ》もない幸福《かうふく》なのだ、何卒《どうか》珠《たま》さんばかりは生涯《しやうがい》悲哀《ひあい》と云《い》ふ事《こと》を味《あぢ》はずに、春《はる》のやうな心持《こゝろもち》でうらゝかに、面白《おもしろ》く世《よ》を過《す》ごしてくれるやうにと、僕《ぼく》は何時《いつ》も深《ふか》く其《そ》れをばかり念《ねん》じて居《ゐ》るのだが、阿父様《おとうさん》や正子《まさこ》、小田《をだ》は猶更《なほさら》珠《たま》さんの身《み》に幸《さいはひ》あれと祈《いの》つて居《ゐ》るのぢやないか、右《みぎ》を向《む》いても、左《ひだり》を向《む》いても、珠《たま》さんの周邊《まは》りには愛《あい》の力強《ちからつよ》い人《ひと》ばかりで立塞《たちふさ》がつて居《ゐ》る、悲《かな》しいと云《い》ふやうな忌《いま》はしい事《こと》は、決《けつ》して珠《たま》さんの身《み》にあるべき事《こと》ぢやない。』

富彌《とみや》は深《ふか》く自《みづか》ら思《おも》ひ定《さだ》めて。

何時《いつ》にもなく切《せま》りたる調子《てうし》に、唯譯《たゞわけ》もなく珠子《たまこ》は動《うご》かされて、ひたと半巾《はんけち》に面《おもて》を掩《おほ》ひしが、風過《かぜす》ぎて髪《かみ》の亂《みだ》れのそよぎ、咽《むせ》び上《あ》ぐる聲《こゑ》の幽《かすか》に漏《も》れて、亂次《しどろ》の裾《すそ》の、傷《いた》ましき氣《け》の風情《ふぜい》を眺《なが》め入《い》りし富彌《とみや》は、狆《ちん》に朝顔《あさがほ》の芽生《めばえ》を荒《あ》らされて、泣《な》きし涙《なみだ》の昨日《きのふ》は色《いろ》なかりしが、今《いま》は何《なに》に泣《な》く涙《なみだ》か、別《わか》れの憂《う》しと云《い》ふも、京《きやう》へ行《ゆ》く事《こと》の淋《さび》しと云《い》ふも、思《おも》ひの源《もと》は一《ひと》つにして、それより溢《あふ》るゝ涙《なみだ》ならずや、その源《もと》を自《みづか》らも分《わ》き兼《か》ねて、猶心《なほこゝろ》ひそかに探《さぐ》りつ、探《さぐ》りつ、迷《まよ》ひもするか、探《さぐ》り得《え》て、悟《さと》り得《え》て、戀《こひ》のまことを知《し》るならば、虚弱《かよわ》き胸《むね》には波《なみ》の凄《すさま》じう立《た》ち騒《さわ》ぎて、この現《うつ》し世《よ》に物《もの》を思《おも》はん事《こと》の耐《た》へもすまじ、今一歩《いまひとあし》！　戀《こひ》の炎《ほのほ》に其《そ》の身《み》は觸《ふ》るべく、觸《ふ》れなば直《たゞち》に身《み》は焼《や》きも盡《つく》さるべし、人《ひと》の指《ゆびさ》し示《しめ》して若《も》し袖《そで》を曳《ひ》くものあらば、忽《たちま》に身《み》は煩悶《もだえ》の奈落《ならく》の底深《そこふか》う沈《しづ》み行《ゆ》きて、再《ふたゝ》び笑《ゑ》みの花園《はなぞの》を逍遥《さすら》ふは叶《かな》はぬ身《み》ともなるべきか。と思《おも》ひゆくまゝに危《あや》ふさの、富彌《とみや》は寒氣《さむけ》立《だ》ちて珠子《たまこ》をそと見《み》つ。

面《おもて》を掩《おほ》ふ眞白《ましろ》き半巾《はんけち》の、白《しろ》く細《ほそ》き手《て》に絡《から》まりて、隙《ひま》をもるゝ玉《たま》の光《ひか》り、黒《くろ》き毛《け》のふさりと鮮明《むさやか》にそれにかかりて、蒼《あを》みを帶《お》びし白《しろ》き頰《ほゝ》の、氷《こほり》と冷《ひ》ゆる白襟《しろえり》に半《なか》ば埋《うづ》めて立《た》ちたる姿《すがた》、物凄《ものすご》うおぼろにして、富彌《とみや》は怪《あや》しく襲《おそ》はるゝ心地《こゝち》の、ぢつと瞳《ひとみ》を定《さだ》めて見据《みす》うる途端《とたん》ふと消《き》えて、それを追《お》へば次第《しだい》に木立《こだち》は消《き》え行《ゆ》き、天《てん》地《ち》は消《き》えゆき、一時《いちじ》に四邊《あた》りは闇《やみ》の迫《せま》つて、我《わ》れにもあらず眩《くらめ》きし身《み》の、仆《たふ》れまじと自《みづか》らの力《ちから》に支《さゝ》へてしかと踏《ふ》み占《し》むれば、黒《くろ》き、黒《くろ》き、闇《やみ》の眞中《たゞなか》に、遙《はる》か遠《とほ》く珠子《たまこ》の白《しろ》き姿《すがた》は再《ふたゝ》び浮《う》きて、その肩《かた》を掻《か》い抱《いだ》く指《ゆび》の細《ほそ》く長《なが》く、刃物《はもの》にも紛《まが》ふ長《なが》き爪《つめ》の見《み》えるに驚《おどろ》きて上《うへ》を仰《あふ》げば、髪長《かみなが》く振《ふ》り亂《みだ》したる、額廣《ひたひひろ》き面《おもて》に眼《め》の輝《かゞや》きは此方《こなた》をまで射《い》て立《た》ちし女《をんな》の、眞白《ましろ》き齒《は》を斑點《まばら》に打笑《うちゑ》みて、何《なに》か珠子《たまこ》の耳元《みゝもと》に囁語《さゝや》きつゝ、突《つ》と其儘《そのまゝ》に一入《ひとしほ》黒《くろ》き闇《やみ》の奥《おく》へと伴《ともな》ひゆく！……と思《おも》ひしが、身《み》は何時《いつ》か珠子《たまこ》の脊《せな》を確《しか》と抱《いだ》き居《ゐ》て、胸《むね》の鼓動《こどう》の立《た》ちも煩《わづら》ふまで烈《はげ》しう、額《ひたひ》には汗《あせ》の玉《たま》のひや〳〵と。

『神經《しんけい》を靜《しづ》めないぢや可《い》けない、興奮《こうふん》さしてゝは惡《わる》い、え珠《たま》さん、そんな時《とき》、然《さ》う云《い》ふ時《とき》に物《もの》の魔《ま》には襲《おそ》はれるのだ。』

自《みづか》らの胸《むね》を安《やす》めんと片手《かたて》に押《おさ》へて、息苦《いきぐる》しく再《ふた》び三《み》度《たび》忙《せわ》しう吐《は》く。洋杖《すてつき》は斜《なゝめ》に、蝙蝠傘《かうもりがさ》直《す》ぐに地上《ちじやう》に仆《たふ》れて、月《つき》の光《ひか》りの影《かげ》嬉《うれ》しき思《おも》ひして。

珠子《たまこ》の思《おも》ひは安《やす》らかにして、抱《いだ》かれし儘《まゝ》兄《あに》に凭《もた》せたる身《み》の重《おも》う、面《おもて》を上《あ》げてしみ〳〵と、

『幾男《いくを》さんが好《す》きになれないのは優《やさ》しくないからなの？ 私《あたし》は兄《にい》さん！ 優《やさ》しくないんでせうか。』

餘殘《なごり》の涙《なみだ》、まだ頬《ほゝ》を傳《つた》ふを袖《そで》に拭《ぬぐ》ひて、

『兄《にい》さんは嫌《きら》ひだと仰有《おつしや》つたわ、優《やさ》しくない人《ひと》は！ 何《ど》うしたら幾男《いくを》さんが好《す》きになれるでせう！』

優《やさ》しからぬは厭《いと》はしき、と云《い》ひし言葉《ことば》の、さまで心《こゝろ》にかゝるかと富彌《とみや》は胸迫《むねせま》りて、

『優《やさ》しくない人《ひと》は兄《にい》さんは嫌《きら》ひだ、幾男《いくを》さんを好《す》きになつてくれなければ珠《たま》さんは嫌《きら》ひな人《ひと》だ。』

『兄《にい》さんに嫌《いや》がられる！』

聲《こゑ》もしどろに、

『幾男《いくを》さんが好《す》きに成《な》り度《た》いわ。』

その時《とき》、我《わ》が肩《かた》に兄《あに》の涙《なみだ》の散《ち》りたるは知《し》らざりき。

『幾男《いくな》さんが好《す》きになれば、僕《ぼく》も珠《たま》さんは好《す》きになる、幾男《いくな》さんが世《よ》の中《なか》で一番《いちばん》の珠《たま》さんの好《す》きな人《ひと》になれば、兄《にい》さんも世《よ》の中《なか》で一番《いちばん》珠《たま》さんが好《す》きな人《ひと》になるのだ、其《そ》れで好《い》い、もう其《そ》の他《ほか》に何《なに》も考《かんが》へる事《こと》はない、珠《たま》さんはまだ子供《こども》なのだから、何《なに》も分《わか》らんので好《い》いのだ、了解《わか》つちや惡《わる》い、了解《わか》つては駄目《だめ》だ。』

狂《くる》はし氣《げ》に叫《さけ》ぶ兄《あに》の面《おもて》の、情激《じやうげき》して紅流《べにながる》るゝ横顏《よこがほ》を珠子《たまこ》は打守《うちまも》りて、一種《いつしゆ》の情《じやう》のひらめき、心《こゝろ》の奥《おく》に幽《かすか》に射《さ》せしと自《みづか》ら覺《おぼ》えし時《とき》、

『然《さ》う云《い》ふ哆々《だゞ》をこねられては困《こま》る、いくら阿父樣《おとうさん》の仰《おほ》せでも僕《ぼく》は願《ねが》ひ下《さ》げだ。』

言葉《ことば》輕《かる》う、調流暢《てうなだらか》に、平常《ひごろ》の優《やさ》しき兄《あに》の聲《こゑ》。と珠子《たまこ》は何《なに》としもなく思《おも》ひ直《なほ》されて、再《ふた》び其《そ》の横顏《よこがほ》を眺《なが》めしが、情《おもひ》は消《き》えて痕《あと》もなく去《さ》りつ。

夜《よ》はやゝ更《ふ》けて、何鳥《なにどり》か空《そら》に低《ひく》う鳴《な》く。我《わ》が心《こゝろ》も今《いま》は安靜《しづか》にして。

* * * * *

父《ちゝ》に伴《ともな》はれて、小母《をじ》に誘《いざな》はれて、珠子《たまこ》は京《きやう》へ行《ゆ》きぬ、一向《ひたすら》東京《みやこ》に殘《のこ》る心《こゝろ》の、何《なに》に惹《ひ》かれてかとは悟《さと》り得《え》ずして。

戀《こひ》の雫《しづく》のかゝり初《ぞ》めし白薔薇《しろばら》、その手《て》に心《こゝろ》なく投《な》げやられしを、我《わ》が手《て》には密《ひそ》かに祕《ひ》めて、不如歸《ほとゝぎす》が夜半《よはゝ》の忍《しの》び音《ね》、世《よ》も春《はる》はゆきけり。

露《つゆ》

上

佐藤露英

我《わ》れに二人《ふたり》の妹《いもと》ありき。僅《わづか》に去年《こぞ》と今年《ことし》とを隔《へだ》てたるばかり、長《うへ》なるは我《わ》れ六才《むッつ》の梅散《うめち》る夕《ゆふ》べ、少《した》なるは我《わ》れ七才《なゝつ》の花咲《はなさ》きし朝《あした》、いま、老《お》いたる母《はゝ》が眼鏡越《めがねご》しに針運《はりはこ》べる彼《か》の一室《いつしつ》に、この廣《ひろ》き世《よ》にと向《むか》ひて淀《よど》みもなく、共《とも》に其《そ》の美《うつく》しき産聲《うぶごゑ》をば上《あ》げしなり。

長《うへ》なる友《いう》の生《うま》れし時《とき》は、初《はじ》めて我《わ》れに代《かは》りて母《はゝ》の乳房含《ちぶさふく》む子《こ》の物珍《ものめづ》らしうやありけん。はた、我《わ》れの如父《ごとちゝ》と母《はゝ》とに愛受《あいう》くる人《ひと》の懷愛《なつか》しうやありけん。木馬《もくば》に乘《の》るよりは、喇叭吹《らつぱふ》くよりは、嬰兒《みどりご》が握《にぎ》りたる兩《りやう》の手《て》を弄《もてあそ》ぶが面白《おもしろ》く、生《お》ひ立《た》ちて一《ひ》と月《つき》と經《へ》ぬ人《ひと》に、骨含《ほねふく》む魚《さかな》を捧《さゝ》げて叱《しか》られし事《こと》もあり、脊負《せお》はせよと友《いう》の乳母《うば》に迫《せま》りて乳母《うば》を困《こま》らせては叱《しか》られし事《こと》もあり、寐入《ねい》れる時《とき》は搖《ゆ》り動《うご》かして見度《みた》く、泣《な》ける時《とき》は脊《せ》を撫《な》でゝやり度《た》く、笑《ゑ》める時《とき》は其《そ》の頰《ほゝ》に觸《さは》りて見度《みた》く、例《いつ》も〳〵手《て》もて友《いう》を搆《かま》ふとて其《そ》れも果《は》ては母《はゝ》の小言《こごと》なりき。幼心《をさなごゝろ》にも、他《た》にありて赤子《あかご》の泣聲耳《なきごゑみゝ》にする時《とき》は、忽《たちま》ち友《いう》が上《うへ》を悲《かな》しく思《おも》ひ起《おこ》すまで、我《わ》れは小《ちい》さき妹《いもと》を可愛《いと》しがりしなれど、其《そ》の翌年《よくとし》、再《ふたゝ》び全《おな》じ樣《やう》なる嬰兒《みどりご》を友《いう》の乳母《うば》の手《て》に眺《なが》めし時《とき》、更《さら》に嬉《うれ》しとも思《おも》はざりき、可愛《かわ》ゆしとも思《おも》はざりき。然《し》か思《おも》ふ暇《いとま》なきまでに、母《はゝ》の手《て》を離《はな》れ、乳母《うば》の手《て》を離《はな》れし友《いう》の上《うへ》の氣《き》遣《づか》はしさに心奪《こゝろうば》はれてありしならん、矢庭《やには》に「友《いう》よ、友《いう》よ。」と叫《さけ》びつゝ泣出《なきいだ》せしとて、其《そ》の途端《とたん》の思《おも》ひ如何《いか》なるものなりしか。と今《いま》も母《はゝ》と四人《よたり》打集《うちつど》ふ時《とき》の笑話《わらひばなし》なり。

其《そ》の目出度《めでた》き朝《あした》より今日《けふ》迄《まで》、花《はな》は十八度《たび》の盛衰《せいする》をば見《み》せぬ。

友《いう》も愛《あい》も我《わ》れには同《おな》じ妹《いもと》なり。一人《ひとり》を愛《あい》し、一人《ひとり》を愛《あい》せずと云《い》ふ事《こと》はあらじ。春《はる》の月秋《つきあき》の草《くさ》の散策《さんさく》にも、友伴《いうともな》はざれば愛《あい》を伴《つ》れ、愛行《あいゆ》かざれば友《いう》を携《たづさ》へて、大方《おほかた》は我《わ》が左右《さいう》の傍《かたはら》に二人《ふたり》が長《なが》き袂《たもと》翻《ひるが》へられぬ時《とき》とてあらざりしなれど、一人《ひとり》の産聲《うぶごゑ》は喜《よろこ》びて、一人《ひとり》の産聲《うぶごゑ》は喜《よろこ》ばざりしその念慮《おもひ》、曉《あかつき》の星《ほし》と淡《あは》くも影《かげ》は我《わ》が頭腦《つむり》の何處《いづこ》にか殘《のこ》れるか、無邪氣《むじやき》に露骨《ろこつ》に物云《ものい》ひ退《の》けて、人《ひと》が眉《まゆ》の顰《ひそ》みに抱泥《とんぢやく》もなき愛《あい》よりは、羞《つゝ》ましく優《やさ》し氣《げ》なる、挨拶《あいさつ》もはか〳〵しくは人《ひと》の前《まへ》に云《い》ひ得《え》ぬ友《いう》をば我《わ》れは好《この》みしなり。テニスに崩壊《こは》れたる頭髪《かみ》を人行《ひとゆ》く巷《ちまた》に恥《はづ》かし氣《げ》にもなく、自轉車《じてんしや》走《はし》らして疾風《しつぷう》の勢《いきほひ》に學校《がくかう》より歸《かへ》り來《きた》るは愛《あい》なり。朝《あさ》かざし行《ゆ》きたる園《その》の花《はな》を萎《しぼ》みし儘《まゝ》に捨《す》てもやらず、大切氣《たいせつゆ》に携《たづさ》へて何時《いつ》も同《おな》じ一人《ひとり》の友《とも》と變《かは》らず打連《うちつ》れて歸《かへ》り來《きた》るは友《いう》なり。

大方《おほかた》の日曜《にちえう》を我《わ》れ何處《いづく》にか伴《ともな》はざれば、友許訪《ともがりたづ》ねんとて愛《あい》は一人《ひとり》して出《い》でゝ行《ゆ》く。友《いう》は必《かなら》ず書齋《しよさい》の窓《まど》深《ふか》く籠《こも》り居《ゐ》て、歌《うた》に、繪《ゑ》に、その靜《しづか》なる思《おも》ひをやれるなり。我《わ》れ誘《いざな》ふとも友《いう》は外《そと》に出《いづ》るをば厭《いと》ひて、友人《とも》數多《あまた》兄《あに》の室《へや》に如何《いか》ばかり騒《さわ》がしくとも、友《いう》は敢《あへ》て差覗《さしのぞ》かんともせざるなり。されど、我《わ》が友人《とも》にして愛《あい》の面《おもて》を見知《みし》らざるは一人《いちにん》もあらず。

かゝる性《さが》の愛《あい》よりは、かゝる性《さが》の友《いう》をば我《わ》れは可愛《いと》しと思《おも》ひしなり。

面立《おもだち》は二人《ふたり》能《よ》く似通《にかよ》ひて、双兒《ふたご》かと怪《あや》しむ人《ひと》もありたれど、數段愛《すうだんあい》の方《かた》、友《いう》よりは容貌優《きりやうすぐ》れたりき。

似《に》たるは愛《あい》らしき口許《くちもと》と、優《やさ》しき輪廓《りんくわく》なり。色白《いろしろ》く、長《なが》き睫毛《まつげ》の眼尻《まなじり》に、涼《すゞ》しくて淋《さび》しき愁《うれひ》を含《ふく》める、友《いう》は唯其《たゞそ》れ丈《たけ》の取柄《とりえ》なり。愛《あい》は眉濃《まゆこ》く生際美《はえぎはうつく》しく、凛《りん》々と張《は》りたる眼《め》に威《ゐ》ありて、色《いろ》はさまで白《しろ》からねど漆《うるし》の如《ごと》き髪《かみ》は束《つか》ぬるに餘《あま》りて、何時《いつ》も母《はゝ》の手《て》をば勞《つか》らする、見《み》る程《ほど》の人愛《ひとあい》が容貌《きりやう》を賞《たゝ》えぬはあらざりしなり。然《さ》れど自《みづか》らはさして心《こゝろ》にも注《とゞ》めざりしが、友《いう》が朝《あした》に夕《ゆふ》に化粧《けはひ》の勞《らう》を思《おも》はぬとは違《ちが》ひて、母《はゝ》が咎《とが》めは、餘《あま》りに愛《あい》が我《わ》が面我《おもてわ》が身《み》を裝《よそほ》はぬをもてなりき。自轉車《じてんしや》にて走《はし》るの人《ひと》は、更《さら》に簪花《かざし》を撰《えら》ぶに目《め》を煩《わづら》はしたる事《こと》あらず、其《そ》の袴《はかま》の鍵裂《かぎさ》き、袖《そで》の綻《ほころ》びは例《いつ》も姉《あね》の手《て》に優《やさ》しくも繕《つくろ》はるゝなり。心《こゝろ》に叶《かな》はねば下女《はしため》をも思《おも》ふ儘《まゝ》に叱《しつ》して顧《かへりみ》ざる、其《そ》れは愛《あい》なり。我《わ》が頼《たの》むべき用事《ようじ》起《おこ》りても、先《ま》づ下女《はしため》が手許《てもと》を窺《うかゞ》ひて口噤《くちつぐ》み果《は》つる、其《そ》れは友《いう》なり。我《わ》れは友《いう》をば好《この》みしなり。

姉妹《ふたり》同《おな》じ高等女學校《かうとうぢよがくかう》に通《かよ》ひて、友《いう》は去年《こぞ》、愛《あい》は今年《ことし》、何《いづ》れも劣《おと》らぬ見事《みごと》なる成績《せいせき》にて業《わざ》をば卒《を》へぬ。人《ひと》の縁《えにし》の奇《く》すしきかな。友《いう》は生《うま》れ立《た》ち繊弱《かよわ》きより、父母《ふぼ》は友《いう》の身《み》を案《あん》じて學業《がくぎやう》も其《そ》れを限《かぎ》りに癈《はい》させつ、良縁《りやうえん》あらば嫁入《よめい》らせんとの心組《こゝろぐみ》に、自《みづか》らも料理《りやうり》裁縫《しこと》を勵《はげ》みて今年《ことし》ともなりしが、急《せ》く程更《ほどさら》に思《おも》はしき良縁《りやうえん》はあらざりき。愛《あい》も今年《ことし》卒《を》へたれど、平常《ひごろ》の氣質《きしつ》が氣質《きしつ》なり、殊《こと》には友《いう》の身《み》のまだ定《さだ》まらぬに、大學《だいがく》へ入《はい》らんとの當人《たうにん》が志望《しばう》を父母《ふぼ》も我《わ》れも許《ゆる》して、この秋《あき》より通學《つうがく》すべき支度《したく》怠《おこた》りなかりし程《ほど》を、ふと愛《あい》に思《おも》ひよらぬ縁談《えんだん》は湧《わ》きたりしなり。

某《それ》の私立大學《しりつだいがく》を卒《を》へし人《ひと》なりとか、是非《ぜひ》に愛《あい》をば欲《ほ》しと云《い》ふ。故郷《こきやう》は福島《ふくしま》にして實家《いへ》は財富《さいと》み、在學《ざいがく》の頃《ころ》より秀才《しうさい》の名《な》ありし人《ひと》と聞《き》きて、我《わ》れも多少《たせう》の心覺《こゝろおぼ》えに合點《うなづ》かれしなり。其《そ》の父母《ふぼ》と共《とも》に住《すま》へる麹町《かうぢまち》の邸宅《やしき》、實《げ》に財富《さいと》めるを示《しめ》せるならずや。父母《ふぼ》は甚《いた》くも其《そ》の縁《えにし》を喜《よろこ》びたり。愛《あい》は喜《よろこ》ばざりき。願《ねが》へる友《いう》には未《いま》だ縁《えん》なくして、願《ねが》はぬ愛《あい》には良縁起《りやうえんおこ》る、これも浮世《うきよ》かと我《わ》れは友《いう》を悲《かな》しみき。

されど望《のぞ》まれし愛《あい》は承《う》け引《ひ》く氣色《けしき》も見《み》えざりしに、一度《ひとたび》は姉《あね》の友《いう》をと先方《さき》に語《かた》らひては見《み》たれど甲斐《かひ》なかりき、彼方《かなた》は愛《あい》が執心《しうしん》と云《い》ふ、二人《ふたり》が其《そ》の面《おもて》の自由《じいう》に替《か》ゆる事《こと》も叶《かな》はずと母《はゝ》は無益《むやく》しき事《こと》を歎《なげ》き、この良縁《りやうえん》を捨《す》てねばならぬを可惜《いとを》しみしが、終《をは》りに媒介者《なかうど》の口《くち》より漏《も》れたる、結婚《けつこん》の式濟《しきす》まば直《たゞち》に妻《つま》の手《て》を携《たづさ》えて海外《かいぐわい》に赴《おもむ》くなり。との一言《ひとこと》は忽《たちま》ち輕《かろ》くこの縁《えん》をば結《むす》ばしめたり、愛《あい》は一向《ひたすら》に其《そ》れを喜《よろこ》びて應《おう》ぜしなり、父《ちゝ》をも母《はゝ》をも措《お》きて自《みづか》ら嫁《ゆ》くべしと云《い》ひ出《い》でしなり。

双方満悦《さうはうまんえつ》の裡《うち》に式擧《しきあ》げらるゝ日《ひ》は定《さだ》められ、俄《にはか》に我《わ》が家《や》の騒《さが》がしくなりたる、そは八月《ぐわつ》の半《なか》ばなりき。

中

明日《あす》は愈々《いよ〳〵》愛《あい》が柳瀬《やなせ》に輿入《こしい》れすべき當日《たうじつ》なり、三人《ふたり》斯《か》くして樂《たのし》まん事《こと》の又永遠《またえいえん》あるまじきを思《おも》ひて、我《わ》が書齋《しよさい》に少時《しばし》三人《みたり》折集《うちつど》ひて目出度《めでた》き明日《あす》の別《わか》れを惜《をし》みぬ。

十日《とうか》の月《つき》は松《まつ》の葉蔭《はかげ》にかゝれり。二人《ふたり》の妹《いもと》は或《あ》る夕《ゆふ》べ種子《たね》蒔《ま》きし朝顔《あさがほ》は、夏《なつ》を盛《さか》りて今逸早《いまいちはや》く初秋《しよしう》の此所《こゝ》に枯《か》れ果《は》てんとす、明年又蒔《みやうねんまたま》かるべき種子《たね》の重々《おも〳〵》しき其《そ》れは頼母《たのも》しからずや、垣《かき》に縋《すが》りし葉《は》の黄《き》なる其《そ》れは情《なさけ》なし、露《つゆ》は其《そ》れをも飾《かざ》りて美《うつく》しく輝《かゞや》けるなり。

窓《まど》を開《あ》け放《はな》ちて、對《つゐ》の浴衣《ゆかた》着《き》たる二人《ふたり》は月光《げつくわう》を脊《そびら》に我《わ》が方《かた》に向《むか》ひて座《すわ》れるなり。明日《あす》高髷《たかまげ》に上《あ》ぐるとて今日《けふ》洗《あら》ひたる其《そ》の美《うつく》しき髪《かみ》を、巾廣《はゞひろ》きリボンに結《むす》びて肩《かた》より腕《うで》に惜氣《をしげ》もなく散《ち》らしたる、四五日以《にちこの》來風邪氣《かたかぜけ》なりしが今宵《こよひ》は更《さら》にも頭痛《づつう》烈《はげ》しとて寶丹《はうたん》を顳顬《こめかみ》に塗《ぬ》りたる、素撲《くすみ》たる其《そ》の赤《あか》き色《いろ》は、威《ゐ》ありて聊《いさゝ》か潤《うる》める眼《め》に映《て》り合《あ》ひて寧《むし》ろ凄《せい》をば添《そ》ふるなり。實《げ》にも愛《あい》は顔美《かほよ》き女《をんな》なりと我《わ》れは又今更《またいまさら》に見直《みなほ》されつ。友《いう》は唯淋《たゞさび》し氣《げ》に、夏痩《なつやせ》の名殘《なご》りは頬《ほゝ》の窶《やつ》れの哀《あは》れ氣《げ》にて、蒼白《あをじろ》く透《す》き明《とほ》れる面清《おもてきよ》らかに、愛《あい》と共《とも》に洗《すゝ》ぎたる髮《かみ》をこれは手早《てばや》くも何時《いつ》か束《つか》ねて、後《おく》れ毛《げ》を痛々《いた〳〵》しき其《そ》の頬《ほゝ》にかゝらせたる、友《いう》は常《つね》にその面《おもて》にも風采《とりなり》にも斯《か》く惱《なや》まし氣《げ》なる點《ところ》あるなり。

妹《いもと》の身《み》の定《さだ》まりをさすがに嬉《うれ》しとは思《おも》ひながら、又我《またわ》が上《うへ》を心細《こゝろぼそ》くも思《おも》へるなるべし。と我《わ》れは友《いう》を哀《あは》れに思《おも》ひやりつゝも、愛《あい》が短《みぢか》く着《つ》けたる袴《はかま》の、長《なが》き袂《たもと》より紅《くれなゐ》の花亂《いろみだ》して飛《と》び走《はし》りて昨日《きのふ》の姿《すがた》を思《おも》ひ浮《うか》べては、明日《あす》の宵縮緬《よひちりめん》の長《なが》き裾《すそ》を其《そ》の足《あし》に絡《から》まして、縫《ぬ》ひ重《おも》き繻珍《しゆちん》の帯《おび》を、扱《しご》き巻《ま》き慣《な》れし其《そ》の脊《せ》に負《お》ふかと可笑《をか》しく、明後日《みやうごにち》の妻《つま》らしき其《そ》の眞目面《まじめ》なるべき面《おもて》も描《ゑが》かれて面白《おもしろ》く、この日頃面《ひごろおもて》だに合《あ》はすれば直《たゞち》に愛《あい》を揄揶《からか》ひてやりしなれど、今宵《こよひ》も何《なに》か我《わ》れは戯《たはふ》れて見度《みた》きなり。

「いよ〳〵明日《あした》は花嫁《はなよめ》さんか、其《そ》の顔《かほ》に白粉《おしろい》が塗《つ》くだらうか、えゝ？愛《あい》さんは其《そ》の練習《れんしよ》が足《た》りなかつたぢやないか。」

「又《また》よ、兄《にい》さんは！白粉抹《おしろいつ》かなくつたつてお嫁《よめ》に行《ゆ》かれない事《こと》ないぢやありませんか。」

愛《あい》はさらに其《そ》の身《み》の變《かは》る事《こと》を、うら恥《はづ》かしき事《こと》とも思《おも》ひ居《を》らぬと見《み》ゆ。揄揶《からか》はれて顔赤《かほあか》めし事《こと》はあらぬなり。新《あた》らしき柳瀬光雄《やなせみつを》と云《い》へる友《とも》と共《とも》に、海外《かいぐわい》へ行《ゆ》かん事《こと》の嬉《うれ》しさに彼《か》れは何事《なにごと》も思《おも》ひ辿《たど》らであるなるべし。

「脂粉顔色《しふんがんしよく》を涴《けが》すを嫌《きら》ふ方《はう》なんだらう、恐《おそ》れ入《い》りました、あはゝゝゝ、然《しか》し愈ゝ《いよ〳〵》明日《あした》つから妻君《さいくん》になるのかね愛《あい》さんが！僕《ぼく》は不思議《ふしぎ》だよ。」愛《あい》も友《いう》も齊《ひと》しく笑《わら》ひたり。

「余《あんま》り種々《いろ〳〵》な事《こと》を云《い》ふと、極《きま》りが悪《わる》くなるわ、ねえ友《いう》さん。」姉妹《ふたり》は齢同《よはひおな》じかと思《おも》はるゝ迄《まで》の間《あひだ》を、姉《あね》とも云《い》はず、妹《いもと》とも得《え》云《い》はざるなり。

「ほんとねえ、最《も》うお止《よ》し成《な》さいよ、兄《にい》さん。」友《いう》は笑《ゑ》みの眼《め》に我《わ》れを睨《にら》みて、細《ほそ》き其《そ》の手《て》は愛《あい》が肩《かた》にかゝりたり。

「私遊《わたしあそ》びに行《ゆ》くけれど、好《い》いこと？」

「えゝ來《き》て頂戴《ちやうたい》な、私淋《わたしさび》しいから、必然《きつと》ねえ、毎日《まいにち》でも好《い》いわ。」

「兄《にい》さんも行《ゆ》くよ。」我《わ》れは隙《すか》さず斯《か》く云《い》ひぬ。

「えゝ。」と眞顔《まがほ》に愛《あい》は我《わ》れを仰《あふ》ぎて、

「だけれど、亂暴《らんぼう》しちや困《こま》るわ。」

眉顰《まゆひそ》まして、一點《いつてん》の笑《ゑみ》も口《くち》に浮《うか》べず、濟《すま》し返《かへ》りて斯《か》く云《い》ひたる愛《あい》の面《おもて》よ。我《われ》は思《おも》はずも失笑《しつしよう》しつ。

「亂暴《らんぼう》しちや困《こま》るか、既《も》う自分《じぶん》は一家《いつか》の主婦《しゆふ》の資格《しかく》を備《そな》へたつもりなんだね、彼《あ》れても！」

姉妹《ふたり》は再《ふたゝ》び月《つき》の影《かげ》を搖《ゆる》がして笑《わら》へり。友《いう》は無邪氣《むじやき》に其《そ》の眞白《ましろ》き齒《は》を見《み》せて笑《わら》ひたり、愛《あい》の笑《わら》ひも無邪《むじや》氣《き》なりし、然《さ》れど無邪氣《むじやき》なる其《そ》の笑《わら》ひのうち、嘗《かつ》て友《いう》にも見《み》ざりし一種《いつしゆ》の媚《なまめ》かしさ、艶麗《あでやか》さを含《ふく》めるなりき。我《わ》れは醉《よ》はさるゝかと覺《おぼ》えて少時《しばし》愛《あい》が面《おもて》を打守《うちまも》りしなり。

「然《さ》うぢやないけれど人《ひと》の家《うち》ですもの、ねえ。」

今宵《こよひ》に限《かぎ》りて、我《わ》れよりは弱《よわ》き者《もの》に遇《あしら》ひ馴《な》れし姉《あね》の友《いう》を、味方《みかた》と頼《たの》めるも面白《おもしろ》し。

「馬鹿《ばか》云《い》つてる、嫁《よめ》に行《ゆ》きや自分《じぶん》の家《うち》だ、花嫁《はなよめ》さんのお兄《あにい》さんだもの、構《かま》ふもんか。」

愛《あい》は如何《いか》ばかり當惑《たうわく》の面《おもて》をするならん。

「あら、其樣《そんな》風《ふう》に思《おも》つて居《ゐ》ちや困《こま》るわ、兄《にい》さんなんか來《き》て下《くだ》さらなくつても好《い》いわ、私《わたし》が必定《きつと》迷惑《めいわく》するから。」流石《さすが》に愛《あい》も女《をんな》の數《かず》に漏《も》れざりき。

「ぢやねえ、斯《か》うしませう、兄《にい》さんと二人《ふたり》して行《ゆ》くわ、ねえ愛《あい》さん、然《さ》うすれば好《い》いでせう。」

友《いう》の執成《とりな》しの無邪氣《むじやき》にも優《やさ》しき。

「あゝ、然《さ》う成《な》さりや在《い》らしつても好《よ》くつてよ、兄《にい》さん！」

「へえ〳〵承知《しようち》いたしました、大《たい》したもんだ、一々《いち〳〵》令夫人《れいふじん》の御許《おゆる》しを得《え》なけりや番町《ばんちやう》のお邸《やしき》へは伺候《うかゞは》れない事《こと》になつちやつた。」

「あら、然《さ》うぢやないけれど、直《す》ぐに兄《にい》さんは……」

「調戯《からか》ふのよ、默《だま》つてらつしやいよ。」

「はゝゝゝ、怒《おこ》られちや大變《たいへん》だ、怒《おこ》りつこなし。」

我《わ》れは今宵《こよひ》ばかり二人《ふたり》の妹《いもと》を、美《うつく》しと思《おも》ひ、可愛《かあ》ゆしと思《おも》ひし事《こと》はあらざりき。戀《こひ》と云《い》ふもの、其《そ》れも女《をんな》を美《うつく》しと思《おも》ひ可愛《いと》しと思《おも》へばこそならん、されど、兄妹《はらから》の愛《あい》の淸《きよ》き和《やはらか》き、中々《なか〳〵》に然《さ》る淺薄《あさはか》なるものとは比《ひ》すべくもあらずと思《おも》ひぬ。

「明日《あした》から一人《ひとり》減《へ》るんだね、賑《にぎや》かな方《はう》が居《ゐ》無《な》くなるんだから淋《さび》しい。」

「然《さ》うねえ、私《わたし》は猶《なほ》よ、兄《にい》さんは毎日《まいにち》お不在《るす》だし。」

「其《そ》の内《うち》に友《いう》さんも居《ゐ》無《な》くなるんぢやないか。」寂《さび》しく笑《わら》へり、友《いう》は唯寂《たゞさび》しく笑《わら》へり。

「然《さ》うよ、兄《にい》さん一人《ひとり》法師《ぼつち》になつて了《しま》つて、猶淋《なほさび》しくなつて、彼樣《あんな》に皆《みんな》を揶揄《からか》つて怒《おこ》らせなきや好《よ》かつたと思《おも》ふわ、必定後悔《きつとこうくわい》なさるんだわ。」

あゝ、其《そ》の心《こゝろ》なき愛《あい》の言葉《ことば》、心《こゝろ》なく友《いう》も我《わ》れも聞《き》きたりしものを。

「二人《ふたり》して合奏《がつそう》でもやつたら好《い》いぢやないか、僕聞《ぼくき》き度《た》いんだから。」

「えゝ然《さ》うしませう。此處《こゝ》へ持《も》つて來《き》て？」　元氣《げんき》に愛《あい》は立上《たちあが》りしが、ふと額《ひたい》を押《おさ》へて、

「兄《にい》さん、私目《わたしめ》が眩《くら》むの。」

崩《くづ》ほるゝ樣《やう》に愛《あい》は再《ふた》び座《すわ》りぬ。友《いう》は唯周章《たゞあわたゞ》しく愛《あい》の身《み》に寄《よ》り添《そ》ひぬ。我《わ》れも思《おも》はず立寄《たちよ》りて愛《あい》が押《おさ》ふる額《ひたひ》に手《て》を加《くは》へて見《み》しが、その熱《ねつ》の烈《はげ》しさ、恰《あたか》も我《わ》れは火《ひ》を握《にぎ》るやうに思《おも》はれしなり。

「何《ど》うしたんだ、大變《たいへん》な熱《ねつ》ぢやないか、氣分《きぶん》が餘程惡《よつぽどわる》いかい。」

「えゝ。」　眼《め》を閉《とぢ》て俯向《うつむ》きし愛《あい》の息《いき》は我《わ》が腕《かひな》に掛《か》ゝりて、恰《あたかも》　熱湯《ねつとう》の蒸氣《じやうき》に手《て》を翳《かざ》せるかとも思《おも》ひし。

「何《なん》ともない樣《やう》だつたがなあ、餘《あんま》り急《きふ》ぢやないか。」

「無理《むり》をするからよ愛《あい》さんは！もう先日《このあひだ》から惡《わる》い〳〵つて云《い》つてたんですもの、起《お》きて居《ゐ》られない程《ほど》？」　友《いう》は傍《かたはら》より差覗《さしのぞ》く。

「いゝえ、其《そ》れ程《ほど》ぢやないけれど目《め》が眩《くら》むから。もう好《い》いわ。」

左右《さいう》より押《おさ》へられし兄妹《ふたり》の手《て》を、愛《あい》は身《み》を悶《もが》くやうにして拂《はら》ひぬ。眼《め》を瞭然《はつきり》と開《ひら》きて覺束《おぼつか》なげに室《へや》を見《み》廻《ま》はせしが、

「何《なん》だか變《へん》よ、頭痛《づつう》が急《きふ》に非道《ひど》くなつたんですもの。」　愛《あい》の身《み》は何時《いつ》か我《われ》に凭《もた》れかゝれるなり。

「寐《ね》た方《はう》が好《い》い、寐《ね》た方《はう》が好《い》い、え、大事《だいじ》な身躰《からだ》だ、明日《あした》の今夜《こんや》だと云《い》ふのに、劇烈《ひど》く惡《わる》くでもなつては大變《たいへん》だ。」我《われ》も少《すくな》からず驚《おどろ》かされて、愛《あい》の身《み》を抱《いた》くやうに背《うしろ》より支《さゝ》えつゝ告《つ》げぬ。

「えゝ、だけれど大丈夫《だいぢやうぶ》よ。今迄《いまゝで》起《お》きて居《ゐ》られたんですもの、必然《きつと》今日《けふ》髪《かみ》を洗《あら》つたのが惡《わる》かつたんだわね。」

俄《にはか》に力《ちから》なく、元氣《げんき》失《う》せて、強《し》ひて氣《き》を引立《ひきたゝ》せんと焦慮《あせ》りながら、又弱々《またよわ〳〵》と打沈《うちしづ》む。此度《こたび》は左右《さいう》より押《おさ》へられし手《て》を除《の》けもせず凝念《ぢつ》と默《もく》して、身《み》の容躰《ようたい》を窺《うかゞ》ふにか俯向《うつむ》きて愛《あい》は再《ふたゝ》び口《くち》を開《ひら》かぬなり。

「然《さ》うなんですとも、先刻《さつき》洗《あら》つて居《ゐ》た時《とき》、隨分寒《ずゐぶんさむ》さうに總毛立《そうけだ》つて、私《わたし》まで氣分《きぶん》が惡《わる》くなつたわ。」

「何《なん》だつて其樣《そんな》馬鹿《ばか》な眞似《まね》を爲《す》るんだ。」及《およ》ばぬ事《こと》を我《わ》れにもあらず言葉《ことば》烈《はげ》しく叱《しか》り付《つ》けて、

「隨分《ずゐぶん》お前達《まへたち》は好《い》い加減《かげん》な眞似《まね》を爲《す》るぢやないか、何故《なぜ》身躰《からだ》が其樣《そんな》工合《ぐあひ》だつたら止《よ》さないんだ。」

「其《そ》れ程《ほど》ぢやないと思《おも》つたから。」愛《あい》は微《かすか》に云《い》ひぬ。今《いま》は自《みづか》ら元氣《げんき》付《づ》くる勇《ゆう》も失《う》せしなるべし。

「其《そ》れ程《ほど》ぢやないと思《おも》つたつて、自分《じぶん》の身躰《からだ》を然《さ》う粗末《そまつ》にする奴《やつ》があるものか。」

斯《か》く我《われ》は叱《しか》りながらも、友《いう》が一年《いちねん》の大方《おほかた》を藥三昧《くすりざんまい》に送《おく》るとは異《ことな》りて、麻疹《ましん》の時服藥《ときふくやく》の味《あぢ》を知《し》りしばかり、其前《そのさき》にも後《あと》にも醫師《いし》の手《て》を煩《わづらは》せし事《こと》なきを思《おも》ひて、今回《こたび》も然《さ》までの事《こと》はあるまじと思《おも》ひしなり。

「兎《と》に角寐《かくやす》んだ方《はう》が好《い》い、醫者《いしや》も一應《いちおう》招《よ》んで、え、然《そ》うした方《はう》が好《い》いよ。」

友《いう》は悲《かな》し氣《げ》に愛《あい》の面《おもて》を打守《うちまも》り居《ゐ》て物《もの》も云《い》はず、

「友《いう》さん、お前《まへ》さんは彼方《あつち》へ然《そ》う云《い》つて寐所《とこ》を敷《し》いて貰《もら》ふんだ、御母《おつか》さんには醫者《いしや》を招《よ》ぶやうに……

……」

「殊更《ことさら》お醫者《いしや》を招《よ》ばないでも好《い》いわ、大丈夫《だいぢやうぶ》よ兄《にい》さん！明日《あした》になれば癒《なほ》つてしまふわ。」

「馬鹿《ばか》な、打捨《うつちやつ》て置《お》いて何《ど》うするんだ、藥《くすり》でも何《なん》でも早急《さつさ》と飲《の》んで、早《はや》く癒《なほ》して了《しま》はないで仕樣《しやう》があるもんか。」　友《いう》は終《し》始《じよ》默《もく》して急《いそ》ぎて彼方《かなた》に行《ゆ》きぬ。

「癒《なほ》るわ、癒《なほ》るわ、ねえ兄《にい》さん！」

我《わ》が膝《ひざ》に伏《ふ》したる愛《あい》の面《おもて》は、單衣《ひとへ》を隔《へだ》てたる我《わ》が肌《はだ》を燒《や》くばかりに熱《ねつ》を帶《お》ぶるなりき。

友《いう》より聞《き》きて母《はゝ》は驚《おどろ》きて此室《こゝ》に走《はし》り來《き》ぬ。交《かは》る〴〵容躰《ようたい》を訪《たづ》ねて、携《たづさ》えて寐所《しんじよ》に伴《ともな》はんとするを、愛《あい》は煩累《うるさ》がりて、病人待遇《びやうにんあしらひ》さるゝ事《こと》の厭《いと》はし氣《げ》に、自《みづか》ら元氣《げんき》好《よ》く笑《わら》ひ捨《す》てゝ、常《つね》の如《ごと》く勢《いきほひ》好《よ》く立《た》ちて彼方《かなた》に行《ゆ》きたり。

然《さ》までの事《こと》はあるまじと三人《みたり》語《かた》りしが、その夜《よ》の程《ほど》に迎《むか》へし醫師《いし》は、肺炎《はいえん》になるべき恐《おそ》れありとて、手重《ておも》く病《や》める人《ひと》を遇《ぐう》して去《さ》りぬ。

下

噫《あゝ》、愛《あい》は逝《ゆ》きたり。愛《あい》はこの世《よ》を去《さ》りたり。夢《ゆめ》ならずや。

床《とこ》に臥《ふ》してより三日《みつか》三夜《みよる》、其《そ》の譫語《うはこと》の悲《かな》しきを聞《き》きしや。稀《まれ》に良人《をつと》となるべき人《ひと》の名《な》をも呼《よ》びたり、伯林《べるりん》！巴里《ぱり》！船《ふね》よ、海《うみ》よ、と唯《たゞ》其《そ》の數語《すうご》なりき。

恐《おそ》らくは汚《けが》れなかりし其《そ》の少女《をとめ》は、眉《まみ》なつかしき良人《をつと》に助《たす》けられて、縹渺《ひやうびやう》たる海上《かいじやう》に歡呼《くわんこ》の聲《こゑ》を上《あ》げつゝ立《た》ちたる夢中《むちう》の間《うち》に、病苦《びやうく》は知《し》らで其《そ》の儘《まゝ》この世《よ》を去《さ》り行《ゆ》きしならん。彼《か》れは夢想《むさう》したる外國《とつくに》の樂《たの》しかるべき境よりは、更《さら》に樂《たの》しき美《うつく》しき樂園《らくゑん》に唯一人《たゞひとり》今《いま》は遊《あそ》べるか。八千世《やちよ》を壽《ことほ》ぎて家人《かじん》の手《て》に仕立《した》てられたる晴《は》れの衣裳《いしやう》は、まこと、八千代《やちよ》八萬代《よろづよ》變《かは》るまじき、長《とは》なる冥途《よみぢ》へ旅立《かしまだ》ちの晴着《はれぎ》とはなりしなり。

彼《かれ》は明日《あす》弁《かうがい》に飾《かざ》らんとて美《うつく》しき髪《かみ》をば洗《そゝ》ぎたり、神《かみ》の御前《みまへ》に世《よ》の油《あぶら》の匂《にほひ》憚《はゞか》りしにはあらざりしを。

燈火《とうくわ》の影《かげ》に、臨終《いまは》の水《みづ》に合點《うなづ》きし其《そ》の面《おもて》は、四《よ》夜前《よまへ》、やがて妻《つま》と云《い》ふ名《な》に自《おのづか》ら輝《かゞや》きし其《そ》の面《おもて》なりしか。

我家《わがや》にふつと消《き》えし愛《あい》の身《み》よ、あゝ、夢《ゆめ》ならずや、夢《ゆめ》ならずや。

我《わ》が一生《いつしやう》の幸運《かううん》を示《しめ》せるかの如《ごと》く、常《つね》に賑《にぎ》はしく笑《ゑ》み絶《た》えし事《こと》なかりし其《そ》の愛《あい》が上《うへ》は、斯《か》くも果敢《はか》なきものなりき。然《さ》らば、嬉《うれ》しき時《とき》も猶愁《なほうれ》ひ含《ふく》めるが如《ごと》き相《すがた》せる友《いう》が上《うへ》は、如何《いか》ばかり脆《もろ》くも果敢《はか》なきものならん。

我《わ》れは好《この》まざりし妹《いもと》が俄《にはか》の死《し》を見《み》て、思《おも》ひよらざりし其《そ》の運命《さだめ》を思《おも》ひて、一層《いつそう》の悲《かな》しさを覺《おぼ》ゆると共《とも》に、好《この》める繊弱《かよわ》き妹《いもと》が行先《ゆくさき》の唯覺束《たゞおぼつか》なく危《あや》ふくも思《おも》はれて、轉《うた》た悚然《しやくぜん》たるを覺《おぼ》ゆるなりき。

愛《あい》ありてこそ拒《こば》まれし友《いう》は、今愛《いまあい》失せし其《そ》の悲《かな》しみを切《せ》めては姉《あね》の面影《おもかげ》に慰《なぐさ》めんとか、再《ふたゝ》び柳瀬《やなせ》は彼《かれ》を所望《しよもう》しぬ。父母《ふぼ》は喜《よろこ》びて直《たゞち》に應《おう》じたり。愛《あい》が衣類調度《いるゐちやうど》として既《すで》に送《おく》られし幾荷《いくか》のものは、其《そ》の儘友《まゝいう》の品《もの》となりて今《いま》も猶柳瀬《なほやなせ》の許《もと》に托《あづ》けられつ、楓紅《かへでくれなゐ》とならば式《しき》は擧《あ》げらるべし。

あゝ友《いう》が行末《ゆくすゑ》の心細《こゝろぼそ》きかな、彼《か》れが眼《め》の愁《うれひ》は愈々深《いよ／＼ふか》く、彼《か》れが頬《ほゝ》の窶《やつ》れは愈々著《いよ／＼しる》し。若《も》し彼《かれ》が生涯《しやうがい》の運命《うんめい》も、其《そ》の悲《かな》しめるが如《ごと》き、惱《なや》めるが如《ごと》きものにはあらざるや。花《はな》やかなりし愛《あい》が一生《いつしやう》の斯《か》くありしを思《おも》ひては、中々《なか／＼》に自《みづか》ら打沈《うちしづ》める友《いう》の上《うへ》の心許《こゝろもと》なきなり。散《ち》り際《ぎは》の花《はな》に誰《た》れか今袖觸《いまそでふ》れんとするを、此方《こなた》より眺《なが》めつゝある如《ごと》き心地《こゝち》して、唯友《たゞいう》が上《うへ》の危《あや》ふさに堪《た》へざるなりっ　愛《あい》を奪《うば》ひし或《あ》るものは、容《たや》易《す》く纖弱《かよわ》き友《いう》を奪《うば》ひ去《さ》るべしと思《おも》はれて、我《わ》れは安《やす》き心地《こゝち》あらざるなり。

噫《あゝ》、一《ひ》と日《ひ》々々々々と辿《たど》り行《ゆ》く昨日《きのふ》や今日《けふ》や、愛《あい》が命《めい》盡《つ》きたる日《ひ》より遠《とほ》ざかり行《ゆ》く彼《か》れは、更《さら》に何《なに》をば追《お》はんとする、友《いう》が行末《ゆくすゑ》の淋《さび》しくも心細《こゝろぼそ》きかな。

これも花嫁《はなよめ》の調度《ちやうど》の一《ひ》とつなりき。愛《あい》が乗《の》り馴《な》れし自轉車《じてんしや》は白布《はくふ》に掩《おほ》はれし儘《まゝ》我《わ》が自轉車《じてんしや》と隣《とな》りて、塵《ちり》白《しろ》く今《いま》も並《なら》べるなり。

露　終

かざし笠　佐藤露英

誰《た》が手《て》はづれし？　谷間《たにま》を舞《ま》うて、
繪扇《ゑあふぎ》おちしさゆりのおもて
峯《みね》の嵐《あらし》を厭《いと》ふ小笠《をがさ》と、
花《はな》がかつげば移《うつ》り香《か》ぞ散《ち》る。

艶麗とや申すべき扇の主を見たき心地す（無涯）

人形

佐藤　露英

現身　消えて　土となり、
目鼻　かはゆき　人形となりて、
われをば嫌ふ　その人に
せめて　幾日《イクヒ》を　かしづかれたや。

山寺

佐藤露英

渓流奪つてめぐる　山門の朱《アケ》。
晴嵐襲つて拂ふ　萬樹の緑《ミドリ》。
高塔九輪聳えて　夕陽《ユフヒ》傾き、
鐘聲答へぬ空《ソラ》に　何をか告ぐる。

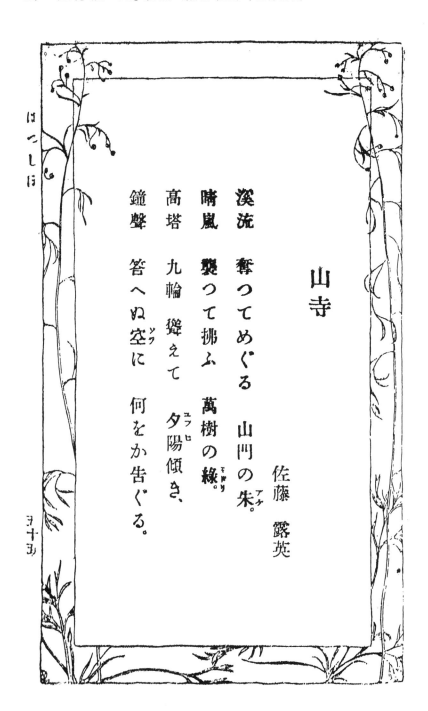

初夏

佐藤　露英

若葉に堤　たそがれて、
渡舟《ワタシ》に　人の影　淡し。
今年も過ぎぬ　隅田の春、
成らぬ詩歌《シイカ》に　身は老いて。

秋の蝶

佐藤　露英

舞の衣を　風破り、
化粧《ケハヒ》の面《オモ》を　雨打てど、
ゆふべの床の　紅菊に、
蝶は淋しく　夢をたどれる。

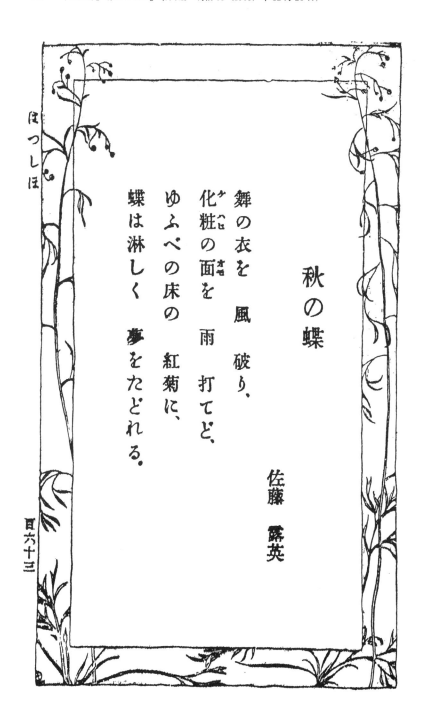

短詩

冬の月　佐藤露英

掩《おほ》ふべき　雲《くも》の　衣《きぬ》もなく、
忍《しの》ぶ　梢《こずゑ》の　蔭《かげ》もなき、
木《こ》がらし　拂《はら》ふ　天上《てんじやう》に、
あらはの月《つき》や　玉《たま》の面《おも》　震《ふる》ふ。

短詩

冬の夜

佐藤露英

雨《あめ》になる夜《よ》を　風《かぜ》にして、
ちまたに氷《こほ》る　月《つき》のかげ。
探《さぐ》る按摩《あんま》の　笛《ふえ》の音《ね》　更《ふ》けて、
低《ひく》き投《な》げぶし　消《き》えてゆく。

短詩

柔

佐藤露英

撫《な》づる父《ちゝ》の手《て》　あたゝかく、
母《はゝ》が接吻《くちつけ》　やさしくて、
日々《ひゞ》　丈《たけ》まさる　稚子《ちご》が髪《かみ》
花《はな》にかざらん　春《はる》や何時《いつ》なる。

濁《にごり》酒《ざけ》

露英女史

（一）

新築《あたら》しき四軒長屋《けんながや》の最合井《もあひゐ》に先《ま》づ秋風《あきかぜ》は立《た》ち初《そ》めて、兩側《りやうがは》の家根《やね》と家根《やね》とに懸《か》け渡《わた》したる物干竿《ものほしさを》より、かた〳〵と音《おと》させて干物《ほしもの》取《と》り込《こ》める結《むす》び髪《がみ》の後姿《うしろすがた》、色《いろ》は褪《あ》せて捲《まく》り上《あが》りし浴衣《ゆかた》の裾遠目《すそとほめ》に見窄《みすぼ》らしく、簾《すだれ》から寒《さむ》き水口《みづぐち》に立《た》ち出《い》でたる此方《こなた》の女房《にようぼう》、手《て》内職《ないしよく》に根氣《こんき》や疲《つか》らせし、手《て》桶《をけ》片手《かたて》に提《さ》げながら下駄《げた》突《つ》ッ掛《か》けての大欠伸《おほあくび》一とつ、薄曇《うすぐも》りたる今日《けふ》の空合《そらあひ》に似《に》て、裏家《うらや》の秋《あき》は陰鬱《くさ〳〵》と不快《ふくわい》に濕《しめ》りて物淋《ものさび》し。

『寒《さむ》くなつたぢやないか。』

『もう斯《か》うぢや遣《や》り切《き》れないね。』

慳貪《けんどん》に物云《ものい》ひ交《か》はして一人《ひとり》は井戸端《ゐどばた》に立寄《たちよ》る時《とき》、路次《ろじ》を入《はい》り來《きた》し廿七八ばかりの女《をんな》、刻《きざ》み足《あし》の音《おと》優《やさ》しく溝板《どぶいた》を踏《ふ》みて女房《にようばう》の前《まへ》に腰低《こしひく》う。

『少々《せう〳〵》物《もの》をお尋《たづ》ね申《まをし》ます。此《こ》のお長家《ながや》中《うち》に鈴見《すゞみ》健之助《けんのすけ》と申《まをし》ます者《もの》は居《を》りませんで御坐《ござ》いませうか、つい此《こ》の頃《ころ》引移《ひきうつ》つて參《まゐ》つたばかりなんで御坐《ござ》いますが。』

『然《さ》うですねえ。』と女房《にようばう》は答《こた》へて、セルに黒繻子《くろじゆす》の帶《おび》、色淺黑《いろあさぐろ》く鼻高《はなたか》き、小《ちひ》さき丸髷《まるまげ》の粋姿《いきすがた》を少時《しばし》眺《なが》めまはして、

『向側《むかふがは》の一番外《ばんはづ》れの家《うち》でさ。』

と、兩手《りやうて》を井戸《ゐど》の端《ふち》に置《お》きて腮《あご》に敎ふる。慇懃《いんぎん》に、如才《じよさい》無氣《なげ》に、再《ふた》ゝび三度《みたび》頭《つむり》を下《さ》げて禮《れい》を述《の》べながら急《いそ》ぎ足《あし》に行《ゆ》き過《す》ぐる小粧《こづく》りの後姿《うしろすがた》。

干物《ほしもの》肩《かた》に荷《かつ》ぎし結《むす》び髪《がみ》の女《をんな》は振返《ふりかへ》りて、

『小意氣《こいき》な内儀《かみさん》だね、然《さ》うか！　彼家《あすこ》が鈴見《すゞみ》つて云《い》ふのか！』

『あゝ引摺《ひきずり》女の家《うち》さあ。』

十歩《じつぽ》と離《はな》れぬを、謹慎《つゝしみ》もなき高調子《たかでうし》に猶更《なほさら》耳に入《い》りしなるべけれど、物問《ものと》ひゆきし女《をんな》は心付《こゝろつ》かぬ樣《さま》を裝《よそほ》ふて、示《しめ》されたる家《いへ》の格子戸《かうしど》の前《まへ》に立《た》ち、入《い》り口《ぐち》の、市松《いちまつ》に張《は》り拔《ぬ》きし苦《くる》しき案出《あんじ》の夏障子《なつしやうじ》より家内《うち》を窺《のぞ》きて、

『今日《こんにち》は！』

と聲《こゑ》に笑《わら》ひを含たして親《した》し氣《げ》に訪《おとな》ふ。直《す》ぐ其所《そこ》に人《ひと》は

ありて無造作《むざうさ》に障子《しやうじ》を開《ひら》きしが、

『まあお樂《らく》さんですか、よくねえ、さあ何卒《どうぞ》お上《あが》り成《な》すつて！　能《よ》く此樣《こんな》ところへ來《き》て下《くだ》さいましたね、何《ど》うも汚《きた》ない家《うち》でねえ、ほんとに吃驚《びつくり》成《な》さるやうなんですよ、狹苦《せまくる》しくつて！　疊《たゝみ》が汚《きた》なくつて！』

聲高《こわだか》に云《い》ひ續《つゞ》けて、其處等《そこら》片付《かたづ》くるとて若《わか》き女《をんな》は奥《おく》に行《ゆ》くを、追《お》ふやうに靜《しづか》に上《あが》りて、

『知《し》れなくつて何《ど》うも困《こま》つちまつたの。』

と見廻《みま》はせば、上《あが》り端《はな》の二疊《でふ》の此處《こゝ》には裁縫《しごと》の道具《だうぐ》取《と》り散《ち》らかりて、角《かく》の火鉢《ひばち》一《ひと》つ据《す》ゑられ、奥《おく》は四疊半《よでふはん》一室《ひとま》切りにて隔《へだ》ての襖《ふすま》もなく、右方《めて》には米櫃《こめびつ》と鼠入《ねずみい》らずと西洋竈《せいやうべつゝい》とを順《じゆん》よく並《なら》べて臺所《だいどころ》を見通《みとほ》しにして、其所《そこ》にも建具《たてぐ》なく、普請《ふしん》新《あた》らしき壁《かべ》や柱《はしら》の、流球疊《りうきうだゝみ》の薄汚《うすよご》れしが目《め》に立《た》ちて、奥《おく》には喇叭《らつぱ》、鐵砲《てつぱう》の投《な》げ出《いだ》されし傍《かたはら》に三歳《みつつ》ばかりの男《をとこ》の子《こ》、小《ち》さき大《だい》の字形《じなり》して晝寢《ひるね》の眞中《まなか》なり。何處《いづこ》に坐《ざ》を占《し》めてと躊躇《ためら》ふやうに包《つゝ》みを傍《かたはら》に置《お》きて中腰《ちゆうごし》になれば、

『此樣《こんな》に散《ち》らかつてますけれど、まあ此方《こちら》へ在《い》らしつて下《くだ》さいまし、其處《そこ》ぢや何《なん》ですから何卒《どうぞ》！　何《なん》です！』

何《なに》やら薄《うす》き冬《ふゆ》の布團《ふとん》を押《お》し据《す》ゑて、荒《あら》き瀧縞《たきじま》の浴衣《ゆかた》に、黑繻子《くろじゆす》に破《やぶ》れ目《め》見《み》ゆる中形縮緬《ちゆうがたちりめん》との晝夜帶《ちうやおび》を引《ひ》つ掛《か》けに結《むす》びし女《をんな》の、三《みつ》つ四《よつ》つ客《きやく》よりは年若《としわか》らしう、眼《め》許《もと》くるりと大《おほ》きく、鼻付口許《はなつきくちもと》尋常《じんじやう》に、色《いろ》も白《しろ》く、腮《あご》の邊《あた》り豐《ゆた》かに愛嬌《あいけう》滴《した》りて、總髮《そうがみ》の銀杏返《いてふがへ》し、根《ね》は崩《くづ》れて後《おく》れ毛髮《げおびたゞ》しく耳《みゝ》より襟《えり》に押《お》し被《かぶ》さるやうに亂《みだ》れかゝるを掻《か》き上《あ》げながら、喋々《てふ／＼》と物云《ものい》ふを此方《こなた》は落着《おちつ》きて溫《しつ》雅《とり》と、

『ぢや、然《さ》うしませう。』

と立寄《たちよ》つて、互《たが》ひの時候《じこう》の挨拶《あいさつ》、不沙汰《ぶさた》の詫《わ》び、少時《しばし》は果《はて》しもなかりしが、漸々《やう／＼》、頭《つむり》を下《さ》げ通《とほ》して面《おもて》を眞赤《まつか》にしたる若《わか》き方《かた》は居直《ゐなほ》りて、

『何卒《どうぞ》お敷《し》き成《な》すつて下《くだ》さいまし、疊《たゝみ》が汚《きた》なう御坐《ござ》いますから、能《よ》くまあ入來《いらし》つて下《くだ》さいましたね、私《わたし》も一《いち》度《ど》上《あが》らないぢや成《な》らないと思《おも》つて居《ゐ》ながら、此樣《こんな》不體《ぶざ》裁《ま》な姿《なり》ぢや何《ど》うもねえ。』

と又《また》そわ／＼と立上《たちあが》りて、煙草盆《たばこぼん》に火《ひ》を移《うつ》すとて火鉢《ひばち》の中《なか》を覗《のぞ》きながら、

『まあ悉皆《みんな》消《き》えちまつたよ。』と舌打《したう》ち一《ひ》とつ、

『遂《つひ》、お暑《あつ》いと斯《か》うなんですよ。』

と夕暮《ゆふぐれ》の冷々《ひや／＼》しさは忘《わす》れ果《は》てゝ、云《い》ひ譯《わけ》がましく斷《ことわ》り

つゝ、臺所《だいどころ》より焚付《たきつ》けと火消壺《ひけしつぼ》とを重々《おも〳〵》と携《たづさ》へ來《き》て、襟《えり》を後《うしろ》に突《つ》きざま其處《そこ》に坐《すわ》りてばた〳〵と火《ひ》を熾《おこ》し初《はじ》むる。其《そ》れを呆《あき》れ顔《がほ》に眺《なが》めしおらくは、やがて氣《き》の毒《どく》氣《け》に、

『まあ宜《よ》う御坐《ござ》んすよ、私《わたし》はもう今日《けふ》は直《す》ぐお暇《いとま》するんだから。』

『でもまあお茶一《ちやひ》とつ。煙草《たばこ》を上《あが》るにしたつて！』

『いゝえ煙草《たばこ》なら燐寸《まつち》で澤山《たくさん》！　お茶《ちや》も何《なに》も戴《いたゞ》きやしませんよ、然《さ》う忙《せは》しがらなくつても宜《よ》う御坐《ござ》んさね。』

『なに！　直《ぢ》き焚《た》き付《つ》かるんですよ。』

物《もの》を云《い》ひ〳〵、紙《かみ》にて煽《あふ》ぐ氣轉《きてん》もなく、口《くち》を窄《すぼ》めて火《ひ》の傍《そば》にふう〳〵と力《ちから》を入《い》れて吹《ふ》く。頭《つむり》に灰《はひ》を被《かぶ》りて、燃《も》え上《あ》がる炎《ほのほ》に照《て》らさるゝ眼《め》の照《ひか》り、頰膨《ほゝふく》らまして、息《いき》を入《い》れては又吹《またふ》き付《つ》くる口許《くちもと》の、蛸入道《たこにふだう》が熱《あつ》き物頰《ものほゝ》張《ば》りて騷《さわ》ぎ立《た》てるやうの氣色《さま》ありて、崩《くづ》れし膝《ひざ》より白《しろ》き褌《ゆもじ》を見《み》せたる醜態《みにくさ》を、眉顰《まゆひそ》めて見守《みまも》りしおらくは思《おも》はず面背《おもてそむ》向けて、氣《き》の毒《どく》らしさを、

『兄《にい》さんは遲《おそ》いんですね、四時退《よじび》けですか？』

と話《はなし》に紛《まぎ》らす。

『四時《よじ》なんですよ、他《ほか》へ廻《まは》ると何《ど》うかすると六時位《ろくじくらゐ》になりますがね。』

三

『然《さ》うですか。武坊《たけばう》が大《おほ》きくなりましたね。』

と今更《いまさら》に子供《こども》の寐顏《ねがほ》を窺《のぞ》きて。

『惡戲《いたづら》になりましたよ、中々《なか〳〵》利《き》くんぢやないんですからね、此樣《こんな》小《ちび》で居《ゐ》る癖《くせ》に。』

『ぢや兄《にい》さんが苛《いぢ》められる方《はう》ですね。』

と見廻《みまは》はして、

『何處《どこ》かへ遊《あそ》びに行《い》つたんですか、見《み》えませんね。』

『近處《きんじよ》の子供《こども》と遊《あそ》んでるでせうよ、必然《きつと》！　伯母《をば》ちやんの許《ところ》へ行《ゆ》かう、行《ゆ》かうつて始終《しよつちう》ね、電車《でんしや》さへ見《み》りや日本橋《にほんばし》へ行《ゆ》き度《た》がつてね。』

『まあ、可愛《かあ》いゝのね、夜分《よる》でも連《つ》れてお在《い》でなさいな。』

『私《わたし》も上《あが》り度《た》いと思《おも》ふんですけれど。』と我《わ》が姿《すがた》を我《わ》れと見《み》て、

『これつ切《き》りの衣服《なり》ぢや何程厚顏《なんぼあつかましく》つても出《で》られませんからね。』

小《ちひ》さき火《ひ》を煙草盆《たばこぼん》に二つ三つ取《と》りて、煙管《きせる》共々《とも〴〵》敷居《しきゐ》越《ご》しに身《み》を延《の》ばして勸《すゝ》め置《お》き、湯《ゆ》の湧《わ》くやうの支度《したく》はかりはして、火消壺《ひけしつぼ》も焚付《たきつけ》も抛《はう》り出《だ》せし儘《まゝ》に、立《た》ち寄

って、『斯《か》う貧乏《びんばふ》しちまつちや仕様《しやう》がありやしません。』と吻《ほつ》と息《いき》を吐《つ》く。

『ほんとにね。』とおらくは熟《つく〴〵》と云《い》ひて、

『察《さつ》しますよ、何《なに》しろ兄《にい》さんの手違《てちが》ひばかりで此様《こんな》身《み》に成《な》つてお了《しま》ひなんだから、私《わたし》は全《まつた》くお前《まへ》さんが氣《き》の毒《どく》でね、昨日《きのふ》まぢや人《ひと》の二三人《にん》も使《つか》つて居《ゐ》たものが、急《きふ》に今日《けふ》は此様《こんな》んだから隨分《ずゐぶん》辛《つら》いだらうしとも思《おも》つて……。』

長煙管《ながぎせる》に煙草《たばこ》吸《す》ひ付《つ》けて差出《さしいだ》されしを、會釋《ゑしやく》ながら受取《うけと》りて、帶際《おびぎは》より片手《かたて》に綴織《つゞれおり》の煙草《たばこ》入《い》れ取《と》り出《いだ》しつゝ、一《ひ》と吸《す》ひ強《つよ》う、はたと吐月峯《はいふき》に落《おと》して、

『私《わたし》が嫁《よめ》の身體《からだ》でさへ無《な》けりや、何《ど》うにか此方《こつち》の目鼻《めはな》が明《あ》くまで貢《みつ》ぐと云《い》ふ事《こと》もあるんだけれど、今《いま》のところ、恰《まる》で家《うち》の財產《しんしやう》は他人《ひと》の所有《もの》も同樣《どうやう》なんですからね、あの通《とほ》り義父《おやぢ》が一切《いつさい》取《と》り仕切《しき》つて遣《や》つてるんだから良人《うち》だつてほんの店《みせ》の飾《かざ》り物《もの》ですもの、兄《にい》さんも可哀想《かあいさう》とは思《おも》ふけれど心《こゝろ》に思《おも》ふばかりで、何《ど》うにもならず、實《じつ》の兄妹《きやうだい》つたつて斯《か》う役《やく》に立《た》たないんぢや有《あ》り甲斐《がひ》もないと兄《にい》さんは思《おも》つてお在《い》でだらうと思《おも》つて……。』

『いゝえ、既《もう》隨分《ずゐぶん》あなたにはお世話《せわ》になつてるんですから、此《こ》の上《うへ》何《ど》うの斯《か》うのつて。』

『其《そ》れがさ、何《ど》うの斯《か》うのと相談《さうだん》し合《あ》つたところで、出來《でき》るなら好《い》いけれど何《ど》うにも成《な》らないんだから私《わたし》や徹々《しみ〴〵》辛《つら》くつてねえ、其處《そこ》へ行《ゆ》くと人間《にんげん》なんてものは少《すこ》し位《ぐらゐ》世話《せわ》になつた事《こと》が有《あ》つたつて、此方《こちら》が落《お》ちて了《しま》ふと最《も》う知《し》らん顔《かほ》で彼方《むかう》向《む》いちまうのが多《おほ》いんだから、兄《にい》さんも然《さ》う薄情《はくじやう》に取《と》つてお在《い》でぢやないかと思《おも》つて……。』

云《い》ふも待《ま》たず、肌現《はだけ》たる胸《むね》を突《つ》き出《だ》して、煙草《たばこ》の烟《けむ》りを吐《は》きざまに、

『何《なに》もあなたの事《こと》を良人《うち》は何《なん》の彼《か》のと云《い》つてやしませんがね、實際《まつたく》斯《か》う零落《おちぶ》れちまつちや散々《さんざ》世話《せわ》になつた者《もの》だつて鼻《はな》も引《ひ》つ掛《か》けちやくれないんですよ、其《そ》れを思《おも》ふと口惜《くや》しくつてね、まあ貴女《あなた》の前《まへ》ですけれど、彼《あ》樣《あ》して區役所《くやくしよ》へ出《で》て居《ゐ》たつて、衞生員《ゑいせいゐん》とか何《なん》とかで漸《や》つと十二圓《ゑん》しきや取《と》れないんでせう、何《ど》うして一《ひ》と月《つき》其《そ》れんばかりで遣《や》り切《き》れるもんぢやありません、子供《こども》の小遣《こづか》ひばかりだつても一日《にち》に三錢《せん》として月《つき》に九十錢《せん》要《か》用りますからね、月給日《げつきふび》から十日《か》ばかり先《さ》きは何《ど》う

やら食《や》つて行《ゆ》くけれど、もう月中旬頃《つきなかごろ》と成《な》つて來《き》たら二進《につち》も三進《さつち》も行《ゆ》かなくなつちまうんですよ、其《そ》れに、ほら、悉皆《みんな》寐《ね》衣具《だつぐ》まで抑《おさ》へられちやつた揚句《あげく》で火鉢《ひばち》も時計《とけい》も臺所道具《だいどころだうぐ》一とつ無《な》くなつちまつたんでせう、眞《ほん》實《とう》の裸《はだか》體で此處《こゝ》へ來《き》たんですから、其《そ》の些少《はつち》な月給《げつきふ》のなかからお前《まへ》さん、遣繰《やりく》り算段《さんだん》して……。』

と後《うしろ》の蠅帳《はへちやう》を煙管《きせる》に指《さ》して、

『彼樣《あんな》ものまで買《か》ひ込《こ》む始末《しまつ》なんでせう、加之《おまけ》に役所《やくしよ》へ來《き》て出《で》る洋服《ふく》の價《だい》は月給《げつきふ》のうちから差引《さしひ》かれるし、足《た》りない上《うへ》を猶足《なほた》りなくなつちまつて、私《わたし》なんかこの衣服《きもの》一枚《いちまい》で夏中通《なつぢゆうとほ》しちまつたんですよ、何程《いくら》何《なん》だつて私《わたし》や最《も》う水汲《みつく》みに出《で》るんだつて近所《きんじよ》へ見外《みつとも》なくつてね、う〳〵一日《いちにち》も此樣《こんな》貧乏世帶《びんばふじよたい》をやつちや行《ゆ》かれませんよ、如何《いか》な事《こ》つたつて殊《こと》に由《よ》るとお晝《ひる》は拔《ぬ》きにして、子供等丈《こどもたちだけ》にお強《こは》飯か大福《だいふく》を買《か》つてやつて濟《す》ましちまう事《こと》が有《あ》るんですからねえ、私《わたし》にやお米《こめ》なんぞ買《か》ひに行《ゆ》かれないから何時《いつ》も良人《うち》に行《い》つて貰《もら》ふんだけれど十錢《せん》ばかりの白米《おこめ》は近處《きんじよ》で買《か》へないつて本所《ほんじよ》まで十時《じ》——十一時《じ》頃出《ごろで》掛《か》けて行《ゆ》くんですよ、厭《いや》になつちまひまさね熟々《つく〴〵》！』

『まあねえ。』

如何《いか》ばかり貧《ひん》の辛《つら》さかを思《おも》ひ遣《や》りつゝ、明日《あす》の糧《かて》の苦《く》を知《し》らぬ身《み》の氣安《きやす》さを身《み》に徹々《しみ〴〵》覺《おぼ》えて、おらくは、

『何《ど》んなにか辛《つら》いでせうとも、兄《にい》さんが活智《いくぢ》がないから斯《か》うもなつちまつたんで、八十《やそ》ちやんは世間知《せけんし》らずで育《そだ》つたんだから、餘計《よけい》何《ど》うも斯《か》うも成りますまいと、貧乏馴《びんばふな》れた人《ひと》だつて饑渴時《ひもじいとき》は辛《つら》いんだから、今《いま》まで茶《ちや》屋小《こ》屋《や》て驕《おご》り盡《つく》した揚句《あげく》ぢや熟々《つく〴〵》ねえ、其《そ》りやもう厭《いや》にも成《な》らうし、馬鹿々々《ばか〳〵》しくも成《な》らうし、私《わたし》や八十《やそ》ちやんほんとに察《さつ》しますよ。』

おらくは貧《ひん》に馴《な》れしお八十《やそ》が口振《くちぶ》り振舞《ふるまひ》の、昨日《きのふ》まで兩國《りやうごく》の糸問屋《いとどんや》の內儀《ないぎ》と人《ひと》に頭《つむ》りを下《さ》げさせて、毫末《つゆ》も恥《はつか》しからざりし風采《ふりなり》鷹揚《おうやう》なりしに、見違《みちが》へるまで下司《げす》に馴《な》れ卑《いや》しきに染《そ》みたるが淺間《あさま》しく、貧苦《ひんく》の酷《むご》さは裏《うら》長屋《ながや》の女房《にようばう》めくまで少時《しばし》の間《ま》に變《かは》らせしかと恐《おそろ》しくもなりて、

『けどね、兄《にい》さんだつて分別盛《ふんべつさか》りの男一匹《をとこいつぴき》だから、以《い》前《ぜん》に增《ま》した身代《しんだい》に成《な》らないとも限《かぎ》りやしませんよ、これが道樂《だうらく》や茶屋《ちや》遊《あそ》びで財產《しんしやう》を破產《す》つたと云《い》ふ譯《わけ》でないんだから、唯眞《たゞほん》の商法《しやうはふ》の手違《てちが》ひで家藏《いへくら》から着《き》る物《もの》まで

人手《ひとで》に取《と》られたんですもの、回復《とりかへ》す時《とき》は有《あ》りますともね、精々《せい〴〵》ね、辛《つら》いだらうけれど辛抱《しんばう》して成《な》る丈昔《たけむかし》の品《ひん》の失《なく》ならないやうに……。』

云《い》ひさして、流石《さすが》に口《くち》を噤《つぐ》めば、

『こんな貧乏《びんばふ》をして居《ゐ》て品《ひん》も見得《みえ》もあるもんですかね、單衣物《ひとへもの》の着更《きが》へさへなくつて居《ゐ》て！』

涙聲《なみだごゑ》に云《い》ひ放《はな》たれておらくは驚《おどろ》きながら、

『其《そ》れもまあ然《さ》うでせうけれど、人間《にんげん》は心《こゝろ》の持《も》ち方《かた》一《ひ》とつで何《ど》うにでもなるんだから。』

『私《わたし》は馬鹿《ばか》の方《はう》なんだから、兎《と》ても其樣《そんな》他人樣《ひとさま》のやうな立派《りつぱ》な考《かんが》へは持《も》てやしません、種々《いろ〳〵》と今《いま》も仕事《しごと》をしながら考《かんが》へて居《ゐ》たんだけれど。』

『考《かんが》へるつて！』

目《め》を上《あ》げて滋々《しげ〴〵》とお八十《やそ》の面《おもて》を見《み》れば、

『兎《と》てもこんな活計《くらし》ぢや……。』

と獨《ひと》り言《ご》ちて、俯向《うつむ》き入《い》りて、急《にはか》に何《なに》をか深《ふか》く思《おも》ひ入《い》る氣色《さま》なりしが、氣《き》を變《か》へて、

『お茶《ちや》でも淹《い》れませう、生憎御馳走《あひにくごちそう》が出來《でき》ないから、何《なに》か……今川燒《いまがはやき》でも買《か》ひませう。』

と戯《たはむ》れならず生眞目面《きまじめ》に云《い》ひて立上《たちあが》るに、笑《わら》ひもならで何氣《なにげ》なく、

『いえ、今日《けふ》は急《いそ》ぐんだからお托《あつ》けにして置《お》きますよ、兄《にい》さんに逢《あ》ひ度《た》いが駄目《だめ》らしいのねえ。』

『何《なに》！　そろ〳〵歸《かへ》つて來《く》る時分《じぶん》ですよ、まあ好《い》いぢやありませんかね、良人《うち》だつても……。』

と云《い》ひかけて、蠅帳《はへちやう》を探《さぐ》りつゝ、素燒《すやき》の急須《きふす》に端《ふち》の少《すこ》し缺《か》けし茶碗《ちやわん》を取揃《とりそろ》へて流《なが》し許《もと》に持《も》ち行《ゆ》き、立《た》てし兩《りやう》膝《ひざ》の膝頭《ひざがしら》に身《み》を挾《はさ》みて忙《せは》し氣《げ》に水《みづ》の音《おと》を高《たか》くさせながら洗《あら》ふ。其《そ》の姿《すがた》をおらくは見《み》て、これが土藏《どざう》の二戸前《ふたとまへ》もありし家《いへ》の一人娘《ひとりむすめ》が果《は》てかと哀《あは》れにも思《おも》はれて、丸《まる》髷《まげ》にお召揃《めしぞろ》ひの御新造《ごしんぞ》風《ふう》、此《こ》の武坊《たけばう》を婆《ばあ》やに抱《いだ》かせて日本橋《にほんばし》を訪《おとづ》れしもつい今年《ことし》の春《はる》、隨分人目《ずゐぶんひとめ》にも立《た》ちて見好氣《みよげ》の女《をんな》なりしに、振舞《ふるまひ》の端無《はしたな》き、生《うま》れからの長家《ながや》女房《にようばう》らしく、貧苦《ひんく》の切《せつ》なさを眼《め》にのみ凝《あつ》めて、愛想笑《あいさうゑ》みの昔《むかし》の溫和《おとな》しさは影《かげ》もなく、絶《た》えず人《ひと》の心《こゝろ》を窺《うかゞ》へるやうなる光《ひか》りの險《けは》しさ、まだ頰《ほゝ》に貧《まづ》しき窶《やつ》れの見《み》えぬ丈《だけ》が取柄《とりえ》なり。これでは兄《あに》も見違《みちが》へる程人柄下《ほどひとがらさが》りてさも〳〵腰辨《こしべん》らしき男《をとこ》と成《な》り變《かは》りしならん、金《かね》さへあれば馬鹿《ばか》も利口《りこう》に見《み》ゆると云《い》ふに、貧乏世帶《びんぼふじよたい》に追《お》はれては天晴《あつぱ》れの男前《をとこまへ》も一文半缺《いちもんはんか》けの値打《ねうち》さへなく、況《ま》して

この樣《やう》な女房《にようばう》の樣子《やうす》を見聞《みき》きしては、役所《やくしよ》にありても同僚間《なかまうち》の物笑《ものわら》ひになどなりてあるべし、氣《き》の毒《どく》なは兄《あに》が上《うへ》なりと、おらくは遉《さすが》が血《ち》を分《わ》けし兄《あに》をば同情《おもひやり》て思《おも》はず胸切《むねせま》りし。其《そ》の時《とき》、

『八《や》つちやん、居《ゐ》るの？』

と冴々《さえ〴〵》しき聲《こゑ》して訪《おとな》ふ人《ひと》あるに、驚《おどろ》きてそつと窺《のぞ》けば、二十歳程《はたちほど》の白粉《おしろい》濃《こ》く塗《ぬ》りし眼許《めもと》可愛《かわ》ゆき女《をんな》、散々《さん〴〵》に洗《あら》ひ張《は》りせしお召《めし》の半纏《はんてん》を着《き》て、結立《ゆひた》ての潰《つぶし》島田重氣《おもげ》に頸《くび》を据《す》ゑつゝ彼方《かなた》よりも差窺《さしのぞ》く。

『かねちやんかい、此方《こつち》だよ、臺所《だいどころ》の方《はう》へおまはりな。』

とお八十《やそ》は雨戸《あまど》一枚引寄《いちまいひきよ》せし儘《まゝ》の水窗《みづくら》より、首《くび》を出《だ》して、

『おやまあ、素晴《すば》らしく化粧込《めかしこ》んで來《き》たぢやないか、例《れい》の處《ところ》へお出掛《でか》け？』

『好《い》いよ、直《す》ぐとだよ。』

女《をんな》は其方《そなた》へ廻《まは》りしと見《み》えて、軈《やが》て水口《みづぐち》に眞白《ましろ》き顏《かほ》だけを現《あらは》して、奥《おく》を見込《みこ》みながら、

『お客樣《きやくさま》だね。』

『お客樣《きやくさま》だつて好《い》いやね、お上《あが》りな、今日《けふ》は兼《かね》ちやんに聽《きこ》らせなくつちやならない事《こと》があるんだからね。』と仰山《ぎやうさん》に笑《わら》ふ。

『馬鹿《ばか》にしてるよ、ぢや又來《またこ》やう。』

からり、と日和《ひより》下駄《げた》の音《おと》を響《ひゞ》かして、

『三《さん》ちやんがね、宜《よろ》しくつて！　其《そ》れ丈《だけ》云《い》やあ好《い》いんだよ。』

お八十《やそ》は立上《たちあが》りて、布巾《ふきん》を絞《しぼ》りながら、

『何《なん》だね、お門《かど》が違《ちが》ふぢやないか、この人《ひと》は！』

『ほつ、ぢや好《い》いわ、人《ひと》が親切《しんせつ》に態々《わざ〳〵》云《い》ひに來《き》たものを、罰《ばち》が當《あた》るよ、左樣《さやう》なら。』

と云《い》ひしと思《おも》ふうち早《はや》ばた〳〵と馳《か》け去《さ》りて、溝板《どぶいた》に足音《あしおと》の響《ひゞ》きも聞《きこ》えず、其《そ》れを笑《ゑ》みに送《おく》りて、

『彼《あ》れだ、馬鹿《ばか》な人《ひと》だね。』

座敷《ざしき》に戻《もど》れば、おらくは面《おもて》を顰《しか》めて歸《かへ》り仕度《じたく》しつゝ、

『私《わたし》はお暇《いとま》にしますからね、兄《にい》さんが歸《かへ》つたら宜《よろ》しく云《い》つて下《くだ》さいな。』

『まあ好《い》いぢやありませんかね、其《そ》の内歸《うちかへ》つて來《く》るでせうから、もう少《すこ》し緩《ゆつく》りなすつたつて！』

『いゝえ今日《けふ》は少《ち》つと遲《おそ》くなつちや困《こま》るんだから、又《また》明日《あした》か明後日《あさつて》の夜分《よる》でも來《き》て見《み》ますからね、よく兄《にい》さんに云《い》つて置《お》いて下《くだ》さい。』

と風呂敷《ふろしき》を解《ほど》きて菓子《くわし》折《なり》を取《と》り出《いだ》し、

『これは二人《ふたり》へのお土産《みやげ》！』

と云《い》ひながら、帯際《おびぎは》より紙入《かみい》れ抜《ぬ》きて手早《てばや》く紙幣《さつ》一枚《いちまい》紙《かみ》に包《つゝ》みしを、其處《そこ》に置《お》きて、

『餘《あんま》り僅《わつか》ですけれど、兄《にい》さんが歸《かへ》つたら一《ひ》と口飲《くちあが》つて下《くだ》さいな、二人《ふたり》でね。』

と云《い》ひ捨《す》てゝ、お八十《やそ》の挨拶《あいさつ》も待《ま》たずおらくは急《いそ》がはしく土間《どま》に下《お》りて、つッと格子《かうし》を出《い》づる。

『まあ〳〵種々《いろ〳〵》な物《もの》を濟《す》みませんですことね、何時《いつ》も戴《いたゞ》くばかりではんとに何《なん》とも……餘《あんま》りお愛想《あいそう》なしでねえ。』

愚圖々々《ぐづ〳〵》と居膝《ゐざ》り出《い》づる後《うしろ》に、刎《は》ね炭《ずみ》は火《ひ》の子《こ》を疊《たゝみ》に散《ち》らして、今更《いまさら》に沸《たぎ》り初《はじ》めし湯《ゆ》の熱《に》え、輕《かろ》う聞《きこ》ゆる人《ひと》の足音《あしおと》をば追《お》ふて、やがて消《き》えたる其處《そこ》に、釣瓶《つるべ》の音《おと》、水汲《みつく》む音《おと》、笑《わら》ひの聲《こゑ》も起《おこ》りて、黄昏《たそがれ》の井《ゐ》の端《はた》騒《さわが》し氣《げ》なり。

（二）

漸《やうや》く外面《そと》は暮《く》れて、座敷《ざしき》の内《うち》薄暗《うすぐら》き中《なか》に、一文菓子《いちもんぐわし》も食《た》べ盡《つく》したる淋《さみ》しさの、母《はゝ》の見《み》ぬ間《ま》を何《なに》がなと惡戯《いたづら》の種探《たねたづ》ぬる眼付《めつき》くる〳〵とさせて、眺《なが》め廻《ま》はす長男《ちやうなん》の半之助《はんのすけ》、ふと先刻《さき》の叔母《をば》の土産《みやげ》なる菓子《くわし》折《なり》其《そ》の儘蠅帳《まゝはいちやう》の上《うへ》に乗《の》せありしを見付《みつ》け出《い》でて、にこ〳〵と笑《ゑ》み崩《くづ》れつゝ、傍《そば》の二尺差《にしやくざし》を取《と》り上《あ》ぐるより右方《めて》に廻《まは》りて力《ちから》任《まか》せ、ぐつと押《お》しては拂《はた》き、拂《はた》きてはぐつと押《お》す、涎《よだれ》は腮《あご》を傳《つた》はりて紫《むらさき》の兵兒帶《へこおび》のちよつきり結《むす》び可愛《かあい》らしく、再《ふた》び前方《まへ》に戻《もど》り來《き》て尺《さし》を頭上《づじやう》より高《たか》く一《ひ》と突《つ》き又《また》突《つ》けば、折《なり》は横《よこ》に少《すこ》し辷《すべ》りて、途端《とたん》にひらりと金色《こんじき》の品《もの》舞《ま》ひ落《お》ちしと思《おも》ひしが、火鉢《ひばち》の端《ふち》に見事《みごと》的《あた》りて、忽《たちま》ち下《した》の敷居《しきゐ》は二《ふた》つに折《な》れし鬢櫛《びんぐし》をば乗《の》せたり。

『何《なに》したんだい？』

臺所《だいどころ》に諸肌脱《もろはだぬ》ぎて顔磨《かほみが》き居《ゐ》しお八十《やそ》は先《ま》づ怒鳴《どな》りて同時《どうじ》に濡《ぬ》れ手拭《てぬぐひ》を持《も》ちし儘《まゝ》馳《か》けよりつゝ、半之助《はんのすけ》がけろりと立《た》てる裾《すそ》の邊《あた》りに目《め》を止《とゞ》めて、

『あらつ！』

と叫《さけ》ぶより早《はや》く、掻《か》い込《こ》むやうに拾《ひろ》ひ上《あ》げし二《ふ》た片《ひら》の、本甲《ほんかう》の蒔繪《まきゑ》美《うつく》しき鬢櫛《びんぐし》、あはれ接《つ》ぐ由《よし》もなき不具《かたは》の木片《ぎれ》と成《な》り果《は》てしを眺《なが》めては、怒《いか》り忽《たちま》ち全身《そうみ》を震《ふる》はせて剝《む》きたる眼《め》の一《ひ》と入《しほ》太《おほ》きく、突如《いきなり》半之助《はんのすけ》の手《て》より尺《さし》を奪《うば》つて物《もの》をも云《い》はず、骨《ほね》も碎《くだ》けよと脊骨《せばね》の傍《あた》りを尺折《さしな》

る〻までぴしやりつと打《う》つ、子《こ》は『わつ』と泣《な》き入《い》つて縮《ちゞ》めたる兩《りやう》の手《て》、肩《かた》の上《うへ》に指《ゆび》を開《ひら》きて龜《かめ》の子《こ》のやうにじたぐ＼と身《み》の痛《いた》さに地團太《だんだ》踏《ふ》むを、又引捉《またひきとら》へて、丈《たけ》の長《なが》さが邪魔《じやま》する尺《さし》は抛《ほふ》りて長煙管《ながぎせる》に以前《まへ》よりは一層《いつそう》強《つよ》く、音《おと》も響《ひゞ》く迄《まで》一《ひ》と打《う》ち二《ふ》た打《う》ちと續《つゞ》くる。子《こ》は今《いま》は泣聲《なきごゑ》も上《あ》げ得《え》ず、猶兩手《なほりやうて》は肩《かた》の傍《そば》に萎縮《すく》めし儘《まゝ》、顏《かほ》中《ぢゆう》を開《あ》きたる口充滿《くちいつぱい》にして、かっかっと死《し》に絶《た》ゆるやうなる聲《こゑ》を漏《も》らしつゝ、逃《に》げもせで其處《そこ》に坐《すわ》り入《い》るを、又突《またつ》き仆《たふ》して癇癪《かんしやく》の青筋額《あをすぢひたひ》に屈曲《くね》らせ、眼《め》を血走《ちばし》らせて齒《は》を食《く》ひ縮《し》めながら、四度目《よたびめ》と振上《ふりあ》げし煙管《きせる》を、何《い》時《つ》か後方《うしろ》に人《ひと》ありて引仆《ひきたふ》しざま其《そ》れを捩《も》ぎ取《と》りて、片《かた》手《て》に高《たか》く半之助《はんのすけ》を抱《か》へ上《あ》げつ！

『何《なに》を非常《ひど》い亂暴《らんばう》するんだ、何《ど》うしたんだ、打《ぶ》ち殺《ころ》す積《つも》りか？　馬鹿《ばか》つ！』

一調子《いつてうし》高《たか》き聲《こゑ》して、白《しろ》の綿《めん》リンネルの制服《せいふく》に櫻《さくら》の徽《き》章《しやう》の内《うち》に市《いち》の字《じ》を崩《くづ》せし制帽《せいばう》着けたる、齡不惑《よはひふわく》を越《こ》えたるらしき男《をとこ》の、見上《みあ》ぐるばかり脊高《せいたか》きが、太《ふと》き眉《まゆ》を昂《あ》げ、厚《あつ》き脣《くちびる》を結《むす》びて、腫《は》れ瞼《まぶち》の圓《つぶ》らなる眼《め》にお八十《やそ》を睨《にら》みつゝ立塞《たちふさが》りて、

『又狂氣沙汰《またきちがひざた》が始《はじ》まつたな、其《そ》の顏付《かほつき》は何《ど》うしたんだ、もう好《い》い、もう好《い》い、父《と》つちやんが歸《かへ》つて來《き》たからなもう泣《な》くぢやない、門口《かどぐち》で何事《なにごと》だと思《おも》つて俺《おれ》は飛《と》び込《こ》んで來《き》たんだ。』

漸々《やうく》、父《ちゝ》の腕《うで》に縋《すが》りて泣《な》き出《い》だす子《こ》を宥《なだ》めながら、帽子《ばうし》を取《と》りて投《な》げ出《いだ》せし兩足《りやうそく》の上《うへ》に、悠々《いうく》と抱《か》へ直《なほ》して脊《せ》の邊《あた》り撫《な》でてやるを、先刻《さき》より呆氣《あつけ》に取《と》られて火《ひ》鉢《ばち》に手戲《いたづら》の手《て》を止《とゞ》めて見守《みまも》り居《ゐ》し武吉《たけきち》は、羨《うらや》み顏《がほ》に走《はし》りよつて、

『父《と》つちやん！』と甘《あま》えよる。

『惡《わる》い事《こと》をしたから打《ぶ》つたんだ。』

自棄《やけ》に罵《のゝし》り捨《す》てゝ煙管《きせる》を疊《たゝみ》に叩《たゝ》き付《つ》けたれど、少《すこ》しは落着《おちつ》きて諸肌《もろはだ》脫《ぬ》ぎし儘《まゝ》に坐《すわ》り込《こ》み、やがて折《を》れたる櫛《くし》を無圖《むづ》と摑《つか》みざま、裏方《うらて》の、表長家《おもてながや》と脊中合《せなかあひ》せなる間《あひ》道《だ》の細《ほそ》き溝《どぶ》を目掛《めが》けて抛《ほう》り投《な》ぐるに、振返《ふりかへ》りて、

『何《なに》するんだ、馬鹿《ばか》な、櫛《くし》を折《を》つたのか半坊《はんばう》か？』

最早《もはや》穩和《おだやか》なる常《つね》の面《おもて》に歸《かへ》りて、泣《な》き止《や》まぬ子《こ》を搖《ゆす》りながら、二男《じなん》の頭《かしら》を撫《な》でながら、お八十《やそ》の面《おもて》をば見《み》て健之助《けんのすけ》の執《と》り成《な》し顏《がほ》に云《い》ふを、

『見《み》たら分《わか》りさうなもんだ、だから打捨《うつちや》つ了《すま》つたんぢやないか。』

と、一度《いちど》猛《たけ》り立《た》ちし虎《とら》の勢《いきほ》を失《う》せたる樣《さま》に、長《なが》き息《いき》を吐《つ》きて。

『然《さ》うか、何《ど》うも子供《こども》の惡戯《いたづら》ぢや仕方《しかた》がない、又買《またか》へる時節《じせつ》もあるだらう、なあ、勘忍《かんにん》してやれ、勘忍《かんにん》してやれ。』

『馬鹿《ばか》を云《い》ひ成《な》さんな、お前《まへ》さん見度《みた》いな男《をとこ》とこの先《さ》き共棲《いつしよ》に居《ゐ》て七八圓《しちはちゑん》もする櫛《くし》が買《か》へるもんか、二錢《せん》の鬢櫛《びんぐし》が覺束《おぼつか》なくつて居《ゐ》て子供《こども》の惡戯《いたづら》なら仕方《しかた》がない、又買《またか》へる時節《じせつ》があるも能《よ》く云《い》へる、何《なに》は失《な》くしても彼《あれ》品《しな》ばかりは大切《だいじ》に大切《だいじ》に丹精《たんせい》して、御飯《ごぜん》の一度《いちど》や二《に》度《ど》は食《た》べない事《こと》があつても彼品《あれ》と黒縮緬《くろちりめん》の羽織《はおり》ばかりは質屋《しちや》へもやらないやうに、大事《だいじ》に今日《けふ》迄《まで》離《はな》さずに置《お》いたんだ、涼風《すゞかぜ》が立《た》ちや差《さ》し詰《づ》め羽織《はおり》がなくつちや困《こま》るし、頭飾《あたま》の品《もの》だつて櫛《くし》の一枚位《いちまいくらゐ》なくつちや何《ど》うすればつて外見《みつとも》ないと思《おも》つて取《と》つて置《お》いたんだのに、其《そ》れを折《を》つちまやがつて忌々《いま〳〵》しい奴《やつ》つたらない、最《も》う私《わたし》の身《み》に付《つ》いてるものは何《なん》にもありやしないよ、唯彼《たつたあ》れつ切《き》りだつたんだ、彼《あ》れつ切《き》りしきや無《な》かつたんだよ、何《ど》うして、何《ど》うして、買《か》へるもんか、買《か》へるもんか、もう生涯《しやうがい》彼樣《あんな》櫛《くし》は買《か》へやしないよ、お前《まへ》さんの其《そ》の腕《うで》で何《ど》うして買《か》ふ事《こと》なんぞが出來《でき》るもんか。』

言葉《ことば》の半《なか》ばより涙《なみだ》ははろり〳〵と落《お》ちて、口惜《くや》し氣《げ》に齒《は》を食《く》ひ切《しば》る。健之助《けんのすけ》は一《ひ》と膝《ひざ》思《おも》はず乘《の》り出《だ》して、氣色《けしき》ばみし面《おもて》にぢつとお八十《やそ》を見上《みあ》げしが、

『其《そ》りや然《さ》うに違《ちが》ひない、俺《おれ》は養子《やうし》で云《い》はゞ今日迄《けふまで》お前《まへ》の身《み》に付《つ》いた財產《さいさん》で坐食《く》つて居《ゐ》たんだから、今新規《いましんき》に俺《おれ》の樣《やう》な活智《いくぢ》のない腕《うで》でぼつら〳〵稼《かせ》ぎ出《だ》して見《み》た處《ところ》で、到底《たうてい》そんな櫛《くし》は買《か》つちや遣《や》れまいさ、今日《こんにち》親子《おやこ》四人《よにん》の三度《さんど》の食事《しよくじ》が俺《おれ》には漸《や》つとなんだからなあ、然《しか》し其《そ》れ程大切《ほどたいせつ》に心掛《こゝろが》けて居《ゐ》たものなら何故《なぜ》子供《こども》の手《て》の屆《とゞ》くやうな處《ところ》へなんぞ乘《の》つけて置《お》くんだ、何時《いつ》でも云《い》つて聞《き》かせる事《こと》だ、子供《こども》つてものは惡戯《いたづら》が日々《にち〳〵》の勤務《つとめ》も同樣《どうやう》なんだから、何《なん》でも何品《なにひな》に限《かぎ》らず、見《み》せて惡《わる》いもの大切《たいせつ》な物《もの》は必《かな》らず高《たか》い處《ところ》か抽斗《ひきだし》のやうな中《なか》へ入《い》れて置《お》けと吳々《くれ〳〵》も云《い》つて置《お》くのに、お前《まへ》が遣《や》りつ放《はな》しの打捨《うつちや》りだから然《さ》う云《い》ふ事《こと》になるのぢやないか、子供《こども》ばかりが惡《わる》いのぢやない、母親《はゝおや》の監督《かんとく》が怠《おこた》るから其樣事《そんなこと》になるんだ。』

『然《さ》う〳〵氣《き》ばかり付《つ》けちや居《ゐ》られやしない、子供《こども》にばかり掛《かゝ》りつ切《き》りで居《ゐ》た昔《むかし》とは違《ちが》ふんだもの。』

『其《そ》れぢや何《ど》うも仕方《しかた》がない、然《しか》し何《なに》も捨《す》てなくつても宜《よ》ささうなもんだな、接《つ》いだら接《つ》げない事《こと》もなからうに！』

『其様《そんな》外見《みつとも》ないものは挿《す》せませんよ。』

『あはゝゝ、俺《おれ》は二銭《せん》の櫛《くし》より好《い》いかと思《おも》つたんだ。』

豪傑《がうけつ》めきたる笑《わら》ひやうして、

『武《たけ》ちやんも半《はん》ちやんも一寸《ちよいと》退《ど》いておくれ、父《と》つちやんは着物《きもの》を着更《きか》へるんだから。』

半之助《はんのすけ》はまだ嗚咽《おえつ》の聲《こゑ》を時々《ときどき》思《おも》ひ出《だ》せしやうに漏《も》らしながら、

『父《と》つちやん、おあちい！』と泣《な》く。

『今《いま》やるよ、其《そ》の代《かは》りもう泣《な》かないんだ、武《たけ》ちやんにもか？』

立上《たちあが》りて、鈕《ぼたん》を外《はづ》しながら、

『おい、燈火《あかり》でも點《つ》けないか、眞闇《まつくら》で仕様《しやう》がない。』

お八十《やそ》は無言《むごん》に立《た》つて、蓋《かさ》もなき小《ちひ》さき手洋燈《てらんぷ》に火《ひ》を點《と》燈《も》したるを、例《れい》の蠅帳《はいちやう》の上《うへ》に置《お》きて臺所《だいどころ》に行《ゆ》きしが、少時《しばらく》して再《ふた》び座敷《ざしき》に現《あら》はれし時《とき》の面《おもて》には白《しろ》きものの塗《ぬ》られて、其儘《そのまゝ》脱《ぬ》ぎたる肌《はだ》を繕《つくろ》ひつゝ三尺《さんじやく》の押《お》し入《い》れの前《まへ》に立《た》ち、手鏡《てかゞみ》に映《うつ》し見《み》て中櫛《ちゆうぐし》に鬢《びん》を掻《か》き初《はじ》めつ。


健之助《けんのすけ》は洗《あら》ひ曝《さら》したる細《こまか》き紺絣《こんがしり》の單衣《ひとへ》に綿博多《めんはかた》の帶《おび》を巻《ま》きて、額《ひたひ》だけ劃《くぎ》りて白《しろ》き五分刈頭《ごぶがりあたま》をふいと擡《もた》げながら、服疊《ふくたゝ》む手許《てもと》を止《とゞ》めて、　吾
『何處《どこ》かへ行《ゆ》くのか？』

『あゝ！』

『出掛《でか》けるんなら夕飯《ゆふめし》を濟《す》まして行《い》つた方《はう》が好《い》い、歸《かへ》るまでにや腹《はら》が減《へ》つちまう。』

お八十《やそ》は默《もく》して、頻《しきり》に鬢《びん》の形容《なり》を掻《か》きて直《なほ》し直《なほ》しては掻《か》く。

『どれ夕飯《ゆふめし》にしやう、なあ武坊《たけばう》！』

父《ちゝ》の肩《かた》に捉《つかま》りて、母《はゝ》の姿《すがた》を後《うしろ》より見守《みまも》り居《ゐ》る二男《じなん》の頰《ほゝ》を一寸《ちよつと》吸《す》ひて、健之助《けんのすけ》はやをら疲《つか》れたる身《み》を起《おこ》す。

晩餐《ゆふげ》の支度《したく》に掛《かゝ》らんとて夫《をつと》が立出《たちいづ》る臺所《だいどころ》には、石鹼《しやぼん》の流《なが》るゝ白《しろ》き水金盥《みづかなだらひ》に滿々《まん〳〵》と渦巻《うづま》きて、濡《ぬ》れたる板《いた》の間《ま》に石鹼《しやぼん》一《ひ》とつ泡立《あわだ》ちて強《つよ》き香《か》りを入《い》り口《ぐち》に向《むか》ひて放《はな》ちつゝ、其處《そこ》を片附《かたつ》くる男《をとこ》の手《て》には、やがて糠味噌《ぬかみそ》の移《うつ》り香《が》匂《にほ》ふなり。

（三）

『禿《はげ》ちやんを亭主《ていしゆ》にして居《ゐ》る人《ひと》は分別《ぶんべつ》からして此方《こちら》な

んぞとは違《ちが》ふんだよ。』

『然《さ》うさ、全《まつた》くだね、何《なに》から何《なに》まで婆《ばゞ》あ染《じ》みてるから
ね、おほゝゝゝ。』

丸心《まるじん》の洋燈《らんぷ》を中央《まんなか》に低《ひく》く釣《つ》りて、拭《ふ》き込《こ》まれたる如《じよ》輪目《りんもく》の長火鉢《ながひばち》、唐桑《たうぐわ》の茶棚《ちやだな》、狭《せ》小《ま》き四疊半《よでふはん》に相當《さうたう》の道《だう》具《ぐ》は並《なら》びて、濃《こ》き髪《かみ》を櫛卷《くしまき》にしたる、三十歳《さんじふ》一二《いちに》の白《おし》粉《ろい》焼け際立《きはだ》ちて見《み》ゆる仇《あだ》つぽき女《をんな》、常盤《ときは》お召《めし》の新《あた》らしき單衣《ひとへ》を無造作《むざうさ》に着《き》て、手枕《てまくら》に長々《なが〳〵》と火鉢《ひばち》の角《かど》を足《あし》に踏《ふ》まへて横臥《よこたは》れる傍《そば》に、横坐《よこずわ》りの亂次《しどけ》なく膝《ひざ》を崩《くづ》して、赤《あか》き色《いろ》を仄《ほの》めかさせし娘《むすめ》は、先刻《さき》にお八十《やそ》の家《いへ》を訪《おとづ》れし潰《つぶ》し島田にて、鼻《はな》の上《うへ》の白粉《おしろい》落《お》ち初《そ》めて厭味《いやみ》を顏付《かほつき》に一段《いちだん》と添《そ》へしが、笑《ゑ》み含《ふく》みて、

『惡口《わるくち》ぢやないんだよ、感心《かんしん》して云《い》つたんだわ。』

と小《ちひ》さき口許《くちもと》曲げ〳〵、氣取《きど》りながら再《ふたゝ》び云《い》ふ。お八《や》十《そ》が住居《すまゐ》の路次《ろじ》を出《い》でたる表《おもて》の門《かど》の小庭《こには》を低《ひく》う垣《かき》に構《かま》ひたる一軒建《いつけんだて》、年増《としま》は此家《こ》の主人《あるじ》にて、矢崎《やざき》たか。と人並《ひとなみ》らしく表札《へうさつ》は打《う》てど、今《いま》は某《さ》る高利貸《かうりがし》の妾物《かこひもの》、昔《むかし》は都《みやこ》の藝妓《げいぎ》、宿場《しゆくば》の娼妓《しやうぎ》、田舍茶屋《ゐなかぢやや》の酌女《しやくをんな》、と汚濁《にご》れる世界《せかい》を跪《あが》きまはりて、下水《げすゐ》の中《なか》にふら〳〵と漂《たゞよ》へる孑孑《ぼうふら》のやうなる半生涯《はんしやうがい》を送《おく》りし女《をんな》、と誰《たれ》云《い》ふとなく噂《うはさ》して、風上《かざかみ》にも置《お》けぬ阿婆擢《あばず》れ女《をんな》と罵《のゝし》り向《むか》ひ側《かは》の女《によう》房《ばう》、自身《じしん》は亭主《ていしゆ》共々《とも〴〵》賭博場《とばくば》を稼《かせ》ぎ歩《ある》けると聞《き》きては、さらに世《よ》の態《すがた》をかしき。

新芋《しんいも》堆高《うづたか》く積《つ》みし木皿《きざら》を間《あひだ》に狹《はさ》みて、右方《めて》には鹽豌《しほゑん》豆《どう》打ち撒《ま》けし盆《ぼん》の體裁《ていさい》埒《らち》もなく、何《なに》やら俳優《やくしや》らしき寫《しや》眞《しん》一枚《いちまい》置《お》かれたるを前《まへ》にして、入《い》り口《くち》の葭戸《よしど》を後《うしろ》に、浴衣《ゆかた》の膝窄《ひざすぼ》めて坐《すわ》りしお八十《やそ》は、

『然《さ》うですよ、何《ど》うせ。』

と共々《とも〴〵》に打笑《うちわら》ひながら、煙管《きせる》の吸口《すひくち》を袖《そで》に拭《ぬぐ》つて年増《としま》に差出《さしだ》せば、受取《うけと》りて吸《す》ひ果《はた》して煙管《きせる》に朱塗《しゆぬ》りの煙草《たばこ》の箱引《はこひ》き寄《よ》せて、

『でも世帶持《しよたいも》ちは其《そ》の位《くらゐ》にしないぢや可《い》けないんだよ、兼《かね》ちやんなんかは、今《いま》だから未《ま》だ笑《わら》ふやうなもんの、今《いま》に好《す》きな人《ひと》を御亭主《ごていしゆ》にでも持《も》たうもんなら其《そ》れこそ何處《どこ》まで婆《ばゞ》あ染《じ》みた了簡《れうけん》になるか知《し》れやしない、其《そ》の婆《ばゞ》あ染《じ》みた了簡《れうけん》が豪氣《がうぎ》自分《じぶん》にや又嬉《またうれ》しいものなんさ。』

『馬鹿《ばか》にしてるよ、私《あたし》や其様《そんな》ことは知《し》らないんだ、厭《いや》な事《こ》つた！』

『其様《そんな》立派《りつぱ》な口《くち》はお聞《き》きでないよ、三《さん》ちやんの一件《いつけん》は

何《ど》うしたの？　ねえ姐《ねえ》さん。』

とお八十《やそ》は乗《の》り出《だ》して。

『然《さ》うとも、自分《じぶん》ぢやもう定《き》めてるんだからね、恐《おそろ》しいやね。』

煙管《きせる》をすとんと辷《すべ》らして、笑《わら》ひながら面《おもて》を仰《あほ》に洋燈《らんぷ》を眺《なが》めやる。

『お氣《き》の毒《どく》さま、三《さん》ちやんなんぞ！』

『口《くち》が曲《まが》るよ。』

『いゝえ、いゝえ、三《さん》ちやんは八《や》つちやんに岡惚《をかぼ》つて……。』

と年増《としま》の方《かた》に向《む》き返《かへ》り、

『可笑《をかし》いつちや無《な》いんだよ、やれ、彼様《あんな》爺《ぢい》の傍《そば》に置《お》いちや可哀想《かわいさう》だの、二人《ふたり》の子供《こども》の母親《おふくろ》ぢや何《ど》うだの、彼《あ》樣だの斯樣《かう》だのつて、私《あたし》に逢《あ》ひさへすりやあもう八《や》つちやんの噂《うはさ》で持《も》ち切《き》つてるんだもの、人馬鹿《ひとばか》にしてるわ、先刻《さつき》も江戸屋《えどや》で逢《あ》つたら何《なん》でも宜《よろ》しくつて云《い》つて來《こ》いつて聞《き》かないんだもの、だから私《あたし》や正直《しやうぢき》に態々《わざ〳〵》八《や》つちん家《とこ》へ云《い》ひに云《い》つたんだわ。』

『ほんとに、好《い》い加減巫山戯《かげんふざけ》てお置《お》きよ、何《なに》しに遣《や》つて來《き》たんだか知《し》れたもんぢやない、自分《じぶん》の惚氣《のろけ》云《い》ひに態々《わざ〳〵》顔《かほ》を出《だ》したんだらう。』

『まあ此《こ》の人《ひと》は、お爺《ぢい》さんの女房《おかみ》さんの癖《くせ》に隨分口《ずゐぶんくち》が惡《わる》いわ。』

弱々《よわ〳〵》と悄然《しよげ》返《かへ》りて、俯向《うつむ》きながら髷《まげ》に手《て》をかけて、

『好《い》いよ。』と呟《つぶや》く。

『何《なん》だね各自《てんで》が、何方《どつち》が何《ど》うだつて好《い》いぢやないか、彼樣《あんな》小僧《こぞう》つ子《こ》見《み》たいな奴《やつ》！　はゝゝゝ、だがね。』と起《お》き返《かへ》りて、

『何《なん》で八《や》つちやんの旦那《だんな》は身代《しんしよ》を破産《す》つたんだね、遊《あす》びぢやあるまい、矢張《やつぱ》り商法《しやうはふ》で？』

『相場《さうば》なんですよ。』

『矢張《やつぱ》りねえ、だがまあ何《なん》だつて八《や》つちやんの其《そ》の容《き》貌《りやう》で、其《そ》の若《わか》さでさ、然《しか》も歴々《れつき》とした財産家《ざいさんか》の家附《いへつき》の娘《むすめ》さんで、彼樣《あんな》老《ふ》けた人《ひと》を養子《やうし》にしたんだらうね、其《そ》れも働《はたら》き手《て》か間拔けた好男子《かうだんし》でゞも有《あ》りや知《し》らんこと、身代《しんしよ》を潰滅《つぶ》すんぢや碌《ろく》でなしだわね、其樣《そんな》ものをさ何《なん》だつて肝腎《かんじん》のお聟《むこ》さんに見立《みた》たんだらうね、去年《きよねん》死亡《なくな》つた母親《おつか》さんは寡婦《ごけ》さんだつたつて云《い》ふぢやないか、若一《ひよつと》したらお聟《むこ》さんも親讓《おやゆづ》りか知《し》れないよ、はゝはゝゝ。』

流石《さすが》に面白《おもしろ》からぬ顏《かほ》して、お八十《やそ》は年增《としま》を見《み》しが、

『親父《おやぢ》はもう私《わたし》が五歲《いつゝ》の時《とき》に死去《なくな》つちまつたんですからね、私《わたし》が一番末子《いちばんすゑつこ》で私一人兄弟《わたしひとりきやうだい》の中《なか》で生《い》き殘《のこ》つたんだから、隨分母親《ずゐぶんおつか》さんも賴《たよ》りが無《な》かつたでせうよ、だから直《す》ぐと番頭《ばんとう》だつた彼《あ》の人《ひと》を養子《やうし》に定《き》めちまつたんでさ、其《そ》の時《とき》は彼《あ》れでも二十五だつたんですよ、私《わたし》が六《むつ》つでね。』

弄《なぶ》らるゝとも知《し》らず、眞目面《まじめ》に昔《むかし》を語《かた》るお八十《やそ》の、斯《か》かる連中《てあひ》に交《まじ》りては未《ま》だ浮世《うきよ》の汚《けが》れに染《そ》まぬ節《ふしみ》見《み》えて、唯意氣地《ないいくぢ》なく溫和《おとな》しき女《をんな》とより他《ほか》は見《み》えず。

『おやまあ、母親《おつか》さんも母親《おつか》さんだね、何時《いつ》まで廿五六の男《をとこ》で居《ゐ》やあしまいし、六歲《むつゝ》のお嫁《よめ》さんなら、夫《そ》れ相當十二三《さうたう》の男《をとこ》の子《こ》でも見立《みた》てゝ置《お》きや好《い》いんだのに幾程《いくら》賴《たよ》りがないつたつて狼狽《あわ》て過《す》ぎらあね、餘計《よけい》なお世《せ》話《わ》だが餘《あん》まりお前《まへ》さんが可哀想《かわいさう》だからさ。』

默《だま》り込《こ》みて寫眞《しやしん》を眺《なが》め居《ゐ》し娘《むすめ》は、ぼつりと豆嚙《まめか》む音《おと》をさせて、

『下《くだ》らないよ、姉《ねえ》さんは！　おほゝゝ。』

『然《さ》うかねえ。』と娘《むすめ》に云《い》ひて、

『だから矢張《やつぱ》り今《いま》でもお前《まへ》さんの乳母《おんば》さんか、お守《も》りさんのやうな氣《き》で世話《せわ》をして居《ゐ》るんだね、然《さ》うでなきや彼《あ》れ丈《だけ》の事《こと》は出來《でき》ないよ、全《まつた》く感心《かんしん》するからね、恰《まる》でお前《まへ》さんが御主人《ごしゆじん》で彼《あ》の人《ひと》は權助《ごんすけ》だもの、彼《あ》れもいつそ好《い》いやね、私《あたし》なんかは羨《うらや》ましい方《はう》だよ。』

『厭《いや》なこつたわ、姉《ねえ》さん。』

娘《むすめ》は突然《ふい》に叫《さけ》び出《い》だして、

『私《あたし》や嫌《いや》だね、無《そ》れこそ場合《とき》に由《よ》つちや頭《あたま》の一《ひ》とつも毆《なぐ》られる位《くらゐ》の凜然《きりつ》とした方《はう》が好《い》いよ、ほら、落語家《はなしか》の話《はなし》にあるぢやないか、女房《にようばう》の褌《こしまき》まで洗《あら》つてやるんさ、然《さ》うして外《そと》を步《ある》く時《とき》は自分《じぶん》が後《うしろ》から隨《つ》いて行《い》つて權助《ごんすけ》かつて云《い》はれると嬉《うれ》しいんだつて！　ねえ、ほゝゝほ、隨分《ずゐぶんに》二本棒《ほんぼう》だよ、八《や》つちやんの家《うち》のも然《さ》うさ、ほほゝゝ。』

『非道《ひど》い事《こと》を云《い》ふよ、お前《まへ》は然《さ》う思《おも》ふから不可《いけな》いんだよ、其《そ》の位大切《くらゐだいじ》にされて可愛《かわい》がられると思《おも》やあこんな嬉《うれ》しい事《こと》は無《な》いぢやないか、何《なん》でも亭主《ていしゆ》に機嫌《きげん》を取《と》らせるやうでなくつちや不可《いけな》いんだよ。』

『ふつ、考《かんが》へてもうづ〱するよ、私《あたし》や其樣《そんな》の大《だい》つ嫌《きら》ひだわあ！』

顏《かほ》を顰《しか》めて、首《くび》を縮《ちゞ》めて、膝頭《ひざがしら》を搖《ゆす》り出《だ》すに、

『何《なん》て頓狂《とんきやう》な聲《こゑ》を出《だ》すんだらう、恰《まる》で毛蟲《けむし》でも襟《えり》の中《なか》へ入《はい》つた樣《やう》な騷《さわ》ぎだ。』

『其《そ》れよりも嫌《いや》だ！』

『ほゝ、世話《せわ》はないね。』

『おまけに、落魄身代《おちぶれじんしやう》の男《をとこ》と來《き》たら、意氣地《いくぢ》がなくつて、仕打《だらし》がなくつて〳〵！』

微笑《ほゝゑ》みながら、お八十《やそ》を横《よこ》に見《み》やりて意地惡《いぢわる》き眼付《めつき》する、お八十《やそ》は無言《むごん》に煙草《たばこ》を燻《ふか》して時計《とけい》を見上《みあ》げつゝ、

何氣《なにげ》なげに、

『もう九時《じ》ですね。』年增《としま》が、

『九時《じ》が何《ど》うしたのさ。』

『餘《あん》まり遲《おそ》くなると……。』

『何《なん》だね緩《ゆつ》くりおしなさいな、何《なに》しに來《き》たの？　遊《あす》びに來《き》たんぢやないか、まあ好《い》いやね御馳走《ごちそう》でもするから。』

『姉《ねえ》さん、今川燒《いまがはやき》は御免《ごめん》だよ。』

娘《むすめ》は直《すぐ》に口《くち》を出《だ》して、

『何時《いつ》でも、何時《いつ》でも、今川燒出《いまがはやきだ》されるんぢやほんとに胸《むね》が惡《わる》くなつちまう！』

『何處《どこ》で！』

直《ひた》と俯向《うつむ》き込《こ》みしお八十《やそ》を、眼《め》に敎《をし》へて娘《むすめ》は笑《わら》ふに、年增《としま》は殊更《ことさらし》知らぬ振《ふり》して、

『お前《まへ》さんは大好物《だいかうぶつ》なんぢやないか、命《いのち》と二《ふた》つ取《ど》りの方《はう》なんだよ、たしか！』

『人《ひと》つ。』

『然《さ》うかい、ぢや止《よ》しにしませう、何《なん》にしやうね。』

『お止《よ》し成《な》さいよ姉《ねえ》さん、常々此方《じやうぐこつち》でばかり驕《おご》つて居《ゐ》ちや割《わり》に合《あ》はないよ、返禮《へいれい》を知《し》らないのは田舍者《ゐなかもん》の通《とほ》り相場《さうば》なんだからね、舊豐《もとよ》かつた人《ひと》なんてものは御馳《ごち》走酒《そうさけ》ばかり飮《の》み慣《つ》けてるから然《さ》うなんだかも知《し》れない。』

『何《なに》を云《い》ふんだね、この三人《さんにん》の中《うち》に田舍者《ゐなかもの》でも居《ゐ》るやうに。』

年增《としま》は起《お》き返《かへ》りて嚔《くさめひ》一とつしながら肩《かた》をはた〳〵と叩《た》きて、お八十《やそ》に氣《き》の毒氣《どくけ》に、

『八《や》つちさん、お鮨《すし》でも驕《おご》らうね。』

『姐《ねえ》さん、今夜《こんや》は私《わたし》が驕《おご》りませう、御馳走《ごちそう》しますよ、私《わたし》が！』

『八《や》つちやんが？　まあ不思議《ふしぎ》だねえ。』

眼《め》を見張《みは》りて、娘《むすめ》は半纏《はんてん》の前《まへ》を引合《ひきあ》せつゝ、

『戯談《じやうだん》ならお止《よ》しよ。』

『戯談《じやうだん》に云《い》やあ仕《し》ないやね、何程《いくら》田舎者《ゐなかもの》だつて！　鰻《うな》丼《どん》を御馳走《ごちそう》するよ、二十五錢《せん》のを三《みつ》つ！　足《た》りなきや四《よ》つでも好《い》い。』

『まあ大《たい》した騷《さわ》ぎだね、三段目《さんだんめ》の判官《はんぐわん》かい？　はゝゝはゝ。』

朝夕《てうせき》此所《こご》に遊《あそ》び暮《く》らせる主婦《あるじ》とは従妹同士《いとこどうし》、行末《ゆくすゑ》は同《おな》じ流《なが》れに落《お》つべき風體《ふうてい》の、口《くち》も汚《きたな》く、思《おも》ひ下劣《さも》しく、弱《よわ》き者《もの》を嘲弄《なぶ》るは秋波使《しうはつか》ふよりも易氣《やすげ》に心得《こゝろえ》て、

『お止《よ》しよ、後腹《あとばら》が氣《き》の毒《どく》だから。』

『御親切《ごしんせつ》だねえ。』

お八十《やそ》は眞赤《まつか》になりながら、

『兼《かね》ちやんに渡《わた》して置《お》かうよ、安心《あんしん》の爲《ため》にね、稀《たま》に私《わたし》のやうなものが驕《おご》るんだから勘定《かんぢやう》の上《うへ》を氣《き》を揉《も》んでも可哀想《かあいさう》だ。』

帯際《おびぎは》より揉《も》み苦茶《くちや》になりし紙幣《さつ》を引《ひ》き出《だ》して、投《な》ぐるやうに娘《むすめ》の膝《ひざ》へ抛《ほう》り出《だ》す。

『おやまあ、贋造《がんざう》でもなささうだ、有難《ありがた》いねえ、ぢや風向《かざむき》の變《かは》らない間《つち》に早速申付《さつそくまをしつ》けて來《こ》やう。』

と急々《せか〳〵》と立《た》つて、

『四《よ》つにしやうか、え姉《ねえ》さん。』

今《いま》まで默《もく》して樣子《やうす》を眺《なが》め居《ゐ》し年増《としま》は、

『そりや何《ど》うでも好《い》いがね、八《や》つちやん其《そ》んな事《こと》を仕《し》て好《い》いのかね、無益《つまら》ない意地立《いぢだ》ては止《よ》した方《はう》が好《い》いよ、馬鹿々々《ばか〳〵》しいやね、此樣《こんな》ものを相人《あひて》にして！』

お八十《やそ》は淋《さみ》しく笑《わら》つて、

『好《い》いんですよ、此《こ》りや少《ち》つと儲《まう》けたものなんだから、構《かま》はないんです。』

『好《い》いよ、好《い》いよ、ぢや行《い》つて來《く》るよ。』

娘《むすめ》は委細構《ゐさいかま》はず土間《どま》に下《お》り立《た》ちて、下駄《げた》も片跛《かたちんば》にや穿《は》きし、紙幣《さつ》を掴《つか》みし儘《まゝ》に怱惶《とつかは》と出《い》で行《ゆ》きつ。お八十《やそ》がそゞろに煙管《きせる》を取上《とりあ》げし片手《かたて》は甚《いた》くも顫《ふる》へて、少時《しばし》默《だま》り込《こ》み居《ゐ》るを、

『何《なん》て食辛棒《くひしんばう》だらう、呆《あき》れるねえ。』

と年増《としま》は笑《わら》つて、

『ぢやまあ、今夜《こんや》は御馳走《ごちそう》に成《な》つて置《お》かうか、其《そ》の代《かは》りね明日《あした》の晩《ばん》は私《わたし》が寄席《よせ》を驕《おご》らうよ、ねえ八十《やそ》ちやん、好《い》いだらう。』

と浮々《うき〳〵》と湯《ゆ》の加減《かげん》を見《み》ながら、

『三公《さんこう》を引張《ひつぱ》つて行《ゆ》かうぢやないか、ねえ四人《よにん》で出《で》か

けやう。』

『夜《よ》は更《ふ》けて四隣《あたり》寂寞《ひつそり》と何處《どこ》よりか子供《こども》の泣聲《なきごゑ》聞《き》こゆる。其《そ》れに心《こゝろ》を奪《うば》はれてお八十《やそ》は茫然《がつかり》と年增《としま》に答《こた》へざりき。

（四）

傘《かさ》の雫《しづく》を門《かど》にさらりと拂《はら》つて、おらくは格子《かうし》の內《うち》にと身《み》を入《い》れながら、

『兄《にい》さん居《ゐ》ますか？』

『誰《たれ》だ？　おらくか？』

『はあ、然《さ》うですよ。』

障子《しやうじ》を開《あ》けて座敷《ざしき》に上《あが》れば、鈍《にぶ》き燈火《ともしび》の影《かげ》を受《う》けて、薄《うす》き夜着《よぎ》に包《くる》まれる二人《ふたり》の子供《こども》を寐《ね》かし付《つ》けつゝありし健之助《けんのすけ》の、密《そ》つと起《お》き出《い》で來《き》て、

『降《ふ》るのに能《よ》く出《で》て來《き》たな。』

『今晩《こんばん》は！』

と改《あらた》めて會釋《ゑしやく》して、紙布織《しふおり》の外套《こうと》脫《ぬ》ぎ捨《す》てながら、

『昨夜《ゆうべ》も來《き》たんですよ、兄《にい》さんお不在《るす》で！』

『然《さ》うださうだな、其《そ》れも今《いま》聞《き》いたばかりだ。』

高《たか》き膝《ひざ》を四角《しかく》に坐《すわ》り、細《ほそ》めたる洋燈《らんぷ》の心《しん》を捩《ねぢ》り直《なほ》して、不興氣《ふきようげ》の顏《かほ》を撫《な》で廻《ま》はしつゝ怫然《むつ》としたる脣《くちびる》開《ひら》かぬを、おらくは怪《あや》しうは思《おも》ひながら家《いへ》の內《うち》の樣子《やうす》を覗《うか》つて、

『八十《やそ》ちやんは居《ゐ》ないんですか？』

『うむ。』と唸《うめ》くやうに一句《いつく》答《こた》へて、

『まア、此《こ》の體裁《ていさい》だ見《み》てくれ、武坊《たけばう》の工合《ぐあひ》が少《すこ》し惡《わる》いと云《い》ふのも構《かま》はず、二人共《ふたりとも》俺《おれ》に押付《おしつ》けてこの降《ふ》る中《なか》を近處《きんじよ》の女《もの》と寄席《よせ》へ出掛《でか》けたんだ、凡《すべ》て萬端《ばんたん》これなんだからなあ。』

『へえ寄席《よせ》へ行《い》つたんですか、隨分《ずゐぶん》ですねえ、私《わたし》もね兄《にい》さん！』と進《すゝ》みよりて、

『昨日《きのふ》八十《やそ》ちやんには熟《つく》〴〵呆《あき》れて歸《かへ》つたんですよ、何《ど》うしてまあ彼樣《あんな》に變《かは》つちまつたんでせうね、幾程《いくら》貧乏《びんばふ》したつて彼《あ》樣急《きふ》に醜態《みつとも》なくなるもんでせうかね、まあよく〳〵長家《ながや》の女房《にようばう》染みつちまひましたよ。』

『然《さ》うだらうとも、其《そ》りやまあ無理《むり》はないんだ、俺《おれ》の爲《ため》に其樣《そんな》になつたんだから俺《おり》やあ却《かへ》つて貧乏《びんばふ》させたに就《つい》ちやあ氣《き》の毒《どく》だ不憫《かはいさう》だと思《おも》つて居《ゐ》る、彼《あ》れだつて人《ひと》並《なみ》〳〵の人間《にんげん》なんだから切《せ》めて今日《けふ》の活計《くらし》の苦勞《くらう》丈《だけ》も無《な》けりや其樣《そんな》にも成《な》るまいが、何《なに》しろ斯《か》う云《い》ふ近處《きんじよ》の中《なか》

に居《ゐ》て、子供《こども》に一文菓子《いちもんぐわし》を買《か》はせて、自分《じぶん》は夏中一枚《なつぢゆういちまい》の衣服《きもの》で家《うち》に燻《くす》ぶつて居《ゐ》るんだから裏長家《うらながや》の嬶染《かゝあじ》みるのも道理《もつとも》なんだ、俺《おれ》だつて其《そ》れ丈《だ》に成《な》り下《さ》がつて十二圓《ゑん》の月給《げつきふ》でかつ〳〵遣《や》つてゆく始末《しまつ》なんだからなあ、お互《たが》ひに其樣《そんな》云《い》ひ立《た》ては出來《でき》ないが、餘《あんま》り彼女《あれ》の我儘《わがまゝ》が過《す》ぎる、勝手《かつて》が強過《つよす》ぎるんだ。』

『然《さ》うねえ。』

何《なに》がなしおらくは兄《あに》に情《おもひ》を寄《よ》せて、其《そ》の面《おもて》を打守《うちまも》る。

『恰《まる》で其《そ》の、自分《じぶん》が子供《こども》の了簡《れうけん》で居《ゐ》るんだからな、朝《あさ》は飯《めし》の出來《でき》る迄《まで》子供《こども》と同一《いつしよ》に起《お》きた例《ためし》はなし、夕方歸《ゆふがたかへ》つて來《き》て見《み》ると何《なに》から何《なに》まで散《ち》らかし放《ぱな》しで抛《はう》つてある、其《そ》れを片付《かたづ》ける、夕飯《ゆふめし》の仕度《したく》をする、子供《こども》は最《も》う彼女《あれ》が居《ゐ》ても居《ゐ》ないでもだ、俺《おれ》が寐《ね》かし付《つ》ける事《こと》に定《き》まつて居《ゐ》るんだ、今迄《いままで》は一切《いつさい》下女《をんな》の手《て》に任《まか》しつ切《き》りで洗《あら》ひ物《もの》一《ひと》つ仕《や》つた事《こと》のない人間《にんげん》なんだからと我慢《がまん》をして、其《そ》れも俺《おれ》の手違《てちが》ひから米《こめ》の苦勞《くらう》をさせるやうになり、俺《おれ》の失策《しくじり》から此樣《こんな》淺間《あさま》しい境界《きやうがい》にもなつたんだと出來《でき》る丈《だけ》は忍耐《こら》へて何《なん》にも嚴《むつか》しい事《こと》を云《い》つた事《こと》はなし、死亡《なくな》つた養母《おふくろ》には一《ひ》と通《とほ》りならない恩《おん》のある上《うへ》、其《そ》の財產《ざいさん》を滅亡《なく》したと云《い》ふ罪《つみ》が俺《おれ》にはあるんだからと我慢《がまん》に我慢《がまん》を仕拔《しぬ》いて、ついぞ彼女《あれ》の云《い》ふ事《こと》に逆《さか》らつた例《ためし》さへない。今夜《こんや》だつて然《さ》うだ、幾程《いくら》誘《さそ》はれたから、好《い》いわでも遊山步《ゆさんある》きと云《い》ふ場合《ばあひ》ぢやないんだから、と止《と》めると、自分《じぶん》が寄席《よせ》一《ひ》とつ遣《や》れないと思《おも》つたら只《たゞ》で聞《き》いて來《こ》られる時《とき》に出《だ》して呉《く》れたつて好《よ》ささうなもんだと、まあ直《す》ぐ然《さ》う云《い》ふと云《い》つた調子《てうし》で云《い》ふ丈蒼蠅《だけうるさ》くなるから自然《しぜん》默《だま》つて了《しま》ふ事《こと》も多《おほ》いが、俺一人《おれひとり》米《こめ》の小買《こが》ひから炭《すみ》の小買《こが》ひから、場合《ばあひ》に由《よ》ると洗濯《せんたく》まで俺《おれ》が爲《す》る、實《じつ》に他人《たにん》にや云《い》へない事《こと》だ。』

『何《なん》て呆《あき》れた人《ひと》なんでせう、我慢强《がまんづよ》いつたつて兄《にい》さん方途《はうづ》がありますよ、餘《あんま》りでさね、一家《いつけん》の主人《あるじ》は主人《あるじ》、幾程《いくら》養子《やうし》だつて恩《おん》があるからつて、人《ひと》つてものは運次第《うんしだい》で減《へ》らす事《こと》もあれば殖《ふや》す事《こと》だつてあるのに何《なに》も其《そ》れを自分《じぶん》の落度《おちど》にして、其樣《そんな》に迄《まで》八十《やそ》ちやんを威張《ゐば》らして置《お》く事《こと》はないぢやありませんか、お勝手《かつて》の事《こと》なんぞ仕《し》慣《つ》けないから出來《でき》ないとお云《い》ひかも知《し》れないが、然《さ》う云《い》やあ兄《にい》さんだつてぢやありませんか、況《ま》して男《をとこ》だもの出來《でき》る譯《わけ》がありやしない、八十《やそ》ちやんのお附添《つきそひ》にでも雇《やと》はれた人間《にんげん》ぢやあるまいし、昔《むかし》は昔《むかし》、今《いま》は今《いま》ですよ、成行《なりゆき》なら仕方《しかた》がないぢやありませんか。』

利《き》かぬ氣《き》を靑《あを》き眉《まゆ》の痕《あと》に見《み》せて、齒痒《はがゆ》さうにおらくは云《い》ふ。

『だから其處《そこ》なんだ、其處《そこ》を自分《じぶん》で考《かんが》へて呉《く》れると好《い》いんだが……。』

『ほんとでさね。』

『幾程《いくら》云《い》つて聞《き》かしても了解《わから》ないんだから仕方《しかた》がない、俺《おれ》が十錢《せん》二十錢《せん》の米《この》を本所《ほんじよ》まで買《か》ひに行《ゆ》くのを見《み》て居《ゐ》ながら、切《せ》めて瓦斯《ぐわす》で好《い》いから單衣《ひとへ》物《もの》の一寸《ちよい》々々《〳〵》着《ぎ》が欲《ほ》しいとか、何處《どこ》其處《そこ》の芝居《しばゐ》が面白《おもしろ》さうだから行《い》つて一《ひ》と幕《まく》でも宜《い》いから覗《のぞ》いて來《き》たいとか、然《さ》う云《い》ふ事《こと》が絶《た》えず口《くち》に上《のぼ》つて來《く》るんだから……自然《しぜん》と財布《さいふ》の中《なか》へ金《かね》つてものは湧《わ》いて來《く》るとでも思《おも》つて居《ゐ》るんだらう、隨分《ずゐぶん》腹《はら》の立《た》つ時《とき》もあるがまあ〳〵世帶《しよたい》の苦勞《くらう》を知《し》らずに育《そだ》つたんだからと無理《むり》に一度《いちど》や二度《にど》は思《おも》ひ返《かへ》しもする、然《しか》し其《そ》れが度重《たびかさな》つて、下駄《げた》も是《こ》れぢや困《こま》る、帶側《おびかは》が何《ど》うだ、やれ何《なに》が彼樣《あゝ》だ、とふわ〳〵つと無分《むふん》別《べつ》に並《なら》べ立《た》てられると遂《つひ》癇癪《かんしやく》に觸《さは》つて、兎《と》ても意氣地《いくぢ》のない俺《おれ》にや其《そ》れ丈《だけ》の事《こと》を仕《し》て遣《や》る譯《わけ》には行《ゆ》かないから、自分《じぶん》で妾奉公《めかけぼうこう》するなり茶屋女《ちやゝをんな》に出《で》るなりして、好《す》き自在《じざい》に着《き》度《た》いものを着《き》、食《た》べ度《た》いものを食《く》つてやつて行《い》つたら好《よ》からうと云《い》ふんだ。』

『眞逆《まさか》そんなこともねえ。』

『然《しか》し今日《こんにち》、身裝《みなり》や頭髮《あたま》に構《かま》つて寄席《よせ》だ芝居《しばゐ》だと遣《や》り度《た》い考《かんが》へなら妾《めかけ》にでも出《で》て貰《もら》ふより外《ほか》、仕方《しかた》はない。食《く》ふさへ漸《や》つとの俺《おれ》に其樣《そんな》事《こと》を爲《や》らせうと云《い》ふ心持《こゝろもち》が大體《だいたい》何《ど》うなんだか、實《じつ》に了解《わからな》いにも程《ほど》の有《あ》つたもんぢやないか、成行《なりゆき》と諦《あきら》められないで昔《むかし》の樣《やう》な生活《せいくわつ》が何《ど》うしても仕《し》度《た》いと云《い》ふんぢや何《ど》うも仕方《しかた》がない、俺《おれ》は何《い》時《つ》でも離緣《わか》れるから自分《じぶん》で踏切《ふんぎ》つて浮氣《うはき》稼業《かげふ》をやつて見《み》るが好《い》いんだ、正當《じみち》な堅氣《かたぎ》な勤《つと》めなんぞを仕《し》て居《ゐ》て奢侈《おごり》沙汰《さた》どころの話《はなし》ぢやない、今《いま》の俺《おれ》は香《かう》の物《もの》さへ充《じゆう》分《ぶん》にや膳《ぜん》の上《うへ》へ乘《の》せられないんだから。』

『困《こま》つたもんですねえ、一因《ひとつ》は近處《きんじよ》も惡《わる》いんですよ、昨日《きのふ》なんぞも一寸《ちよつと》しきや私《わたし》は見《み》ないんだから能《よ》くは分《わか》らなかつたけれど、何《なん》でも莫連《ばくれん》らしい娘《むすめ》が遣《や》つて來《き》て隨分《ずゐぶん》聞《き》いて居《ゐ》られない樣《やう》な事《こと》を八十《やそ》ちやんと云《い》ひ合《あ》つてましたがね、何《ど》うしたつて其樣《そんな》ことにや染《そ》み易《やす》いから……。』

と云《い》ひさして、小耳《こみゝ》に挾《はさ》みし『三《さん》ちやんと』云《い》へる人《ひと》の上《うへ》を兄《あに》に尋《たづ》ねんと思《おも》ひしが、餘計《よけい》な事《こと》の樣《やう》なる氣《き》のしておらくは其《そ》の儘《まゝ》に口《くち》を噤《つぐ》む。

『其《そ》處等中《こゝらぢゆう》、妾《めかけ》だ女郎上《ぢよらうあが》りだ淫賣《いんばい》だ、で持《も》ち切《き》つてるんだから實際困《じつさいこま》つちまうんだ、交際《つきあふ》なと云《い》やあ二言目《ふたことめ》からは喧嘩《けんくわ》になるから俺《おれ》はもう打捨《うつちや》つてあるんだ、何《ど》うにでも成《な》るが好《い》いさ、云《い》つて説《き》かす間《うち》に考《かんが》へ直《なほ》せば其《そ》れだが、何《ど》うしてもこの世帶《しよたい》が張《は》れないと云《い》ふなら其《そ》れまでだ、可哀想《かあいさう》だが俺《おれ》にも決心《けつしん》はある。』

『ほんとに困《こま》つた人《ひと》ですね、眞逆《まさか》八十《やそ》ちやんだつて堅《かた》氣《ぎ》の家《うち》に育《そだ》つて堅氣《かたぎ》の内儀《おかみ》さんで遣《や》つて來《き》たんだから、其樣連中《そんなれんぢゆう》の人等《ひとたち》と諸共《いつしよ》に何《なん》だ彼《か》だとはやるまいけれど、矢張《やつぱ》り恐《こは》いものなしの我儘《わがまゝ》が手傳《てつだ》ふからね。』

『其《そ》れなんだ、斯《か》うと思《おも》ひ込《こ》むと恰《まる》で狂氣《きちがひ》だからな、貧乏《びんばふ》して思《おも》ふ樣《やう》にならなくなつてからは一層《いつそう》募《つの》つたやうだ。』

『其《そ》れが惡《わる》いんでさね。』と調子《てうし》を變《か》へて、

『兄《にい》さん！　私《わたし》も何《ど》うにかして兄《にい》さんを助《す》け度《た》いと思《おも》ふんだけれ共《ども》、御承知《ごしようち》の通《とほ》りの家《うち》の始末《しまつ》なんでせう、思《おも》ふやうに成《な》らなくつてね、でも今日《けふ》はね兄《にい》さん、僅《はつ》少《ちり》だけれど少《すこ》し自分《じぶん》の品物《もの》を都合《つがふ》して漸《や》つと算段《さんだん》して來《き》ましたから。』

と身《み》を優《やさ》しく摺《す》り寄《よ》つて、兄《あに》の傍《そば》に片手《かたて》を支《つ》きつゝ、

『十圓《ゑん》ばかりだけれど、でも當分兄《たうぶんにい》さんがお米《こめ》の小買《こが》ひをおし成《な》さらないでも濟《す》むだらうと思《おも》つてね、持《も》つて來《き》たんですよ、男一匹《をとこいつぴき》が其樣《そんな》見窄《みすぼ》らしい事《こと》を仕《し》ちや居《ゐ》られませんもの、如何程《いくら》始終《しじゆう》でなくたつて！』

『然《さ》うか、其《そ》りや氣《き》の毒《どく》だつたな。』

臺所《だいどころ》より炭取《すみとり》を抱《かゝ》へ來《き》て、火《ひ》を直《なほ》しながら、

『實際米《じつさいこめ》の小買《こが》ひ位情《くらゐなさけ》ないものはないからな、其《そ》れも切《せ》めて三十錢《せん》五十錢《せん》ならまだ好《い》いが、十錢《せん》と來《き》ちやあ貧乏《びんばふ》の最底《どんぞこ》だ、現《げん》に昨夜《ゆふべ》もやつて來《き》たんだからな。』。

『おや、昨夜《ゆうべ》？　僅《わつか》だけれど私《わたし》が八十《やそ》ちやんに置《お》いて行《い》つたが……矢張《やつぱ》り種々《いろ〳〵》に使《つか》ふから足《た》りなく成《な》りますわね。』

『昨日《きのふ》お前《まへ》がか？　いや俺《おれ》はまだ聞《き》かない！』

『まあ、聞《き》きませんつて？　少《すこ》しだけれど私八十《わたしやそ》ちやんに渡《わた》して行《い》つたんですよ。』

『ふうむ。』

怪《あや》し氣《げ》に目《め》と目《め》を見合《みあ》はして齊《ひと》しく默《もく》しつ。

雨《あめ》はまだ止《や》まぬやら、傘《かさ》を氣魂《けたゝま》しく雨戸《あまど》に摺《ず》らして

誰《たれ》やら過《す》ぎ行《ゆ》く。

（五）

繪《ゑ》看板《かんばん》の上《うへ》に球燈並《きうとうなら》ぶ見《み》せ物小屋《ものごや》の奇麗《きれい》さは、池《いけ》一《ひ》とつ越《こ》えて彼方《かなた》に、汀《みぎは》に續《つゞ》く松《まつ》が枝《え》の梢《こずゑ》を漏《も》れて見《み》え、輝《かゞや》きては消《き》え、消《き》えては流《なが》るゝ、紅色《くれなゐ》の色《いろ》、燈火《ともしび》の色《いろ》、星《ほし》の車《くるま》の木《こ》の間《ま》木《こ》の間《ま》を縫《ぬ》ひ〳〵て廻《まは》れるやうにて、闇《やみ》の空《そら》に何間《なんげん》噴《ぶ》き上《あ》げては又闇《またやみ》の水《みづ》に落《お》ち來《く》る噴水《ふんすゐ》の、響《ひゞき》のみを傳《つた》ふる其方《そなた》には絃歌《げんか》の音緩調《おとゆるやか》に聞《きこ》えつゝ、右手《めて》には擴《ひろ》ごりたる梢《こずゑ》の頂《いたゞ》きに雲《くも》を包《つゝ》む大樹《たいじゆ》の、小《ちひ》さく美《うつく》しう瞬《またゝ》く彼方《かなた》の景《けい》に背向《そむ》きて、雨《あめ》の雫《しづく》は風《かぜ》に任《まか》して靜《しづか》に眠《ねむ》れる姿《すがた》の唯黑《たゞくろ》く、明《あか》るき一方《かた〳〵》には優《やさ》しき樂《がく》の音《ね》漂《たゞよ》ひ、暗《くら》き一方《かた〳〵》には猛獸《まうじう》の唸《うめ》きの聲《こゑ》、風《かぜ》を帶《お》びて立《たち》木《き》の間《あひだ》に潛《くゞ》り走《はし》れる、其《そ》れを隔《へだ》つる池沿《いけぞ》ひ道《みち》を辿《たど》りゆく男女《なんによ》の、黑縮緬《くろちりめん》の羽織《はおり》の袖《そで》、大島《おほしま》紬の袷羽織《あはせばおり》の袖《そで》と縺《もつ》れて、低《ひく》く笑《わら》ふ媚《なまめ》きたる聲《こゑ》は、折々《をり〳〵》高《たか》く、折々《をり〳〵》沈《しづ》む、錆《さび》ある太《ふと》き聲《こゑ》と交《まじ》りて歩調《あゆみ》の急《せ》げる樣子《さま》もなく、一歩《ひとあし》一歩《ひとあし》と數《かぞ》ふるやうに足駄《あしだ》重《おも》う觀音堂《くわんのんだう》の方《かた》へと運《はこ》び行《ゆ》く。

一時雨《ひとしきりあめ》は上《あが》りて、梢々《こずゑ〳〵》に滴《した》たる雫《しづく》の風寒《かぜさむ》う襟《えり》を吹《ふ》け

四

ば、女《をんな》は雨傘《あまがさ》携《たづさ》ふる衣手《ころもで》掻《か》き合《あ》はして、

『も少《すこ》し早《は》や目《め》にお歩《ある》き成《な》さいな、遲《おそ》くなりますからさ。』

『親父《おやぢ》が待《ま》つてますからかね、いや何《ど》うも！　然《しか》し氣《き》の毒《どく》さ、此樣《こんな》若《わか》い美《うつく》しい妻君《さいくん》なんぞを持《も》つた報《むく》いで、明《あ》けても暮《く》れてもの其《そ》の心配《しんぱい》は實《じつ》に大《たい》したものでせうからな、君《きみ》が禿《はげ》の甚《はなは》だしき、其所《そこ》に因《いん》するや大《だい》なりぢやないか、はゝゝゝ、況《ま》して況《いは》んや、この可《か》愛《あ》いゝ妻君《さいくん》の要求《えうきう》を容《い》れられる丈《だけ》の事《こと》が、主御自身《おもごじしん》に出來《でき》ないと來《き》ちや、いやはや、實《じつ》に見《み》る目《め》も慘々《いた〳〵》しい程《ほど》の苦心慘《くしんさん》膽《たん》……、いや何《ど》うして僕《ぼく》が今夜《こんや》歸《かへ》りがけに兩女《ふたり》を紛《ま》いて了《しま》つて、八《や》つちやん一人《ひとり》を漸《や》つとこ捉《つかま》へた苦心慘膽《くしんさんたん》どころぢやない、何《ど》うして其《そ》れ以上《いじやう》、其《そ》の苦心慘膽《くしんさんたん》以上《じやう》の苦心慘膽《くしんさんたん》だからね、あはゝゝゝゝ大《たい》したもんでさ、親切《しんせつ》にして遣《や》らないぢや不憫《かわいさう》だよ八《や》十《そ》ちやん、老《らう》年《ねん》になると殊《こと》に僻《ひが》みが強《つよ》くなるもんです、朝《あした》には手《て》を取《と》つて君《きみ》を送《おく》り、夕《ゆふべ》には足《あし》を戴《いたゞ》いて君《きみ》を迎《むか》ふ。つて事《こと》があるんだ、制服《せいふく》でぬつと出《で》の、ぬつと入《い》りを、默《だま》つて知《し》らん顏《かほ》して轉寐《ごろね》の上目《うはめ》で送《おく》り迎《むか》へぢや幕《まく》になりませんや、戲談《じやうだん》は兎《と》に角《かく》さ、餘《あんま》り我儘《わがまゝ》すると冥利《めうり》が盡《つ》きる、

亭主罰《ていしゆばち》が當《あた》りますぜ。』

舌《した》は縺《もつ》れて、醉《ゑひ》は十分《じふぶん》らしき言葉《ことば》の調子《てうし》、よろ〳〵と蹌踉《よろめ》きて街燈《がいとう》の許《もと》に危《あや》ふくも蹈《ふ》み止《とゞま》れば、支《さゝ》へんとて寄添《よりそ》ひしお八十《やそ》の、濃目《こめ》に白粉化粧《おしろいけはひ》たる面付《おもつき》、昨日《きのふ》火《ひ》を熾《おこ》すとて立騷《たちさわ》ぎし時《とき》の面付《おもつき》とは人變《ひとかは》るかとまで美《うつく》しうなりて、作《つく》りたる生際《はえぎは》も夜目《よめ》には唯容好《たゞかたちよ》く、眉付《まゆつき》より頰《ほゝ》の邊《あた》りの紅潮《くれなゐ》ざして艶麗《あでやか》なる、笑《ゑ》みを作《つく》りて凝《じ》視《つ》と男《をとこ》を見上《みあ》げしが、眉秀《まゆひい》でて額廣《ひたひひろ》く、斜《なゝめ》に摺《ず》りたる帽子《ばうし》の下《した》より濡《ぬ》れ色《いろ》の髮《かみ》は房々《ふさ〳〵》と黐《こぼ》れて、優《やさ》しさを籠《こも》らしたる眼色《まなざし》、金端《きんぶち》の眼鏡《めがね》に隱《かく》れたれど、鼻筋通《はなすぢとほ》りて色飽《いろあ》くまで白《しろ》う、鰒《ふぐ》に似《に》たる口許《くちもと》も贔氣目《ひいきめ》に見《み》ば愛嬌《あいけう》ありとも云《い》ふべきや、男自慢《をとこじまん》らしく兩《りやう》の肩《かた》は華奢《きやしや》に聳《そび》えて、白《しろ》つぽきネルの襟元《えりもと》寬《くつろ》げられし、其《そ》の容姿顏付《かたちかほつき》を、女《をんな》は恍惚《うつとり》と少時《しばし》眺《なが》め入《い》りてやがて心付《こゝろつ》きし樣《やう》に、平常着《ふだんもの》の浴衣《ゆかた》の上《うへ》に、袖擦《そです》れ合《あ》ひても破《やぶ》るゝかと危《あや》ぶまるゝ黑縮緬《くろちりめん》の羽織《はおり》引掛《ひつか》けたる我《わ》が姿《すがた》を見返《みかへ》りつゝ、恥《はぢ》らふ樣《やう》に後《うしろ》へと少《すこ》し身《み》を退《ひ》くを、追《お》ふ樣《やう》に素早《すばや》く立《たち》添《そ》つて息《いき》を吐《は》きざまに、

『いや實《じつ》に別嬪《べつぴん》！　姿《すがた》と云《い》ひ樣子《やうす》と云《い》ひ、爭《あらそ》はれないのは此《こ》の人品《ひん》です、お孃樣育《ぢやうさんそだ》ちはこれで知《し》れるんだ、ねえ、彼樣《あんな》田町一圓《たまちいつたい》の賤《いや》しい輩《やから》と一所《いつしよ》に置《お》くやうな貴《あな》女《た》ぢやないんだ、と云《い》つて黑塗仕立《くろぬりじたて》の馬車柄《ばしやがら》でもないかさ、まあ氣《き》を惡《わる》くしずに此《こ》の先《さ》きを聞《き》いて下《くだ》さい、實《じつ》は僕《ぼく》あ其處《そこ》へ迷《まよ》つたんで、全《まつた》く實際《じつさい》迷《まよ》つちまつたんです、云《い》はゞ盛遠《もりとほ》だね、人《ひと》の妻君《さいくん》と承知《しようち》して橫戀慕《よこれんぼ》したんだから、煩惱《ぼんなう》の犬追《いぬお》ふべからずつてな事《こと》になつちやつたんだからね、僕《ぼく》は何《なん》だ、文覺《もんがく》以上《いじやう》の熱心《ねつしん》を持《も》つてあなたを挑《いど》む、然《しか》し挑《いど》んだ處《ところ》で明治《めいぢ》の貴女《あなた》だ、袈裟《けさ》御前《ごぜん》の二《に》の舞《まひ》もやるまいさ、其《そ》れ共大事《ともだいじ》な命《いのち》は玉無《たまな》しにしても禿君《はげくん》には操《みさを》を立《た》て拔《ぬ》く！』

と反《そ》り身《み》になりて、後《うしろ》に一步蹌踉《ひとあしよろめ》き戾《もど》りながらふらふらと再《ふた》び橫《よこ》に出《いで》て、

『と仰有《おつしや》るか、いや大《たい》した御心底《ごしんてい》です、明治《めいぢ》の今日《こんにち》如《い》何《か》にも珍《めづ》らしい、貴女《あなた》は貞女《ていぢよ》だね、いや實《じつ》に感心《かんしん》な婦《ふ》人《じん》だ、あはゝゝゝ。』

一人《ひとり》勝手《かつて》に饒舌《しやべ》り立《た》てゝ、袂《たもと》を探《さぐ》りつゝ。

『あ、燐寸《まつち》がなかつたな。』

と生眞目面《きまじめ》に呟《つぶや》く。

　おたかとは胤違《たねちが》ひの姉弟《きやうだい》、蠣殼町《かきがらちやう》のさる店《みせ》に勤《つと》むる道樂三昧《だうらくざんまい》の獨身者《どくしんもの》にて、顏好《かほよ》き爲《ため》に身《み》の持《も》てぬと知《し》り

しばかり、今宵《こよひ》四人《よたり》打連《うちつ》れて行《ゆ》きし寄席《よせ》の歸《かへ》り路《ぢ》に、何《なに》を思《おも》ひてか我《わ》れ一人《ひとり》誘《いざな》はれしを心惡《こゝろわる》うも思《おも》はでか、風弄《かぜなぶ》る儘《まゝ》に引《ひ》かれ／＼て浮氣《うはき》の蝶《てふ》は雨《あめ》の中《なか》をも狂《くる》へるなり。

『何《なに》を云《い》つてらつしやるんだらう、一人《ひとり》で面白《おもしろ》さうに！　文覺《もんがく》だの袈裟《けさ》だのつて演劇《しばゐ》のやうですね。』

透油《すきあぶら》に撫《な》で付《つ》けし髪《かみ》の匂《にほ》ひ、男《をとこ》の胸《むね》を襲《おそ》ひて、

『もつとも、三《さん》ちやんは高麗屋《かうらいや》つて評判《ひやうばん》なんだから、おほゝゝゝ。』

袖《そで》に口《くち》を掩《おほ》ふてはしやぎて笑《わら》ふを、此方《こなた》は眞顔《まがほ》になりて、

『いや失敬《しつけい》な事《こと》を云《い》ひましたね、全《まつた》く！』

點頭《うなづ》きて、

『全《まつた》くだ、假《か》りにも人《ひと》の妻《さい》たる貴女《あなた》に對《たい》して言語同斷《ごんごどうだん》の處置振《しよちぶ》りだ、實《じつ》に怪《け》しからん。と云《い》ふ程《ほど》の事《こと》もないか、あはゝゝゝ、貴女《あなた》は例外《れいぐわい》なんだからね、貴女《あなた》は少《ち》つと性《しやう》の惡《わる》い方《はう》の水《みづ》……つと、と、水《みづ》と云《い》つても下《げ》水《すゐ》の水《みづ》ぢやない、大海《たいかい》の水《みづ》、太洋《たいやう》の水《みづ》、ずつと位《くらゐ》の好《い》い方《はり》の水《みづ》なんだ、はゝゝゝ、だから何《なに》！　さして咎《とが》むべき程《ほど》の事《こと》でも有《あ》りますまい、と僕《ぼく》は思《おも》ふんですね、當《たう》節《せつ》の袈裟《けさ》は渡《わたる》を討《う》つて文覺《もんがく》の許《ところ》へ遣《や》つて行《ゆ》くんだ、いやはや、實《じつ》に恐《おそ》れ入《い》つたもんです、恐《こは》くなるやうだ。』

『ほゝゝ、何《ど》うも大《たい》した御機嫌《ごきげん》ですこと！　眞《ま》つ直《す》ぐに歸《かへ》れますかね、險呑《けんのん》ですよ。』

『はゝゝゝ、罪《つみ》は至極《しごく》ない方《はう》で……はゝゝゝゝゝ、何《なに》大丈夫《だいぢやうぶ》僕《ぼく》の方《はう》は御安心成《ごあんしんな》すつて下《くだ》さい、決《けつ》して、決《けつ》して、不潔《ふけつ》な方面《はうめん》なんぞへは足《あし》を向《む》けるやうな僕《ぼく》ぢやないんですから、斯《か》う見《み》えても山賀《やまが》三次郎《さんじらう》、當歳《たうさい》から二十五歳《さい》の今日迄《けふまで》女《をんな》の酌《しやく》で御酒《ごしゆ》と云《い》ふものを頂戴《ちやうだい》したのは實《じつ》に今晩《こんばん》が初《はじ》めてなんで……。』

『戯談《じやうだん》仰有《おつしや》る、人《ひと》が知《し》らないと思《おも》つて！』

『戯談《じやうだん》？　其《そ》れこそ戯談《じやうだん》ぢやない、僕《ぼく》は全《まつた》くこれで人《ひと》が考《かんが》へたやうな人間《にんげん》ぢやない積《つも》りなんです、僕《ぼく》の考《かんが》へた通《とほ》りの人間《にんげん》の積《つも》りなんですからね、あはゝゝゝ。』

一人《ひとり》で云《い》ひて、一人《ひとり》で面白《おもしろ》がる。

『駄目《だめ》、駄目《だめ》、ちやんと聞《き》いて知《し》つてるんですよ。』

『聞《き》いた事《こと》？　云《い》つた奴《やつ》は僕《ぼく》を讒《ざん》するの徒《と》だ、何《ど》うも仕方《しかた》がないんでさ、斯《か》う云《い》ふ身《み》に生《うま》れ付《つ》いた以上《いじやう》、身《しん》邊《ぺん》に百萬《ひやくまん》の仇敵《きうてき》はあるに違《ちが》ひないんだから、はゝゝ僕《ぼく》は覺悟《かくご》してるんです。』

「然《さ》うでせうとも、然《さ》う御様子《ごやうす》が好《よ》くつちやね。」

『いや此奴《こいつ》は心《むね》に耳《み》の穴《あな》が明《あ》いた、はゝゝゝ、然《しか》しもう貴女《あなた》は御帰宅《おかへり》成《な》すつたら好《い》いでせう、え？・亭主持《ていしゆも》ちが、人《ひと》の妻君《さいくん》が、實際不都合《じつさいふつがふ》ですよ、他人《たにん》の男《をとこ》と深《しん》更人氣《かうひとけ》の無《な》い處《ところ》を散歩《ぶら〳〵あるき》するなんて、實《じつ》に不都合極《ふつがふきは》まる、七兩《りやう》二分《ぶ》は僕實際御《ぼくじつさいご》免蒙《めんかうむ》るんです、餘《あんま》り心持《こゝろもち》の好《い》い譯《わけ》のもんぢやありませんや。』

殊々《こと〳〵》しく身《み》を退《ひ》かれて、お八十《やそ》は驚《おどろ》きながら男《をとこ》を仰《あふ》ぎしが、云《い》ひ敢《あ》へず身《み》を責《せ》むるらしく、四邊《あたり》を急《いそ》がはしく見廻《みまは》して、つと男《をとこ》より離《はな》れて立止《たちどま》りつ。

『ねえ、もうお歸《かへ》り成《な》さい、疑《うたが》はれたつて無益《つま》らない、僕《ぼく》はこれでお別《わか》れしますから。』

云《い》ひつゝ蟇口《がまぐち》を眼《め》の前《まへ》に例々《れい〳〵》と持《も》ち出《だ》して、五十錢《せん》銀貨一個《ぎんくわひとつ》摘《つま》み出《だ》しながら、

『これでね、如何《いか》にも失敬《しつけい》だけれど、子供衆《こどもしゆう》に菓子《くわし》でも買《か》つて行《い》つてやり給《たま》へ。』

其《そ》れを凝視《じつ》と見《み》て、更《さら》に男《をとこ》の顔《かほ》を見詰《みつ》めし眼付《めつき》は、恨《うら》めし氣《げ》に險《けは》しく凄《すご》く輝《かゞや》きて、頬《ほゝ》には淋《さみ》しき笑《ゑ》みを浮《うか》べつゝ、

『飛《と》んでもない、もう充分御馳走《じゆうぶんごちそう》になつたんですから、其《そ》れも私《わたし》は何《なん》だつたけれど、貴方《あなた》が無理《むり》にと……。』

『然《さ》うでしたね、濟《す》みませんでした、然《しか》し八十《やそ》ちやんの其《そ》の美《うつく》しい顔《かほ》が惡《わる》いんだから誰《たれ》を恨《うら》みやうもないでせう、僕《ぼく》だつて承知《しやうち》してますとも、其處《そこ》がその矢張《やつぱ》り、ね、畢竟未練《つまりみれん》て奴《やつ》なんだ、まあ勘辨《かんべん》して下《くだ》さい、僕《ぼく》だつて惡氣《わるぎ》であなたを料理屋《れうりや》へ引張《ひつぱ》つて行《い》つたんぢやないんだから、ねえ酒位飲《さけくらゐの》み合《あ》つたつて好《い》いさ、其《そ》の位《くらゐ》な事《こと》、若《も》し何《なん》とか八十《やそ》ちやんの家《うち》で云《い》つたら僕證明《ぼくしやうめい》に出掛《でか》けて行《ゆ》くから、大丈夫《だいぢやうぶ》！　花屋《はなや》の女中《ぢよちゆう》が證人《しやうにん》ぢやないか、はゝ。』

輕《かる》く笑《わら》つて、

『二人《ふたり》の間柄《なか》に辭退《じたい》も禮《れい》もあるもんですか、これで何《なに》か土産《みやげ》を買《か》つて行《い》つたら好《い》いでせう、可愛想《かわいさう》に子供等《こどもたち》は詰《つま》らなく家《うち》に待《ま》つてるんぢやないか。』

女《たんな》の帶《おび》に銀貨《ぎんくわ》を挾《はさ》み入《い》れて、

『あゝ全然《すつかり》、醉《よひ》が醒《さ》めちやつた、ぢやね失敬《しつけい》！』

云《い》ひ捨《す》てゝ帽子《ばうし》を直《なほ》しながら、風《かぜ》を斜《なゝめ》に切《き》つて花屋《はなや》敷《しき》の横《よこ》へと足早《あしばや》に急《いそ》ぎ行《ゆ》く。夢見《ゆめみ》るやうなる思《おも》ひにお八十《やそ》は追《お》ひ行《ゆ》く力《ちから》もなく、呼《よ》び返《かへ》さん勇氣《ゆうき》もなく、解《よ》めぬ人《ひと》の心《こゝろ》を解《よ》まうでもなく、其《そ》の人《ひと》を懐《なつか》しむと云《い》ふ

にもなく、取殘《とりのこ》されし儘《まゝ》一人《ひとり》茫然《ぼんやり》と立盡《たちつく》して見送《みおく》り居《ゐ》しが、見番《けんばん》に送《おく》られて行《ゆ》くうら若《わか》き藝妓《げいぎ》の、身《み》の横《よこ》を通《よ》ぎりて香《かを》りさつと面《おもて》を拂《はら》ひしに、心付《こゝろづ》きて見返《みかへ》りながら無心《むしん》に一歩前《ひとあしまへ》に出《い》でて、セルの外套《こうと》の後姿《うしろすがた》を眺《なが》むるともなく眺《なが》め入《い》りつゝ、端《はし》なくお八十《やそ》は昔《むかし》の我《わ》が榮華《えいぐわ》の影《かげ》をば思《おも》ひ浮《うか》べたり。

五十錢《せん》の銀貨一個《ぎんくわひとつ》を惠《めぐ》まれし今日《けふ》の身《み》が、この先《さ》き何時《いつ》にならば彼《あ》の樣《やう》なる身姿《みなり》の出來《でき》る事《こと》かと呟《つぶ》やかれて、四疊半《よでふはん》に子供二人《こどもふたり》を抱《かゝ》へて眠《ねむ》れる良人《をつと》の姿《すがた》、眼鏡《めがね》越《ご》しに優《やさ》しく笑《ゑ》みて戲《たはむ》るゝ三次郎《さんじらう》の面《おもて》、行方《ゆくて》の闇《やみ》に交《こも》交《ごも》浮《う》きて、胸《むね》の思《おも》ひも其《そ》の如《ごと》くに亂《みだ》れ縺《もつ》るゝお八十《やそ》の、力《ちから》なく足《あし》を返《かへ》せば、辨天山《べんてんやま》の鐘《かね》、折《をり》からに撞《つ》き初《そ》めて、餘韻《よゐん》は唯一人《たゞひとり》行《ゆ》く寒氣《さむけ》の人《ひと》が裾《すそ》をばめぐる。

（六）

『寄席《よせ》の退《はね》は何時《なんじ》だ、隨分遲《ずゐぶんおそ》いぢやないか。』

風船《ふうせん》の紙張《かみは》れる手《て》を止《と》めて、健之助《けんのすけ》は大《おほ》きなる面《おもて》を上《あ》げてお八十《やそ》を見《み》る。

『歸途《かへり》に御馳走《ごちそう》になつたから。』

と思ひの外答《ほかこた》へは温和《おとな》しく、羽織《はおり》を脱《ぬ》ぎ捨《す》てゝお八十《やそ》は火鉢《ひばち》の傍《そば》に草臥《くたびれ》たらしく坐《すわ》りしが、茫然《ぼんやり》と臺《だい》の上《うへ》なる黄《き》と赤《あか》の紙《かみ》を眺《なが》めて吻《ほつ》と吐息《といき》漏《も》らしつゝ、軈《やが》て物憂《ものう》氣《げ》に煙管《きせる》取上《とりあ》げて、

『夜業《よなべ》を仕《し》て居《ゐ》たの？』

『うむ、夜業《よなべ》を仕《し》て居《ゐ》るとお前《まへ》の眼《め》に見《み》えりや感心《かんしん》だ、其《そ》れと、今自分《いまじぶん》は何處《どこ》から歸《かへ》つて來《き》たんだと云《い》ふ事《こと》が分《わか》つてりや其《そ》れで好《い》い。』

『可笑《をかし》な事《こと》を云《い》ふぢやないか、寄席《よせ》から歸《かへ》つて來《き》たのが何《ど》うしたつて云《い》ふんだらう。』

『其《そ》れを何《ど》うと云《い》ふんぢやないんだ、其《そ》れ丈《だけ》の事《こと》がお前《まへ》に承知《しようち》か行《い》つてれば好《い》いと云《い》ふ事《こと》よ、お前《まへ》が面白《おもしろ》い思《おも》ひをして來《き》たからと云《い》つて、俺《おれ》は何事《なにごと》も云《い》ふんぢや無《な》い。』

お八十《やそ》は火鉢《ひばち》の緣《ふち》に肱《ひぢ》を凭《もた》せし儘《まゝ》何《なに》も云《い》はず、良人《をつと》が姿《すがた》の見窄《みすぼ》らしき、筋骨太《すぢぼねふと》き兩《りやう》の手《て》を粘《のり》に強張《こはば》らせ、油《あぶら》ぎりたる顏付《かほつき》てら〳〵と赤黑《あかぐろ》う光《ひか》りて、稍々《やゝ》拔襟《ぬきえり》になりし衣服《きもの》の襟《えり》は二《ふた》つに折《を》れ、巾廣《はゞひろ》き脊《せ》を丸《まる》うして、綿博多《めんはかた》の帶《おび》ぐる〳〵と卷《ま》きて胡坐《あぐら》組《く》みたる腰付《こしつき》の、紺《こん》の色《いろ》剝《は》げかゝれるも哀《あは》れ氣《げ》に、柄《がら》大《おほ》きなる人《ひと》は見窄《みすぼ》らしき眼《め》に立《た》ちて見《み》ゆるを、七子《なゝこ》揃《ぞろ》ひの昔《むかし》の姿《すがた》、立派《りつぱ》な

りと見上《みあ》げし事《こと》もなかりしが、この貧《ひん》の姿《すがた》は恐身《おぞみ》震《ふる》はるゝまで厭《いと》はしきとお八十《やそ》は眺《なが》めて、何《なに》を考《かんが》ふるともなく我《わ》れ知らず、

『あゝ、つまらない!』

と獨《ひと》り言《ご》つ。同時《どうじ》に、ぼつ〳〵と再《ふたゝ》び仕事《しごと》に取《と》り掛《かゝ》りし健之助《けんのすけ》は、

『今日《けふ》おらくが來《き》た。』と云《い》ひかけて、

『何《なん》だ?　詰《つま》らない?　何《なに》が!』

と聞《き》き咎《とが》めてお八十《やそ》を上目《うはめ》に見詰《みつ》めながら、

『又始《またはじ》まつたな、遊《あそ》びに遣《や》るのも好《い》いが、何《なん》でもお前《まへ》は藥《くすり》を癖《ぞく》に落ちまうから困《こま》るんだ、人《ひと》の服装《みなり》を見《み》て又《また》詰《つま》らないが始《はじ》まつたんだらう。』

『いゝえ、然《さ》うぢやないよ。』

とお八十《やそ》は云《い》ひ切《き》りて、

『然《さ》う!　おらくさんが來《き》たの!　早《はや》くだつたかい?』

『燈火《あかり》が點《つ》いてからだ。』

くるり〳〵と巧《たく》みに風船《ふうせん》を張《は》りながら、

『金《かね》を算段《さんだん》して持《も》つて來《き》て呉《く》れたんだ。』

『然《さ》う、そりや好《よ》かつたね、何《ど》の額《くらゐ》?』

『金《かね》と云《い》や、昨日《きのふ》若干《いくら》金《か》お前《まへ》に渡《わた》して行《い》つたさうだが、然《さ》うか?』

『あゝ!』と行詰《ゆきづま》りて、自棄《やけ》に煙管《きせる》を叩《たゝ》く音《おと》隣家《りんか》と隔《へだ》ての壁《かべ》に響《ひゞ》かして、

『忘《わす》れて了《しま》つたんだよ、然《さ》う〳〵、貰《もら》ひましたよ。』

端切《はしぎ》れを手製《てせい》にしたる風通織《ふうつうおり》の煙草《たばこ》入《い》れより、取出《とりいだ》したる銀貨《ぎんくわ》を、

『これさ。』

臺《だい》の上《うへ》に置《お》く。健之助《けんのすけ》は瞥《ちら》と見《み》しばかり、粘敷《のりし》き盡《つく》したる丈《だけ》を張《は》りて、刷毛《はけ》やら粘板《のりいた》やら片付《かたづ》け初《はじ》めつゝ何其云《なんともい》はぬに、お八十《やそ》は聊《いさゝ》か胸疾《むねや》ましう思《おも》ひながら、殊更取濟《ことさらとりす》まして、

『何《ど》の位《くらゐ》持《も》つて來《き》たの?』

『なに僅《わつか》だ。』

『僅《わつか》つて何《ど》の位《くらゐ》さ、五圓《ごゑん》ばかりも?』

思惑《おもわく》ありてか健之助《けんのすけ》は金《かね》の額《だか》を云《い》はず、

『もう寐支度《ねじたく》にしやう。』

と言葉《ことば》を外《そ》らして、手《て》を洗《すゝ》ぎに臺所《だいどころ》へと立《たつ》て行《ゆ》くに、お八十《やそ》は眺《なが》めて面白《おもしろ》からぬ色《いろ》を浮《うか》べしが、忽《たちま》ち癇癪《かんしやく》の筋《すぢ》は額《ひたひ》に現《あら》はれて、

『云《い》つたつて好《い》いぢやないか、妙《めう》に隠《かく》し立《だ》てするんだ

ね。』と聲高々《こゑたかく》と云《い》ひて、

『私《わたし》が盗《ぬす》み盗賊《どろぼう》でも仕《し》やしまいし。』と罵《のゝし》る。健之助《けんのすけ》は更《さら》に相人《あひて》にせず、低《ひく》う溜息《ためいき》を漏《も》らしつゝ再《ふた》び戻《もど》り來《き》て、殊更顏《ことさらかほ》を背向《そむ》けて額《ひたひ》を抑《おさ》ふるお八十《やそ》の樣子《やうす》を後《うし》ろより熟々《つく〴〵》と打守《うちまも》りしが、夫《をつと》を蔑視《ないがしろ》に待遇《あしら》ふ事《こと》の今《いま》に始《はじ》めぬ事《こと》なれど、何故《なぜ》か今宵《こよひ》は取分《とりわ》け身《み》に徹《し》みて物云《ものい》ひ交《か》はすずさへ忌々《いま〳〵》しく、唾吐《つばは》き掛《か》け度《た》き思《おも》ひしながら臥床《ふしど》の方《かた》へと行《ゆ》く、次第《しだい》に更《ふ》け行《ゆ》く夜《よ》の、隣家《りんか》に咳《せき》の聲《こゑ》して、表《おもて》を通《とほ》る空車《からぐるま》の音《おと》手《て》に取《と》るやうに聞《き》こえつ。

轉寐《うたゝね》初《そ》めしかと思《おも》ふまで凝念《じつ》と思案《しあん》に沈《しづ》み居《ゐ》しお八十《やそ》は、突然《ふと》面《おもて》を起《おこ》して枕《まくら》に就《つ》きし夫《をつと》の傍《そば》へ立寄《たちよ》るより、邪慳《じやけん》に夜着《よぎ》の袖《そで》を搖《ゆすぶ》りて、

『一寸《ちよいと》起《お》きて下《くだ》さい、話《はなし》があるんだから。』

健之助《けんのすけ》は仰《あほ》に寐《ね》て眼《め》を瞑《つぶ》りし儘《まゝ》、

『話《はな》しがあるなら明日《あした》にしろ、この夜更《よふ》けに近所《きんじよ》で迷惑《わく》だ。』

『近所《きんじよ》なんぞ構《かま》ふもんか、今夜《こんや》でなくつちや成《な》らない話《はなし》なんだから起《お》きて貰《もら》ふんだよ。』

『まあ止《よ》しに仕《し》た方《はう》が好《い》い、惡《わる》い事《こと》は云《い》はないんだ。』

『起《お》きざあ起《お》きなくつても好《い》い、私《わたし》や云《い》ふ丈《だけ》の事《こと》を今《いま》云《い》つちまうから。私《わたし》やね親父《おとつ》さん離縁《りえん》して貰《もら》ひ度《た》いんだよ。』

四六

開《ひら》きたる眼《め》を瞋《いか》らしてお八十《やそ》の面《おもて》を打守《うちまも》りし健之助《けんのすけ》は、少時《しばし》して、

『貰《もら》ひ度《た》い離縁《りえん》なら遣《や》るが、今夜《こんや》でなくつても好《い》い、其《そ》れ共今直《ともいます》ぐ出掛《でか》けて行《ゆ》く先《さ》きがあるなら兎《と》も角《かく》だ。』

『話《はなし》だけ定《き》めて置《お》き度《た》いからさ。』

と追《お》つかくるやうに云《い》ひて、

『私《わたし》にや兎《と》てもこんな活計《くらし》ぢや遣《や》つちや行《ゆ》かれないから、奉公《ほうこう》にでも出《で》て何《ど》うにも仕樣《しやう》と決《き》めたんだからね、馬鹿々々《ばか〴〵》しいやね、斯樣苦勞《こんなくらう》したつて前途《ゆくさき》の目的《あて》があるんぢやなし、困窮《こま》らない丈《だけ》の身代《しんしよ》は折角親《せつかくおや》が讓《ゆづ》つてくれたものを失《なく》されちやつて、揚句《あげく》は五十錢《せん》一圓《ゑん》の端《はした》金《かね》でぶつ〳〵云《い》はれる、自分《じぶん》の親戚《みより》から寄越《よこ》した金圓《かね》は自分《じぶん》の有《もの》で祕《かく》され了《ちま》ふんぢやほんとに馬鹿々々《ばか〴〵》しいやだから、お前《まへ》さんはお前《まへ》さんで遣《や》るが好《い》いし、私《わたし》や私《わたし》で遣《や》るつもりだから奇麗《すつぱり》と別《わか》れ了《ちま》ふつて事《こと》に話《はな》しを定《き》めて仕舞《しま》はうよ、私《わたし》にや何《ど》うせ親戚《みより》はなし、笑《わら》はれて見《み》たところで他人《たにん》ばかりなんだから、同《おんな》じ落魄《おちぶ》れで人《ひと》に後指《うしろゆび》さゝれるんなら浮《う》いた稼業《かげふ》をやつて自分丈面《じぶんだけおも》

白《しろ》うく世《よ》の中送《なかおく》つちまつた方《はう》が好《い》いからね。』

健之助《けんのすけ》は何時《いつ》か起直《おきなほ》りて、肩《かた》の抜《ぬ》けたる碁盤縞《ごばんじま》の寐《ね》衣《まきね》寐臭《ぐさ》く、肩《かた》聳《いか》らせて膝《ひざ》に置《お》きし兩手《りやうて》の、袖付《そでつけ》の綻《ほころ》びより腕《うで》は見《み》えて、

『ぢや何《ど》うしても浮氣《うはき》稼業《かげふ》をやらうつて云《い》ふんだな。』

『あゝ兎《と》ても貧乏世帶《びんばふじよたい》はやり切《き》れないから。』

『おい、二人《ふたり》の子供《こども》は忘《わす》れたのか！』

改《あらた》まりたる言葉《ことば》は唇《くちびる》より迸《ほとばし》り出《で》て、健之助《けんのすけ》は突出《つきだ》したる肩越《かたご》しにお八十《やそ》を睨《にら》む。さすがに視線《しせん》を避《さ》けて、茄子《なすび》の轉《ころ》かれるやうに兩兒《ふたり》雜魚寐《ざこね》の後方《うしろ》を見返《みかへ》りしが、

『母子《おやこ》は母子《おやこ》だよ、子供《こども》の事《こと》を忘《わす》れるもんかね、稼《かせ》いだら稼《かせ》いだ丈《だけ》を子供《こども》にや貢《みつ》いでやる積《つも》りなんさ。』

『馬鹿《ばか》あ云《い》ふな。』と烈《はげ》しく怒罵《どな》りて、

『俺《おれ》は幾程《いくら》意氣地《いくぢ》がなくつてもな、何《ど》れ程《ほど》貧乏《びんばふ》をしやうとも、女房《にようばう》に賤《いや》しい稼業《かげふ》をさせて俺《おれ》の腕《うで》の半分《はんぶん》を手《て》傳《つだ》はせる程《ほど》、まだ其處《そこ》まで俺《おれ》の心《こころ》は貧乏《びんばふ》しちや居《ゐ》ないんだ、食《く》つて行《ゆ》く丈《だけ》の事《こと》で滿足《まんぞく》が出來《でき》ず、甘《うま》い物《もの》食《く》つて贅澤《ぜいたく》をし度《た》いと云《い》ふ手前《てまへ》は何《なに》するのも醉興《すゐきよう》だ、出《で》て行《ゆ》け！　出《で》て行《ゆ》け！　何時《いつ》でも離縁《りえん》は呉《く》れてやる。迂《う》路《ろ》々東京中《とうきやうちゆう》歩《ある》き廻《まは》つて、指環《ゆびわ》でも櫛《くし》でも好《す》きな物《もの》を買《か》つて貰《もら》つて行《ゆ》き度《た》い所《ところ》へは連《つ》れて行《い》つて貰《もら》ふ。好《す》きな遊《あそ》びは爲《さ》せて貰《もら》ふつて、云《い》ふ人間《にんげん》を探《さが》しなはるが好《い》い。掃溜《はきだめ》を探《さが》し歩《ある》いてる乞食《こじき》よりやあ、まだ見恰好《みかつかう》は好《い》いだらう。』

『然《さ》うとも、斯《か》うして居《ゐ》ちやその乞食《こじき》よりも劣《おと》りだけれど、まだ其《そ》の方《はう》が乞食《こじき》よりや氣《き》が利《き》いてるよ、外面《そと》へ出《で》りや何《ど》んな風《かぜ》が吹《ふ》かないとも限《かぎ》らないんだからね。』

微笑《ほゝゑ》みて、夫《なつと》を見《み》たるお八十《やそ》の面《おもて》は蒼褪《あをざ》めて、眼許《めもと》は爛《たゞ》れしやうに赤《あか》らみつ。

『然《しか》し何《ど》うしても親子《おやこ》四人《よにん》で質素《しつそ》に暮《く》らして行《ゆ》く事《こと》は出來《でき》ないつて云《い》ふんだな、手内職《てないしよく》でも仕《し》ながら子供《こども》の成長《おほきく》なるのを樂《たの》しみに、汗《あせ》になり〳〵遣《や》ちや行《ゆ》かれないと云《い》ふんだな、何《ど》うしても！　人間《にんげん》の爲《す》べき事《こと》でない事《こと》をやりながらでも奢《おご》つた事《こと》がやり度《た》いと云《い》ふんだな、おい何《ど》うだ、確固《しつかり》とした返事《へんじ》を仕《し》なくつちや可《い》けない。』

健之助《けんのすけ》は元《もと》の穏和《おだやか》に回《かへ》れるなり。

『するともね、何《ど》うしたつて私《わたし》にや此樣《こんな》貧乏生活《びんばふぐらし》は出《で》

來《き》ないんだよ、人並々《ひとなみ〳〵》の世《よ》が渡《わた》れないんなら、畜生《ちくしやう》の爲《す》る事《こと》だつて結構《けつこう》だ、思《おも》ふ樣《やう》な事《こと》をやつて日《ひ》を送《おく》る方《はう》が私《わたし》にや好《い》いんだから。』

『其《そ》れなら其《そ》れで好《い》い、盲目《めくら》滅法《めつぱふ》に世《よ》の中《なか》へ飛《と》び出《だ》して、遣《や》つて行《ゆ》けると云《い》ふんなら其《そ》れで好《い》い。浮付《うはつ》いた事《こと》さへ遣《や》ればもう直《す》ぐお絹包《かいこぐる》みで贅澤《ぜいたく》がやれると云《い》ふんなら其《そ》れで好《い》い。お前《まへ》の言葉《ことば》に逆《さから》ふ權利《けんり》は俺《おれ》にないんだからな。唯今日《たゞけふ》までの馴染《なじみ》甲斐《がひ》に一應《いちおう》念《ねん》を押《お》いて置《お》くんだ。』

お八十《やそ》は默《もく》して洋燈《らんぷ》の火《ひ》に煙草《たばこ》を吸《す》ふ、其處《そこ》に石油《せきゆ》の熱《に》ゆる音《おと》は高《たか》く、

『好《よ》し！　何《ど》うも仕方《しかた》がない。』と立上《たちあが》りて、戸棚《とだな》より硯箱《すゞりばこ》取出《とりい》だす健之助《けんのすけ》の足許《あしもと》に、二《ふた》り人の子供《こども》が小《ち》ひさき鼾《いびき》は眠《ねむ》り安氣《やすげ》に漏《も》れて聞《き》こえつゝ。

（七）

『驚《おどろ》いちまつたね、僕實《ぼくじつ》に閉口《へいこう》しちやつた。』

仲見世《なかみせ》の辨天山《べんてんやま》を深《ふか》く入《い》りたる小料理家《これうりや》の離座敷《はなれ》に、今《いま》し方《がた》運《はこ》ばれし膳《ぜん》に向《む》きて男《をとこ》は先《ま》づ猪口《ちよこ》を取上《とりあ》ぐる、夕陽《ゆふひ》は斜《なゝめ》に庭《には》の池《いけ》の面《も》を渡《わた》りて、女《をんな》の聲《こゑ》の高笑《たかわら》ひ廊《らう》を傳《つた》うて何處《どこ》よりか。

『云《い》はない事《こと》か、寄席《よせ》の歸《かへ》りに引張《ひつぱ》り廻《まは》しなんぞするからさ、罰《ばち》だと思《おも》つて諦《あき》めるが好《い》いやね。』

微笑《ほゝゑ》んで女《をんな》は輕《かる》く酌《しやく》をしながら、

『だがまあ、能《よ》く〳〵思《おも》ひ込《こ》んだんだね。』

口《くち》に觸《ふ》れし猪口《ちよく》を狼狽《あわて》て下《した》に置《お》き、

『冗談《じやうだん》ぢやない、僕《ぼく》は思《おも》ひ込《こ》まれる程《ほど》の罪《うみ》を作《つく》つた覺《おぼ》えはないんだ、姉《ねえ》さんの家《うち》で二三度《ど》逢《あ》つた限《ぎ》りなんですからね彼《あ》の女《をんな》には。』

『顏《かほ》を合《あは》せたのは二三度《ど》にしろさ、大《たい》した一度《ど》が有《あ》るぢやないか、だから猪食《しゝく》つた報《むく》いで仕方《しかた》がないやね。』

『大《たい》した一度《ど》とは何《なん》ですね、寄席《よせ》の歸《かへ》りに飲《の》んだ事《こと》ですか、戯談《じやうだん》ぢやありません、其《そ》れも矢張《やつぱ》り……何《なん》です、並等《なみとう》の一度《ど》の方《はう》へ繰《く》り越《こ》んで下《くだ》さい、其樣《そんな》のぢや無《な》いんだから、特《とく》の付《つ》く一度《ど》ぢや無《な》いんです、甚《ひど》くお酒《み》つた揚句《あげく》で忘《わす》れちまつたが、何《たん》でも僕《ぼく》は立派《りつぱ》な事《こと》を云《い》つてやつて別《わか》れた筈《はず》だ、亭主《てい》持ちの女《をんな》を、幾程《いくら》僕《ぼく》だつてそんな馬鹿《はか》な眞似《まね》はやりやあ仕《し》ないさ。』

兩人《ふたり》ながら同《おな》じやうなる細《こま》か柄《がら》のネルを着《き》て、鹽瀬《しほせ》の帶《おび》を引《ひ》つ掛《か》けに結《むす》びしはおたか、お納戸《なんど》博多《はかた》の帶《おび》を

掻きたるは三次郎《さんじらう》なり。酌《く》み交《かは》して、

『そんな立派《りつぱ》な口《くち》が利《き》けるもんかね、其様位《そんなくらゐ》なら最初《てんで》引張《ひつぱ》つて飲《の》みになんぞ行《ゆ》かないが好《い》いぢやないか、何《なん》の為《ため》に二人《ふたり》つ切《き》り飲《の》んで見度《みた》いんだらう？　はゝ、馬《ば》鹿《か》々々しいもんさ。』

『処《ところ》がね、全《まつた》く然《さ》うに違《ちが》ひない、然《さ》うに違《ちが》ひないんだが、ところが然《さ》うぢや無《な》かつたんです、僕《ぼく》何《なん》の気《き》なかつたんで、僕《ぼく》の悪戯《いたづら》だつたんですからね。』

『其《そ》の悪戯《いたづら》が悪《わる》いんだよ。』

『然《さ》う云《い》はれると僕《ぼく》一言《いちごん》もないが、実《じつ》はあの時《とき》斯《か》うなんです、僕《ぼく》一人《ひとり》寄席《よせ》から出《で》ちまつて、衆人《みんな》の出《で》て来《く》るのを待《ま》つてると彼《か》の女《をんな》だけ先《さき》へ出《で》て来《き》て僕《ぼく》の傍《そば》に立《た》つたんだ、何《なん》の気《き》無《な》し二人《ふたり》で歩《ある》き出《だ》して……。』

『もう好《い》いよ、幾度《いくたび》云ふんだね、弁解《いひわけ》には成《な》らないよ。』

『然《しか》し心外《しんぐわい》だからさ、浮名《うきな》だけでもとか云《い》ふんなら格《かく》別《べつ》、馬鹿気《ばかげ》切《き》つて居《ゐ》る。僕《ぼく》の事《こ》つた酔《よ》やお饒談《じやうだん》も出《で》るだらうし、一《ひ》とつや二《ふた》つ、聞《き》き捨《す》てに成《な》らない事位《ことぐらゐ》そりやあ、此《こ》の口《くち》で云《い》つたかも知《し》れないが、其様《そんな》不見識《ふけんしき》な真似《まね》は仕《し》ないんだ。』

『恐《おそろ》しく威張《ゐば》るね、まあ其様事《そんなこと》は好《い》いとして……。』

『好《よ》かありません、姉《ねえ》さんの心持《こゝろもち》が其《そ》れで居《ゐ》ちや向後《かうご》の処置法《しよちはふ》に困《こま》りますからね、僕《ぼく》実《じつ》に迷惑《めいわく》する、二人《ふたり》連《づ》れし、二人《ふたり》連《つ》れ、の道《みち》が間違《まちが》つて紛《まぎ》れちまつたんだから仕方《しかた》がない、何《なに》も故意《こい》に彼《あ》の女《をんな》と二人《ふたり》切《ぎ》りになつた訳《わけ》ぢやないんだ。』

『何《なん》しろ彼《かれ》にしろさ、其《そ》の時《とき》真面目《まじめ》に別《わか》れて了《しま》へば好《よ》かつたんだね、蒔《ま》かない種《たね》は生《は》えないつて、酔《よ》つ了《ちま》つちやお前《まへ》の事《こと》だから何《なに》を云《い》つたか知《し》れたもんぢやない。』

『其《そ》れを真《ま》に受《う》けるつて云《い》ふのも随分《ずゐぶん》好人物《ひとよし》だなあ、男《をとこ》の傍《そば》へは禿《はげ》ちやんより他《ほか》に寄《よ》つた事《こと》もないんだらう、此頃《このごろ》の生娘《きむすめ》で候で名乗《なの》りを上《あ》げる連中《れんちゆう》よりは可愛《かわ》い処《ところ》があるかも知《し》れないね。』

『其《そ》れ！　然《さ》う直《す》ぐと思《おも》ひ取《と》る丈《だけ》満更《まんざら》でないに違《ちが》ひない。』

『険呑《けんのん》な方《はう》か！』

両人《ふたり》打笑《うちわら》ふ時《とき》女中《ぢよちゆう》は入《はい》り来《き》て、誂《あつら》への物《もの》を程《ほど》よく並《なら》べつゝ酌《しやく》せんとて坐《すわ》るを、おたかは何気《なにげ》なく立《た》せやりて、

『ぢやあ茫然《ぼんやり》と家《うち》に待《ま》つてるんだね。』

點頭《うなづ》きざま猪口《ちよく》を干《ほ》して、相人《あひて》に酬《さ》しながら、

『何《ど》うして僕《ぼく》の家《うち》を承知《しようち》して居《ゐ》たかと思《おも》ふと不思議《ふしぎ》だ、姉《ねえ》さんが話《はな》したんですか。』

『其《そ》りや話《はなし》の序《ついで》で住所位《ところぐらゐ》は云《い》ふ事《こと》もあるけれど、番地《ばんち》まで委《くは》しく云《い》つた覺《おぼえ》はないがね、大方宜《おほかたよう》しくやられてお銀《かね》が饒舌《しやべ》つたんだらうよ、彼奴《あいつ》も馬鹿《ばか》だからね、二人《ふたり》が寄《よ》ると噂《うはさ》の人《ひと》は何時《いつ》も定《きま》つてるんだから、ほゝゝほゝ。』

『いやはや、、、、うんざりだ、子守《こもり》に追《お》ひ廻《まは》される、でも俳優《やくしや》つて云《い》つた工合《ぐあひ》だ恰《まる》で！　驚《おどろ》いたなあ。』

『淺草《あさくさ》の田町《たまち》ぢや仕方《しかた》がないさ。』

『僕《ぼく》は確《たしか》に三年《ねん》の壽命《じゆみやう》は縮まつたに違《ちが》ひない、何《なに》しろ驚《おどろ》かずには居《ゐ》られないぢやありませんか、この位《くらゐ》な。』

と兩手《りやうて》に形《かたち》を作《つく》りて示《しめ》して、

『包《つゝ》みを抱《かゝ》へて、氣《き》の利《き》いたネルか何《なん》かを着込《きこ》んで、ずつと入《はい》つて來《こ》られたにや僕實《ぼくじつ》に何《ど》うしやうと思《おも》つちまつた。』

『氣《き》が早《はや》いぢやないか、だから後暗《うしろぐら》くないとは云《い》へないんだ。』

『然《しか》しね云《い》はずと知《し》れてまさ、分《わか》つた話《はなし》ぢやないか一《ひ》と目見りや、突然《とつぜん》なら面喰《めんくら》ふ丈《だけ》の話《はなし》で濟《す》むが、前々《まへ〳〵》から姉《ねえ》さんから聞《き》いた事《こと》もあるし、處《とこ》へ持《も》つて來《き》て昨夜《ゆうべ》の一件《いつけん》があるから、道《さすが》に僕《ぼく》も悸然《ぎよつ》としちまつたんです、仕方《しかた》がないからまあ上《あが》らせて聞《き》くと、突如離縁《いきなりりえん》を貰《もら》つて來《き》たと云《い》ふぢやないか、如何《いか》にも其《そ》れこそ氣《き》の早《はや》い話《はなし》で今考《いまかんが》へりや滑稽《こつけい》だが、其時《そのとき》は實際僕《じつさいぼく》弱《よわ》くなつちやつた。』

頻《しきり》に物食《ものた》べるに餘念《よねん》なかりし片々《かた〳〵》は思《おも》はず失笑《ふきだ》して、

『見《み》たかつたね、好《い》い圖《づ》ぢやないか、何方《どつち》も何方《どつち》で。』

『今《いま》でこそ笑《わら》ふが其《そ》の時《とき》は僕震《ぼくふる》へちまつたんです、馬《ば》鹿《か》々々しい程驚《ほどおどろ》かされたのさ、後來《あとく》が恐《こは》いから成丈《なるたけ》立《た》入《い》らない樣子《やうす》挨拶《あいさつ》をして居《ゐ》ると彼樣女《あんなをんな》だから然《さ》う鐵面《つらてつ》皮《ぴ》は出來《でき》ないさ、妾《めかけ》に出《で》度《た》いと思《おも》ふから何《なん》とか方段《はうだて》をしてくれろと云《い》ひ出《だ》したんで漸《や》つと少《すこ》し落着《おちつ》いたが、又《また》然《さ》うなくつちや成《な》らない話《はなし》なんだ、關係《くわんけい》のある譯《わけ》ぢやなし、先方《せんぱう》が何《なん》とも云《い》ひ出《だ》せないのが道理《もつとも》なんで僕《ぼく》が少《ち》つと狼狽《あわて》過《す》ぎちやつたんだ。』

女《をんな》は半《なか》ば其《そ》の言葉《ことば》を信《しん》ぜずして、

『お茶番《ちやばん》だね、だが能《よ》く離縁《りえん》をしたねえ御亭主《ごていしゆ》がさ。』

『全《まつた》く！』と腰《こし》をしやくる。

『彼《あ》れ程大事《ほどだいじ》にして居《ゐ》た女房《にようばう》をよく未練《みれん》もなく出《だ》す氣《き》

になつたねえ、加之《おまけ》に子供《こども》が二人《ふたり》まであるんぢやないか。』

『實《じつ》に不心得千萬《ふこゝろえせんばん》さ、其様《そんな》心底《しんてい》だから出《だ》す氣《き》にもなる、然《さ》う〳〵悩《なや》くばかりもなつちや居《ゐ》られまいからね。』

瞎《かた》りては飲《の》み、飲《の》みては瞎《かた》らふたはや眼許《めもと》は赤《あか》らみて、忽忙《いそがは》しく氣《げ》に衣紋《えもん》寛《くつろ》げつゝ、丸髷《まげ》の根《ね》低《ひく》う長《なが》き襟脚《えりあし》を男《をとこ》の方《はう》へ斜《なゝめ》に後手《うしろで》支《つ》きて、庭《には》の方《かた》を眺《なが》めて息《いき》を吐《は》きしが、

『捨《す》てゝ置《お》きや一人《ひとり》で何《ど》うにか分別《ふんべつ》するだらう。』

『何《ど》うして彼《か》の女《をんな》に分別《ふんべつ》なんぞが出來《でき》るもんか、然《さ》うかと云《い》つて僕《ぼく》にや相談《さうだん》相人《あひて》には成《な》れないんだから……僕《ぼく》は桂庵《けいあん》ぢや無《な》いんだから其様《そんな》御周旋《ごしうせん》は出來《でき》ないと除《よう》程《ほど》云《い》つてやらうとも思《おも》つたが、眞逆《まさか》然《さ》うも云《い》ひ切《き》れなくつて、其内《そのうち》には好《い》い事《こと》もあるだらうとまあ取敢《とりあ》へず云《い》つては置《お》いたんです。』

女《をんな》は庭《には》を見渡《みわた》せし儘《まゝ》默笑《もくせう》しつ、

『其様《そんな》口《くち》は姉《ねえ》さんの方《はう》に澤山《たくさん》あるんだらうから何《ど》うにかして遣《や》つたらばと僕《ぼく》は思《おも》ふんだ、滿更《まんざら》捨《す》てた容貌《きりやう》でもなし、根《ね》が浮氣《うはき》つぽい女《をんな》なんだから至極《しごく》其様《そんな》のにや適當《むく》んだらうと僕《ぼく》は思《おも》ふけれど。』

少時《しばし》話《はなし》は途絶《とだ》えつゝ、默々《もく〳〵》と一人《ひとり》飲《の》みては食《く》ふ三次《さんじ》郎《らう》の有様《ありさま》を、何《なに》か思案《しあん》に耽《ふけ》りて眺《なが》め居《ゐ》しおたかは自《うつか》ら箸を取上げて、

『一《ひ》とつ、稼《かせ》がして見《み》やうかね。』

と獨《ひと》り言《ご》つともなく云《い》ふ。

『姉《ねえ》さんが稼《かせ》がせるんですか。』

胡坐《あぐら》の膝《ひざ》に肱《ひぢ》を支《つ》きて、やゝ醉《ゑ》ひさしたる頰《ほ》を撫《な》でながら。

『私《わたし》が稼《かせ》がして見《み》やうと思《おも》ふのさ、例《れい》のを近々《ちか〳〵》にやる積《つも》りだから丁度《ちやうど》好《い》いやね。』

『あゝ。』と合點《がてん》して、

『老爺《ちやん》、逐々《とう〳〵》資本を出《だ》す事《こと》に決着《けつちやく》したんですね。』

『然《さ》う二人《ふたり》連《つ》れだもの乘《の》つかるともさ、早速《さつそく》私《わたし》や彼《か》の女《をんな》にやらせやうよ。』

『其《そ》れが好《い》いでせう、彼様《あんな》ので無《な》くつちや姉《ねえ》さんの相《あひ》人《て》には成《な》るまいから。』

『私《わたし》の手許《てもと》に置《お》きや素人《しろうと》も商賣人《しやうばいにん》もないからね、處《ところ》で當分《たうぶん》お前《まへ》の方《はう》へ預《あづ》けて置《お》くんだね、家《うち》へ置《お》いちや當人《たうにん》が厭の方《はう》へ掛からうし……。』

『いや其《そ》りや可《い》けない、其《そ》れは平《ひと》に願《ねが》ひ下《さ》げです。』と

頭《かしら》を振《ふ》りて、

「何《ど》うして、其《そ》れ丈《だけ》は僕《ぼく》お断《ことわ》りだ。」

「何故《なぜ》だね。」と潤《うる》みし眼《め》を上《あ》ぐる。

「考《かんが》へて見《み》ても下《くだ》さい、人《ひと》の二階《にかい》を借《か》りて居《ゐ》る僕《ぼく》が、一《ひ》と組《くみ》しきや無《な》い寐道具《ねだうぐ》で何《ど》う始末《しまつ》をつけるんですね？　夫《そ》れも女《をんな》に寄《よ》り切《き》りだ、何《ど》うも彼《あ》りやあ可《い》けない、僕《ぼく》が非常《ひじやう》に迷惑《めいわく》する。」

「若《わか》い女《をんな》を泣《な》くと、瞼《まぶた》の干《ひ》上《あが》つた睨《にら》みが恐《こは》いんで迷惑《めいわく》するんだらう。」

「馬鹿《ばか》云《い》つてる。」

「布団《ふとん》なんぞは損料屋《そんれうや》へ行《ゆ》けば幾程《いくら》もあるさ、人《ひと》の二《に》階《かい》を借《か》りて居《ゐ》たつて人一人《ひとりひとり》殖《ふ》やしちや悪《わる》いつて規則《きそく》もあるまいから、まあ好《い》いやね、一度《いちど》酌《しやく》さして見《み》た女《をんな》ぢやないか、陽氣《やうき》野暮《やぼ》な事《こと》を云《い》つたもんだ。」

「其《そ》れ丈《だけ》に僕《ぼく》は何《ど》うも居悪《ゐにく》いやうな氣《き》がするからな。」

「はゝ、自分《じぶん》の家《うち》に居悪《ゐにく》けりや世話《せわ》がない、然《さ》う云《い》ふ事《こと》に定《き》めて置《お》くさ、後々《あと〳〵》は随分《ずゐぶん》と、宜《い》い時《とき》は邪魔《じやま》にならないやうな、悪《わる》い時《とき》には利益《ため》になるやうな、御調法《ごてうはふ》な女《をんな》に仕上《しあ》げてやらあね。」

遉《さす》かに男《をとこ》は苦笑《くせう》したれど、再《ふたゝ》び強《し》ひてとも拒《こば》まず、何本《なんぼん》か代《か》へて運《はこ》ぶ銚子《てうし》に酔《ゑ》ひは益々《ますます》亂《みだ》れて、靜《しづか》に高《たか》う暮《く》れ行《ゆ》く秋《あき》の空《そら》は仰《あふ》がず、酒《さけ》の香《か》染《し》みる六疊《ろくでふ》の疊《たゝみ》の上《うへ》に、男人《をとこひと》の慾《よく》に興《きやう》ずれば女《をんな》は身《み》の慾《よく》に我《わ》れを忘《わす》れて、少時《しばし》、明日《あす》濁流《だくりう》に落《お》ち込《こ》むべき人《ひと》の上《うへ》は語《かた》らざりき。

＊　＊　＊　＊　＊　＊　＊　＊

今日《けふ》も變《かは》らず朝疾《あさと》く出《い》で行《ゆ》く健之助《けんのすけ》の制服《せいふく》黒《くろ》うなりて、夕《ゆふ》べ〳〵の飯《いひ》の炊《かし》ぎ指《ゆび》冷《つめ》たうなりゆきつゝ、裏方《うらて》の手水鉢《てうづばち》の許《もと》に秋海棠《しうかいだう》一《ひ》と本《もと》今《いま》も盛《さか》りて、佗なき家《いへ》の淋《さび》しさを飾《かざ》れるなり。

葛《くず》の下《した》風《かぜ》

一

佐藤露英

小波立《さゝなみた》ちし音《おと》かともまがふ、優《やさ》しき心凉《こゝろすゞ》しき笹《さゝ》の友摺《ともず》れ、さや〳〵と庭《には》の隅《すみ》より椽先《えんさき》に傳《づた》はり來《く》るに伴《つ》れて、氣魂《けたゝま》しうくる〳〵と廻《まは》り初《はじ》めし切子燈籠《きりこどうろう》の、黑塗《くろぬ》りの柄《え》より長《なが》く垂《た》れたる周圍《ぐるり》の紙繒《しそう》、一齊《いちど》に裙《すそ》を亂《みだ》してさらりと舞《ま》ひ立《た》てば、房《ふさ》は淡紅《うすべに》と白《しろ》との兩色《ふたいろ》を交《まじ》へしばかり、さらずも淡《あは》き灯火《ともしび》の影《かげ》をば房《ふさ》の舞《ま》ふ毎《ごと》に一層薄《ひときはうす》うかすませて、さながら花吹雪《はなふゞき》の隙《ひま》より朧月《おぼろづき》を仰《あほ》ぎしかと美《うつく》しき風情《ふぜい》あり。

二重瞼《ふたへまぶち》の眼許《めもと》かつきりと凉《すゞ》しく、長《なが》き眉毛《まゆげ》の眉尻《まゆじり》いさゝか上《あが》りて險《けん》もちたるに、鼻筋通《はなすぢとほ》りて窶《やつ》れしかと思《おも》ふばかりの頰《ほゝ》の細《ほそ》さ、洗《あら》ひ髮《がみ》をS崩《くづ》しに結《むす》びたる前髮《まへがみ》の亂《みだ》れ、狹《せま》き額《ひたひ》を蔽《おほ》ひて濃《こ》き生際《はえぎは》の白《しろ》き面《おもて》に畫《えが》きつけしかと美《うつく》しう、臙脂《べに》射《さ》さねど紅流《くれなゐなが》れたる小《ちひ》さき口許《くちもと》を愛度氣無《あどけな》く窄《すぼ》めて、梢《こずゑ》も、垣《かき》も、石《いし》も一樣《いちやう》に黑《くろ》き色《いろ》を帶《お》びたる闇《やみ》の中庭《なかには》を、笹《さゝ》の友摺《ともず》れを追《お》ふらしく凝視《ぢつ》と透《す》かして眺《なが》めしが、風《かぜ》は消《き》えて、見《み》えぬ物《もの》の影《かげ》の動《うご》き止《や》みたる景色《けしき》あるばかりに、其《そ》の人《ひと》は再《ふたゝ》び柱《はしら》によりし儘燈籠《まゝとうろう》を見返《みかへ》りて、火《は》影《かげ》の搖《ゆら》ぐと共《とも》に、二筋三筋燈籠《ふたすぢみすぢとうろう》に縺《もつ》れて絡《から》みし細《ほそ》き紙繒《しそう》の、瓔珞《えうらく》のごと搖《ゆら》ぎては又《また》くる〳〵と廻《めぐ》るをば餘念《よねん》も無氣《なげ》に眺《なが》め入《い》る。

突然《ふつと》、用《よう》あらでつい我《わ》が手《て》に忘《わす》れし京團扇《きやううちわ》、浴衣《ゆかた》の膝《ひざ》を辷《すべ》りて椽《えん》に小《ちひ》さうかたりと音立《おとた》てしを、其《そ》れ

に縋《すが》るやうにして調子《てうし》高《たか》う鳴《な》き初《を》めし河鹿《かじか》の音《ね》、座敷《ざしき》より淸々《すが〳〵》と聞《きこ》え來《き》し、と思《おも》ふ時《とき》、錆《さび》ある聲《こゑ》の其《そ》れを奪《うば》つて、

「此所《こゝ》に居《ゐ》たのか。」

と後方《うしろ》に人《ひと》あり。頭《かしら》を返《かへ》せば額《ひたひ》髪《かみ》美《うつく》しき人《ひと》の、葉卷煙草《はまき》を片手《かたて》にしつゝ、紬《つむぎ》の白飛白《しろがすり》の短《みぢか》き裙《すそ》を脊《せ》に觸《ふ》るゝばかり立《た》ち寄《よ》つて、

「何《ど》うしたね、何《なに》か頻《しきり》と考《かんが》へて居《ゐ》るやうぢやないか。」

と笑《わら》ふ。太《ふと》き眉《まゆ》、高《たか》き鼻《はな》、輪廓《りんくわく》正《たゞ》しき面《おもて》のたゞ活々《いき〳〵》と。

「いゝえ。」

眞面目《まじめ》に答《こた》へて、更《さら》に見上《みあ》げて微笑《ほゝゑ》みながら、捩《ね》ぢ向《む》けし身《み》の、餘《あま》りに摺《す》れ合《あ》ふばかり傍近《そばちか》さを憚《はゞか》りてか、少《すこ》し居膝《ゐざ》り退《の》きて、

「唯《たゞ》お庭《には》を眺《なが》めて居《を》りましたの。」

「眞闇《まつくら》ぢやないか。」

云《い》ひつゝ、つか〳〵と立寄《たちよ》つて、籐《と》の安樂椅子《あんらくいす》の其所《そこ》に据《す》えられたる上《うへ》に、無造作《むざうさ》に身《み》を投《な》げ掛《か》くるを、徐《しづ》かに目《め》に送《おく》りて、

「小枝《さえ》さんはもうお寐《やす》み成《な》さいましてか？」

「まだ起《お》きて居《ゐ》るやうだ。」

「おや、あの、……お姉樣《あねへさま》のお室《へや》で遊《あそ》んでお在《い》でゞ御座《ござ》いますの？」

「うむ、然《そ》うのやうだ。」

氣《き》の無《な》き返事《へんじ》して、一《ひ》としきり動《うご》き止《や》みて靜《しづ》かなりし燈籠《とうろう》の、風《かぜ》に伴《つ》れてさつと頭《つむり》の上《うへ》に吹《ふ》きつけし紙房《かみぶさ》を、今更《いまさら》心付《こゝろづ》きしやうに打仰《うちあふ》ぐ。少時《しばし》して
「ね。」

と何《なに》か云《い》ひ出《いづ》る氣色《けしき》に其方《そなた》を見返《みかへ》りしが、拾《ひろ》ひ上《あ》げし京團扇《きやううちわ》を膝《ひざ》に弄《もてあそ》ぶ思案氣《しあんげ》の横顏《よこがほ》を見《み》て、急《きう》に口《くち》を噤《つぐ》みつゝ、白玉《しらたま》のやうなる頰《ほゝ》、耳前髮《もみあげ》の許《もと》に流《なが》れたる鬢《びん》の亂《みだ》れなど、飽《あ》かぬ面色《おもゝち》に恍惚《うつとり》と打守《うちまも》るを、

「何故私《なぜわたくし》にはお馴《な》れなさらないのでせうね。」

吻《ほ》と吐息《といき》漏らして上《あ》げたる面《おもて》の、思《おも》はず其《そ》の眼《め》と見交《みか》はして、羞《は》ぢらひたる眼色《まなざし》、笑《ゑ》み作《つく》りて其儘《そのまゝ》に紛《まぎ》らしながら、

「ね、何故《なぜ》親《したし》んぢや下《くだ》さらないのでせう。」

「又《また》、始《はじ》まつたか。」

聞《き》くより面《おもて》を外《そ》らして、

「馴《な》れんものは仕方《しかた》がないぢや無《な》いか、小供《こども》の事《こと》だ、日數《ひかず》の經《た》つて行《ゆ》く間《うち》には嫌《いや》でも自然《しぜん》と馴染《なじ》んで來《く》るやうに成《な》るだらう、然《そ》う、その事《こと》ばかりを氣《き》に爲《せ》んでも好《い》い。」

「でも餘《あんま》りお隔《へだ》てなさるのですもの、私《わたくし》は小枝《さえ》さんを自分《じぶん》の子《こ》とも思《おも》ふ程《ほど》、可愛《かわゆ》くつて居《ゐ》ますのに、小枝《さえ》さんは些《ちつと》も馴染《なじ》んぢや下《くだ》さらない！　幼少《ちひさ》い時《とき》は然《そ》うしたものぢやないかと思《おも》ひますの、可愛《かわい》が

つて下《く》れる人程《ひとほど》なつかしがつて、馴染《なじ》むもので御坐《ござ》いますのに、……矢張《やっぱ》り……矢張《やっぱ》り……」

「矢張《やっぱ》り何《ど》う？」

投《な》げし葉巻《はまき》の火花《ひばな》は、星下《ほしくだ》りと庭《には》の闇《やみ》に散《ち》りて、

「小枝子《さえこ》の事《こと》はもう捨《す》てゝ置《お》いたら好《い》いぢやないか、たゞ義妹《いもと》とでも思《おも》つて居《ゐ》てくれたら其《そ》れで好《い》い、彼女《あれ》には姉様《ねへさん》と瀧野《たきの》とが従《つ》いて居《ゐ》る。」

何故《なぜ》か苦笑《にがわらひ》して、

「強《し》ひて馴染《なじ》ませる必要《ひつえう》はない、我子《わがこ》として親密《しんみつ》にならんければ成《な》らぬと云《い》ふ無益《つま》らん義理立《ぎりだ》てはいらぬことだ。」

默《もく》して不快氣《ふくわいげ》なる面色《おもゝち》しつ。葭簀《よしず》の隔《へだ》てを透《とほ》して電燈《でんとう》眩《まばゆ》ぎ後《うし》ろの座敷《さしき》の、床《とこ》に据《す》えたる河鹿《かじか》の籠《かご》の色遠《とほ》く、古代紫《こだいむらさき》の太《ふと》き紐《ひも》ばかり判然《はつきり》と、中《なか》なる黒《くろ》き岩《いは》の影《かげ》を包《つゝ》みて高々《たか〴〵》しう見《み》ゆるに、其《そ》れより漏《も》れ來《く》る美《うつく》しき張《は》り持《も》つ音《ね》は今《いま》た絶えて、俯首《うなだ》れて語《かた》らぬ人《ひと》の襟筋《えりすぢ》より、白粉《おしろい》の香《か》の幽《かすか》に通《かよ》ふばかり、ぢつと静《しづ》まりたる四邊《あたり》を破《やぶ》りて、

「まだお母様《かあさま》と呼《よ》ばせるのは可哀想《かわいそう》だ。」

忽《たちま》ち戯《たはふ》れて輕《かろ》く笑《わら》ひたる、晩酌《ばんしやく》のビールの餘波《なごり》、美《うつく》しき面《おもて》に近《ちか》く香《かほ》りて、

「闇《やみ》ぢや庭歩《にはある》きも興《きやう》がないな。」

と身《み》を起《おこ》す。思《おも》ひに耽《ふけ》りて耳《みゝ》に入《い》らざりしや顔《かほ》も上《あ》げず答《こた》へもなきを、

「もう好《い》い加減《かげん》にして置《お》いたら何《ど》うだ、然《そ》うもゆかんかね、え？　單《たん》にあれは……然《そ》うだ、姉《あね》の子《こ》

と思《おも》つて居《ゐ》たら好《い》いぢやないか？」

「は、でも氣《き》になつて……」

物憂《ものう》げに身《み》を伸《の》せば板締《いたじ》め縮緬《ちりめん》の帶上《おびあ》げ、鮮明《あざやか》に、解《ほど》けたる結《むす》び目《め》の、黑繻子《くろじゆす》の帶《おび》の上《うへ》にはらりと落《お》ちて、胸《むね》の邊《あた》りのなまめかしき。それを眺《なが》めて、

「然《しか》し芳《よし》さんは朝《あさ》から晩《ばん》まで其《そ》の問題《もんだい》を繰《く》り返《かへ》して居《ゐ》るのかね、其《そ》れに就《つい》ておもしろくないとか、氣《き》になるとか云《い》ふ念《ねん》が、芳《よし》さんの胸《むね》には始終《しゞう》絶《た》えた事《こと》がないのかね。」

「は、いゝえ。」

激《はげ》しかりし調子《てうし》の、詰《かな》られしやうに覺《おぼ》えて、答《こた》へは逡巡《たぢろ》ぐを、

「若《も》し然《そ》う云《い》ふやうな事《こと》だと、小枝子《さえこ》と姉《あね》の兩人《りやうにん》に就《つい》て朝夕《あさゆふ》芳《よし》さんが惡感《あくかん》を抱《いだ》いて居《ゐ》て、自身《じしん》の境遇《きやうぐう》には快樂《たのしみ》を得《え》られないやうな事《こと》では僕《ぼく》は非常《ひじやう》にお前《まへ》に氣《き》の毒《どく》だと思《おも》ふのだ、其《そ》れならば又別居《またべつきよ》と云《い》ふ事《こと》も……」

「まあ、飛《と》んでもない。」

遮《さへぎ》りて擡《もた》げし面《おもて》に、何《なに》か恐《おそ》るゝやうなる眼色險《まなざしきつ》かりしが、和《やは》ぎある夫《をつと》の面《おもて》を見《み》ては、懷《なつか》し氣《げ》に甘《あま》ゆるやうに輝《かゞや》きて、

「私《わたくし》、そんな勝手《かつて》なこと出來《でき》や致《いた》しませんもの、別居《べつきよ》なんて其《そ》れ程《ほど》にしませんでも。」

一寸口籠《ちよつとくちごも》りて、

「お姉樣《あねへさま》が何《ど》うで在《い》らつしやいませうと、其《そ》れを氣《き》にして、明《あ》けても暮《く》れても心《こゝろ》おもしろくなくて居《ゐ》

るやうな事《こと》は御座《ござ》いませんの。」

微笑《ほゝゑ》みて、確然《しつかり》と云《い》ふ。

「全《まつた》く然うかね？」

つと椅子《いす》を離《はな》れて、差《さ》しよつて其顔《そのかほ》を覗《のぞ》きしが、腰《こし》を据《す》えつゝ

「三十一才《さい》の今日《けふ》まで獨身《どくしん》で居《ゐ》る姉《あね》だ、況《ま》して種々《しゆ〴〵》の事情《じじやう》から、芳《よし》さんの地位《ちゐ》から持《も》つていつて隨分《ずいぶん》遇《ぐう》し憎《にく》いには違《ちが》ひなからうさ、僕《ぼく》も其《そ》れは思《おも》はんでもないのだが、」

風颯《かぜさつ》と、其《そ》れを受《う》けて烈《はげ》しく廻《めぐ》る燈籠《とうろう》を無心《むしん》に見《み》て、

「高慢の強《つよ》い女《をんな》と云《い》ふのか、僕《ぼく》の姉《あね》は少《ち》つと異《かは》つて居《ゐ》るんだ、芳《よし》さんは知《し》つて居《ゐ》るか何《ど》うか、あの姉《あね》が二十才《はたち》の時《とき》さ、室殿《むろどの》つて伯爵《はくしやく》なんだがね、其《そ》の人《ひと》に懇望《こんもう》されて最《も》う七分通《しちぶどほ》り調《とゝの》ひかけた所《ところ》を、其《そ》の伯爵《はくしやく》の伯母《をば》と云《い》ふのが、位地《ゐち》はあつても財《ざい》は裕《ゆた》かでも町人《ちやうにん》は町人《ちやうにん》だからと云《い》ふので、非常《ひじやう》な勢《いきほ》ひで拒《こば》んだそうで遂々《とう〳〵》破談《はだん》に成《な》つてしまつた事《こと》があつたのだ、ところが其《そ》の、町人《ちやうにん》だからと卑《いやし》められて貴族《きぞく》との縁《えん》の成《な》らなかつたのが姉《あね》には終生《しうせい》の恨《うら》みだつたと見《み》えて、其《そ》れからと云《い》ふものは何《ど》う云《い》ふ名望家《めいばうか》から縁談《えんだん》を持《も》ち込《こ》んで來《き》ても頑《ぐわん》として承《う》け引《ひ》かない、もう自分《じぶん》は一生獨身《いつしやうどくしん》で終《をは》ると決心《けつしん》をして了《しま》つて、言葉《ことば》を盡《つく》して何《なん》と母《はゝ》が勸《すゝ》めても承知《しやうち》をしなかつたのだ、その間《うち》に母《はゝ》は亡《な》くなる、父《ちゝ》は彼《あ》の氣質《きしつ》だし、當人《たうにん》も年《とし》は老《ふ》けるばかりで今《いま》では誰《たれ》も相人《あひて》にするものもないのだが、敢《あ》えてね、姉《あね》は失戀《しつれん》で獨身生涯《どくしんしやうがい》を決《けつ》したやうな殊勝《しはら》しい譯《わけ》ぢやないんだ、畢竟《つまり》、伯爵夫人《はくしやくふじん》と成《な》らうと云《い》ふ際《ところ》を蹴《け》落《おと》されたのが癪《しやく》に觸《さは》つて、もう一生《いつしやう》を捨《す》てゝ了《しまは》うと決《き》めたのだね、町人《ちやうにん》と蔑視《べつし》されたのが無暗《むやみ》と口惜《くやし》かつたのだらう、若《わか》

い時分《じぶん》は容色《きりやう》も勝《すぐ》れて美《び》だつたのだから無理《むり》ぢやないが、非常《ひじやう》に自身《じしん》誇《ほこ》つたものだそうで、あの氣質《きしつ》だから公然《こうぜん》と濟《すま》しもしなかつたらうが、悠揚迫《ゆうやうせま》らず的《てき》の風采《ふうさい》が極《ご》く好《す》きで、何處《どこ》の姫様《ひいさま》かと噂《うはさ》されるのを耳《み》にした時《とき》が最《もつと》も得意《とくい》の時《とき》だつたと云《い》ふのだから、非常《ひじやう》に貴族《きぞく》を有難《ありがた》いものに思《おも》つて居《ゐ》た、その貴族《きぞく》の仲間《なかま》へ首尾《しゆび》よく片足《かたあし》を入《い》れて置《お》きながら、又引《ふたひ》つ込《こ》ます事《こと》になつたんだから失望《しつばう》もしたらうさ、伯爵夫人《はくしやくふじん》に成《な》り損《そこな》つたから其《そ》れより以下《いか》の人間《にんげん》の妻《さい》には成《な》らない、と斯《か》う決《き》めると云《い》ふのも、一方《いつぱう》から考《かんが》へて見《み》れば低《ひく》い思想《しさう》と云《い》はないぢやならないのだが、然《しか》し虚榮心《きよえいしん》の强《つよ》い女性《によしやう》として、普通《ふつう》の考《かんが》へなのかも知《し》れんさね、寧《むし》ろ、狷介《けんかい》に過《す》ぎるまでも、意志《いし》の强固《きやうこ》であつたと云《い》ふのが感心《かんしん》であるかも知《し》れない。」

微笑《びせう》して、

「まあ然《そ》う云《い》ふ經歴《けいれき》のある人《ひと》なんだから、極《ご》く高慢《こうまん》の强《つよ》い我意《がい》の烈《はげ》しい人物《じんぶつ》と云《い》ふ事《こと》は分《わか》つちや居《ゐ》るのだし、敢《あ》えて離《はな》れる事《こと》の出來《でき》ないと云《い》ふものでもないに、其《そ》の傍《そば》に隨《つ》いて居《ゐ》て不快《ふくわい》の念《ねん》に閉《と》ぢられて居《ゐ》ると云《い》ふのも愚《ぐ》な話《はなし》ぢやないか。ね、芳《よし》さんの滿足《まんぞく》の出來《でき》る限《かぎ》りを僕《ぼく》は計《はからは》ふと思《おも》つて居《ゐ》るのだが、何《ど》う思《おも》ふね？」

優《やさ》しき其《そ》れを、云《い》ひ敢《あ》えず切《せつ》なげに見守《みまも》りて、やがて吐息《といき》を答《こた》へに代《か》へしばかり、彼方《かなた》も語《かた》らで談話《はなし》は暫《しば》し途切《とぎ》れつ。

風《かぜ》なき今《いま》の房《ふさ》は靜《しづ》かに、燈籠《とうらう》の火影《はかげ》、闇《やみ》に漂《たゞよ》ひ闇《やみ》に沈《しづ》みて、明《あか》るく又暗《またくら》く。二人《ふたり》が姿《すがた》を弱々《よわ〱》と照《てら》して何《なに》をか深《ふか》く示《しめ》し顔《かほ》なり。

二

家《いへ》の主人《あるじ》は小濱保江《こはまやすえ》と云《い》ふ。

實業界《じつげふかい》に其《そ》の人《ひと》ありと知《し》られて、今《いま》、世《よ》に時《とき》めく父《ちゝ》保章《やすあき》が名望《な》に潜《かく》れて、自《みづか》らは何《なに》を成《な》さんの志《こゝろざし》もなく、一事《いちじ》を遂《と》げんの念《ねん》などもあらずして、唯世《たゞよ》のあらゆる遊《あそ》びに心《こゝろ》を用《い》るゝばかり、今朝《けさ》詩《し》の文字《もじ》に頭惱《あたまなや》めし人《ひと》は、今宵《こよひ》樂《がく》の音色《ねいろ》に心《こゝろ》を遣《つか》ひ、昨日《きのふ》寫眞器《しやしんき》を提《さ》げて海邊《かいへん》を辿《たど》りし人《ひと》は、今日《けふ》銃《じう》を負《お》ふて山野《さんや》を渉《あさ》りつゝ、父《ちゝ》が駿河臺《するがだい》なる住居《すまゐ》の一室《いつしつ》に、煙草《たばこ》の灰《はい》を落《おと》す暇《ひま》も心《こゝろ》を歐米《おうべい》の地《ち》に走《はし》らする忙《せは》しさは、わが根岸《ねぎし》の里《さと》の空靜《そらしづ》かに、遊戯《ゆうぎ》の繁《しげ》さに紛《まぎ》れて思《おも》ひはやらず、俗《ぞく》の遊《あそ》びこそは排《しりぞ》けたれ、憂《うれ》ひなき我《わ》が心《こゝろ》に慰《なぐさ》むるものは望《のぞ》まずして、唯何事《たゞなにごと》にも興《けう》をば覺《おぼ》ゆるその心《こゝろ》を、一層樂《ひときはたの》しましむるものを得《う》る爲《ため》に日《ひ》も足《た》らざりし身《み》は、凡《すべ》てに平和《やはらぎ》のみ多《おほ》くして、自《おの》づと若《わか》き胸《むね》をば燃《も》やすべき程《ほど》の、激《はげ》しき思《おも》ひなど更《さら》に味《あぢ》はざりし折《をり》を、姉由珂子《あねゆかこ》の獨身《ひとりみ》を頼《たよ》りなく思《おも》ふあまりに弟《おとゝ》の緣《えん》を急《せ》きに急《せ》きし母親《はゝおや》の、無理強《むりじ》ひに不圖《ふと》妻《つま》を迎《むか》えしめられて、俄《にはか》に世《よ》の態《すがた》蒼蠅《うるさ》く、おもしろからず、見《み》る程《ほど》の事《こと》、聞《き》く程の事《こと》、不平《ふへい》の種《たね》となりて遂《つい》に其《そ》の年《とし》の暮《く》れ一人《ひとり》日本《にはん》をば去《さ》りつ。

わが好《この》む詩《し》の上《うへ》に樂《がく》の上《うへ》に究《きは》むる點《ところ》自《おのづ》から多《おほ》くして、四年《よとせ》を歐洲《おうしう》に遊《あそ》びつゝ、心《こゝろ》の儘《まゝ》に思《おも》ふ儘《まゝ》に海外《かいぐわい》を濶《ひろ》く踏《ふ》み廻《めぐ》りたる果《は》ては身《み》に妻《つま》あるをさへ忘《わす》れて、心《こゝろ》のどかに二十七の秋再《あきふたゝ》び日本《にはん》に戻《もど》りしが、何《い》時《つ》か我《わ》れに三才《みつゝ》の幼兒《おさなご》ありて、既世《はやよ》の父《ちゝ》と成《な》りてありしなりき。

妻《つま》を厭《いと》ひて去りたる人《ひと》の、生中《なまなか》に斯《か》くと告《つ》げんよりは、歸朝《きちやう》の後《のち》この愛《あい》らしき人《ひと》をふと抱《いだ》かせて、其《そ》の絆《きづな》に引《ひ》きよせ置《お》きて母《はゝ》共々《とも〴〵》の愛《あい》を得《え》せしめんとの祖母《そぼ》が計《はか》らひは破《やぶ》れたり。わが不在《るす》の程《ほど》、抱《か》へたりと聞《き》きし下婢《はしため》を見《み》るとも斯《か》くまではと思《おも》ふばかり唯《たゞ》冷《ひや》やかにして、若《も》し、幼兒《をさなご》の泣《な》く聲《こゑ》聞かぬ時《とき》なくして世《よ》を經《へ》ねばなるまじとならば、寧《むし》ろ、汽車《きしや》の機關室《きくわんしつ》に終日事《ひねもすこと》を執《と》りて生涯《しやうがい》を終《をは》らんこそ嬉《うれ》しと云《い》ひ、遊《あそ》びたる四年《よとせ》を實業視察《じつげふしさつ》と我《わ》れ知《し》り顔《がほ》に觸《ふ》れ傳《つた》へし人々《ひと〴〵》の、會社《くわいしや》の組織《くみたて》、事業《じげふ》の計畫《もくろみ》など云《い》ひ立《た》てに引《ひ》きも切《き》らず訪《と》ひ來《く》るを煩累《うるさ》がりて、狂《くる》ほしき様《さま》に舞子《まひこ》の別邸《べつてい》に隱《かく》れ果《は》てつゝ、都《みやこ》の消息《しやうそく》一《ひた》向《すら》に耳《みゝ》にすまじとばかり願《ねが》ひて、夕《ゆう》べ、ピアノに心《こゝろ》を晴《は》らさん術《すべ》も知《し》らず、曉《あした》、詩《し》の上《うへ》に憂《う》さを忘《わす》れん思《おも》ひも浮《うか》ばで、たゞ深《ふか》き默想《もくそう》に、色《いろ》さふき海《うみ》の面《も》を眺《なが》めては耽《ふけ》り入《い》るのみなりしその秋《あき》の末《すへ》、ふと海濱《かいひん》に逢《あ》ひ見《み》たる美《うつく》しき人《ひと》ありけり。

寶玉《はうぎよく》に秋《あき》の色見《いろみ》ゆる黄昏時《たそがれどき》、鬢《びん》を吹《ふ》き荒《すさ》む風《かぜ》の寂《さび》しき中《なか》に砂《すな》をば踏《ふ》みて、病後《びやうご》を養《やしな》ふか色香《いろか》衰《おとろ》へて見《み》えたれど、瘦《やつ》れて憂《うれ》はしき面《おもて》の青松《せいしやう》の蔭《かげ》に神々《かう〳〵》しう、藤色綸子《ふぢいろりんず》の被布《ひふ》長《なが》き後姿《うしろすがた》、中々《なか〳〵》に忘《わす》られぬ印象《しるし》となりて保江《やすえ》はその人《ひと》を戀《こ》ひ初《そ》めつ。旅館《りよくわん》をひそかに訪《たづ》ねて、淺香芳美《あさかよしみ》と云《い》へる、おなじ都《みやこ》の人《ひと》とは知《し》りたれど、親《したゝ》まぬ程《ほど》にその人《ひと》は疾《と》く都《みやこ》に歸《かへ》り去《さ》りて海濱《かいひん》の秋《あき》のくれ、再《ふた》び寂《さび》しう、忌《いま》はしき都《みやこ》の空《そら》に、今《いま》は懷《なつか》しき一《ひ》と片《ひら》の雲浮《くもうか》びて、其《そ》れを追《お》ふも憂《う》く、追《お》はぬも辛《つら》く、思《おも》ひに惑《まど》ひ、悶《もだ》えに瘦《や》せ果《は》てし身《み》を、はからず病《やま》ひに臥《ふ》せし都《みやこ》の母《はゝ》に、兎角《とかく》の思惑《おもわく》もなく再《ふた》び此方《こなた》に迎《むか》えられしが、三日《みつか》、四日《よつか》、幾程《いくほど》も患《うれ》ひずして母《はゝ》は逝去《みまか》りき。

やがて保江《やすえ》は、母《はゝ》の慈《いつくし》み多《おほ》かりし其《そ》の妻《つま》をば離別《さ》りたり。父《ちゝ》に使《つか》はるゝ人《ひと》にして、地位《ちゐ》低《ひく》きより得《え》たりし氣安《きやす》さは、咎《とが》なくして去《さ》らるゝ我《わ》が子《こ》の不幸《ふかう》をも辨《べん》じ得《え》ず、その父母《ちゝはゝ》の默《もく》して家《いへ》に引《ひ》き取《と》りたる、父《ちゝ》より多《おほ》き黄金《こがね》の手當《てあ》てをば送《おく》られし故《ゆゑ》と噂《うはさ》する人《ひと》もありたれど如何《いか》なりけん。年《とし》は終《をは》りて其翌年《そのよくとし》の春《はる》、更《さら》に芳美《よしみ》を迎《むか》えて、今日《けふ》この頃《ごろ》の空《そら》、保江《やすえ》は思《おも》ふ儘《まゝ》なる樂《たの》しき夢路《ゆめぢ》を辿《たど》れるなり。

芳美《よしみ》の父《ちゝ》は東京府廳《とうきやうふちやう》の屬吏《ぞくり》、親《をや》より受《う》けし幾干《いくばく》の金《かね》を人《ひと》に貸付《かしつ》けては利《り》を貪《むさぼ》るを母《はゝ》の内職《ないしよく》にして、貰《もら》ひ子《こ》なる一人娘《ひとりむすめ》の、容色勝《きりやうすぐ》れたるを頼《たの》みにやがての玉《たま》の輿《こし》をば覘《ねら》ひつゝ、派出《はで》を競《きそ》はせての女學校通《ぢよがくかうがよ》ひ、今年《ことし》十九才の厄《やく》を危《あや》ぶみて謹《つゝし》ませしに、一生《いつしやう》の幸多《さちおほ》しとてか、厄《やく》に當《あた》りて思《おも》ひもよらず、世《よ》に指《ゆび》折《を》りの小濱家《こはまけ》より迎《むか》えられしを、生涯《しやうがい》の開運《かいうん》、日頃《ひごろ》の願望《ねがひ》叶《かな》ひしと喜《よろこ》びて、我《わ》れの手柄《てがら》と賞《は》め賛《たゝ》す父《ちゝ》、母《はゝ》に芳美《よしみ》も嬉《うれ》しくて、身《み》の榮華《えいぐわ》に醉《ゑ》ひて、得意《とくゐ》の境《きやう》に憧《あこが》れて、強《し》ひて罪《つみ》なき妻《つま》を去《さ》らせたる人《ひと》の許《もと》へとは嫁《とつ》ぎしが。

三

夫《をつと》の愛《あい》は深《ふか》くして、稀《まれ》に逢《あ》ふ父《ちゝ》の慈愛《じあい》嬉《うれ》しき、錦《にしき》の褥《しとね》に夢安《ゆめやす》う、たゞ黄金《こがね》寶玉《はうぎよく》鏤《ちりば》めたる鏡臺《きやうだい》に化粧《けはい》の勞《らう》を思《おも》ふばかりの幸福《さち》ある身《み》が、何愁《なにうれ》ひてかこの宵々《よひ〳〵》の哀《あは》れに悲《かな》しげなる、今日《けふ》も父《ちゝ》の許《もと》に行《ゆ》きたる夫《をつと》の不在《るす》の頼《たよ》り無《な》げに、夕風高樓《ゆうかぜこうろう》を廻《めぐ》りて低《ひく》き、おばしまに凭《よ》りて、遙《はる》か彼方《かなた》の空《そら》に薄雲輕《うすぐもかる》う、上《うへ》野《の》の森《もり》の木立《こだち》を掠《かす》めては流《なが》れ、纒《まと》ひては漂《たゞよ》ふさまを眺《なが》めつゝ、果敢《はか》なき風情《さま》に物思《ものおも》ひ入《い》る後方《うしろ》より、メリンス友禪《いうぜん》の單衣《ひとへ》に、白縮緬《しろちりめん》の兵子帶《へこおび》を長《なが》く結《むす》び下《さ》げたる四《よ》つばかりの愛《あい》らしきが、眼許《めもと》くるりと瞼毛《まつゆ》長《なが》う、頬《はゝ》も顋《あご》も豐《ゆた》かに肉付《にくづ》きし面《おもて》をいさゝか傾《かし》げて、株切《かぶき》りの髮《かみ》の毛《け》ふさ〳〵と耳《みゝ》の傍《そば》に波立《なみた》たせながら、

「母樣《かあさま》。」

と恐々《こは〴〵》呼びかけて、そつと其方《そなた》を窺《うかゞ》ふ氣色《けしき》の、寄《よ》り添《そ》はんともせで廊下《らうか》の柱《はしら》の際《きは》に立《た》ちて見《み》つ。呼《よ》ばれて振返《ふりかへ》りし面《おもて》に憂《うれ》ひの影《かげ》をはやくも秘《かく》して、上《のぼ》せたる笑《ゑ》み優《やさ》しう、母《はゝ》とも覺《おぼ》ゆる慈愛《なさけ》を眼《め》に籠《こも》らせて、

「まあ、何時《いつ》お歸《かへ》りでしたの？　今日《けふ》は何處《どこ》へ行《い》つて在《い》らしつた、大層御遲緩《たいそうごゆつく》りでしたのね。」

身《み》をも返《かへ》して、抱《いだ》き寄《よ》するとてか兩《りやう》の手《て》を差《さ》し伸《の》ぶれば、

「若《も》し孃樣《ぢやうさま》お座《すは》り遊《あそ》ばせ、お行儀《ぎやうぎ》のお惡《わる》い、何《なん》で御坐《ござ》います！　お母樣《かあさま》に御挨拶《ごあいさつ》を成《な》さいませんでは成《な》りません。」

皺枯《しわが》れたる太《ふと》き聲《こゑ》に咎《とが》めて、眼色《まなざし》嚴《きび》しく、廣《ひろ》き額《ひたひ》に薄《うす》き眉《まゆ》を顰《しわ》めつゝ屹《きつ》と見据《みす》えたる老《お》ひたる女《をんな》の、後《うしろ》に引《ひ》き添《そ》ひしが改《あらた》めて、白《しろ》きも交《まじ》れる切《き》り下《さ》げ髮《かみ》を深々《ふか〴〵》と廊下《らうか》に下《さ》げて、

「只今《たゞいま》。」

と芳美《よしみ》の前《まへ》に、禮義《れいぎ》正《たゞ》しく蹲踞《うづくま》る。其《そ》れへも笑顔《ゑがほ》の、

「御苦勞《ごくらう》でしたね。」

と一《ひ》と言受《たとう》けて、

「小枝《さえ》さん好《い》いからいらつしやい、抱《だ》つこをして上《あ》げませう、ね、母樣《かあさま》は何《ど》んなに待《ま》ち遠《どほ》しかつたか知《し》れませんの。」

片膝《かたひざ》乘《の》り出《い》でゝ手招《てまね》ぎすれど馴《な》れも寄《よ》らで、褓母《うば》共々《とも〴〵》に小《ち》ひさなる兩手《りやうて》を支《つか》へて、

「母様《かあさま》、只今《たゞいま》。」

と頭《つむ》りを下《さ》ぐるに、嬉《うれ》しからぬ面色《おもゝち》に二人《ふたり》を眺《なが》めて無言《むごん》に面伏《おもてふ》せしが、自《おの》づと漏《も》れし吐息《といき》をふつと潜《ひそ》めて、作《つく》りたる笑顔《ゑがほ》の愛敬深《あいきやうふか》う、調子高《ちやうしたか》の聲音《こわね》冴々《さえ〴〵》とさせて、

「まあ、お行儀《ぎやうぎ》のよいことね、然《そ》うして今日《けふ》は何處《どこ》へ行《い》つてお在《い》でゞしたの、褓母《ばあや》と二人《ふたり》で面白《おもしつ》う御座《ござ》いましたか？」

と聞《き》かれて、手《て》を膝《ひざ》に振《ふ》り仰《あほ》ぎたる面白《おもてしろ》く、半《なか》ばは會釋《ゑしやく》のつもりらしう纔《わづか》に點頭《うなづ》きたる様《さま》の、厭《いと》はしき思《おも》ひ起《おこ》るまで高慢《かうまん》ながら、猶《なほ》可愛《いと》し氣《げ》に見守《みまも》りて、

「何處《どこ》へお在《い》でゞしたの？」

と重《かさ》ねて聞《き》く、何故《なぜ》か確《しか》と答《こた》ふるを憚《はゞか》りて、褓母《うば》の方《かた》を見向《みむ》きては默《だま》り居《ゐ》るを、

「では母様《かあさま》が當《あ》てゝ見《み》ませうか、上野《うへの》のお山《やま》で遊《あそ》んでいらしつて？」

迫《せま》り顔《がほ》に差《さ》し寄《よ》れば、褓母《うば》は事《こと》もなく笑《わら》ひ退《の》けて、

「母様《かあさま》の仰有《おつしや》る通《とほ》りでは御座《ござ》いませんの？　公園《こうゑん》へ參《まゐ》りましたのでせう。ちやんとお返事《へんじ》を遊《あそ》ばせ、動物園《どうぶつゑん》に虎《とら》が居《お》りましたぢや御座《ござ》いませんか。」

小《ちひ》さくて鋭《するど》き眼《め》ながら、鐵漿《かね》の痕《あと》薄《うす》う殘《のこ》れる前齒《まへば》を少《すこ》し見《み》せて笑《ゑ》みたる顔《かほ》の、思《おも》ひの外《ほか》に柔和《やさ》しげなる相《そう》あり。

「象《ざう》も居《ゐ》たの！」

と母《はゝ》の方《かた》へは向《む》かず、褓母《うば》を直《ひた》と見詰《みつ》めた儘《まゝ》、此方《こなた》も一枚生《いちまいは》えたる前齒《まへば》の痕《あと》を少《すこ》し見《み》せて愛度無《あどな》く云《い》

ふに、機嫌《きげん》よき其《そ》の面《おもて》を一向《いつかう》に喜《よろこ》びて。

「然《そ》う、其《そ》れは好《い》い處《ところ》へお在《い》でゞしたね、動物園《どうぶつゑん》には脊《せい》の高《たか》い鶴《つる》も居《を》りましたでせう、鹿《しか》も、お猿《さる》もね、其《そ》れともお不在《るす》でしたか、母樣《かあさま》に能《よ》くお話《はなし》をして頂戴《ちやうだい》な。」

摺《す》り寄《よ》らるゝ程身《ほどみ》を委縮《すく》めて、

「えゝ。」

と一句《いつく》答《こた》へし切《ぎ》り、俄《にはか》に口噤《くちつぐ》みて物云《ものい》はぬその樣《さま》を、思《おも》ひあり氣《げ》に熟々《つく／＼》と眺《なが》めて不興《ふきやう》の色《いろ》を眼《め》に浮《うか》べしが、それも一時《いつとき》、直《すぐ》に思《おも》ひ返《かへ》して去《さ》り氣《げ》なく、

「然《そ》うで御座《ござ》いましたか、其《そ》れから何處《どこ》へか廻《まは》つていらつしやいまして？　お池《いけ》の蓮《はす》を見《み》て在《い》らつしやいましたの？」

頭振《かしらふ》りて、発《のが》るゝやうに褓母《うば》の膝《ひざ》に片手《かたて》を縋《すが》らせながら、

「褓母《ばあや》、おば樣《さま》は？」

「はい、おば樣《さま》のお傍《そば》へ在《い》らつしやいますか？　在《い》らつしやいますなら彼方《あちら》にお在《い》でゞ御座《ござ》いますから參《まゐ》りませうが、在《い》らつしやいますか？」

脊《せな》を抱《かゝ》へて、頰《はゝ》摺《ず》り寄《よ》すれば、片手《かたて》に眼《め》を擦《こす》り／＼して。

「おば樣《さま》の許《とこ》へ行《ゆ》くの！」

「まだお姉樣《あねへさま》のお傍《そば》へは參《まゐ》らなかつたのかえ？」

と芳美《よーみ》は瀧野《たきの》の方《かた》を見《み》る。

「まだ在《い》らつしやいませんので御座《ござ》います、お母様《かあさま》へ御挨拶《ごあいさつ》を致《いた》してからと存《ぞん》じまして……」

「然《さ》う、其《そ》れでは彼方《あちら》へ行《い》らつしやるか？　動物園《どうぶつゑん》のお話《はなし》は父様《とうさま》がお歸《かへ》り遊《あそ》ばしてから、致《いた》しませうね、」

差し窺《のぞ》きて、

「小枝《さえ》さんのお好《す》きなものを取《と》らせて置《お》きましたの、何《なん》でせう？」

一寸愛想《ちよつとあいそう》をせしが、調子《ちやうし》をかへて、

「彼方《あちら》へ在《い》らしつたら召食《めしあが》れよ。」

「まあ、其《そ》れは結構《けつこう》な、では彼方《あちら》へ參《まゐ》つてお戴《いたゞ》きあそばせ。」

褓母《うば》に云《い》はれて、物欲《ものほ》しうはあらぬ氣色《けしき》ながら、此處《こゝ》に在《あ》る事《こと》の何憚《なにはゞか》られてか、幼《をさな》き人《ひと》の一《ひ》と向《む》きに母《はゝ》の前《まへ》を退《すさ》らんと願《ねが》ふ心《こゝろ》のみ先《さ》きになりて返事《へんじ》もなく立上《たちあが》る。その裾《すそ》を片手《かたて》に押《おさ》へて、片手《かたて》を膝《ひざ》より下《した》に辷《すべ》らせながら一禮《いちれい》する瀧野《たきの》に、輕《かる》う會釋《ゑしやく》のみして、

「父様《とうさま》も、もうやがてお歸《かへ》り遊《あそ》ばさう。」

身《み》を向《む》け直《なほ》して遙《はる》か仰《あふ》げば、上野《うへの》の森《もり》は薄《うす》ら消《き》え殘《のこ》りて、隣《とな》れる家《いへ》の家根《やね》黑《くろ》く、物干竿《ものほしさほ》のかた〱と音《おと》する方《かた》に煙《けふ》り一《ひ》と筋《すぢ》立ち上《のぼ》りて、低《ひく》く低《ひく》く迷《まよ》ひゆく其《そ》の行方《ゆくへ》を心淋《こゝろさみ》しく見渡《みわた》しつゝ、浮《う》かぬ顏《かほ》の、我《わ》れもと力《ちから》なく立《た》てば。何時《いつ》しか去《さ》りたる小枝子《さえこ》の姿《すがた》、瀧野《たきの》に伴《ともな》はれて彼方《かなた》に入《い》りたるが襖《ふすま》の蔭《かげ》に見《み》えしに、遣《や》る瀬《せ》なげなる吐息《といき》を追《お》はせて、少時《しばし》見送《みおく》り果《はて》てゝより、徐《しづか》に廊下傳《らうかづた》ひに裏方《うらて》の楷段《かいだん》を下《お》り立《た》ちし途端《とたん》、上《うへ》を見上《みあ》げながら其《そ》の許《もと》を横切《よこぎ》り行《ゆ》きし人《ひと》の、柄荒《がらあら》き湯上《ゆあが》りの浴衣《ゆかた》着《き》て、眞白《ましろ》き手拭《てぬぐひ》を

片手《かたて》に下《さ》げしが、寛《くつろ》げたる胸元《むなもと》の、襟筋《えりすぢ》より胸《むね》の肌美《はだうつく》しき、香《かほ》り薫《くん》ずるかとも思《おも》はれて、髪《かみ》は唯手束《たゞてづか》ねて差《さ》し留《と》めたる一本《いつぽん》の留針《ピン》に寶玉《はうぎよく》眩《まばゆ》く、蒼味《あをみ》を聊《いさゝか》も有《も》たぬ純白《ましろ》き面《おもて》に、濃《こ》く秀《ひい》でゝ眉付威《まゆつきい》ありて、笑《ゑ》まぬに人《ひと》を魅《み》する愛敬《あいきやう》の口元《くちもと》に潜《ひそ》みつゝ、自《おのづか》らの媚《こび》なまめきたる眼許《めもと》を屹《きつ》と釣《つ》りて芳美《よしみ》を見《み》やりし時《とき》、嘲《あざけ》りとも覺《おぼ》ゆる色《いろ》の閃《ひらめ》きてたゞ凄《すご》う。

「あ、お姉樣《あねへさま》！」

と思《おも》はず小《ちひ》さう叫《さけ》びて、物怖《ものお》ぢらしう欄干《らんかん》にひたと身《み》を寄《よ》せしを後《うしろ》につと行《ゆ》き過《す》ぎつ。廊下《らうか》の電燈《でんとう》パッと輝《かゞや》き初《そ》めて、水色《みづいろ》すきやの色濃《いろこ》く染《そ》めつゝ、衣《きぬ》を透《とほ》して映《うつ》りて見《み》ゆる紅《くれなゐ》色の、裙濃《すそご》美《うつく》しき立姿《たちすがた》、浮《う》き出《い》でしやうにすつと、裙《すそ》を絹《きぬ》の白足袋《しろたび》に捌《さば》きて電燈《でんとう》の光《ひか》り強《つよ》きを見下《みおろ》せしが、見《み》る見《み》る口許《くちもと》に漂《たゞ》へたる微笑《ほゝゑみ》の、いかなる雨風《あめかせ》の戟《はげ》しきに逢《あ》ふとも一《ひ》と度絡《たびから》みては大木《おほき》の許《もと》を又放《またはな》れまじき氣色《けしき》の、動《うご》かしがたき心《こゝろ》の底《そこ》うつりて、蒼《あを》き光《ひか》りを浴《あ》びたる下《もと》にい血汐《ちしほ》を漲《みなぎ》らせし面色麗《おもてみるは》しう、慟《どう》悸《き》に苦《くる》しき胸《むね》を抑《おさ》へて一段《いちだん》々々と下《お》りゆく。漂《たゞよ》ひ居《ゐ》てまだ去《さ》り切《き》らぬ彼《か》の人《ひと》の香《かを》り、袖《そで》に靡《なび》きて、面《おもて》つゝみて。

四

好《この》み品《ひん》よき緞子《どんす》の裱紙《ひやうし》の、源氏《げんじ》空蟬《うつせみ》の巻《まき》を讀《よ》みさしたる儘《まゝ》に置《お》かれたる、青貝鏤《あをかいちりば》める塗机《ぬりづくゑ》、据《す》えたる後《うしろ》の書棚《しよたなび》美々《ゞ》しく飾《かざ》りて、古《ふる》びたる繪巻物《ゑまきもの》、價貴《あたひたうと》げに見《み》ゆる幾巻《いくゝわん》の書物堆高《しよもつうづたか》く、床《とこ》には白《しろ》き常夏《とこなつ》の花濂洒《はなみつさり》と籠《かご》の中《なか》に露滴《つゆした》りて、觀世音菩薩《くわんぜおんぼさつ》の金作《きんづく》りの小《ちひ》さき御像《みすがた》、唐草蒔繪《からくさまきゑ》の丈高《たけたか》き台《たい》の上《うへ》に等閑《なほざり》に置《お》かれつゝ、室《へや》の片隅《かたすみ》には朱塗《しゆぬ》りの衣桁《いかう》に絹上布《きぬじやうふ》の飛白《かすり》面白《おもしろ》きが掛《か》りて、淺黄《あさぎ》の扱《しご》き取《と》り添《そ》えて掛《か》りたるも艶《えん》に、物見車《ものみぐるま》の許《もと》に女房一人立《にようぼうひとりた》てる圖《づ》の濃艶《あでやか》なる額《がく》と對《むか》ひて、取《と》り散《ち》らせるこの樣《さま》までが居室《ゐま》を飾《かざ》れるかとも見《み》ゆる、八疊《はちぢやう》の此室《このま》は、由珂子《ゆかこ》が居馴《ゐな》るゝ室《へや》にして、此處《こゝ》にも電燈《でんとう》の、パナマの敷物贅《しきものゝぜい》見《み》ゆるをば勸《す》めつゝ、

「さ、此方《こちら》へいらつしやい、大分《だいぶ》保江《やすえ》は遲《おそ》いやうですね。」と由珂子《ゆかこ》は湯上《ゆあが》りの亂次《しどけ》なき儘《まゝ》、化粧《けはひ》もなく美《うつく》しき生地《きぢ》を露《あらは》に見《み》せて、投《な》げ置《お》きし團扇《うちは》を自《みづか》ら取《と》り上《あ》げながら、徐々《しづ〳〵》と打仰《うちあは》ぐ。

「は、」

と敷居越《しきゐご》しに遠慮《えんりよ》して、憶《おく》し勝《が》ちの眼《め》を上《あ》げも得《え》ず、もぢ〳〵と片手《かたて》を下《した》に支《さゝ》え居《ゐ》る芳美《よしみ》の、これも羅衣《うすもの》に夕風《ゆふかぜ》しと〳〵と徹《し》みるを厭《いと》ひて、湯浴《ゆあ》みを經《を》へし後《あと》白薩摩《しろさつま》の單衣《ひとへ》に代《か》へて、帶《おび》は晝《ひる》の儘《まゝ》、絽《ろ》に白茶博多《しらちやはかた》を取《と》り合《あ》はせたるをきつと締《し》めたる後付《うしろつき》、素足《すあし》の小《ちひ》さき踵《かゝと》を斜《なゝめ》に見《み》せたるも可愛《かわゆ》らしく、夕《ゆう》餐濟《ゆす》みなば我《わ》が方《かた》へ遊《あそ》びに來《こ》よとの、姉《あね》よりの傳《つた》へを下女《げぢよ》より聞《き》きて、例《れい》なき事《こと》に心《こゝろ》は安《やす》らかならねど、違背《そむ》かば又何《またなに》かと譏《そし》らるゝかと其《そ》れも辛《つら》く、保江《やすえ》が歸宅《かへり》を待《ま》つ間《ま》の心憂《こゝろう》さに、いや〳〵ながら此處《こゝ》までは來《きた》りしが、愈々《いよ〳〵》馴《な》れて親《した》し氣《げ》なる調子《ちやうし》に、胸《むね》は更《さら》にも騷《さわ》がれて、入《い》りも兼《か》ねつゝ躊躇《ためら》へるなり。

「ほゝ、御遠慮深《ごえんりよぶか》いのですね、芳美《よしみ》さんは内氣《うちき》だと云《い》ふことは保江《やすえ》から聞《き》いて居《ゐ》ましたが、全《まつた》くねえ、家族《うち〳〵》の御遠慮《ごえんりよ》は止《よ》さうぢやありませんか、お互《たがひ》に、ね。」と

口輕《くちかる》う、われも同《おな》じ敷物《しきもの》に座《ざ》を占《し》めて、

「其處《そこ》ぢやお話《はなし》も何《なに》も致《いた》されませんわ、此方《こちら》へ在《い》らつしやいな。」

風采《とりなり》、言葉《ことば》付《つき》、一切《すべて》若々《わかく》として、二十四、五とも見《み》られぬまでに趣情《おもむき》もちたる動作《どうさ》の、差俯向《さしうつむ》きし芳《よし》美《み》が化《け》粧《はひ》薄《うす》き頸《うなじ》を眺《なが》めて、つい漏《も》らし初《そ》めたる微笑《ほゝゑ》みを、鎖《と》ぢたる唇《くちびる》のうちに消《け》やし込《こ》めながら、舊《もと》の眞《ま》顔《かほ》に、

「あなたは眞實《ほんとう》にお美《うつく》しい。」

調子《ちやうし》に感《かん》はありながら、芳美《よしみ》は何《なに》か蔑視《さげす》まれし心地《こゝち》して屹《きつ》と見上《みあ》げつゝ、笑《ゑ》み含《ふく》みて一段《いちだん》と媚艶《こびあでや》かなる彼方《かなた》の眼《め》と合《あ》はせたる眼《め》を、我《わ》れ知《し》らず賢《さか》しう輝《かゞや》かせて其《そ》れに威《い》の影射《かげさ》せしを、更《さら》に其《そ》れを見返《みかへ》して漸次《しだい》に險《けは》しくなる儘《まゝ》に、例《れい》の嘲《あざけ》り持《も》ちたる眼色《まなざし》凄《すご》く由珂子《ゆかこ》は熟と見詰《みつ》めて、

「全《まつた》くの事《こと》ですもの、嘘《うそ》や戯談《じやうだん》は私《わたくし》嫌《きら》ひなんです。」

解《よ》みし心《こゝろ》を、憚《はゞか》りもなく云《い》ひ退《の》けて、さらに打笑《うちわら》ひながら、

「何《なん》でせうね、默《だま》つてばかり在《い》らしつて！　其《そ》れぢや保江《やすえ》と二人《ふたり》お差對《さしむか》ひの時《とき》は、何《ど》んなお話《はなし》を成《な》さいますの？　矢張《やつぱ》りこの通《とほ》り默《だま》つてばかりお在《い》でゞすか？」

秋《あき》の虫《むし》の、音《ね》を張《は》るごと響《ひゞ》きありて美《うつく》しき聲音《こわね》なり、其《そ》れを優《やさ》しう殊更《ことさら》に流暢《なだらか》と物云《ものい》はせて、

「此方《こちら》へいらつしやいよ、妙《みやう》ですね。」

と少《すこ》し不興氣《ふきやうげ》に云《い》ふ。其《そ》れを、

「はゝ」と周章《あわたゞ》しく受《う》けて、

「では御免《ごめん》あそばして！」

と手《て》を支《さ》えし儘《まゝ》に辷《すべ》り入《い》りて、由珂子《ゆかこ》の後《うしろ》へと斜《なゝめ》に座《すわ》れば、

「まあ、お敷物《しきもの》が彼樣《あんな》ところに一人《ひとり》法師《ぼつち》殘《のこ》されて、ほゝ、可哀想《かわいさう》ぢやありませんか。もつと此方《こちら》へ在《い》らつしやい、随分《ずいぶん》五月蠅《うるさ》い程《ほど》世話《せは》をお燒《や》かせてすよ、ほゝゝゝ。」

立上《たちあが》りしが、椽《えん》の方《かた》を見《み》て、

「花《はな》は何《なに》をして居《ゐ》るのかね。」

と呟《つぶや》く、

「御用《ごよう》なら、私《わたくし》が……」

と引《ひ》きとりて芳美《よしみ》の云《い》ふを、

「あなたはちやんと、其處《そこ》にお坐《すわ》りをして在《い》らつしやれば宜《よろ》しいんですよ。」と
高々《たかゞく》と笑《わら》ひて、机《つくゑ》の上《うへ》の呼《よ》び鈴《りん》に觸《ふ》れし手《て》を、其《そ》の儘《まゝ》に書棚《しよだな》の上《うへ》に持《も》ちゆきて、大《おほ》きやかなる寫眞帖《しやしんてう》を取《と》り上《あ》げつゝ、曳《ひ》きたる裾《すそ》を五月蠅氣《うるさげ》にとんと拂《はら》ひながら座《ざ》に戻《もど》りて、

「何程《いくら》でも失禮《しつれい》な姿《なり》ですこと、湯上《ゆあが》りの儘《まゝ》ですもの、餘《あんま》り不行作《ぶぎやうさ》な事《こと》ね、ちよつと帶《おび》して參《まゐ》りませう。」

再《ふたゝ》び立《た》つ時《とき》、

「御用《ごよう》で在《い》らつしやいますか？」

と椽《えん》に下女《げぢよ》は畏《かしこま》る。

「あ、珈琲《カーヒー》を持《も》つて來《き》て！」

するりと隔《へだ》ての襖《ふすま》を開《ひら》きて次《つ》ぎの室《ま》に入《い》れば、丸行燈《まるあんどう》の火影《ほかげ》幽《かすか》に、緋《ひ》縮緬《ちりめん》靜《しづ》の草色《くさいろ》の蚊張《かや》、風《かぜ》に靡《なび》きて重々《おもく》と波立《なみた》ちつゝ、內《うち》に薄《うつ》すりと友禪《いうぜん》の搔卷《かいまき》色《いろ》仄《ほの》めきたるが淡々《あはく》と見《み》ゆるを、やがて無造作《むぞうさ》に紋《もん》博多《はかた》の單衣《ひとへ》帶《おび》引《ひ》き結《むす》びつゝ出《い》で來《きた》りし由珂子《ゆかこ》の、見返《みかへ》りて其《そ》れを眺《なが》め遣《や》れる芳美《よしみ》を見《み》て。

「宿《とま》りにいらつしやいよ。」

と無心《むしん》に微笑《ほゝゑ》みながらすつと閉《た》つる。

「ほゝ。」　思《おも》はず輕《かろ》らかに笑《わら》ひて、

「彼方《あちら》と離《はな》れて居《を》りますから、嘸《さぞ》お淋《さみ》しくつて！」

「時々《ときぐ》、小枝子《さえた》が宿《とま》りますの。ですが何《ど》うもうるさくて可《い》けません。」

坐《すは》りざま寫眞帖《しやしんでう》を開《ひら》きて。

「別《べつ》にね、變《かは》つた方《かた》のも無《な》いんですけれど。あなたは……お母様《かさん》は御存《ごぞん》じぢやありませんでしたね。」

と芳美《よしみ》が面羞氣《おもはゆげ》に點頭《うなづ》くを見《み》て。

「これが然《そ》うなんですの、私《わたし》には些少《ちつと》も似《に》ませんのに、保江《やすえ》は、ま、そつくりでせう。」

重《おも》げに差向《さしむ》けて、カビ子形《がた》の白金《プラチナ》寫眞、濃《こ》き髮《かみ》を總髮《そうがみ》の丸《ま》髷《ゆ》にして、三枚重《さんまいかさ》ねたる襟元《えりもと》に時計《とけい》の鎖《くさり》ばかり見《み》ゆる半身《はんしん》のを指《ゆびさ》しながら、

「五年《ごねん》もあとのですから、若《わか》う御座《ござ》んすね。」

芳美《よしみ》は詮《せん》なく摺《す》り寄《よ》つて流石《さすが》に熟々《つく〴〵》と眺《なが》め入《い》りしが、由珂子《ゆかこ》の息《いき》の香《か》鬢《びん》に通《かよ》ひて、我《わ》が腕《かひな》の邊《あた》りその人《ひと》の胸《むね》に近《ちか》きを恐《おそ》れて俄《にはか》に身《み》を居《ゐ》膝《ざ》らせし儘《まゝ》、兎角《とか》うの言葉《ことば》もあらで、唯眼《たゞめ》のみを其處《そこ》に、控《ひか》え居《ゐ》る間《ま》を、下女《げぢよ》は珈琲《カーヒー》を程《ほど》よき位置《いち》に置《お》き据《す》えて去《さ》りたり。

「ね、保江《やすえ》に能《よ》く似《に》て居《を》りませう。」

とばかり、氣《き》にも留《と》めず次《つ》ぎを開《ひら》きて、

「これが小枝子《さえこ》！　生《うま》れたばかりの時《とき》のですよ、可愛《かわ》いゝぢやありませんか？」

丸々《まる〳〵》と肥《こ》えて椅子《いす》に凭《よ》りたる、それは目《め》に入《い》りたれど、芳美《よしみ》はふと、其《そ》の生《う》みの母《はゝ》なる人《ひと》の面影《おもかげ》、この次《つ》ぎ邊《あた》りに挾《はさ》みてはあらずやとの恐《おそ》れ一時《いちじ》に湧《わ》き出《い》でゝ、不安《ふあん》の思《おも》ひは限《かぎ》りもなく胸《むね》に擴《ひろ》ごりつゝ、去《さ》られし先《さ》きの妻《つま》なる人《ひと》をば、見《み》る事《こと》の一途《いちづ》に面白《おもしろ》からで、

「これは保江《やすえ》です、佛國《パリ》で寫《うつ》したんださうですが、隨分《ずいぶん》思《おも》ひ切《き》つてハイカラですね。」

と興《きやう》あり顏《かほ》に由珂子《ゆかこ》の示《しめ》すをも、

「は、」とばかり、自《おの》づと震《ふる》ふ唇《くちびる》に心《こゝろ》ならぬ樣《さま》をば歷然《まざ〳〵》と見《み》せて、身《み》を二《ふ》た度《たび》退《すざ》らするその途端《はづみ》、彼《かな》方《た》には心《こゝろ》なくかたりと開《ひら》きたる音《おと》の、態《わざ》とらしう高《たか》く響《ひゞ》きて聞《きこ》えしに、思《おも》はずも芳美《よしみ》は面《おもて》を伏《ふ》せて胸《むね》とゞろかせつ。

果《はた》して思《おも》ふその人《ひと》の寫眞《しやしん》なりしが、沈思《ちんし》の間《あひだ》暫《しば》らく其《そ》れを眺《なが》めやりし由珂子《ゆかこ》の、やがて、前髮《まへがみ》戰《おのゝ》かせながらに熟《ぢつ》と思《おも》ひ入《い》りて俯向《うつむ》ける芳美《よしみ》の方《かた》を密《ひそ》かに見《み》て、片頰笑《かたはゑ》みつゝ、

「芳美《よしみ》さん、さして美人《びじん》ぢやないけれど、可愛《かわい》らしい人《ひと》でせう、ねえ。」

と其《そ》の前《まへ》に向《む》け直《なほ》す。

答《とが》あらで其《そ》の人《ひと》は離縁《さ》られしと云《い》ふ、たゞ我《わ》が爲《ため》に。芳美《よしみ》は嫁《とつ》ぎ初《そ》めて折々《をり〳〵》先きなる妻《つま》の噂《うはさ》を耳《み》にする毎《ごと》に、唯《たゞ》この思《おも》ひの身《み》に徹々《しみ〴〵》と快《こゝろよ》からず應《こた》へて、姉《あね》が時《とき》に伴《つ》れての嘲《あざけ》り蔑《さげす》みの待遇《もてなし》、其《そ》れも口惜《くちを》しう情《なさけ》なかりしに、いかでか其《そ》の姉由珂子《あねゆかこ》の前《まへ》にして、其《そ》の人《ひと》の寫眞《しやしん》をば心平《こゝろたひら》かに見《み》る事《こと》の出來得《できう》べきや、飽《あ》くまで我《わ》れに辛《つら》くして快氣《こゝろよげ》なる由珂子《ゆかこ》の憚《はゞか》り多《おほ》けれど恨《うら》めしき。と涙《なみだ》さへ差含《さしぐ》まれて、猶俯《なほうつ》向《む》き入《い》りて答《こた》へぬ芳美《よしみ》を、知《し》らねばか輕々《かる〴〵》と、

「ねえ。」と促《うなが》し置《お》きて、

「ちよつと御覧《ごらん》なさい、あなたの知《し》らない人《ひと》なんですけれど……」

名《な》を云《い》はず、我《わ》が知《し》らぬ人《ひと》との其《そ》の一《ひ》と言《こと》にいさゝか心安《こゝろやす》う覺《おぼ》えて、つい云《い》はるゝ儘《まゝ》に面《おもて》を上《あ》げし瞬《しゆん》間《かん》を、ぢつと言葉《ことば》を止《とゞ》めて窺《うかゞ》ひ居《ゐ》し由珂子《ゆかこ》の、時《とき》を得顔《えがほ》に、

「これが保江《やすえ》の妻《さい》だつたのですよ、斯《か》う、この顔《かほ》の可愛《かあい》らしい通《とほ》り、氣性《きだて》も柔順《すなほ》で溫和《おとな》しくて、嚴肅《むづか》しい母《はゝ》の氣《き》に叶《かな》つて居《ゐ》た位《くらゐ》な人《ひと》でしたもの、齒痒《はがゆ》い程溫和《ほどおとな》しい女《をんな》でした。……それがまあ子《こ》まであるものを、何《なん》と云《い》ふ不幸《ふかう》な人《ひと》でせうね。」

と僞《いつは》りならず、其《そ》の聲《こゑ》は濕《うる》みを含《ふく》みたれど。漸次《しだい》に凄《すご》き例《れい》の眼色《まなざし》、その胸《むね》に打《う》ち貫《と》みたる我《わ》が尺《しやく》の針《はり》に、我《わ》が思《おも》ふ儘《まゝ》その人《ひと》は惱《なや》まされて、苦《くる》しみて、悶《もだ》え居《ゐ》るかと密《ひそ》かに探《さぐ》る兩《りやう》の瞳子《ひとみ》の、炎閃《ほのはひらめ》く影《かげ》うつくしき。

丸《ま》髷《ゆ》の花《はな》弁《かうがい》華《はな》やかに、ぽつとりせし眼付《めつき》の、眼尻《まなじり》少《すこ》し下《さが》りて鼻高《はなたか》く、口許《くちもと》可愛《かわ》ゆき初々《うひ〳〵》し氣《げ》の二十《はた》

才《ち》とも見《み》ゆる人《ひと》にして、白襟《しらえり》に黑《くろ》の裾模樣《すそもやう》、三枚重《さんまいかさ》ねたる曳裾《ひきすそ》の立姿《たちすがた》は、見《み》まじと焦慮《あせ》りたる芳美《よしみ》の眼《め》に疾《はや》くも映《うつ》りて、恍惚《うつとり》とせし其《そ》の眼許眉付《めもとまゆつき》、背《そむ》けて宙《ちう》に反《そ》らしたるわが目《め》の前《まへ》に瞭然《はつきり》と立《た》ち迷《まよ》ふを、我《わ》れを見《み》る眼《め》のいかばかり險《けは》しきかと心恐《こゝろお》ぢしには似《に》もやらず、懷愛《なつかし》むやうに笑《ゑ》みたる顏《かほ》の、情溢《なさけあふ》れたる眼《め》に徹々《しみ/″\》と我《わ》れを見入《みい》れる！　と芳美《よしみ》は寫眞《しやしん》の其《そ》の面慕《おもてした》はしく、氷《こほり》と冷《つめ》たき我《わ》が胸《むね》の上《うへ》を春風吹《はるかぜふ》き過《す》ぎしやうに覺《おぼ》えて、暖《あたゝか》き思《おも》ひの動《うご》きに動《うご》くその時《とき》。突然《ふつと》、門内《もんない》の砂利《じやり》を嚙《か》みて轟《とゞろ》く轍《わたち》の、車夫《しやふ》が歸宅《きたく》を告《つ》ぐる聲《こゑ》と共《とも》に聞《きこ》え渡《わた》りつ。

優《やさ》しき慰《なぐさ》めの樂《がく》の音《ね》とばかり、芳美《よしみ》の耳《みゝ》には響《ひゞ》きて、何事《なにごと》も其《そ》れに思《おも》ひは消《き》えゆき、憂《う》きも辛《つら》きも念《ねん》には殘《のこ》らで、晴々《はれ/″\》と我《わ》れを忘《わす》れて身《み》を起《おこ》せば、芳美《よしみ》の氣色《さま》を眺《なが》めてありし由珂子《ゆかこ》の、物《もの》をも云《い》はず立《た》ち上《あが》りて、帶《おび》の結《むす》びざま婷《ちゝ》なき姿《すがた》ながら、芳美《よしみ》を下《した》に見下《みおろ》して立《た》ちたる姿勢《かたち》の肩付《かたつき》に、得《え》も云《い》へぬ高《たか》き位《くらゐ》の貴《たうと》げにして、束《つか》ねて餘《あま》りし髮《かみ》の一《ひ》と房《ふさ》、身《み》の動《ゆる》ぎと共《とも》に髱《たぼ》より襟筋《えりすぢ》を掩《おほ》うて亂《みだ》れかゝりしを、金剛石《ダイヤ》輝《かゞや》く片手《かたて》に拂《はら》ひて、冷《ひや》やかなる頰《ほゝ》の笑《ゑ》み、袖深《そでふか》う忍《しの》ばせつゝ、つと裾滑《すそなめ》らかに次《つ》ぎの室《ま》に入《い》る。

はと心付《こゝろづ》きて、心《こゝろ》なき我《わ》が振舞《ふるまひ》の又姉《またあね》の氣《き》を損《そこ》ねしかと胸安《むねやす》からねば、然《さ》までは人《ひと》の氣色《けしき》を取《と》らん事《こと》の我《わ》れには煩《わづら》はしき。と思《おも》ひ捨《す》てゝ、激《はげ》しき思《おも》ひに疲《つか》れて蹌踉《よろめ》く足許《あしもと》を、踏《ふ》みしめて芳美《よしみ》は椽《えん》に立《た》ちたり。襖《ふすま》の方《かた》は寂寥《ひつそり》として、衣摺《きぬず》れの音《おと》一《ひ》としきりさと音立《おとた》ちしばかり。庭《には》に放《はな》ちし鈴虫鳴《すゞむしな》き初《そ》めて。

五

「既《も》う、御寐《ぎよし》なりましてございますか。」

と襖《ふすま》の外《そと》に、褓母《うば》の瀧野《たきの》は聲《こゑ》をば潛《ひそ》めて。

「いゝえ、未《ま》だ！、入《はい》つておくれ。待《ま》つて居《ゐ》たんです。」

「然樣《さやう》でいらつしやいましたか。御免《ごめん》あそばせ。」

襖《ふすま》を開《ひら》きて室内《へや》に入《い》れば、蚊帳《かや》の内《うち》にその人《ひと》は起《お》き上《あが》る。友禪縮緬《いうぜんちりめん》の薄墨模樣《うすずみもやう》、萌黄《もえぎ》の麻《あさ》に遮《さへぎ》られて色寂《いろさび》しき搔卷《かいまき》に、ふわりと優《やさ》しき風《かぜ》ありて、白練絹《しろねり》に山水《さんすい》を縫《ぬ》ひ取《と》りし四枚折《よまいをり》の屛風《べうぶ》、丈低《たけひく》きが行燈《あんどう》を圍《かこ》みたる許《もと》の香爐《かうろ》より、一《ひ》と筋立《すぢた》ち上《のぼ》る香《かう》の煙《けぶ》り、まよひ〳〵て瀧野《たきの》が白《しろ》き頭髮《つむり》をめぐりつ。

「孃《ちやう》さまをお風呂《ふろ》へお入《い》れ申《まうし》て居りますうちに、お臥《ふ》せり遊《あそ》ばしましたそうで。」

「あ、氣分《きぶん》が少《ち》つと惡《わる》かつたので……頭痛《づつう》がしたので早《はや》く寢《やす》みました。小枝《さえ》さんはもう寢《ね》ん寢《ね》をお仕《し》か？」

「はい、もうお寢《やす》みで御座《ござ》います。」

其《そ》の答《こた》へを待ち敢《あ》えず、押重《おしかさ》ねて、

「爲《そ》うして今日《けふ》は、直《なほ》さんに逢《あ》つて來《き》ましたか？」

と蒼味《あをみ》を帶《お》びて見《み》ゆる顏《かほ》を此方《こなた》に差《さ》し向《む》けて、胸許《むなもと》を繕《つくろ》ひながら、枕《まくら》を後方《うしろ》にそと搔《か》い遣《や》れば、瀧野《たきの》は膝進《ひざすゝ》めつゝ、蚊帳《かや》の裾近《すそちか》く差《さ》し覗《のぞ》きて、

「お目《め》には掛《か》つて參《まゐ》りましたが、あなた、奧樣《おくさま》は御《ご》病氣《びやうき》がお重《おも》り遊《あそ》ばして、一昨日《おとゝひ》本郷《ほんがう》の病院《びやういん》にお入《は》院《い》りあそばしたので御座《ござ》います。」

「病院《びやういん》へ？　然《そ》う！　ぢや病院《びやういん》へ廻《まは》つてお在《い》でだつたのだね？」

「然《そ》うで御座《ござ》います、本郷《ほんがう》の鈴本《すゞもと》病院《びやういん》で御坐《ござ》いますから其《そ》れ程時《ほどじ》間《かん》の隙《ひま》も要《い》りませんこと〻存《ぞん》じて。嬢樣《ぢやうさま》をお伴《つ》れ申《まう》してお目《め》に掛《か》つて參《まゐ》りました。」

兩手《りやうて》を膝《ひざ》の傍《かたへ》に支《つ》きて、その往時《むかし》、御殿勤《ごてんづと》めせし癖《くせ》の失《う》せやらず、物申上《ものまうしあ》ぐる禮儀《れいぎ》慇懃《いんぎん》に面伏《おもてふ》せて息《いき》を呑《の》むを、彼方《かなた》は安靜《おちつ》きて、

「餘程惡《よつぽどわる》いやうでしたか？　何《ど》んな容躰《やうたい》だつたの？」

「御容躰《ごやうたい》はあまり好《よ》くは在《い》らつしやいませんので御坐《ござ》います、何《なん》に致《いた》せ、お食事《しよくじ》か少《すこ》しもお進《すゝ》みになりませんので御座《ござ》いますから、たゞお窶《やつ》れ遊《あそ》ばすばかりで。」

と聲音《こわね》震《ふる》へし、

「嬢樣《ぢやうさま》を御覽《ごらん》になりました時《とき》に、たゞもうお泣《な》き遊《あそ》ばしますばかりで、あの瘦《や》せ細《ほそ》りましたお手《て》で無《む》理《り》にお抱《だ》き上《あ》げやう、成《な》さいましても、其《そ》れ丈《だけ》のお力《ちから》が御坐《ござ》いませんのですから、嬢樣《ぢやうさま》をお引寄《ひきよ》せ成《な》された儘《まゝ》、寢臺《ねだい》の上《うへ》にお仆《たほ》れ遊《あそ》ばして、其《そ》の後《ご》しばあらく、人事不省《じんじふせい》とか申《まう》してお人心地《ひとごゝち》も在《い》らつしやいませんでした。自體《じたい》が氣弱《きよわ》いお生質《うまれ》でいらつしやいますものを、唯《たゞ》、御不緣《ごふえん》になりましてからは、お泣《な》き遊《あそ》ばすか、お考《かんが》へ遊《あそ》ばすか、の他《ほか》には事《こと》のないお身《み》の上《うへ》に、其《そ》れもこれも御無理《ごむり》のない事《こと》と存《ぞん》じまして・・・・・」

言葉《ことば》は途斷《とぎ》れて瀧野《たきの》は眼《め》を平手《ひらて》に押拭《おしぬぐ》ふ。蚊帳《かや》のうちには聲《こゑ》なく、俯向《うつむ》ける頸《うなぢ》に鬢《びん》の毛《け》一《ひ》と筋《すぢ》戰《そよ》ぎしばかり。

「皆樣《みなさま》の御介抱《ごかいはう》でやがての事《こと》お心付《こゝろづ》きは遊《あそ》ばしたが、お眼《め》も何《なに》もお痛《いた》はしい程眞赤《ほどまつか》にあそばして、種々《いろ／＼》と心細氣《こゝろぼそげ》なことばかりを仰有《おつしやつ》てはお泣《な》き遊《あそ》ばすので御坐《ござ》います。加之《それに》お祖母樣《ばあさま》だけお附《つ》き添《そ》ひで在《い》らつしやいますそうで今日《けふ》もお出《い》で合《あ》はせて、奧樣《おくさま》が一《ひ》と言何《ことなに》か仰《おほ》せの度毎《たびごと》に、あのお氣丈夫《きじやうぶ》の方《かた》が何《なに》も仰有《おつしや》らず唯《たゞ》お枕許《まくらもと》でぼろ／＼涙《なみだ》を溢《こぼ》してお在《い》でゞ御坐《ござ》いました、奧樣《おくさま》があの痩《や》せ果《は》てましたお姿《なり》で徹々《しみ／＼》と、泣《な》いてお在《い》での御樣子《ごやうす》も御不憫《ごふびん》なやう、私《わたくし》はつく／＼と、何《なん》でこの樣《やう》なお不仕合《ふしあは》せなお身《み》にお生《うま》れ付《つ》き遊《あそ》ばしたかと存《ぞん》じまして、涙《なみだ》が出《で》ますばかりでは御坐《ござ》いません、骨《ほね》も皮《かは》も一《ひ》とつ／＼剝《は》がされても致《いた》すやうな、もう／＼切《せつ》ない思《おも》ひを致《いた》したので御坐《ござ》います。

「無理《むり》ぢやない。」

と、思《おも》ひの外《ほか》に由珂子《ゆかこ》は確調《はつきり》と。

「お姉樣《あねへさま》に、一度《いちど》お目《め》に掛《か》り度《た》い。と申上《まうしあ》げてくれとの仰《おほ》せで御坐《ござ》いました、もう今日明日《けふあす》お命《いのち》のないやうなお心弱《こゝろよわ》いお考《かんが》へで在《い》らつしやいますので、何《ど》んなにかお祖母樣《ばあさま》もお案《あん》じ遊《あそ》ばしてゞ御坐《ござ》います、當奧樣《たうおくさま》の事《こと》は別《べつ》に何《ど》うとの仰《おほ》せも御坐《ござ》いません、唯旦那樣《たゞだんなさま》の御機嫌《ごきげん》は何《ど》うかと其《そ》れをお訪《たづ》ねて、……」

「あゝ」と點頭《うなづ》きながら遮《さへぎ》り止《とゞ》めて、

「然《そ》うですか、だが然《そ》う病氣《びやうき》が重《おも》るばかりでは困《こま》るが、氣《き》の小《ちひ》さいばかりで自分《じぶん》で自分《じぶん》を惡《わる》くしてお了《しま》ひなのだから仕方《しかた》がない、お祖母樣《ばあさま》も少《ち》つと氣《き》の引《ひ》き立《た》つやうに慰《なぐさ》めてゞも下《くだ》されば好《よ》いに、矢張《やつぱ》り諸共《いつしよ》に泣《な》いてばかりお在《い》でのやうなんだから……でも能《よ》く、早《はや》く小枝《さえ》さんを歸《かへ》してお寄越《よこ》しだつた事《こと》ね。」

「いゝえ、其《そ》れが、今少《もうすこ》し々々と仰有《おつしや》つて、孃樣《ぢやうさま》はおむづかり遊《あそ》ばす、お祖母樣《ばあさま》もお引《ひ》き止《と》めに成《な》りまするので、誠《まこと》にお別《わか》れが何《なん》で御座《ござ》いましたのですが、呉々《くれぐ》との由珂樣《ゆかさま》からのお訓戒《いましめ》も御座《ござ》います事《こと》とそれを申上《まうしあ》げまして、又明日《またみやうにち》にも孃樣《ぢやうさま》をお伴《つ》れ申《まう》す事《こと》にお宥《なだ》め申《まうし》て漸々《やう/\》と歸《かへ》つて參《まゐ》りましたので御座《ござ》います、斯《か》うお心《こゝろ》をお騷《さわ》がせ申《まう》すやうな事《こと》は御病人《ごびやうにん》に大《たい》の毒《どく》で御座《ござ》いますさうな。この次《つ》ぎは孃樣《ぢやうさま》にお逢《あ》はせ申《まう》すことは成《な》りますまい、と此《こ》の樣《やう》な事《こと》を看護婦《かんごふ》が申《まうし》て居《を》りましたが。」

「然《そ》うだらうとも。」

と少時《しばし》思案《しあん》して、

「ぢやもう退《さが》つて下《くだ》さい、私《わたし》は寐《やす》むから。」

不意《ふい》と云《い》はれて、

「は、」と驚《おどろ》きながら瀧野《たきの》は答《こた》へたれど、未《ま》だ云《い》ひ殘《のこ》し聞《き》き足《た》りぬ、事《こと》の種々《いろ/\》あるを飽《あ》かず思《おも》ひて躊《ため》躇《ら》へば、

「お前《まへ》もお寐《やす》み！」

と再《ふた》び、何氣《なにげ》なき樣《さま》に枕引《まくらひ》き寄《よ》せて由珂子《ゆかこ》は横臥《よこたは》りつ。

すべて我《わ》が思惑《おもわく》の程《ほど》を、押《お》して聞《き》かるゝを好《この》まぬ氣質《きしつ》を能《よ》く知《し》りて、瀧野《たきの》も又更《またさら》には云《い》ひ出《い》でず。

「では御機嫌《ごきげん》よく、お寐《やす》み遊《あそ》ばしませ。」と、室《へや》の内《うち》に、若《わか》き下婢《はしため》が心落《こゝろお》ちなどはなきかと見廻《みまは》して、やがて老《お》ひの腰窮屈氣《こしきうくつけ》に立《た》ちて退《すさ》り行《ゆ》く。

病《や》み衰《おとろ》ふるまで不縁《ふえん》を悲《かな》しみ、愛《あい》なき夫《をっと》を慕《した》ひて、別《わか》れたる我《わ》が子《こ》に焦《こが》れ、離別《りべつ》の恥辱《はず》は世《よ》に切《せつ》なくて、死《し》をまで願《ねが》ふこの頃《ころ》の、哀《あは》れにも悲《かな》しき人《ひと》の果《は》てならずや。小濱《こはま》の家《いへ》に嫁《とつ》ぎ初《そ》むるより、その夫《をっと》に嫌《きら》はれて、遂《つい》に海外《かいぐわい》に遠《とほ》ざかりし無情《むじやう》の恨《うら》み、其《そ》れをつゆ漏《も》らしもせず、縁深《えにしふか》くして設《もう》けたる我《わ》が子《こ》をさへ、共々《ともぐ》に抱《いだ》き交《か》はして打《う》ち笑《ゑ》むも叶《かな》はぬ不幸《ふこう》の上《うへ》の、其《そ》れも思《おも》はてたゞ歸朝《きてう》の後《のち》、可愛《いと》しき人《ひと》を見《み》るならば自《おの》づと心《こゝろ》は暖《あたゝか》うなりて、母《はゝ》が愛《あい》まで受《う》くる折《をり》もあるべきかと果敢《はか》なき上《うへ》を樂《たの》しみつゝ、四年《よとせ》の間《あひだ》の夫《をっと》の不在《るす》、一生《いつしやう》を連《つ》れ添《そ》ふべき人《ひと》に我《わ》れは嫌《きら》はれ厭《いと》はるゝとの憂《う》き思《おも》ひ忘《わす》られ勝《が》ちに、小枝子《さえこ》を守《も》り育《そだ》つる他《ほか》には念《ねん》もなく、母《はゝ》と姉《あね》とに侍《かしづ》きし優《やさ》しさの、哀《あは》れにも可憐《いぢ》らしかりしか、幸《さち》は飽《あ》くまで直子《なほこ》に薄《うす》かりき。

保江《やすえ》が思《おも》ふ儘《まゝ》の樂《たの》しき家庭《かてい》に笑《ゑ》まんとて、我《わ》れに思《おも》ひを打明《うちあ》けし其《そ》の夜《よ》さ、怒《いか》りて、責《せ》めて、説《と》きて、泣《な》きて、烈《はげ》しき言葉《ことば》の爭《あらそ》ひの果《は》ては姉弟《はらから》の縁絶《えにした》ちてもと迄云《までい》ひ罵《のゝし》りし、その幾層《いくそ》の我《わ》が心遣《こゝろづか》ひも仇《あた》となりて、父《ちゝ》が物《もの》に拘泥《とんぢやく》なき。保江《やすえ》を慈《いつくし》む餘《あま》りの情《じやう》は、遂《つい》に女一人《をんなひとり》の幸不幸《こうふこう》を黄金《こがね》に代《か》へて省《かへり》みず、母《はゝ》だに在《おは》さば、母《はゝ》だにあらば、然《さ》ばかり父《ちゝ》と保江《やすえ》が思《おも》ひの儘《まゝ》を貫《とほ》さする事構《ことかま》へてあるまじきを、といかばかり母《はゝ》なき後《あと》の甲斐《かひ》なき姉《あね》が身《み》を悔《くや》みしか。折惡《をりあ》しき時《とき》をふと母《はゝ》の失《う》せましたる、既《すで》に直子《なほこ》の不幸《ふこう》にして、愛《いと》し子《こ》には別《わか》れ、戀《こひ》しき夫《をっと》には去《さ》られ、我《わ》が父《ちゝ》の許《もと》、母《はゝ》の膝《ひさ》、他人《ひと》の前《まへ》に面《おも》なきも無理《むり》ならず、平常《ひごろ》心《こゝろ》繊弱《かよわ》き身《み》が然《さ》る病《やまひ》を得《え》て、一時《いちじ》も早《はや》く世《よ》を去《さ》り度《た》しと願《ねが》へる。其《そ》れも道理《ことわり》と中々《なか〳〵》に哀《あは》れは深《ふか》し。

然《さ》る思《おも》ひに母《はゝ》が惱《なや》めるとも知《し》らずして、小枝子《さえこ》の眠《ねふ》り今静《いましづか》にや、痛《いた》はしきは小枝子《さえこ》なり。愛《あい》なき夫婦《めうと》の手《て》に、不圖《ふと》作《つく》られし其《そ》の小《ちひ》さき身《み》は、浮浪《ふらう》の犬《いぬ》に宿《やど》りたる數々《かず〳〵》の其《そ》れよりも淺間《あさま》しく、詫《わ》びしくて、抱《いだ》かるゝに情《なさ》け燃ゆる手《て》は知《し》らず、眠《ねふ》るに暖《あたゝか》き臥床《ふしど》は覺《おぼ》えず、徒《いたづ》らに人《ひと》の前《まへ》に心《こゝろ》を置《お》き馴《な》れて其《そ》の性《さが》卑《いや》しう、無邪氣《あどけな》き笑《ゑ》みの消《き》え勝《が》ちにして、我《わ》が伯母《おば》の蔭《かげ》に掩《おほ》ひ盡《つく》して、美《うつく》しき花故障《はなさはり》なく咲《さ》かせんとは思《おも》ひ入《い》れども、中々《なか〳〵》に心賢《こゝろさか》しきものゝ、自《みづか》らあらぬ、曲《くね》りたる方《かた》へと枝咲《えださ》かする氣合《けあひ》の可惜《いとを》しき。

斯《か》ばかり二人《ふたり》が上《うへ》の悲《かな》しきには代《か》へて、我《わ》が爲《ため》不《ふ》緣《えん》となりし人《ひと》の身《み》は更《さら》にも思《おも》はず、胸疾《むねや》まし氣《け》の振《ふ》りもなき。假令《たとへ》卑《いや》しき勤《つと》めに身《み》を窶《やつ》す女《をんな》なりとも、道《みち》も知《し》り同情《なさけ》もあるべきものを、我《わ》れは良人《をつと》一人《ひとり》の愛《あい》だにあらばと。あくまで思《おも》ひ上《あが》りたる芳美《よしみ》の振舞《ふるまひ》ひ、色賣《いろう》る女《をんな》にも劣《おと》りたる品性《ひとがら》の、卑《いや》しく、憎《にく》く、陋劣《さも》しく、疎《うと》ましからずや。如何《いか》にせば其《そ》の心《こゝろ》を責《せ》めて、苦《くる》しめて、惱《なや》まし悶《もだ》えさする事《こと》の叶《かな》ふべきか。直子《なほこ》が悲慘《いたま》しき思《おも》ひを、其《そ》の儘芳美《まゝよしみ》に味《あぢ》はゝするには如何《いか》にして。

兎《と》や角《かく》と、瀧野《たきの》を遠《とほ》ざけし後《あと》、由珂子《ゆかこ》が辿《たど》りし思《おも》ひはこれなりき。

六

化粧《けはひ》の面《おもて》に眼許《めもと》は冴《さ》えて、眉鮮明《まゆあざやか》に姿見《すがたみ》の前《まへ》に立《た》ちし芳美《よしみ》の、藍大和《あゐやまと》地《ぢ》の絽縮緬《ろちりめん》の單衣《ひとへ》に、太輪《ふとわ》の三《み》つ柏《かしは》、三《み》つ紋優美《もんやさ》しう、白絽《しろろ》に秋草模樣《あきくさもやう》の襟《えり》を重《かさ》ねて、白銀製《しろかねづく》りの桔梗《きゝやう》の花《はな》に匂《にほ》ひ眞珠《しんじゆ》の襟止《えりど》め、聊《いさゝ》か胸《むね》に見《み》ゆるわが盛粧《よそほひ》の後《うし》ろ前《まへ》を兎見《とみ》角見《かうみ》しつゝ、今日《けふ》始《はじ》めて結《ゆ》び上《あ》げし丸髷《まゆ》の油氣艶々《あぶらけつや〳〵》と、濃《こ》き生《はえ》際《ぎは》の鬢《びん》の張《は》り美事《みごと》にて、紅梅色《こうばいいろ》の手柄《てがら》に黄金《きん》の透《すか》し彫《ぼ》りの平打《ひらうち》、襟足長《えりあしなが》ら髱付《たぼつき》の好《よ》きを自《みづか》ら斜《なゝめ》に再《ふたゝ》び透《すか》して、浮《う》かぬ面《おもて》を一《ひ》と入厭《しほいと》はし氣《げ》に眉顰《まゆひそ》めながら、綴織《つゞれおり》の單衣帶《ひとへおび》、立《た》ち寄《よ》つて恰好直《かつこうなほ》せる下女《げぢよ》を見《み》返《かへ》りて、

「丸髷《まゆ》になつたら、何《なん》だか變《へん》なのねえ。」

と低《ひく》めて、聲小《こゑちい》さう呟《さゝや》く。

「何《ど》ういたして、少《すこ》しも變《へん》な事《こと》なんぞ……束髪《そくはつ》も能《よ》くお似合《にあ》ひ成《な》さいますが、丸髷《まゆ》は又一段《またいちだん》とよくお映《うつ》合りあそばします。」

追従《つゐしやう》ならず、事實《まこと》下女《げぢよ》はその美《うつく》しき姿《すがた》を見上《みあ》げつゝ惚々《ほれ〴〵》と、後《うしろ》より云《い》ふを、微笑《ほゝゑ》みつゝ聞《き》き入《い》りて、手《て》にせる女時計《めどけいこゝろ》心付《づ》き顔《かほ》に胸《むね》へと取《と》り付《つ》けて、

「島田《しまだ》も餘《あんま》り結《ゆ》はなかつたし、一躰《いつたい》に日本髪《にほんがみ》は似合《にあ》はないの。」

鎖《くさ》りは、横斜《はす》に締《し》めたる帶止《おびど》めの上《うへ》に漂《たゞよ》つて、襟止《えりど》めと全《おな》じやうなる花《はな》の彫《ほ》り、寶玉《たま》輝《かゞや》く小《ちい》さき黄金《きん》金具《かなぐ》に、さら〳〵と觸《ふ》るゝ。

「手輕《てがる》で、夏《なつ》は結《むす》んで置《お》いた方《はう》が好《い》い事《こと》ね。」

と、強《し》ひて誰《た》が結《ゆ》はせしか、そを密《ひそ》かに怨《えん》じる風情《さま》の、又姿見《またすがたみ》に立《た》ち向《むか》ひて、正《たゞ》しく合《あ》へる襟元《えりもと》を、手許《てもと》そゞろに直《なほ》し見《み》つ繕《つくろ》ひて見《み》つ、靜《しづ》の薄紅透明《うすべにとうめい》して裾華《すそはな》やかの其處《そこ》までも映《うつ》りて見《み》ゆる我《わ》が姿《すがた》を、暫《しば》しぢつと眺《なが》め入《い》りしが、兩《りやう》の手《て》の細《ほそ》き指重《ゆびおも》げに見《み》ゆる指環《ゆびわ》にも、服裝《なり》の好《この》みゝ、髪《かみ》の飾《かざ》りの意匠《たくみ》にま

で、自《おの》づと贅《ぜい》の華々《はな〴〵》しき我《わ》が上《うへ》をば、幸多《さちおほ》き身《み》と今更《いまさら》に嬉《うれ》しくて、その思《おも》ひは笑顔《ゑがほ》と化《な》りつゝ、頰《ほゝ》に溢《こぼ》れかゝりて誇《ほこ》りの面《おもて》かゞやく時《とき》。夫《をつと》の面影《おもかげ》ふと後《うしろ》に浮《う》き出でゝ、

「最《も》う出掛《でか》けるのかね。」

と鏡《かゞみ》の奥《おく》にその人《ひと》の聲《こゑ》あり。

「まあ。」

と身《み》を退《ひ》きざま振《ふ》り向《む》きて。更《さら》に良人《をつと》の前《まへ》に。

「お客様《きやくさま》はお歸《かへ》りで御坐《ござ》いますの？」

「歸《かへ》つた！」

點頭《うなづ》き見《み》せて立《た》ち閉塞《ふさが》りながら、

「丸髷《まるまげ》か、又姉樣《またねへさん》の指圖《さしづ》だらう。」

と苦笑《くせう》を漏《も》らす、芳美《よしみ》も嬉《うれ》しからぬ面色《おもゝち》に、

「何《なん》でも結《ゆ》はないぢやならない樣《やう》に仰有《おつしや》るんですもの、私《わたくし》はあなたがお嫌《きら》ひていらつしやるからと思《おも》つて！」

「まあ好《い》いさ、能《よ》く似合《にあ》つてる、ね、仲《なか》！」

手早《てばや》く取《と》り散《ち》らせるを片付《かたづ》けて、夫婦《ふたり》が敷物押据《しきものおしす》ゆる下女《はした》を返《かへ》り見《み》て、

「美《うつく》しい奧樣《おくさん》ぢやないか、僕《ぼく》には少《ち》つと勿體《もつたい》ないやうだな。」

「ほゝゝ、又御戲談《またごじやうだん》ばかり。全《まつた》く能《よ》くお似合《にあ》ひ遊《あそ》ばします、只今《たゞいま》も然《さ》う奧樣《おくさま》に申上《まうしあ》げて居《を》りましたの

で御坐《ござ》いますの。」

愛想《あいそう》よき女の、眼許《めもと》口許《くちもと》、愛嬌《あいきやう》ありて、色黑《いろくろ》けれど、忠實《まめ》々々しき樣《さま》の憎氣《にくげ》ならず、

「いゝえ似合《にあ》はなくて、をかしいの。」

「似合《にあ》はないと獨《ひと》りで定《き》めるものがあるものか。似合《にあ》ふ似合《にあ》はないは自身《じしん》にや分《わか》らない事《こと》だ、ね。」

「然《そ》うで御坐《ござ》いますとも。」

「今日《けふ》は仲《なか》はお伴《とも》ぢやないのかね。」

と其《そ》の平常着《ふだんぎ》に眼《め》を注《そゝ》ぐ。

「は、今日《けふ》は由珂樣《ゆかさま》の仰《おほ》せで、一人《ひとり》もお伴衆《ともしゆ》は御坐《ござ》いませんので。」

「然《そ》うか、ぢや姉樣《ねへさん》と芳《よし》さんと、二人《ふたり》切《ぎ》りのお出在《でまし》か。」

と保江《やすえ》は姿見《すがたみ》の許《もと》を離《はな》れて、レースの窓掛《まどかけ》靜《しづか》なる傍《かたはら》に坐《ざ》を占《し》むれば、芳美《よしみ》も續《つゞ》きて其《そ》の傍《かたへ》に腰屈《こしかゞ》めつゝ
「私《わたくし》、會《くわい》なんかへは少《ち》つとも出度《でた》く御坐《ござ》いませんの、お姉樣《あねへさま》は何《なん》で在《い》らつしやいますけれど、私《わたくし》は然《そ》う云《い》ふ事《こと》に馴《な》れませんのですもの、若《も》し粗忽《そゝう》でもあつてはと思《おも》ひまして、氣《き》がゝりで！」

と首傾《くびかし》げて、物思《ものおも》ふらしく、立《た》てたる膝《ひざ》の上《うへ》をそと掌《てのひら》に撫《な》づるを、

「なに今日《けふ》限《ぎ》りだ、話《はな》した通《とほ》りもう別《べつ》になつて了《しま》へば其《そ》れ丈《たけ》の事《こと》なんだから、まあ今日《けふ》丈《たけ》我慢《がまん》するさ、會《くわい》と云《い》つたところで何《なに》か貴婦人連《きふじんれん》が寄《よ》り集《あつま》つて、ごた〳〵する丈《たけ》の話《はなし》で何《なん》の事《こと》があるものか。」

仲《なか》は何時《いつ》か後方《うしろ》にありて、靜《しづか》に團扇《うちは》の風《かぜ》を送《おく》り居《ゐ》る。この室《へや》に添《そ》ふて作《つく》られし小《さゝ》やかなる庭《には》の、小《ちひ》さ

き池《いけ》に相應《ふさは》しき噴水《ふんすい》の設《まう》け可愛《かわ》ゆき、餘沫散《しぶきち》りて風《かぜ》に涼《すゞ》しく、低《ひく》き松《まつ》が枝《え》に金行燈《かなあんどう》も晝《ひる》は風情少《ふぜいすくな》けれど。蔦《つた》に半ば隱《かく》れし雪見燈籠《ゆきみどうろう》の邊《あた》り、海老色《えびいろ》の西洋花《せいやうばな》、一《ひ》と叢盛《むらさか》れる上《うへ》に黄《き》の蝶舞《てうま》ひて面白《おもしろ》きを見渡《みわた》せしが、

「然《しか》しあの姉《あね》にしては珍《めづ》らしいね、弟《おとゝ》の妻《つま》を伴《ともな》つて行《ゆ》かうと云《い》ふ考《かんが》へだけも殊勝《しほら》しい位《くらゐ》のものだ。」

芳美《よしみ》は默《もく》して答《こた》へず。徒《いたづ》らに快《こゝろよ》からぬ思《おも》ひさせます事《こと》の憂《う》くして、先《さ》きの夜《よ》の直子《なほこ》の寫眞《しやしん》目《ま》の當《あた》り突《つ》き付《つ》けられし事《こと》など、さらに保江《やすえ》に語《かた》らねど、虫《むし》が知《し》らすか今日《けふ》も然《さ》る恐《おそろ》しき事《こと》に出《い》で逢《あ》ふ氣《き》のして、胸穩《むねおだや》かならず、由珂子《ゆかこ》が柔軟《やはらか》き言葉《ことば》の裏《うち》には鋭《するど》き刃《やいば》の先《さ》き包《つゝ》まるゝを知《し》りて、誘《いざな》ふ儘《まゝ》に任《まか》せし今日《けふ》の身《み》は、又惱《またなや》まされ苦《くるし》まさるゝと芳美《よしみ》は悟《さと》りて心進《こゝろすゝ》まぬなり。保江《やすえ》は何《なに》も知《し》らねば氣輕《きかる》く、

「此室《こゝ》は仲《なか》と二人《ふたり》の留守番《るすばん》か、寂《さび》しいな。」

「左樣《さやう》で御坐《ござ》います、始《はじ》めて旦那樣《だんなさま》お一《ひ》と方《かた》のお留守居《るする》で。」

「然《そ》うさ。」

その時《とき》、由珂子《ゆかこ》に召使《めしつか》はるゝ下女《げぢよ》は來《き》て、支度好《したくよ》くば直《す》ぐにもと傳《つた》ふるに、猶豫《ゆうよ》あらせては又由珂子《またゆかこ》が思惑《おもわく》の程如何《ほどいかゞ》かと、芳美《よしみ》は夫《をつと》に辭儀《ぢぎ》して、強《し》ひて氣《き》を引《ひ》き立《た》てつゝ、亂《みた》れ箱《はこ》の許《もと》に取《と》り殘《のこ》されし象《ぞう》牙骨《げほね》の扇子《せんす》、心付《こゝろづ》きて下女《なか》の差出《さしいだ》すを受取《うけと》りながら出《い》で行《ゆ》くに、保江《やすえ》も立《た》ちて、

「會《くわい》だけなのだらう、駿河臺《するがたい》へは寄《よ》らないのだらうな。」

と少《すこ》しは殘《のこ》り惜《を》し氣《ゆ》に椽《えん》より見送《みおく》れば、

「然《そ》うなので御座《ござ》いませう。」

と振返《ふりかへ》りて、芳美《よしみ》も椽《えん》の半途《なかば》に行《ゆ》き煩《わづら》ふ。其方《そなた》より風傳《かぜつた》はり來《き》て、振《ふ》りに餘波《なごり》涼《すゞ》しう、薫《かを》りて其處《そこ》に流《なが》れて、それに醉《ゑ》ふ人《ひと》の寂《さび》し氣《げ》なり。

七

「おや、未《ま》だ此處《こゝ》にお在《い》でゞ御座《ござ》いましたか。」

仲《なか》は芳美《よしみ》を送《おく》り出《い》でゝ此室《こゝ》に再《ふたゝ》び立戻《たちもど》りしが、奥庭《おくには》の梢《こずゑ》に風高《かぜたか》く、池《いけ》の面《も》に日《ひ》の影《かげ》ゆら〳〵と搖《ゆら》げるを茫然《ぼんやり》と眺《なが》めて、保江《やすえ》の其處《そこ》に立盡《たちつく》せるに呆《あき》れて小《こ》腰屈《ごしかゞ》めながら伺《うかゞ》へば、

「うむ、何《ど》うも寂《さび》しいな。」

と、其《そ》の行方《ゆくて》らしき空《そら》を望《のぞ》みつゝ保江《やすえ》は歩《あゆ》み出《い》でゝ、思《おも》ふ人《ひと》あらぬ寂《さび》しさは、その人《ひと》が脱《ぬ》ぎ捨《す》てし庭《には》の草履《ざうり》にまで懷《なつか》しさは籠《こも》りて、耳《みゝ》の底《そこ》に優《やさ》しき聲音《こわね》の、探《さぐ》れば消《き》えて戀《こひ》しさはいとゞして身《み》に徹《し》み渡《わた》りつ。いかにして、斯《か》くまで彼《か》の人《ひと》の離《はな》し難《かた》きにかと保江《やすえ》は自《みづか》ら怪《あや》しまれて、柱《はしら》に凭《もた》れよりながら、

「仲《なか》も寂《さび》しいかね。」

とつまらぬ事《こと》を聞《き》く。

「いえもう、何《なん》で御座《ござ》いますか奥様《おくさま》がお不在《るす》でいらつしやいますと、一向《いつかう》何《なに》を致《いた》しても氣乘《きの》りが致《いた》しませんやうで、：：．それにはお姉樣《あねへさま》と御《ご》一所《いつしよ》では何彼《なにか》に就《つ》けお氣苦勞《きぐらう》ばかり多《おほ》くて在《い》らつしやいませうし、何《ど》んなにかとお案《あん》じ申上《まうしあ》げられまして。」

附添《つきそ》ひ馴《な》れては、如何《いか》さまこれは芳美《よしみ》びゐきらしき。

「なに今日《けふ》限《ぎ》りさ、明日《あす》あたり舞子《まひこ》へ移《うつ》らうと思《おも》つて居《ゐ》るのだ。」

須磨《すま》の浦波月《うらなみつき》に棹《さを》して、聲《こゑ》は御空《みそら》に澄《す》みのぼる笛《ふえ》や小琴《をごと》、其《そ》の人奏《ひとかな》でゝ我《わ》れ伴《つ》れて、松風《まつかぜ》の音《おと》に三曲《さんきよく》おもしろき雨《あめ》の朝《あした》。我《わ》れ壽《あか》けば詠《あい》ずる歌《うた》の優《やさ》しかるべき樂《たの》しさを、姉《あね》が思惑《おもわく》の程《ほど》に縛《しば》られ、小《ちい》さき人《ひと》ある身《み》に聊《いさゝ》かは憚《はゞか》りありて、暑《あつ》さ避《さ》けんその日《ひ》までと今日《けふ》までは忍《しの》びしが、芳美《よしみ》が昨夜《ゆうべ》の嘆《なげ》きの端々《はし〴〵》無理《むり》ならず、まだ世馴《よな》れぬ人《ひと》を情《つれ》なき姉《あね》の待遇《もてなし》に、少時《しばし》なりとも憂《う》き思《おも》ひに沈《しづ》ましむる事《こと》の可惜《いとを》しき。

と保江《やすえ》は心《こゝろ》の中《うち》に思《おも》ひつゝ、

「姉《ねへ》さんなんぞよりは、妻君《さいくん》の方《はう》が大切《たいせつ》なんだ。」

と呟《つぶや》きて、極《きは》めて輕《かる》く目《め》に打笑《うちゑ》む。

「然《さ》やうで在《い》らつしやいますか、其《そ》の方《はう》が奥様《おくさま》も何《ど》れ程《ほど》か御安氣《ごあんき》でいらつしやいませうし。何《なん》に致《いた》せお氣《き》兼《が》ねばかりで、乳母《ばあや》さんにまでお氣《き》を措《お》いて在《い》らつしやいますんですから、誠《まこと》にお傍《そば》に居《を》りましてもお痛《いた》はしい様《やう》で御坐《ござ》います。」

保江《やすえ》は仲《なか》の物云《ものい》へるに心《こゝろ》は留《と》めずして、車上《しやじやう》の芳美《よしみ》が姿《すがた》を思《おも》ひやり、日《ひ》の蔭《かげ》ならぬ所《ところ》を行《ゆ》きてこの暑《あつ》さに其《そ》の優《やさ》しき眉《まゆ》をやひそむる。面色《かほばせ》變《か》へて厭《いと》ひし會《くわい》に、さてこそ心細《こゝろぼそ》き思《おも》ひして我《わ》が許《もと》を忍《しの》び懐《なつか》しめるなるべしなど、千里《せんり》萬里《ばんり》の遠《とほ》きに行《ゆ》きし人《ひと》をば思《おも》ふやうに憧《あこが》れて、ふと開《あ》けさしたる襖《ふすま》の蔭《かげ》より、次《つ》ぎの室《へや》に脱《ぬ》ぎ置《お》きし儘《まゝ》なる芳美《よしみ》の平常着《ふだんぎ》、亂雑《ちらか》れるを眺《なが》めて、新《あらた》に云《い》はうやうなき寂《さび》しさを覺《おぼ》えしが、何《なに》となく今日《けふ》芳美《よしみ》を姉《あね》の手《て》に委《まか》せし事《こと》の悔《く》ひ思《おも》はるゝ心地《こゝち》して、思《おも》ひ返《かへ》しても思《おも》ひ返《かへ》しても忌《いま》はしき念《ねん》の去《さ》り難《かた》き、保江《やすえ》は何《なん》の故《ゆゑ》とも覺《おぼ》えねど、芳美《よしみ》を思《おも》ふ事《こと》の深《ふか》き故《ゆゑ》に半日《はんじつ》に足《た》らぬ時《とき》なりとも身《み》を離《はな》しては寂寞《さび》しさの堪《た》えやらず、可愛《いと》し子《ご》を旅立《たびだ》せし親《おや》の思《おも》ひの、風《かぜ》の音雨《おとあめ》の雲《くも》にも案《あん》じられ危《あや》ぶまるゝと仝《おな》じきなるべし。と強《し》ひて自《みづか》ら思《おも》ひ捨《す》てゝ、戻《もど》り歸《かへ》らばこの思《おも》ひ語《かた》らひて、嬉《うれ》し氣《げ》に其《そ》の美《うつく》しき眼《め》を見張《みは》り、羞《つゝ》まし氣《げ》にその口許《くちもと》を窄《すぼ》めて聞《き》き入《い》りつゝ、さらば其《そ》の愛《あい》の永《とは》に變《かは》らでとも云《い》ひ得《え》ずして、唯我《たゞわ》が爲《な》す儘《まゝ》に微笑《ほゝゑ》みて點頭《うなづ》ける、かの愛《あい》らしき君《きみ》が姿《すがた》を眺《なが》め見《み》ばやと保江《やすえ》は樂《たの》しみて、柱《はしら》を離《はな》れながら行《ゆ》きかくるを、先《さ》きより、物云《ものい》ひても答《こた》へはあらず獨《ひと》り思《おも》ひに耽《ふけ》り入《い》る保江《やすえ》の樣《さま》に、詮《せん》なく屈《くゞ》まり居《ゐ》し仲《なか》は、見《み》るより、

「ちとお氣散《きさん》じにお好《す》きなピアノでも遊《あそ》ばしては！」

と共《とも》に後《うしろ》より立《た》ち上《あが》る。

「然《そ》うだな。何《なに》をやるにも一人《ひとり》ぢや興《けう》がないが、まあ其樣《そんな》ことでもやつて不在《るす》の間《ま》を紛《まぎ》らそうか。」

云《い》ひ捨《す》てゝ行《ゆ》く保江《やすえ》の後影《うしろかげ》、仲《なか》は見送《みおく》りて、

「何《ど》うして彼《あ》あも今《いま》の奧樣《おくさま》がお氣《き》に入《い》り遊《あそ》ばしたか、先奧樣《せんおくさま》とは異《ちが》つてお幸福《しあはせ》な方《かた》さねえ。」

獨《ひと》り語《ご》つ後《うしろ》を風《かぜ》は吹《ふ》く。

八

高《たか》く廻《めぐ》らしたる板塀《いたべい》の、碧色《みどりいろ》のペンキ斜《なゝめ》の日光《ひ》にきら〳〵と光《ひか》りを帶《お》びて、其《そ》れに添《そ》ふて立《た》ち並《なら》ぶ幾《いく》本《ほん》の檜葉《ひば》の木《き》、梢《こずゑ》は砂白々《すなしろ〴〵》と乾燥《かわ》きに乾《かわ》きて、上《うへ》より浴《あ》びる太陽《ひ》の熱氣《ねつき》を、風搖《かぜゆ》るゝ毎《ごと》に車馬《しやば》劇《はげ》しき往來《わうらい》の巷《ちまた》へさつと吐《は》き付《つ》くる氣合《けあひ》の、見《み》るから息《いき》も窒《つま》るかと覺《おぼ》えて、「内科鈴本病院《ないくわすゞもとびやういん》」の門札《もんさつ》の邊《あた》り、

黄《き》の日影《ひかげ》一面《いちめん》に目眩《まぶ》しく、門内《もんない》に敷《し》き詰《つ》めたる敷石《しきいし》。砂利《じやり》の上《うへ》など素足《すあし》に踏《ふ》まば直《たゞち》に焼《や》きも爛《たゞ》るゝかと思《おも》ふばかり。二輌《にりやう》の車《くるま》は今《いま》し此處《こゝ》に曳《ひ》き入《い》れられて。院内《なか》は遉《さすが》に日光《ひざ》射し遠《とほ》く、庭《には》の噴水見《ふんすいみ》ゆる風涼《かぜすゞ》しき廊下《ろうか》を傳《つた》ひに、薬局《やくきよく》の扉《と》の外《そと》にふと立《た》ち止《どま》りし看護婦《かんごふ》の、服《ふく》の裾《すそ》より紺飛白《こんがすり》の單衣《ひとへ》を少《すこ》し見《み》せて、薬瓶持《やくびんも》ち代《か》へし片手《かたて》を重《おも》く、太儀氣《たいぎげ》に扉《ドア》にかけしが、車《くるま》の音《おと》に耳《みゝ》を聳《そばだ》てゝ其《そ》の儘《まゝ》入《い》り口《ぐち》の方《かた》に歩《あゆ》みを移《うつ》しつゝ、そと傍《かたはら》の窓《まど》より、窓掛《まどかけ》の端《はし》を掲《かゝ》げながら物珍《ものめづ》らし氣《げ》に差《さ》し覗《のぞ》く。

カシミヤ地《ぢ》の、縁縫《ふちぬ》ひ取《と》りし膝掛《ひざか》けを退《の》けて、雪駄《せつた》重《おも》う前《まへ》より下《お》り立《た》ちしは由珂子《ゆかこ》にして、縞絽《しまろ》に黒《くろ》絽縮緬《ろちりめん》の無双羽織《むそうばおり》、壁鹽瀬《かべしほせ》の帯《おび》澁《しぶ》く、濃《こ》き廻《まは》りの、前髪《まへがみ》、鬢尻《びんじり》、惜《お》し氣《げ》もなく引《ひ》き詰《つま》らしたる銀杏返《いてうがへ》しに金輪《きんわ》細《ほそ》う、殊更《ことさら》に化粧《けはい》せぬ面《おもて》の水滴《みづした》るばかり色麗《いろうるは》しく、砕《くだ》けたる服装《なり》に品位《くらゐ》は愈々《いよ〳〵》打《う》ち上《あが》りて、階段《かいだん》を裾《すそ》に拂《はら》つて高《たか》く踏《ふ》めば、後《うしろ》の幌深《はろふか》き中《うち》よりそと下《お》り立《た》ちし、駒下駄《こまげた》の音《おと》も立《た》てず憶《おく》し勝《が》ちに續《つゞ》きしは芳美《よしみ》なり。

總硝子《そうがらす》の扉《と》を押《お》して進《すゝ》みし二人《ふたり》に、唯服装《たゞなり》よく顔美《かほよ》き人々《ひと〴〵》に氣《き》を奪《うば》はれて見守《みまも》り居《ゐ》し看護婦《かんごふ》は、今更《いまさら》身《み》を隠《かく》すべき餘地《よち》のなきに困《こう》じて、詮《せん》なく身《み》を反《かへ》して近《ちか》よりざま、

「何誰《どなた》にか御面會《ごめんくわい》でいらつしやいますか。」

と問《と》ふ。

「然《そ》うです、確《たし》か一號室《いちごうしつ》の、狹山直《さやまなほ》。に逢《あ》ひ度《た》いので。」

終《をは》りの句《く》を憚《はゞか》り有《あ》り氣《げ》に潜《ひそ》めて、看護婦《かんごふ》に囁《さゝや》くやうに云《い》ひたれど、離《はな》れて立《た》ちし芳美《よしみ》の耳《みゝ》には入《い》らず

して、今迄《いままで》在《あ》りし某《それ》の會《くわい》に、馴染《なじ》みなき人《ひと》との、物云《ものい》ひ、會釋《ゑしやく》に氣《き》を疲《つか》らして上氣《じやうき》の面《おもて》未《いま》だ消《き》えやらぬを、取《と》り出《だ》したる扇子《せんす》に香《かを》り含《ふく》める風《かぜ》をそよ〳〵と通《かよ》らして、つゝまし氣《げ》に打《う》ち涼《すゞ》む。

「は、」と心得《こゝろえ》て、

「狹山《さやま》さんは、彼《あ》の方《かた》はたしか、御面會人《ごめんくわいにん》を謝絶《しやぜつ》されて居《ゐ》たと思《おも》ひますが、何《ど》うですか、一寸《ちよつと》問《と》ふて參《まゐ》りませう。其《そ》れまで。」

と後《うしろ》を見返《みかへ》り、

「彼方《あちら》で何卒《どうぞ》お待《ま》ち下《くだ》さい。」

と先《さ》きに立《た》つに、由珂子《ゆかこ》は芳美《よしみ》を促《うなが》して、共々《ともども》廊下《らうか》の突《つ》き當《あた》りなる控室《ひかへしつ》に伴《ともな》はれしが、會釋《ゑしやく》を殘《のこ》して看護婦《かんごふ》の出《い》て行《ゆ》きし後《あと》、脊《うしろ》の窓《まど》より外《そと》は庭《には》にして、越《こ》えて見上《みあ》ぐれば階上《かいじやう》も階下《かいか》も病室《びやうしつ》の、白《しろ》きもの干《ほ》されたる欄干《らんかん》に看護婦《かんごふ》二人《ふたり》三人《みたり》打《う》ち集《よ》りて物語《ものがた》れるが見《み》ゆるに、由珂子《ゆかこ》は立《た》ち寄《よ》りて、直子《なほこ》の病室《びやうしつ》は彼方邊《あなたあた》りかと眺《なが》めやりつゝ、

「病院《びやういん》は何《ど》うしても陰氣《いんき》な事《こと》ねえ。」

と獨《ひと》り言《ご》つやうに云《い》ふ。芳美《よしみ》も傍《そば》に寄《よ》りて、扇子《せんす》は手《て》に等閑《なほざり》に、庭《には》より吹《ふ》き來《く》る微風《そよかぜ》に面《おもて》を拂《はら》はせながら。

「其《そ》のお友人《ともだち》で在《い》らつしやいますお方《かた》は、餘程《よつぽど》お惡《わる》くて在《い》らつしやるのですか？」

「大層惡《たいそうわる》いのだそうですよ。」

「まあ、ぢや御心配《ごしんぱい》で在《い》らつしやいませう、餘程《よつぽど》御親密《ごしんみつ》で在《い》らつしやいますの？」

「いゝえ。」

一句《いつく》冷《ひや》やかに云《い》つ切《き》る時《とき》、前《さき》の看護婦《かんごふ》は戻《もど》り來《き》て、戸口《とぐち》に立《た》ちし儘《まゝ》。

「では何卒《どうぞ》、もう差支《さしつか》へはないそうで御座《ござ》いますから。」

由珂子《ゆかこ》は立直《たちなほ》りて三歩《みあし》ばかり出《い》でながら。

「然《そ》うですか、何《ど》うも御苦勞様《ごくらうさま》でした。」

「いゝえ。」

と退《すさ》りて、看護婦《かんごふ》は案内顔《あんないがほ》に、戸《と》をずつと押《お》して二人《ふたり》が行《ゆ》くべき途《みち》を其處《そこ》に開《ひら》く。

「では少《すこ》しは快癒《よろし》い方《はう》なんですね。」

と由珂子《ゆかこ》は猶椅子《なほいす》の許《もと》に。

「はあ、昨日《きのふ》あたりから餘程《よつぽど》お落着《おちつ》きになりましたやうです。」

「其《そ》の儘《まゝ》ずつと全快《ぜんくわい》に向《むか》はれませうかしら？」

「然《そ》うで御座《ござ》います、私《わたくし》は狹山《さやま》さんの附添《つきそ》ひで御坐《ござ》いませんから能《よ》くも存《ぞん》じませんが、御病氣《ごびやうき》と申《まうし》てもさしてお身躰《からだ》に異狀《いじやう》のある譯《わけ》ぢや無《な》いのだそうで御坐《ござ》いますから、唯《たゞ》御本人《ごほんにん》のお思《おも》ひ通《とほ》りにさへ成《な》りますなら、別《べつ》に何《ど》うと云《い》う事《こと》も……」

「思《おも》ひ通《どほ》りとは？」

迫《せま》られて、看護婦《かんごふ》は當惑顔《とうわくがほ》に
「御事情《ごじやう》は、私《わたくし》、何《なん》にも存《ぞん》じませんので。」

「いゝえ事情《じやう》の何《なん》のと、唯病状《たゞびやうじやう》を伺《うかが》つたのですよ、彼《あ》の人《ひと》は離縁《りえん》に成《な》つたのを苦《く》にして、其《そ》れが原因《もと》で病氣《びやうき》をして居《ゐ》るのですからねえ。」

胸《むね》に何《なん》の蟠屈《わだかまり》も無《な》き調子《てうし》、すら〳〵として、其《そ》の眼《め》は何《いづ》れをも見《み》ず唯一《たゞひ》と向《む》きに看護婦《かんごふ》が面《おもて》を走《はし》る。

「あ、左様《さやう》だそうです、何《なん》でもお一人《ひとり》の孃《ちやう》さんに別《わか》れてお在《い》でに成《な》りますそうで、……小枝《さえ》さんと仰有《おつしや》る、……その孃《ぢやう》さんさへお傍《そば》にお在《い》でなら何《なん》の事《こと》もお有《あ》りになりませんやうな、……ことは伺《うかが》ひましたが他《ほか》の事《こと》は能《よ》く存《ぞん》じませんです。」

「然《そ》うなのですよ、其《そ》の子《こ》は乳母《ばあや》が隨《つ》いて二《に》三日《さんにち》後《あと》來《き》ました筈《はず》ですが、あなたは御存《ごぞん》じありますまいねえ。」

「は、お出《い》でになりました、一昨《いつさく》……々日《さくじつ》でしたか、其《そ》れから非常《ひじやう》に一時《いちじ》お惡《わる》くなりましたんです。」

「然《そ》うですか。」と吐息《といき》漏らして、

「まあ、不幸《ふかう》な人《ひと》ですねえ、彼《あ》の人《ひと》が何《ど》れ程《ほど》の過失《あやまち》をお仕《し》か知《し》らないが、女《をんな》の身《み》にしたら此《こ》の上《うへ》もない恥辱《はな》の、離縁《りえん》になんぞなつて了《しま》つて、其《そ》れを苦《く》に病《や》んだ揚句《あげく》が大病《たいびやう》、それも今《いま》ではもう死《し》ぬのを待《ま》つばかりが彼《あ》の人《ひと》の樂《たの》しみなんです、これより以上《うへ》の不仕合《ふしあは》せがこの世《よ》の中《なか》にありませうかねえ。」

「は、」と看護婦《かんごふ》は詮《せん》なく。

「氣質《きたて》の優《やさ》しい、氣《き》の小《ちい》さい程《ほど》だからこそ病氣《びやうき》にもなつて居《ゐ》るのぢやありませんか、人《ひと》なんぞは何《ど》うあらうと自分《じぶん》の身《み》さへ好《よ》ければと思《おも》つて居《ゐ》るやうな、そんな當節《たうせつ》のハイカラ女《をんな》とは異《ちが》ふだけ、何《ど》うも不慣《ふなれ》でなりませんの。」

「は、」と再《ふたゝ》び。

「近々退院《ちかぢかたいゐん》を成《な》さいまして、轉地《てんち》を成《な》さるそうです、衰弱《すいじやく》が非常《ひじやう》なんで何《ど》うも其《そ》れがおもしろくないとか……狹山《さやま》さんには附添《つきそ》ひが二人《ふたり》居《を》りますから何卒彼室《どうぞあちら》で。」

忙《せは》しき身《み》に、さまぐ\と問《と》ひ立《た》てさるゝを迷惑《めいわく》らしう、云《い》ひ終《を》はると共《とも》に身《み》を伸《の》して、殊更用有《ことさらようあ》り氣《げ》に藥局《やくきよく》の方《かた》を見込《みこ》みしが、

「おやね、芳美《よしみ》さん、私《わたし》だけ逢《あ》つて來《き》ますから、貴女《あなた》は此處《こゝ》に待《ま》つて居《ゐ》て下《くだ》さい、直《ぢ》きですよ。」

と云《い》ふ由珂子《ゆかこ》の聲《こゑ》を振向《ふりむ》きて、更《さら》に異樣《いやう》氣《げ》に輝《かゞや》かせし眼《め》を看護婦《かんごふ》は丸《まる》く見張《みは》る。年若《としわか》き連《つ》れなる方《かた》の、扇子《せんす》を取《と》り落《おと》せしも知《し》らで、半巾《はんけち》を面《おもて》に掩《おほ》ひし儘《まゝ》、卓子《テーブル》の蔭《かげ》に其《そ》の身《み》を深《ふか》く押埋《おしうづ》めしを見《み》し故《ゆゑ》なりき。

由珂子《ゆかこ》は、心付《こゝろづ》かぬ樣《さま》にはや室外《そと》に出《い》でゝ看護婦《かんごふ》を待《ま》つは、看護婦《かんごふ》も續《つゞ》きて見返《みかへ》り勝《が》ちに戸《と》を閉《さ》して出《い》で去《さ》りつ。途端《とたん》、狂《くる》はし氣《げ》に椅子《いす》より離《はな》れし芳美《よしみ》の、その脚《あし》によろ〳〵と褄突《つまづ》きて、卓子《テーブル》の許《もと》に横《よこ》さまに倒《たは》れしが、青《あを》き絨氈《じうたん》の上《うへ》に緋《ひ》の蹴出《けだ》し、亂《みだ》れて縺《もつ》れて亂次《しど》なき姿《すがた》を、一層《ひときは》埒《らち》なく起《お》き上《あが》らせて、蒼褪《あをさ》め果《は》てたる顏色《かほばせ》、色《いろ》なき唇《くちびる》に淡《あは》く殘《のこ》りし口紅《くちべに》の痕《あと》なぞ《ママ》じに凄《すご》く、血《ち》に潤《うる》みたる逆釣《さかづ》りし眼《め》に入《い》り口《ぐち》を見《み》やりて、何物《なにもの》をか追《お》ふ樣《さま》に再《ふたゝ》びすつと立上《たちあが》りたれど、慘《いた》ましき氣《き》は俄《にはか》に其《そ》の全身《ぜんみ》を襲《おそ》ふてわなゝきつゝ、火炎《くわえん》廻《めぐ》る胸《むね》の苦《くる》しさを、しかと組《く》み合《あ》はせて押《お》さへし兩《りやう》の手《て》、解《と》けも失《う》するかと白々《しろ〴〵》と冷《ひ》え切《き》りて、自《みづか》ら支《さゝ》ふる力《ちから》もあらでか、人《ひと》の手《て》に押付《おしつ》けらるゝやうに蹌踉《よろめ》きながら、卓子《テーブル》に其《そ》の身《み》を凭《もた》せか

けし、と思《おも》ふより早《はや》く、面《おもて》を其處《そこ》に打《う》ち伏《ふ》せて只泣《ひたな》きに泣《な》き入《い》りつ。

右方《めて》の窓際《まどぎは》、引《ひ》き絞《しぼ》りし窓掛《まどかけ》さら〳〵と騒立《さわだ》ちて、立木《たちき》の頂《いたゞ》きに日光《ひ》の力弱々《ちからよわ〳〵》と、何時《いつ》か庭面《にはもせ》は物《もの》の陰《かげ》ばかり濕氣《うるみ》持《も》ちたる濡《ぬ》れ色《いろ》の、階上《かいじやう》の看護婦《かんごふ》が高笑《たかわら》ひ其處《そこ》に低《ひく》く響《ひゞ》きて、近《ちか》く、隣室邊《りんしつあた》りの扉《ドア》の音《おと》、強《つよ》き餘韻《よゐん》を傳《つた》へしと思《おも》ふうち、其處《そこ》より起《おこ》りし、上沓《うはぐつ》を引《ひ》き摺《ず》る足音《あしおと》、次第《したい》々々《〳〵》に幽《かすか》に消《き》え行《ゆ》く。

一時《いちじ》に湧《わ》き出《い》でし涙《なみだ》に、激《はげ》しき情《おもひ》のいさゝかは薄《うす》らぎしが、やゝ少時《しばし》してふと心付《こゝろづ》きし樣《さま》に起《おこ》したる身《み》の擧動《とりなり》、常《つね》に復《かへ》りて其《そ》れよりは重々《おも〳〵》しく、面《おもて》を繕《つくろ》ひながら室内《へや》をば立《た》ち出《い》でゝ、入《い》り口《ぐち》に、低《ひく》く沈《しづ》みし聲音《こわね》に車夫《しやふ》をば呼《よ》ぶ。呼《よ》ばれて甲斐《かひ》々々《〴〵》しく走《はし》り來《き》し車夫《しやふ》の、

「お歸邸《かへり》で？」

と押屈《おしくゞ》まるに、

「あゝ」と寛濶《おほやう》に點頭《うなづ》きし面《おもて》の、決心《けつしん》の色漲《いろみなぎ》れる眼色《まなざし》人《ひと》を射《い》て鋭《するど》く、自《おの》づと戰《おのゝ》く唇《くちびる》を噛《か》み占《し》めて、愁《うれ》ひの痕《あと》を隱《かく》したる眉淸《まゆきよ》らかに、白衣《びやくえ》の人《ひと》の其處此處《そこゝゝ》に立《た》ち初《そ》めしに心措《こゝろお》きて、取《と》り敢《あ》えぬ氣色《けしき》ばかりを見《み》せつゝ立《た》ちたり。

何《なん》の報知《しらせ》か、院内《うち》に鈴《ベル》の音《ね》聞《き》こえ渡《わた》りて、廊下《らうか》の彼方此方《かなたこなた》、一齊《いちど》にざわめき立《た》ちつゝ。

九

小濱家《こはまけ》に嫁《とつ》ぎてより今《いま》この時《とき》まで、直子《なほこ》が上《うへ》を深《ふか》くも悲《かな》しまざりし我《わ》れは實《げ》に鬼《おに》なりけり。直子《なほこ》が人《ひと》

と成《な》り温和《おとな》しう、離別《る》られし折《をり》の身慘《みじ》めさなど、口善惡《くちさが》なき古參《こさん》の下婢共《はしためども》が口《くち》より漏《も》れ聞《き》きし事折々《ことをり〳〵》はありたれど、唯二度《たゞにど》添《ぞ》ひの我《わ》が上《うへ》を蔑視《さげす》まるゝやうにのみ覺《おぼ》えて快《こゝろよ》からず、氣《き》の毒《どく》との思《おも》ひ起《おこ》らぬ事《こと》もなかりしが、其《そ》の人《ひと》を厭《いと》ひし人《ひと》は我《わ》れを愛《いと》しみて、わが爲《ため》には人《ひと》の譏謗《そしり》も物《もの》かは。と常々《つね〴〵》語《かた》らるゝその言《こと》の葉《は》の嬉《うれ》しく、厭《いと》はるゝも愛《あい》せらるゝも、皆《みな》その人《ひと》の運不運《うんふうん》と事《こと》もなく斷念《あきら》めて、離緣《りえん》と云《い》へる事《こと》の然《さ》ばかり辛《つら》く切《せつ》なき事《こと》とも思《おも》ひ及《およ》ばざりし我《わ》が心《こゝろ》の、酷《むご》さ冷《ひや》やかさ。

姉由珂子《あねゆかこ》が我《わ》が上《うへ》を嘲《あざけ》りて卑《いや》しみて、種々《さま〴〵》の手段《てだて》よりなる其《そ》の苛責《かしやく》の針《はり》に、惱《なや》まさるゝ度毎《たびごと》、辛《つら》さに泣《な》くとも恨《うら》みに心《こゝろ》を燃《も》やすとも、慰《なぐさ》めの懷愛《なつか》しき人我《ひとわ》が傍《かたはら》に在《おは》して、何斯《なにか》に就《つ》けての訪《と》ひ言優《ことやさ》しきについ何事《なにごと》も忘《わす》られて、人知《ひとし》れぬ心《こゝろ》の中《うち》の我《わ》が誇《ほこ》り、朝夕《あさゆふ》の樂《たの》しさに、大方《おほかた》は人《ひと》を憐《あはれ》むの暇《いとま》もなく、厭《いと》はれて不緣《ふえん》となりし人《ひと》をば庇《かば》ふ姉《あね》は姉《あね》、我《わ》れは其《そ》の人《ひと》に好《す》き好《この》まれて、身《み》の傍一寸《そばいつすん》も離《はな》すまじと掩《おほ》ひ護《まも》らるゝを、我《わ》れ自《みづか》ら直子《なほこ》の位地《いち》を奪《うば》ひしにもあらず、心疚《こゝろや》ましき點《ふし》のあらぬ限《かぎ》り、然《さ》ばかり不緣《ふえん》となりし人《ひと》の爲姉由珂子《ためあねゆかこ》の、我《わ》れをば責《せ》め惱《なや》まし、苦《くる》しめ煩《わづら》はすとも、つゆ心恐《こゝろおそろ》しからずと密《ひそ》かに驕《おご》りに驕《おご》りて、人《ひと》の紀念《かたみ》の其《そ》の室《へや》に、錦《にしき》の褥《しとね》に夢《ゆめ》さへも笑《ゑ》みて結《むす》びし、昨日《きのふ》の我《わ》れの淺間《あさま》しからずや。

然《さ》りとも女心《をんなごゝろ》の意氣地《いくぢ》なさは中々《なか〳〵》に堪《た》へられもせで、云《い》ひ知《し》れぬ不快《ふくわい》の胸《むね》に充《み》ちては、せめて其《そ》の噂下女共《うはさはしためども》が口《くち》の端《は》に消《き》ゆるまで、舞子《まひこ》へなりと移《うつ》らんと夫《をつと》に語《かた》り、姉由珂子《あねゆかこ》が直子《なほこ》の寫眞《しやしん》にわが心悶《こゝろもだ》えさせんと謀《はか》りて、一《ひ》と夜《よ》姉《あね》の室《へや》に招《まね》ぎし事共《ことども》、さすがに胸平《むねたひら》かならず、況《ま》して優雅《ゆうが》の直子《なほこ》の姿《すがた》に知《し》らず〳〵我《わ》が心《こゝろ》に情《なさけ》ひろごりて、逢《あ》ひ見《み》れば袂挪《たもとはら》はるゝまでも我《わ》れは縋《すが》りて慰安《なぐさ》めて、優《やさ》しき言《こと》の交《か》はし度《た》しとまで懷《なつか》しみし、わが思《おも》ひを自《みづか》ら危《あや》ぶみて、今迄《いまゝで》にも似《に》ぬ心《こゝろ》の騷立《さわだ》ちに、疾《と》く何《いづ》れにか去《さ》りて夫《をつと》と二人《ふたり》、心《こゝろ》ゆくまで靜《しづ》かなる世《よ》を經度《へた》しなど思《おも》ひめぐらしたる、教育《をしへ》を受《う》けて、正《たゞ》しき道《みち》は知《し》れるなり、其《そ》の正《たゞ》しき道《みち》を辿《たど》り、情《なさ》けの淵《ふち》に身《み》を入《い》るゝには、卑しくも望《のぞ》みし榮華《えいぐわ》の浮雲《ふうん》を、われ去《さ》るにあらねば叶《かな》はぬを自《みづか》らも能《よ》く知《し》りて、其《そ》の榮《さかえ》を捨《す》つる事《こと》の口惜《くちを》しさに幾千尅《いくそばくのか》るゝ丈《たけ》は身《み》を逃《のが》れんと焦《あ》慮《せ》りしにはあらずや。

友《とも》への誇《ほこ》り、父母《ふぼ》への功《こう》、世《よ》に時《とき》めく人《ひと》へ嫁《とつ》がんとの平常《ひごろ》の思《おも》ひ、嵩《こう》じに嵩《こう》じて、小濱家《こはまけ》より迎《むか》へられしまゝ、先《さ》きなる妻《つま》は我《わ》が爲《ため》去《さ》られしとの事《こと》をも耳《みゝ》にしながら、然《さ》までにこの身《み》は戀《こ》はれしなりとの女情《をんなごゝろ》の虛榮心《みえごゝろ》のみ長《ちやう》じて、世《よ》に幸多《さちおほ》き身《み》を誰《たれ》にとしもなく心《ひそ》かに謝《しや》しつゝ、一向《ひたすら》小濱保江《こはまやすえ》の名《な》に憧《あこが》れてこそは嫁《とつ》ぎ來《き》しか。

榮華《えいぐわ》に醉《ゑ》ひし其《そ》の心《こゝろ》、嘲《あざけ》り蔑《さ》みする姉由珂子《あねゆかこ》の思《おも》ひは常識《つね》にして、嘲《あざけ》らるゝ毎《ごと》に顧慮《かへり》みて、我《わ》が心《こゝろ》の賤《いや》しきを自《みづか》ら覺《さと》らぬにもあらざりしが、一《ひ》と度飾《たびかざ》りしこの榮《はえ》をやみ〳〵と再《ふた》び打《う》ち捨《す》つる事《こと》の可惜《いとを》しく、夫《をつと》が我《わ》れを思《おも》ふ情《なさけ》を云《い》ひ立《た》てに、飽《あ》くまで縋《すが》りて小濱《こはま》の家《いへ》は動《うご》くまじと心定《こゝろさだ》めたる、其《そ》の胸《むね》の底《そこ》の醜《みにく》しとも醜《みにく》し。

名《な》望ある人《ひと》の許《もと》に嫁《ゆ》きて友羨《ともうらや》ませんとの卑小《さも》しき心《こゝろ》、贅《ぜい》に贅《ぜい》を重《かさ》ねて仕度三昧《したさざんまい》に世《よ》をば花《はな》やかに過《す》ごさんとの下賤《げせん》の思《おも》ひ、我《わ》れは所詮清《しよせんきよ》く氣高《けたか》き女《をんな》にはあらざりき。我《わ》れ保江《やすえ》の請《こ》ひに跪《ひざまづ》かずして、直子《なほこ》が憂《う》き上《うへ》を思《おも》ひやりしならんには、其《そ》の人《ひと》は夫《をつと》の傍《そば》に、何時《いつ》かは夫《をつと》の心和《こゝろやはら》ぎ初《そ》めて、幸《さち》福ある一生《いつしやう》を樂《たの》しみしなるべきを。遂《つひ》に其《そ》の人《ひと》を果敢《はか》なき運命《さため》の手《て》に我《わ》れ抱《いだ》かせ置《お》きて、胸痛《むねいた》き思《おも》ひに惱《なや》みし事《こと》もなき其《そ》の心《こゝろ》と、厭《いと》はれし悲《かな》しみ去《さ》られし恨《うら》みは思《おも》はずして猶《なほ》、良人《をつと》に焦《こが》れ子《こ》を慕《した》ひて、切《せつ》なる思《おも》ひの餘《あま》りは死《し》をさへ望《のぞ》める、其《そ》の美《うつく》しき心《こゝろ》とを比《くら》べて、雪《ゆき》の下《した》なる道傍《みちばた》の塵《ちり》と、汚《きたな》くも小《ちい》さき我《わ》が思《おも》ひ、徒《いたづ》らに面《おもて》を人《ひと》に向《む》くるも恥《はづ》かしきまで、我《わ》れと我《わ》が身《み》の憂《う》くも疎《うと》ましき。

車上《しやじやう》の思《おも》ひの取《と》り止《とま》らねど、芳美《よしみ》は一《ひ》と向《む》きに身《み》を責《せ》めて、心《こゝろ》に悔《く》ひて、今《いま》は一《ひ》と時《とき》と長《なが》う小濱《こはま》の家《いへ》に我《わ》が影映《かげうつ》らせまじとの決心固《けつしんかた》う、夢《ゆめ》とも現《うつゝ》とも、氣《き》は上《のぼ》りに上《のぼ》りて更《さら》に辨《わきま》へぬ程《ほど》を、何時《いつ》しか車《くるま》は中根岸《なかねぎし》なる我《わ》が家《や》の構《かま》への外《そと》を走《はし》れるに、呼《よ》び止《と》めて其所《そと》に扣《ひか》へさせつ。

日《ひ》は暮《く》れ初《そ》めて、力《ちから》なき影《かげ》を高樓《かうろう》の廂《ひさし》に投《な》げつゝ、誰《た》が彈《たん》ずるか、其方《そなた》より物《もの》にこもりて聞《き》こゆるピアノの音《ね》細《ぼそ》く、打水《うちみづ》のあとに風冷々《かぜひやひや》と裙《すそ》を吹《ふ》きて、氷賣《こほりう》る兒《こ》の、殘《のこ》りたる荷《に》の一《ひ》と入重《しほおも》げに、喘《あえ》ぎ喘《あえ》々て急《せ》はしう行《ゆ》き過《す》ぎる。

芳美《よしみ》は其處《そこ》より歩足《かち》にて門内《うち》に入《い》れば、思《おも》ひもかけず、近《ちか》く傍《かたはら》に、

「お歸《かへ》り遊《あそ》ばせ。」

と會釋《ゑしやく》する人《ひと》あるに驚《おどろ》きて、我《わ》れ知《し》らず足萎縮《あしすく》ませて立止《たちどま》りたれど、新參《しんざん》の下女《はしため》、苟《かりそ》めに小枝子《さえこ》を脊《せ》負《お》ひて立《た》てるを見《み》て、落着《おちつ》きがほに、

「あゝ」と輕《かる》う受《う》けつゝ其《そ》の横方《よこて》に廻《ま》はりて、蒼《あを》ざめし頰《ほゝ》の寂《さび》しく、先《さ》きの險《けは》しく鋭《するど》かりしに代《か》へて力《ちから》なく潤《うる》みを帶《お》びたる眼《め》を上《あ》げて、すや〳〵と其《そ》の脊《せ》に眠《ねふ》れる小枝子《さえこ》の顔《かほ》を、少時《しばし》凝視《ぢつ》と眺《なが》め入《い》りしが、小《ちい》さき片手《かたて》を其《そ》の肩《かた》より外《はづ》して、横顔《よこがほ》を脊《せ》に、くり〳〵したる眼《め》は長《なが》き睫毛《まつげ》に掩《おほ》はれ、ふつと結《むす》びし唇《くちびる》ほつとりと朱《しゆ》を打《う》ちしやうにて、頰《ほゝ》にかゝりたる毛《け》の彩《あや》の蔭《かげ》に涙《なみた》の痕《あと》の可憐《いぢ》らしき、世《よ》の子《こ》とは變《かは》りて、遊《あそ》びに疲《つか》れて寐入《ねい》れるにはあらずして、繼母《はゝ》への氣《き》兼《が》ね、風荒《かぜすさ》ぶ父《ちゝ》の蔭《かげ》は恐《おそ》れて、奪《うば》はれ

たる母《はゝ》の蔭《かげ》のみ探《たづ》ね慕《した》ふその涙《なみだ》に、小《ちい》さき身《み》をば疲《つか》らして寐入《ねい》れるかと胸切《むねせま》りて、覺《おぼ》えずはら〳〵と落《お》ちし涙《なみだ》を、そと後《うしろ》に拂《はら》ひながら、

「風邪《かぜ》でもお冒《ひ》きだと惡《わる》いよ。」

「あの、お孃樣《ちやうさま》ですか。」と身《み》を反《かへ》して、

「たつた今《いま》、お寢付《ねつ》き成《な》さいましたばかりで。」

「然《そ》う。」と點頭《うなづ》きて、

「お前《まへ》ね、私《わたし》の歸《かへ》つて參《まゐ》つた事《こと》は誰《たれ》にも暫《しば》らく云《い》はずに置《お》いておくれ、少《すこ》し、蒼蠅《うるさ》くては困《こま》る用事《ようじ》があるのだからね。」

「はい。」

「御門《ごもん》で逢《あ》つた事《こと》さへ云《い》はずに置《お》いてくれゝば好《い》いのだから。」

「はい。」

云《い》ひ捨《す》てゝ芳美《よしみ》は裏手《うらて》の常用口《じやうようぐち》へと廻《まは》り行《ゆ》く。心付《こゝろづ》かぬ若《わか》き下婢《はしため》、身《み》を搖《ゆす》りて守歌《もりうた》低《ひく》し。

十

薄暗《うすぐら》き中廊下《なからうか》、芳美《よしみ》は忍《しの》び足《あし》に摺《す》り拔《ぬ》けて、突《つ》き當《あた》りの杉戸《すぎど》を押《お》せば我《わ》が居室《ゐま》なり。不在《るす》なればとの仲《なか》の取《と》り計《はか》ひか、閉《た》て籠《こ》めし室《へや》のうち暗《くら》く、燻《た》き物《もの》の香《かを》り時久《ときひさ》しう籠《こも》り居《ゐ》たるが、襖《ふすま》をするりと開《あ》くる途端《はづみ》に鼻《はな》を打《う》つ。芳美《よしみ》は不圖《ふと》それに心《こゝろ》を洗《あら》はれしやうに覺《おぼ》えて、再《ふた》び元《もと》の儘《まゝ》に閉《た》て切《き》りつゝ、窓際《まどぎは》

の机《つくゑ》の許《もと》に立《た》ち寄《よ》るより、硯箱《すゞりばこ》を引《ひ》き寄《よ》せて墨摺《すみす》り流《なが》せしが、抽斗《ひきだし》の中《なか》より紫色《むらさきいろ》の端紙《はしかみ》取《と》り出《い》でゝ、硯《いし》に筆下《ふでおろ》す樣子《さま》の微塵《みぢん》騷《さわ》げる氣色《けしき》もなく、思案《しあん》の眼許《めもと》は澄《す》みに澄《す》みて少時《しばし》紙《かみ》の表《おもて》を見詰《みつ》むるその時《とき》、亂《みた》るゝ思《おも》ひに心聾《こゝろし》ひて、さらに耳《みゝ》にと停《とま》らざりしピアノの音《ね》、微妙《びみやう》の響《ひゞ》きを傳《つた》へ來《き》て、立《た》ち舞《ま》へる天女《てんによ》が裳《もすそ》の花片《はなびら》に觸《ふ》るゝ音《ね》の其《そ》れかとばかり幽《かすか》に聞《き》こえしを、今心冴《いまこゝろさ》えゆく儘《まゝ》に芳美《よしみ》はふつと心付《こゝろづ》きて、其處《そこ》ともなく上《あ》げたる面《おもて》に音色《ねいろ》を追《お》ひつゝ、良人《をつと》が徒然《つれ〴〵》の手弄《てすさ》びかと呟《つぶや》きて、溢《あふ》るゝ涙《なみた》を筆持《ふでも》ちし片手《かたて》に拂《はら》ふ。一行《いちぎやう》、二行《にぎやう》、走《はし》り書《か》きして、

餘《あま》りの不意《ふい》に如何《いか》ばかり御驚《おんおどろ》き遊《あそ》ばさるべき、御腹立《おんはらた》ちもさこそと其《そ》れのみ悲《かな》しく存《ぞん》じ候《そろ》、淨《きよ》らかならぬ我《わ》が心《こゝろ》を悔《く》ひて、世《よ》にも哀《あは》れなる不幸《ふかう》の極《きは》みは、御命《おいのち》さへ迫《せま》れる人《ひと》の御上《おんうへ》をば思《おも》ひまゐらせて、今日《けふ》を限《かぎ》りに御前去《おんまへさ》り候なれば、何《なに》も〳〵御咎《おとが》めなく、御許《おゆる》しあそばされて永《とは》の暇《いとま》をたまはるやう偏《ひとへ》に願《ねが》ひまゐらせ候、申上《まうしあ》げ度《た》きこと數知《かずし》れず候《さふら》へ共《ども》、生中《なまなか》に御面拜《おんおもてはい》し參《まゐ》らせては、氣《き》も弛《ゆる》み、心《こゝろ》の張《は》りも消《き》え候ふべく……

ふと筆止《ふでと》めて、懷《なつか》しき音《ね》を振《ふ》り仰《あふ》げば、妻《つま》の歸《かへ》りを待《ま》つ間《ま》憂《う》くして、好《この》むピアノに心《こゝろ》をやる人《ひと》の、曲《きよく》は猶續《なほつゞ》きに續《つゞ》きて、其《そ》の音《ね》は宏《ひろ》く彼方《かなた》の空《くう》に、走《はし》りては消《き》え、消《き》えては起《おこ》り、戀《こひ》の涙《なみた》に咽《むせ》び入《い》りては又幽《またかすか》に、絶《た》え入《い》りては又狂《またくる》ひ立《た》つ音《ね》の妙《たへ》を、ソナタの曲《きよく》は我《わ》れも好《この》みて、良人《をつと》が彈《たん》ずる其《そ》の傍《かたはら》に、我《わ》が手《て》を添《そ》えて、敎《をし》へられて、羞《は》ぢらひし事《こと》もありしが、そは僅《わづか》に一《ひ》と月以前《つきむかし》の月《つき》の宵《よひ》なりき。と果敢《はか》なき緣《えにし》を思《おも》ふ儘《まゝ》に涙堰《なみたせ》き敢《あ》えず、濡《ぬ》らし初《そ》めたる文字《もじ》の上慘《うへにじ》みたるを、周章《あわたゞ》しう袖《そで》に押《お》して、

いま彈《たん》じ給《たま》ふピアノの音色《ねいろ》、永《なが》き御別《おんわか》れの紀念《かたみ》と深《ふか》く身《み》に徹《し》みまゐらせて、此《こ》の儘《まゝ》に一人《ひとり》此家《こゝ》をば

立去《たちさ》り申《まう》すべく候、姉上《あねうへ》さま後《おく》れてお一人《ひとり》戻《もど》り給《たま》ふを見《み》そなはさば、其《そ》れにて大方《おほかた》は御合點《ごがてん》參《まゐ》り給《たま》ふべく、姉上樣《あねうへさま》の御心《みこゝろ》は飽《あ》くまで清《きよ》う曇《くも》りなく在《い》らせらるゝに候へば、私《わたくし》思《おぼ》し給《たま》ふの御情《おんなさけ》より御無《ごむ》理《り》なる事《こと》など仰《おほ》せられ、唯一人《たゞひとり》の姉上樣《あねうへさま》とその爲《ため》御爭《おんあらそ》ひなど構《かま》へて遊《あそ》ばされぬやう、くれ〴〵もこれのみ念《ねん》じまゐらせ候。

と、筆《ふで》を投《な》げざま、芳美《よしみ》は机《つくゑ》の上《うへ》に俯伏《うつぶ》して咽《むせ》び入《い》る。かゝる切《せつ》なき別《わか》れとは思《おも》はざりき。虛榮《きよえい》に暗《くら》みて來《き》しものを、醒《さ》めて歸《かへ》るに何悲《なにかな》しきふしもあるまじきと思《おも》ひしが、優《やさ》しき君《きみ》の情《なさ》けの程《ほど》、何時《いつ》か身《み》に心《こゝろ》に徹《し》み染《そ》めて忘《わす》られぬ印象《しるし》とや殘《のこ》りけん、我《わ》れも今別《いまわか》れゆきて、報《むく》ひは、直子《なほこ》と同《おな》じう病《や》みて衰《おとろ》へて死《し》を樂《たの》しむの人《ひと》と成《な》るならん。芳美《よしみ》は面《おもて》を起《おこ》して、

涙《なみだ》のみ湧《わ》き出《い》でゝ筆進《ふですゝ》まず候。これにて止《とゞ》め申《まうし》候。

と切《き》りて、封《ふう》じ包《づゝ》みの見《み》えぬにその儘《まゝ》、疊《たゝ》みて机《つくゑ》の上《うへ》に乘《の》せつゝ、人《ひと》の氣付《きづ》かぬ程《ほど》を邸宅《やしき》より出《い》でばやと立上《たちあが》りて、我《わ》れあらぬ程《ほど》は寂《さび》しとて今日《けふ》も出際《でぎは》に殘《のこ》り惜《を》し氣《げ》に見送《みおく》られし良人《をつと》の、此處《こゝ》に此處《これ》を披《ひら》き見《み》る時《とき》、歎《なげ》きもし給《たま》ふべし怒《いか》りも爲給《したま》ふべし。無斷《むだん》に去《さ》るを後世《ごせ》三世《さんぜ》、咎《とが》められなば如何《いか》にすべき、せめて一《ひ》と言告《ことつ》げて行《ゆ》くべきか、一言《ひとこと》は十言百言《とことひやくこと》にて猶盡《なほつ》きず、所詮《しよせん》は家《いへ》を出《い》づる折《をり》なくして終《をは》るべきを、後《のち》に再《ふた》び逢《あ》ひまつりて詫《わ》び聞《き》こえん迄《まで》も、潔《いさぎよ》く今身《いまみ》を去《さ》りて我《わ》が覺悟《かくご》の念《ねん》をも強《つよ》うさせねば成《な》るまじき。と思《おも》ひ返《かへ》して、今《いま》を名殘《なご》りの室內《へや》をば眺《なが》めて、立向《たちむか》ふ姿見《すがたみ》に、露《つゆ》に凝《こ》りて疊《たゝみ》に玉《たま》と散《ち》りし涙《なみだ》を、足《あし》に踏《ふ》みて懷紙《ふところがみ》にそと面《おもて》を押《おさ》へつゝ、床《とこ》の傍《そば》に進《すゝ》み寄《よ》りて、手箱《てばこ》の內《うち》より探《さぐ》り出《い》でた

る寫眞一葉《しやしんいちえふ》、半巾《はんけち》にくる〳〵と押包《おしつゝ》みて抱《かゝ》へながら椽《えん》へと出《い》でつ、何時《いつ》の程《ほど》か雲帶《くもね》びたる夕空低《ゆうぞらひく》う、七月《しちぐわつ》の下《しも》つ方秋《かたあき》あきたる風冷《かぜつめた》う鬢《びん》をふきて、輕羅《うすもの》の袖《そで》ひら〳〵と寒《さぶ》げに舞《ま》ふ。

霄々《よひく》の、庭逍遙《にはあるき》の用《よう》に供《そな》へ置《お》く裏付《うらつき》の草履《ざうり》、下《お》り立《た》ちざまに穿《は》けば、緋《ひ》の鼻緒《はなを》は裾《すそ》に映《うつ》りて、黒《くろ》き蝶《てふ》一《ひ》とつ其《そ》の蔭《かげ》を搯《す》り拔《ぬ》けて高《たか》く飛《と》びゆく。果敢《はか》なく行方《ゆくへ》を眺《なが》めて、寫眞抱《しやしんかゝ》へし片袖《かたそで》を右手《めて》に押《おさ》へて立《た》ちしが、耳《みゝ》の許《もと》に低《ひく》く「芳美《よしみ》！」と呼《よ》ぶ夫《をつと》の聲《こゑ》に驚《おどろ》かされて。思《おも》はず蹌踉《よろめき》ながら振《ふ》り返《かへ》れば、人影《ひとかげ》は葭戸《よしど》の内《うち》にも見《み》えずして、物《もの》の動《ゆる》ぎの其《そ》れさへもあらず、楷上《かいじやう》にピアノの音《ね》は、御空《みそら》の雲遠《くもとほ》く身《み》も心《こゝろ》も昇《のぼ》りゆくかと疑《うたが》はるゝまで冴《さ》えに冴《さ》えゆきて。

芳美《よしみ》は立《た》ち惱《なや》むまで其處《そこ》に泣《な》き入《い》りて、やがて涙《なみだ》を拭《ぬぐ》ひながら徐《しづか》に敷石《しきいし》を踏《ふ》みたれど、夫《をつと》の手《て》に彈《たん》ずるピアノの音《ね》に心《こゝろ》は迷《まよ》ひ狂《くる》ひて、その音色《ねいろ》に身《み》を觸《ふ》れんと焦慮《あせ》り、せめては今一度《いまいちど》その優《やさ》しき腕《うで》に縋《すが》りて泣《な》きも得《え》せばと身《み》を悶《もだ》えて、芳美《よしみ》は椽《えん》に咽《むせ》び臥《ふ》す。調《しら》べは流暢《なだらか》になりて春風《はるかぜ》の川面《かはづら》を撫《な》づるごと。

庭《には》は靜《しづか》に、杉戸《すぎど》の奥《おく》に物音《ものおと》して、掃除《さうぢ》にざわめく女《をんな》の聲俄《こゑにはか》に騷《さわ》がしく、此方《こなた》にも入《い》り來《く》る氣合《けあひ》の、心《こゝ》地安《ちやす》からで、芳美《よしみ》は周章《あわたゞ》しう身《み》を起《おこ》しながら、更《さら》に跪《ひざまづ》きつゝ何《なに》か祈願《きがん》をこめて、裙《すそ》の亂《みだ》れも其《そ》の儘《まゝ》に、切戸《きりど》を押《お》して外《そと》に出《いづ》れば、此處《こゝ》も庭《には》にして、築山《つきやま》の蔭《かげ》に、母家《おもや》離《はな》れし由珂子《ゆかこ》の居室《ゐま》は繪《ゑ》のやうに小《ちい》さく、伊豫簾《いよすだれ》捲《ま》きたる奥《おく》にはや燈火淡《ともしびあは》く射《さ》して、人影動《ひとかげうご》くに、芳美《よしみ》は見咎《みとが》められじと身《み》を垣《かき》に小《ちい》さう潜《ひそ》めながら傳《つた》ふて、水打《みづう》ちかけて開《ひら》かれし儘《まゝ》なる木戸《きど》をば出《いづ》る際《とき》、橋廊下《はしらうか》を渡《わた》り行《ゆ》く下女《げぢよ》の一人《ひとり》は、目《め》敏《さと》く見留《みと》めて、

「おや、何時《いつ》の間《ま》にお歸《かへ》りて。」と辭儀《じぎ》する。唯《たゞ》點頭《うなづ》き見《み》せて、悉皆《みな》内障子《うちしやうじ》閉《とざ》されたる客間《きやくま》の方《かた》を後方《うしろ》に、少時《しばし》逍遙《さすら》へるさまに佇《たゝず》む程《ほど》を、誰《たれ》に告《つ》ぐるとてか下女《げぢよ》は足早《あしばや》に引返《ひきかへ》し行《ゆ》くに、この間《ま》をと芳美《よしみ》は急《いそ》ぎ横切《よこぎ》り出《い》でゝ、其處《そこ》にも立《た》ちし下男《げなん》を何氣《なにげ》なう遣《や》り過《す》ごしつゝ、玄關《げんくわん》の側面《よこ》より門《もん》の潜《くゞ》りまで一《ひ》と筋《すぢ》に、見返《みかへ》りもせで出《い》で去《さ》りたり。

ピアノの音《ね》は一《ひ》としきり澄《す》みて、君《きみ》が影《かゆね》追ふらしく、幻《うつゝ》に迷《まよ》ひ宙《ちう》を走《はし》りて、餘韻《よゐん》長《なが》う消《き》え行《ゆ》く。

十一

雨《あめ》しとしとと降《ふ》り出《い》でゝ、夕凉《ゆふすゞ》みも門《かど》に見《み》えぬ路次口《ろじぐち》淋《さび》しく、共同井戸《きやうどうゐど》を眞中《まなか》にして、横方《よこて》の土藏《どざう》に添《そ》へる平家《ひらや》造《づく》りの、淺香《あさか》と軒燈《けんとう》に文字《もじ》太《ふと》き格子戸《かうしど》の前《まへ》に立《た》ちて、芳美《よしみ》は入《い》りも兼《か》ねたる風情《ふぜい》に雨《あめ》を庇《ひさし》に避《さ》けながら。雨戸《あまど》一枚《いちまい》引《ひ》き寄《よ》せたる方《かた》に身《み》を忍《しの》ばせて、裾《すそ》かゝ掲《か》ぐる手許《てもと》の震《ふる》え心《こゝろ》ならぬさまに思《おも》ひ煩《わづら》ふ折《をり》を。格子《かうし》の鈴《すゞ》の音《おと》氣魂《けたゝま》しく響《ひゞ》きて内《うち》より人《ひと》の出《い》づる氣合《けあひ》に、怪《あや》しまれまじと少《すこ》し身《み》を退《ひ》かせて窺《うかゞ》へば、

「其《そ》れでは何卒《どうぞ》、五日《いつか》まで……」

「宜《よ》う御座《ござ》います、其《そ》の代《かは》り今度《こんど》こそ間違《まちが》はないやうにして下《くだ》さいよ、お互《たが》ひに無駄《むだ》足《あし》のないやうにね。」

「いえもう、五日《いつか》には決《けつ》して間違《まちが》ひ御座《ござ》いませんので。」

「何《ど》うか然《さ》う云《い》ふ事《こと》にね。お宿《やど》へよろしく。は左様《さやう》なら。」

問答《はなし》終《をは》りて小商人《こあきうど》の女房《にようばう》らしき、貧《ひん》に面窶《おもやつ》れせし躰見窄《ていみすぼ》らしく、脊低《せいひく》きが格子戸《かうしど》を立《た》ち出《い》でしに、芳美《よしみ》はこの機《おり》を外《はづ》すまじと内《うち》を見込《みと》みつゝ歩《あゆ》み寄《よ》りて、女房《にようばう》が奈落《ならく》の底《そこ》より浮《うか》み出《い》でしやうなる面色《おもゝち》に、傘《かさ》も手《て》にせし儘後《まゝあと》をも見《み》ず、すた〳〵と走《はし》り行《ゆ》きし其《そ》の跡《あと》に立《た》ちて、内《うち》なる手洋燈《てらんぷ》の光《ひか》りを受《う》けながら、

「おつかあさん。」と低《ひく》く呼《よ》ぶ。

「おや、芳美《よしみ》かえ。」

腰《こし》を屈《かゞ》めて彼方《かなた》も外面《そと》を透《すか》せしやうなりしが、

「おや〳〵まあ、珍《めづ》らしいぢやないか、大層遅《たいそうおそ》くにねえ、何處《どこ》からお迂曲路《まはり》だつたい？」

手洋燈《てらんぷ》を持《も》ちし儘《まゝ》、土間《どま》に下《お》り立《た》ちて、

「生憎降《あひにくふ》り出《だ》して來《き》たのにさ、お伴衆《ともしゆ》は何《ど》うおしだ、え？」

芳美《よしみ》は思《おも》ひ切《き》りて、格子戸《かうしど》を潜《くゞ》りつゝ、

「いゝえ、私一人《わたしひとり》なんですよ、まあ上《あが》らして下《くだ》さい、いろ〳〵なお話《はなし》があつて！」

「おゝ然《そ》うかえ。」と、
何氣《なにげ》なくは云《い》ひしものゝ、格子戸《かうしど》を後《うしろ》より閉《た》てゝ、手燭《てともし》に娘《むすめ》の姿《すがた》を少時《しばし》眺《なが》めつ透《すか》しつせし母親《はゝおや》は、早《はや》くも普通《たゞ》ならぬ氣色《けしき》と悟《さと》りて點頭《うなづ》きながら、芳美《よしみ》共々上《とも〴〵うへ》に上《あが》りて先《さ》きに立《た》ちつゝ茶《ちや》の室《ま》に入《はい》りざま、

「阿父《おとつ》さん、芳美《よしみ》が來《き》ましたよ。」

と手燭をふつと吹き消《け》す。

長火鉢《ながひばち》の向《むか》ふに、薩摩絣《さつまがすり》の單衣《ひとへ》着《き》て眼鏡《めがね》かけたる、瘦《や》せて病身《びやうしん》らしき老人《としより》の、新聞《しんぶん》より離《はな》したる眼《め》を入《い》り口《ぐち》に向《む》けて、眼鏡《めがね》越しに、

「娘《むすめ》が來《き》た？　一人《ひとり》でか？」

「あゝ一人《ひとり》で來《き》たんですよ。」

小《ちひ》さき花月卷《くわげつまき》に結《むす》びて、菊石《あばた》の痕《あと》は薄《うす》う色黑《いろくろ》き、齒並《はなみ》の白《しろ》さが際立《きはだ》ちて恐《おそろ》し氣《げ》なる面立《おもだち》の、端然《きちり》と長《なが》き膝《ひざ》を折《を》る傍《そば》に、芳美《よしみ》もつゞきて坐《すは》りつゝ、面《おもて》を見《み》せぬやうにして、

「誠《まこと》にしばらく。お父樣《とうさん》もお母樣《つかあさん》も御機嫌《ごきげん》よろしくて！」

見《み》るより父《ちゝ》は忽《たちま》ち笑顏《ゑがほ》に、胡坐《あぐら》の膝《ひざ》を立《た》て直《なほ》して、

「おゝ能《よ》く來《き》たな。俺《おれ》はまあ達者《たつしや》だが、お前《まへ》も病《や》み煩《わづら》ひもせぬと見《み》えて丈夫《じやうぶ》らしいな、何《なに》より結構《けつこう》だ。」

「はい。」

芳美《よしみ》は云《い》ひし儘《まゝ》、兩手《りやうて》を疊《たゝみ》に支《つ》きて深《ふか》く首垂《うなだ》るゝ。母《はゝ》は意《こゝろ》あり氣《げ》に見守《みまも》りて、

「丸髷《まげ》にお結《ゆ》ひだね、大層《たいそう》もない中挿《なかざし》だね、指環《ゆびわ》ばかりも……」

と見上《みあ》げ見下《みおろ》し、窺《のぞ》き込《こ》みて、

「兩方《りやうはう》の指《ゆび》に四《よ》つぢやないか、まあ大《たい》したものだねえ、始《はじ》めて歸《かへ》つて來《き》た時《とき》よりも漸次《たん〳〵》と立派《りつぱ》におなりだよ。悉皆《みんな》保江《やすえ》さんが拵《こしら》へて下《くだ》さるのだらうが、此樣《こんな》に大切《たいせつ》にして下《くだ》さるものを仇《あだ》や疎《おろそ》かに思《おも》つた

ら罰《ばち》が當《あた》ります。何時《いつ》も云《い》ふ事《こと》だけれど、ほんとにお前《まへ》は仕合《しあは》せなのさ。まあ一寸《ちよいと》斯《か》う見積《みつも》つたばかしても、私等《わたしら》にや能《よ》くも分《わか》らないだ、今其《いまそ》の身躰《からだ》に附《つ》いて居《ゐ》るものだけでも中々《なか〳〵》千兩《りやう》ぢや利《き》きません、ほんとに結構《けつこう》な身分《みぶん》だよ、お隣家《となり》の春《はる》さんが月《つき》に三百圓《ゑん》取《と》る官員《くわんいん》さんの許《ところ》へお嫁《い》でだが、何《ど》うして何《ど》うしてお前《まへ》の足許《あしもと》にも追付《おつゝ》いたもんぢやない、其《そ》れでも親御《おやご》は世間《せけん》へ大吹聽《おほふいちやう》さ、考《かんが》へて見《み》りやお前位《まへぐらゐ》の身分《みぶん》になる人《ひと》は。萬人《まんにん》は一人百萬人《ひとりひやくまんにん》に一人《ひとり》と云《い》つても好《い》い位《くらゐ》なんだから、其《そ》れで旦那樣《だんなさま》の戀女房《こひにようばう》なんだからね、全《まつた》くお前《まへ》の上《うへ》は何萬《なんまん》の人《ひと》が羨《うらや》んで居《ゐ》るか知《し》れやしない。仕合《しあ》はせにもなんにも、ねえ。」

息《いき》も吐《つ》き敢《あ》えず、捲《まく》し立《た》てゝ饒舌《しやべ》り續《つゞ》くるに父《ちゝ》は呆《あき》れて、

「まあ少《ち》つと休《やす》み〳〵物《もの》を云《い》ひ成《な》さい、何《なん》だべら〳〵べら〳〵、祿《ろく》にまだ芳美《よしみ》の挨拶《あいさつ》さへ聞《き》かぬうちから饒舌《しやべ》り立《た》てる！」

「默《だま》つて居《ゐ》て下《くだ》さい、良人《あなた》にや分《わか》らない事《こと》なんですよ、饒舌《しやべ》らないぢや成《な》らない譯《わけ》があるから饒舌《しやべ》りもするんです。」

膝《ひざ》を向《む》け直《なほ》して、

「芳美《よしみ》や。」とやさしく、

「阿母《おつか》さんは、今夜《こんや》お前《まへ》が何《なん》の爲《ため》に出《で》て來《き》たかつて事《こと》はちやんと知《し》つて居《ゐ》ます、そりやもうお前《まへ》が云《い》はないでも私《わたし》にはちやんと分《わか》つちや居《ゐ》るが、お前何《まへなん》で其樣《そんな》辛抱氣《しんばうぎ》のない事《こと》をおしなのだえ？」

「おい〳〵何《なに》を云《い》ふんだ、藪《やぶ》から棒《ぼう》に下《くだ》らない、稀有《たま》に來《き》たものを捉《つか》へて。」

「默《だま》つてお在《い》でなさいと云《い》ふのに、良人《あなた》になんぞ何《なに》が分《わか》るものかね、芳美《よしみ》はそんな氣樂《きらく》な沙汰《さた》で實家《うち》

へ來《き》たんぢやありませんよ、例《れい》の居候《ゐそうろう》の姉《あれ》に苛責《いぢ》められて、小濱《こはま》の家《うち》を出《で》て來《き》たんですよ。」

思《おも》はず眼鏡《めがね》を外《はづ》して、小《ちひ》さく下《さが》りたる眼《め》を瞬目《しばたゝか》せながら、前《まへ》へ乗《の》り出《い》でゝ、

「芳美《よしみ》！　そんな事《こと》で出《で》て來《き》たのか、え？」

芳美《よしみ》ははつと平伏《ひれふ》して、

「お父樣《とうさん》、申譯《まうしわけ》も御坐《ござ》いません。」

「其《そ》れ御覽成《ごらんな》さい、私《わたし》にやちやんと解《よ》めて居《ゐ》るんです。其《そ》れさへも分《わか》らない良人《あなた》が、口《くち》なんぞをお出《だ》し成《な》さらずと、默《だま》つて聞《き》いてさへ在《い》らつしやりや好《い》いんですよ。」

と再《ふた》び芳美《よしみ》に向《む》きて、

「阿母《おつか》さんの眼《め》は違《ちが》やあしまい、えゝ？　私《わたし》も内々《ない〱》三十面下《づらさ》げて獨身《ひとりみ》で居《ゐ》る姉娘《あねむすめ》の事《こと》は聞《き》いて能《よ》く知《し》つて居《ゐ》る、中々《なか〱》もんだそうだ。一《ひ》と通《とほ》りの女《をんな》ぢやないと聞《き》いて居《ゐ》るし、家《うち》にや先妻《せんさい》の子《こ》が居《ゐ》る事《こと》だし、こりやもう必《かな》らず一度《いちど》はお前《まへ》が辛抱氣《しんぼうぎ》もなく、やつて來《く》るに違《ちが》ひないと私《わたし》や覺悟《かくご》して居《ゐ》たんだよ、けれども其《そ》の人一人位《ひとひとりぐらゐ》の機嫌《きげん》が取《と》れなくつて、まあ今夜《こんや》の樣子《やうす》は知《し》らないがね、のこ〱と實家《うち》へ歸《かへ》つて來《く》るなんと云《い》ふ意氣地《いくぢ》なしがありますか。姑《しうとめ》があるんぢやなし、舅《しうと》さんが常始終《にやうびつたり》傍《そば》に居《ゐ》る譯《わけ》ぢやなし、思《おも》つて戴《いたゞ》いた旦那《たんな》樣一人《さまひとり》だけを相人《あひて》にして居《ゐ》りや濟《す》んで行《ゆ》かうと云《い》ふもんぢやないか、え、其《そ》れをさ、何《ど》れ程《ほど》いびり散《ち》らされたところで姉樣一人《ねへさんひとり》切《ぎ》りだけ我慢《がまん》すりや濟《す》むのに、其《そ》れが辛《つら》くつて大事《たいじ》の〱身分《みぶん》を捨《す》てゝ、まあ例《たと》へ一時《いちじ》でも家《うち》へ歸《かへ》つて來《く》るなんて、そんな不了簡《ふりやうけん》があるものかね。姑《しうとめ》にぢろり〱上眼《うはめ》で睨《にら》まれ、小姑《こじうと》にぢろり〱横目《よこめ》で見《み》られ、古參《ふる》い女《をんな》中達《たち》には陰《かげ》でこそ〱やられて

御覽《ごらん》、其《そ》れでも我慢《がまん》しやうと思《おも》へば堪《こら》へられない事《こと》のあるもんぢやない、然《そ》う然《そ》う二《ふた》つ好《い》い譯《わけ》にはゆかないさ、何《なに》しろ彼《あ》れ丈《だけ》の財産《ざいさん》で……」

思案《しあん》に沈《しづ》て居《ゐ》し父《ちゝ》はふと、

「然《そ》うのべつと譯《わけ》の分《わか》らない事《こと》を饒舌《しやべ》つたところで仕方《しかた》はない、まあ少《ち》つと默《だま》つて居《を》れ。」

さすがに母親《はゝおや》は云《い》ひ疲《くたび》れて、云《い》はるゝ儘《まゝ》に口《くち》を噤《つぐ》みて煙管《きせる》取《と》り上《あ》ぐる。

「然《そ》うか、そりやまあ無理《むり》のない事《こと》さ、ちと難澁《むづか》しい家《うち》と云《い》ふ事《こと》を、承知《しやうち》で嫁《や》りもし、お前《まへ》も又行《またゆ》きもしたのだから。」

芳美《よしみ》の肩先《かたさ》きはわなゝきて。

「我慢《がまん》をして出來《でき》ない事《こと》もないのだらうが、其《そ》れを出《で》やうと云《い》ふには、よく／＼の事《こと》が起《おこ》つたからであらう、今夜《こんや》は何《ど》んな工合《ぐあひ》で不意《ふい》と出《で》て來《き》たのだな、その姉《ねへ》さんと爭論《そうろん》でもして……」

「いゝえ。」芳美《よしみ》は周章《あわたゞ》しく遮《さへぎ》りて、

「そんな事《こと》では御坐《ござ》いませんの。」

「うむ。」

と父《ちゝ》は耳《みゝ》を欹《そばた》てたれど、後《あと》を云《い》はぬに、

「然《そ》うか、まあよく／＼の事《こと》だらうよ、な、然《しか》し其所《そこ》を辛抱《しんぼう》するのが女《をんな》の道《みち》だ、一旦嫁入《いつたんよめい》りした以上《いじやう》は、離緣《りえん》をされたり離緣《りえん》を貰《もら》ふと云《い》ふやうな事《こと》は女《をんな》のこの上《うへ》もない恥辱《はぢ》なんだ、まして、お前《まへ》は何《ど》うして出《で》て來《き》たのか知《し》らないが、夫《そつと》の許《ゆる》さない限《かぎ》り一人定《ひとりぎ》めに出《で》て了《しま》ふと云《い》ふやうな女《をんな》らしくもない事《こと》をしたり。」

云《い》ひかくるを母《はゝ》は止《とゞ》めて、

「又《また》お説教《せつきやう》ですか、そんな事位《ことぐらゐ》は良人《あなた》より芳美《よしみ》の方《はう》が百も二百も承知《しやうち》して居《ゐ》ますよ、何《なん》の爲《ため》に女學校《ぢよかつかう》までやらしたんです。」

と一《ひ》と言《こと》に打《う》ち消《け》して、

「もう〳〵、何《ど》んな苦《くる》しい事《こと》があつても辛《つら》い事《こと》があつても、お前《まへ》の阿父樣《おとつさん》や阿母樣《おつかさん》はこの通《とほ》り頑固《ぐわんこ》なんだから、何《ど》うせ云《い》ひ通《どほ》りには成《な》りやしない、そんな不了簡《ふりやうけん》なんぞは止《や》めてしまつて、後々《のち〳〵》の蒼蠅《うるさ》くないやうに、早《はや》く今夜《こんや》は歸《かへ》つた方《はう》が好《い》いよ、切《せつ》ない思《おも》ひや苦《くる》しい思《おも》ひは誰《たれ》だつて一度《いちど》は爲《す》るんだもの、そう好《い》い事《こと》づくめの人間《にんげん》つてはあるもんぢやない。可哀想《かわいそう》とも思《おも》ふが、其處《そこ》が出世《しゆつせ》の上《のぼ》り口《ぐち》だと思《おも》つて諦《あきら》めてかゝらないぢや可《い》けません。」

幾度《いくたび》か物云《ものい》ひさしては、甲斐《かひ》もなく又《また》噤《つぐ》み果《は》つる心弱《こゝろよわ》さ、父《ちゝ》が思惑《おもわく》、母《はゝ》が思惑《おもわく》、まして養《やしな》ひ親《おや》の恩《おん》を思《おも》ひて、芳美《よしみ》は胸《むね》絞《しぼ》らるゝやうなる切《せつ》なさながら、

「然《そ》う云《い》ふ事《こと》なら幾程《いくら》でも我慢《がまん》をいたします、殺《ころ》されても自分勝手《じぶんかつて》には出《で》て參《まゐ》りやいたしませんの。」

「おや、ぢや何《ど》うなんだえ、保江《やすえ》さんが遊《あそ》びでも始《はじ》めたと云《い》ふのかね？」

餘《あま》りに聯想《れんそう》のいやしさ、今更《いまさら》に芳美《よしみ》は厭《いと》はしく疎《うと》ましくて、

「そんなのぢや御坐《ござ》いませんの、勿體《もつたい》ない程《ほど》皆《みな》さんはお優《やさ》しい……」

と、衝《つ》き上《あが》る涙《なみだ》を呑《の》みて、

「お姉様《あねへさま》も好《よ》い方《かた》で在《い》らつしやいますし。」

「うむ。」

「其《そ》れで。」

父母《ふたり》は一心《いつしん》に耳傾《みゝかたぶ》くる。吊《つ》り洋燈《らんぷ》の光《ひか》り小《ちひ》さく、鼠《ねづみ》はかた〳〵と天井裏《てんじやううら》を走《はし》りて、庭《には》に雨《あめ》の音《おと》やゝ烈《はげ》しき。

十二

「何《なん》だえ、馬鹿《ばか》々々しい、それは人々《にん〳〵》が持《も》つて生《うま》れた果報《くわはう》ぢやないか、嫌《きら》はれて病氣《びやうき》になつた人《ひと》は人《ひと》、好《す》かれて嫁御寮《よめごりやう》になつて、何不足《なにふそく》なく陽氣《やうき》にやつて行《ゆ》く人《ひと》は人《ひと》、一々《いち〳〵》それを心《こゝろ》にかけて、彼《あ》れでは濟《す》まない此《こ》れでは濟《す》まない、みんな私一人《わたしひとり》の身《み》から起《おこ》つた事《こと》だ、私《わたし》さへ斯《か》うすれば彼《あ》の人《ひと》も仕合《しあは》せになるしこの人《ひと》も仕合《しあは》せにならう、自分一人《じぶんひとり》は何《ど》んな不仕合《ふしあは》せに成《な》らうと人《ひと》の上《うへ》さへ好《よ》ければ。と、成《な》る程《ほど》お上人樣《しやうにんさま》か佛樣《ほとけさま》でも仰有《おつしや》りさうな有難《ありがた》い文句《もんく》のやうだが、お前《まへ》は一體何《いつたいなん》なのだえ？　人間《にんげん》ぢやないか、佛樣《ほとけさま》はえらいから、人《ひと》に義理《ぎり》や恩《おん》をおかけ成《な》さらうとも、御自分《ごじぶん》に恩《おん》や義理《ぎり》なんて厄介《やつかい》なものは無《な》いから然《そ》う云《い》ふやうな事《こと》を云《い》つても濟《すま》してゆかれるが、人間《にんげん》に生《うま》れたからは其《そ》れ相應誰《さうおうたれ》にでも恩《おん》もあれば義理《ぎり》もある、お前《まへ》も恩《おん》を受《う》けた人《ひと》があらうが？　義理《ぎり》のある人《ひと》があらうが？　え？　其《そ》の恩《おん》や義理《ぎり》は何《ど》うする心算《つもり》だ、大切《たいじ》の恩《おん》や義理《ぎり》は捨《す》てゝも、見《み》ず知《し》らずの、他人《たにん》の、薄命《ふしあはせ》は見過《みす》ごしちや居《ゐ》られない！　そんな理窟《りくつ》を何處《どこ》で覺《おぼ》えてお在《い》でだ。生學問《なまがくもん》の聞《き》き噛《かぢ》り位始末《ぐらゐしまつ》につかないものはありやしない、私《わたし》が出《で》た後《あと》はその人《ひと》を舊通《もとどほ》り家内《かない》にして貰《もら》ひ度《た》いと置《お》き手紙《てがみ》して出《で》て來《き》たが聞《き》いて呆《あき》れる、女賢《をんなさか》しうして何《なん》とかと云《い》つて、然《そ》う賢女振《けんぢよぶ》つた揚句《あげく》は身慘《みじ》めなものさ、嫌《いや》な女《をんな》は離縁《りえん》して、好《す》きなものを家内《かない》にする、何《ど》うしやうと斯《か》うしやうと主人《あるじ》一人《ひとり》の勝手《かつて》ぢやないか、家内《かない》のお前《まへ》が彼《あ》れでは濟《す》むまいこれでは濟《す》むまい、と取《と》り仕切《しき》つて指圖《さしづ》をされる丈《たけ》の腕《うで》があると思《おも》つておいてか、全《まる》で慢心《まんしん》しきつて居《ゐ》るのだね馬鹿々々《ばか〳〵》しい、何《なん》の爲《ため》にあくせくと私等《わたしたち》はお前《まへ》を育《そだ》てたと思《おも》つて居《ゐ》るんだえ、恩知《おんし》らずが！」

罵《の》り盡《つく》されて芳美《よしみ》は面《おもて》も得上《えあ》げず、母《はゝ》の言葉《ことば》の一々《いち〳〵》に理《ことわり》と返《かへ》す言葉《ことば》もあらねばか。

「まあ然《そ》うがみ〳〵と云《い》ひ成《な》さんな、芳美《よしみ》の云《い》ふ事《こと》も理《り》は聞《き》こえて居《ゐ》る、無理《むり》ぢやない！　先妻《せんさい》が矢《やつ》張《ぱ》り子供《こども》を思《おも》ひ小濱《こはま》さんを思《おも》つて病《わづら》つて居《ゐ》ると聞《き》いたら、其《そ》れは好《い》い心持《こゝろもち》のする譯《わけ》のものぢやないとも、道理《どうり》だ。然《そ》う云《い》ふ事《こと》を耳《みゝ》にしない間《うち》は兎《と》も角《かく》、一旦《いつたん》聞《き》いては寢覺《ねざ》めも惡《わる》からうよ、俺《おれ》は少《すこ》しも芳《よし》美《み》の云《い》ふ事《こと》を無理《むり》とは思《おも》はないんだ。」

「何《なん》ですよ良人《あなた》迄《まで》が！　ぢや芳美《よしみ》の云《い》ふ通《とほ》りにして、此《こ》の儘《まゝ》芳美《よしみ》を此方《こつち》へ引取《ひきと》らうと云《い》ふんですか、え、良人《あなた》！」

舌《した》の切先《きつさき》は忽《たちま》ち父《ちゝ》の方《かた》へ向《む》く。

「ま、待《ま》ち成《な》さい、お前《まへ》のやうに然《そ》う性急《せいきふ》なことを云《い》つても困《こま》るが、然《しか》し大概《たいがい》は然《そ》う云《い》ふ樣《やう》な事《こと》に爲《す》るより他《ほか》はあるまいさ。」

「戲談《じやうたん》ぢやありません、ぢや、若《も》し芳美《よしみ》がこの儘《まゝ》煩《わづら》ひ付《つ》いて、其《そ》の先妻《せんさい》のやうに成《な》つたら何《ど》うします。

其《そ》れでも良人《あなた》は濟《す》まして居《ゐ》やうと云《い》ふんですか。」

實《げ》にも芳美《よしみ》は、既《はや》病める人《ひと》のやうにて、今日《けふ》一と日《ひ》の苦惱《くのう》に面《おもて》は窶《やつ》れ眼《め》は落《お》ちて、蒼《あを》き頰《ほゝ》をば傳《つた》ひても拭《ぬぐ》はぬ涙《なみだ》の痕《あと》、白《しろ》う輝《かゞや》きて凄《すご》く、丸髷《まげ》の恰好《かつこう》美《うつく》しければこそ。濡《ぬ》れし衣服《きもの》の、薄《うす》きを透《とほ》して唯濕然《たゞしめやか》に、身内《みうち》わな〳〵と震《ふる》へるなり。父《ちゝ》は眺《なが》めて默《もく》し入《い》る。

「私《わたし》はもう芳美《よしみ》が入《はい》つて來《き》た時《とき》、病氣《びやうき》ぢやないかと思《おも》つた位《くらゐ》です、自分《じぶん》で苦《くる》しまずともの事《こと》を苦《くる》しんで居《ゐ》るのだから仕方《しかた》はないが、芳美《よしみ》はもう半病人《はんびやうにん》ですよ。」

異樣《いやう》に終《をは》りの言葉《ことば》は癇走《かんばし》りつ。

「私《わたし》は何《ど》んなに病《わづら》つても……」

「それ、また、お前《まへ》は其《そ》れでよくつても親等《おやたち》は何《ど》うするんだ。親《おや》の心子《こゝろこ》知らずつてね、お前《まへ》なんぞは察《さつ》しもあるまいが日《ひ》がな一日《いちにち》如何《いか》な日《ひ》でも、私《わたし》はお前《まへ》の上《うへ》を案《あん》じない事《こと》はありやしないんだよ、家《うち》が難澁《むづか》しいから々々々々々々と其《そ》ればかりを氣《き》にして、何《ど》んな事《こと》もなくつて呉《く》れゝば好《い》い、彼《あ》あ云《い》ふ氣《き》の弱《よわ》い子《こ》なんだからひよつと病《や》み煩《わづら》ひをしないとも限《かぎ》らないが何《ど》うして居《ゐ》るか。と其《そ》れは〳〵我《わ》が身《み》を忘《わす》れてお前《まへ》の事《こと》ばかりを案《あん》じて居《ゐ》るんだ、お前《まへ》のやうな親《おや》に苦勞《くらう》をかけても人樣《ひとさま》の爲《ため》に仕樣《しやう》と云《い》ふ、利口《りこう》な人《ひと》には分《わか》らない事《こと》だがね。」

言葉《ことば》尻輕《じりかる》う、

「保江《やすえ》さんも保江《やすえ》さんぢやないか、其《そ》れ程大事《ほどだいじ》な女房《にようぼう》なら何處《どこ》へでも——大森《おほもり》へでも舞子《まひこ》へでも秘藏《かくま》つてゞも置《お》いて、一切自分《いつさいじぶん》の不始末《ふしまつ》なんぞは聞《き》かせないやうに爲《す》るが好《い》いぢやないか、私《わたし》は保江《やすえ》さんに思《おも》ふさま不服《ふふく》を云《い》はないぢや置《お》かない、娘《むすめ》を一生《いつしやう》の瑕瑾物《きずもの》にされて默《だま》つちや居《ゐ》られません。」

油汗滲《あぶらあせにじ》む額際《ひたひぎは》に青筋《あをすぢ》出《い》でゝ、蚊《か》一《ひ》とつ其所《そこ》に血《ち》を吸《す》へるも知《し》らず。父《ちゝ》は靜《しづか》に、

「お前《まへ》のやうな勝手《かつて》ばかりを云《い》つては可《い》かん、先妻《せんさい》の親達《おやたち》は何《ど》うだ、もつと狂氣《きやうき》のやうな騷《さわ》ぎをして居《ゐ》るだらう。」

「其《そ》りや然《そ》うでせうとも、我《わ》が子《こ》の可愛《かあい》さは誰《たれ》だつて全《おんな》じでさ。お氣《き》の毒《どく》ともお痛《いた》はしいともお察《さつ》しは申《まを》すが、何《なに》もその娘《むすめ》さんの身代《みがは》りに私《わたし》の娘《むすめ》を立《た》てゝ上《あ》げる程《ほど》の義理《ぎり》はないんですよ。」

父《ちゝ》は詮《せん》なく再《ふた》び默《もく》す。母《はゝ》も默《もく》して聲《こゑ》なき室《へや》に、火取虫洋燈《ひとりむしらんぷ》の蓋《かさ》に音立《おとた》てゝ、降《ふ》りしきる雨《あめ》の音風《おとかぜ》に荒《あら》く、風鈴《ふうりん》の音《ね》そよりと此室《こゝ》に聞《きこ》えしばかり。父《ちゝ》は思《おも》ひ付《つ》きしやうに、

「まあ着物《きもの》でも更《か》へさせてやれ、然《そ》うして居《ゐ》ては毒《どく》になるばかしだ。」

先《さ》きより其《そ》れと心付《こゝろづ》ける母《はゝ》は、無言《むごん》に立《た》ちて次《つ》ぎの室《ま》に行《ゆ》く。芳美《よしみ》は思《おも》はず摺《す》り寄《よ》つて、兩手《りやうて》を支《さゝ》えし儘《まゝ》、

「お父樣《とうさん》！」

父《ちゝ》は稍々《やゝ》拔《ぬ》き襟《えり》になりたる頸《うなぢ》に、蚊《か》の寄《よ》り來《く》るを拂《はら》ひ〳〵て、

「よしよし、お阿母《ふくろ》の事《こと》は心配《しんぱい》するな、俺《おれ》が承知《しやうち》して好《い》いやうにするから、な。」

「はい。……唯阿父樣《たゞおとうさん》に濟《す》みませんので。阿母樣《おつかあさん》の仰有《おつしや》る通《とほ》り小《ち》さい時《とき》からの御恩《ごおん》が……あの……。」

「何《な》んだ、そんな他人《たにん》がましい事《こと》を俺《おれ》に云《い》つてくれるな、彼女《あれ》は彼女《あれ》だ、俺《おれ》は何《なに》も彼《か》も承知《しやうち》して居《ゐ》る。

お前《まへ》の後悔《こうくわい》したと云《い》つた事《こと》も俺《おれ》には分《わか》つて居《ゐ》る、自躰《じたい》お前《まへ》に養子《やうし》をして樂《たの》しまうと思《おも》つて居《ゐ》たのが俺《おれ》の性心《せいしん》で、これを年甲斐《としがひ》もない、不意《ふゐ》と彼女《あれ》の云《い》ふ儘《まゝ》にして小濱《こはま》へやつた俺《おれ》が不調法《ぶてうはふ》なんだ、元々《もと〳〵》釣《つ》り合《あ》はない緣《えん》の纒《まとま》つて行《ゆ》かう道理《どうり》はない、何《なに》も因緣《いんねん》だ、と俺《おれ》は斷念《あきら》める。何《なに》も彼《か》もお前《まへ》の胸《むね》は承知《しやうち》し切《き》つて居《ゐ》るから心配《しんぱい》せずに、病氣《びやうき》にだけは成《な》らないでくれ、な、煩《わづら》はないやうにさへ爲《し》て呉《く》れゝば其《そ》れで俺《おれ》は安心《あんしん》だ。」

芳美《よしみ》はたゞ父《ちゝ》懷《なつ》かしき膝《ひざ》に身《み》を投《な》げて、一時《いちじ》に湧《わ》き出《い》でし涙《なみだ》に咽《むせ》び入《い》りつ。夜《よ》はやゝ更《ふ》けゆきて、蛙《かはづ》鳴《な》く。

十三

由珂子《ゆかこ》は片手《かたて》に羽織《はおり》をふわりと投《な》げて、電燈《でんとう》の許《もと》に、紫《むらさき》に文字《もじ》おぼろの端紙《はがみ》を抑《お》し披《ひら》きてぢつと讀《よ》む。寛濶《くわんくわつ》に立《た》ち跨《また》ぎし兩《りやう》の足《あし》の、足袋《たび》に絡《から》む裾《すそ》は吹《ふ》き入《い》る風《かぜ》に靡《なび》き流《なが》れて。

「何《ど》う云《い》ふ譯《わけ》なんです。僕《ぼく》は眞逆《まさか》にあなたが芳美《よしみ》を去《さ》らせる爲《ため》に。彼女《あれ》の無垢卒直《むくそつちよく》を利用《りよう》したとも思《おも》はないが！」

直《す》ぐ傍《かたはら》に、糸織《いとおり》の單衣《ひとへ》の胸寛《むねくつろ》げて坐《すは》れる保江《やすえ》は、言葉靜《ことばしづか》には云《い》ひたれど、急《せ》きたる有樣《さま》は額《ひたひ》の蒼《あを》き筋《すぢ》に見《み》えて据《すは》りし瞳子《ひとみ》に屹《きつ》と見《み》つ。二度三度《にどさんど》讀《よ》み返《かへ》して、由珂子《ゆかこ》は、

「斯《か》うまで心《こゝろ》の奇麗《きれい》な人《ひと》とも思《おも》はなかつたけれど。」

と云《い》ひつゝ座《すは》りて、

「思《おも》つたよりは見上《みあ》げた人《ひと》だつた。」

少時《しばし》、何《なに》をか思《おも》ひ起《おこ》すさまに手《て》を帯際《おびぎは》に置《お》きて、上《うへ》を仰《あほ》ぎしが、眼《め》を保江《やすえ》の面《おもて》に落《おと》して滋々《しげしげ》と打守《うちまも》る。此方《こなた》は胸《むね》を火《ひ》の手《て》に掻《か》き廻《まは》さるゝやうにもやくやと焦《いら》ちて、姉《あね》が落着顔《おちつきがほ》に濟《すま》さるゝ程《ほど》、憎《にく》しとも、腹《はら》立《た》しとも、口惜《くちを》しとも思《おも》ふなれど、言葉《ことば》にして罵《のゝし》りやるべき餘地《よち》さへ探《さぐ》り得《え》て、悶《もが》き安掻《あが》きながら、漸《やうや》う、

「あなた如《ごと》きに見上《みあ》げられて、喜《よろこ》ぶやうな芳美《よしみ》ぢやないです。」

息捲《いきま》く其《そ》れを又打眺《またうちなが》めて、

「男《をとこ》のやうにもない、何《なん》ですね。」

一《ひ》と言《こと》に叱《しか》りて、

「少《すこ》しは落着《おちつ》いて物《もの》を仰有《おつしや》い。」

「落着《おちつ》け？　落着《おちつ》けとは何《なに》を何《ど》う落着《おちつ》くのです、僕《ぼく》は無暗《むやみ》と騒《さわ》いで居《ゐ》るんぢやない、芳美《よしみ》が小濱《こはま》の家《いへ》を出《で》ると決心《けつしん》した其《そ》の動機《どうき》をあなたに聞《き》いて居《ゐ》るのです。」

保江《やすえ》は言葉《ことば》荒《あら》く云《い》ひて、姉《あね》の手《て》に片寄《かたよ》せられし紙片《かみきれ》を取《と》り上《あ》げ、瞬《また》きもせず見入《みい》つて又傍《またわき》に置《お》く。椽《えん》に添《そ》ふて葉蘭《はらん》の淡靑《うすあを》きに、雨《あめ》は白《しろ》うばら〳〵とかゝりて。

「ですから其《そ》のお話《はなし》をして仕舞《しま》ふまで落着《おちつ》いて在《い》らつしやいと云《い》ふのですよ、云《い》へば一《ひ》と言《こと》で濟《す》む事《こと》なんだけれど其《そ》の前《まへ》に云《い》ふ事《こと》がある。保《やあ》さんは知《し》るまいが狹山《さやま》の直《なほ》さんは病氣《びやうき》で入院《にふいん》をして居《ゐ》るんです。」

不思議《ふしぎ》氣《げ》に見《み》る保江《やすえ》を、由珂子《ゆかこ》も見返《みかへ》して、

「其《そ》れは保《やあ》さんは何《なん》とも思《おも》ふまい、直《なほ》さんの事《こと》と云《い》へばお隣《とな》りで飼《か》ひ馴《な》れた狆程《ちんほど》にも思《おも》はないだらうけれども、病氣《びやうき》は病氣《びやうき》、小枝子《さえこ》を思《おも》ひあなたを思《おも》ひくした餘《あま》りが病氣《びやうき》になつて、今《いま》ぢや命《いのち》も覺束《おぼつか》ないと云《い》ふ程《ほど》になつて居《ゐ》るんです。」

保江《やすえ》は其《そ》の言葉《ことば》を遮《さへ》ぎりもならず、聞《き》き辛氣《づらげ》に面《おもて》を背向《そむ》けて、雨《あめ》の中《なか》なる芳美《よしみ》の行方《ゆくへ》を戀《こ》ひ詫《わ》びつゝ。

「あなたは何《なん》とも思《おも》ふまい。」強《つよ》く繰《く》り返《かへ》して、

「けれど其《そ》れ此《こ》れが原因で病《わづら》つて居《ゐ》ると私《わたし》は聞《き》いて、非常《ひど》く氣《き》の毒《どく》に思《おも》つたが無理《むり》ぢやあるまいか。保《やあ》さんは其《そ》れでも何《なん》ともお思《おも》ひぢやないのかね。」

保江《やすえ》は膠《にべ》もなく、

「僕《ぼく》には其樣《そんな》祐長《ゆうちやう》なことを考《かんが》へて居《ゐ》る暇《ひま》はありません、たゞ芳美《よしみ》の……」

「まあお待《ま》ち成《な》さい、其《そ》れが落着《おちつ》かないと云《い》ふのですよ、見苦《みぐる》しい！」

由珂子《ゆかこ》は眉《まゆ》を顰《ひそ》めて

「其《そ》れなら其《そ》れで宜御座《よござ》んす、私丈《わたしたけ》は氣《き》の毒《どく》に思《おも》つて、得意《とくい》の境《きやう》に居《ゐ》て心《こゝろ》の驕《おご》つて居《ゐ》る芳美《よしみ》さんに、一《ひ》と目《め》でも好《い》いから痛々《いたく》しい直《なほ》さんの樣子《やうす》を見《み》せてやり度《た》いと思《おも》つたのです、少《すこ》しはその心《こゝろ》を責《せ》める頼《たよ》りにも成《な》らうし……」

「何故《なぜ》です？」

突如《だしぬけ》、保江《やすえ》は詰《つ》めよつて、

「罪《つみ》と認《みと》める點《てん》があればこそ其《そ》れを責《せ》めもする改《あらた》めさせもする、芳美《よしみ》には何《ど》う云《い》ふ罪《つみ》がありましたか、姉《ねへ》さんが危《あや》ぶむ程芳美《ほどよしみ》の心《こゝろ》は驕《おご》つて居《ゐ》たのですか、直子《なほこ》の病氣《びやうき》と芳美《よしみ》の行状《ぎやうじやう》とに何《ど》う關聯《くわんれん》があるのです？」

「有《あ》りますとも！　いえ芳美《よしみ》さんの罪状《つみ》をお聞《き》きより緩漫《ゆつくり》とこの春時分《はるじぶん》の事《こと》をお考《かんが》への方《はう》が好《い》いのです、芳美《よしみ》さんは其《そ》れを覺《さと》つて自《じ》身汚《しんけが》れた心《こゝろ》とお云《い》ひぢやありませんか、私《わたし》はこれ程思想《ほどおもひ》の高《たか》い人《ひと》とも思《おも》はなかつたが……」

「その芳美《よしみ》の慚愧《ざんき》が僕《ぼく》には一向解《いつかうかい》せない。」

「其《そ》れは今日病院《けふびやういん》へ、私《わたし》が伴《つ》れて行《い》つたからです、直《なほ》さんに逢《あ》はないうち自分《じぶん》で悟《さと》つて了《しま》つて先《さ》きへお歸《かへ》りだつたが、品性《こゝろ》の氣高《けたか》い人《ひと》だけに後悔《こうくわい》しては一時《いちじ》も此家《こゝ》に居《ゐ》る事《こと》が辛《つら》くてあなたにさへ逢《あ》はず、斯《か》う云《い》ふ立派《りつぱ》な手紙《てがみ》まで殘《のこ》して、安静《しづか》に何處《どこ》へかお出《い》でなのでせう。」

「病院《びやういん》へ連《つ》れて行《い》つたと仰有《おつしや》るんですか、あなたが芳美《よしを》を！」

「然《そ》うですよ。」

「え？　殊更芳美《ことさらよしみ》をあなたが病院《びやういん》へ？　僞《いつは》つて連《つ》れて行《ゆ》かれたのですね？　あなたが！」

保江《やすえ》は姉《あね》の面《おもて》を見据《みす》えて、

「あなたは何所《どこ》まで殘酷《さんこく》なのです!?」

兩《りやう》の手《て》を空《むな》しく握《にぎ》り占《し》めながら叫《さけ》びて、

「氣《き》の弱《よわ》い女性《にようしやう》がその慘狀《さんじやう》を目《ま》の當《あた》り見《み》せ付《つ》けられて轉倒《てんどう》したのは無理《むり》もない、泣《な》くよりは、悶《もだ》えるよりは、芳美《よしみ》は狂氣《きやうき》したか知《し》れないです。」

「保《やあ》さん、あなたは何《なに》を云《い》ふのです。」

「いや僕《ぼく》には分《わか》つて居《ゐ》る、眞相《しんそう》は解《わか》つて居《ゐ》ます、罪《つみ》の、責《せ》めるのと云《い》ふ飾《かざ》つた言葉《ことば》を並《なら》べるよりは、一層《いつそ》潔白《きれい》に芳美《よしみ》を苦《くる》しめる手段《しゆだん》、苛責《いぢ》め度《た》いばかりに病院《びやういん》へ連《つ》れて行《い》つたと仰有《おつしや》るが宜《い》い！　直子《なほこ》の病氣《びやうき》に就《つい》て芳美《よしみ》を責《せ》める點《ところ》が何處《どこ》にあるのです、一切《すべて》僕一人《ぼくひとり》の罪科《つみ》で芳美《よしみ》の少《すこ》しも關《くわん》した事《こと》では有《あ》りますまい。芳美《よしみ》の讒謗《ざんばう》の爲《ため》に僕《ぼく》が直子《なほこ》を離別《さ》つたと云《い》ふでもなければ、芳美《よしみ》が僕《ぼく》に接近《ちかづ》かう爲《ため》に僕《ぼく》の直子《なほこ》に對《たい》する愛《あい》を奪《うば》つたと云《い》ふでもない、僕《ぼく》は舊昔《もと〳〵》から直子《なほこ》を嫌《きら》ひ嫌《きら》ひだから去《さ》つた迄《まで》の事《こと》で、芳美《よしみ》の與《あづか》り知《し》つた事《こと》ぢやないです。身《み》に犯《おか》した罪《つみ》のないものを責《せ》めて、其《そ》れに悔《く》ひの心《こゝろ》を起《おこ》させたと云《い》ふのは、畢竟《つまり》、あなたが心《こゝろ》の弱《よわ》い小《ちひ》さな物《もの》を威赫《いかく》して、恐《おび》えた隙《すき》に乘《じやう》じて巧《たく》みにその物《もの》を思《おも》ひ惑《まど》はせて了《しま》つたと云《い》ふに過《す》ぎないので、自分《じぶん》が手《て》を添《そ》えて物《もの》を破壞《こわ》させて置《お》いて、其《そ》の驚《おどろ》いた隙《すき》を見《み》て過失《あやまち》を責《せ》め立《た》てる、片方《かた〳〵》は氣《き》が小《ちひ》さいので心《こゝろ》を沈《しづ》めて理非分別《りひふんべつ》をする事《こと》が出來《でき》ない、一途《いちづ》に自分《じぶん》の粗忽《そこう》と思《おも》ひ込《こ》み其《そ》れを慚《は》ぢに慚《は》ぢて逃走《とうそう》したと云《い》ふ丈《たけ》の話《はなし》です、悔《く》ゆべき點《てん》の聊《いさゝ》かもなければ、責《せ》むる其《そ》の人《ひと》の鞭《むち》は何《なに》を意味《いみ》して居《ゐ》るか更《さら》に分《わか》らないぢやないですか。」

保江《やすえ》の調子《てうし》は更《さら》に昂《あが》りて、

「あなたは芳美《よしみ》を此家《こゝ》に居堪《ゐたゝま》らせまいと謀《はか》つて、わざ〳〵病院《びやうゐん》へ連《つ》れてお出《い》でなのです、何《ど》れ程《ほど》芳美《よしみ》に憎《にく》しみがあるにしても……」

「あなたは何《なに》を……。」

「いや確《たし》かに然《そ》うなのです。何《なん》と仰有《おつしや》つても然《そ》うとより他《ほか》には僕《ぼく》に解釋《かいしやく》のしやうがない、其《そ》れならば何故《なぜ》特《とく》に僕《ぼく》にだけ直子《なほこ》の病状《びやうじやう》を秘《かく》して居《ゐ》られたですか、若《も》し普通《ふつう》の情《じやう》をあなたが芳美《よしみ》に注《そゝ》いでいらしつたものならば、先妻《せんさい》に關《くわん》する一切《すべて》の事《こと》は成《な》る丈《たけ》其《そ》の耳《みゝ》に入《い》れてやるまいと計《はか》るのが當然《あたりまへ》です、平《へい》生《せい》あなたが芳美《よしみ》に酷《むご》く當《あた》られると云《い》ふ事《こと》は僕《ぼく》も知《し》らないぢやなかつたが、斯《か》うまで殘酷《さんこく》な仕打《しうち》を思《おも》ひ切《き》つて成《な》さる程《ほど》、あなたは芳美《よしみ》に對《たい》しては少《すこ》しの恕《ゆる》すところもないとは思《おも》はなかつた、芳美《よしみ》は一向《いつかう》家《か》内《ない》の動作《やうす》を事細《ことこま》かしく僕《ぼく》に語《かた》つた事《こと》はないが、今日《けふ》ばかりが然《そ》うでなく芳美《よしみ》はこれ迄《まで》に幾《いく》十何度《なんたび》と云《い》ふ事《こと》なく、其《そ》の苦痛《くつう》の針《はり》に惱《なや》まされて居《ゐ》たに違《ちが》ひない、遂《つい》に堪《た》えられなくなつて自分《じぶん》から身《み》を退《ひ》いたのでせう、あなたは實《じつ》に殘忍《ざんにん》な、酷薄《こくはく》な、何《ど》うして飽《あ》くまで然《そ》う酷《むご》いのです、直子《なほこ》の病氣《びやうき》は僕《ぼく》に秘《かく》して置《お》いて、殊更芳美《ことさらよしみ》に對《たい》して然《そ》う云《い》ふ事《こと》を成《な》さると云《い》ふ……實《じつ》にあなたは……。」

遂《つい》に言葉《ことば》迫《せま》つて、保江《やすえ》は膝《ひざ》の上《うへ》に構《かま》へし兩《りやう》の手《て》をおのゝかせつゝ、

「あなたは……姉《ねへ》さん、其《そ》の小賢《こざか》しい智惠《ちゑ》や思慮《かんがへ》を、御自分《ごじぶん》では天晴《あつぱれ》なものに思《おも》つてお在《い》でゞすか、實《じつ》に情《なさけ》ない事《こと》だと僕《ぼく》は思《おも》ふ。」

保江《やすえ》は俯向《うつむ》きて涙《なみだ》を呑《の》む。

由珂子《ゆかこ》も、芳美《よしみ》が小濱《こはま》の家《いへ》を去《さ》らんとは思《おも》ひもかけざりしなり、保江《やすえ》が思《おも》ふ程《ほど》由珂子《ゆかこ》は芳美《よしみ》に酷《こく》にして、自《みづか》らこの家《いへ》を立去《たちさ》らしめん計略《けいりやく》に病院《びやういん》へ伴《ともな》ひしにもあらず、唯《たゞ》芳美《よしみ》の餘《あま》りに思《おも》ひ無氣《なゆ》なるが腹立《はらたゝ》しく、一《ひ》と夜《よ》の悶《もだ》えを與《あた》へてやらんと思《おも》ひしまでの事《こと》なりしを、圖《はか》らずも其《そ》の人《ひと》は身《み》をも家《いへ》をも打捨《うちす》

て丶去《さ》りしと云《い》ふに今更《いまさら》おどろかれて、唯芳美《たゞよしみ》の心《こゝろ》の程思《ほどおも》ひ誤《あやま》りし我《わ》が身《み》の悔《くや》まるゝばかりなれど、憖《なま》じの云《い》ひ譯《わけ》に保江《やすえ》の心解《こゝろと》くべきもなきを思《おも》ひて、由珂子《ゆかこ》は弟《おとゝ》の罵《のゝし》るに任《まか》せて押《お》し默《だま》り居《ゐ》る。

「僕《ぼく》は直子《なほこ》が瀕死《ひんし》の重躰《ぢうたい》よりも、彼《あ》の優《やさ》しい氣《き》の弱《よわ》い人《ひと》を假令《たとへ》一分《いつぷん》間でも五分《ごふん》間でも、然《そ》う云《い》ふ悲慘《ひさん》の立場《たちば》に置《お》いた事《こと》を思《おも》ふと慄然《ぞつ》とする程痛々《ほどいた〱》しい。病院《びやういん》でも煩悶懊惱《はんもんおうなう》、此家《こゝ》へ戻《もど》つてから出《で》て行《い》つた迄《まで》のその間《あひだ》の苦痛《くつう》は何《ど》れ程《ほど》だつたとあなたは思《おも》ひます、いや其《そ》の苦痛《くつう》を知《し》り抜《ぬ》いて成《な》すつた事《こと》に愍《あは》れみの心《こゝろ》なんぞは起《おこ》る筈《はづ》もないか！」獨《ひと》り語《ご》ちて、

「芳美《よしみ》は恐《おそ》らく此家《こゝ》へは再《ふた》び戻《もど》らんでせう、が、然《しか》し、僕《ぼく》は決《けつ》して芳美《よしみ》を離別《さ》りません、僕《ぼく》は斷《だん》じて去《さ》らない、」

見《み》る〱、姉《あね》に似《に》たる眼付《めつき》の、思《おも》ひ込《こ》みては一意《いちい》雲《くも》をも衝《つ》くべき驕慢《けうまん》の色《いろ》を光《ひか》らせて、

「あなたの手《て》で隔《へた》てられた儘《まゝ》に泣《な》き寝入《ねい》りするやうな、僕《ぼく》はそんな薄弱《はくじやく》なのぢやない、神々《かみ〲》の命《めい》で芳美《よし》を奪《うば》ふものがあつても僕《ぼく》は芳美《よしみ》を取《と》り戻《もど》す！　況《ま》してたかゞ、あなたの小刀細工位《こがたなさいくぐらゐ》で逐《を》つたものを、再《ふた》び自分《じぶん》の手《て》に握《にぎ》るのに何《ど》れ程《ほど》の力《ちから》を要《えう》するものですか、終生定《しうせいさだ》めた最愛《さいあい》の彼女《あれ》は僕《ぼく》の妻《さい》なのです、今更直子《いまさらなほこ》の病氣《びやうき》に驚《をどろ》く位《くらゐ》なら最初《さいしよ》から離別《りべつ》と云《い》ふやうなそんな酷《むご》い事《こと》はやらないのだ、僕《ぼく》の爲《ため》に生《い》きる人《ひと》があつても死《し》ぬ人《ひと》があつても、僕《ぼく》の一向痛痒《いつかうつうよう》を感《かん》じる事《こと》ぢやありません、僕《ぼく》の眼《め》から見《み》たこの天地間《てんちかん》には芳美《よしみ》一人《いちにん》しきやないんです。まして僕《ぼく》の頭腦《あたま》に姉《あね》なんぞと云《い》ふものがあるものか！」

保江《やすえ》は憤《いきどほ》りを姉一人《あねいちにん》の上《うへ》に集《あつ》めて、云《い》ひ度《た》き儘《まゝ》を云《い》ひ放《はな》ちつゝ、我《わ》れ樂《たの》しみて踏《ふ》む道《みち》を突如《いきなり》或《あ》る手《て》に遮《さへ》ぎられては、行方《ゆくて》に千仭《せんじん》の谷《たに》ありと知《し》りても猶突《なはつ》き退《の》けて進《すゝ》みて見度《みた》きと云《い》ふ氣《き》の。むら〱と胸《むね》

に湧《わ》きて、唇《くちびる》には紅《くれなゐ》燃え立《た》ち、笑《ゑ》み仄《ほの》めく眼《め》の底《そこ》かゞやきて。

「僕《ぼく》のこの愛《あい》の力《ちから》に、反抗出來《はんこうでき》る丈《たけ》の力《ちから》がこの世《よ》の中《なか》に在《あ》つたら不思議《ふしぎ》だ。」

呟《つぶや》きつゝ、芳美《よしみ》が遺《のこ》しゆきし文《ふみ》を取《と》り上《あ》げて、思《おも》ひ立《た》ちしやうに突然《ふつと》出《い》でゆく。その狂《くる》ほしき弟《おとゝ》の姿《すがた》、由珂子《ゆかこ》は見送《みおく》る儘《まゝ》に云《い》ひ敢《あ》へぬ悲哀《ひあい》の涙《なみだ》は浮《う》きてはら〳〵と落《お》ちたるを、そと押《おさ》へて置《お》きたる袖《そで》に、月寶玉《つきはうぎよく》の黄金《きん》蒔繪《まきゑ》の挿《さ》し櫛《ぐし》、鬢《びん》を辷《すべ》りてふと止《とま》りつ。土匂《つちにほ》ふ庭《には》の面《も》に雨《あめ》は一《ひ》としきり激《はげ》しく烟《けふ》りを吐《ふ》きて、遠《とほ》ざけられし下女《はしため》參り得《え》ぬに椽《えん》の半《なか》ばは濡《ぬ》れに濡《ぬ》れつゝ。

十四

其《そ》の夜《よ》より芳美《よしみ》は熱烈《ねつはげ》しく發《い》でゝ。明日《あした》は臥床《ふしど》に枕《まくら》も上《あが》らざりき。

父《ちゝ》は一向《ひたすら》に芳美《よしみ》が行末《ゆくすゑ》を危《あや》ぶみて、姉由珂子《あねゆかこ》の先妻《せんさい》に心《こゝろ》をよせて芳美《よしみ》に酷《むご》く當《あた》る限《かぎ》り、何時《いつ》かはこれにも増《ま》したる悲《かな》しき浮《う》き目《め》に逢《あ》ふ時《とき》あるべし。と云《い》ひ、新《さら》に芳美《よしみ》には養子《やうし》を迎《むか》えて初孫《うゐまご》も手許《てもと》に、一《いつ》家不足《かふそく》なく老《おひ》を樂《たの》しまんと說《と》きたれど、母《はゝ》は保江《やすえ》が芳美《よしみ》を思《おも》ふ事《こと》の一《ひ》と方《かた》ならぬを頼《たよ》りて、其《そ》を離《はな》すまじとの思《おも》ひ切《せつ》ならば、如何《いか》やうにも金《かね》に飽《あ》かしての取《と》り計《はか》ひ方《かた》あるべし。と高《たか》を括《くゝ》りて父《ちゝ》の言葉《ことば》を承《う》け引《ひ》かず、芳美《よしみ》が先妻《せんさい》に濟《す》まぬと云《い》ふは年經《としゆ》かぬ若《わか》き心《こゝろ》よりの思《おも》ひ過《す》ごしにして、慾《よく》のなき世間《せけん》馴《な》れぬ胸《むね》より割《わ》り出《いだ》せし無分別《むふんべつ》、主人《あるじ》の寵《ちやう》を頼《たの》める身《み》に如何《いか》なる故障《さはり》起《おこ》るとも行末《ゆくすゑ》の安危《あんき》など案《あん》じられやう筈《はず》もなし。と言《い》ひ張《は》り、憂《う》き知《し》らで豐《ゆた》かに育《そだ》ちし人《ひと》には有《あ》り勝《が》ちの事《こと》なり、若《も》し再《ふたゝ》び保江《やすえ》の心他《こゝろた》に移《うつ》りて芳美《よしみ》の愛《あい》の衰《おとろ》ふる時《とき》あらば如何《いか》にする。と父《ちゝ》は云《い》ひて、聲高《こわたか》き爭《あらそ》ひの果《は》てしなきを、室《へや》を隔《へだ》てゝ聞《き》く辛《つら》さの芳美《よしみ》は在《あ》るにも在《あ》られず、うろ〳〵と疲《つか》れて眠《ねふ》る夢路《ゆめぢ》は夫《をつと》の上《うへ》のみを辿《たど》りて、其《そ》の聲《こゑ》に呼《よ》ばれて、目覺《めさめ》ぬ、冷《つめ》たき其《そ》の手《て》に歴然《まざ〳〵》と我手《わがて》を把《と》られしと覺《おぼ》えてはおどろき、戀《こひ》しさに泣《な》きに泣《な》きて更《さら》に心付《こゝろづ》けば、親々《おや〳〵》が我《わ》が爲《ため》の爭《あらそ》ひ胸痛《むねいた》く聞《きこ》え渡《わた》りて、此《こ》の身《み》のこの儘《まゝ》消えも失《う》せばと又泣《またな》きに泣《な》きつゝ。

昨夜《ゆふべ》小濱《こはま》の家《いへ》にてもこの樣《やう》に、夫保江《をつとやすえ》と姉由珂子《あねゆかこ》と我《わ》が爲《ため》の爭《あらそ》ひ果《は》てしもなかりしなるべし、夫《をつと》を戀《こ》ひて嫁《ゆ》ぎしにもあらぬ身《み》が、去《さ》りての今如何《いまいか》にして斯《か》くまで夫戀《をつとこひ》しきならん。保江《やすえ》の榮譽《はえ》を慕《した》ひて嫁《とつ》ぎしに、其《そ》を捨《す》てし今如何《いまいか》にして斯《か》くまで其《そ》の人《ひと》のみの忍《しの》ばるゝにや、夫《をつと》の許《もと》を離《はな》れて別《わか》れ來《き》し今日《けふ》の我《わ》が身《み》は、際涯《はてし》もなき大海原《おほうなばら》に一人《ひとり》棹《さはさ》して小舟《こぶね》に立《た》ちし思《おも》ひの其《そ》れにも似《に》て、頼《たよ》り無《な》く寂《さび》しく、添《そ》ひて傍《かたはら》に在《あ》りし昨日迄《きのふまで》は、心《こゝろ》なく過《す》ごせし夫《をつと》が優《やさ》しき言葉《ことば》の數々《かず〳〵》、嬉《うれ》しとも思《おも》ひ徹《し》みざりし事々《こと〴〵》の、今日《けふ》は限《かぎ》りもなく胸《むね》に湧《わ》きて嬉《うれ》しき悲《かな》しき思出《おもひで》とはなれるなり。優《やさ》しき情《なさけ》に甘《あま》ゆるばかりにて、人《ひと》に思《おも》はるゝ儘《まゝ》に心驕《こゝろおご》りし昨日《きのふ》の夢《ゆめ》の、榮華《えいぐわ》の夢《ゆめ》と共《とも》に覺《さ》めて果敢《はか》なく寂《さび》れし今日《けふ》の身《み》に、又受《またう》けもならざる君《きみ》が思《おも》ひを戀《こ》ひ、再《ふたゝ》び笑《ゑ》まれぬ人《ひと》の眞情《まごゝろ》に焦《こが》るゝとにや。此方《こなた》も斯程夫《かほどをつと》の上《うへ》を思《おも》ひまゐらせて、夫《をつと》の思《おも》ひも彌濃《いやこまや》かに夫婦睦《ふたりむつま》じく送《おく》るならば、破《やぶ》れたる衣《ころも》に身《み》の垢露《あかあらは》なる貧《まづ》しさなりとも、崩壊《くづ》れし壁《かべ》に夜《よ》寒《さぶ》身《み》に慘《し》む辛《つら》さなりとも、如何《いか》に嬉《うれ》しく樂《たの》しき事《こと》なるべきを、今迄《いまゝで》は何《なに》に憧《あくが》れし榮華《えいぐわ》なりけん、何故望《なにゆゑのぞ》みし富裕《ふゆう》なりけん、夫《をつと》を思《おも》ふ誠《まこと》の心《こゝろ》は、妻《つま》と云《い》ふ名《な》を自《みづか》ら捨《す》てねばならぬ今《いま》に成《な》りて燃《も》えに燃《も》え立《た》つ！　芳美《よしみ》世《よ》になくば何《なん》の樂《たの》しみもなしと常々仰《つね〴〵おほ》せある夫保江《をつとやすえ》の、若《も》しわがこの思《おも》ひ明《あか》し申《まを》さば必《かなら》ず何《いづ》れへなりとも二人《ふたり》立越《たちこ》えて、世《よ》を長閑《のどか》に運命《さため》に任《まか》して送《おく》るべしなど云《い》ひ給《たま》ふならん、事實《まこと》その樣《やう》に山《やま》の奥《おく》に住《す》み果《は》てゝ唯二人《たゞふたり》、送《おく》る月日《つきひ》は如何《いか》ばかり樂《たの》しきか。と芳美《よしみ》は今《いま》は戀《こひ》の涙《なみだ》に咽《むせ》び悶《もだ》えて。

直子《なほこ》が思《おも》ひもこれに優《まさ》るとも劣《おと》りあるべきや、幼《をさな》き人《ひと》さへ設《もう》けたる身《み》に、我《わ》れはまだ夫《をつと》に思《おも》はれ戀《こ》はれて幾月幾日《いくつきいくひ》甘《あま》えてぞ過《す》ごせしが、其《そ》の人《ひと》は嫌《きら》はれて四年《よとせ》の間《あひだ》徹々《しみ〴〵》と御傍《みそば》に侍《かしづ》きし日《ひ》の數《かぞ》ふる程《ほど》もなく、遂《つひ》に夫《をつと》が心《こゝろ》は他《た》に暖《あたゝ》かう通《かよ》ひて身《み》は永《とは》に離別《さら》れたる其《そ》の恨《うら》み。味氣《あぢき》なきこの世《よ》に死《し》を願《ねが》へるも理《ことわり》なり、父母《ちゝはゝ》が看護《かんご》、藥《くすり》の力《ちから》によしや身《み》は回《もと》に復《かへ》る事《こと》ありとも、さぞやさぞ世《よ》の果敢《はか》なく淋《さび》しく憂《うた》てく送《おく》るなるべきを、我《わ》が一生《いつしやう》は如何《いか》に詫《わ》びしくとも、先《さ》きの妻《つま》なる人《ひと》が然《さ》る上《うへ》をば外《よそ》に見《み》て、我《わ》れのみ榮々《はえ〴〵》しき世《よ》の送《おく》らるべき、一生《いつしやう》を夫戀《をつとこひ》しう泣《な》きて暮《くら》すとも、一時虛榮《いちじきよえい》に眼《まなこ》の眩《くら》みて人《ひと》の憂《う》き目《め》を思《おも》はざりし身《み》の報《むく》ひと諦《あきら》めて、唯直子《たゞなほこ》が上夫《うへをつと》の上《うへ》の幸《さち》をのみ祈《いの》るべきか、人《ひと》の爲《ため》の我《わ》が涙《なみだ》は淸々《すが〴〵》と心地《こゝち》よくこそ覺《おぼ》ゆるなれ

さま〴〵と思《おも》ひ亂《みだ》るゝ芳美《よしみ》の上《うへ》は更《さら》にも心付《こゝろづ》かず、父《ちゝ》はいそ〳〵と入《はい》り來《き》て。

「何《ど》うだな、まあ余《あん》り氣《き》を煩《わづら》はないやうにしてくれ、己《おれ》はこれから根岸《ねぎし》へ行《いつ》て來《く》る、都合《つがう》に依《よつ》て駿河《するが》臺《たい》へも廻《まは》つて來《こ》やうと思《おも》つて居《ゐ》るのだ、己《おれ》は己丈《おれだけ》の云《い》ひ條《じやう》もあり先方《せんぱう》の意見《いけん》もあらうと云《い》ふものだから、穩《おだや》かになる事《こと》なら穩《おだや》かな成《な》り行《ゆ》きにし度《た》いとも思《おも》ふのだが、お前《まへ》を何《ど》うも小濱《こはま》へ嫁《や》つて置《お》く事《こと》は不安《ふあん》心《しん》で成《な》らないんだ、先妻《せんさい》の事《こと》も一應《いちおう》氣《き》の毒《どく》には違《ちが》ひないが何《ど》うも致《いた》し方《かた》のない事《こと》で、お前《まへ》の出《で》た後《あと》へ是非《ぜひ》舊通《もとどほ》りに入《い》れて貰《もら》ひ度《た》いと云《い》つたところで保江《やすえ》さんの心底《しんてい》が定《さだ》まらにや仕方《しかた》のない事《こと》だ、是《こ》ればかりは傍《はた》から何《ど》れ程口添《ほどくちぞ》えしても當人《たうにん》の心持《こゝろもち》一《ひ》とつで定《さだ》まる事《こと》だから強《し》ひて何彼《なにか》にとは云《い》へぬが、

お前《まへ》の行先《ゆくさき》が如何《いか》にも其《そ》れでは心配《しんぱい》に堪《た》へんので其《そ》れで出掛《でか》けて來《く》るつもりだからな。」

芳美《よしみ》は起《お》き上《あが》りて蒲團《ふとん》の上《うへ》に兩手《りやうて》を支《つ》きしが、

「お母樣《つかあさん》は何《なん》と仰有《おつしや》いまして？」

「母親《おふくろ》か？　なに彼女《あれ》の云《い》ふ事《こと》はもう理不盡《りふじん》で取上《とりあ》げられるやうな話《はなし》ぢやない、打捨《うつちやつ》て置《お》いて宜《よろ》しい。」

芳美《よしみ》は默《もく》して手《て》を膝《ひざ》の上《うへ》に重《かさ》ぬる。

「では行《い》つてくるからな、遲《をそ》くなるかも知《し》れぬが養生《やうじやう》して待《ま》つて居《ゐ》てくれ、機嫌《きげん》よくな。」

「は、……お父樣《とうさん》？」

「何《なん》だ。」

芳美《よしみ》はもぢ〳〵と再《ふた》び片手《かたて》を下《した》に支《つ》きて、

「あの、嘸御立腹《さぞごりつぷく》で在《い》らつしやいませうねえ。」

「立腹《りつぷく》も何《なに》もあるものか、己《おれ》の不在《るす》に紛紛《こた〳〵》云《い》ふやうな事《こと》があつても、空耳《そらみゝ》で聞《き》いて居《ゐ》たら其《そ》れで好《い》い。」

「いゝえ、お母樣《つかあさん》では御坐《ござ》いませんの。」

「誰《たれ》だ？」

「あの……無斷《むだん》に家《うち》を出《で》て參《まゐ》りまして、假令《たとへ》何《ど》んな事《こと》が御坐《ござ》いましたにしても默《だま》つてなんで實家《うち》へ參《まゐ》りましたのを何《ど》んなにか御怒《おおこ》りで……」

「うゝむ、保江《やすえ》さんか、そんな心配《しんぱい》はない。」

「でも何卒《どうぞ》お父様《とうさん》から呉々《くれぐれ》とお詫《わ》びを成《な》さいまして！」

「よし、よし。」

「其《そ》れから病氣《びやうき》の事《こと》は、又御心配成《またごしんぱいな》さると惡《わる》う御坐《ござ》いますから、別《べつ》に何《なん》とも……」

「分《わか》つたよ。」と大《おほ》きく點頭《うなづ》きて、

「大切《たいじ》にしなさい、では行《い》つてくるからな。」

元氣好《げんきよ》く云《い》ひ捨《す》てゝ出《い》てゆくを、見送《みおく》りて、

「あ、まだお父様《とうさん》！」

云《い》ひ殘《のこ》したる事《こと》ありし。と身《み》を起《おこ》したれど父《ちゝ》の姿《すがた》はや其處《そこ》に見《み》えず、芳美《よしみ》は悲《かな》しさ一時《いちじ》に迫《せま》りて身《み》を臥《ふ》しざま、父《ちゝ》が今行《いまゆ》きて逢《あ》ふべき夫保江《をつとやすえ》を慕《した》ひに慕《した》ひて泣《な》き沈《しづ》みつ。

昨夜《ゆうべ》の雨《あめ》は今朝《けさ》も止《や》まずして、開《あ》け放《はな》したる肱掛窓《ひぢかけまど》に青桐《あをぎり》の葉《は》の露滴《つゆした》りて涼《すゞ》しく、濡《ぬ》れたる蜘蛛《さゝがに》一とつ、糸《いと》を傳《つた》ふて軒端《のきば》を下《お》り來《く》る。

十五

大森《おほもり》！と驛夫《えきふ》が叫《さけ》ぶ聲《こゑ》耳《みゝ》を劈《つんざ》きて、客室《かくしつ》の扉《どあ》を開《あ》け閉《た》てする音亂調《おとらんてう》に停車場《ていしやぢやう》の内《うち》に響《ひゞ》き渡《わた》るとき、二等室《にとうしつ》より徐《しづか》に下《お》り立《た》ちて洋傘《かふもり》を杖《つゑ》に、石《いし》に軋《きし》む後齒《あとば》の音《おと》を忍《しの》ばせつゝ、人々《ひとびと》が目《め》を聳《そばた》てゝ送《おく》り迎《むか》ふるを厭《いと》はし氣《げ》に、白《しろ》き半巾《はんけち》に面《おもて》の半《なか》ばを掩《お》ふて俯向《うつむ》き勝《が》ちに歩《あゆ》み出《い》でし美《うつく》しき人《ひと》の、高麗格子《こうらいがうし》のお

召《めし》の單衣《ひとへ》袖長《そでなが》く、若〳〵《わか〳〵》しき銀杏返《いてうがへ》しに結《ゆ》ひたるが、思《おも》ひに沈《しづ》める姿《すがた》の弱々《よわ〳〵》として歩《あゆ》みも捗取《はかど》らず、漸《やうや》う停車塲《ていしやぢやう》をば離《はな》れゆくを、改札口《かいさつぐち》の柵《さく》の外《そと》に立《た》ちて何《なに》か探《たづ》ぬる樣《さま》に見廻《みまは》し居《ゐ》たる老車夫《らうしやふ》は、見《み》るより走《はし》り寄《よ》つて、

「東京《とうけい》の奥樣《おくさま》、東京《とうけい》の奥樣《おくさま》。」と呼《よ》ばはる。

「老爺《ぢいや》かえ。」

靜《しづか》に振返《ふりかへ》りて、淋《さび》し氣《げ》に、

「お迎《むか》ひ？」

「へえ、車《くるま》あ持《も》つて參《めへ》りましたんで。」

傍《かたはら》より曳《ひ》き出《いだ》す車《くるま》に、點頭《うなづ》きながらその人《ひと》は洋傘《かうもり》に縋《すが》りて打乘《うちの》りつ。日光《ひ》は薄雲《うすぐも》に包《つゝ》まれて、行方《ゆくへ》に迫《せま》る森《もり》の梢《こずゑ》彩《あや》美《うつく》しき雲《くも》をば帶《お》びて我《わ》が手《て》も屆《とゞ》くかと斜《なゝめ》に低《ひく》く、右手《めて》の田《た》の面《も》を吹《ふ》き渡《わた》る生溫《なまぬる》き風《かぜ》は日向臭《ひなたくさ》き草《くさ》の香《か》を送《おく》り來《き》て、休《やす》み茶屋《ちやゝ》の横《よこ》に女《をんな》を伴《ともな》ふ醉《ゑ》ひたる人《ひと》の、戯《たは》ふれて笑《わら》ひて車上《しやじやう》の人《ひと》を見返《みかへ》りつ振返《ふりかへ》りつ行《ゆ》く。

玉蜀黍畑《たうもろこしばた》、瓜畑《うりばたけ》、幾丁《いくちやう》を過《す》ぎて藪《やぶ》の小蔭《こかげ》の流《なが》れに沿《そ》ふて折《を》れ行《ゆ》けば、無造作《むぞうさ》なる門《もん》ながら小高《こだか》き丘《をか》に構《かまへ》造宏《ひろ》き邸宅《やしき》あり。内《うち》に入《い》りて一《ひ》と迂回《うね》り、再《ふたゝ》び車《くるま》は曲《まが》りて小《ちい》さき石橋《いしばし》を渡《わた》れば、太葉松《たえふしやう》續《つゞ》く蔭《かげ》に見《み》ゆる玄關《げんくわん》暗《くら》く、其處《そこ》に人《ひと》ありて立《た》ち迎《むか》ふる。車《くるま》は止《とま》りて、下車《げしや》せし人《ひと》の躊躇《ためら》ひ勝《が》ちに立《た》つを、恭々《うや〳〵》しく女《をんな》は頭《かしら》を下《さ》げて招《しやう》じつゝ、共々《とも〳〵》格子《かうし》を潜《くゞ》りて敷臺《しきたい》に近《ちか》づきし時、

「おゝ、芳《よし》さん！」

と襖《ふすま》より現《あら》はれし人《ひと》の、大島紬《おほしま》に、紺献上《こんけんじやう》の一本獨鈷《いつぽんどつこ》くる〳〵と卷帶《まきおび》にして其處《そこ》に立《た》ちしは保江《やすえ》にして、此方《こなた》の、仰《あほ》ぎ見《み》て思《おも》はず後《うしろ》に退《すさ》りながら戰《をのゝ》く脣《くちびる》を半巾《はんけち》に忍《しの》ばせて、洋傘《かうもり》に身《み》を支《さゝ》えつゝ其《そ》の儘《まゝ》直《ひた》と俯向《うつむ》き入《い》るを、凝視《ぢつ》と眺《なが》めて、

「能《よ》く來《き》てくれたね、阿父《おとつ》さんは承知《しやうち》して歸《かへ》られたがお前《まへ》が何《ど》うかと思《おも》つて非常《ひじやう》に心配《しんぱい》した。」

つと寄《よ》りざま、其《そ》の人《ひと》の右手《めて》より洋傘《かうもり》を奪《うば》ふ樣《やう》に自《みづか》ら傍《かたへ》なる瀨戸《せと》の傘入《かさい》れに投《な》げ込《こ》み、其《そ》の手《て》を其《そ》の儘《まゝ》取《と》りて上《うへ》に導《みちび》きながら廊《らう》を傳《つた》ふて、海《うみ》を見晴《みは》らす二階《にかい》は避《さ》けて、殊更《ことさら》、眺《なが》めは庭《には》の一部《いちぶ》ばかりの椽《えん》に添《そ》ひし小《ちい》さき室《へや》に伴《ともな》ひしが、手《て》を放《はな》ちもやらず傍《そば》に近々《ちか〴〵》と坐《すわ》りて又少時《またしばし》無言《むごん》に其《そ》の人《ひと》を眺《なが》めつゝ、やがて俯向《うつむ》きし面《おもて》の色蒼褪《いろあをざ》めて、頰《はゝ》の窶《やつ》れの側面《よこ》より眺《なが》めし耳前髮《みゝあげ》に著《いちゞる》しきに心付《こゝろづ》きて、

「何處《どこ》か惡《わる》いのかね、病氣《びやうき》のやうぢやないか。」

と覘《のぞ》き込《こ》む。

「は、少《すこ》し……」

とばかり、思《おも》ひ切《き》りて上《あ》げたる面《おもて》の眼《め》には溢《あふ》るゝばかり淚《なみだ》もちて、見守《みまも》りし保江《やすえ》の顏《かほ》、その至情《なさけ》含《ふく》む眼《め》と見交《みか》はせし途端《はづみ》にはら〳〵と覺《おぼ》えず淚《なみだ》は頰《はゝ》を傳《つた》ひしに、靜《しづか》に取《と》られしその手《て》を外《はづ》しざま下《した》に支《つ》きて、片手《かたて》の半巾《はんけち》に面《おもて》を掩《おほ》へば、保江《やすえ》も吻《はつ》と息吐《いきつ》きてたゞ默《もく》し入《い》る、傍《かたへ》の小《ちい》さき食卓《ちやぶだい》に、注《つ》ぎし儘《まゝ》の葡萄酒《ぶどうしゆ》硝子盃《こつぷ》に色濃《いろこ》く、籠《かご》に林檎《りんご》の剝《む》きさしたる、保江《やすえ》は今迄《いまゝで》この室《へや》に待《ま》ち詫《わ》ぶるその吐息《といき》を滿《み》たしつゝやありけん。

「阿父《おとつ》さんは何時頃《なんじごろ》に歸《かへ》られたね。」

涙《なみだ》を拭《ぬぐ》ひつゝ芳美《よしみ》は、

「三時《さんじ》――少《すこ》し過《す》ぎ頃《ごろ》に。」

「余程惡《よつぽどわる》いやうなら無理《むり》にと云《い》ふのぢやなかつたが、阿父《おとつ》さんは何《なん》とも仰有《おつしや》らんので。」

「いえ、其《そ》れ程《ほど》で御坐《ござ》いませんから。」

と幽《かすか》に云《い》ふ。

「身體《からた》は大切《たいじ》に厭《いと》つてくれ、これ限《かぎ》り別《わか》れるにしても！」

屹《きつ》と其《そ》の面《おもて》を見詰《みつ》めて涙含《なみだぐ》みながら、

「委《くは》しく話《はなし》を阿父《おとつ》さんから聞《き》いたか何《ど》うか？」

「まだ悉《くは》しいことは……」

と云《い》ひ指《さ》して、溢《あふ》るゝ涙《なみだ》を掌《てのひら》に押《おさ》へたれど、指《ゆび》の間《ひま》を漏《も》れて露《つゆ》の玉幾點《たまいくてん》。膝《ひざ》の上《うへ》に轉《まろ》び落《お》ちて碎《くだ》けて滲《にぢ》みしに、再《ふた》び半巾《はんけち》に押《おさ》へて、

「何卒《どうぞ》お免《ゆる》し成《な》さいまして！」

と云《い》ひつゝ、芳美《よしみ》は膝《ひざ》に身《み》を臥《ふ》して泣《な》き入《い》りつ。保江《やすえ》は芳美《よしみ》の言葉《ことば》を容《い》れて今日《けふ》限《かぎ》り芳美《よしみ》を離別《りべつ》んと云《い》ひ、其《そ》れに就《つ》き詫《わ》びたき事《こと》もあり改《あらた》めて語《かた》り度《た》き事《こと》もあれば、歸《かへ》らば直《たゞち》に我《わ》が許《もと》へ芳美《よしみ》を遣《つか》はして貰《もら》ひ度《た》しと云《い》ひしとて、父《ちゝ》は保江《やすえ》の言葉《ことば》を芳美《よしみ》に傳《つた》へて、病《やまひ》輕《かろ》らかならば直《す》ぐ髮上《かみあ》げて大森《おほもり》へ行《ゆ》けよと急《せ》かされしに、戀《こひ》しき人《ひと》に今一度《いまいちど》逢《あ》はまほ欲《は》しき未練《みれん》は、病《や》みて一日《ひとひ》の苦惱《くるしみ》に疲《つか》れ果《は》てし身《み》をば此《こ》

所《こ》までも辿《たど》らしめしなり。

「何《なに》もお前《まへ》が謝罪《しやざい》すべき所以《いはれ》はないさ、……芳《よし》さん！」と改《あらた》めて呼《よ》びて、

「芳《よし》さんの望《のぞ》み通《どほ》り淺香《あさか》へ戻《もど》す事《こと》にして、更《さら》に小濱《こはま》へは直子《なほこ》を迎《むか》へる事《こと》にした。」

と少時《しばし》言葉《ことば》を切《き》りしが、

「僕《ぼく》は單《たん》に斯《か》う云《い》つて、其《そ》の言葉《ことば》を信《しん》じて芳《よし》さんの阿父《おとつ》さんは一《ひ》と先《ま》づ喜《よろこ》んで歸《かへ》られたが、芳《よし》さん、芳《よし》さんは斯《か》う速《すみやか》に自分《じぶん》の手《て》からお前《まへ》と云《い》ふ人《ひと》を離《はな》し得《う》る程《ほど》、僕《ぼく》はお前《まへ》に對《たい》して冷淡《れいたん》なものだと思《おも》つて居《ゐ》るのだらうか？」

芳美《よしみ》は其《そ》の言葉《ことば》の意《い》を解《かい》し得《え》で、涙《なみだ》の隙《ひま》より力《ちから》なき瞳子《ひとみ》を忙《せは》しう動《うご》かして保江《やすえ》を見上《みあ》ぐる。

「誤解《ごかい》しちや可《い》けない。僕《ぼく》は芳《よし》さんの意《い》のある點《ところ》は能《よ》く了《りやう》して居《ゐ》るんだ、阿父《おとつ》さんが芳《よし》さんの行末《ゆくすゑ》に就《つい》ての杞憂《きゆう》も僕《ぼく》は一應道理《いちおうもつとも》の事《こと》と考《かんが》へて居《ゐ》る、然《しか》しお前《まへ》を離別《りべつ》すると云《い》ふ事《こと》は出來《でき》ない、飽《あ》くまで芳《よし》さんの一生《いつしやう》は小濱保江《こはまやすえ》の妻《さい》で終《をは》らせる、何《ど》うあつても芳《よし》さんは僕《ぼく》の手《て》から離《はな》し得《え》ないと斯《か》う云《い》ふのだ、分《わか》つたかね。況《ま》して僕《ぼく》は一時情《いちじやう》の走《はし》るに任《まか》せて芳《よし》さんを娶《めと》つたのぢやない、代價《たいか》を拂《はら》つて欲《ほ》しい物品《もの》を買《か》ひ取《と》つたのとは少《すこ》し違《ちが》ふのだ、それは僕《ぼく》の許《もと》を去《さ》つてからの芳《よし》さんの行末《ゆくすゑ》が、或《あるひ》は僕《ぼく》の許《もと》にあつた今日迄《こんにちまで》よりも幸福《かうふく》であるかも知《し》れないが、兎《と》に角《かく》お前《まへ》を離縁《さ》る以上《いじやう》、僕《ぼく》は僕《ぼく》の我慾《がよく》を滿足《まんぞく》させる爲《ため》に芳《よし》さんの運命《うんめい》を飜弄《はんろう》した事《こと》になる、其《そ》の儘《まゝ》にして置《お》けば清《きよ》い貴重《たつと》い飽《あ》くまで輝《かゞや》きのある美《うつく》しい玉《たま》で居《ゐ》られたものを、僕《ぼく》の手《て》には刺《とげ》あるを知《し》りつゝ強《し》ひて抱《いだ》いて、再《ふたゝ》び元《もと》の姿《すがた》には復《かへ》られないまで疵《きず》つけて了《しま》つた事《こと》になるぢやないか、傷《ぼく》が無理強《むりじ》ひに芳《よし》さんの姿《すがた》から盛春《せいしゆん》の華《はな》やかな影《かげ》を奪《うば》つてしまつて、

其れ《そ》に代《か》へて豐《ゆた》かな實果《みのり》の時代《じだい》は與《あた》へもせずに、再《ふた》ゝび其《そ》の褪《あ》せかけた花《はな》の蔭《かげ》へ逐《を》つたやうな事《こと》になる其《そ》の僕《ぼく》の大《たい》なる罪《つみ》は何《ど》うして償《つぐな》ふ！　いや償《つぐな》ふ償《つぐな》はぬの境《さかひ》ぢやない、僕《ぼく》は斷《だん》じて〳〵芳《よし》さんを僕《ぼく》の手《て》から放《はな》して人《ひと》の自由《じゆう》に任《まか》すと云《い》ふ事《こと》は何《ど》うあつても出來《でき》ないんだ。」

保江《やすえ》は熱《ねつ》して乾《かわ》きたる脣《くちびる》を、心付顔《こゝろづきがは》に葡萄酒《ぶどうしゆ》に濕《うるは》して胸《むね》の思《おも》ひを一時《いちじ》にふうと吐《は》けば、絕《た》え入《い》れるかと首垂《うなだ》るゝ芳美《よしみ》の鬢《びん》に觸《ふ》れて、幽《かすか》にゆら〳〵と搖《ゆら》ぐ。

「芳《よし》さんは自分《じぶん》の身《み》さへ捨《す》てたら人《ひと》の身《み》は立《た》つと思《おも》つて居《ゐ》るか知《し》らないが、然《しか》しお前《まへ》が身《み》を退《ひ》いてからも依然《いぜん》僕《ぼく》が直子《なほこ》を迎《むか》えずに置《お》いたら芳《よし》さんの苦心《くしん》は何《ど》う云《い》ふ事《こと》になる？　僕《ぼく》は芳《よし》さんが僕《ぼく》から隔《へだ》たらうとする程《ほど》、僕《ぼく》も直子《なほこ》から隔《へだ》たつて行《ゆ》くばかりだ。――ちと酷《こく》か知《し》らないが僕《ぼく》は單《たん》に芳《よし》さんが隔《へだ》たらうとすると解釋《かいしやく》する、芳《よし》さんが直子《なほこ》に對《たい》する心情《しんじやう》だの、盡《つく》す誠意《まこと》と云《い》ふものが何樣《どんな》ものなのだか僕《ぼく》は知《し》らない、唯芳《たゞよし》さんが小濱《こはま》を出《で》ても直子《なほこ》が病院《びやういん》に猶苦《なほくる》しんで居《ゐ》たら、芳《よし》さんの意《い》は何處《どこ》へも通《つう》じない事《こと》になるのぢやないかと思《おも》ふのだ、芳《よし》さんの誠意《まこと》が何方《どこ》へも現《あらは》れない限《かぎ》り畢竟《ひつきやう》は勞《らう》して功《こう》のない事《こと》になるのぢやないか、幾程《いくら》芳《よし》さんが踠《あが》いても僕《ぼく》の心《こゝろ》が其《そ》の爲《た》めに動《うご》くものぢやない、其《そ》れは芳《よし》さんが小《こ》濱《はま》の家名《いへ》を厭《いと》つて、保江《やすえ》を嫌《きら》つて、再《ふた》ゝび實家《じつか》に戾《もど》り度《た》いと云《い》ふのなら僕《ぼく》は何《なん》の猶豫《ゆうよ》するところもなく芳《よし》さんの望《のぞ》み通《どほ》りにしやう、直《す》ぐ離別《りべつ》する、然《しか》し僕《ぼく》が捨《す》て去《さ》つた直子《なほこ》の爲《ため》に芳《よし》さんが身《み》を犧牲《ぎせい》にすると云《い》ふのぢや僕《ぼく》は許《ゆる》す事《こと》は出來《でき》ないのだ。」

と云《い》ひて、聊《いさゝ》か氣《き》が咎《とが》めしか、

「捨《す》てたと云《い》つては聯想《れんそう》が好《この》ましくない、僕《ぼく》は捨《す》てたのぢやない抑《そも〳〵》から眼中《がんちう》になかつたのだから。

庭《には》の隅《すみ》なる青楓《あをかへで》に鈍《にぶ》く射《さ》したる太陽《ひ》の影《かげ》を面《おもて》に受《う》けて一《ひ》と際《きは》青《あを》く、涙《なみだ》乾《かわ》きたる眼《め》の赤《あか》き瞼《まぶた》を重《おも》げに上《あ》げて、結《むす》びたる唇《くちびる》強《つよ》く芳美《よしみ》は保江《やすえ》の面《おもて》を眺《なが》めしが、思《おも》ひ入《い》りたる其《そ》の氣色《けしき》の誰《た》が爲《ため》にもあらず皆我《みなわ》が爲《ため》と思《おも》ふより、甲斐《かひ》もなく又涙《またなみだ》に咽《むせ》びて、

「そんな御無理《ごむり》を仰有《おつしや》つては……」

「無理《むり》ぢやない、僕《ぼく》が芳《よし》さんを迎《むか》えた當時《とうじ》の周圍《しうゐ》の感情《かんじやう》を追想《つひそう》したら了解《りやうかい》の出來《でき》る事《こと》なんだ、畢竟《つまり》今日《こんにち》は其《そ》れを一層急激《いつそうきうげき》に繰《く》り返《かへ》された迄《まで》の事《こと》ぢやないか。」

「何卒私《どうぞわたくし》をお捨《す》てあそばして！」

一《ひ》と言切《ことせつ》に云《い》ひて、

「其《そ》の時《とき》は私《わたし》の心《こゝろ》が眩《くら》んで居《を》りましたので、今繰《いまく》り返《かへ》されて、私《わたくし》の心《こゝろ》の汚《けが》れて居《ゐ》たのが分《わか》りましたので御座《ござ》いますから……舊《もと》の通《とほ》りに直子《なほこ》さんを迎《むか》えて下《くだ》さいましたら私《わたくし》はもう其《そ》れで……」

芳美《よしみ》は再《ふたゝ》び泣《な》く、保江《やすえ》はそれに答《こた》へず、

「然《しか》し相手《あひて》が何《ど》うにもせよ、其《そ》れに對《たい》する芳《よし》さんの赤心《まごゝろ》を徒《いたづ》らに僕《ぼく》は排《しりぞ》けやうとは云《い》はない、阿父《おとつ》さんにもお話《はなし》した通《とほ》り、直子《なほこ》を小濱《こはま》に迎《むか》え取《と》つて小枝子《さえこ》の一生《いつしやう》を全《おな》じ家《いへ》に送《おく》らせやうさ。」

「えつ。」

思《おも》はず疑惑《ぎわく》の眼《め》を見張《みは》つて、芳美《よしみ》の面《おもて》を起《おこ》すを、保江《やすえ》は微笑《ほゝゑ》みながら、

「二人《ふたり》が住《す》む場所《ばしよ》はこの世界《せかい》の何處《どこ》にもあらう！　僕《ぼく》は萬里《ばんり》を隔《へだ》つた所《ところ》へ芳《よし》さんを伴《ともな》つて行《い》つて別《べつ》に一家《いつか》を經營《けいえい》するつもりだ。」

芳美《よしみ》は云《い》ふべき言葉《ことば》も知《し》らで、唯涙煌《たゞなみだきら》めく眼《め》を可愛《かれ》ゆく瞬目《しばたゝか》せて見詰《みつ》むるを、

「何《なに》も然《そ》う驚《おどろ》くことは無《な》いぢやないか、これには芳《よし》さんも喜《よろこ》んで同意《どうい》をしてくれるだらうね。」

保江《やすえ》の面《おもて》は穏和《おだやか》に美《うつく》しき艶帯《つやお》びて、活々《いき／＼》と頰《ほゝ》の血《ち》は動《うご》く。芳美《よしみ》は答《こた》ふる言葉《ことば》を知《し》らずして心《こゝろ》は惑《まど》ふばかりに、戀《こひ》の炎《ほのほ》の煽《あほ》りに煽《あほ》る胸狹《むねせば》く、はや美《うつく》しき夢《ゆめ》にさへ憧《あくが》れて、二人《ふたり》が送《おく》るこの先《さ》きの世《よ》の樂《たの》しさに醉《ゑ》ひつゝ、今《いま》の身《み》の境《さかひ》を離《はな》れて恍惚《うつとり》と力無氣《ちからなげ》に保江《やすえ》を見上《みあ》げつ。

「其《そ》れも芳《よし》さんと二人《ふたり》別《べつ》に一家《いつか》を構《かま》へやうと思《おも》へばこそ、直子《なほこ》を迎《むか》え入《い》れやうとも云《い》ふので、然《さ》もなくては直子《なほこ》が生死《せいし》の問題《もんだい》なんぞ僕《ぼく》にはない。」

其《そ》の一言《ひとこと》に芳美《よしみ》は忽《たちま》ち崩《くづ》ほれかゝりし情《じやう》を破《やぶ》られ、強《つよ》き意志《こゝろ》は物《もの》を彈《はじ》くごと芳美《よしみ》の胸《むね》に飜《ひるがへ》り起《おこ》りて、

「いえ、何《ど》うあつても其《そ》れでは矢張私《やつぱりわたくし》が濟《す》まない人《ひと》になりますので御座《ござ》います、何卒《どうぞ》……私《わたくし》をお思《おも》ひ下《くだ》さいますなら……私《わたくし》のお願《ねが》ひをお聞《き》き入《い》れ成《な》さいまして……何卒《どうぞ》！」

言葉《ことば》に盡《つく》せぬを悶《もだ》えて、芳美《よしみ》は身《み》を搖《ゆす》りつゝ、胸《むね》の思《おも》ひを空《むな》しく抱《いだ》いて其處《そこ》に兩手《りやうて》ばかりを支《つ》く。白《しろ》絽《ろ》の襟《えり》きつかりと細《ほそ》き襟筋《えりすぢ》を廻《めぐ》りて、耳《みゝ》を横斜《はす》に掠《かす》りて上《あが》りたる鬢尻《びんじり》、太輪《ふとわ》の銀杏髷《いてうまげ》根高《たか》う、肩上《かたあ》げの痕幽《あとかすか》に殘《のこ》れる肩付《かたつき》の優《やさ》しさ、長《なが》き袖我《そでわ》が膝《ひざ》の上《うへ》に落《お》ちたる風情《ふぜい》の、愁《うれ》ひ漲《みなぎ》る面伏《おもてふ》せては唯幼氣《たゞをさなげ》なる姿容形《すがたかたち》ばかり見《み》えて、保江《やすえ》は今妻《いまつま》なる人《ひと》に向《むか》へるとは思《おも》へずして、戀知《こひし》らぬ少女《をとめ》に何《なに》か我《わ》が苦《くる》しき思《おも》ひを語《かた》れるやうに覺《おぼ》えつゝ、柔《やはら》かに物拒《ものこば》む調子《てうし》ばかりを心《こゝろ》に殘《のこ》して保江《やすえ》は飽《あ》かずおのが心《こゝろ》を焦立《いらだ》たせながら、

「芳《よし》さんは一旦僕《いつたんぼく》によつてその生涯《しやうがい》を定《さだ》めたのぢやないか、保江《やすえ》の妻《さい》なのぢやないか、僕《ぼく》が誰《たれ》を愛《あい》して、誰《たれ》が僕《ぼく》に愛《あい》されて居《ゐ》るのだと思《おも》ふ。」

保江《やすえ》の心《こゝろ》はいとゞしく亂《みだ》れに亂《みだ》れゆくばかり。人《ひと》の憂《う》きをば思《おも》はずして、我《わ》が思《おも》ひの儘《まゝ》を貪《むさぼ》り、我意《がい》に淫《みだ》るゝ事《こと》をば芳美《よしみ》は卑《いや》しく汚《けが》れたる行《おこな》ひと深《ふか》くも身《み》に染《し》み覺《おぼ》えて、人《ひと》を非運《ひうん》に陥《おちい》らしめても我《わ》が心《こゝろ》滿《み》たさん事《こと》の恐《おそろ》しく、一生我《いつしやうわ》れは人《ひと》を戀《こ》ひて泣《な》き、假令薄命《たとへはくめい》に落魄《うらぶ》れ果《は》つるとも、人《ひと》の上《うへ》の幸福《さち》を傳《つた》へ聞《き》きて悦《よろこ》び思《おも》ふ事叶《ことかな》はゞ更《さら》に寂《さび》しき我《わ》が上《うへ》も悲《かな》しとは思《おも》ふまじとの決心強《けつしんつよ》く固《かた》けれど、此《こ》の上《うへ》を言《こと》葉《ば》にして保江《やすえ》を説《と》かん事《こと》の何故《なせ》か心憶《こゝろおく》れて言《い》ひ出《いづ》る術《すべ》もなく、兎《と》もしては我《わ》れも夫戀《つまこひ》しかりし昨夜《ゆふべ》の思《おも》ひ、別《わか》れなばこの後《のち》の寂《さび》しさは如何《いかゞ》あるべきなど云《い》ふ其《そ》れは明《あか》しても見度《みた》き思《おも》ひのみ迫《せま》り來《き》て、胸《むね》の切《せつ》なさ、熟睡《まどろ》まぬ昨夜《ゆふべ》よりの身《み》の病《やま》ひの苦《くる》しさに、芳美《よしみ》は疲《つか》れ果《は》てし身《み》を悶《も》掻《か》きて自《みづか》ら掻《か》い抱《いだ》きしが、名殘《なご》りなく晴《は》れ渡《わた》りし夕空《ゆふぞら》の、珊瑚樹《さんごじゆ》の高《たか》きを染《そ》めし強《つよ》き夕陽《ゆうひ》に涙枯《なみたか》れたる眼《め》をきらりと射《い》られて、

「あ、」

と小《ちい》さう叫《さけ》びしと思《おも》ふ程《ほど》もなく、眩《くらめ》きたる身《み》は埒《らち》もなく保江《やすえ》の膝《ひざ》に仆《たは》れかゝりて、一《ひ》としきり、物《もの》に堪《た》ふる力失《ちからう》せたる心《こゝろ》の魂《たま》、其《そ》の儘《まゝ》消《き》えて、絶《た》え入《い》りて、芳美《よしみ》は果敢《はか》なく眼《め》を瞑《と》ぢつ。

老爺《ぢい》は畑《はた》に、女《をんな》は勝手許《かつてもと》に、寂寞《ひつそり》と物《もの》の音《おと》さへ起《おこ》らぬ宏《ひろ》き家《や》の内《うち》、風颯々《かぜさつ〳〵》と吹《ふ》きめぐりて、夕蟬《ゆふせみ》喧《かしま》しく鳴《な》き立《た》つる。

十六

上《のぼ》り盡《つく》して中空高《なかぞらたか》く少時《しばし》は影傾《かげかたぶ》かぬ半輪《はんりん》の月《つき》、夢路《ゆめぢ》に入《い》りたる森《もり》の梢《こずゑ》を探《さぐ》りて投《な》げたる眞白《ましろ》き影《かげ》は、後方《うしろ》に苅時《かりしほ》の稲田《いなだ》の上《うへ》を薙《な》ぎて、其處《そこ》を辿《たど》りゆく男女《ふたり》は後姿《うしろすがた》にまで流《なが》れ行《ゆ》きつゝ、見《み》ゆる限《かぎ》りは一《ひ》と色《いろ》の仄白《ほのじろ》き淡《あは》く物《もの》を包《つゝ》みて、西《にし》の方《かた》に野《の》松《まつ》一《ひ》と本《もと》、ひよろ〳〵と傾《かし》いで何《なに》か仰《あは》げる。

「ね、甲板《デッキ》の上《うへ》からこの月《つき》を斯《か》うして、二人《ふたり》で眺《なが》めやうぢやないか。」

保江《やすえ》は足《あし》を止《とゞ》めて、携《たづさ》へし芳美《よしみ》の手《て》を輕《かる》う振《ふ》りつ。足許《あしもと》を添《そ》ふて流《なが》るゝ小川《をがは》の音《おと》は、二人《ふたり》が歩《あゆ》みの音《おと》の斷續《きれ〴〵》を補《おぎな》ひて、草《くさ》のうちに蟋蟀《かうろぎ》低《ひく》う露《つゆ》に咽《むせ》ぶ。

俯向《うつむ》きし儘《まゝ》片手《かたて》に胸《むね》を抑《おさ》へて、芳美《よしみ》の溫和《おとな》しう唯點頭《たゞうなづ》くを見《み》て、

「そんな樣子《やうす》で新橋《しんばし》までの途中《とちう》は大丈夫《だいじやうぶ》かね、又卒《またた》倒《は》れるやうな事《こと》が有《あ》りはしないか。」

纔《わづか》に頭《つむり》を振《ふ》りて、芳美《よしみ》は横《よこ》に遠《とほ》く月光《げつくわう》の影《かげ》を逐《を》ふ。ふつと、何處《いづこ》よりか小《ちい》さき火《は》の影《かげ》、眼《め》に輝《かゞや》き射せしと思《おも》ひしが、紅含《べにふく》みてやゝ釣《つ》りたる眼尻《まなじり》。顰《ひそ》みし眉《まゆ》の愁《うれ》はし氣《げ》なる面《おもて》を近《ちか》く掠《かす》りて、携《たづさ》へし二人《ふたり》が手《て》の裏《うち》にと閃《ひらめ》き消《き》えたるを、何《なに》なりしかと芳美《よしみ》は面《おもて》を返《かへ》して、放《はな》ちたる保江《やすえ》の手《て》の下《もと》より遠《とほ》く透《すか》し見《み》て、更《さら》に影《かげ》なき不審《いぶかしさ》の目《め》を空《そら》に走《はし》らせつゝ、何《なに》を思《おも》ふともなく、物《もの》の影《かげ》を究《きは》むるとにもあらで、唯少《たゞしば》時《し》小《ちい》さき星《ほし》をば仰《あは》ぎたり。保江《やすえ》は心付《こゝろづ》かず、

「早《はや》く癒《なほ》してくれないじや困《こま》る、斯《か》う話《はなし》の定《きま》つた上《うへ》は僕《ぼく》はもう一分《いつぷん》の猶豫《ゆうよ》もない、一日《いちにち》も早《はや》く芳《よし》さんを伴《つ》れて倫敦《ロンドン》へ行《ゆ》く心算《つもり》だからね。」

保江《やすえ》は希望《のぞみ》に輝《かゞや》く眼《め》を張《は》りて、何《なに》をか描《えが》く、劃然《かぎり》おぼろに、際涯《はてし》も見《み》えぬ御空《みそら》の彼方《かなた》を見守《みまも》りて、やがて月《つき》をば高《たか》く打眺《うちなが》むれば、月《つき》は保江《やすえ》の頭《つむり》の上《うへ》に和《やは》ぎの光《ひか》りを落《おと》して、萬里外《ばんりぐわい》の君《きみ》が樂《たの》しき月《つき》は知《し》らずとや、大森《おほもり》のこの空《そら》にのみ御姿靜《みすがたしづか》に照《て》り渡《わた》りて。

芳美《よしみ》は保江《やすえ》の何《なに》か物云《ものい》ひしと覺《おぼ》えて、身《み》を後《うしろ》に寄《よ》り添《そ》ふ途端《はづみ》、今《いま》の小《ちい》さき火《ひ》の影《かげ》は再《ふた》ゝび裾《すそ》より斜《なゝめ》に上《あが》りて、鬢《びん》を過《よぎ》りつゝ、一《ひ》と度《たび》二た度《たび》と胸《むね》の邊《あた》りを迷《まよ》ひ〳〵て、追《お》へば消《き》え、反《そむ》けば輝《かゞや》き、手《て》に拂《はら》へば眉《まゆ》より高《たか》く、身《み》を退《ひ》けば廻《めぐ》り〳〵て、やがて一《ひ》直線《とすぢ》に田《た》の面《も》にと流《なが》れ失《う》せたる、幽靈螢《ゆうれいぼたる》！と心付《こゝろづ》きて、何《なに》としもなく一《ひ》と足出《あしい》でざま行方《ゆくへ》を草葉《くさば》の蔭《かげ》に求《もと》めたれど、深々《ふかく》とや身《み》を潜《ひそ》めけん、其所《そこ》には虫《むし》鳴《な》きて、露《つゆ》に美《うつく》しき光《ひか》りあるばかり、芳美《よしみ》は面《おもて》を擡《あ》げしが、ふと見返《みかへ》りたる夫《をつと》の傍《かたはら》に、その裾《すそ》を今《いま》の螢《はたる》か、纒《まと》ひては過《す》ぎ、漂《たゞよ》ひては流《なが》れを曳《ひ》きて、瞬《またゝ》く間《ま》に又田《またた》の面《も》へと消《き》え去《さ》りしを見《み》つ。迂路《うろ》々々と彼方此方《かなたこなた》を見廻《みまは》す芳美《よしみ》の有樣《さま》を怪訝《あやし》みて、

「何《なん》だね。」同時《どうじ》に、

「あつ。」

と聲立《こゑた》てし芳美《よしみ》は、倒《たほ》るゝやうに其處《そこ》に屈《かゞ》みて、重《かさ》ねし兩袖《りやうそで》にしかと面《おもて》を掩《おほ》ひつゝ、驚《おどろ》かるゝばかり震《ふる》え戰《わなゝ》けるなり。

「何《ど》うしたんだ、何《ど》うも工《ぐ》合《あひ》が惡《わる》いやうだな。」

保江《やすえ》は狼狽《うろた》へつゝ立《たち》よりて、

「今夜《こんや》歸《かへ》るのは止《よ》したら何《ど》うだね。」

と脊《せ》に手《て》をかくるを、つと拂《はら》ひて起《お》き上《あが》りながら、

「然《そ》う大《たい》した事《こと》は御座《ござ》いませんの、たゞ一寸《ちよつと》しても眼《め》が眩《くら》んで。」

「其《そ》れが惡《わる》いのだ、何《ど》うも汽《き》車《しや》の途中《とちう》が案《あん》じられるね。」

芳美《よしみ》は一途《いちづ》に再《ふた》ゝび螢《はたる》の影《かげ》を見《み》ん事《こと》を恐《おそ》れて、四邊《あたり》に配《くば》る眼《め》の怯《おび》えたる色憐《いろあは》れに、胸《むね》の慟悸《どうき》の立眩《たちくら》むまで苦《くる》しきを去《さ》り氣《げ》なく抑《おさ》えて立《た》ちしが、常《つね》は悟氣《とぼけ》たる案山子《かゝし》の姿《すがた》、月《つき》の明《あか》りに凄々《そうく》と芳美《よしみ》の眼《め》には映《うつ》りて、越《こ》えて彼方《かなた》の農家《のうか》の窓《まど》に灯影《はかげ》ちら〳〵と見《み》ゆる軒端《のきば》より、誰《た》が魂祭《たままつ》る看經《かんきん》の鐘《かね》の音沈《おとしづ》みて長《なが》う傳《つた》はり來《く》る、今臨終《いまりんじう》に捧《さゝ》ぐる水《みづ》の冷《ひ》え、我《わ》が頰《はゝ》に溢《こぼ》れかゝりしやうなる凄慘《いたまし》き氣《き》に一層身内《ひとしはみうち》を震《ふる》はせて、生血《ち》の通《かよ》ひ路途《ちと》絕《た》えしやうなる蒼白《あをじろ》き手《て》に長《なが》き袂《たもと》を握《にぎ》り占《し》めて深《ふか》くも思《おも》ひ入《い》れるを、

「淺香《あさか》へ使《つかひ》をやつて今夜《こんや》は宿《とま》つて行《い》つたら何《ど》うだ、別《べつ》にもう後暗《うしろめた》い事《こと》もあるまいが。」

芳美《よしみ》は夕《ゆふ》つ方人心地《かたひとごゝちごこち》失ひしよりこの方《かた》、保江《やすえ》が思惑《おもわく》の程《ほど》を言葉《ことば》に出《い》でゝ違背《そむ》かん力《ちから》もなく、唯戀《たゞこひ》しさに心惹《こゝろひ》かれて再《ふた》ゝび今日《けふ》保江《やすえ》に逢《あ》ひ見《み》し事《こと》の悔《くや》まるゝ念《ねん》に胸《むね》は充《み》ち塞《ふさが》りて、女心《をんなごゝろ》の甲斐《かひ》なきを潜《ひそ》かに自《みづか》ら責《せ》めしなれど、螢《はたる》の光《ひか》りを何《なに》とや見《み》し、芳美《よしみ》は今《いま》は全《まつた》く戀《こひ》の炎《ほのふ》冷《ひ》え切《き》りて、先《さ》きの念《ねん》は新《あらた》に銳《するど》く我《わ》が胸《むね》を打《う》つ。

「いゝえ、其《そ》れ程《ほど》ぢや御坐《ござ》いません、もう確固《しつかり》といたしましたから。」

「新橋《しんばし》まで諸共《いつしよ》に行《ゆ》かうぢやないか。」

「いゝえ。」と更《さら》に強《つよ》く。

「其《そ》ればかりは何《ど》うしても……今晩《こんばん》は矢張《やつぱ》り一人《ひとり》の方《はう》が……」

「然《さ》うか。」

云《い》ひ切《き》り、押《お》して云《い》ふを恥《は》かしき事《こと》に思《おも》ひて保江《やすえ》は默《もく》せし儘《まゝ》、芳美《よしみ》を助《たす》けて歩《あゆ》み出《い》でつゝ。

折《をり》よく、横濱《よこはま》の上《のぼ》り列車《れつしや》は來合《きあは》せたり。

薄汚《うすぎたな》う油煙《ゆえん》に黑《くろ》みし燈火《ともしび》の影暗《かげくら》く、足許《あしもと》も定《さだ》かならぬ停車塲内《ていしやぢやうない》の陰鬱《いんうつ》なるに、活氣《くわつき》ある物《もの》の音《おと》は聞《きこ》えて、疲《つか》れたる驛夫《えきふ》が靴《くつ》の音《おと》、眠氣《ねふけ》に響《ひゞ》く扉《ドア》の音《おと》、力絶々《ちからたえ／″＼》に吐《は》く蒸氣《じやうき》の音《おと》、一齊《ひとしう》忌《いま》はしき念《ねん》を群《むら》がり立《た》たせて、地獄《ぢごく》の穴《あな》の底深《そこふか》く引《ひ》きも入《い》れらるゝかとばかり。

芳美《よしみ》はや室《しつ》に入《い》りて窓際《まどぎは》に立《た》つ。髭黑《ひげくろ》き人《ひと》、後方《うしろ》に傲然《がうぜん》と構《かま》ふるが一人《ひとり》あるのみの室内《しつない》を保江《やすえ》は外《そと》より眺《なが》めながら、

「氣《き》を付《つ》けてね。」

芳美《よしみ》は頭《つむり》を下《さ》げて、其《そ》の眼《め》を其《そ》の儘窓《まゝまど》の下《もと》にと落《おと》しつ、ほろりと一《ひ》と滴散《しづくち》りし時《とき》、汽笛《きてき》は高《たか》く鳴《な》りて車躰《しやたい》は動《ゆる》ぎ初《そ》めつゝ。

「僕《ぼく》は明後日《あさつて》淺香《あさか》へ行《ゆ》くから。身躰《からだ》は大切《たいじ》にしないぢや可《い》けない、え、くれ／″＼も。」

其《そ》の言葉《ことば》の終《をは》る間《ほど》もなく、物狂《ものぐる》はしく窓《まど》に俯伏《うつぶ》したる芳美《よしみ》の、漸次々々《しだい／＼》に隔《へだた》りゆくを空《むな》しく見送《みおく》りて、保江《やすえ》は今更《いまさら》のやうに一人《ひとり》芳美《よしみ》を歸《かへ》せし事《こと》の限《かぎ》りもなく悔《く》ひ思《おも》はれしが……。汽車《きしや》は遠《とほ》く去《さ》りて、今《こ》宵二人《よひふたり》は此處《こゝ》に別《わか》れたり。

十七

其《そ》の夜《よ》を都《みやこ》の名殘《なごり》に、芳美《よしみ》は何所《いづこ》の里《さと》にか隱《かく》れ入《い》りつ。餘病《よびやう》の煩《わづら》ひに遂《つひ》に命果《いのちは》てたる直子《なほこ》の悲報《ひはう》、根岸《ねぎし》なる小濱《こはま》の家《いへ》を驚《おどろ》かせしも、保江《やすえ》が大森《おほもり》の別邸《べってい》に一《ひ》と夜《よ》を明《あ》かせしその夜半《よは》なりき。

＊　＊　＊　＊　＊　＊　＊　＊　＊　＊　＊　＊

秋風《しうふう》、水澄《みづす》み渡《わた》るこの頃《ころ》を、保江《やすえ》は再《ふたゝ》び海上《かいじやう》の人《ひと》となりたり。甲板《デッキ》の月《つき》に一人狂奔《ひとりきやうほん》するの其《そ》の宵《よひ》を、千種《ちぐさ》の色香《いろか》淋《さみ》しく、虫《むし》の音《ね》細《ほそ》る邊《ほと》りを逍遙《さまよ》ひつゝ、血《ち》も交《まじ》る戀《こひ》の涙《なみだ》のうちに、はや失《う》せし人《ひと》の上《うへ》の、この世《よ》の幸福《さち》を一向《ひたすら》に願《ねが》へる人《ひと》ありとは知《し》らずして。年齡三十路《よはひみそぢ》を老《お》ひて猶獨《なほひとり》力浮世《うきよ》に立《た》ちつゝ、親《おや》の蔭《かげ》なき幼《をさな》き人《ひと》を庇《かば》ふ人《ひと》、秋《あき》のしきみ、手向《たむ》けの花《はな》の新《あた》らしきに今日《けふ》も泣《な》く。葛《くず》の裏葉《うらば》を吹《ふ》く風《かぜ》の、人《ひと》も我《わ》れも今年《ことし》の秋《あき》を悲《かな》しとぞ云《い》ふなる。

葛の下風

終

貴公子《きこうし》

（不許轉載）　露英

『おやお兄様《にいさま》何《ど》うしても行《い》らつしやること』

『無論《むろん》です』

『可《い》いわ、可《い》いわ、そんなら尤《も》う甚麼《どんな》にお頼《たの》み遊《あそ》ばしても拵《こしら》へて上《あ》げないから……』

『何《なに》をです』

『あら何《なに》をですつて、まあ酷《ひど》いお兄様《にいさま》よ一昨日《をとゝひ》彼程《あれほど》にお頼《たの》み遊《あそ》ばした癖《くせ》に……』

幸子《さちこ》ハツンと後向《うしろむき》になつて型《かた》の如《ごと》く袂《たもと》を弄《いぢ》る

『仕様《しやう》のない嬰児《ねんねい》だなあ……一体何《なに》を拵《こしら》へて呉《く》れないと云《い》ふんです、え幸《さち》さん』

定則《さだのり》ハつゝと前《まへ》へ出《で》て俯《うつむ》ける幸子《さちこ》の顔《かほ》を横《よこ》から覗《のぞ》き込《こ》む、顔《かほ》と顔《かほ》とハ密接《みつせつ》せん許《ばか》りに息《いき》の香《か》さへ匂《にほ》ふのである。幸子《さちこ》ハ覚《おぼ》えず時《とき》ならぬ紅葉《もみぢ》を双頬《さうけふ》に散《ち》らしたが、やがて人指《ひとさし》指で定則《さだのり》の膝《ひざ》の上《うへ》へ字《じ》を書《か》いて見《み》せる。

『まだ分《わか》らなくつて』

『何《ど》うも崩《くづ》が多《おほ》くつて讀《よ》めない』

今度《こんど》ハ假名《かな》で書《か》いて艶《あでやか》に嫣然《につこり》。

『ひーじーつーきー、ほら分《わか》りましたでせう』

『何《なん》だ詰《つま》らない』

『ね、夫《それ》でも行《い》らつしやること』

『冗談《じやうだん》ぢやない』

『意地悪《いぢわる》をして亞米利加《あめりか》へなんぞ行《い》らつしやると肱鉄《ひぢてつ》を拵《こしら》へて上《あ》げないからいゝ』

『手《て》が附《つ》けられない』

幸子《さちこ》芳紀《はうき》正《まさ》に十七歳《さい》、武田男爵家《たけだだんしやくけ》々附《いへつき》のお姫様《ひいさま》、從子定則《さだのり》をお兄様《にいさま》〳〵と馴《な》れ親《した》しみ定則《さだのり》が這度《こたび》の壯擧《さうきよ》を企《くはだ》てたる心事《しんじ》を知《し》るや知《し》らずや頻《しき》りにイヤ〳〵と邪氣《あどけ》ない趣《そぶ》りを振《ふ》つて駄々《だゝ》を捏《こ》ねて居《ゐ》る始末《しまつ》、定則《さだのり》ハ何思《なにおも》ひけん遽《にはか》に襟《えり》を正《たゞ》し而《そ》して厳《おごそ》かに語《かた》り出《だ》したのである。

『幸《さち》さん、貴女《あなた》ハ僕《ぼく》の心持《こゝろもち》が分《わか》らないのですね……能《よ》く身《み》に沁《し》めて僕《ぼく》の言《い》ふ處《ところ》を聽《き》いて下《くだ》さい。僕《ぼく》なんぞハ未《ま》だ岡山《おかやま》の中學校《ちうがくかう》を卒業《そつげふ》した許《ばか》りで、世《よ》の中《なか》の事《こと》ハ能《よ》くも分《わか》らんけれど今《いま》の時代《じだい》ハ尤《も》う既《すで》に内地《ないち》の跼蹐《きよくせき》たる小天地《せうてんち》に愚圖々々して居《ゐ》る時《とき》でなからうと思《おも》ふのです。然《しか》るに我《わ》が同族《どうぞく》ハ果《はた》して何《なに》をなしつゝあるのです、名許《なばか》りの皇室《くわうしつ》の藩屛《はんぺい》で……徒《いたづ》らに祖先《そせん》の功《こう》を恃《たの》んで安逸《あんいつ》をのみ貪《むさぼ》つてることハ抑《そもそ》も何《なん》たる不心得《ふこゝろえ》でせう。僕《ぼく》が亞米利加《あめりか》へ行《ゆ》くことに決心《けつしん》したのハ全《まつた》く此《これ》あるが為《ため》です。或《あるひ》ハ僕《ぼく》なんぞでハ、碌《ろく》なことが出来《でき》ないかも知《し》れんけれど、分相應《ぶんさうおう》に自分《じぶん》の全力《ぜんりよく》を盡《つく》すと云《い》ふことハ少《すこ》しも恥《は》づる處《ところ》なく我等《われ〳〵》が當《まさ》に務《な》すべきでハありませんか』

今迄《いまゝで》の無邪氣《むじやき》さに引換《ひきか》へて幸子《さちこ》ハ石像《せきざう》の如《ごと》く身動《みじろ》ぎだもせず傾聽《けいちやう》して居《ゐ》るのである。

『世界《せかい》の到《いた》る處《ところ》に我《わ》が日《ひ》の丸《まる》の國旗《こくき》を樹《た》つることこそ眞《しん》に我等《われ〳〵》が目下《もくか》の急務《きふむ》であつて、愚《ぐ》圖々々《づ〳〵》して居《ゐ》つてハ尤《も》う忽《たちま》ちの間《あひだ》に地上《ちじやう》に我《わ》が國旗《こくき》を樹《た》つる餘地《よち》がなくなつて仕舞《しま》ふに相違《さうゐ》ないのです。獨逸《どいつ》でも英國《えいこく》でも將《は》た亞米利加《あめりか》でも其全力《そのぜんりよく》を盡《つく》して未開地《みかいち》を開拓《かいたく》することに努《つと》めつゝある今日《こんにち》ではありませんか。僕《ぼく》ハ何《ど》うしても行《ゆ》くことに極《き》めました。ね、幸《さち》さん那様《そんな》に尤《も》う僕《ぼく》を泣《な》かさないで下《くだ》さい』

『僕《ぼく》だつて幸《さち》さんに別《わか》れるのは厭《いや》です、厭《いや》ですけれども國《くに》を愛《あい》するものは一時《じ》の私情《しじやう》を忍《しの》ばなければならんのです。四五年《ねん》辛棒《しんぼう》して下《くだ》さい、さうすれば屹度《きつと》獨力《どくりよく》獨行《どくかう》する一人前《にんまへ》の人間《にんげん》となつて貴女《あなた》を迎《むか》ひに來《き》ます。驕奢《けうしや》なる淫靡《いんび》なる東京《とうきやう》の交際《かうさい》社會《しやくわい》に戀々《れん〳〵》として、足苟《いやし》くも都門を出づることを嫌《きら》つて居《を》る我《わ》が同族《どうぞく》中の急先鋒《きふせんぽう》となつて僕等《ぼくら》は新大陸《しんたいりく》に殖民《しよくみん》するのです。斯《か》くして二人《ふたり》は生命《せいめい》のあらん限《かぎ》り帝《てい》國主義《こくしゆぎ》の喇叭《らつぱ》を吹《ふ》くことを天職《てんしよく》としたいではありませんか。何《ど》うです。幸《さち》さん、僕《ぼく》の言《い》ふことは分《わか》つたでせう』

『は……い』

『そんなら尤《も》う夕飯《ゆふはん》にも近寄《ちかよ》つたし室内《へや》へ入《はい》ることにしませう』

と言《い》つても幸子《さちこ》は唯俯《たゞうつむ》いて立《た》たうともしないのである。

『何《ど》うしたんです、氣分《きぶん》が惡《わる》いんですか』

『いゝえ……』

『だや行《い》きませう』

と定則《さだのり》は擬太《にせふと》のステッキをツイと振《ふ》り上《あ》げて松《まつ》の根《ね》を一《ひと》つ打擲《ぶんなぐ》つたかと思《おも》ふとぐん〳〵歩《ある》き出《だ》した。

今迄《いまゝで》幸子《さちこ》は邸内《ていない》の庭《には》に居《ゐ》ると許《ばか》り思《おも》つてたのに何時《いつ》かお庭《には》は見《み》も知《し》らぬ野原《のはら》と變《かは》つて居《ゐ》て時雨《しぐれ》でも來《き》やうと云《い》ふのか、空《そら》は一面《めん》灰色《はいいろ》の雲の帷帳に今迄《いまゝで》の氣色《けしき》とは打《う》つて變《かは》つて四邊《あたり》物凄《ものすご》くなつて來《き》た。唯《たゞ》見《み》る野道《のみち》さつと際《ふ》く遙ぐ白《しろ》く雨脚《あまあし》を身《み》に浴《あ》びつゝすた〳〵歩《ある》いて行《ゆ》く貴公子《きこうし》の後姿《うしろすがた》はだん〳〵小《ちい》さくなつて、怪《あや》しい鳥《とり》が幸子《さちこ》の脚下《あしもと》から立《た》つて凄《すさ》まじい聲《こゑ》して向《むか》ふの林《はやし》へ飛《と》んで行《い》つた。幸子《さちこ》は滲《しみ》ら寒《さむ》い風《かぜ》に胴震《みぶる》ひしながら『お兄樣《にいさま》、待《ま》つて頂戴《ちやうだい》よう、待《ま》つて頂戴《ちやうだい》よう』と一生懸命《しやうけんめい》有《あ》らん限《かぎ》りの聲《こゑ》を出《だ》して呼《よ》ばうと思《おも》つても、何《ど》うにも斯《か》うにも聲《こゑ》が出《で》ない。餘《あま》りの苦《くる》しさに腋下《わきのした》には汗《あせ》がじだ〳〵出《で》て息《いき》も詰《つま》らん許《ばか》り……。

『武田《たけた》さん、何《ど》うして。恐《こは》い夢《ゆめ》でも見《み》たのまあ額《ひたひ》は汗《あせ》だらけよ』

喚《よ》び醒《さ》まされゝば、幸子《さちこ》は矢張《やは》り例《いつも》の樣《やう》に女子大學《ぢよしだいがく》寄宿舍《きしゆくしや》のベッドに身《み》を横《よこ》たへて居《ゐ》るのであつた。あはれ初《はじ》めて戀《こひ》てふ心《こゝろ》を覺《おぼ》えた四年前《ねんぜん》の見果《みは》てぬ夢《ゆめ》を見《み》たのである。雄志《ゆうし》を抱《いだ》いてアラスカ灣頭《わんとう》の水泡《みなわ》と消《き》えて仕舞《しま》つた定則《さだのり》の健氣《けなげ》なる生涯《しやうがい》を思《おも》へば、遺憾《ゐかん》に心細《こゝろぼそ》くてはならぬと、我《われ》と我《わ》が心《こゝろ》を勵うつても、扨《さて》定則《さだのり》なき後《のち》の幸子《さちこ》は矢張《やは》り離が嬉の家政學《かせいがく》であらうと悲歎《ひたん》の涙《なみだ》に暮《く》れて居《ゐ》るのである。が革命《かくめい》は常《つね》に一の進歩《しんぽ》である。此《こ》の悲惨《ひさん》なる一身上《しんじやう》の變化《へんくわ》に依《よ》つて非《ひ》なる、眞面目《しんめんもく》なる痛切《つうせつ》なる煩悶《はんもん》、懊惱《あうなう》、傷心《しやうしん》はやがて幸子《さちこ》を如何《いか》なる向上《かうじやう》の道《みち》に驀進の歌《うた》を歌《うた》はしむることであらう。

その曉

一、臺《だい》所《どころ》

佐藤露英

有縁無縁《うえんむえん》の御佛《みほとけ》並《なら》ぶ墓場《はかば》を二月《きさらぎ》の夕風《ゆふかぜ》冷々《ひや〳〵》と世《よ》を悟《さと》り顏《がほ》に吹《ふ》きめぐりて、本堂《ほんどう》の横手《よこて》に立《た》て掛《か》けたる白張提灯《しらはつてうちん》の茂《しげ》れる葉蘭《はらん》の許《もと》に柄《え》の半《なか》ばは埋《うづ》まりたるが、暮《く》れゆく薄藍色《うすあゐいろ》の空《そら》に包《つゝ》まれて仄《ほん》のりと消《き》えかゝりつゝ、闇迫《やみせま》る毎《ごと》に其《そ》の形狀《かたち》のおぼろ〳〵に成《な》り行《ゆ》く樣《さま》物凄《ものすご》う、珊瑚樹《さんごじゆ》の魔《ま》のやうに黒《くろ》く聳《そび》え立《た》ちたると對《むか》ひて、古木《こぼく》の白梅《しらうめ》や、盛《さか》り衰《おとろ》へたれど香《か》のみを留《と》めて優《やさ》しくも匂《にほ》へるなり。

この時《とき》、用有《ようあ》り氣《げ》に臺所《たいどころ》の戶口《とぐち》より立出《たちい》でたる一人《ひとり》の女《をんな》は、白《しろ》き鼻緒《はなを》の朴齒《ほうば》を引掛《ひつか》けて物臭《ものぐさ》らしう敷《しき》石《いし》をば辿《たど》りぬ。

紡績紬《ばうせきつむぎ》の飛白《かすり》の衣服《きもの》を襟無《えりな》しにして、金巾黑飛白《かなきんくろがすり》の羽織《はをり》を着《き》たる年輩《としばへ》三十ばかりの、縮《ちゞ》れたる髮《かみ》を8《エート》に結《むす》びて、前髮《まへがみ》したゝかに膨《ふく》らましたれば目覺《めざ》ましきばかり毛《け》の條《すぢ》は迂曲《うねり》を見《み》せつ、骨出《ほねい》でたる其頰《このほゝ》は灰色《はいいろ》に光《ひか》りて、唇《くちびる》には血《ち》の氣《け》見《み》えず、薄黑《うすぐろ》き瞼《まぶた》のうちより小《ちい》さき眼《め》は銳《するど》く外《そと》を射《い》て、削《こ》けたる腮《あご》に卑《いや》しき皺《しわ》をば漂《たゞよ》えたるが、其《そ》の丈低《たけひく》き身《み》を屈《かゞ》めて寒氣《さむけ》に袖《そで》を搔《か》き合《あは》せつゝ、何間《なんげん》敷《し》き詰《つ》めたる敷石《しきいし》を辿《たど》り盡《つく》して先《ま》づ其《そ》の大門《おほもん》をば閉鎖《とざ》しぬ。凄《すさま》じき響《ひゞ》きは漸次《したい》に境內《けいだい》の奧《おく》へと消《き》えゆきて、やがて其人《そのひと》は引返《ひきかへ》し來《く》るなりき。

先《み》さに立出《たちい》でたる戸口《とぐち》の前《まへ》に其人《そのひと》は踏《ふ》み止《とゞ》まりしが、ふと心付顔《こゝろづきがほ》に傍《かたはら》に歩《あゆ》みよりて、窓《まど》の許《もと》に掛《か》けられたる花錢箱《はなせんばこ》をば取外《とりはづ》しぬ。兩手《りやうて》もて箱《はこ》を逆《さかさ》にするよと見《み》る間《ま》に、異様《いやう》なる音《おと》は鳴《な》りひゞきて石《いし》の上《うへ》にうろ〳〵と幾片《いくひら》の銅貨《とうくわ》は轉《まろ》び出《い》でつ。直《すぐ》に身《み》を屈《かゞ》めて狼狽《あわたゞ》しく、恰《あたか》も風《かぜ》になど吹《ふ》き去《さ》らるゝ愁《うれ》ひあるものを始末《しまつ》する如《ごと》くに早急《さつそく》と取集《とりあつ》めて、黑繻子《くろじゆす》の帶際《おびぎは》より取出《とりだ》したる右近木綿《うこんもめん》の財布《さいふ》に確《しか》と納《おさ》めつゝ、再《ふたゝ》び箱《はこ》を舊《もと》に直《なほ》して潜《くゞ》り戸《ど》より臺所《だいどころ》なる上《あが》り框《がまち》へと上《のぼ》りゆく。

いと廣《ひろ》やかなる臺所《だいどころ》は物辨別《ものわきまへ》られぬまで暗《くら》うなりて、烟《けぶ》り立昇《たちのぼ》る竈《かまど》の邊《あた》りは取《と》り分《わ》け朦朧《おぼろ》に、唯《たゞ》ぱち〳〵と何《なに》か燃《も》ゆる音《おと》のみ聞《き》こゆるなり。女《をんな》の内《うち》に入《い》りたる物音《ものおと》を聞《き》き付《つ》けてか。

「おい、今夜《こんや》は酒買《さけか》はうな。」

火箸《ひばし》を置《お》きたる音《おと》と共《とも》に、冴《さ》えて太《ふと》き男《をとこ》の聲《こゑ》は其處《そこ》より起《おこ》りつ。途端《とたん》に、凄《すさ》まじき勢力《いきほひ》に竈《かまど》の下《した》より燃《も》え出《い》でたる焔《ほのほ》の、前《まへ》に屈《かゞ》める其《そ》の聲《こゑ》の主《ぬし》をば襲《おそ》ひて、紅吐《くれなゐは》く彼方《かなた》に歴然《あり〳〵》と其《そ》の人《ひと》の姿《すがた》をば照《て》し出《いだ》したり。鐵色木綿《てついろもめん》の裾皺《すそしわ》みたる小袖《こそで》二枚《にまい》を着《き》て、白縮緬《しろちりめん》の兵子《へこ》帶《おび》巻《ま》きたる四十才前後《さいぜんご》の、月代《さかゆき》生《の》びたる大《おほ》きなる其面《そのおもて》は火影《はかげ》に赤々《あか〳〵》と輝《かゞや》きて、立膝《たちひざ》したる裾《すそ》の傍《はと》りには幾重《いくへ》に折《を》りたる卒塔婆《そとば》の堆高《うづたか》く積《つ》まれてあり。煮《に》ゆるものは何《なに》ならん、大鍋《おほなべ》のうちごと〳〵と響《ひゞ》きを傳《つた》ふる。

「可《い》けませんよ」。

早言《はやこと》に呟《つぶや》きたる女《をんな》は傍《かたはら》の障子《しやうじ》を開《あ》けて流《なが》し元《もと》へと出《い》でたり。燈火《ともしび》の用意《やうい》せんとて臺洋燈《だいらんぷ》をば其《そ》の棚《たな》から取下《とりおろ》すなりき。

「この寒《さむ》いに酒《さけ》がなくては何《ど》うもならん、もう明日《あす》から止《や》めにせうから、まあ小僧《こぞう》に取《と》りにやつてくれ、なあ、おい、今夜《こんや》だけだ。」

「明日《あす》になると、又今夜《またこんや》だけだから駄目《だめ》ですよ、可《い》けません、可《い》けません、毎晩五合《まいばんごがふ》づゝも飲《の》られて堪《たま》るもんですか。」

「だから僅少《わづか》で好《い》いと云《い》ふことを！」

「駄目《だめ》々々。」

臺洋燈《たいらんぷ》を携《たづさ》えて女《をんな》は奥《おく》へ行《ゆ》く。

「然《そ》うか、では止《や》めませう。」

其《そ》の聲《こゑ》の甚《いた》くも力《ちから》なき。立上《たちあが》りし和尚《あるじ》は竈《かまど》の後方《うしろ》に廻《まは》りて鍋《なべ》の中《うち》をば攪《か》き交《ま》ぜしが、やがて寛《ゆる》みし帯《おび》を片手《かたて》に直《なほ》し〳〵、傍《かたはら》なる戸《と》棚《だな》の方《かた》へと立寄《たちよ》る時《とき》。

「へえ、誠《まこと》に何《ど》うも遅《おそ》く出《で》まして……」

と云《い》ひざま裏口《うらぐち》の障子《しやうじ》をば手《て》荒《あら》く引開《ひきあ》けて、臺所《だいどころ》の方《かた》に顔《かほ》を出《いだ》したる男《をとこ》あり、腹掛《はらがけ》、股引《ひき》の上《うへ》に縞《しま》の半《はん》纏《てん》着《き》たる三十前後《ぜんご》の、向《むか》ふ鉢卷《はちまき》を忘《わす》れしと云《い》ふ風躰《ふうてい》にて、和尚《あるじ》を見《み》るより一寸頭《ちよつとつむり》を下《さ》げながら。

「魚清《うをせい》で御坐《ござ》います、先日《せんぢつ》のお話《はなし》で伺《うかゞ》ひましたんで。」

和尚《あるじ》はふと見返《みかへ》りしが、開《あ》けたる戸棚《とだな》の中《うち》より瀬戸《せと》の壺《つぼ》をば取《と》り出《い》でゝ、再《ふたゝ》び竈《かまど》の方《かた》へと寄《よ》りつゝ。

「魚清《うをせい》さんか、何《ど》うだね？　彼《あ》れで引取《ひきと》る事《こと》に定《き》めたのかね。」

壺《つぼ》の中《うち》なるは白《しろ》き砂糖《さとう》なりき。和尚《あるじ》は幾度《いくたび》か其《そ》を湊《すく》ひ〳〵て鍋《なべ》のうちをば攪《か》き交《ま》ずるなり。

「へえ、實《じつ》はその御相談《おはなし》に上《あが》りましたんで、手前《てまへ》の方《はう》から申上《まうしあ》げました直段《ところ》でお見限《みき》りが御座《ござ》いますならと主人《あるじ》は申《まう》しますので、へえ。」

「然《そ》うか。だが安《やす》いものだな、なあ、おい、何《ど》うせう？」

鍋《なべ》の蓋《ふた》をば伏せて和尚《あるじ》は奥《おく》を見返《みかへ》るなり。

「えゝ？　何《ど》うだつて？」

忽惶《あたふた》と出《い》で來《きた》りし女《をんな》は男《をとこ》の方《かた》を眺《なが》めて。

「何《ど》う？　此方《こつち》の云《い》つた價《ね》ぢや可《い》けないと云《い》ふのか。」

男《をとこ》は顔《かほ》を上《あ》げたれど會釋《ゑしやく》のみして何《なに》も語《かた》らず。

「先方《せんばう》で云《い》ふ價《ね》にしてくれろと云《い》ふのだが、一層《いつそ》もう渡《わた》して了《しま》ふてないか、なあ、何時《いつ》まで置《お》いても仕方《しかた》のないものだ。」

「だが何程《いくら》さ。」

「三圓五十錢だらう、然《そ》うだね？」

男《をとこ》は纔《わづか》に。

「へえ。」と云《い》ふ。

「馬鹿《ばか》〳〵しい安價《やすね》だね、北海道《ほつかいどう》の數《かず》の子《こ》だよ、性《たち》が違《ちが》ふわね、彼《あ》れ丈《だけ》三圓半《はん》ぢや恰《まる》で無代《たゞ》も同樣《どうやう》だ、え、魚清《うをせい》さん！、何《なん》とかも少《ち》つと色《いろ》をつけ成《な》さいな、此方《こつち》も無理《むり》は云《い》はないんだから。」

女《をんな》は中腰《ちうごし》になりて、血《ち》の氣《け》なき其《そ》の唇《くちびる》を曲《ま》ぐるなり。和尚《あるじ》は火《ひ》を退《ひ》かんとして再《ふた》ゝび竈《かまど》の前方《まへ》にまはる。

「へえ、度々《たび〳〵》伺《うかゞ》ひまして北海道《ほつかいだう》は承知《しようち》して居《を》ります。」

面白《おもしろ》くもなしと云《い》ふ樣《やう》な面色《おもゝち》して男《をとこ》は女《をんな》をば見上《みあ》げつゝ。

「これがお前《まへ》さん。歳暮《せいぼ》なら又《また》お話《はなし》にも成《な》りますんだが、何《なに》しろ最《も》うこの二月《にぐわつ》となつちや然《そ》う使《つか》ひ道《みち》のあるもんぢや御座《ござ》へませんので、平常《ふだん》のお得意樣《とくいさま》と云《い》ふ點《ところ》で御相談《ごさうだん》いたしましたやうなものゝ實《じつ》は迷惑位《めいわくぐらゐ》なところなんで御座《ござ》います。」

「まあ好《い》い、其《そ》れで引渡《ひきわた》す事《こと》にせう、では魚清《うをせい》さん其《そ》れで承知《しようち》したからね。」

和尚《あるじ》の言葉《ことば》を聞《き》くと其儘《そのまゝ》、男《をとこ》は忙《せは》し氣《げ》に身《み》を起《おこ》して。

「其《そ》れぢやあ明日改《みやうにちあらた》めて伺《うかゞ》ひますから。」

「然《そ》うか、然《そ》う事《こと》が決着《きま》つたらな、家《うち》へ置《お》いても何《ど》うも臭《くさ》くてならんから、一時《いつとき》も早《はや》く取《と》りに來《き》てくれ。」

「へえ、承知致《しやうちいた》しました、宜《よろ》しう御座《ござ》います、其《そ》れぢやあ明日《みやうにち》、へえ。」

暇《いとま》を告《つ》げてそこ〳〵に歸《かへ》り去《さ》りし男《をとこ》の後《うしろ》を見送《みおく》り果《は》てゝ。

「馬鹿《ばか》々々しい、半分價《はんぶんね》ぢやないか。」

不平氣《ふへいげ》に呟《つぶや》きて女《をんな》は立上《たちあが》りぬ。

「然《そ》う慾深《よくふか》な事《こと》を云《い》ひ成《な》さんな、元々《もと〳〵》無代《ただ》のものぢやないか、實家《さと》から歳暮《せいぼ》に寄越《よこ》したものを其《そ》れ丈《だけ》に賣《う》れば大《たい》したものだ、さあ〳〵酒《さけ》だ〳〵、愈々《いよ〳〵》酒《さけ》だぜ」

「戯談《じやうだん》云《い》つちや困《こま》りますよ。四月の貸《かし》は何《ど》うしたんですね、五十錢まだ引殘《ひきのこ》るんですよ。」

「まあ彼《あ》れは彼《あ》れさ、酒位《さけぐらゐ》飲《の》まんで何《ど》ら樂《たの》しみがあるものか、設《まう》けて居《ゐ》ながら酒一《さけひ》とつ飲《の》まんと云《い》ふ事《こと》はない、飲《の》ませてくれ。」

「へゝ、酒一《さけひ》とつ飲《の》まんで何樂《なにたの》しみがある？、奇麗《きれい》な事《こと》を云《い》ひ成《な》さんな、立派《りつぱ》に三《み》つ揃《そろ》へて居《ゐ》ながら何樂《なにたの》しみがあるもないもんだ、打《ぶ》つ、飲《の》む、買《か》ふ、三拍子揃《さんびやうしそろ》つて居《ゐ》る腥《なまぐさ》坊主《ばうず》ぢやないか、人聞《ひとぎ》きの好《い》い事《こと》を云《い》ひ成《な》さんなよ。」

「何《なに》？、お前《まい》の口《くち》から腥《なまぐさ》坊主《ばうず》とは何《なん》だ、買《か》ふ事《こと》は最う止《や》めて居《ゐ》る。」

「上手《うま》い事《こと》を云《い》ふわ、買《か》ふ事《こと》は止《や》めたが買《か》はせには行《ゆ》くんだらう、人《ひと》を盲目《めくら》にしても然《そ》うはゆきませんよ、私《あたし》に嘘《うそ》を吐《つ》くなんて了簡方《れうけんかた》が淺慮《あさはか》だ。」

「では買《か》ひに行《い》つた積《つも》りで飲《の》ませてくれ、買《か》ふよりは安《やす》いぜ。」

「なあに、買《か》ひに行《い》つた積《つも》りで飲《の》ませろ？ひと、買《か》ひに出掛《でか》けたが好《い》いさ、あゝ、あゝ、買《か》ひに出《で》かけ成《な》さいとも、高《たか》くても安《やす》くても此方《こつち》の知《し》つたものか、さつさと出掛《でか》け成《な》さいよ。飲《の》む代《しろ》は女房《にようばう》の懷《ふと》中《ころ》を當《あ》てゞ、買《か》ふ料《しろ》は自分《じぶん》の自由《じゆう》なんだらうから、出掛《でか》けるが好《い》いさ、お止《と》め立《た》てはいたしませんよ。」

何時《いつ》か知《し》らず砂糖《さとう》の壼《つぼ》を踏《ふ》み返《かへ》して、白《しろ》きもの踏板《ふみいた》に狼籍《らうぜき》たるも覺《おぼ》えず、はや夜《よ》となりし闇《やみ》の内《うち》に妻《つま》は罵《のゝし》り喚《わめ》く、夕暮《ゆふぐれ》なれば人絶《ひとた》えて、殊勝氣《しゆうしようげ》に詣《まゐ》る人《ひと》もなき。

二、坐《ざ》數

「さあ、ちやんと云《い》つて下《くだ》さいよ、卷煙草《まきたばこ》が二《ふた》つに、其《そ》れから何《なに》を買《か》つたんですつて？」妻《つま》は反古《はご》何枚《なんまい》かを綴《と》ぢたる細長《ほそなが》き帳面《ちやうめん》を片手《かたて》に持《も》ち、片手《かたて》に鉛筆《えんぴつ》を握《にぎ》りて、對《むか》ひ合《あ》へる和尚《あるじ》をば見《み》つ長火鉢《ながひばち》を隔《へだ》てゝ和尚《あるじ》は漸《やうや》く小僧《こぞう》を走《はし》らせて取寄《とりよ》せたる酒何合《さけなんがう》を、傾《かたむ》け盡《つく》したる顔色眞赤《かほいろまつか》にて、びんづるの湯氣《ゆげ》に上《あが》りたる樣《やう》なる面《かほ》を突《つ》き出《だ》しつゝ、胡坐《あぐら》の膝《ひざ》に頰杖《ほゝづゑ》つきて、其《そ》の下《さか》りたる眼《め》をば瞑《つぶ》れるなり。

「忘《わす》れたよ、何《なに》を買《か》つたつたか、覺《おぼ》えはない。」

「覺《おぼ》えがないつて事《こと》がありますか、自分《じぶん》の小使《こづかひ》の使《つか》ひ道《みち》を忘《わす》れるなんて、其樣《そんな》馬鹿氣《ばかけ》た事《こと》があるもんぢやない、ちやんと云《い》つて下《くだ》さいよ、一圓《えん》の小使《こづかひ》を何《ど》う使《つか》つたんです。」

「五月蠅《うるさ》いと云《い》ふにな、何時《いつ》も云《い》ふ事《こと》だ、小使《こづかひ》一圓《えん》として記《つ》けて置《お》けと云《い》ふに。」

「唯小使《たゞこづかひ》ぢや分《わか》りませんよ、一圓《えん》の小使《こづかひ》が何《ど》う費用《なくな》るのか判然《はつきり》しないぢや困《こま》りますよ。」

「何時《いつ》も々々々其樣《そんな》細々《こまく》した事《こと》を覺《おぼ》えて居《ゐ》られるものか、小供《こども》の小使《こづかひ》ぢやなし。」

「小供《こども》の小使《こづかひ》錢だつて？、あなたに供給《あてが》ふのは其《そ》れより劣《おと》りだ、小供《こども》より目《め》は離《はな》されないんだからね、少《すこ》し打捨《うつちや》つて置《お》くと碌《ろく》な事《こと》に使《つか》ふんぢやないからさ、だから何時《いつ》も確固《ちやん》と用途《でどころ》を聞《き》くんですよ、先日《このあひだ》も然《そ》うぢやないか、お經《きやう》の本《ほん》の間《あひだ》から三圓《えん》出《で》て來《き》たのは何《ど》うしたんです？、然《そ》う云《い》ふ瞞着錢《くすねせに》をしては遊《あそ》びに出掛《でかけ》るんだもの、猶更嚴重《なほさらやかま》しく云《い》はずには置《お》かれないぢやありませんか、その位《くらゐ》にする私《あたし》の目《め》を掠《かす》めるんだから全《まつ》く呆《あき》れて了《しま》ふよ、一日《いちにち》隔《お》きの小使錢《こづかひせん》が然《そ》う要《い》るもんぢやないから餘計嚴重《よけいやかま》しく聞《き》くんでさ、さあ判然《はつきり》云《い》つて下《くだ》さい、何《なん》と何《なん》ですつて？」

和尚《あるじ》は何時《いつ》か横臥《よこ》になりて、長々《なが〳〵》と足《あし》をば踏《ふ》み伸《の》ばすなり。

「烏《からす》なきても知《し》れそなものよ、明《あ》け暮《く》れお布施《ふせ》の事《こと》ばかり……」

「ひと、呑氣《のんき》なもんだね。然《そ》うだ、下駄《げた》を買《か》つたよ小使錢《こづかひ》のうちから、三十五錢てしたね？」

「うむ……、紀伊《きい》の國《くに》は音無《おとな》し川《かは》の水上《みなかみ》にい——……」

「其《そ》れから車代《くるまだい》が二十錢か……一躰《いつたい》あなたね。」

帳面《ちやうめん》を傍《そば》に置《お》きざま妻《つま》は一《ひ》と膝出《ひざい》てゝ。

「車代々々《くるまだい〳〵》つて云《い》ふが、如何《いか》にもこれが曖昧《あいまへ》ですよ、然《そ》う車代《くるまだい》の要《い》る所《ところ》へ行《ゆ》く事《こと》はないんだからね、此樣《こんな》のを貯《た》めて置《お》いちやお經《きやう》の本《ほん》の間《あひだ》へ入《い》れて置《お》くんでせう、え。あなた、然《そ》うですね、然《そ》うなんでせう？」

「何《なん》だか知《し》らんな。」

「この位《くらゐ》私《あたし》が出《だ》さずに居《ゐ》て斯《か》う車代《くるまだい》の要《い》る譯《わけ》がない、矢張《やつぱ》り胡魔化《ごまくわ》されるに違《ちが》ひないよ、油斷《ゆだん》がならないねえ、此後《これから》はもう一錢《いつせん》だつて供給扶持《あてがひぶち》にするから、ほんとに卑劣《さも》しい人《ひと》だ。」

和尚《あるじ》はつと起上《おきあが》りて奧《おく》へゆく　妻《つま》は算盤引寄《そろばんひきよ》せて帶際《おびぎは》より例《れい》の財布《さいふ》をば引出《ひきだ》せしが、猶懷中《なほふところ》を探《さぐ》りて三《み》つの紙包《かみづゝ》みを膝《ひざ》の上《うへ》に乘《の》せたり。中《なか》を開《ひら》けば糊《のり》もて張《は》られたる銀貨幾片《ぎんくわいくひら》ありて、大切氣《たいせつげ》に妻《つま》の手《て》に剝《は》がさるゝなりき。

奧《おく》へ入《はい》りし盡《まゝ》久《ひさ》しく姿《すがた》を見《み》せざりし和尚《あるじ》は、やがて襖《ふすま》の蔭《かげ》より黑《くろ》の中折帽《なかをれぼう》を被《かぶ》りたる頭《つむり》のみを出《いだ》して。

「おい、一寸《ちよつと》行つて來《く》るぜ。」

「えゝ、何處《どこ》へ行《ゆ》くんです？、何處《どこ》へ。」

返答《へんじ》はあらずして、こと〳〵と裏口《うらぐち》の方《かた》へと椽《えん》を踏《ふ》む足音《あしおと》聞こゆ。

「あなた、何處《どこ》へ行《ゆ》くんですよ。」

手早《てばや》くも財布《さいふ》引摑《ひきつか》みて懷中《ふところ》に捩《ね》ぢ込《こ》みつゝ、勢《いきほ》ひ凄《すさま》じく走《は》せ出《い》でたる妻《つま》は襖《ふすま》を押開《おしあ》くるよりはや和《ある》尙《じ》の脊《うしろ》をば捉《とら》へて。

「何處《どこ》へ行《ゆ》くんですつてば、默《だま》つて出掛《でか》けると云《い》ふ法《はふ》がありますか、何處《どこ》へ行《ゆ》くんですよ。」

捉《とら》へたる羽織《はおり》を自暴《やけ》に後《うしろ》へと曳《ひ》くに、羽織《はおり》の襟《えり》は拔《ぬ》けて三歩《みあし》ばかりを引戻《ひきもど》されつゝ。

「裏《うら》の多月院《たげつゐん》へ行《ゆ》くんだ、寄合《よりあひ》があつて出《で》かけるんだと云《い》ふに！」

「何《なに》つ。多月院《たげつゐん》が聞《き》いて呆《あき》れる。可《い》けない、可《い》けない、今夜《こんや》は何《ど》うしたつて出《だ》しません、其《そ》の機嫌《きげん》で何處《どこ》へ外《そ》れるか分《わか》つたもんぢやない。」

「解《わか》らないな、先刻《さつき》も人《ひと》を寄越《よこ》したぢやないか、寄合《よりあひ》があつて行《ゆ》くんだから一寸《ちよつと》出《だ》してくれ、直《す》ぐに歸《かへ》つて來《く》る、迎《むか》ひを寄越《よこ》したものを行《ゆ》かずには濟《す》まされまい。」

「ぢやまあ好《い》いから一寸此方《ちよつとこつち》へお入《はい》りなさい、用事《ようじ》があるから。」

「何《なん》だ。」

「好《い》いからお這《は》入《い》りなさいよ。」

躊躇《ためら》ふ和尙《あるじ》を無理《むり》に押入《おしい》れて、妻《つま》は先《ま》づ鏡臺《きやうだい》の傍《そば》に立寄《たちよ》りしが、素早《すばや》く何《なに》をか取出《とりいだ》せしと見《み》る間《ま》にかたりと音《おと》して、振返《ふりかへ》りたる其《そ》の右手《めて》には氷《こほり》の閃《ひらめ》き燈火《ともしび》の影《かげ》に一《ひ》と際《きは》の物凄《ものすご》さをば見《み》せたる剃刀《かみそり》の、逆《さか》より更《さら》に持《も》ち直《なほ》さるゝなりき。

「何《なに》をする。」

と興醒《きようさ》め顔《がほ》に見守《みまも》りて、突立《つゝた》ちたる和尚《あるじ》の肩《かた》を捉《とら》へて無言《むごん》に妻《つま》は押据《おしす》えつゝ、取去《とりさ》りたる黒《くろ》の帽子《ぼうし》を投《はう》り出《だ》しざま其《そ》の頭《つむり》をしかと抑《おさ》えて、鬢《びん》の邊《あた》りを力任《ちからまか》せに一《ひ》と剃《そ》りあたる。、、、ごぞりと生《の》びたる月代《さかゆき》に濕《うるは》いなき剃刀《かみそり》の刃《は》は痛々《いた〳〵》しき音《おと》をば立《た》てゝ、見《み》る〳〵其和尚《そのあるじ》が面《おもて》は目覺《めさ》ましきまで澁面《じうめん》の作《つく》らるゝなり。

「堪《たま》らん、まあ待《ま》つてくれ、待《ま》つてくれ。」

首窄《くびくば》めて、狼狽《あわたゞ》しく兩手《りやうて》に我《わ》が頭《つむり》を抱《かゝ》へながら。逃身《にげみ》に横《よこ》へと身《み》を退《ひ》くを用捨《ようしや》もなく乘《の》りかゝりて、妻《つま》は再《ふたゝ》びごぞりと額髪《ひたいかみ》の邊《あた》りをあたる。

「狂氣染《きちがひじ》みた眞似《まね》を爲成《しな》さんなと云《い》ふに、おい〳〵何《ど》う爲《す》るのだ、剃《そ》るなら其《そ》の樣《やう》な用意《ようい》をしてから掛《かゝ》つてくれ、空剃《からぞ》りをされて堪《たま》るもんではない。」

堪《た》へられじとやうに懸命《けんめい》に和尚《あるじ》は這《は》ひ出《いだ》しぬ。羽織《はをり》は脱《ぬ》げかゝりて、頭髪《かみ》には二箇所《にかしよ》の穴《あな》の痕《あと》をば見《み》せつゝ、膝頭露出《ひざがしらあらは》に長火鉢《ながひばち》の傍《わき》まで逃《に》げ延《の》びしが、飜《かは》したる身《み》を抵抗《てむか》ふべく搆《かま》へて。

「恰《まる》で狂氣《きちがひ》の沙汰《さた》だ馬鹿《ばか》々々《〳〵》しい、出先《でさ》きになつて何《なん》の眞似《まね》だな。」

そゞろに頭《つむり》を撫《な》でゝ深《ふか》き吐息《といき》をばつく。妻《つま》は心落着《こゝろおちつ》きたるらしく、剃刀持《かみそりも》ちたる身躰《からた》を悠々《ゆう〳〵》と伸《の》ばして輕々《かる〳〵》と打笑《うちわら》ふなり。

「其樣《そんな》事《こと》にてもしなけりや安心《あんしん》して出《だ》せるもんですか、坊主《ぼうず》にしなくつちや出《だ》せないんですよ、寄合《よりあひ》の相談《さうだん》に行《ゆ》くのに羽織《はをり》を着《き》て出掛《でか》けるものがあるもんですか、さあ、其《そ》れて宜《い》いから行《い》つてお出《い》でなさい、用事《ようじ》は濟《す》みましたよ。」

半剃《はんぞ》りの頭《つむり》を抱《かゝ》へて和尚《あるじ》は無言《むごん》に俯向《うつむ》き込《こ》みたり。痕《あと》には生血《なまち》吹《ふ》きて、丸《まる》ふしたる脊《せ》には羽織《はをり》の襟《えり》の脱《ぬ》げかゝりたる儘《まゝ》なるを、妻《つま》は冷《ひや》やかに眺《なが》めやりて、やがて長火鉢《ながひばち》の傍《わき》に重々《おも〳〵》と坐《すわ》り込《こ》みしが、散亂《ちらば》りたる布施包《ふせつゝみ》を、見《み》るより手早《てばや》く摑《つか》み上《あ》げて、ほうとばかり口窄《くちくば》めつ。今迄《いままで》の騷動《さうどう》を示《しめ》し顏《かほ》に剃刀《かみそり》は臺洋燈《だいらんぷ》の許《もと》に光《ひか》り冷《つ》めたく横《よこた》はれる。

三、書院《しよいん》

「何《ど》うも々々々呆《あき》れるぢやないか。あなた、あなた、あなた！」

斯《か》く叫《さけ》びたる妻《つま》が面《おもて》は甚《いた》くも逆上《ぎやくじやう》して、其口《そのくち》よりは焰《ほのほ》をも吐《は》くべく、逆釣《さかつ》りたる眼《め》は甚《いと》どしく鋭《するど》くなりて、聯子窓《れんじまど》より延《の》び上《あが》りつゝ其《そ》の外面《そとも》をば見《み》やるなりき。花《はな》を束《たば》ぬるに忙《せは》しき和尚《あるじ》は例《れい》の氣疎《けうと》き聲《こゑ》を耳《みゝ》にもかけず、濟《すま》し返《かへ》りて其《そ》の窓《まど》の許《もと》に蹲踞《うづくま》れるなり。今朝《けさ》は頭髮《つむり》美《うつく》しく剃《そ》られて疵《きず》の痕《あと》も見《み》えず、白《しろ》き襟卷《えりまき》深《ふか》く其《そ》の頰《ほゝ》は埋《うづ》もれるなり。

「あなた、一寸上《ちよつとあが》つて下《くだ》さい、上《あが》つて下《くだ》さいよ。」

答《こた》へなきを悶焦《もどか》しがりて、足摺《あしず》りして妻《つま》は家内《うち》より叫《さけ》ぶ。

「騷々《さう〳〵》しい、何《なん》の用事《ようじ》が其處《そこ》から云《い》つたら何《ど》うだ。」

穩《おだや》かに先《ま》づ勿體《もつたい》らしくは云《い》ひたれど、忽《たちま》ち窓《まど》に妻《つま》の姿《すがた》消えたるを見《み》て甚《いた》くも恐《おそ》るゝ氣色《けしき》に、恐々《おづ〳〵》と身《み》を起《おこ》して潜《くゞ》り戶《ど》の方《かた》へ立行《たちゆ》きしが、其身《そのみ》を内《うち》に差入《さしい》るゝより早《はや》く、襟髮《えりかみ》はしつかと女《をんな》の手《て》に押《おさ》へられしなりけり。

「愚圖々々《ぐづ〳〵》して居《ゐ》たつて露現《ろけん》しちまつたものは仕樣《しやう》がない、さあ早《はや》く上《あが》つて下《くだ》さい。」

妻《つま》は引摺《ひきず》り上《あ》げたる和尙《あるじ》を、此度《このたび》は後《うしろ》より兩《りやう》の手《て》に押《お》し〳〵て、奧深《おくふか》う書院《しよいん》の方《かた》へと伴《ともな》ひ行《ゆ》く。二箇《ふたつ》の葛籠《つゞら》は中央《まんなか》に並《なら》びて、中《なか》より取《と》り出《いだ》されたる絹表《きぬおもて》の小袖《こそで》羽織《はをり》は埒《らち》もなく傍《かたはら》に襲《かさな》り合《あ》ひて、朝《あさ》の日影《ひかげ》は窓越《まどご》しに其《そ》を溫《あた〻か》う照《て》らせるなり。

「何《ど》うしたんです、さあお云《い》ひ成《な》さい、云《い》つてしまひ成《な》さいよ。」

「何《なに》か知《し》らんが其《そ》れが何《ど》うしたと云《い》ふのだな。」

「えゝ空恍《そらとぼ》け成《な》さんな、私《わたし》の長襦袢《ながじゆばん》は何《ど》うしたんですよ、此所《こゝ》へ確然《ちやん》と入《い》れて置《お》いたものが葛籠《つゞら》の底《そこ》て其《そ》ればかり消《き》えて了《しま》ふ譯《わけ》は有《あ》りますまい、さあ何《ど》うしたんです？、何處《どこ》へ遣《や》つたんです？」

葛籠《つゞら》の端《はじ》を叩《た》きて妻《つま》は瞋《いか》らしたる眼《め》に和尙《あるじ》をば睨《にら》む。

「お前《まへ》の品《もの》を俺《おれ》が知《し》るものか、入《い》れ違《ちが》ひをしたのだらう、他《ほか》を探《さが》して見成《みな》さい。」

云《い》ひ捨《す》てゝ葛籠《つゞら》を橫目《よこめ》に、平然《へいぜん》と和尙《あるじ》は戾《もど》りかゝるなり。

「あなた！」

寺院《じいん》も崩壞《くづ》るゝばかり其《そ》の聲《こゑ》のいとも銳《するど》き、腰《こし》を浮《う》かして右手《めて》を延《の》ばして、立《た》ちたる和尙《あるじ》の裾《すそ》を力任《ちからまか》せに引《ひ》けば、不意《ふい》を食《くら》つて和尙《あるじ》は意氣地《いくぢ》もなく蹌踉《よろめ》き戾《もど》りしが葛籠《つゞら》の傍《そば》に仆《たほ》れかゝりて妻《つま》が高《たか》き膝《ひざ》に其脊《そのせ》をしたゝか打《う》ち付《つ》けたり。

「あ、痛《いた》つー」

妻《つま》は遮二無二《しやにむに》其面《そのおもて》を顰《しか》めて斯《か》く叫《さけ》びざま、邪慳《じやけん》に和尚《あるじ》が身躰《からだ》を彼方《むかふ》へと突《つ》き返《かへ》しつ。和尚《あるじ》はころ〳〵と轉《まろ》ひて今度《このたび》は其《そ》の額《ひたい》を葛籠《つゞら》の角《かど》に打付《うちつ》けぬ。

「さあ何處《どこ》へやりました、何處《どこ》へやりましたよ、何處《どこ》へ持《も》ち出《だ》したんですよ。」

和尚《あるじ》の身《み》を起《おこ》しもやらず、其儘袖《そのまゝそで》を捉《とら》へて右《みぎ》に左《ひだり》に小突《こづ》き廻《まは》すなり。

「免《ゆる》してくれ、免《ゆる》してくれ、お前《まへ》には又買《またか》つてやる。」

身《み》を縮《ちゞ》めて足《あし》を屈《かゞ》めて、和尚《あるじ》は空《むな》しく手《て》をのみ思悶《もが》く。

「いゝえ、買《か》つてなんぞ下《く》れなくとも宜《よろ》しい、彼品《あれ》を出《だ》して下《くだ》さい、持出《もちだ》した先《さき》を白狀《はくじやう》しなさい、よう、何處《どこ》へ持出《もちだ》したんです、何處《どこ》へやつ了《しま》つたんですよ。」

「他人《ひと》に呉《く》れて了《しま》つたものは仕方《しかた》がない、お前《まへ》には彼品《あれ》より好《い》いのを買《か》つてやるから免《ゆる》してくれ。」

「なに?、他人《ひと》に呉《く》れてやつた?、彼品《あれ》を!、まあ他人《ひと》に!?、誰《たれ》かにやつたんですか。」

思《おも》はず手《て》を緩《ゆる》めて直《ひた》と呆《あき》れたる妻《つま》は、忽《たちま》ち齒《は》を食《く》ひ占《し》めて思《おも》ふ樣《さま》唇《くちびる》裂かしつ。

「彼《あ》の女《をんな》に遣《や》つたんですね?」

一《ひ》と聲叫《こゑさけ》びたる聲《こゑ》の下《もと》、摑《つか》みもかゝらるゝかと和尚《あるじ》は恐怖《おび》えて懸命《けんめい》に妻《つま》の手《て》を取《と》り退《の》くより早《はや》く刎《は》ね返《かへ》りつ。

「だからお前《まへ》には別《べつ》に買《か》つてやるから其《そ》れで好《い》いてないか、高《たか》が長襦袢一枚《ながじゆばんいちまい》を然《そ》うぶつ〳〵云《い》ひ成《な》さんな〱」

免《のが》るゝ丈《たけ》はこの寺《てら》の内《うち》を逃《に》げ廻《まは》らんとか、和尚《あるじ》は惣惶《あたふた》と再《ふたゝ》び行《ゆ》きかへる。蒼褪《あをざ》め果《は》てたる脣《くちびる》を戰《をのゝ》かして妻《つま》は無言《むごん》に、骨《ほね》も挫折《ひしや》げと和尚《あるじ》の其後《そのうしろ》を捉《とら》へて力強《ちからづよ》く引仆《ひきたは》しつ。

「もう〱、呆《あき》れるつて、呆《あき》れるつて、私《わたし》は口惜《くや》しくつて口《くち》も聞《き》けないよ、この腥《なまぐさ》坊主《ばうず》！」

震《ふる》ふ聲《こゑ》を張上《はりあ》げて、力任《ちからまか》せに肉《にく》も取《と》れよと和尚《あるじ》の膝《ひざ》を一《ひ》と抓《つめ》り。

「彼《あ》の先《ま》あ大切《たいじ》な々々々私《わたし》の長襦袢《ながしゆばん》を撰《え》りに撰《え》つて呉《く》れてやるとは何點《どて》まで彼女《あいつ》に惚《のろ》くなつてるんだらう、然《そ》うまで私《わたし》を踏《ふ》み付《つ》けるかと思《おも》ふと氣《き》も違《ちが》ふ程腹《ほどはら》が立《た》ちますよ。」

襟髪摑《えりがみつか》んで和尚《あるじ》の面《おもて》を疊《たゝみ》に引擦《ひきこす》らせながら。

「しかも無斷《むだん》で持出《もちだ》すなんて貴方《あなた》は盗賊《どろばう》だよ、立派《りつぱ》な盗人《ぬすつと》だ、此《こ》の長物《ながもち》は誰《たれ》の長持《ながもち》だと思《おも》つて居《ゐ》るんですよ、人《ひと》の物《もの》へ默《だま》つて手《て》を着《つ》ければ盗人《どろばう》ぢやないか、貴方《あなた》は盗人根性《どろばうこんじやう》まで備《そなは》つて居《ゐ》るんだね、然《そ》うして彼《あ》の女《をんな》とは手《て》を切《き》るの、もう足踏《あしふ》みをしないのと何《なん》の爲《ため》に證文《しようもん》を書《か》いたんですよ、私《わたし》へ寄越《よこ》した證文《しようもん》は反古《ほご》ぢやないか、彼女《あいつ》も然《そ》うだ、手《て》切金《ぎれきん》まで取《と》つて置《お》きながら、私《わたし》の前《まへ》で立派《りつぱ》な誓言《せいごん》までして置《お》きながら、未《いま》だに引張《ひつぱ》り込《こ》むなんて何《なん》とも彼《かん》とも云《い》ひ様《やう》のない人非人《ひとでなし》め、何《ど》うするか見《み》てやがれ、此《こ》れから押《お》して行《い》つて鐵面皮《あつかまし》い其《そ》の面《つら》の皮《かは》を引剝《ひんむ》いて來《こ》なくつちやならない、彼様《あんな》女《をんな》の着《き》る長襦袢《ながじゆばん》ぢやないんだ、勿體《もつたい》ない！、無双縮緬《むそうちりめん》の長襦袢《ながじゆばん》を着《き》るやうな柄《がら》ぢやないんだよ宿場女郎《しゆくばぢよろう》の癖《くせ》に！此様《こんな》々々〱口惜《くや》しい目《め》に貴方《あなた》に逢《あ》はせられる因縁《いんねん》がないさあ直《す》ぐ何《ど》うともして下《くだ》さい、彼《あ》の女《をんな》を家《うち》へ入《い》れるなりと、私《わたし》を出《だ》すなりと、何《ど》うなりと始末《しまつ》をつけて下《くだ》さい、女房《にようばう》の大切《たいせつ》なものを呉《く》れてやつたり、女房《にようばう》の目《め》を盜《ぬす》んで逢《あ》ひ度《た》い程其《ほどそ》れ程氣《ほどき》に入《い》つた女《をんな》なら早急《さつさ》と家《うち》へ入《い》れて奉《たてまつ》つて置《お》くが好《い》いのさ、私《あたし》は直《す》ぐ出《た》して貰《もら》いませう、年《ねん》が年中《ねんぢう》、人面白《ひとおもしろ》くもない、其樣《そんな》口惜《くや》しい目《め》に逢《あ》はされ々々々寺《てら》の梵妻《だいこく》をして居《ゐ》やうとは思《おも》はないんだ、さあ直《す》ぐ片《かた》を付《つ》けて下《くだ》さい、私《あたし》を出《だ》し了《ちま》ひ成《な》さひ、出《だ》してお了《しま》ひ成《な》さいよ。」

前後《あとさき》もなく並《なら》べ立《た》てゝ、炎《ほのほ》をも吐《は》くべき口《くち》に妻《つま》は勢《いきほ》ひ凄《すさま》じく猛《たけ》り立《た》つる。斯《か》ゝる時和尚《とおあるじ》は何時《いつ》も無言《むごん》に頭《つむり》を抱《かゝ》へて俯向《うつた》き込《こ》むが常《つね》なり。怒《いか》り荒《あ》るゝ雷《かみなり》も遂《つひ》には自《みづか》ら止《や》む時《とき》あるべしと思《おも》へるなり。

「長襦袢《ながじゆばん》は盜《ぬす》み出《だ》す、金《かね》は瞞着《くすね》る、何《なん》と云《い》ふ卑《いや》しい人《ひと》だらう、貴方《あなた》は能《よ》く〳〵乞食坊主《こじきばうず》の性《しやう》を受《う》けて居《ゐ》るんだよ、何《ど》うせ此樣《こんな》貧乏寺《びんぼつでら》なんだから私《あたし》を出《だ》すつたつて整然《ちやん》と手當《てあて》をしちや呉《く》れられまいから此《こ》れからお檀家《だんか》中殘《ぢうのこ》らず廻《まは》つて軒別《けんべつ》に若干金《いくらか》づゝでも戴《いたゞ》いて歩《ある》くから然《さ》う思《おも》ひ成《な》さい、和尚《あるじ》の道樂《どうらく》な爲《ため》に斯《か》う身慘《みじ》めな目《め》に逢《あ》ひますつて云《い》つて歩《ある》いたら嘸檀家衆《さぞだんかしゆ》が氣《き》の毒《どく》がつてくれるだらう、道樂坊主《どうらくばうず》の本性《ほんしやう》を現《あら》はしてやるからね、今日《けふ》まで誰《たれ》のお蔭《かげ》で面《めん》も脱《ぬ》がずにやつて來《き》たと思《おも》つてるんだ、まあ他《はか》の女《をんな》を入《い》れて見《み》るが好《い》いのさ、實際《ほんとう》に人《ひと》を何《なん》だと思《おも》つてるんだらう、憚《はゞか》りながら普通《なみ》の家内《かない》とは少《すこ》し違《ちが》ふんですからね、其《そ》れも思《おも》ひもしないで勝手《かつて》な眞似《まね》ばかり爲《す》るんぢやもう〳〵此方《こつち》から御免蒙《ごめんこうむ》りだ、さあ出《だ》して貰《もら》いませうよ、え？、出《だ》して下《くだ》さいよ。」

突然《ふつと》玄關傍《げんくわんわき》の格子戸《かうしど》開《あ》く音《おと》して、俄《にはか》に人《ひと》の入《い》り來《く》る氣色《けはひ》に逍《さす》が鳴《な》りを靜《じつ》めて沈着《ちつ》と振返《ふりかへ》れば、はや此《こ》室に遠慮氣《えんりよけ》もなく二人《ふたり》の客《きやく》は打連《うちつ》れて通《とほ》り來《く》るなりけり。

「まあ、これは！」

打見《うちみ》るより妻《つま》の忽卒《あわたゞ》しく居膝《ゐずま》ひ直《なほ》しにかゝるを、丈高《たけたか》き方《かた》は瞥《ちら》と目《め》を呉《く》れて。

「何《なん》だ、長持《ながもち》の前《まへ》へ二人《ふたり》搆《かま》へ込《こ》んで何《なに》を評議《ひやうぎ》して居《ゐ》るんだな、質店《くら》へ持出《もちだ》す譯《わけ》でもあるまい、え、文《ぶん》久寺《きうぢ》、馬鹿《ばか》に欝《ふさ》ぎ込《こ》んで居《ゐ》るぢやないか、何《ど》うしたと云《い》ふんだ。」

二人《ふたり》ながらに外套《ぐわいとう》着《き》たり。頭巾《づきん》を刎《は》ねて帽子《ぼうし》を脱《と》り去《さ》れば、何《いづ》れも尊《たうと》き印《しるし》の頭《あたま》は丸《まる》き。

「へゝゝ少《ち》つと何《ど》うも……さあまあ彼方《あちら》へ。」

俄《にはか》に妻《つま》の氣色《けしき》は柔《やは》らぎて、窄《つぼ》めたる口《くち》に笑《ゑ》みを漏《も》らしつゝそは〳〵と。

「今日《こんにち》は本所《あちら》さんは？」

「後《あと》から來《き》ます。」

と低《ひく》き方《かた》は云《い》ひて、其《そ》の肥滿《ふと》りたる身《み》を搖《ゆす》り〳〵奥《おく》の方《かた》へ行《ゆ》く。和尚《あるじ》は恐《おづ》ゝ〳〵と身《み》を伸《の》して蘇生《よみがへ》りたる心地《こゝち》に胡坐《あぐら》の膝《ひざ》を擦《さす》りながら、苦《にが》き面《おもて》に漸《やうや》く心《こゝろ》ばかりの笑《ゑ》みを見《み》せて。

「よくやつて來《き》たな。」

と元氣《げんき》なく。

「何《なん》だか哀《あは》れな風付《ふうつき》だな、何《ど》うしたんだ。」

「なあに、さあ〳〵始《はじ》めたゝゝ。」

力《ちから》なき聲《こゑ》に勢《いきほひ》をつけて腰《こし》を引立《ひつた》てながら。

「今日《けふ》は日《ひ》も好《よ》し幸先《さいさき》も好《い》いて、俺《おれ》が一人勝《ひとりが》ちと云《い》ふ譯《わけ》さ。」

打笑《うちわら》ひつゝ立上《たちあが》る、妻《つま》も立《た》ちたり。思《おも》ひがけなき來客《らいきやく》に騷《さわ》ぎは一《ひ》と先《ま》づ納《をさ》まりて何《いづ》れも奥深《おくふか》う打伴《うちつ》れて去《さ》る。

やがて日光《ひ》の射《さ》す聯子窓《れんじまど》に雀《すゞめ》は平和《へいわ》をのべて囀《さへづ》るなり。

四、本堂《ほんだう》の裏《うら》

長廊下《ながらうか》の蔭黒《かげくろ》き障子《しやうじ》に白《しろ》き線《せん》は幾筋《いくすぢ》となく描《ゑが》き出《だ》されて、其《そ》れより室内《へや》へと擴《ひろ》ごる明《あ》け方《かた》の光《ひか》りの色《いろ》薄《うす》けれど浩々《いき〳〵》と、まだ消《け》しもやらぬ釣洋燈《つりらんぷ》の火影《ほかげ》は其《そ》れに奪《うば》はれて息絶《いきた》ゆる際《きは》の其《そ》の如《ごと》く弱々《よわ〳〵》と赤《あか》う瞬《また》く其《そ》の輝《かゞや》きの陰欝《いんうつ》さ、一《ひ》と夜《よ》を點《とも》されたる油煙《ゆえん》、腐敗《くさ》りたるやうなる酒《さけ》の香《かは》り、巻煙草《まきたばこ》の煙《けふ》りの香《か》、混《こん》じたる異樣《いやう》の匂《にほ》ひは蒸《む》し溫《あた》から室内《へや》に籠《こも》りて、中央《まんなか》に敷《し》かれたる緋毛氈《ひもうせん》の上《うへ》に、花骨牌《はなかるた》、印《しるし》の札《ふだ》、の亂雑《ちらば》れるがおぼろに霞《かす》み掛《か》ゝれる如《ごと》く見《み》ゆ。」

其《そ》の中《なか》に、額《ひたい》は黒《くろ》ずみて頬《ほゝ》の紫《むらさき》がゝれる地腫《なげ》れして脂《あぶら》張りたる妻《つま》の面《おもて》、血走《ちばし》りたる眼付《めつき》の色蒼《いろあを》き和尚が面《おもて》を照《て》り合《あ》ひて、妻《つま》が財布《さいふ》の内《うち》を檢《あらた》め居《ゐ》るを心《こゝろ》なげに茫然《ぼんやり》と目《め》を据《す》えて見詰《みつ》め居《ゐ》る傍《かたはら》に、客坐《きやくざ》蒲團《ぶとん》三枚《さんまい》斜《なゝめ》に横《よこ》に、八丈《はちじやう》の小搔卷《こかいまき》など埒《らち》なくて、側面《よこ》には杯盤狼藉《はいばんらうぜき》の食卓《ていぶる》、巻煙草《まきたばこ》の吸殻《すいがら》に埋《うづ》まりたる客火鉢《きやくひばち》、疊《たゝみ》の上《うへ》には杉箸《すぎばし》こぼれ、魚《うを》の刺身《さしみ》の二《ふ》た片《ひら》ばかり殘《のこ》れる大皿《おほざら》の隅《すみ》に扣《ひか》へたるなど飽《あ》くまで取《と》り散《ち》らされたる室内《しつない》を、ひそやかに冷《つ》めたき風《かぜ》は隙《ひま》もりてはや世《よ》の晝《ひる》なるを告《つ》ぐるなり。

「もう〳〵私《あたし》は貴方《あなた》と諸共《いつしよ》にやるのは御免《ごめん》ですよ、何《なん》にもなりやしない幾程《いくらか》勝つたつて貴方《あなた》が取《と》られるんぢや馬鹿《ばか》々々しいからね、然《そ》うしちや貴方《あなた》に貸《か》しばかり殖《ふ》えるんだからもう諸共《いつしよ》は願《ねが》ひ下《さ》げだ。」

「惡《わる》い時《とき》の事《こと》ばかりを云《い》へば然《そ》うだ、好《い》い事《こと》もある。」

「少《ち》つとも好《い》い事《こと》はありやしない、この節《せつ》貴方《あなた》はちつとも起《お》きないね、内所《ないしよ》で長襦袢《なかじゆばん》を持出《もちだ》して呉《く》れてやつたり女房《にようばう》に秘《かく》し事《ごと》をして女《をんな》に惚《のろ》くなつてるから花《はな》だつて起《お》きないのさ、汚《けが》れてるから勝負《しやうぶ》に負《ま》けるんさ、罰《ばち》が當《あた》つてるからね。」

「汚《けが》れて居《ゐ》るから負《ま》けるのか、骨牌《はな》は淸淨《しやうじやう》なもんだと見《み》えるな、あはゝゝ。」

「當《あた》り前《まい》さ、女房《にようばう》の罰《ばち》で起《お》きないのさ、少《すこ》し止《や》めた方《はう》が好《い》い余《あんま》り手《て》を出《だ》さない方《はう》が好《い》いね。爲《す》れば取《と》られる、自棄《やけ》になる、又取《またと》られる、其《そ》れぢや商買《しやうばい》にも何《なん》にもなりやしない、番數《ばんこ》だけで今日《けふ》も足《た》りずさ。」

「俺《おれ》もお前《まい》とやるのは止《や》めだ、勝負《しやうぶ》は時《とき》の運《うん》で仕方《しかた》がないお前《まい》が取《と》られて俺《おれ》の好《い》い時《とき》もあるんだからなあ。」

「其《そ》りや私《あたし》の負《ま》ける時《とき》もありますよ、けれど貴方《あなた》のやうに滅茶《めちや》負《ま》けはしませんからね、貴方《あなた》に私《あたし》の貸《か》しが殖《ふ》えるんでも知《し》れてまさ。」

くる〱と財布《さいふ》の口《くち》を緊《し》めてしつかと懷中《ふところ》に收《をさ》むる。

「やれ〱、俺《おれ》は寢《ね》るだ、一《ひ》と寢入《ねい》りやらねば何《ど》うもならん。」

ふつと燈火打消《ともしびうちけ》せば、室《へや》の際々《きはぐ》仄白《ほのじろ》く中央《まんなか》の亂雜《ちらば》りたる萬象《さまぐ》は少時《しばし》闇《やみ》の底《そこ》に埋《うづ》まりゆく。立上《たちあが》つて蹌踉《よろめ》きながら和尙《あるじ》の室《へや》を出《い》づる出合頭《であひかしら》、黑木綿《くろもめん》の筒袖《つゝそで》着《き》たる小坊主《こばつず》は走《はし》り來《き》て。

「お葬式《ともらひ》が參《まゐ》りました。」

「なに？、もう來《き》たのか？、五時過《ごじす》ぎたのかねえ。」

和尚《あるじ》の後《うしろ》より目《め》を光《ひか》らかして妻《つま》は聞《き》く。

「五時出《ごじしゆつ》棺《くわん》のところが、もう六時《ろくじ》んなりましたから。」

「やれ〳〵大事件《おほごと》だ、五時《ごじ》だつけなあ、貧葬《びんぼう》だと思《おも》つて氣《き》を許《ゆる》して飛《と》んだ事《こと》をした、おい〳〵大急《おほいそ》ぎで袈裟文庫《けさぶんこ》を持《も》つて來《き》てくれ。」

妻《つま》は聞《き》きも放《あ》えず。慌惶《あたふた》と走《はし》りゆきしがやがて引返《ひきかへ》し來《き》て其《それ》を投《な》げ入《い》れざま。

「顔《かほ》を洗《あら》ひ成《な》さい、顔《かほ》だけ洗《あら》ひ成《な》さいよ。」

と叫《さけ》びて又彼方《またかなた》へと走《はし》り去《さ》る、和尚《あるじ》は其儘《そのまゝ》悠々《ゆう〳〵》と身拵《みがま》へして黒純子《くろどんす》の衣《ころも》ばかり眞面目《まつとも》らしく、先《ま》づ此《こ》室をば立出《たちい》でたり。

「あはゝゝ、思《おも》ひがけない通夜《つや》で瞑目《さそめ》が勞《くたび》れて居《お》らう。」

密《ひそ》かに呟《つぶや》く和尚《あるじ》が裙《すそ》に、巾狹《はゞせま》き白《しろ》きもの聊《いさゝ》か引摺《ひきず》りたれど更《さら》に心《こゝろ》も付《つ》かず、一《ひ》人立騒《とりたちさわ》ぎて再《ふたゝ》び此室《こゝ》に迎《むか》ひに來《き》たりし妻《つま》の、其《そ》の狼狽《あわて》たる眼《め》にも映《うつ》らざりき。

＊　＊　＊　＊　＊　＊　＊

掃《は》き淸《きよ》めたる一《ひ》と筋《すぢ》の敷石《しきいし》冷《つ》めたく。開《ひら》かれし大門《おほもん》を潜《くゞ》り入《い》りたる朝風《あさかぜ》、塵靜《ちりしづ》まりて濕《うるほ》ひなき木々《きゞ》の梢《こずゑ》をそよがして本堂《ほんどう》の軒《のき》をば廻《めぐ》りつゝ。更《さら》に表《おもて》に通《かよ》ふ香《かう》の燻《くゆ》りを含《ふく》んで動《ゆる》がぬ空《そら》の藍色《あいいろ》高《たか》く吹《ふ》き舞《ま》ひゆく、柩空《ひつぎむな》しき駕籠《かご》の傍《かたはら》に男二人《をとこふたり》休《やす》らふ楷段寂《かいだんさび》しく。内《うち》より漏《も》れし鐘《かね》の音《ね》忽《たちま》ち神々《かう〳〵》しき響《ひゞ》きを緩《ゆる》く傳《つた》へて死《し》を吊《とむら》ふ讀經《どくきやう》の聲《こゑ》のひそやかさ、今《いま》し眠《ねぶ》り出《い》でたる世《よ》の人《ひと》が其《そ》の暁《あかつき》の耳《みゝ》に、實《げ》に尊《たふと》しとてそ忍《しの》ばめ。

その暁

終

小説

袖頭巾《そでづきん》（一）

露英女史

淀《よど》つた水《みづ》の凍《こほ》つた様《やう》な雲《くも》に空《そら》は閉《と》ぢられて、木《こ》がらしは裸木《はだかぎ》に聲《こゑ》を立《た》てる荒涼《すさまじ》さ。木《き》も石《いし》も、枯《か》れかゝつた庭《には》の内《うち》は軒《のき》から紫《むらさき》の色《いろ》が染滲《にじみ》だしたやうに段々《だん〳〵》と淡墨色《うすずみいろ》に塗濃《ぬりこ》されて、椽端《えんばな》にある低《ひく》い楓《もみぢ》の紅色《くれなゐ》だけが、冷《つめ》たい景色《けしき》のうちに一層《ひときは》の冷《つめ》たさを見《み》せて浮《う》き出《だ》して居《ゐ》るばかり、赤《あか》い葉《は》がたつた二《ふた》つ、丁度《ちやうど》重《かさな》り合《あ》つてわな〳〵と枝先《えださき》に戦慄《をのゝ》いて居《ゐ》る櫻《さくら》の梢《こずゑ》に、雪待顔《ゆきまちがほ》に泣《な》き萎《しを》れて居《ゐ》た夕烏《ゆふがらす》が、仔細《しさい》あり氣《げ》に首《くび》を捻《ひね》るとひとしく、不意《ふい》と氣魂《けたゝま》しい羽搏《はゞた》きの音《おと》を遺《のこ》して、彼方側《むかうがは》の家根《やね》を目掛《めが》けて飛《と》んで去《い》つた。

「さ、構《かま》はず此方《こつち》へ寄《よ》つて下《くだ》さいよ、何《ど》うもお寒《さむ》くつてねえ。」

取敢《とりあ》へず障子《しやうじ》を閉《た》けて、僅《わづ》かに座敷《ざしき》の暗《くら》さを夕暮《ゆふぐれ》の外面《そと》の色《いろ》に補《おぎな》はして見《み》たが、この庭《には》の景色《けしき》を見《み》ると寒氣《さむけ》が一《ひ》と際身《きはみ》に迫《せま》つて、震《ふる》えながら猶豫《ゆうよ》もなく又閉《またし》める。

「何《なん》て寒《さむ》さでせう、晩《ばん》は雪《ゆき》かも知《し》れないのねえ。」

火《ひ》を堀出《ほじく》りながら其《そ》の薄暗《うすぐら》い、暮色《ぼしよく》の一《ひ》と際濃《きはこ》く包《つゝ》んで居《ゐ》る片隅《かたすみ》を見《み》ながら云《い》ふ。鼻《はな》の形《なり》の側面《よこ》から見《み》ては更《さら》にも好《よ》い、眉毛《まゆげ》の痕《あと》の青《あを》い、唇《くちびる》の薄《うす》い、頰《ほゝ》の邊《あた》りが平《ひら》つたく聊《いさゝ》か厳《いかつ》くて、眼尻《めじり》の上《あが》つた、恰《あたか》も演劇《しばゐ》の女形《をやま》めいた面立《おもだち》、濃《こ》い髪《かみ》を丸髷《まるまげ》に充分《たつぷり》結《ゆ》はせた長《なが》い耳前髪《みみ》から割然《かつきり》した生際《はえぎは》の美《うつく》しさは鬘被《かつらき》たやう。

「は、」

冴《さ》えては居《ゐ》れど憶《おく》した聲《こゑ》が其《そ》の隅《すみ》から起《おこ》つたが、唯白《たゞしろ》い人顔《ひとかほ》が見《み》えるばかりで姿《すがた》は動《うご》かず、纔《やう〳〵》其《そ》の膝《ひざ》の邊《あた》りで手弄《たまさぐ》るらしい白《しろ》いものゝ揺《ゆら》いだのが眼《め》に入《い》つたのみ。

「遠慮《ゑんりよ》を爲《し》ちや可《い》けませんよ、もつとも千壽《ちず》さんは年《ねん》に一度《いちど》、漸々《ぜん〳〵》二度位《にどぐらゐ》しきやお在《い》でてないから隔《へだ》てもお有《あ》りだらうけれど、叔母《をば》さんの家《うち》は叔母《をば》さんの家《うち》さ、自分《じぶん》の家《うち》のやうにして、せめて千壽《ちず》さんだけも馴染《なじ》んで下《くだ》さいな。」

見《み》えたら、會釋《ゑしやく》は其《そ》の面《おもて》の色《いろ》に有《あ》つたのであらう、答《こた》への聲《こゑ》は其處《そこ》から聞《きこ》えなかつた。

「何《ど》うも、こう暗《くら》くなつて來《き》ちや仕様《しやう》がない。」

呟《つぶや》いて仰《あふ》いだ端途《とたん》に、中央《ちうわう》に下《さが》つて居《ゐ》た電氣《でんき》が、ぱつと點燈《つ》いた。

「おや。」と微笑《ほゝゑ》んで、目覺《めざ》ましく明《あか》るくなつた座敷《ざしき》の、眩《まばゆ》いまでに照《て》らし出《だ》された其《そ》の隅《すみ》の人《ひと》をきつと見《み》る。

座蒲團《ざぶとん》を前《まへ》にして端正《きちん》と畏《かしこま》つて座《すわ》つた人《ひと》は、この時電氣《ときでんき》の光《ひかり》を慕《した》ふやうに面《おもて》を上《あ》げて少時左見右見《しばらくとみかうみ》珍《めづ》らし氣《げ》に眺《なが》めて居《ゐ》るので。

金巾紺飛白《かなきんこんがすり》の着物《きもの》を襟無《えりな》しにして、新《しん》銘仙《めいせん》の細《こま》かい黄縞《きじま》の羽織《はおり》、肩《かた》から袖《そで》に疊《たゝ》み癖《くせ》の折目正《をりめたゞ》しいのが歴然《あり〳〵》と見《み》えて斯《か》かる品《しな》にも、手置《ておき》の丁寧《ていねい》なのを示《しめ》した果敢《はか》ない裝《よそほ》ひ、細《ほそ》い縞《しま》のリボンを羽織《はおり》の紐《ひも》にしたのが汚《きたな》く古《ふる》びて、膝《ひざ》の上《うへ》

小説

袖頭巾（二）

露英女史
に置《お》いた白《しろ》の毛糸《けいと》編《あ》みの肩掛《かたかけ》も見窄《みすぼ》らし氣《げ》に見《み》える。
好《この》みもない唯白木綿《たゞしろもめん》の襦袢《じゆばん》の襟《えり》、髪《かみ》は洗髪《あらひがみ》をＳ巻にして櫛《くし》もなく留針《ピン》もなく僅《わづ》かに髪留《かみどめ》の硝子《がらす》入りが仰々《ぎやう〳〵》しく見《み》えたばかりが、其《そ》の仰《あふ》いだ顔《かほ》は作《つく》るところもなく引締《ひきしま》つた服裝《なり》の粗末《そまつ》を氣壓《けお》すまで哀《あは》れに美《うつく》しい。
白粉氣《おしろいけ》なぞは未塵《みぢん》もない生地《きぢ》の儘《まゝ》ながら透《す》き明《あか》るやうに頬《ほゝ》に艶《つや》を含《ふく》つて、小《ちい》さい唇《くちびる》を少《すこ》し開《あ》けたうちから仄《ほのみ》見《み》える眞《ま》つ白《しろ》な歯《は》は乳《ちゝ》の滴《した》り落《お》つるとやうに思《おも》いれる美《うつく》しさ、長《なが》い睫毛《まつげ》の蟠掻眼に優《やさ》しさが籠《こも》つて、頬《ほう》から腮《あご》へかけての輪廓《りんくわく》の氣高《けだか》さは寂《さび》しさこそ帶《お》びて居《ゐ》れ、眼《め》の輝《かゞや》きにつれて四邊《あたり》を拂《はら》つて神々《かう〳〵》と見《み》える。叔母《をば》の粂代《くめよ》は、今年《ことし》の春千登《はるちず》の家《うち》で逢《あ》つた限《ぎり》、大約《おほよそ》一年程《ねんほど》見《み》なかつた間《ま》に、斯《か》うまで急《きふ》に容貌《きりやう》の立上《たちまさ》つたのに驚《おどろ》かされて見入《みい》つて居《ゐ》たが、千登《ちず》が叔母《をば》に顔《かほ》を見《み》られると心付《こゝろづ》いたらしく急《きふ》に顔《かほ》を背向《そむ》けたのに氣《き》が

付《つ》いて、餘《あま》り遊々《しげ〳〵》と眺《なが》め込《こ》んだのに心《こゝろ》惡《わる》くはしなかつたかと、

「どうも、少時《しばらく》逢《あ》はない間《ま》に、全然《すつかり》別嬪《べつぴん》さんにおなりだ事《こと》ねえ、ほんとに見違《みちが》へる程《ほど》美《うつく》しくおなりだよ、宅《うち》の久《ひさ》なんぞはお前《まへ》さんと一才《ひとつ》違《ちが》いだけれど、未《ま》だ幼稚《がんぜ》の、何時《いつ》まで經《た》つても彼《あ》れぢや全《まつた》く困《こま》るのねえ、今《いま》に歸《かへ》つて來《き》たら笑《わら》つてやつて下《くだ》さいよ、ほゝゝ。」

羞《は》づかしかつたか千登《ちず》が俯向《うつむ》いて了《しま》つた、ばら〳〵と前髪《まへがみ》が亂《みだ》れかゝつて、其《そ》の笑《ゑ》ない人《ひと》の寂《さび》し氣《げ》なのを見《み》ると、服裝《なり》の哀《あは》れなのに心《こゝろ》が付《つ》く。十八才《じふはち》の妙齢《としごろ》を、欲《ほ》しいものも買《か》ひ度《た》いものも有《あ》るであらうに、一向《いつかう》無頓着《むとんぢやく》もな氣《げ》な樣子《やうす》、斯《か》うして苦《くる》しい中《なか》を學問《がくもん》ばかりして當人は其《そ》れが樂《たの》しみなのだらうか、自分《じぶん》の容貌《きりやう》には氣《き》が付《つ》かないのだらうかと不圖《ふと》思《おも》つた。

「矢張《やつぱ》り學校《がくかう》へおいてなの？」

「えゝ」

「兄《にい》さんも相變《あひかは》らず會社《くわいしや》へ勤《つと》めて居《ゐ》るんですか。」

「えゝ」

面《おもて》も上げず俯向《うつむ》いた儘《まゝ》に答《こた》へる、例《れい》も事《こと》とは思《おも》ひながら其《そ》の陥直がましい素振《そぶり》を見《み》ると粂代《くめよ》は嬉《うれ》しからぬ面色をして、

「矢張《やつぱ》り、家《うち》へ遊《あそ》びに來《き》たりなんぞすると母親《おつか》さんが嚴格《やかま》しく云《い》ふんでせう。」

事《こと》も無《な》き風情《ふぜい》に云《い》つては見《み》たが胸《むね》の内《うち》には口惜《くちを》しい思《おも》ひが溢《みなぎ》り渡《わた》つて、此樣《こんな》擧動《ふるまひ》をするのは今《いま》に始《はじ》まつた事《こと》でもなし、骨肉《しんみ》とは云《い》へ姉《あね》とは全然《まるで》派違《ちが》ひ平常《ふだん》から私等《わたしたち》母子《おやこ》を人非人《ひとでなし》のやうに此《こ》の娘等《むすめたち》に云《い》ひ聞《き》かせるからのこと、娘

心《こゝろ》にも叔母《をば》も従妹《いとこ》も卑《いや》しめて居《ゐ》るのであらう。

と思《おも》ふと、骨肉《しんみ》の姪《めい》と云《い》ふが愛《いと》らしい気《き》も出《で》ない、其《そ》の癖《くせ》、充分私等《じうぶんわたしたち》の恩《おん》になつて居《ゐ》るのぢやないか、兄《あに》の誠一《せいいち》が会社《くわいしや》へ出勤《で》られるやうになつたのも私《わたし》の世話《せわ》、其《そ》れとても十七円《ゑん》か八円の僅《わづか》少《すくな》な月給《げつきふ》、生活《くらし》の不足《ふそく》は自宅《うち》の仕事《しごと》をさせて息《いき》をつかして居《ゐ》るのぢやないか、少《すこ》つとは恩《おん》も思《おも》つて……、いゝえ、恩《おん》は思《おも》はないまでもせめて娘《むすめ》の久《ひさ》とも仲好《なかよ》くして叔母《をば》姪《めい》らしく懐愛《なつか》つて呉《く》れても好《よ》ささうなもの、と心《こゝろ》の内《うち》に不平《ふへい》を云《い》つて見《み》る。

叔母《をば》の心《こゝろ》は知《し》らず、余《あま》りに長坐《ながゐ》して母《はゝ》の叱言《こごと》を聞《き》くも嫌《いや》なり、妾《めかけ》とか云《い》ふ、男《をとこ》の弄《もてあそ》び物《もの》になつて世《よ》を送《おく》つて来《き》た叔母《をば》さんに何《ど》うせ碌《ろく》な話《はなし》を聞《き》きやうもなし、久《ひさ》さんも其様《そんな》家《うち》で育《そだ》つた娘《こ》だから、お前《まへ》なぞに見習《みなら》はれては困《こま》る。と母《はゝ》親《おや》さんが、又《また》お云《い》ひに違《ちが》ひない、早《はや》く仕立物《したてもの》を受《う》け取《と》つて久《ひさ》さんの帰《かへ》らない内《うち》にお暇《いとま》しやうと、顔《かほ》を振上《ふりあ》げて叔母《をば》を見《み》た。

平常《ふだん》にお召縮緬《めしちりめん》の羽織《はおり》を引《ひ》つ掛《か》けた贅《ぜい》沢さ、黄金《きん》の指環《ゆびわ》を箝《は》めた指《ゆび》の白《しろ》さ、細《ほそ》さ、無地《むぢ》の栗色縮緬《くりいろちりめん》の襦袢《じゆばん》の襟《えり》をかけて居《ゐ》るが、私《わたし》なんぞ、余所《よそ》ゆきの襟《えり》さへ四度《よたび》も洗《あら》ひをして三年越《ねんごし》かけて居《ゐ》るのに叔母《をば》さんのは新《あたら》しそうなで、顔《かほ》も美《うつく》い顔《かほ》！　母親《はゝおや》さんも美《よ》かつたに違《ちが》ひはないけれど、叔母《をば》さんは真実《ほんとう》に、お妾《めかけ》でもしさうに美《うつく》い顔《かほ》だ。これで劇場《しばゐ》へ行《い》つたり、湯治《たうぢ》に行《い》つたり、髪《かみ》も態々《わざ〳〵》浜町《はまちやう》から芝《しば》まで行《ゆ》くとのこと、其様《そんな》母親《はゝおや》さんの傍《そば》に居《ゐ》る久《ひさ》さんも必然《きつと》この通《とほ》りを真似《まね》して居《ゐ》るに違《ちが》ひない、然《さ》うして世《よ》を送《おく》つていつて、後《のち》には又《また》お妾《めかけ》になるのであらう。顔《かほ》の美《うつく》いを餌《ゑさ》にして富豪家《かねもち》を釣《つ》るのだと、母親《はゝおや》さんが常々《つね〴〵》お云《い》ひだが……

「おや、久《ひさ》が帰《かへ》つて来《き》ましたよ、丁度《ちやうど》宜《よ》かつた、今夜《こんや》は緩《ゆつ》くり遊《あそ》んでいらつしやい。」

粂代《くめよ》は云《い》ひ捨《す》てゝ立《た》つた、耳《みゝ》を澄《す》ますと賑《にぎや》かな両抉り下駄《げた》の音《おと》に伴《つ》れて駒下駄《こまげた》の音《おと》が門内《もんない》の敷石《しきいし》に響《ひゞ》いて聞《きこ》える。

「ね。」と千浪《ちなみ》に笑顔《ゑがほ》を向《む》けて、羽織《はおり》と同《おな》じ縞《しま》の前垂《まへだれ》をちよつと摘《つま》み上《あ》げながら出《で》て去《い》つた。

聞《き》いて居《ゐ》ると、格子《かうし》が開《あ》く、可愛《かあい》らしい笑《わら》ひが漏《も》れる、下女《げぢよ》の甲高《かんだか》な追従《ついしやう》ががしや〳〵と起《おこ》ると、悪《わ》る口らしい男《をとこ》の言葉《ことば》も交《まじ》る。

「あら、久《ひさ》さんばかりぢやないのかしら。」

俄《にはか》に四辺《あたり》を見廻《みまは》して、勝手《かつて》へでも出《で》られるなら其処《そこ》から抜《ぬ》けて行《ゆ》かうとまで思《おも》ひつめて立《た》つて見《み》たが、何処《どこ》の勝手か分《わか》りも為《し》ないのに其《そ》れも可笑《をか》しい、余《あま》り後《あと》で皆《みんな》に意地悪《いぢわる》く笑《わら》はれるもいやな事《こと》と、我《わ》が姿《すがた》の恥《はづ》かしさを思《おも》ひながら中腰《ちうごし》に身《み》を竦《すく》めて考《かんが》へて見《み》るので。さりとて、派手《はで》々々しい様子《やうす》を見《み》せられるのも何《なん》となく辛《つら》いやうな気《き》が為《す》る。

「まあ、香川《かゞは》の兄《にい》さんが御一所《ごいつしよ》？　何

てお目《め》にかゝつたの？」

「つい、其處《そこ》で！丁度《ちやうど》ね母親《おつか》さん、家《うち》へ在《い》らつしやる處《ところ》だつたの、だのにね、私《わたし》に當《あ》てられたもんだから負惜《まけをし》みを云《い》つて、いゝえ、久《ひさ》さんの家《ところ》へなんぞ行《ゆ》くんぢやありませんて、外《そと》へ行《ゆ》くんだと仰有《おつしや》つてよ、憎《にく》らしいのね、母親《おつか》さん。」

「ほゝゝゝ何《なん》ですね、其《そ》りや兄《にい》さんの負惜《まけをし》みぢやないんでせう、實際《じつさい》外《ほか》へ行《い》らつしやるお考《つもり》だつたんですよ、惡《わる》いねえ久《ひさ》さんは！御用《ごよう》がお有《あ》りなのに！」

「あれ、ほんとなの、兄《にい》さん？」

「然《そ》うさ、嘘言《うそ》なんぞを兄《にい》さんが云《い》つた事《こと》があるかい」

「それ、御覧成《ごらんな》さい、お前《まへ》のために何《ど》んな樣《さま》にお差支《さしつかへ》なさるか知《し》れないんだよ、まあ惡《わる》いねえ。」

「あら、何《ど》うしませうね、兄《にい》さん、直《す》ぐいらつしやして好《い》いわ。」

「やあい、一杯《いつぱい》かつがれた。」

「ほゝゝゝ」「まあ……好《い》いわ。」
其《そ》の儘々を千浪は呆《あき》れ顔《がほ》に聞《き》いて居《ゐ》な
小説

袖頭巾《そでづきん》（三）

[illegible]英女史

「阿母《おつか》さん、お客《きやく》さま？」

襖《ふすま》の外《そと》に久《ひさ》の聲《こゑ》が近《ちか》づくと、

「あゝ、本郷《ほんがう》の千浪さんさ。」

と勝手《かつて》の方《はう》で答《こた》へる粂代《くめよ》の聲《こゑ》がする。千浪は行儀《ぎやうぎ》を直《なほ》して小《ちひ》さく座《すわ》りながら然《さ》り氣《げ》なく入《い》り口《ぐち》に顔《かほ》を背向《そむ》けて待《ま》つた。

「いらつしやい。」

振返《ふりかへ》ると、片手《かたて》に紫紺色《しこんいろ》の紺屑掛を抱《かゝ》へて、懐愛《なつか》しそうに微笑《ほゝゑ》みながら久《ひさ》が入《はい》つて來《く》る、美《うつく》しい匂《にほ》ひを袖《そで》から袂《たもと》から先《ま》づ座敷《ざしき》へ流《なが》れ込《こ》ませて、敷居際《しきゐぎは》に片膝突《かたひざつ》きに一寸會釋《ちよいとゑしやく》を爲《す》ると、其《そ》の後《うしろ》からそつと差覗《さしのぞ》くらしい人《ひと》の氣色《けはひ》がしたが別《べつ》に足音《あしおと》も聞《きこ》えぬ樣子《やうす》。

今《いま》、噂《うはさ》のして居《ゐ》た男《をとこ》の人《ひと》ぢやないかしら、と千浪ははつとして眼《め》の前《まへ》の久《ひさ》の

美々しい服裝を見《み》るにつけ我《わ》が姿《なり》の惨
りの穢《か》るさ、其處《そこ》から邪推《ひが》んだ譯《わけ》ては
ないか、覗《のぞ》かれたのが恥辱《はづかし》められたや
うな氣《き》がして情《なさけ》ない思《おも》ひが湧《わ》く。
「暫時《しばらく》だつたのね、今夜《こんや》は何時《いつ》までも
遊《あそ》んで行《い》つて頂戴《ちやうだい》な。」
母《はゝ》に能《よ》く似《に》た眼許《めもと》ながら、懐愛《なつこ》さを一《いつ》
杯《ぱい》ためて千鶴《ちづ》が顏《かほ》を見守《みまも》りながら云《い》ふ
此方《こなた》は唯默《たゞだま》つて合點《がてん》たばかり、笑《ゑ》まう
とも否《せ》ね。
阿母《おつか》さんが、よく千鶴《ちづ》さんの事《こと》を不愛《ぶあい》
想《そ》だと云《い》ふけれど、これだからだわ。
と久《ひさ》は高慢《かうまん》な事《こと》を思《おも》ひながら、用有《ようあ》り
氣《げ》に又《また》立《た》つて出《で》て行《い》つた。
白玉《しらたま》のやうな顏生地《かほきぢ》に、濃厚《こつてり》とした化《け》
粧《はひ》をして、地藏眉《ぢざうまゆ》も可愛《かはい》らしく、括《くゝ》り
腮《あご》の豊《ふつく》とした許《とこ》へ緋縮緬《ひぢりめん》の襟《えり》を小《ちい》さく
重《かさ》ねて、髷の結《ゆ》つた高髷《たかまげ》に紫《むらさき》らしい鹿
の子《こ》のちんころ掛《かけ》を掛《か》けて居《ゐ》た、着
物《きもの》と云《い》へば縮緬《ちりめん》、羽織《はおり》も縮緬《ちりめん》、着物《きもの》は
矢絣《やがすり》て羽織《はおり》は紫《むらさき》の中形《ちうがた》、緋純子《ひどんす》の裏《うら》の
見《み》えた外套《コート》も着《き》て居《ゐ》た。と千鶴《ちづ》は久《ひさ》の
素顏付《すがほつき》を思《おも》ひ浮《うか》べながら、眞白《まつしろ》な足袋《たび》
裏《うら》を返《かへ》してはた〳〵と驅《か》けて行《い》つた其《そ》
の後《うしろ》に、流《なが》れて消《き》えた香《か》を追《お》ふと、母《おや》
子《こ》が贅澤《ぜいたく》三昧《ざんまい》な臭氣《にほひ》に襲《おそ》はれた樣《やう》な氣《き》
がして、何《なん》となく羨《うらや》ましいと思《おも》ふやう
な氣《き》も起《おこ》る。
と、久《ひさ》は又《また》驅《か》け出《だ》して來《き》て、外套《コート》の片《かた》
袖《そで》を拔《ぬ》ぎながら忽忙《いそが》しく、
「お菓子《くわし》を召食《めしあが》れつて、食《たべ》つて頂戴《ちやうだい》な
私《わたし》、着物《きもの》を着換《きか》へると直《す》ぐ來《き》ますから
悠緩《ゆつくり》していらつしやいね、ねえ、お夕《ゆふ》
飯《はん》も何《なに》か御馳走《ごちそう》をいたしますからつて
阿母《おつか》さんが云《い》ひましたから。」
近々《ちか〴〵》と傍《そば》へ寄《よ》つて、斜身《なゝみ》に覗《のぞ》き込《こ》みな
がら、自分《じぶん》の身を千鶴《ちづ》の耳《みゝ》に擦《かす》らせな
がらに馴々《なれ〳〵》と云《い》ふ。
「えゝ、有難《ありがた》う、ですけれど私《わたし》はもう
歸《かへ》りますから、叔母《をば》さんにお仕事《しごと》の品《しな》
をお出《だ》し下《くだ》さいましと云《い》て下《くだ》さいな。」
「あら、もう歸《かへ》るの、遊《あそ》んでいらつし
やいよ、折角稀《せつかくたま》にいらしつたんですも
の、ねえ、遊《あそ》んで行《い》つても宜《い》いぢやあ
りませんか、香川《かゞは》の兄《にい》さんも來《き》てます
から。」
千鶴《ちづ》は執拗《しつこ》いと云《い》ひ度《た》いやうな顏《かほ》をし
て久《ひさ》を見《み》ると、久《ひさ》に莞爾《につこり》として千鶴《ちづ》を
見上《みあ》げて居《ゐ》た、何時《いつ》か其處《そこ》に坐《すわ》り込《こ》ん
だまゝ甘《あま》えた樣《やう》な眼色《まなざし》をして千鶴《ちづ》の片《かた》
袖《そで》を摑《つか》んで居《ゐ》る。
何故《なぜ》、斯《か》う甘《あま》つたれた樣《やう》な聲《こゑ》を出《だ》すの
であらう、厭味《いやみ》らしい眞似《まね》をして……と
思《おも》ひながら靜《しづか》に身《み》を捻《ねぢ》ち向《む》けて久《ひさ》の手《て》
を拂《はら》ふ。
「叔母《をば》さんは?」
「お勝手《かつて》よ、千鶴《ちづ》さんの御馳走《ごちそう》を命令《いひつけ》
て居《ゐ》るんですの、私等《わたしたち》の方《はう》ぢや千鶴《ちづ》さ
んが來《く》れば宜《い》い、來《く》れば宜《い》いと思《おも》つて
居《ゐ》るのに、ほんとに千壽さんは非道いわ、稀《たま》に來《く》れば直《す》ぐ歸《かへ》り度《た》がつて、從《いと》
妹《こ》のやうでもないつて阿母《おつか》さんが云《い》ふ
わ、何故《なぜ》其樣《そんな》に濱町《はまちやう》の家《うち》が嫌《きら》いなの、
好きになつて頂戴《ちやうだい》よ、ね、私《わたし》は本鄕《ほんがう》の

小説

袖《そで》頭巾《きん》（四）

露英女史

家好きよ。」

千寿《ちず》は笑《わら》つた、物《もの》を云《い》はうとも為《せ》ず、久《ひさ》の崩《くづ》れた居座《ゐずわ》ひの下《した》から溢《こぼ》れた板締《いたじ》め縮緬《ちりめん》の蹴出《けだ》しを眺《なが》めて居《ゐ》るばかり。

「何《なに》さ、そんなに傍《そば》へ密着《くつゝ》いて居《ゐ》るんだね、内密話《ないしよばなし》？」

糸代は鍋《なべ》を乗《の》せた盆《ぼん》を持《も》つて縁側伝《えんがはづた》ひに入《はひ》つて来《き》て長火鉢《ながひばち》の向《むか》ふへ坐《すわ》る、途端《とたん》に電気《でんき》が薄暗《うすぐら》くなつたが、一間《ひとま》が、あと振仰《ふりあふ》ぐ間《ま》に直《す》ぐ明《あか》るくなつた。

「ねえ、阿母《おつか》さん、千寿《ちず》さんは帰《かへ》るんですつて、如何《いくら》遊《あそ》んでいらつしやいと云《い》つても帰《かへ》りますとお云《い》ひなのよ、仕様《しやう》がないのねえ。」

「何故《なぜ》？、遊《あそ》んでおいてなさいな、少時は宜《い》いんでせう。」

千寿《ちず》の俯向《うつむ》いてる顔《かほ》を久《ひさ》は打守《うちまも》つて、

「然《さ》うして千寿《ちず》さんは、些《ちつ》とも私《わたし》と口《くち》をおきゝてないのよ、私《わたし》が嫌《きら》いなのねえ阿母《おつか》さん！」

「嫌《きら》はれたつて？可哀想《かわいさう》にさ、おほゝ」

庇《なほ》した火《ひ》の上《うへ》へ煮物《にもの》の鍋《なべ》をかけると、肩《かた》を後《うしろ》に引《ひ》いて首《くび》を横《よこ》に捩《ね》かしながら逸見《へんみ》に火鉢《ひばち》の中《なか》を覗《のぞ》いて見《み》る。火《ひ》の工合《ぐあひ》が……と云《い》つた見得《みえ》。

「今夜《こんや》は御馳走《ごちそう》をしやうね、千寿《ちず》さん」

「いゝえ、もう……。」

辞《じ》する心《こゝろ》の、頸《くび》を下《さ》げて片手《かたて》を突《つ》くと、木綿裏《もめんうら》の袖《そで》が硬張《こはゞ》つたやうに前《まへ》へ返《かへ》つた。其《そ》れへ媚《なま》かしく紅絹裏《もみうら》の袖《そで》が絡《から》むと、久《ひさ》は立上《たちあが》つて、

「其様《そんな》に遠慮《ゑんりよ》ばかりしないだつて宜《い》いのに、千寿《ちず》さんはお行儀《ぎやうぎ》がいゝのね、阿母《おつか》さん。」

臙脂《べに》は薄《うす》れたが艶々《つや〱》しい小《ちい》さい唇《くちびる》を歪《ゆが》めて、立《た》つた儘《まゝ》外套《コート》をぬぐ。

「お新《しん》、着物《きもの》を着更《きか》へるのよ。」

云《い》ひ〱外套《コート》を抱《かゝ》へて行《ゆ》かうとすると

「兄《にい》さんは何《なに》をしてお在《い》でだい？」

「兄《にい》さん？、兄《にい》さんはね、お客様《きやくさま》がいらつしやるから奥座敷《おつざしき》に居《ゐ》るつてお炬燵《こたつ》に這入《はい》つてるの。」

「おや然《さ》う、構《かま》はないんですから、内輪《うちわ》のお客様《きやくさま》ですから此方《こちら》へ在《い》らつしやいと云《い》つておいてなさいよ。」

「え。」と大《おほ》きく點頭《うなづ》いて見《み》せて、

「私《わたし》、直《す》ぐ着更《きか》へて来《く》るわ、ね。」

周章《あわて》て行《ゆ》かうとする出合頭《であひがしら》、

「お召更《めしか》へですか。」と下女《げぢよ》の聲《こゑ》。

「えゝ然《さ》うよ。私《わたし》の着物《きもの》 蔵《しま》つて居《ゐ》て？」

「はい。お炬燵《こたつ》に入《い》れて御座《ござ》ますよ。」

「然《さ》う。だからお新《しん》は好《す》きよ。」

「おやまあ、其《そ》れだからお好《す》きなんてすか、平素《ふだん》はお嫌《きら》ひなんて御座《ござ》いますね、」

「あら、然《さ》うぢやなくつてよ、平素《ふだん》も大好《だいすき》、ねえ、宜《い》いだらう？」

「そんなら宜《よ》う御座《ござ》ますけれど……」

「ほゝ、いやな事《こと》、お前《まへ》なんぞ好《す》きな人《ひと》があるものか、矢張《やつぱ》り嫁《よめ》ひだよ、好《す》きだつて云つたらもう濟《す》ましてさ、お良いゝう。」

「まあお嫁《よめ》さんは……能《よ》う御座《ござ》んすとも。」

他愛《たあい》もない事《こと》に笑《わら》ひ崩《くづ》れながら、下女《げぢよ》を相人に壁際へ押寄《おしよ》せられたり、押寄《おしよ》せたり、擽られた方が氣魂しい聲《こゑ》を出す。やがて二人《ふたり》ながらばた／＼と馳《か》け出して行く。薄桃色の撮みの花が、座山戯な名殘りに落ちてあつた。

「何《なん》で騒ぎだらうね、ほゝゝゝ。」

千壽は無言つて居る。華美な氣風に馴染まない身は、浮つ調子な久の擧動が一々疎ましいやうに思はれるばかり、見習ふな、と母に云はれた言葉が今更胸に思ひ當るやうで、久とは口を交くさへ厭はしい、お酌妓のやうにおやら／＼爲る樣子を見るのも厭と考へて居たので。

「彼方《あつち》へ行つて、久と遊んでお在《い》で成《な》さいな。其の間に御飯の支度をして置くから。」

千壽は眉を顰めて無遠慮に迷惑《めいわく》らしい顏色を爲たが、

「叔母さん、私《わたし》はお暇いたし度いんですから何卒お仕事の品をお出しなすつて。」

「だつて……歸るの？。」

「は、阿母《おつか》さんが待つてますから。」

粂代《くめよ》は瞥と千壽に目を遣れたが、直《す》ぐに立つて後《うしろ》の押入から風呂敷包みを取出すと、一寸持直して千壽の前へ來た。

「おやね、此れを持つて行つて下さいよ、寸法は何時もの通り、久のですから丁寧でなくつて宜いと阿母《おつか》さんに云つて下さい……何《なん》もお愛想がありませんでしたね。」

急に久の笑ひ聲が起つた。其れを聞くと粂代は聲を上げながら、

「千壽さんはもうお歸りなさるよ、久さん、久さんや。」

聞えないのか、聲が達かなかつたか、答へる聲は爲ないで、愈々笑ふ聲ばかりが響く。粂代は火鉢の許に戻つて鐵の中を掻き交ぜたが、千壽を置き放し在つと勝手《かつて》へ行つて了ふ。風呂敷包みを持つて挨拶をしそうにした千壽は、手持ち無げに肩掛を弄ぐつて中腰になつた。白やら、赤やら、青やら、桃色やら、奇麗に混同つた西洋菓子が電氣の光りを受けて黑塗りの器物の中に模樣のやうに浮いて見える。久の落して行つた簪花《かんざし》は、その中のお菓子《くわし》を汚したやう。

小説

袖《そで》頭《づ》巾《きん》(五)

露英女史

暫時《しばらく》してから引返《ひきかへ》して來《き》た叔母《をば》に、千壽《ちづ》は挨拶《あいさつ》を濟《す》まして身《み》を起《おこ》した。

「いやな兄《にい》さんねえ、入《はい》れないの？ 極《きま》りが惡《わる》い？」

ひそやかな久《ひさ》の聲《こゑ》に、振返《ふりかへ》ると、其處《そこ》に半身《はんしん》を出《だ》して斜《なゝめ》に身體《からだ》を捻《ね》ぢ向《む》けながら、長《なが》い袂《たもと》の中《うち》で笑《わら》つて居《ゐ》た。黒地《くろぢ》に何《なに》か紅入《べにい》り模樣《もやう》の唐縮緬友禪《めりんすいうぜん》、黒繻子《くろじゆす》の半襟《はんゑり》をかけた着物《きもの》に、羽織《はおり》も同《おな》じ唐縮緬友禪《めりんすいうぜん》、薄茶《うすちや》紺地《こんぢ》に糸柳《いとやなぎ》と梅《うめ》の模樣《もやう》の奇麗《きれい》なのを着《き》て、京人形《きやうにんぎやう》のやうな姿《すがた》した可愛《かあい》らしさ。

「あら、歸《かへ》るの？ 千壽《ちづ》さんは……」

見上《みあ》げた千壽《ちづ》と顏《かほ》を見合《みあは》して、久《ひさ》はつつと其《そ》の傍《そば》に寄《よ》る。

「又《また》、參《まゐ》りますから、今日《けふ》はこれで。」

「可《い》けないわ、折角《せつかく》いらしつて私《あたし》嬉《うれ》しがつて居《ゐ》たのに、もう歸《かへ》るなんて、ねえ。」

「御用《ごよう》があるんですよ、氣樂《きらく》だね、お前《まへ》とは違《ちが》ふぢやないか。」

「然《そ》う。」

ふと傍《わき》を見《み》ると、鰹魚縞《かつをじま》の糸織《いとおり》の袖《そで》が自分《じぶん》の裾《すそ》の邊《あた》りにちらついて、其處《そこ》に落《お》ちて居《ゐ》た簪花《かんざし》を誰《たれ》か拾《ひろ》ふらしい。

「兄《にい》さん。」

力一杯《ちからいつぱい》に云《い》つて身《み》を屈《かゞ》める。

「私《あたし》のよ。頂戴《ちやうだい》よ。」

「彼方《あつち》をお向《む》き。」

優《やさ》し氣《げ》に簪花《かんざし》を持《も》つて、男《をとこ》は久《ひさ》の後《うしろ》に立《た》つた。眼《め》は大《おほ》きくぱつちりとは爲《し》て居《ゐ》るが、眉《まゆ》の濃《こ》い、鼻《はな》の高《たか》い、引緊《ひきしま》つた男振《をとこぶり》、鼠縮緬《ねずみちりめん》の襦袢《じゆばん》の袖《そで》に、男《をとこ》にしては白《しろ》い方《はう》の腕《かひな》を露《あら》はして、久《ひさ》の髮《かみ》に簪《かんざし》を挿《さ》してやる樣子《やうす》が何處《どこ》となく寛闊《くわんくわつ》めいた、悠長《いうちやう》な身構《みがま》へ。

「お友達《ともだち》が歸《かへ》るつて悄氣《しよげ》てるのかい、少《すこ》し好《い》い氣味《きみ》だね。」

温和《おとな》しく不動《ふどう》と、爲《さ》せる儘《まゝ》に簪花《かんざし》を挿《さ》させて居《ゐ》たが、

「其《そ》の代《かは》り兄《にい》さんは遊《あそ》んでいらつしやいな、ね、後生《ごしやう》で御座《ござ》いますからさ。」

拗首をして、袂《たもと》の先《さき》に後《うしろ》の人《ひと》を突《つ》く。

「これは何《ど》うも、お言葉《ことば》まで改《あらた》まりましたな。先《ま》づ御免《ごめん》を蒙《かうむ》りませう、お孃《ぢやう》さんのお相手《あひて》は氣《き》が詰《つま》るから。」

笑《わら》ひながら千壽《ちづ》の方《はう》へ打解《うちと》け顏《がほ》に眺《なが》めて坐《すわ》つた、千壽《ちづ》も面《おもて》を上《あ》げて男《をとこ》の方《はう》を見《み》たが思《おも》はず自分《じぶん》の眼《め》と合《あ》つたので狼狽《どぎまぎ》しながら取敢《とりあ》へず頭《つむり》を下《さ》げて禮《れい》を爲《す》る。其頸元《そのえりもと》まで流石《さすが》に赤《あか》らんで居《ゐ》た。

「能《よ》くお話《はなし》する姪《めい》の千壽《ちづ》なんですよ、久《ひさ》なんぞとは全然《まるきり》異《ちが》ふ利發《りはつ》な子《こ》です、苦勞《くらう》もしてますけれど……」

會釋《ゑしやく》ながら男《をとこ》は合點《うなづ》く、眞正面《まとも》から見《み》た千壽《ちづ》が顏《かほ》の餘《あま》りに美《うつく》しいのに驚《おどろ》かされて滋々《しげ〳〵》と見入《みい》るばかり。

「其《そ》れでは……」

思《おも》ひ出《だ》したやうな千壽《ちづ》がお辭儀《じぎ》に、

「おやあ、又《また》いらつしやいね。」

「阿母《おつか》さんに宜《よろ》しく云《い》つて下《くだ》さいよ、

小説

袖頭巾《そでづきん》（六）

露英女史

切通《きりどほ》し阪《ざか》で電車《でんしや》を下《お》りてから新道《しんみち》を抜《ぬ》けく〜て、我《わ》が住居《すまゐ》の天神町《てんじんまち》の闇《くら》い路次《ろじ》へと千壽《ちず》は辿《たど》つてゆく。途次《みちすがら》も叔母《をば》親子《おやこ》の上《うへ》をのみ絶《た》えず思《おも》つて居《ゐ》たのだが、我家《わがや》に近《ちか》づく今《いま》も猶《なほ》、濱町《はまちやう》の家《いへ》の電燈《でんとう》の光《ひかり》が眼《め》に染《し》み込《こ》んだやうに、其《そ》の華美《はで》な様《さま》が忍《しの》ばれるのである。

同《おな》じ同胞《はらから》とは云《い》ひながら、千壽《ちず》の母《はゝ》のお町《まち》と久《ひさ》の母《はゝ》の粂代《くめよ》とは幼《ちひさ》い時《とき》から全《まる》て肌合《はだあひ》が異《ちが》つて居《ゐ》た。姉《あね》が七才《なゝつ》八才《やつつ》の屏風《びやうぶ》の蔭《かげ》に人形《にんぎやう》飾《かざ》つて遊《あそ》ぶ時《とき》は、妹《いもと》は五才《いつゝ》六才《むつ》、廻《まは》らない舌《した》に口三味線《くちじやみせん》か何《なに》かで何處《どこ》で習《なら》ひ覚《おぼ》えるか大人《おとな》の扱《しご》きを前《まへ》に結《むす》んで品《しな》をして遊《あそ》んで居《ゐ》る、と云《い》ふやう。十七八の娘盛《むすめざか》り、口紅粧す頃まで家《いへ》の有福《いうふく》に物堅《ものがた》く育《そだ》てられたのだが、嫌《いや》がるお町《まち》を無理強《むりじ》ひに養子《やうし》を貰《もら》

ちつと出《で》てお在《い》でなさいってね、誠一《せいいち》さんにも宜《よろ》しく。」

兩人《ふたり》の聲《こゑ》が揃《そろ》つて起《おこ》る、

「いや、」とばかりて、男《をとこ》は猶《なほ》千壽《ちず》の顔《かほ》を見《み》て居《ゐ》た。

裾窄げに立《た》つた其《そ》の後姿《うしろすがた》、脊《せ》も高《たか》く、恰好《かつかう》も好《よ》く、此姿《これ》に柔物《やはらかもの》を纏《まと》はして綺羅《きら》を飾《かざ》らしたら嘸《さぞ》美事《みごと》な事《こと》であらうと粂代《くめよ》も思《おも》ひながら引添《ひつそ》ふて出《で》た、娘《むすめ》の久《ひさ》も送《おく》つて出《で》る。香水《かうすゐ》か油《あぶら》か知《し》らぬが恍然《うつとり》するやうな佳《い》い匂《にほ》ひに包《つゝ》まれて兩人《ふたり》に圍《かこ》まれた千壽《ちず》は、榮華《えいぐわ》の臭氣《にほひ》に魅《み》せられたやうな心持《こゝろもち》で格子《かうし》を潜《くゞ》つた。

門《もん》の屋根《やね》に掩《おほ》ひ冠《かぶ》さつた松《まつ》の葉《は》に、軒《のき》洋燈《らんぷ》の光《ひか》りが白《しろ》く、仰《あふ》いだ空《そら》は眞《ま》つ闇《くら》で物凄《ものすご》いやう、裾《すそ》を煽《あふ》つた風《かぜ》の寒《さむ》さに思《おも》はず身《み》を縮《すく》めて、緊《しつ》かりと肩掛《しやうる》を巻《ま》き付《つ》ける。

「左様《さやう》なら。」

晴《は》れやかな久《ひさ》の聲《こゑ》を聞《き》き捨《す》てに、敷石《しきいし》を辿《たど》つて遂《つひ》に千壽《ちず》は門《もん》を出《で》た。「ますむら」と假名《かな》で書《か》かした軒行燈《のきあんどう》の影《かげ》に、

忍《しの》び返《がへ》しも粋な搆《かま》へ、踏《ふ》み留《とゞま》つて千壽《ちず》は其《そ》れをば見《み》返つたのである。

せると、もう、肩上《かたあ》げのある粂代《くめよ》の方《はう》は出入《でい》りの小間物《こまもの》やと不始末《ふしまつ》を為《し》て居《ゐ》ると云ふ始末《しまつ》、厳《きび》しい父《ちゝ》が亡《な》くなつてからはお町《まち》の養子《やうし》が道楽三昧《だうらくざんまい》に、譲《ゆづ》られた財産《ざいさん》は悉《こと/\》く浮《う》いた巷《ちまた》に蒔《ま》き散《ち》らして了《しま》つて、家付《いへつき》の娘《むすめ》の手《て》に残《のこ》つたものと云《い》つては誠一《せいいち》、千壽《ちず》の兄妹《きやうだい》ばかり、其《そ》の当時《たうじ》妾《めかけ》にして居《ゐ》た女《をんな》と何處《どこ》へか駈落《かけおち》を為《し》て了《しま》つた限《ぎ》り二十年以来《ねんいらい》一向《いつかう》に消息《せうそく》と云ふものはないので。

老《お》いた母《はゝ》を抱《かゝ》へ、乳呑兒《ちのみご》二人《ふたり》を残《のこ》されたお町《まち》が苦労《くらう》を見兼《みか》ねたのでもあつたが一文商《もんあきな》ひをしても浮世《うきよ》は堅《かた》く過《す》ごしてゆくとの姉《あね》が思惑《おもわく》を心《こゝろ》で笑《わら》つて、遂《つひ》に粂代《くめよ》は家《いへ》を出《で》てしまつた。指《さ》して流《なが》るゝ水《みづ》の行方《ゆくへ》は、二筋道《ふたすぢみち》の濁《にご》つた方《はう》、自分《じぶん》から身《み》をば泥《どろ》に染《そ》めて生《う》みの親達《おやたち》とは音信不通《いんしんふつう》。然《しか》し其《そ》れは背堅氣の母《はゝ》への表面《うはべ》で、仕立物《したてもの》の手内職《てないしよく》をしながら一家四人《いつかよにん》を生活《すご》してゆく姉《あね》のお町《まち》を少《すく》からず手助《てだす》けては、老母《ろうぼ》への小遣《こづかひ》も不足《ふそく》の思《おも》ひは為《さ》せなかつたのである。

けれど老母《ろうぼ》は死《し》ぬまで粂代《くめよ》を憎《にく》んで居《ゐ》た、賤《いや》しい家業《かげふ》をして絹物《きぬもの》に包《つゝ》まつて世《よ》を送《おく》つてゆく粂代《くめよ》とは死《し》ぬまで顔《かほ》を合《あ》せなかつた。僅《わづ》かの仕立賃《したてちん》に貧苦《ひんく》の数々《かず/\》を凌《しの》ぎながら、母《はゝ》へは寒暑《かんしよ》の憂《うれ》ひもさせずに仕《つか》へて来《き》たお町《まち》の上《うへ》を云《い》ひ死《じに》に失《な》くなつたのである。

老母《ろうぼ》が貧《ひん》の思《おも》ひも然程《さほど》感《かん》ぜずに世《よ》を終《をは》つたのも粂代《くめよ》のお蔭《かげ》と、お町《まち》は合得《がてん》て居《ゐ》るだけに、終《つひ》に母《はゝ》の怒《いか》りの解《と》けなかつた粂代《くめよ》が上《うへ》を哀《あは》れに思《おも》つたが、當人《たうにん》の粂代《くめよ》は何《なん》も然《さ》う深《ふか》く喞《かこ》つ様子《やうす》もなかつた、母《はゝ》を見送《みおく》つてお町《まち》が生活《くらし》の少《すこ》しは樂《らく》になつたを悦《よろこ》んだばかり、藝妓《げいしや》を罷《や》めて、さる華族《くわぞく》の若殿《わかとの》に囲《かこ》はれるやうになつてよりも、誠一《せいいち》の學費《がくひ》、千壽《ちず》の學費《がくひ》は姉《あね》の氣《き》を揉《も》ませさせずに送《おく》つてやる、千壽《ちず》への衣服《きもの》も久《ひさ》のゝ序《ついで》に調《とゝの》へてやらぬでもないが、何故《なぜ》か千壽《ちず》の少《すこ》しも馴染《なじ》まないものを餘《あま》り嬉《うれ》しく思《おも》つて居《ゐ》ないので、餘所々々《よそ/\》しい風《ふう》が小供《こども》らしくもないとばかりて、其《そ》の處《ところ》まで氣《き》が付《つ》いて居《ゐ》るが強《し》ひても為《し》てやらうとは思《おも》はない、が姉《あね》への心盡《こゝろづく》しは大抵《たいてい》の事《こと》ではなかつたのである。

お町《まち》も其《そ》ればかりは始終朝夕《しじゆうてうせき》に、妹《いもと》へ感謝《かんしや》の念《ねん》の起《おこ》らない時《とき》とてはないのであるが、唯一人《たつたひとり》の娘千壽《むすめちず》を、若《も》し叔母《をば》の手《て》へ近付《ちかづ》けさして叔母同様《をばどうやう》の浮《うき》ついた心持《こゝろもち》を見習《みなら》はされては終生《しゆうせい》の大事《だいじ》と心得《こゝろえ》て居《ゐ》るので、亡《な》くなつた祖母《そぼ》の素志《そし》を云《い》ひ聞《き》かせては叔母《をば》の行為《おこなひ》を疎《うと》んぜさせる、栄華《えいぐわ》と云《い》ふものは人間《にんげん》の為《す》る事《こと》でないやうに教物語《をしへものがたり》のお伽話《とぎばなし》にも其《そ》の一《ひ》と言《こと》は必《かなら》ず附加《つけくは》へて云《い》つて聞《き》かせると云ふ様《やう》にして育《そだ》てゝ来《き》たので、陰《かげ》ながら濱町《はまちやう》の叔母《をば》の家《いへ》へ訪《と》ひおとづれも為《さ》せぬが、久《ひさ》の上《うへ》をも卑《いや》しいものに思《おも》ひ慣《な》つて居《ゐ》るので従妹《いとこ》らしく待遇《あしら》つた事《こと》もない、久《ひさ》の方《はう》も逢《あ》へば何《なん》の彼《かの》と寵愛がるけれども、伯母《をば》のお町《まち》が厳粛《げんしゆく》なのを嫌《きら》つて本郷《ほんがう》へは来《き》た事《こと》がないので、従姉妹同士《いとこどうし》の仲《なか》は疎《うと》いものであつた。粂代《くめよ》はよくお町《まち》の氣性《きしやう》を呑《の》み込《こ》んで、一生《いつしやう》を寡婦《やもめ》で通して貧に迫られて來た姉の身を、哀れむばかりに世話をするので両人が共に育つた昔を思ひ出しては姉に對する同情も一と入、頑固な事ばかりを云つては居るが、其の頑固を曲げさせずに早く氣だけも安まらしてやり度いと思ふ念より外にはない、從つてお町が自分等の行爲を疎むのも更に氣には爲ぬのであつたが、馴染まないと云ふのばかりが癪て、粂代は千瀬が少しも可愛ゆくないのである。千瀬もそんな叔母に可愛がられ度くはないと思つて居た。久は粂代が藝妓をして居た時分、私に産んだ一粒種、其れをしも一と口に私生兒と千瀬は卑めて居る。

小説

袖頭巾（七）

露英女史

其れ程疎ましく思つて居た叔母の家が何故今夜に限つて忘られぬのであらう何時もは見流し聞き流して居る久の服裝の美しさが、今夜に限つて千瀬の眼に殘つて居る、羨ましいと思つた譯ては毫末ないが。

叔母も久も平常に好い服裝をして居ると云ふ事は疾うから分つて居ると、又其れも人間の道でない事をして得た金て贅澤をして居るのだと云ふ事を知つて居る、其の樣な事は心あるものの斥くべき事と云ふのも知つて居るに、賑やかな濱町の家の樣子が唯忍ばれるばかりではない、やがては歸る我家の軒が今夜に限つて淋しいやうに思はれるのである。

好い服裝が羨しいなら、同級の平井さんでも、石川さんでも、始終奇麗な服裝をして居るお友達を、毎日々々羨しがつて居なくてはならない決して〳〵好い服裝なんか羨しくはない。と千瀬は一人で心の内に打消して見る。

何う云ふ人か知らないけれど、男の人に甘えるやうな樣子をして居た久さんの姿容、隨分女のやうな愼みのない人。と殊更に疎んで見るのが、傍から其れが如何にも樂しいやうに思ひ出されるのであつた。

多く語らず笑はぬ兄を思ひ、險惡氣な面色をして居る母の姿を思ひ浮べると何時もなら急ぎ出す足許も、今夜は更に進み兼ねるばかり、鈍りに鈍る。けれど、大變に遲くなつた、定めし皆が待つて居るに違ひないと、思ひ返すと少しは自分に返つて、彼樣自墮落な叔母さんの家なんぞ何て好いものか、と嘲つて、もう思ひ出すまいと極めながら足を早めた。

小説

袖頭巾《そでづきん》（八）

露英女史

曇《くも》つた空は雨《あめ》にもならず雪《ゆき》にもならず吹き晴れると見えて外面《そと》は強い風《かぜ》になつて、隣家《となり》の裏木戸《うらきど》が締《しま》りなくかたん／＼と煽《あふ》れる音が耳喧《みゝやかま》しい。

間數《まかず》と云へば六疊の茶の間に次《つ》ぎが四疊半《よでふはん》、入り口《ぐち》が三疊の狭《せま》い家で、二階《にかい》の五疊《でふ》は獨《ひと》り者の女房《にようばう》に貸《か》してあり、南《みなみ》の塞《ふさ》がつた西向《にしむ》きの陰氣《いんき》な家であるのに、五分心《ごぶしん》の洋燈《らんぷ》を稍々下許まで低《ひく》く吊《つ》り下げた室《へや》の内は、夜《よる》とは云へ取分《わ》け陰鬱《いんうつ》の陰が漂《たゞよ》つて居るやうで、毛繻子《けじゆす》の半襟《はんえり》の破れた着物《きもの》に引つ掛けたものもなく、細い黒木綿《くろもめん》の帯《おび》を小さく結《むす》んで綿《わた》フランネルの小蒲團《こぶとん》を腰《こし》の邊《あたり》に幽《そつ》とひつけ、脊《せ》を丸うして仕事《しごと》をして居るお町《まち》の様子《やうす》までが、何處《どこ》となし

「お歸《かへ》んなさい、お寒《さむ》ござんすね。」

と不意《ふい》に聲《こゑ》をかけられて吃驚《びつくり》しながら行方《ゆくて》の闇《やみ》を透《すか》すと、半纏《はんてん》の中に小兒《こども》を負《おぶ》つた女房《にようばう》が、とつかはと路次《ろじ》から出《で》て來《き》て千壽《ちず》の横《よこ》を行過《ゆきす》ぎたので、

「あゝ女房《おかみ》さんですか、誰《だれ》かと思《おも》て。」

「然《さ》うですか、まあ早《はや》くお家《うち》へお入《はい》んなさい、皆《みな》さんが待《ま》つてお在《い》でですよ寒《さむ》いからねえ。」

前後《あとさき》もない事《こと》を喋《しやべ》りながら、最《も》う後《うしろ》を見《み》せて行《い》つて了《しま》ふ。二階《にかい》を間借《まが》りして居る女房《にようばう》が空世辭《からせじ》の積《つも》りの言葉《ことば》を聞き流して、千壽《ちず》は我家《わがや》の門《もん》に立《た》つた。氣《き》が付《つ》かなかつたと見《み》えて「御仕立物《おしたてもの》所《どころ》」の看板《かんばん》がまだ出《で》て居《ゐ》た、そつと取外《とりはづ》して格子《かうし》を開《あ》けると、

「誰《だれ》だい？」と母《はゝ》の聲《こゑ》がする。

「只今《たゞいま》。」

と少《すこ》さく云《い》つて、狭《せま》い土間《どま》の下駄箱《げたばこ》の上《うへ》へ札《ふだ》を置《お》きながら、脱《ぬ》ぎつ放《ぱな》しに為《し》てある兄《あに》の靴《くつ》も片付《かたづ》けて、障子《しやうじ》を開《あ》けると茶《ちや》の間《ま》の洋燈《らんぷ》の明《あか》りが薄暗《うすぐら》く遠《とほ》いて見《み》える。

「只今《たゞいま》。」

と重《かさ》ねて云《い》つて千壽《ちず》は上《うへ》へ上《あが》つた。

長火鉢《ながひばち》の傍《そば》に母《はゝ》は夜業《よなべ》を為《し》て居《ゐ》たが、振返《ふりかへ》つて一寸《ちよつと》千壽《ちず》の方《はう》を見《み》ると、

「お歸《かへ》んなさい、御苦勞《ごくらう》だつたね。」

「遅《おそ》くなりまして……」

と千壽《ちず》は其處《そこ》に手《て》を突《つ》いた。

薄《うす》い髮《かみ》を櫛卷《くしまき》にした、年《とし》の頃《ころ》は四十四五、其《そ》の年齡《とし》に相應《さうおう》して皺《しわ》が多《おほ》い、取り分《わ》けて口許《くちもと》の皺《しわ》には貧苦《ひんく》の影《かげ》が深《ふか》く刻《きざ》まれて眉《まゆ》に刻《きざ》み込まれた八字《はちじ》の皺《しわ》も卑《いや》し氣《げ》には見《み》えるが、總《そう》じて美《うつく》しいものを小《ちい》さく萎《しな》びさせた様《やう》な面影《おもかげ》があつて、遉《さすが》に昔《むかし》を忍《しの》ばせる、濡れ色《いろ》の鬢《びん》髷《ね》の光りも好《この》もしい、艶《つや》を見《み》せて、暗い居の隅深く潜《ひそ》んで居るやう。

見窄《みすぼ》らしく見《み》える。千鶴《ちづ》はそんな事《こと》まで考《かんが》へて漸然と座《すわ》つて居《ゐ》たのである。

「御夕飯《ごはん》をお上《あが》ん成さい、お茶《ちや》も湧《わ》いて居ますよ。」

母《はゝ》に云《い》はれて千鶴《ちづ》は心付《こゝろづ》きながら立《た》つた。台所《だいどころ》の入《い》り口に、母《はゝ》と兄《あに》は済《す》した後《あと》と見《み》え卓子《ちやぶだい》の上に自分《じぶん》の丈《だけ》が乗《の》つて居《ゐ》る其《そ》れを母《はゝ》の後《うしろ》まで持出《もちだ》して来《き》て、さて又其《またそ》れに肱を乗《の》せた儘《まゝ》で考《かんが》へて居《ゐ》た。

「着物《きもの》は着更《きか》へないのかね。」

振返《ふりかへ》られて

「はい。」と立《た》つたが、久《ひさ》も余所《よそ》から帰《かへ》つて来《き》て、炬燵《こたつ》に暖《あたゝ》まらして置《お》いた平常着《ふだんぎ》と着更《きか》へて居《ゐ》た、などゝ思《おも》ひ出《だ》しながら押入《おしいれ》から袖畳《そでだゝ》みにして置《お》いた平常着《ふだんぎ》を引出《ひきだ》す。縞目《しまめ》も消《き》えかゝつた程《ほど》に洗張《あらひはり》した双子《ふたこ》の袷《あはせ》に、これも幾度《いくたび》か洗張《あらひはり》したらしい双子《ふたこ》の羽織《はおり》の重《かさ》つた儘《まゝ》なのを其處《そこ》に置《お》いて、千鶴《ちづ》はそつと靜《しづ》かに風《かぜ》さへも起《おこ》さないやうにして着更《きか》へ始《はじ》める。次《つぎ》の室《ま》で兄《あに》の咳《せき》をする聲《こゑ》が為《し》た。

濱町《はまちやう》の家《うち》の様子《やうす》を母《はゝ》は尋《たづ》ねやうともせず、千鶴《ちづ》も又語《またかた》らうともせぬ。脱《ぬ》いだ着物《きもの》を丁寧《ていねい》に畳《たゝ》んで箪笥《たんす》へ納《をさ》めると、無言《むごん》の儘《まゝ》に食事《しよくじ》にかゝるので。

風《かぜ》は吹《ふ》き募《つの》つて、何處《どこ》てか板目《いため》の剥《は》れる音《おと》が微《かす》かに為《す》ると、風《かぜ》に撥《すく》はれた砂《すな》がばら〳〵と雨戸《あまど》に當《あた》る、と半鐘《はんしよう》が鳴《な》り出《だ》した、二《ふた》つ鐘らしいと耳《みゝ》を澄《すま》して居《ゐ》たが、

「火事《くわじ》かね。」

と母《はゝ》に聞《き》かれたので、

「然《さ》うですね、遠《とほ》いやうですけれど。」

と漸々《やう〳〵》に千鶴《ちづ》は口《くち》を開《ひら》いて

「明《あ》けて見《み》ませうか。」

「なあに……」と母《はゝ》も云《い》つた限《ぎ》り。

次《つぎ》の室《ま》でも聲《こゑ》も為《せ》ず、書物《しよもつ》でもして居《ゐ》るのか時々《とき〴〵》頁を繰《く》る音《おと》が聞《きこ》えるばかり。然《しか》し近處《きんじよ》は、建《た》て混《こ》んだ家並《やなみ》なので可成《かなり》に騒々《さう〴〵》しい、金具《かなぐ》を打《う》つ音《おと》が前屋《まへ》に聞《きこ》えると、西隣《にしどなり》の家《うち》では木挽《こびき》の音《おと》が為《す》る、疳走つた笑《わら》ひ聲も響《ひゞ》けば、赤兒の泣《な》く聲《こゑ》も手《て》に取《と》るやうに聞《きこ》えると云《い》ふ風だが、其《そ》れだけに家内《かない》の靜《しづ》かさが一層深《ふか》く思《おも》はれるので、千鶴《ちづ》は其《そ》の淋《さび》しさを熟々《つく〴〵》と味《あぢ》はつて居《ゐ》た。何《なん》と云《い》ふ遠慮もなしに、

「遠《とほ》いやうですか？何處《どこ》に見《み》えますね？」

と突然《とつぜん》に家《うち》の前《まへ》で怒鳴《どな》る女《をんな》の聲《こゑ》が為《す》ると、家屋《やね》の上《うへ》らしい人《ひと》の答《こた》へが幽《かすか》に起《おこ》ると

「へえ、薬研堀邊《やげんぼりへん》りですつて？まア？もう下火《したび》ですか、この風《かぜ》にねえ、能《よ》く早く消《き》えましたね、なに？これからなんですか？おや〳〵、おやあ大事くなりませうよ、ねえ？はあ〳〵然《そ》うですともさ。」

四邊《あたり》へ響《ひゞ》かした大音《だいおん》の騒々《さう〴〵》しさ。人事《ひとごと》ながらと千鶴《ちづ》は眉《まゆ》を顰《ひそ》めて居《ゐ》ると、格子《かうし》が手荒《てあら》く開《あ》いて、

「へえ只今《たゞいま》。」

と二階《にかい》の女房《にようばう》の聲《こゑ》。

「お歸《かへ》んなさい。」

と其《そ》れでも挨拶《あいさつ》はした。

「さあ姉ちゃん、熱いところを一本實いてきませう、本當の燒き立てですよ。」食卓の上へ風呂敷から出した燒芋を二三本並べると、脊中の小兒が壓られたのを嫌がつて泣術だす。

「よし〳〵。」と立上つて、

「阿母さんも如何です？然う根を詰めちや身體に障りますよ。」

小供を揺ぶり立ちに、二階へ行かうと爲るのを千壽は見返つて、

「どうも御馳走樣。」

「おや、御馳走ですか、濟ませんね。火事は何處ですつて？」と母が云ふ。

「藥研堀の方だつて云ひますよ。」

濱町の近處ぢやないかしら。と千壽は思つて何と云ふ譯もなく胸の騒ぐやうに覺えたのである。

小説

袖頭巾（九）

麗英女史

嘸、濱町では騒いで居るであらう、然もない事に久は恐がつて諸人に甘えて居るに異ひない、と思ふと、其れを優しく咎める叔母の顔を、剽軽調子に笑つて居る男の姿が目に浮ぶ。久は長い袖を振りながら強ゐたやうな口付をして、必然可愛らしいやうな振をして居るのであらう。と其樣こと迄聯想て見た。

「火事は厭ですねえ。」

お町は向返つて長火鉢に對ふ。二階の女房は最う自分の室へ行つて了つた樣子で、上から突拍子もなく、

「ほんとですね。」

と答へたばかり。千壽が差出した二階の女房の心盡しを、母は受取つて火鉢の端に置いた。


「お湯へでも入つて來ませう。」

取上げた煙管で、世にはこれ程の樂しみもないと云つた樣な顔付で一服吸ると、

「千壽、臺所へ行つたら糠袋をね、手拭と一所に持つて來て置いて下さいよ。」

「はい。」

猶豫もなく立つて千壽は臺所へ行く。例もながらアの柔順な心遣ひも、我が爲に夜更けまで一と針幾層の針目を運ぶ母が上を勿體ないと思ふばかりに過ぎぬので。やがて、整然と手拭へ一と纏めにした、湯浴みの道具を持つて來ると、母に渡して又食卓にかゝる。

「今夜は美味く、燒けない。」

と心の内に思ひながら、好い加減に片付けやうと爲ると、

「増村さん、郵便！」

と配夫が便貨に訪れて行つた。取りに行つた千壽を待兼ねて、

「何所からだね？」

「兄さんの許へ來たんですけれど

「……」

川部、川部、と呟《つぶや》きながら、封書の裏書を熟々《つく〴〵》と見入《みい》つて、

「聞かない苗字《めうじ》ですけれど……必然《きつと》兄さんのお友人の方なんでせう。」

母の前を摺り抜けて、次ぎの室へ持つて行かうとすると、周章しく室内で紙を引括める音がして、

「何所《どこ》からだつて？」

と低《ひく》い調子《てうし》で千壽《ちず》に尋ねる。

「えゝ、川部としてありますよ。」

と云ひながら障子《しやうじ》を開けやうと爲るのを待たないて、室内《なか》から兄は出《で》て來た

「はい。」

と渡されたのを受取《うけと》つて、一寸《ちよつと》母の方《はう》を見たが、其の眼の清らかさ、男《をとこ》にしては不相應な程睫毛が長く、切れの長い眼許《めもと》は千壽のを其の儘に兄の面につけたやうて、額から濃い眉の邊りも能く似て居る。啻其の面立が、千壽のにしては男めくと思ふだけに、誠一の方は柔和らしく見えるので、何《なん》となく優しさが顔に溢れて居るやうな、餘り細面過ぎたのが寂しい、と云へば難らしいが、何處《どこ》と云つて點《てん》の打ちやうもない、美しい顔である。對ひ合はして兄妹の顔は、薄暗い火影の網に玉と輝いて浮いて居るので。

「お友人てすか。」

初《はじ》めて聞いた名を不思議《ふしぎ》に思つて千壽《ちず》は怪し氣に聞くと、

「然う。」

と返事ばかりを殘して、手紙《てがみ》を握つた儘室内へ引返して了ふ。

後《あと》は何《なん》の氣も爲ずに其處等を片付けて居たが、お町が入湯にと出て了ふと、直《す》ぐに兄は出て來て、怱惶と外套を引つ掛けながら、

「一寸《ちよつと》出て來るから、阿母さんがお問ね成すつたら、急用で同僚の許へ行つたと云つて置いて呉れ。」

疾みには返事《へんじ》も爲ず、少時《しばらく》兄を見て、

「同僚の方つて何誰てす？」

「然う云つて置けば宜しい。」

と云ふ間に最う土間へ下りて居るので妹《いもうと》は惑《わく》りながら

「お歸りはお早いんですか？」

「遲くはならん積りだが……」

云ひ捨てに行つて了ふ。千壽《ちず》は何時《いつ》にもなく兄の落着ぬ樣子を訝つて、左右考へながら立盡した儘て居た。

小說

袖頭巾《そでづきん》（十）

露英女史

と思《おも》つて見《み》たのも一時《いちじ》で、今《いま》の手紙《てがみ》に毎月《まいげつ》の事《こと》が書《か》いてあつた處《ところ》から、彼《かれ》に再《ふたゝ》び立《た》つて行《ゆ》かれたのであらう、續《つゞ》いて來《く》れば何事《なに》も外《ほか》の事《こと》と、諦《あきら》めの途《みち》に從《したが》つて一人《ひとり》法師《ぼつち》の身《み》を淋《さび》しく極《きは》めると、又《また》濱町《はまちやう》の事《こと》が思《おも》ひ出《だ》される。

濱町《はまちやう》で逢《あ》つた男《をとこ》の人《ひと》の樣《やう》に、兄樣《にいさん》も優《やさ》しかつたら何樣《どんな》であらう。と不圖《ふと》思《おも》つて見《み》た。男《をとこ》の癖《くせ》にと云《い》へば云《い》ふのだが態々《わざ〳〵》久《ひさ》に簪《かんざし》を挿《さ》してやつて居《ゐ》た、能《よ》くは見《み》なかつたけれども言葉付《ことばつき》が大層《たいそう》に優《やさ》しさうであつた。始《はじ》め覗《のぞ》かれたのが口惜《くや》しいとは思《おも》つたけれ共《ども》、二度目《にどめ》に室内《へや》へ來《き》た時《とき》は其樣《そんな》素振《そぶり》にしたやうな樣子《やうす》もなく、笑《わら》つて居《ゐ》た顏付《かほつき》も穩《おだや》かさうであつたが、若《も》し家《うち》の兄樣《にいさん》も彼樣風《あんなふう》に優《やさ》しかつたら朝夕《あさゆふ》も自《おのづ》と氣《き》が晴《は》れて樂《たの》しみに遊《あそ》びないのに、例《いつ》も〳〵恐《こは》らしい顏《かほ》はかり爲《し》て居《ゐ》て、奇麗《きれい》な顏《かほ》を無理《むり》に憎《にく》らしく爲《し》て居《ゐ》るやうに、口《くち》と云《い》ふものを聞《き》いた事《こと》さへ滅多《めつた》にはない位《くらゐ》、甘《あま》えた樣《やう》な容子《ようす》は厭《いや》だけれ共《ども》、私《わたし》も久《ひさ》さんの樣《やう》に兄《にい》さんに少《すこ》しは甘《あま》えて叱《しか》られたりしたら嬉《うれ》しからうに、妹《いもうと》か他人《たにん》か兄樣《にいさん》は何樣《どんな》ことがあつても澄《すま》して居《ゐ》る、朝《あさ》から晩《ばん》まで默然《だんまり》として居《ゐ》て懷《なつか》しく私《わたし》の名《な》を呼《よ》んだ事《こと》さへ無《な》いが、兄樣《にいさん》は何故《なぜ》彼樣《あんな》冷淡《れいたん》なのかしら、彼《あ》の男《をとこ》の人《ひと》は久《ひさ》さんには他人《たにん》であらうのに何《ど》うして彼樣《あんな》優《やさ》しく可愛《かあい》がられるのであらう、兄樣《にいさん》はついに可愛《かあい》がつた樣《やう》な顏付《かほつき》さへ爲《し》た事《こと》がない、然《さ》うはないのを見得《みえ》にしたやうで、終始《しゞう》澁面《じふめん》しい顏《かほ》ばかりを爲《し》て居《ゐ》るが……「其《そ》れおや、何《なん》だか詰《つま》りやしないわ。」

と聲《こゑ》に出《だ》して、千鶴《ちづ》は呟《つぶや》いた。

濱町《はまちやう》で逢《あ》つた男《をとこ》の顏《かほ》を思《おも》ひ出《だ》して見《み》やうとしたが些《ちつと》も覺《おぼ》えがない、少時《しばし》は彼樣《あゝ》か此樣《かう》かと迴《まは》つて見《み》たが甲斐《かひ》がないので思《おも》ひ捨《す》てゝ了《しま》ふ。

憚《はゞか》る人《ひと》がないとの心《こゝろ》の弛《ゆる》みて、千鶴《ちづ》は横坐《よこずわ》りながら片手《かたて》に風呂敷包《ふろしきづゝ》みを引寄《ひきよ》せて開《ひら》いて見《み》た、紫紺縮緬《しこんちりめん》の無地《むぢ》の羽織《はおり》、染上《そめあ》げたばかりの紋《もん》も鮮麗《あざやか》で、裏《うら》は燃《も》え立《た》つやうな緋綸子《ひりんず》、少時《しばし》が程《ほど》は見惚《みと》れた儘《まゝ》で溜《ため》いたまゝ、茫然《ぼんやり》と眼《め》を据《す》えて居《ゐ》たが、やがて吻《ほつ》と息《いき》を吐《つ》いて俯向《うつむ》き込《こ》みながら左右《さいう》打返《うちかへ》し〳〵眺《なが》め始《はじ》める、幾度《いくたび》折返《をりかへ》して見《み》ても無地《むぢ》の品《しな》は何處《どこ》までも無地《むぢ》、其《そ》れを彼方此方《あちこち》と見飽《みあ》きもせずに弄《もてあそ》んでは翳《かざ》して眺《なが》める。と中《なか》から紙片《かみきれ》が溢《こぼ》れて其《そ》れに何《なに》か認《したゝ》めてある樣子《やうす》、取上《とりあ》げて見《み》れば知《し》れ切《き》つた寸法書《すんぽふがき》、叔母《をば》さんも念《ねん》の入《い》つたと笑《わら》ひながら熟々《よく〳〵》見《み》ると文《ふみ》の書《か》きさし反古《ほご》で、幼《をさな》い手跡《て》ながら、「左樣《さう》なら」と下《した》に書《か》いて「上《うへ》に、」「懷《なつか》しい〳〵兄樣《にいさま》へ」とある終《をは》りを長《なが》く殘《のこ》した白紙《しらかみ》へ裏返《うらがへ》しに叔母《をば》が寸法《すんぽふ》を書付《かきつ》けたのだ、と

小説

袖頭巾（十一）

露英女史

年齢はもう直き四十才とのこと、名はお立と云つて去年の暮から此處の二階を若干の賃を拂つて借りて居る孀婦で、連れて居る四才の男の子と、今奉公に出してある十五才の娘との二人を殘して亭主は脚氣で死亡つたとやら、今でも相應の男があれば夫婦になる氣で、斯う氣散じに手内職を爲て自分丈を過ごしてゆく。

兄妹もあるそうだが厄介にはならぬと云ふのが見得で、十五才になる娘も、淺草邊りの天麩羅やへ年期奉公にやつてあるとか。もう少し顔が何うにかなつて居ると樂みもあるんですけれどとは能く下座敷へ來ての當人が愚痴話。

「まあ、奇麗おやありませんか、何誰んですか？何時もの山邊さんですか？」

「まあ〳〵、奇麗ですね。」

何時か二階の女房が、自分の傍に差寄つて居て、例の臆しい調子に賞め聳して居た。

千鶴は思ひながら、久の手蹟らしい其の文句を少時見詰めて居た。

「誰が戀しいのだらう、兄さん？」

あゝ、然うだ、先刻の男の人の事を久さんは兄様と呼んで居た……

「まあ。」

呟くと見る〳〵眞赤になつて、誰も居ぬのに薄桃色に暈染されて其顔を周章てゝ片袖に隠すと、片手は押壓すやうに寸法書を包みの下へ入れて了ふので千鶴は無性に羞しかつた、自分が人を戀てもした樣に恥かしかつたのである戀しがられるから、彼の男は久さんに優しかつたのであらう。と思ひ浮ぶと又羞しい思ひが爲る。戀しがつて優しくされる人も、戀しがられて優しく爲る人も、何樣心のものであらう。と考へると、

「彼方をお向き。」

と云つた優しい言葉が歴〳〵と耳に響いた樣に覺えたので、恍然と眼を上げると、

と糊て硬張つた手て用捨もなく取上げる。

「いゝえ、濱町の……」

「あゝ。」

と女房は合點た。薄汚れた赤つ縞の綿入れに、捻れ〳〵になつた木綿の前垂れを締めて、髪はおばこ、油と云ふものて梳いた事もないと見え、毛は眞赤に固まつて大きな類似玉の簪ばかりが巾を利かして居る。其れを一とつ振立てると、

「ほんとに、何時ても羨しいねえ、此家から頼んでおよこし成さるものに一と品だつて粗いものは有りませんね御誂造ても何ても美い服裝をしてお出てなさるが、同じ人間に生れても彼様だとほんとに樂しみがありますね、樣子も好けりや顔も好いし、お娘さんも好い容貌ですね、二人揃つてお歩き成さると誰たつて振返らないものはありやしませんよ。」

異様に赤い頬を窄まして、厚黒い唇を反らすと、持つた羽織の反物を透して眺めながら、

「ほんとに美い色ですね、あの御容貌てこれを着るんだもの、余計引立つ譯てさ、何時ても美い服裝ばつかりして金の時計はぴか〳〵さしてるし、指環は幾個も〳〵嵌めてるし、同じ何てもねえ。」

感に堪へたと云ふ樣な顔付をして、千壽を見ると千壽は目を伏せて薄笑ひをして居た。

「ほんとにさ、貴方も美い顔だけれど一向に構はないから詰らないねえ、少しや從妹の人にも負けないやうに粧り立てれば好いにさ、貴方位の容貌を持つてりや年中お細包みて居られるんだに阿母さんが堅つ固いからねえ、可愛想だよ至くね、妾や何時ても然う思ひ〳〵してるんさ、此處の横町の煙草やの娘ね、知つてるてせう、知りませんか。」

千壽は何とも返事を為ないので、

「知らないかねえ。彼の娘なんぞ彼様醜婦て居る癖に白粉を斑つ白に塗けてさお師さん、能く白つぽい金巾の被布なんか着て矢張りお前さん見たいに海老茶の袴を穿いて出かけてたんだよ、毎日々々、學校へでも行つてたんだらうよ、其れがこの節ぢや、一寸出るにも縮緬の紋付の羽織を着て出掛る始末さ。」

と言葉を切ると、さも云ひどころだと云つた樣に千壽の面を見詰めて息を吞む。千壽は顔も上げずに居る。默して風呂敷包みを片付けながら心では何を思つてやら、女房の言葉には耳も貸さぬ樣子。

「其れがお前さん、支那人の妾になつたんだつさ、呆れたねえ。」

千壽はふと女房を見た、思はず手を留めて、何か物を探るやうな眼色を為る。

「だもんてとの頃は贅澤を為てるんだと聞いて、成る程と妾や思ひましたよ何も當節だわね、汚く取つて奇麗に暮

らすに越《こ》した事《こと》はないねえ、人中《ひとなか》へ出《で》たつてお前《まへ》さん、彼《あ》のハイカラか何《なん》かで、此桜洲を零いたやうな肩掛《かたかけ》をしてさ、縮緬《ちりめん》の羽織《はおり》か何《なん》かでぬつと済《す》してゝ御覧《ごらん》な、何處《どこ》のお令嬢《れいぢやう》だと思《おも》つちまふわね、真逆《まさか》支那人《しなじん》さんのお妾《めかけ》だとは思《おも》やしないからねえ、其處《そこ》へゆくとお千鶴《ちづ》さん何《なん》かは美《うつく》しい容貌《きりやう》を持つてるんだから、何《なん》も其様《そんな》に面白《おもしろ》い思ひもしないで暮《くら》してゆく事《こと》はないんだもの、十八つて云《い》やあもうお洒落《しやれ》の仕放題《しはうだい》で為《す》る時なんだもの、堅《かた》いばつかりも身分《みぶん》によらあね。」

千鶴《ちづ》は其の声《こゑ》を聞《き》くまいと為《す》るやうにつと身《み》を背向《そむ》ける、直《す》ぐ傍《かたはら》の壁際《かべぎは》に寄《よ》せてある机《つくゑ》の前まで居座《ゐざ》つて行《い》つたが、さも汚《けが》らはしと云《い》ふやうに嶮い眉を顰めて、

「私《わたし》なんか駄目《だめ》ですよ。」

小説

袖頭巾《そでづきん》(三)

露英女史

「何《なに》が駄目《だめ》なもんですかね、ほんとに美《うつく》しい容貌《きりやう》だもの、持《も》ち腐《くさ》れにして置《お》くのは惜《を》しいもんだよ。」

千鶴《ちづ》はもう取合《とりあ》はない。眼《め》には怒《いか》りの色《いろ》が見《み》えて癇癪《かんしやく》らしく眉《まゆ》も動《うご》かしたが、教育《けういく》もない女と知《し》つて居《ゐ》て其《そ》れに耳《みゝ》を借《か》したのが、此方《こつち》の心《こゝろ》の至《いた》らないのだと、一人《ひとり》心《こゝろ》の内《うち》に笑《わら》つて彼方《むかう》を向《む》いて了《しま》つた。

「だから妾《わたし》も實《じつ》は内々《ないない》で頼《たの》まれた事《こと》もあるし、何《ど》うにかと思《おも》つて、これでもねえ一年越《ねんごし》のお馴染《なじみ》だから、いろいろ心配《しんぱい》してるのさ、年《とし》の若《わか》いものつて人《ひと》は然《さ》う阿母《おつか》さんの思惑《おもわく》通《どほ》りにもゆかないやね。」

見《み》よがしに、千鶴《ちづ》は洋綴《やうと》ぢの書物《しよもつ》を高《たか》く翳《かざ》して口《くち》の中《なか》に読《よ》み始《はじ》める、饒舌《しやべ》り続《つゞ》けて居《ゐ》た女房《にようばう》は心付《こゝろづ》いて其方《そちら》を見《み》たが、間《ま》の抜《ぬ》けた顔《かほ》をして、

「又《また》勉強《べんきやう》?」

千鶴《ちづ》は返事《へんじ》をしない、何《なん》と云《い》つても済《す》まして居《ゐ》たら彼方《むかう》から話《はなし》を止《や》めて退《の》くであらうと思《おも》つて居《ゐ》るので。

「感心《かんしん》だねえ、真似《まね》は出来《でき》ないよ、阿母《おつか》さんのお仕込《しこ》みだねえ、流石《さすが》だよ。」

と口《くち》で云《い》つて、心《こゝろ》では生意気《なまいき》だよと云《い》つたらしい顔付《かほつき》

「お邪魔《じやま》になりますね?」

其《そ》れでも千鶴《ちづ》は黙《だま》つて居《ゐ》る、案《あん》の如《ごと》くに女房《にようばう》は立《た》つた、が又《また》一《ひ》と膝《ひざ》突いて、其處《そこ》にあつた煙草《たばこ》を人《ひと》の烟管《きせる》で一服《ぷく》吸《す》ふ。小児《こども》は二階《かい》に寐《ね》て居《ゐ》るのであらう至極《しごく》静《しづ》かな様子《やうす》。

「お邪魔《じやま》を致《いた》しましたね。」

「いゝえ。」

女房《にようばう》は臺所《だいどころ》へ行《い》つて了《しま》ふ。やがて明日《あした》の準備《したく》らしい水仕《みづし》の音《おと》が騒々《さう〳〵》しく起《おこ》つた。

「ほんとに五月蠅《うるさ》い人《ひと》だわ。」

本《ほん》を置《お》くと、又《また》思案《しあん》に沈《しづ》んで千寿《ちず》は俯《うつ》向《む》いたが、机《つくゑ》に凭《もた》れて顔《かほ》を伏《ふ》せた儘《まゝ》、涼《すゞ》しい眼《め》を閉《と》ぢて了《しま》つた。

何時《いつ》もなら勉強《べんきやう》に余念《よねん》もない筈《はず》なのを今宵《こよひ》は字《じ》を読《よ》む事《こと》が鬱陶《うつたう》しい、物《もの》を書《か》くのが面倒《めんどう》に堪《た》へない、唯《たゞ》黙《だま》つて美《うつく》しい幻《まぼろし》に憧《あこが》れて居《ゐ》たい様《やう》な心地《こゝち》なのであつた。気《き》の所為《せゐ》か頭痛《づつう》の為《す》る様《やう》にもあり、胸苦《むなぐる》しい思《おも》ひも、為《す》るかと思《おも》へば、為《し》て居《ゐ》るやうにもあるので、大方《おほかた》川風《かはかぜ》に当《あた》つて風邪《かぜ》を冒《ひ》ひたのであらう、と千寿自身《ちずじしん》は極《き》めて居《ゐ》る、然《さ》う思《おも》へば熱《ねつ》もあるやうな。

眼《め》を閉《と》ぢて自動《みうご》きも為《し》ずに居《ゐ》ると、奇《き》麗《れい》なさま／＼の色《いろ》が額《ひたひ》の辺《あた》りに群《むら》がつて来《き》て、久《ひさ》の服装《なり》がちら／＼する。薄《うす》桃色《もゝいろ》の簪《かんざし》が見《み》える、男《をとこ》の声《こゑ》や久《ひさ》の声《こゑ》や叔母《をば》の声《こゑ》が幽《かすか》に床《ゆか》しい音色《ねいろ》になつて聞《きこ》えて来《く》る、と其《そ》れを破《やぶ》つて二階《にかい》の女房《にようばう》の声《こゑ》が耳《みゝ》を貫《つらぬ》くやうに思《おも》ふ。妾《めかけ》になつて贅沢《ぜいたく》を為《す》るのか。と種々《いろ／＼》な声《こゑ》を総括《ひつくる》めて千寿《ちず》は考《かんが》へたのであつた。唯《たゞ》思《おも》つた丈《だけ》のことて、何時《いつ》か夢心地《ゆめごこち》のやうなうと／＼した心持《こゝろもち》になる。

「御免下《ごめんくだ》さいまし。」

「はい。」

何処《どこ》かで其様《そんな》声《こゑ》がして居《ゐ》ると、千寿《ちず》は思《おも》つたばかりで眼《め》も開《あ》かなかつた。

「増村《ますむら》さんのお宅《たく》は此方《こちら》で御座《ござ》いませうか？」

「はい、然《さ》うですよ。」

又《また》、遠《とほ》くて其様《そんな》声《こゑ》がして居《ゐ》ると千寿《ちず》は思《おも》つて居《ゐ》ると、誰《だれ》か身体《からだ》に触《さは》つて、

「お千寿《ちず》さん、お千寿《ちず》さん、お客様《きやくさま》が来《き》ましたよ。」

と起《おこ》された。吃驚《びつくり》して、

「あら、何《ど》うも済《す》みません、うと／＼して居《ゐ》たんですね、必然《きつと》―」

急《いそ》いで、姿《なり》を直《なほ》す間《ま》もなく入《い》り口《ぐち》へ出《で》て見《み》ると、格子《かうし》の外《そと》に彼方《むかふ》の家《いへ》の軒洋燈《のきらんぷ》の光《ひか》りを受《う》けて、車夫《しやふ》を供《とも》にした丸髷姿《まるまげすがた》の女《をんな》が立《た》つて居《ゐ》た、千寿《ちず》は温雅《しとやか》に手《て》を支《つか》へる。

「増村《ますむら》さんは此方《こちら》で在《ゐ》らつしやいますか？」

「左様《さやう》でございます」

「あ、」と合点いて、

「其《そ》れなら、一寸《ちよつと》失礼《しつれい》ですが……」

と女《をんな》は格子《かうし》を開《あ》けて内《うち》に入《はい》つた。

小説

袖頭巾《そでずきん》（十三）

露英女史

脊《せい》の高《たか》い、金縁《きんぶち》の眼鏡《めがね》をかけた、色《いろ》の蒼白《あをじろ》い四十前後《ぜんご》の女《をんな》で、眞黑《まつくろ》な外套《アート》に黑《くろ》い肩掛《かたかけ》を手《て》にした其《そ》の手《て》も黑《くろ》の手袋《てぶくろ》に包《つゝ》まれて居《ゐ》る、千壽《ちず》は唯畏《たゞかしこま》つて座《すわ》つて居《ゐ》るばかり。

「誠一《せい》さんはお在《い》でゞせうか？」

と落着《おちつ》いた擧動《ものごし》、糸切齒《いときりば》の金《きん》がキラリと光《ひか》りを見《み》せる。

「お在《い》でなら一寸《ちよつと》お目《め》にかゝり度《た》いのですが？」

優《やさ》しい氣《き》に聲《こゑ》を繕《つく》つて云做《いひな》すが、地聲《ぢごゑ》が太《ふと》いので厭《いや》らしい感《かん》じを與《あた》へる。

「はい。兄《あに》は先刻《さつき》一寸《ちよつと》傍《わき》へ出《で》まして、まだ戻《もど》つて參《まゐ》りません。」

「お不在《るす》？」

「は。」

顏《かほ》を上《あ》げると、婦人《ふじん》は手《て》を額《ひたひ》に當《あ》てゝ當惑《たうわく》らしい樣子《やうす》なので、挨拶《あいさつ》さへ氣《き》の毒《どく》さうに千壽《ちず》はもぢ／＼して、

「生憎《あいにく》に不在《るす》でございまして……何時《いつ》もは大概《たいがい》居《を》りますので御座《ござ》いますけれど……」

「困《こま》りましたねえ、何《ど》うしても今晩《こんばん》お目《め》にかゝり度《た》いと思《おも》つて出《で》ましたんですが……お歸《かへ》りの頃《ころ》もお分《わか》りにはなりますまいね？」

「は、歸《かへ》りの程《ほど》も……」

何《なん》の用《よう》なのだらう、と千壽《ちず》は疑《うたが》つた

「お云《い》ひ置《お》きでは？」

聞《き》ねる千壽《ちず》の顏《かほ》を少時《しばらく》眺《なが》めて、

「あなた、お妹御《いもうとご》さんで在《い》らつしやるんですか？」

千壽《ちず》は點頭《うなづ》き樣《さま》に頭《あたま》を下《さ》げる。と又《また》少時《しばし》思案《しあん》して、

「いえ、又明日伺《またあすうかゞ》ひませう、朝《あさ》ならお在宅《いで》で御座《ござ》んせうね？」

「は、朝《あさ》なら必然《きつと》居《を》ります。」

「然《さ》うですか、其《そ》れぢや明朝《みやうてう》—」

一禮《れい》するか爲《せ》ぬに女《をんな》は急《いそ》がはしく格子《かうし》の外《そと》へ出《で》て了《しま》ふ、駒下駄《こまげた》の音《おと》がかたりと云《い》ふと千壽《ちず》は周章《あわて》て身《み》を乘《の》り出《だ》しながら、

「何誰《どなた》でいらつしやいますか、お名前《なまへ》を一寸《ちよつと》伺《うかゞ》つて置《お》きまして……」

「名前《なまへ》ですか、然《さ》うですね……川邊《かはべ》が來《き》たと云《い》つて置《お》いて下《くだ》さい、分《わか》りもしますまいけれど然《さ》う云《い》つて置《お》いて下《くだ》されば……」

「は、何《ど》うも失禮《しつれい》を……」

答《こたへ》はなしに、車夫《しやふ》の提灯《ちやうちん》に足許《あしもと》を照《て》らさせながら歸《かへ》つて了《しま》つた。

寒《さむ》い風《かぜ》に面《おもて》を剝《む》がれたやうに思《おも》つて、千壽《ちず》ははたと障子《しやうじ》を閉《し》めた、不審《ふしん》は更《さら》に晴《は》れる術《すべ》もなく、兎《と》や角《かく》と思《おも》ひ惑《まど》ひながら茶《ちや》の室《ま》に來《き》たが、何《なに》か思《おも》ひ出《だ》したやうに身《み》を反《かへ》すと次《つぎ》の室《ま》へ飛《と》び込《こ》むばかりに駈《か》けて入《はい》つたので、机《つくゑ》の邊《あた》りを其處此處《そこここ》と探《さが》す樣子《やうす》であつたが更《さら》に見當《みあた》りさうにもしないらしい

「必然《きつと》、見《み》られると思《おも》つて持《も》つて行《い》つちまつたんだわ。」

呟《つぶや》きながら千蔭《ちかげ》が出《で》て來《く》ると、

「え、何《なに》か云《い》つたの？」

と女房《にようばう》が聲《こゑ》をかける。

「いゝえ、此方《こつち》の事《こと》！」

「然《さ》うか、はいゝゝ、何處《どこ》の人《ひと》ですつて？遂《つひ》に見《み》た事《こと》もない人《ひと》だね？」

「えゝ、私《わたし》も知《し》らないんですよ。」

「兄《にい》さんを訪《たづ》ねて來《き》たんだね？何《なん》だらう？だが兄《にい》さんも年頃《としごろ》だから女《をんな》も訪《たづ》ねて來《く》るだらうさ。」

と一人《ひと》で答《こた》へて二階《かい》へ上《あが》つて行《ゆ》く。

してもと、千蔭《ちかげ》は其《そ》の捨言葉《すてことば》を氣《き》にしながら坐《すわ》つて見《み》たが、何《ど》うも兄《あに》の行方《ゆくへ》が心《こゝろ》にかゝつて胸《むね》ばかり騒《さわ》ぐのである。先刻《さつき》の手紙《てがみ》も川邊《かはべ》としてあつたが、今《いま》の人《ひと》も川邊《かはべ》、同《おな》じ人《ひと》が寄越《よこ》したものなら今《いま》の人《ひと》の言葉《ことば》の中《なか》に手紙《てがみ》云々《うんぬん》の事《こと》がありさうなもの、何《ど》うしたのであらうとばかりで、其《そ》れらしい想像《さうざう》も出來《でき》れば見當《けんたう》も付《つ》かぬので、唯《たゞ》何《ど》うしたのであらう、何《なん》なのだらうと思《おも》つて見《み》るばかり。

其《そ》の間《ま》にお町《まち》は歸《かへ》つて來《き》た、千蔭《ちず》は疾《と》く兄《あに》が云置《いひお》きを傳《つた》へたのみで、來客《らいきやく》の事《こと》は云《い》はず、然《さ》る氣《げ》なく繕《つくろ》つたが、心《こゝろ》の裏《うち》では蜘蛛《くも》の糸《いと》のやうに妄想《まうざう》の綾《あや》が縺《もつ》つて居《ゐ》たので。

小説

袖頭巾《そでづきん》（十四）

露英女史

山茶花《さゞんくわ》が一本《ぽん》、優《やさ》しさを見《み》せてひよろりと垣《かき》に添《そ》つて居《ゐ》るばかり、庭《には》と云《い》ふ程《ほど》にもあらぬ三尺程《じやくほど》の空地《あきち》に、洗《あら》ひ終《を》へた襯衣《シヤツ》やら袴料やらを漸々《やう／＼》に千蔭《ちかげ》は干《ほ》して了《しま》ふと、疲労《がつかり》としたやうに椽掛《えんかけ》けの傍椽側に腰《こし》を下《おろ》して少時《しばらく》は恍然《こうぜん》となつて居《ゐ》た。

昨夜《ゆふべ》の風《かぜ》に悉《すつか》り空《そら》は晴《は》れ上《あが》つて、緑《みどり》の色《いろ》が滑《なめ》らかに見《み》えるが、何處《どこ》からともなく乾燥《はしや》いだ氣《き》が迫《せま》つてくる様《やう》で、花《はな》の揺《ゆ》れる山茶花《さゞんくわ》の頂《いたゞき》の日影《ひかげ》を仰《あふ》ぐと、直《ぢ》きに眩《まぶ》しさうに其《そ》の眼《め》を外《そ》らして了《しま》ふと乾《かわ》いた寒《さむ》い風《かぜ》が千蔭《ちかげ》の髪《かみ》をかすつて行《ゆ》くので、袂《たもと》を挾《はさ》んで足《あし》を重《かさ》ねながら、鬱陶《うつたう》しい氣《き》に離《はな》れた瞼《まぶた》を閉《と》ぢたが、俯向《うつむ》いた衿《えり》が屈《かゞ》んで、朝起《あさお》きてから掻《か》き上《あ》げない亂《みだ》れ毛《げ》が拂《はら》ひ冠《かぶ》さるやうにばら〳〵と落《お》ちてくる、薄《うす》つぺらな羽《は》織《おり》の襟元《えりもと》が寒《さむ》そう。

「好《い》い天氣だなあ。」

欠伸《あくび》交《まじ》りの言葉を聞《き》くと千鶴《ちづ》はふつと頭《かしら》を擡げて見返《みかへ》つた。

「兄《にい》さん。もう十時《じ》ですよ、何程《なんぼ》日曜《にちえう》だつて……」

寢衣《ねまき》の上《うへ》に薩摩絣《さつまがすり》の羽織《はおり》を引つ掛けた誠一《せいいち》の立つた姿《すがた》を見《み》るより早《はや》く、千鶴《ちづ》は慳貪《けんどん》らしく斯う云《い》つたが、我《わ》れながら粗雜《ぞんざい》だつたと氣が付《つい》て中途で口を噤《つぐ》んで了《しま》つた、然《しか》し、昨夜《ゆふべ》二時過《す》ぎまでも兄《あに》の歸《かへ》りの遲いを案《あん》じて熟睡《まどろ》まなかつた其《そ》の怨《うら》みは見《み》上げた眼のうちに籠《こも》つて居《ゐ》るので。

「然《さ》うか。」

とばかりで椽外《えんさき》の天氣《てんき》を眺《なが》めて居《ゐ》る。寢起《ねお》きの、眼《め》が血に霞《かす》んで頬《ほゝ》も赤い、唇《くちびる》も眞赤に艶々《つや〳〵》として居るが、茫然《ぼんやり》とした、充分《じふぶん》寢の足《た》りた眼色《めつき》が氣怠《けだる》そうに据《すわ》つて、開《ひら》くでもなく結《むす》ぶでもない口付《くちつき》も締《しま》りなく見《み》えるので、貧《さも》しそうな影《おもかげ》が今朝《けさ》は其《そ》の面《おもて》に消《き》えて、何處《どこ》となく惚《ぼ》け氣《ぬ》けた顔付《かほつき》、其《そ》れを見《み》ると何となく焦心々々《いら〳〵》して、

「まだ眠《ねむ》いんですか？」

「眠《ねむ》そうに見えるかなあ。」

顔《かほ》を撫《な》でゝ妹《いもうと》を見ながら笑《わら》つた、何《なん》にもない事と千鶴は怪訝《けげん》に其の顔《かほ》を打守《うちまも》つたが、

「兄《にい》さん」

と振向《ふりむ》けた身《み》を眞正面《まとも》に兄《あに》に對《むか》ひて、

「川邊《かはべ》さんて方が今朝《けさ》在《い》らつしやいますよ。」

「え？川邊《かはべ》？」

眼《め》を見張つて誠一も妹《いもうと》に向く。

「川邊《かはべ》が來るつて？お前《まへ》川邊《かはべ》を知《し》つてるのか。」

「昨夜《ゆふべ》いらつしやいました。」

「うむ。」

と矢庭《やには》に點頭《うなづ》いて、誠一《せいいち》は可笑氣《をかしげ》に笑《わら》つた。

「然《さ》うか。馬鹿《ばか》なもんだなあ。」

と云《い》つた切《き》り。

「今朝《けさ》在つしやると仰有《おつしや》たんですよ。」

「何《なあ》に！もう來《き》やしない。」

と云終《いひをは》ると最う顔洗《かほあら》ひに行つて了《しま》ふ。

其《そ》の人《ひと》の何者かを問《たづ》ね、何の用事《ようじ》であつたか其《そ》れとなしに問《たづ》ねて見やうと思《おも》つて居《ゐ》たに、と本意《ほい》なく後影《うしろかげ》を見て居たが、自分《じぶん》も身《み》を起《おこ》して臺所《だいどころ》へ續《つゞ》いて行《い》つた。

母《はゝ》のお町《まち》は出來《でき》上つた仕立物《したてもの》を持《も》つて近處《きんじよ》の家《いへ》へ行《い》つて不在《るす》。茶の室《ま》には鐵瓶《てつびん》の湯《ゆ》の熱沸《たぎ》つて居る音が聞えるばかり

「兄《にい》さん、お湯《ゆ》がありますよ。」

「有難《ありがた》う、水《みづ》で澤山《たくさん》だ。」

襷《たすき》を外《はづ》して朝飯《あさめし》の膳立《ぜんだて》をしながらも、川邊《かはべ》と云ふのが氣になつて、昨夜《ゆふべ》の遲《おそ》かつた譯《わけ》も必然《きつと》其れに連絡《つなが》つて居るに違《ちが》ひないし、昨夜《ゆふべ》のお酒《さけ》に醉《よ》つて居た樣子《やうす》も普通《たゞ》の事ぢやない事が出先《でさき》にあつたんだらう、と千鶴《ちづ》は一人考《かんが》へて居ると誠一《せいいち》は顔《かほ》を拭《ふ》きながら入《はい》つて來た。

「兄《にい》さん、川邊《かはべ》さんて何《なん》なんです？」

「川邊《かはべ》か。」

其處《そこ》にあつた新聞《しんぶん》を取上《とりあ》げて火鉢《ひばち》によ

ると、千寿《ちず》は急《せ》いた言葉付《ことばつき》で、

「ね、兄《にい》さん、川邊《かはべ》さんて……」

「其様《そんな》ことお前《まへ》なんぞは聞《き》かないでも宜《い》い事《こと》だ。」

氣《け》もなく打消《うちけ》したが、一寸不安《ちよつとふあん》らしく

「阿母《おつか》さんも御存《ごぞん》じか。」

「いゝえ、私《わたし》だけですよ。」

と言葉《ことば》を切《き》つて、先《ま》づ兄《あに》の顔《かほ》を見《み》る。

小説

袖頭巾《そでづきん》（十五）

露英女史

「丁度《ちやうど》阿母《おつか》さんがお湯《ゆ》へお出《で》てゞお不在《るす》でしたから、私《わたし》何《なん》て事《こと》もないけれども黙《だま》つて居《ゐ》ましたの。」

「然《さ》うか、好《よ》く氣《き》が付《つ》いてくれた。」

「矢張《やつぱ》り阿母《おつか》さんへ分《わか》つちや悪《わる》い事《こと》なんですか？」

「うむ、悪《わる》いと云《い》ふ程《ほど》の事《こと》もないが、まあ、無益《つま》らぬ事《こと》は成丈《なるたけ》聞《き》かせない方《はう》が宜《よ》からう。」

火鉢《ひばち》の抽斗《ひきだし》から朝日《あさひ》の袋《ふくろ》に出《だ》して、破《やぶ》れた中《なか》から一本引抜《いつぽんひきぬ》く。普通《ふつう》の巻煙草《まきたばこ》より何《なん》だか細《ほそ》いやうだと千寿《ちず》は氣《き》が付《つ》いて眺《なが》めて居《ゐ》ると、やがて兄《あに》の口《くち》から吐《は》き出《だ》された煙《けむ》りの香《か》が、云《い》はう様《やう》もない佳《よ》い薫《かを》りを含《ふく》んで床《ゆか》しい匂《にほ》ひに千寿《ちず》の前髪《まへがみ》の邊《あた》りを籠《こ》めた。

「まあ。」

と千寿《ちず》が顔《かほ》を引《ひ》つ込《こ》ますと、誠一《せいいち》は其《そ》の手《て》を周章《あわ》てゝ傍《わき》へ廻《まは》して、

「煙《けむ》かつたか？」

と云《い》ひながら自分《じぶん》も烟《けむ》る。

「いゝえ、佳《い》い匂《にほ》ひの煙草《たばこ》ですね。」

「なあに、朝日《あさひ》だ。」

と言《い》つて新聞《しんぶん》を讀《よ》み始《はじ》めるので、千寿《ちず》も黙《だま》つたが、何《なん》だか今朝《けさ》は兄《あに》の様子《やうす》が變《かは》つて居《ゐ》ると、氣《き》の所為《せゐ》かとも思《おも》ひながら其《そ》の横顔《よこがほ》を見守《みまも》つて居《ゐ》ると、ふいと振返《ふりかへ》つて誠一《せいいち》は笑《わら》つた。

「茫然《ぼんやり》して居《ゐ》ないで御飯《ごはん》でも盛《つ》けないか、健忘したから腹《はら》が減《へ》つた。」

「はい。」

と立《た》つたが、又《また》座《すわ》つて、

「兄《にい》さん、川邊《かはべ》さんの事《こと》は私《わたし》が聞《き》いても可《い》けないんですか。」

「まあ、可《い》けないな。」

「ぢや、秘密《ひみつ》なんですか。」

「秘密《ひみつ》つて……程《ほど》の仰山《ぎやうさん》な事《こと》ぢやないが、お前《まへ》なんど知《し》らないで好《い》い事《こと》さ。」

「そんな事《こと》云《い》はないで私《わたし》にだけ聞《き》かして下《くだ》さいな、昨夜《ゆうべ》依《い》らした方《かた》は明朝上《みやうてうあが》

りますと仰存《おつしや》つたけれど、兄《にい》さんは昨夜《ゆふべ》その人《ひと》にお逢《あ》ひなすつたんですか。」

誠一《せいいち》は返答《へんじ》を為《し》ない、口《くち》を結《むす》んで新聞《しんぶん》に態《わざ》と目《め》を曝《さら》して居《を》るので、斯《か》う成《な》つてはもう兄《にい》さんは口《くち》を開《ひら》かないのが例《れい》の癖《くせ》と、思《おも》ひ捨《す》てたが何《ど》うも女《をんな》の事《こと》が聞《き》き度《た》くてならぬ、怒《おこ》られると知《し》りながら、母《はゝ》に云《い》ふなと云《い》はれた弱點《よわみ》を見込《みこ》んで、

「兄《にい》さん、聞《き》かして下《くだ》さいな。」と強情《せが》る。

「うるさいな。」

とは云《い》つたが笑顔《ゑがほ》で居《ゐ》た、其《そ》れに安心《あんしん》して、

「阿母《おつか》さんにだつて知《し》れないやうにしてますから、ね、兄《にい》さん。」

「今《いま》に自然《しぜん》に分《わか》つて了《しま》ふさ。」

凝《ぢつ》と見《み》られた妹《いもと》の顔《かほ》を、睨《にら》むやうに見《み》たが面《おもて》を外《そ》らして、

「昼《ひる》から上野《うへの》へでも行《い》つて見《み》やう、千鶴《ちづ》には御馳走《ごちそう》をしてやるよ。」

「然《さ》う。」

と云《い》つたばかりで、餘《あま》り嬉《うれ》しさうな顔《かほ》もしなかつた、外《そと》を出歩《である》くより家《うち》に落着《おちつ》いて、昨日《きのふ》借《か》りて来《き》た婦人雑誌《ふじんざつし》の文章《ぶんしやう》でも讀《よ》んだ方《はう》が好《い》いと思《おも》つて居《ゐ》るので、格別《かくべつ》進《すゝ》んだ風《ふう》も見《み》せない。

「いやか。」と聞《き》く
「いゝえ、連《つ》れてつて下《くだ》さい。」

と、其《そ》れでも兄《にい》へ外《そ》らさない事《こと》を云《い》つて、千鶴は愛想《あいそ》の好《い》い顔《かほ》を作《つく》つたが、直《す》ぐに考《かんが》へ込《こ》んで了《しま》ふ。

兄《にい》は口《くち》を閉《と》ぢて、妹《いもと》の姿《すがた》を見《み》て居《ゐ》た。

格子《かうし》が開《あ》いて、日和下駄《ひよりげた》で土間《どま》を踏《ふ》み立《た》つる音《おと》が聞《きこ》えたので、互《たが》ひにつと顔《かほ》を合《あ》はせると、

「阿母《おつか》さんだらう。」

「然《さ》うでせう。」

と點頭《うなづ》き交《か》はして、千鶴は立《た》つた。

「川邊《かはべ》の事《こと》を、阿母《おつか》さんの前《まへ》で云《い》つちや困《こま》るよ。」

「え、大丈夫《だいぢやうぶ》云《い》やしません。」

と云《い》ひながらも不思議《ふしぎ》さうに、兄《にい》の顔《かほ》を目新《めあたら》しく一寸《ちよつと》見《み》て千鶴は出《で》て行《ゆ》く

小説

袖頭《づ》巾《きん》（六）

紫英女史

支度《したく》と云《い》ふ程《ほど》の事《こと》もないが、兎《と》に角《かく》襟元《えりもと》を繕《つくろ》つて兄妹《ふたり》が家《いへ》を出《で》たのは、丁度《ちやうど》十二時《じ》近《ちか》くの頃《ころ》。

千壽《ちず》の好《この》みて繪畫展覧會《くわいくわてんらんくわい》を見《み》たが、漸《やうや》く上草履《うはざうり》を脱《ぬ》いで自分《じぶん》の下駄《げた》に土《つち》を踏《ふ》んだ時《とき》は、外面《そと》はもう暮《く》れ〴〵てあつた。

凍《こほ》つた土《つち》は唯《たゞ》白々《しろ〴〵》と、凋《しほ》み盡《つく》し、落《お》ち果《は》てた梢々《こずゑ》は連《つらな》つた儘《まゝ》に暮《く》れてゆく空《そら》を打仰《うちあふ》ぐばかり、右方《みぎて》に聳《そび》える凝閣もの建物《たてもの》の、落日《らくじつ》の餘波《なごり》を背《せ》にした黒《くろ》〴〵と薄暗《うすくら》い姿《すがた》は、恰《あたか》も死《し》の影《かげ》を追《お》ふて行《ゆ》くやうに陰々《いん〳〵》と夜《よる》の世《よ》に向《むか》つて落《お》ちて行《ゆ》くかとも見《み》える。

都《みやこ》の春は、先《ま》づ斯《か》うして上野《うへの》の山《やま》から閉《と》ざされる、晴《は》れた日曜《にちえう》を終日《しうじつ》此處《こゝ》に逍遙《さまよ》ひ盡《つく》した男女《なんによ》の幾群《いくむれ》は、輝《かゞや》きの街《ちまた》に出《で》やうとて、暗《くら》さに襲《おそ》はれる山《やま》の萬象《ばんざう》を打捨《うちす》てゝ皆山《みなやま》を去《さ》つて了《しま》ふ。と、其《そ》の籠《こ》つて居《ゐ》た人《ひと》の氣《き》を、揺び清《きよ》めると云《い》ふやうに、嚴《いか》めしくも高《たか》らかに鐘《かね》の音《ね》が響《ひゞ》き起《おこ》つて、次第《しだい》〳〵に星《ほし》の光《ひかり》は天《てん》から狹《せば》められ、闇《やみ》の手《て》は地《した》から見《み》る〳〵擴《ひろ》がつて行《ゆ》く。

「漸次《だん〴〵》寂《さび》しくなりますことね。」

千壽《ちず》は山《やま》の彼方此方《あちこち》を見廻《みまは》して云《い》つた其《そ》の眼《め》、其《そ》の眉《まゆ》、暮色《ぼしよく》のうちに氣高《けだか》く清《す》んで、やがての闇《やみ》に奪《うば》はれるのが惜《をし》いやう。誠《せい》一は外套《ぐわいたう》の襟《えり》深《ふか》く顏《かほ》を埋《うづ》めて、急《いそ》ぐともなく、女《をんな》の遲《おそ》い足《あし》に附合《つきあ》ひながら行《ゆ》くので。

「兄《にい》さん、憂愁《いうしゆう》つて繪《ゑ》は宜《よ》ござんしたね。」

「何樣《どんな》のだつたか、覺《おぼ》えて居《ゐ》ない。」

と外套《ぐわいたう》の内《うち》から物臭《ものくさ》そうに答《こた》へる。この外套《ぐわいたう》も、來《き》がけに友人《ともだち》の家《うち》だと云《い》ふ唯《と》ある池《いけ》の端《はた》の家《うち》へ寄《よ》つて借《か》りて來《き》たので、歸途《かへりがけ》に又其所《またそこ》へ寄《よ》つて返《かへ》して行《ゆ》くのだと云《い》つて居《ゐ》た。毛皮《けがは》の附《つ》いた未《ま》だ新《あた》らしいので、繻珍《しゆちん》の裏《うら》を見《み》て千壽《ちず》は驚《おどろ》きながら、

「此樣《こんな》ものをお友人《ともだち》が貸《か》して下《くだ》さるんですか？」と聞《き》いた位《くらゐ》、誠一《せいいち》は何《なん》とも云《い》はなかつた。

「ほんとに好《い》い繪《ゑ》でしたね、秋《あき》の空《そら》の色合《いろあひ》も好《よ》かつたし、第一《だいいち》空《そら》を見上《みあ》げて居《ゐ》る女《をんな》の眼《め》と云《い》つたらないんですもの。」

「物《もの》を思《おも》つてる女《をんな》の繪《ゑ》なんぞ、大嫌《だいきらひ》だ。」

其《そ》れに言葉《ことば》も出《で》なくなつて、千壽《ちず》は口《くち》を噤《つぐ》む。誠《せい》一もと、云《い》つただけ。

山《やま》を出《で》て仲町《なかてう》へかゝると、もう全然夜の世界《せかい》になつて居《ゐ》る。煌々《きら〳〵》した店先《みせさき》の電燈《でんとう》を、厭《いと》い顏《かほ》に千壽《ちず》は俯向《うつむ》いて兄《あに》に引添《ひつそ》ふて行《ゆ》くと、通《とほ》りに並《なら》んだ軒《のき》の小間物店《こまものみせ》から出《で》て來《き》た女《をんな》が、周章《あわて》たまゝに自分《じぶん》の腕《うで》を千壽《ちず》の腕《うで》に突當《つきあた》らして行過《ゆきす》ぎた。非常《ひど》く痛《いた》かつたので、思《おも》はず振返《ふりかへ》ると、彼方《むかう》も詫《わ》びるつもりらしく見返《みかへ》つたが、女《をんな》は猶豫《いうよ》もなく、自分《じぶん》より一二間《けん》先《さき》へ行《ゆ》く人《ひと》に走《はし》り縋《すが》つて其《そ》の袖を曳《ひ》いた。曳《ひ》かれて其《そ》れも振返《ふりかへ》る、千壽《ちず》は呆《あき》れて見《み》て居《ゐ》ると、其《そ》の人《ひと》

小説

袖頭巾《そでづきん》（七）

臨英女史

「お久《ひさ》さんが叔母《をば》さんも一所《いつしよ》ですか。」見定《みさだ》めて、誠一《せいいち》は歩《あゆ》み寄《よ》つて来《き》ながら軽《かる》く会釈《ゑしやく》する。

「いゝえ。」と俯《うつむ》に頭《つむり》を下《さ》げたばかり、長《なが》い袖《そで》を口《くち》にあてゝ羞《はづか》しそうな振《ふ》りを粧《よそほ》ると、目《め》だけを千寿《ちず》に向《む》けて、

「何処《どこ》へ行《い》つて？」と聞《き》く。装《よそほ》ひ凝《こ》らした久《ひさ》が面容《おもかたち》に、千寿《ちず》が姿《すがた》は気《け》圧《お》されて、緊《きつ》く掻《か》き合《あ》はせた袂《たもと》の薄《うす》さも、固《かた》く巻《ま》き付《つ》けた毛糸《けいと》の襟巻《えりまき》も、小《ちい》さく寒気《さむけ》に醜《みつとも》なく、其《そ》の久《ひさ》の服装《なり》に驚《おどろ》いた顔付《かほつき》は間《ま》の抜《ぬ》けたやうで、折角《せつかく》の気高《けだか》い面立《おもだち》も更《さら》に値打《ねうち》なく見劣《みおと》りがされるが、冷《ひや》やかに眺《なが》めた誠一《せいいち》の眼《め》は、この艶《えん》な人《ひと》を射《い》るやうに閃《ひらめ》いて、低《ひく》く咲《さ》いた牡丹花《ぼたんくわ》を見下《みおろ》す松《まつ》のやうに、久《ひさ》

は久《ひさ》て、袖《そで》を曳《ひ》いたのは下女《げぢよ》のお新《しん》てあつた。

「まあ、千寿《ちず》さんよ。」

と此方《こつち》を見《み》て云《い》つて居《ゐ》ると思《おも》つて居《ゐ》る間《うち》に、久《ひさ》は引返《ひつかへ》して来《き》た。

「まあ千寿《ちず》さん、私《わたし》ね、お新《しん》が人違《ひとちが》ひをしたのぢやないかと思《おも》つたの。」

と笑《わら》つて見《み》せて、

「誠《せな》さんも御一所《ごいつしよ》ね。」

何事《なにごと》かと、足《あし》を止《と》めて此方《こちら》を見《み》た誠一《せいいち》を、久《ひさ》は遥《はるか》に物珍《ものめづ》らしそうに眺《なが》めながら云《い》ふ。

淡紫《うすむらさき》紺地《こんぢ》の紋羽《もんば》二重《ふたへ》、亀甲《きつかふ》の地紋《ぢもん》に牡丹《ぼたん》と卍字崩《まんじくづ》しとを白《しろ》で出《だ》した、派出《はで》な袖《そで》が袂《たもと》から縺《こぼ》れて、羽織《はおり》つて居《ゐ》るのは小豆色《あづき》の鹽瀬《しほせ》のコート、例《れい》の淡くお心粧した頬《ほゝ》を肩掛《シヨール》に埋《うづ》めて、御守殿風《ごしゆでんふう》の前髪《まへがみ》にした高髷《たかまげ》にして居《ゐ》る、眩《まばゆ》いばかり艶麗《あでやか》に照《て》らされた其《そ》の姿《すがた》は、四辺《あたり》のものを奪《うば》つて活々《いき〳〵》と動《うご》いて見《み》えるので

「久《ひさ》さんですか。」

と漸々《やう〳〵》に一と言《こと》を云《い》つて、千寿《ちず》は呆気《あつけ》にとられながら其服装《そのなり》を見入《みいつ》て居《ゐ》た。

の傍に立つて居た。

「上野へ來たんです、久さんは？」

「然う、私《わたし》も池の端へ來たの、蛙蝦屋に長唄《ながうた》のお浚ひがあつてね、其處へ兄さんと來たのよ。」

兄さんと云はれて、千壽《ちず》は思はず後方《うしろ》を見た。四五軒隔てた先きに立止《たちどま》つて居る黒い姿、彼れであらうと眼を見張つたが、何故か胸が騒いで、其の顏が赫《かつ》となつた。

「おやあ、最う歸るんですね、歸つたら叔母さんに宜《よろ》しく云つて下さい。」

誠一は別れようと爲るので、

「えゝ、おや左樣なら、千壽さん遊びにいらつしやいな。」

「有難う、あなたもいらつしやい。」

別れると、冷めたい風が離れた間に通つて、久の返した厚袘に紅の色が恣をうに仄めく。茫然と千壽は見送つて居たが、先きの黒い姿は動かないで、其の時走りよつた久に何か云ふ樣に見えるので、自分の事でも云はれてるのぢや無いか、と氣が射して、狼狽て向き直ると小走りに兄の後を追つて行くと
「千壽さん、千壽さん。」

久の聲が又聞こえる。僻耳《ひがみゝ》かと足《あし》を止めると誠一も振返つた。

「待つて頂戴よ。」

久は呼んで馳けて來たが、怱忙しく、

「あのね、兄さんがね、これからお晩餐を仕度するんですが御一所に在らつしやいませんかつて、在つしやいな。」

千壽は答へ兼ねて兄を見る。誠一は笑つて居た。

「ねえ、是非つて兄さんが待つてゐるんですもの、宜いでせう。」

「今晩《こんばん》は急ぎますから、失禮《しつれい》致しますと云つて下さい。」

云ひつ放しに誠一は歩き出す。

「あら……」

と久は首を傾げて、本意なさうな顏をしたが、

「おや千壽さんだけでも在らつしやいな、千壽さんも駄目？」

寄添つて、久は千壽の袂を捉へる。

「又《また》、今度にしませう、宜しく仰有つて下さいな。」

辛ふじて笑みを作つたが、直ぐに消えて果敢ない影ばかりが其の面に殘つた
「仕樣がないわね、折角兄さんが然う云つたけれど……」

「濟みませんね。」

流石に千壽は氣の毒に成つて、

「又《また》、この次ぎお目にかゝつた時に……ね、宜しくどうぞ。」

ぢや。とばかりで久は戻つて行つた。

「おい。」

と兄に呼ばれて、急いで追縋つたが、そつと頭《つむり》をまはして後《うしろ》を見ると、最う久も男も、從いたお親も遠く離れて、燈火《ともしび》の影に添ふ樣に行くのである。千壽は兄と歩みを並べて、何となく寂しい思ひに胸を引緊められたやうに感じた。

小説

袖《そで》頭《づ》巾《きん》（六）

露英女史

「兄《にい》さんて、何《たれ》なんだ？」

「何《なん》ですか知《し》りません、先日《せんだつ》も濱町《はまちやう》の家《うち》へ來《き》て居《ゐ》たやうでしたつけ。」

「香《か》川《がは》ぢやないか。」

「あ、香《か》川《がは》の兄《にい》さんて云《い》つてますよ。」

「然《さ》うだらう。香《か》川《がは》の菱之助《たつのすけ》の事《こと》だ。」

「兄《にい》さん御存《ごぞん》じなんですか？」

と千壽《ちず》は急《せ》いた調子《てうし》。滿更《まんざら》知《し》らぬ人《ひと》でもなかつたかと何《なん》となく嬉《うれ》しい思《おも》ひが為《す》るので。

「會社《くわいしや》の香《か》川《がは》さ。」

「重役《ぢうやく》の香《か》川《がは》さんですか。」

「然《さ》うだらう。お久《ひさ》に兄《にい》さんと云《い》はせる香《か》川《がは》なら彼《あ》の男《をとこ》に違《ちが》ひない。」

「まあ、然《さ》うですか。」

其《そ》の人《ひと》の身《み》の上《うへ》が知《し》れて千壽《ちず》は落着《おちつ》いたやうに思《おも》つたが、落着《おちつ》くと一層《そう》其《そ》の人《ひと》の事《こと》が親しく、懐しいやうに思《おも》ひ出されるので、つい一寸《ちよつと》振返《ふりかへ》つて見《み》たが無論《むろん》影《かげ》さへ見《み》えるのではなかつた。

「文科大學《ぶんくわだいがく》を卒業《そつげふ》した方《かた》なんでせう。」

「うむ。」

誠一《せいいち》は不好《ふかう》な顔《かほ》を為《す》る。

「まあ、彼《あ》の方《かた》の事《こと》なら、兄《にい》さんからも聞《き》いて能《よ》く知《し》つて居《ゐ》たのに、其《そ》れぢや何《なん》とか云《い》へば宜《よう》御座《ござ》んしたね、昨日《きのふ》も知《し》らないから私《わたし》默《だま》つて居《ゐ》たんですよ會社《くわいしや》の香《か》川《がは》さんぢや飛《と》んだ事《こと》を仕《し》ましたね。」

思《おも》はず迂潤《うか》々々と千壽《ちず》は喋《しやべ》つて、

「失禮《しつれい》ぢやありませんでしたか、兄《にい》さんは今《いま》のやうな愛想《あいそう》のない事《こと》を申《まを》して」

「何《なに》が失禮《しつれい》なものか、改《あらた》めて逢《あ》つた事《こと》もない人《ひと》に突然《いきなり》夕飯《ゆふめし》を附合《つきあ》へと云《い》ふ先方《さき》が失敬《しつけい》だ。」

何《ど》うしたのか誠一《せいいち》は激《はげ》しく云《い》つた。

「あんな事《こと》を、兄《にい》さんは……」

と千壽《ちず》は呆《あき》れる。

「然《さ》うさ、勤《つと》めて居《ゐ》る會社《くわいしや》の重役《ぢうやく》の息子《むすこ》だつて、何《なに》も主從《しゆじう》らしく扱《あつか》ふ事《こと》はない、一度《ど》だつて彼《あ》の男《をとこ》と知己《ちかづき》になつた事《こと》があるか、御馳走《ごちそう》酒《ざけ》と云《い》つたら悦《よろこ》んで駈《か》け付《つ》ける樣《やう》な人間《にんげん》だと思《おも》つてるのだらう、十八圓取《ゑんど》りの小使《こづかひ》だつて然《そ》う馬鹿《ばか》にして貰《もら》ひ度《た》くないな。」

「兄《にい》さんは、まあ！そんな事《こと》仰有《おつしや》るもんぢや有《あ》りませんわ、此方《こつち》ぢや知《し》らなくつたつて、彼《あ》の方《かた》は久《ひさ》さんや叔母《をば》さんから話《はなし》を聞《き》いて私《わたし》たちの事《こと》を御存《ごぞん》じだから、それで心安立《こゝろやすだて》に彼樣《あゝ》仰有《おつしや》つたんぢやありませんか、叔母《をば》さんからのお話《はなし》で彼《あ》の方《かた》の世話《せわ》で兄《にい》さんも會社《くわいしや》へ出勤《つと》める樣《やう》になつたんですもの、却《かへ》つて此方《こつち》から御挨拶《ごあいさつ》しないのが失禮《しつれい》なんだのに、兄《にい》さんの樣《やう》にお云《い》ひぢや邪推になつて了《しま》ひますわ。」

誠一《せいいち》は默《だま》つて了《しま》ふ。

「見下《みくだ》げて彼樣《あんな》ことを云《い》つたと、兄《にい》さんは怒《おこ》つてるのでせう、好意《こうい》に仰有《おつしや》つたんだから濟《す》まないわ。」

「能《よ》く知《し》つてるな。」

と誠一《せいいち》は嘲笑《あざわら》つた。

「まあ。」と横《よこ》に、兄《にい》の姿《すがた》を千壽《ちず》は見《み》たが、

「隨分兄さんは意地の悪るい事をお云いなさるわね。」

と云つた限り、兩人とも口を閉ぢて了つた。五歳違ひだが、二十三歳の兄よりは妹の方が何處か老せた思慮を持つて居るのであらう、詰らぬ云ひ爭ひにも千登の方が理が見える。

暫らくは無言で茅町の外れまで來ると角の路次へ千登を待たして置いて、誠一は奥深く廻つて行つた。

意氣な格子の前を過ぎると突き當りに袖垣の見透される小やかな門がある。其れを入つて垣根の内へ潜れたが、やがて横方の低い枝折を押すと、蘭で圍んだ手水鉢の許へ出た。小さな中庭らしい拵へで、直ぐ傍を竹垣に隔てゝあるが其の向ふも庭らしく見える、誠一は其處へ入ると、敷石の上に立つて、

「定ちやん。」と呼ぶ。返答はなくつて奥の方から賑やかな笑聲が聞えて來た。縁側の障子に薄つすりと明りの射して硝子越しに見える座敷の内には人の氣も無い。

小説

袖《そで》頭《ず》巾《きん》（九）

露英女史

其儘訪ひも為ないで、様子を窺つて居ると、はた〳〵と誰か廊下を走つて來る様子なので、誠一は聲を上げて、

「定ちやん。定ちやん」と呼んで見た。

「はあい。」と返事はしたが、

「おや、何所で呼ぶんだらうね。」

と迷つて居るらしい、誠一は獨り微笑んで、手を拍いて聞かせる。

「あら、奥だよ。何誰？」

と襖を開けて座敷を抜けると、障子を手早く引開けてぬつと顔を出した。太つた女で酒氣を帯びた頬が眞赤になつてるが、垢抜けのした、無雑作に結つた銀杏返しも淡泊として、琉球飛白の着物に黒繻子の帯側が見えて居る。

「いやだよ。」

と笑つて愛敬な眼を餘計小さく為る。

「何《なん》ですね、其様《そんな》とこから……」
片手《かたて》に銚子《てうし》を持《も》つた儘《まゝ》、つと出《で》て来《き》て
片手《かたて》に誠《さい》一の腕《うで》を引《ひ》つ張《ぱ》つたが、誠《せい》一
は静《しづか》に拂《はら》つて、
「酔《よ》つてるね。」と笑《わら》ひながら、
「今夜《こんや》は直《す》ぐ行《ゆ》くんだから。又《また》、この
外套《ぐわいとう》を預《あづか》つて置《お》いて貰《もら》ふんだ。」
「駄目《だめ》ですよ、駄目《だめ》々々《〳〵》。」
「何故《なぜ》?」
「来《き》てますよ。」と女《をんな》は無性《むしやう》に笑《わら》ふ。
「もう先刻《さつき》からお待《ま》ち兼《か》ねなんですよ
あなたがね、妹《いもと》さんと上野《うへの》とか何處《どこ》と
かへ行《い》くと云《い》つて、外套《ぐわいとう》を取《と》りにお出《い》
て成《な》すつたと云《い》つたもんだから、もう
これさ。」
片手《かたて》を額《ひたひ》へ持《も》つて行《い》つて、角《つの》の真似《まね》。
「其《そ》れては大方《おほかた》、帰途《かへり》にお寄《よ》り遊《あそ》ばす
だらうからと、定《さだ》ちやんが御機嫌《ごきげん》を取《と》
つておいて、今迄《いまゝで》繋《つな》いでたんですよ、
お分《わか》りかい?」と又《また》笑《わら》ふ。
「困《こま》つたなあ。」
と誠《さい》一は中折帽《なかをれぼう》の上《うへ》から頭《あたま》を押《おさ》へて、

「ではね、寄《よ》らなかつた積《つも》りにして置《お》
いてくれないか、捕《つか》まりや長《なが》いんだか
ら、僕《ぼく》だつて家《うち》の都合《つがふ》があるんだから
然《さ》うは困《こま》るし、……」
と言葉《ことば》が詰《つま》つて、面倒《めんだう》さうに女中《ぢよちう》の
顔《かほ》を見《み》ると、彼方《むかう》は遠慮《ゑんりよ》も無《な》く轉げて
笑《わら》ふので、何《ど》うやら汗《あせ》でも出《で》たらしく
誠《さい》一は額《ひたひ》の邊《あたり》を押《おさ》へた。
「あなたは可怜《しほらし》い方《かた》だね、其處《そこ》へ未
亡人《ばうじん》がまゐつて居《ゐ》るんですよ、ねえ。
おほゝゝゝ、長《なが》くつたつて仕方《しかた》がな
いよ貴郎《あなた》!ほゝゝゝゝ。」
誠《さい》一は押默《おしだま》つて女《をんな》の笑《わら》ふのを見《み》て居《ゐ》た
が、其儘《そのまゝ》行《ゆ》きにかゝるのを、女《をんな》は周章《あわ》
て、引止《ひきと》めて。
「可《い》けないよ。増村《ますむら》さん。駄目《だめ》ですよ
未《み》亡人《ばうじん》の御機嫌《ごきげん》は兎《と》に角《かく》、私《わたし》が大将さ
んに叱《しか》られちまうからさ。何《ど》うしても
行《い》くんなら奥《おく》へ云《い》つて追《お》つかけ為《さ》せま
すよ。」
「可《い》けない。」
と思《おも》はず誠《さい》一は怒鳴《どな》る。

「そうら御覧成《ごらんな》さい、温和《おとな》しく云《い》ふ事《こと》
聞《き》いて上《あが》るもんですよ。」
「仕様《しやう》がないなあ。」と思案《しあん》する。
「其《そ》れぢやあネ、妹《いもと》が外《そと》に待《ま》つてるか
ら先《さき》へ帰《かへ》して来《く》るから其《そ》の心算《つもり》にして
おいて呉《く》れ。」
「宜《よ》ござんすとも、成丈《なるたけ》お早《はや》く。帰《かへ》り
てなんぞお了《しま》ひ成《な》さると私《わたし》が困《こま》ります
から、宜《よ》ござんすか、奥《おく》へ申《まを》して置《お》きま
すよ。」
誠《さい》一は點頭《うなづ》きながら門《もん》を出《で》た。路次《ろじ》
廻《まは》り過《す》して表《おもて》を見《み》ると、向《むか》ふの枯柳《かれやなぎ》の
蔭《かげ》に千鶴《ちづ》は悄然《しよんぼり》と立《た》つて待《ま》つて居《ゐ》る。
「寒《さむ》かつたらう。」
と優《やさ》しく立寄《たちよ》つたが、云《い》ひ憎《にく》さうに少《しば》
時《らく》寒《さむ》い空《そら》を見上《みあ》げたりなぞ為《し》て居《ゐ》るの
て、
「兄《にい》さん。もう宜《よ》しいんでせう、早《はや》く
帰《かへ》りませう。」
と、何《なに》も知《し》らぬ千鶴《ちづ》は促《うなが》し立《た》てる。兄《あに》
を待《ま》つ間《ま》、甚《ひど》く悪寒《おかん》を感《かん》じたので、昨《ゆう》
夜《べ》の風邪気《かざけ》が真《ほん》に成《な》るのでは無《な》いかと

案《あん》じられるので、斯《か》うして居《ゐ》るのも物《もの》憂《う》いやうなのであつた。

「うむ、歸《かへ》つても宜《い》いのだが……」と躊躇《ちうちよ》つて、千壽《ちず》を物恐ちらしく覗いたが、

「未《ま》だ少つと用事《ようじ》があるんで、友人《ともだち》も待《ま》つてるし居るから、一と足先《あしさき》きへ行《い》つて與《く》れないか、兄《にい》さんも直《す》ぐ後《あと》から行《い》くけれど、……」と云《い》ひ盡る。

小説

袖頭巾《そでづきん》（十）

路英女史

「御用《ごよう》がおありなんですか。」

「うむ。」

千壽《ちず》は無言《むごん》に兄の顔《かほ》を打守《うちまも》つて居《ゐ》る。

「だから一《ひ》と足先《あしさき》へ行《い》つてくれ。阿母《おか》さんも心配《しんぱい》成《な》さると可《い》けないから、途中《とちう》で茅町《かやまち》の友人《ゆうじん》の許《とこ》へ寄《よ》つたと云《い》つて置《お》いて與《く》れゝば宜《い》いから……」

「今夜《こんや》はお早《はや》いんでせうね？」

「早《はや》いさ。直《す》ぐ歸《かへ》る。」

「ぢやあお先《さ》きへ參《まゐ》りますよ。」

千壽《ちず》は袖《そで》を掻《か》き合《あは》せて、切《き》り通《どほ》しの方《ほう》へ向《む》つた。誠一《せい》は急《いそ》ぎ足《あし》に舊《もと》の路次《ろじ》へ潜《くゞ》つて行《ゆ》く。

「まあ宜《よ》かつた、心配《しんぱい》して見《み》に來《き》たんですよ。」

出合頭《であひがしら》に路次《ろじ》から出《で》て來《き》た小婢《こをんな》が、誠《せい》一を見《み》ると嬉々《いそ／＼》として云《い》つた。


はつとして見返《みかへ》つたが、千壽《ちず》は暗《くら》い陰《かげ》に身《み》を側《そば》めて遙《はる》か彼方《むかう》を歩《ある》いて行《ゆ》く、陰氣《いんき》らしく身《み》を傾《かし》げた寂《さび》しい姿《すがた》も、誠《せい》一の眼《め》には映《うつ》らず唯此方《たゞこつち》を見《み》なかつたのに安心《あんしん》して路次《ろじ》の中《なか》へ入《はい》つて了《しま》つた。

表《おもて》から廻《まは》つて入《はい》つて行《ゆ》くと、玄關《げんくわん》の衝立《ついたて》の傍《わき》から、先刻《さつき》の女中《ぢよちう》が出《で》てきて愛嬌《あいけう》を溢《こぼ》し／＼誠《せい》一を伴《ともな》つて行《ゆ》く。家《いへ》の造作《つくり》も氣取《きど》つた點《ところ》はなく、體裁《ていさい》も野暮《やぼ》らしいが客商賣《きやくしやうばい》をするらしい女中《ぢよちう》達《たち》の氣《き》の利《き》き方《かた》で、廊下《らうか》を隔《へだ》てにした離《はな》れた座敷《ざしき》へ入《はい》ると、何《なん》さま空氣《くうき》とは少と異《ちが》つた物《もの》の香《か》、浮華《はで》な氣《き》の籠《こも》つた飾《かざ》りも見《み》える。

「能《よ》く來《き》たね、妾《あたし》やもう待《ま》ち切《き》つて居《ゐ》たの。」

と艶《なま》めかしく云《い》つた。

櫻炭《さくらずみ》の香《か》を兩手《りやうて》で圍《かこ》つて、卓子《テーブル》へ片肱《かたひぢ》凭《もた》した三十恰好《がつかう》の大柄《おほがら》な女《をんな》、薄葡萄《うすぶだう》色《いろ》の紋縮緬《もんちりめん》の被布《ひふ》を被《き》て、お納戸餅《なんどもち》の御召《おめし》の裾《すそ》の、薄鼠縮緬《うすねずちりめん》が二枚返《にまいかへ》つた其

の下から、赤い蹴出しを態と見せた、厚化粧した額の眉も、凄いばかりに際取つて作つて口紅も濃い、眼は黒眼鏡に隠したが、狭い額へ一面に前髪の毛をかゝらしたので鼻の高いばかりが目に立つ、後から突き上げたやうに束髪にして、前へ飾つた挿櫛に十数箇の真珠が目覚ましいやう、襟止めの宝玉、指環の金剛石、やゝ被布を開いた胸に金鎖が波を打つて、寛かに構へた姿に驕りを飽まで見せ付けた大仰さ、誠一は其前に卓子《テーブル》を間にして坐を構へる。

「もうあなた奥さんがお待兼ねてね、三時間もてすもの、能く御辛棒成さいましたよ。増村さん！」

女中は卓子《テーブル》の上を片付ける、誰と酌んだか煮肴が並んで、杯も彼方此方として居るのを奇麗に取揃へて了ふと、

「あなた、御新規にいたしませうね？」

「はあ、能いやうに誂へてやつて下さい。」

「畏りました。」

と女中は一と先づ引退つて出て行つた

「今夜《こんや》は緩り出来るんてせう、可けないの？」

火鉢《ひばち》を勧めて笑みかける女の顔を、誠一は蔑むやうに眺めたが、何を思ひ出したか気を代へたやうに笑ひを作つて

「今晩《こんばん》は然うしても居られません。」

「ま、何てせうね、何日も何日も彼様ことばつかり。」

男の言葉を打消すやうに押伏せて云つて、嬌態を作つて口を歪めながら、

「然う無情な言ばかりをお云ひだと、大場に云告て困らせるから宜い。」

火鉢の椽を撫てた手を、其儘袖に入れて笑顔の口を潜める。其れは見もせて

「大場と云へば、昨晩誰か宅へお寄越しになりは致しませんか、大場の家内ても……」

「あ、遣りましたよ、餘り何時までもお在てゝないから、手紙が上げてあるのに何うしたのてあらうと、彼の女が心配《しんぱい》をして態々行つてくれたのてす、逢つた時は一寸《ちよつと》云つて置かうと思つたけれども、又気にして怒られると嫌だから黙つて居たの、何とかお宅てお云ひに成つて？人なんぞ遣つて迷惑をお為だつたの？」

と娘々した物の云ひやう。何故か仮名を未亡人《みぼうじん》と呼ぶ。

小説

袖頭巾《そでづきん》（廿一）

露花女史

「迷惑《めいわく》をしたと云《い》ふても存《ぞん》りませんが妹《いもと》が妙《めう》に思《おも》つて居《ゐ》ますし、若一阿母《おつかさん》の耳《みゝ》へでも入《はい》ると面倒《めんだう》だと思《おも》ひますから何卒《どうぞ》大嶋君《おほしまくん》の妻君《さいくん》にも……」

「あゝ左様《さう》ですか、済《す》まない事《こと》を致《いた》しましたわ、嘸《さぞ》御迷惑《ごめいわく》を遊《あそ》ばしたで御座《ござ》いませう。」

男《をとこ》の言葉《ことば》を中途《なかば》に奪《うば》つて、女《をんな》は口惜《くや》しそうに其《そ》の面《おもて》を屹《きつ》と見据《みす》へた。

「私《わたくし》風情《ふぜい》の女《をんな》が斯《か》う／＼だと、阿母様《おつかさま》のお耳《みゝ》に入《い》りましたら、嘸《さぞ》もう、御迷惑《ごめいわく》にも面目《めんぼく》ない事《こと》にも思召《おぼしめ》すので御座《ござ》いませう、御耻辱《ごちじよく》にも成《な》るのでせう。」

聲《こゑ》が濕《うる》むと萎《しを》れた風情《ふぜい》に、袖《そで》を掻《か》き合《あ》はせて頭《つむり》を下《さ》げる。

「三時間《じかん》も待《ま》つた其《そ》の心《こゝろ》の察《さつ》しもないて、行成《いきなり》彼様《あんな》の此様《こん》なのと私《わたくし》を苛責《いぢ》めるんだもの、成程《なるほど》人《ひと》の心《こゝろ》は情《つれ》ないものねえ、自分《じぶん》の思《おも》ふ十分一《じふぶいち》、先方《さき》に思《おも》ふ心《こゝろ》のないと云《い》ふ事《こと》は知《し》つては居《ゐ》たけれども、異逆《さかさ》に其《そ》れ程《ほど》とも……だから時々《とき／″＼》實《じつ》に果敢《はか》ないと思《おも》つて自分《じぶん》を悔《くや》んで見《み》たり、人《ひと》を恨《うら》んで見《み》たり爲《す》るのですよ。」

「はゝゝゝ」

誠一《せいいち》は笑《わら》ひ出《だ》した。閉《た》て籠《こ》めた座敷《ざしき》の暖《あたゝ》かさに、頬《ほゝ》が紅潮《さす》して、醜《みにく》と云《い》ふ程《ほど》にもない口許《くちもと》の皺《しわ》が痙攣《けいれん》を添《そ》へると、乾《かわ》いた唇《くちびる》から奇麗《きれい》な歯《は》が溢《こぼ》れて、

「直《ぢか》きに奥様《おくさん》は厭味《いやみ》を仰有《おつしや》るから、僕《ぼく》は實《じつ》に困《こま》るのです、其樣《そんな》譯《わけ》ぢやありません、誤解《ごかい》を成《な》すつては困《こま》ります。」

其《そ》れを聞《き》くと急《きふ》に笑顔《ゑがほ》になつて、思《おも》ひ切《き》りくの字《じ》にした身軀《からだ》を、嬌垂《しなだ》れかゝるやうに男《をとこ》に摺《す》り寄《よ》つて、

「では、何故《なぜ》私《わたし》の顔《かほ》さへ見《み》れば人《ひと》を責《せ》めるやうな事《こと》ばつかりをお云《い》ひなの、幾程《いくら》男《をとこ》らしいが宜《い》いと云《い》つても、少《すこ》しは優《やさ》しくするものですわ。」

「謝罪《あやま》りました。」

と眞面目《まじめ》に云《い》つて誠一《せいいち》は外套《ぐわいたう》を脱《ぬ》いだ薩摩絣《さつまがすり》の羽織《はおり》に綿《わた》の入《はい》つた銘仙《めいせん》の着物《きもの》黒《くろ》メリンスの兵子帯《へこおび》の寛《ゆる》みを、堅《かた》く締《し》め直《なほ》しながら座《ざ》にかへると、

「何《なに》も其樣《そんな》服裝《なり》を爲《し》て居《ゐ》なくとも宜《よ》いてはないの？」

「阿母《おつか》に知《し》れると五月蠅《うるさ》いですから……

…」

「又《また》阿母《おつかさん》が出《で》る。ほゝゝ、何樣《どんな》に恐《こは》い阿母様《おつかさん》だらうね。」

吸《す》ひつけた巻煙草《まきたばこ》を誠一《せいいち》に渡《わた》したが、其《そ》の吸口《すいくち》が夥《おびたゞ》しく口紅《くちべに》に濡《ぬ》れて居《ゐ》るのを見《み》ると、急《きふ》には口許《くちもと》へも持《も》つてゆかず其《そ》れを眺《なが》めて考《かんが》へて居《ゐ》た。女《をんな》は心付《こゝろつ》かずに得意《とくい》らしい笑《ゑ》みを頬《ほゝ》の邊《あたり》に漂《たゞよ》はして、

「おやあ、何品《どれ》も此家《こゝ》へ預《あづ》けた限《きり》？慾《よく》の無《な》い人《ひと》ねえ。」

眼鏡越《めがねご》しに少時《しばらく》誠一《せいいち》の顔《かほ》を見《み》て居《ゐ》たが

「もつと傍《そば》へ寄《よ》らなければ、寒《さむ》いぢやないの？」

絹摺れの音《おと》がさや／＼として、奇麗《きれい》な手《て》が誠一《せいいち》の袖に觸ると、弾ね返《かへ》される やうに誠一《せいいち》は身《み》を退らせた。途端《とたん》に佳《い》い匂ひがぱつとする。

「大場《おほば》さんが在《い》らつしやいましたよ。」

俄《にはか》にお定《さだ》の聲がして、障子を開《あ》けると、小婢《こをんな》を手傳《てつだ》はせながら臺のものを運んで來《く》る。

「大場《おほば》が來たの。其《そ》れは丁度好《ちやうどよ》かつたこと！そうして、宅《うち》の女將《おかみ》さんは歸《かへ》つたかい？」

「へえ、もう先刻《さつき》歸つてお出《いで》になりましたんですが、お邪魔《じやま》しても惡《わる》いからつてね、貴女《あなた》！まだ御挨拶《ごあいさつ》にも出ません。」

「そんな事《こと》は構《かま》やしないの。大場《おほば》が來《き》たのなら、此處へ寄越して下《くだ》さいな。」

「はい。然《そ》う申しませう、何《なん》ですかお連《つ》れがお有んなさる樣で御座《ござ》んすの、必定《きつと》……」と自分《じぶん》の鼻を指ざして、

「この御連中《ごれんちう》でせうよ。」

「然《そ》う。大勢《おほぜい》なの？」

「いゝえ、お三人《さんにん》で御座《ござ》んした。」

誠一《せいいち》は其《そ》の話《はなし》のうちに、持ち倦《あぐ》んで居《ゐ》た巻煙草《まきたばこ》をそつと灰《はひ》の中《なか》に突《つ》つ込《こ》んで了《しま》ふ。お定《さだ》は氣《き》が付《つ》いて、盗目に覗《のぞ》きながら誠一《せいいち》の顔《かほ》を見《み》て笑《わら》つた。床《とこ》の花瓶《はないけ》の山茶花《さゞんくわ》がはら／＼と散る。誠一は其方《そなた》を眺めて何《なに》も云《い》はぬ。

小説

袖頭巾《そでづきん》（廿二）

露英女史

簞笥《たんす》を後《うしろ》にして、茶簞笥《ちやだんす》を右方《みぎて》の横《よこ》にして、長火鉢《ながひばち》を前《まへ》に、既西亞更紗の蒲團をかけた炬燵《こたつ》を左方の側にした、其《そ》の圍みの中《なか》に肥つた身躰《からだ》を重く据《す》ゑて居るのが、この家《いへ》の女主《あるじ》で名《な》をお東《とう》と云《い》ふ。納《をさ》めの水天宮《すいてんぐう》へ參詣つて來たばかりの冷えた身躰《からだ》をコートを羽織つた儘に炬燵《こたつ》の中《なか》へ埋め込んで、息《いき》を詰《つ》め／＼兩《りやう》の眼《め》を瞑《つぶ》つて居たが、漸々《やう／＼》少しは暖まつたと見《み》え身躰《からだ》を起《おこ》すと右手《めて》を延ばして煙草《たばこ》の箱《はこ》を引寄《ひきよ》せる。五十面の皺てそないが、色《いろ》の黒い儘に何處《どこ》か垢拔けて、見開《みひら》いた眼の光りは、散々《さん／＼》浮世の風《かぜ》に曝し切つた鋭《するど》さを見《み》せ、人生《じんせい》の味を飽くまでも甜め盡《つく》した腹《はら》の中は、薄

い口許《くちもと》に閉《と》ぢて了《しま》つて歯《は》さへも滅多《めつた》に見《み》せぬ位《くらゐ》、抜《ぬ》け上《あが》つた額《ひたひ》の廣《ひろ》さ、髮《かみ》は奇麗《きれい》に花月《くわげつ》に結《ゆ》んで眞中《まんなか》の禿《は》げは鼈甲《べつかふ》の髢撥《けんさい》に押隠《おしかく》してある。怪《あや》しい男女《なんによ》の出入《ではい》るにも拘《かゝ》はらず、弘中東《ひろなかとう》。と標札《へうさつ》を打《う》つて素人住居《しろうとずまゐ》、何様《どんな》場所《ところ》を抜《ぬ》けつ潜《くゞ》りつして來《き》て貯《た》めた金《かね》やら、小一万《こいちまん》両《りやう》の財産《しんだい》を、繰廻《くりまは》しして高利《かうり》に貸《か》し付《つ》けるのがお東《とう》の本職《ほんしよく》であつた。

「まあ何《ど》うも、實《じつ》に寒《さむ》い晩《ばん》だね。」

肘《ひぢ》をうづ付《つ》かせて向返《むきかへ》ると、彼方側《むかふがは》に坐《すわ》つて居《ゐ》る男《をとこ》が、

「年《とし》の所為《せゐ》だ。」と笑《わら》つた。

年齢《とし》は四十《しじふ》にちと足《た》らぬ程《ほど》、縮《ちゞ》れた毛《け》を短《みぢか》く分《わ》けて眼鏡《めがね》を掛《か》けた、脂肪《あぶら》にぎらついた顔《かほ》の色《いろ》が悪《わる》いので卑《いや》しく見《み》える、濃《こ》い一《いち》の字《じ》眉《まゆ》で鼻《はな》の圖抜《ぬ》けに高《たか》い男《をとこ》。毛皮《けがは》の襟巻《えりまき》を暖《あたゝ》かさうに着《き》て、鼠《ねずみ》の外套《ぐわいとう》に大《おほ》きな身體《からだ》を包《つゝ》み込《こ》み、胡坐《あぐら》の姿《なり》に茶《ちや》を飲《の》んで居《ゐ》る。

「若《わか》いものだつて、寒《さむ》からうよ。」

「なあに、お前《めへ》の様《やう》に血《ち》のそろ〳〵干《ひ》し上《あが》つてくるものは格別《かくべつ》だ。」

「然《そ》うかも知《し》れない、大《おほ》きにだ。」

顔《かほ》を見合《みあ》はして笑《わら》ふと、お東《とう》は煙草《たばこ》を吸《す》ひ付《つ》けて男《をとこ》に出《だ》す、受取《うけと》つた男《をとこ》の指《ゆび》には價《あたひ》もなげに頑丈造《ぐわんぢやうづく》りな純金《じゆんきん》の指環《ゆびわ》が二《ふた》つ並《なら》んで居《ゐ》る。

「今夜《こんや》も來《き》てるんだつて云《い》ふぢやないか、驚いたね。實《じつ》に御熱心《ごねつしん》なもんぢやないかねえ。」

「うむ。女將《おかみ》には迷惑《めいわく》だらうからな。」

「何《なん》のさ。中々《なか〳〵》切《き》れ放《ばな》れや宜《い》いやね。」

「然《そ》うか、其《そ》れなら驚《おどろ》く事《こと》もあるまい。御熱心《ごねつしん》の程《ほど》、腹中《はらのなか》が好譯《いゝわけ》なんだらう。」

「其《そ》れやまあ、其様《そんな》もんさ。」

「少々《せう〳〵》御分配《ごぶんぱい》に預《あづ》からうかな。他人《ひと》にばかり好《い》い事《こと》を爲《さ》せるにや當《あた》ら無《な》い様《やう》だ、この不景氣《ふけいき》に！」

「なあに？」

眼《め》をぎろりと爲《さ》せながら、男《をとこ》の前《まへ》に顔《かほ》を突《つ》き出《だ》すと、滋々《しげ〳〵》と馬鹿《ばか》にしたやうに眺《なが》め入《い》つて口《くち》だけ笑《わら》つた。

「大塲《おほば》さん。ばつくれるのかい？何《なん》だらう。馬鹿《ばか》にしないぜ。」

「はゝゝゝ、何故《なぜ》だよ。」

「何故《なぜ》もあるもんかね。若《わか》い男《をとこ》を玉《たま》に使《つか》つて、滿《まん》と旨《うま》い事《こと》をして居《ゐ》るんぢや無《な》いか、此方等《こちとら》は一《ひ》と睨《にら》みだよ其様事《そんなこと》たあ！」

「へゝえ、成《な》る程《ほど》恐《おそ》れ入《い》つたものですなあ。君《きみ》の睨《にら》みは又《また》別段《べつだん》だ。睨《にら》み殺《ころ》すつて事《こと》はあるが睨《にら》み當《あ》ては女將《おかみ》が元御だらうぜ。」

「馬鹿《ばか》にしなさんなよ、大切《だいじ》の智恵袋《ちゑぶくろ》を損料《そんれう》無《な》しに、滅多《めつた》借《か》りに借《か》りにくるんぢやないか、餘《あんま》り馬鹿《ばか》に爲《す》ると、これからは番毎《ばんごと》に高《たか》い損料《そんれう》を取《と》つてやるから！血《ち》はそろ〳〵干《ひ》し上《あが》つても、腦天《のうてん》の方《はう》まで來《く》るにやまだ〳〵だよ。」

「まだまだんやか。」

と大口《おほぐち》開《あ》いて、心持快《こゝろもちこゝろよ》さそうに笑《わら》つたが、妙《めう》に眞面目《まじめ》になつて、

「いや、戯談《じやうだん》ぢやない、其《そ》の智恵袋《ちゑぶくろ》を

小説

袖頭巾《そでづきん》（廿三）

露英女史

「來《き》て下《くだ》れつたつて、來《き》て下《くだ》れない方《ほう》がお爲《ため》に宜《い》いんだらう。其《それ》とも用《よう》か？

「用《よう》おや無《な》いんだらう？」

とお東《とう》も口《くち》を添《そ》える。

「御用《ごよう》おやないんてせう、其樣《そんな》やうな御樣子《ごやうす》も見《み》えませんてしたから。」そりや在《ゐ》らつしやらない方《ほう》が御都合《ごつがふ》はお宜《よろ》しいんてさね。ほゝゝ。」

「おい。妬《や》けるか。」

「はあ、少《ち》いつとね、これても……」

と辨《さゝ》す。

「笑はせるなあ。おい、お定《さだ》！何樣《どんな》工《ぐ》合《あひ》だ、矢張《やつぱ》り増村《ますむら》は頑突張《ぐわんつくば》つてるんだらうな。」

「いゝえ。今晩《こんばん》は至極《しごく》御親密《ごしんみつ》に渡《わた》らせられますよ、きつかうも宵《よひ》ならず……」

「きつかう？とは何《なん》だ、間違《まちがひ》だらけを能《よ》く喋《しやべ》るぜ、賑《にぎ》やかな女《をんな》だなあ。」

「褒《ほ》めるんなら妻君《さいくん》にして下《くだ》さいな」

「爲《し》てやるとも、好《い》いお返事《へんじ》だらう。」

「頼母《たのも》しいねえ。」

と立《た》たうとすると、

「此處《こゝ》へ、一寸《ちよつと》揃へて來《き》てくれないか雑《ざつ》とて宜《い》いぜ。」

「おや、此樣《こんな》ところて？ちんかもてすか？」

「然《さ》うよ、宜《い》いから早《はや》く爲《し》なよ。」

八《や》つ口《くち》から肱《ひぢ》を食《は》み出させてお定《さだ》は行《い》つて了《しま》ふ。

「年齢《とし》の割《わ》りに、がらだな。」

「家《うち》の爲《ため》には、能《よ》く爲《し》てくれるよ。」

後《あと》は少時《しばらく》兩方《りやうはう》が無言《むごん》つて、瓦斯《がす》の明《あか》りに照《て》らされるばかりて居《ゐ》たが、

「奥《おく》の、これ！」

と小指《こゆび》を示《み》せて、男《をとこ》の方《はう》から切《き》り出《だ》して來《き》た。

「未亡人だなんて、お定《さだ》の奴《やつ》が生意氣《なまいき》な名《な》を付《つ》けやがつたが、實《じつ》はこれが屡《しば》々とあるんだ。又《また》ぞろ拝借《はいしやく》爲《す》る事《こと》に相成《あいなか》るかも知《し》れないんだ。」

「それ見《み》た事《こと》か、もう物價騰貴《ぶつかとうき》て此方《こちら》等《ら》の智慧袋《ちゑぶくろ》も損料《そんれう》がつくつてことー。」

「好《い》いさ。好《い》いとも。袋《ふくろ》の中《なか》の材料次第だ。釜《かま》がおきるぜ。」

「この節《せつ》の世《よ》の中《なか》に、余りうま過《す》ぎさうだね。」

血《ち》の道《みち》らしい欠伸《あくび》を一《ひと》つ爲《し》て、

「二階《にかい》て連中《れんちう》が待《ま》つてやしないか。構《かま》はないんかい？」

「構《かま》はないとも、もう御如才《ごじよさい》無《な》し始《はじ》めてるだらう。」

と云《い》ふ處《ところ》へお定《さだ》が來《き》て、

「彼方《あちら》てね、大橋《おほはし》さんに來《き》て下《くだ》さいと仰有《おつしや》ていらつしやいましたよ。」

と今度《こんど》は親指《おやゆび》を見《み》せる。

「ふうむ。然《そ》うかい。」

とお東《とう》は男《をとこ》の顔色《かほいろ》を窺《うかゞ》つて居《ゐ》るので。

「神木《かみき》と云《い》つちやあ、土浦一《つちうらいち》の豪家《がうか》だそうだが、其處《そこ》の娘《むすめ》なんだ彼女《あれ》が一幾程《いくほど》の續《つゞ》き合《あ》いて東京《とうきやう》へ嫁《よめ》に來《き》たんだが最《もつと》も小《ちい》さい時《とき》から東京《とうきやう》で育《そだ》つたらしいんだな、地方《ぢかた》深《ぶか》みた點《ところ》はなく、俳優《やくしや》にも大分《だいぶ》現を拔かしたやうな風《ふう》だぜ。」

「一寸《ちよつと》くつきや見《み》ないが、中々《なか〳〵》水性《みづしやう》らしい女《をんな》だね。嫁《よめ》に行《い》つた先《さき》も、相應《さうおう》なんだらう其《そ》れぢやあ！」

「まあ可成《かなり》は可成《かなり》だが、田舍《ゐなか》から見《み》りやずつと落《お》ちるんだ、家《うち》は赤坂《あかさか》の方《ほう》だがね、宮内省《くないしやう》か何《なん》かへ勤《つと》めてるんだが其奴《そいつ》が豪氣《がうぎ》堅人《かたじん》なんだそうだ、俺《おれ》は至然知《し》らないんだ。」

「何《ど》うして知《し》り合《あ》ひになつたんだい？

お勢《せい》さんが知《し》つたのか？」

「彼女《あいつ》が少《すこ》しばかり嚙《か》ぢつた活花《いけばな》の稽古《けいこ》を始《はじ》めたんだ、其所《そこ》へぶらりと遊《あそ》びに來《き》たのが初《はじ》まりよ。」

「近處《きんじよ》でも無《な》いぢやないか。」

「其《そ》れがさ、家《うち》を出《で》て了《しま》つて森木町《もりきてう》へ一人《ひとり》世帶《しよたい》を持《も》つたんだ。散々《さん〴〵》役者狂《やくしやぐる》ひや浮氣《うはき》の仕放題《しはうだい》をやつて堅《かた》い所《ところ》へ急《きふ》に嫁いたんだから、我儘《わがまゝ》の癖《くせ》が失《と》れやしまい、兎《と》ても居《ゐ》られないと云《い》ふんで出《で》て了《しま》つたんだが……」

「能《よ》く打捨《うつちや》つて置《お》くね。」

「身體《からだ》が惡《わる》いつてんで侈々を捏《こ》ねまはしてるんだらう。赤阪《あかさか》の方《ほう》でも嫁《よめ》の實家《さと》に恩《おん》があるんで、片方《かたつぽ》は離緣《りえん》やうつてんだが中々《なか〳〵》離《はな》さない樣子《やうす》なんだな御病氣《ごびやうき》保養《ほやう》つてんで別宅《べつたく》に引籠《ひきこも》り中《ちう》と云《い》ふ譯《わけ》なんだ、其《そ》れで御亭主《ごていしゆ》どのは大《たい》概隔日《かくじつ》缺《か》かさず訪《たづ》ねに出《で》てくるつて云《い》ふんだぜ、顏《かほ》を見《み》ちや安心《あんしん》して歸《かへ》るつてんだ。」

「はゝ、能《よ》く出來《でき》てら、幾歳《いくつ》だい？」

「女《をんな》はもう、三十《さんじふ》だらうな、亭主《ていしゆ》は五十そこ〳〵と云《い》ふ話《はなし》だ。」

「ぢやあ、後妻《ごさい》だらう。」

「然《そ》うだ、先妻《せんさい》のが亡《なくな》つたんだ、小供《こども》も一人《ひとり》あるとか云《い》つてた。」

「世《よ》の中《なか》は種々《いろ〳〵》だね。それで彼《あ》の若《わか》いのに惚《ほ》れたのか。」

「然《そ》うよ、家《うち》で見染《みそ》めたと云《い》ふ、時代《じだい》な騷《さわ》ぎなんだが、此所《こゝ》に細工《さいく》があると云《い》ふのさ。」

小説

袖頭巾《そでづきん》（廿四）

露英女史

「一躰《いつたい》、彼《あ》の男《をとこ》は何《なん》だい？から初心《うぶ》のやうぢやないか。」

「まだ尻殻《しりがら》だ。」

「尻殻《しりがら》？　尻殻《しりがら》つてな何《なん》だね、ヘイカツの御親類《ごしんるゐ》かい？」

「玉子《たまご》の殻《から》が、まだ何処《どこ》かにぶら下《さが》つて居《ゐ》るから尻殻《しりがら》だ。カラだけに痕縁ぐらゐのところだらう。はゝゝゝ」

「馬鹿《ばか》な事《こと》を云《い》つたもんだ。はゝゝ。」

其処《そこ》へ小婢《こをんな》が膳《ぜん》を運《はこ》んでくる。一杯《ひとつ》酌がせて、ぐいと干《ほ》すとお東《とう》に献《さ》して、

「彼《あ》れは下谷《したや》の瓦斯会社《がすくわいしや》へ出勤《で》て居《ゐ》る男《をとこ》さ。お勢《せい》の弟《おとうと》が矢張《やつぱ》り彼処《あすこ》へ出《で》て居《ゐ》るんで知《し》り合《あひ》なのさ、此方《こつち》から訪《たづ》ねた事《こと》も無《な》いさうだが、彼男《あいつ》は友人《ともだち》もなし相人もないと見《み》えて友吉《ともきち》の許《とこ》へは能《よ》く一寸々々《ちよい／＼》来《く》るんだ。」

「家《うち》は豊《よ》くないんだね？」

「うむ。妹《いもうと》かなんか有《あ》つて、阿母《おふくろ》と三人《さんにん》かつ／＼生活《やつ》てゆくらしいんだな。彼《あ》れが一寸々々《ちよい／＼》来《く》るうちに静野《しづの》のお目《め》に留《とま》つた……静野《しづの》つてな奥さんの御名だよ、何《なに》しろ、彼《あ》の通《とほ》りの美《い》い男子《をとこ》だらう、全然酔《すつかりよ》つちやつてお勢《せい》を責《せ》めだしたんだが、男《をとこ》の方《はう》にや殺々と異《ちが》つてまだ其様《そんな》機謀叛氣《はんぎ》は無《な》いのさ、お勢《せい》も少《すこ》しや気《き》になりやがる所《ところ》から、精骨折つて男《をとこ》を丸《まる》め落《おと》さうとしたが中々《なか／＼》手《て》におへなかつたのだ。俺《おれ》は些《ちつ》とも知《し》らなかつたんだ。」

と息継ぎに一《ひ》と口飲《くちや》る。

「女《をんな》がな、美《い》い面《かほ》でゞもあればさ、疾《と》うに心《こゝろ》が付《つ》いて悪法《あくはふ》も書《か》き始《はじ》めたんだらうが、別《べつ》に憂身窶《うきみやつ》すやうなのでも無《な》いもんだから、然《さ》うか／＼てお勢《せい》の云《い》ふ事《こと》つたつて耳《みゝ》にも留《と》めちや居《ゐ》なかつたんだらう。處《ところ》が増村《ますむら》の話《はなし》が持上《もちあが》つて、女房《にようばう》の手《て》に負《お》へないとなつて俺《おれ》の智恵《ちゑ》を借《か》りやうと云《い》ふ事《こと》になつたんだな。」

「其処《そこ》で、男《をとこ》になつたのか。」

「男《をとこ》？　俺《おれ》もまだ、女《をんな》に男《をとこ》を媒介《とりもち》つてやる程下落《ほどげらく》はしない積《つも》りだが、然《しか》し女《をんな》の立場《たちば》を開《ひら》いて見《み》ると、蒲更桂庵業の役儲りとも云《い》へ無《な》い當《あた》りがありさうだから、一《ひ》と骨折《ほねを》つて遂々《とう／＼》昨夜《ゆうべ》此家《こつち》の厄介《やつかい》になつたのさ。増村《ますむら》を昨夜《ゆふべ》此家《こゝ》へ引込《ひつぱ》むまでにや可成《かなり》骨《ほね》を折《を》らさせたからなあ。」

「だつても、金《かね》にやなつてるだらう。」

「これからさ。今迄《いまゝで》のはお捻《ひね》りと思《おも》つて、増村大明神《ますむらだいみやうじん》に上《あ》げたさ。其《そ》れてなくつて俺《おれ》の云《い》ふ事《こと》を聞《き》くものかよ。彼《あ》の男《をとこ》を能《よ》く知《し》らないからだが、熟《よく》に依めさせる迄《まで》にや普通《ひとゝほり》の苦心惨憺《くしんさんたん》ぢやないんだぜ。」

「大層《たいそう》だね、其《そ》れにしてもさ……」

「だから、これからだと云《い》ふんだ、これからが増村《ますむら》も本玉《ほんだま》になるんだ、静野《しづの》の亭主《ていしゆ》が繁々《しげ／＼》やつて来《く》るのが價めるところよ」

「なる程《ほど》、大場《おほば》さんも中々《なか／＼》呆《あき》れたもん

小説

袖頭巾《そでづきん》（廿五）

露英女史

「千鈴《ちすゞ》、もうお寝《やす》みの方《はう》が宜《よ》しいよ、何《ど》うせ又《また》遅《おそ》いのだらうから。」お町《まち》は、次ぎの室《ま》の寝床《ねどこ》の中から声《こゑ》をかけた。

「はい。」

と鮮《あざや》かに返事《へんじ》はしたが、直《す》ぐに長火鉢《ながひばち》の縁《ふち》へ突伏《つゝぷ》して、火《ひ》も残《のこ》り少《すく》なになつた上《うへ》を身体《からだ》に掩《おほ》ひながら、耐《た》へられぬ寒《さむ》さを歯《は》に食《く》ひしめる。

「お寝《やす》みよ。」と再《ふたゝ》び。

「えゝ。二時《じ》まで待《ま》つて居《ゐ》ませう、昨《さく》夜《や》も丁度《ちやうど》其の頃《ころ》でしたから。」

と云《い》ひながらも、用箪笥《ようだんす》の上《うへ》の置時計《おきどけい》を見《み》れば、もう後《あと》、五分《ふん》で其の二時《じ》になるので甚《ひど》く心細《こゝろぼそ》さは勝《まさ》してくる。もう帰《かへ》らないのかしら。と断念《あきら》めても見《み》るが、千鈴《ちすゞ》が生れてから十八年《ねん》の今《こん》

だね。」

「呆《あき》れた丈《だけ》ぢや始《はじ》まらないぜ。」

「何《ど》うにか為《し》やうさ。」

「男《をとこ》が女《をんな》ちやんて食《く》つてゆく暇の足おやないんだから、始末《しまつ》は好《い》い方《はう》さ。」

「何処《どこ》までても、品玉《しなだま》に扱《あつか》へらあ。」

「まあ其様《そんな》ものだな。斯《こ》うなりや大切《たいせつ》の道具《だうぐ》だらう、粗末《そまつ》にして罰付《ばちつ》けてなんぞ呉《く》んなさんな、頼《たの》むぜ。」

「附届《つけとゞ》けが悪《わる》るけりや、溢けないとも限《かぎ》らないよ。」

「宜《よ》しく〱、荒神様《くわうじんさま》が御立腹《ごりつぷく》になる様《やう》な不行届《ふゆきとゞき》は必《かな》ず致《いた》しませんとも。俺《おれ》が此家《こゝ》へさへ来《く》れば、女将《おかみ》を下《しも》へは置《お》かない筈《はず》だ。」

「棚閣の上《うへ》へ上げつ切りか。」

「まあ、其遣《そんな》たな。」

言葉《ことば》が絶《た》えると、裏《うら》二階《にかい》で花骨牌《はなふだ》を捌《さば》く音《おと》が微《かすか》に為《す》る「やつ。」と云《い》ふ声《こゑ》と共《とも》に其《そ》の天井裏《てんじやううら》がみしりと鳴《な》るので、

「夢中《むちう》でゐやがる。」

と呟《つぶや》いて、酒《さけ》の息《いき》をふうと吐《は》いたが、急《きふ》に後《うしろ》を見返《みかへ》つて襖《ふすま》の方《はう》へ耳《みゝ》を澄《すま》しね

「おい。お定《さだ》か？」

人《ひと》の気色《けはい》を怪《あやし》んだのであらう、言葉《ことば》に出《だ》して尋《たづ》ねて見《み》たが、襖《ふすま》の外《そと》は静《しづ》まり返《かへ》つて居《ゐ》た。

日《よ》まで、一《ひ》と晩《ばん》なりとも兄《あに》が家《いへ》を明《あ》けたと云《い》ふ例《ためし》がないので、今夜《こんや》も他人《たにん》の家《いへ》で夜《よ》を明《あ》かすとやうな事《こと》は決《けつ》してない。と極《き》めて了《しま》ふ。何《ど》れ程《ほど》の事情《いきさつ》があるにしても友人《ともだち》は他人《たにん》。家族《うち》のものの心配《しんぱい》を為《さ》せて迄《まで》も無断《むだん》に家《いへ》をあけると云《い》ふ事《こと》は兄《あに》はしまい。若《も》し〳〵、万《まん》が一《いち》にも、遂《つひ》に帰《かへ》らなかつたと云《い》ふ事《こと》なら、其《そ》れは必然《きつと》兄《あに》が出《で》先《さき》で凶《わる》い災《わざはひ》にてゞもかゝつて、自身《じしん》の身体《からだ》が自由《じいう》にならぬと云《い》ふ様《やう》な、悲《かな》しい上《うへ》になつての事《こと》に異《ちが》ひないが、其様《そんな》凶事《まがごと》が、殊《こと》に今夜《こんや》に限《かぎ》つて兄《あに》の身《み》に起《おこ》ると云《い》ふ筈《はず》もなし、然《そ》う云《い》ふ筈《はず》がないと為《す》ればもう追付《おつつ》け帰宅《かへ》つて来《く》る。矢張《やつぱ》り斯《か》うして待《ま》つて居《ゐ》た方《はう》が……と一人《ひとり》思《おも》ひ直《なほ》して見《み》るのて。

然《しか》し時間《じかん》は用捨《ようしや》なく歩《あゆみ》を進《すゝ》めて行《ゆ》く。二時《じ》も過《す》ぎ、三十分《ぷん》にも近《ちか》づいたが、其《そ》れに似《に》た足音《あしおと》も聞《きこ》えぬ。一《ひ》と粒《つぶ》、二《ふ》た粒《つぶ》と、柿《かき》の種子《たね》ほどの火《ひ》が千寿《ちず》の手《て》に掻《か》き出《だ》されたばかり、待《ま》つ人《ひと》の心《こゝろ》ゆかせに成《な》るやうな事《こと》とてもないのてあつた。

「全体《ぜんたい》、もう何時《なんじ》になるんだえ？」

お町《まち》は漸々《やう〳〵》臥床《ふしど》を出《で》て、千寿《ちず》の傍《そば》へ寄《よ》つて来《き》た。寝衣《ねまき》の上《うへ》へ平常着《ふだんぎ》を袖《そで》も通《とほ》さず引《ひ》つかけて、中腰《ちうごし》に火鉢《ひばち》の前《まへ》へ屈《かゞ》むのを見《み》ると。

「まあ阿母《おつか》さん、風邪《かぜ》をお被《ひ》き成《な》さると可《い》けませんから、お寝《よ》つていらつしやい。」

「なあに！お前《まへ》こそ風邪《かぜ》でも冒《ひ》くと可《い》けないよ。火《ひ》もないぢやないか。この寒《さむ》さに堪《たま》らないね。」

煙草《たばこ》を探《さぐ》り〳〵、細目《ほそめ》に燈《とも》した洋燈《ランプ》の光《ひかり》に眉《まゆ》を顰《ひそ》めながら、時計《とけい》を見《み》やつたが、

「おや、もう直《ぢき》三時《じ》だね。」

小首《こくび》を傾《かし》げて、溜息《ためいき》一とつ為《し》た。捻《ひね》る煙草《たばこ》も思案《しあん》に採へてばかり。

「袖《そで》の端《はし》の友人《ともだち》と云《い》ふのは、会社《くわいしや》のお友人《ともだち》なのかえ？」

「能《よ》く知《し》りませんけれども、何《なん》でも然《そ》うらしい様《やう》でしたの。」

「直《ぢき》帰《かへ》ると、誠一《せいいち》は云《い》つたのだね？」

「えゝ。直《す》ぐ後《あと》から行《ゆ》くと仰有《おつしや》つたんですけれど、何《ど》うしたのでせう。何《なに》か大勢《おほぜい》お友人《ともだち》が寄《よ》つて在《い》らつしやる様《やう》な事《こと》を云《い》つてらしつたんですよ。」

「何《ど》んな用事《ようじ》か分《わか》らないが、若《も》し悪《わる》い友人《ともだち》でもあつて、宜《よ》くない事《こと》を勧《すゝ》めても為《さ》れると、若《わか》いものおやあるし困《こま》るからねえ。昨夜《ゆうべ》の今夜《こんや》だから誠《まこと》に案《あん》じられるんだよ。」

差延《さしの》べて火《ひ》の気《け》も微々《かすか》の上《うへ》へ出《だ》した母《はゝ》の手《て》が、千寿《ちず》の指先《ゆびさき》へ冷《つめ》たく触《ふれ》ると何《なん》となく胸《むね》が迫《せま》るやうに覚《おぼ》えて、何故《なぜ》兄《あに》さんは此様《こんな》苦労《くらう》を為《さ》せるのだらう。と悲《かな》しくなつた。この後《のち》何様《どんな》苦労《くらう》をかけられるか其様考《かんが》へは浮《うか》ばないながら帰宅《かへり》の遅《おそ》い丈《だけ》の兄《あに》の心配《しんぱい》が、此上《このうへ》もない心配《しんぱい》のやうに千寿《ちず》は稚《をさな》くも思《おも》つたのである。

「其様《そんな》ことは有《あ》りやしませんでせう、

兄《にい》さんだつて悪《わ》るいお友人《ともだち》と、交際を成《な》さる様《やう》な分《わか》らない方《かた》ぢやありませんもの、私《わたし》にさへお友人《ともだち》は選《えら》ばなけりや可《い》けないと仰有《おつしや》る程《ほど》ですもの、又《ま》た悪《わ》るい事《こと》を勧《すゝ》めたつて、兄《にい》さんが悪《わ》るい事《こと》だと知《し》つてさへ在《い》らつしやれば、其《そん》様《な》方《はう》へ心《こゝろ》をお入《い》れ成《な》さる事《こと》も無《な》いでせうから、そんな事《こと》は大丈夫《だいぢやうぶ》ですよ。」

慰《なぐさ》める積《つも》りで一生懸命《いつしやうけんめい》に千壽《ちず》は云《い》つたが、お町《まち》は聞《き》き流《なが》して自分《じぶん》だけの黙想《もくさう》に耽《ふけ》つて居《ゐ》る。

小説

袖頭巾《そでづきん》（廿六）

露英女史

「会社《くわいしや》へなんぞ出《で》て居《ゐ》る人等《ひとたち》は、何《ど》うしても虚榮《みえ》は張《は》るし、幾程《いくら》でもない月給《げつきふ》て、好《す》き三昧《ざんまい》な事《こと》をしやうてま人《ひと》はかりだから、誠一《せいいち》なんぞも悪《わる》い風《ふう》に染《そ》みられると困《こま》るねえ。」

「大丈夫《だいぢやうぶ》ですよ。阿母《おつか》さん。そんな心配《しんぱい》を成《な》さる事《こと》は有《あ》りませんでせう。池《いけ》の端《はた》のお友人と云《い》ふのも、必定《きつと》兄《にい》さんよりは上役の方《かた》か何《なに》かで、兄《にい》さんを可愛《かあい》がつて下《くだ》さる人《ひと》でせうと思《おも》ふのですわ。」

「何故《なぜ》？何《ど》うして然《さ》う氣《き》がお付《つ》きだ？」と急《せ》はしく問《と》はれて、千壽《ちず》は言葉《ことば》に詰《つま》つた。外套《ぐわいとう》を貸《か》して下《く》れたところから、然《さ》う推測《すゐそく》ては見《み》たものゝ、先方《さき》の人《ひと》に逢《あ》つた譯《わけ》でもなし、困《こま》つた事《こと》を云《い》つて了《しま》つたと逡巡《うぢうぢ》して居《ゐ》ると、

「お前《まへ》はお逢《あ》ひなのかえ？其《そ》のお友人《ともだち》と云《い》ふ方《かた》に！」と又《また》聞《き》かれる。

「いゝえ。」

と周章《あわたゞ》しく遮《さへぎ》つたが、確然《しか》とも云《い》ひ兼《か》ねて、少時《しばらく》躊躇《ためら》ひながら、

「逢《あ》つた事《こと》ぢや有《あ》りませんけれど、今日《けふ》ね、兄《にい》さんが……」

「誠一《せいいち》が逢《あ》つたのかえ？」

「いゝえ。兄《にい》さんが今日《けふ》上野《うへの》へ参《まゐ》ります行途《ゆきがけ》に、其處《そこ》のお家《うち》へお寄《よ》り成《な》すつて、外套《ぐわいとう》を借《か》りて在《い》らしつたんです。」

「外套《ぐわいとう》？」

お町《まち》は後《うしろ》の壁《かべ》を振返《ふりかへ》つた。其處《そこ》には綿《めん》羅紗《らしや》の、茶色《ちやいろ》に化《ば》けたやうな薄《うす》い外套《ぐわいとう》がかゝつて居《ゐ》る。餘程《よつぽど》舊《ふる》いと見《み》えて腰《こし》に襞《ひだ》のついた、爪《つま》みに返《かへ》つた裾《すそ》の方《はう》から毛繻子《けじゆす》の裏《うら》の破《やぶ》れたのが一寸《ちよつと》見《み》えて居《ゐ》るので。母《はゝ》が見返《みかへ》つた拍子《ひやうし》に、引《ひ》つ掛《か》けた着物《きもの》の辷《すべ》つたのを、千壽《ちず》は腰《こし》を浮《う》かして掛《か》け直《なほ》してやりながら、同《おな》じく見返《みかへ》つて眺《なが》めたのであつた。何故《なぜ》て

あらうと思《おも》ひながら
「毛皮《けがは》の附《つ》いた、好《い》い外套《ぐわいたう》でしたの、其《そ》れを借《か》りて行《い》つて帰途《かへりがけ》に又返《またかへ》しにお寄《よ》り成《な》すつたんです。其《そ》の時《とき》に引止《ひきと》められて私《わたし》を先《さき》へ帰《かへ》らせたんですけれど、矢張《やつぱ》り会社《くわいしや》の方《ほう》に大切《たいせつ》な方《かた》でども、お有《あ》りなさそので、仕方《しかた》なしお相手《あひて》でも為《し》て在《い》らつしやるんでせう。」

「だつてお前《まへ》。二時《にじ》過《す》ぎる迄《まで》も遊《あそ》んで居《ゐ》る家《うち》がありますものか、お前《まへ》の云《い》ふ事《こと》が当《あた》つて居《ゐ》ると為《す》れば、他《ほか》へ廻《まは》つても為《し》たのだらうよ。お前《まへ》だつて其《そ》の人《ひと》に逢《あ》つた訳《わけ》ぢやなし何様《どんな》様子《やうす》の人《ひと》か分《わか》らないのぢやないか。外套《ぐわいたう》を借《か》りるなんて、まあ何《なん》だらうね。」

千鶴《ちづ》は思《おも》はずはつとして、母《はゝ》を見《み》た、

「抑《そもそ》も其様《そんな》ことから、品行《みもち》が乱《みだ》れるのですよ。外套《ぐわいとう》と云《い》へば寒《さむ》ささへ凌《しの》げば好《い》いのぢや無《な》いか、家《うち》にだつて斯《か》うして一《ひと》とつは有《あ》るんだもの、態々《わざ／＼》、何《なに》も他人様《たにんさま》のものを拝借《はいしやく》しなくとも用《よう》は足《た》りるのぢや無《な》いか、矢張《やつぱ》り立派《りつぱ》な姿《なり》をして見《み》度《た》い、身分《みぶん》も思《おも》はずに、格《かく》の好《い》いお家《うち》の友人衆《ともだちしゆ》の真似《まね》がして見《み》度《た》い、と無益《くだ》らない考《かんが》へを起《おこ》すから、他人様《ひとさま》のものを拝借《はいしやく》したりなんぞして、奇羅《きら》も張《は》るんだよ。醜《みとも》ないぢやないかね借着《かりぎ》なんぞをして、誠一《せいいち》は何様《どんな》浮《うか》ついた心持《こゝろもち》で居《ゐ》るのだらう。其様《そんな》了簡《れうけん》で居《ゐ》るのぢや、今夜《こんや》にしろ何《ど》うして夜《よ》を更《ふ》かして居《ゐ》るのか知《し》れたもんぢや無《な》い、お友人《ともだち》と云《い》ひ條《でう》、何《ど》うせ為《ため》になる様《やう》な確《しつ》閲《か》した方《かた》ぢやないのだらう、誠一《せいいち》も又《また》其《そ》れを能《い》い事《こと》にしてふわ〳〵ついて居《ゐ》るに違《ちが》ひないのだよ。若《わか》い人《ひと》は直《そこ》に何《ど》うも仕様《しやう》がないものだね。」

千鶴《ちづ》は身《み》を縮《ちゞ》めて俯《うつむ》いて居《ゐ》た。其《そ》れと知《し》らず、余計《よけい》な事《こと》を饒舌《しやべ》つて母《はゝ》に苦労《くらう》を為《さ》せ、兄《あに》にも思《おも》ひ掛《が》けぬ怒《いか》りを受《う》けさせたが、母《はゝ》は兄《あに》の面《かほ》を見次第《みしだい》、必《かなら》ず然《さ》手厳《てきび》しく叱《しか》る事《こと》であらう、何《なん》とか今《いま》の内《うち》に云《い》ひ解《と》いて置《お》き度《た》いと、徒《いたづ》らに心《こゝろ》ばかり焦《あせ》らせて母《はゝ》の面《かほ》を窺《うかゞ》つて居《ゐ》る。

「困《こま》つたものだね。」

と溜息《ためいき》を為《す》るので、千鶴《ちづ》は身《み》を切《き》られるやうに辛《つら》い。自分《じぶん》の事《こと》のやうに情《なさけ》なく思《おも》はれるので自《みづか》らが詫《わ》びるやうに、

「然《さ》う云《い》ふ訳《わけ》では有《あ》りませんのですよ。外套《ぐわいとう》を着忘《きわす》れて在《い》らしつたので、寒《さむ》い寒《さむ》いと云《い》つてらしつたものですから、私《わたし》が取《と》りに戻《もど》らうと為《し》たのを、兄《にい》さんが大変《たいへん》だからと止《と》めて、直《す》ぐ其庭《そこ》のお家《うち》でお借《か》り成《な》すつたのですよ。栄《えい》縮にお借《か》り成《な》すつたのぢやないんですもの。兄《にい》さんは其様《そんな》ふわ〳〵した思慮《かんがへ》なんか、持《も》つていらつしやりや為《し》ませんよ。」

心安《こゝろやす》めにと、思《おも》はぬ偽《いつは》りを作《まう》けて千鶴《ちづ》は母《はゝ》を宥《なだ》めたが、お町《まち》は始終《しじゆう》黙《だま》つて居《ゐ》た。

小說

袖頭巾《そでづきん》（廿七）

露英女史

若《わか》い男《をとこ》の身《み》に取《と》つて、恐《おそろ》いものは女《をんな》より他《ほか》に無《な》い。とお町《まち》は思《おも》ひ出《だ》した。父《ちゝ》の性《しやう》を受《う》け繼《つ》いで女《をんな》の爲《ため》に一生《しやう》を過《あやま》つ樣《やう》な事《こと》さへなかつたら、自分《じぶん》も安心《あんしん》して老《おい》先《さき》を送《おく》られるが……と思《おも》ふと、奇麗《きれい》な女《をんな》が誠一《せいいち》を取《と》り籠《こ》めて、踊《をど》り度《た》がる誠一を無理《むり》に壓伏《おさへつ》けて踊《をど》すまいと爲《し》て居《ゐ》るやうな幻《まぼろし》が浮《うか》んでくる。あゝ其《そ》れはかりが苦勞《くらう》だ、と胸《むね》が痛《いた》むので、寒《さむ》さも忘《わす》れてお町《まち》は俯向《うつむ》き込《こ》んで了《しま》ふ。堅《かた》く育《そだ》てた誠一《せいいち》に、其樣《そんな》恐《おそれ》かはないと思《おも》ひながら、若《わか》い、水《みづ》の出端《でばな》の派出《はで》つ氣《け》には叶《かな》はない樣《やう》な氣《き》がして、今《いま》はもう斯《か》う手放《てばな》して置《お》くのも氣掛《きが》かりになつて胸《むね》が焦心《あせ》つてくる、何處《どこ》に居《ゐ》るか探《さが》し出《だ》して、引張《ひつぱ》つてゞも來度《きた》いやうに胸《むね》が騷《さわ》ぐので。今《いま》が迷《まよ》いの道《みち》に踏《ふ》み込《こ》み初《そ》めた時《とき》のやうな、神經的《しんけいてき》な心持《こゝろもち》に閉《と》ぢられるのであつた。

母《おつか》が何《なに》かに胸《むね》を痛《いた》めて居《ゐ》る、とは千壽《ちず》も心付《こゝろづ》いて居《ゐ》た。矢張《やつぱ》り兄《にい》さんの歸《かへ》りの遲《おそ》いを氣遣《きづか》つての事《こと》であらうが、若《も》し、昨夜《ゆふべ》の川邊《かはべ》と云《い》ふ女《をんな》の來《き》た事《こと》や、手紙《てがみ》の事《こと》、又昨夜《またゆうべ》兄《にい》さんの醉《よ》つて居《ゐ》た事《こと》なぞを、委《くは》しくお話《はな》したら、まあ何《ど》ん樣《な》に心配《しんぱい》を成《な》さるであらう。と不圖《ふと》思《おも》ひ付《つ》くと俄《にはか》に胸《むね》が轟《とゞろ》くやうに覺《おぼ》えた。兄《にい》さんは何《なに》を爲《し》て居《ゐ》るのだらう。と依然《いぜん》の思考《かんがへ》に返《かへ》つて了《しま》ふと、歸《かへ》りの遲《おそ》いが自烈度《じれつたく》なる。此樣《こんな》に心配《しんぱい》をさせてと恨《うら》んで見《み》たが、何《なに》か出先《でさき》に凶事《まちがひ》が有《あ》つたのぢや無《な》いかと、又思《またおも》ひめぐらすと急《きふ》に心細《こゝろぼそ》く案《あん》じられるので、千壽《ちず》は此《こ》考《かんがへ》までくると、然《さ》う災《わざはひ》の俄《にはか》に來《く》る譯《わけ》がないと打消《うちけ》して了《しま》ふ。すればもう直《ぢき》何《な》の道《みち》歸《かへ》つて來《く》るに定《きま》つて居《ゐ》ると安心《あんしん》をして見《み》る。順序《じゆんじよ》よく其《そ》の思案《しあん》を段々《だん／＼》と追《お》ふて行《ゆ》くのであつたが、其《そ》の間《あひだ》に彼《あ》の家《うち》が川邊《かはべ》と云《い》ふ人《ひと》の家《うち》ではないかと思《おも》ひ付《つ》いた。

明日《あした》の朝《あさ》、學校《がくかう》への行途《ゆきみち》に密《そ》つと廻《まは》つて行《い》つて見《み》やう。と幾程《いくら》か其《そ》れに心《こゝろ》が濟《す》んだやうになつた。

「阿母《おつか》さん。お寢《やす》み成《な》さいまし。風邪《かぜ》をお引《ひ》き成《な》さると惡《わる》う御座《ござ》ますから。」

「あゝ。」

合點《うなづ》いて、徹々《しみ／＼》と寒《さむ》い身體《からだ》を引緊《ひきし》めて

「寢《ね》やうかね、お前《まへ》もお寢《やす》み。もう歸《かへ》らないのかも知《し》れないよ。」

「左樣《さう》ですね、家《うち》が分《わか》つて居《ゐ》ますから迎《むか》ひに行《い》つて見《み》ませうか。」

母《おつか》の心配《しんぱい》を、見《み》て居《ゐ》られないで千壽《ちず》は聞《き》いて見《み》る。

「大變《たいへん》な事《こと》をお云《い》ひだ、この寒《さむ》い夜中《よなか》に彼樣《あんな》ところ迄《まで》お前《まへ》！馬鹿《ばか》な事《こと》を云《い》ふぢやないか。」

「でも、餘《あんま》り心配《しんぱい》ですから。」

「小供《こども》ぢやなし。歸《かへ》つちや來《く》るだらうわね、今夜《こんや》おそけりや、明日《あした》の朝《あさ》歸《かへ》つて來《く》るだらう。」

小説

袖頭巾《そでづきん》（廿八）

露英女史

母《はゝ》も千鶴《ちづ》も、瞼《まぶた》も合はせずに誠一《せいいち》を待つたが、遂《つひ》に其《そ》の夜《よ》は歸《かへ》らなかつた。千鶴《ちづ》は寢《ね》て居《ゐ》るに得堪《えた》へて、母《はゝ》に知らせぬ樣《やう》にとそつと起《お》きて了《しま》ふと、お町《まち》の方《はう》でも千鶴《ちづ》を庇《かば》ひ／＼眼覺《めざ》めさせぬ樣《やう》にとの注意《ちうい》から、音《おと》も立《た》てずに何時《いつ》か臥床《ねどこ》を離《はな》れて居《ゐ》た。

顏《かほ》を合《あ》はしたが、千鶴《ちづ》が朝《あさ》の禮《れい》を爲《し》たばかりでお町《まち》は一ト言《こと》も云《い》はなかつた。一睡《ひとねむり》も爲《せ》ぬ證《しるし》の、眼《め》の働《はたら》きの鈍《にぶ》さから寒《さむ》さは寢不足《ねぶそく》の身躰《からだ》に一層《ひとしほ》感《かん》じて、紫色《むらさきいろ》の唇《くちびる》の顫き、頬《ほゝ》の艶《つや》のどす蒼《あを》い色《いろ》の惡《わ》るさ、もぢや／＼とした髮《かみ》の亂《みだ》れの淒然《せいぜん》とした母《はゝ》の顏《かほ》を見《み》ると、千鶴《ちづ》は唯《たゞ》氣《き》の毒《どく》に成《な》つて了《しま》つて、戻《もど》らぬ兄《あに》の噂《うはさ》をするさへ心惡《こゝろわる》い樣《やう》に思《おも》つた。然《さ》う云《い》ふ自分《じぶん》の顏色《かほいろ》も惡《わ》るい、頸《くび》から

「でも何《なん》ですか心配《しんぱい》になりますね？」

「歸《かへ》つて來《く》りや分《わか》るだらう。」

勢《せい》もなくお町《まち》は立上《たちあが》つて、冷《ひ》え切《き》つた手《て》を擦《す》りながら臥床《ねどこ》へ行《い》つて了《しま》ふ。

「千鶴《ちづ》、お寢《ね》よ、身躰《からだ》の毒《どく》だよ。」

「はい。」

もう三時《じ》も過《す》ぎて了《しま》つた。火《ひ》の氣《け》も盡《つ》きて了《しま》つたので、もう歸《かへ》らぬものと決心《けつしん》て、拵《こしら》へて置《お》いた床《とこ》の中《なか》へ潜《もぐ》り込《こ》んで了《しま》ふ。細目《ほそめ》にした臺洋燈《だいらんぷ》は据《す》ゑた儘《まゝ》に、冷《つ》めたい氷のやうな床《とこ》の中に横《よこた》つたが、冷《ひ》えた身躰《からだ》が冷《ひ》えたもの〻中《なか》に包《つゝ》まれたので、胴震《どうぶる》ひが爲《す》るばかりで息《いき》ばかり迫《せま》るやう、薄《うす》い更紗蒲團《さらさぶとん》の襟《えり》を食《く》ひ占《し》めて、千鶴《ちづ》は冴《さ》える眼《め》を無理《むり》に瞑《つぶ》つて居《ゐ》た。

「炬燵《こたつ》をお入《い》れな、私《あたし》は要《い》らないよ。」

「いゝえ。もう寢《ね》て了《しま》ひました。」

少時《しばらく》、ごそ／＼と次《つぎ》の室《ま》で音《おと》が爲《し》て居《ゐ》たが、やがてお町《まち》は眞黒《まつくろ》に煤《すゝ》けた炬燵《こたつ》を持《も》つて入《はい》つて來《く》る。

「あら、能《よ》く御座《ござ》んすのにー阿母《おつか》さん風邪《かぜ》を引《ひ》くと可《い》けません。」

起《お》きやうとした千鶴《ちづ》を押《おさ》へて、お町《まち》は裾《すそ》の方《はう》から炬燵《こたつ》を入《い》れてやつた。もう暖《ぬく》くなつて風《かぜ》が入《はい》るだけ寒《さむ》いとは思《おも》つたが、母《はゝ》の慈悲《なさけ》を千鶴《ちづ》は嬉《うれ》しく思《おも》つて唯《たゞ》其《そ》ればかりに身躰中《からだぢう》が[illegible]として來《き》たやうに思《おも》ふのであつた。

この夜更《よふ》けに、通《とほ》りを行《ゆ》く車《くるま》の音《おと》が繁《しげ》つて聞《きこ》えた。風《かぜ》もなく夜《よ》は唯寂《せきばく》として居《ゐ》る。

頬《ほゝ》が蒼《あを》く粟立《あはだ》つて、朦朧《どんより》とした瞳子《ひとみ》の端《はし》が血に潮染《にじん》だ様《やう》、肌《はだ》へ衣の觸《ふ》る毎《ごと》に慄然《ぞつ》として、頭《あたま》は鐵《てつ》の輪《わ》を嵌《は》めたやうに重《おも》い、精神《せいしん》の安《やす》まらなかつた爲《ため》か胸《むね》の動悸《どうき》も烈《はげ》しいので、起居《たちゐ》が甚《ひど》く大儀《たいぎ》そうに見《み》える。千壽《ちず》は逐々《とう／＼》風邪《かぜ》を冒《ひ》き込《こ》んで了《しま》つたと思《おも》つて、自分《じぶん》の手《て》を額《ひたひ》へ當《あ》てゝ見《み》たりなどして居たが、お町《まち》は少《すこ》しも心付《こゝろづ》かなかつた。

兄《あに》の心配《しんぱい》のある上《うへ》へ、自分《じぶん》が斯《か》うと云《い》つたら猶氣《なほき》を揉《も》むであらうと、何事《なにごと》も云《い》はずに我慢《がまん》をしながら、霜《しも》に鎖《と》ざされた勝手《かつて》の外《そと》へ出《で》て、氷《こほり》を碎《くだ》きながら日《ひ》光に温《ぬく》まらぬ寒《さむ》い軒《のき》に働《はたら》いたが、目《め》が眩《くら》くばかりに辛《つら》くなつて、皮膚《ひふ》の一面《いちめん》が針《はり》で刺《さ》される様《やう》に痛《いた》んで來《く》るのを遂《つひ》に耐《こら》へる氣力《きりよく》も失《う》せて、少時《しばらく》臺所《だいどころ》の隅《すみ》に面《おもて》を覆《おほ》ひながら立竦《たちすく》んで居《ゐ》た。母《はゝ》は座敷《ざしき》の掃除《さうぢ》に餘念《よねん》も無《な》さそうに、障子《しやうじ》を開《あ》け閉《た》ての音《おと》や掃《は》く音《おと》が忙《せは》し氣《げ》に聞《きこ》える。彼《あ》様《やう》して居《ゐ》る間《あひだ》も兄《あに》の事《こと》を案《あん》じて、昨夜《ゆふべ》の行衛《ゆくゑ》を思《おも》ひ煩《わづら》つて居《ゐ》るのであらうと思《おも》ふと、少《すこ》しは氣持《きもち》も爽然として、早《はや》く用《よう》を片付《かたづ》けたら、少《すこ》し早目《はやめ》に家《いへ》を出《で》て池《いけ》の端《はた》へ廻《まは》つて見《み》やうと心《こゝろ》が勇《いさ》み立《た》つので、熱《ねつ》と頭痛《づつう》とに判然《はつきり》とせぬ眼《め》の潤《うる》みを、白《しろ》い前垂《まへだれ》に押《おさ》へながら、竈の前《まへ》に摺《す》り寄《よ》ると、其《そ》の途《と》端《たん》に流《なが》し元《もと》の障子《しやうじ》の傍《かたはら》へ兄《あに》の誠一《せいいち》がすつと立《た》つた。

開《あ》け放《はな》して置《お》いたので、人《ひと》の氣色《けはい》に吃驚《びつくり》しながら向返《ふりかへ》る妹《いもと》を、誠一《せいいち》は凝視《みつめ》ていて、

「阿母《おつか》さんも、もうお起《お》き成《な》すつたか

「まあ……兄《にい》さん！」

千壽《ちず》は思《おも》はず立上《たちあが》つて、物珍《ものめづ》らしく兄《あに》の姿《すがた》を打守《うちまも》つた。昨夜《ゆふべ》別《わか》れた儘《まゝ》の姿《なり》でこの寒《さむ》いのに外套《ぐわいたう》も着《き》ず、唯《たゞ》、柔《やはら》かいオリーブ色《いろ》の羽根《はね》の附《つ》いた共色《ともいろ》の綿肩《わたかた》掛《かけ》を幾重《いくへ》にも緊《きつ》く巻付《まきつ》けて居《ゐ》ただけで

「何《ど》う成《な》すつたんです？阿母《おつか》さんは大《たい》層《へん》心配《しんぱい》をして在《い》らつしやいますわ。」

「濟《す》まなかつたな。」

と云《い》ひながら上へ上《あが》ると、少時《しばらく》四邊《あたり》を見廻《みまは》して、やがて片隅《かたすみ》に吊《つ》るしてある所能の中へ、取《と》つた肩掛《かたかけ》を押込《おしこ》んで了《しま》ふ。千壽《ちず》は怪訝《けげん》に打守《うちまも》つて居《ゐ》たが、

「何《なに》を成《な》さるんです？」

「うるさい奴《やつ》だな、女《をんな》と云《い》ふものは口《くち》數《かず》を多《おほ》くきくもんぢや無《な》いんだ。」

と云《い》つた儘《まゝ》、後《うしろ》も見《み》ずに奥《おく》へ行《ゆ》く。其《そ》の言《こと》を聞《き》くと千壽《ちず》は血《ち》が逆上《のぼ》るやうに覺《おぼ》えたが、何時《いつ》か涙含《なみだぐ》んで居《ゐ》た。昨夜《ゆふべ》からの心配《しんぱい》も慰《なぐさ》めずに、直《す》ぐ突慳貪《つゝけんどん》に物《もの》を云《い》はれたのが云《い》ひ知《し》らず口惜《くやし》かつたのであらう。其《そ》れても、

「只今《たゞいま》、遲《おそ》くなつて濟《す》みませんでした」

と云《い》ふ兄《あに》の聲《こゑ》が聞《きこ》えると、母《はゝ》の怒《いか》りが嘸《さぞ》兄《あに》に辛《つら》いであらうと氣遣《きづか》はれて、聞《き》耳《みゝ》立《た》てる。然《しか》し其《そ》れへの母《はゝ》の返事《へんじ》は爲《せ》ぬ様《やう》なので、隔《へだ》ての障子《しやうじ》から奥《おく》を覗《のぞ》いて見《み》ると火《ひ》もない火鉢《ひばち》の前《まへ》に行儀《ぎやうぎ》正《たゞ》しく兩人《ふたり》は對《むか》ひ合《あ》つて居《ゐ》る。

小説

袖頭巾《そでづきん》（廿九）

露英女史

千寿《ちず》は気《き》を利《きか》かして、竈《かまど》の下《した》から薪《まき》のおきを取《と》つて持《も》つて来《く》る。誠一《せいいち》は弁解《いひわけ》らしい事《こと》と云《い》はずに黙《だま》つて居《ゐ》るので、母の不機嫌《ふきげん》な面色《かほいろ》を見《み》るにつけ、千寿《ちず》は心《こゝろ》も心ならぬやう、何故《なぜ》昨夜《ゆうべ》の始末《しまつ》を打《う》ち明《あ》けて、緩《ゆつ》くりと母《はゝ》の前《まへ》へ詫《わ》びないのであらうと気《き》を揉《も》んだが、遂《つひ》に堪《た》へられず、今《いま》し方《がた》、兄《あに》に口《くち》が多《おほ》いと云《い》はれたのも忘《わす》れて、

「兄《にい》さん。昨夜《ゆうべ》はお友人《ともだち》の許《ところ》でお宿《とま》り成《な》すつたのですか？」

と黙《だま》り居《を》らず聞《き》いて見《み》た。険《けは》しい眼付《めつき》に誠一《せい》は妹《いもと》を見《み》たのみで矢張《やはり》無言《むごん》で居《ゐ》る。

其《そ》れにも構《かま》はず千寿《ちず》は言葉《ことば》を重《かさ》ねて

「昨夜《ゆうべ》は余《あん》り阿母《おつか》さんが御心配《ごしんぱい》成《な》さつたから、私《わたしや》見に行《ゆ》かうと思《おも》つたんです。始《はじ》めて人《ひと》の家《うち》へなんぞお宿《とま》り成《な》すつたので随分《ずゐぶん》家族《うち》ぢや心配《しんぱい》をしましたわ。」

「何所《どこ》へ御厄介《ごやつかい》になつたのだえ？」

千寿《ちず》の言葉《ことば》に連《つ》れて、漸《やうや》く母《はゝ》は口《くち》を開《ひら》いて誠《せい》一に向《むか》つた。

「友人《ともだち》に引止《ひきと》められて遅《おそ》くなつたものですから、遂《つい》其《そ》の儘《まゝ》宿《とま》つて了《しま》ひましたが、其様《そんな》に御心配《しんぱい》を成《な》すつたですか？」

「心配《しんぱい》しないどころぢや有《あ》りや為《し》ません、終夜《よつぴて》大方《おほかた》寝《ね》やしません、断《ことわ》つてさへ置《お》いて下《くだ》されば宜《よ》う御座《ござ》んすのに……」

兄《あに》は恐《こは》い顔《かほ》をして千寿《ちず》を見《み》て居《ゐ》る。心付《こゝろづ》くとふつと言葉《ことば》を止《と》めて千寿《ちず》も兄《あに》を見《み》た。

「夜《よ》が更《ふ》けると、途《つ》ひ寒《さむ》いので我儘《わがまゝ》を致《いた》しました。」と云《い》つたばかり。

「我儘《わがまゝ》は宜《よ》しいけれど、出先《でさき》で何様《どんな》てとても有りはしないかと、其《そ》れで心配《しんぱい》を為《す》るのだね。」

二《ふ》た言《こと》三言《みこと》、云《い》ひ交《かは》すうちに母《はゝ》はもう解《と》けて居《ゐ》た。交際《つきあひ》の為《ため》には其《そ》れも有《あ》る勝《が》ちと、察《さつ》して見《み》れば咎《とが》める事《こと》もなし女《をんな》とは異《ちが》つて案《あん》じる程《ほど》の事《こと》でもなかつたと、胸《むね》が安《やす》まるにつれて、昨夜《ゆうべ》の思《おも》ひ過《す》ごしが我《わ》れながら疑《うと》ましくもなつて、

「心配《しんぱい》する程《ほど》の事《こと》でもないが、遂《つひ》にない事《こと》だから千寿《ちず》と種々《いろ〳〵》取越苦労《とりこしくらう》を為《し》たんだよ、この女《をんな》なんぞは三時《じ》過《す》ぎ迄《まで》も起《お》きて居《ゐ》たらうぢやないか。」

誠《せい》一は苦笑《にがわらひ》した。

「一《ひ》と月《つき》宿《とま》つても、一年《ねん》帰《かへ》らなくとも出先《でさき》でお案《あん》じ成《な》さる様《やう》な事《こと》は決《けつ》して仕《し》出来《でか》しませんから、御安心《ごあんしん》成《な》すつて在《い》らつしやい。」

「然《さ》う立派《りつぱ》に云《い》つてお呉《く》れだと、私《わたし》も大層《たいへん》安心《あんしん》だが、昨夜《ゆうべ》は馬鹿《ばか》々々しい程《ほど》心配《しんぱい》を為《し》ましたよ。」

「此後《これから》も、場合《ばあひ》や都合《つがふ》で帰《かへ》らない事《こと》がないとも限《かぎ》りませんが、何卒《どうぞ》心配《しんぱい》は成《な》

さらないで下《くだ》さい。」

「其《そ》りやもう、時《とき》と塲合《ばあひ》で仕方《しかた》もないが、唯《たゞ》、惡《わる》い友達《ともだち》とは交際《つきあひ》はない樣《やう》にしてお呉《く》れ。」

「はゝゝもう小供《こども》でもないてせうから其樣《そんな》氣遣《きづか》ひもありますまい。」

馬鹿《ばか》にした樣《やう》に、母《はゝ》の言葉《ことば》を打消《うちけ》して了《しま》ふ。母《はゝ》は其《そ》れて滿足《まんぞく》したやうだが、千壽《ちず》は兄《あに》を疑《うたが》つて居《ゐ》た。母《はゝ》に云《い》つた事《こと》は皆《みな》僞《いつは》りと思《おも》つて居《ゐ》る。何《なに》か秘《ひ》めてる事《こと》が有《あ》ると思詰《おもひつ》めて居《ゐ》るので、昨夜《ゆうべ》歸《かへ》れなかつた仔細《しさい》を今少《いますこ》し委《くは》しく聞《き》く迄《まで》は、何《なに》が何《なに》やら信《しん》じられぬと胸《むね》の底《そこ》で兄《あに》を咎《とが》つて居《ゐ》たのであつた。然《しか》し其《そ》れは色《いろ》にも顯《あらは》さず、

母《はゝ》さへ胸《むね》を安《やす》めればと、千壽《ちず》は快《こゝろよ》からぬ氣分《きぶん》ながら朝飯《あさはん》の仕度《したく》に取《と》りかゝるとて、再《ふたゝ》び寒《さむ》い勝手《かつて》へ出《で》て來《き》た。恐々《おそる／＼》葛籠の傍《そば》へ立寄《たちよ》つて、中《なか》を覗《のぞ》くと美《うつく》しい色氣《いろけ》に潜《ひそ》んで居《ゐ》る肩掛《シヨール》が、物云《ものい》ひ顔《がほ》に羽根《はね》の尖《さき》を揺《ゆる》がせる。此樣《こんな》汚《きたな》いものと交《ま》ぜて折角《せつかく》美《い》い品《しな》を滅茶々々《めちや／＼》にして了《しま》ふ。と取上《とりあ》げやうとしたが、此處《こゝ》へ隠《かく》したらしい兄《あに》の意《い》を計《はか》り兼《か》ねて、蓋《ふた》の儘《まゝ》に差《し》て置《お》くと、白粉《おしろい》の匂《にほ》ひが微《かす》かに漏《も》れて何《なん》となく艶《なま》めいた趣《おもむき》を添《そ》えたので。

如何《どう》しても、密《ひそ》かに昨夜《ゆうべ》の行衛《ゆくゑ》を探《さぐ》り出《だ》さねばならぬ。と云《い》ふ樣《やう》に千壽《ちず》は一圖《いちづ》に心《こゝろ》が急《せ》くのであつた。僞《いつは》りを設《まう》ける程《ほど》、兄《あに》が心《こゝろ》の奪《うば》はれた其《そ》のものを、確《たしか》めて諫《いさ》めねばと意氣込《いきご》んで、邪氣《じやき》のある熱《あつ》い息《いき》を弾《はず》ませながら肩掛《シヨール》の面《おもて》を眺《なが》め入《い》つて居《ゐ》た。

小説

袖頭巾《そでづきん》（三十）

露英女史

「牛肉《ぎう》でも附合《つきあ》ひ給《たま》へな。」
「出錢《しゆつせん》つてか。御馳走《ごちそう》か。」
「お株《かぶ》だね！君《きみ》は！馳走《ちそう》つて云《い》ふなら馳走るさ。」

何《なに》か云《い》ひながら、瓦斯會社《ぐわすくわいしや》の門《もん》を出《で》て來《き》た二人《ふたり》の男《をとこ》、一人《ひとり》は誠一《せいいち》で、一人《ひとり》は大塲《おほば》の弟《おとうと》の川邊友吉《かはべともきち》。

眼《め》の下《した》つてくるりとした、鼻《はな》の低《ひく》い小《ちい》さい男《をとこ》で、薄《うす》い赤毛《あかげ》を油《あぶら》に光《ひか》らして分《わ》けたのが、鼠《ねずみ》の鳥打帽《とりうちばう》の下《した》から見《み》えて居《ゐ》る。小倉《こくら》の袴《はかま》を短《みじか》く穿《は》いた上《うへ》へ、半外套《マント》を羽織《はお》つたのが、脊《せい》の高《たか》い誠一《せいいち》が外套《ぐわいとう》を長《なが》く纏《まと》つたのと並《なら》んで、唯《たゞ》小《ちい》さく縮《ちゞ》りとちよこ／＼と駈《か》けて行《ゆ》くやう。

「馳走《ごち》つてやるから附合《つきあ》ひ給《たま》へ。然《しか》し何《なん》だぜ、君《きみ》は金主《きんしゆ》があるんだから、正當《せいたう》を云《い》ふと、僕《ぼく》が奢《おご》つて貰《もら》ふ方《はう》なんだ

な。」

口《くち》の傍《はた》が白《しろ》く粘《ねば》つて、物《もの》を云《い》ふ度《たび》に泡《あわ》を吹《ふ》く。誠一《せいいち》は笑《わら》ひながら、

「氣《き》が早《はや》いぢやないか、馳走《ちそ》つて貰《もら》ふと云《い》やあ為《し》ない。」

「馳走《ちそ》つて呉《く》れるのか、まあ何方《どつち》でも能《い》いや、行《ゆ》かふよ君《きみ》！」

「うむ。」

兩人《ふたり》は夕暮《ゆふぐれ》の途《みち》を急《いそ》いで黒門町《くろもんちやう》を横切《よこぎ》り、山下《やました》の唯《と》ある牛肉店《ぎうにくてん》へ入《はい》つた。入《い》らつしやいの聲《こゑ》に送《おく》られて二階《にかい》へ通《とほ》ると、仕切《しきり》なしの大《おほ》きな座敷《ざしき》で、火鉢《ひばち》を抜《ぬ》いた食卓《ちやぶだい》が順《じゆん》よく並《なら》んで居《ゐ》る。兩人《ふたり》は其《そ》の隅《すみ》を占《し》める。

「急《いそ》ぐんだ。」

と女《をんな》を急《せ》かして置《お》いて、友吉《ともきち》は、

「今夜《こんや》は摩利支天《まりしてん》だぜ、ぶら付《つい》て行《ゆ》かうぢやないか、其《そ》れともお約束《やくそく》が有《あ》つちや万止むなしだけれど。」

「今夜《こんや》は君《きみ》の家《うち》へ寄《よ》つて行《ゆ》かうよ、兄《にい》さんに少《すこ》し話《はなし》もあるから！」

「話《はなし》？話《はなし》つて何《なん》だよ、僕《ぼく》にも聞《き》かせ給《たま》へな。」

「話《はなし》と云《い》つても聞《き》き度《た》い事《こと》なんだから君《きみ》ぢや駄目《だめ》なのさ。」

「靜野《しづの》の事《こと》つた。」と突然《ふい》に合點《がてん》て、

「然《そ》うだらう？ え君《きみ》！」

「なあに！」

と素知《そし》らぬ顔《かほ》を為《す》る。通《とほ》つたお誂《あつらへ》を引《ひ》寄《よ》せて、友吉《ともきち》が飲《い》ける處《ところ》から一本《いつぽん》熱《つ》けさしたのを献《さ》したり酬《さ》されたり。

「何程《いくら》隠《かく》したつて、確然《たしか》と分《わか》つて居《ゐ》るんだから駄目《だめ》だ、同家《ひとつ》ところに居《ゐ》れば何《ど》うしたつて耳《みゝ》へ入《はい》つちまふからね。」

「姉《あね》さんが話《はな》したのだらう？」

「冗談《じやうだん》云《い》つてら、姉《あね》なんぞは兄貴《あにき》より秘《かく》して居《ゐ》るんだぜ、僕《ぼく》が饒舌《おしやべり》だからつて秘《かく》してやがるけれど、何《なに》！分《わか》つて了《しま》ふさ、靜野《しづの》が惚氣《のろけ》るから直《す》ぐ露見《ろけん》だ。」

「拙《まづ》くね、僕《ぼく》も秘《かく》し通《とほ》して了《しま》ふ積《つもり》て居《ゐ》たのだが……」

「然《そ》ふは行《ゆ》かないのさ、この慧眼《けいがん》を如《い》何《かん》せんだよ。未《ま》だ〳〵、僕《ぼく》は承知《しようち》して居《ゐ》る事《こと》があるんだからねえ。」

「實《じつ》に驚《おどろ》いたよ、僕《ぼく》なんぞは遠《とほ》く及《およ》ばないね。僕《ぼく》も君《きみ》は年下《としした》だし實《じつ》は内々《ないない》馬鹿《ばか》にして居《ゐ》たのさ、何《ど》うして其《そ》れぢや話《はな》せる人《ひと》だ。」

友吉《ともきち》は笑顔《ゑがほ》に相《さう》を崩《くづ》して、頬《ほゝ》だけを丸《まる》く酒《さけ》に染《そ》めながら、

「今更《いまさら》氣《き》が付《つ》いたのかい？ 長《なが》い間《あひだ》の友《フレンド》人《ど》ぢやないか、情《なさけ》ないぜ。」

「然《そ》う云《い》ふ譯《わけ》ぢやないが、勸辯《かんべん》してくれるさ。其《そ》れぢや靜野《しづの》さんも目《め》をかけて居《ゐ》るだらう、君《きみ》の事《こと》を賞《ほ》めるから不思議《ふしぎ》だとは思《おも》つて居《ゐ》たのさ。」

と壺《つぼ》をさぐる。

「其《そ》の筈《はず》だよ、最初《さいしよ》は僕《ぼく》の方《はう》へ吹《ふ》つ込《こ》んで來《き》たんだからね、然《しか》し何方《どつち》かと云《い》や不躰裁《ていさい》の方《はう》の事《こと》なんだから、其《そ》れにや君《きみ》が焼冷《やきざま》しの堅餅《かたもち》のやうに惡《わ》るつ堅《かた》いし、考《かんが》へてると姉《あね》の奴《やつ》が横合《よこあひ》から取《と》つて了《しま》つたのよ、其《そ》れて云《い》ひ様《やう》が能《い》い

小説

袖頭巾（三十一）

蹊英女史

「彼女《あれ》にや君《きみ》！亭主《ていしゆ》があるんだもの。」

「然《さ》うか。」と呆《あき》れて見せる。

「今度《こんど》ね、静野《しづの》の家《うち》へ両人《ふたり》で遊《あそ》びに行《い》つて見《み》やうぢや無《な》いか。静野《しづの》の家《うち》は僕《ぼく》が堅《かた》く口止《くちど》めを為《さ》れて居《ゐ》るんだけれど、姉《あね》の奴《やつ》其《そ》れ丈《だけ》の報酬《ほうしう》も呉《く》れやがらないから、僕《ぼく》は皆《みんな》饒舌《しやべ》つてやるよ、静野《しづの》も隠《かく》して居《ゐ》るだらう？」

「隠《かく》して居《ゐ》るとも！成《な》る程《ほど》亭主《ていしゆ》があるから弱《よわ》るのだらう。」

「併《しか》し浅薄《あさはか》だね。馬鹿《ばか》だなあ。姉《ねえ》さんは其《そ》の弱點《じやくてん》を押《おさ》へて居《ゐ》て女《をんな》から種々《いろ／＼》な事《こと》を為《さ》せてるんだ。君《きみ》は知《し》るまいがね、この年末《くれ》だつて楽《らく》には越《こ》せるんぢやなかつたのさ、兄貴《あにき》が株《かぶ》て拾て失敗《しつぱい》しちやつたんだから、非常《ひじやう》な事《こと》だと思《おも》つて居《ゐ》たんだがね、逐々《とう／＼》大《たい》した熱《ねつ》を吐《は》いて静野《しづの》から何《なん》でも五百《ごひやく》や六百《ろつぴやく》の事《こと》は為《さ》せたんださ。春着《はるぎ》の一《ひ》と組《くみ》も拵《こしら》へて呉《く》れりや黙《だま》つて、やるけれど……ねえ君《きみ》！其《そ》の金《かね》だつて姉《あね》の小遣錢《こづかひ》さ、兄貴《あにき》は何《なん》でも神戸《かうべ》まで踏《ふ》み出《だ》して行《い》つて大仕事《おほしごと》を為《す》るんとは云《い》つてたよ。」

「神戸《かうべ》？」と首《くび》を傾《かし》げて、

「神戸《かうべ》は何《なん》なのだらう。」

「静野《しづの》の實家《じつか》さ。大富豪《おほがねもち》なんだ。」

「土浦《つちうら》ぢやないか？確《たしか》に神戸《かうべ》か？」

「神戸《かうべ》だよ、神戸《かうべ》の町《まち》まで知《し》つてるさ、女《をんな》が姉《ねえ》さんに話《はなし》を為《し》たのを聞《き》いたんだもの。土浦《つちうら》つて誰《だれ》に聞《き》いたんだい？」

「ふうむ。」

誠一《せいいち》は、先夜《せんや》お東《とう》の家《うち》で密《ひそ》かに聞《き》いた大場《おほば》の話《はなし》と、少《ち》と違《ちが》つて居《ゐ》ると思《おも》ひながら、

「姉《ねえ》さんに聞《き》いた。其《そ》れぢや偽《うそ》なんだらう。」

「偽《うそ》ともさ、何《なに》が真實《ほんとう》を君《きみ》に云《い》ふものか。何《なん》だつて君《きみ》に知《し》らしちや仕事《しごと》の邪魔《じやま》だからさ。だから氣《き》の毒《どく》だよ、君《きみ》は！嬲てられてるばかりで、何一《なにひと》つお陰《かげ》にも與らすさ、高々《たか／＼》外套《ぐわいとう》位《ぐらゐ》の處《ところ》で胡

や、若《わか》い男《をとこ》が其様《そんな》周旋《とりもち》を頼《たの》まれる懸圖があるか、断《ことは》つてお了《しま》ひとか何《なん》か云《い》つてね、僕《ぼく》も見脈《けんみやく》が大變《たいへん》だから全然《すつかり》乗《の》せられたら、何《なん》の事《こと》さ、後《あと》で好《い》い事《こと》を為《し》てやがる、随分《ずゐぶん》お陰《かげ》にありついてるんだぜ、姉《あね》の奴《やつ》は彼《あ》れで慾深《よくばり》だからね。第一《だいいち》君《きみ》！静野《しづの》は生娘《きむすめ》ぢや有《あ》りやしないぜ、君《きみ》は姉《あね》に丸《まる》められてるんだから躾闘し給《たま》へよ。」

誠一《せいいち》は微笑《ほゝゑ》んだ。

麻化《まか》されてるんだ、其て題《だい》は君《きみ》なんだからねえ、静野《しづの》の腹《はら》にしたら君《きみ》にばかり注《つ》ぎ込んだ物代《ものしろ》も少《すく》ない事《こと》ぢやないと思《おも》つてるに違《ちが》ひないよ、馬鹿《ばか》らしいなあ、其《そ》れて能《よ》り違《ちが》ふと姦通《かんつう》だぜ。君《きみ》本當《ほんたう》に頑固《しつかり》し給《たま》へよ。僕《ぼく》だつて及《およ》ばずながら参謀《さんぼう》にもなるさ。」

「是非《ぜひ》力《ちから》になつて貰《もら》はなければ！」

とばかりて、誠一《せいいち》は密《ひそか》に面貌《かほつき》が笑つた

「然《さ》うして君《きみ》！面白《おもしろ》い正月《しやうぐわつ》でも仕様《しやう》ぢやないか、ずつと繰り込んで兄貴《あにき》も何《なん》も驚《おどろ》かしてくれるさ、ねえ。此方《こつち》は此方だ、さ、兩人《ふたり》て鼻《はな》を明《あ》かしてやらあ。はヽヽ。」

友吉《ともきち》は大分《だいぶん》に酔《よ》つて、獨《ひと》り悦《えつ》にいつて來《く》る、誠一《せいいち》は飲《の》み注《つ》しの猪口《ちよく》を置《お》いた儘《まゝ》、箸《はし》も取《と》らずに考《かんが》へて居《ゐ》るのであつたが、

「けれどね、僕《ぼく》に話《はな》した事《こと》を迂濶《うつか》り喋舌《しやべ》つては可《い》けない。姉《ねえ》さんにも此様《こん》なことを云《い》ふと何《なん》にもなら無《な》い事《こと》になるからね。」

「おつと承知《しようち》……」

と落語家《はなしか》のする樣《やう》な身振《みぶ》りをゆつて、必《かなら》ずともに御掛念《ごけねん》あるな。」と云《い》ふ處《ところ》さ。」誠一《せいいち》は苦笑《にがわら》ひする。

「其《そ》れて早速《さつそく》ながら静野《しづの》の家《うち》へ出掛《でか》けようか。」

「馬鹿《ばか》を云《い》ふね。何《なに》しに行《ゆ》くのだ。女《をんな》の許《もと》へなんぞは行《い》つたらお終《しまひ》だ、知《し》つて居《ゐ》て行《ゆ》かずに居《ゐ》るうちが好《い》いのさ。」

「だつて……其《そ》れぢや何《ど》うするのさ。」

「然《さ》う急《せ》くもんぢや無《な》い。僕《ぼく》にも思慮《かんがへ》があるから任《まか》して置《お》けば好《い》いんだ。」

「急《せ》いては事《こと》を仕損《しそん》ずるか宜《よ》しく〳〵。」

眼許《めもと》へ脂《あぶら》が浮《う》いて來《き》て、乾《かわ》いた口《くち》を甜招るのを見《み》ると誠一《せいいち》は汚《きたな》らしいと云《い》ふ顔付《かほつき》をして。

「僕《ぼく》はお先《さき》へ失敬《しつけい》するよ、君《きみ》は先《さき》あ悠揚《ゆつくり》して行《ゆ》き給《たま》へ。」

「お先《さき》きだ？其様《そんな》ことがあるもんか、一所《いつしよ》に行《ゆ》くさ、待《ま》つて居《ゐ》給《たま》へ。」

「然《さ》う酔《よ》つた人《ひと》は嫌《きら》ひだ。」

「へん。池《いけ》の端《はた》から電話《でんわ》が掛《か》つて來《き》たど思《おも》つて、豪氣息《がうぎいき》が荒《あら》いね。」

「其様《そんな》のぢや無《な》い。其様《そんな》ことで氣《き》の弱《よわ》くなるやうな吝《けち》なのでも有《あ》るまいさ。」

「いや大《おほ》きに！」

と頭《あたま》を撫《な》でながら、大口《おほぐち》開《あ》いて友吉《ともきち》は笑《わら》ふ。

小説

袖頭巾《そでづきん》（三十二）

露英女史

勘定《かんぢやう》を済《す》まして外《そと》へ出《で》ると、友吉《ともきち》は吉原《よしはら》へ行《ゆ》くと云《い》ひ出《だ》したので、其所《そこ》で別《わか》れて誠一《せいいち》は一人《ひとり》池《いけ》の端《はた》へ向《む》つた。

車《くるま》も雇《やと》はずぶら／＼と三橋《みはし》へかゝると勧工場の賣出《うりだ》しで楽隊《がくたい》の賑《にぎや》かなのが耳《みゝ》に入《はい》る。夫婦《ふうふ》連《づ》れらしいのが、男《をとこ》に寄《よ》り添《そ》ふて包《つゝ》みを抱《だ》へながら嬉々《いそ／＼》と出《で》て行《ゆ》くのも目《め》に付《つ》いた。女學生《ぢよがくせい》らしい姿容《すがたち》の女《をんな》が、洋服姿《やうふくすがた》の男《をとこ》に手《て》を取《と》られて其處《そこ》へ入《はい》つて行《ゆ》くのも見《み》える。八字髯《はちじひげ》の外套《ぐわいとう》が白《しろ》の毛糸頭巾《けいとづきん》を着《き》た子供《こども》を高《たか》く抱《だ》いて、後《うしろ》から遅《おく》ればせに来《く》る妻君《さいくん》を見返《みかへ》り／＼、續《つゞ》いて入《はい》つて行《ゆ》く。高《たか》い燈火《ともしび》の下《もと》に小《ちい》さく現出《あらは》れて動《うご》く姿《すがた》が、丁度《ちやうど》彩色《さいしき》した活動寫眞《くわつどうしやしん》を見《み》るやうなので、誠一《せいいち》は興《きよう》を起《おこ》して眺《なが》めながら歩《ある》いて居《ゐ》たが、池《いけ》の方《はう》へ曲《まが》ると、車《くるま》が二臺《だい》勢《いきほひ》よく走《はし》つて行《ゆ》く。前車《まへ》のは若《わか》い男《をとこ》、後車《あと》の若《わか》い女《をんな》、彼《いづ》れも夫婦《ふうふ》かと向返《ふりかへ》ると、ひよつこり眼《め》の前《まへ》へ、外套《コート》を着《き》た意氣《いき》な女《をんな》が、男《をとこ》と並《なら》んで頻《しきり》に話《はなし》を爲《し》ながら歩《ある》いて過《す》ぎた。

誠一《せいいち》は獨《ひと》り可笑《をか》しくなつた。何故《なぜ》世《よ》の中《なか》の人《ひと》は、斯《か》う男女《なんによ》して歩《ある》くのであらう、馬鹿々々《ばか／＼》しいと思《おも》つたので。女《をんな》を連《つ》れて歩《ある》く男程《をとこほど》、間抜《まぬ》けて醜態《みつとも》ないものは無《な》い、又《また》男《をとこ》に連《つ》れられて歩《ある》いて居《ゐ》る女位《をんなぐらゐ》、高慢氣《かうまんけ》に憎《にく》いものは無《な》い。思《おも》はれて居《ゐ》る男《をとこ》に連《つ》れられて居《ゐ》る女《をんな》は何處《どこ》か男《をとこ》を馬鹿《ばか》にした樣《やう》な、嘲蔑《あざけ》む樣《やう》な面色《かほいろ》が仄《ほの》めいて偉つ振《ぶ》りに見《み》え、自分《じぶん》から思《おも》つて居《ゐ》る男《をとこ》に連《つ》れられてるものは、得意《とくい》らしいが現《あらは》れて人前《ひとまへ》も思《おも》はず甘《あま》えた樣《やう》な顔付《かほつき》を爲《す》る。然《さ》う然《さ》れた男《をとこ》の惡《わ》るさ。猶更《なほさら》、女《をんな》の素振《そぶ》りが憎《にく》くなる。女《をんな》は嫌《いや》なものだと誠一《せいいち》は思《おも》ひながら行《ゆ》く。

其《そ》の厭《いや》な女《をんな》と云《い》ふものに、自分《じぶん》は玩弄《なぐさみ》に成《な》りに行《ゆ》くのだ。可笑《をか》しくもないに笑《わら》つて見《み》せる、嬉《うれ》しくもないに嬉《うれ》しい顔《かほ》を爲《す》る。其《そ》の女《をんな》の手《て》も取《と》る。足《あし》も抱《だ》く厭《いや》な動物《どうぶつ》に絡《から》まれて拂《はら》ひ退《の》けるさへ出《で》来ぬ、柔弱《じうじやく》な男《をとこ》に成《な》りに行《ゆ》くのぢやないか、自分《じぶん》の身《み》は何《ど》うだ。と獨《ひと》り嘲笑《あざわら》つた。

僅《わづ》か十圓《ゑん》の無心《むしん》を友吉《ともきち》に頼《たの》んで、友吉から兄の大塲周造《おほばしうざう》に話《はな》して置《お》いたのが好《い》い機會《きつかけ》で、自分《じぶん》は貸《か》せぬが友人《ともだち》が貸《か》してやるとの事《こと》、池《いけ》の端《はた》の此家《こゝ》で待合《まちあは》せて話《はなし》を爲《し》て見《み》たら、と云《い》はれて嬉々訪《たづ》ねて行《い》つた先《さき》がお東《とう》の家《うち》で、其夜《そのよ》初《はじ》めて誠一《せいいち》は静野《しづの》に逢《あ》つた。酔《よ》はされて騙《だま》されたが静野《しづの》から迎《むか》ひを受《う》けるのも其《そ》の夜《よ》からの事《こと》であつた。

然《しか》し其《そ》れに憤《いきどほ》つて再《ふたゝ》び面《かほ》も向《む》けぬ、と云《い》ふ程《ほど》の誠一《せいいち》でも無《な》い。疾《と》うから自分《じぶん》に心《こゝろ》を寄《よ》せて居《ゐ》たと云《い》ふ事《こと》、自分《じぶん》への媚り色も調《とゝの》へて大塲《おほば》の家《うち》で托《あづか》つて置《お》いたが、機會《きつかけ》が無《な》いので實《じつ》は差控《さしひか》へて居《ゐ》た。と聞《き》いた誠一《せい》は大場《おほば》の家内《かない》の辯《べん》に迷《まよ》はされて、靜野《しづの》を良人《をつと》を失《うしな》つた財産家の寡婦《ごけ》と信《しん》じ、靜野《しづの》の心《こゝろ》の進《すゝ》み方《かた》に由《よ》つては、公然結婚《こうぜんけつこん》を爲《す》る約《つもり》で居《ゐ》ると云《い》はれたのまで眞《まこと》と思《おも》ひ込《こ》んで居《ゐ》た。其《そ》れに乘《の》せられて、靜野《しづの》の心《こゝろ》を得《え》る事《こと》に勤《つと》めも爲《し》たのである。お東《とう》の所謂《いはゆる》品《しな》玉《たま》に爲れるとも知《し》らず、男の恥辱を面《おもて》にかけて誠一《せい》は慾《よく》の道《みち》を踏《ふ》み迷《まよ》つて行《い》つた。

然《しか》し其《そ》の慾《よく》の道《みち》も今《いま》は往止《ゆきどま》りであつたので。引《ひ》つ返《かへ》そうと思《おも》ふ頃《ころ》は、何時《いつ》か罪科《ざいくわ》の重荷《おもに》を負《お》はされて居《ゐ》て動《うご》く事《こと》も出來《でき》ぬと云《い》ふ始末《しまつ》、行方《ゆくて》には大手《おほで》を擴《ひろ》げて道《みち》を妨《ふさ》いで居《ゐ》る。此處《こゝ》までを釣《つ》り出《だ》して置《お》いて重荷《おもに》を負《お》はせた慾《よく》の手《て》が堅《かた》く繋《つな》がつて行方《ゆくて》を圍《かこ》んで居《ゐ》るので、今《いま》は力《ちから》の限《かぎ》り其《そ》れを破《やぶ》つて、迷《まよ》つた形に道《みち》を付《つ》けねば成《な》らぬと誠一《せい》は思慮《しあん》たのであつた。

罪《つみ》を負《お》つた儘《まゝ》に、僞づいた儘《まゝ》に引返《ひつかへ》すのは業腹《ごうはら》だと思《おも》つて居《ゐ》る。詐僞《さぎ》の槌《つち》、弄絡《ろうらく》の摯、威赫《ゐかく》の棒《ぼう》を振《ふ》つて打破《うちやぶ》りながら先方へ出《で》やうと試《こゝろ》みる心《こゝろ》で居《ゐ》る。既う何時《いつ》か例《れい》の許《もと》まで近付《ちかづ》つて來て居《ゐ》た。提灯《てうちん》の明《あか》りがちら〱と流《なが》れて走《はし》る、夜《よる》の闇《やみ》を縫《ぬ》つて右《みぎ》へ左《ひだり》へ別《わか》れて消《き》える灯影《ほかげ》を追《お》つて、池《いけ》の端《はた》の寒《さむ》い風《かぜ》に頬《ほゝ》を隠《かく》すと、誠一《せい》は行方《ゆくて》を透《すか》して潜《ひそか》に微笑《ほゝゑ》んだ。女《をんな》は厭《いや》だが、其《そ》れを欺《だま》して酷《ひど》い目《め》に逢《あ》はせるのも好《い》い心持《こゝろもち》の様《やう》に思《おも》つたので。

紅《べに》や白粉《おしろい》に面を塗《ぬ》つて、種々《さま〲》の香氣に女《をんな》の臭味を打消《うちけ》して、強《す》ねる、甘《あま》える厭味《いやみ》を云《い》ふ。而かも生娘《きむすめ》めかして亂次《しどけ》ない振《ふ》りを作《つく》つた女《をんな》の姿《すがた》を思《おも》ひ浮《うか》べると、丸《まる》めて撫《な》て媚して少時《しばらく》は掌《てのひら》の上《うへ》に乘《の》せて置《お》き、最後《さいご》に一《ひ》と突《つ》き微塵《みぢん》にして呉《く》れたら面白《おもしろ》からうと誠一《せい》は愈々《いよ〱》笑《わら》つた。

愛嬌《あいけう》を潜《ひそ》めて艶《えん》に打背向《うちそむ》けた其《そ》の面《おもて》が門《かど》の瓦斯燈《がすとう》に照《て》らされると後《うしろ》から追《お》つて來《き》たやうな車《くるま》の音《おと》、路次《ろじ》の内《うち》に徐《しづか》に揺《ゆ》れて幌《ほろ》の横《よこ》に女《をんな》の顔《かほ》が白《しろ》く浮《う》たが

「あら、珍《めづ》らしく早《はや》かつたこと!」

と優《やさ》し氣《げ》に云《い》つた。闇《やみ》に響《ひゞ》いた其《そ》の言葉《ことば》を聞《き》くと、誠一《せい》は口紅《くちべに》の濃《こ》い唇《くちびる》を聯想《れんさう》す。其唇《そのくちびる》も幾人《いくにん》の男《をとこ》に汚《けが》れたかと冷《ひ》やかに思《おも》つて見《み》た。

（上篇終《じやうへんをは》り）

小説

袖頭巾　中篇（一）

露英女史

明けて三日を過ごすと、門松の緑にも古びが帯びたやう、竹の戦ぎにも新らしい音色が消えて、注連の飾りも淋しくなる。

濃紫、曙染の友禅に、緋の色を亂して黒塗の下駄に羽根を追つた、美くしい娘達も町の隅々に影を潜めて、車走る年禮者の醉の面に興が淺い。小路の水道端に水を汲む女房も、新らしい手拭に結立の艶々しい髷を包んだのは一昨日の事、今日は亂れた髪にさへ何となく初春の名殘りと、惜まれる。

外に朝から雪が散らつき初めて、麗かだつた日光射しが隠れては往來も甚ど淋しく、晴れ續きの途上は忽ち玉の床に埋れて、巷の街を白々と染めた其のうちに、装ひ飾つた晴れの小袖も掩はれて了つたので、喧しい物の響きは、音のない雪の音に打たれて都は唯雪に化したやう、静まり返つて降がまゝ。

其の濱町の河岸を、一臺の車は南から北へ雪に背向いて進んで行つた。

何の放隙てか車の跡は絶えて、河には宿りの船も見えず、半開きの蛇の目土蔵の横に隠れてからは、雪愈々濃やかに川端に續く家々を忍ばせて降り増つてくる其の通りを、白く曙染した幌深く、黒い面に雪の斑紋を殘して車を驅けて行つたが、堀に沿ふて左に折れると増村の家の前で轍は留つた、高い松の枝にかゝつた雪除けが、撓んでは又襲へる。

雪の積つた笠を俯向けて、車夫は甲斐々々しく手拭に雪を拂つて桐油を外すと、新らしい爪革の足駄を先きに、車の内の人は下り立つた。外套の内に身を委縮めて振りも作らず、飛び込むやうに門へ入ると、松にかゝつた雪が袖に觸つて嬉しいやうにはらりと散る。車夫は包みを抱へて、追ふ様にこれも入つて行く。

賑々しく聲が迎へ出たが、

「まア、香川の若旦那でいらつしやいますよ、お[illegible]機、お[illegible]機。」

とお新の[illegible]しい聲。

「寒い！　寒い！」

と震へ聲にお新を笑はして、座敷へ上ると如才なくお新は後へ廻つて外套を脱がせる、斜子の五つ紋、仙臺平の袴に外套の辷りがさらりと鳴つた。

「あれまあ、御年始で御座いますか。」

とお新は目を丸くして、斜子揃ひの亮之助の服装を見詰める。

「今年始めて來たのだから、年始に定つてるぢや無いか、面白い事を云ふ人だ。」

と笑つたが、例もは走せ出して來る人が、何うしたのか影も見せぬので、

小説

袖頭巾《そでづきん》 中篇（三）

露英女史

お新《しん》は心《こゝろ》ならぬ様《やう》に座敷《ざしき》々々を探《さが》したが何處《どこ》にも姿《すがた》が見《み》えぬので、小婢《こをんな》に尋《たづ》ねやうと勝手《かつて》へ出《で》て來《く》ると、臺所《だいどころ》の隅《すみ》の女中部屋《ぢよちうべや》に、疊《たゝみ》に俯伏《うつぶ》した久《ひさ》の頭《つむり》が見《み》えた。

「まア、お嬢様《ぢやうさま》！」と走《はし》り寄《よ》つて、無理《むり》に抱《だ》き起《おこ》そうと爲《す》るのを、癇癪《かんしやく》らしく振拂《ふりはら》つて久《ひさ》は再《ふたゝ》び突伏《つゝぷ》して了《しま》ふ。

長《なが》い頸脚《えりあし》を見《み》せて、例《れい》の高髷《たかまげ》に花簪《はなかんざし》を挿《さ》した美《うつく》しさを、前髪《まへがみ》も鬢《びん》も滅茶々々《めちやくちや》に惜氣《をしげ》もなく袂《たもと》の中《なか》に埋《うづ》め込《こ》んで、紅絞し中形縮緬《ちうがたちりめん》に紫博多《むらさきはかた》の腹合《はらあは》せの帶《おび》を平《ひら》つたく結《むす》んだ、肩巾狹《はゞせま》い袷を斜《はす》にして、糸織《いとおり》の縞《しま》の着物《きもの》に黑《くろ》の半襟《はんえり》かけた世話《せわ》の姿《なり》の裾《すそ》も亂《みだ》れた儘《まゝ》、嗚咽《をえつ》の聲《こゑ》

居《ゐ》たとは見《み》えて、錦繪《にしきゑ》が散《ち》らかつて、百人一首《うたがるた》の箱《はこ》も出《で》て居《ゐ》る。脱《ぬ》いだ縞八丈《しまはちぢやう》の羽織《はおり》に移《うつ》り香《が》が通《かよ》つて、メリンス更紗《さらさ》の蒲團《ふとん》の上《うへ》に溢《こぼ》れた菓子《くわし》の粉《こな》、見《み》るまゝに菱之助は打笑《うちゑ》んで、

「此室《こゝ》で遊《あそ》んで居《ゐ》たのだらう、隱《かく》れん坊《ばう》の惡戯《わるさ》を爲《し》てるのだ。」

「左様《さう》で御座《ござ》いませうか、例《いつ》もは飛《と》んで在《い》らつしやいますのに、何《ど》う成《な》さいましたのでせう。」

と御新《ごしん》は不安《ふあん》らしい顔付《かほつき》を爲《し》た。

「誰《だれ》も居《ゐ》ないの？」と聞《き》く。

「いゝえ、お嬢様《ぢやうさま》はお在宅《いでさ》なんて御座《ござ》いますよ、御新造様《ごしんぞさま》は本郷《ほんがう》のお家《うち》に御病人《ごびやうにん》がお在《ゐ》りて、其方《そちら》へ在《い》らつしやいました。」

「誰《だれ》？」

「從妹《いとこ》さんがね々貴方《あなた》！大暦年末からお惡《わる》いので御座《ござ》いますつて！もう疾《と》には爲《し》て在《い》らしつたので御座《ござ》いますけれど、御年始《ごねんし》のお客様《きやくさま》でお間《ま》が御座《ござ》いませんで、漸《やう》つと今日《こんにち》大急《おほいそ》ぎてお出掛《でか》けに成《な》りましたの、もう程《ほど》なくお歸《かへ》りで御座《ござ》いませう。」

「其《そ》りや可《い》けないね、何日《いつか》來《き》た彼《あ》の女《ひと》ぢやないか。」

「左様《さやう》で御座《ござ》います。」

一寸《ちよつと》眉《まゆ》を顰《ひそ》めて奧《おく》へ通《とほ》つたが、例《れい》の茶《ちや》の室《ま》に久《ひさ》は見《み》えないので、

「おや、何方《どちら》にお在《い》でゝ御座《ござ》います。お嬢様《ぢやうさま》？」

可愛《かあい》らしい返答《へんじ》も爲《し》なかつた、此室《こゝ》に

お長《なが》い袖《そで》に忍《しの》ばせて居《ゐ》た。

「何《ど》う成《な》さいましたのよ、兄様《にいさん》が在《い》らつしやいましたよ、御心配《ごしんぱい》を成《な》さると可《い》けませんから、機嫌《きげん》直《なほ》して彼方《あつち》へ在《い》らつしやいまし。松《まつ》の内《うち》にお泣《な》き成《な》さると一年中《ねんぢう》お泣《な》き成《な》さる様《やう》になりますの、ね、嫌て御座《ござ》いますね。」

久《ひさ》は頭《つむり》を振《ふ》つて起《お》きやうとも為《せ》ぬのでお新《しん》は困じ果《は》て〻座《すわ》り込《こ》んで了《しま》ふ。久《ひさ》が泣《な》いて居《ゐ》る其《そ》の由《よし》をお新《しん》は知《し》つて居《ゐ》るのであつた。

「戯談《じやうだん》せずに出《で》てお在《い》て！　久さん！　善《い》い品《しな》を上《あ》げないよ、兄様《にいさん》は歸《かへ》つて了《しま》ふよ、宜《い》いかい？」

と菱之助《れうのすけ》の聲が聞《きこ》える。

「ま、お煩しいこと。さあ在《い》らしつやいまし。顔《かほ》をお直《なほ》し成《な》すつて、お新《しん》と参《まゐ》りませう。え？　お嬢様《ぢやうさま》！」

久《ひさ》は合點も為《し》ない。幽《かすか》に「い〻のよ」と云《い》つたばかり。

「困《こま》りましたねえ。昨日《きのふ》の話《はなし》は必然《きつと》虚言なので御座《ござ》いませうから、機嫌《きげん》よくしてお上《あ》げ遊《あそ》ばせよ。お正月《しやうぐわつ》ぢや御座《ござ》いませんか、お嬢様《ぢやうさま》や。」

揺振《ゆすぶ》つて、袖《そで》を抱《かか》へた久《ひさ》の手《て》を取《と》る。

「打捨《うつちや》といて、宜《い》いのよ。」

と哀《あは》れに久《ひさ》が云《い》ふと、

「何處《どこ》に居《ゐ》るのだ

と立《た》つて來《き》たらしい菱之助《れうのすけ》の聲《こゑ》が近付《ちかづ》いて、臺所《だいどころ》へ顔《かほ》を出《だ》した様子《やうす》、直《す》ぐに見付《みつ》けて、

「何《なに》を為《し》て居《ゐ》るの？」

と傍《そば》へ寄《よ》つて來《き》た。お新《しん》ははら〳〵して、

「いえ、少《ちよ》つと虫《むし》が起《おこ》りまして……」

「泣《な》いてるのかい？　え？　何《ど》うした何《ど》うした。」

片膝《かたひざ》突《つ》いて、菱之助《れうのすけ》は周章《あわて》て起《おこ》しかけたが、久《ひさ》は其《そ》れに背向いて、又突伏《またつツぷ》して了《しま》つた。

「甚《ひど》く御機嫌《ごきげん》が惡《わる》いね。何《ど》うしたの？　久さん！」

默《だま》つて居《ゐ》るので、其《そ》の脊《せ》を抱《だ》いて起《おこ》そうとしても久《ひさ》は其《そ》れを厭《いや》がつて傍《わき》へ退《と》いて了《しま》ふ。

「久さんは、兄《にい》さんに怒《おこつ》てるのたね？　兄《にい》さんが何様《どんな》怒《おこ》らせる様《やう》な事《こと》をしたか云《い》つて御覧《ごらん》？　云《い》はないで泣《な》いてるばかりでは分《わか》らないぢや無《な》いか。」

「辛くて御座《ござ》います其様《そんな》譯《わけ》ぢや御座《ござ》いませんのでせう、ねえ、お嬢様《ぢやうさま》？」

「機嫌《きげん》をお直《なほ》し成《な》さい。樂《たの》しみにして居《ゐ》たお正月《しやうぐわつ》を泣《な》いて暮《く》らすものが有《あ》るものか。久さんは馬鹿《ばか》だ。」

下《さが》つた毛《け》を撫《な》で上《あ》げて、亂《みだ》れた袖《そで》の振《ふ》りを直《なほ》してやる。

「今日《けふ》だつて、兄様《にいさん》は來《こ》られるのぢや無《な》かつたのを、お前《まへ》さんが雪《ゆき》が降《ふ》つて淋《さび》しからうと、無理《むり》をして出《で》て來《き》たのだよ。其《そ》れを何時《いつ》迄《まで》も機嫌《きげん》惡《わる》くして居《ゐ》るなら、兄《にい》さんは歸《かへ》らう。」

「ま、貴方《あなた》。何卒《どうぞ》其様《そんな》ことを御仰《おつしや》いませんて……お嬢様《ぢやうさま》、もう厭《いや》な顔《かほ》は遊《あそ》ばすなよ、例《いつ》も貴方《あなた》はお柔順《すなほ》ぢや御座《ござ》いませんか、阿母《おつか》さんも最うお歸《かへ》りて御座《ざ》いますよ、さあ〳〵彼方《あつち》へ参《まゐ》りませ

う。」

引立《ひつた》てられて久《ひさ》は漸《やうや》く顔《かほ》を上《あ》げた。袖《そで》に拭《ぬぐ》つてお新《しん》を見上《みあ》げた顔《かほ》の白粉《おしろい》が剥《は》げて人形《にんぎやう》の顔《かほ》に水《みづ》を塗《ぬ》つたやう、薄赤く眼《め》の縁《ふち》を彩色《いろど》つた。

小説

袖頭巾《そでづきん》 中篇

（三）

露英女史

お新《しん》は久《ひさ》を無理《むり》に引摺《ひきず》つて化粧室《けしやうしつ》へ入《はい》つて行《い》つた。菱之助《ひしのすけ》は楽屋《がくや》へ戻《もど》つて床《とこ》の間《ま》に置《お》いてあつた一人立《いちにんだち》の羽子板《はごいた》を手《て》に取《と》つて眺《なが》めて居《ゐ》たが、勘平《かんぺい》の顔《かほ》の片《かた》二重《ふたへ》に、一點涙《いつてんなみだ》の汚點《しみ》のあるを見出《みいだ》して、そつと探《さぐ》つて見《み》た。今日《けふ》の涙《なみだ》ではないと見《み》えて乾《かわ》いて居《ゐ》る。

「何《なに》が悲《かな》しいと云《い》ふのだらう。」と云《い》ひ知《し》らず可哀想《かあいさう》になつて、其《そ》の涙《なみだ》の汚點《しみ》に頬摺《ほゝず》りしたが、早《はや》く其《そ》の跡《あと》を問ねてやつて可愛《かあい》らしい笑顔《ゑがほ》を見《み》せてお新《しん》にも安心《あんしん》を爲《さ》せやうと、待《ま》つて居《ゐ》ると、奥《おく》の室《へや》から、頻《しき》りに久《ひさ》を説《と》いてるらしいお新《しん》の聲《こゑ》が聞《きこ》える。

「彼奴《あいつ》が貴女《あなた》を嫌つたので御座《ござ》いますよ、決《けつ》して彼様《あんな》お話《はなし》を信用《しんよう》なさる事《こと》は御座《ござ》いませんよ、兄様《にいさん》が其様《そんな》お心持《こゝろもち》なら、この雪《ゆき》の中《なか》を、わざ〳〵淋《さび》しいだらうと仰有《おつしや》て來《き》てなんぞ下《くだ》さいますものですか。御機嫌《ごきげん》直して御年始《ごねんし》を待《ま》つていらつしやいまし。」

後《あと》も何《なに》やら云《い》つたり云《い》はれたり爲《し》て居《ゐ》るやうであつたが、障子《しやうじ》を開《あ》け閉《た》てする音《おと》に消《け》されて、分《わか》らなくなつて了《しま》つた。合點《がてん》がゆかず其様《そんな》ことに屈托《くつたく》して一人《ひとり》長火鉢《ながひばち》の傍《そば》に座《すわ》り込《こ》んだまゝ、煙草《たばこ》を燻《ふか》したり、鉛繪を繰《く》り返《かへ》したり、床《とこ》へ活《い》けた紅梅《こうばい》の撓《たわ》め振《ぶ》りを眺《なが》めて、青竹《あをだけ》の輪柳《わやなぎ》も一本毎《いつぽんごと》に目《め》を通《とほ》したが、久《ひさ》はまだ出《で》て來《こ》ない。帯《おび》を抜《ぬ》く音《おと》、襟《えり》を撲く音《おと》が微《かすか》に通《かよ》つてくるので、何《なに》を爲《し》て居《ゐ》るのかと氣《き》にしながら、傍《そば》の机《つくゑ》の上《うへ》に乘《の》せてある年始狀《ねんしじやう》の端書《はがき》などを見《み》て居《ゐ》ると、お新《しん》が漸《やうや》く大急《おほいそ》ぎで入《はい》つて來《き》た。

「何《ど》うも〳〵、お一人《ひとり》お置《お》き申《まを》して相《あひ》濟《す》みませんで御座《ござ》います、漸《やうや》くと御機嫌《ごきげん》がお直《なほ》り成《な》さいましたので御座《ござ》いますよ。何《ど》うもねえ虫《むし》が困つていらつしやるもので御座いますから……。」

「何うしたのだい？　私《わたし》に怒つてるのぢやないか、驚いて了つた。」

「はゝゝお驚き遊ばしましたでせうとも、突然で御座いますから喃？

「何うしたと云ふの？」

「いゝえね。何て御座います……」

とばかりで言葉が詰つたが、

「一層もう申上げて了ひませう、年末《くれ》に若旦那《わかだんな》からお歳暮をお遣はし下さいましたで御座いませう、彼のお使の若い衆さんが、お家では御婚禮が旅にあるので大忙しだと、一寸御親造様に申たんて御座いますよ、其れから私が何誰ですつて饒舌に伺つたところが、お宅の若旦那だと斯う云ふんで御座いませう、其れをお嬢様が聞いてらしつて其れから彼様しては時々お泣き成さるんで御座いますの、御親造様も弱つていらつしやるんで御座いませんのですからと申ても、何うしても御承知がないので御座いますもの、全く其様お目出度が……おありていらつしやいますか？」

とお新は恐々、終りに聞いて菱之助の姿を今更に眺める。

「はゝゝ」

と笑つたばかり、菱之助は濃い眉を上げてあらぬ方を見た。寧悶に結んだ紐が羽織に解けて、其の人は無言で居る

「お新！」と與て呼んだ。

立つて行つたが少時すると襖の外に人の氣色、振返ると開けさした其處に稍姿を見せて久は立つて居た。

戯織とゝのつた三つ紋の裾模様、江戸紫の色が沈んで、源氏を散らして友禅に染め出した裾が高く、同じ地色に惣模様らしい派出な下着がばらりと揺つて裾先三枚が弾いたやうに少し上つた、其許に振袖が落ちて、襦袢の袖の色縁取づたやうに薄紅が流て見える。緋の厚板に光琳風の梅模様、低い矢の字に紋がかすれて、すんなりとして膝付、裾足袋を八字に踏んで、面は襖の陰にかくして居た。

「まあ、何をしていらつしやるよ、お入り遊ばせな、御年始ぢや御座いませんか。」

とお新の黙つた顔。

小説

袖頭巾《そでづきん》 中篇

（四）

露英女史

「何所《どこ》へ行《ゆ》くの？」

菱之助は吃驚《びつくり》した顔《かほ》をして、久《ひさ》に問《と》いたが、久は無言《だま》つて其《そ》の前《まへ》に坐《すわ》つたばかりて、泣《な》いた面《おもて》を耻《はづ》かしさうに打笑《うちゑ》んだ。直《なほ》した顔《かほ》が奇麗《きれい》になつて、聊か惚《ほ》れぼりたい眼《め》も可愛《かあい》らしい。

「何所《どこ》へ出《で》かけるんだい？」

「何所《どこ》へも行《ゆ》きや為《し》ないの。」

胸《むね》に両袖《りやうそで》を合《あは》せて、漸《やう》く答《こた》へる

「だつて、美《い》い服装《なり》なんぞ為《す》るからさ」

両方《りやうはう》が口《くち》を噤《つぐ》んで、少時《しばらく》は見合《みあ》つた儘《まゝ》、て居《ゐ》た。何許《どこ》か解《と》けぬ顔付《かほつき》て久《ひさ》が俯向《うつむ》加減《かげん》に伏目《ふしめ》になつて居《ゐ》るのを、菱之助は何《なん》と思《おも》つてか例《いつ》も程《ほど》の戯《ざ》れた言《こと》も云《い》はず、異顔に滋々と見入《みい》つて居《ゐ》たので櫛《くし》の寳玉《はうぎよく》が淋《さみ》しい色《いろ》に輝《かゞや》いた。

「さあ、お祝《いは》ひを遊《あそ》ばして！」

と云《い》ひながら、朱塗《しゆぬり》の膳《ぜん》に揃《そろ》へた屠蘇《とそ》銚子《てうし》を持《も》つてお新《しん》は入《はい》つて来《く》る。

「此方《こちら》からは公然伺はれも為《し》ない事《こと》だから、若《も》し香川《かがは》の若旦那《わかだんな》が在《い》らしつたら略儀《りやくぎ》だけれどもお嬢様《ぢやうさま》に御祝儀《ごしうぎ》を申上《まをしあ》げるやうつて、御新造様《ごしんぞさま》が仰有《おつしや》て在《い》らつしやいましたものですから、只《たゞ》今《いま》お召替《めしかへ》を成《な》さいましたので御座《ござ》いますよ。」

「何《なん》だ御丁寧《ごていねい》だね、この寒《さむ》いのに其《そ》れには及《およ》びません事《こと》ちやないか。」

三《み》つ組《ぐみ》の盃《さかづき》が菱之助の前《まへ》に置《お》かれて、お新《しん》は久《ひさ》に銚子《てうし》を渡《わた》した。受《う》けた盃の漾が、屠蘇《とそ》に浸《ひた》ると、振《ふ》袖《そで》は男《をとこ》の膝《ひざ》に波《なみ》を打《う》つて、高髷《たかまげ》に挿《さ》した両天《りやうてん》の花《はな》が真正面《まとも》に其《そ》の顔《かほ》へ向《む》かふ。

「お目出度《めでた》う、相變《あひかは》らず！」

「相變《あひかは》りませず……」と微《かす》かな聲《こゑ》。

「ほゝゝ能《よ》くお似合《にあ》ひます。お嬢様《ぢやうさま》！御婚禮《ごこんれい》のお式《しき》のやうて御座《ござ》いますよ。」

とお新《しん》は久《ひさ》の機嫌《きげん》を取《と》る心《こゝろ》で、両方《りやうはう》が禮服《れいふく》だつた丈《だけ》に例《たと》へて云《い》つたが、久は忽《たちま》ち涙含《なみだぐ》んだ眼《め》に、吃《きつ》とお新《しん》を睨《にら》めて横《よこ》に向《む》いて了《しま》つた。

「はい！お嬢様《ぢやうさま》。」

と笑《わら》つて、菱之助が盃《さかづき》を久《ひさ》に酬《さ》す。温和しく受《う》けて、云《い》はうとした祝儀《しうぎ》が胸《むね》につまると、片手《かたて》に盃《さかづき》を持《も》つた儘《まゝ》、久は片手《かたて》に繻袢《じゆばん》の袖《そで》を嚙《か》み占《し》めた。白《しろ》い歯《は》に紅《くれなゐ》が絞《しぼ》られて、色《いろ》の艶《しづく》が滴《したゝ》るかとばかり、涙《なみだ》ははら〳〵と膝《ひざ》に散《ち》つたのであつた。

「お目出度《めでた》うと云《い》ふものですよ。」

と涙《なみだ》を知《し》らぬ顔《かほ》に菱之助は優《やさ》しく数《かぞ》へる。お新《しん》は後《うしろ》に其様《そんな》ことは知《し》らずに居《ゐ》たので、嬉《うれ》しさうな聲《こゑ》で、

「お流《なが》れを戴《いたゞ》かして下《くだ》さいましな。」

「さあお新《しん》さんへ廻《まは》すのだ。」

其《そ》れが済《す》むと追《お》ひやる様《やう》に、菱之助は

もう宜《よ》しいから片付《かたづ》けてお了《しま》ひ。」

「おやまあ、大附雑とて御座《ござ》いますて

小説

袖頭巾《そでづきん》（五）

中篇

露英女史

「泣《な》くのぢやないと云《い》ふのに！泣《な》く人《ひと》は兄《にい》さんは嫌《きら》いだ。」

と云《い》ひながら袂《たもと》から半巾《はんけち》を出《だ》して渡《わた》してやる。精一杯の居鎮に、頬《ほゝ》が赤《あか》くなつて慈愛の籠つた眼色《まなざし》が潤《うる》んで来《き》た。

久《ひさ》は半巾《はんけち》に面《おもて》を拭《ぬぐ》ふと、丁寧《ていねい》に其《そ》れを畳《たゝ》んで返《かへ》そうと云《い》ふ様《やう》に差出《さしだ》しながら菱之助を見《み》る。睫毛《まつげ》が濡《ぬ》れて口紅《くちべに》も剝《と》れて了《しま》つたので、

「折角《せつかく》直《なほ》したつて、顔《かほ》も何《なに》も大切《たいせつ》無《な》しだ。もう泣《な》くのぢやないんだよ。」

久《ひさ》は點頭《うなづ》きながら指《ゆび》で眼《め》の涙《なみだ》を拂《はら》ふ。

「今日《けふ》は雪《ゆき》が降《ふ》つてるだらう。お前《まへ》さん知《し》つてるのかい？」

顔《かほ》を差寄《さしよ》せて菱之助は聞《き》いて見《み》た。何《なん》の事《こと》かと怪訝《けげん》そうに久《ひさ》は眼《め》を見張《みは》つて

「えゝ。」

「おや利口《りこう》だね？利口《りこう》なら兄《にい》さんの云《い》ふ事《こと》も分《わか》るね？何《ど》うだい？」

久《ひさ》は黙《だま》つて居《ゐ》る。妙《めう》な事《こと》を訊《たづ》ねられて其《そ》れに思《おも》いが奪《うば》はれたので、涙《なみだ》は乾《かわ》いたがまだ馴《な》れぬ顔付《かほつき》。

「何《ど》うだよ？分《わか》らなきや話《はなし》を為《し》ない。」

「分《わか》つてよ？」と漸《やう》やく。

「ぢや話《はなし》を為《し》やう。ね？もつと火鉢《ひばち》の傍《そば》へお在《い》で、寒《さむ》いのだらう？顫《ふる》えてるぢやないか。」

久《ひさ》は立《た》つて長火鉢《ながひばち》の傍《そば》へ来《き》た。矢《や》の字《じ》の結《むす》び尻《じり》が障子《しやうじ》に触《さは》つてかたりと云《い》ふ音《おと》。はつと帯《おび》を押《おさ》へて振返《ふりかへ》ると長《なが》い袖《そで》が揺《ゆ》れる。

「あゝ。帯《おび》が曲《まが》つた。何《ど》うする？」

と仰山《ぎやうさん》に云《い》はれて、釣込《つりこ》まれながら帯《おび》を見返《みかへ》つて搖《ゆ》てゝ見《み》る。

「はゝゝゝ嘘《うそ》さ。其様《そんな》ことては兄《にい》さんに欺《だま》され放題《はうだい》だね。」

久《ひさ》は口《くち》を窄《すぼ》めて拗《す》ねた顔《かほ》を為《し》た。

「其《そ》れだからお前《まへ》さんは人《ひと》の云《い》ふ事《こと》を

と！。」

「もう宜《い》い。もう宜《い》い。」

と五月蠅《うるさ》そうな顔《かほ》を為《す》る。見《み》ると久《ひさ》は振袖《ふりそで》を顔《かほ》に當《あ》てゝ居《ゐ》るので、何《なに》か云《い》はうと為《し》たお新《しん》を、目《め》で教《をし》へて、退《さが》らせて了《しま》つた。

裾《すそ》も亂《みだ》さず行儀《ぎやうぎ》正《たゞ》しく座《すわ》つた久《ひさ》の、片《かた》手《て》は膝《ひざ》に置《お》いて、片手《かたて》は袖《そで》を押《おさ》へながら顔《かほ》を掩《おほ》ふて居《ゐ》るのを、菱之助は静《しづ》かに取《と》つて、

「もつと此方《こつち》へお在《い》で！お話《はなし》があるから……」

と云《い》つた。合點《がつてん》いたが袖《そで》は取《と》らぬを、無理《むり》に引放《ひきはな》すと涙《なみだ》に濡《ぬ》れたのがさらりと取《と》れて、途端《とたん》にはら〳〵と露《つゆ》が散《ち》る。菱之助の差出《さしだ》した手《て》にもかゝると、少時《しばらく》眺《なが》めて、

「着物《きもの》が大無《だいな》しになるぢやないか。泣《な》いてるならお話《はなし》を為《し》ないよ。」

小説

袖頭巾《そでづきん》（六）中篇

露英女史

「分《わか》らないものなら無理《むり》に考《かんが》へなくとも宜《い》い事《こと》さ。唯《たゞ》、兄《にい》さんが泣《な》く事《こと》はないのだと云《い》つたら。お前《まへ》さんはもう決《けつ》して泣《な》く事《こと》は無《な》いんだよ、兄《にい》さんが態《わざ》程《ほど》でも泣《な》いて呉《く》れと云《い》つたら、一生《しやう》泣《な》き通《とほ》して涙《なみだ》の中《なか》へお前《まへ》さんの身体《からだ》を消《け》して了《しま》つてお呉《く》れ。可《い》いかい。分《わか》つたかい。」

久《ひさ》は點頭《うなづ》いて見《み》せた。泣《な》きさへ為《せ》ねば能《い》いのだらうと思《おも》つたばかり。

「分《わか》つた？おや、仲好《なかよ》くしやうね。お前《まへ》さんは弱虫《よわむし》だから、喧嘩《けんくわ》をすれば泣《な》かされるに極《きま》つて居《ゐ》るんだよ。はゝゝ泣《な》く時《とき》があつたら兄《にい》さんも泣《な》いて上《あ》げる。泣《な》く時《とき》でもないのに無暗《むやみ》と泣《な》くなら、兄《にい》さんは一所《しよ》に泣《な》かないのさ。」

一所《しよ》に泣《な》くと云《い》はれたのが可笑《をか》しくな

真実《ほんと》にするのだ。兄《にい》さんの云《い》ふ事《こと》は真《ほん》にしても宜《い》いが、他《よそ》の人《ひと》の云《い》つた事《こと》を一々《いち〳〵》事実《ほんと》にしちや可《い》けないぢや無《な》いか。」

久《ひさ》は其所《そこ》に座《すわ》つて、不思議《ふしぎ》さうに菱之助《ひしのすけ》の顔《かほ》を見《み》て居《ゐ》る。

「久《きう》さんは雪《ゆき》の降《ふ》つてるのを知《し》つてる程《ほど》の利發《りはつ》なんだらう、利發《りはつ》だつたら他人《ひと》の云《い》ふ事《こと》を真《ほんと》だと思《おも》つたり為《し》ちや可《い》けないんだよ、分《わか》つたらう？」

久《ひさ》は分《わか》らないやうな顔《かほ》を為《し》て居《ゐ》るので、

「お前《まへ》さんは利口《りこう》なんぢやないか。何故《なぜ》他人《ひと》の云《い》つた事《こと》を真《ほんと》にして其様《そんな》顔《かほ》を為《し》てるんだよ。初春早々《はつはるさう〳〵》泣《な》きながらお居睡《ゐねむり》を祝《いは》ふなんて、不吉千万《ふきつせんばん》だ。」

久《ひさ》は漸々《だん〳〵》合點《がてん》のいつた眼色《まなざし》に、笑《ゑ》みを含《ふく》んで首《くび》を斜《なゝめ》に俯向《うつむ》けたが、袖《そで》を弄《いぢ》つて無言《だま》つて居《ゐ》た。

「雪《ゆき》の降《ふ》るのが分《わか》つて居《ゐ》るなら、兄《にい》さんが此家《こゝ》へ来《き》て居《ゐ》るのも分《わか》つて居《ゐ》るのだらう。其《そ》れでもうお前《まへ》さんの泣《な》く事《こと》はない筈《はず》だ。これ程《ほど》云《い》つて分《わか》らないのなら久《きう》さんは雪《ゆき》の降《ふ》つてる事《こと》も知《し》らない訳《わけ》なんだよ、真《ほんと》は知《し》らないに違《ちが》ひない。知《し》つてる風《ふう》なんだ。さあ、何方《どつち》？利口《りこう》か馬鹿《ばか》か。」

謎《なぞ》のやうな事《こと》を云《い》はれて久《ひさ》は迷《まよ》つて居《ゐ》るので、幾程《いくら》か理解《わかり》の行《ゆ》く節《ふし》もあるやうに自烈度《じれつ》くなつて来《き》た。

「ぢや、矢張《やつぱ》り馬鹿《ばか》なんだらう。雪《ゆき》は降《ふ》るから降《ふ》つて居《ゐ》るのさ、兄《にい》さんは来《き》たから来《き》て居《ゐ》る。何故《なぜ》雪《ゆき》が降《ふ》るんだらう？寒《さむ》いからかも知《し》れない。兄《にい》さんは何《なん》だつて来《き》たのだらう。矢張《やつぱ》り寒《さむ》いからだらう。はゝ。此《こ》れが分《わか》らないやうな久《きう》さんなら、兄《にい》さんの話相手《はなしあひて》には少《ちつ》と覚束《おぼつか》ないなあ。」

久《ひさ》は愈々《いよ〳〵》分《わか》らないので、餘《あま》り面白《おもしろ》さうな菱之助《ひしのすけ》の、何《ど》うかてもしたのぢやないかと不安《ふあん》になつて、まぢ〳〵と其《そ》の顔《かほ》を見《み》るばかり。

つて、久は思はず笑つて了つた。菱之助は久の稚い心を能く知つて居る其の稚い心のうちに、味ひ得た或るものをも知つたので、今迄泣いた其の涙も、自分の身にしては捨てられぬ情の涙とは思ひながら、久にしては其れ程深い意の涙ではないと、分つて居た。自分が妻を迎えると聞いて、悲しんだ涙には違ひないが、自分の遊び友達が遠くの親類へでも宿りに行つた為、當分相人がなくなつて淋しい。と思ふ情位に過ぎないので、果敢ない味や、沈んだ色のついた涙ではない。自分の好きな浮花を、何時の間にか他の娘へお愛想に遣られて了つて、後て御陛様に強ねた様な心持で、自分の顔を見るなり泣いたのが久の思惑で、圍はれた儘に浮世の風に觸りもせぬ十八の花は、何時か戀の芽の萌え出したのも自分は夢に逢ひながら知らずに居るのだと、菱之助は可憐に思つたのである。

然し自分が他の女と結婚を為れば、何故其れが悲しいのかと久に聞いたなら久は恥かしい面を為るだらうかとも考へたが、自分の方から其様ことを残酷に聞くに堪へないて止して了ふ。然ればと云つて、泣いた譯を、自分は知つて居ながら追窮して聞くのも罪のやうに思つて其なりに為て了つた。事實は近い内菱之助は妻を娶るのであつた。大學を卒業てからも、外國の脚本を飜譯したり、創作したり、小説や詩文に筆を弄んで、家の財のある儘に呑氣に過ごして行く。父親が瓦斯會社の重役て忙しい身なのにも拘らず、菱之助は遊ぶ方に忙しい身體で今も新らしい雑誌を發刊するとかで其の編輯に怠る間もないと云ふ始末。其れを、母親は何時迄も書生氣が失せないとばかり解釋して、妻を娶はせ一家の任を持たせて相當に父の手助を為せねばならぬと云ふのであつた。

年齢が年齢故、もう女房を持つても宜いだらう位の考へて、母に勧められた女房を、我儘張つて首を横に振通す程他に自分で見立てゝ惚れた女もなかつた。

唯可愛いゝ人はあつた。長唄の糸調合と云ふのゝ會員で、例も年の少いのに謡ひ手の方へ廻はる、聲の勝れて美い久と云ふ娘で、菱之助は其の聲に惚れたばかり、此家へ繁々通つて來るやうになつたのである。馴れゝば佻氣ない丈の無邪氣な娘で。兄さんと睦まれるのが、面白さに時々久を見度くなるばかり。戀ふとも戀はれたとも、其様味な糸は兩人の間に繋がれなかつた筈であつたが、何時か其の手繰つた糸が久の身に搦み初めたので、久自らは知らぬのであらう。と其の笑ひに瞞つた久の顔を見守つて、菱之助は心のうちが亂れてゆく樣に思つた。

小説

袖頭巾（七）

中篇　露英女史

「お彈き初めはやつたの？」

「未だなのよ。兄樣が任らしつたらお彈き初めを爲やうと思つてー」

久は卒然晴れやかな顏になつて了て、凝つた眼が活々と輝いて來た。

「今日は少し……手が冷めたいわ。」

「お彈き初めを爲るのに、其樣贅澤な事を云ふもんぢや無いよ。障子を開け放してさ、この初春に向つて勢よくやつて御覽、賞技人が一人ある代りには邪魔《じやま》ものは無いから宜い。」

「何うせ拙いんですもの、仕方にないわ、惡く云はれたつて！」

窄せた口許をして微笑みながら立上つたが、直ぐ後に掛けてある三味線を外した。

「無性爲ずに、彼方から出して來てお彈き成さいな、阿母樣が居ると叱られるだらう。」

「然うね。お新に出して貰ひませう。」

久は嬉々と出て行つた。

待つ間を蓬之助は、障子を開けて中庭を茫然と眺めながら立つた。雪は荒くなつて益々降るばかり、牡丹の雪除けに奇麗に積つて、袖垣の柴に降りかゝつた雪の景色が繪のやう。薄淺黄地の手拭が手水鉢の上に微かに搖いて下の簀の子に含嗽の器やら、朱塗の手拭かけ、楊枝箱も出した儘になつて居るのが緣つゞきに見える。

「宇曾姫を持つて來ました、これで彈きませうね。」

右近《うこん》の布に包んだ儘、箱から出して來たのを携へて久は後から聲をかける。三味線に蓬之助が戲れに附けた名が宇曾姫と云ふので、姫が氣に入て久は必ず其の三味線を宇付姫と呼んで居た。

「結構だね。謹んで拜聽しませう。」

障子を閉てると、硝子越しに雪が散らつく。久は其方を眺めながら、棹を拭いて丁寧に手入れして胴に付いた房の紫を直しなどして居ると、小婢が撥の箱を持つて來た。

「御祝儀に……老松でもやつて、後は貴方の何でも好きなもの。ね。」

「何でも宜いから早くお初め成さい。」

「少し手を温めてから。」

「おや〳〵。大層な騷ぎだ。日が暮れて了ふよ。」

「もう阿母樣も歸つて來るね。」

と撥を取上げる。調子を合はせにかゝつた振袖姿。脊負つた帶の結び尻が斜に袖の陰から出て、臙染を返して座つた膝の源氏へ、折から煽つた袖の風に火鉢の灰がふわ〳〵と飛んで、房がばらりと縺れる。と、丁と力を入れて彈ませた靜な音色。

「泣初めが濟んで彈初めか。今度は何初めだい？」

小説

袖頭巾《そでづきん》　中篇

（八）

硲英女史

「千壽《ちず》さん。何《なに》か飮《の》むものでも上《あ》げやうか?」

屛風《びやうぶ》を片寄《かたよ》せて、叔母《をば》の粂代《くめよ》は枕邊《まくらべ》に差《さし》よつて物優《ものやさ》しく尋《たづ》ねる。

汚《よご》れこそ見《み》えないが、硬張《こはゞ》つた木綿《もめん》の蒲團《ふとん》に病《やまひ》の身體《からだ》を横臥《よこた》へて、新《あたら》しい手拭《てぬぐひ》を卷《ま》いた括《くゝ》り枕《まくら》に亂《みだ》れた髮《かみ》を埋《うづ》めたのが、氷嚢《ひようのう》から傳《つた》はつて來《き》た雫《しづく》に濡《ぬ》れて、毛《け》の凝固《かたまり》が蒼《あを》い額《ひたひ》に密着《ひつつ》いたやう。黒木綿《くろもめん》の襟《えり》をかけた夜着《よぎ》のうちに深《ふか》く入《い》れた腮《あご》を少《すこ》し仰向《あふむ》かせると、眼《め》がぱちりと開《あ》いて、笑《わら》ひの影《かげ》が覺束《おぼつか》なくも口《くち》の邊《あた》りに射《さ》した。

「飮《の》みますか? お湯《ゆ》でも! 切《せつ》ない箇所《ところ》があるなら、千壽《ちず》さん擦《さす》つて上《あ》げるよ」

顏《かほ》を差出《さしだ》すと、熱《ねつ》の臭氣《にほひ》が面《おもて》を撲《う》つた。

「有難《ありがた》う。お忙《いそが》しい中《なか》を濟《す》みません。」

と切《せつ》なさうな息遣《いきづか》ひをしながら、力《ちから》ない會釋《ゑしやく》を為《す》る。無理《むり》に氣《き》ばかりは張《は》り詰《つ》めて居《ゐ》ると見《み》えて、鈍《にぶ》くなつた朦朧とした瞳子《ひとみ》を、空《くう》に彼方此方《あちこち》と悶《もだ》くやうに動《うご》かしながら、結《むす》んで居《ゐ》た唇《くちびる》のうちに迫《せま》つて來《く》る呼吸《いき》を、少時《しばらく》は撓め込《こ》んで見《み》たがやがて吻《ほつ》と吐《つ》いて、

「叔母《をば》さん、兄《にい》さんは歸《かへ》つて來《き》ましたか?」と聞《き》く。

「あゝ。今《いま》、歸《かへ》つて來《き》たよ。何《なに》か用《よう》?」

「いゝえ。」

と微《かす》かに云《い》つたが、途端《とたん》に母《はゝ》のお町《まち》と何《なに》か云《い》ひ爭《あらそ》つて居《ゐ》るやう誠一《せいいち》の聲《こゑ》が聞《きこ》えたので、其《そ》れに耳《みゝ》を澄《す》すと、眉《まゆ》を顰《ひそ》ませて眼《め》を瞑《つぶ》つて了《しま》つた。

昨夜《ゆうべ》誠一《せいいち》は歸《かへ》らなかつた様子《やうす》と、お町《まち》は露《あらは》には云《い》はなかつたが、粂代《くめよ》は察したので、今《いま》、誠一《せいいち》の歸宅《かへ》つたのを見《み》るなり、此室《こゝ》へ避《さ》けたのであつた。病人《びやうにん》も其《そ》れを案《あん》じて居《ゐ》るのであらうと哀《あは》れに思《おも》はれるので、この場合《ばあひ》を姉《ねえ》さんも成丈《なるたけ》[illegible]をして居《ゐ》れば宜《よ》からうのに。

「又泣《またな》初めてせう。」

「何故《なぜ》?」

「千壽《ちず》さんの事《こと》を阿母様《おつかさん》から聞《き》から。」

「病氣《びやうき》だそうだね、可哀想《かはいさう》に!」

「肺病《はいびやう》に成《な》つて了《しま》つたのよ。風邪《かぜ》からですつて! 病院《びやういん》へ入《はい》るんでせうと思《おも》ふの、可哀想《かはいさう》ねえ。」

撥《ばち》を措《お》いて其《そ》の手《て》を火鉢《ひばち》へ翳《かざ》した。萎《しを》れた久《ひさ》の様子《やうす》に、病《やまひ》に惱《なや》む若《わか》い女《をんな》の哀《あは》れさも思《おも》ひ出《だ》されて何《なん》となく、一度《ど》見《み》た千壽《ちず》の上《うへ》が思《おも》はれる。

「美《うつく》しい人《ひと》だつたぢやないか。」

兩人《ふたり》ながら沈《しづ》み込《こ》んで、少時《しばらく》は默《だま》つて居《ゐ》た。一度《ど》浮立《うきた》つた心《こゝろ》が妙《めう》に鬱いて久《ひさ》は三味線《さみせん》を彈《ひ》く氣《き》も出《で》ず、火鉢《ひばち》に掩《おほ》ひ被《かぶ》さつて冷《つめ》たい白襟《しろえり》を火《ひ》に翳《かざ》したが、

「今《いま》までお正月《しやうぐわつ》は好《す》きだつたけれど、もう今年《ことし》から嫌《きら》ひになつたの。」

と云《い》ひも敢《あ》へず、

「小供《こども》の時代《じだい》が過《す》ぎたのだらう。」

と云《い》つた菱之助《りようのすけ》は、何《なに》か思《おも》ひながら硝子《がらす》越《ご》しに降《ふ》る雪《ゆき》を見《み》て居《ゐ》た。

小説

袖頭巾（九）

中篇　露英女史

「病人は居る事だし、少しは家に居付いて世話をして呉れなけりや、私一人で何うするつて事も出來や爲いやね。何もお前、義理を缺くと云ふんぢやなし、松が取れてからだつて御年始は出來るんぢや無いかね。彼女を病院へ入れるつたつて、其の工夫さへ出來てや爲ないんだよ、もう毎度の事だから左樣々々はお前にだつて厄介はかけ度くないと思ふし爲るもんだから、私の心配つたら有りやしないんだよ。」

灰と煤で髮の毛は埋つたやう、顔も垢に黑ずんて、赤切れの手が海老の樣になつて居た。相も變らず破れた筒袖半纒に括まつた姿を、見れば氣の毒にもなつて、とはら／＼と氣を揉めて居ると、隣の正月を家で飲んで騷がうと云ふ連が、下手な三味線彈かして景氣らしく張上げた端唄都々逸、どすを利かした聲色の銅鑼聲も交つて、壁越しに隣家から騷々しさを持ち込んでくる。女の高笑ひの賑々さに思はず舌打して、儘にならない浮世を辛く思ふのであつたが、お町の聲も今迄よりも高くなつて、甚く立腹して居るらしい語調に聞えたので、遂に粂代は立つてお町の傍へ來た。

「靜にしてお遣んなさいよ、病人が氣を揉んでますよ。」

と云ひながら坐ると、誠一も其處に坐つて、笑ひながら挨拶を爲る。高貴織の羽織に一樂の着物、博多の一本獨鈷も目に立つて、粂代は誠一の姿に、甚か驚かされて打守つた。

お町の立腹も其れであつた。昨日銘仙着て年禮に行くと云つて出たのが、一夜を他に明かして、この姿で只今歸つて來た、例の通り借着で年始に廻はつたと云ふ云譯を、妹の重病のなかを借着に虛榮をして步き廻つて居る場合ぢやあるまい、と云ふのがお町の怒りの原因なので。

粂代は自然、姉から聞いた、千鶴の手當も思ふ樣には出來ぬと云つた其の愚痴を、眞目面に聞いた自分が馬鹿氣たやうに思つて、未だに活計さへ覺束なくつて居ると云つた言葉が、何だつて明瞭と私に云へたらうと、今更にお町の面と誠一の姿を見比べたのである。

「然、腹が立つもんだからね。」

と詫びるやうにお町は云つた。

「何だか知らないけれど、靜に爲た方が能いでせう。病人が可哀想てさね。」

顔を上げて誠一は叔母を見た。

「其《そ》りやまあ、姉《ねい》さんの云《い》ふ通《とほ》り、心《しん》配《ぱい》てせうともさ、何《なに》に就《つ》け唯一人《たツたひとり》の誠《せい》りなんだから、平常《ふだん》は兎《と》も角《かく》、此様《こんな》時《とき》には成丈家《なるたけうち》に居《ゐ》るやうにしてねえ、私《わたし》だつて出来《でき》る丈《だけ》は世話《せわ》も為《す》る積《つも》りだけれど、この節《せつ》ぢや恰《まる》つきり遊《あそ》んで居《ゐ》る様《やう》なもんですからねえ、然《さ》うは届《とゞ》かないんですよ。其《そ》れにや誠《せい》さんだつてもう立派《りつぱ》な男一人前《をとこいちにんまへ》になつてる事《こと》なんだから、まご／＼為《す》ると私《わたし》の方《はう》て厄介《やつかい》になる様《やう》な事《こと》に成《な》つて了《しま》ふんだから、ほんとに仕様《しやう》がありませんしねえ。」

お町《まち》は妹《いもと》の心《こゝろ》を解んで、

「何《なに》、お前《まへ》！」一人前《いちにんまへ》の男《をとこ》だつて名《な》はかりさ。何《なに》が何《ど》う出来《でき》るんぢや無《な》いのだよ。斯《か》うしてまあ、見《み》たら分《わか》るだらうが、友達《ともだち》に借着《かりぎ》なんぞをして押歩《おしある》いて居《ゐ》るんだから、其《そ》れ丈《だけ》でも私《わたし》の心配《しんぱい》は一《ひ》と通《とほ》りぢや無《な》い。何《ど》うせ其様心掛《そんなこゝろがけ》ぢや碌《ろく》な事《こと》には成《な》りつこないんだからね、もう疾《と》うから私《わたし》や其様《そんな》こと此様《こんな》ことを苦労《くらう》にして居《ゐ》るのさ。」

「借着《かりぎ》ですか。」

と目《め》を丸《まる》くした。

「其様《そんな》思《おも》ひをして、虚栄《みえ》を為《し》て見度《みた》いのだらうか。女《をんな》とは違《ちが》ふのぢや無《な》いか。其《そ》れ丈《だけ》の服装《みなり》で年始《ねんし》を為《す》れば、大《たい》した利益《とく》でもあると云《い》ふのかねえ。其《そ》れで今《いま》も小言《こごと》を云《い》つて見《み》たのだよ、呆《あき》れて了《しま》ふばかりさ。昨夜《ゆふべ》だつて……実《じつ》はお前《まへ》の前《まへ》だけれど、歸《かへ》つちや来《こ》なかつたんだからね、年末《くれ》あたりから能《よ》く家《うち》は明《あ》けるんだから、交際《つきあひ》だと云《い》やあ何《なに》も其《そ》れまでさ、此《こ》れから世《よ》の中《なか》へ出《で》やうと云《い》ふ壮年者《わかいもの》の事《こと》なんだから其《そ》れも仕方《しかた》はないが、万事《ばんじ》が然《さ》う云《い》ふ積物の様《やう》な心得《こゝろえ》で居《ゐ》るんぢや誠《こと》に安心《あんしん》がならないから種々《いろ／＼》と云《い》つて見《み》るのさ。成《な》らない中《うち》に云《い》つて置《お》くんだからねえ。」

「全《まつた》く！、成《な》つて了《しま》つた上《うへ》ぢや仕方《しかた》が有《あ》りや為《し》ません。誠《せい》さんも未《ま》だ若《わか》いから無理《むり》は無《な》いやねえ。唯《たゞ》姉《ねい》さんが苦労《くらう》性《しやう》だから、余《あんま》り気《き》を揉《も》ませる様《やう》な事《こと》は仕《し》ないやうにね、誰《だれ》も彼《かれ》も男一人《をとこひとり》の誠《せい》さんを当《あて》にして居《ゐ》るんだから、少《すこ》し確然《しつかり》として下《くだ》さいよ。」

誠一《せいいち》は無言《だま》つて居《ゐ》る。瀬戸火鉢《せとひばち》へ手《て》をかけた儘《まゝ》挨拶《あいさつ》も為《し》なかつた粂代《くめよ》は其《そ》れを見《み》ると、何故《なぜ》姉《ねい》さんの小供達《こどもたち》は斯《か》う剛情《がうじやう》なのだらうと思《おも》つたので。姉《あね》は粂の邪と思《おも》ふが、何《ど》うも小供《こども》には兄妹《きやうだい》ながら不憫《ふびん》が離らぬのであつた。

「彼女《あれ》も非常《ひど》く痩《や》せたよ。」

と思《おも》ひ出《だ》したやうにお町《まち》は云《い》ふ。

「痩《や》せましたね、困《こま》るねえ。」

「何《ど》うしやうにも先《さき》に立《た》つものが要《い》るんだから、実《じつ》に遣《や》り切《き》れなくつて、因果《いんぐわ》な事《こと》だと思《おも》ふばかりで何事《なんに》も手《て》に付《つ》かないだらうぢやないか。」

「無理《むり》はありませんとも！」

とばかりて、粂代《くめよ》は其《そ》の愚痴《ぐち》を聞《き》き流《なが》して了《しま》ふ。

小説

袖頭巾　中篇

（十）

露英女史

熱病と聞いたばかりで、二階の女房は下婢が病い付くと直ぐ、親類へ手傳に行くと云つて逃げて了つたので、小供の泣聲も爲ず喧噪しく喋舌る人もない爲、家の内は森として、窓へ當る雪の音が一層の寂寞を添へるばかり。雨戸も繰つてあるので、僅か一方の明り取りを透いて暗さは暗く、煤燻つた陽の炬燵の傍に坐つて居た粂代は、熱の爲氣に閉ぢられて頭が重くなつて來た。

「此樣所へ置いちや、病人は堪りませんね。肺炎ぢや熱症でも病院へ入れなけりや可けますまい？」

「お醫者からも云はれてるのだけれど何分こんな始末なんだから……誠に困るんだよ。年末から病ひ始めて、私や其方へ掛りつ切りだし、仕事も受合つた分は先方樣へ返すやうな譯なんだからねえ、ほんとに察してお呉れ。平常は風邪一とつ引かない女だのに何だつて其樣惡い病に罹つたのだらうね、出來るものなら私が代つて、藥も何も飲かずに死ぬとか癒るとか片を付けて、皆にも厄介はかけないが、若いものぢやあるし、見ても居られないから私一人が苦勞を爲るのだよ。」

粂代は不快な顔をした。

「何時迄も世話になり續けてねえ、お前にも濟まないしと思ふと、私やもう自分が腑甲斐ないからと思つてねえ。病人も可哀想だし……」

お町は双子の前垂で涙を拭きながら、

「誠一がもう少し確然さへ爲て居て呉れたら、これ程苦勞も爲ないのだけれど、何と云つても女の手一とつで育てたのだから役にや立たず、病院の入費どころかお前、毎日の藥だつてこの人には面倒は見られやしない、滋養とか何とか言つて其ればかりだつて好い加減小遣が要るんだもの。何うしたら好いかと思つて、私やもうね……」

涙聲になつて、後は泣いて了ふ。

誠一は何とも云はず、懐手をした儘俯向いて居た。蒼くなつた顔が險しくなつて、額には青筋が現はれて居る。

「一人しきや無かつた昔と斷念れば、亡つても仕方はないけれど……其れ迄の心配が大抵の事ぢやあるまいと思ふと……」

「何ですね、姉さん！愚痴なら止して下さい。」

押へた粂代の言葉は激しかつた。

「亡つたらなんて縁喜でもない。惡るくとると面當だと思ひますよ、世話つたつて恩に被る程の事も爲やせず、今度だつて平常とは異ふ病氣の事なんだから、私だつて出來る丈は姪の事ですもの頼まれなくつたつて及ぶ丈は爲まさね、世話は嫌だとは云やしない。今

小説

袖《そで》頭《づ》巾《きん》

中篇

（十一）

露英女史

「更《さら》しく厄介《やつかい》だの済《す》まないのと姉《ねえ》さんがお云《い》ひだと、何《なん》だか私《わたし》が面當《つらあて》を云《い》はれる様《やう》で面白《おもしろ》くありませんよ。察《さつ》して呉《く》れとお云てなくつても分《わか》つてますよ苦勞《くらう》為《し》てることは知《し》つてますよ。誠《せい》さんに迄《まで》役《やく》に立《た》たないのなんのつて、気《き》の毒《どく》にさ、まだ壯《わか》いものを無理《むり》はありや為《し》ないやね、其様《そんな》ことを云《い》つたり云《い》はれたりしてるのを病人《びやうにん》が聞《き》いて御覧《ごらん》なさい、快《よ》くなるものも惡《わる》く為《し》て了《しま》ふぢやないか。愚痴《ぐち》を云《い》つて見《み》たつて始《はじ》まらないんですよ。」

「済《す》まないと思《おも》ふから愚痴《ぐち》も出《で》るんだよ、病人《びやうにん》が因果《いんぐわ》だわね。何《なに》もお前《まへ》に當《あて》付《つけ》て云《い》つた譯《わけ》ぢやなし、毎度《まいど》の事《こと》で蒼《あを》蠅《ばへ》からうと思《おも》ふから云《い》いも為《す》るんだよ。」

「其《そ》れが餘計《よけい》ぢやありませんか。済《す》まないの何《なん》のと思《おも》つてる暇《ひま》に、病《やまひ》を早《はや》く全治《なほ》してやる方角《はうがく》でも為《す》れば可《い》い。」

其《そ》りやお前《まへ》のお云《い》ひの通《とほ》りだよ、愚《ぐ》痴《ち》を云《い》つてる隙《ひま》に、何《なん》とか工《く》夫《ふう》でもした方《はう》が能《い》いには定《きま》つてるけれど、何《なん》に付《つ》けても人《ひと》が頼《たの》みなんだからと思《おも》ふと遂然うは思《おも》ふ様《やう》にも行《ゆ》かないんだから……」

「行《ゆ》かないつたつて、行《ゆ》かせるより他《ほか》仕《し》様《やう》がないんでせう。仕《し》方《かた》がありませんわね、私《わたし》が何《ど》うとも為《し》ますから、能《よ》くお医者《いしや》から伺《うかゞ》つて、病院《びやういん》へ入《い》れるやうに手続《てつゞき》を運《はこ》ん了《じま》はなけりや駄《だ》目《め》ですよ。」

云《い》ひながら横《よこ》目《め》で誠一《せいいち》の方《はう》を瞥《ちら》と見《み》たが、手《て》を支《つ》いて頼《たの》み込《こ》む程《ほど》の世《せ》辞《じ》もなく、然《さ》ればと云《い》つて、踏《ふん》切《ぎ》つて自分《じぶん》が斯《か》うしやうと云《い》ふ程《ほど》の決心《けつしん》の有《あ》り相《さう》な気《け》振《ぶり》もない、唯《たゞ》黙《だま》つて居《ゐ》るのみなので、これても廿四になつた男子《をとこ》なのだらうかと思《おも》ひながら、染々《しみ〴〵》と見《み》た眼付《めつき》。

「實《じつ》のところ、私《わたし》の方《はう》もこの頃《ごろ》は餘《あんま》り都合《つがふ》の好《い》い譯《わけ》ぢや有《あ》りませんの、久をまあちやんと世《よ》に嫁付《かたづ》けるか何《ど》うか、出《だ》す迄《まで》はいろ〳〵辛抱《しんばう》もしてますけれど、姉《ねえ》さんも知《し》つての通《とほ》り、この頃《ごろ》ぢや貢《みつ》いで呉《く》れる許《もと》もなし、ほんの居《ゐ》食《ぐ》ひ同様《どうやう》で居《ゐ》て、交際《かうさい》は相當《さうたう》に掛《かゝ》るんですから全《まつた》く辛《つら》いんですよ。彼《あ》の女《こ》の始末《しまつ》が付《つ》くまでは襤褸《ぼろ》を出《だ》すまいと思《おも》ふばかりに遣《や》つちや居《ゐ》ますけれど、此《こ》れて一寸《ちよいと》人《ひと》には云《い》へない苦勞《くらう》もあるし為《し》て、此方《こつち》へも出來《でき》るつ丈《たけ》は姉《ねえ》さんの手助《てだすけ》も為《し》て上《あ》げやうとは思《おも》つちや居《ゐ》るんだけれど、遂ね自分《じぶん》の方《はう》が遂れるもんだから手《て》も届《とゞ》かない勝《が》ちになるんですよ、けれど今度《こんど》は場合《ばあひ》が違《ちが》ふんだから私《わたし》は何んなにしてもねえ、姉《ねえ》さん力《ちから》を添《そ》えますから……」

「ほんとに済《す》まないんだよ。」

小説

袖頭巾

中篇

（十二）

露葉女史

と云《い》ひながら、お町《まち》はもう涙含《なみだぐ》んで了《しま》ふ。其《それ》からと爲《す》ると粂代《くめよ》は氣《き》が付《つい》て、

「おや、眼《め》が惡《わる》うござんすね？」

「あゝあ。去年《きよねん》からなんだよ。夜更《よふか》しや散々《さん／＼》眼《め》を遣《つか》ふもんだから。」

眼《め》の内《うち》が赤《あか》らんで、縁《ふち》が爛《ただ》れた様《やう》になつたのをそつと押《おさ》へた。

「姉《ねえ》さんに愚痴《ぐち》を云《い》ふなつて云《い》つて、私《わたし》が愚痴《ぐち》を云《い》つちやつたけれど、お互《たがひ》に女《をんな》の手《て》なんだから意氣地《いくぢ》は有《あ》りや爲《し》ませんねえ、姉《ねえ》さんはまあ地味《ぢみ》の方《はう》で居《ゐ》るから同《おな》じ辛《つら》くても見得《みえ》がないから能《い》い方《はう》なんですよ。表面《うはべ》を奇麗《きれい》にやつて行《ゆ》くとなつちや云《い》ふに云《い》はれない苦《くる》しみが有《あ》つてねえ。」

病人《びやうにん》は寢付《ねつい》て居《ゐ》ると見《み》えて、切《せつ》ない喘《あへ》ぎの聲《こゑ》も爲《せ》ず、襖間に動《うご》きの影《かげ》も見《み》えない。靜《しづか》な丈《だけ》に氣《き》を兼《か》ねて、咳《せき》も潜《ひそ》ませ煙管《きせる》も手《て》に爲《し》ない様《やう》にして居《ゐ》たが、何《なん》となく肘《ひぢ》に凝《こ》りが覺《おぼ》えて、粂代《くめよ》は身《み》を延《の》しながら、

「此様《こんな》ことを云《い》ひ合《あ》つてばかり居《ゐ》たつて仕方《しかた》がない、おやね少《すこ》しだけれど當座《たうざ》だけ置《お》いて行《ゆ》きますから、後《あと》から又《また》寄越《よこ》すとして、一日《にち》も早《はや》く快《い》い様《やう》に爲《し》て遣《や》つて下《くだ》さいな、根《ね》が利發《りこう》なんだから耳《みゝ》へても入《はい》ると、人《ひと》一倍《ばい》神經《しんけい》を起《おこ》すと仕様《しやう》がないよ。」

今度《こんど》は自身《じしん》が當《あ》てゝ云《い》つた。誠一《せいいち》は感《かん》じたらしい氣《け》も見《み》せず、火鉢《ひばち》の灰《はひ》と見《み》合《あ》つた儘《まゝ》て居《ゐ》たが、漸《やう》やく面《おもて》を上《あ》げてお町《まち》の方《はう》を向《む》くと、

「阿母《おつか》さん、然《さ》う／＼叔母《をば》さんに御心《ごしん》配《はい》を蒙つちや濟《す》みますまい？」

と徐《しづか》に云《い》つた。

「だつてお前《まへ》！」

と母《はゝ》も誠一《せいいち》を見《み》たが、眼《め》と眼《め》を合《あ》はしながら少時《しばらく》は兩方《りやうはう》が宜《い》を得《え》ぬと云《い》ふ顔付《かほつき》て居《ゐ》る。

「濟《す》まないつたつて、お前《まへ》が何《ど》うにか出來《こ》るとお云《い》ひなのかえ？」

「出來《こ》ると云《い》ふまで、立派《りつぱ》には云《い》ひ切《き》れませんが何《ど》うにか遣《や》る積《つも》りですから叔母《をば》さんにもお斷《ことわ》りを成《な》すつた方《はう》が宜《よ》いでせう。」

「其《そ》れでも～お前《まへ》！」

とお町《まち》は腑《ふ》に落《お》ちぬ顔色《かほいろ》で、粂代《くめよ》の方《はう》を見《み》る。粂代は澄《す》まして居《ゐ》るので。

「お前《まへ》が何《なん》とか爲《し》て呉《く》れると云《い》ふなら、これに越《こ》した事《こと》はないけれ共《ども》ね……其《そ》れなら其《そ》の様《やう》に早《はや》くから一と言《こと》云《い》つて呉《く》れゝば、私《わたし》だつて叔母《をば》さんだつて心配《しんぱい》はしないぢやないか。お前《まへ》が出來《でき》ない迄《まで》も何《ど》うにか爲《す》るのが當《あた》り前《まへ》なんだから……」

「病人《びやうにん》を措《お》いて、其様《そんな》無益《むえき》な事《こと》は何《ど》う

ても好《い》いぢやありませんか、誰がしやうと、彼がしやうと、寄《よ》つて集るのが當《あた》り前《まへ》なんだからさ。誠《せい》さんだつて今《いま》更《さら》氣が付《つ》いて云《い》ひ出《だ》した譯《わけ》でも有《あ》るまい。妹の病氣は、今知つたのかい？」

癇癪《かんしやく》らしく條代は云《い》つたが、帶《おび》の間《あひだ》から引拔《ひきぬ》いた紙入《かみいれ》を、其《そ》の儘《まゝ》お町に渡《わた》して、身仕度《みじたく》しながら千壽《ちず》の寢室《ねま》へ入《はひ》つて行《ゆ》く。

誠《せい》一は凝視《ぎつ》と見詰《みつ》めて居《ゐ》た。顏《かほ》は眞蒼《まつさを》になつて、開《ひら》いた唇《くちびる》が目に立《た》つばかり戰《わなゝ》いて居《ゐ》るのを、やがてきつと締《し》めると立上《たちあが》つて、脫した鼠外套を引掛《ひつか》けながら入口《いりぐち》へ出《で》て行《ゆ》くので、茫然《ばうぜん》と見《み》て居《ゐ》たお町《まち》は、周章《あわたゞ》しく身《み》を起《おこ》しながら

「誠《せい》一！」

と呼《よ》び止《と》める。追《お》ひ縋《すが》られて振返《ふりかへ》つた誠《せい》一を、息勢《いきほひ》ませながら。

「何所《どこ》へ出掛《でか》けるんだえ？」

「一寸《ちよつと》……直《す》ぐ戻《もど》つて來《き》ます。」

「いゝえ。用事《ようじ》があるにしても後《あと》にしてお呉《く》れ。叔母《をば》さんが歸《かへ》るまで家《うち》に居《ゐ》

誠《せい》一は足駄《あしだ》に蹌踉《よろけ》ながら、傘《かさ》を抱《かゝ》へて外《そと》へ出《で》て了《しま》ふ。

「誠《せい》一！」

「心配《しんぱい》成《な》さる事《こと》は、決《けつ》して有《あり》ません。」

と云《い》ひ切《き》ると、最《も》う開《ひら》いた傘《かさ》を肩《かた》にして、雪《ゆき》を踏《ふ》みながら行《い》つて了《しま》つた。

稍《やゝ》小止《をや》みになつた雪が、未練氣《みれんげ》にちらりちらりと外面《そと》を舞《ま》つて、向《むか》ふの塀《へい》の破《やぶ》れも隱《かく》れて今日《けふ》は美《うつく》しく見《み》える。

「姉《ねえ》さん。又《また》出掛《でか》けたんですか？」

後《うしろ》の襖《ふすま》に障子《しやうじ》を閉《た》てたが、癖《くせ》になつた眉《まゆ》の八字《じ》が、猶更《なほさら》に深《ふか》く刻《きざ》まれて、悄然《しよげ》とお町《まち》は戻《もど》つて來《き》た。

「頑固《いつこく》なんて困《こま》つて了《しま》ふねえ。」

「おや、私《わたし》の云《い》つた事《こと》が氣《き》に障《さは》つたと云《い》ふんですか？」

「然《さ》うでもないのだらうけれどね、矢張《やつぱ》り種々《いろいろ》云《い》はれると、居堪《ゐたま》れなくもなるのだらうよ。」

親《おや》の身《み》になると、斯《か》うも慾目《よくめ》が手傳《てつだ》ふものかと思《おも》ひながら、

「居堪《ゐたま》れないつて理屈《りくつ》が無《な》いぢやありませんか。何故《なぜ》なんだらうね、誠《せい》さんも妙《めう》に偏屈《へんくつ》になりましたね。」

「困《こま》るんだよ。」とばかり。

「困《こま》るつたつて、今《いま》にしたつても私《わたし》に一と言《こと》頼《たの》まうぢやなし禮《れい》を云《い》ふでもなし、自分《じぶん》が踏切《ふんぎ》つてやるにしたところで何《なん》とか挨拶《あいさつ》のしやうも有《あ》つたもんですよ。他人《たにん》ぢやなし禮《れい》は云《い》はれたかないけれど、彼《あ》れぢや喧嘩面《けんくわづら》見たいなもんぢやありませんか、其方《そつち》へ無理《むり》に頼《たの》まうとは云《い》はない世話《せわ》にや成《な》らないと云《い》つた樣《やう》な慳貪《けんどん》な調子《てうし》でさ。可笑《をか》しな人《ひと》だね。姉《ねえ》さんの子《こ》だけれど、ほんとに愛敬《あいけう》のない男《をとこ》だよ。」

お町《まち》は下《した》を向《む》いて、何《なん》とも云《い》ひ得《え》ずに居《ゐ》た。

小説

袖頭巾（十三）

中篇　露葉女史

霙に濡つた傘を門に叩いて、拂ひながら、誠一は大塚の家に入つた。取次に出てきた下婢は、見知り越しの誠一の顔を見ると、愛想よく迎えて玄關傍の小座敷へ通す。奥には來客のある様子と誠一は覗つて。

「一寸奥様にお目にかゝれば能いんですから……お客の様ですね？」

「へえ。」

と受けて、下女《げぢよ》は奥《おく》へ行つたが、やがて火鉢《ひばち》を運んで來た。

「只今。在らつしやいますがお客様で御座いますから、少つとお待ち下さいます様との事で……」

「お手間は取らせないんですから、一寸と云つて置いて下さい。」

客《きやく》と云ふのは花骨牌の相手《あひて》と察したので、誠一《せいいち》は等閑《なほざり》に爲《さ》れるのを心苦しく思つて、念《ねん》を押いて。

下女の去つた後、悠やかに煙草《たばこ》を吸つて、始めて悠揚した顔付になると、鬢に亂れた髮の毛を、心付いた様に拭つて、襟元を繕つたが、不圖鏡の柱隱しに目を留めて、其所へ立つて行つた。何と思つてか、煙草を燻しながら少時自分の立姿を寫して見て居る。傍には美人の下手な油繪が、小さな額にして掛けてあつた。

「待たせて濟みませんでした。」

と其所へ大塚の妻のお勢は、忙がしそうに入つて來た。亂戰に一と方ならぬ手傷と見えて、眼は血走り、額は脂肪切つて、徹夜の證據は鼻の穴を眞つ黑にして居る。

「急用ですつて？、何てす？」

中腰になつて、火鉢の縁へ手をかけた

「お忙しいのでせうに、申譯がありませんが……」

「はあ、何てす？、昨夜は池の端へ出掛けたんでせう？」

壞れた丸髷を、がく／＼爲せながら櫛で自棄に頭を掻いて、

「痴話喧嘩の飛沫散なんぞは御免を蒙りますから。」

「其様、呑氣の沙汰てはありません。」

「てすから、何てすよ。早くして下さい、私も忙しいのですから。手の離されない中を出て來たんですから其のお積りで……」

片方が急く程、片方は落着いて、

「實は奥さん！」

と云つて、お勢の顔を見て居る。

「は？」

とこれも誠一を見た。

「暮れからお願ひしてある一件は、何う成りましたか？」

「一件？、一件とは？、種々な一件があるのですから。直接に話て下さい。」

と自然る。八字を寄せて恐い顔を爲た

小說

袖頭巾《そでづきん》　中篇

（十四）

露英女史

「成《な》る程《ほど》。お堅《かた》いだけに正直《しやうぢき》で在らつしやる！貴方《あなた》は靜野《しづの》さんのお言葉《ことば》を信《しん》じて、態々《わざ/\》此處まで在らしつたのですか？」

「信《しん》じる……と云《い》ふ事《こと》も無《な》いのですが彼《あ》の女《をんな》が私《わたくし》に對《たい》して僞《いつは》りを設《まう》ける程《ほど》の何《なに》も複雜《こみい》つた事柄《ことがら》を頼《たの》んだのでも有《あ》りませんから。」

「ほゝゝ、男《をとこ》から女《をんな》へ無心《むしん》を爲《し》たと云《い》ふ丈《だけ》の事《こと》ですからねえ、簡單《かんたん》ですとも！然《しか》し差向《さしむか》ひぢや靜野《しづの》さんも返答《へんたふ》にお困《こま》り成《な》すつたら、旨《うま》く逃《に》げを張《は》つたぢやないか。」

末《すゑ》は獨言《ひとりごと》の樣《やう》に云《い》つて、微笑《ほゝゑ》んだ。

「逃《に》げる譯《わけ》て、其樣《そんな》ことを云《い》はれたのぢや無《な》いと思《おも》ひます。奥《おく》さんも意地惡《いぢわ》るく何《なん》の彼《か》のと仰有《おつしや》らず、僕《ぼく》も差支《さしつか》へて居《ゐ》るのですから何卒《どうぞ》何《なん》とか……仰有《おつしや》る通《とほ》り、男《をとこ》が無心《むしん》を爲《す》るのは恥《はぢ》お入《い》つたお話《はなし》ぢやありますが、意氣地《いくぢ》のないものは仕方《しかた》もない事《こと》です。可哀想《かあいさう》とお思《おも》ひ下《くだ》さつて、この場合《ばあひ》を助《たす》けて戴《いたゞ》き度《た》いのです。靜野《しづの》さんの云《い》はれた事《こと》は……僕《ぼく》は正直《しやうぢき》なのでせう……事實《じじつ》と信《しん》じて居《ゐ》ますから斯《か》うしてお邪魔《じやま》に上《あが》つたので、御都合《ごつがふ》もお有《あ》りで御座《ござ》いませうけれど……」

「然《さ》う仰有《おつしや》られては迷惑《めいわく》を致《いた》しますばかりですわ。貴方《あなた》にお匿《かく》しする要《えう》もなし、確《たしか》にお預《あづか》りしてあるものなら御催促《ごさいそく》がなくともお屆《とゞ》け申《まを》すぢや御座《ござ》いませんか。其《そ》の樣《やう》な怪《け》しからん事《こと》は私《わたくし》は致《いた》しません。明白《あからさま》に申上《まをしあ》げて置《お》きませう……私《わたくし》は靜野《しづの》さんから何《なに》もお頼《たの》まれ申《まをし》た事《こと》もなし、又《また》、お預《あづか》り致《いた》した覺《おぼ》えも御座《ござ》いませんです。」

誠一《せいいち》は眞赤《まつか》になつた。

「僞《いつは》りと思召《おぼしめ》すなら、私《わたくし》が靜野《しづの》さんへ實《じつ》は……妹《いもと》も病氣《びやうき》で、僕《ぼく》も非常《ひじやう》な中《なか》なのですから、御無理《ごむり》でも御都合《ごつがふ》をして戴《いたゞ》き度《た》いので！」

「うむ、うむ。」

と頭《あたま》も共《とも》に合點《がてん》すると、

「だから、靜野《しづの》さんへ貴方《あなた》からお話《はなし》を爲《し》た方《はう》が宜《よろ》しいと申《まを》したぢやありませんか。其樣《そんな》こと迄《まで》私《わたし》にやお周旋《とりもち》は出來《でき》兼《か》ねますのね。無心《むしん》は直接《ぢか》が宜《よ》う御座《ござ》いませう。」

「いや。先日《せんじつ》も其《そ》のお話《はなし》でしたから、昨晩《さくばん》靜野《しづの》さんに頼《たの》みました。」

「其《それ》では別《べつ》に！」

「ところが、萬事《ばんじ》は大嶋《おほしま》の奥《おく》さんに任《まか》せてあるし、充分《じふぶん》な事《こと》も彼《あ》の人《ひと》に預《あづ》けてあるから、大嶋《おほしま》へ行《い》つて話《はなし》を爲《し》て與《く》れと云《い》はれたのです。」

「ふゝゝゝ。貴方《あなた》はまあ！」

お勢《せい》は、態《わざ》とらしく笑《わら》つた。

小説

袖頭巾《そでづきん》　中篇

（十五）

露英女史

一ト筆認《したゝ》めても宜《よ》う御座《ござ》いますよ。彼方《あつち》へお持ち遊《あそ》ばして御相談《ごさうだん》を遊《あそ》ばした方《ほう》が宜《よ》しいて御座《ござ》いませう。」

言葉《ことば》が丁寧《ていねい》になると、腰《こし》を据《す》ゑて、兩《りやう》手《て》を膝《ひざ》に重々《おも／＼》しい態度《たいど》を見《み》せながら、

「お住居《すまゐ》をお教《をし》え申《まを》しませう。」

と容々《うや／＼》しく云ふと、

「存《ぞん》じて居《を》ます。」

と荒《あら》い調子《てうし》て答《こた》へる、誠《せい》一は口惜《くや》しさの籠《こも》つた眼《め》を見張《みは》つて、

「然《さ》う馬鹿《ばか》に成《な》さらなくとも宜《よ》しいです。大場《おほば》さんや貴女《あなた》が、静野《しづの》さんに就《つい》て何《ど》れ程《ほど》の事《こと》を爲《し》て在《い》らつしやるか、僕《ぼく》は殘《のこ》らず川邊《かはべ》君《くん》に聞《き》いて分《わか》つて居《ゐ》るのですから……」

「まあ、失敬《しつけい》なことを仰有《おつしや》ること！、大場《おほば》も私《わたくし》も、高々《たか／＼》、女一人《をんなひとり》の腰巾着《こしぎんちやく》に成《な》りは致《いた》しませんよ。貴方《あなた》ぢやあるまいし、其《それ》こそ私《わたくし》を馬鹿《ばか》にして在《い》らつしやるのぢや御座《ござ》いませんか。友吉《ともきち》は腦《のう》味噌《みそ》の足《た》りない男《をとこ》ですから、和人《あいて》になんぞ成《な》さる方《はう》が、一層御捐て御座《ござ》います……貸借上《たいしやくじやう》なら兎《と》に角《かく》、其樣《そんな》汚《きたな》いお話《はなし》の金錢上《きんせんじやう》は、誠《まこと》に私《わたし》には御返事《ごへんじ》も出《で》來《き》兼ねますから、良人《たく》て居《を》ります時《とき》に悠《ゆつく》りとお話《はなし》を成《な》さいました方《はう》が宜《よ》しいてせう。私《わたし》は然う云ふお話《はなし》は大嫌《だいきら》ひて御座《ござ》います。まあ考《かんが》へて御覧遊《ごらんあそ》ばせ。元々《もと／＼》貴方《あなた》と静野《しづの》さんのお交際《つきあひ》は美《うつく》しい譯《わけ》て在《い》らつしやるか？何《ど》うて御座《ござ》います？静野《しづの》さんのお身分《みぶん》も委《くは》しく御存《ごぞん》じて在《い》らつしやる筈《はず》て御座《ござ》いませう、隨分《ずゐぶん》心《こゝろ》ある人《ひと》は爪彈《つまはじ》きを成《な》さる樣《やう》な、お兩人《ふたり》の關係《くわんけい》なのてすからねえ、威張《ゐば》つたお話《はなし》ても……お手柄《てがら》ても御座《ござ》いませんてせう。若《わか》い同士《どうし》が、……夫《をつと》もない人《ひと》が思《おも》い合《あ》つて出逢《であ》ひを爲《す》るのとは譯《わけ》が違《ちが》ひますわ。」

口賢《くちがしこ》く云《い》ひ廻《まは》す顏《かほ》を見《み》ると、物《もの》が云《い》へなくなつて、誠一は拳《こぶし》を握《にぎ》り詰《つ》める。

お勢《せい》に反抗《さから》つて物《もの》を云《い》へば云《い》ふ程《ほど》、自《じ》分《ぶん》の言葉《ことば》て自分《じぶん》を恥《はづか》しめる樣《やう》になると流石《さすが》に未《ま》だ世《よ》の鐵面皮に馴《な》れないで、誠一《せいいち》は其れなり口《くち》を噤《つぐ》んて了《しま》つた。

「然《しか》しお氣《き》の毒《どく》な譯《わけ》て御座《ござ》いますね、お正月《しやうぐわつ》の三日《みつか》と云《い》ふのに、其樣《そんな》ことに屈托《くつたく》して在《い》らつしやるのてすから、御《ご》推察《すゐさつ》は致《いた》します。」

と云《い》つたばかりて奥《おく》へ行《い》つたが、其《そ》れ限《ぎ》りお勢《せい》は出《で》て來《こ》なかつた。下女《げぢよ》が來《き》て、丁寧《ていねい》に、

「弟《おとうと》さんがお歸宅《かへり》成《な》さいますまで、お遊《あそ》び成《な》すつて在《い》らつしやいまし。」

と取次《とりつ》いだが、誠一《せいいち》は何《なん》とも云《い》ひ置《お》きもせず此家《こゝ》を出《で》たのである。雪《ゆき》は止《や》んて、明日《あした》の晴《は》れを知《し》らせる薄《うす》

赤い雲が、西の方に靡いて見える。暮れかゝつた街に、點された燈火も榮えた色を含んで、急に人足の繁くなつて大路の賑やかさ、雪掻きに餘念のない小僧や、雪達磨を轉ばして居る小供等に、喧噪つき出した町々を、目の覺めた樣な心持に誠一は歩いて居たが、四つ辻に足を止めて、思案の眼を配ると

「増村君！」

と誰やら呼び止める、振返ると川邊が後から追つて來るので、微笑みながら此方からも徐々と歩み寄つて。

「好い處で逢つた。」

「君。僕の處へ來たのだね？」

と、小さな眼を眩しそうに爲ながら、友吉は蝙蝠を杖にして近寄つたが、

「何だか元氣のない顏をしてるぜ、正月ぢやないか、何うか爲たのかい？」

「なあに！遊びに來たところが、生憎不在て失望して居た處なのさ。」

「然うか、丁度好いや。」

「これから諸共に池の端へ行ないか？少し話もあるし、頼み度い事もあるんだが……」

「好いとも！例のも來てるのかね。」

「僕一人さ。」

連れ立つて、東へ向くと、二人曳きの車が威勢よく、二人を叱して馳けて行つた。幌を刎ね退けて、毛皮の襟卷に頬を埋めて居たが、鼠の帽子の庇から僅に漏れた、眼許の冴えを友吉は側面から見透して、

「誰だか知つてるかい？」

「え？何を？」

と誠一は心付かなかつたので、怪訝に友吉を見ると、顋て車の走つて行く後を指しながら、

「何人さ。」

「知らない人の樣だつたなあ。」

「新俳の擬田だ。」

と得意顏を爲る。泥のはねを模樣にした半外套《インバネス》を、肩て揺り上げると、舌打一とつ爲て、

「馬鹿にしてやがら。大した景氣で居るぢや無いか。」

「畜生役者か！」

とばかりで誠一は見送つたが、既う遠く車は消えて了つて居る。

「ふうむ。」

と感心して、首垂れながら歩き出すと

「君は芝居は嫌ひだね？」

「遂ぞ、覗いた事も無い。」

「芝居も好いぜ、今夜安い所へ行かうぢやないか、僕が案内するよ。」

小走りに誠一を追つて、

「用さへ、早く頼まれりや、其れで用はないんだらう、ねえ。」

つむ〳〵と過ひながら、誠一は深く思案を爲ながら行くのであつた。

歌留多遊びに行くらしい娘三人が、美しく着飾つて足駄を輕く横切つて行つた、袂の風を温く吹付けて。

小説

袖頭巾《そでづきん》 中篇

（十六）

欧英女史

湯上《ゆあが》りの、蒸《む》された暖《あたゝ》かさに、手《て》も足《あし》も薄赤《うすあか》く染《そ》まつたのを倦怠《だる》そうに、浴衣《ゆかた》に褞袍《どてら》を重《かさ》ねたのを引掛《ひつか》けたまゝ、鏡臺《きやうだい》の前《まへ》に静野《しづの》が座《すわ》ると、次《つぎ》の室《へや》から電燈《でんとう》の紐《ひも》を曳《ひ》いて來《き》て、

「此邊《このへん》で宜《よ》う御座《ござ》いますわね。」

と優《やさ》しい聲《こゑ》に云《い》いながら、隅《すみ》の柱《はしら》に打《う》ち付《つ》けた折釘《をれくぎ》へ括《くゝ》しつける。

「はあ、結構《けつかう》！」

花笠《はながさ》の紅縁《べにふち》が低《ひく》く、透《すか》し模様《もやう》から射《さ》してくる電燈《でんとう》を、少時《しばらく》見上《みあ》げて吻《ほつ》と息《いき》をすると、持《も》つた手拭《てぬぐひ》で、鏡《かゞみ》に映《うつ》つた我《わ》が面影《おもかげ》を輕《かる》く拭《ぬぐ》つた。

「美勢《みせ》さんも、入浴《はい》つて在《い》らつしやい」

「はい。」

温雅《しとやか》に其所《そこ》に座《すわ》つて、首《くび》を斜《はす》に曲《ま》げながら、静野《しづの》の前《まへ》へ火鉢《ひばち》をそつと押たがら、

「阿母様《おつかさま》のお化粧《つくり》が済《す》みましてから、入浴《はい》つて参《まゐ》りますわ。」

「此處《こゝ》はもう宜《よ》しいのよ。」

「でも……婆《ばあ》やが居《を》りませんもの。」

笑顔《ゑがほ》で云《い》つて、言葉《ことば》の調子《てうし》も静《しづか》な、慎《つゝま》し氣《げ》に控目《ひかへめ》らしい擧動《とりなし》。

前髪《まへがみ》をばら〱に突《つ》き出《だ》した束髪《そくはつ》には為《し》て居《ゐ》るが、鼻筋《はなすぢ》の通《とほ》つた面長《おもなが》の、お雛様《ひなさま》のやうな顔立《かほだち》て、眼《め》は細《ほそ》いが、除《あま》り濃《こ》くない眉毛《まゆげ》が美《うつく》しい、口許《くちもと》も整《とゝの》つて、物《もの》を云《い》ふ時《とき》ちよつと口尻《くちじり》を引《ひ》くのが愛敬《あいけう》を添《そ》える。細《こま》かい羽二重《はぶたへ》更紗《さらさ》の衣服《きもの》に、紫矢絣《むらさきやがすり》のお召《めし》の羽織《はおり》を着《き》て痩形《やさがた》なのが肩《かた》を落《おと》して手《て》を重《かさ》ねて居《ゐ》るので、甚《ほと》ど細々《ほそぼそ》とした恰好《かつかう》。明《あ》けて二十歳《はたち》を一《ひと》つ越《こし》たかとも見《み》えるのである。

静野《しづの》の良人《をつと》、内山《うちやま》が先妻《せんさい》の娘《むすめ》で、静野《しづの》には継娘《まゝむすめ》であつた。

暖爐《だんろ》の熱《ほて》りに、湯着も忘《わす》れて、静野《しづの》は化粧《けはひ》に餘念《よねん》も無《な》かつたが、其《そ》れを凝視と見守《みまも》つて居《ゐ》る美勢子《みせこ》の方《はう》を、横目《よこめ》に瞥と見《み》て、

「別《べつ》に用《よう》は無《な》いから、入浴《はい》つて在《い》らつしやい。お北《きた》も居《を》るのでせう。」

「居《お》りますのよ。何《ど》うせ今晩《こんばん》は宿《とま》らして戴《いたゞ》くので御座《ござ》いますもの、お湯《ゆ》へも悠《ゆつ》くり入浴《はい》らして頂戴《ちやうだい》。」

と立《た》たうとも為《せ》ぬ。傍《そば》に坐《すわ》つて、然《さ》りとて世話《せわ》も為《せ》ず、温和《おとな》しく見《み》て居《ゐ》られるのが、癪《しやく》に障《さは》ると云《い》つた様《やう》な顔色《かほいろ》を鏡《かゞみ》に映《うつ》して默《だま》つて了《しま》つた。

化粧水《けしやうすゐ》の匂《にほ》ひが一と室を満《み》たして、花簪の紅梅《こうばい》も香《か》を潜《ひそ》めて了《しま》つたやう。美勢子《みせこ》は端然《きちん》と其《そ》の中《なか》に坐《すわ》つて、首《くび》を斜《はす》にした儘《まゝ》、母《はゝ》の方《はう》を見詰《みつ》めて居《ゐ》る。

前髪《まへがみ》に櫛《くし》が入《はい》る。眞珠《しんじゆ》の留針が留《と》め直《なほ》される。眉毛《まゆげ》に再《ふたゝ》び筆《ふで》が動《うご》くと、改《あらた》めて鏡《かゞみ》に装《つく》つた顔《かほ》を差突《さしつ》けて、我《わ》れと我《わ》が眼《め》て合點た。母《はゝ》の化粧《けしやう》は漸《やうや》く終《をは》つたので。

敷《し》き詰《つ》めた絨氈《じうたん》に、音《おと》も為《さ》せず美勢子《みせこ》

は立《た》つたが、衣桁《いかう》にかつて有《あ》つた静野《しづの》の着物《きもの》を外《はづ》して来《き》ながら、其後《そのうしろ》へ廻《まは》つて、

「早《はや》く召《め》せよ、お風邪《かぜ》をお成《ひ》き遊《あそ》ばすと、悪《わる》う御座《ござ》いますわ。」

「有難《ありがた》う。」

と云《い》つたばかりで、静野《しづの》は身《み》を捩《ね》ぢ返《かへ》して巻煙草《まきたばこ》を吸《す》ひ初《はじ》める。白粉《おしろい》も今宵《こよひ》は薄《うす》く、口紅《くちべに》だけが濃《こ》い色《いろ》を見《み》せたばかり。

「羽織《はおり》らして置《お》いて下《くだ》さい。」

「はい。」

そつと、褞袍《どてら》の上から着《き》せかけて、自分《じぶん》は遠《とほ》く、其所《そこ》から鏡《かゞみ》へ写《うつ》つた自分《わ》が姿《すがた》に眼《め》を返《かへ》した。

襟元《えりもと》の紫《むらさき》、袖口《そでくち》の紅《くれなゐ》に、鮮麗《あざやか》に浮《う》き出《で》た其《そ》の影《かげ》を、見入《みい》るまゝに何故《なぜ》か美勢子《みせこ》は人知《ひとし》れず頬《ほゝ》を染《そ》めたのであつた。

小説

袖頭巾《そでづきん》　中篇

鴎瑛女史

（十七）

「今晩《こんばん》、私《わたくし》が参《まゐ》らなければ、お父様《とうさま》は此方《こちら》へ在《い》らつしやるの？」

「然《さ》うですね。在《い》らつしやらないでせう。明日《みやうにち》は在《い》らつしやいませうけれども……」

眼色《まなざし》が華《はな》やいて、造花《ざうくわ》の白《しろ》を挿《さ》し臨《のぞ》した左の鬢《びん》から、桃色《もゝいろ》の半巾《はんけち》が落《お》ちた。

「何《なん》の御用《ごよう》なのだらうね？、美勢《みせ》は知《し》らないの？」

「私《わたくし》？……………」

堪らつた笑《ゑ》みが漏《も》れると、鏡《かゞみ》の面《おもて》から美勢子《みせこ》の姿《すがた》が消《き》える。脊《せ》を向けて、拾《ひろ》ひながら半巾《はんけち》を屏風《びやうぶ》に掛《か》て了《しま》ふ。

静野《しづの》は其《そ》の姿《すがた》を少時《しばらく》眺《なが》めて居《ゐ》たが、腫《は》れぼつたい近視《きんし》の、悪《わる》い眼付《めつき》を空《くう》に放《はな》つて、ほゝと笑《わら》つた。

「香川《かがは》さんの、お縁談《はなし》が定《き》まつて？」

「あれ、阿母様！」

ぱつと赤《あか》くなつて、面《おもて》を深《ふか》く俯向《うつむ》いた前髪《まへがみ》が微《かすか》に慄《ふる》へて、あるにもあられぬと云《い》ふ風情《ふぜい》。

「其《そ》のお話《はなし》？、お父様《とうさま》のお話《はなし》と仰有《おつしや》るのは！」

「いゝえ。左様《さう》ぢや御座《ござ》いませんのよ。別《べつ》にお話《はなし》がお有《あ》り成《な》さいますの。」

辛《から》くも云《い》つたが、顔《かほ》は上《あ》げ得《え》ず、脊《せい》が高《たか》いので、長《なが》い膝許《ひざもと》を打掩《うちおほ》ふやうに袖《そで》に囲《かこ》つて、静野《しづの》の傍《かたはら》に身《み》を小《ちひ》さく為《し》て居《ゐ》る。

「衣服《きもの》を着《き》ませう。」

と云《い》ひながら、立上《たちあが》ると、美勢子《みせこ》は周章《あわ》て腰《こし》を立《た》てゝ母《はゝ》に對《むか》ふ。煙草《たばこ》の煙《けむ》が間《あひだ》を立迷《たちまよ》つて、背向《そむ》けた頬《ほゝ》を漂《たゞよ》つて消《き》えた。

「お目出度《めでた》う。」

と静野《しづの》は笑《わら》つた。鏡臺《きやうだい》の前《まへ》に置《お》いた眼《め》鏡を取上《とりあ》げて細《ほそ》い指先《ゆびさき》に面《おもて》へかける。眼許《めもと》の悪《わる》いのが隠《かく》れて、部屋中《へやぢゆう》が引き締《しま》

つたやうに見《み》えた。

「歌留多《かるた》でも爲《し》やうぢやありませんか。いや？」

「結搆《けつかう》で御座《ござ》いますわ。何《なん》でも阿母樣の成《な》さるものなら……」

「もう、奥樣《おくさま》になるのぢや、美勢《みせ》さんも遊《あそ》んぢや居《ゐ》られないでせう。」

「まあ、彼樣《あんな》ことを仰有《おつしや》つて！阿母樣に御相談《ごさうだん》も無《な》く、其《そ》の樣《やう》な話《はなし》が定《きま》るものでは御座《ござ》いませんわ。まだ……成《な》るとも……何《ど》うとも……」

靜野《しづの》は無造作《むざうさ》に着《き》終《を》ると、

「竹《たけ》を呼《よ》んで、片附《かたづ》けさして下《くだ》さい。」

と、もう今《いま》の事《こと》は忘《わす》れたやう。米流《よねりう》の衣服《きもの》に黒縮緬《くろちりめん》の羽織《はおり》を着《き》た、淡泊《あつさり》した姿《すがた》で立《た》つて行《い》つた。

鈴《りん》を押《お》すと、下女《げぢよ》が襷掛《たすきがけ》けの儘走けて來《き》た。

「片付《かたづ》けて頂戴《ちやうだい》。婆《ばあ》やは歸《かへ》つて來《こ》ないのね？」

「はい。未《ま》だ歸宅りません。」


後《あと》を任《まか》せて、美勢子《みせこ》も此室《こゝ》を出《で》たが、其《そ》の途端《とたん》に、玄關《げんくわん》へ訪《おとな》ふ聲《こゑ》が爲《し》たので、下女《げぢよ》を再《ふたゝ》び呼《よ》ぶのも氣《き》の毒《どく》に思《おも》つて、自《みづか》ら玄關へ出《で》て行《い》つた。

「御免《ごめん》下さい。」

と又《また》訪《おとな》ふ聲《こゑ》。

「はい。」

と靜《しづか》に襖《ふすま》を開《あ》けると、半外套《インバネス》を被《き》た小《ちい》さい男《をとこ》が立《た》つて居《ゐ》るので、

「何誰《どなた》で？」

「御主人《ごしゆじん》は御在宅《ございたく》ですか？」

聲《こゑ》は止《や》んだが、吹《ふ》いてくる風《かぜ》の寒《さむ》さに美勢子《みせこ》は袖《そで》を掻《か》き合《あは》せながら、中腰《ちゆうごし》になつた。

「は。何誰《どなた》で在《い》らつしやいますの？」

「何卒《どうぞ》、これをお渡《わた》し下《くだ》さい。」

と手紙《てがみ》を差出《さしだ》した。片手《かたて》に受取《うけと》りながら
「お名前《なまへ》は？何《なん》と仰有《おつしや》いますか？」

「渡《わた》せば分《わか》るんです。」

小説

袖頭巾《そでづきん》（十八）

中篇　露英女史

拙劣《へた》な字《じ》で、「靜野《しづの》どの」と記《しる》したばかりの封筒《ふうとう》を、美勢子《みせこ》は携《たづさ》へて母《はゝ》の居室へ來《き》た。

先《ま》づ差覗《さしのぞ》くと、机《つくゑ》に向《む》つて何《なに》か認《したゝ》めて居《ゐ》る樣子《やうす》に、密《そつ》と後《うしろ》から立寄《たちよ》つて、

「阿母樣《おかあさま》。」

と呼《よ》んだ。四邊《あたり》が靜《しづか》なのに、低《ひく》い聲《こゑ》に響《ひゞき》を含《ふく》つて、靜野《しづの》の耳《みゝ》には仰山《ぎやうさん》に聞《きこ》えたので、振向《ふりむ》くと美勢子《みせこ》を眼鏡越《めがねごし》に見据《みす》ゑながら、

「吃驚《びつくり》爲《さ》せる人《ひと》ね、最《も》う少《すこ》し靜《しづか》には云《い》へませんの。」

と嶮《きつ》く云《い》つた。

「あの。御免遊《ごめんあそ》ばして頂戴《ちやうだい》。」

と、美勢子《みせこ》は躊躇《ためら》ひながら、

「只今《たゞいま》ね、母樣《かあさま》！」

靜野《しづの》は默《もく》して、机《つくゑ》の方《はう》を向《む》いて了《しま》ふ。

「何誰《どなた》てすか、お手紙《てがみ》を御持參成《ごぢさんな》さいましたのよ。」

重《かさ》ねて云《い》つたが、未《ま》だ默《だま》つて居《ゐ》る。

「阿母樣《おかあさま》に渡《わた》して呉《く》れと仰有《おつしや》つて、お手紙《てがみ》を、男《をとこ》の方《かた》が御持參成《ごぢさんな》さいましたが……」

坐《すわ》つて、差出《さしだ》しながら、氣《き》に障《さは》らぬ樣《やう》と憚《はゞか》つた調子《てうし》。

「誰《だれ》が、手紙《てがみ》を持《も》つて來《き》たのですつて？」

漸々筆を擱《お》いたが、書《か》きさした手紙《てがみ》から目《め》を放《はな》さうとも爲《せ》ぬ。

「お名前《なまへ》は仰有《おつしや》いませんて、唯《たゞ》、これを渡《わた》して呉《く》れ、と仰有《おつしや》いました。」

出《だ》した掌《てのひら》へ乘《の》せた手紙《てがみ》を、持《も》ち返《かへ》して一と目見《み》ると、

「貴女《あなた》が取次《とりつぎ》に出《で》たの？」

「はあ。」

「輕卒しいぢやありませんか。」

と云《い》ひながら、立《た》つて行《い》つて了《しま》ふ。

茫然《ばうぜん》と、美勢子《みせこ》は坐《すわ》つて居《ゐ》たが、何《なに》か思《おも》ひ出《だ》した樣子《やうす》て、忍《しの》び足《あし》に立上《たちあが》ると、母《はゝ》の聲《こゑ》て竹《たけ》を呼《よ》んで居《ゐ》るのが聞《きこ》える。耳《みゝ》を傾《かたむ》けると、低《ひく》い聲《こゑ》て、

「只今《たゞいま》、主人《しゆじん》は居《を》りませんから、これはお持《も》ち歸《かへ》り下《くだ》さい。と云《い》つて渡《わた》せばよいのだよ。」

と命令《いひつけ》て居《ゐ》るのが分《わか》つたので、何氣《なにげ》ない顏《かほ》に、美勢子《みせこ》は此室《このへや》を出《で》た。出合頭《であひがしら》に靜野《しづの》は入《はひ》らうとしたが、

「お湯《ゆ》てすか？」

と打解《うちと》けた樣《やう》に聲《こゑ》をかける。

「は。」

と云《い》ひ捨《す》てゝ、行《ゆ》かうとしたが踏《ふ》み留《とゞ》まつて、

「何《なん》なので御座《ござ》いますの？」

「今《いま》のてすか、彼《あ》れはね……煩《うるさ》いもんだから、留守《るす》を云《い》ひ立《た》てに歸《かへ》して了《しま》ふの、彼《あ》れは何《なん》とか會《くわい》の、小使《こづかひ》てせう。其《そ》の會《くわい》へ入會《にふくわい》して呉《く》れと、云《い》つては煩《うるさ》く勸《すゝ》めに來《く》るんてすよ。」

「何《なん》の會《くわい》なので御座《ござ》いますの？」

と眉《まゆ》が顰《ひそ》む。

「何《なん》とか……覺《おぼ》えて居《ゐ》ませんわ。面倒《めんだう》だから氣《き》にも留《と》らないのてすよ。其《そ》の邊《こゝ》に、確《たし》か主意書《しゆいがき》見《み》たいなものが有《あ》りましたてせう。」

美勢子《みせこ》は合點《がてん》て居《ゐ》た。勝手《かつて》の方《はう》へ行《ゆ》かうと爲《す》ると、

「奥樣《おくさま》！」

と竹《たけ》は引返《ひつかへ》して來《き》て、

「お歸《かへ》りの時間《じかん》を、聞《き》くんて御座《ござ》いますよ、其《そ》れから判然《わか》りませんと云《い》ひましたら、其《そ》れぢや、お歸宅《かへり》に成《な》つたらば、是非《ぜひ》、今晩中《こんばんぢう》に池《いけ》の端《はた》まで來《き》て貰《もら》ひ度《た》い、と云《い》つて下《くだ》さいと、お云《い》ひ成《な》すつて、お手紙《てがみ》はお持《も》ち歸《かへ》りになりまして御座《ござ》いますよ。」

ふつと、美勢子《みせこ》の顏《かほ》と、靜野《しづの》の面《かほ》が會《あ》つた。靜野《しづの》が外《そ》らした時《とき》には、美勢子《みせこ》は彼方《あちら》へ行《い》つて了《しま》つたので。

小説

袖頭巾《そでづきん》　中篇

（十九）

露英女史

「其《そ》れぢやあ、私《わたし》は歸《かへ》りますよ。能《よ》く氣《き》を付《つ》けてね。明日《あした》入院《にふゐん》爲《さ》せるなら、爲《さ》せるやうに、又私《またわたし》が來《き》ても能《よ》う御座《ござ》んすから、氣落《きおち》をしない樣《やう》に、姉《ねえ》さんも大切《たいせつ》に爲《し》た方《はう》が宜御座《よござ》んす。」

洋燈《らんぷ》も點《つ》いたので、粂代《くめよ》は慌《あわ》てゝ歸《かへ》り仕度《じたく》を爲《す》る。

「種々《いろ/\》、濟《す》まなかつたねえ、誠一《せいいち》はまあ、何《なに》を爲《し》て居《ゐ》るのだらう。彼機人間《にんげん》に成《な》らうとは思《おも》はなかつたけれど、仕方《しかた》のないものだね。」

「だから私《わたし》の云《い》つた通《とほ》り、何《なに》か道樂《だうらく》が出來《でき》たのでせうさ、若《わか》いものだから仕方《しかた》がないと斷念《あきら》めて、千鶴《ちづ》の手當《てあて》を能《よ》く爲《し》てやつて下《くだ》さい。其樣《そんな》ことに氣《き》を焦《い》れて居《ゐ》ちや、姉《ねえ》さんの身體《からだ》に障《さは》るばかりですよ、宿《とま》つて行《ゆ》かれると宜《い》いけれど、家《うち》も久《ひさ》ばかりですから、又明日《またあした》出直《でなほ》して來《き》ませう。」

外套《コート》を羽織《はお》つて、肩掛《シヨール》を卷《ま》きつけて、粂代《くめよ》は病人《びやうにん》の居《ゐ》る方《はう》を、一寸見返《ちよつとみかへ》つて入《い》り口《ぐち》へ出《で》た。お町《まち》は心細《こゝろぼそ》く思《おも》ひながら送《おく》つて行《い》つたが、

「雪《ゆき》は止《や》んだやうね。」

「好《い》い鹽梅《あんばい》だね。」

と云《い》ひ交《かは》して、立身《たつみ》に會釋《ゑしやく》した。

「左樣《さう》なら。」

と云《い》ひ捨《す》てに粂代《くめよ》は出《で》たが、流石《さすが》に去《さ》り兼《か》ねて、格子《かうし》の外《そと》に立《た》ちながら、

「もう、誠《せい》さんだつて歸《かへ》つて來《き》ますでせう、頻迄病人《びやうにん》のあるのを知《し》つてるんだから、又《また》、今夜《こんや》も家《うち》を明《あ》ける樣《やう》な事《こと》はありますまいよ。何《なん》なら、とめても寄越《よこ》しませうか。」

「なあに、歸《かへ》つちや來《く》るだらう。」

柱《はしら》へ寄《よ》つた姿《すがた》も、影《かげ》が薄《うす》いやう、前垂《まへだれ》で惡《わる》い眼《め》の方《はう》を押《おさ》へながら、

「氣《き》を付《つ》けて、早《はや》く歸《かへ》つておやりよ。久《ひさ》も淋《さみ》しがつてるだらう。」

「はあ、でも下女《をんな》が居《を》りますから、構《かま》つた事《こと》はありませんよ。」

果《はて》しがないと、粂代《くめよ》は思《おも》ひ返《かへ》して、

「大切《たいせつ》に爲《し》て下《くだ》さい。」

と言葉《ことば》を殘《のこ》して、歸《かへ》つて行《い》つた。

其《そ》の聲《こゑ》が、お町《まち》の前《まへ》を漂《たゞよ》つて居《ゐ》るやうで、限《かぎ》りなく寂寞《さびしさ》を覺《おぼ》える。薄暗《うすぐら》い室《へや》の方《はう》へ足《あし》を返《かへ》すと、夕刊配達《ゆふかんはいたつ》の新聞賣《しんぶんうり》が響《ひゞ》かして行《い》つた鈴《すゞ》の音《おと》が、一層《ひとしほ》の心細《こゝろぼそ》さを傳《つた》へて消《き》えて行《い》つた。

吻《ほつ》と息《いき》を吐《つ》いて、坐《すわ》る間《ま》もなく、

「叔母《をば》さんは歸《かへ》りましたか？」

と屏風《べうぶ》の影《かげ》に、細《ほそ》い聲《こゑ》。

「あゝ、歸《かへ》つたよ。明日《あした》ね、又來《またき》てくれるとさ。」

母《はゝ》は傍《そば》へ寄《よ》つて來《き》て、小《ちひ》さい臺洋燈《だいらんぷ》の前《まへ》に身《み》を屈《かゞ》める。石油《せきゆ》を儉約《けんやく》して、燈と心《しん》を出《だ》さぬので、漸《やつ》と千鶴《ちづ》の眼許《めもと》が見《み》ゆるばかり。

小說

袖頭巾《そでづきん》　中篇

（二十）

露英女史

「幾程《いくら》か、好い方なのかえ。」

千蔭《ちかげ》は點頭いた樣であつた。蒲團《ふとん》の端が動いて、邪氣の臭氣がぱつと漏れたが、何か幽かに云つたやうなので、

「え？」

と母は耳を千蔭の顏へ押付ける。

「何とかお云ひかえ？」

千蔭は返答をしなかつた。そつと差覗くと、もう寢入つて了つたのか、眼は半ば開いて居るが、現ないやうな顏を爲て居る。眞赤に紅を塗つたやうになつて、呼吸の忙しさが、差出したお町の面を烈しく當てゝ、自分の息が詰つてゆくかと思はれるので、切なさそうに我が胸を片手に押へながら、腰を据えて深い溜息を吐いた。

二枚折の屏風に張り交ぜにした石版畫やら、小說本の切拔繪やらが、掃除を爲なかつた、寒洋燈の埃に埋つた陰に潜んで、其の暗い眞下に、藥瓶を擱へた盆の塗りの、剝げた白さも薄ら汚い。醫者の指圖のまゝ、髪際と額を冷やす氷の點滴に、枕かけの手拭がびしよ濡れに成つて居るのを、取換へる思案も浮ばず、お町は躊躇まつて居たが、葛湯か何かを拵へた、觸つたらべた付きそうな湯呑と十能とを持つてやをら立上ると、表の格子が開いた。

「兄さんが……歸つた……」

千蔭の聲に、起きて居たのかと、母は振返ると、忙しい息をして、矢張り寢入つて居る。

「熱に浮されるのかねえ、矢張り輕快くなつた譯ぢやないんだよ。氣ばつかり丈夫がつてたつて……」

格子を開けたのは唯一で、氣の無さそうな顏をして、茫然と此室へ入つて來

「兄さんは？阿母さん！」

「まだ踊らないんだよ。」

「困りますわねえ。」

と云つたが、起きやうとして、蒲團《ふとん》の中に身を悶くので、

「何うするのさ、便所かえ？」

「いゝえ。いゝえ私ね、起て見ませうと思つて！何だか心持が宜いのですから……」

「まあ、馬鹿をお云ひでない。」

お町は呆れながら、蒲團の上から、そつと押へて、面を差よせた

「何を云ふのだねえ。明日はお前病院へ入ると云ふ程だのに……」

「病院？……病院なんぞ……私は癒てますよ、……阿母さん！癒……癒りますよ。」

自烈て泣いた涙が、燈火に背向いて爛く光る。お町は眞實に千蔭の容躰が悪くなつたのかとも考へて見た。

小說

袖《そで》頭《づ》巾《きん》 中篇

（二十一）

霧英女史

「思《おも》ふ樣《やう》には、ならなかつたんだね。」

と、お町《まち》の顏《かほ》は、忽《たちま》ち曇《くも》る。

「交際《かうさい》の深《ふか》い人《ひと》があるでもなく、親類《しんるい》と云《い》やあ濱町《はまちやう》だけて、會社《くわいしや》て交際《つきあ》ふものは、日《ひ》が淺《あさ》いと、云《い》つた調子《てうし》ですから、其樣《そんな》工面《くめん》はつきません、然《しか》し……」

「そう云《い》や、其樣《そんな》ものだけれど、桑《くわ》にも彼樣《あんな》云はれると、氣《き》の毒《どく》にも成《な》つ了《ちま》ふんだよ。出《で》來る出《で》來ないはおいてもねえ、お前《まへ》が都合《つがふ》に行《い》つたとは思《おも》はないから、大變《たいへん》彼《か》の人《ひと》も心配《しんぱい》して、彼《かれ》から愚痴話《ぐちばなし》も出《で》るやら、泣《な》き合《あ》つた譯《わけ》だけれど、全《まつた》く内情《ないじやう》を聞《き》いて見《み》ると、然《さ》うは厄介《やつかい》をかけたくは無《な》いやね。事《こと》に由《よ》るとお前《まへ》！久《ひさ》に勤《つと》めを爲《さ》せるかも知《し》れないなんて云《い》つてるのだから、激《きつ》たが、立《たつ》て居《ゐ》る母《はゝ》を見《み》ると、

「何《ど》うか爲《し》ましたか？」

と慌《あわ》てた調子《てうし》で聞《き》く。

「いゝえ、今《いま》、寢《やす》んで居《ゐ》るよ。」

誠一《せいいち》は一寸《ちよつと》千鶴《ちづ》の顏《かほ》を見《み》て、母《はゝ》に先立《さきだ》つて次《つぎ》の室《ま》へ入《はい》つた。

「何《なに》を爲《し》て居《ゐ》るんだねえ。」

と、お町《まち》の聲《こゑ》が追《お》つて來《く》る。

「叔母《をば》さんは歸《かへ》りましたか？」

「歸《かへ》らないでさ、此樣《こんな》に遲《おそ》くまで居《ゐ》られるものかね。お前《まへ》の事《こと》を何樣《どんな》に怒《おこ》つてたか知《し》れやしない。少つとは考《かんが》へて御覽《ごらん》！」

「然《さ》うですか。」

と云《い》ひながら、火鉢《ひばち》へ寒《さむ》そうに摺《す》り寄《よ》つて、鐵瓶《てつびん》を取《と》ると、

「火《ひ》無《な》しだ。」と呟《つぶや》く
「然《さ》うだらうとも！、何《なん》にも彼《かん》にも私《わたし》一人《ひとり》だもの。千鶴《ちづ》の方《はう》にや火種《ひだね》があるだらうよ。」

「濟《す》みませんでした。」

と云《い》つた儘《まゝ》、懷手《ふところで》をして、胡坐《あぐら》を組《く》んで、何《なに》か考《かんが》へ込《こ》んで居《ゐ》る。

「何所《どこ》を、今頃《いまごろ》まで歩《ある》いて居《ゐ》るんだねえ。人《ひと》の氣《き》も知《し》りも爲《し》ないで……」

「徒勞《むだ》に遊《あそ》んで居《ゐ》たのぢやありません種々《いろ〳〵》用事《ようじ》もあります。」

「外《ほか》の用《よう》を拵《こしら》へて居《ゐ》る時《とき》でもないだらう。千鶴《ちづ》がお前《まへ》……」

「分《わか》つて居《ゐ》ますよ、其《そ》の爲《ため》にこの寒《さむ》の中《なか》を彼方《あつち》此方《こつち》と歩《ある》いて居《ゐ》るんです。」

「然《さ》うかえ。」

とお町《まち》は顏《かほ》を突出《つきだ》した。

「叔母《をば》さんの愚痴《ぐち》を聞《き》いて居《ゐ》ちや、濟《すま》しても居《ゐ》られないからねえ。何處《どこ》かへ都合《つがふ》を爲《し》にでも行《い》つてお呉《く》れかえ？」

誠一《せいいち》は可笑《おかし》い顏《かほ》をして、

「當《あて》でもありませんから……」

と冷《ひや》やかに云《い》つた。

「おや、出來《で》なかつたのだね？」

誠一《せいいち》は、唯《たゞ》母《はゝ》の顏《かほ》を見《み》て居《ゐ》た。

町《ちやう》でも困《こま》るんだねえ。」

誠一《せいいち》は苦笑《にがわら》ひする。

「嫁《よめ》に貰《もら》つて呉《く》れそうな人《ひと》があるんだけれど、其《そ》の様子《やうす》で、堅氣《かたぎ》で生涯送《しやうがいおく》れない様《やう》なら、今《いま》のうち藝妓《げいしや》に出《だ》して了《しま》ふと云《い》つてたがね、女一人《をんなひとり》の事《こと》だから、殘《のこ》したものも好《い》い加減《かげん》、食《た》べ減《へ》らしちまつたらうから、此方《こつち》からせて種々《いろ\/》と世話《せわ》もかけ度《た》か無《な》いんだよ。」

「蛙《かへる》の子《こ》だもの、一度《ど》は泥《どろ》の中《なか》を潜《くゞ》るんだ。」

と云《い》はうとしたが、氣《き》が咎《とが》めて誠一《せいいち》は例《いつ》も程叔母母子《をばおやこ》への憎《にく》まれ口《ぐち》を、利《き》かうと云《い》ふ氣《き》も出《で》なくなつて、

「矢張《やつぱ》り、癖《くせ》になつた贅澤《ぜいたく》が出來《でき》なくなると、昔《むかし》の稼業《かげふ》が戀《こひ》しくなるんでせう。」

と云《い》つた次《つい》で、母《はゝ》が氣樂《きらく》がる程《ほど》、叔母《をば》へ氣《き》の毒《どく》とも云《い》はずに居《ゐ》る。

「然《さ》うなのかも知《し》れないが、苦《くる》しい事《こと》も苦《くる》しいのだらうさ。待合《まちあひ》を廢《はい》してから三年越《ねんご》し居喰《ゐぐ》ひだから、無理《むり》もないんだよ。其《そ》れを思《おも》ふと……」

「氣《き》の毒《どく》のは、叔母《をば》さんばかりぢやありますまい。」

と誠一《せいいち》は尖《とが》つた聲《こゑ》で、母《はゝ》の言葉《ことば》を抑《おさ》へる。

「阿母《おつか》さんは、愚痴《ぐち》で全《まる》で埋《うま》つて居《ゐ》るんだ。」

「愚痴《ぐち》つぽくも成《な》るだらうぢやないか。女《をんな》の手《て》一《ひと》つでお前達《まへたち》を相手《あいて》に、何十《なん》年《ねん》とやつて來《き》たのだもの、好《い》い加減《かげん》苦勞《くらう》も止《や》め度《た》いよ。」

「二た言目《ことめ》には女《をんな》の手《て》一《ひと》つだ。だから叔母《をば》さんにばかり同情《どうじやう》が寄《よ》るのでせう。叔母《をば》さんでも貴女《あなた》でも、誠一《せいいち》も最《も》う一人前《にんまへ》の男《をとこ》になつたのだから、其樣《そんな》息子《むすこ》を持《も》つて居《ゐ》て苦勞《くらう》を爲《す》るのは馬鹿《ばか》々々しい位《くらゐ》に思《おも》つて居《ゐ》るに違《ちが》ひない。年齢《とし》ばかり一人前《にんまへ》になつた處《ところ》で、其《そ》れ[illegible]の肥料《こやし》がなくつては、一人前《にんまへ》だけの腦力《みこと》が出來《でき》るものですか。阿母《おつか》さんの子《こ》だが、誠一《せいいち》は白痴《はくち》ですから其《そ》の積《つも》りで居《ゐ》て下《くだ》さい、社會《しやくわい》に通用《つうよう》をしない馬鹿《ばか》に生《うま》れ付《つ》ひてるんです、女《をんな》にまで嘲《ば》弄《か》に爲《さ》れて彷徨《さこく》する樣《やう》な、氣《き》の利《き》かない腑拔《ふぬ》けですから、阿母《おつか》さんも好《い》い加減《かげん》に苦勞《くらう》は廢《こ》し度《た》いと仰有《おつしや》るが、何《ど》うも然《さ》うもゆきますまい。先刻《さつき》、叔母《をば》さんから厭味《いやみ》を散々《さん\/》つ聽《き》いたが、成程《なるほど》自分《じぶん》が馬鹿《ばか》なのだから仕方《しかた》がない。」

「何《なん》だねえ。お前《まへ》は、私《わたし》が餘《あんま》り粂《くめ》の肩《かた》を持《も》つと云《い》ふんで、自棄《やけ》を云《い》ふのかい？ 折角《せつかく》都合《つがふ》を爲《し》に行《い》つたものが、思《おも》ふ樣《やう》には行《ゆ》かないからつて、何《なに》も私《わたし》はお前《まへ》に厭味《いやみ》を云《い》つたのぢやないんだよ。出來《でき》ないものは仕方《しかた》がない、お前《まへ》の云《い》ひ分《ぶん》を、私《わたし》は少《すこ》つとも無理《むり》とは思《おも》つて居《ゐ》やしないんだよ、粂《くめ》が氣《き》の毒《どく》だから話《はなし》を爲《し》た丈《だけ》ぢやないか、邪推《ひが》んだ事《こと》は云《い》ふものぢやない。」

誠一《せいいち》は充血《じゆうけつ》した眼《め》に、母《はゝ》を睨《にら》み据《す》ゑた。

小說

袖頭巾　中篇

（二十二）

露英女史

一骨肉の叔母だからこそ、態々來て下れて、半日の余も世話を爲て居て呉れるし、お前の事も若いもの丶事だからと庇護つて、私へ何の彼のと執り成しても行つたのだよ、兎にも角にも紙入を預けて明日の事まで心配を爲て行つて呉れたのぢやないか、天にも地にも唯一人の叔母さんだよ、先刻も私は默つちや居たが、一と通り禮を云ふのが當然、又千歳の事にしろ、假令お前が何うにか出來るまでも、お頼み申しますと云ふのが當然の話ぢやないか。粂が怒るのは無理はありやしない。其れても親の身ては、無骨に育つた男の事てはあるし、然う如才ない取廻しも出來ないだらう、叔母さんの愚痴を聞いては居堪れなくもあるだらう、と察してやつて居る程だのに、何だてつ？自分は馬鹿だから、阿母さんの苦勞は一生抜けないと？能く其樣減らず口を云はれたものだねえ、親に苦勞をさせて成長つておきながら、何程自暴ても其樣云ひ條があるものか。」

お町は涙聲で云ひ續ける。

「阿母さんは苦勞して育てたかも知れないが、私も苦勞して年を老るばかりです、伶悧なものは樂に世の中を過ごせますが、馬鹿は苦勞勝ちに世を經つて了ふのです。まだ丁稚奉公にてもやつて了はれた方が宜かつたのだ。小學なんぞ卒業して見たつて、中學を中途て止めて彼樣會社へなんぞ入る位ならもつと早く、他に自活の途を考へた方が何の位樂だつたか知れないんだ。今夜だつて、私に金が出來れば、叔母さんにも阿母にも矢鱈愚痴を聞かされないでも濟むだのでせう。」

「其の爲に、誰が愚痴を云つたえ？」

「何れ程、辛い思ひを爲てるなんと云ふ事は、誰も買つては呉れやしません。抑も、會社へ入る時、服装が要ると云ふので、十圓高利から借りて、其れを返濟せないと云ふので、他の人から又十圓を借りましたがね、其の時からもう喇叭にされ切つて居るんだ。大の男が十圓の金を借りやうと云ふのだから馬鹿にされても仕方はないのだらう。」

「馬鹿に爲れるの、爲れないのつて、何程馬鹿に爲れても、人間は見返す時があるんだらうぢやないか。家を明ける事も間々ある樣なこの頃だもの、出先て、自分から馬鹿にされるやうな事を招くのだらう、身さへ謹んで居たら無暗と人に馬鹿にされるものぢやないよ。」

誠一は與て笑つたが、

「阿母さんに解釋の出來る話ぢやない。身を謹しむ？謹んで居られる境　遇の

小説

袖《そで》頭《づ》巾《きん》（二十三）

露英女史　中篇

ものと、要求《えうきう》するもの丶爲《ため》には謹《つゝし》んでは居《ゐ》られない境遇《きやうぐう》の逆《ぎやく》に居《ゐ》るものもあるだらう。阿母《おつか》さんは苦勞《くらう》を爲《す》る、辛《つら》い〱と仰有《おつしや》るけれども、其《そ》の苦勞《くらう》を少《すこ》しでも薄《うす》く爲《し》やうと思《おも》へばこそ、馬《ば》鹿《か》にされる樣《やう》な事《こと》も出來《でき》たのだ、阿母《おつか》さんなんぞに分《わか》る事《こと》ぢやないんだ。」

其《そ》れはお前《まへ》が、勝手《かつて》につけた理屈《りくつ》と云《い》ふものだよ。」

「何《なん》です？」

癇癖《けんぺき》が荒《あら》くなつて、誠一《せいいち》は酒亂《しゆらん》の人《ひと》にありそうな形相《ぎやうさう》をしたが、蒼白《あをじろ》い額《ひたひ》から脂汗《あぶらあせ》が、生際《はえぎは》邊りまで滲染《にじみ》だしたやう。

「阿母《おつか》さん—何《なん》も……なんにも云《い》はないで下《くだ》さいよ。兄《にい》……兄《にい》さん！」

千壽《ちず》は寢床《ねどこ》を這《は》ひ出《で》て、屏風《びやうぶ》へ捉《つかま》り立ちに、障子《しやうじ》の開《あ》いた間《あひだ》から兩人《ふたり》の方《はう》を見守《みまも》つて居《ゐ》た。

「まあ、何《なん》だよ。」

云《い》ふが早《はや》いか、お町《まち》に馳《か》けて行《い》つて、兩《りやう》の手《て》で千壽《ちず》を抱《かゝ》へた。

「起《お》きないだつても……何《なん》も心配《しんぱい》な事《こと》はありやしない、喧嘩《けんくわ》をした譯《わけ》ぢやないんだから、ね、氣《き》を沈《しづ》めて寢《ね》んでお呉《く》れ。餘計《よけい》、お前《まへ》の身體《からだ》が惡《わる》くなつて了《しま》ふぢやないか。」

誠一《せいいち》に口惜《くや》しかつた思《おも》いが、千壽《ちず》には情《なさけ》ない涙《なみだ》に化《な》つて、怪ろ〱と千壽《ちず》を撫《な》てた自分《じぶん》の手《て》へ幾點《いくしづく》落《おと》しながら、

「落着《おちつ》いて、寢《ね》てお呉《く》れよ。もう阿母《おつか》さんも兄《にい》さんも、何《なん》にも云《い》はないからね。」

「そ……然《そ》うして下《くだ》さい。私《わたくし》の爲《ため》だと思《おも》ふと、辛《こゝ》くつて此樣《こう》しても居《ゐ》られない……やうですよ。」

千壽《ちず》も泣《な》きながら云《い》ふ。屏風《びやうぶ》に捉《つかま》つた手《て》が堪《た》へられなくなつて、脆《もろ》くも外《はづ》れると、横《よこ》に倒《たふ》れて烈《はげ》しく咳《せ》き入《い》つた。

「それ〱、惡《わる》くして了《しま》ふばかりだよ、お寢《やす》みと云《い》ふのに！」

千壽《ちず》を抱《いだ》いて、辛《から》くも蒲團《ふとん》へ臥《ふ》させたが、髮《かみ》の亂《みだ》れに額の痩そうなを撫《な》て上げてやつて、徐《しづか》に上《うへ》から擦《さす》つてやる。

「阿母《おつか》さん！」

「あいよ、何《なん》だい？」

「病院《びやうゐん》へ入《はい》らないても……癒《なほ》りそうなものね……兄《にい》さんにも心配《しんぱい》さしてゝ…濟《す》まないし……叔母さんにも……」

「なあにお前《まへ》！誰《だれ》も其《そ》んなことを苦《く》にして居《ゐ》るものは無《な》いのだよ。早《はや》く癒《なほ》る樣《やう》に、切々《せつ〱》と養生《やうじやう》を爲《し》て呉《く》れるのが、皆《みんな》も悦《よろこ》ぶのだから、お前《まへ》も其《そ》の積《つも》りで、氣樂《きらく》なんぞは爲ずに、氣《き》を靜《しづか》に持《も》つて養生《やうじやう》してさへ呉《く》れゝば好《い》いのだよ。」

千壽《ちず》は泣じやくりして、夜着《よぎ》の襟《えり》に眼《め》を擦《こす》りながら、

小説

袖頭巾《そでづきん》 中篇

（二十四）

露英女史

雪解《ゆきげ》の、軒《のき》の雫《しづく》に襟《えり》を濡《ぬ》らして、庭《には》下駄《げた》の音《おと》を輕《かる》く、美勢子《みせこ》は縁《えん》へ駈《か》け上《あが》ると、障子《しやうじ》を細目《ほそめ》に、すつと開《ひら》いて、

「お嬢様《ぢやうさま》。」

と低《ひく》い聲《こゑ》で、誰《たれ》かを呼《よ》ぶ。

「何《なに》？」

と彼方《あちら》を見《み》たが、摘《つま》んだ小褄《こづま》を指《ゆび》から放《はな》して、爪先《つまさき》を奇麗《きれい》にしやんと揃《そろ》へて立《た》つと、濡《ぬ》れたところを片袖《かたそで》に拂《はら》ひながら、

「婆《ばあ》やなの。」

「はい。ま、早《はや》く此方《こちら》へ入《い》らつしやいまし。」

「用《よう》が有《あ》つて？」

云《い》ひながら、室《へや》の内《うち》へ入《はひ》る。

「まだ、お菓子《くわし》もお茶《ちや》も、離坐敷《はなれざしき》へは

「其《そ》れ程《ほど》の、大病《たいびやう》……ぢやないんでせうから、阿母《おつか》……さんもねえ、心配《しんぱい》しないで、餘《あんま》り……兄《にい》さんにも、何《なに》か云《い》はないで下《くだ》さいよ、兄《にい》さんだつて可愛《かあい》想《さう》ですもの。……今《いま》、何《なに》か云つた事《こと》は、私《わたくし》は殘《のこ》らず聞《き》きましたよ、阿母《おつか》さんに、だつて……兄《にい》さん……にだつて、無理《むり》はありやしない。」

千濤は聲《こゑ》を絞《しぼ》つて泣《な》いた。

「だから……私《わたくし》が快《よ》くさへなれば、何《ど》んな事《こと》でもして、ねえ……阿母《おつか》さんを安心《あんしん》も……させますよ。」

「もう〱、能《よ》く分《わか》つたよ。」

お町《まち》は、膝《ひざ》の上《うへ》へ兩肱《りやうひぢ》を置《お》いて、前垂《まへだれ》で顏《かほ》を掩《おほ》つて了《しま》つたが、

「氣《き》を弱《よわ》くしないて、早《はや》く癒《なほ》して了《しま》つておくれ。大病《たいびやう》ぢやないとも！風邪《かぜ》が少《すこ》し強《つよ》くなつた丈《だけ》の事《こと》だから、案《あん》じるやうな病氣《びやうき》ぢやないのさ。」

誠一《せいいち》は默《だま》つて居《ゐ》る。女《をんな》と云《い》ふものは無益《つまら》ぬことに泣《な》くものだ、と思《おも》つて居《ゐ》たので、男《をとこ》の恥辱《ちじよく》を晒《さら》し拔《ぬ》いた今日《けふ》の自分《じぶん》の身《み》が、積《つく》いて思《おも》はれるばかり。

「寢《ね》てお呉《く》れ。寢《ね》てお呉《く》れ。」

と宥《なだ》めて居《ゐ》る母《はゝ》の聲《こゑ》を聞《き》きながら、誠一は立《た》つて、二階《かい》へ行《ゆ》かうとした。女房が何所《どこ》かへ立退《たちの》いてから此方《こつち》、誠一《せいいち》は病人《びやうにん》のあるのを憚《はゞか》つて、自分《じぶん》の寢床《ねどこ》は二階《かい》に定《さだ》めたのである。

「誠一《せいいち》。寢《ね》るのかえ？」

「お先《さき》へ、臥《ふ》せります。」

「然《そ》うかえ。」

臺所《だいどころ》から豆洋燈《まめらんぷ》を持《も》つて來《き》て、小《ちい》さな燈火《あかり》を頼《たよ》りに、階子段《はしごだん》を上《のぼ》つて行《ゆ》く。其《そ》の後姿《うしろすがた》を、母《はゝ》は見《み》て居《ゐ》たやうであつたが、

「火《ひ》が無《な》くつては寒《さむ》からう？」

「いゝえ。澤山《たくさん》です。」

温《あたゝ》かい言葉《ことば》は、下《した》から傳《つた》はつて行《い》つたが、冷《ひや》やかに受《う》けた其《そ》の聲《こゑ》は低《ひく》かつた。

参《まゐ》つて居《を》りませんから、留《とめ》に然《さ》う云《い》つてねえ。」

「はい。はい。其《そ》れは宜う御坐《ござ》いますけれども、今朝《けさ》程は貴嬢《あなた》！赤阪《あかさか》から旦那《だんな》様がお在《い》で遊ばす筈《はづ》なのでは御坐《ござ》いませんか、若し万一《ひよつと》この最中《さいちゆう》へてもお在《い》てが御坐《ござ》いましたらば……ねえ。」

「何故《なぜ》？可笑《をか》しな事《こと》を云《い》ふのね、阿母様《おつかさん》の許《とこ》へ、お客来《きやくらい》があつたからと云《い》つて、何《なん》でお父様《とうさま》に悪《わる》いの？お父様《とうさま》がお怒《おこ》り遊《あそ》ばすとてもお云《い》ひなの？」

「いえ、然《そ》うぢや……」

「其《そ》れぢや、可《い》いてはないか。何《なに》を案《あん》じるのよ。」

「別《べつ》に……案《あん》じるの何《なに》のと、其様《そんな》ことでは御坐《ござ》いませんてすけれど、何《なん》と申《まう》しても御男子《だんし》がお入来《いで》と云《い》ふのでは、些《ち》と折《をり》が悪《わる》くは御坐《ござ》いませんかと、存《ぞん》じましたもので！」

「決《けつ》して、構《かま》ひませんことよ。」

美勢子《みせこ》は力《ちから》を入れて云《い》つて、

「却《かへ》つて、お前《まへ》が其様《そんな》事《こと》をお云《い》ひだと何《な》んでも無《な》いものも、何《なに》か秘密《ひみつ》がある様《やう》で悪《わる》い、下女達《げぢよたち》にも、怪《あや》しまれない様《やう》にしてお呉《く》れ。其様《そんな》にそわ〳〵と、周章《あわて》て居《ゐ》られると、お入来《いで》になつた方《かた》が何《ど》うかても為《し》て居《ゐ》るやうで、変《へん》に思《おも》はれるわ。」

座敷《ざしき》での立話《たちばなし》。婆《ばあ》やと云《い》ふのは五十格《がら》みの、痩《や》せた、萎縮《しな》びた、小《ちい》さな女《をんな》で白髪《しらが》交《まじ》りの髪《かみ》を、おばこにして居《ゐ》る三角《さんかく》の眼許《めもと》が悪賢《わるがしこ》そう、色《いろ》は並《なみ》ならず黒《くろ》い。

平常《ひごろ》、嫉妬《しつと》深い主人《あるじ》だからと云《い》ふので今《いま》、静野《しづの》の許《とこ》へ尋《たづ》ねて来《き》た男《をとこ》が、若《もし》主人《あるじ》の目《め》に触《ふ》れたら、後《あと》が又《また》難題《なんだい》からうと云《い》ふのてあつた。

「奥様《おくさま》を、お疑《うたぐ》り申《まをし》た訳《わけ》ぢや御座《ござ》いません。旦那《だんな》様の御気質《ごきしつ》を存《ぞん》じて居《を》りますからの事《こと》で……」

「好《い》いから、早《はや》く仕度《したく》をして、離《はなれ》へ運《はこ》んでお呉《く》れ。」

「畏《かしこ》まりました。然《しか》しねえ、お嬢様《ぢやうさま》！」

「何《なに》よ」

「離座敷《はなれ》へ、態々《わざ〳〵》お通《とほ》し申《まをし》たので御座《ござ》いますもの、旦那様《だんなさま》が在《い》らしやいますと、貴女《あなた》がお困《こま》り遊《あそ》ばしますよ。」

「其様《そんな》ことはありませんとも！お客様《きやくさま》も直《す》ぎにお歸《かへ》り成《な》さるの。」

「左様《さう》で御座《ござ》いますか？」

おそえは、意味《わけ》ありそうな眼色《めいろ》に、美勢子《みせこ》を見守《みまも》つて、やがて勝手《かつて》へ向《む》いて行《い》つた。お灸《きう》の痕《あと》の見る《みえ》元《もと》まで被襟《ぬきえり》にしたのを、更《こと》に突《つ》いて摺《す》り足《あし》に行《ゆ》く後姿《うしろすがた》を見送《みおく》つて、

「いやな婆《ばゞ》やね。」

と呟《つぶや》いたが、静野《しづの》を訪《と》ねて来《き》た男《をとこ》の、眼鏡越《めがねご》しに人《ひと》を見《み》る、厭《いや》な眼付《めつき》や、肥《ふと》大た躰軀《からだ》の脂肪《あぶら》切つた顔付《かほつき》、真黒赤《まつくろあか》い唇《くちびる》を乾《かわ》かして、喃々《なん〳〵》しく喋々《てふ〳〵》しく物《もの》を云《い》ふ口振《くちぶり》を、思《おも》ひ浮《うか》べると、何故《なぜ》彼様《あんな》男《をとこ》に、親交なのかと不快《ふくわい》にもなるのであつた。

小説

袖頭巾《そでづきん》

中篇

（二十五）

露葉女史

「此家《こゝ》へ出向《でむ》いてなんぞ来《こ》られては、誠《まこと》に困《こま》りますのねえ。用事《ようじ》があるなら池《いけ》の端《はた》からさへ電話《でんわ》を通《つう》じて下《くだ》されば何日何時《いつなんどき》でも私《わたし》が出《で》て行《ゆ》きますよ。大塲《おほば》さんの宅《たく》へ行《ゆ》つても、済む事《こと》ぢやないんですか。」

滅多《めつた》に明《あ》けたことのない茶座敷《ちやざしき》で、北《きた》庇の袖《そで》を横《よこ》に受《う》けて、日光《ひ》の目《め》を見《み》ぬ天井《てんじやう》、襖《ふすま》が、冷《つめ》たい色《いろ》に隅々《すみ/\》までも陰《かげ》つて居《ゐ》る。大塲《おほば》と静野《しづの》との間《あひだ》に隔《へだ》てた唐桑《からくは》の火鉢《ひばち》から、桜炭《さくらずみ》の香《か》が発《はつ》した両人《ふたり》の手《て》を纏《まと》つて、立上《たちのぼ》る炎《ほのほ》の隙《すきま》に、暖《あたゝ》かさも無《な》い。

「いや、至急《しきふ》を要《えう》したものですからな。お妨《さまた》げに成《な》るとも存《ぞん》じませんで――」

「其《そ》れに、今朝《こんてう》は、別《べつ》に客《きやく》もありますし、種々《いろ/\》忙《いそが》しいのですから、池《いけ》の端《はた》で悠《ゆつ》くりお話《はなし》を致《いた》しませう。」

「御多忙《ごたばう》では、御迷惑《ごめいわく》でせう。お東《とう》の家《うち》でお目《め》に掛《かゝ》る事《こと》にして、其《そ》れではお暇《いとま》しますがね……増村《ますむら》に頼《たの》まれて實《じつ》は斯《か》うして上《あが》つたのですから、静野《しづの》さんも使者柄《つかひがら》、然《さ》う切《き》り口上《こうじやう》に、邪魔扱《じやまあつか》ひては少づと氣《き》の毒《どく》でさ。」

大塲《おほば》は巻烟草《まきたばこ》を燻《くゆ》らしながら笑《わら》つた。

「彼《あ》の男《をとこ》の事《こと》は、貴方《あなた》から伺《うかゞ》ふには及《およ》びませんわ。御家内《ごかない》が悉皆心得《のこらずこゝろえ》て在《い》らつしやるのですから。」

静野《しづの》も微笑《ほゝゑ》んだ。

「又《また》、今夜《こんや》にも逢《あ》ひますから、當人《たうにん》から直接《ぢか》に聞《き》きますわ。貴方《あなた》も遊《あそ》んで在《い》らつしやるお身体《からだ》の隙《ひま》に、餘計《よけい》な世話《せわ》が成《な》さり度《た》いのですか?」

大塲《おほば》は一寸《ちよつと》默《だま》つたが。

「静野《しづの》さんは逢《あ》ふ積《つも》りで居《ゐ》ても、増村《ますむら》は既《も》う、最終《さいご》の手段《しゆだん》にかゝつてますからなあ。」

「何《なに》です、手段《しゆだん》と云《い》ふのは?」

静野《しづの》は大塲《おほば》を見守《みまも》つて、

「もう逢《あ》はないとでも云《い》つてるの?」

「まあ、其様《そんな》ことでせう。」

「然《さ》う。彼方《むかう》が然《そ》うなら、其《そ》れでも宜《よ》しいわね。」

静野《しづの》は豊《ゆたか》に打笑《うちゑ》んで居《ゐ》る。

「丁度《ちやうど》、私《わたし》も斯《か》うして遊《あそ》んでは居《ゐ》られないし、近々《ちか/\》田舎《ゐなか》へ歸《かへ》る筈《はづ》だから、何《ど》うせ其様《そんな》ことには成《な》るのでせうよ。」

「田舎《ゐなか》へ?」

「はあ」

「はゝゝゝ御本郷《ごほんがう》へお歸《かへ》りですか。赤阪《あかさか》なら田舎《ゐなか》でもありません。」

一旦《いつたん》、火《ひ》へ落《おと》した眼《め》を、徐《しづ》に上《あ》げて大塲《おほば》を見《み》たが、其儘《そのまゝ》何《なん》とも云《い》はずに居《ゐ》る

「増村《ますむら》も心配《しんぱい》になつたのでせう。」

と大塲《おほば》は人《ひと》も無《な》げに散々《さん/\》笑《わら》つて、

「お嬢《ぢやう》さんですか? 大層別嬪《たいそうべつぴん》な方《かた》がお在《い》てとすな。」

と真面目《まじめ》になつて、静野《しづの》に聞《き》いた。

「いゝえ。」

と短《みじか》く答《こた》へて、腮《あご》を襟《えり》に埋《うづ》めて了《しま》ふ。

「お邪魔《じやま》でしたな。其《そ》れでは、午後から池《いけ》の端《はた》でお目《め》に掛《かゝ》ります。」

と挨拶《あいさつ》を為やうとすると、

「然《しか》し、折角《せつかく》在《い》らしつたものですから頼《たの》まれた事《こと》と云《い》ふのを、簡單と伺《うかゞ》つて置《お》きませうか。」

「當人《たうにん》から聞《き》くと仰有《おつしや》るのですから、其《そ》の方《はう》が手軽《てがる》で宜《よろ》しいでせう。池《いけ》の端《はた》へ招《よ》んで置《お》きませう。」

と立《た》つたが、

「お勢《せい》が貴女《あなた》の身《み》を心配《しんぱい》しましてね、増村《ますむら》の先《さ》きへ廻《まは》つて、能《よ》く相談《さうだん》をして來《く》て呉《く》れと云《い》ふものですから、態々《わざ〳〵》やつて來《き》たんです。増村《ますむら》が私共《わたしども》に頼《たの》んだ事柄《ことがら》と云《い》ふのは、腰掛《こしか》けに取次《とりつぎ》した處《ところ》で、貴女《あなた》には解《わか》りますまい。貴女《あなた》の身分《みぶん》を思《おも》つてお勢《せい》も心配《しんぱい》をして居《ゐ》るのでさ。」

小説

袖《そで》頭《づ》巾《きん》　中篇

露英女史

（二十六）

「心配《しんぱい》して戴《いたゞ》く程《ほど》の、私《わたくし》に身分《みぶん》は御座《ござ》いませんから、其様《そんな》ことは宜《よ》う御座《ござ》いますけれど、まあね、委《くは》しい事《こと》は彼方て御相談《ごさうだん》致《いた》しませう。」

「宜《よろ》しい。夕刻《ゆふこく》までお待《ま》ち申《まう》しますから、是非《ぜひ》お入來を願《ねが》ひますよ。貴女《あなた》の御決《ごけつ》心《しん》次第《しだい》に由《よ》ると、増村《ますむら》は赤坂《あかさか》までも行《ゆ》くらしい様《やう》ですから、却《かへ》つて……」

「赤坂《あかさか》？　先刻も其《そ》の様《やう》なことを仰有《おつしや》つたが、赤坂《あかさか》とは何《なん》の事《こと》です？」

「は、ゝ、貴女《あなた》の歸《かへ》ると云《い》ふ、田舍《ゐなか》でせうさ。」

静野《しづの》は解《かい》しかねると云《い》ふ顔色《かほつき》で、首《くび》を横《よこ》にして、少時《しばらく》考《かんが》へる様《やう》な振《ふり》をしたが
「まあ、彼方《あつち》で委《くは》しく伺《うかゞ》へば分《わか》りませう。増村《ますむら》は呼《よ》ばずに置《お》いて下《くだ》さいよ。」

「其《そ》れが宜《い》いでせう。」

と、大場《おほば》は歸《かへ》らうとして、

「心《こゝろ》なしに伺《うかゞ》つて、お邪魔《じやま》を為《し》ましたな。」

無言《むごん》に静野《しづの》は、其《そ》れを中途《ちうと》まで送《おく》つて、身分《じぶん》の室《へや》へ入《はい》ると、美勢子《みせこ》を呼《よ》んで、

「まだ、阿父様《おとうさま》は在《い》らつしやらないね。」

「は、まだですけれど、最《も》う在《い》らつしやいますわ。何方《どちら》へかお出掛《でか》け遊《あそ》ばすの？」

「一寸《ちよつと》……と思《おも》ふのだけれど……」

「もう直《ぢき》在《い》らつしやいませうから、お待《ま》ち遊《あそ》ばせよ。」

「お出《い》でがあると、最《も》う出《で》られまいから、困《こま》るのねえ。」

「御用《ごよう》に由《よ》れば、其様《そんな》ことは御座《ござ》いませんでせう。」

お互《たが》ひに考《かんが》へ合《あ》つて居《ゐ》る處《ところ》へ、下女《をんな》が來《き》て、主人《あるじ》がお入來になつたと告《つ》げる。猶豫《いうよ》もなく、美勢子《みせこ》は迎《むか》ひにと行《い》つたが、少時《しばらく》経《た》つと室《へや》の外《そと》が騒立《さわだ》つて、

小説

袖頭巾　中篇

麗英女史

（二十七）

「大分《だいぶ》、静野《しづの》は身躰の工合も宜い様だの？香川の話はお前から為て置いたか？」

「いゝえ。矢張り時々お勝れ遊ばさないのだそうで御座いますわ。けれども……私《わたくし》が居らない様になりませば、阿母様《おつかさん》は必らずお戻りに成りますわ。然う成つた上は阿父様も御安心《ごあんしん》遊ばしますわねえ。」

曇の明日の日和て、窓の障子に梅の樹の蔭が、黒繪の模様に描き出されて、枝を飛んで囀る小鳥の影まで、鮮明に映つて見える。火鉢から上る煙草の煙りが、父の傍に端然と座つた美勢子の肩の邊りに、濃くりと棚引いて、横から透すと、観世水《くわんぜみづ》を書き流したやう。

「もう、我儘ばかりを云つても居られませんのねえ。美勢さんの身が固まりますのでは！」

「踊つて貰はにや成らん。」

美勢子《みせこ》は赤い顔をして、父の傍に坐つたが、

「阿母様《おつかさん》。彼方のお坐敷が宜う御坐いませう。」

「はあ。」

「そして、阿父様と今日《こんにち》は阿母様と三人で、何方へか参りますお約束で御坐いましたわね。」

「ほゝ、其様結構なお約束《やくそく》が？」

云ひ捨てゝ、静野《しづの》は若やいだ嬌態を作つて此室を出た。

「大分、静だな。」

と錆を持つた、老けた男の聲が為た。立つて、静野が襖の外に出ると、

「何うだ、少しは快い方か。顔色も勝れて来た様だ。」

「は。」

と流石に腰を低めて、

「美勢さんと、散々お待ち申ました。」

伴はれて、其の人は室内へ入る。頭髪は半白て、額の廣い、口許の豐な人品の勝つた恰好を備へて居る、何點か美勢子に似通つた面貌があつて、八字髭のふつさりと、下つたのまで温順な心持が見えるやう。

「大層、御悠くりて御座いました。」

「阿母様が、昨夜からお待ち遊ばしてゝ御座いました。」

両方から、言葉が絡むと、

「然うか。東京市内に居りながら、不自由な事ではないか。別居して居らずと、赤阪に在つたら待つ事も無いてあらう。」

温《あたゝ》かい日光の影《かげ》に、互《たが》ひの面《かほ》も輝《かゞや》き合《あ》つて、恍惚《くわうこつ》とした美勢子《みせこ》の眼許《めもと》に、父《ちゝ》の凹《くぼ》んだ眼《め》は、吸《す》ひ込《こ》まれたやうに見《み》まる。

「彼女《あれ》も、少《すこ》しは我《わ》が儘《まゝ》に気《き》が付《つ》いた様《やう》ではあるし、お前《まへ》の身《み》の定《さだ》まるに就《つい》ても、骨《ほね》を折《を》つて呉《く》れるであらう。」

「御病気《ごびやうき》なのですから、仕方《しかた》が御座《ござ》いませんわ。其《そ》れには私《わたくし》が居《ゐ》りましては余計《よけい》お気《き》にも障《さは》りませうけれど、居《ゐ》らない様《やう》になれば阿父様《とうさま》を大切《たいせつ》にも成《な》すつて、お心《こゝろ》が安静《あんせい》やうにお成《な》り遊《あそ》ばしませうから……御機嫌《ごきげん》も大変《たいへん》お宜《よろ》しいんですのよ。」

美勢子《みせこ》の言葉《ことば》は温和《おとな》しい。

静野《しづの》を母《はゝ》にしてから、五度《いつたび》春《はる》を迎《むか》えて今年《ことし》は愈々《いよ／＼》厭《いや》がられた母《はゝ》の傍《そば》を離《はな》れる事《こと》になつた、最《もつと》も半年程《はんとしほど》は、静野《しづの》がヒステリーに罹《かゝ》つたからと云《い》ふので、亡《な》くなつた祖父《そふ》の隠居所《いんきよじよ》の、其儘《そのまゝ》明《あ》いて居《ゐ》た此家《こゝ》へ別《わか》れて了《しま》つたので、美勢子《みせこ》の聲《こゑ》を聞《き》くと病氣《びやうき》に障《さは》ると云《い》ふのを、主人《しゆじん》の内山《うちやま》は娘《むすめ》の身《み》をも思《おも》つて、嫁入《よめい》らせる迄《まで》同《おな》じ家《いへ》に棲《す》はせぬ事《こと》にしたのであつた。

田舎《ゐなか》廻《まは》りの壮士役者《さうしやくしや》に誘《さそ》ひ出《だ》されて、東京《とうきやう》へ神戸《かうべ》から出《で》て来《き》たのが、廿二の時《とき》、一旦《いつたん》引戻《ひきもど》されて、勘当《かんどう》を為《さ》せられたが、其間《そのあひだ》内山丹《うちやまたん》の後妻《ごさい》に媒《なかだち》するものがあつて、又《また》東京《とうきやう》へ来《き》たので、宮内省《くないしやう》の何《なに》か低《ひく》い役《やく》を勤《つと》めて、年齢《ねんぱい》も父子程《おやこほど》違《ちが》ふと承知《しようち》して、唯《たゞ》都《みやこ》に浮《う》いた月日《つきひ》を送《おく》らうと云《い》ふのばかりに、静野《しづの》は東京《とうきやう》へ出《で》られる足掛《あしがゝ》りに、内山《うちやま》を借《か》りたやうなものであつた。

静野《しづの》を迎《むか》えてから、内山《うちやま》は煩雑《こみい》い役《やく》を退《ひ》いて、林《はやし》や家屋《かおく》で楽《らく》に暮《くら》して行《ゆ》くやうになつたのを見《み》て、嫁《よめ》の實家《さと》から金《かね》が運轉《まは》る為《ため》、離縁度《りえんた》がる静野《しづの》を押《おさ》へて居《ゐ》るのだと、人《ひと》は云《い》ふが、内山《うちやま》は、一人娘《ひとりむすめ》の母親《はゝおや》のない美勢子《みせこ》を手放《てばな》しても、静野《しづの》を呼《よ》び戻《もど》して、其《そ》れの産《う》みの子《こ》と楽《たの》しく暮《くら》そうとばかりに、静野《しづの》を思《おも》つて居《ゐ》る。美勢子《みせこ》は其《そ》れを知《し》り切《き》つて、一日《にち》も早《はや》く他人《たにん》の家《いへ》へ嫁《ゆ》く事《こと》を願《ねが》つて居《ゐ》たのである。

「はゝゝ何《ど》うも阿母様《おつかさん》と仲《なか》が直《なほ》らんて困《こま》る。」

「其様《そんな》ことは御座《ござ》いませんのよ、昨晩《さくばん》も久《ひさ》し振《ぶり》だし、其《そ》れには……私《わたくし》が居《ゐ》らなくなると、遊《あそ》べも為《し》ないからと仰有《おつしや》つて、下女等《をんなら》を相手《あひて》に百人首《ひやくにんしゆ》を致《いた》しましたの。」

「然《さ》うか。」

「彼方《あちら》へ参《まゐ》りませう。彼方《あちら》の方《はう》がお暖《あつたか》いんです。母様《おつかさん》は何《ど》う成《な》すつたのでせうね。」

と立《た》つと、婆《ばあ》やが入《はい》つて来《き》て、医師《いしや》の許《ところ》へ行《い》つたと告《つ》げた。

「直《す》ぐ帰《かへ》るから、お嬢様《ぢやうさん》に旦那様《だんなさま》のお相人《あひて》を為《し》て居《ゐ》て呉《く》れ、と仰有《おつしや》いまして！」

「まあ。」

振返《ふりかへ》つて父《ちゝ》を見《み》ると、莞爾《にこ／＼》に笑《わら》つて居《ゐ》た。

小説

袖頭巾《そでづきん》 中篇

（二十八）　露英女史

「久《ひさ》さん。何《なん》て髮《かみ》を爲《し》て居《ゐ》るんだね。外見無《みつともな》いぢやないか。」

「其樣《そんな》に、壞《こは》れて？」

久《ひさ》は、書《か》きさした手紙《てがみ》の、筆《ふで》をとめて自分《じぶん》の頭髮《あたま》を撫《な》でて見《み》る。

「撫《な》でつければ、奇麗《きれい》になりますよ。」

「然《そ》う。後《あと》で撫《な》でつけて頂戴《ちやうだい》。私《あたし》！この手紙《てがみ》が大急《おほいそ》ぎなんですもの。」

髮《かみ》も、髱《たぼ》も、後《おく》れ毛《げ》だらけにして、頸御《えりご》には斑紋《まだら》に白粉《おしろい》の痕《あと》が殘《のこ》つて居《ゐ》る。平常着《ふだんぎ》の伊勢崎《いせざき》か何《なに》かの黄縞《きじま》の着物《きもの》の黑繻子《くろじゆす》の襟《えり》も白粉《おしろい》に染《し》まして、摘《つま》んだ肩上《かたあげ》の脊中《せなか》を丸《まる》く、羽織《はおり》も着《き》ずに、母親《はゝおや》の黑繻子《くろじゆす》の帶《おび》を、ちよきんと上《うへ》の方《はう》へ結《むす》び上《あ》げて、眞赤《まつか》になつた素足《すあし》を尻《いしき》の下《した》から外輪《そとわ》にした儘《まゝ》、何所《どこ》へやるのか、手紙《てがみ》を書《か》くので一心不亂《いつしんふらん》。

「能《よ》く、寒《さむ》くないね。」

其《そ》の風《ふう》を、後《うしろ》から眺《なが》めて、粂代《くめよ》は感心《かんしん》した樣《やう》に云《い》ふ。今《いま》、起《お》きたばかりなので、寢衣《ねまき》の上《うへ》へ縞《しま》の半纏《はんてん》を引《ひ》つ掛《か》けて房楊枝《ふさやうじ》の尖《さき》を嚙《か》み〳〵、

「何《ど》うだらう！母《はゝ》の帶《おび》を締《し》めてさ。探《さが》したつて無《な》い筈《はず》ぢやないか。」

眉《まゆ》を顰《ひそ》めて、仰《あほ》に粂代《くめよ》を見上《みあ》げたが、

「御免《ごめん》なさい。急《いそ》いだから！もう默《だま》つてて頂戴《ちやうだい》よ、間違《まちが》ひ了《ちま》ふわ。」

「何所《どこ》へ上《あ》げるの？」

顏《かほ》を突《つ》き出《だ》して、上《うへ》から机《つくゑ》の方《はう》を差覗《さしのぞ》くと、周章《あわ》てゝ袂《たもと》に被《かぶ》せ隱《かく》して、

「可《い》いのよ。」

「兄《にい》さんの許《とこ》なんだね？」

「いゝえ。阿母《おつか》さんになんぞ當《あた》りつこなし！」

「へえゝ。」

顏《かほ》を引《ひ》つ込《こ》ますと、身《み》を返《かへ》して彼方《むかう》へ行《い》つて了《しま》ふ。裙《すそ》を引摺《ひきず》つて、お召《めし》の半《はん》襟の少《すこ》し垢つた爲、餘計《よけい》ぞろ付《つ》く後姿《うしろ》を見《み》て居《ゐ》たが、一寸《ちよつと》首《くび》を縮《ちゞ》めて、

「寢忘助つたら、ありやしない。」

向直《むきなほ》つて、又《また》書《か》き續《つゞ》けようと爲《す》ると、今《いま》、支《つか》へて居《ゐ》た字《じ》の分《わか》らないのを思《おも》ひ出《だ》す。

「何《ど》う書《か》くんだらう？うそと假名《かな》で書《か》いて置《お》かうか、この位《くらゐ》の字《じ》を知《し》らないの？つて、必然《きつと》後《あと》で笑《わら》はれるわ。困《こま》つちやつたわね」。

頰杖《ほゝづゑ》突《つ》いて、障子《しやうじ》と睨《にら》め競《くら》を爲《し》て見《み》ても、誰《だれ》も其所《そこ》へ書《か》いて呉《く》れさうにもない。

「あゝ。新聞《しんぶん》を見《み》りや一字位《いちじぐらゐ》あるわ。何《ど》うしたつて、思《おも》ひ出《だ》せない。」

と急《いそ》いで立《た》つて來《く》ると、牛乳《ぎうにう》の沸《わ》かしたのを、盆《ぼん》へ乘《の》せて持《も》つて來《き》た、お新《しん》に不意《ふい》と打突《ぶつ》かつて、

「あ危《あぶ》ないわ。」

「貴女《あなた》こそですわね。」

「だから、妾《あたし》がよ。牛乳《ぎうにう》は飲《の》まないの

よ、もう飽《あ》き／＼！」

「其様《そんな》不養生《ふやうじやう》な事《こと》を仰有《おつしや》ると、千鶴《ちづ》さん見《み》たいに成《な》りますよ。」

「然《さ》う。おや飲《の》むわ。今日《けふ》は病院《びやういん》へ行《ゆ》くのよ。お見舞《みまひ》に！」

云《い》ひながら、二人《ふたり》して茶《ちや》の室《ま》へ來《く》ると久《ひさ》は今日《けふ》の新聞《しんぶん》を取上《とりあ》げて、三面《さんめん》を探《さが》し始《はじ》める。其《そ》の間《うち》に、お新《しん》は羽織《はおり》を持つて來《き》て、着《き》せ掛《か》けて與《く》れた。

「今日《こんにち》は、お一人《ひとり》て在《い》らつしやるので御座《ござ》いますか？」

「何所《どこ》へさ。」

「病院《びやういん》へお見舞《みまひ》に！」

「然《さ》うてせう。お前《まへ》一所《いつしよ》にお出《いで》てよ。」

「でも、今日《こんにち》は、必然《きつと》兄樣《にいさん》が在《い》らつしやいませうよ。」

「來《き》やしなくつてよ。」

「何故《なぜ》て御座《ござ》いますよ。お約束《やくそく》成《な》すつた日《ひ》ぢや御座《ござ》いませんか。」

久《ひさ》は默《だま》つて、指《ゆび》を突《つ》きながら活字《くわつじ》を繰《く》つて居《ゐ》る。

小説

袖《そで》頭《づ》巾《きん》　中篇

（二十九）

磯英女史

「これ／＼！」断《こと》つと探《さが》した。

大《おほ》きな聲《こゑ》に、お新《しん》を吃驚《びつくり》さして、久《ひさ》はいゝゝとつかはと出《で》て行《い》つた。

「まあ、仰山《ぎやうさん》な聲《こゑ》ぢや御座《ござい》ませんか。」

「何《なん》だい？」

お新《しん》の聲《こゑ》を受《う》けながら、湯氣《ゆげ》を顔《かほ》から立上《たちあが》らせて、手拭《てぬぐひ》に拭《ふ》き／＼、粂代《くめよ》は入《はひ》つて來《く》る。

「お孃《ぢやう》さんてすの。今朝《けさ》程《ほど》は大御機嫌《おほごきげん》て在《い》らつしやいますのね。」

「あゝ。お天氣《てんき》も日本晴《にほんばれ》の方《はう》！」

火鉢《ひばち》の傍《そば》へ來《く》ると、茶棚《ちやだな》の上《うへ》の縁起棚《えんぎだな》へ立向《たちむか》つて、拍手《かしはで》二つ、首《くび》を垂《た》れて頻《しき》りに念《ねん》じ始《はじ》める。お新《しん》は上《あが》り花《ばな》を濃《こ》く出して、相馬焼《さうまやき》の湯呑《ゆのみ》に匂《にほ》ひを移《うつ》した。

「お孃《ぢやう》さんは、病院《びやういん》へ在《い》らつしやるのて御座《ござ》いますつて？」

程《ほど》なく、座《すわ》つた粂代《くめよ》に、中腰《ちうごし》の儘《まゝ》問《と》ひて見《み》る。

「あゝ。遣《や》らうかと思《おも》つて！」

「大學《だいがく》までぢや、大變《たいへん》て御座《ござい》ますわ私《わたくし》が送《おく》りませうか。」

「あゝ。然《さ》うして貰《もら》はうよ。なにね。」

と一服《ぷく》すると、

「今日《けふ》は、香川《かがは》のが來《く》るんだよ。種々《いろ／＼》話《はなし》も有《あ》るから、却《かへ》つて彼《あ》の女《をんな》の居《ゐ》ない方《はう》が好《い》いと思《おも》つてさ。」

「何《ど》うれて、今日《けふ》は來《こ》ないなんて、云《い》つてらしつた。」

「今日《けふ》は來《こ》られないつて、電話《でんわ》て云《い》つてよこしたと云《い》つたから、然《さ》う思《おも》つてるんだらうよ。其《そ》れで一生懸命《いつしやうけんめい》に手紙《てがみ》を書《か》いて居《ゐ》るんぢや無《な》いか。」

「はい、然《さ》うなんて御座《ござ》いませう……實際《じつさい》に今日《けふ》は、貴女《あなた》も御遠慮《ごゑんりよ》なさらないて、能《よ》く若旦那《わかだんな》にお願《ねが》ひ成《な》すつた方《はう》が宜《よ》しう御座《ござ》いますよ。未《ま》だ極《きま》つたと云ふ所までは参《まゐ》らない様《やう》で御座《ござ》いますからね、今《いま》の間て御座《ござ》んすわ。若旦那《わかだんな》さへ決心《けつしん》成《な》すつて下《くだ》されば、お家《うち》の親御《ご》さん達《たち》は、何《ど》うにだつて、ねえ？」

「まあ。然《さ》うも行《い》かないけれどね。」

「行《い》かない事《こと》が御座《ござ》いますものか。大《たい》切《せつ》の御子息《ごしそく》さんが、其《そ》の為《ため》にお病ひでも成《な》すつて御覧《ごらん》なさいまし。世間《せけん》には能《よ》く有《あ》る事《こと》で御座《ござ》いますよ。」

「何《なん》だねえ。この人《ひと》は、香川《かがは》さんの心《こゝろ》持《もち》も分《わか》りもしないで……」

「なあに、分《わか》つて居《を》りますとも！先日《せんじつ》在《い》らしつた時《とき》の、お二人《ふたり》の仲《なか》の睦さと申《まう》したら……」

「仲《なか》の睦いばかりが、睦いにも立《た》たないさ。彼所等《あすこら》でお貰《もら》ひ成《な》さるお嫁《よめ》さんは、お前《まへ》其《そ》れ丈《だけ》の家格《いへがら》も財産《ざいさん》も、無《な》けりや済《す》まないんだからね、其《そ》ればかりは幾程《いくら》でも親御《おやご》の思《おも》ふ處《ところ》に従《したが》はなけりや成《な》らないからねえ。」

煙草《たばこ》の煙《けむ》を長《なが》く吹《ふ》いて、思案《しあん》の眼《め》を其方へ流《なが》した。

「だつて御新造様《ごしんぞさま》！世《よ》の中《なか》には身分《みぶん》も無《な》し、貧乏《びんぼう》で居《ゐ》ても、見初《みそ》められて大《たい》した許《とこ》へお嫁入《よめいり》する娘《むすめ》もあるぢや御座《ござ》いませんか。」

「其《そ》れは其《そ》れさ。香川《かがは》さんは却々《なかなか》お堅《かた》いからねえ。」

「お堅《かた》いつたつて、お嬢《ぢやう》さんを眞底に
も可愛《かあい》がつて在《い》らつしやるんですもの。何《ど》うお思《おも》ひ成《な》すつて在《い》らつしやるか知《し》れませんですよ。」

其所《そこ》へ、久《ひさ》は封書《ふうしよ》を袖《そで》に隠《かく》しながら、恐々《こは〴〵》と入《はい》つて来《き》て、

「阿母《おつか》さん、三銭《さんせん》下さいな。」

「何《なに》？」

「手紙《てがみ》の切手《きつて》なの。」

「入《い》れて参《まゐ》りませう。」

とお新《しん》は立《た》ちかゝつた。

「何《ど》うして！私《わたし》が入《いれ》て来《く》るんですよ。」

「人《ひと》には覗めないのだとさ。」

と粂代《くめよ》は笑《わら》つてやる。

小説

袖頭巾《そでづきん》　中篇

（三十）

露英女史

一寸《ちよつと》仕度《したく》をして、と云《い》ふのが二時間《じかん》の餘《よ》て、濃艶《こつてり》した紫《むらさき》の羽織《はおり》に、美《うつく》しさを集《あつ》めて、久《ひさ》は正午過《ひるす》ぎ、お新《しん》共々出《で》て行《い》つた。

亂雑《ごたごた》つた四邊《あたり》を、少婢《こをんな》に片付《かたつ》けさせて欠伸《あくび》ながら新聞《しんぶん》を讀《よ》んだり、小楊枝《こやうじ》の先《さき》で、奇麗《きれい》な歯《は》をせゝつて見《み》たり、火鉢《ひばち》の縁《ふち》に肘《ひぢ》を突《つ》いて、喫《す》つた煙草《たばこ》の煙《けむ》を緩《ゆる》く吐《は》くと、其《そ》の吸口《すひくち》を頬《ほゝ》に當《あ》てた儘《まゝ》、何《なに》か頻《しきり》に考《かんが》へ込《こ》んでも見《み》る。川《かは》蒸気船の汽笛が気魂《けたゝま》しく鳴《な》り響《ひゞ》いて、彼方側《むかふがは》の二階《かい》で、掃除《さうぢ》を仕《し》て居《ゐ》るらしい女中達《ぢよちうたち》の笑《わら》ひ聲《ごゑ》が、騒々《さう〴〵》しく耳《みゝ》に入《はい》ると、煙管《きせる》を抛《はふ》り出《だ》して、時計《とけい》の方《はう》をながめた。

二時《じ》を少《すこ》し廻《まは》つて、今《いま》まで連子窓《れんじまど》に射

して居《ゐ》た日光《ひ》も、大方陰《おほかたかげ》つて障子《しやうじ》は冷《つめ》たい色《いろ》を彩《いろど》つて居《ゐ》る。

「お湯《ゆ》へても、行《い》つて來《き》やうか。」

と呟《つぶや》いて、引立腰《ひつたてごし》を爲《し》ながら迷《まよ》つて居《ゐ》ると、其《そ》の氣《き》を沈《しつ》と押鎮《おししづ》める樣《やう》に、門《かど》の潜《くゞ》りがすつと開《あ》いた。

「おや。」

身《み》を捻《ねぢ》お向《む》けて、口《くち》も眼《め》も見張《みは》りながら聞《き》き耳立《みゝだ》てたが、果《はた》して其《そ》の人《ひと》の下《げ》駄《た》の音《おと》。

「まあ。漸《やう》つと─」

とそわ〳〵と、出迎《でむか》ひに出《で》やうと爲《す》る間《ま》もなく、菱之助《れうのすけ》は、例《れい》にもなく元氣《げんき》の無《な》い顔《かほ》で入《はい》つて來《き》た。

「能《よ》く在《い》らしつて下《くだ》すつた。お約束《やくそく》の日《ひ》だなんて久《ひさ》が云《い》ふものですからね、朝《あさ》からお待《ま》ち申《まうし》て居《ゐ》ましたんですよ。お寒《さむ》かつたでせう。」

身《み》の邊《まは》りを立廻《たちまは》つて、粂代《くめよ》が好遇《もてなし》を爲《す》るのを、不平《ふへい》そうに見《み》て、坐《すは》りながら

「居《ゐ》ないんですか?」

「久《ひさ》ですか? 一寸《ちよつと》ねえ、據《よんどこ》ろない事《こと》で出掛《でか》けましたが、最《も》う直《ぢ》き歸《かへ》つて參《まゐ》ります、直《す》ぐ歸《かへ》つて來るんだから、呉々《くれぐれ》も待《ま》つてゝ戴《いたゞ》いてくれつて、念《ねん》を押《お》いて行《い》きましたよ。」

菱之助《れうのすけ》は、面白《おもしろ》くなさそうな顔《かほ》で、

「然《さ》うですか? 其《そ》れぢやあ、又遊《またあそ》びに來《こ》やう。」

「おや。お歸《かへ》りなんですか。まあ、直《す》ぐ歸《かへ》つて來《き》ますから、宜《よろ》しいぢやありませんか。其《そ》れ共《とも》お忙《いそが》しくても在《いら》つしやいますか?」

「忙《いそが》しい譯《わけ》もないけれど、相人《あひて》が居《ゐ》ないのでは興《きよう》ない。」

「ほゝ、直《ぢ》き歸《かへ》つて參《まゐ》りますさね。最《もつ》も御婚禮《ごこんれい》のお支度《したく》も、お在《あ》りていらつしやらうから、お忙《いそが》しいても御座《ござ》いませう。」

菱之助《れうのすけ》は默《だま》つて粂代《くめよ》の顔《かほ》を見《み》たが、少《すこ》し微笑《ほゝゑ》んで。

「其樣《そんな》ことは何《ど》うでも宜《い》いんです。」

と羞含《はにか》んだやうに云《い》つた。

其《そ》れを見《み》ると、何《なん》となく落着《おちつ》いて居《ゐ》られない樣《やう》な氣《き》がして、粂代《くめよ》は吃《きつ》と菱之助《れうのすけ》を見詰《みつ》めながら、

「おやあ、最《も》うお近《ちか》い内《うち》なんですか。」

と、恨《うら》めしそうな眼許《めもと》に、強《し》いて作《つく》つた笑《ゑ》みの影《かげ》を漂《たゞよ》へる。

「何時《いつ》ですか。」

と云《い》つたばかり。

「嘸《さぞ》、お美《うつく》しいお嫁《よめ》さんで在《い》らつしやいませうね。」

と究掛《つゝかゝ》るやうに云《い》ふ。

「何《ど》うですか。」

と、煩雜《うるさ》そうに下《した》を向《む》いた。

大島紬《おほしまつむぎ》の着物《きもの》に、大島紬《おほしまつむぎ》の羽織《はおり》で、且代《よ》も生《ひ》びては居《ゐ》るが、何點《どこ》か斯《か》う瘦《やつ》れたやうにも見《み》える。閉《と》ぢた睫毛《まつげ》も憂《うれ》ひを含《ふく》んだやうで、活氣《くわつき》のないのに氣《き》が付《つ》くと、粂代《くめよ》の顔《かほ》は、孤《ひとり》の優《やさ》しさに立《た》ち返《かへ》つた。

小説

袖頭巾《そでづきん》（三十一）

中篇　露英女史

「何《ど》うか成《な》すつたの？甚《ひど》く元氣《げんき》がお在《あ》んなさらないぢやありませんか。」

氣遣はしさうな眼遣《めづかひ》いになつて、粂代《くめよ》は首差延《くびさしの》べて、物柔《ものやはら》かに尋《たづ》ねる。

「風邪《かぜ》らしいですね。自分《じぶん》でも幾分《いくぶん》か氣分《きぶん》が惡《わる》いやうで、何《ど》うも可《い》けません。」

額《ひたひ》から頭髪《かみ》へ掛《か》けて、一と撫《な》で、撫で上《あ》げると、眉《まゆ》を顰《ひそ》めて、甚《いと》ど物思《ものおも》いらしい顏色《かほいろ》になつた。

「可《い》けませんのね。折角《せつかく》お目出度《めでた》があらうと云《い》ふのに、身體《からだ》でもお惡るくすると、皆様《みなさん》も御心配《ごしんぱい》で御座《ござ》いませうから、御養生《ごやうじやう》を成《な》さらないではねえ。久《ひさ》も、此《こ》の頃《ごろ》は兎角《とかく》勝《すぐ》れないので困《こま》つて居《ゐ》るんですよ。今日《けふ》は其《そ》れでも、貴方《あなた》が在《ゐ》らつしやるかも知《し》れないつて、大《たい》層機嫌も好《い》い樣《やう》でしたけれど、何《ど》う云《い》ふものか身體《からだ》が何《ど》うと云《い》ふ事《こと》もない樣《やう》で居《ゐ》て、氣《き》が引立《ひつた》ちませんの。」

茶《ちや》を汲《く》みながら、菓子皿《くわしざら》を揃《そろ》へながら粂代《くめよ》は逵之助《かつのすけ》の方《はう》を見《み》い／＼、何《ど》んな顏《かほ》を爲《す》るかと窺《うかゞ》つて居《ゐ》る。

「脆弱《よわ》い方《はう》だから、氣《き》を付《つ》けなけりや可《い》けない。」

と溜息《ためいき》を爲《し》たが、むしや／＼と爲《し》た樣《やう》な顏色《かほつき》をして、好《す》きでもない刻《きざ》み烟草《たばこ》を摘《つま》むと、粂代《くめよ》は氣付《きづ》いた樣《やう》に長羅宇《ながらう》の烟管《きせる》を、袖《そで》に拭《ぬぐ》つて渡《わた》した。

「一人《ひとり》つ切《き》りの者《もの》ですから、何角《なにか》に就《つ》けて案《あん》じられるんですよ。」

「然《さ》うですとも！」

「其《そ》れでも、貴方《あなた》さへ來《き》て居《ゐ》て下《くだ》されば、少《すこ》しは快《い》い樣《やう》なんですけれど……もう奥様《おくさま》がお出來《でき》になつちや、今迄《いままで》の樣《やう》に、一寸《ちよい》々々とお遊《あそ》びにも來《き》て戴《いたゞ》けませんしねえ、彼《あ》の女《こ》も其樣《そんな》ことを辛《つら》がつて、兎角《とかく》氣《き》が鬱《ふさ》ぐんですから見《み》て居《ゐ》ても可哀想《かはいさう》でねえ。」

逵之助《かつのすけ》は辛《つら》さうな顏《かほ》をしたが、

「當座《たうざ》だけです。馴《な》れゝば思《おも》つた程《ほど》の事《こと》もないものさ。誰《だれ》しも、一寸來馴《ちよつときな》れたものが遠《とほ》ざかると、何《なん》となく淋《さび》しい樣《やう》に思《おも》ふものだが……なあに！今迄通《いままでどほ》り、御厄介《ごやつかい》になりに來《き》ますよ。」

粂代《くめよ》は、胸《むね》の内《うち》が何《なん》となしに迫《せま》つて來《く》るやうで、腹《はら》の底《そこ》からわく／＼した氣《き》が湧《わ》き上《あが》つて來《く》るやうに思《おも》はれる。

「ほんとに……久《ひさ》が可愛《かあい》がつて戴《いたゞ》いたつて、何《なん》だかもう……お目《め》にも掛《か》れない樣《やう》に、詰《つま》らなくなりますねえ。」

「死《し》ぬ譯《わけ》ぢやないさ。」

と寂《さみ》しく笑《わら》ふ。

「久《ひさ》も、憖《なま》じ可愛《かあい》がつて戴《いたゞ》いて、却《かへ》つて、つまらない氣《き》が出《で》て可《い》けません。ほんとに身分《みぶん》さへ歴々《れき／＼》として居《ゐ》る事《こと》なら、何《ど》んな御無理《ごむり》を願《ねが》つたつて、貴方《あなた》

小説

袖頭巾《そでづきん》（三十二）

中篇 露英女史

「覚《おぼ》えて戴《いたゞ》いたところで、仕方《しかた》もありません。」

と態《わざ》と冷《ひや》やかに云《い》ひ返《かへ》した。三日《みつか》逢《あ》はなくても、心《こゝろ》にかゝるとか何《なん》とか云《い》つては、邪氣《つみ》も無《な》いものゝ氣《き》を取《と》つて、可愛《かわい》がり抜《ぬ》いて、妹《いもと》か妻君《さいくん》にでも為《す》る樣《やう》に優《やさ》しく為《し》て居《ゐ》たものを、何程《なんぼ》、急《きふ》に新《あた》らしい人《ひと》を妻《つま》にするからとは云《い》ひながら、餘《あんま》り打捨《うつちや》り放《はな》しな言葉《ことば》と口惜《くや》しくもなつて來《き》て、能《よ》く斯《こ》ら知《し》ら〳〵しく私《ひと》の前《まへ》に居《ゐ》られると迄《まで》、氣《き》が逆上《のぼ》つてくる。菱之助《ひしのすけ》は其樣《そんな》思《おも》ひは知《し》らず、自分《じぶん》も果敢《はか》ない樣《やう》な眼色《まなざし》を、鬱陶《うつたう》しく伏《ふ》せて、

「久《ひさ》さんは兄妹《きやうだい》と思《おも》つて居《ゐ》る。一生《いつしやう》何様《どん》ことに成《な》らうと、私《わたし》は面倒《めんどう》を見《み》る積《つも》

のお傍《そば》へ置《お》かして戴《いたゞ》きますけれども、何《ど》うもねえ……此方《こちと》の樣《やう》な卑《いや》しいのおや、お願《ねが》ひする事《こと》つたつて出來《でき》やしません……奥《おく》さんに成《な》る方《かた》を久《ひさ》も何《ど》んなにか羨《うらや》ましがつて居《ゐ》る事《こと》でせう。お噂《うはさ》を聞《き》いてから、少時《しばらく》臥《ふ》せつた切《き》りて居《を》りましたんですよ。」

菱之助《ひしのすけ》は俯向《うつむ》き込《こ》んで、

「まだ小供《こども》ですよ。」

と漸《やうや》く云《い》ふ。

「小供《こども》つたつて、可愛《かわい》がつて戴《いたゞ》いた方《かた》の位《くらゐ》は分《わか》りますよ。」

怨《こは》めしそうな云《い》ひ振《ぶ》り。貴方《あなた》は玩具《おもちや》の積《つも》りで久《ひさ》を可愛《かあい》がつて下《くだ》すつたの乎《か》。と云《い》はうとしたが、眞逆に云《い》ひ兼《か》ねて口《くち》を噤《つぐ》んで了《しま》ふ。

「癇《かん》に障《さは》られる程《ほど》、久《ひさ》さんを可愛《かあい》がりもしなかつたが、然《しか》し、能《よ》く馴染《なじ》んで呉《く》れて……兄《にい》さんと云《い》はれたのは忘《わす》れない積《つも》りです。」

思《おも》ひを籠《こめ》て云《い》つた積《つも》りだが、粂代は人を馬鹿《ばか》にした程冷淡《ほどれいたん》に聞《き》かれたのである

りなんてすから、阿母《おつか》さんからも久《ひさ》さんに云《い》つて、今迄《いまゝで》馴染《なじ》んで下《くだ》れた優《やさ》しい心持《こゝろもち》を忘《わす》れないで貰《もら》ひ度《た》い。」

「忘《わす》れますどころか。久《ひさ》は餘《あんま》り思《おも》ひ過《す》ぎて、病氣《びやうき》にさへ成《な》つて居《を》りますよ。貴方《あなた》が皆々よりも可愛《かあい》がつて下《くだ》すつたばかりに……可哀想《かあいさう》に今更《いまさら》、貴方《あなた》に捨《す》てられた樣《やう》なものぢや御座《ござ》いませんか。憖《なま》じ可愛《かあい》がつてなんぞ、戴《いたゞ》かない方《はう》が結局《けつく》彼《あ》の女《をんな》には宜《よ》しかつたかも知《し》れません。」

云《い》ひ終《をは》ると、粂代《くめよ》は涙含《なみだぐ》んだ。壁《かべ》の掛《かけ》釘《くぎ》に、久《ひさ》の手《て》摺《ず》れた絹肩掛《きぬかたかけ》がかゝつて居《ゐ》る。隙《すき》を漏《も》つた窓《まど》の風《かぜ》に、房《ふさ》の揺《ゆ》いだ、其《そ》れも胸《むね》の迫《せま》る種《たね》。

菱之助《ひしのすけ》は無言《だま》つて了《しま》ふ。

「これが、他外《よそほか》の娘《むすめ》さんなら、若《わか》い男《をとこ》の方《かた》になんぞ可愛《かあい》がつて戴《いたゞ》いたり、何處《どこ》へても御一所《ごいつしよ》に伴《つ》れても戴《いたゞ》いたりして、其《そ》の親御《おやご》さん達《たち》は默《だま》つても在《ゐ》らつしやいますまい。娘《むすめ》さんに氣《き》を付《つ》けて、何彼《なにか》に男《をとこ》の方《かた》とは面《かほ》も合《あ》はせない樣《やう》に始末《しまつ》を成《な》さる。其《そ》れが當然《あたりまへ》のお話《はなし》で御座《ご》いますのを、私《わたくし》や打捨《うつちや》つて、却《かへ》つて好《い》い事《こと》に久《ひさ》を陰《かげ》では……まあ實《じつ》のところ、貴方《あなた》を大切《だいじ》に爲《し》なくては可《い》けない位《くらゐ》の事《こと》も申《まう》しました。

堅氣《かたぎ》でない者達《ものたち》は、其樣《そんな》ものと、却《かへ》つて貴方《あなた》はお笑《わら》ひ成《な》さるで御座《ご》いませうけれど、兎《と》に角《かく》ね、久《ひさ》は堅氣《かたぎ》で育《そだ》てたものでも御座《ご》いますし、過失《あやまち》のない樣《やう》にとは、他《よそ》の親御《おやご》さん達《たち》同樣《どうやう》、思《おも》つちや居《ゐ》る事《こと》で御座《ご》いますけれど、貴方《あなた》の樣《やう》な立派《りつぱ》な方《かた》に、可愛《かあい》がつて戴《いたゞ》く久《ひさ》は、幸福者《しあはせもの》だと思《おも》ひますばかりに、遂《つひ》、親《おや》の方《はう》から周旋《とりもち》樣《やう》な事《こと》ばかりを爲《し》居《ゐ》たのですから、餘計《よけい》、久《あれ》がこの節《せつ》の勝《すぐ》れないのを見《み》ますと、情《なさけ》ないんですよ、何《なん》にも彼《か》にも、安心《あんしん》して貴方《あなた》にお縋《すが》り申《まう》して居《ゐ》た樣《やう》なところを、急《きふ》に突作された樣《やう》な心持《こゝろもち》で……ほゝ、自分《じぶん》定《さだ》めの、勝手《かつて》な沙汰《さた》をお聞《き》かせ申《まう》して濟《す》みません。泥水根性《どろみづこんじやう》だと、お笑《わら》ひ成《な》すつちやお恥《はづか》しいけれど、ほんとに……失望《がつかり》して了《しま》いました、素々《もとく》身分《みぶん》も違《ちが》へば、到底《たうてい》お相手《あひて》になんぞ、成《な》ります樣《やう》なもんぢや御座《ご》いませんけれど、其《そ》れてもね、甘《あま》やかして戴《いたゞ》くと、女《をんな》は好《い》い氣《き》に成《な》り勝《がち》て困《こま》ります。」

末《すゑ》を厭味《いやみ》てとめて、そつと襦袢《じゆばん》の袖《そで》で眼《め》を拭《ふ》いた。菱之助《ひしのすけ》は顔《かほ》を少《すこ》し赤《あか》くして、悄然《しよんぼり》と鐵瓶《てつびん》の蓋《ふた》を撫《な》でゝ居《ゐ》る。微笑《ほゝゑ》んで居《ゐ》る樣《やう》な、苦《にが》い味《あぢ》を眼《め》に逃《にげ》らして居《ゐ》る樣《やう》な、頬杖《ほゝづゑ》を突《つ》いて、吻《ほつ》と吐息《といき》だけを爲《す》る。

「何《なに》ね。久《あれ》がのほゝんて居《ゐ》れば、私《わたくし》やこんなに苦勞《くらう》もしませんですけれど、泣《な》いて寝《ね》て居《ゐ》られたり、口《くち》も交《き》かないで一日《いちんち》座《すわ》つた切《き》りで居《ゐ》られたりするのが、辛《つら》くつて困《こま》るんです。身《み》響めてねえ。」

火鉢《ひばち》の縁《ふち》へ腕《かひな》を緩《ゆる》く組《く》んで、其《そ》の上《うへ》へ菱之助《ひしのすけ》は突伏《つゝぷ》して了《しま》つた。

小説

袖頭巾《そでづきん》　中篇

（三十三）

露英女史

久《ひさ》しい間《あひだ》、両人《ふたり》共《とも》黙《だま》つた切《き》りで、粂代《くめよ》は菱之助《ひしのすけ》が何《なに》と云《い》ひ出《だ》すかと、心密《こゝろひそ》かに待《ま》つて居《ゐ》る。

未《ま》だ日取《ひど》りも定《さだま》つては居《ゐ》ないらしいが、自《じ》分《ぶん》に少《すこ》しでも久《ひさ》が不憫《ふびん》だと思《おも》ふ節《ふし》があれば、親御《おやご》に駄々《だゞ》を捏《こ》ねて、變代《へんが》へにする位《くらゐ》、雑作《ざうさ》無《な》さそうなものと、粂代《くめよ》は考《かんが》へながら、然《しか》し、其《そ》れ共《とも》よく〳〵心《こゝろ》に叶《かな》つたお嫁《よめ》さんでゝもあつて、當《たう》人《にん》から望《のぞ》んで貰《もら》ふ方《はう》なのかも知《し》れぬ…

「失禮《しつれい》ですけれど、何方《どちら》からお迎《むか》へ成《な》さいますんです?」

と改《あらた》まつて聞《き》いて見《み》る。菱之助《ひしのすけ》は首《くび》も動《うご》かさず、突伏《つゝぷ》した顏《かほ》を、横《よこ》にした儘《まゝ》て居《ゐ》た。

話《はなし》が彼方《むかう》から彈《はづ》んで來《こ》ぬので、臉《まぶた》へ突《つ》つ込《こ》んで、强請《ねだ》む事《こと》もならぬ。厭味《いやみ》を愚《ぐ》痴《ち》に交《ま》ぜて、唯並《たゞなら》べて見《み》たばかりで、其《そ》れも聞《き》き流《なが》して居《ゐ》られるのかと思《おも》ふと、當《あた》り様《やう》もない癇《かん》ばかりが募《つの》つて來《く》て、粂代《くめよ》は唯《たゞ》ぢり〳〵と身内《みうち》が悶《もだ》えてくるので、菱之助《ひしのすけ》の姿《すがた》を思《おも》ふ様《さま》見据《みす》えて、獰猫の眼《め》を逆釣《さかつ》らして居《ゐ》る。

「また、出直《でなほ》して來《き》ませう。」

不意《ふい》に立上《たちあが》つて、菱之助《ひしのすけ》が歸《かへ》らうとした、額《ひたひ》の色《いろ》も一段《いちだん》惡《わる》くなつて、屹《きつ》と粂代《くめよ》を見《み》た眼《め》の内《うち》に、思《おも》ひ做《な》しか怒《いか》りの色《いろ》が浮《うか》んで居《ゐ》るやう。

「まあ。」

流石《さすが》にはつとして、粂代《くめよ》は思《おも》はず立《た》ちかゝつたが、

「久《ひさ》ももう歸《かへ》つて參《まゐ》りますわね、今日《けふ》に限《かぎ》つて、然《さ》うお急《いそ》ぎ成《な》さいませんだつて、彼女《あれ》にも何《なん》とか云《い》つてやつて下《くだ》さいましな。」

菱之助《ひしのすけ》は微笑《ほゝゑ》みながら、

「何日《いつ》だつて逢《あ》へる事《こと》でせう、又其《またそ》の内《うち》に來《き》ますよ。」

穏《おだや》かな調子《てうし》に云《い》つて、歸《かへ》らうと爲《す》る。

「左様《さう》ですか。久《ひさ》が落膽《がつかり》する事《こと》でせう」

と、其《そ》れでも、柔《やはら》かに此方《こちら》も云《い》つた。

「是非《ぜひ》、入《い》らしつて下《くだ》さい。」

「來《き》ますとも!」

とばかりで、送《おく》つて出《で》た粂代《くめよ》の方《はう》を、見返《みかへ》りも爲《し》ないで歸《かへ》つて了《しま》ふ。

自分《じぶん》も云《い》ひ過《す》ぎたかとは思《おも》ひながら、未《ま》だ、むら〳〵つとした氣《き》は消《き》えそうにも無《な》く、障子《しやうじ》の開閉《あけたて》に腹癒《はらい》せをして、自暴《やけ》に座《すわ》ると、今迄前《いまゝでまへ》に居《ゐ》た菱之助《ひしのすけ》の衣《きもの》にもつて居《ゐ》た物《もの》の香《か》が、其處《そこ》に殘《のこ》つて粂代《くめよ》の面《おもて》の邊《あた》りを掠《かす》つてゆく。

「あゝ。」

と歎息《ためいき》をすると、其《そ》の移《うつ》り香《が》から引出《ひきだ》して、久《ひさ》に優《やさ》しかつた種々《いろ〳〵》を思《おも》つて、唯無暗《たゞむやみ》に惜《を》しい氣《き》が爲《す》る。折角《せつかく》掌《たなごゝろ》に握《にぎ》つた玉《たま》を、つるりと辷《すべ》らして了《しま》つた様《さう》な心持《こゝろもち》て、菱之助《ひしのすけ》はもう來《こ》ないものと、斷念《あきら》める程果敢らない思《おも》ひに塞《ふさ》が

れるのであつた。

「只今《たゞいま》！」

何時《いつ》か門《かど》が開《あ》いて、格子《かうし》の外《そと》に賑《にぎや》かな聲《こゑ》。

「もう歸《かへ》つたんだよ。」

と呟《つぶや》きながら、氣《き》が重《おも》く立上《たちあが》る力《ちから》もないやう。

「早《はや》かつたでせう。」

と、どや〱帑《つ》さて、久《ひさ》は歸宅《かへ》つて來《き》た、母《はゝ》の顏《かほ》を見《み》ると、擬つて居《ゐ》たか、

「何《ど》うかして？」

と聞《き》いた、其所《そこ》へお新《しん》が挨拶《あいさつ》にくる。

「早《はや》かつたね。」

と云《い》ふ間《ま》もあらせず、

「お在《い》でになりませんの？」

と顏《かほ》を差出《さしだ》すと、

「もう來《こ》ない積《つも》りで居《ゐ》るだらう。」

とつかない返事《へんじ》。久《ひさ》は後《おく》れ毛《げ》を指《ゆび》に撫《な》で上《あ》げながら、怪訝《けげん》に母親《はゝおや》を打守《うちまも》つて居《ゐ》た。

小説

袖頭巾《そでづきん》 中篇

（三十四）

露英女史

「えつ？誰《だれ》が來《こ》ないつもりなの？」

久《ひさ》は母《はゝ》を見《み》ながら聞《き》いたが、

「誰《だれ》でも宜《い》いよ。千壽《ちず》さんは何《ど》んな樣子《やうす》だつたい？」

「大方《おほかた》、お快《よ》しいんだそうですよ。」

とお新《しん》が引取《ひきと》る。

「然《そ》うかい。其《そ》りや好《よ》い鹽梅《あんばい》だつた。」

誠《さい》さんは來《き》て居《ゐ》なかつたの。」

「誠《さい》さんの許《とこ》へね、お嫁《よめ》さんが來《く》るんですつて。」

突然《だしぬけ》に云《い》つて、久《ひさ》は面白《おもしろ》そうに笑《わら》つた。

「年《とし》を老《と》つたね、お嫁《よめ》さんが來《く》るんだつて、伯母《をば》さんがお話《はな》したわ。」

「へえ。何時《いつ》さ。」

粂代《くめよ》も、思《おも》ひ付《つ》かぬ事《こと》を聞《き》いて、釣《つ》り込《こ》まれる。


「まだ判然《はんぜん》しない事《こと》なんて御座《ござ》いますよ。其《そ》れよりは此方《こつち》のお嫁《よめ》さん一件《いつけん》は何《ど》う成《な》さいました。」

其《そ》の言葉《ことば》を聞《き》くと、久《ひさ》はつい、と立《た》つて行《い》つて了《しま》ふ。お新《しん》は後《うしろ》から、くす〱笑《わら》ひながら、

「お氣《き》がお付《つ》き成《な》すつたんでせうかね恥《はづ》かしがつてさ、行《い》つてお了《しま》ひ成《な》すつた。」

粂代《くめよ》は苦《にが》い顏《かほ》をして、後《うしろ》を見《み》やうとも爲《し》なかつたが、手《て》にした煙管《きせる》を投《な》げ出《だ》すと、詰《つま》つた肩《かた》を、掌《てのひら》に二《ふた》つ三《み》つ叩《たゝ》きながら、

「夜芝居《よしばゐ》へでも行《ゆ》かうかね、安價《やす》い所《とこ》で淺草《あさくさ》へでも行《い》つて見《み》やうか。」

「結構《けつこう》で御座《ござ》いますね。」

「遊《あそ》んでゝも來《こ》なくつちや、納《おさ》まりがつかない。」

片手《かたて》を膝《ひざ》の前《まへ》へ突《つ》いて、お新《しん》は伏《ふ》せた身體《からだ》を押出《おしだ》しながら、

「駄目《だめ》で御座《ござ》いましたか。思《おも》ふやうに

小説

袖頭巾《そでづきん》　中篇

（三十五）

露英女史

「何《なん》だねえ、咚々子《だゝつこ》見《み》たいに！」

粂代は出《で》て来《き》て、泣伏《なきふ》して居《ゐ》る久《ひさ》の傍《そば》に立《た》つたが、軽《かる》く肩《かた》を動《うご》かして、

「喧嘩《けんくわ》なぞを為《す》るものかね、兄《にい》さんも何《なん》も怒《おこ》つたものなんぞは有《あ》りやしないよ、安心《あんしん》お為《し》よ。」

久《ひさ》は泣《な》きながら、首《くび》を振《ふ》つて、

「私《わたし》聞《き》いたわ。兄《にい》さんがお嫁《よめ》さんを貰《もら》つたつて、阿母《おつか》さんの怒《おこ》る事《こと》や、兄《にい》さんを悪《わる》く云《い》ふ事《こと》は、有《あ》りやしないのに、そんな〳〵……」

としやくり上《あ》げて、

「兄《にい》さんは好《い》い人《ひと》ぢやないの。」

「何《なん》て御座《ござ》いますねえ、阿母《おつか》さんは貴嬢《あなた》のお身《み》を思《おも》つて、兄《にい》さんに角《かど》の立《た》つた事《こと》も仰有《おつしや》つたんて御座《ござ》いますわね、は怒《おこ》りませんてしたか？」

「何《なん》だか、怒《おこ》つて出《で》つ了《ちま》つたよ。」

「おやまあ。何《ど》う成《な》すつて、話《はなし》が行違《ゆきちが》つたのおや御座《ござ》いませんか？」

とお新《しん》は、又身躰《またからだ》を揺《ゆす》り出《だ》す。

「何《なん》にも彼《か》にも、おじやんさ。久《ひさ》なんぞはほんの玩弄《おもちや》さ、何《なん》ても様子《やうす》合《あひ》が、余程撰み抜いて貰《もら》ふ人《ひと》らしいから、到底《とて》も私《わたし》の口《くち》一《ひと》つ位《くらゐ》おや、動《うご》きそうにもありやしない。兄妹《きやうだい》になりに来《き》たんだつさ、今日《けふ》は―」

「あの……何誰《どなた》と？」

「久《ひさ》とさ。」

「まあ、馬鹿《ばか》にした……」

「ねえ、癪《しやく》に障《さは》るばかりだから、出《で》るつてのを留《と》めもしないて、左様《さう》ならにしちまつたけれど、何《なん》だか私《わたし》の云《い》ふ事《こと》が気《き》に当《あた》つた様《やう》な顔色《かほつき》て、ぷん〳〵出《で》つちやつた。余《あんま》りだあね。」

「へえ……」

お新《しん》は何《なに》か考《かんが》へて居《ゐ》る。


「さあ〳〵、久《ひさ》を連《つ》れて遊山《ゆさん》を為《し》て来《こ》やう。久《ひさ》さんや。」

声《こゑ》を上《あ》げて呼《よ》んだが返事《へんじ》が無《な》い。お新《しん》は立《た》つて見《み》に行《い》つたが、やがて引返《ひつかへ》して来《き》て、

「お聞《き》き成《な》すつたと見《み》えて、又泣《またな》つるが始《はじ》まりましたよ。」

「馬鹿《ばか》だねえ。」

と眉《まゆ》が顰《ひそ》む。

「断念《あきら》められちまつたものを、断念《あきら》められないて居《ゐ》る位《くらゐ》、白痴なものは無《な》いんだよ。泣《な》く馬鹿《ばか》があるもんかね。」

と大《おほ》きな声《こゑ》。

「困《こま》りましたねえ。お可哀想《かあいさう》もお可哀《かあい》想《さう》ですよ。」

と云《い》ひながら、又久《またひさ》の方《はう》へ走《はし》つて行《ゆ》く
少時《しばらく》すると、涙声《なみだごゑ》て、

「兄《にい》さんと、阿母《おつか》さんと喧嘩《けんくわ》をしたんおやないか。いやだわ、いやだわ。」

次第《しだい》に声《こゑ》が、物《もの》に包《つゝ》まれてゆくやう。

貴孃《あなた》のお心《こゝろ》が濟《す》むやうに成《な》さり度《た》いばつかりに、云《い》はないても宜い事《こと》も仰有《おつしや》つたんて御座《ご》いますよ。貴孃《あなた》！其《それ》ぢや阿母《おつか》さんがお可哀想《かあいさう》て御座《ご》いますよ」

お新《しん》は一心《いつしん》になつて、久《ひさ》を閙《なだ》めながら說《と》いて聞《き》かせる。

「考《かんが》へても御覧《ごらん》じまし、若旦那《わかだんな》の許《とこ》へ貴孃《あなた》をお嫁《よめ》さんに成《な》さり度《た》いと思《おも》へばこそ、阿母《おつか》さんも種々《いろ／＼》心配《しんぱい》を成《な》さるので御座《ござ》いますよ。理由《わけ》もなしに兄《にい》さんへ嫌《いや》な事《こと》なんぞを仰有《おつしや》るもので御座《ござ》いますか。

袖《そで》を掻合《かきあは》せて、久《ひさ》を見下《みおろ》しながら、粂《くの》代《よ》は微《かす》かに笑《わら》つて、

「阿母《おつか》さんが悪《わる》けりや、詫罪《あやま》るからもう其様《そんな》ことは云《い》はない事《こと》さ。ねえ。」

「其《そ》れだつて、兄《にい》さんはもう来《き》やしないわ。怒《おこ》つて歸《かへ》つちまつたんてすものもう見て來《く》れやしないわ。」

切《せつ》なさうに又泣《またな》いた。脱《ぬ》いだ羽織《はおり》を丸《まる》めた上《うへ》へ掩《おほ》ひかゝつて、顔《かほ》に當《あた》つた衣の面《かほ》は涙《なみだ》にぐしよ濡《ぬ》れに濡《ぬ》れて居《ゐ》る。

「大丈夫《だいぢやうぶ》、來《き》てくれるとも！來《こ》なくつたつて好《い》いやね。兄《にい》さんはお前《まへ》を何《なん》とも思《おも》つて居《ゐ》るぢやなし、お嫁《よめ》さんが出《で》來丁へは、猶《なほ》の事《こと》、以前《いぜん》のやうに可愛《かあい》がつては呉《く》れないんだから其様《そんな》にしてお前《まへ》が戀《こひ》しがる事《こと》はありやあしない。」

「兄妹《きやうだい》になるつて、云《い》つて下《くだ》すつたんぢやなくつて？」

「然《そ》うさ。だからもう宜《い》いやね。お前《まへ》が又僻《またひが》いだり何《なに》かすると、不憫《ふびん》だと思《おも》つたから、餘計《よけい》な事《こと》も云《い》つたんだけれど、兄《にい》さんを怒《おこ》らしたのは阿母《おつか》さんが惡《わる》かつた。ねえ、だからもう其《そ》れで好《い》いだらう。」

「宜《よ》かないわ。もう兄《にい》さんに逢《あ》へやしないわ。」

と涙《なみだ》ながら。

「逢《あ》つたつて仕様《しやう》がないよ。兄《にい》さんの方《はう》ぢやもう何《なん》とも思《おも》つて居《ゐ》ないんだと云《い》ふのにさ。」

「……兄妹《きやうだい》になるつて、云《い》つたんぢやありませんか。」

と久《ひさ》は其《そ》れを繰《く》り返《かへ》す。

「だから、何《なん》とも思《おも》つちや居《ゐ》ないんだよ。氣《き》に入《い》つたお嫁《よめ》さんを貰《もら》ふんで、魂《たましい》も何《なに》も何所《どこ》かへ飛《と》んで行《い》つてる。」

「酷《ひど》いわ。」

と身悶《みもだ》えして久《ひさ》はお新《しん》の膝《ひざ》に取縋《とりすが》つた。

「兄《にい》さんは其様《そんな》んぢや無《な》いわ。妹《いもうと》にしてやるつて云《い》ふのに……」

「まあ〳〵、然《そ》う氣《き》ばかり燃《い》らしたつて仕方《しかた》がありません。又悠《またゆつ》くりお呼《よ》び申《まをし》てお話《はなし》いたせば分《わか》りますんですから、今日《けふ》は心持《こゝろもち》をお直《なほ》し成《な》すつて、阿母《おつか》さんと何方《どちら》へか行《い》つてらつしやいまし。」

久《ひさ》は厭々《いや〳〵》をしながら、お新《しん》の膝《ひざ》に取《と》り付《つ》いた儘《まゝ》て居《ゐ》た。

小說

袖頭巾《そでづきん》　中篇

露英女史

（三十六）

「何《ど》うして、お齋《さい》さんの阿母《おつか》さんが、彼樣女《あんなをんな》をお嫁《よめ》さんにして、半月《はんつき》だつて過《す》ごせるものか。私《わたし》には見《み》え透《す》いて居《ゐ》たんですとも！」

誠一《せいいち》一人《ひとり》留守《るす》を爲《し》て居《ゐ》る、増村《ますむら》の家《いへ》を訪《たづ》ねて、例《れい》にもない懇切《ねんごろ》氣な素振《そぶ》りに、お勢《せい》は物云《ものい》ひさてを粗末《ぞんざい》にして、打解《うちと》け顏《がほ》に語《かた》つた。

「だから私《わたし》の云《い》ふ通《とほ》り、此所《とこ》はこの儘《まゝ》、一時《いちじ》別《わか》れた方《はう》が、誠一《せいいち》さんの爲《ため》にも成《な》らうと云《い》ふものおやないか。元々《もと〳〵》御亭《ごてい》主《しゆ》のあるのも承知《しようち》で、貴方《あなた》が從懇意に惚《ほ》れた女《をんな》だと云《い》ふのでもなし、幾程金《いくらかね》になつた位《くらゐ》のところで、斷念《あきらめ》をつけて了《しま》つた方《はう》が、却《かへ》つて後腐がなくつて宜《よ》からうと思《おも》ふのですよ。先日《このあひだ》貴方に話《はなし》を爲《し》たとか云《い》つたね、貴方《かた》の家内《かない》に成《な》らうつてさ！其《そ》れだもの轉《ころ》がり込まれて御覽《ごらん》なさい、お荷物《にもつ》だ。腐れても兎《と》に角人《かくひと》の妻《さい》になつて居《ゐ》るから、故國《くに》の方《はう》からも何《なん》の彼《か》のと送金《そうきん》ても寄越《よこ》すから、今《いま》の處《ところ》不自由《ふじいう》は仕《し》ない樣《やう》なもの〻、これが斯々《かう〳〵》て貴方《あなた》の女房《にようばう》になつて、赤阪《あかさか》の方《はう》も遂々《とう〳〵》無理暇《むりひま》を取つたとなつて御覽成《ごらんな》さい、昔《むかし》の浮氣《うはき》が未《ま》だ癒《なほ》らないとか何《なん》とか云《い》つて、實家《さと》の方《はう》でも構《かま》ひも付《つ》けないとなつた日《ひ》には、彼樣女《あんなをんな》を引取《ひきと》つた貴方《あなた》が一番貧乏《いちばんびんばふ》鬮《くじ》さ。お利益《りえき》ごかしに一旦別《いつたんわか》れて置《お》いて、又赤阪《またあかさか》から呼《よ》び出《だ》すつたつて、私《わたし》が交際《つきあひ》を絶《た》さないうちは何《ど》うにでも成《な》るし、又靜野《またしづの》さんだつて、直《ぢ》き飛《と》び出《で》して遊《あそ》ぶ氣《き》に成《な》るから造作《ざうさ》は無《な》い。娘《むすめ》も片付《かたづ》て了《しま》へば、愈々一人天下《いよ〳〵ひとりてんか》だからね、其《そ》の方《はう》が……然《さ》うして繋《つな》ぎを付《つ》けた方《はう》が、誠一《せいいち》さんの爲《ため》にも成《な》るんだと思《おも》ふの。

何《なに》も私《わたし》が、今更斯《いまさらか》うして貴方《あなた》の爲《ため》に精骨折《ほねを》ると可笑《をか》しい樣《やう》だけれど、知《し》らなかつたとは云《い》ひながら、亭主《ていしゆ》のあるものを周旋《しうせん》て、此樣《こんな》厭《いや》な目《め》を爲《さ》せると思《おも》ふと、お氣《き》の毒《どく》でね。唯《たゞ》其《そ》れ丈《だけ》で斯《か》うして、貴方《あなた》の爲《ため》に氣《き》を揉《も》んで居《ゐ》る譯《わけ》なんですよ。

こんな馬鹿氣《ばかげ》た事《こと》は大概《おほかた》には聞《き》かされませんからねえ。稀々一人《ひとり》て心配《しんぱい》を爲《し》てねえ、居《ゐ》るんですから誠一さんも其《そ》のつもりで……彼樣《あんな》甘《あま》い質《たち》なんだから……亭主《ていしゆ》があるのに、年下《としした》の若《わか》い男《をとこ》と巫山戯《ふざけ》やうなんて云《い》ふ心術《こゝろね》の女《をんな》だもの、眞劍《しんけん》に辷《すべ》り込《こ》まれて了《しま》つて御覽《ごらん》なさい。阿母《おつか》さんは阿母《おつか》さん、妹《いもうと》さんは妹さんで大騷動《おほさうどう》が持上《もちあが》らうし、第一《だいいち》誠一さんが一生《しやう》の厄介物《やくかいもの》になるだらうおやないか。私《わたし》の云《い》ふ事《こと》に非《ひ》はない積《つも》りだが、何《ど》うお考《かんが》へ成《な》すつた？」

鬢も髭も延びて、其《そ》れも濃《こ》く生《は》えてるのではなく、赤《あか》い薄《うす》いのがぽち〳〵と爲《し》て居《ゐ》るので、猶更見窄《なほさらみすぼ》らしい。寢衣

小説

袖頭巾《そでづきん》 中篇

露英女史

（三十七）

「先日《せんじつ》逢《あ》ふた時《とき》、約束《やくそく》を為《し》たのです。」

と軽《かる》く云《い》ふ。

「何程《なにほど》約束《やくそく》したつて、お荷物《にもつ》を脊負《しよ》ひ込《こ》む心《つもり》なんてすか。」

「一旦《いつたん》斯うなつたものですもの、況《ま》して当人《たうにん》が妻《さい》にして呉《く》れと……貧《まづ》しいのも承知《しようち》で同棲《いつしよ》に居《ゐ》たいと云《い》ふんてすから、其《そ》の存念《つもり》で居《ゐ》ます。」

「離縁《りえん》を請求《せいきう》つて？」

「然《そ》うてす。呉《く》れなきや、逃《に》げて来《く》ると云《い》つて居《ゐ》ました。」

「其《そ》りやあね、私《わたし》にもお云《い》ひてしたけれど、其様《そんな》ことを為《さ》せては、貴方《あなた》に気《き》の毒《どく》だと思《おも》つたから、赤阪《あかさか》へ帰《かへ》つて、一時《いちじ》奇麗《きれい》に口《くち》を拭《ふ》いた方《はう》がと勧《すゝ》めて置《お》いたのてすよ、お為《ため》めごかしに――けれ共《ども》貴方《あなた》が然《さ》う云《い》ふのぢや仕方《しかた》がないからね。」

「種々《いろいろ》、御好意《ごかうい》は有難《ありがた》いと思《おも》つて居《ゐ》ます。」

媼とらしくも無《な》く、丁寧《ていねい》に頭《あたま》を下《さ》げて

「何《いづ》れ、話《はなし》がつきましたら、改《あらた》めてお礼《れい》に上《あが》りますが、大場《おほば》さんにも宜《よろ》しくお伝《つた》へ下《くだ》さい。種々《いろいろ》骨《ほね》をお折《を》り下《くだ》すつて、態々《わざわざ》静野《しづの》の宅《たく》までお出向《でむ》き下《くだ》すつたそうてすな。」

「ええ？」

お勢《せい》は少《すこ》し狼狽《あわて》ながら、

「其様《そんな》ことは有《あ》りますまい？面倒《めんだう》だからと思《おも》つて、私《わたし》は何《なん》にも聞《き》かせずにあるんてすがね。」

「然《そ》うてすか。其《そ》れぢや大場《おほば》さんの御《ご》一了簡《いちれうけん》だつたのてせう。何《なに》か私《わたくし》が静野《しづの》を強迫《けうはく》てもするやうに、彼方《あつち》へ行《い》つて話《はなし》を為《さ》れたと聞《き》きました、静野《しづの》が驚《おどろ》いて私《わたくし》の許《とこ》へ馳《か》け付《つ》けて来《き》て、斯々《かうかう》と云

の上《うへ》へ椽垢《えんあか》で黒光《くろびか》りに光《ひか》つて居《ゐ》る、双子《ふたこ》を洗《あら》ひ晒《ざら》した褞袍《どてら》を引掛《ひつか》けて、今迄《いままで》火鉢《ひばち》の傍《かたは》へ寝転《ねころ》んて居《ゐ》たのを、起返《おきかへ》つて辛《から》くも座《すわ》つたと云《い》ふ形《かたち》。開《ひら》き直すと、眼《め》だけを上《あ》げて凝視《ぎやう》とお勢《せい》を見《み》た。少《すこ》し窪《くぼ》んだ様《やう》に見《み》えるが、切《き》れの長《なが》いのが瞬間《しゆんかん》に情《じやう》を籠《こ》めて、美しく輝《かゞや》いた。

「女房《にようばう》にしますよ。」

と砕《くだ》けて云《い》ふ。

「静野《しづの》さんを？」

「成《な》り度《た》いと云《い》ふのぢや無《な》いんてすか？阿母《おつかあ》の了簡《れうけん》なんぞは構《かま》ものてすか。」

お勢《せい》は拍子抜《ひやうしぬ》けの為《し》た様《やう》に、口許《くちもと》を弛《ゆる》めて、まぢ／＼と三角《さんかく》の目《め》に誠一《せいいち》を眺《なが》めて居《ゐ》る。

「是非《ぜひ》夫婦《いつしよ》に成《な》り度《た》いと、私《わたくし》も思《おも》つて居《ゐ》たのです。」

小説

袖頭巾《そでづきん》 中篇

（三十八）

露英女史

ふので、其《そ》れで話《はなし》の模様《もやう》も變《かは》つて、公然《おもて》此家《こゝ》へ來《き》て了《しま》ふと云《い》ふ事《こと》に、成《な》つたのです。俳優《やくしや》でも買《か》つた樣《やう》な心持《こゝろもち》で居《ゐ》た處《ところ》が、大場《おほば》さんに威脅《おどか》されたので、急《きふ》に自棄《すてばち》に成《な》つたのでせう。惜しい程《ほど》の位地《ゐち》や財産《ざいさん》を持《も》つて居《ゐ》る亭主《ていしゆ》でもないなんて、自暴《やけ》を云《い》つて居ました。はゝゝ。」

お勢《せい》は無言《むごん》に、相人《あひて》の顔《かほ》を見入《みい》つて居《ゐ》る。

「餘《あん》り貴方《あなた》方《がた》が、不自體落《ふしだら》を好《い》い事《こと》にして、静野《しづの》を強請《いび》つたから此樣《こんな》結果《けつくわ》に成《な》つたのでせう。最底《どんじまい》の仕事《しごと》も、其《そ》れぢや行《おこな》はれますまい。然《しか》し裸體《はだか》で轉《ころ》がり込《こ》まれる私《わたくし》は、仰有《おつしや》る通《とほ》り一番《いちばん》貧乏《びんばふ》鬮《くじ》ですね。」

「だから、此度《こんど》は何方《どつち》もの為《ため》に、丸《まる》め込《こ》んで、赤阪《あかさか》へ歸《かへ》す方《はう》が能《い》いと云《い》ふんだわね。然《さ》うして置《お》いて大場《おほば》に仕事《しごと》を為《さ》せれば、誠《せい》さんは手《て》も濡《ぬ》らさずに結構《けつこう》な事《こと》が出來《でき》るのぢやないか。何故《なぜ》彼樣女と夫婦《いつしよ》に成《な》るなんて、純張《どんてつこ》染みた事《こと》を云《い》ひ出《だ》したのさあ。」

癖《くせ》だらけの髪《かみ》に、皮粉《ふけ》が浮《う》いて、丸髷《まげ》の固《かた》まつた重《おも》そうなのを、横《よこ》に傾《かし》げて、とんと斜《はす》に坐《すわ》り投《な》げると、胸《むね》を長火鉢《ながひばち》の角《かど》に突《つ》いて、墮落氣《だらけ》た様子《やうす》を為《し》ながら、調子《てうし》までも氣《き》にして滑《すべ》つてくさせる、斜紋《はすもん》の粗末《そまつ》な外套の下《した》から、未《ま》だ新《あたら》しそうな、藍鼠《あゐねずみ》お召《めし》の、羽織《はおり》の襟先《えりさき》が一寸《ちよいと》出《で》た。

「考《かんが》へて見《み》た方《はう》が能《い》いよ。其樣《そんな》男振《をとこぶり》でさ、楊貴妃《やうきひ》や小町《こまち》にも口説《くど》かれそうな美《うつく》しい男《をとこ》で居《ゐ》ながら、彼樣女《あんな》を一生《いつしやう》の女房《にようぼう》に為《す》る馬鹿《ばか》があるものか。一時《いちじ》異の策略《さくりやく》と云《い》ふのなら、又《また》相談《さうだん》にも乗《の》らうぢやないか。隔《へだ》てを付《つ》けると恨《うら》みますよ。此樣《こんな》にして氣《き》を揉《も》んで居《ゐ》るのも、皆貴方の為《ため》なんだから。」

何《なん》と思《おも》つたか、丁寧《ていねい》に、又《また》頭を下げて、誠一《せいいち》は其儘《そのまゝ》面を上《あ》げずに居《ゐ》る。

「お言葉《ことば》は有難《ありがた》いが、まあ其《そ》のつもりに極《き》めましたから、貴女《あなた》も御安心《ごあんしん》成《な》すつてお歸《かへ》り下《くだ》さい。大場《おほば》さんや貴女《あなた》からの、静野《しづの》へ對《たい》しての要求《えうきう》とか何《なん》とかお有《あ》りなら直接《ぢか》に成《な》すつた方《はう》が宜《よろ》しいでせう。最《も》う捨鉢《すてばち》で赤阪《あかさか》へは歸《かへ》らないから、此家《こゝ》へ置《お》いて呉《く》れと當人《たうにん》が云《い》ふものですから、其《そ》れではお在《い》て成《な》さいと申《まを》しただけの事《こと》で、今日《けふ》にも何《ど》う決心《けつしん》が變《かは》つて居《ゐ》るか、彼《あ》の女《をんな》の事《こと》ですから分《わか》りも為《し》ません、大場君《おほばくん》に見込《みこ》まれて慄《ふる》えて居《ゐ》たのは事實《じじつ》です。」

「何《なに》ね、見込《みこ》むの何《なん》のと、然《さ》う云《い》つた悄々《しほしほ》しい了簡《れうけん》ぢや無《な》いのですが、最初《さいしよ》から斯々《かく〳〵》て良人《つれあひ》とは別居《わかれ》て居《ゐ》ると云《い》つて置《お》けば好《い》いものを、大場《おほば》や私《わたし》にまで生娘《きむすめ》を装《よそほ》つて、噛着《こびりつ》し切《き》つて居《ゐ》たのが癪《しやく》だからと云《い》ふので大塲《おほば》も怒《おこ》り出《だ》したんですよ。

變《へん》な事《こと》を云《い》ひ出《だ》す様《やう》だけれども、初《はじ》めに貴方《あなた》からお話《はなし》の、十圓《ゑん》の金《かね》が動機《どうき》になつて、彼《あ》の女《をんな》とも一層《そう》深《ふか》しく成《な》つたんですからね、察《さつ》して居《ゐ》て下《くだ》れるか何《ど》うか知《し》らないが、貴方《あなた》の事《こと》を友公《ともこう》から聞《き》いて、若《わか》いに氣《き》の毒《どく》だと思《おも》つたのが始《はじ》まりさ。靜野《しづの》は金《かね》もあるし、岡惚《おかぼ》れだけに爲《す》して置《お》いては惜《を》しいと云《い》ふので、大塲《おほば》も骨《ほね》を折《を》つて誠《せい》さんと斯《か》う云《い》ふ事《こと》に爲《し》たのだから、今更《いまさら》良人《ていしゆ》もあつた、娘《むすめ》も有《あ》つたと云《い》つて、默《だま》つて其《そ》切《き》りにして了《しま》つては、第《だい》一誠《せい》さんに顔《かほ》が立《た》たないと云《い》ふので大塲《おほば》も種々《いろいろ》と策《さく》を考《かんが》へて居《ゐ》るのさ。

隨分《ずゐぶん》馬鹿《ばか》に爲《し》て居《ゐ》る話《はなし》ぢやないか、散《さん》々つ腹《ぱら》、生娘《きむすめ》に化《ば》けて、生花《せいくわ》の稽古《けいこ》か何《なに》かで人《ひと》を釣《つ》つて遊《あそ》んで置《お》いてさ、愈《いよいよ》々都合《つがふ》で邸へ歸ると成《な》ると、濟《す》まして、自分《じぶん》だけは他人《たにん》に成《な》つて、良人《ていしゆ》の前《まへ》へ奇麗《きれい》な顔《かほ》して出《で》やうと云《い》ふのおやないか、本人《ほんにん》の誠《せい》さんが幽切りを爲《し》なくつちやならない所《ところ》だ、其《そ》れも大塲《おほば》が他《ほか》から一寸《ちよつと》開き込《こ》んで來《き》たから好《い》い様《やう》なものゝ、然《さ》も無《な》けりや何處《どこ》まで馬鹿《ばか》に爲《さ》れ了《しま》ふか分《わか》らない。だから大塲《おほば》も苛責《いぢ》める考《かんが》へに成《な》つたんですよ。成程《なるほど》私《わたし》は知《し》らないが、大塲《おほば》は靜野《しづの》の許《ところ》へ行《い》つたでせうとも！新聞物だ位は威脅《おどか》したかも知《し》れないね。」

「お心持《こゝろもち》は分《わか》つて居《ゐ》ます。」

「分《わか》つたら、女《をんな》の云《い》ひ條《でう》ばかりを思《おも》はずに、自分《じぶん》々々の慾《よく》を考《かんが》へ様《やう》ぢやないか、誠《せい》さんは未《ま》だ若《わか》いから、目《め》の前《まへ》の事《こと》だけしきや働《はたら》けないのだからねえ。」

「何《なん》でも宜《よろ》しい。兎《と》に角《かく》、約束《やくそく》はしたのですから、私《わたくし》へお構《かま》いなしに、貴方《あなた》だけで何《ど》うとも成《な》すつたら宜《よろ》しいでせう。妻《おかみ》になると云《い》ふから、爲《し》やうと承《う》け合《あ》つただけの事《こと》です。」

「其《そ》れが身《み》の損《そん》だと云《い》ふのに……」

「損《そん》か徳《とく》か知《し》りません。満更《まんざら》の他人《たにん》でも無《な》いものに、頼《たの》まれゝば嫌《いや》とは云《い》へませんから。」

「其《そ》れでは、何《ど》うしても家内《かない》に爲《す》る心《つもり》で居《ゐ》るのですか。」

「爲《す》ると云《い》ふ心《つもり》はないが、爲《し》て呉《く》れと云《い》はれたから、爲《し》やうと云《い》つたのです。」

「ふうむ。」

お勢《せい》は、眉《まゆ》を皺《しわ》めて沈《じつ》と考《かんが》へたが、

「然《さ》う奇麗《きれい》に二人《ふたり》の話《はなし》が纏《まとま》つて居《ゐ》るものを、傍《はた》で何《ど》う斯《か》う、口《くち》を出《だ》す譯《わけ》には行《い》きませんからねえ。」

「左様《さう》ですか。」

惜《くや》い程《ほど》、昂《たか》ぶつた色《いろ》を見《み》せて、誠《せい》一はお勢《せい》を見上《みあ》げる。お勢《せい》は其《そ》れに負《ま》けまいと云《い》ふ様《やう》に、横眼《よこめ》みに見返《みかへ》して、

「だから若《わか》い人《ひと》は後悔《こうくわい》が多《おほ》い。」

「人情《にんじやう》には、負《ま》けますな。」

冷笑《れいしやう》と冷笑《れいしやう》が、取交《とりかは》される。

小説

袖《そで》頭《づ》巾《きん》　中篇

（三十九）

露英女史

「今日《こんち》は！誰も居ないの？」

お勢が踊ると間もなく、憚る樣な聲で訪れたのは靜野であつた。心待ちに待つて居たので、誠一は直ぐに心付いたか、立迎へやうともしないで、

「誰も居ないから、構はずお上ん成さい。」

と物憂さそうに答へる。

「然う。其りやよかつた。」

と云ひながら、急ぎ足に入つて來たが誠一を見ると、

「まあ、汚い風をして……寢てゞも居たの？」

と聞く。聞いた自分も、何時もの婁いおりに似合はず、眉袋の痕が眉毛の間に消えたり、掠れたり、生地も荒んで脂肪に汚れた鼻の廻りが醜面ない。髪も解きつけず、眼鏡《めがね》ばかりは煌つかして、肩掛に深く面を埋まして居る。

誠一は笑ひながら見上げて、

「御同樣、自分も隨分好い風をして居るぢやありませんか。」

「全くよ、構つちや居られないから。」

眉を顰めて、愁然とした樣な顏色を見せながら、以前お勢の坐つた位置へ坐新聞の角も動かさず、火鉢へ斜に向いて、其の通りに坐つた。

「まあ、火が……心細い事ねえ。」

お勢は、煙草一服吸はず、饒舌り通して歸つたが、靜野は直ぐに傍にあつた炭取を引寄せて、丁寧に續ぎ初める。暮れる勢か、急に外面が薄ら曇つて、寒い風が障子の隙から襲つて來た。

「一人おや不都合だらけでせう！」

「不都合ですとも。だから貴女に來て下さいと懇願だのです。」

「ほんとにね。來て了い度いやうだ。貴方に此樣な不自由な思ひを爲せるのなら。」

「二三日來て居て下れませんか？はゝゝゝ」

「馬鹿にしてさ。來られる位なら、此樣に汚くなつて心配はしない、二三日どころか、一生だつて居度いわね。」

炭取を傍へ置くと、ほつとした樣に手を翳して、炭から上つてくる、温かい濕りにせめてもの寒さを凌ぐ。

「大塲の方から來ませんか？」

「來ました。今、お勢が歸つたばかり一と足で衝突かるところでしたな。」

「えゝ？今お勢が歸つたの？」

一寸、面を反らして、

「險呑だつたねえ。其れぢや、必然密の方へ廻るだらうね。」

「貴女を恨んで居たから、行つたでせう。」

「其れて、先日約束した通り。私が此家へ來ると云つて呉れたの？」

答へぬ先きに、誠一は、作つた笑顏を向けた。この笑顏に魅せられて、靜野は夢を辿つた事も有つたのだが、美し

さに馴《な》れたと云《い》ふ様《やう》な顔《かほ》で、却《かへ》つて答《こた》へを澁《しぶ》らせるのを悶焦《もどか》しがつて、

「云《い》つて呉《く》れたの？何《ど》うしたの？お勢《せい》は何《ど》んな事《こと》を云《い》つたのさ。」

と調子《てうし》が自烈《じれ》る。

「悠《ゆつ》くり話《はなし》を為《し》たつて、然《そ》う急操《せつかち》に云《い》はないでも濟《す》みますよ。何時《いつ》赤阪《あかさか》の方《はう》へお引拂《ひきはら》ひ為《な》さるか知《し》らないが、云《い》はゞ、今日《けふ》でお別《わか》れにも成《な》らうと云《い》ふ、最終《さいご》の逢《あ》ひ納《をさ》めぢやありませんか、今晩《こんばん》は徹夜《てつや》して飲《の》み明《あか》したつて、話《はなし》は盡《つ》るものぢやない。」

熱《ねつ》に輝《かゞや》くと思《おも》ふ様《やう》な眼《め》をして、

「中々《なか／＼》、貴女《あなた》は輕薄《けいはく》だ。」

「まあ、酷《ひど》い事《こと》を―逢《あ》ひ納《をさ》め迄《まで》つて？何《ど》うしてさ、私《わたし》は逢《あ》ひ納《をさ》めのつもりなや居《ゐ》ませんよ。」

焦《いら》り立《た》つて云《い》ふのを聞《き》くと、誠一《せいいち》は默《だま》つて笑《わら》つた。

小説

袖頭巾《そでづきん》 中篇

（四十）

露英女史

「何《なに》を笑《わら》つて居《ゐ》るのだらう。私《わたし》は何《ど》んな思《おも》ひしても、續《つゞ》ける氣《き》で居《ゐ》るんだのに！」

假《かり》にも、人《ひと》の妻《さい》で居《ゐ》ながら、恥《はぢ》も忍《しの》ばせずに、能《よ》く此樣《こんな》ことが云《い》へる、と誠《せい》一は今更《いまさら》離野《しげの》の面《おもて》を眺《なが》めた。

笑《ゑ》つて居《ゐ》る時《とき》でも、濃《こ》い白粉《おしろい》に自分《じぶん》の面《おもて》を背向《そむ》けた事《こと》は屢々《しば／＼》有《あ》つたが、汚《よご》れた地《ぢ》の儘《まゝ》の、艶《つや》の失《う》せた其《そ》の顔立《かほだち》を見《み》ると、言葉《ことば》を交《か》はすのも厭《いや》になつて、何《なに》に釣《つ》られて、此《こ》の口《くち》から出《で》る戯《ざれ》ついた言々《こと／＼》を、今迄《いままで》默《だま》つて自分《じぶん》の耳《みゝ》へ入《い》れたかと、淺間《あさま》しい樣《やう》な氣《き》にもなつてくる。

「誠《せい》さんは、もう逢《あ》つちや呉《く》れない氣《つもり》なのね！」

唾《つば》を吞《の》みながら、一人《ひとり》合點《がてん》した、

「何《ど》うせ、良人《つれあひ》のある女《をんな》だと分《わか》つたのだから、愛想《あいそ》が盡《つ》きたんでせうさ。」

誠一《せいいち》は打消《うちけ》さうとしたが、何《なに》か腹《はら》の底《そこ》に遮《さへぎ》るものがある樣《やう》な氣《き》がして、遂《つひ》口《くち》を噤《つぐ》んで了《しま》ふ。

俯向《うつむ》いた時《とき》、若《わか》い美《うつく》しい人《ひと》から此樣《かう》云《い》つた樣《やう》な事《こと》を聞《き》く時《とき》が、何日《いつ》かはあると、何故《なぜ》か其樣《そんな》ことを考《かんが》へたので。其《そ》れが嬉《うれ》しい事《こと》とも思《おも》はなかつたが、唯《たゞ》興《きよう》のある夢《ゆめ》の樣《やう》に、ふつと心《こゝろ》が浮《うか》いたのであつた。其《そ》れに乘《じやう》じて、

「飽《あ》きられたら、仕方《しかた》がないと云《い》つたまでゞす。」

と笑《わら》つた。

「何方《どつち》が？飽《あ》きられる方《はう》は私《わたし》さ。この節貴方《あなた》は思《い》けなくなつたね。大塲《おほば》なんぞに揉《も》まれるもので、人《ひと》が惡《わる》くなつたわ。」

巻煙草《まきたばこ》を燻《よか》して、煙《けむり》の隙《ひま》から誠一《せいいち》の方《はう》を、首《くび》を傾《かし》げながら見《み》て、仇氣《あどけ》ない風《ふう》を爲《す》る。

「何日《いつ》大塲《おほば》がやつて來《き》ても、もう大安心《だいあんしん》！嬉《うれ》しいつてねえ。誠《せい》さんのお蔭《かげ》だ

小說

袖頭巾《そでづきん》　中篇

（四十一）

露英女史

「何《なん》だね。大嶋《おほしま》見たいに、不氣味《ぶきみ》な事《こと》をお云《い》ひてない。」

「いやさ。貴女《あなた》は氣《き》が多《おほ》いから、何《いつ》れ又異《またちが》つた強請人《いびりて》に出會《でくわ》すてせうと云《い》つたのですよ、氣《き》に成《な》さる事《こと》は有《あ》りません。」

「私《わたし》は誠《せい》さんがかと思《おも》つた。」

「戯談《じやうだん》云《い》ふ！　誰《たれ》の爲《ため》に無《な》い智慧《ちゑ》を絞《しぼ》つて、此様《こんな》馬鹿氣《ばかげ》た狂言《しばゐ》をやるものですか。疑《うたぐ》つては可《い》けません。」

「然《さ》う云《い》はれると面目《めんぼく》ない樣《やう》だけれども、其《そ》の代《かは》りには、私《わたし》は何《ど》んな要求《えうきう》でも、誠《せい》さんの事《こと》なら必然《きつと》聞《き》く。ね！　大嶋《おほしま》との手《て》が切《き》れりや、お互《たがひ》に何《ど》れ程《ほど》樂《らく》に成《な》るか知《し》れないぢやないか。ほんとに飛《と》んだパチルスに取付《とりつ》かれて、何と思《おも》ふと、唯何《たゞなん》となし頼母《たのも》しいばつかり！　妹《いもうと》の病氣《びやうき》の手當《てあて》でも何《なん》でも、もう私《わたし》が一切心得《いつさいこゝろえ》て居《ゐ》るから、其樣《そんな》心配《しんぱい》はなしに阿母《おつか》さんにもねえ、安心《あんしん》さして上《あ》げて下《くだ》さいよ。」

「是非《ぜひ》お願《ねが》ひ爲《し》ます。」

「大嶋《おほしま》も馬鹿《ばか》な男《をとこ》ぢやないか。新聞《しんぶん》を種《たね》に、赤阪《あかさか》まで來《く》るとさ。」

「はゝゝ」

「ほつ。もう當人《たうにん》の誠《せい》さんが、斯《か》うして居《ゐ》て下《く》れるんだもの。」

「大丈夫《だいぢやうぶ》ですとも！　安心《あんしん》していらつしやい。」

「確《たしか》ねえ。裏切《うらぎ》り爲《さ》れた日《ひ》には困《こま》るから……ほゝ。」

戯談《じやうだん》の樣《やう》に、念《ねん》を入《い》れて。

「然《さ》しさ。お勢《せい》は何《なん》と思《おも》つて居《ゐ》るだらう？　家内《かない》に爲《す》ると云《い》はれて、感《かん》じないのだらうか。」

「左樣《さう》さ。」

「好《い》い氣味《きび》て仕方《しかた》がない。妻《よめ》に爲《し》て呉《く》れと云《い》はれたから、妻《さい》に爲《し》た。が又離縁《また》して呉《く》れと云《い》ふから、離縁《わかれ》て了《しま》つた。まゝ、後《あと》は誰《たれ》の家内《かない》になつたか一向知《いつかうし》らないが、赤阪《あかさか》の方《はう》へ嫁《い》つたとか聞《き》いた……斯樣《かやう》なんだね？　いざと云《い》ふ時《とき》には？」

「左樣《さよう》……然《さ》うてせう。」

然《さ》う云《い》はれた時《とき》の、顏《かほ》が見度《みた》い。今度《こんど》逢《あ》つた時《とき》には……お勢《せい》が又來《またき》た時《とき》には離縁了《わかれしま》つたと云《い》ふのだねえ。」

「左樣《さう》さ。」

「何《なん》だか、小供《こども》欺し見《み》たいだが、此《こ》れて大嶋《おほしま》は、何《ど》ういたつて仕方《しかた》がないね。強請《いび》られるのが、實《じつ》に辛《つら》いからね。」

「今度《こんど》は、強請人《いびりて》が異《ちが》ひますてせう。」

「え。」

誠一《せいいち》は、何氣《なにげ》なく笑《わら》つて見《み》せる。

う為《し》やうと思《おも》つたの。」

誠《せい》一は笑《わら》つて居《ゐ》るので、

「氣《き》になる人《ひと》ね、莞爾《にこ》ついてばかり居《ゐ》る！　當分《たうぶん》煩《うる》く迎ばれる事《こと》がないので有難《ありがた》い位《くらゐ》に思《おも》つて居《ゐ》るんだらう？」

「否《いいえ》。」

と家《いへ》の内《うち》を見廻《みまは》したが、

「洋燈《らんぷ》の掃除《さうぢ》がしてないんです。」

「まあ、馬鹿《ばか》にして居《ゐ》るよ。私《わたし》が為《し》て上《あ》げるから安心成《あんしんな》さい。暫時《しばらく》のお別《わか》れに、今夜《こんや》は悠《ゆつ》くり飲《の》んで歸《かへ》らうと思《おも》ふの。其《そ》れから……」

と懐中《ふところ》を探《さぐ》ると、緋綸子《ひりんず》の服紗《ふくさ》包《づゝ》みを出《だ》して、

「お約束《やくそく》のもの！　何日《いつ》でも用《よう》のあり次第《しだい》、赤阪《あかさか》の方《はう》へ使《つかひ》を寄越《よこ》した方《はう》が宜《よ》しいわ。決《けつ》して構《かま》はないの。美勢子《みせて》が嫁付《かたづ》いて了《しま》ふまではね、何《ど》うも温和《おとな》しく為《し》て居《ゐ》なきや困《こま》るけれど、長《なが》い事《こと》じやありやしない。」

「其《そ》れでも、此様《こんな》ことが主人《あるじ》さんの耳《みゝ》に入《はひ》るのは、貴女《あなた》も辛《つら》いと見《み》えますね」

思《おも》ひ出《だ》したやうに、誠《せい》一は聞《き》いて見《み》る。

「辛《つら》いつて譯《わけ》は無《な》いけれど、面倒《めんだう》だからさ。其様《そんな》深《ふか》い事《こと》は探《さぐ》りつこなしに為《し》様《やう》ぢやないか。お互《たがひ》に斯様《かう》成《な》つてから其様《そんな》洗《あら》い立《たて》を仕出《しだ》すと、檻褸《ぼろ》ばかり見《み》えて、これだつて氣持《きもち》が惡《わる》いやね。誠《せい》さんは堅《かた》いだけに、これでも耻《はづ》かしいんだから。」

其《そ》の俯向《うつむ》いた様子《やうす》が、何《なん》となく哀《あは》れに見《み》られて、誠《せい》一は思《おも》はず其《そ》の姿《すがた》を打守《うちまも》つた。

「良人《をつと》があると聞《き》いた時《とき》も、無愛想《ぶあいさう》をお盡《つく》しだらうと思《おも》つて居《ゐ》たの。何《ど》うも我儘《わがまゝ》は仕様《しやう》がないね。」

「然《しか》し、今《いま》は何《なに》を思《おも》つてお在《い》でなんだらうと思《おも》ふと、不思議《ふしぎ》だから……」

「私《わたし》が？　變《へん》な事《こと》を聞《き》く人《ひと》ねえ。何《なに》を思《おも》ふものぢやない。誠《せい》さんの事《こと》ばかりを思《おも》つて居《ゐ》るんぢやないか」

「でも、貴女《あなた》は人《ひと》の妻君《さいくん》ぢやありませんか。」

「止《よ》して下《くだ》さいよ。其様《そんな》ことは云《い》ふもんぢやないわ。誠《せい》さんは何《なん》なの……私《わたし》を恥《はぢ》しめて別《わか》れさせるつもり？」

静野《しづの》は乾《きつ》と面《おもて》を起《おこ》した。

「馬鹿《ばか》を仰有《おつしや》い。」

と何《なに》がなし周章《あわて》て遮《さへぎ》る。

「おや、其様《そんな》ことは云《い》はないだつて好《い》いぢやないか。私《わたし》が誠《せい》さんに迷《まよ》つたにも理《わけ》があるんだもの。これだつて不憫《ふびん》な節《ところ》もあるんですよ。男好《をとこず》きだ位《くらゐ》に思《おも》はれて居《ゐ》ちや情《なさけ》ないわね。」

と濕《しめ》つたが、

「ほゝ、馬鹿々々しいぢやないか。飲《の》んで歸《かへ》らうよ。其様《そんな》研究《けんきう》は止《や》めてさ。女《ひと》に嫌《いや》な思《おもひ》を為《さ》せるばかりが、色男《いろをとこ》の能《のう》ぢやない。」

此様《こんな》言葉《ことば》を、静野《しづの》の口《くち》から聞《き》いたのは始《はじ》めてなので、誠《せい》一は驚《おどろ》かされたやうに口《くち》を結《むす》んだ。

小説

袖頭巾《そでづきん》 中篇

麗英女史

（四十二）

「誠《せい》さんの心持《こゝろもち》だつて、私《わたし》には解《わか》つて居《ゐ》るわね。」

「何《ど》う？」

我《わ》れにもなく、誠一《せいいち》は聞《き》き返《かへ》した。

「何《ど》うつたつて、私見《わたしみ》たいなものを、何《ど》うの斯《か》うのと、思《おも》ひやうはないとは解《わか》つて居《ゐ》るけれど、私《わたし》の持病《やまひ》で捨《す》てられないのさ。」

愈々《いよ／＼》珍《めづ》らしい事《こと》に思《おも》つて、誠一《せいいち》は靜野《しづの》の面《おもて》を眺《なが》めた儘《まゝ》て居《ゐ》る。

「男《をとこ》になんぞは、思《おも》はれる私《わたし》ぢやないと斷念《あきら》めて居《ゐ》るの。既《も》う散々《さん／＼》酷《ひど》い目《め》に逢《あ》つて居《ゐ》るんだもの。其《そ》の酷《ひど》い目《め》に逢《あ》つた男《をとこ》に、誠《せい》さんが又《また》生寫《いきうつ》しなんだからねえ。必然因縁《ひつぜんいんねん》に違《ちが》ひないのさ。何《ど》うしても其《そ》れに似《に》た人《ひと》を見《み》ると、懐戀しい様《やう》で思《おも》ひ流《なが》す事《こと》が出來《でき》ないのが不思議《ふしぎ》ぢやないか。」

「何《ど》う云《い》ふんてせうな。」

邪氣《つみ》も無《な》い、小供《こども》に返《かへ》つた様《やう》な顔《かほ》をして、誠一《せいいち》は感心《かんしん》を爲《し》て居《ゐ》るので。

「私《わたし》が引張《ひつぱ》られて、東京《とうきやう》へ來《き》た時《とき》の、男《をとこ》の年齢《とし》が丁度《ちやうど》誠《せい》さん位《くらゐ》だつたの、もう今ぢや……三十……三四《さんし》かしら。私《わたし》が二十歳《はたち》の時《とき》……」

指《ゆび》を折《を》つて、昔《むかし》を忍《しの》んだ、靜野《しづの》の風采《ふうさい》、誠一《せいいち》は胸《むね》が躍《をど》つて、言葉《ことば》を挿《はさ》む餘裕《よゆう》もないやう。

「ほゝゝ、圖《づ》に乗《の》つてさ。もう止《よ》さう。此様《こんな》ことを爲《し》ちや、世間《せけん》の好《い》い笑草《わらひぐさ》に爲れるんだわ、知《し》つちや居《ゐ》るんだけれどもねえ。何《ど》うも捨《す》てられないんだから、矢張《やつぱ》り持病《やまひ》なのだらう。けれど、主人《をつと》の名《な》を汚《けが》しては濟《す》まないとは思《おも》つて居《ゐ》るの、年齢《とし》も年齢《とし》だし、恥《はぢ》を掻《か》しては氣《き》の毒《どく》だからねえ。」

躍《をど》つた胸《むね》を、急《きふ》に平手《ひらて》で壓《おさ》へ付《つ》けられた様《やう》な心持《こゝろもち》がして、誠一《せいいち》は呆氣《はつけ》た顔《かほ》を爲ながら、ぐたりとなる。

「夫婦《いつしよ》になれば……」

と迂闊と云《い》つて、何《なに》か妙《めう》な心持《こゝろもち》に迫《せま》られるやうに思《おも》ひながら、後《あと》へ續《つな》ぐ言葉《ことば》をも考《かんが》へずに居《ゐ》たが、靜野《しづの》は早《はや》く聞《き》き咎《とが》めて、

「兩人《ふたり》が夫婦《いつしよ》になるの？誠《せい》さんの妻君に私《わたし》がなるの？」

と疊かける。

「えツ、」

と曖昧《あいまい》した眼色《まなざし》を、靜野《しづの》は笑《わら》つて、

「何《ど》うして、誠《せい》さんには出來《でき》ない事《こと》さ。私《わたし》と一所《いつしよ》に一と月《つき》だつて居《ゐ》られるものか。直《す》ぐ飽《あ》きが來《き》て了《しま》ふとも！私《わたし》の方《はう》の云《い》ふ事《こと》が確然《たしか》さ。」

「其様《そんな》ことは有《あ》りません。」

と夢《ゆめ》のやうに答《こた》へる。

「無《な》くつても、私《わたし》が來《こ》ないから大丈夫《だいぢやうぶ》ですよ。」

自分《じぶん》の好《す》まなかつた品《しな》を、傍《はた》から所望《しよまう》

されて、急《きふ》に惜《を》しくなつた様《やう》な心持《こゝろもち》で誠一《せいいち》は胸《むね》の塞《ふさ》がつてくる様《やう》に思《おも》つた。

「茫然《ぼんやり》ばかり為《し》て居《ゐ》るなら、私《わたし》は此《こ》れで歸《かへ》りませう。其《そ》の内機嫌《うちきげん》を見《み》て、俺《おれ》から迎《むか》ひを寄越《よこ》すから、何《ど》んなにしても其《そ》の時《とき》は、顔《かほ》を見《み》せて貰《もら》はなけりや、ねえ。」

「當分《たうぶん》、お話《はなし》は出來《でき》ませんてせう。」

「まあ、然《さ》うねえ。」

と思《おも》ひ切《き》りよく、立《た》たうとしたが、

「日《ひ》が暮《く》れるおやないか。お約束《やくそく》の緣《えん》側掃除《がはさうぢ》をして行《い》つて上《あ》げやう。」

外套《コート》の裾《すそ》を引摺《ひきず》つて、靜野《しづの》は臺所《だいどころ》へ行《ゆ》かうとする。

「まあ宜《よ》しい。其様《そんな》ことは……」

と誠一《せいいち》が制《と》めやうと為《す》ると、外面《おもて》に人《ひと》が立止《たちどま》つて、誰《だれ》か訪《たづ》ねて來《き》た様子《やうす》。靜野《しづの》は身《み》の居場所《ゐばしよ》に困《こう》じて、二階《かい》へ隠《かく》れて了《しま》つた。

小説

袖頭巾《そでづきん》

中篇

（四十三）

默英女史

「お客《きやく》かえ?」

見《み》ると、母《はゝ》のお町《まち》が、頭巾《づきん》を脱《ぬ》ぎながら、白繻珍《しゆちん》の鼻緒《はなを》の、大和疊《やまとだゝみ》の下駄《げた》よく脱《ぬ》ぎ捨《す》てゝあるのを、下目《しため》に眺《なが》めながら誠一《せいいち》に聞《き》いた。

「阿母《おつか》さんてすか、千壽《ちず》の容體《ようだい》は何《ど》んなてす?」

氣《き》に掛《か》つて居《ゐ》るものゝやうに、母《はゝ》の尋《たづ》ねをおいて、誠一《せいいち》は其《そ》れを聞《き》く。

「輕快《かる》やうて、大《おほ》きに安心《あんしん》したよ。」

と云《い》ふから、奥《おく》の方《はう》を見込《みこ》んで、

「何誰《どなた》だえ?」

「誰《だれ》も來《き》ては居《ゐ》ませんよ。」

「草履《ざうり》があるおやないか。」

と怪訝《けげん》らしい眼《め》をして、誠一《せいいち》を見《み》る。

「誰《だれ》かゞ置《お》いてつたんてせう。誰《だれ》も來《き》ては居《ゐ》ません。其様《そんな》ことを咎《とが》め立《だて》しないても、阿母《おつか》さんの心配《しんぱい》を成《な》さるやうな事《こと》は無《な》いから大丈夫《だいぢやうぶ》です。」

「然《さ》うかい。でも女《をんな》の履物《はきもの》だから。」

と奥《おく》へ來《き》て、火鉢《ひばち》の傍《そば》へ、誠一《せいいち》と位置《ゐち》を換《か》へて座《すわ》つた。

「千壽《ちず》は、輕快《い》やうては安心《あんしん》です。今日邊《けふあたり》訪《たづ》ねようと思《おも》つて居《ゐ》たんてすが人《ひと》が來《き》て暇《ひま》が無《な》くなつたものだから、止《や》めてしまいました。」

「然《さ》うかい。一人《ひとり》おや不自由《ふじいう》だらうと思《おも》つてね、一寸《ちよいと》見《み》に來《き》やうと思《おも》つちや居《ゐ》ながら、彼方《あつち》の手《て》を放《はな》されないもんだから……濱町《はまちやう》から來《き》たかえ?」

「いえ、來《き》ません。」

「然《さ》うかい。」

と眉《まゆ》を顰《ひそ》める。

「困《こま》つたねえ。」

と吐息《といき》をしながら、倚揷《つゝさし》の烟草入《たばこいれ》を取出《とりだ》した。

小說

袖頭巾《そでづきん》　中篇

（四十四）

露英女史

「お前《まい》まあ！十圓紙幣《えんさつ》だよ。」

と顚狂《てんきやう》な聲、萌黄《もえぎ》を散らして、紙幣《さつ》の裏を、誠一の方に向けて、驚《おどろ》いたやうに打守《うちまも》つて居るので、

「何枚《なんまい》ありますか？」

お町《まち》は、狼狽《あわて》て數《かぞ》へ始《はじ》める。

「十一枚《まい》！　幾程《いくら》だ、百十圓《ゑん》かえ？」

「あはゝ、其樣《そんな》に胴を潰さなくつても宜いぢやありませんか。」

「だつてお前《まい》！　此樣《こんな》大金《たいきん》を借《か》りては……何《ど》うして濟すつもりだえ？」

「借りたんぢやありませんよ。呉《く》れたのです、報酬《ほうしう》ですよ。」

「え？」

「務《つと》める事《こと》を務《つと》めれば報酬《ほうしう》があるのでせう。其《そ》れは少《すこ》し人《ひと》に爲《し》て遣《や》つた事《こと》があつて、云《い》はゞお禮金《れいきん》に呉《く》れたのです。」

「まあ〳〵御親切《ごしんせつ》な。お友人《ともだち》かえ？」

「左樣《さう》。」

「だが借金《しやくきん》になつては、辛《つら》いからねえ好《い》いわ〳〵て借《か》りて置《お》いて、後《のち》に切《せつ》ない樣《さう》な事《こと》があると、と思《おも》ふと其《そ》れが心配《しんぱい》になるよ。」

「大丈夫《だいぢやうぶ》です。借《か》りるのぢやないから安心《あんしん》してお在《い》でなさい。」

「宜《い》いかね。お前《まへ》の苦勞《くらう》を殖《ふ》やすばかりぢや……と思《おも》ふとー」

「其《そ》れ相當《さうたう》に、氣《き》を働《はたら》かして居《ゐ》る心《つもり》ですから、阿母《おつか》さんに御苦勞《ごくらう》をかけやしません。若干《いくら》金入つてますか。其《そ》れ毎お持《も》ちになつたら宜《い》いでせう。」

云《い》はれて、恐々《おそる〳〵》と服紗《ふくさ》を取上《とりあ》げる。膝板《いた》に、華麗《りつぱ》な縫《ぬ》ひの三《み》つ折《をり》を擴《ひろ》げて、小豆色縮緬《あづきいろちりめん》の裏《うら》を覗《のぞ》いたが、摘《つま》むやうにして中から何《なに》か取出《とりだ》すと、其《そ》の手《て》を外《はづ》れて、大《おほ》きな紙幣《さつ》が十枚《まい》ばかり、ばらりと落《お》ちた。

「金《かね》ですか？」

「あゝ。小遣錢《こづかひ》も心細《こゝろぼそ》くなつたしね、中々《なか〳〵》入要《いりよう》が多《おほ》くて、弱《よわ》るんだよ。」

と氣兼《きがね》らしく云《い》ひ出《だ》す。髮《かみ》も奇麗《きれい》に櫛《くし》卷《まき》にして、秩父《ちゝぶ》の袢纏《はんてん》の上《うへ》へ、古《ふる》くなつた羽二重《はぶたへ》の黒《くろ》い羽織《はおり》を着《き》て居る。眼《め》も、病院《びやうゐん》で看護婦《かんごふ》から藥《くすり》を貰《もら》つて、射《い》したとか云《い》ふので、拭《ぬぐ》つた樣《やう》に晴《は》れも除《と》つて居《ゐ》た。

「都合《つがふ》をして置《お》きました。」

「え？」

と煙管《きせる》を火《ひ》の許《もと》へ持《も》つて行《ゆ》かうとして誠一《せいいち》を見上《みあ》げたが、嬉《うれ》しさうに口許《くちもと》を緩《ゆる》めながら笑《わら》つて、

「其《そ》りやまあ。お前《まへ》がかい？」

先日《こなひだ》も紙幣《さつ》を何枚《なんまい》か、寢臺《しんだい》の上へ置《お》いて行《い》つたが、と云《い》ひさうな顏《かほ》をして、

「でも、何《なに》かと都合《つがふ》が利《き》いて……」

と云《い》つてる間《うち》に、ふと傍《そば》に擲《はふ》つてあつた、郡野の紙入服紗《かみいれふくさ》に目《め》が付《つ》いた。

「お前《まへ》の？」と質ねる。

「頼《たの》んで置《お》いたお金《かね》を、今《いま》持《も》つて來《き》て

から、貴女《あなた》のものも同様《どうやう》です。他《ひと》のものおや無《な》いから、威張《ゐば》つてお遣《つか》ひ成《な》さい。」

「え？　お前《まへ》がお禮《れい》に貰《もら》つたお金《かね》だつて？　へえ、大《たい》した事《こと》を仕《し》ておやりなんだねえ。」

少時《しばらく》、お町《まち》は口《くち》を開《あ》けつ放《ぱな》して、誠一《せいいち》の面《おもて》を、初《はじ》めて見《み》たものゝ様《やう》な心持《こゝろもち》で唯眺《たゞなが》め入《い》つて居《ゐ》たが、

「一躰《いつたい》、まあ何《ど》んな事《こと》を仕《し》ておやん成《な》すつたんだえ？」

と眼《め》を、悄《しよ》ぼつかして、自分《じぶん》の息子《むすこ》は何様《どんな》豪《えら》いものにでも成《な》つた様《やう》な、急《きふ》に心《こゝろ》の置《お》ける、然《さ》ればと云《い》つて、誇《ほこ》りの思《おも》ひに胸《むね》の底《そこ》まで戰《をのゝ》く様《やう》な、種々《いろ〳〵》な心持《こゝろもち》に茫然《ぼんやり》した眼色《まなざし》を誠一《せいいち》に浴《あ》びせて、まお〳〵と為《し》ながら、服紗《ふくさ》の上《うへ》へ、丁寧《ていねい》に紙弊を乗《の》せる。

「何《ど》んなつて……お話《はなし》してもお分《わか》りには成《な》りますまい。お聞《き》きに成《な》らない方《はう》が宜《よう》しいんです。」

「でも、お前《まへ》！　百圓《えん》と云《い》やあ大《たい》したお金《かね》ぢやないか。其《そ》れ程《ほど》の大金《たいきん》を惜《を》し氣《げ》もなく、お禮《れい》に為《し》やうと云《い》ふのおや必然《きつと》お前《まへ》の為《し》た事《こと》も大《たい》した事《こと》だらうと思《おも》つてさ。千寿《ちず》にも話《はなし》を為《し》て御覧《ごらん》、兄《にい》さんは其様《そんな》に豪《えら》いのかと喜《よろこ》ぶに違《ちが》いないよ。」

外見《みえ》も忘《わす》れて、お町《まち》は紙幣《さつ》に喜悦《よろこ》び抜《ぬ》いて居《ゐ》るので、流石《さすが》に二階《にかい》に忍《しの》んで居《ゐ》る人《ひと》への、聞耳《きゝみゝ》を薄《うす》ら恥《はづ》かしく思《おも》つて誠一《せいいち》は何《なん》にも云《い》はせまいと、

「其様《そんな》ことは何《ど》うでも宜《い》いから、早《はや》く病院《びやうゐん》へ歸《かへ》つてお遣《や》り成《な》さい。千寿《ちず》が淋《さみ》しがつて居《ゐ》ませう。」

「あゝ。アツプルを買《か》つて行《い》つてやる約束《やくそく》だからね。まあ何《なん》にしてもほんとに落着《おちつ》いたよ。此様《こんな》に持《も》つて行《い》つたつて仕様《しやう》がないよ、一枚蔵いて行《ゆ》かう。だが、お前《まへ》は遣《や》りつ放《ぱな》しだから、其處《そこ》等《ら》へ突込《つつこ》んで置《お》いて、盗《と》られなんぞ為《し》成んなよ。二兩《れう》や三兩《さんれう》のお端金《はしたがね》ぢやないんだから！　横町へだつて鼻《はな》が高《たか》いやね。誠一《せいいち》お斯様《かう》々々だと話《はなし》て御覧《ごらん》、矢張《やつぱ》り男《をとこ》の子《こ》だなんて云《い》ふだらう。」

誠一《せいいち》は返事《へんじ》も為《せ》ずに居《ゐ》る。

「可愛想《かあいさう》に、久《ひさ》に何《ど》うしても藝妓させるんだと！　無理《むり》もないけど、一人《ひとり》つ娘《こ》をさねえ。」

「知《し》つてますよ。早《はや》く歸《かへ》つてお遣《や》ん成《な》つたら宜《い》いでせうなあ。」

と徐々《しよ〳〵》と云《い》ひ出《だ》す。

「何《なん》だね、千寿《ちず》の事《こと》ばかり案《あん》じてるんだね。兄妹思《きやうだいおも》ひは有難《ありがた》いけれど、私《わたし》だつて、少《すこ》しやお前《まへ》！　一服位《いつぷくぐらゐ》やらなけりや……臺所《だいどころ》も少《すこ》しは見《み》て行《ゆ》かなけりや、嘸汚れて居《ゐ》るだらうし……」

一服吸《す》ふと、

「一寸《ちよつと》入《はい》つて来《き》ても、随分《ずゐぶん》汚《きたな》くつて、無性《ぶしやう》々々《〳〵》して居《ゐ》るんだもの。」

「世話焼《せわやき》な阿母《おつか》さんだ。」

呟《つぶや》かれて、其《そ》れをも心楽《こゝろたの》しい事《こと》に、母《はゝ》は笑《わら》ひに受《う》けて居《ゐ》る。

小説

袖頭巾 中篇

露英女史

（四十五）

「千代が待《ま》つてるてせう、早《はや》く行《い》つてやつて下《くだ》さい。」

と追立《おひた》てるやうに云《い》つても、お町《まち》は彼方《あち》此方《こち》と動《うご》き廻《まは》つて、肴《さかな》の焼古《やきふる》しを見付《みつ》けては小言《こごと》を云《い》ひ、流《なが》し元《もと》の塵埃《ごみ》を汚《きたな》がつて、少時《しばらく》勝手《かつて》でがた〳〵爲《さ》せて居《ゐ》たが、やがて水《みづ》を汲《く》みに出《で》た隙《すき》を窺《うかゞ》つて、

「静野《しづの》さん。窮屈《きうくつ》てせう。」

と下《した》から誠一《せいいち》は尋《たづ》ねてやる。

「今《いま》の間《ま》に、お這りなさい。」

「大丈夫《だいぢやうぶ》？」

と静野《しづの》は差覗《さしのぞ》いた。

「裏《うら》の人《ひと》と、何《なに》か饒舌《しやべ》つて居《ゐ》ますから氣《き》は付《つ》きますまい。」

聞《き》くより、周章《あわて》て下《お》りて來《き》たが、

「ぢや。」

とばかりて静野《しづの》は別《わか》れやうと爲《す》ると、凝視《みつめ》と誠一《せいいち》は打守《うちまも》つて、

「何《なん》だか、お名殘惜《なごりを》しいやうです。」

と心《しん》から懷愛《なつか》しさうな云《い》ひ振《ぶり》。

「情《なさけ》ない事《こと》を云《い》つて！嘘《うそ》にも嬉《うれ》しい事《こと》を聞《き》いたわ。」

と笑《わら》ひを殘《のこ》して、静野《しづの》は押出《おしだ》されるやうに土間《どま》へ走《はし》り出《で》る。勝手《かつて》の腰障子《こししやうじ》を開閉《あけた》てする音《おと》が耳《みゝ》に入《はい》つた時《とき》は、もう次《つぎ》の逢瀬《あふせ》を契《ちぎ》つて、静野《しづの》は行《い》つて了《しま》つた後《あと》。

もう少《すこ》し二階《にかい》へ置《お》けば宜《よ》かつた。と笑ふと悔《くや》しい思《おも》ひが湧《わ》いて誠一《せいいち》は茫然《ぼんやり》と立《た》つて居《ゐ》た。何《なん》と云《い》ふ事《こと》なく、今日《けふ》に限《かぎ》つて、静野《しづの》を放《はな》し度《た》くない樣《やう》に思《おも》つたので、未練氣《みれんげ》もなく、笑《わら》ひながら歸《かへ》つて了《しま》つた行爲《しうち》が、愚痴《ぐち》つぽく恨《うら》まれるのである。母《はゝ》を歸《かへ》らせるまで二階《にかい》に隱《かく》れて居《ゐ》て呉《く》れて、去《さ》り得《え》ない風情《ふぜい》でも見《み》せたなら、滿足《まんぞく》するのであつたかも知《し》れぬが、何時《いつ》にもなく、淡泊《あつさり》と前《まへ》に用《よう》の支《つか》へて居《ゐ》る樣《やう》な樣子合《やうすあひ》で、急《いそ》いで行《い》つて了《しま》つたのが、甚《ひど》く自分《じぶん》の男前《をとこまへ》を下《さ》げた樣《やう》にも思《おも》はれて、面白《おもしろ》くもない樣《やう》なのであつた。

「誠一《せいいち》！おや。何《なに》をして居《ゐ》るんだえ？」

興らなさそうな顔《かほ》をして、引返《ひつかへ》して來《き》たが、何《ど》うにかして、今宵《こよひ》のうちに最《も》う一度《いちど》、静野《しづの》に逢《あ》い度《た》いと思《おも》いながら、

「阿母《おつか》さん！今夜《こんや》は宿《とま》れませんか。」

「何《なん》だつて？ほゝ、種々《いろ〳〵》な事《こと》を云《い》ふんだねえ。」

手拭《てぬぐひ》で、濡《ぬ》れた手《て》を拭《ふ》きながら、先《ま》づと火鉢《ひばち》の傍《そば》に座《すわ》つて、

「何《なに》か、急用《きふよう》でも出來《でき》たのかい？」

「なあに！は、出來《でき》たんです、今《いま》……迎《むか》ひを……迎《むか》ひを寄附《よこ》したんです。」

「然《さ》うかえ。都合《つがふ》が惡《わる》るけりや、彼方《あつち》には看護婦《かんごふ》さんも在《い》ることつたから、此家《こゝ》に居《ゐ》やうともさ。」

「然《さ》うして下《くだ》さい。」

と云《い》つた時《とき》は、もう何《ど》うしても、今一度《いまいちど》逢《あ》つて、話《はなし》を為《し》て置《お》かねばならぬ事《こと》がある様《やう》に、思《おも》ひ詰《つ》めて居《ゐ》たのも。

「最も、早《はや》く用《よう》が済《す》んだら、病院《びやういん》の方《はう》へ行《い》つて下《くだ》さい。直《ぢ》き帰《かへ》りますから。」

と狼狽《あわて》ながら仕度《したく》を始《はじ》める。

「何《なん》の用《よう》なんだよ。」

「何《なん》だつて、阿母《おつか》さんなんぞは知《し》らなくつても、宜《い》い事《こと》ですよ。」

「宜《い》いだらうが、聞《き》き度《た》いぢやないか。善《い》い事《こと》か。悪《わる》い事《こと》か。」

「善《よ》くつたつて、悪《わる》くつたつて、阿母《おつか》さんのお世話《せわ》にはなりませんから、餘計《けい》な事《こと》に口《くち》を出《だ》さない様《やう》にして下《くだ》さい。却《かへ》つて煩《うるさ》いばかりです。」

お町《まち》は默《だま》つて、其儘《そのまゝ》にして置《お》いた紙入《かみいれ》の方《はう》を見《み》て居《ゐ》た。

小説

袖頭巾《そでづきん》 中篇

（四十六）

露英女史

寝衣《ねまき》を脱《ぬ》ぎ捨《す》てゝ、平常着《ふだんぎ》の紺縦絣を、ぎごちなく着《き》ると、其の儘座《まゝすわ》り込《こ》んで何《なに》か思案《しあん》する。

「出掛《でか》けるのかえ？」

生返事《なまへんじ》を欠伸《あくび》にして、誠一《せいいち》は立《た》たうとも為《せ》ずに居《ゐ》る。

「止《よ》さう！止《や》めたから、阿母《おつか》さんは行《ゆ》くなら行《い》つても、宜《よろ》しい。」

「何《なん》だね。行《ゆ》くの行《ゆ》かないのつて、其《それ》ぢや帰《かへ》つても宜《い》いのかえ？」

「はあ。帰《かへ》つて下《くだ》さい。」

「帰《かへ》ると云《い》ふと、病院《びやういん》が家《うち》の様《やう》ぢやないかね。」

可笑《をか》しさうに笑《わら》ひ捨《す》てゝ、袂《たもと》の底《そこ》を探《さぐ》りながらお町《まち》は便所《べんじよ》へ立《た》つて行《い》つた。

「何《ど》うしやうかなあ」

と呟《つぶや》いて、腕《うで》を組《く》みながら、母《はゝ》の立《た》つて行《い》つた跡《うしろ》を、見《み》るでもなく見《み》て居《ゐ》たが、唯心《たゞこゝろ》が上《のぼ》つて、頻《しき》に静野《しづの》の後《あと》を追《お》はうと云《い》ふ思《おも》いが急《せ》く。

「一寸《ちよつと》、逢《あ》ひさへ為《す》れば……」

と、其《そ》れに極《き》めて、羽織《はおり》でも出《だ》して貰《もら》はうと椽側《えんがは》の方《はう》を見《み》ると、もう薄闇《うすぐら》くなつた足許《あしもと》を、覺束《おぼつか》なりながら。

「燈火《あかり》をお點《つ》けな。」

と云《い》ひ〳〵、お町《まち》は入《はい》つて来《き》たので

「阿母《おつか》さん、矢張《やつぱ》り留守番《るすばん》の方《はう》にして下《くだ》さい。」

「何《なん》だとえ？能《よ》く種々《いろ〳〵》と云《い》ふぢやないか。又行《またゆ》く事《こと》になつたのかえ？」

「何《なん》でも宜《い》いから、羽織《はおり》を出《だ》して下《くだ》さいな。」

「まあお待《ま》ちよ。何《なん》の用《よう》だか私《わたし》は知《し》らないが、左様迷《さうまよ》つた時《とき》は、止《よ》した方《はう》が宜《よ》からうよ。逢《あ》つたところで用《よう》は足《た》りない位《くらゐ》が落《おち》になるからね。」

「然《さ》うてせうか。」

小説

袖頭巾《そでづきん》　中篇

（四十七）

露英女史

「其様風《そんなふう》を為《し》て、風邪《かぜ》を引《ひ》きますよ、久《ひさ》さん。」

獨酌《どくしやく》の手《て》を止《と》めて、粂代《くめよ》は傍《かたはら》を見返《みかへ》つた。酔《よひ》が頬《ほゝ》に出《で》て、亂《みだ》れた髪《かみ》を花月《くわげつ》に丸《まる》めたのが、後《うしろ》へ下《さが》つて、小紋縮緬《こもんちりめん》の半纏《はんてん》の肩《かた》へかゝつて一層《ひとしほ》の仇《あだ》つぽさを添《そ》へる。白粉に大《おほ》きく切《き》つた江戸櫻《えどざくら》に眉尻《まゆじり》も隠《かく》るゝ程《ほど》、湯上《ゆあが》りと見《み》えて、艶《つや》々とした顔《かほ》の地《ぢ》や、濕《うる》みを含《ふく》んだ眼《め》の邊《ほと》りや、後手《しりへで》を支《つ》いて酒《さけ》の息《いき》をふつと吐《は》いた様子《やうす》までが、色《いろ》つぽく若《わか》やいて久《ひさ》は呼《よ》ばれながら面《おもて》を上《あ》げたが、何時《いつ》になく浮《うは》ついた其《そ》の風情《ふぜい》を見《み》ると、苦《にが》い顔《かほ》をして、

「何時《いつ》までお酒《さけ》を飲《の》んでるの。」

「何時《いつ》までつて、今始《いまはじ》めたばかりぢや

不思議《ふしぎ》な程《ほど》、異顔《まがほ》になつて、誠一《せいいち》は母《はゝ》の面《おもて》を見詰《みつ》めた。

「先《ま》あ、先方《せんぱう》の人《ひと》が不在《るす》になつたとか何《なん》とか云《い》ふので、逢《あ》へなかつたり、想《おも》ふ様《やう》には往《ゆ》かないだらうよ。」

「必然《きつと》、然《さ》うですか。」

と聲《こゑ》が上《うは》づつて、念《ねん》を入《い》れる。

「確然《たしか》にとは承《う》け合《あ》も、仕兼《しか》ねるけれど、大概《たいがい》は然《さ》うさ、明日《あした》にしたら宜《よ》からうぢやないか。」

「然《さ》うです。」

と温和《おとな》しく考《かんが》へる。

「ぢや、行《い》つて下《くだ》さい、阿母《おつか》さんが居《ゐ》ると迷《まよ》つて可《い》けない。」

投《な》げ出《だ》した様《やう》に云《い》ふと、横《よこ》になつて、肱枕《ひぢまくら》に眠《ねむ》つて了《しま》つた。變《かは》つた様子《やうす》に懸《け》念《ねん》しながら、

「可《い》いかい？誠一！燈火《あかり》だけ始末《しまつ》を為《す》ると行《ゆ》きますよ。此金《これ》を斯《か》う出《だ》しつ放《ぱな》しは可《い》けないと云《い》ふのに！」

「安心《あんしん》してお出《い》で成《な》さい。分《わか》つて居《ゐ》ますよ。」

と太儀《たいぎ》そう。

「其《そ》の間《ま》に、もう少《すこ》し手数が快《い》いやうだと歸《かへ》つて來《く》るから、不自由《ふじいう》だらうけれど我慢《がまん》をして居《ゐ》て貰《もら》はなけりや……」

洋燈《らんぷ》の用意《ようい》をして、雨戸《あまど》も繰《く》り寄《よ》せて、執念《しつこ》い程《ほど》、老《おい》の用心《ようじん》を云《い》ひ含《ふく》めて、持《も》つた紙幣《さつ》を丁寧《ていねい》に、財布《さいふ》の中《なか》へ納《をさ》めたのを、内懐中《うちふところ》に確《しか》と入《い》れながら、漸々《やう／＼》お町《まち》は出《で》て行《ゆ》く。

俄《にはか》に四邊《あたり》が靜《しづ》まつて、夜《よ》に入《い》つた寂《さび》しさを洋燈《らんぷ》の丸心《まるしん》一《ひと》つに集注《あつ》めたやう。横臥《よこたは》つて居《ゐ》た人《ひと》は眼《め》も開《あ》けず、半面《はんめん》を衾の内《うち》に隠《かく》して、深《ふか》い溜息《ためいき》を其《そ》の内《うち》に消《け》して了《しま》ふ。

と、又《また》、格子《かうし》が開《あ》いた。眼《め》を光《ひか》らして頭《かしら》を凭《もた》げながら、思《おも》つた人《ひと》の聲《こゑ》でも聞《き》くかと胸《むね》を轟《とゞろ》かしたが、何《なに》か獨言《ひとりごと》を云《い》ひながら、忘《わす》れ物《もの》をしたとて、母《はゝ》のお町《まち》が引返《ひつかへ》して來《き》たのであつた。

ないか。氣《き》に入《い》らないの？」

返事《へんじ》も爲《せ》ずに、又《また》、机《つくゑ》に寄《よ》りかゝつて突伏《つゝぷ》して了《しま》ふ。

白粉氣《おしろいけ》もなく、髮《かみ》も壞《こは》れ、哀《あは》れに頬《ほゝ》も窶《やつ》れ、眼《め》ばかりがきよろりと窪《くぼ》んで下膨《しもぶく》れの愛嬌《あいけう》も見《み》えず、寂《さび》しさうに色《いろ》を湛《たゝ》へて、首《くび》を腕《うで》から落《おと》した儘《まゝ》、久《ひさ》は口《くち》を窄《すぼ》めて眠《ねむ》つた風《ふう》を爲《し》て居《ゐ》る。

「寢《ね》ちや可《い》けないよ。」

「寢《ね》やしないわ。」

「眠《ねむ》つてるぢやないか。」

默《だま》つて、首《くび》を振背向《ふりそむ》けて、髷《まげ》の方《はう》を母《はゝ》の方《はう》へ對《むか》はせた。

「髮《かみ》だつて、何《なん》だつて、構《かま》いつこなしでさ。厭《いや》になつちまふね。身躰《からだ》が惡《わる》いなら惡《わる》いやうに、お醫者《いしや》に診《み》て貰《もら》つたら宜《い》いぢやないか。自分《じぶん》で自分《じぶん》の身躰《からだ》を惡《わる》く爲《し》てるんだよ、お前《まへ》さんは親不幸《おやふかう》なんだよ。」

燗《かん》をした德利《とくり》を取上《とりあ》げたが、

「お酌《しやく》でもしてお呉《く》れな。阿母《おつか》さんはお前《まへ》より他《ほか》に、樂《たのし》みはなくつて居《ゐ》るんだよ、お前《まへ》さんに煩《わづら》はれても爲《す》ると阿母《おつか》さんの心配《しんぱい》は何樣《どんな》だとお思《おも》ひだよ。少《すこ》しや氣《き》を引立《ひつた》つて、身躰《からだ》だけも惡《わる》くしない樣《やう》に爲《し》てお呉《く》れ。何《ど》んな事《こと》でも、お前《まへ》さんの云《い》ふ事《こと》なら聞《き》いて上《あ》げるから、阿母《おつか》さんの云《い》ふ事《こと》も聞《き》いて、身躰《からだ》だけは大切《だいじ》にしてお呉《く》れよ。阿母《おつか》さんが頼《たの》むから。」

「聞《き》いても呉《く》れもしないで！」

と彼方向《あつちむ》きの儘《まゝ》に久《ひさ》は呟《つぶや》いた。

「聞《き》かないつて？　何樣《どんな》ことだつて、久《ひさ》さんの云《い》ふ事《こと》なら聞《き》いてますよ。無理《むり》だと思《おも》つても、我儘《わがまゝ》をさしてるんぢやないか。餘《あんま》り云《い》い度《た》い儘《まゝ》にしたので却《かへ》つて今《いま》ぢや困《こま》る位《くらゐ》なんだね。」

「聞《き》いて呉《く》れるんなら、今《いま》だつて何《ど》うにか爲《し》て呉《く》れゝば好《い》いのに！」

「何《ど》うさ。」

「何《ど》うでもいゝわ。」

と泣聲《なきごゑ》になる。

「御飯《ごはん》も、碌《ろく》には食《た》べずさ、瘦《や》せて了《しま》ふばかりぢやないか。阿母《おつか》さんに氣《き》を揉《も》ませるのばかりが能《のう》ぢやないよ。少《ちつ》とは阿母《おつか》さんの事《こと》で、夜《よ》の目《め》も合《あ》はない樣《やう》な思《おも》ひをして見《み》てお呉《く》れ、幾程《いくら》お前《まへ》が、瘦《や》せる程《ほど》逢《あ》ひ度《た》がつても、兄《にい》さんの方《はう》ぢや何《なん》とも思《おも》つては居《ゐ》ないんだもの。斷念《あきら》めてお了《しま》いよ。」

「兄《にい》さんの事《こと》なんぞ、思《おも》つては居《ゐ》ないわ。」

「おや、何故《なぜ》僻いてばかり居《ゐ》るの？」

「知《し》らないわ。」

と云《い》つたが、直と俯伏《うつぶ》して、久《ひさ》は泣《な》いて了《しま》ふ。

「能《よ》く泣《な》くね。泣《な》く度《たんび》に身躰《からだ》が細《ほそ》つて行《ゆ》くんだよ。泣《な》く譯《わけ》をお聞《き》かせな、兄《にい》さんを思《おも》つて居《ゐ》るのでなければ、何《ど》う云《い》ふ筋《すぢ》で泣《な》き度《た》いのか、物《もの》が鬱悒なのだか、聞《き》かしてお呉《く》れ。ね。」

小説

袖頭巾《そでづきん》 中篇

（四十八）

露英女史

「何《ど》うしたんでもないのよ、打捨《うつちや》つて置《お》いて呉《く》れゝば宜《い》いのよ。」

と云ひながら顔《かほ》を上げたが、涙《なみだ》が頬《ほゝ》を流《なが》れて、食《く》ひ召《し》めた唇《くちびる》が戦《をのゝ》いて居る。

「二た言目《ことめ》には癇癪《かんしやく》かい？仕様《しやう》がないねえ。夜《よ》るおやあるけれど、お和《しな》が帰《かへ》へて来たら、お師匠《しよ》さんの許《もと》へでも行《い》つて御覧《ごらん》な。少《すこ》しや気《き》が晴《は》れるだらう？」

と優《やさ》しく云《い》ふ。いや／＼を為《し》たが、袖《そで》に顔《かほ》を掩《おほ》つて、肱《ひぢ》を突《つ》くと、咽《むせ》び上げた。条代《くめよ》は吐息《といき》を為《し》ながら、手酌《てじやく》に一杯《いつぱい》、小《ちい》さい猪口《ちよく》を干《ほ》して、

「何《ど》うすりや、機嫌《きげん》が直《なほ》るんだよ。」

「病気《びやうき》なの……よ。」

「だから、病気《びやうき》ならお医者《いしや》に診《み》て貰《もら》ふんぢやないか。病気《びやうき》でなけりや機嫌《きげん》をお直《なほ》し。毎日《まいにち》／＼其様風《そんなふう》ぢや、命《いのち》がたまらない。」

「死《し》んだ方《はう》が宜《い》いの。」

「お前《まへ》は死《し》んだ方《はう》が宜《よ》くつても、阿母《おつか》さんは可哀想《かはいさう》ぢやないか。阿母《おつか》さんに苦労《くらう》を為《さ》せても、死《し》んで了《しま》つた方《はう》が宜《い》いのかい？」

久《ひさ》は返事《へんじ》を為《し》ずに居《ゐ》る。

「誰《たれ》の為《ため》に死《し》ぬのさ。人《ひと》の為《ため》になんぞ死《し》んでお呉《く》れでない。阿母《おつか》さんは其《そ》の人《ひと》を恨《うら》むよ。」

「自分《じぶん》で死《し》ぬんだわ。」

「だから、阿母《おつか》さんの為《ため》に死《し》なないと定《き》めてお呉《く》れ。ね、分《わか》つたらう？知《し》つてるよ、お前《まへ》さんの胸《むね》も分《わか》つては居《ゐ》るけれど、然《さ》う思《おも》ふ様《やう》には成《な》らないものなんだから、くさ／＼と塞《ふさ》がずに居《ゐ》てお呉《く》れ。思《おも》ひ詰《つ》めると世《よ》の中《なか》は詰《つま》らないものだけれど、気《き》さへ濶《ひろ》く持《も》つて見《み》りや、何《ど》れ程《ほど》面白《おもしろ》い世界《せかい》だか知《し》れないんだよ。兄《にい》さんばかりを頼《たよ》りに仕《し》無《な》くとも、未《ま》だ／＼頼《たよ》りになる人《ひと》は有《あ》るかも知《し》れない。然《さ》うぢやないか。」

涙《なみだ》はおさまつたらしく、唯《たゞ》突伏《つツぷ》して袖《そで》に身《み》を任《まか》した切《き》り。

「もつと、可愛《かあい》がつて下《くだ》さる人《ひと》はあるんだもの、気《き》を確固《しつかり》持《も》つて、面白《おもしろ》く暮《くら》してお呉《く》れ。阿母《おつか》さんが頼《たの》むよ。」

其《そ》れでも、何《なん》とも云《い》はなかつたが、つと立《た》つて、

「阿母《おつか》さん、寝《ね》てよ。」

「あゝお寝《ね》とも！心持《こゝろもち》でも悪《わる》いのかい？」

「えゝ、頭痛《づつう》がして！」

と頭《つむり》を押《おさ》へる。思《おも》ひ做《な》しか、身体《からだ》も瘦《や》せて、糸織《いとおり》の羽織《はおり》の肩《かた》が落《お》ちたやう。

「床《とこ》を敷《し》いて上《あ》げやう。」

「いゝえ、敷《し》きつ放《ぱな》しになつてるから宜《い》いの。」

其《そ》の間《ま》も絶《た》へず涙《なみだ》が出《で》るのを、袖口《そでぐち》に拭《ふ》いて、久《ひさ》は力《ちから》のない足取《あしどり》を為《し》ながら奥《おく》へ行《い》つた。

「不憫《ふびん》に！」

と呟《つぶや》いた条代《くめよ》は、我《わ》れにもなく塞《せ》き上

げて來た涙《なみだ》を、冷《ひ》えた酒《さけ》に、ぐいと飮《の》み込《こ》んで、

「何《ど》うして、彼樣《あんな》氣《き》になつたんだらうねえ。」

近《ちか》くの淸正公樣《せいしやうこうさま》へ、寒詣《かんまゐ》りの連中《れんぢゆう》が、鈴《りん》の音《ね》を鳴《な》らして、飛《と》んで行《ゆ》くのが手《て》に取《と》る樣《やう》に聞《きこ》えて來《く》る。

「もう何時《なんじ》かしら。」

と時計《とけい》を見《み》やうと爲《す》ると、お新《しん》が裏口《うらぐち》から歸《かへ》つて來《き》て、急に、家《いへ》の內《うち》が賑《にぎや》かに噪《ざわ》つき出して來たので、見返《みかへ》つて、お新《しん》を迎《むか》へた粂代《くめよ》の眉《まゆ》も晴《は》れながら。

「御苦勞《ごくらう》だつたね、寒《さむ》かつたらう。」

と待《ま》ち敢《あ》へず、聲《こゑ》をかける。

「いゝえ。お淋《さみ》しかつたで御座《ござ》いませう。お孃樣《ぢやうさま》がお惡《わる》いからと思《おも》つて―急《いそ》ぎましたんですけれど……」

と云《い》ひながら、何《なに》か臺所《だいどころ》で音《おと》を爲《さ》せて居《ゐ》る。

小説

袖頭巾《そでづきん》 中篇

露英女史

（四十九）

「御苦勞《ごくらう》だつたねえ。」

「いゝえもう。お一人《ひとり》ですか。」

と半纏《はんてん》の襟《えり》を、搔《か》き合《あ》はせながら、お新《しん》は急速《そゝくさ》と入《はひ》つて來た。

「あゝ。」

合點《うなづ》きながら、一服《いつぷく》出してやつて、

「寢《ね》ちまつたよ。」

「困《こま》りましたねえ。」

と跪《ひざまづ》きながら、吸《す》つた烟草《たばこ》を打《はた》くと、

「仰有《おつしや》つた丈《だけ》に、漸《やつ》と纏《まと》めて持《も》つて參《まゐ》りました。」

と財布包《さいふづゝ》み、何《なに》やら通帳《かよひちやう》の樣《やう》なものを添《そ》えて、懷中《ふところ》から差出《さしだ》しながら、

「早《はや》く歸《かへ》つて參《まゐ》りませうと思《おも》つても、其樣《そんな》談判《だんぱん》で……ほゝ。」

「大變《たいへん》だつたね。御苦勞《ごくらう》！御苦勞《ごくらう》！少《すこ》し無理《むり》だつたかも知《し》れない。先方《むかう》の云《い》ふ通《とほ》りでもよかつたんだね。」

奧《おく》を憚《はゞか》つて、小聲《こごゑ》になる。

「でもね、懇意なんだから、少《すこ》し取引《とりひき》を休《やす》めて居《ゐ》ただけの事《こと》さ。無理《むり》だつて聞《き》くんだよ。」

「然《さ》うで御座《ござ》います。」

「嫌《いや》な使《つか》ひをさして、濟《す》みませんでした。まあ一杯《いつぱい》お飮《の》りな。」

「は、有難《ありがた》う存《ぞん》じます、旦那樣《だんなさま》は彼方《あちら》にお寢《やす》つて在《い》らつしやいますの？お土産《みやげ》を取《と》つて參《まゐ》りましたんですよ。」

微笑として、

「喜《よろこ》ぶだらう。何も食《た》べやしない。」

「身體《からだ》が勝《すぐ》れませんからね。其《そ》れはかりお案《あん》じ申《まう》すんで御座《ござ》いますよ。」

「今《いま》も、種々《いろいろ》云《い》つたんだけれどね、耳《みゝ》へも入《はい》らないんだよ。不憫も不憫だけれど……私《わたし》も實《じつ》にくさ〳〵爲《し》ちまふぢやないか、考《かんが》へると先方《むかう》が憎《にく》くてねえ。」

「ほんとて御座《ござ》いますねえ。」

小説

袖頭巾《そでづきん》　中篇

（五十）

露英女史

褐色メリンスに、白《しろ》て模様《もやう》を染め抜《ぬ》いた蒲團《ふとん》の中に、久《ひさ》は横臥《よこ》になつて、髮《かみ》まで被《かぶ》つて居《ゐ》た。

脱《ぬ》ぎ散《ち》らした衣類を片付《かたづ》けながら、

「お孃《ぢやう》さん、お目《め》が覺《さ》めていらつしやいますか？」

答《こたへ》への代《かは》りに、聲《こゑ》のした方《はう》を向返《むきかへ》つて懐愛《なつか》しさうに半面《はんめん》出してお新《しん》を仰《あふ》ぐ。

「おや、起きて在《い》らしつたの。床《とこ》の中《なか》に在《い》らつしやらないで、彼方《あちら》へいらつしやいませんか。却《かへ》つて氣《き》が晴《は》れ〳〵成《な》さいますよ。」

涙含《なみだぐ》んだ眼《め》に、久《ひさ》は笑《わら》ひを見《み》せて、皺《しは》嗄《が》れた聲《こゑ》をしながら、

「寢《ね》て居《ゐ》る方《はう》が心持《こゝろもち》が宜《い》いの。」

「お頭《つむ》でも、擦《さす》つて差上《さしあ》げませうか。」

「あゝ、用《よう》がないなら、此處《こゝ》に居《ゐ》て頂

と沈《しづ》んだ調子《てうし》。手束《てづか》ねの銀杏返《いてふがへ》しが反《そ》つて、薄痘痕《うすあばた》の頬《ほゝ》へそゝけた髮《かみ》の毛《け》が落《お》ちてくるのを、耳《みゝ》へ挾《はさ》んで、其《そ》の手《て》を膝《ひざ》に突《つ》きながら、

「もう一度《いちど》、私《わたし》が若旦那《わかだんな》にお目に掛《か》つてでも、何《ど》うにか致《いた》しませうかね。」

「馬鹿《ばか》な事《こと》を！意地《いぢ》になつても逢《あ》つちや可《い》けない。久《ひさ》にも其《そ》れを云《い》ひ聞《き》かせやうと思《おも》ふんだけれど、彼《あ》の女《こ》も意地張《いぢば》りだからね、決《けつ》して兄《にい》さんの事《こと》は思《おも》つてやしないと云《い》つてるんだよ。始末《しまつ》に成《な》りやしない。小時《しばらく》して湯治《たうぢ》にでも行《い》つたら、又氣《またき》が晴《は》れるだらう、心持《こゝろもち》も變《かは》るだらうと思《おも》ふんだよ。」

「其《そ》れが一番《ばん》、結構《けつかう》で御座《ござ》いますよ。もう私《わたくし》まで陥《へこ》てゝお在《い》でなんですからねえ。何《なん》も仰有《おつしや》らないんですよ。何《ど》れ程《ほど》お宥《なだ》めしても無効《むだ》なんて御座《ござ》いますもの。」

「明日《あした》にも、箱根《はこね》へでも行《ゆ》かうよ、仕度《したく》つて程《ほど》の事《こと》も要《い》らないから。」

「左様《さやう》ですね。」


「留守《るす》は、氣《き》の毒《どく》だがお前《まへ》に頼《たの》んで、出掛《でかけ》て見《み》やう、私《わたし》の命《いのち》が詰《つ》まりそふだからね、彼樣《あんな》顔色《かほいろ》を見《み》て居《ゐ》ると、實《じつ》にうんざり爲了《しま》ふよ。」

「御無理《ごむり》は御座《ござ》いませんとも。然《しか》し、温和《おとな》しく、在《い》らつしやるてせうかしら。其《そ》れがね又氣《またき》になりますね。」

「然《さ》うさね。寢《ね》て居《ゐ》るやうか見《み》て來《き》てお呉《く》れ」

「はい。」

とお新《しん》は立《た》つて行《い》つた。

哉《たい》。淋《さみ》しくつて仕様《しやう》がないわ。」

「居《ゐ》りますとも！彼方《あちら》へ在《い》らつしやれば、阿母様《おつかさん》がお在《い》て丶御座《ござ》いますから猶《なほ》お賑《にぎ》やかて御座《ご》いますよ。」

「阿母《おつか》さんはお酒《さけ》を飲《の》んでるから、嫌《いや》だわ。」

「もう、お終《しま》ひになりましたてすよ。」

「其《そ》れても……」

と云《い》ひさして、後《あと》は何事《なんに》も云《い》はずに、黙《だま》つて了《しま》つた。

「其《そ》れより、何《なに》か食《あが》りませんか？好《い》いものを取《と》つて参《まゐ》りましたよ。」

「いや、澤山《たくさん》よ。」

と素氣《すげ》なく拒絶《ことわ》る。言葉《ことば》が絶《た》えると壁の方《はう》を向《む》いて、久《ひさ》は泣《な》いて居《ゐ》る様《やう》な動勢なので、差寄《さしよ》つて枕《まくら》の形《なり》を直《なほ》しながら、顳顬《こめかみ》の邊《あたり》を押《おさ》へやうとすると、お新《しん》の手《て》が濡《ぬ》れた瞼《まぶた》に觸《さは》つて、久《ひさ》は其《そ》れを厭《いと》ひながら、夜着《よぎ》の中《なか》へ顔《かほ》を忍《しの》ばせた。

「今日《けふ》て、丁度《ちやうど》三日《みつか》何《なんに》も食《あが》りませんのねえ。お白湯《さゆ》ばかり食《あが》つて在《い》らつしやるが、貞實《ほんたう》にお身體《からだ》が堪《たま》りませんてすよ。考《かんが》へて在《い》らつしやるよりは、斯《か》う〳〵為度《したい》と明《あ》けつ放《ばな》しに、阿母《おつか》さんに仰有《おつしや》つたら如何《いかが》て御座《ござ》いますの？阿母《おつか》さんは無理《むり》を仰有《おつしや》る譯《わけ》もなし、貴女《あなた》の事《こと》ばかり案《あん》じて在《い》らつしやるんですもの。お酒《さけ》を召《め》すのも、お嬢《ぢやう》さんが措《お》いて在《い》らつしやるから、くさ〳〵するから、憂《う》さ晴《ばら》しに食《あが》るんてすと仰有《おつしや》つて、其様情ない事《こと》は仰有《おつしや》るなよ。阿母《おつか》さんもお可哀想《かはいさう》て御座《ござ》います。」

「其様《そんな》ことをお云《い》いなら……兄《にい》さんが來《こ》られない様《やう》に、誰《だれ》が為《し》たの？」

と又《また》泣《な》き入《い》る。

「て御座《ござ》いますから、阿母《おつか》さんに何事《なにごと》もお話成《はな》すつて、兄《にい》さんが來《こ》られる様《やう》に為《す》れば、御心持《ごきもち》がお直《なほ》り成《な》さるとか何《ど》うとか、例《れい》もの様《やう》に捌《さば》けて仰有《おつしや》つたら宜《よろし》いぢや御座《ござ》いませんか。箱根《はこね》へても在《い》らしつたら如何《いかゞ》てせう。湯治《たうぢ》にお在《い》て丶したら、少《すこ》しはお氣《き》が變《かは》るかも知《し》れません。」

「そんな……其様《そんな》ことは思《おも》つてやしないわ。兄《にい》さんの事《こと》を思《おも》つて居《ゐ》るのぢやないと云《い》ふのに！お新《しん》も矢張《やつぱ》り分《わか》らないから……彼方《あつち》へ行《い》つてお呉《く》れ。」

「まあ。」

「うるさく成《な》つて來《き》てよ。」

小説

袖頭巾《そでづきん》　中篇

（五十一）

露英女史

「其《そ》れぢや、私《わたくし》が若旦那《わかだんな》をお迎《むか》へ申《まを》して参《まゐ》りませうか。」

「用《よう》なんぞないわ。逢《あ》つたつて……」

邪慳《じやけん》に云《い》つた其《そ》れ限《ぎ》り、お新《しん》が何《なに》を云《い》つても口《くち》を交《かは》さぬ。上《うへ》から揺《ゆ》り動《うご》かしても、前《まへ》へ廻《まは》つても、眼《め》も開《あ》けねば、煩累いとも云《い》はず、唯《たゞ》黙《だま》つて居《ゐ》るので、お新《しん》も根《こん》を竭《つ》かして、これも黙《だま》つて了《しま》ふ。

白熱瓦斯《はくねつがす》が煌々《くわう〲》として、花籠《はなかご》に萎《しを》れ果《は》てた水仙《すゐせん》の花《はな》の、汚《きたな》くなつた白椿《しろつばき》に絡《から》んだのが鮮明《はつきり》と見通《みとほ》される。これも菱之助が来《く》ると云《い》つて約束《やくそく》した前《まへ》の日《ひ》に久《ひさ》が投《な》げ込《こ》んだので、此様《こんな》ものにも思《おも》ひ出《で》が籠《こも》つて、遂《つひ》眼《め》をやる度《たび》に心憂《こゝろう》からうと、お新《しん》は気《き》が付《つ》くと直《す》ぐに立《た》つて、竹節《たけぶし》の傍《そば》に引出《ひきだ》して持《も》つて来《き》た。寝床《ねどこ》を覗《のぞ》くと久《ひさ》は眼《め》を瞑《つぶ》つて心付《こゝろづ》かぬ様子《やうす》に、そつと足音《あしおと》を忍《しの》ばせて出《で》て行《い》つて了《しま》ふ。

襖《ふすま》を閉《た》てた音《おと》を聞《き》き済《すま》すと、久《ひさ》は面《おもて》を上《あ》げて、花籠《はなかご》の方《はう》を見上《みあ》げたが、其《その》儘《まゝ》枕《まくら》に突伏《つゝぷ》したと思《おも》ふと歯《は》を食《く》ひ切《しば》つた音《おと》が微《かすか》に漏《も》れる。

茶《ちや》の室《ま》でも話声《はなしごゑ》も聞《きこ》えず、時々《ときどき》粂代《くめよ》かお新《しん》の、煙管《きせる》を喞《はた》く音《おと》ばかりが通《かよ》つて、鼠《ねずみ》の天井裏《てんじやううら》を馳《か》け廻《まは》る騒々《さう〲》しさが、後《あと》の寂寥《さびしさ》を一入《ひとしほ》添《そ》へるばかり。

久《ひさ》は唯《たゞ》悲《かな》しさに閉《と》ぢられて、泣音《なくね》を飲《の》む程《ほど》、胸《むね》が痛《いた》むので、夜着《よぎ》を刎《は》ねて身《み》を起《おこ》した。可愛《かあい》らしい面影《おもかげ》は僅《わづか》に口《くち》の辺《はた》りに残《のこ》つて居《ゐ》るだけで、鋭《するど》くなつた眼付《めつき》、窶《やつ》れた頬《ほゝ》が甚《ひど》く大人《おとな》びたやう、夜着《よぎ》の襟《えり》に頬杖《ほゝづゑ》して、何《なに》を思《おも》ふか、片手《かたて》に胸《むね》を押《おさ》へながら、屏風《びやうぶ》の繪の蓮を凝視《ぢつ》と見詰《みつ》める。漸次《だん〲》、其《そ》れが眼《め》に溜《たま》つた涙《なみだ》の中《なか》に消《き》えると、雫《しづく》がはらりと落《お》ちて、又《また》雁《かり》が映《うつ》つてくる。見《み》て居《ゐ》ると、直《ぢき》に涙《なみだ》に隔《へだ》たつて霞《かす》んで了《しま》ふので、やがては其《そ》れも物憂《ものう》くなつて、再《ふたゝ》び床《とこ》の内《うち》に横臥《よこぶ》しになつた。

懐《なつか》しいと思《おも》ふ心《こゝろ》もなく、人《ひと》を恋《こひ》しいと迫《せま》る情《じやう》も消《き》えて、涙《なみだ》に疲《つか》れた眼《め》を閉《と》ぢると、何時《いつ》か現《うつゝ》なく自分《じぶん》と云《い》ふものが無《な》くなつて了《しま》ふ。何所《どこ》が恐《おそろ》しい處《ところ》へ引《ひ》き込《こ》まれる様《やう》に思《おも》つて、夢《ゆめ》になつた心《こゝろ》を我《わ》れからふつと驚《おどろ》い起《おこ》すと、身体《からだ》がびくりと動《うご》いて眼《め》が開《あ》く。少時惚然《しばらくうつとり》としたまゝ、四辺《あたり》を眺《なが》めたが、菱之助の声《こゑ》が何処《どこ》からともなく聞《きこ》えて来《き》た様《やう》に思《おも》はれて、其《そ》れを嬉《うれ》しいとも感《かん》ぜずに、唯《たゞ》其《そ》の声《こゑ》を聞《き》き外《はず》らすまいと、聞き漏らすまいと、男《をとこ》の声《こゑ》に縋《すが》つて居《ゐ》る様《やう》な心持《こゝろもち》の内《うち》に、久《ひさ》は遂々《とう〲》眠《ねむ》つて了《しま》つた。

「何《ど》う成《な》すつた。」

と独言《ひとりごと》を云《い》ひながら、お新《しん》はそつと入《はい》つて来《き》たが、窶《やつ》れた顔《かほ》を見《み》ると、恐《おそろ》しそうな色《いろ》を浮《うか》べて、其處等《そこら》を片付《かたづ》けながら、風《かぜ》の入《はい》らぬ樣《やう》に、夜着《よぎ》の裾《すそ》を押《おさ》へて、ふと傍を見《み》ると、蒲團《ふとん》の下《した》から紙《かみ》包《づゝ》みが半出《なかばで》て居《ゐ》るので、罪《つみ》と思《おも》ひながら、そつて抜出《ぬけだ》して見《み》ると、菱之助から貰《もら》つた、豆人形《まめにんぎやう》の夫婦《ふうふ》が、箱《はこ》から出《だ》した儘《まゝ》になつて、紙《かみ》に乘せてあつたので。

小説

袖頭巾《そでづきん》

中篇

（五十二）

露英女史

何《ど》んな心持《こゝろもち》で、此《こ》れを取出《とりだ》して見《み》て居《ゐ》たのかと、平常《ひごろ》の久《ひさ》を考《かんが》へて、お新《しん》は思《おも》はず涙含《なみだぐ》みながら、丁寧《ていねい》に其《そ》れを包《つゝ》んで、舊《もと》の通《とほ》りに蒲團《ふとん》の下《した》に入《い》れてやると、

「お新《しん》。」

と粂代《くめよ》が呼《よ》ぶ。急《いそ》いで茶《ちや》の室《ま》へ行《い》つて見《み》ると、膳《ぜん》を片寄《かたよ》せて、元氣《げんき》な笑《わら》ひを帶《お》びた眼《め》にお新《しん》を見向《みむ》いて、

「寐《ね》ちまつたかい？」

「はい。お寐《やす》み成《な》さいましたやうで御《ご》座《ざ》いますよ。」

「私《わたし》の娘《こ》に、何《なん》だつて彼樣《あんな》氣を持《も》つたものが生《でき》たんだらうね。」

「矢張《やつぱ》りお歳《とし》が經ちませんから、仕方《しかた》が御座《ござ》いません。何《なに》、少《すこ》し紛《まぎ》れると直《ぢき》に忘《わす》れてお了《しま》ひ成《な》さいます。」

「箱根《はこね》の事《こと》は何《なん》と云《い》つたの？」

「お嬢《ぢやう》ですと仰有《おつしや》いましたけれど、又《また》何《ど》うお氣《き》が變《かは》らないとも限《かぎ》りませんから、お支度《したく》だけ成《な》すつて置《お》いて、無理《むり》にお連《つ》れ申《まう》したら何《ど》うで御座《ござ》いませう。行《い》らしつて御覧《ごらん》になれば、又《また》其《そ》の氣《き》にお馴《な》れなさいませう。」

「然《さ》うさ。まあ、お茶《ちや》でも焙《ほう》じて呉《く》れないか。飲《の》み過《す》ぎたと云《い》ふんでもないがね、何《なん》だか熱く頭《あたま》が重《おも》くなつて來《き》て仕方《しかた》がない。」

「御心配《ごしんぱい》を成《な》さる故《せい》で御座《ござ》いますよ。」

お新《しん》は茶焙《ちやほう》じを取《と》つて、一《ひ》と摘《つま》み番茶《ばんちや》を入《い》れると、火《ひ》に翳《かざ》した。ちり／＼と匂《にほ》ひが兩人《ふたり》の間《あひだ》を潜《くゞ》つて流《なが》れてゆく。

「痩《や》せた樣子《やうす》を見《み》ると、可哀想《かはいさう》にもなるし……」

「眞にね。身《み》惨《じ》めらしくつて、見《み》た目《め》が辛《つら》いんで御座《ござ》いますよ。もう少《すこ》し分別《ふんべつ》のあるお年頃《としごろ》だと、御自分《ごじぶん》でお氣《き》を引立《ひきた》つる事《こと》も出來《でき》ますんですけれど、

小説

袖頭巾《そでづきん》 中篇

（五十三）

露英女史

當人《とうにん》は疾《と》に角《かく》、自分《じぶん》だけは、箱根《はこね》か熱海《あたみ》へ久《ひさ》を引張《ひつぱ》つて行《ゆ》くつもりで、出發《たつ》つ前《まへ》に、一度病院《いちどびやうゐん》を見舞《みま》つて置《お》かうと朝《あさ》から家《うち》を出《で》て不在《るす》なので、この頃《ごろ》は傍に居《ゐ》られると蒼蠅《うるさ》いと思《おも》つた母親《はゝおや》も家内《うち》に其《そ》の聲《こゑ》がしないとなると、大方《おほかた》ならず淋《さび》しい。お新《しん》も朝の勝手《かつて》が片付《かたづ》かず、此室《こゝ》へは顔《かほ》も出《だ》さぬので、久《ひさ》は唯一人《たつたひとり》、火鉢《ひばち》の傍《そば》に坐《すわ》つた儘《まゝ》、勝《すぐ》れぬ色《いろ》を袖《そで》に蔽《かく》して、脱《ぬ》ぎ捨した母《はゝ》の平常着《ふだんぎ》に、懐愛しさを籠《こ》めて眺《なが》めて居《ゐ》た。梅日和《うめびより》で、麗《うらゝ》かな障子《しやうじ》の影《かげ》。隣家《となり》の庭先《にはさき》から鶯《うぐひす》が覺束《おぼつか》ない聲《こゑ》で鳴《な》いたのが聞《きこ》えて來《く》る。鬱陶《うつたう》しく、重《おも》い瞼《まぶた》を上《あ》げて其方《そなた》を見《み》たが、途端《とたん》に、後《うしろ》を開《あ》けて、

「お孃《ぢやう》さん。

何《なん》と申《まを》しても、未一圖氣《まだいちづ》で在《ゐ》らつしやるから、何《なん》ともねえ。」

「仕様《しやう》がないねえ。」

とばかり。此樣晩《こんばん》に、十一時《じ》近《ちか》くもなつてから、急《きふ》に氣魂《けたゝ》ましく車《くるま》を留《と》めさせて、飛《と》び込《こ》んで來《き》た事《こと》もあつたがと、逸蔓の助の事《こと》を思《おも》ひ出《だ》すと、其《そ》れを悦《よろこ》んで、もう寝《ね》て了《しま》つた身体《からだ》を飛《と》び起《おこ》して、寝衣《ねまき》の儘《まゝ》で迎《むか》へに出《で》た久《ひさ》の姿《すがた》が眼《め》に浮《うか》ぶ。

「本郷《ほんがう》でも何《ど》うしたか。」

「あ、左樣《さやう》で御座《ござ》いますねえ。御病人《ごびやうにん》は何《ど》う成《な》さいましたかしら。」

煎《い》れた茶《ちや》を、湯呑《ゆのみ》にうつして粂代《くめよ》に渡《わた》すと、手《て》にも取《と》らず其處《そこ》へ置《お》かして、

「いつそ、病氣《びやうき》の性《しやう》が分《わか》つて、手當《てあて》でも出來《でき》るんなら好《い》いけれど、心《こゝろ》の病氣《びやうき》ぢや始末《しまつ》がつかないね。本郷《ほんがう》も不足《ふそく》のない中《なか》を費用《ひよう》はかゝるし、嫂《あによめ》さんも困《こま》つて居《ゐ》成《な》さるだらう。」

「其《そ》れでも、御病人《ごびやうにん》さへ快《よ》い方《ほう》なら、少《すこ》しは樂《たの》しみがお有《あ》んなさいますけれど、お家《うち》の樣《やう》ぢや、貴女《あなた》もくさくさ成《な》さいますばかりですから……」

「何《なん》だか私《わたし》まで心細《こゝろぼそ》くなつてくるやうぢや無《な》いか。」

「能《よ》く、此樣晩《こんばん》に、更《ふ》けてから在《ゐ》らしつた事《こと》が御座《ござ》いましたねえ。」

お新《しん》も同《おな》じ事《こと》を思《おも》つたか、吐息《といき》をついて四邊《あたり》を見廻《みまは》した。

「お前《まへ》までが其樣《そんな》ことを云《い》ふから可《い》けやしない。久《ひさ》の前《まへ》ぢや禁句《きんく》だよ。」

「はい、ほゝゝ」

電車《でんしや》の轢《きし》る音《おと》が、遠《とほ》くの方《はう》から響《ひゞ》いて微《かすか》に聞《きこ》える。終電《しうでん》に間《ま》に合《あ》はなかつたから、宿《とま》るんだと云《い》つも、車《くるま》もあるものを態々《わざ／＼》引返《ひつかへ》して來《き》た事《こと》もあつたのに、と直《す》ぐ思《おも》ひ出《だ》されて、

「明日《あした》は何《ど》うしても箱根《はこね》へ行《ゆ》く事《こと》にしやう、仕度《したく》を手傳《てつだ》つてお呉《く》れ。」

と呼《よ》びながら、お新《しん》は襷《たすき》を外《はづ》して、入《はい》つて來《き》た。

「今日《けふ》は、私《わたくし》の云《い》ふ事《こと》をお聞《き》き成《な》さるてせうね。」

久《ひさ》は口《くち》を避いて、お新《しん》を見《み》た。

「何《ど》うしても、聞《き》いて戴《いたゞ》かなけりやなりませんけれど、聞《き》いて下《くだ》さるてせふね。」

「何《ど》ふだかー」

と顔《かほ》を背向《せむ》ける。見《み》る影《かげ》もなく、衰《おとろ》へた久《ひさ》の面《おもて》を、少時《しばし》眺《なが》めて、

「其《そ》の代《かは》り、貴女《あなた》の仰有《おつしや》る事《こと》も、必定《きつと》お聞《き》き申《まを》しますから、聞《き》いて下《くだ》さいましな。」

「何《ど》んなこと?」

「それに、今日《けふ》はお頭痛《つむ》も何《ど》うにか爲《し》ませんけりや、餘計《よけい》お蒼蠅《うるさ》くつて、私《わたくし》が重《おも》くお成《な》りなさいますんてすから、私《わたくし》が奇麗《きれい》にして差上《さしあ》げませう、お湯へもお伴《とも》致《いた》して、其《そ》の歸路《かへり》に、梳へ廻る事《こと》に致《いた》しませうぢや御座《ござ》いませんか」

「他つて、何處《どこ》へ行《ゆ》くの?」

「御心配《ごしんぱい》成《な》さる様《やう》な所《ところ》へ、お伴《つ》れ申《まを》す氣遣《きづか》ひは決《けつ》して御座《ござ》いませんから、其《そん》様《な》ことを彼様此様《あゝかう》とお氣《き》を揉《も》みませんでも、親船《おやぶね》に乘《の》つたお心持《こゝろもち》で、お新《しん》と御一所《ごいつしよ》に入《い》らつしやいまし。何事《なにごと》も呑込《こ》んてるんてすから、お案《あん》じ成《な》さいますなよ。」

「何處《どこ》へも行《ゆ》かないわ。」

「おや。其《そ》れぢや、云《い》ふ事《こと》を聞《き》いて下《くだ》さいませんの?」

「其《そ》りや、云《い》ふ事《こと》を聞《き》かないとは云《い》ひはしないわ。他つて、其様所《そんなところ》へ行《ゆ》くのは嫌《いや》。」

「何所《どこ》だか御存《ごぞん》じ? お分《わか》りになつたら、貴女《あなた》が嫌《いや》とお思《おも》ひになる様《やう》な所《ところ》へ、私《わたくし》がお伴《とも》な致《いた》しますものか。」

「其《そ》れぢや、何所《どこ》だか云《い》つて御覧《ごらん》な。」

「お嬢《じやう》さんのお喜《よろこ》び成《な》さる所《ところ》で御座《ござ》いますよ。」

「喜《よろこ》ぶ所《ところ》なら、聞《き》かしても宜《い》いぢやないか。何所《どこ》?」

「其《そ》れぢや申《まを》しませうか。」

「あゝ。」

「……兄《にい》さんのお傍《そば》へ!」

云《い》ひも終《を》らぬうちに、久《ひさ》は險《けは》しくなつた眼《め》を据《す》えて、お新《しん》を屹《きつ》と睨《にら》んだが、

「だから、お新《しん》は嫌《いや》ひよ。」

と云《い》ひながら、涙含《なみだぐ》んて了《しま》ふ。

「貴女《あなた》はまあ、譯《わけ》もお聞《き》き成《な》さらないて……」

「いゝえ、もう澤山《たくさん》。私《わたし》の心《こゝろ》なんか、お前《まへ》にや分《わか》らないのよ。」

突伏《つゝぷ》したが、もう泣《な》いて居《ゐ》る。

小説

袖頭巾《そでづきん》 中篇

（五十四）

露英女史

「其《そ》れぢや、お逢《あ》ひ成《な》さらなくとも、お宜《よろ》しいんですの？」

「別《べつ》にお話《はなし》もないんだもの。」

お新《しん》は泣《な》いて居《ゐ》る久《ひさ》の様子《やうす》を、見《み》て居《ゐ》たが、

「其様《そんな》強《す》ねた事《こと》を仰有《おつしや》らないで、お新《しん》の云《い》ふ通《とほ》りに成《な》さいまし。悪《わる》い事《こと》は申《まを》しませんから。」

「いやだわ。兄様《にいさん》だつて、妾《あたし》なんかにもう逢《あ》つて話《はなし》も為《し》て下《くだ》さらうとは思《おも》つて在《ゐ》らつしやらないもの。無理《むり》に妾《あたし》から逢《あ》つて何《なん》の彼《か》のとは云《い》へないわ。」

「其《そ》れは、貴女《あなた》の神経《しんけい》で御座《ござ》いますよ。兄《にい》さんだつて、一度《いちど》は貴女《あなた》にお目《め》に掛《かゝ》つてと思《おも》つて在《ゐ》らつしやるに違《ちが》ひないんで御座《ご》いますけれど、其所《そこ》は意地《いぢ》で黙《だま》つて在《ゐ》らつしやるんで御座《ござ》いますよ。嬢《ぢやう》さんからお消息《たより》を上《あ》げて御覧《ごらん》じまし。喜《よろこ》んで……何《ど》れ程《ほど》お喜《よろこ》びだか知《し》れません。」

「其《そ》んなことは無《な》いわ。其様《そんな》気《き》で在《ゐ》らつしやるなら、疾《と》うにお手紙《てがみ》でも下《くだ》さるわ。」

と思《おも》はず此所《こゝ》まで云《い》つて、顔《かほ》を真赤《まつか》にしながら、涙《なみだ》の雫《しづく》に、睫毛を瞬いて、

「何《ど》うだつて宜《い》いのよ。妾《あたし》は何《なん》とも無《な》いんですよ。」

「嬢《ぢやう》さん。私《わたくし》にお隠《かく》し成《な》さる事《こと》は御座《ござ》いませんよ。何故《なぜ》お打明《うちあ》け成《な》さいませんの？」

久《ひさ》は黙《もく》して、思案《しあん》して居《ゐ》たが、突然と、

「阿母《おつか》さんが、湯治《たうぢ》に行《ゆ》くと云《い》つてたけれど、何日《いつ》行《ゆ》くの？お前《まい》知つてるの？」

「貴女《あなた》さへ御承知《ごしようち》なら、今日《こんにち》にも在《ゐ》らつしやるお心《つもり》で御座《ござ》いませう。」

「然《そ》う。阿母《おつか》さんと二人《ふたり》でかい？」

「はあ、然《そ》うで御座《ござ》います。」

「行《ゆ》かうかしら……」

とお新《しん》を見《み》た。

「行《い》らつしやいましとも！、お身体《からだ》の為《ため》にも何《ど》れ程《ほど》宜《よろ》しいか知《し》れません、其《そ》れですから、今晩《こんばん》、少つと好《い》い機会を私《わたくし》が見付《みつ》けて置《お》きましたから、兄《にい》さんに一度《いちど》お逢《あ》ひ成《な》すつて、熱海《あたみ》へなら熱海《あたみ》へ在《ゐ》らつしやいと申《まを》すんで御座《ござ》います。貴女《あなた》は御用《ごよう》がないからと仰有《おつしや》るけれど、お逢《あ》ひ成《な》されば、又《また》何《ど》うお心《こゝろ》が済《す》むやうになるかも知《し》れないぢや御座《ご》いませんか。兄《にい》さんにお逢《あ》ひなさらなくとも済《す》む位《くらゐ》なら、何故《なぜ》其様《そんな》に泣《な》いたりなんぞ成《な》すつて、阿母《おつか》さんに御心配《ごしんぱい》をおかけなさいますの。兄様《にいさん》のお心持《こゝろもち》をお悪《わ》るく為《さ》せ申《まう》したからと云《い》ふので、貴女《あなた》も勝《すぐ》れずに在《ゐ》らつしやるんでせう。ですから云《い》ふ事《こと》を聞《き》いて、一度《いちど》お目《め》にかゝつてから湯治《たうぢ》に在《ゐ》らつしやいと申《まを》すのですよ。断念《あきらめ》も出《で》ませうし、分《ふん》別《べつ》もついて、又《また》そのお気《き》に成《な》れまいもんでは御座《ござ》いません。今晩《こんばん》私《わたくし》と御一所《ごいつしよ》

に在《ゐ》らつしやれば、必《かな》らずお逢《あ》はせ申《まを》しますから、然《さ》う成《な》さいまし。」

口《くち》を酸《す》くして、お新《しん》の云《い》つた事《こと》も、久《ひさ》は半分《はんぶん》も聞《き》かずに、

「いやなの。」

と一《ひ》と言《こと》に消《け》して、

「山《やま》の中《なか》へでも行《ゆ》き度《た》いから、箱根《はこね》の淋《さび》いところへ連《つ》れてつて貰《もら》はうや、もう東京《とうけう》なんかへ出《で》て来《き》やしないわ。」

「其《そ》れても困《こま》るぢや御座《ござ》いませんか。」

「否ゝ、気《き》が済《す》むまで、山《やま》の中《なか》に居《ゐ》るのよ。阿母《おつか》さんはきつと飽るわね。」

此《こ》の頃《ごろ》にない、冴《さ》えた眼《め》をして、久《ひさ》は笑《わら》ひを見《み》せた。胸《むね》のうちを、量《はか》り兼《か》ねてお新《しん》は打守《うちまも》つたばかり。

小説家より女優となりて初めて舞臺に上りし時の所感

佐藤露英

記者《きしや》曰《いは》く、佐藤《さとう》露英女史《ろえいぢよし》は、東京府立第一高等女學校卒業《とうきやうふりつだいいちかうとうぢよがくかうそつげふ》の後《のち》、日本女子大學校《にほんぢよしだいがくかう》の國文科《こくぶんくわ》に入《い》られましたが、都合《つがふ》あつて途中《とちう》で退學《たいがく》し、明治《めいぢ》の文豪幸田露伴氏《ぶんがうかうだろはんし》の門《もん》に入《い》つて、一時《じ》は閨秀作家《けいしうさくか》としてなかなか評判《ひやうばん》になつた方《かた》ですが、今《いま》は、毎日新聞社《まいにちしんぶんしや》の女優《ぢよいう》となつて、斯道《しだう》のために貢獻《こうけん》してをられます。これは女史《ぢよし》が自《みづか》ら記者《きしや》に語《かた》られた初舞臺當時《はつぶたいたうじ》の感想《かんさう》です。女優問題《ぢよいうもんだい》のやかましい今日此頃《けふこのごろ》、この話《はなし》を掲《かか》げるのもまた決《けつ》して意味《いみ》のないことはあるまいと思《おも》ひます（女史本年二十六歳）

『舞臺《ぶたい》に出《で》て初《はじ》めて驚《おどろ》いた』

火《ひ》を熱《あつ》いものと知《し》らない子供《こども》は、何《なん》の氣《き》なしに觸《さは》つて見《み》て、火傷《やけど》して始《はじ》めて驚《おどろ》く。私《わたくし》が舞臺《ぶたい》に出《で》たのも丁度《ちやうど》それと同《おな》じです。鬘《かつら》をつけて、お化粧《けしやう》をして、いよいよ舞臺《ぶたい》に出《で》ようといふ間際《まぎは》までは、自分《じぶん》でも不思議《ふしぎ》なくらゐ平氣《へいき》で、舞臺《ぶたい》に出《で》たら何《ど》うだらうかとか、科白《せりふ》がうまくいへるだらうかとか、そんなことは少《すこ》しも考《かんが》へませんでした。舞臺《ぶたい》に出《で》て見《み》て初《はじ》めて驚《おどろ》いたのです。

私《わたくし》が初《はじ》めて舞臺《ぶたい》に出《で》たのは、去年《きよねん》の八月《ぐわつ》、横濱《よこはま》の羽衣座《はごろもざ》に毎日新聞《まいにちしんぶん》の文士劇《ぶんしげき》のあつた時《とき》です。その時《とき》の脚本《きやくほん》は、高安月郊《たかやすげつかう》さんのお書《か》きになつた『吉田寅《よしだとら》次郎《じらう》』て、岡鬼太郎《をかおにたらう》さんが吉田寅次郎《よしだとらじらう》になり、私《わたくし》が寅次郎《とらじらう》の妹《いもうと》のお文《ふみ》になりました。

十津川合戰のお冬に扮したる露英女史

『居《ゐ》ても立《た》つてもゐられない』

一幕目《ひとまくめ》は松下《まつした》村塾《そんじゆく》の場《ば》て、大體《だいたい》の筋《すぢ》はかうです。安政《あんせい》五年《ねん》の秋《あき》、國禁《こくきん》を破《やぶ》つて米《べい》國《こく》に走《はし》らうとした吉田寅次郎《よしだとらじらう》（松陰《しようゐん》）が伊豆下田《いづしもだ》の沖《おき》て米國船《べいこくせん》に乘込《のりこ》まうとするところを幕府《ばくふ》の手《て》に捕《とら》へられて、自分《じぶん》の開《ひら》いてゐつた松下村塾《まつしたそんじゆく》に蟄居《ちつきよ》を命《めい》ぜられる。松下村塾《まつしたそんじゆく》には、同志《どうし》の士《し》高杉晋作《たかすぎしんさく》桂小五郎《かつらこごらう》などがゐる。ある時《とき》、寅次郎《とらじらう》が晋作《しんさく》と共《とも》に米國《べいこく》の新聞《しんぶん》を讀《よ》んで感慨《かんがい》に耽《ふけ》つてゐるところへ、小五郎《こごらう》が駈《か》けて來《き》て、幕府《ばくふ》は夷狄《いてき》に恐喝《きようかつ》されて、港《みなと》を開《ひら》くことに決定《けつてい》したと告《つ》げる。寅次郎《とらじらう》は憤然《ふんぜん》として起《た》ち、勅命《ちよくれい》に背《そむ》いて港《みなと》を開《ひら》かうとした井伊《ゐい》間部《まなべ》を刺殺《さしころ》さうとし、出《で》て行《ゆ》く。小五郎《こごらう》が留《と》める。ところへ寅次郎《とらじらう》の父百合之助《ちちゆりのすけ》が病《やまひ》を押《お》して妹《いもうと》と一緒《しよ》に來《き》あはす。

といふのです。それて寅次郎《とらじらう》が、

『勅命《ちよくれい》に背《そむ》ける賊《ぞく》は幕府《ばくふ》にある。幕府《ばくふ》の賊《ぞく》は水戸《みと》の賊《ぞく》、水戸《みと》の賊《ぞく》は諸藩《しよはん》の賊《ぞく》、諸藩《しよはん》の賊《ぞく》は志士《しし》の賊《ぞく》、歸《き》するところは我我《われわれ》の賊《ぞく》ではないか。』

といつて、出《で》て行《ゆ》かうとするのを、小五郎《こごらう》が、

『手前《てまへ》は、この身何處《どこ》までもお止《と》め申《まを》す。』

と、袂《たもと》を抑《おさ》へる。寅次郎《とらじらう》は、

『エイ、まだ止《と》めるか。』

と、袂《たもと》を振切《ふりき》つて花道《はなみち》に差《さ》しかかる。その時《とき》、揚幕《あげまく》からお文《ふみ》が父《ちち》の駕《かご》に附添《つきそ》つてあらはれる。花道《はなみち》の中《なか》ほどで寅次郎《とらじらう》に出會《であ》ひ、

『オオ、兄上《あにうへ》。』

と、駈《か》け寄《よ》る。寅次郎《とらじらう》は、

『オオ妹《いもうと》、その駕《かご》は。』

と聞《き》く。

『父上《ちちうへ》のお供《とも》でござります。』

といへば、

『エ、父上《ちちうへ》？、』

と、兄《あに》の驚《おどろ》くのを、

『兄上《あにうへ》、何處《どこ》へおいてなされます。まお、お歸《かへ》りあそばせ。』

と、連立《つれた》つて舞臺《ぶたい》に歸《かへ》るのです。

私《わたくし》は鬘《かつら》をつけて、藤色《ふぢいろ》の着物《きもの》に帶《おび》を矢《や》の字《じ》に締《し》めて、草履《ざうり》を穿《は》いて、すつかりお文《ふみ》になり濟《すま》し、揚幕《あげまく》の内《うち》から、寅次郎《とらじらう》が『エイ、まだ止《と》めるか』と花道《はなみち》に差《さ》しかかるのを待《ま》つてゐます。すると、今《いま》までは何《なん》とも思《おも》はずにゐたのが俄《には》かに心配《しんぱい》になつて、私《わたくし》はもう居《ゐ》ても起《た》つてもゐられなくなりました。

『花道《はなみち》に出《で》ようとして水《みづ》を一杯《ぱい》』

一體《たい》、私《わたくし》は小《ち》さい時《とき》から人並勝《ひとなみすぐ》れて内氣《うちき》な性質《せいしつ》でした。第《だい》一高等女學校《かうとうぢよがくかう》を卒業《そつげふ》してから、女子大學《ぢよしだいがく》に入《い》り、十九歳《さい》の時《とき》に幸田露伴《かうだろはん》さんのお弟子《でし》になつて小說《せうせつ》を書《か》いてをりましたが、學校《がくかう》にをります時《とき》、何《なに》か會《くわい》でもあつて、お友《とも》だちがいろいろ餘興《よきよう》をなさるやうな時《とき》でも、私《わたくし》はつひ一度《ど》もしたことはありません。それてすから、舞臺《ぶたい》に出《で》て多《おほ》くの人樣《ひとさま》の前《まへ》て芝居《しばゐ》をしやうなどとは、夢《ゆめ》にも思《おも》ひませんてしたが、

小說《せうせつ》などが好きであつたためでせう。だんだん文藝《ぶんげい》といふものに趣味《しゆみ》を持《も》つやうになりました矢先《さき》、文《ぶん》士劇《しげき》があるから出《で》て見《み》ないかと仰《おつ》しやる方《かた》がありましたので、つひその氣《き》になつて舞臺《ぶたい》に出《で》たのでございます。それですから、舞臺《ぶたい》に出《で》てからのことも心配《しんぱい》になりさうな筈《はず》ですが、一向《かう》そんなてとはなく、新橋俱樂部《しんばしくらぶ》て一二度《ど》下稽古《したけいこ》をしただけて、もう結構出來《けつこうでき》るやうなつもりて、揚《あげ》幕《まく》のところまで參《まゐ》つたのです。

さて揚幕《あげまく》のところへ參《まゐ》つて、舞臺《ぶたい》を覗《のぞ》いて見《み》ますと、俄《にはか》に心配《しんぱい》になつて、もう胸《むね》はワクワクする、足《あし》はフラつく。それに鬘《かつら》のために顏《かほ》一面《めん》が引詰《ひきつ》められたやうて何《なに》が何《なん》だか分《わか》りません。

三越懸賞裾模様二等
芭蕉に朝顔（京都 細田本居）

『水《みづ》を。水《みづ》を。』

と、私《わたくし》は水《みづ》を取寄《とりよ》せて一口《ひとくち》飲《の》みました。揚幕《あげまく》のところへ來《き》て水《みづ》を飲《の》むなんぞは、何《ど》んな役者《やくしや》にもない藝《げい》當《たう》だらうと思《おも》ひます。そのうち寅次郎《とらじらう》が『エイ、まだ止《と》めるか』と花道《はなみち》に差《さ》しかかりましたので、厭《いや》でも應《おう》でも出《で》なければなりません。私《わたくし》は夢中《むちう》になつて花道《はなみち》をトッットットッと駈《か》け出しましたが、『オオ、兄上《あにうへ》。』も『父上《ちちうへ》のお伴《とも》――。』もあつたものではありません。口《くち》をモグモグさせたッきり、ただウロついてをりました。見物人《けんぶつにん》もよほど可笑《をか》しかつたと見《み》えてクスクス笑《わら》ふ。その聲《こゑ》がまた妙《めう》に耳《みみ》について一層《そう》落《お》ちつけません。そのうち、いつたのかいはないか知《し》りませんが、『まあお歸《かへ》り遊《あそ》ばせ。』も濟《す》んで、正《しやう》面《めん》へ參《まゐ》りました。

『チツとも聞《きこ》えないぞといはれる』

父《ちち》の百合之助《ゆりのすけ》は上座《かみざ》について、寅次郎《とらじらう》と私《わたくし》とは少《すこ》し下《さが》つて差向《さしむか》ひに座《すわ》ります。そして、父《ちち》と寅次郎《とらじらう》の問《もん》答《たふ》の合間《あひま》合間《あひま》に、私《わたくし》は、寅次郎《とらじらう》に向《むか》つて、

『お顔《かほ》の色《いろ》も變《かは》つてをりますが　　。』

などといふのですが、それが何《ど》うしても出《で》ません。下稽古《したけいこ》の時《とき》は、何《ど》うやらいつた筈《はず》であつたがと、隨《ずゐ》分努《ぶんつと》めてみましたが、氣《き》がいらいらするばかりでやつぱり出《で》ません。私《わたくし》にはもう眞赤《まつか》になつて、座《すわ》つてゐるか立《た》つてゐるか夢中《むちう》でをりました。すると、寅次《とらじ》郎《らう》の岡《をか》さんが、小聲《こごゑ》で『お顔《かほ》の色《いろ》・・・。』と教《をし》へて下《くだ》さいます。て、私《わたくし》も『お顔《かほ》の色《いろ》・・・。』と申《まを》しますが、それが岡《をか》さんに聞《きこ》えないのです。岡《をか》さんは氣《き》をあせつて、

『もつと高《たか》く、高《たか》く。』

と仰《おつ》しやつて下《くだ》さるので、私《わたくし》も一生懸命《しやうけんめい》に聲《こゑ》を張上《はりあ》げていつたつもりですが、やつぱり聞《きこ》えないといふのです。四五尺《しやく》しか離《はな》れてゐない人《ひと》に聞《きこ》えないほどですから、見物人《けんぶつにん》に聞《きこ》える筈《はず》はありません。大向《おほむか》ふから、

『チツとも聞《きこ》えないぞー』

と、浴《あ》びせかけられました。あとで岡《をか》さんにさう申《まを》しましたら、それでもよく見物人《けんぶつにん》の聲《こゑ》が聞《きこ》えたと笑《わら》はれました。

『今度《こんど》からは大《おほ》きな聲《こゑ》を出《だ》して呉《く》れ』

二幕目《ふたまくめ》は夢《ゆめ》の場《ば》で、寅次郎《とらじらう》が夢《ゆめ》に外國《ぐわいこく》をさまよひ、

『ここは何處《いづこ》であらう。何處《いづこ》を見《み》ても異國《いこく》の風俗《ふうぞく》、山《やま》の姿《すがた》も異《ちが》ふやうぢや。』

と、思《おも》ひ入《いれ》あつて落涙《らくるゐ》し、

『コリヤ歸《かへ》らうか、イヤまだまだ事情《じじやう》を探《さぐ》らずに歸《かへ》つても役《やく》に立《た》たぬ。……しかし後《あと》は何《ど》したらう。』

と、ぼんやり行《ゆ》きかける處《ところ》へ、妹《いもうと》が來《き》あはせて、

『オ、兄上《あにうへ》。』

「よく無事《ぶじ》であつたな。」

『無事《ぶじ》なことはありませぬ。同志《どうし》の方《かた》は多《おほ》くお亡《な》くなりなさいました。』

と、同志《どうし》の人《ひと》の消息《せうそく》を物語《ものがた》る處《ところ》です。一幕目《ひとまくめ》が終《を》へて樂屋《がくや》に歸《かへ》りますと、岡《をか》さんが、

『あんな小《ちひ》さな聲《こゑ》では困《こま》る。受《う》け答《こたへ》が出來《でき》ない。今度《こんど》からもつと大《おほ》きな聲《こゑ》を出《だ》してくれ。』

と、叱《しか》られましたので、二幕目《ふたまくめ》には隨分《ずゐぶん》思《おも》ひ切《き》つて大《おほ》きな聲《こゑ》を出《だ》しましたが、やつぱり聞《きこ》えなかつたさうです。


『呼出《よびだ》し奴《やつこ》がよいとて褒《ほ》められた』


それからは舞臺《ぶたい》に出《で》ませんでしたが、今年《ことし》の三月《ぐわつ》、市川粂八《いちかはくめはち》さんに連《つ》れられて、名古屋《なごや》の末廣座《すゑひろざ》へまゐりました。その時《とき》にやりましたのは『丹羽與作《たんばよさく》』で、
私《わたくし》は呼出《よびだ》し奴《やつこ》を勸《つと》めました。

大名《だいみやう》のお姫樣《ひいさま》が京都《きやうと》へ婆女におでになつたが、その日《ひ》になつてから何《ど》うしても厭《いや》ぢやとおむつかり遊《あそ》ばす。お乳《ち》の人《ひと》の重《しげ》の井《ゐ》が持《も》てあぐんでゐるところへ、青笠《あをがさ》を持《も》つた奴姿《やつこすがた》の侍女若菜《わかな》が駈《か》けて來《き》て、

『なうお乳《ち》の人《ひと》、面白《おもしろ》いことがござります。十《とを》ばかりの小《ちひ》ぽけな馬方《うまかた》が道中《だうちう》雙六《すごろく》とやら東海道《とうかいだう》の繪《ゑ》をひろげ、わちなことをして遊《あそ》びます。』

といへば、お乳《ち》の人《ひと》は、

『ようぞ氣《き》がついた。お心《こゝろ》も移《うつ》るため馬子《まご》でも子供《こども》でも大事《だいじ》ない、お許《ゆる》しぢや、その丁稚にこれへ參《まゐ》れと呼《よ》んでおぢや。』

と、いひつける。そこで
『心得《こゝろえ》ました。』

と、花道《はなみち》のところへ行《い》つて、

三越懸模樣三等

秋草（京都 澤渡乾齋）

「御門前《ごもんぜん》に控《ひか》へし邑士《まど》の子《と》、姫君樣《ひめぎみさま》のお召《め》し。急《いそ》いでこれへ。」

と、高《たか》らかに呼《よ》び上《あ》げるのです。

この呼《よ》び出《だ》し奴《やっこ》は、ただから呼《よ》び上《あ》げるだけですが、なかなかむづかしいもので、餘《あま》り名《な》のない人《ひと》にはさせないものです。高《たか》らかに呼《よ》び上《あ》げるだけに、聲《こゑ》の練習《れんしふ》には極《ご》くよい役《やく》ですから、私《わたくし》はこれをさして頂《いただ》くことにしました。けれども、私《わたくし》のやうな舞臺《ぶたい》の經驗《けいけん》のないものがしましては、座《ざ》もとが厭《いや》がりますから、名前《なまへ》を隱《かく》して、何處《どこ》までも黒人《くろうと》のやうな顏《かほ》をしてをりました。そして、毎日宿屋《まいにちやどや》で『姫君樣《ひめぎみさま》のお召《め》し』と、大《おほ》きな聲《こゑ》で稽古《けいこ》をしてをりましたので、宿《やど》の女中《ぢよちう》たちも皆驚《みなおどろ》いてをりました。

いよいよその日《ひ》になつてから、私《わたくし》は花道《はなみち》の處《ところ》へ出《で》て
『姫君樣《ひめぎみさま》のお召《め》し、急《いそ》いでこれへ。』

といつて退《の》けましたが、それが案外《あんぐわい》よく出來《でき》ましたので、後《あと》で粂八《くめ》さんに大層賞《たいそうほ》められました。

『慣《な》れると自然《しぜん》に聲《こゑ》が徹《とほ》る』

名古屋《なごや》から歸《かへ》つてまゐりますと、丁度新富座《ちやうどしんとみざ》に、やはり毎日新聞《まいにちしんぶん》の文士劇《ぶんしげき》『由井正雪《ゆゐのしやうせつ》』がありました。

私《わたくし》も直《す》ぐ一座《ざ》に加《くは》へて頂《いただ》きましたが、その時《とき》はこの前《まへ》と違《ちが》つて聲《こゑ》も相應《さうおう》に出《で》ました。それで皆《みな》さんが、

『大變《たいへん》な進歩《しんぽ》だ。何《ど》うしてそんなに聲《こゑ》が立《た》つやうになつたらう。』

と仰《おつ》しやいましたが、これは、つまり名古屋《なごや》で呼出《よびだ》し奴《やっこ》をしましたのと、一《ひと》つは横濱《よこはま》の羽衣座《はごろもざ》に出《で》てから絶《た》えず義太夫《ぎだいふ》を稽古《けいこ》したためでせうと思《おも》ひます。初《はじ》めて舞臺《ぶたい》に出《で》ました時《とき》は、自分《じぶん》では咽《のど》も裂《さ》けるやうな大《おほ》きな聲《こゑ》を出《だ》したつもりでも、あたりには少《すこ》しも聞《きこ》えませんが、少《すこ》し慣《な》れてまゐりますと、當前《あたりまへ》に話《はな》してもよく聲《こゑ》が徹《とほ》ります。全《まった》く不思議《ふしぎ》なものです。

私《わたくし》は今《いま》、川上貞奴《かはかみさだやっこ》さんの女優養成所《ぢよいうやうせいじよ》に入《はい》つてをりますが、別段俳優《べつだんはいいう》になるつもりでもありません。行《ゆ》く行《ゆ》くは脚本《きやくほん》を書《か》いて見《み》たいと思《おも》つてをります。小說《せうせつ》にも全《まった》く筆《ふで》を絶《た》つた譯《わけ》ではありません。やはり時時《ときどき》は書《か》いてをります。

小説

老《おい》

（春帆畫）

「お鼠《ねずみ》に遣《や》らうと思《おも》つたんだけれど、好《よ》かつたらお前《まへ》、食《た》べてお了《しま》ひ。」

と云《い》ふをばさんの聲《こゑ》が臺所《だいどころ》ですると、

「へエ、結構《けつこう》ぢや御座《こざ》んすけれどね、この年齢《としころ》になつて奉公《ほうこう》は爲《し》てゐても、まだ鼠《ねずみ》と食《た》べ物《もの》を奪《と》り合《あ》ひつこをする程《ほど》、零落《おちぶ》れませんから。」

と例《れい》の慳々《けん〳〵》した調子《てうし》で、怒罵《どな》り返《かへ》してゐる婆《ば》あやの聲《こゑ》が茶《ちや》の室《ま》邊《あた》りから聞《きこ》える。

「何《なん》て云《い》ひ草《ぐさ》だらう。奉公《ほうこう》して居《ゐ》りやこの位《くらゐ》な品《もの》は喜《よろこ》んで戴《いたゞ》くんだよ。天井裏《てんじやううら》の鼠《ねずみ》も臺所《だいどころ》のお前《まへ》も其《そ》れ程《ほど》の違《ちが》ひがあるものかねえ。」

「其《そ》りや貴女《あなた》が奉公《ほうこう》でも爲《し》なすつたら、大方其様根性《おほかたそんなこんじやう》におなんなさるでせうがね。妾《わたし》や乞食《こじき》しても腹《はら》まで零落《おちぶ》れる樣《やう》なのぢや御座《こざ》んせんよ。」

「然《さ》うだらうよ。御《こ》殿奉公《てんほうこう》したものは、豪《えら》い御《こ》見識《けんしき》だよ。」

かたんと鼠入《ねずみい》らずの戸《と》を閉《し》める音《おと》がする。きし〳〵と上《あ》げ板《いた》を草履《ざうり》で踏《ふ》み占《し》める音《おと》も響《ひゞ》く。

「お氣《き》の毒《どく》ですが、吉原《よしはら》で育《そだ》つた方《かた》とは些《ちつ》と違《ちが》ひますんだから。」妾《わたし》の室《へや》の前《まへ》を通《とほ》りながら、婆《ば》あやは獨《ひと》り言《ごと》をして行《い》つた。

＊　＊　＊　＊　＊　＊　＊　＊　＊

をばさんは妾《わたし》の祖父《そふ》の妾《めかけ》で今年《ことし》六十三になる。婆《ば》あやは二歳《ふたつ》年長《うへ》の六十五、宅《うち》へ雇《やと》はれて來《き》てから既《も》う五年《ねん》になるが、斯《か》うして共棲《いつしよ》に暮《くら》して居《ゐ》る間《うち》、ついぞ一日《にち》この兩人《ふたり》が口爭《くちあらそ》いを爲《し》ずに濟《す》ましたと云《い》ふ事《こと》はない。

「年甲斐《としがひ》もない、をばさんは使《つか》つてる人《ひと》なんだから、默《だま》つて相手《あひて》に爲《し》ずにゐらつしやい。」と時々《ときぐ》妾《わたし》が若《わか》い口《くち》から云《い》ひ嗜《たしな》めると、

「ほんとに、彼様性《あんなしやう》の合《あ》はない人間《にんげん》に生《うま》れて始《はじ》めて遭遇《でつくは》した。お前《まへ》さんから祖父《おぢい》さまに然《さ》う云《い》つて、暇《ひま》を出《だ》さしてお了《しま》ひなさい。」と妾《わたし》に勸《すゝ》める。然《しか》し祖父《おぢい》さまはこの頑固《ぐわんこ》な婆《ば》あやを不憫《ふびん》がつて、使役《つかつ》てやれよ、と仰有《おつしや》るので、妾等《わたしたち》には忠實《まめ》に働《はたら》いてくれて、

「御隱居樣《ごいんきよさま》もお孃《ちよ》つちやんも、好《い》い方《かた》だ。働《はたら》ける丈働《だけはたら》きますから、生涯《しやうがい》お宅《たく》へ置《お》いて下《くだ》さいまし。」と口癖《くちぐせ》の樣《やう》に云《い》ふのを聞《き》いてゐながら、をばさんと性《しやう》の合《あ》はない位《くらゐ》で無理《むり》暇取《ひまと》らせやうとも思《おも》はずに居《ゐ》る。始《はじ》めは本宅《あちら》で使《つか》つて居《ゐ》たのだが、をばさんが眼《め》を病《わづら》つて思《おも》ふ樣《やう》に用《よう》の達《た》せなかつた時《とき》、彼方《あつち》から廻《ま》はして寄越《よこ》したので、家內《かない》と云《い》つては祖父《おぢい》さまと妾《わたし》とをばさん限《ぎ》り、本宅《あつち》とは違《ちが》つて人《ひと》の出入《ではい》りもなく、稀《たま》に來《く》

ゐるのが碁打《ごうち》の客《きやく》か道具屋《だうぐや》の文助位《ぶんすけくらゐ》なものなので、激《はげ》しい勞働《らうどう》に堪《た》へ切《き》れない身體《からだ》を、欺《だま》し〳〵使《つか》ふには極《こ》く好《い》いと云《い》ふ點《ところ》から。婆《ば》あやは此家《こゝ》を離《はな》れ度《た》がらない。其《そ》れを又《また》、をばさんは憎《にく》がつて、

「自分《じぶん》の死《し》に所《どころ》に爲《し》てゐるんだよ。好《い》い加減此方《かげんこつち》の身體《からだ》が利《き》かなくなつてゐるのに。奉公人《ほうこうにん》まで半分彼《はんぶんあ》の世《よ》のものぢや困《こま》つ了《ちま》ふ。同《おな》じ使《つか》ふんなら、もちつと何《ど》うにか爲《し》たのにおし成《な》すつちや何《ど》うですえ。」

と祖父《おぢい》さまに絡《から》む時《とき》があるけれ共《ども》、

「まあ、然《さ》う目《め》の敵《かたき》に爲《し》なさるな、年《とし》を老《と》つて行《ゆ》き場所《どころ》のないと云《い》ふ上《うへ》を考《かんが》へてやん成《な》さい。此家《こゝ》が居《ゐ》よいと云《い》ふのなら置《お》いてやん成《な》さい。」

と祖父《おぢい》さまは例《いつ》も斯《か》う。

妾《めかけ》と云《い》ふを抑《おさ》へて、をばさんも自分《じぶん》と同樣奉公《どうやうほうこう》の身《み》だと云《い》ふ氣《き》で婆《ば》あやは居《ゐ》る。其《そ》れがをばさんは癪《しやく》に觸《さは》つてならないのである。

年《とし》を老《と》つて、髮《かみ》こそ白《しろ》くはなつてゐるけれ共《ども》、昔《むかし》は何樣《どんな》かと思《おも》ふ程兩人《ほどふたり》ながら美《い》い顏立《かほだち》で、若《わか》い時磨《ときみが》き込《こ》んだ顏生地《かほきぢ》は、今《いま》でも湯上《ゆあが》りの時《とき》なぞは輝《かゞや》くやうに美《うつく》しい、クリームや溶《と》き水《みづ》で面《おもて》を滑《す》べこくする自分《じぶん》なぞ、極《きま》りが惡《わる》いやう。

「何《ど》うしてそんなに綺麗《きれい》なんでせう。」

とをばさんに訊《き》くと。色《いろ》は白《しろ》い方《はう》ではないが、富士額《ふじびたひ》の、其《そ》の年《とし》になつても眉《まゆ》の痕《あと》の鮮《あざや》かな、お雛樣《ひなさま》の樣《や》な鼻付《はなつき》をした、紅《べに》を盛《も》つた樣《やう》な可愛《かあい》らしい小《ちひ》さな口《くち》から、眞黑《まつくろ》な鐵漿《かね》をつけた齒《は》の並《なら》びの細《こま》かなのを僅漏《わづかも》らして、をばさんは笑《わら》ふ。然《さ》うして妾《わたし》を見《み》ながら、

「何《ど》うしてつて、お湯《ゆ》へ行《い》つて洗《あら》つて來《き》たからでさね。」

と云《い》ふ。眼《め》は若《わか》い時《とき》から屢ゝ《しば〳〵》病《わづら》つたと云《い》ふので、例《いつ》も鬱陶《うつたう》しさうに瞼《まぶた》が腫《は》れて美《い》い眼付《めつき》とは思《おも》へなかつたが、腮《あご》の邊《あた》りの、誰《たれ》でも好《す》きさうな愛《あい》くるしさが、名殘《なご》りをとどめて愛嬌《あいけう》を笑《わら》ひに見《み》せる時《とき》、妾《わた》しは忙然《ぼんやり》と見《み》てゐる事《こと》がある。すると、

「何《なに》を其樣《そんな》に見《み》てゐるんですね、自分《じぶん》だつて綺麗《きれい》なくせにさ。年《とし》を老《と》つちやもう駄目《だめ》！」

と云《い》ひながら、其《そ》の癖《くせ》、鏡《かゞみ》に向《むか》つて念入《ねんい》りに髮《かみ》を撫《な》で付《つ》ける。幾分《いくら》かをばさんは自慢《じまん》なのだ。然《しか》し昔《むかし》の事《こと》を云《い》つた事《こと》がない。

婆《は》あやにも、能《よ》く同《おな》じやうな事《こと》を云《い》つて訊《き》く事《こと》があるが、婆《は》あやは、

「其《そ》りや貴女《あなた》、昔磨《むかしみが》いたお蔭《かげ》で御座《ざ》います。」

と眞面目《まじめ》で云《い》ふ。

婆《は》あやは、當今《いま》の華族何某伯爵《くわぞくなにがしはくしやく》、其《そ》の頃《ころ》はお大名《だいみやう》の何某樣《なにがしさま》へ、十四の時《とき》から常磐津《ときはづ》と御祐筆《ごゆうひつ》で奥勤《おくづと》めに上《あが》つて、二十七まで御奉公《ごほうこう》したとの事《こと》、奥樣《おくさま》の御前《ごぜん》で、少《すこ》しでも白粉《おしろい》が剝《は》げて生地《きぢ》の見《み》える樣《やう》な事《こと》があると失禮《しつれい》なので、演劇《しばゐ》でする女形《をんながた》ほど白粉《おしろい》は濃《こ》く塗《ぬ》つたものだとも云《い》ふ。午前《ごぜん》に奥樣《おくさま》の前《まへ》へ伺候《しこう》して、幾人《いくにん》なりの侍女《こしもと》がずつと並《なら》ぶと、中老《ちうらう》が一《ひ》とわたり眼《め》を通《とほ》して、誰某《たれそれ》の白粉《おしろい》が薄《うす》いと云《い》つて注意《ちうい》をする、直《す》ぐお化《け》粧《しやう》の仕直《しなほ》しをする。

「其《そ》りや綺麗《きれい》なもので御座《ござ》いました、ですから此樣《こんな》醜《みにく》い女《もの》でも、丁度《ちやうど》お芝居《しばゐ》の御殿女中《ごてんぢよちう》の通《とほ》りで御座《ござ》んしたから、ちつとは見《み》られましたがねえ。」

と窶《やつ》れた頰《ほゝ》を撫《な》でながら話《はなし》をする。額《ひたひ》は廣《ひろ》い方《はう》で、年老《としと》つた爲《ため》餘計《よけい》に拔《ぬ》け上《あ》がつてゐた。婆《は》あやもをばさんと同《おな》じに眉《まゆ》を落《おと》して鐵漿《かね》を射《つ》けてゐる。脣《くちびる》の薄《うす》い鼻《はな》の高《たか》い、大々《だい〳〵》した顏《かほ》で眼《め》が美《い》い、鬢搔眼《びんかきめ》の剃《そ》れの長《なが》い、眼尻《めじり》は皺《しわ》んではゐるが、をばさんの口許《くちもと》と共《とも》に、これは眼《め》だけに昔《むかし》の美《うつく》しい面影《おもかげ》を殘《のこ》してゐる。引詰《ひつつ》めた櫛卷《くしまき》を幾日《いくにち》も梳《す》かずにある時《とき》なぞ、生際《はえぎは》に白髮《しらが》が逆立《さかだ》つて、竈《へつゝい》の灰《はひ》やら塵埃《ごみ》やら其《そ》れに浮《う》いて居《ゐ》る事《こと》がある、剃《あた》らない眉毛《まゆげ》が疎《まば》らに蓬々《ほう〳〵》して、寒氣《さむさ》に鼻《はな》の頭《ばさき》を赤《あか》く脣《くちびる》を紫色《むらさきいろ》にしてゐる顏《かほ》を見《み》ると、をばさんは絹《やはらか》い物《もの》なぞ引《ひ》つ掛《か》けてゐるが、此方《こちら》は双子《ふたこ》の洗《あら》ひ晒《ざ》らした半纏《はんてん》、毛繻子《けじゆす》の襟《えり》が縞《しま》のやうに破《やぶ》れてゐる見窄《みすぼ》らしい姿《なり》なので、見《み》る影《かげ》もない雇婆《やとひば》あさんとより外《ほか》は思《おも》はれない。けれ共《ども》、この人《ひと》が花《はな》の十七八

この眼《め》に燃《も》ゆる樣《やう》な輝《かゞや》きを帶つてゐた頃《ころ》は、錦繪《にしきゑ》にあるやうな腰元姿《こしもとすがた》、錦《にしき》の帶《おび》を矢《や》の字《じ》に脊負《しよつ》て、櫻散《さくらち》る高欄《かうらん》に振《ふり》の袂《たもと》を漂《たゞよ》はした事《こと》があるのかと思《おも》ふと、唯譯《たゞわけ》もなく懷《なつか》しくなる。退屈《たいくつ》な夜《よる》なぞは、婆《ば》あやを招《よ》んで、

「昔《むかし》の事《こと》をお聞《き》かせな。御殿奉公《ごてんほうこう》をして居《ゐ》た時分《じぶん》の事《こと》を話《はな》してお聞《き》かせよ。」

と云《い》つては強迫《せが》んでやる。

御前勤《ごぜんつと》めを大切《たいせつ》に思《おも》ふより、老女《らうぢよ》の機嫌《きげん》を取《と》るに心《こゝろ》を碎《くだ》いた苦心談《くしんだん》やら、奧女中同士《おくぢよちうどうし》が戀中《こひなか》になつて、お互《たが》ひに奧《おく》への上《あが》り下《さが》りにも嫉妬《しつと》を爲合《しあ》ふと云《い》ふ不思議《ふしぎ》な話《はなし》やら、雪投《ゆきな》げ遊《あそ》びの綺麗《きれい》らしいのや、春《はる》の朧月《おぼろづき》夜《よ》に殿《との》が白刄《しらは》を振《ふ》り閃《めか》して、泉水《せんすゐ》の傍《ほと》りで女中《ぢよちう》の一人《ひとり》を威嚇《おどか》して興《きよう》じられた面白《おもしろ》い話《はなし》やらをして呉《く》れる。秋雨《あきさめ》の降《ふ》る晝《ひる》、非番《ひはん》の女中《ぢよちう》が部屋《へや》に引籠《ひきこも》つて草双紙《くさどうし》を讀《よ》み耽《ふけ》つてゐる姿《すがた》など眼《め》に見《み》えるやう。其《そ》れを忠義《まめ》に介抱《かいはう》して、旦那樣大事《だんなさまだいじ》と侍《かしづ》く部屋《へや》の女《もの》の話《はなし》を聞《き》くと、お初《はつ》が思《おも》はれる。

「まあ然《さ》うだわね、お初《はつ》つて云《い》つた工合《ぐあひ》なんでせう。」

と云《い》ふと婆《は》あや感心《かんしん》して、彼《あ》れが又《また》ものと申《まをし》て御前《ごぜん》へは出《で》られない身分《みぶん》のもの、なぞと說明《せつめい》してくれる。

やがて其《そ》れが鏡山《かゞみやま》の解釋《かいしやく》にうつゝて、大《おほ》いに婆《は》あやの尾上《をのへ》人物評《じんぶつひやう》が始《はじ》まつたりする事《こと》がある。

幼少《ちひさ》い時《とき》は相應《さうおう》に育《そだ》てられた人《ひと》で、親達《おやたち》は旗下《はたもと》の御用達《ごようたし》、祐筆《ゆうひつ》で上《あが》られる程《ほど》、昔《むかし》の女《をんな》には過ぎた敎育《をしへ》もあつたのだが、二十八の時《とき》とか某《さ》る大《おほ》きな鼈甲屋《べつかふや》へ後妻《ごさい》に入《はい》つてから、暫時《しばらく》は無事《ぶじ》に暮《くら》したが、やがて良人《つれあひ》が病死《びやうし》する、實家《じつか》の親《おや》も死亡《なくな》る、先妻《せんさい》の一粒種《ひとつぶだね》であつた男《をとこ》の子《こ》は年頃《としごろ》になつて放蕩《はうたう》を始《はじ》める、火事《くわじ》に逢《あ》ふと云《い》ふ種々《いろ〳〵》な不幸《ふしあはせ》な目《め》を見《み》て、家產《かさん》も傾《かたむ》け盡《つく》し流浪《るらう》し切《き》つた揚句《あげく》、六十近《ちか》い老耄《らうまう》した今《いま》になつてから他人《ひと》

樣《さま》の臺所《だいどころ》を這《は》ふ樣《やう》になつた、と愚痴話《ぐちばなし》も交《まじ》るやら。祖父《おぢい》さまは昔《むかし》が昔《むかし》だからと氣《き》の毒《どく》がつて、不憫《あはれ》んでおやり成《な》さるのだが、をばさんは御殿奉公《ごてんぼうこう》を鼻《はな》にかけるのが癪《しやく》だと云《い》つて憎《にく》らしがる。

「昔《むかし》は何《なに》したつて、大名《だいみやう》だつて華族《くわぞく》だつて、今《いま》は奉公人《ほうこうにん》ぢやから價値《ねうち》はないものさ。」

と冷笑《あざわら》ふ。をばさんは決《けつ》して自分《じぶん》の身《み》の上《うへ》を語《かた》つた事《こと》がない、人《ひと》の上《うへ》も聞《き》く事《こと》は嫌《きら》ひと云《い》つた調子《てうし》。妾《わたし》の母《はゝ》の話《はなし》では、をばさんは子供《こども》の時《とき》に吉原《よしはら》へ賣《う》られた子飼《こがひ》からの廓育《くるわそだ》ち、何某《なにがし》と云《い》ふ樓《うち》でお職《しよく》を張《は》つて全盛《ぜんせい》を極《きは》めた花魁《おいらん》だつたと云《い》ふ。琴《こと》も彈《ひ》けば花《はな》も活《い》ける、茶《ちや》の湯《ゆ》も心得《こゝろえ》て居《ゐ》る、字《じ》も上手《じやうず》だ。和歌《わか》まで詠《よ》んだ往昔《そのかみ》の名《な》ある遊女《いうぢよ》とは並《なら》べられないけれども。其樣《そんな》賣色上《はいしよくあが》りの女《ひと》としては一寸格《ちよつとかく》を備《そな》へてゐる。

「をばさんが吉原《よしはら》にゐた頃《ころ》はね、まだ道中《だうちう》つてものがあつて、をばさんも八文字《もんじ》を踏《ふ》んだのだよ。」

と母《はゝ》は珍《めづ》らしさうに妾《わたし》に話《はな》す。これも演劇《しばゐ》でなければ面影《おもかげ》が見《み》られないと思《おも》ひながら、

「この間芝居《あひだしばゐ》で見《み》た籠釣瓶《かごつるべ》ね。あの八《や》つ橋《はし》の道中見《だうちうみ》たいなんですか。まあ綺麗《きれい》だつたでせうね、をばさんは！」

と妾《わたし》が吃驚《びつくり》すると、

「あの通《とほ》り……見《み》たいなものさ、女《をんな》が美《い》いから何樣《どんな》に綺麗《きれい》だつたらうね。」

と云《い》はれる。其《そ》の當座《たうざ》、妾《わたし》はをばさんの起居《たちゐ》にも目《め》を放《はな》さず、滋々《しげ〱》と姿《すがた》や恰格《かつかう》を見《み》て居《ゐ》た事《こと》が能《よ》くあつた。何《ど》うかしてをばさんの口《くち》から其《そ》の當時《たうじ》の吉原《よしはら》の樣子《やうす》など、聞《き》かして貰《もら》ひたいとは思《おも》ひながら、隱《かく》すばかりにして居《ゐ》るをばさんの昔《むかし》を、曝露《あばく》やうな氣《き》がして遂强《つひし》ひずにゐる。

何時《いつ》の頃《ころ》から、何《ど》う云《い》ふ譯《わけ》で祖父《おぢい》さまの妾《めかけ》になつたのか、其《そ》れは母《はゝ》も妾《わたし》に話《はな》さないので分《わか》らないけれ共《ども》、祖母《おばあ》さまは妾《わたし》の生《うま》れない前《さき》にもう此《こ》の世《よ》にはゐない人《ひと》だつたとの事《こと》、すると其《そ》の頃《ころ》からでも祖父《おぢい》さまの傍《そば》にゐる樣《やう》になつたのかも知《し》れぬ。妾《わたし》が隱居所《いんきよじよ》の方《はう》へ引取《ひきと》られつ限《き》りになつたのは十歳《とを》の時《とき》だが、をばさんには本宅《あつち》に居《ゐ》た頃《ころ》三歳《みつ・》四歳《よつ・》から世話《せわ》になつて居《ゐ》たので、本宅《うち》の人達《ひとたち》が我《が》が强《つよ》いの剛情《がうじやう》だのと譏《そし》る比較《わり》に、妾《わたし》はをばさんを厭《いや》な人《ひと》だとも思《おも》つて居《ゐ》なかつた。

婆《ば》あやは、自分《じぶん》が仕《つか》へた奥方《おくがた》に對《たい》する妾《めかけ》を遇《ぐう》した心持《こゝろもち》で、をばさんを扱《あつか》つてゐる。奥方《おくがた》に代《かは》る祖母《そは》と云《い》ふものも無《な》いのだが、妾《めかけ》と云《い》ふ名《な》が、古《ふる》く頭《あたま》に徹《し》み込《こ》んだ一種憎惡《しゆぞうを》の念《ねん》を喚《よ》び起《おこ》すのだと見《み》えて、をばさんを卑《いや》しむことは一《ひ》と通《とほ》りでない。誰《たれ》に聞《き》いたか、廓《くろわ》に居《ゐ》た事《こと》も知《し》つてゐて、當《あ》て付《つ》けがましく自分《じぶん》の生立《おひたち》の立派《りつぱ》で正《たゞ》しかつた事《こと》を微《ほの》めかし度《た》がる。素性《すじやう》の賤《いや》しい、然《しか》も人《ひと》の妾《めかけ》と云《い》ふ下劣《さも》しい女《をんな》から、主人顔《しゆじんがほ》して物《もの》を云《い》はれるのが心外《しんぐわい》だと云《い》ふ樣子《やうす》を、よく見《み》せると、片々《かた〳〵》は、人《ひと》に使《つか》はれる程成下《ほどなりさが》つてゐながら口惜《くや》しい面《つら》があるものかと、冷《ひや》やかに横眼《よこめ》で見《み》られた眼《め》を、此方《こちら》は朱《しゆ》を注《そ》いで睨《にら》み返《かへ》すと云《い》ふ風《よう》で、朝《あさ》に晩《はん》に衝《しよう》突《とつ》の絶《た》え間《ま》がない。

祖父《おぢい》さまに、其樣《そんな》こと此樣《こんな》ことをお話《はなし》すると、「仕樣《しやう》のない女共《をんなども》だ、まるで子供《こども》のやうだなあ。」と云《い》つてお笑《わら》ひなさる。

かと思《おも》ふと、甚《ひど》く片々《かた〳〵》の機嫌《きげん》がよく、婆《ば》あやも元氣《げんき》で、自分《じぶん》の三味線《さみせん》とをばさんの琴《こと》を合奏《あは》せなどして興《きよう》じてゐる事《こと》がある。

松《まつ》も取《と》れて、門々《かど〳〵》の薄《うす》ら淋《さび》しくなつた七草《なゝくさ》過《す》ぎ、朝《あさ》からの雪《ゆき》で縁《えん》の戸《と》も半《なか》ばゝ鎖《とざ》してあるので、いやに座《ず》敷《じき》の薄暗《うすぐら》い日《ひ》であつた。祖父《おぢい》さまは炬燵《こたつ》に入《はい》つて、按摩《あんま》の玄正《げんしやう》に頭《つむり》を揉《も》まさせて居《ゐ》る、妾《わたし》も其《そ》の中《なか》へ入《はい》つて新刊《しんかん》の文藝雜誌《ぶんげいざつし》を讀《よ》んでゐると、やがて茶《ちや》の室《ま》から靜《しづか》に三味線《さみせん》の音《ね》を締《じ》める音《おと》と、其《そ》れに調子《てうし》を合《あは》せる琴《こと》の音《ね》とが聞《き》こえて來《き》た。

「何《なん》だい。」

と祖父《おぢい》さまは驚《おどろ》いた顏《かほ》をして、妾《わたし》を御覧《ごらん》なさるので、

「をばさんと婆《ば》あやでせう、隨分氣紛《ずゐぶんきまぐ》れだわね。」

と笑《わら》ふと、

「はゝ、昔取《むかしと》つた杵柄《きねづか》だ。」

と按摩《あんま》の玄正《げんしやう》が白《しろ》い齒《は》を剝《む》き出《だ》して笑《わら》ふ。祖父《おぢい》さまは默《だま》つて坊《ばう》さん頭《あたま》を俯向《うつむ》かして。又頸筋《またえりすぢ》を摑《つか》ませる。白《しろ》い長《なが》い眉毛《まゆげ》が、甲斐絹《かひき》の蒲團《ふとん》を辷《すべ》るやうに見《み》える。

少時《しばらく》、調子《てうし》を合《あ》はせて居《ゐ》る樣《やう》だつたが、二《ふた》つの音色《ねいろ》の、絡《から》んでは離《はな》れ流《なが》れては相合《ひとつ》になる樣子《やうす》のが、陰氣《いんき》な座敷《ざしき》の内《うち》を籠《こ》めて、いかにも冴《さ》えない沈《しつ》んだ音《おと》を響《ひゞ》かせて漂《たゞよ》つてくる。今日《けふ》の日和《ひより》の所爲《せい》とは云《い》ひながら、奏《かな》ずる人の皺手《しわで》を思《おも》ふと、一層《ひとしほ》に哀《あは》れ深《ぶか》く思《おも》はれるので、

「あんな事《こと》して、樂《たの》しみかしら。」

と妾《わたし》が呟《つぶや》くと、玄正《げんしやう》が、

「はゝ、樂《たのし》みなんだあね、彼樣《あゝ》してゐる間《あひだ》だけ一寸若《ちよつとわか》い氣《き》になるから、そりやあ面白《おもしろ》うがあせう。」

と白《しろ》い眼《め》を斜《はす》にして、又笑《またわら》つてゐる。

「お前《まへ》さん、まだ若《わか》い癖《くせ》に能《よ》く老人《としより》の心持《こゝろもち》が解《わか》ることね。」

と訊《き》くと、

「はゝ、若《わか》くもない。もう老爺《おぢい》です。」

祖父《おぢい》さまは俯向《うつむ》いたなり、炬燵《こたつ》の内《うち》のお手《て》も靜《しづか》だ。

今日《けふ》は爭《あらそ》ひらしい荒《あら》い言葉《ことば》も聞《き》こえず、寂《さ》びたをばさんの笑《わら》ひ聲《こゑ》が漏れるばかり。

さぞ、琴《こと》に向《むか》つて妾《わたし》の琴爪《ことづめ》を弄《まさぐ》つた時《とき》、自分《じぶん》の妙齢《としごろ》の華麗《はで》な姿《すがた》が浮《うか》んだであらう。をばさんの其《そ》の頃《ころ》は、可愛《かあい》らしい禿《かむろ》に埋火《うづみび》の守りをさせて、彈《ひ》き煩《わづら》つた琴《こと》の前《まへ》に、緋《ひ》の裏襟《うらえり》へ白《しろ》い腮《あご》を落《おと》して焦心《じれ》た事《こと》もあるに違《ちが》ひない。矢張《やつは》り斯《か》う雪《ゆき》の降《ふ》つた日《ひ》で、床《とこ》の水仙《すゐせん》の香《か》に恍然《うつとり》しながら、戀《こひ》しい人《ひと》の名《な》を胸《むね》に呼《よ》んで見《み》て、今宵《こよひ》逢《あ》へるか逢《あ》へまいかの苦勞《くらう》に、琴《こと》も厭《いや》になつたと云《い》ふ風情《ふぜい》！　まあ何樣《どんな》に艶《えん》であつたらう。その時《とき》のをばさんの名《な》は、然《さ》う、重《しげ》の井《ゐ》と云《い》つたとのこと。

婆《は》あやは屋敷《やしき》にゐた時《とき》筆尾《ふでを》と云《い》つた。

「御《こ》祐筆《ゆうひつ》だからなの？」

と云《い》つて笑《わら》はれた。何方《どちら》も好《い》い名《な》だ。平生《ふだん》の名《な》は婆《は》あやがおとくで、をばさんがおたき、普通《ありきたり》な、裏長家《うらながや》の女房染《おかみさんじ》みた名《な》だけれど、重《しげ》の井《ゐ》に筆尾《ふでを》は何《なん》となく物語《ものがた》りのありさうな名《な》で嬉《うれ》しい、この女達《ひとたち》には惜《を》しい名《な》だと妾《わたし》は可笑《をか》しく思《おも》つた事《こと》があつた。

婆《は》あやも筆尾《ふでを》時代《じだい》になつて三味線《さみせん》を彈《ひ》いてるのだらうか。婆《は》あやは浮《う》いた事《こと》が大嫌《だいきら》ひで、男《をとこ》と云《い》ふものは良人《つれあひ》に接《せつ》した他《ほか》は、打解《うちと》けた物《もの》の云《い》ひ樣《やう》をするのも厭《いや》がる、男《をとこ》に甘《あま》えるやうな女《をんな》を見《み》ると蛇蝎《だかつ》の樣《やう》に忌《い》んで、當人《たうにん》の前《まへ》で罵《のゝし》ると云《い》ふ風《ふう》だから、屋敷《やしき》に居《ゐ》る間《あひだ》も、垣間見《かいまみ》の戀《こひ》に憧《あこが》れて、人知《ひとし》れず胸《むね》を惱《なや》ましたと云《い》ふ樣《やう》な優《やさ》しい事《こと》は無《な》かつたらしい、屋敷《やしき》の奥方《おくがた》と云《い》ふのが甚《ひど》く嚴肅《げんしゆく》な人《ひと》で、三十幾歳《いくつ》とかの時《とき》から、殿樣《とのさま》のお通《かよ》ひ遊《あそ》ばす事《こと》をお斷《ことわ》り申上《まをしあ》げた位《くらゐ》だと、婆《ば》あやが偉《えら》さうに話《はなし》を爲《し》ては、自分《じぶん》も丁度《ちやうど》其《そ》の年頃《としごろ》から寡婦《こけ》を通《とほ》して、他人《たにん》の男《をとこ》などには戲談口《じやうだんぐち》一《ひ》とつ聞《き》かせなかつたと自慢《じまん》をする。唯《たゞ》、其《そ》の良人《をつと》が優《やさ》しい人《ひと》だつたと云《い》ふのはよく話《はなし》に出《で》る。氣《き》に入《い》らない事《こと》など有《あ》つて屋敷《やしき》へ逃《に》げて行《い》つてると、自身《じしん》で夜々《よるよ》中迎《なかむか》ひに來《き》たものだと、其《そ》れ丈《だけ》は懷愛《なつか》しさうに云《い》ふ事《こと》がある。

然《しか》し婆《ば》あやは自分《じぶん》から捨《す》てゝかゝる程《ほど》の醜《みにく》い顏《かほ》ではない、縫《ぬ》ひの模樣《もやう》の振袖《ふりそで》に羞《はぢ》らつた面《おもて》を潜《ひそ》めて、誰《たれ》の爲《ため》にか、口紅《くちべに》の冴《さ》えない日《ひ》を恨《うら》んだことも有《あ》つたであらう。

雜誌《ざつし》を伏《ふ》せて、此樣《こんな》ことを考《かんが》へて居《ゐ》ると、

「をしのをとりに物思《ものおも》ひはの、こほるふすまに啼《な》くねもさぞな。」

と小《ちひ》さな聲《こゑ》で唄《うた》つてゐるをばさんの聲《こゑ》がする。

「ゆき」を合奏《あは》せるてるのだと妾《わたし》は思《おも》ふ。をばさんの琴《こと》は然程《さほど》でないが、婆《は》あやの三味線《みせん》は實《じつ》に巧《うま》いと、又思《またおも》ふ。

振返《ふりかへ》ると、雨戸《あまど》の隙《ひま》から雪《ゆき》は吹《ふ》き込《こ》んで、濃《こまや》かに降《ふ》り頻《しき》つてゐる。燈籠《とうろう》の後《うしろ》の松《まつ》が、青《あを》い絣《かすり》を雪間《ゆきま》に描《か》いて、硝子《がらす》の影《かげ》からは松《まつ》も共《とも》に降《ふ》つてゐるやう。それを眺《なが》めて、兩人《ふたり》の昔《むかし》を思《おも》ひやりながら、兩人《ふたり》の手《て》から起《おこ》る糸《いと》の調《しら》べを聞《き》き入《い》つてゐると、何《なん》となく幽遠《いうゑん》な感想《かんじ》が襲《おそ》つてくるやうで、一人《ひとり》は麗《あで》な遊女姿《いうぢよすがた》、一人《ひとり》は雅《しとやか》な腰元姿《こしもとすがた》で、暗《くら》い茶《ちや》の室《ま》に對《むか》ひ合《あ》つてゐる樣《やう》な氣《き》がする。妾《わたし》は炬燵《こたつ》を出《で》て行《い》つて見《み》た。

唐紙を開けると、一様《やう》に妾《わたし》を見《み》た。煤《すゝ》けた艶《つや》のない顔《かほ》をした婆《は》あやは、二布《ふたの》の双子《ふたこ》の前垂《まへだれ》を、巾廣《はゞひろ》く坐《すわ》つた上《うへ》に三味線《さみせん》を抱《かゝ》へて、長火鉢《ながひばち》を離《はな》れて座敷《ざしき》の眞中《まんなか》に脊中《せなか》を圓《まる》くして坐《すわ》つて居《ゐ》たが、一寸會釋《ちよいとゑしやく》して襦袢《じゆはん》の袖《そで》で水涕《みづはな》を啜《すゝ》り上《あ》げる。をばさんも萎《しな》びた顔《かほ》を上《あ》げて薄《うす》ら笑《わら》ひながら琴《こと》の手《て》は止《や》めずにゐる。手入《てい》れをしなかつたと見《み》えて、鬢《びん》の入《い》れ毛《け》が耳《みゝ》の傍《そば》に下《さが》つてゐて、頸筋《くびすぢ》の枕禿《まくらは》げに白髪《しらが》の刎《は》ねてゐるの迄眼《までめ》に付《つ》く。をばさんの頭《つむり》は河童《かつは》のお皿《さら》のやうに禿《は》げて居《ゐ》て、鬢補髪《びんみの》と云《い》ふのが入《い》れてある、髪《かみ》を結《ゆ》ふ時《とき》は鬢《びん》から腮《あご》へかけて釣《つ》りを取《と》るやら、二三本《はん》の毛《け》へ根髢《ねかもじ》を入《い》れるやら、種々《いろ〳〵》と器用《きよう》な手際《てぎは》を振《ふる》はなければならないので大概《たいがい》の髪結《かみゆひ》は一度《ど》で辭職《じしよく》して了《しま》ふ。彼《あ》様禿《は》げたのは、昔《むかし》、笄《かうがひ》や簪《かんざし》で頭《あたま》を責《せ》めた爲《せい》だと、婆《は》あやが云《い》つた事《こと》がある。

綺麗《されい》な繪《ゑ》が、何所《どこ》かへ消《き》えて了《しま》つた樣《やう》な氣《き》がして、妾《わたし》はうんざりした。

「この冷《つ》めたいのに、能《よ》く其樣氣《そんなき》になるわね。元氣《げんき》がいゝんだわ。」

と笑《わら》つてやると、襟《えり》の汚《よご》れないのと寒《さむ》さ凌《しの》ぎとの兩用《りやうよう》に、肩《かた》へ掛《か》けてゐる黄色《きいろ》い縞《しま》のフランネルが外《はつ》れかけたのを直《なほ》しながら、をばさんは火鉢《ひばち》へ今更《いまさら》の樣《やう》に嚙《かぢ》り付《つ》いて手《て》を翳《かざ》す。

「そりや、貴女《あんた》の樣《やう》に炬燵《こたつ》へばかり入《はい》つてる人《ひと》とは違《ちが》ひまさね、ねえ婆《は》あや。」

「然《さ》うで御座《ござ》いますとも。貴女《あなた》もお炬燵《こた》へばかり入《はい》つて在《い》らつしやらずと、少《ち》つと何《なに》かお浚《さら》ひ遊《あそ》ばしちや如何《いかゞ》で御座《ござ》んす。」

今日《けふ》は大層仲《たいそうなか》が好《い》いと思《おも》ひながら、妾《わたし》も其《そ》の仲《なか》へ割《わ》り込《こ》んで、

「何《なに》か、昔《むかし》の話《はなし》をお聞《き》かせなさいな。」

と云《い》ふと、

「昔《むかし》の話《はなし》つて、別《べつ》に何《ど》うも！」

とをばさんは弱《よわ》る。

「矢張《やつぱ》り雪《ゆき》も降《ふ》つたでせう。」

と何氣《なにげ》なし訊《き》くと、

「昔《むかし》だつて、雪《ゆき》ぐらゐ降《ふ》りましたね、何《なん》だかこの節《せつ》の雪《ゆき》よりは、昔《むかし》の雪《ゆき》の方《はう》が濃《こま》かで綺麗《きれい》だつたのね。」

「まさか………」

「いゝえ眞逆《まさか》ぢやないの、もつと趣味《おもむき》があつて景色《けしき》が好《よ》う御座《ござ》んしたよ。」

とをばさんは眞面目《まじめ》だ。

「此樣《かう》云《い》つた雪降《ゆきふ》りに、矢張《やつぱ》り琴《こと》を彈《ひ》いた事《こと》もあるでせう。」

「其《そ》りや、長《なが》い月日《つきひ》の間《うち》には有《あ》つたでせうよ。」

「をばさんの若《わか》い時分《じぶん》にさ、美《うつく》しかつた頃《ころ》にあつたでせう。」

「若《わか》い時分《じぶん》？　何《ど》うでしたかさ、有《あ》つたでせうけれど覺《おぼ》えちやゐない。」

と一向《かう》益《つま》らない。

「婆《ば》あやは？」

「私《わたくし》ですか。お稽古《けいこ》に行《ゆ》く頃《ころ》、よく雪《ゆき》が降《ふ》つて困《こま》つた事《こと》が御座《ござ》いましたね。」

「そりや子供《こども》の時《とき》ぢやないか、若《わか》い時《とき》の事《こと》だよ。」

「中年《ちうねん》になつてからは餘《あん》り三味線《さみせん》を持《い》ちませんでしたからね、其様《そんな》ことも御座《こざ》んしたでせうけれど……

……」

と其《そ》れ限《ぎ》り。

「いゝわね、其《そ》れぢや思《おも》ひ出《だ》す種《たね》もなくつて！　昔《むかし》の事《こと》を考《かんが》へ出《だ》して悲《かな》しい様《やう》な氣《き》もしないでせう。」

「雪《ゆき》が降《ふ》つたつて、忠臣藏《ちうしんぐら》の義士《ぎし》を兄弟《きやうだい》に持《い》つた譯《わけ》でもないから、昔《むかし》を考《かんが》へて泣《な》く事《こと》もない。」

と笑《わら》ふばかり。

「昔思《むかしおも》へば信田《しのだ》の狐《きつね》、化現《はけあらは》して……………」

と婆《ば》あやが噪騒《はしや》ぎだす。

「若《わか》い時《とき》の事《こと》、戀《こひ》しくないの？」

と妾《わたし》は今《いま》の兩人《ふたり》の様子《やうす》が飽氣《あつけ》ないやうで、遂《つひ》、執拗《しつこ》く訊《き》くと、

「いゝえ。お婆《ば》あさんの方《はう》が結句氣樂《けつくきらく》で能《い》いんですのさ。」

と澄《すま》してゐる。


こんな風《よう》で居《ゐ》る癖《くせ》に、この兩人《ふたり》が打寄《うちよ》つて昔《むかし》を戀《こひ》しさうに話《はな》し合《あ》つてゐる時《とき》もあるから可笑《をか》しい。

大抵《たいてい》、然《さ》う云《い》ふ時《とき》の話《はなし》は、洋燈《らんぷ》や電氣《でんき》は殺風景《さつぷうけい》だ、何《ど》うも行燈《あんどう》の方《はう》が風情《ふぜい》があるとか、仲店《なかみせ》の二十間《けん》が今《いま》の銘酒屋《めいしゆや》などゝは違《ちが》つて何《なん》となく情趣《おもむき》があつたとか、當節《たうせつ》の女形《をんながた》は洋服《やうふく》で自轉車《じてんしや》で走《はし》らせたりするけれ共《ど》、昔《むかし》のは紫《むらさき》の帽子《はうし》で振袖《ふりそで》で塗下駄《ぬりげた》で美《い》いものだつたとか、芝居《しはゐ》の幕《まく》の間《うち》は今《いま》の仕出《しだ》し辨當《べんたう》よりも何《なん》となく美《う》味《ま》かつたとか、問題《もんだい》は其邊《そこいら》で、後《あと》は自分《じぶん》々々《〳〵》の聯想《れんさう》から起《おこ》る平凡《へいけん》な話《はなし》だけれ共《ども》、犬《いぬ》と猿《さる》の仲《なか》の惡《わる》い同士《どうし》が

其様話《そんなはなし》の時《とき》は互《たが》ひにしんみりと、聞《き》かせたり聞《き》いたりして居《ゐ》る。二人《ふたり》ながら江戸《えど》生《うま》れの江戸《えど》育《そだ》ち、氣《き》が勝《か》つてゐて負嫌《まけぎら》ひなのだが、漸次《だんだん》と老《おい》の坂《さか》を登《のぼ》つてゆく淋《さび》しい衰《おとろ》へた同《おな》じ境遇《きやうぐう》が、却《かへ》つて相剋《あひこく》してゐる二人《ふたり》の氣質《きしつ》を親《した》しませるのだと見《み》えて、相憫《あひあは》れむやうな殊勝《しゆしよう》らしい様《やう》子《す》を爲《し》てゐる事《こと》もあるのだ。

そんな時《とき》は珍《めづ》らしくをばさんの手《て》から古足袋《ふるたび》ぐらゐが與《あた》へられる。婆《ばあ》やも快《こゝろよ》く受《う》ける。

「有難《ありがた》う御座《ござ》います。お蔭《かげ》さまで……」

と喜《よろこ》ぶと、

「破《やぶ》けては居《ゐ》るけれ共《ども》、當分《たうぶん》穿《は》けるよ。」

とをばさんも滿足《まんぞく》してゐる。と思《おも》ふと、其《そ》の晩《ばん》はもう喧嘩《けんくわ》だ、目《め》に角《かど》を立《た》てゝ、口《くち》を尖《とが》らして云《い》ひ合《あ》ひをして居《ゐ》る。それが例《いつ》も、「お鼠《ねずみ》に遣《や》らうと思《おも》つたんだけれど、お前《まへ》お食《た》べな。」ぐらゐの點《ところ》が原因《もと》で起《おこ》つてくる。

＊　＊　＊　＊　＊　＊　＊

をばさんも、お鼠《ねずみ》だけが餘計《よけい》な辭《くち》だと妾《わたし》は思《おも》ひながら、喧嘩《けんくわ》は例《いつ》もの事《こと》だと部屋《へや》に坐《すわ》つた儘《まゝ》、本宅《あらら》の妹《いもうと》の被布《ひふ》を縫《ぬ》つてゐると、やがてをばさんが入《はい》つて來《き》た。

「何《ど》うも困《こま》るのね、彼《あ》の女《ひと》には！」

「又《また》、喧嘩《けんくわ》なんでせう、珍《めづ》らしかないわ。」

妾《わたし》は愚痴《ぐち》を聞《き》くのが煩《うるさ》くて、顏《かほ》も上《あ》げずにゐると、をばさんは坐《すわ》り込《こ》んで、

「なに、其《そ》れ許《はか》りぢやない。もう彼《あ》の女《ひと》は使《つか》へないよ。」

と事々《ことごと》しい。爭《あらそ》ひをした後《あと》は必然《きつと》婆《は》あやの事《こと》を斯《か》う云《い》ふので、格別氣《かくべつき》にも止《と》めず好《い》い加減《かげん》に遇《あしら》つてゐると、

「もう、大分《だいぶん》に身體《からだ》が弱《よわ》つて居《ゐ》るのを、無理《むり》に我慢《がまん》をして働《はたら》いてゐるんだものだから、臺所《だいどころ》は汚《きたな》いし、爲《す》る事《こと》が漸次無性《だん〴〵ぶしやう》つたらしくなつて來《き》て、ほんとに見《み》ちや居《ゐ》られない、病《や》み付《つ》かない間《うち》に歸《かへ》した方《はう》が宜《い》いと思《おも》ふがね、彼方も難儀《なんぎ》だらうが、此方《こつち》も困《こま》るわね。」

顏《かほ》を顰《しか》めてをばさんは口説《くど》いてゐる。

「だつて身體《からだ》が病《わ》るけりや寐《ね》てるでせう、其樣《そんな》に甚《ひど》く太儀《たいぎ》な樣子《やうす》も見《み》えないぢやありませんか。」

「寐《ね》られて堪《たま》るもんですかよ。去年《きよねん》の年末《くれ》だつて十日《とをか》も病《わづら》はれて、家内《うち》のものが病氣《びやうき》したより手《て》が費《かゝ》つたんだもの、然《さ》う番毎《はんこと》に病《や》られちや何方《どつち》が奉公《ほうこう》の身《み》なんだか分《わか》らなくなるわね、又彼樣《またあんな》ことのない間《うち》に歸《かへ》した方《はう》が可《い》いでせうよ。」

もつとも、一年《ねん》ばかり以來《こつち》婆《は》あやは度々《ちよい〳〵》煩《わづら》ふ、醫師《いしや》は心臟《しんざう》が惡《わ》るいのだと云《い》つて居《ゐ》る、身體《からだ》を働《はたら》かしちや惡《わる》いと云《い》ふ事《こと》なので、家《うち》へ歸《かへ》つて少《すこ》し養生《やうじやう》をしたら宜《い》いだらうと云《い》つても、婆《は》あやは其《そ》れ程《ほど》でもないと云《い》つて起《お》きて了《しま》ふ、然《さ》うして健全《たつしや》な樣《やう》な風《ふう》をして、弱《よわ》つて居《ゐ》るのを氣付《きづ》かれまいと云《い》ふ樣《やう》なのを、妾《わたし》も知《し》らないでも無《な》かつた。家《うち》へ歸《かへ》つて靜養《やうじやう》を爲《し》たくも婆《は》あやは歸《かへ》る家《うち》がないのだ。

「行《ゆ》き所《どころ》がないのだから可《か》哀想《あいさう》だわ、又《また》、お醫者《いしや》に診《み》せて早《はや》く藥《くすり》でも飮《の》ました方《はう》が宜《い》いでせう。」

妾《わたし》は裁縫《しごと》をやめて、をばさんと差對《さしむかひ》になる。

「なんのひと、歸《かへ》る家《うち》は有《あ》りまされ、息子《むすこ》が淺草《あさくさ》の新谷町《しんたにまち》で紙屑屋《かみくづや》をしてるとか云《い》ふぢやありませんか、其所《そこ》へ行《ゆ》けば何《なん》て云《い》つたつて母親《おや》だもの、何《ど》うにか爲《し》まさね。」

「だつて、彼《あ》りや先妻《せんさい》の子《こ》で、邪魔《じやま》にするんですとさ、其《そ》れに貧乏《びんはふ》でお鍋《なべ》一《ひ》とつ無《な》いんだつて云《い》ふんですよ、だから厄介《やつかい》にも成《な》られないわ。」

「其樣《そんな》、貴女《あんた》のやうな事《こと》を云《い》つてた日《ひ》には、可哀想《かあいさう》な奉公人《ほうこうにん》はみんな引取《ひきと》るやうな事《こと》に成《な》つて了《しま》ふ。駄目《だめ》駄目《だめ》。」

とをばさんは手《て》を振《ふ》る。其《そ》れも然《さ》うかと思《おも》ひながら、暮《く》れ迫《せま》る部屋《へや》の内《うち》を明《あか》るくしやうと、妾《わたし》は立《た》つて障子《しやうじ》を開《あ》けた。

二月《きさらぎ》の、晴《は》れた夕空《ゆふぞら》が寒《さむ》く、梅《うめ》の香《かを》りが軒《のき》の邊《あた》りを流《なが》れてゆく、お祖父《ぢい》さまはお寺詣《てらまゐ》りから本宅《ほんたく》へ廻《まは》ると云《い》つて朝出《あさで》られた限《き》り、まだお歸《かへ》りがないので座敷《ざしき》の方《はう》も暮《く》れかゝる儘《まゝ》に寂然《ひつそり》として、不在《るす》の淋《さび》しさを閉《し》め切《き》つた障子《しやうじ》に示《み》せてゐる。手水鉢《てうづはち》の許《もと》の葉蘭《はらん》が、靜《しづ》かな風《かぜ》に動《うご》いて居《ゐ》た。

「ねえ、然《そ》うしませうよ。」

とをばさんは立《た》つて出《で》て行《ゆ》くので、妾《わたし》も從《つ》いて部屋《へや》を出《で》た。茶《ちや》の室《ま》には洋燈《あかり》が點《つ》いて、晩餐《ゆふげ》の膳立《ぜんだて》をしてゐるらしい物音《ものおと》が臺所《だいどころ》から聞《き》こえる。覗《のぞ》いて見《み》ると、切《せつ》なさうに息《いき》を喘《あへ》ぎながら、婆《ば》あやは香《かう》の物《もの》を切《き》つてゐた。

「何《ど》うかしたの？」

と尋《たづ》ねてやると、

「へえ。」と息《いき》を切《き》つて、

「どうも胸《むね》が切《せつ》なくつて可《い》けません。」

と色《いろ》のない脣《くちびる》を窄《すは》めて、氣力《きりよく》の失《う》せた顔付《かほつき》をする。

「用《よう》つて別《べつ》に無《な》しするから、もう寐《ね》た方《はう》が宜《い》いよ。遠慮《ゑんりよ》しないでお休《やす》み。」

「有難《ありがた》う御座《ござ》います。」

と頭《つむり》を下《さ》げる。此樣《こんな》調子《てうし》で居《ゐ》て、何《ど》うしてをばさんには憎《にく》まれ口《ぐち》を利《き》くのだらうと思《おも》つた。

「たつた今《いま》、をばさんと元氣《げんき》な事《こと》を云《い》ひ合《あ》つてゐたぢやないか。」

「手足《てあし》も利《き》かない癖《くせ》に、口《くち》ばかり達者《たつしや》で仕方《しかた》が御座《ござ》いません。」

と蒼《あを》い頬《ほゝ》へ、淋《さび》しい笑《わら》ひを影《かげ》のやうに見《み》せる。妾《わたし》も笑《わら》つて奥《おく》へ引込《ひつこ》むと、お膳《ぜん》だけは茶《ちや》の室《ま》へ運《はこ》んで來《き》たが氣分《きぶん》が惡《わる》く引籠《ひきこも》つたのか、婆《は》あやは給仕《きふじ》にも出《で》て來《こ》ない。

食事《しよくじ》の間《あひだ》、をばさんは頻《しきり》と婆《は》あやを退去《だ》す事《こと》を主張《しゆちやう》する。妾《わたし》も何《ど》うでも能《い》いと思《おも》ひながら、

「もう二三日《にち》樣子《やうす》を見《み》た上《うへ》で、歸《かへ》した方《はう》がいゝわ、兎《と》に角《かく》五年《ねん》も居《ゐ》た女《をんな》だから、急《きふ》に退《だ》すつて云《い》ふのもお互《たが》ひに心持《こゝろもち》が惡《わる》いでせう。」

をばさんは火鉢《ひばち》の傍《そば》に一寸《ちよつと》片膝《かたひざ》を立《た》てゝ、小楊枝《こやうじ》を使《つか》つてゐる。妾《わたし》も濟《す》ました膳《ぜん》を傍《わき》へ片寄《かたよ》せて、火鉢《ひばち》へ寄《よ》ると、をばさんは抽斗《ひきだし》から薙刀鬼灯《なぎなたほうづき》を出《だ》してくれる。

「よく此樣《こんな》ものが有《あ》つたわね、何日《いつか》買《か》つたの？」

と珍《めづ》らしがつて。口《くち》の中《なか》へ拋《はう》り込《こ》む途端《とたん》に、もぞ〳〵しながら婆《は》あやが入《はい》つて來《き》た。例《いつ》も買物《かひもの》なぞに行《ゆ》く

時引《ときひ》つ掛《か》けてゆく、黒《くろ》い羽二重《はぶたへ》の半纒《はんてん》を着《き》て、片手《かたて》に小《ちひ》さい風呂敷《ふろしき》包みを持《も》つてゐる。

「何處《どこ》へ行《ゆ》くの？」

と逸早《いつはや》く妾《わたし》が訊《き》くと、

「何卒《どうぞ》、二三日《にち》お暇《ひま》が戴《いたゞ》き度《た》う御座《こざ》います。」

と云《い》つて叩頭《おじぎ》をする。海老茶《えびちや》の毛《け》糸《いと》で編《あ》んだ手甲《てつかふ》が袖口《そでぐち》を漏《も》れてちら〳〵する。

「家《うち》へ歸《かへ》るの？」

「へ。又何日《またいつ》ぞやの様《やう》に、當家《こちら》へ御厄介《ごやつかい》をかけても濟《す》みませんから、一寸《ちよいと》お暇《ひま》を戴《いたゞ》いて輕《かる》いうちに癒《なほ》して參《まゐ》りたいと存《ぞん》じますから。」

「其《そ》れが宜《い》いよ。」

とをばさんは顏《かほ》を背《そむ》向けてゐる。

「ぢや、行《い》つて參《まゐ》ります。代《かは》りがないので御不自由《ごふじいう》で御座《こざ》いませうけれど、二三日《にち》の間《ところ》を御辛抱成《ごしんばうな》すつて下《くだ》さいまし。お嬢《ぢよう》ちやん、御隱居様《ごいんきよさま》へ宜《よろ》しく仰有《おつしや》つて戴《いたゞ》き度《た》う御座《こざ》います。」

と婆《ば》あやは最《も》う行《ゆ》きにかゝる。

燈火《あかり》の工合《ぐあひ》か、顴骨《ほゝばね》が高《たか》く現《あら》はれて肉《にく》がげつそりと落《お》ちた様《やう》に見《み》える。血《ち》の通《かよ》はなくなつた痲痺《しび》れた様《やう》な口許《くちもと》を、涎《よだれ》が垂《た》れるかと思《おも》ふばかりに締《しま》りなく開《あ》いたのが氣《き》になつて、妾《わたし》は婆《ば》あやの病《やまひ》が一時《じ》に募《つの》つたのではないかと思《おも》つた。

「甚《ひど》く病《わ》るさうに見《み》えるよ。其様《そんな》で中途《ちうと》で若《も》し歩行《あるけ》なくなる様《やう》な事《こと》があると可《い》けないから、今夜《こんや》は泊《とま》つて明日《あした》の朝出《あさで》掛《かけ》た方《はう》がいゝわ。祖父《おぢい》さまもお不在《るす》だから、然《さ》うお爲《し》な。」

妾《わたし》が一生懸命《しやうけんめい》に云《い》ふのを、をばさんは瞥《ちら》と見《み》たが、此處《こ》では何《なん》とも云《い》はずに居《ゐ》る。

「有難《ありがた》う御座《ござ》います。」

とは云《い》つたが、婆《ば》あやは何《なに》か頻《しきり》に考《かんが》へてゐる。持病《ぢびやう》のある老衰《らうすゐ》した身體《からだ》で、他人《たにん》の家《うち》に奉公《ほうこう》して居《ゐ》るのも辛《つら》からうと、若干《くらか》の手當《てあて》も與《や》る事《こと》にして家《うち》へ歸《かへ》つて養生《やうじやう》を爲《さ》せ樣《やう》とした時《とき》でも、婆《ば》あやは病《やまひ》の癒《なほ》つた樣《やう》な顏《かほ》をして、再《ふた》び其樣《そんな》話《はなし》の家内《かない》のものゝ口《くち》に上《のぼ》らない限《かぎ》りを働《はたら》く。病持《やまひも》ちの身體《からだ》を痛《いた》はつて氣遣《きづか》つてやると、

「大丈夫《だいぢやうぶ》で御座《ござ》いますよ。もう平氣《へいき》で御座《ござ》います。」

と云《い》つては病身扱《びやうしんあつか》ひをされるのを嫌《いや》がつて、壯者《わかい》ものに劣《おと》らない程《ほど》に働《うご》きまはる。其《そ》れが平常《つね》であつたのに、何《ど》うして今夜《こんや》に限《かぎ》つて、まだ寢付《ねつ》く迄《まで》にもならない頃《うち》から此家《こゝ》を退《ど》かうと云《い》ふのであらうと、奇妙《をかし》いとも思《おも》つて見《み》た。

「矢張《やつぱ》り、新谷町《しんたにまち》の息子《むすこ》さんの許《ところ》へ行《ゆ》くのだらう。」

「へえ、彼家《あすこ》で少《すこ》し養生《やうじやう》しようと思《おも》ひまして！」

兩手《りやうて》を、兩膝《りやうひざ》の傍《わき》へしつかと突《つ》いて、慇懃《いんぎん》に禮《れい》をすると婆《ば》あやは立上《たちあが》つた。この禮《れい》の爲《し》かたと、をばさんの立膝《たてひざ》だけが、各自《めいめい》の重《しげ》の井《ゐ》時代《じだい》や筆尾《ふでを》時代《じだい》の面影《おもかげ》を殘《のこ》してゐるのだと、妾《わたし》は例《いつ》も然《さ》う思《おも》つて見《み》る。妾《わたし》は紙幣《かみ》入《い》れから僅少《わつか》ばかりを紙《かみ》に包《つゝ》んで家《うち》へ歸《かへ》り度《た》いと云《い》ふものを、無理《むり》に引止《ひきと》める要《えう》もあるまいかと、婆《ば》あやに渡《わた》しながら送《おく》つて出《で》た。辭退《じたい》しながら、振仰《ふりあふ》いだ婆《ば》あやの顏《かほ》には冷《つ》めたい色《いろ》に脂肪《あぶら》汗《あせ》が浮《う》い

て、烈《はげ》しい胸《むね》の動悸《どうき》は隔《へだ》てゝ立《た》つた妾《わたし》にまで響《ひゞ》きを打《う》たせる。

「大丈夫《だいぢやうぶ》かい？　今夜《こんや》は寒《さむ》いし。　明日《あした》にお爲《し》の方《はう》がいゝぢやないか。」

と不安心《ふあんしん》の餘《あま》りに再《ふた》び云《い》ふと、

「有難《ありがた》う御座《ござ》います。直《ぢ》きに癒《なほ》つて歸《かへ》つて參《まゐ》りますから、貴女《あなた》も風邪《かぜ》なぞお胃《ひ》きなさらない樣《やう》にして、待《ま》つていらしつて下《くだ》さいまし、婆《ば》あやは直《ぢ》きに歸《かへ》つて參《まゐ》りますから。」

といかにも悲《かな》しい調子《てうし》で力《ちから》を入《い》れて婆《ば》あやは云《い》つた。何《なん》となく厭《いや》な心持《こゝろもち》になつて、

「あゝ、早《はや》く癒《なほ》して、早《はや》く歸《かへ》つてお在《い》で。」

と云《い》つた丈《だけ》で、妾《わたし》は胸《むね》が塞《ふさ》がつて了《しま》ふ。さすがに引《ひ》つ込《こ》んでも居《ゐ》られなかつたか、

「氣《き》を付《つ》けておいでよ。」

と云《い》ひながら、をばさんは出《で》て來《き》た。其《そ》れに一寸會釋《ちよつとゑしやく》したと思《おも》ふと、俄《にはか》に婆《ば》あやは咳《せ》き込《こ》んで、絶命《ぜつめい》するのかと思《おも》ふばかりに苦《くる》しみながら其所《そこ》へ俯伏《うつぶ》して了《しま》つたので、妾《わたし》は驚《おどろ》きながら狼狽《おは》てゝ背中《せなか》を擦《さす》つてやると、

「勿體《もつたい》……………なう………御座《ござ》いますよ。」

と咳《せき》の中《なか》から押止《おしと》めやうとする。

「何《ど》うしても歸《かへ》り度《た》いなら、車《くるま》で送《おく》らして上《あ》げやうぢやないか、新谷町《しんたにまち》まで隨分《ずゐぶん》あるよ。」

婆《ば》あやは片手《かたて》に頭《つむり》を摑《つか》んで、少時《しばらく》は身動《みうご》きもせずに居《ゐ》たが、歩行《ある》いて歸《かへ》つた方《はう》が、身體《からだ》が搖《ゆ》れないで却《かへ》つて心持《こゝろもち》が好《い》いからと云《い》つて、直《す》ぐ立《た》つて了《しま》つた。何點《どこ》か安靜《おちつ》かない樣子《やうす》で、何《なに》か追《お》ひ縋《すが》られるものゝ手《て》か

ら、自分《じぶん》の身體《からだ》を免《のが》れさせやうと焦慮《あせ》つてゐる樣《やう》な風《ふう》にも見《み》える。自分《じぶん》の荷物《にもつ》は、悉皆《みんな》二疊《でふ》の押入《おしい》れに纒《まと》めてあるからと斷《ことわ》つて、婆《ば》あやは裏口《うらぐち》から出《で》て行《い》つた。黒《くろ》い頭巾《づきん》を被《かぶ》つて、蝙蝠傘《かうもりがさ》に縋《すが》つた悄然《しよんぼり》とした其《そ》の姿《すがた》が、軒燈《けんとう》の幽《かす》かな光《ひか》りを横《よこ》に浴《あ》びたと思《おも》ふと、直《す》ぐ闇《やみ》に消《き》えて了《しま》ふ。其《そ》の影《かげ》から吹《ふ》いて來《き》たやうな陰氣《いんき》な風《かぜ》に目《め》を屢打《しばた》いて、襟《えり》の惣毛立《そうけだ》つた寒氣《さむさ》も忘《わす》れて妾《わたし》はぢつと、婆《ば》あやのとぼ〳〵歩《ある》いて行《ゆ》く姿《すがた》を想像《おもひや》つて立盡《たちつく》してゐると、

「何《なに》をしてゐるんですね。」

とをばさんが呼《よ》ぶ。行《い》つて見《み》ると、氣《き》の所爲《せゐ》かをばさんも不快《いや》な顏《かほ》をして、煙草《たばこ》を吸《す》つて居《ゐ》た。

「可哀想《かあいさう》ねえ　餘《よ》つ程身體《ほどからだ》が快《よ》くないのね。大概《たいがい》なら起《お》きちやゐられないんだけれど、無理《むり》に我慢《がまん》をしてゐたんですよ。」

「惡《わる》いのは。もう疾《と》うからなんですのさ。」

「妾《わたし》、ちつとも氣《き》が付《つ》かなかつたけれ共《とも》、然《さ》うらしかつたの。」

「だから、鼠入《ねずみい》らずだつて流《なが》し元《もと》だつて、汚《きたな》いと云《い》つたらありやしない。其《そ》の癖《くせ》に憎《にく》まれ口《ぐち》ばかり利《き》いて居《ゐ》て、妾《わたし》の云ふ事《こと》には一々抵抗《たて》をつくんだからね。」

「をばさんだつても酷《ひど》い事《こと》を云《い》ふからだわ。」

心《しん》の切《き》り方《かた》が惡《わる》いと見《み》えて、いやに座敷《ざしき》が薄暗《うすぐら》い。身體《からだ》の調子《てうし》が變《へん》だと思《おも》ひながら、切々《せつ〳〵》と息《いき》を切《き》らしてこの洋燈《らんぷ》の掃除《さうぢ》をしたのだらうと思《おも》ふと、心持《こゝろもち》が惡《わる》くなつて妾《わたし》は默《だま》り込《こ》んで了《しま》ふ。風立《かぜだ》つたか、雨戸《あまど》がゝた付《つ》いて、往來《そと》を流《なが》してゆく義太夫《ぎだいふ》の三味線《さみせん》が聞《きこ》えた。

「普通《あたりまへ》のことしきや云《い》はないんだけれど、お互《たが》ひに性《しやう》が合《あ》はないから、兩方《りやうはう》で氣《き》に障《さは》るんでさね。何《なに》も突《つゝ》慳貪《けんどん》に物《もの》を云《い》つた事《こと》もなしさ、物《もの》の云《い》ひつ節《ぶし》は婆《ば》あやの方《はう》が餘程《よつぽど》わるい位《くらゐ》だ、ほんとに身體《からだ》も自由《じいう》になりもしない癖《くせ》に口《くち》ばかり達者《たつしや》で負《ま》け惜《をし》みの強《つよ》い女《をんな》だからねえ。」

「あれで正直《じやうぢき》よ。」

何《ど》うも婆《ば》あやが不憫《かはいさう》で。無理《むり》にも引止《ひきと》めて家《うち》へ置《お》けば宜《よ》かつたと。何《なに》か知《し》ら取返《とりかへ》しの付《つ》かない事《こと》を爲《し》た樣《やう》に思《おも》はれてならない。

濱町《はまちやう》から新谷町《しんたにまち》まで、達者《たつしや》な者《もの》が歩《ある》いても相應《さうおう》に疲《つか》れるのに、病氣《びやうき》の身《み》を虫《むし》の這《は》ふ樣《やう》に運《はこ》ばして行《い》つて、無事《ぶじ》に行《ゆ》き着《つ》かれるだらうか。途中《とちう》で轉《ころ》びでもして電車《でんしや》か人力車《くるま》で怪我《けが》でもしなければ可《い》いが、と危險《あぶなつ》かしい婆《ば》あやの歩《あゆ》き振《ぶり》が見《み》える樣《やう》で、妾《わたし》は今更心寒《いまさらこゝろさむ》い思《おも》ひがする。

「彼《あ》れで、途中《とちう》で若《も》し仆《たふ》れでもすると何《ど》うするんでせう。警察《けいさつ》の手《て》にかゝるんだわね。」

「其《そ》りや然《さ》うでさね。」

「行仆《ゆきたふ》れだなんて、厭《いや》ぢやなくつて？　老人《としより》になつてから病氣で往來《わうらい》に仆《たふ》れたりすれば、何《ど》うせ人《ひと》は能《よ》くは云《い》はないわね。業晒《こうさら》しなんて云《い》はれるのよ。」

何《なん》の氣《き》なしに、婆《ば》あやを憫《あは》れんだばかりに云《い》つたのだが、甚《ひど》く其《そ》れが感《かん》じたらしくをばさんは其《そ》れ限《き》り、口《くち》を噤《つぐ》んで何《なに》も語《かた》らうとしなかつた。自分《じぶん》の上《うへ》が思《おも》はれたのであらう。

「一人《ひと》の身《み》の果《は》ては分《わか》らないもんだから、年《とし》を老《と》らないうちに覺悟《かくご》をして置《お》かなけうや駄目《だめ》だわね、婆《ば》あやだつて、自分《じぶん》の家《うち》があつて、自分《じぶん》の子《こ》があつて、相當《さうたう》にして居《ゐ》られりや身體《からだ》が病《わる》くつたつて藥《くすり》も飲《の》めるし養生《やうじやう》も出來《でき》るし、ねえ、其《そ》れを思《おも》ふと可哀想《かはいさう》ぢやありませんか。彼《あ》の年輩《とし》になつて他人《ひと》の家《うち》へ奉公《ほうこう》をして病氣《びやうき》の身體《からだ》を思《おも》ふ樣《やう》に養《やしな》ふ事《こと》も出來《でき》ないんだもの。」

妾《わたし》が眞面目《まじめ》で、老婆《としより》くさい事《こと》を云《い》つてるのを、をばさんは默然《もくねん》と聞《き》いてゐる。思《おも》へばをばさんにも子《こ》がない家《うち》もない、祖父《おぢい》さまが此《こ》の世《よ》を去《さ》つた時《とき》は、をばさんは澄《すま》した顏《かほ》して此家《こゝ》には居《ゐ》られない人《ひと》になるのだ。妾《わたし》が祖父《おぢい》さまの跡《あと》を繼《つ》ぐ事《こと》になつてゐるので、この先《さき》、家族《かぞく》が殖《ふ》えでもした時《とき》、縋《すが》るべき祖父《おぢい》さまが無《な》いとしたらば、をばさんは家内中《うちぢう》の厄介人《やつかいびと》になるのであらう。多年《たねん》祖父《おぢい》さまに仕《つか》へ馴《な》れた勞《らう》を思《おも》つて、本宅《あちら》の人《ひと》も妾等《わたしたち》も冷遇《ぞまつ》には爲《し》まいけれ共《ども》、をばさん自身《じしん》から視《み》ては、自分《じぶん》の血《ち》に繋《つな》がれるものがこの永見家《ながみけ》に居《ゐ》ないとすると、隨分賴《ずゐぶんたよ》りない身《み》の上《うへ》になる。をばさんも婆《は》あやの末《すゑ》に似《に》る事《こと》がないとも限《かぎ》らない。こんな事《こと》に氣《き》が付《つ》いて、をばさんの顏《かほ》を見《み》ると、不快《いや》な色《いろ》を浮《うか》べて俯向《うつむ》いた儘《まゝ》、火箸《ひはし》の尖《さき》で煙管《きせる》の雁首《がんくび》を掘《ほ》つてゐるので、由《つま》らない事《こと》を云《い》ひ出《だ》して氣《き》を惡《わる》くさせたかと思《おも》ふと氣《き》の毒《どく》になつて、話《はなし》は其《そ》れ切《き》りにして了《しま》ふ。

をばさんは無言《むごん》で眼藥《めぐすり》を射《さ》し始《はじ》めた。

其《そ》の夜《よ》、遲《おそ》く歸《かへ》られた祖父《おぢい》さまに、婆《は》あやの話《はなし》をすると、可哀想《かはいさう》な事《こと》を爲《し》た、何故《なぜ》、宅《うち》で醫者《いしや》に診《み》せてやらなかつたと叱言《こゞと》を云《い》はれたをばさんは、

「又《また》、厄介《やつかい》になるのが辛《つら》いつて歸《かへ》つたんですから、留《と》めたつて留《と》められや爲《し》ません。其《そ》れよりや、後《あと》から見舞《みまひ》にでも行《い》つて遣《や》つた方《はう》が喜《よろこ》ぶんですよ。當人《たうにん》だつて他人《たにん》の家《うち》では居辛《ゐつら》いばかりで餘計病氣《よけいびやうき》が重《おも》りまさね、何《なん》て云《い》つたつて息子《むすこ》は息子《むすこ》なんだから、宅《うち》にゐるよりは我《わ》が儘《まゝ》が通《とほ》りまさね。」

をばさんは此樣事《こんなこと》を云《い》つて居《ゐ》た。祖父《おぢい》さまは、然《さ》うか。と仰有《おつしや》つたゞけ。

妾《わたし》は寢《ね》てから、何《ど》う云《い》ふ譯《わけ》でか、病《や》み窶《やつ》れて骨《ほね》ばかりになつた婆《ば》あやに追《お》ひかけられた夢《ゆめ》を見《み》た。

其《そ》の翌朝《よくあさ》は、勝手《かつて》を働《はたら》く人《ひと》が居無《ゐな》いと思《おも》ふので務《つと》めて早《はや》く起《お》きた。空《そら》が曇《くも》つて寒《さむ》い風《かぜ》の吹《ふ》き込《こ》む引窓《ひきまど》を、臺所《だいどころ》に立《た》つて眺《なが》めながら少時《しばらく》は又婆《またば》あやの上《へ》が思《おも》はれるので。何《なん》の彼《か》のと噂《うはさ》をすると、をばさんは棚《たな》も汚《きたな》い緣《えん》の下《した》も汚《きたな》いと、頻《しきり》と掃除《さうぢ》をしながら。其《そ》れでも、

「何樣工合《どんなぐあひ》だかさ。今日《けふ》でも都合《つがふ》が好《よ》かつたら、貴女《あなた》か妾《わたし》が訪《たづ》ねてやりませうよ。」

と云《い》つて居《ゐ》る。午後《ひる》からでも行《い》つてやる事《こと》に決《き》めて、祖父《おぢい》さまの牛乳《ぎうにう》を沸《わ》かしたり、お佛器《ぶつき》を盛《も》る手傳《てつだ》ひなどして、忙《いそが》しい思《おも》ひを爲《し》てゐると、臺所口《だいどころぐち》へ誰《だれ》か來《き》たやうな氣勢《けはひ》が爲《し》た。をばさんは祖父《おぢい》さまの部屋《へや》を掃除《さうぢ》してゐる。誰《たれ》であらうと出《で》て見《み》ると、思《おも》ひもかけず婆《ば》あやが其所《そこ》に立《た》つてゐる。

「まあ。」

と云《い》つた限《ぎ》りで、一旦《たんし》死んだ人《ひと》の姿《すがた》を再《ふたゝ》びこの世《よ》で見《み》る樣《やう》な感《かん》じがした。今《いま》が今迄《いままで》其《そ》の人《ひと》を氣遣《きづか》つてゐた念《ねん》も消《き》えて了《しま》つて、妾《わたし》は何《ど》うしたのか唯茫然《たゞぼんやり》と眺《なが》めて居《ゐ》ると、婆《ば》あやは頭巾《づきん》を被《き》た儘《まゝ》、妾《わたし》に挨拶《あいさつ》をするでもなくずつと上《あが》ると、べたりと踏《ふ》み板《いた》の上《うへ》に坐《すわ》つて、上《あが》り框《がまち》へ肱《ひぢ》を掛《か》けたなり突伏《つゝぶ》して了《しま》つた。妾《わたし》は我《わ》れを忘《わす》れてをばさんを呼《よ》び立《た》てた。

「まあ、婆《ば》あやぢやないか。」

と、妾《わたし》の氣魂《けたゝま》しいのに驚《おどろ》かされたをばさんは、來《き》て見《み》て又更《またさら》に驚《おどろ》いてゐたが、傍《そば》へ寄《よ》つて揺《ゆす》ぶりながら、

「何《ど》うお爲《し》だえ。確《しつか》りおし！」

と力《ちから》を付《つ》ける様《やう》に云《い》ふ。婆《ば》あやは猶突伏《まだつゝぶ》した儘《まゝ》で、

「はい。有難《ありがた》う御座《ござ》います。」

と切《き》れ〴〵に答《こた》へたが、漸々《やう〳〵》面《おもて》を起《おこ》すと、

「漸《や》つと歩《ある》いて……參《まゐ》りました。悴《せがれ》が……何日何所《いつどこ》へ轉宅《てんたく》しましたか…………」

「おや。ぢや家《うち》が無《な》かつたんだね、まあ斷《ことわ》つて行《ゆ》きやいゝものを。」

とをばさんは澁面《じふめん》を作《つく》る。可笑《をか》しい様《やう》だが、其《そ》れどころではない。

「まあ彼方《あつち》へ寢《ね》かした方《はう》が可《い》いわ。」

と妾《わたし》が云《い》ふと、

「斯《か》うして居《ゐ》たつて仕様《しやう》がない、彼方《あつち》へ行《い》つて寢《ね》るさ。矢張《やつは》り歩《ある》いて來《き》たのかえ？　昨晩《ゆふべ》は何處《どこ》へ宿《とま》つたんだらう。」

と終《をは》りの言葉《ことば》は妾《わたし》へ云《い》ふ。眞逆《まさか》に徹夜《よつぴて》歩行《ある》いてゐたのでも有《あ》るまいと思《おも》ひながら、この場合でそんな事《こと》を聞《き》く氣《き》にもならず默《だま》つてゐると、をばさんは、

「車《くるま》にでも乘《の》つたかえ、少《ち》つとは！　電車《でんしや》にも……乘《の》らないのかえ、其《そ》れでまあ何所《どこ》へ宿《とま》つたの。宿《とま》らないつてお前《まへ》、夜通《よどほ》し歩《ある》けたもんぢや無《な》からうこさ。」

と盆《くだ》らない事《こと》を聞《き》いてゐる。婆《ば》あやは明瞭《はつきり》と聲《こゑ》を出《だ》す力《ちから》もないのだ。

「其様《そんな》ことして居《ゐ》ないで、寝《ね》かしておやんなさいよ。」

と云《い》ふと、をばさんは婆《は》あやの背中《せなか》を叩《たゝ》く。點頭《うなづ》きは點頭《うなづ》いたやうだが、婆《は》あやの身體《からだ》は動《うご》かなかつた。

「何《ど》うしたんだねえ。」

とをばさんは抱《だ》き起《おこ》して遣《や》ると、半身《はんしん》は起《お》きたが、足《あし》は踏板《ふみいた》へ吸《す》ひ付《つ》いた様《やう》に持上《もちあが》らないので、傍《そは》へ寄《よ》つて妾《わたし》も手《て》を添《そ》へると、他愛《たあい》もなく妾《わたし》の腕《うで》へ寄《よ》り掛《かゝ》つて、頭巾《づきん》を被《き》た頭《つむり》をぶらゝりと垂《さ》げて了《しま》ふ。氣《き》を失《うしな》つてゐるのではないかと妾《わたし》が頭巾《づきん》のうちを覗《のぞ》くと、

「婆《は》あや。婆《は》あや。」

とをばさんも烈《はげ》しく呼《よ》び續《つゞ》けた。眼《め》は頭巾《づきん》に隱《かく》れて見《み》えないが、突《つ》き出《で》た顋《あご》へは開《ひら》いた口《くち》から白《しろ》い涎《よだれ》が傳《つた》はつてゐる。妾《わたし》は唯《たゞ》戰慄《ふる》へて立《た》つてゐた。

をばさんは、裏《うら》の八百屋《やをや》の女房《おかみ》さんを呼《よ》んで自分《じぶん》に手傳《てつた》はせながら、漸々《やう〳〵》擔《かつ》ぎ込《こ》むやうにして臺所《だいどころ》の傍《そば》の二疊《でふ》へ入《い》れると、直《す》ぐに女房《おかみさん》を例《いつ》もの醫師《いしや》の許《もと》へ走《はし》らして、自分《じぶん》は臥床《ふしど》を拵《こしら》へてやる。其《そ》れを妾《わたし》は唯《たゞ》見《み》てゐるばかりで、慄《ふる》へのとまらない足《あし》を踏《ふ》み占《し》めながら、氣《き》の脱《ぬ》けた人《ひと》の樣《やう》になつて惘乎《ほん》としてゐる。朝《あさ》の勸經《くわんきん》を濟《す》ました祖父《おぢい》さまが、何事《なにごと》かと見《み》に在《い》らしつて、疎《うと》い耳《みゝ》を傾《かし》げられる。斯《か》う〳〵とお話《はなし》すると、

「よく〳〵の因緣《いんねん》だ、親切《しんせつ》に介抱《かいはう》してやん成《な》さい。」

と云《い》ひながら二疊《でふ》へ入《はい》つて在《い》らしつたが、心附《こゝろづ》いたのか、其《そ》れに禮《れい》を云《い》ふらしい幽《かすか》な婆《は》あやの聲《こゑ》が聞《き》こえる。妾《わたし》は遂々《とう〳〵》醫師《いしや》が來《く》るまで其《そ》の部屋《へや》へは行《ゆ》き得《え》ずに了《しま》つた。間《ま》もなく醫者《いしや》が來《き》て吳《く》れて、診察《しんさつ》を終《をは》ると、この病人《びやうにん》はもう長《なが》くはないと云《い》つた。身體《からだ》の龜裂《ひゞ》の生《い》つてる

部分《ぶぶん》を、碌《ろく》に手當《てあて》もせず繕《つくろ》ひもせず其《そ》の儘《まゝ》に使《つか》ひ〳〵して來《き》たので、今《いま》はもう全體《ぜんたい》に破壞《こは》れて了《しま》つて手《て》の盡《つく》し樣《やう》がない、細小《こまか》い破片《かけら》を集《あつ》めて舊《もと》の形《かたち》に復《なほ》す事《こと》の出來《でき》ないやうな者《もの》だと云《い》ふ。今夜《こんや》にも明日《あす》にも何《ど》んな事《こと》があるかも知《し》れぬと注意《ちうい》して、

「私《わたくし》は、お使《つかひ》の口振《くちぶり》で、老人《らうじん》が中風《ちうふう》にでもなられたのかと思《おも》ひました。」

と笑《わら》ひ捨《す》てゝ醫師《いしや》は歸《かへ》つた。

差當《さしあた》つて子息《むすこ》の居所《ゐどころ》も分《わか》らず、仕方《しかた》もないから家《うち》で息《いき》を引取《ひきと》らせやう。とをばさんは祖父《おぢい》さまと相談《さうだん》をしてゐる。妾《わたし》は何《なん》となく身《み》に惡寒《さむけ》を覺《おぼ》えて、胸《むね》が切《せつ》なく頭《つむり》が痛《や》めて物云《ものい》ふも鬱陶《うつたう》しい程《ほど》いやな氣持《きもち》になつて居《ゐ》た。

「少《すこ》しや、傍《そば》へ行《い》つて何《なん》とか云《い》つておやん成《な》さいな。」

と、火鉢《ひばち》の傍《そば》に茫然《ぼつ》と坐《すわ》つて居《ゐ》る妾《わたし》を見《み》ては、をばさんは叱《しか》る樣《やう》に云《い》ふ。

「平常《ふだん》から好《す》きな婆《ば》あやなんでせう。もう逢《あ》はうつたつて逢《あ》へなくなるんだから、今《いま》の間《うち》に優《やさ》しい言葉《ことば》をかけておやん成《な》さい。」

斯《か》う云《い》はれた時《とき》、妾《わたし》は胸《むね》が閉塞《いつぱい》になつた。

「どんな樣子《やうす》？　少《すこ》しは快《い》いの？」

「快《い》いつて惡《わる》いつて！　もう今《いま》にも息《いき》を引取《ひきと》るか分《わか》らないんだからねえ。其《そ》れでも氣《き》は確然《しつかり》して居《ゐ》てね、癒《なほ》つたら早速《さつそく》夜着《よぎ》の洗《あら》ひ張《は》りをしませうなんて云《い》つてるのさ。」

妾《わたし》は少時《しばらく》其所《そこ》に泣《な》いてゐた。

「泣《な》く暇《ひま》には、藥《くすり》の一《ひ》とつも服《の》ましておやん成《な》さいよ。」とをばさんが來《き》て、又云《またい》ふ。これ程悲《ほどかな》しいのに、これ程哀《ほどあは》れ深《ふか》く思《おも》ひ遣《や》つてゐるのに、妾《わたし》は何《ど》うしても一人《ひとり》して二疊《でふ》の部屋《へや》へ行《ゆ》く事《こと》が出來《でき》ずにゐる。其《そ》れををばさんは、昨夜《ゆふべ》まで婆《は》あやを厄介扱《やつかいあつか》ひにして居《ゐ》た人《ひと》とは人《ひと》が違《ちが》ふかと思《おも》ふまでに、自分《じぶん》を忘《わす》れて婆《は》あやの介抱《かいはう》に掛《か》ゝり果《は》てゝゐる。便通《しも》の始末《しまつ》までしてやつて愚痴《ぐち》らしい事《こと》を聞《き》かせも爲《し》ない、僅《わづか》の隙《ひま》に、煩《うるさ》からうと髮《かみ》まで解《と》いてやつて骨肉《しんみ》も及《およ》ばぬ心盡《こゝろづく》しを見《み》せてゐる。あれ程氣《ほどき》に入《い》らなかつた人《ひと》に、俄《にはか》に能《よ》くあゝも世話《せわ》が屆《とゞ》くものと、妾《わたし》には唯不思議《たゞふしぎ》に思《おも》はれる。

「婆《は》あやはね。」

と聲《こゑ》を小《ちひ》さくして。

「昨夜《ゆふべ》のうちに、もう死《し》ぬつて事《こと》を虫《むし》が知《し》らせたんですよ。何故《なぜ》つて云《い》へば、昨夜《ゆふべ》に限《かぎ》つて家《うち》を出《で》たがつたでせう、彼《あ》れが然《さ》うなんですのさ。何《なん》となく家《うち》に居《ゐ》られない樣《やう》な氣《き》がして出《で》て行《い》つたんだけれ共《ども》、矢張《やつはり》此家《こゝ》で命《いのち》の盡《つ》きる因緣《いんねん》があるので、又戻《またもど》つて來《き》たのですよ。死場所《しにはしよ》を探《さが》しに外《そと》へ出《で》たやうなものさ。自分《じぶん》ぢや分《わか》らないけれ共《ども》、みんな佛樣《ほとけさま》のお命令《さしづ》なんですのさ。」

堅《かた》く何者《なにもの》かを信《しん》じてゐる樣《やう》な眼色《まなざし》をして、をばさんは斯《か》う語《かた》つた。何《ど》う云《い》ふ意味《いみ》なのか、をばさんの調《とゝの》はない言葉《ことば》では解《かい》せないけれ共《ども》、何《なに》か暗示《あんじ》のあるやうにも思《おも》はれて、妾《わたし》の胸《むね》には一種《しゆ》の恐怖《きようふ》の念《ねん》が湧《わ》く。をばさんは死《し》に瀕《ひん》してゐる婆《は》あやに同情《どうじやう》をすると云《い》ふのではなく、所謂佛樣《いはゆるほとけさま》のお指圖《さしづ》に背《そむ》いた時《とき》の御罰《こはつ》を思《おも》つて、出來《でき》る丈《だけ》の親切《しんせつ》を施《ほどこ》してゐるのかも知《し》れない。

午《ひる》から雨《あめ》になつた。風《かぜ》がさら〳〵と濕《しめ》つた障子《しやうじ》の紙《かみ》を渡《わた》つて、横沫《よこしぶ》きが窓《まど》を打《う》つ。戶《と》を閉《と》ざしに出《で》て見《み》ると、濡《ぬ》れた敷居《しきゐ》に梅《うめ》の花片《はなびら》が二《ふた》つ三《みつ》つ浸《ひた》つてゐた。

「ちよいと、ちよいと、なあさん！」

と二疊《でふ》から、妾《わたし》を呼《よ》ぶをばさんの聲《こゑ》がする。妾《わたし》は其《そ》の時《とき》までも、絶《た》えず婆《ば》あやの事《こと》が心《こゝろ》に掛《か》つてゐながらつい行《ゆ》く氣《き》にならずに居《ゐ》たのであつたが、事《こと》あり氣《げ》に呼《よ》ばれた其《そ》の聲《こゑ》を聞《き》くと、何《なに》かは知《し》らず大事《だいじ》が身《み》に迫《せま》つた樣《やう》な氣《き》がして猶豫《いうよ》もなく馳《か》けて行《い》つた。

一方《はう》は臺所《だいどころ》への出口《でぐち》、一方《はう》は壁《かべ》、一方《はう》は押入《おしいれ》、一方《はう》は奥《おく》との隔《へだ》ての唐紙《からかみ》で、快晴《からり》とした日《ひ》でも好《い》い加減《かげん》この座敷《ざしき》は薄暗《うすぐら》いのに、今日《けふ》は殆《まる》で穴《あな》の中《なか》を覗《のぞ》くやうに思《おも》はれる。火《ひ》の熾《おこ》つて居《ゐ》る火鉢《ひはち》の周圍《まはり》だけが曙光《ほつ》として、其所《そこ》に坐《すわ》つたをばさんの顏《かほ》が稍々《やゝ》白《しろ》く見《み》えた程《ほど》。

「何《ど》んなの？」

と小聲《こゞゑ》にをばさんに訊《き》きながら恐々《こはぐ》入《い》ると、

「お孃《ぢよ》つちやんですか。」

と床《とこ》の中《なか》から婆《ば》あやは明確《はつきり》した聲《こゑ》で云《い》つた。妾《わたし》は其《そ》れに力《ちから》を付《つ》けられて思《おも》はず膝《ひざ》か進《すゝ》む。見《み》ると枕頭《まくらもと》に藥《くすり》瓶《びん》が並《なら》んで、握飯《おむすび》の小《ちひ》さいのを二《ふた》つ盛《も》つたまゝのお小皿《こざら》が置《お》いてある。木綿更紗《もめんざらさ》の四布蒲團《よのぶとん》に圓《まる》くなつた姿《すがた》を作《つく》つて、括《くゝ》り枕《まくら》を外《はづ》した婆《ば》あやの顏《かほ》は、其《そ》の内《うち》に埋《うづ》もれて見《み》る事《こと》が出來《でき》なかつた。

「こんなお世話《せわ》になつて……御恩《ごおん》はね……御恩《ごおん》は決《けつ》して忘《わす》れませんよ。」

夜着《よぎ》に隔《へだ》てられて聲《こゑ》は掠《かす》れるけれ共《ども》、聞《き》き取《と》れない程幽《ほどかすか》ではなかつた。妾《わたし》は見《み》えも爲《し》ない人《ひと》の前《まへ》に合點《うなづ》いて居《ゐ》た。

「婆《は》あやはね、少《すこ》しも身體《からだ》が動《うご》かなくなりましたよ。自分《じぶん》で自分《じぶん》の身體《からだ》が………少《ち》つとも自由《じいう》になりません………私《わたし》はもう此《こ》れがお暇《いとま》で御座《こざ》いますよ。此様《こんな》御《こ》厄介《やつかい》までお掛《か》け申《まを》して………濟《す》みません。御恩《こおん》は忘《わす》れません。忘《わす》れませんよ。」

妾《わたし》は其所《そこ》へ突伏《つゝぷ》して泣《な》いて了《しま》つた。婆《は》あやの聲《こゑ》が悲《かな》しかつたのである。

「唯《たゞ》、貴女《あなた》に願《ねが》つて………置《お》きたい………」と息《いき》を詰《つ》めて婆《は》あやは微《かす》かに頭《つむり》を

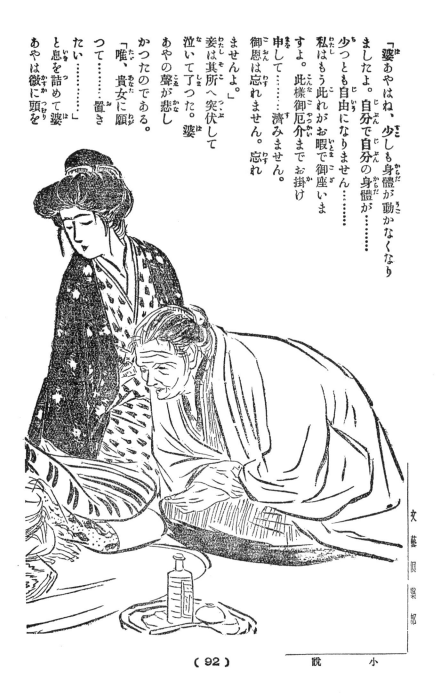

動《うご》かしたが、耳《みゝ》を外《はづ》れた夜着《よぎ》の襟《えり》から漏《も》れた其《そ》の顔《かほ》は、石鹸《せきけん》で拭湯《ふきゆ》をしたかと思《おも》ふばかりに綺麗《きれい》で、顔中《かほぢう》が蒼白《あをじろ》く光《ひか》つてゐる。据《すわ》つた瞳子《しとみ》の兩方《りやうはう》の眼《め》をきつと見開《みひら》いて、何《なに》か翳《かざ》されるものを厭《いと》ふやうな眼色《めいろ》で、妾《わたし》の顔《かほ》を眺《なが》めて居《ゐ》たと思《おも》ふと、何時《いつ》か薄黒《うすぐろ》い窪《くは》んだ眼端《まぶち》に涙《なみだ》が溢《あふ》れて、枕《まくら》に振亂《ふりみだ》した白《しら》髪《が》まで濡《ぬ》れて居《ゐ》た。

婆《は》あやの頼《たの》みと云《い》ふのは自分《じぶん》の子供《こども》の事《こと》であつた。其《そ》れは實《じつ》の子《こ》で、婆《は》あやが屋敷《やしき》に居《ゐ》た頃《ころ》、宿下《やどさが》りの折《をり》に隣家《となり》の息子《むすこ》と馴《な》れ染《そ》めて、密《ひそか》に生《う》み落《おと》した子《こ》だと云《い》ふ。直《す》ぐに傍《わき》へ遣《や》つて了《しま》つたので顔《かほ》にも覺《おぼ》えはないが、遣《や》る時《とき》に又逢《またあ》ふ時《とき》の證《しるし》にと云《い》つて男《をとこ》が其《そ》の子《こ》に名《な》を命《つ》けた、其《そ》れが房太郎《ふさたらう》と云《い》ふので自分《じぶん》の通《とほ》りに耳《みゝ》の後《うしろ》に大《おほ》きな黒子《ほくろ》があつたと云《い》ふ事《こと》、生《う》んだのが二十歳《はたち》の春《はる》だから今《いま》

無事《ぶじ》に生存《ながら》へてゐれば四十五歳《さい》の男盛《をとこざか》り、良人《つれあひ》に死別《しにわか》れてから思《おも》ひもかけぬ所《ところ》で其子《そのこ》の便《たよ》りを聞《き》いたのであるが、たゞ旅役者《たびやくしや》になつて田舎《ゐなか》を廻《まは》つて居《ゐ》ると云《い》ふ丈《だけ》で、遂《つひ》に邂逅《めぐりあ》はなかつたとの事《こと》であつた。貴女《あなた》は老先《おいさき》の長《なが》い身《み》だから、若《も》し此様男《そんなをとこ》に似寄《によ》りの者《もの》にでもこの先逢《さきあ》ふ様《やう》な事《こと》があつたら、斯様《かう》して此家《このうち》へ世話《せわ》になつて、安樂《らく》に死《し》んだと云《い》ふ事《こと》だけを聞《き》かして呉《く》れと云《い》ふのである。稀《たま》の逢瀬《あふせ》を親々《おやく》に堰《せ》かれて別《わか》れに泣《な》いた涙《なみだ》の顔《かほ》を迎《むか》ひの籠《かご》の中《うち》に秘《かく》した事《こと》も有《あ》つたのかと、妾《わたし》は今《いま》の悲《かな》しい思《おも》ひも忘《わす》れて聞《き》き入《い》つてゐた。

自分《じぶん》の淫奔《いたづら》から、唯一人《たつたひとり》授《さづ》かつた子《こ》を捨《す》てた報《むく》いで、我《わ》が手《て》に掛《か》けて養《やしな》つた繼子《まゝこ》に捨《す》てられたのだと、懺《ざん》悔《げ》の涙《なみだ》に婆《は》あやは力《ちから》なく咽《むせ》んだ時《とき》、をばさんも聲《こゑ》を忍《しの》んで泣《な》いてゐた。妾《わたし》は今《いま》までに、此様《こんな》にをばさんの泣《な》くのを見《み》た事《こと》がないと思《おも》つた。

身體《からだ》こそ利《き》かないが物《もの》の識別《しきべつ》も確《たしか》なので、醫師《いしや》の注意《ちうい》した程《ほど》の事《こと》もあるまいかと思《おも》つた甲斐《かひ》もなく、其《そ》の晩《はん》の十時《じ》頃《ころ》、隣《とな》りの二階《かい》で謠曲《うたひ》の稽古《けいこ》の盛《さかん》な最中《さいちう》、遂《つひ》に婆《は》あやは呼吸《いき》を引取《ひきと》つた。臨終《いまは》の水《みづ》はをばさんの手《て》からであつた。悲慘《ひざん》な殘年《ざんねん》を、一日《にち》として安《やす》らかに此《こ》の世《よ》に住《す》んだ例《ためし》もなく、他人《たにん》の家《いへ》の臺所《だいどころ》に蟄《そこめ》き通《とほ》した婆《は》あやは、何《ど》うやら、温《あたゝか》い蒲團《ふとん》の上《うへ》に其《そ》の命《めい》を終《をは》つたのである。遂《つひ》、一昨日《をとゝひ》の晝《ひる》婆《は》あやに向《むか》つて、お鼠《ねず》にやらうと思《おも》つたがと云《い》つた鰤《ぶり》の煮《に》たのが、固《かたま》つた儘《まゝ》まだ戸棚《とだな》に入《はい》つてゐる。樒《しきみ》を挿《さ》した花器《はなたて》に水《みづ》を注《い》れに來《き》たおばさんは、其《そ》れを見《み》て涙《なみだ》を零《こぼ》してゐた。

＊　＊　＊　＊　＊　＊　＊　＊

彼岸《ひがん》の寺詣《てらまゐ》りの時《とき》、婆《は》あやのお墓《はか》へも參《まゐ》つてやつた歸《かへ》り途《みち》に、何《なん》と思《おも》つたか始《はじ》めて、自分《じぶん》にも行方《ゆくゑ》の知《し》れぬ娘《むすめ》が一人《ひとり》ある事《こと》を話《はな》したをばさんは、其《そ》の後《のち》よく婆《は》あやの子《こ》の事《こと》を噂《うはさ》しては其《そ》の行方《ゆくゑ》を氣《き》にしてゐた。僅《わづか》の間《ま》に滅切《めつき》りと衰弱《よわ》つて、惡《わ》るかつた眼《め》は盲目《めしひ》同樣《どうやう》になつてゐる。

【をはり】

仲《なか》好《よ》し

露英女史

上

『何《ど》うしても、遊《いう》ちやんは學校《がくかう》を退《さが》るんだわね。』
と云《い》ひながら、運動場《うんどうば》の隅《すみ》の、フリイジヤの咲《さ》いてゐる花壇《くわだん》の蔭《かげ》に蹲踞《うづく》まつて、珠江《たまえ》は啜《すゝ》り泣《な》きをしてゐます。

今朝《けさ》、出校《しゆつかう》がけに姉《ねえ》さんに結《むす》んで戴《いたゞ》いた桃色《もゝいろ》のリボンが少《すこ》し弛《ゆる》んで、態垂《しなだ》れたやうに耳《みゝ》を掠《かす》めてゐますが、其《そ》の下《した》から白粉《おしろい》の痕《あと》の斑點《むら》になつた頬《ほゝ》が豐《ふつ》くりと見《み》えて、涙《なみだ》を拭《ふ》いてゐる友禪《いうぜん》の被布《ひふ》の袂《たもと》からはみだした緋縮緬《ひぢりめん》の襦袢《じゆばん》の袖《そで》、葉櫻《はざくら》の茂《しげ》みを通《とほ》して赤《あか》赤《あか》と照《て》らす午《ひる》の日光《につくわう》に映《うつ》つて、珠江《たまえ》の姿《すがた》はいかにも綺麗《きれい》です。

『えゝ。仕方《しかた》がないわ。京都《きやうと》へ家族中《うちぢゆう》お移轉《ひつこし》するんですもの。』

遊子《いうこ》は櫻《さくら》の樹《き》に手《て》をかけて、立《た》つた儘《たゝ》珠江《たまえ》の泣《な》くのを見《み》てゐる。

同《おな》い歳《どし》の十三歳《さい》ですけれど、珠江《たまえ》よりは柄《がら》の大《おほ》きい故《せい》か十四位《ぐらゐ》に見《み》えます。珠江《たまえ》の色《いろ》の白《しろ》い弱々《よわ〳〵》としたのに引代《ひきか》へて、麗《うる》はしい赤《あか》い血《ち》を顏中《かほぢゆう》に漲《みなぎ》らした樣《やう》に、頬《ほゝ》も腮《あご》も艶々《つや〳〵》と肥《こ》えて、小《ちひ》さい唇《くちびる》は濃《こ》い色《いろ》の椿《つばき》の花片《はなびら》を付《つ》けたやうに見《み》え。眼《め》も大《おほ》きく眉毛《まゆげ》も太《ふと》く、房々《ふさ〳〵》とした澤山《たくさん》の毛《け》をぐいと前髪《まへがみ》だけ引詰《ひきつ》めて紅《あか》いリボンで結《むす》んで、珠江《たまえ》さんと同《おな》じお下《さ》げ。今《いま》まで他《ほか》の生徒《せいと》と騷《さわ》いで遊《あそ》んでゐたと見《み》えて額《ひたひ》に汗《あせ》を浮《うか》べて、身體《からだ》中《ぢゆう》も熱《あつ》いと云《い》つた樣《やう》な風《ふう》をしてゐる。

『泣《なく》のお止《よ》しなさいな。まだ明日《あした》も學校《がくかう》へ來《き》てよ。』

幾分《いくら》か慰《なぐさ》める積《つも》りで遊子《いうこ》は斯《か》う云《い》ふ。不意《ふい》と日光《ひ》の射《さ》して來《く》る上《うへ》を仰向《あふむ》いて、さて、長《なが》い銘仙《めいせん》の袷《あはせ》の袖《そで》で額《ひたひ》を拭《ふ》いた。

『だから遊《あそ》びませう、ねえ。』

と分《わか》らない事《こと》を云《い》つて、遊子《いうこ》は首《くび》を曲《ま》げながら、大人《おとな》ならば、泣《な》かれて弱《よわ》つたと云《い》つた樣《やう》な容子《ようす》で、可愛《かあい》らしい靴《くつ》の先《さき》で砂利《じやり》を蹴《け》つてゐます。

『妾《あたし》！つまらないわ。遊《いう》ちやんが居《ゐ》なくなつちや。』

珠江《たまえ》は、まだ泣《な》いてゐる。

遊子《いうこ》には多勢《おほぜい》お友達《ともだち》がありますけれど、珠江《たまえ》は遊子《いうこ》一人《ひとり》より他《ほか》に、級中《きふちゆう》の生徒《せいと》と交際《つきあ》つた事《こと》がないのです。遊子《いうこ》が他《ほか》の生徒《せいと》に引張《ひつぱ》られて行《い》つて了《しま》ふと、珠江《たまえ》は例《いつ》も一人法師《ひとりぼつち》で後《あと》に殘《のこ》つてゐます。遊子《いうこ》に呼《よ》ばれても他《ほか》の友《とも》に招《まね》かれても、珠江《たまえ》は遊《あそ》びの群《むれ》に入《はい》らうともせず、唯《たゞ》淋《さび》しい顏《かほ》をして、遊子《いうこ》一人《ひとり》が其《そ》の仲間《なかま》を外《はづ》れて戻《もど》つて來《く》るのを待《ま》つてゐるのです、遊子《いうこ》も幼稚心《こどもごころ》に其《そ》れを知《し》つてゐて、大概《たいがい》は自分《じぶん》も他《ほか》のお友達《ともだち》を避《さ》けて珠江《たまえ》一人《ひとり》と遊《あそ》ぶ樣《やう》にしてゐますが、珠江《たまえ》と違《ちが》つて賑《にぎ》やかな質《たち》なので自然《しぜん》多勢《おほぜい》に好《す》かれますので、遂々《つひ〳〵》珠江《たまえ》に濟《す》まないと思《おも》ひながら、他《ほか》のものと騒《さわ》いで遊《あそ》んで了《しま》ふ事《こと》が多《おほ》い。珠江《たまえ》は級中《きふちゆう》一の成績《せいせき》の良《い》い生徒《せいと》で、先生方《せんせいかた》の賞《ほ》めものになつて居《を》りますだけ、他《ほか》の生徒《せいと》にも敬《うやま》れると云《い》ふ方《はう》で、珠江《たまえ》より年長《としうへ》の生徒《せいと》が頭《あたま》を下《さ》げて何《なに》か敎《をし》へて貰《もら》ひにくる。と云《い》つた調子《てうし》ですから餘計《よけい》打解《うちと》けて遊《あそ》ぶと云《い》ふ方《はう》のお友達《ともだち》は少《すく》ないのでした。

遊子《いうこ》は遊戯《いうぎ》が好《す》きで、又上手《またじやうず》です。海老茶《えびちや》の袴《はかま》は大抵《たいてい》毎日《まいにち》の樣《やう》に鍵裂《かぎざ》きをしてゐます。珠江《たまえ》が繪《ゑ》を畫《か》いたり、少女《せうちよ》の友《とも》や少女界《せうちよかい》を讀《よ》んでゐる間《あひだ》は、遊子《いうこ》は珠江《たまえ》が厭《いや》になつてラケツトを持《も》つて大勢《おほぜい》の遊《あそ》び仲間《なかま》の方《はう》へ飛《と》んで行《い》つて了《しま》ふ。珠江《たまえ》が花圃《はなばたけ》の傍《そば》にじつとしてゐる時《とき》は遊子《いうこ》は唱歌《しやうか》を唄《うた》つて舞踏《ダンス》の眞似《まね》をして刎《は》ねてゐると云《い》ふ樣《やう》でしたが、然《しか》し、珠江《たまえ》が遊子《いうこ》一人《ひとり》を好《す》いて仲好《なかよ》しにして、他《ほか》の生徒《せいと》と交《まじ》はらないだけに、遊子《いうこ》自身《じしん》も大勢《おほぜい》の中《うち》で珠江《たまえ》を一番《ばん》仲《なか》が好《い》いお友達《ともだち》と思《おも》つてゐたのです。

この仲《なか》の好《よ》い兩人《ふたり》が東京《とうきやう》と京都《きやうと》とへ別《わか》れる事《こと》になつたので、珠江《たまえ》は泣《な》いてゐるのです。遊子《いうこ》のお父樣《とうさま》が京都《きやうと》の學校《がくかう》へ轉任《てんにん》成《な》さるので、一家《か》を擧《あ》げて京都《きやうと》へ移住《いちゆう》する爲《ため》、遊子《いうこ》は明日《みやうにち》を限《かぎ》りにして學校《がくかう》を退《ひ》くことになりましたので、何《ど》うしても兩人《ふたり》は永《なが》く別《わか》れなければならないことになつたのです。

　遊子《いうこ》は姉《あね》から京都《きやうと》の風景《ふうけい》の佳《よ》い事《こと》を聞《き》いてをりますし、長《なが》い時間《じかん》を汽車《きしや》に乘《の》るのも面白《おもしろ》くて堪《たま》らない程《ほど》に思《おも》つてゐます。自分一人《じぶんひとり》で行《ゆ》くのではなし、お父様《とうさま》もお母様《かあさま》も、九歳《こゝのつ》の弟《おとうと》も四歳《よつつ》の妹《いもうと》も、乳母《ばあや》まで行《ゆ》くのですから、唯々《たゞ〳〵》新《あたら》しい地《ち》を踏《ふ》むのが珍《めづ》らしくつて、今《いま》のところ……姉《ねえ》さんは學校《がくかう》の都合《つがふ》で一人《ひとり》殘《のこ》るのですが……、姉《ねえ》さんに別《わか》れるのを悲《かな》しいとも思《おも》はない程《ほど》浮《うか》れ切《き》つてゐます。況《ま》して珠江《たまえ》に別《わか》れる事《こと》など悲《かな》しいとも厭《いや》とも思《おも》つてはゐなかつたので、逢《あ》つて遊《あそ》び度《た》ければ明日《あした》にも又東京《またとうきやう》へ來《こ》られるものと思《おも》つてゐたのですが、眼《ま》の前《あた》り斯《か》うして珠江《たまえ》に泣《な》かれて見《み》ると、さすがに何《なん》となく心細《こゝろぼそ》くなつて、譯《わけ》も分《わか》らず、唯《たゞ》涙《なみだ》が差含《さしぐ》まれてきました。それは丁度《ちやうど》、弟《おとうと》が叱《しか》られて泣《な》いてゐるのを見《み》た時《とき》、ふつと悲《かな》しくなつて涙含《なみだぐ》んだと同《おな》じ様《やう》な心持《こゝろもち》なので。

『又《また》、直《ぢ》き來《き》てよ。』

悄氣《しよげ》切《き》つた顏《かほ》をして、遊子《いうこ》は珠江《たまえ》を見《み》てゐるばかりです。

『嘘《うそ》よ。嘘《うそ》よ。來《こ》られやしないわ。東京《とうきやう》と……京都《きやうと》……ぢやありませんか。』

　泣《な》きながら云《い》ふので、言葉《ことば》が掠《かす》れます。泣《な》きじやくりながら珠江《たまえ》は立《だ》つて遊子《いうこ》と並《なら》びました。

『來《き》てよ。大丈夫《だいぢやうぶ》よ。姉《ねえ》さんがゐるから直《ぢ》き來《こ》られてよ。然《さ》うすれば、又遊《またあそ》べるわ。ねえ。泣《な》くのお止《よ》しなさいよ。妾《あたし》、いやだわ、妾《あたし》が貴女《あなた》を苛責《いぢ》めてる様《やう》ぢやなくつて？　えゝ皆様《みなさん》に何《なに》か云《い》はれると、妾《あたし》いやだわ。』

『だつて……………。』

と云《い》つたが、矢張《やつぱ》り泣《な》いてゐる。

『遊《あそ》びませうよ。もう泣《な》くの止《よ》して！　ね？』

遊子《いうこ》は珠江《たまえ》の袖《そで》を引《ひ》いて、片手《かたて》を其《そ》の肩《かた》にかけました。

『手紙《てがみ》、頂戴《ちやうだい》。』

『えゝ、京都《きやうと》の繪葉書《ゑはがき》上《あ》げるわ。』

　遊子《いうこ》は生々《いき〳〵》しい眼《め》で、運動場《うんどうば》の彼方《むかふ》を見《み》ましたが、三四人《にん》の女生徒《ぢよせいと》が、袴《はかま》を揃《そろ》へて、お下《さ》げを亂《みだ》して飛《と》んで來《く》るのを見《み》ると、

『あら、皆《みな》さん在《い》らしつてよ。もう泣《な》くのお止《よ》しな

さい、何《なに》か云《い》はれると可《い》けないから。』

珠江《たまえ》は合點《うなづ》いて袖《そで》で頻《しきり》に眼《め》を拭《ふ》いてゐます。顏《かほ》を上《あ》げると、眼《め》の縁《ふち》から頰《ほゝ》へかけて眞赤《まつか》に痕《あと》が殘《のこ》つて人形《にんぎやう》の顏《かほ》を水《みづ》で剝《は》がした樣《やう》になつてゐます。

『小野《をの》さん、在《い》らつしやいな。何《なに》してゝ？』

と一人《ひとり》が氣魂《けたゝま》しく呼《よ》びました。

『貴女《あなた》が居《ゐ》ないと、面白《おもしろ》くないんですもの。ねえ。』

と一人《ひとり》は他《ほか》を見返《みかへ》つて云《い》ひます。

桃割《もゝわれ》に結《ゆ》つたのが、後《おく》れて來《き》ましたが、珠江《たまえ》を見《み》ると、

『あら、南《みなみ》さんは、泣《な》いていらしつたの？　眼《め》が眞赤《まつか》よ。』

と驚《おどろ》いた樣《やう》な聲《こゑ》を出《だ》しました。

『いゝえ。』

と恥《はづか》しさうな顏《かほ》をして、珠江《たまえ》は遊子《いうこ》の後《うしろ》へ身《み》を寄《よ》せながら、猶《なほ》せぐんで來《く》る淚《なみだ》をじつと我慢《がまん》して立《た》つてゐますと、

『おゝ、分《わか》つたわ。小野《をの》さんがお退《さが》りになるから、其《そ》れで南《みなみ》さんは泣《な》いてゐらつしやるのよ。然《さ》うでせう。』

がしや〳〵した物《もの》の云《い》ひ樣《やう》をする、眼付《めつき》の頓狂《とんきやう》な、腮《あご》に愛嬌《あいけう》のある生徒《せいと》は、春山《はるやま》と云《い》ひます。一人《ひとり》呑込《のみこ》んだ樣《やう》な顏《かほ》をして、斯《か》う云《い》ひましたが、急《きふ》に萎《しほ》れ出《だ》して、

『妾《あたし》たちもつまらないのね。小野《をの》さんが學校《がくかう》へ在《い》らつしやらない樣《やう》になつたら、何《ど》うしませう…妾《あたし》も泣《な》きたくなつてよ。』

桃割《もゝわれ》の脊中《せなか》へ取《と》り付《つ》いたと思《おも》ふと、最《も》うしくしく泣《な》き始《はじ》めてゐます。

『あら、春山《はるやま》さんが泣《な》き出《だ》してよ、おほゝゝ可笑《をか》しな人《ひと》ね。』

桃割《もゝわれ》は笑《わら》つてゐます。遊子《いうこ》も默《だま》つて笑《わら》つてゐると、何時《いつ》かしら十人餘《にんあま》りの同級《どうきふ》の生徒《せいと》が集《あつま》つて來《き》てゐて、

『何《ど》うしたの？　何《なん》なの？』

と聞《き》き合《あ》つてゐる。

『お止《よ》しなさいよ。惡《わる》いわ。』

と何《なん》にも知《し》らずに制《せい》してゐるのもある。

『よく、直《す》ぐ然《さ》う泣《な》けてね。』

と桃割《もゝわれ》は春山《はるやま》を馬鹿《ばか》にして肩《かた》を搖《ゆす》ぶりますと、春《はる》

山《やま》は、

『悲《かな》しいんですもの。』

と半分《はんぶん》笑《わら》ひながら泣《な》いてます。遊子《いうこ》は珠江《たまえ》と手《て》を引《ひ》き合《あ》つて、そつと花圃《はなばたけ》の傍《わき》を通《とほ》りながら其所《そこ》を避《さ》けて行《ゆ》きました。後《あと》では、

『妾《あたし》、そんなこと少《ち》つとも悲《かな》しい事《こと》なくつてよ。』

と云《い》ふもあれば、

『泣《な》いて惡《わ》るいこと？』

と云《い》ふのもあり、始業《しげふ》までには最《も》う間《ま》もないので次《つ》ぎの時間《じかん》の學課《がくくわ》を苦《く》にしながら、又思《またおも》ひ〳〵に散《ち》つて行《い》つて了《しま》ひました。

葉櫻《はざくら》の梢《こずゑ》から毛蟲《けむし》が一疋《ぴき》皆《みんな》の去《さ》つた後《あと》を我物顔《わがものがほ》に吊《つ》り下《さが》つて來《き》て、日向《ひなた》にぶら〳〵してゐます。

これを見《み》たら、又賑《またにぎや》かな騒《さわ》ぎが持《も》ち上《あが》つたことでせう。

下

遊子《いうこ》は、愈々《いよ〳〵》今朝《けさ》の急行《きふかう》列車《れつしや》で京都《きやうと》へ行《ゆ》く事《こと》になりました。

二等《とう》の待合室《まちあひしつ》には、今《いま》から京《きやう》の人《ひと》にならうと云《い》ふ遊《いう》子《こ》の家族《かぞく》や、見送《みおく》りの人《ひと》、親類《しんるゐ》の人達《ひとたち》が、混雜《こたく》と挨拶《あいさつ》を交《か》はしてゐる。遊子《いうこ》のお母樣《かあさま》は、暫《しば》らく東京《とうきやう》に殘《のこ》して別《わか》れて行《ゆ》く姉樣《ねえさま》を傍《そば》へ呼《よ》んで、何《なに》か一心《しん》にお話《はなし》をし

てゐらつしやる。乳母《ばあや》は四歳《よつつ》の子《こ》を抱《だ》いて、子守《こもり》と共《とも》に乗車中《じようしやちゆう》に必要《ひつえう》の品々《しなぐ》を取《と》り集《あつ》めた千代田袋《ちよだぶくろ》を開《ひら》いて、又其《またぞ》の中《なか》を詮義《せんぎ》してゐる。九歳《こゝのつ》になるのは叔父様《をぢさま》の傍《そば》へ甘《あま》へ付《つ》いて、他《ほか》の見送《みおく》りの人達《ひとたち》が京《きやう》の噂《うはさ》や大阪《おほさか》の様子《やうす》などを話《はな》し合《あ》つてゐるのを、面白《おもしろ》さうな顔《かほ》をして聞《き》いてゐる。乗車中《じようしやちゆう》の退屈紛《たいくつまぎ》らしに子供達《どもだち》へと送《おく》られた菓子類《くわしるゐ》が、段々《だんぐ》と殖《ふ》えて來《き》て今《いま》は何《ど》れへも入《い》れる隙《すき》のないのを案《あん》じ顔《がほ》に、籠《かご》やら包《つゝ》みやらを前《まへ》に置《お》いて工夫《くふう》に餘念《よねん》の無《な》ささうな伯母様《をばさま》の傍《そば》に、遊子《いうこ》は立《た》つて共々《ともぐ》其《そ》れを眺《なが》めてゐたが、ふと自分《じぶん》の名《な》を呼《よ》ばれた様《やう》な氣《き》がして、お母様《かあさま》の方《はう》を見《み》ますと、直《す》ぐ傍《そば》に下女《げぢよ》を伴《つ》れた珠江《たまえ》が立《た》つてゐて、遊子《いうこ》を見《み》るとにこりと笑《わら》ひました。

『あら珠江《たまえ》さんが來《き》てよ。』

と伯母《をば》さまに遊子《いうこ》は云《い》ひながら、駈《か》け出《だ》して珠江《たまえ》の方《はう》へ參《まゐ》りますと、珠江《たまえ》は室《しつ》の入《い》り口《くち》に立《た》つた儘《まゝ》入《はい》らうともしないで遊子《いうこ》の近付《ちかづ》くのを待《ま》つてゐます。

『學校休《がくかうやす》んだの？』

相變《あひかは》らず遊子《いうこ》は活溌《くわつぱつ》な調子《てうし》で、にこ〳〵としてゐます。

『えゝ、休《やす》んだの。』

と云《い》つたばかりで、珠江《たまえ》は默《だま》つて遊子《いうこ》を見《み》てゐる。遊子《いうこ》も何《なに》か平常《いつも》の様《やう》な打解《うちと》けた調子《てうし》になれないで、これも無言《だま》つて扉《と》に捉《つかま》つて立《た》つてゐますと、お馴染《なじみ》の下女《げぢよ》のおあきが、

『遊《いう》さまは京都《きやうと》へ在《い》らつしやいますのですつてね。お嬉《うれ》しう御坐《ござ》いますか。』

『えゝ。』

『宅《たく》のお嬢様《ちやうさま》は遊様《いうさま》にお別《わか》れするのが厭《いや》だと仰有《おつしや》つて、昨夜《ゆふべ》から泣《な》いてゐらつしやいますんですよ。』

『然《さ》う。』

遊子《いうこ》は珠江《たまえ》を見《み》て笑《わら》ひましたが、珠江《たまえ》は眼《め》に涙《なみだ》を一杯溜《ばいた》めて、外《よそ》を見《み》てゐます。

『京都《あちら》へいらつしやると、京都《あちら》の學校《がくかう》へお入《はい》りなさいますでせう。』

『さうよ。』

『京都《きやうと》のお友達《ともだち》がお出來《き》なさいますね。』

『厭《いや》だわねえ。』

遊子《いうこ》は珠江《たまえ》に斯《か》う云《い》ひました。珠江《たまえ》は默《だま》つて矢張《やつぱ》り外《ほか》を見《み》てゐます。

『京都《あちら》の方《かた》は温順《おとな》しいでせうから、好《い》いお友達《ともだち》がお出來《でき》なさいますわ。』

『いやだわ。妾《あたし》、京都《きやうと》になんぞお友達拵《ともだちこしら》へなくつてよ。珠江《たまえ》さん。ねえ。』

遊子《いうこ》は珠江《たまえ》を覗《のぞ》き込《こ》んで、自分《じぶん》の顏《かほ》を見《み》て欲《ほ》しい樣《やう》に、促《うなが》す眼《め》で一心《しん》に珠江《たまえ》を見詰《みつ》めてゐます。

『でも、出來《でき》るかも知《し》れないでせう。そしたら、妾《わたし》にも手紙《てがみ》で知《し》らしてよこしてね。妾《あたし》も仲好《なかよ》くしてよ。』

『然《さ》う。ぢや、仲《なか》の好《い》いお友達《ともだち》があつたら、三人《にん》で、今度《こんど》は仲好《なかよ》しになりませう、ね、そして、其《そ》のお友達《ともだち》からも貴女《あなた》の許《ところ》へ、お手紙《てがみ》を上《あ》げる樣《やう》に云《い》ふわ。ね。若《も》し然《さ》う云《い》ふお友達《ともだち》が出來《でき》たらばよ。』

『えゝ。』

珠江《たまえ》はこんな事《こと》に心《こゝろ》が紛《まぎ》れて、思《おも》はず涙《なみだ》が乾《かわ》きました。おあきは餞別《せんべつ》の品《しな》を持《も》つて、遊子《いうこ》のお母樣《かあさま》の許《ところ》へ行《い》つてお話《はなし》をしてゐます。

兩人《ふたり》は手《て》を引《ひ》いて、停車場《ていしやぢやう》の入《い》り口《ぐち》の方《はう》を歩《ある》きました。去年《きよねん》學校《がくかう》の遠足《ゑんそく》で大森《おほもり》へ行《い》つた時《とき》、歸途《かへり》に雨《あめ》に逢《あ》つて、この停車場《ていしやば》で、兩人《ふたり》一所《しよ》に車《くるま》に乘《の》せられて、珠江《たまえ》の家《うち》へ遊子《いうこ》が歸《かへ》つた事《こと》なぞを話合《はなしあ》つて、珠江《たまえ》に懷愛《なつか》しがつてゐます。遊子《いうこ》は、

『京都《きやうと》へ遊《あそ》びにいらつしやいな。夏《なつ》のお休《やす》みになつたら。』

と呑氣《のんき》な事《こと》を云《い》つてます。

『行《ゆ》き度《た》いわねえ。』

と云《い》つて、珠江《たまえ》は考《かんが》へてゐましたが、

『幼稚園《えうちゑん》から貴女《あなた》と一所《しよ》なんですもの。妾《あたし》も京都《きやうと》へ行《い》つて、貴女《あなた》と同《おな》じ學校《がくかう》へ入《はい》りたいわ。遊《いう》ちやんは？』

『妾《あたし》だつて、珠江《たまえ》さんが若《も》し京都《きやうと》へ行《ゆ》かれるんなら、猶嬉《なほうれ》しいわ。汽車《きしや》だつて何《なん》だつて、其《そ》りや樂《たの》しみだわ。』

長《なが》い袖《そで》を列《つら》ねて、此樣《こんな》ことを云《い》つて居《ゐ》る間《うち》に、發車《はつしや》の時間《じかん》が來《き》て遊子《いうこ》は人々《ひと〴〵》に呼《よ》ばれながら、代《かは》る代《がは》る種々《いろ〳〵》な人《ひと》に擁《えう》されたり、手《て》を取《と》られたり、

『勉强《べんきやう》するんですよ。』

『東京《とうきやう》へ、早《はや》く歸《かへ》つていらつしやい。』

などゝ、いろ〳〵な事《こと》を云《い》はれたりしてゐるので、珠江《たまえ》には再《ふたゝ》び遊子《いうこ》の傍《そば》へ近寄《ちかよ》る事《こと》が出來《でき》なくなつて

了《しま》ひました。

　空《むな》しく後《うしろ》の方《はう》から、おあきに伴《つ》れられてプラットホームへ入《はい》つて、遊《いう》子《こ》の一行《かう》の入《はい》つた客車《かくしや》の前《まへ》に立《た》つてゐますと、暫《しば》らく經《た》つてから遊子《いうこ》はお母様《かあさま》と並《なら》んで、窓《まど》から顔《かほ》を出《だ》しました。中《なか》から出《で》て來《き》たのは、遊子《いうこ》の姉様《ねえさま》で、窓際《まどぎは》へ立《た》つと、もうお母様《かあさま》は別《わか》れとも無氣《なげ》に面《かほ》を摺《す》り寄《よ》せて何《なに》か語《かた》つておいでゞす、姉様《ねえさま》は眼《め》を泣《な》き腫《は》らしてゐました。

　其《そ》れを見《み》ると、珠江《たまえ》は猶更《なほさら》悲《かな》しくなつて、泣《な》き出《だ》し度《た》いのを我慢《がまん》しておあきに捉《つかま》りながら遊子《いうこ》の方《はう》を見《み》ると、遊子《いうこ》ば笑《わら》つて珠江《たまえ》を見《み》てゐます。
『珠江《たまえ》さん。珠江《たまえ》さん。』
と呼《よ》んだのですが、珠江《たまえ》は傍《そば》へ行《ゆ》きませんでした。

『皆《みな》さんによろしくつて云《い》つて頂戴《ちやうだい》。皆《みな》さんにもお手紙下《てがみくだ》さいつて！』

首肯《うなづ》いたばかりで珠江《たまえ》は遠《とほ》くの方《はう》に立《た》つてゐるのです。

姉様《ねえさま》は遊子《いうこ》の方《はう》へ顔《かほ》を向《む》けて何《なに》か云《い》つてます。遊《いう》子《こ》も其《そ》の方《はう》へ身體《からだ》を乘《の》り出《だ》して何《なに》か返事《へんじ》をしてる樣《やう》でしたが、時々《ときどき》珠江《たまえ》の方《はう》を見《み》ては遊子《いうこ》は笑《わら》つてゐました。

汽笛《きてき》が鳴《な》つて、汽車《きしや》が動《うご》き出《だ》しました。別《わか》れを告《つ》げる見送《みおく》りの人《ひと》の聲《こゑ》が入《い》り亂《みだ》れて、窓《まど》を取巻《とりま》いた群《ぐん》から、遊子《いうこ》の顔《かほ》やお母様《かあさま》の顔《かほ》が離《はな》れると、『左樣《さやう》なら。珠江《たまえ》さん、左樣《さやう》なら。』と冴々《さえざえ》と遊子《いうこ》の聲《こゑ》は響《ひゞ》きました。默《だま》つてお辭儀《じぎ》をした珠江《たまえ》の姿《すがた》へ、お母様《かあさま》の微笑《びせう》が向《む》いた時《とき》は、もう汽《き》車《しや》は餘《よ》つ程離《ほどはな》れてをりました。

* * * * *

泣《な》きながら、珠江《たまえ》が停車場《ていしやば》を出《で》た時《とき》は、遊子《いうこ》は品《しな》川《がは》の海《うみ》に喜《よろこ》びの聲《こゑ》を放《はな》つて居《ゐ》た時《とき》だつたかも知《し》れません。

京都《きやうと》へ行《い》つて、遊子《いうこ》にはどんな仲《なか》の好《よ》いお友達《ともだち》が出來《でき》ますやら。珠江《たまえ》は今夜《こんや》も遊子《いうこ》を戀《こひ》しがつて泣《な》くのでせうか。

（をはり）

歌舞伎第百二十五號

私《わたくし》の扮《ふん》した女音樂師《をんなおんがくし》

花房露子

今度《こんど》アノ役《やく》を演《す》るに就《つい》ては、萬事《ばんじ》土肥《どひ》さんや中村《なかむら》さんにお指圖《さしづ》を受《う》け、科《しぐさ》は土肥《どひ》さんに敎《をし》へて戴《いたゞ》きましたが何分《なんぶん》アノ通《とほ》りの難役《なんやく》で、一切持物《いつさいもちもの》なし動《うご》きなしで二時《じ》間《かん》と云《い》ふ長丁場《ながちやうば》を通《とほ》すのですから、並大抵《なみたいてい》なことでは持《も》ち切《き》れませんので、一度《いちど》は御辭《ごじ》退致《たいゝた》しましたが、中《なか》村《むら》さんがこれは男《をとこ》が女《をんな》の眞似《まね》をしては到底出來《たうていでき》ない役《やく》で、是非《ぜひ》とも女《をんな》でなければ出來《でき》ぬ役《やく》だからと仰《おつ》しやつて、色々《いろ／＼》お勸《すゝ》めでしたから、お引受《ひきうけ》はしましたもの〻何《なに》を申《まを》してもアノ大役《たいやく》ですから、一生懸命《いつしやうけんめい》にやつてもアノ位《くらゐ》しか出來《でき》ず、折角新《せつかくしん》レコードを作《つく》らうと思《おも》つても、とう〳〵アノやうな平々《へい〳〵》凡々《ぼん〴〵》なものになつてしまひました、併《しか》し唯一《たゞひと》ツ調子《てうし》だけは土肥《どひ》さんのお蔭《かげ》でどうやらかうやら成功《せいこう》しました、白《せりふ》の調子《てうし》は、新舊兩派《しんきうりやうは》以外《いぐわい》に、普通《ふつう》に口《くち》を利《き》くやうな、極自然《ごくしぜん》に出《だ》すと云《い》ふのが將來《しやうらい》の劇《げき》に附《つ》いて行《ゆ》く調子《てうし》だと仰《おつ》しやつたのを守《まも》つてやつて見《み》ました處《ところ》が、土肥《どひ》さんはそれがモウ一層《いつそう》訓練《くんれん》されたなら理想的《りさうてき》だと仰《おつ》しやいました、中程《なかほど》で獨《どく》白《はく》の云《い》ひ廻《まは》しは、見物《けんぶつ》に聞《き》かせず、自分《じぶん》だけやつた積《つも》りでした、併《しか》し案外《あんぐわい》にも皆樣《みなさま》から御賞美《ごしやうび》に與《あづか》りましたのは僥倖《げうかう》です、伊原《いはら》さんからも大《たい》した御賞美《ごしやうび》を受《う》けて恐《おそ》れ入《い》りました。

それから今度《こんど》の私《わたくし》の役《やく》は唯腹《たゞはら》だけで演《す》る役《やく》ですから、誠《まこと》に骨《ほね》が折《を》れます、それに三十以上《いじやう》の女《をんな》でありながら伯爵《はくしやく》に誘惑《いうわく》される、そこなどを厭味《いやみ》にせずに演《す》るのが誠《まこと》に難儀《なんぎ》です、こゝらが中村《なかむら》さんの男《をとこ》が女《をんな》の眞似《まね》をしては到底《たうてい》やり切《き》れぬと仰《おつ》しやつた所以《ゆゑん》でせうと思《おも》ひます。

何《なん》にせよ今度《こんど》の私《わたくし》の役《やく》では、調子《てうし》が成功《せいこう》したと云《い》ふことは、全《まつた》く土肥《どひ》さんのお蔭《かげ》で、幾重《いくへ》にも感謝《かんしや》の意《い》を表《へう》して居《ゐ》ます、調子《てうし》の出來《でき》たのは獨《ひと》り私《わたくし》ばかりでなく、他《ほか》の女優方《ぢよいうがた》もよく出來《でき》て居《ゐ》ました、先《ま》づ此位《このくらゐ》で御免《ごめん》を蒙《かうむ》りませう。

（旭光記）

喜劇 やきもち

（春汀畫）

田村俊子

登場人物《とぢやうじんぶつ》

文學士《ぶんがくし》　長房留雄《ながふさとめを》　三十二歳《さい》
妻《つま》　はん子《こ》　二十歳《さい》
母《はゝ》　すぎぢ　五十九歳《さい》
下女《げぢよ》　おとく　十八歳《さい》
友人文學士《いうじんぶんがくし》　境野彦吉《さかひのひこきち》　三十歳《さい》
令嬢《れいぢやう》　月岡《つきをか》けい子《こ》　十九歳《さい》
藝妓《げいしや》　菊《きく》の家《や》の叶《かなふ》　二十三歳《さい》
茶見世《ちやみせ》の女《をんな》
花見客《はなみきやく》大勢《おほぜい》
祖母《そは》　月岡《つきをか》ますえ

第一場　上野《うへの》花見《はなみ》の場《は》

上野清水《うへのきよみづ》の觀音堂附近《くわんおんだうふきん》、上手《かみて》に觀音堂《くわんおんだう》の側面《そくめん》、下手《しもて》に休《やす》み茶屋《だや》・鬼灯提灯《ほふづきちやうちん》など下《さが》り、櫻《さくら》の立木《たちぎ》よろしく立《た》つ茶見世《ちやみせ》の女《をんな》、花見客《はなみきやく》を相手《あひて》にサイダーなど注《つ》いでゐるところにて樂隊《がくたい》の囃子《はやし》にて幕明《まくあ》く。假裝《かさう》した花見客《はなみきやく》、田舍《ゐなか》もの、醉《ゑ》ひへゞつた連中《れんちう》など右往左往《うわうさわう》に行《ゆ》きちがつてはいろ。もえぎの石持《こくもち》に島田《しまだ》の鬘《かつら》を被《かぶ》り、眞《ま》つ白《しろ》に白粉《おしろい》を塗《ぬ》つた男《をとこ》花道《はなみち》より馳《か》け出《だ》してくる。

後《あと》より一生懸命《しやうけんめい》に巡査《じゆんさ》が追《お》ひかけて出《で》る。本舞臺《ほんぶたい》にて櫻《さくら》の幹《ろき》を楯《たて》に假裝《かさう》した男《をとこ》逃《に》げまはる。巡査《じゆんさ》は佩劍《はいけん》をつかんで追《お》つかけ廻《まは》す。男《をとこ》鬘《かつら》を落《おと》して拾《ひろ》はうとする所《ところ》を巡《じゆん》査《さ》肩《かた》を摑《つか》んで引《ひ》つ立《た》てゝはいる。入《い》れ違《ちが》ひに下手《しもて》から、長《なが》房《ふさ》留雄《とめを》洋裝《やうさう》にて、はん子《こ》を伴《つ》れて出《で》る。はん子《こ》庇《ひさ》し髪《がみ》、半《はん》コート、スカーフを着《き》、洋傘《かうもり》を突《つ》きながら、雜沓《ざつたう》に堪《た》へぬと云《い》ふ苦《くる》しき風《ふう》にて眉《まゆ》を顰《しか》めながら、醉態《すゐたい》の人《ひと》を恐々《こわ〴〵》避《よ》けてくる。

留雄『非常《ひじやう》な人《ひと》だねえ。お前《まへ》、また、逆上《のぼせ》て頭痛《づゝう》が爲《す》るなんて云《い》ひ出《だ》しちや困《こま》りますよ。大丈夫《だいぢやうぶ》かね。』

　はん子急《こきふ》に頭《つむり》をおさへる。

留雄『おや、痛《いた》み出《だ》したの。』

はん子『なんともなかつたんで御座《ござ》いますけれど、貴方《あなた》がそんな事《こと》をお尋《たづ》ねあそばしたら、急《きふ》に……』

留雄『急《きふ》に痛《いた》くなつた？　ぢや、頭痛《づゝう》の催促《さいそく》を爲《し》たやうなもんだね、迂潤《うつか》りお前《まへ》には、健康《けんかう》を尋《たづ》ねることも出來《でき》ないねえ、草臥《くたび》れやあしませんかぐらゐにして置《お》きや宜《よ》かつたつけ。』

　はん子笑《わら》ひ出《だ》す。

留雄『少《すこ》し此所《こゝ》へでも掛《か》けよう。』

　兩人《りやうにん》茶見世《ちやみせ》へはいる。一寸目《ちよつとめ》に着《つ》く方《はう》の女《をんな》出《で》てくる。

女『いらつしやいまし。今日《こんち》は大層《たいそう》な人出《ひとで》で御座《ござ》います。』

　はん子腰《こし》をかけながらじろりと女《をんな》を見《み》る。

留雄『非常《ひじやう》だね、姐《ねえ》さんのやうな商賣《しやうばい》の人《ひと》はいゝね、毎日《まいにち》浮《うか》れた客《きやく》を相手《あひて》だから面白《おもしろ》からう。』

女『あら、御樣子《ごやうす》の好《い》いことをおつしやるわね、醉《よ》つぱらひばかり多《おほ》くつて辛《つら》いんですよ、醉《え》つた方《かた》を相手《あひて》ですから勘定《かんぢやう》の世話《せわ》のやける事《こと》つたらないの、いやになりますよ。』

留雄『シトロンに爲《し》ようか、サイダーが好《い》いか、ねえお前《まへ》も咽喉《のど》が乾《かわ》くだらう。』

　はん子澄《こす》まして外方《そつぽう》を見《み》てゐる。

留雄『何《なん》でも好《い》いから飲《の》むものを呉《く》れたまへ。』

女『かしこまりました。』

一寸《ちよつと》はん子《こ》の方《はう》を見《み》ながら入《はい》つてゆく。

留雄『お前《まへ》、熱《あつ》くはないか。頭痛《づゝう》はどうしたね。』

はん子『私《わたくし》へのお世辭《せじ》なら澤山《たくさん》でございます。茶見世《ちやみせ》の女《をんな》にまでお世辭《せじ》を仰有《おつしや》るんですから、ちつとも有難《ありがた》くは御座《ござ》いませんわ。』

と椅子《いす》を横《よこ》へ向《む》ける。はん子《こ》一體《たい》に疳走《かんはし》つた聲《こゑ》。

留雄『お世辭《せじ》を云《い》つてやしない、心配《しんぱい》して聞《き》いてるんぢやないか。』

と顔《かほ》を差《さ》しつけて、

留雄『お前《まへ》、白粉《おしろい》が大分《だいぶ》斑點《むら》になつてます。日《ひ》の中《なか》を歩行《ある》きまはつた所爲《せゐ》だらう、今《いま》の内《うち》にお直《なほ》し。』

はん子『ようござんすわ、白粉《おしろい》が斑點《むら》だつて。』

手巾《はんけち》で顔《かほ》を押《おさ》へながら懐中鏡《くわいちうかゞみ》を出《だ》して、人《ひと》の見《み》ない方《はう》へかくれる。樂隊《がくたい》の音《おと》、法界節《はふかいぶし》の月琴《げつきん》の音《おと》など入《い》り交《ま》じつて騒《さわ》がしく聞《き》こえる。上手《かみて》より下谷藝妓《したやげいしや》の花見連《はなみれん》のはぐれ四五人《にん》、御殿女中《ごてんぢよちう》の假裝《かさう》にて出《で》てくる。中《なか》の叶《かなふこ》、少し醉《よ》つてる體《てい》。

叶『しかも去年《きよねん》の櫻時《さくらどき》、植《う》ゑて初日《しよにち》の初會《しよくわい》から……と。』

踊《をど》りながら茶屋《ちやや》の前《まへ》へくる。

叶『姐《ねえ》さん、一杯飲《はいの》まして頂戴《ちやうだい》、ぐつと斯《か》う干《ほ》すんだから、お酒《さけ》ぢやないのよ。冷《つ》めたいもの。』

長房《ながふさ》の横《よこ》へ腰《こし》をかける。

叶『皆《みんな》も交際《つきあ》つておくれ、直《ぢき》だよ。』

後《うしろ》から來《き》た一人《ひとり》が長房《ながふさ》を見《み》て、

藝妓『お花見《はなみ》ですか。』

と挨拶《あいさつ》する。叶《かなふ》も振返《ふりかへ》る。

叶『あら長房文學士《ながふさぶんがくし》、何《なん》でせう傍《そば》にゐながら御挨拶《こあいさつ》もなしでさ。ぽつ然《ねん》と一人《ひとり》のお花見《はなみ》は洒落《しやれ》てるわ、其《そ》れとも誰《だれ》さんか待《ま》ち合《あ》はせようつて寸法《すんはふ》？』

長房《ながふさ》、はん子《こ》の隠《かく》れた方《はう》を見《み》ながら返事《へんじ》をしずにゐる。

叶『いやだよ、ほゝゝゝ、貴方《あなた》の襟飾《ねくたい》は曲《ま》がつてるぢやありませんか、獨《ひと》り者《もの》はこれだからねえ、さあ直《なほ》して上《あ》げますから此方《こつち》へお向《む》きなさいよ、坊《はう》やつてものは柔順《すなほ》にしてるものよ。』

叶《かなふ》立《た》つてゆき、長房《ながふさ》の肩《かた》に兩手《りやうて》をかけて向《む》き直《なほ》させる。はん子椅子《こいす》のうしろ蔭《かげ》から立上《たちあが》り此方《こつち》を見《み》る。長房《ながふさ》と顔《かほ》を見《み》合《あ》はせる。

留雄『曲《ま》がつてゝもいゝ。止《よ》したまへ。止《よ》したまへ。見《み》てるから、おい、見《み》てるから。傍《そば》へ來《き》ちや困《こま》るよおい。』

叶『ちよいと、皆《みんなみ》見て頂戴《ちやうだい》。まるで胸倉《むなくら》づくしの體《てい》裁《さい》だね。貴方《あなた》が浮氣《うはき》をするからこんな目《め》にあふのよ。』

叶《かなふ》、ネクタイを直《なほ》しながら、ちよいと小突《こづ》く。女《をんな》、サイダーを注《つ》いで持《も》つてくる。はん子《こ》、段々《だん〳〵》にじり〳〵と長房《ながふさ》の方《はう》へよつて來《き》て立《た》つて見《み》てゐる。藝妓《げいしや》の一人《ひとり》一寸《ちよつと》叶《かなふ》を引《ひ》つ張《ぱ》つて知《し》らせる。叶手《かなて》を放《はな》す。

叶『だれ？　お連《つ》れさん？　奥《おく》さん？』

留雄『誰《だれ》でもいゝぢやないか。困《こま》るよ、困《こま》るなあ。』

叶《かなふ》、大《おほ》きな聲《こゑ》で。

叶『お連《つ》れさんがいらしつたのに、失禮《しつれい》しちやつたわねえ、眞《ま》つ平御免《ぴらごめん》あそばせよ。だが、ネクタイだけはお直《なほ》しなさいよ長房《ながふさ》さん。ネクタイの斜《はす》つかけなんざ粋《いき》でもないわね。』

長房《ながふさ》、うしろのはん子《こ》をちよい〳〵見《み》て默《だま》つてる。はん子も默《だま》つて藝者《げいしや》を見《み》てゐる。

藝者二『さあ行《ゆ》きませう、行《ゆ》きませう、みんなが探《さが》してるよ。』

一同長房《みんな、ながふさ》に、

一同『失禮《しつれい》。』

と云《い》つて花道《はなみち》へはいる。

留雄『厚《あつ》かましい女《をんな》たちだ……お前《まへ》心持《こゝろもち》を悪《わ》るくしやあしないか。』

はん子《こ》、ぴり〳〵と唇《くちびる》をうごかしてる。

留雄『この間《あひだ》の觀櫻會《くわんあうくわい》ね、社《しや》の觀櫻會《くわんあうくわい》ね、あの時《とき》たつた一度逢《どあ》つたぎりの女《をんな》たちなんだよ、馴染《なじみ》でも何《なん》でもありやしない、たつた一度《ど》つきりしきや逢《あ》はないのに彼《あ》れぢや百年《ねん》も馴染《なじ》んだ狆《ちん》ころだ、實《じつ》に迷惑《めいわく》するね、又《また》、お前《まへ》に疑《うた》ぐられると僕《ぼく》が弱《よわ》るからね、馴染《なじ》みでも何《なん》でもない、たつた一度《ど》梅川《うめがは》で……』

はん子『止《よ》して下《くだ》さい。一度《ど》一度《ど》つて……幾度《いくたび》だつて宜《よろ》しいぢや御座《こざ》いませんか。』

留雄『幾度《いくたび》つて、僕《ぼく》はんとうに一度《ど》しつきや逢《あ》はないんだから……なにね、お前《まへ》が許《ゆる》してさへくれゝば辯解《べんかい》もしないけれど…』

はん子『あなたと御《ご》一緒《しよ》に歩《あ》るくと……侮辱《ぶじよく》されてばかりゐるんです。』

椅子《いす》によつてはん子泣《な》き始《はじ》める

はん子『藝者《げいしや》の玩弄《おもちや》に

なるなんて……男子《だんし》の癖《くせ》に……然《し》かも家内《かない》の前《まへ》で……あなたの樣《やう》な情《なさけ》ない男《をとこ》がこの世《よ》の中《なか》にあるでせうか？。』

女出《をんなで》てきてこの體《てい》を見《み》て驚《おどろ》く。

女『どうか成《な》さいましたか。御病氣《ごびやうき》がお起《おこ》りでもなさいましたか。』

留雄『なに、何《ど》うもしない……んぢやない、何《ど》うかしたんです……頭痛《づつう》が重體《ぢうたい》になつたもんだから……あつ、然《さ》うだ、齲齒《むしは》が急《きふ》に痛《いた》みだしましてね。』

女『まあ〳〵、それはお困《こま》りでございませう、あなた、上《うへ》へおあがり遊《あそ》ばして少《すこ》しお落着《おちつき》になつちや如何《いかゞ》でございます。』

留雄『何《ど》うだ、さうするかね。人混雑《ひとごみ》で逆上《のぼせ》たんだらう。上《うへ》へあがつて休《やす》むか。』

はん子默《こだま》つて猶泣《なほな》く。

留雄』痛《いた》み出《だ》すと口《くち》もきけないんで困《こま》ります。』

女『お冷水《ひや》でおうがひを遊《あそ》ばせ。』

女《をんな》、水《みづ》を取《と》りにゆく。

留雄『おい〳〵。みつともないから泣《な》くだけは止《よ》して下《くだ》さい。場所《ばしよ》が場所《ばしよ》だから……僕《ぼく》があやまる。藝者《げいしや》風情《ふぜい》の玩弄《おもちや》になるなんて實《じつ》に怪《け》しからん、男子《だんし》の威《ゐ》嚴《げん》も何《なに》もあつたもんぢやない、全《まつた》くお前《まへ》の云《い》ふ通《とほ》りだ、以後《いご》を戒《いまし》めるからもう勘忍《かんにん》しておくれ。先方《さき》も酔《よ》つてるやうだつたから僕《ぼく》も敢《あへ》て無禮《ぶれい》を咎《とが》めなかつたんだがね。折角二人《せつかくふたり》で出《で》てきて不愉快《ふゆくわい》にしちや滿《つ》まらない。機嫌《きげん》を直《なほ》して下《くだ》さい。こんなにして僕《ぼく》お詫《わ》びをするから……』

留雄《とめを》、卓子《てーぶる》の上《うへ》へ頭《あたま》をすり付《つ》けて低頭《ていとう》する。

はん子『あなたが不愉快《ふゆくわい》の種《たね》をお蒔《ま》きになるんで御座《ござ》いますです。ですから決《けつ》して御一緒《ごしよ》しないつて申《まを》すんですのに』

留雄『分《わか》つたよ。種《たね》を蒔《ま》いた僕《ぼく》がわるいんだから、あやまるよ。機嫌《きげん》を直《なほ》しておくれ。』

上手《かみて》から花見《はなみ》の客《きやく》にまじつて月岡《つきおか》けい子出《こで》る。高髷《たかまげ》、紋《もん》付裾模様《つきすそもやう》の上《うへ》に半《はん》コートを着《き》てゐる。人《ひと》を探《さが》してゐると云《い》ふ様子《やうす》。茶《ちや》やの前《まへ》へ來《き》て長房《ながふさ》を見《み》つける。茶見世《ちやみせ》の女《をんな》奥《おく》からお冷水《ひや》を持《も》つて出《で》てはん子《こ》の傍《そば》におくはん子顔《こかほ》を直《なほ》しながらけい子《こ》の立《た》つてる方《はう》を見《み》る。長房知《ながふさし》らずにゐる。けい子恥《こはづ》かしさうなこなしにて聲《こゑ》をかけたさうにもじ／＼してゐる。

留雄『お前《まへ》が機嫌《きげん》を直《なほ》してくれたんで僕《ぼく》ははつとした宅《うち》へ歸《かへ》つてからもう云《い》ひつこなしに爲《し》ようね、これつ切《き》りだよ、えゝ。』

はん子又默《こまただま》つてしまふ。けい子《こ》の方《はう》を見《み》て留雄《とめを》を見《み》る。

留雄『此所《こゝ》を出《で》ようぢやないか。此所《こゝ》はどうも可《い》かん……おや、月岡《つきをか》さん。』

けい子《こ》お辭儀《じぎ》をしたばかりで入《はい》らずにゐる。

留雄『あなたお一人《ひとり》ですか。どうしたんです。』

けい子《こ》もじ／＼して、

けい子『あの……御《ご》一緒《しよ》ぢやございませんの……』

留雄『一緒《しよ》？、誰《だれ》です。』

けい子『あの……今日《こんにち》は長房《ながふさ》さんと御《ご》一緒《しよ》して、上野《うへの》へ行《ゆ》くからこの時間頃《じかんごろ》に清水堂《きよみづだう》の近所《きんじよ》へおいでと云《い》はれましたから……』

留雄『あゝ境野君《さかひのくん》か。境野君《さかひのくん》とそんな約束《やくそく》をなすつたんですか。僕《ぼく》はちつとも知《し》らないんですよ。ねえ、はん子《こ》。昨夜《ゆふべ》境野君《さかひのくん》が來《き》た時《とき》一緒《しよ》に上野《うへの》へ行《ゆ》かうかとも何《なん》とも云《い》つてなかつたね。』

はん子『どうで御座《ござ》いますか。』

留雄『あなたはお宅《たく》からいらしつたんですか。』

けい子『今日《こんにち》はあの……お琴《こと》のお浚《さら》ひで無極《むきよく》までまゐりましたの……それで……』

留雄『それで丁度都合《ちやうどつがふ》が好《い》いから一寸逢《ちよいとあ》はうとか何《なん》とか定《き》めたんですね。』

けい子眞《こま》つ赤《か》になつて恥《はづか》しがる。

留雄『それぢやあ僕《ぼく》たちの出《で》たあとへ來《き》たかも知《し》れない、昨夜來《ゆふべき》たときはね境野君何《さかひのくんなん》とも云《い》はなかつたんです。』

けい子『あの……奥《おく》さんで御座《ござ》いますの。』

留雄『然《さ》うです。はん子《ご》、この方《かた》はね月岡《つきをか》けい子《こ》さんと仰有《おつしや》るの。境野君《さかひのくん》の御《こ》懇意《こんい》でね……自然《しぜん》僕《ぼく》ともお交際《つきあひ》したような譯《わけ》でね、まあ矢《や》つ張《は》りお友達《ともだち》のやうな方《かた》だ。月岡《つきをか》さん、妻《さい》です。』

けい子叮嚀《こていねい》にお辭儀《じぎ》をする。はん子一寸《こちよつと》挨拶《あいさつ》してから良《をつ》人《と》を睨《にら》んでゐる。留雄《とめを》困《こま》つた顔付《かほつき》ではん子《こ》の傍《そば》へゆく。

留雄『氣《き》にする事《こと》はないんだよ。この方《かた》は境野君《さかひのくん》の何《なん》ぢやないか……妻君《さいくん》になられる方《かた》ぢやないか、ねえ月岡《つきをか》さん、然《さ》うですね、境野君《さかひのくん》を探《さが》しにいらしつたんですね。』

けい子返事《こへんじ》も出來《でき》ず、穴《あな》へでもはいり度《た》いと云《い》ふ風《ふう》、傍《わき》を向《む》いて逃《に》げ出《だ》しさうにする。

留雄『もう直《ぢ》き境野君《さかひのくん》も見《み》えるでせう、あなたと時間《じかん》の約束《やくそく》があるから一人《ひとり》でゞもやつてくるでせう。一緒《しよ》に待《ま》たうぢやありませんか。』

けい子《い》『えゝ、ですけれど……あのお邪魔《じやま》になりましても惡《わる》うございますから。これで……』

留雄『歸《かへ》つちや困《こま》りますよ。どうしても貴女《あなた》を境野《さかひの》に逢《あ》はせなくつちや……逢《あ》つたところを見《み》せないと、實證《じつしよう》が上《あ》がりませんからね、僕《ぼく》が又《また》誤解《ごかい》されなくつちやならない。それぢや後《あと》が弱《よわ》るから境野《さかひの》が來《く》るまでゐて下《くだ》さい』

けい子分《こわか》らない顔付《かほつき》でもじ〳〵する。

けい子《い》『又《また》お目《め》にかゝりますから……』

と行《ゆ》かうとする。留雄《とめを》一生懸命《しやうけんめい》に押《おさ》へる。

留雄『貴女《あなた》に今歸《いまかへ》られると歸宅後《きたくご》が大變《たいへん》ですから。』

留雄《とめを》、けい子《こ》を上手《かみて》よりの方《はう》へ連《つ》れてくる。

留雄『實《じつ》はね、貴女《あなた》と僕《ぼく》との關係《くわんけい》を明《あき》らかにしないと後《あと》がその……實《じつ》は困《こま》るんです。妻《さい》が氣《き》を揉《も》んで……少《すこ》し神經《しんけい》が過敏《くわびん》の方《はう》ですからね、ですから境野《さかひの》が來《き》て事實《じじつ》が分明《ぶんみやう》するまでゐらしつて下《くだ》さい、貴女《あなた》だつて然《さ》うすりや戀《こ》ひしい人《ひと》に逢《あ》へるぢやありませんか。』

途端《とたん》にはん子《こ》つか〳〵と花道《はなみち》に行《ゆ》きかゝろ。留雄驚《とめをおどろ》いて呼《よ》びとめる。はん子《こ》すん〴〵と行《ゆ》く。留雄《とめを》追《お》つかけてゆく。

留雄『何所《どこ》へ行《ゆ》くの。おい、はん子《こ》。』

はん子『歸《かへ》ります。』

留雄『お前《まへ》又《また》氣持《きもち》を惡《わ》るくしたんだね。其《そ》れぢや困《こま》るね、何《なん》でもありやしない境野《さかひの》の戀人《ラバア》ぢやないか。』

はん子『何《なん》でもよう御座《ござ》んす。』

留雄《とめを》の手《て》を振《ふ》り拂《はら》つて馳《か》けて行《い》つてしまふ。入《い》れ違《ちが》ひに境《さかひ》野彦吉《のひこきち》寫眞機械《しやしんきかい》を携《たづさ》へ急《いそ》いで出《で》る。

境野『まあ、何《ど》うしたい。何《なに》を茫然《ぼんやり》してるんだ。』

留雄『君《きみ》、君《きみ》のお蔭《かげ》で僕《ぼく》は・・・・』

境野『何《ど》うしたい。』

留雄『弱《よわ》つちまつたなあ。』

けい子舞臺《こぶたい》から馳《か》けよる。

境野『やあ待《ま》つてたの。僕《ぼく》も急《いそ》いたんだけれど電車《でんしや》が滿員《まんゐん》でね・・・・君《きみ》、紋付《もんつき》？　高髷《たかまげ》？　目《め》に立《た》つなあ。』

兩人《りやうにん》茶《ちや》やへはいる。留雄《とめを》手《て》を組《く》んであとから茫然《ぼんやり》とついてはいる。

留雄『僕《ぼく》は家《うち》へ歸《かへ》れない。』

境野『歸《かへ》れない？、何《ど》うしたんだよ。妻君《さいくん》の大切《だいじ》なものでも落《おと》して歸《かへ》れないのか？、例《れい》の劍《けん》のみが恐《おそ》ろしくつて歸《かへ》れないんだらう。』

留雄『たつた今《いま》、怒《おこ》つて歸《かへ》つたばかりのところさ。月《つき》岡《なか》さんがね僕《ぼく》を見《み》つけて君《きみ》の消息《せうそく》を聞《き》いてるのを何《なに》か誤解《ごかい》したんだねえ。』

境野『だつて僕《ぼく》の・・・・あれだつて云《い》やあいゝぢやないか。』

留雄『云《い》つたつて駄目《だめ》なんだ。途中《とちう》で知《し》らん女《をんな》に逢《あ》ふだらう。其《そ》の女《をんな》が妙《めう》に僕《ぼく》の顏《かほ》を見《み》るとするだらう。もう妻君《さいくん》怒《おこ》つちまふんだからね。あの權幕《けんまく》でやられた日《ひ》にや僕命《ぼくいのち》はないよ。月岡《つきをか》さんの前《まへ》にもう一《ひ》と幕《まく》濟《す》んでるんだからね。困《こま》つちまつたなあ。』

境野『だからさ、僕《ぼく》の・・・・なんだつて云《い》やあいゝぢやないか。』

留雄『云《い》つても駄目《だめ》なんだよ、よしんば君《きみ》が來《き》てくれて斯《か》う〳〵だつて云《い》つたつて、僕《ぼく》が君《きみ》に賴《たの》んで然《さ》う云《い》はせたんだらうつて怒《おこ》ります。僕《ぼく》は今夜《こんや》坊主《ばうず》になつちまふだらう。』

留雄《とめを》、自分《じぶん》の頭《あたま》を撫《な》でる。

境野『何故《なぜ》だい。坊主《ばうず》になつてあやまるのか。』

留雄『僕《ぼく》の髮《かみ》の毛《け》を持《も》つて引《ひ》つ張《は》りまはすからさ。床《とこ》やへ寄《よ》つて短《みじ》かくして歸《かへ》らうか。』

子《けい》『お氣《き》の毒《どく》なことを致《いた》しましたわね。家庭《かてい》の平和《へいわ》をお破《やぶ》りして。』

境野『君《きみ》があんまり妻君《さいくん》に献心的《けんしんてき》の御奉公《ごほつこう》をしてゐるからさ、少《すこ》し虐待《ぎやくたい》して見《み》たまへ。』

留雄『僕《ぼく》は何《なに》しろ歸《かへ》らう。歸《かへ》らずにゐたら猶大變《なほたいへん》だからねえ。』

境野『さうびく〳〵爲《し》たまふな。一日《にちう》浮かれてゆつくり歸《かへ》るさ。女房《にようばう》ぢやないか。罷《まか》り間違《まちが》つたら叩《たゝ》き出《だ》しちまふさ。』

留雄《とめを》飛《と》びあがる。

留雄『どうして〳〵命《いのち》を賭《と》さなきやそんな事《こと》は出來《でき》ない。』

境野『まあ好《い》いさ。僕《ぼく》が一《ひ》とつ楠《くすのき》を氣取《きど》つて、ある計《けい》略《りやく》で、君《きみ》の妻君《さいくん》のやきもちをぴたつと根切《ねき》りにして上《あ》げるがどうだ。』

留雄『そんな事《こと》が出來《でき》るものか。君《きみ》は妻君《さいくん》の嫉妬《しつと》なんてものは經驗《けいけん》した事《こと》がないから呑氣《のんき》だ。半狂亂《はんきやうらん》になつて妻君《さいくん》に嫉《や》かれる時《とき》の苦痛《くつう》を堪《こら》へるだけの、意志《いし》の鍛錬《たんれん》を外《ほか》に用《もち》ゐたら、天下《てんか》に大名《たいめい》を成《な》すのは蓋《けだ》し難作《ざふさ》もないこつたね。』

境野『好《い》いよ。きつと僕《ぼく》が妻君《さいくん》に發心《ほつしん》をさせて見《み》るから安心《あんしん》したまへ。僕《ぼく》ねこの間《あひだ》活動寫眞《くわつどうしやしん》で見《み》て來《き》たものがある。そいつを一寸應用《ちよつとおうよう》して見《み》るんだ。』

留雄『一體《たい》どんなことだ。』

境野『古《ふ》るいところだが謀《はかりごと》は密《みつ》なるをもつてよしとす。其《そ》れよりかね、この方《はう》が成功《せいこう》したら君《きみ》も僕《ぼく》の爲《ため》に骨《ほね》を折《を》つてくれなくちやあ……。』

留雄『いゝとも。成功《せいこう》しなくつたつて僕《ぼく》は君《きみ》の爲《ため》に骨《ほね》を折《を》るさ。けい子《こ》さんとの結婚問題《けつこんもんだい》か?。』

けい子恥《こはづ》かしさうにする。

境野『だからね、何所《どこ》かで一杯飲《はいの》んで醉《よ》つてゞも歸《かへ》りたまへ。たしかに受合《うけあ》ふよ。其《そ》の代《かは》り腫物《おでき》だつて根《ね》切《き》りにするにやあ療治《れうぢ》がひどいからね。嫉妬《やきもち》の根切《ねき》りだから僕《ぼく》はうんと妻君《さいくん》をひどい目《め》に合《あ》はせるよ。君《きみ》のお蔭《かげ》で折角逢《せつかくあ》つたけいさんと口一《くちひ》とつきかないぢやないか。』

境野《さかひの》、けい子《こ》の傍《そば》へ椅子《いす》をよせろ。けい子恥《こはづ》かしがつて長《なが》房《ふさ》の後《うしろ》へかくれる。

境野『おや可笑《をか》しいぞ。けいさん、其《そ》んなことをすると僕《ぼく》が嫉《や》く番《はん》になるよ。』

留雄《とめを》、笑《わら》ひながらけい子《こ》を後《うしろ》から押《お》し出《だ》す、けい子手巾《こはんけち》で顔《かほ》をかくす、境野《さかひの》引《ひ》つ奪《たく》らうとする。サイダーの瓶《びん》を引《ひ》つくり返《かへ》す。けい子《こ》飛《と》び退《の》くところで舞臺《ぶたい》まはる。

第二場　長《なが》房《ふさ》留《とめ》雄《を》宅《たく》の場《は》

舞臺《ぶたい》まはると、長房《ながふさ》の家《いへ》はん子部屋《こへや》の體《てい》、床《とこ》に琴《こと》を立《た》てかけ花古流風《はなこりうふう》に活《い》けてあり。鏡立《かゞみた》て、小机《こづくゑ》など位置《ゐち》よきところに並《なら》び、平常着《ふだんぎ》を衣紋竹《えもんたけ》に通《とほ》して一方《はう》の壁《かべ》にかけてあり下手《しもて》に中垣《なかゞき》の枝折戸《しをりど》ありて庭《には》つゞきの體《てい》。

はん子奥《こおく》の襖《ふすま》より出《で》る。下女《げぢよ》おとく後《あと》よりスカーフと半《はん》コートをもつてつゞいで出《で》る。

とく『大層《たいそう》お早《はや》くいらつしやいましたこと。旦那様《だんなさま》はどう遊《あそ》ばして?。』

はん子返事《へんじ》もせず小机《こづくゑ》の前《まへ》へぴたりと坐《すわ》つてぢつと考《かんが》へてゐろ、とく、スカーフを疊《た》みながら、

とく『あの、お氣分《きぶん》でもお惡《わ》るくゐらつしやいますか奥《おく》さま、どう遊《あそ》ばしました。』

はん子『うるさいねえ。何《なに》がどうしたつて好《い》いぢやないか。』

とく、縮《ちゞ》んでそつと平常着《ふだんぎ》を外《はづ》してくろ。はん子、机《つくゑ》へ突《つ》

つ伏《ぶ》してる。

とく『あの、それではお召《めし》かへを。』

はん子《こ》、いきなり着物《きもの》を引《ひ》つたくつてびり〳〵と破《やぶ》る。

とく『あれ〳〵、何《なに》をなさいます。奥《おく》さま、奥《おく》さま。』

はん子『疳癪《かんしやく》の起《おこ》つてる時《とき》は打《う》つちやつてお置《お》き。ぐづぐづしてゐるとお前《まへ》の着物《きもの》も裂《さ》いちまふよ。』

とく、驚《おどろ》いて逃《に》げてはいる。

はん子『あゝ自烈度《じれつた》い〳〵。』

と云《い》ひながら机《つくゑ》の上《うへ》のものを手當《てあた》り次第《しだい》にほうり出《だ》す。こん度《ど》は立《た》つて疊《たゝみ》をとん〳〵と踏《ふ》みながら、じり〳〵すると云《い》ふこなし。

はん子『ほんとうにまあ何《ど》うでせう。後《あと》から追《お》つ掛《か》けてでもくるかと思《おも》へば、あれつ切《き》りで平氣《へいき》でゐるんだわね、人《ひと》の怒《おこ》つて歸《かへ》つたのも心配《しんぱい》しやしない。どこまで妾《わたし》を粗末《そまつ》にしてるんだらう。きつと好《い》い氣《き》になつて月岡《つきなか》とか何《なん》とか云《い》ふのと散歩《さんぽ》でもしてゐるかも知《し》れない、口惜《くや》しいわ。〳〵〳〵。』

はん子《こ》、疊《たゝみ》の上《うへ》へ突《つ》つ伏《ぶ》して泣《な》き出《だ》す。

所《ところ》へ、留雄《とめを》そつと拔足《ぬきあし》して入《はい》つてくる。後《うしろ》に立《た》つて考《かんが》へてゐる。はん子《こ》泣《な》きながら後《うしろ》を向《む》く。留雄《とめを》あわてゝ坐《すわ》つて低頭《おじぎ》する。はん子袖《こそで》を放《はな》して睨《にら》みつける。

はん子『何《なに》しに歸《かへ》つていらしつたんです。』

留雄『あなたがお歸《かへ》りなすつたから僕《ぼく》も歸《かへ》つて來《き》ました。』

はん子『貴方《あなた》は貴方《あなた》で御自由《ごじいう》に成《な》すつたら宜《よろ》しう御座《ござ》いませう。何《なに》も私《わたくし》と行動《かうどう》を共《とも》になさるには及《およ》ばないぢや御座《ござ》いませんか。』

留雄『いや然《さ》うはゆきません、僕《ぼく》の身體《からだ》はお前《まへ》……いやあなたの進退次第《しんたいしだい》なんですから。』

はん子『どう云《い》ふ譯《わけ》です。表面《へうめん》ばかり私《わたくし》に服從《ふくじゆ》してゐらしつたつて駄目《だめ》で御座《ござ》いますよ。蔭《かげ》でいろ〳〵な内《ない》密《しよ》ごとを成《な》さることがみんな暴露《あらは》れてまゐるぢや御《ご》座《ざ》いませんか口《くち》でばかり、お前《まへ》の通《とほ》りだなんて云《い》つたつて、お腹《なか》ぢや私《わたくし》を馬鹿《はか》にしきつてゐらつしやるんです。』

留雄『怪《け》しからんことを云《い》ふね。僕《ぼく》が何時《いつ》お前《まへ》に隠《かく》して何《なに》かしたかい。正々堂々《せいくだうく》、お前《まへ》に對《たい》して一點疚《てんや》ましいところはない積《つも》りです。秘密《ひみつ》なんて、覺《おぼ》えもないことを云《い》はれちや僕《ぼく》も一分《ぶん》が立《た》たない。』

はん子『威張《ゐば》つたことを仰有《おつしや》るな。今日《こんにち》のところだけでも二度《ど》まで暴露《あらは》れかけてるぢや御座《ござ》いませんか。』

留雄『そ、それだから、誤解《ごかい》だと云《い》ふんです。お前《まへ》は藝者《げいしや》のことゝ、けい子《こ》のことを氣《き》にして怒《おこ》つてゐるんだらう、實《じつ》に心外《しんぐわい》だね。全《まつた》く外《ほか》の女《をんな》に關係《くわんけい》でもして、それでお前《まへ》に兎《と》や角《かく》云《い》はれるなら仕方《しかた》がないさ。斷念《あきら》めますよ。けれ共《ども》お前《まへ》の何《なん》でもないものを相方《あひかた》にして嫉《や》かれちや立《た》つ瀬《せ》がないからね。』

はん子『何《なん》でもないものが貴方《あなた》に向《むか》つてネクタイまで直《なほ》したり何《なに》かいたしますか。考《かんが》へて御覧遊《ごらんあそ》ばせ、男《をとこ》の身體《からだ》へ手《て》を觸《ふ》れますものが、何《なん》でもない關係《くわんけい》がないと申《まを》されますか、あなた。』

留雄『いや、實《じつ》に弱《よわ》る。先方《さき》は藝者《げいしや》だよ、しかも醉《よ》つてゐたんぢやないか。其《そ》の位《くらゐ》のことはしますよ。ああ、するとも。何《なん》でもなくつたつて、お酒《さけ》をお盃《さかづき》に半分《はんぶん》づゝ飲《の》ませる樣《やう》なこつたつてする。稼業《かげふ》ぢやないか。男《をとこ》に甘《あま》えるのが稼業《かげふ》の奥《おく》の手《て》なんだもの。』

はん子『何《なん》ですつて。』

はん子《こ》、ずつと寄《よ》つて男《をとこ》の膝《ひざ》に身體《からだ》を押《お》しつける。留雄洋《とめをやう》服《ふく》の膝《ひざ》を折《を》つて畏《かしこ》まつてゐる。

はん子『あなたは其樣《そんな》ことまでも藝妓《げいしや》にさせたんですか。えゝ、まあそんなことまで。』

留雄『そんなことゝは何《なん》だね。』

はん子『お酒《さけ》を半分《はんぶん》づゝ飲《の》むと仰有《おつしや》つたぢやありませんか。まあそんなことまで、そんなことまで。』

はん子《こ》身體《からだ》を震《ふる》はしながら留雄《とめを》を突《つ》く。留雄飛《とめをと》びのく。

留雄『例《れい》だよ、たとへを引《ひ》いたんだよ。關係《くわんけい》がなくつたつてそんな事《こと》だつて爲《す》る。まして況《いは》んやだね、ネクタイを直《なほ》す位《くらゐ》のことは顔《かほ》を知《し》らないものにだつて爲《し》てやるよ。』

はん子『何《ど》うせ藝者《げいしや》は親切《しんせつ》で御座《ござ》います。私《わたくし》の様《やう》に貴方《あなた》のネクタイの曲《ま》がつてるのも知《し》らずにゐる様《やう》なぼんやりは藝者《げいしや》には御座《ござ》いませんわ。ですからお好《す》きなんでございませうよ。』

留雄『弱《よわ》るなあ、好《す》き嫌《きら》ひの問題《もんだい》ぢやないよ。お前《まへ》がネクタイ〳〵つて云《い》ひ出《だ》したから僕《ぼく》が藝者《げいしや》の行爲《かうゐ》について説明《せつめい》したまでさ、藝者《げいしや》を辯護《べんご》したのは、取《と》りも直《なほ》さず僕《ぼく》の辯護《べんご》さ。何故《なぜ》辯護《べんご》するかつて云《い》へば、お前《まへ》の誤解《ごかい》をとく爲《ため》さ。ね、つまりです。僕《ぼく》は決《けつ》して他《た》の女《をんな》に目《め》をかけずにゐるのに、お前《まへ》は直《す》ぐ僕《ぼく》が浮氣《うはき》でもする様《やう》に云《い》つて怒《おこ》る。それが苦痛《くつう》だからその誤解《ごかい》を解《と》かうと思《おも》つて、ネクタイ云々《うんぬん》のことを大《おほ》袈裟《げさ》に例《れい》を引《ひ》いて説明《せつめい》したのさ。其《そ》れがまたお前《まへ》の怒《いか》りを買《か》ふ種《たね》になるなんて埋《う》まらないなあ。何《なに》しろあれは一度《ど》つしきや逢《あ》はない藝者《げいしや》つてことを明言《めいげん》しておく。次《つ》ぎに第《だい》二の問題《もんだい》だね。あれこそ寃罪《ゑんざい》だね。あれはお前《まへ》境野《さかひの》の戀人《ラバア》ぢやないか。會話《くわいわ》の模様《もやう》でゞも分《わか》つてるぢやないか。』

はん子『境野《きかひの》さんのなら貴方《あなた》が平常《ふだん》お話《はな》しなさる筈《はず》ですわ。昨夜《ゆふべ》いらしつたつて何《なに》も仰有《おつしや》らないぢや御座《ござ》いませんか。どうせ私《わたくし》は薄《うす》ぼんやりの、分《わか》らずやの、氣《き》が利《き》かないんで御座《ござ》いますから何《なん》とでも胡麻化《ごまくわ》してゐらつしやい。何《なん》でもないものが傍《わき》の方《はう》へ引《ひ》つ張《は》つていつて、内密話《ないしよはなし》を成《な》さるには及《およ》びませんわ。』

留雄『困《こま》るなあ、凡《すべ》て誤解《ごかい》だよ。何《なん》と云《い》つても誤解《ごかい》だよ。』

はん子『何《なん》とでも仰有《おつしや》い。もう聞《き》きませんよ。貴方《あなた》は、私《わたくし》を唖《おし》で、つんぼで、盲目《めくら》だと思《おも》つてゐらつしやる。何《なに》をしても見《み》えないし、聞《きこ》えないし、饒舌《しやべ》れないと思《おも》つてゐらつしやるんです。』

と泣《な》く。

留雄『それだけ饒舌《しやべ》れゝば澤山《たくさん》……なに、決《けつ》して、そんなお前《まへ》を不具《かたわ》に扱《あつか》つてすむものかね。誤解《ごかい》なんだから機嫌《きげん》を直《なほ》しておくれ。平身低頭《へいしんていとう》してあやまり入《い》るよ。この通《とほ》り、この通《とほ》り。』

はん子『いやで御座《ござ》いますよ。あなたは構《かま》はず月岡《つきをか》さんのところへでも藝者《げいしや》のところへでも何所《どこ》へでもいらつしやいまし。私《わたくし》は私《わたくし》で覺悟《かくご》が御座《ござ》いますから。』

留雄『覺悟《かくご》つて何《ど》うするんだよ。』

はん子『死《し》んでしまひます。』

　　はん子《こ》、鏡臺《きやうだい》から剃刀《かみそり》を持《も》ち出《だ》す。

留雄『飛《と》んでもない。大變《たいへん》だ。怪我《けが》でもすると可《い》けない。おい。はん子《こ》。おい、はん子《こ》。』

はん子『死《し》んで了《しま》つた方《はう》が宜《よろ》しうございます。貴方《あなた》も氣《き》樂《らく》におなりなさるぢや御座《ござ》いませんか。うるさい事《こと》を申《まを》すものが居《ゐ》なくなつて結句《けつく》晴々《せいせい》なさいますわ。』

　　兩人《りやうにん》剃刀《かみそり》を爭《あらそ》ふ。

留雄『おい、誰《だれ》か來《き》てくれ。とく。とく、奥《おく》さんが大《たい》變《へん》だ。』

境野『何《なん》だ〳〵。癪《しやく》でも起《おこ》したのかね。』

　　境野《さかひの》、庭《には》の方《はう》から入《はい》つてくる。はん子狼狽《こあわて》て剃刀《かみそり》を帶《おび》の間《あひだ》にかくしてきちんと坐《すわ》り直《なほ》す。

留雄『どうも弱《よわ》つたねえ。お蔭《かげ》で助《たす》かつた。』

　　境野《さかひの》の靴《くつ》を脱《ぬ》ぐ間《あひだ》、何《なんに》も云《い》ふなとはん子留雄《ことわを》に目《め》で知《し》らせる。

境野『どうしました。奥《おく》さん。』

はん子『どうも致《いた》しませんわ。よくいらつしやいました。さあ何卒《どうぞ》どうも、取《と》り散《ち》らして御座《ご》います。』

　　はん子《こ》、着物《きもの》など片付《かたつ》けながら奥《お》へ行《ゆ》く。

境野『どうした。盛《さかん》にやつてたと見《み》えるね。』

　　指《ゆび》で角《つの》をこしらへて見《み》せる。

留雄『實《じつ》に猛烈《まうれつ》でね。剃刀《かみそり》で……やらうつて騷《さわ》いでゐたところさ。』

境野『堪《たま》らんね。おどかすんだらう。』

留雄『いや。ほんとに死《し》ぬつもりなんだ。』

境野『品行謹嚴《ひんかうきんげん》にしてゐながら然《さ》う嫉《や》かれちや浮《うか》ぶ瀬《せ》がないね。』

留雄『兎《と》に角《かく》、早速《さつそく》根《ね》切《き》りにして貰《もら》はうよ。根治《こんぢ》したら僕《ぼく》どんなお禮《れい》でもする。』

境野『よろしい。君《きみ》は彼方《あつち》へ行《い》つてゐたまへ。』

留雄『失敗《しくじ》つちや困《こま》るよ。大丈《だいぢやう》夫かい？。』

境野『大丈夫《だいぢやうぶ》だよ。代《かは》りに妻君《さいくん》をよこしたまへ。君《きみ》もしつかり頼《たの》むぜ。』

留雄『心得《こゝろえ》てゐるさ。』

留雄《とめを》はいつて行《ゆ》く。とく　座蒲團《ざぶとん》と煙草盆《たばこぼん》を持《も》つて出《で》る。

境野『奥《おく》さんは？』

とく『彼方《あちら》にゐらつしやいます。』

境野『一寸《ちよつと》、お目《め》にかゝり度《た》いつて然《さ》う云《い》つてくれたまへ。』

とく『奥《おく》さまをお呼《よ》び申《まを》すんで御座《ござ》いますか。』

境野『さうだ。』

とく『はい。』

とく入《はい》る、境野《さかひの》立《た》つて其所等《そこら》を見《み》まはし、机《つくゑ》の抽斗《ひきだし》を開《あ》けて何《なに》か探《さが》す體《てい》、ふいと、床《とこ》の間《ま》の寫眞《しやしん》ブツクを見付《みつ》けて中《なか》をあらため中《なか》から寫眞《しやしん》一葉《えふ》抜《ぬ》き出《だ》して、机《つくゑ》の上《うへ》の半紙《はんし》を取《と》り幾重《いくへ》にも〱寫眞《しやしん》を包《つゝ》んで——衣嚢《かくし》に入《い》れる。それより鏡臺《きやうだい》の抽斗《ひきだし》を抜《ぬ》いて眉刷毛《まゆはけ》を取《と》り出《だ》しそれも紙《かみ》に包《つゝ》んで自分《じぶん》の席《せき》のわきにおく。すまして煙草《たばこ》を燻《ふか》してゐるところへはん子出《こで》る。

はん子『お構《かま》ひも致《いた》しませんで失禮《しつれい》で御座《ござ》います。おや、長房《ながふさ》はをりませんの。』

はん子《こ》、境野《さかひの》の横《よこ》に坐《すわ》り手《て》をならす。

とく、出《で》る。

はん子『お茶《ちや》を持《も》つて來《き》て下《くだ》さい。それから旦那樣《だんなさま》をお呼《よ》び申《まを》しておくれ。』

とく、はいる。

はん子『お花見《はなみ》に大層人《たいそうひと》が出《で》るやうで御座《ござ》います。あなたも入《い》らつしやいましたか。』

境野『いゝえ。』

はん子『あゝ左樣《さやう》で御座《ござ》いますか。時候《じこう》がよくなりますからあなたもお遊《あそ》びの方《はう》がおいそがしくつて入《い》らつしやいませう。』

境野『いゝえ。』

はん子『あゝ左様《さ》で。』

境野《さかゐの》、瞬《また》きもせずにはん子の顔《かほ》を見《み》てゐる はん子氣《こき》が付《つ》いて氣味《きみ》わるさうに顔《かほ》を横《よこ》へ向《な》ける。そつと境野《さかひの》を見《み》ると、口《くち》を開《ち》いで猶自分《なほじぶん》を見《み》てゐる。

はん子『社《しや》の方《はう》もおいそがしくつて嘸《さぞ》お疲《つか》れでゐらつしやいませう、稀《たま》には御散歩《ごさんぽ》でも遊《あそ》ばしますかい。』

境野『いや。散歩《さんぽ》をしてもですね、お花見《はなみ》をしてもですね。僕《ぼく》一向《かう》おもしろくありません。始終《しじう》、氣《き》が欝《うつ》してをるですから。』

境野《さかゐの》、悄氣《しは》れた樣子《やうす》。

はん子『あゝ左樣《さやう》で。御病氣《ごびやうき》でゞもゐらつしやいますか。』

境野『いや。身體《からだ》は何《なん》ともないです。唯氣《たゞき》がふさぐのですな。一向氣分《かうきぶん》が引《ひ》き立《た》たんです。』

はん子『それはお惡《わる》う御座《ござ》いますこと。奧《おく》さんでもお迎《むか》へになりましたら、自然《しぜん》お樂《たの》しみで、氣分《きぶん》が愉快《ゆくわい》におなり遊《あそ》ばすで御座《ござ》いませう。』

境野『いや、妻《さい》などは……一生迎《しやうむか》へません。』

はん子『まあ、何故《なぜ》で御座《ござ》います。』

境野『實《じつ》は、僕《ぼく》、失戀《しつれん》をしたです。』

はん子『失戀《しつれん》で御座《ござ》いますつて。まあ〳〵其《そ》れはお氣《き》の毒《どく》な。』

境野『僕《ぼく》は實《じつ》に果敢《はか》ない戀《こひ》をしたです。まあ聞《き》いて下《くだ》さい。僕《ぼく》がある婦人《ふじん》に戀《こひ》をしたです、ところが僕《ぼく》が戀《こひ》をした時《とき》はもうその婦人《ふじん》は既《すで》に人《ひと》の妻《つま》だつたのです。云《い》ひ代《か》へれば僕《ぼく》は人《ひと》の妻君《さいくん》に横戀慕《よこれんぼ》して、斯《か》うして煩悶懊惱《はんもんわうなう》の月日《つきひ》を送《おく》つてゐるのですな。』

はん子『まあ始《はじ》めて伺《うかゞ》ひました。それで御氣分《ごきぶん》がお勝《すぐ》れになりませんのですね。』

と暫《しば》らく考《かんが》へて。

はん子『つかない事《こと》を伺《うかゞ》ひますが、人《ひと》の御妻君《ごさいくん》では高髷《たかまげ》にはお上《あ》げになりませんで御座《ござ》いませうね。』

境野『高髷《たかまげ》？　高髷《たかまげ》？　う、うん、高髷《たかまげ》、左樣高髷《さやうたかまげ》でしたな。お淺《さら》ひとか云《い》ふので紋付《もんつき》を着《き》てゐました。』

實《じつ》に美《うつく》しかつた。』

はん子『へえ、ではあれが人《ひと》の御妻君《ごさいくん》。』

境野『え、なに、何《ど》うして人《ひと》の妻《つま》ですもの高髷《たかまげ》には結《ゆ》ひません、それは少《すこ》し話《はなし》が違《ちが》ふやうでした。僕《ぼく》の横《よこ》戀慕《れんぼ》した人《ひと》は大概廂髪《たいがいひさしがみ》です、稀《たま》に丸髷《まるまげ》になんぞ結《ゆ》つてゐられると、人《ひと》の物《もの》と云《い》ふ看板《かんばん》がかゝつてるやうで實《じつ》に失望落膽《しつばうらくたん》するですな。』

はん子『ぢや矢張《やつは》り嘘《うそ》なんだ、まあ口惜《くや》しい。』

境野『僕決《ぼくけつ》して嘘《うそ》は申《まを》しません。せめて貴方《あなた》から御同情《ごどうじやう》のお言葉《ことば》なりと伺《うかゞ》ひたいと思《おも》ふばつかりに……。』

はん子『いゝえ貴方《あなた》のことを申《まを》し上《あ》げてゐるのぢや御座《ござ》いません、一寸御免《ちよつとごめん》あそばせ。』

とはん子立《こた》つて行《ゆ》かうとする。

境野『貴女何所《あなたどこ》へ行《ゆ》かれます。もう少《すこ》し僕《ぼく》の傍《そば》にゐらしつて下《くだ》さい、お願《ねが》ひですから、……斯《か》うして差《さ》し向《むか》ひで貴女《あなた》の傍《そば》にゐられると云《い》ふことは一分時間《ぶんじかん》でも僕《ぼく》は嬉《うれ》しい。ねえ、僕《ぼく》の身《み》に同情《どうじやう》して下《くだ》さいませんか。』

はん子『えゝ〳〵、もう其《そ》りや御同情《ごどうじやう》いたしてをります。何時《いつ》まで人《ひと》の奥《おく》さんをお思《おも》ひあそばすよりは、綺麗《きれい》におあきらめ遊《あそ》ばして、外《ほか》に奥《おく》さんをお迎《むか》へなさいまし。わたくし一寸長房《ちよつとながふさ》に用事《ようじ》がございますから。長房《ながふさ》に聞《き》きたゞさなければならない事《こと》がございますから。』

と又《また》立つて行《ゆ》かうとする。

境野『いや僕《ぼく》には斷念《あきらめ》られません。斷念《あきらめ》られる位《くらゐ》なら僕煩悶《ぼくはんもん》はせんのです。ねえ、奥《おく》さんお察《さつ》し下《くだ》さい。』

はん子『お察《さつ》しいたします。一寸御免《ちよつとごめん》あそばせ。』

境野『もう少《すこ》し傍《そば》にゐらしつて下《くだ》さい。もう一分《ぶん》……あなたに僕《ぼく》の心《こゝろ》が通《つう》じませんかなあ。』

はん子『いえもう、充分《じうぶん》お察《さつ》しいたしてをります。失戀《しつれん》はどんなにかお苦《くる》しいものでございませうとお察《さつ》し申《まを》してをります、一寸御免《ちよつとごめん》あそばせ。』

境野『まあ宜《よろ》しいでせう。あなたが長房《ながふさ》々々と仰有《おつしや》るたびに、僕《ぼく》は錐《きり》を心臓《しんざう》に揉《も》みこまれてゐるやうに切《せつ》ないです。』

はん子『おや、何故《なぜ》でございます。』

境野『何故《なぜ》ですか。…僕《ぼく》のこの心《こゝろ》があなたに通《つう》じませんかな。』

はん子『いえもう充分《じうぶん》お察《さつ》してをります。さぞお苦《くる》しいことで御座《ござ》いませう。』

境野『苦《くる》しいですよ、眼前《がんぜん》にその婦人《ふじん》を見《み》てゐるだけ辛《つら》いですよ。』

はん子『はあ左様《さやう》で。』

境野『あなたは些《ち》つとも察《さつ》して下《くだ》さらない。一體《たい》どんな婦人《ふじん》だと思《おも》ひますか。』

はん子『さぞお美《うつく》しくつてゐらつしやいませう。』

境野『無論《むろん》美《うつく》しいです。其《そ》の婦人《ふじん》の寫眞《しやしん》を一寸《ちよつと》あなたにお目《め》にかけませう。』

はん子《こ》、仕方《しかた》なく舊《もと》の席《せき》へ坐《すわ》る。境野《さかひの》、衣嚢《かくし》より以前《いぜん》の紙《かみ》に包《つゝ》みたる寫眞《しやしん》を取《と》りだしてはん子《こ》の前《まへ》にひろげる。

はん子『大層大切《たいそうたいじ》さうにおしまいになりましたこと。』

境野『これです。』

はん子手《こて》に取《と》つて見《み》る。

はん子『あら、私《わたくし》の寫眞《しやしん》。』

境野『長房君《ながふさくん》には濟《す》まんが、奥《おく》さんお察《さつ》し下《くだ》さい。』

はん子《こ》、寫眞《しやしん》を投《はう》り出《だ》して逃《に》げ出《だ》さうとする。境野押《さかひのおさ》へる。

境野『僕《ぼく》は斯《か》うして肌身放《はだみはな》さずあなたのお寫眞《しやしん》を所持《しよぢ》してゐるのです。貴女《あなた》も可哀想《かあいさう》だとお思《おも》ひ下《くだ》さいますなら、僕《ぼく》にこれを下《くだ》さい。せめてあなたの、その美《うつく》しいお顔《かほ》を彩《いろど》る道具《だうぐ》だと思《おも》つて、あなたと御一緒《ごいつしよ》にゐる積《つも》りで僕《ぼく》は大切《たいせつ》にいたしますから。』

境野《さかひの》、傍《そば》においた眉刷毛《まゆはけ》を出《だ》して見《み》せ、その眉刷毛《まゆはけ》を一寸《ちよいと》接吻《キツス》する。

はん子『まあ、何時《いつ》の間《ま》にかそんなものを。』

境野『ねえ、僕《ぼく》はこの毛《け》のうちに染《し》み込《こ》んだ白粉《おしろい》の匂《にほ》ひを嗅《か》いでも實《じつ》に嬉《うれ》しい。』

はん子『いやで御座《ござ》います。』

はん子奪《こは》ひ取《と》らうとする。

境野『無情《むじやう》なことを仰有《おつしや》るな。同情《どうじやう》して下《くだ》さい。』

境野《さかひの》、眉刷毛《まゆはけ》の匂《にほ》ひを頻《しき》りに嗅《か》ぐ。

はん子『私《わたくし》には長房《ながふさ》と云《い》ふ良人《をつと》が御座《ござ》います。そんなみだらな事《こと》はいやで御座《ござ》います。』

境野『あなたは嫌《いや》でも、僕《ぼく》は貴女《あなた》に惚《ほ》れたんですから仕方《しかた》がありません、寝《ね》ては夢《ゆめ》、覺《さ》めてはうつゝ、まぼろしのなんですから仕方《しかた》がありません。惚《ほ》れてしまつたんだから仕方《しかた》がありませんよ。』

境野立《さかひのた》ち上《あが》る。はん子驚《こおどろ》いて逃《に》げる。

はん子『何《なに》をなさいます。傍《そば》へいらしつちや厭《いや》で御座《ござ》いますよ。境野《さかひの》さん。』

境野構《さかひのかま》はず傍《そば》へ行《ゆ》く。

はん子『あれえ、〱、誰《だれ》か來《き》て下《くだ》さい。旦那樣《だんなさま》、旦那樣《だんなさま》、お母《かあ》さま。おとくや。誰《だれ》か來《き》て。旦那樣《だんなさま》。』

はん子逃《に》げまはり、庭《には》へ飛《と》び下《お》りて枝折戸《をりど》の外《そと》へ逃《に》げてゆく。境野笑《さかひのわら》ひながら追《お》ひかける。舞臺《ぶたい》まはる。

第三場　長房宅《ながふさたく》庭《には》の場《ば》

中央《まんなか》に池《いけ》、橋《はし》あり、下手《しもて》に阿屋瀬戸《あづまやせと》の腰《こし》かけなどあり、四方《はう》の庭《には》に植《う》ゑ込《ご》み、春《はる》の花《はな》など美《うつく》しく咲《さ》く、すべて庭《には》の體《てい》、はん子跣足《こはだし》にてかけて出《い》で、庭《には》の立木《たちき》のうちを彼方此方《あちこち》と逃《に》げまはる。境野《さかひの》追《お》ひまはす。池《いけ》の橋《はし》にて境野《さかひの》はん子《こ》をおさへる。はん子振《こふ》りもぎつて阿屋《あづまや》へはいろ。

はん子『一寸《ちよつと》でも傍《そば》へいらしつたら許《ゆる》しませんから。良人《をつと》のある身體《からだ》へおさはりなすつたら唯《たゞ》はすましません。』

境野『貴女《あなた》の良人《をつと》なんぞは僕《ぼく》の眼中《がんちう》にありませんよ。もうかうなつたら手負《ておひ》猪《じし》です。一寸《ちよつと》でも僕《ぼく》の手《て》が貴女《あなた》の身體《からだ》に觸《ふ》れないうちは何所《どこ》までゞも追《お》ひかけます。日本《にほん》うちは愚《おろか》、世界《せかい》うちは愚《おろか》、地球外《ちきうぐわい》までも追《お》ひかけます。貴方《あなた》が水《みづ》へはいれば水《みづ》の中《なか》、火《ひ》の中《なか》へはいれば火《ひ》の中《なか》、何所《どこ》までも追《お》ひかけますよ。』

はん子『あら〳〵、大變《たいへん》。いやで御座《ござ》いますよ。』

はん子泣《な》き聲《こゑ》になりて阿屋《あづまや》の內《うち》へすくむ。境野離《さかひのはな》れたところに立《た》ちはん子を見《み》てゐる。

境野　蛇《へび》に見《み》こまれたやうなものですな。さあ、そろそろ追《お》ひかけますぞ。』

はん子『きやつ。誰《だれ》か來《き》て。誰《だれ》か。誰《だれ》か……。』

はん子阿屋《こあづまや》の隅《すみ》へ縮《ちゞ》まる。境野《さかひの》そろり〳〵と進《すゝ》んでゆく。

はん子『境野《さかひの》さん。貴方氣《あなたき》がどうかしてますね。あとで後悔《こうかい》なさいますよ。』

境野『無論氣《むろんき》も狂《くる》つてる筈《はず》です。戀《こひ》の爲《ため》ですもの。』

はん子『いけません、いけません、傍《そば》へいらしつちやいけません。』

留雄『何《なに》を巫山戲《ふざけ》てるんだ。』

留雄《とめを》、阿屋《あづまや》の蔭《かげ》からつゐと出《で》る。

はん子『まあ、あなた。』

はん子留雄《ことめを》に縋《すが》りつく。途端《とたん》に帶《おび》の間《あひだ》から剃刀《かみそり》が落《お》ちる。

はん子『いゝ所《ところ》へ來《き》て下《くだ》さいました。……境野《さかひの》さんが追《お》つかけまはして……いやらしい事《こと》を仰有《おつしや》るんで御座《ござ》います。』

境野『いや恐縮《きようしゆく》です、君《きみ》に現場《げんば》を見《み》られては一言《ごん》の申譯《まをしわけ》もない。』

留雄『どうも平常《ふだん》からお前《まへ》と境野君《さかひのくん》とは、目付《めつき》や擧動《きよどう》にをかしいところが有《あ》ると思《おも》つたが……お前《まへ》は呆《あき》れたもんだね、良人《をつと》のある身體《からだ》でゐながら……。』

はん子『あら何《なん》ですつて。私《わたし》が境野《さかひの》さんとどう致《いた》しましたつて？』

留雄『自分《じぶん》に聞《き》いて御《ご》らん。』

はん子『あら〳〵、何《ど》ういたしませう。貴方《あなた》お疑《うたが》ひなさるんですか。』

留雄『關係《くわんけい》のないものが、斯《か》うして二人《ふたり》で仲好《なかよ》く阿屋《あづまや》で巫山戲《ふざけ》てなんぞゐられるかね、何《なん》で人《ひと》のゐない場所《ばしよ》へ來《き》て二人限《ふたりぎ》りでゐるんです。』

はん子『ですから境野《さかひの》さんが追《お》つかけてゐらしつて、私《わたくし》が逃《に》げてまゐつたんで御座《ござ》います。私《わたし》はちつとも覺《おぼ》えはございません。』

留雄『そんな事《こと》はない筈《はず》だ、何《なん》だつて逃《に》げたんです。お前《まへ》は口《くち》はうまいね。僕《ぼく》を啞《おし》でつんぼで盲目《めくら》だと思《おも》つてゐるんだらう、たんと口《くち》で胡麻化《こまくわ》すさ。』

はん子『まあ、ひどい事《こと》を仰有《おつしや》る。私《わたし》はいやで御座《ござ》います。何《なん》でもないのを疑《うたぐ》られてはいやで御座《ござ》います。境野《さかひの》さん、あなた默《だま》つてゐらしつてすみますか。人《ひと》を散々《さんぐ》、横戀慕《よこれんぼ》したの何《なん》のつて追《お》つかけまはしておきながら何《なん》とか云《い》つて下《くだ》さい。』

はん子《こ》泣《な》く。

境野『もうこの位《くらゐ》にしておかうか。』

留雄《とめを》頭《かうべ》を振《ふ》る。

留雄『第《だい》一證據《しようこ》があるよ、お前《まへ》は女《をんな》の生命《いのち》の化粧道具《けしやうだうぐ》まで境野君《さかひのくん》に渡《わた》したぢやないか。僕《ぼく》は啞《おし》ぢやない、つんぼぢやない、盲目《めくら》ぢやない。耳《みゝ》も聞《きこ》えるよ、目《め》も見《み》えるよ。』

はん子『あら、境野《さかひの》さんが勝手《かつて》にお出《だ》しなすつたんで御《ご》座《ざ》います。境野《さかひの》さん、默《だま》つてゐないで何《なん》とか云《い》つて下《くだ》さい。』

留雄『境野君《さかひのくん》が何《なに》を云《い》つたつて僕《ぼく》は信《しん》じない。もうお前《まへ》をさう疑《うた》ぐつちまつたんだから駄目《だめ》さ。それで、僕《ぼく》は覺悟《かくご》をしたからお前《まへ》は境野《さかひの》と何所《どこ》へでもおいでなさい。』

はん子『覺悟《かくご》ですつて。』

留雄『あゝ、僕《ぼく》は死《し》にます。』

留雄《とめを》、落《お》ちてる剃刀《かみそり》を拾《ひろ》ひ上《あ》げる。

はん子『あら、ど、どうしませう。あなた誤解《ごかい》してゐらつしやるんで御座《ござ》います。私《わたし》がそんな事《こと》を爲《す》る女《をんな》か女《をんな》でないかゞお分《わか》りになりさうなもんです。あなた、あなた。』

はん子の母親《はゝおや》・すぎち、曲《ま》がりたる腰《こし》、被布《ひふ》を着《き》ていそいで庭《には》の方《はう》よりくる。

はん子『お母樣《かあさま》、お母樣《かあさま》、早《はや》くいらしつて下《くだ》さい。大變《たいへん》で御座《ござ》いますよ。』

すぎち『どうしましたね。おや〳〵境野《さかひの》さん。おや〳〵留雄《とめを》もゐますね。何《なに》を仰山《ぎやうさん》に大聲《おほごゑ》を出《だ》しなさる。』

はん子『お母様《かさま》、自殺《じさつ》をあそばします。』

すぎち『えゝまあ、やれ〳〵何誰《どなた》が自殺《じさつ》を遊《あそ》ばしたんだえ。』

すぎち阿屋《あづまや》へ馳《か》けつけて方々《はう〴〵》を見《み》て歩《あ》るく。

すぎち『死骸《しがい》も見《み》えない樣《やう》だが、外《ほか》さまかえ。』

はん子『いゝえ、長房《ながふさ》が自殺《じさつ》しやうとしたんで御座《ござ》います。お母様《かあさま》、私《わたくし》は不義《ふぎ》をしたと申《まを》して疑《うた》ぐられました。』

はん子泣《な》く。

すぎち『何《なん》ですと。』

境野『もうすんだ事《こと》です。』

はん子『濟《す》みは致《いた》しません。あなたのお蔭《かげ》です、お母様《かあさま》。』

すぎち『うん、うん。』

はん子『この境野《さかひの》さんが私《わたし》に横戀慕《よこれんぼ》をなさいました。』

すぎち『怪《け》しからんですねえ。留雄《とめを》さん、お前《まへ》さんの友人《いうじん》ぢやないか、お前《まへ》さんは何故《なぜ》打《う》つちやつておゝきなさる。』

留雄『横戀慕《よこれんぼ》は、すなはち根切《ねき》りの良劑《りやうざい》なんですからねえ。』

すぎち『何罪《なにざい》だ？罪《ざい》だとも、大罪人《だいざいにん》です。境野《さかひの》さん、よく其樣《そんな》づう〴〵しい顏《かほ》をして立《た》つてゐられたもんです。』

境野『いや恐縮《きようしゆく》です。』

はん子『それで私《わたくし》を追《お》ひまはすんです。』

すぎち『この人《ひと》がゝえ。』

すぎち境野《さかひの》をにらむ。

はん子『ですから、私《わたくし》は逃《に》げ出《だ》してこゝへ參《まゐ》りました。其所《そこ》へ長房《ながふさ》が來《き》て……兩人《ふたり》は關係《くわんけい》があると云《い》つて聞《き》きません。』

すぎち『まあ留雄《とめを》も留雄《とめを》だね、呆《あき》れて物《もの》が云《い》へない。これ、よくお聞《き》きなさい。私共《わたしども》の娘《むすめ》はな、男女七歳《だんぢよさい》にして席《せき》を同《おな》じうせず、と云《い》ふ極《ご》く昔氣質《むかしかたぎ》に私《わたくし》が嚴《きび》し

くして育《そだ》てあげた娘《むすめ》です。假《か》りにもそんな浮《う》いた心《こゝろ》持《もち》をもたせる樣《やう》な我《わ》が儘《まゝ》にはそだて上《あ》げませんぞえ汚《けが》らはしい。境野《さかひの》なんぞとは直《す》ぐ絶交《ぜつかう》とやらをしておくれ。境野《さかひの》さん直《す》ぐ歸《かへ》つて下《くだ》さい。お歸《かへ》り、お歸《かへ》り。』

境野「いや恐縮《きようしゆく》です。』

留雄『實《じつ》はねお母《かあ》さん。今《いま》の事《こと》はみんな嘘《うそ》なんです。』

すぎぢ『なに嘘《うそ》なものか。娘《むすめ》の云《い》ふことに間違《まちが》ひはないよ。境野《さかひの》さん歸《かへ》つて下《くだ》さい。今時《いまどき》の若《わか》いものは人《ひと》の女房《にようはう》をかれこれ云《い》つておもしろがつてる。實《じつ》に不都《ふつ》合《がふ》なことだ。お前《まへ》さん見《み》たいな人《ひと》は他人《ひと》の女房《にようはう》を連《つれ》出《だ》しかねない男《をとこ》だ。留雄《とめを》、何《なん》だつてこんな男《をとこ》を友達《ともだち》にしてるんだえ。』

留雄『さう怒《おこ》つちまつちや可《い》けません。境野君《さかひのくん》のした事《こと》は狂言《きやうげん》なんですよ。』

はん子『あら。まあ。何《なん》でせう。』

境野「僕《ぼく》は奧《おく》さんに惚《ほ》れたんでも何《なん》でもありません。』

すぎぢ『おや〳〵、お前達《まへたち》は人《ひと》を馬鹿《はか》にしてゐるんだねえ。』

はん子『ほんとに横戀慕《よこれんは》したんぢやなかつたんで御座《ござ》いますか。まあよかつた。よかつた。』

留雄『狂言《きやうげん》なんですよ。實《じつ》はね、お母《かあ》さんの前《まへ》ですがはん子《こ》がやきもちをやいて仕《し》方《かた》がないんです。』

すぎぢ『おや〳〵。へえ。』

と感心《かんしん》して娘《むすめ》を見《み》る。

留雄『僕《ぼく》がね。遊《あそ》びでもするなら仕《し》方《かた》もありまんが、何《なん》でもない女《をんな》でもかれこれ云《い》つてやくんです。』

すぎぢ『おや〳〵、へえ。』

はん子極《こきま》りのわるい風《ふう》にて立《た》つたりゐたりする。

留雄『僕《ぼく》が一寸《ちよつと》外出《ぐわいしゆつ》しますと、往來《わうらい》や電車《でんしや》の中《なか》でどんな女《をんな》に逢《あ》つたらうつてもうやきます。』

すぎぢ『おや〳〵、へえ。』

留雄『それで、自分《じぶん》は何《なん》でもないのに無暗《むやみ》と嫉妬《やきもち》をやかれた時《とき》の苦痛《くつう》を味《あぢ》はしてやらうと云《い》ふんで、境野《さかひの》君《くん》に智恵《ちゑ》をかりました。』

すぎぢ『まあ〱それは。』

はん子『あらまあ。』

境野『ぢや　僕《ぼく》が妻君《さいくん》に横戀慕《よこれんぼ》するから、反對《あべこべ》に君《きみ》が一《ひ》とつ嫉《や》いて見《み》たまへとかう云《い》ひ合《あ》はしてやつた事《こと》なんです。』

留雄『どうだい。自分《じぶん》は何《なん》でもないのに、疑《うた》ぐられたり嫉《や》かれたりしたら隨分《ずゐぶん》馬鹿《ばか》々々《〱》しいも馬鹿《ばか》々々《〱》しいし、第《だい》一苦痛《くつう》だらう。然《さ》うは思《おも》はないかね。』

はん子『腹《はら》が立《た》ちますわ。』

留雄『それ御《ご》らん、浮氣《うはき》をした時《とき》は嫉《や》いておくれ。遊《あそ》びにでもいつた時《とき》は嫉いておくれ。其《そ》れ以外《いぐわい》は禁物《きんもつ》だ。』

はん子『もう決《けつ》してやきもちはいたしません。』

すぎぢ『やきもちなんぞを覺《おぼ》えたのかいな。敎《をし》へんことでもかう云《い》ふことは直《ぢ》きと承知《しようち》すると見《み》えます。境《さかひ》野《の》さんに、いかい御苦勞《ごくらう》をかけてすみませんでした。』

境野『どういたしまして、お安《やす》い御用《ごよう》です。』

留雄『それでねお母《かゝ》さん、境野君《さかひのくん》にお禮《れい》の法《はふ》があるんです、境野君《さかひのくん》には思《おも》ひ合《あ》つてる婦人《ふじん》がありましてねその人《ひと》との結婚《けつこん》の世話《せわ》をしやうてんです。』

すぎぢ『それは結構《けつこう》なおはなしです。何方《どちら》のお娘《むすめ》さんですえ。』

留雄『濱町《はまちやう》のね、月岡《つきをか》と云《い》ふ辯護士《べんごし》の娘《むすめ》さんです。』

すぎぢ『おや〱、不思議《ふしぎ》なことがあるもんだね、濱町《はまちやう》の月岡《つきをか》さんにはお祖母《はあ》さんがおありでせう。』

境野『あります〱。もう大變《たいへん》な孫思《まごおも》ひで、けい子《こ》‥‥その娘《むすめ》がけい子《こ》つて云《い》ふんですが、そのけいさんを可愛《かあい》がることは非常《ひじやう》なんです。そのおばあさんがうんと云《い》へば何處《どこ》へでも嫁《よめ》にやるんです。』

すぎぢ『では、もうこの話《はなし》は纒《まと》まつたやうなもんですぞえ。』

境野『えゝ。ほんとですか。まさか狂言《きやうげん》ぢやないでせうね。』

すぎぢ『はゝゝゝ、こりやほんとのお話《はなし》です。』

留雄『どうしてゞす、お母《いふ》さん。』

はん子『お母樣《かゝさま》御懇意《ごこんい》でゐらつしやいますか。』

すぎぢ『月岡《つきをか》さんの祖母《おばゝ》さんは、御門跡《ごもんぜき》さまで例《いつ》も御《ご》一緒《しよ》になる方《かた》なんですよ。大層《たいそう》な信心者《しんじんしや》でね、もうお阿彌陀樣《あみださま》はお有難《ありがた》いからつてお説敎日《せつけうび》にはちやんちやんとお一人《ひとり》でいらつしやる。』

境野『それで、けい子《こ》さんの結婚《けつこん》のお話《はなし》は……』

すぎぢ『杖《つゑ》もなし、眼鏡《めがね》もかけなさらん、もうお參詣《さんけい》と孫《まご》さんの琴《こと》を聞《き》くのがおたのしみなんださうでね。』

境野『さうです〳〵、もう素敵《すてき》に琴《こと》が上手《じやうず》です。』

すぎぢ『今日《けふ》もお說敎《せつけう》を聽問《ちやうもん》に行《ゆ》くと、ちやんと來《き》ておいでだつた。これから孫《まご》のお琴《こと》のさらひが上野《うへの》にあるから、一緒《しよ》においでんかと云《い》ふでお伴《とも》をした。』

留雄『へえ、さうですか。』

すぎぢ『綺麗《きれい》な娘《むすめ》さんですぞえ。』


境野得意《さかひのとくい》さうなこなし。


すぎぢ『それから御《ご》一緒《しよ》になつたところが、私《わたし》は本鄕《ほんがう》の長房《ながふさ》でこれ〳〵と云《い》ふとな、その娘《むすめ》さんが是非《ぜひ》祖母《おばあ》さまとお寄《よ》りしたいとかう云《い》はれる。』

境野『さうでせう〳〵。さう云《い》ひさうなことです。』

すぎぢ『それで、まだ番組《ばんぐみ》もあるけれど殘《のこ》して歸《かへ》ると云《い》はれてな、御《ご》一緒《しよ》に歸《かへ》つてきました。』

境野『えつ、ぢやけいさんは此方《こちら》にゐるんですか。』

はん子『御《ご》一緒《しよ》にお歸《かへ》りあそばしたつて、お伴《つ》れ申《まな》したんですかお母樣《かゝさま》。』

すぎぢ『あゝ座敷《ざしき》においでだ。』

留雄『奇緣《きえん》だねえ。』


おとく出《で》る。


とく『お客樣《きやくさま》がお歸《かへ》り遊《あそ》ばすと仰有《おつしや》います。』

すぎぢ『一寸《ちよつと》これへ御案內《ごあんない》しておくれ。』


おとく心得《こゝろえ》てはいる。

境野『君《きみ》、さうきまると結婚《けつこん》は早《はや》い方《はう》がいゝね。媒酌人《なかうど》は無論《むろん》君《きみ》たちにお願《ねが》ひするとして、一日《にち》も早《はや》い方《はう》がいゝね。』

はん子『何《な》だかお目《め》にかゝるのが極《きま》りが惡《わる》うございますわ。』

留雄『けい子《こ》さんが、やきもちの打《う》ち止《ど》めだからいゝさ。』

とく、けい子《こ》、祖母《そぼ》を案内《あんない》して出《で》る。

すぎぢ『お待《ま》たせいたしましたな。』

と祖母《そぼ》の手《て》を取《と》つて迎《むか》へる。けい子境野《こさかひの》を見《み》ておどろく。留雄《とめを》けい子《こ》を手招《てまね》きする。すぎぢ、祖母《そぼ》と並《なら》んで頻《しき》りと話《はなし》する體《てい》、けい子《こ》はん子《こ》、留雄《とめを》、境野《さかひの》の三人《にん》に取《と》りまかれる。

はん子『先刻《せんこく》は失禮《しつれい》いたしました。』

境野『けいさん。いよ〳〵結婚《けつこん》がとゝのひさうです。』

けい子『まあ、急《きふ》に。』

境野『だから、もう僕《ぼく》は嬉《うれ》しくつて〳〵仕方《しかた》がない。あなたの容《なり》がなりだから、何《たん》だかもう結婚《けつこん》の式場《しきぢやう》に臨《のぞ》んだやうな心持《こゝろもち》がする。』

留雄『けい子《こ》さん、お目出度《めでた》う。』

けい子『あら。』

境野《さかひの》うしろ向《む》きになり。

境野『頻《しき》りに談判《だんぱん》を開《ひら》いてるが、おい、祖母《おばあ》さんの形《けい》勢《せい》はどうだね。』

留雄『大分《だいぶ》よさゝうだ。』

すぎぢ『境野《さかひの》さん。萬事《はんじ》を私《わたし》にお任《まか》せなさると云《い》ふお話《はなし》ですから、御安心《ごあんしん》なさい。』

境野飛《さかひのと》び上《あ》がつて幾《いく》つもおじぎする。けい子祖母《こそぼ》の傍《そば》へ行《ゆ》く。一同祖母《どうそぼ》に挨拶《あいさつ》する。

境野『丁度《ちやうど》いゝ。僕紀念《ぼくきねん》の撮影《さつえい》をやらう。』

境野《さかひの》はいる。

留雄『こんど、けい子《こ》さんがやきもちをやいたら、僕《ぼく》が横戀慕《よこれんぼ》するよ。』

境野《さかひの》、寫眞機械《しやしんきかい》を持《も》ち、とくを連《つ》れて出《で》る。一同《どう》の位置《ゐち》など直《なほ》し。とくに糸《いと》のひき方《かた》など教《をし》へる。いゝ頃《ころ》に自分《じぶん》も一同《どう》の中《なか》に交《まじ》つてとくに相圖《あひづ》する。とく、糸《いと》をひく拍子《ひやうし》に尻餅《しりもち》をつくところで（幕《まく》）

むしへ
ばなし

下女いぢめ

俊子

皆《みな》さんは御存《ごぞん》じでいらつしやいますか、東京《とうきやう》の下谷《したや》區《く》の中《うち》には大《おほ》きな公園《こうゑん》が御座《ござ》います。その公園《こうゑん》のうちには博物館《はくぶつくわん》が御座《ござ》います。動物園《どうぶつゑん》が御座《ござ》います。西郷隆盛《さいがうたかもり》の銅像《どうざう》が御座《ござ》います、春《はる》になりますと櫻《さくら》の花《はな》が山《やま》いつぱいに咲《さ》きます。皆《みな》さんがお通《かよ》ひになる學校《がくかう》の運動會《うんどうくわい》を催《もよほ》す竹《たけ》の臺《だい》と云《い》ふ所《ところ》が御座《ござ》います。かう申《まを》せば、もう何誰《どなた》でも直《す》ぐとかう云《い》ふ樣《やう》に御返事《ごへんじ》を遊《あそ》ばしませう。

『それは上野《うへの》公園《こうゑん》。』

その上野《うへの》の公園《こうゑん》の圖書館《としよくわん》へ、私《わたくし》はある日《ひ》調《しら》べたい事《こと》があつて參《まゐ》りました。丁度《ちやうど》その歸《かへ》り道《みち》に東照宮《とうせうぐう》の横手《よこて》まで歩《ある》いて參《まゐ》りますと——彼處《あすこ》には交番《かうばん》があつて巡査《おまはり》さんが平常《いつも》立《た》つてゐます、その傍《そば》には蛇《じや》の口《くち》の水道《すゐだう》があつて始終《しじゆう》水《みづ》が溢《あふ》れてをります、これも皆《みな》さんはお父樣《とうさま》やお母樣《かあさま》と日曜《にちえう》などにお遊《あそ》びにいらしつて御存《ごぞん》じでいらつしやいませう。——其所《そこ》まで參《まゐ》りますと皆《みな》さんの樣《やう》に美《うつく》しい可愛《かあい》らしい十一二のお孃《ぢやう》さんが、十八九の下女《げぢよ》らしい人《ひと》を捕《つか》まへて、小突《こつ》いたり打《ぶ》つたり、袖《そで》で女《をんな》の手《て》を叩《たゝ》いたりして泣《な》いてゐました。

長《なが》いお袖《そで》の派手《はで》な友禪縮緬《いうぜんちりめん》の着物《きもの》を着《き》て海老茶《えびちや》の袴《はかま》をはいてゐました。綺麗《きれい》な顏《かほ》へ白粉《おしろい》をつけてゐましたが泣《な》いてるもんですから眼《め》のふちが赤《あか》くなつて口《くち》のまはりの白粉《おしろい》もはげちよろになつてゐます。下《げ》女《ぢよ》はいろ〳〵と宥《なだ》めてる樣《やう》な風《ふう》でしたが、お孃《ぢやう》さんは小《ちひ》さな靴《くつ》で地團太《ぢだんだ》踏《ふ》んで怒《おこ》つてゐます。

何《なに》をあんなに主人《しゆじん》の娘《むすめ》を怒《おこ》らしたのかと、私《わたくし》も傍《わき》で見《み》てゐて氣《き》の毒《どく》に思《おも》ひましたから、ずつと傍《そば》へ寄《よ》つて見《み》ますと、この人等《ひとたち》は私《わたくし》の近所《きんじよ》に住《す》んでいらつしやる澤邊《さはべ》さんと仰有《おつしや》る方《かた》のお家《うち》の人《ひと》たちで御座《ござ》いました。下女《げぢよ》は私《わたし》の顏《かほ》を知《し》つてゐたもんですから、見《み》ると直《す》ぐに挨拶《あいさつ》をしましたが、娘《むすめ》さんはよく私《わたくし》を知《し》らないと見《み》え妙《めう》な顏《かほ》をして默《だま》つて見《み》てゐました。

『どうか成《な》さいましたか。』

と私《わたくし》は下女《げぢよ》に聞《き》いて見《み》ました。

『へえ。簪花《かんざし》をお落《おと》しなすつたもんですから。』

と下女《げぢよ》は私《わたくし》にかう申《まを》しました。娘《むすめ》さんはお下《さ》げで御座《ござ》いました。私《わたくし》が娘《むすめ》さんの顏《かほ》を見《み》ますと、ぷつと頰邊《ほつぺた》をふくらまして、わきを向《む》いてしまひました。私《わたくし》も聞《き》いた限《ぎ》りで行《い》つてしまふ譯《わけ》にも參《まゐ》りませんから、せめて其所等《そこいら》を探《さが》して上《あ》げようと思《おも》ひまして、

『どの邊《へん》でお落《おと》しになつたんです。』

と聞《き》いて見《み》ますと、下女《げぢよ》は困《こま》つた顏付《かほつき》で、

『どこいらで御座《ござ》いますか見當《けんたう》がつかないんで困《こま》つてをります。今日《こんち》は運動會《うんどうくわい》で私《わたくし》がお伴申《ともまを》して參《まゐ》りましたんですけれど、どうも飛《と》んだことを致《いた》しました。』

とひどく當惑《たうわく》した顏付《かほつき》で溜息《ためいき》を吐《つ》いてゐます。

成《な》る程《ほど》、此《こ》所から運動會《うんどうくわい》の場所《ばしよ》がよく見《み》えます、白《しろ》と黑《くろ》のだんだらの幕《まく》を張《は》つた中《なか》に、小《ちひ》さい女生徒《ぢよせいと》や男生徒《だんせいと》が、紫《むらさき》のお袴《はかま》やオリーブのお袴《はかま》を召《め》した先《せん》生方《せいがた》に指揮《しき》されて綺麗《きれい》に列《れつ》を作《つく》つてゐるところでした、先登《せんとう》には學校《がくかう》の小使《こづかひ》らしい男《をとこ》が何々《なに〳〵》學校春季運《がくかうしゆんきうん》動會《どうくわい》と書《か》いた大《おほ》きな旗《はた》を持《も》つて立《た》つてゐました。もう運動會《うんどうくわい》も終《しま》ひになつて、これから一同《どう》學校《がくかう》へ歸《かへ》る

所《ところ》なのでした。

澤邊《さはべ》のお孃《ぢやう》さんは列《れつ》を離《はな》れて、皆《みな》さんにお暇《いとま》して學校《がくかう》へは寄《よ》らずに下女《げぢよ》と一所《しよ》にずつとお家《うち》へ歸《かへ》る所《ところ》なのでした。此所《こゝ》まで歩《ある》いて來《き》てから、ふいとお孃《ぢやう》さんは自分《じぶん》の頭《つむり》に簪花《かんざし》のない事《こと》に氣《き》が付《つ》いたのです。下女《げぢよ》もお孃《ぢやう》さんの頭《つむり》に簪花《かんざし》のないことを今《いま》まで知《し》らずにゐたと見《み》えます。

『昨晩《さくばん》、今日《こんち》の運動會《うんどうくわい》につて、お母《かあ》さんが銀座《ぎんざ》までいらつしやいなして買《か》つていらしつたものですからお孃《ぢやう》さんもむづかしい事《こと》を仰有《おつしや》つてお聞《き》きにならないんで御座《ござ》いますよ。運動會《うんどうくわい》の場所《ばしよ》も探《さが》しましたんですが見付《みつ》かりません。』

と下女《げぢよ》が申《まを》します。お孃《ぢやう》さんは私《わたくし》がをりますのに又《また》下女《げぢよ》の袖《そで》をつかんで『よう〳〵〳〵』と泣聲《なきごゑ》でゆさぶつてゐました。

『お落《おと》しになつてしまつたんですから、又今度《またこんど》いゝのを買《か》つてお貰《もら》ひあそばせ、ね。』

と下女《げぢよ》が申《まを》しますと、

『お前《まへ》がわるいんだわ。お前《まへ》は私《あたし》に附《つ》いて來《き》てるんぢやないか。いやだわ〳〵。探《さが》しておくれ。探《さが》しておくれよう。』

と癇癪《かんしやく》をおこしてゐます。ませた事《こと》を云《い》ふお孃《ぢやう》さんだと私《わたくし》は驚《おどろ》きました。

『あなたがお落《おと》しになつたんぢや御座《ござ》いませんか。見付《みつ》かつた所《ところ》でもうめちや〳〵になつて插《さ》せやしません、さも無《な》けりや拾《ひろ》はれてしまひましたでせう。』

『いやだ〳〵〳〵。探《さが》しておくれよう、探《さが》しておくれよう。探《さが》しておくれよう。』

と云《い》つて聞《き》きません。下女《げぢよ》は千代田袋《ちよだぶくろ》と風呂敷包《ふろしきづゝ》みを持《も》つて、仕様《しやう》ことなしに當《あ》てもなく探《さが》し歩《ある》き始《はじ》めました。私《わたくし》も其《そ》の儘《まゝ》歸《かへ》つて來《こ》ようかと思《おも》ひましたが餘《あんま》り下女《げぢよ》が氣《き》の毒《どく》だつたので竹《たけ》の臺《だい》の方《はう》へと路《みち》の上《うへ》を見《み》ながら歩《ある》いて行《ゆ》きますと、丁度《ちやうど》生徒《せいと》等《たち》は先生方《せんせいがた》に伴《つ》れられて、砂《すな》を立《た》てながら列《れつ》が動《うご》き出《だ》した所《ところ》です、下女《げぢよ》はお孃《ぢやう》さんと其《そ》の後《うしろ》を歩《ある》いてましたが、職《しよく》員方《ゐんがた》や生徒《せいと》の父兄方《ふけいがた》が見物《けんぶつ》なさる椅子《いす》の並《なら》んだところまで行《ゆ》きますと、簪花《かんざし》があつたと云《い》つて下女《げぢよ》が嬉《うれ》しさうな顔《かほ》をして私《わたくし》の方《はう》を見《み》ました。傍《そば》へ行《ゆ》きますと、下女《げぢよ》は泥塗《どろまみ》れに踏《ふ》みつぶされた大《おほ》きな西洋花《せいやうはな》のかんざしを持《も》つて、頻《しき》りに手《て》でその恰好《かくかう》を直《なほ》してゐます。花《はな》がまがつて葉《は》が取《と》れて、中《なか》から蕊《ずゐ》が抜《ぬ》けさうになつて飛《と》び出《だ》してゐました。

いくら下女《げぢよ》がふう／＼と口《くち》や手《て》で砂《すな》を拂《はら》つても、花片《はなびら》のきれ地《ぢ》に染《し》み込《こ》んだ泥砂《どろずな》は取《と》れません、見《み》る影《かげ》もない程汚《ほどきたな》くなつてゐました。

「でも、見付《みつ》かつてようござんした。」

と私《わたくし》が云《い》ふか云《い》はないうちに、そのお孃《ぢやう》さんはいきなり下女《げぢよ》の手《て》から簪花《かんざし》を引《ひ》つたくつて地面《ぢめん》へ叩《たゝ》きつけました。

『何《なに》をなさるんです。あなたは。』

下女《げぢよ》もさすがに怒《おこ》つた聲《こゑ》をしてから云《い》ひましたが、お孃《ぢやう》さんは口惜《くや》しさうな顔《かほ》で、

『ひらないわ、こんなもの。こんな汚《きたな》い簪花《かんざし》なんか。』

から云《い》つて、今度《こんど》は靴《くつ》で滅茶《めちや》々／＼々に又《また》踏《ふ》みつぶしました。私《わたくし》は、女《をんな》の子《こ》の癖《くせ》に何《なん》と云《い》ふ優《やさ》し味《み》のない子《こ》だらうと心《こゝろ》で思《おも》ひましたが、其《そ》の場《ば》では笑《わら》つて別《わか》れを告《つ》げて電車《でんしや》に乗《の》つて家《いへ》へ歸《かへ》つて來《き》ました。
物見遊山《ものみゆさん》に行《ゆ》くのと違《ちが》つて、學校《がくかう》の運動會《うんどうくわい》に態々《わざ／＼》簪花《かんざし》を買《か》つてやると云《い》ふお母《か》あさんの心《こゝろ》が私《わたくし》にはお氣《き》の毒《どく》に思《おも》はれました。このお母《か》あさんは、きつと運動《うんどう》會《くわい》と、お琴《こと》のお浚《さら》ひとを一所《しよ》に考《かんが》へていらしつたのかも知《し》れません。
重《おも》い簪花《かんざし》を插《さ》したり、長《なが》い袖《たもと》の着物《きもの》を着《き》せたりしてお化粧《つくり》をしてやつて遊《あそ》びにやる場所《ばしよ》だとお思《おも》ひ違《ちが》ひをしたのでせう。まあ、私《わたくし》はこんな事《こと》を考《かんが》へながら宅《たく》へ戻《もど》つて參《まゐ》りました。
さて、お夕飯《ゆふはん》の時《とき》、家内《かない》

寄《よ》つて一《ひ》とつお室《へや》へ集《あつ》まりました時《とき》、今日《けふ》上野《うへの》で見《み》て來《き》たことを話《はな》しました。そしてその我《わ》が儘《まゝ》な娘《むすめ》さんは御近所《ごきんじよ》の澤邊《さはべ》さんのだと申《まを》しますと、宅《たく》の下女《げぢよ》が、

『あのお孃《ぢやう》さんで御座《ござ》いますか。あの宅《うち》ではあのお孃《ぢやう》さんの爲《ため》に下女《げぢよ》が居《ゐ》つかないんです。』

と申《まを》します。

『あんまり我《わ》が儘《まゝ》だから、いやがられるのかい。』

と聞《き》きますと、

『我儘《わがまゝ》と申《まを》して一《ひ》と通《とほ》りの我《わ》が儘《まゝ》娘《むすめ》ぢやないんださうで御座《ござ》います。よく今度《こんど》の女中《ぢよちゆう》さんが愚癡《ぐち》を申《まを》しますが、あんな小《ちひ》さな癖《くせ》にお辨當《べんたう》のお菜《さい》の好《す》き嫌《きら》ひまでして下女《げぢよ》に當《あた》るんださうです。嫌《きら》ひなお菜《さい》を入《い》れたりすると、學校《がくかう》から歸《かへ》つて來《き》てお辨當《べんたう》を女中《ぢよちゆう》に叩《たゝ》き付《つ》けるんださうです。』

私《わたくし》は呆《あき》れました。

『髪《かみ》なんぞもお母《かあ》さんがお上《あ》げにならない時《とき》は女中《ぢよちゆう》が結《ゆ》ふんださうですが、氣《き》に入《い》らないと毛筋《けすぢ》で下女《げぢよ》の手《て》を突《つ》いたりして、揉《も》み苦茶《くちや》にてはして了《しま》ふんですつて、人《ひと》の好《い》い下女《げぢよ》だと始終《しじゆう》生瘢《なまきず》が絶《た》えませんさうです。それで抓《つね》つたり打《ぶ》つたりして、お稽古《けいこ》のお迎《むか》ひが少《すこ》しでも遲《おく》れようものならずん／＼一人《ひとり》で先《さき》へ歸《かへ》つて來《き》てお母《かあ》さんにいろ／＼告口《いつけぐち》をするんださうです。だからどんな下女《げぢよ》でも泣《な》かないものは無《な》いんださうですよ。』

とお話《はなし》しました。

『よく奥《おく》さんが打捨《うつちや》つてお置《お》きなさると思《おも》つて、私《わたくし》はあのお子《こ》を見《み》るたんびに小憎《こにく》らしくなるんで御座

いますよ。少《すこ》し美《い》いなりでもすると御門《ごもん》を出《で》たり入《はい》つたりして近所《きんじよ》のものに見《み》せ付《つ》けるやうな風《ふう》をしてほんとに厭《いや》な子供衆《こどもしゆう》で御座《ござ》います。』

全《まつた》く厭《いや》な子供衆《こどもしゆう》に違《ちが》ひありません。これは恐《おそ》らくお母《か》あさんのお躾《しつ》け方《かた》が悪《わる》いので御座《ござ》いませう。美《い》い服装《なり》をするとお母《か》あさんからして自慢《じまん》してお見《み》せになるから子供《こども》も一所《しよ》になつて自慢《じまん》をするのでせう。又《また》、お母《か》あさんが髪結《かみゆひ》等《など》にいろいろと注文《ちゆうもん》したり、うまく結《ゆ》へないと自烈《じれ》たりするのも見習《みなら》つて、年《とし》もゆかないうちから此様《こんな》生意氣《なまいき》なこともする様《やう》になるのでせうと思《おも》つて、

『お母《かあ》さんはどんな方《かた》？』

と聞《き》きますと、

『奥《おく》さんは大層《たいそう》よい方《かた》ださうです。下女《げぢよ》にも小言《こごと》一《ひと》つ仰有《おつしや》つた事《こと》がないと云《い》ふ話《はなし》です。唯《たゞ》もうお子《こ》さんにも甘《あま》いばかりださうです。』

と云《い》ひました。成《な》る程《ほど》から云《い》ふお母《か》あさんがよく御座《ござ》います。小言《こごと》を云《い》ふのがお嫌《きら》ひで何《なに》をしてもどんな事《こと》をしても黙《だま》つて無頓着《むとんちやく》な方《かた》がよくあるものです。

『それで、下女《げぢよ》などが外出《そとで》をする時《とき》なんぞに、一寸《ちよつと》美《うつく》しい帯《おび》でも締《し》めると、直《す》ぐ後《うしろ》へいつてそれを引《ひ》つ張《ぱ》たりしてわざと皺苦茶《しわくちや》にしたり、簪花《かんざし》なんぞを挿《さ》したりすると抜《ぬい》て投《はう》つたりするんださうです。さうして下女《げぢよ》のものを壊《こは》したり損《そん》じたりすると、奥《おく》さんが下女《げぢよ》にあやまつて新奇《しんき》に買《か》つてやつて、子供衆《こどもしゆう》には少つと

も小言《こごと》を云《い》はないんださうです。」

宅《たく》の下女《げぢよ》はこんな話《はなし》を致《いた》しました。

下女《げぢよ》はよく主人《しゆじん》の蔭口《かげぐち》を云《い》ひます。ですからこの話《はなし》もほんとではないかも知《し》れませんけれど、この下女《げぢよ》の云《い》つた言葉《ことば》の中《なか》に、

『奥《おく》さんは好《い》い方《かた》だと云《い》つた。』

とありますから、娘《むすめ》さんの我《わ》が儘《まゝ》も滿更形《まんざらかた》のない事《こと》ではないのでせう。人《ひと》は正直《しやうぢき》なもので、普通《ふつう》の場合《ばあひ》好《い》い人《ひと》を惡《わ》るいと云《い》つたり、惡《わ》るい人《ひと》を好《い》い人《ひと》だと云《い》つたりはしないものです。娘《むすめ》さんが我《わ》が儘《まゝ》でなくよく下女《げぢよ》をいたはつてやれば、下女《げぢよ》も決《けつ》して人《ひと》の前《まへ》で自分《じぶん》の主人《しゆじん》を惡《わ》るくは云《い》ひません。殊《こと》に人《ひと》の家《いへ》に奉公《ほうこう》をする人等《ひとたち》は、自分《じぶん》の家《うち》が貧乏《びんばふ》だつたり、親《おや》がなかつたりして、世《よ》の中《なか》でも不幸《ふしあはせ》な人《ひと》が多《おほ》いのですから、少《すこ》し優《やさ》しくされるとぢき喜《よろこ》んでよく働《はたら》きます

又《また》よくされて親切《しんせつ》にして呉《く》れる主人《しゆじん》をさう惡《わ》る口云《くちい》ふものではありません。奉公人根性《ほうこうにんこんじやう》と申《まを》して下女《げぢよ》などは蔭日向《かげひなた》をしたり、主人《しゆじん》の惡《わ》る口《くち》を云《い》ふものだとは申《まを》しますが、其《そ》れは使《つか》ふ方《はう》の考《かんが》へ一《ひ》とつでどうにでもなるものです。こんな事《こと》は皆《みな》さんが大《おと》人《な》になつてからでなければお分《わか》りになりませんけれど、子供《こども》のうちは決《けつ》して下女《げぢよ》をいぢめたり、ひどい目《め》に合《あ》はせたり、意地《いぢ》の惡《わ》るいことを成《な》さるものでは御座《ござ》いません。

不自由《ふじいう》なく、美《い》い物《もの》を食《た》べて、美《い》い着物《きもの》を着《き》て育《そだ》つ方《かた》はどうしても我《わ》が儘《まゝ》になり易《やす》いものですが、お母《かあ》さまやお父《とう》さまには少《すこ》しの我《わ》が儘《まゝ》をなすつても、下女《げぢよ》や使《つか》ふ人《ひと》たちには優《やさ》しくしてやつて、成《な》る丈《たけ》小《こ》言《ごと》を云《い》つたり怒《おこ》つたりしない樣《やう》に成《な》さるものです。下女《げぢよ》の摘《つま》み食《く》ひだの、居眠《ゐねむ》りだのを一々御兩親《ごりやうしん》にいひつける子供《こども》がありますが、下女《げぢよ》の惡《わ》るいことはお

父《とう》さまやお母《かあ》さまがちやんと知《し》つていらしつてお小言《こごと》を仰有《おつしや》るのですから、子供《こども》はそんな事《こと》をおしやべりしたり、憎《にく》まれ口《ぐち》を聞《き》いたりしてはいけません。

又《また》、自分《じぶん》で爲《し》た粗忽《そそう》を下女《げぢよ》になすりつける子供《こども》があります。これは殊《こと》に惡《わ》るいことで、女《をんな》のお子《こ》は少《ちひ》さい時《とき》から優《やさ》しく心《こゝろ》を持《も》つて、例《たと》へ下女《げぢよ》の粗忽《そそう》を見《み》た時《とき》でもそれを御兩親《ごりやうしん》やほかの人達《ひとたち》にしやべるものではないのです。

今《いま》のお孃《ぢやう》さんの話《はなし》もさうでせう。簪花《かんざし》を落《おと》したのは自分《じぶん》が落《おと》したのですから、自分《じぶん》の粗忽《そそう》です。それを下女《げぢよ》をいびつて探《さが》してくれの、何《なん》のと云《い》つて困《こま》らせるのは惡《わ》るいことです。家《うち》にゐて自分《じぶん》のものが失《な》くなつた時《とき》でも、傍《はた》を困《こま》らして騷《さわ》ぐものではありません。ですから自分《じぶん》のものは自分《じぶん》で始末《しまつ》をしなくてはいけないと云《い》ふことを、豪《えら》い方々《かた〴〵》が御有《おつしや》るのです女《をんな》のお子《こ》は殊《こと》に自分《じぶん》の大切《たいせつ》なものはちやんと始末《しまつ》してしまつて置《お》くやうにしなければいけません。

又《また》、一々下女《げぢよ》に用事《ようじ》を頼《たの》む事《こ》があります。つまらない事《こと》を下女《げぢよ》を呼《よ》んで云《い》ひ付《つ》けたりして忙《いそが》しい思《おも》ひをさせたりします。下女《げぢよ》は一日《にち》働《はたら》いて、主人《しゆじん》に氣兼《きがね》をして日《ひ》を送《おく》つてゐるのですから身體《からだ》も心《こゝろ》も疲《つか》れてゐます。下女《げぢよ》に限《かぎ》つて居眠《ゐねむ》りをするのは朝《あさ》から晩《ばん》まで働《はたら》いてぐた〳〵に疲《つか》れてゐるから居眠《ゐねむ》りをするのです。ですから成《な》る丈《たけ》自分《じぶん》の事《こと》は自分《じぶん》で爲《し》て下女《げぢよ》を使《つか》はないやうにしてやらなければいけません。學校《がくかう》のお包《つゝ》みから、お辨當箱《べんたうばこ》から、草履《ざうり》まで世話《せわ》をやかせてゐるお子《こ》がありますが、そんな事《こと》は猶更《なほさら》自分《じぶん》でさつ〳〵と始末《しまつ》をするやうな癖《くせ》を付《つ》けておくやうに成《な》らなくてはいけません。

皆《みな》さんがお家《うち》で、御兩親《ごりやうしん》の傍《そば》で威張《ゐは》つてゐるのとは違《ちが》つて、下女《げぢよ》は目上《めうへ》の人《ひと》をひかへて始《し》終《じゆう》氣兼《きがね》氣苦《きぐ》勞《らう》をしてゐます。ですから成《な》る丈《たけ》下女《げぢよ》の前《まへ》では威張《ゐば》つたり意地《いぢ》の惡《わ》るいことはせぬものと云《い》ふことをお話《はな》し申上《まをしあ》げます。女《をんな》のお子《こ》は優《やさ》しい心《こゝろ》がけが肝腎《かんじん》でございます。

自分《じぶん》の好《す》きな簪花《かんざし》を、いくら汚《きたな》くなつても足《あし》で踏《ふ》むと云《い》ふやうなのも優《やさ》しい心《こゝろ》ではありません。物《もの》を投《な》げたり、捨《す》てたり、叩《たゝ》き付《つ》けたり、皆《みんな》女《をんな》の子《こ》のする業《わざ》では御座《ござ》いません。今度《こんど》は非常《ひじやう》に優《やさ》しい憐《あは》れみの深《ふか》いお子《こ》のお話《はなし》をいたしませう。

少女小説 人《ひと》浚《さら》ひ

田村とし子

（上）

雪枝《ゆきえ》さんは今年《ことし》十歳《とを》になりました。色《いろ》の白《しろ》い髪《かみ》の毛《け》の房《ふさ》々《〵》した誠《まこと》に綺麗《きれい》な可愛《かはい》らしいお嬢《ぢやう》さんです。

雪枝《ゆきえ》さんには兄《にい》さんが一人《ひとり》ありましたが、雪枝《ゆきえ》さんが六《むつ》ゝ歳の時兄《ときあに》さんは九《こゝの》ゝ歳で腦膜炎《なうまくえん》と云《い》ふ病氣《びやうき》の爲《ため》に死亡《なくな》つてしまひました。雪枝《ゆきえ》さんは今《いま》は一人《ひとり》つ子《こ》でございます。ですから御《ご》兩親《りやうしん》のお可愛《かはい》がりになると云《い》ふことは一《ひ》と通《とほ》りでありません。それにお宅《うち》は大《おほ》きな時《と》計屋《けいや》でお店《みせ》には番頭《ばんとう》だの小《こ》僧《ぞう》だのが二十人《にん》もをりますし、奥向《おくむき》には女中《ぢよちゆう》や小《こ》間《ま》使《づかひ》などが六七人《にん》もをりまして大層豐《たいそうゆたか》なくらしをしてゐるのですから雪枝《ゆきえ》さんはもう何一《なにひ》とつこれと云《い》つて思《おも》ふ儘《まゝ》にならない事《こと》もありません。使《つか》はれてゐる大勢《おほぜい》の人達《ひとだち》は競《きやう》爭《さう》で雪枝《ゆきえ》さんをちやほやして大切《たいせつ》にしますし、お父《とう》さんやお母《かあ》さんは雪枝《ゆきえ》さんの爲《ため》には眼《め》をなくして可《か》愛《はい》がりぬいてゐます。もう一寸雪《ちよつとゆき》枝《え》さんがくしやみを一《ひ》とつしても直《す》ぐお醫者《いしや》へ電話《でんわ》をかけます。一《ちよ》寸蚤《つとのみ》にでも可愛《かはい》らしい足《あし》を食《く》はれようものなら、其《そ》れこそ上《うへ》から下《した》まで着《き》てるものを代《か》へさせて大騒《おほさわ》ぎします。雪枝《ゆきえ》さんに何《なに》か欲《ほ》しいものでもおねだりなぞしますと、お父《とう》さんやお母《かあ》さんは直《す》ぐお小僧《こぞう》さんを自轉車《じでんしや》でかけさせて買《か》ひにやります、何《なに》しろたつた一《ひと》人《り》の子供《こども》ですし、それに兄《にい》さんを取《と》られてゐますから御兩親《ごりやうしん》はそれに懲《こ》りてはら〳〵して雪枝《ゆきえ》さんを育《そだ》てゝゐるのです。

雪枝《ゆきえ》さんの御兩親《ごりやうしん》は大層慈悲《たいそうなさけ》ぶかい方《かた》で、使《つか》はれてゐる番頭《ばんとう》でも小僧《こぞう》でも皆御主人《みんなごしゆじん》に能《よ》く御奉公《ごほうこう》して

今日《けふ》までに持《も》ち逃《に》げしたり御主人《ごしゆじん》のお金《かね》を盗《ぬす》んだりする様《やう》なものは一人《ひとり》も御座《ござ》いませんでした。誠《まこと》によく行屆《ゆきとゞ》く情《なさけ》の厚《あつ》い人達《ひとだち》でした。雪枝《ゆきえ》さんもその血統《ちすぢ》をひいてをります爲《ため》と見《み》えまして、こんなに甘《あま》やかされ放題《はうだい》にして大事《だいじ》に〳〵育《そだ》てられてゐますけれ共《ども》、誠《まこと》にすなほな温和《おとな》しいよいお子《こ》で御座《ござ》いました。奉公人《ほうこうにん》もみんな、

『お宅《たく》のお嬢様《ぢやうさま》はほんとに天人《てんじん》の生《うま》れ代《がは》りのやうな方《かた》だ。』

と云《い》つて賞《ほ》めないものもありません。雨《あめ》など降《ふ》りさうな時《とき》に學校《がくかう》へ出《で》かけます時《とき》でも、

『降《ふつ》たら傘《かさ》を持《も》たしてやるから。』

と御兩親《ごりやうしん》が仰有《おつしや》つても雪枝《ゆきえ》さんは

ちやんと自分《じぶん》で傘《かさ》を持《も》つて出《で》かけます。さうして決《けつ》して小僧《こぞう》や女中《ぢよちゆう》に送《おく》り迎《むか》ひをして貰《もら》はない樣《やう》にします。その位《くらゐ》雪枝《ゆきえ》さんは利口《りこう》な子《こ》でございました。

又雪枝《またゆきえ》さんはお琴《こと》に三味《み》線《せん》が大層上手《たいそうじやうず》でございました。學校《がくかう》の方《はう》は尋常《じんじやう》三年《ねん》で學校《がくかう》の成績《せいせき》も勝《すぐ》れてをりましたがその他《ほか》にこんな遊藝《いうげい》が大層上手《たいそうじやうず》な子《こ》でした。お習字《しふじ》もよく書《か》きましていつも甲上《かふじやう》を取《と》つてをりました。御兩親《ごりやうしん》は可愛《かはい》いゝ上《うへ》にも可愛《かはい》くお思《おも》ひなさるのは無理《むり》も御座《ござ》いません。もう／＼御自慢《ごじまん》ばかりでどなたにでも雪枝《ゆきえ》さんの事《こと》ばかりを話《はなし》のたねにして喜《よろこ》んでいらつしやいました。世《よ》の中《なか》には親馬鹿《おやばか》と申《まを》してよく出來《でき》ない子《こ》まで親《おや》の目《め》には慾目《よくめ》と云《い》ふものが手傳《てつだ》つてよく見《み》えるものですが、雪枝《ゆきえ》さんのはほんとに何《なん》でもよく人並以上《ひとなみいじやう》に出來《でき》るのですから親御《おやご》さんの御自慢《ごじまん》は決《けつ》して笑《わら》ふやうな御自慢《ごじまん》ではありません。

雪枝《ゆきえ》さんを知《し》つてる人《ひと》は又誰《まただれ》でもその可愛《かはい》らしいのを賞《ほ》め、又何《またな》んでもよく出來《でき》るのに感心《かんしん》をいたします。

唯惜《たゞを》しいことに雪枝《ゆきえ》さんは弱《よわ》い子《こ》でした。直《ぢ》きに風邪《かぜ》をひいたり、直《す》ぐ御飯《ごはん》が食《た》べられなくなつたりして御兩親《ごりやうしん》に心配《しんぱい》をかけました。ですから雪枝《ゆきえ》さんは病氣《びやうき》でない時《とき》でも始終《しじゆう》お藥《くすり》を飮《の》んでゐました。これが一番《ばん》のお父《とう》さんやお母《かあ》さんの苦勞《くらう》でした。

雪枝《ゆきえ》さんのお宅《うち》に三吉《きち》と云《い》ふ小僧《こぞう》がをります。今《こ》年《とし》十五歳《さい》でこの子《こ》の親父《おやぢ》が雪枝《ゆきえ》さんのお父《とう》さんに大《たい》層世《そうせ》話《わ》になつた事《こと》があつたので、この三吉《きち》の家《うち》では雪枝《ゆきえ》さんのお父《とう》さんを神樣《かみさま》か佛《ほとけ》さまの樣《やう》に思《おも》つて恩《おん》に被《き》てをりました。この三吉《きち》も誠《まこと》によく働《はたら》く子僧《こぞう》で、夜《よる》になると近所《きんじよ》の夜學校《やがくかう》へ通《かよ》はして貰《もら》つて勉強《べんきやう》をすると云《い》ふ樣《やう》な心《こゝろ》がけのよい子《こ》で御座《ござ》いました。この小僧《こぞう》が大抵《たいてい》の日《ひ》は雪枝《ゆきえ》さんに附添《つきそ》つて學校《がくかう》へ行《い》つたりお稽古《けいこ》の送《おく》り迎《むか》ひをしたりしてゐました。雪枝《ゆきえ》さんもこの小僧《こぞう》を可愛《かはい》がつてゐました。雪《ゆき》の降《ふ》る時《とき》なぞは三吉《きち》が脊負《およ》つて行《ゆ》くこともありました。

　ある時《とき》この三吉《きち》の妹《いもうと》のおなつと云《い》ふ子《こ》が親父《おやぢ》に伴《つ》れられて雪枝《ゆきえ》さんのお宅《うち》へ參《まゐ》りました。このおなつは十三歳《さい》でしたがまことに老《ま》せた子《こ》で、つんつるてんの着物《きもの》に髮《かみ》を銀杏返《いてふがへ》しにしてやつて來《き》ました。三吉《きち》の家《いへ》は王子《わうじ》の瀧《たき》の川《がは》です、親父《おやぢ》はそこからおなつを連《つ》れて參《まゐ》りました。丁度《ちやうど》それは櫻《さくら》の咲《さ》く頃《ころ》で上野《うへの》や淺草《あさくさ》は大層賑《たいそうにぎや》かな時分《じぶん》でした。親父《おやぢ》は御主人《ごしゆじん》の御《ご》機嫌《きげん》を伺《うかゞ》ひながら娘《むすめ》をつれてお花見《はなみ》に參《まゐ》りましたのです、三吉《きち》も大層《たいそう》よろこんでをりました。で二《ふ》た晩《ばん》ばかり御主人《ごしゆじん》のお宅《うち》へ宿《とま》ることになりました。雪枝《ゆきえ》さんはおなつの顏《かほ》の眞《ま》つ黑《くろ》なのが可笑《をか》しくて仕方《しかた》がありませんでした。おなつはそれでも誠《まこと》にお行儀《ぎやうぎ》がようございましてちやんと坐《すわ》つてお孃樣《ちやうさま》の傍《そば》でいろいろなお話《はなし》を伺《うかゞ》つてをりました。

『お前《まへ》の方《はう》にも飛鳥山《あすかやま》つてお花《はな》の澤山《たくさん》咲《さ》くところがあるわね。』

　雪枝《ゆきえ》さんはかう云《い》つて聞《き》きました。おなつは、

『おら、知《し》んねえよ。』

つて云《い》ひます。雪枝《ゆきえ》さんはころがつて笑《わら》つて了《しま》ひました。

『お前《まへ》そこに住《す》んでて知《し》らないの。』

と聞《き》きますとおなつはにこ〳〵笑《わら》ひながら、

『花《はな》ア咲《さ》いてら。何《なん》て山《やま》だか知《し》んねえもの。』

と憶面《おくめん》もない顏《かほ》をしてます。お父樣《とうさま》やお母《かあ》さんも大《おほ》笑《わら》ひをなすつて、

『けれ共《ども》、おなつ位《くらゐ》に雪枝《ゆきえ》が達者《たつしや》だといゝけれ共《ども》、儘《まゝ》にならないものですね。』

とお母《かあ》さんは羨《うらや》ましさうに仰有《おつしや》ると、お父《とう》さんも、

『雪枝《ゆきえ》もこの位色《くらゐいろ》が黑《くろ》いといゝけれどもなア。』

と云《い》つて大笑《おほわら》ひをなさいました。おなつの親父《おやぢ》は、

『達者《たつしや》なばかりで行儀《ぎやうぎ》もなにもないでがさ。野良育《のらそだ》ちだからはア埒《らつち》はねえんで。』

と云《い》ふもんですから雪枝《ゆきえ》さんは又大笑《またおほわら》ひです。その

晩《ばん》はおなつは親父《おやぢ》と一所《しよ》にお臺所《だいどころ》の傍《わき》のお部屋《へや》へ休《やす》みました。さてその翌日《よくじつ》思《おも》ひがけない事《こと》が出來《でき》上《あが》りました。

その翌日《あくるひ》は日曜《にちえう》でございました。雪枝《ゆきえ》さんは學校《がくかう》はお休《やす》みでしたが、自分《じぶん》が好《す》きなもんですから朝《あさ》の内《うち》に早《はや》くお琴《こと》の稽古《けいこ》だけに行《ゆ》きました。歸《かへ》つてから雪枝《ゆきえ》さんは遊《あそ》びながら三吉《きち》の親父《おやぢ》と一所《いつしよ》におなつを連《つ》れて、おはまといふ小間使《こまづかひ》を一人《ひとり》お伴《とも》に上野《うへの》へ出《で》かけました。目《め》も覺《さ》める様《やう》な友禪《いうぜん》の被布《ひふ》を着《き》て出《で》かけますと、おなつは途中《とちゆう》で雪枝《ゆきえ》さんの袂《たもと》を引《ひ》つ張《は》つたりして眼《め》を丸《まる》くしてゆきました。

電車《でんしや》の中《なか》は大層《たいそう》こんでゐました。親父《おやぢ》はおなつよりはお嬢《ちやう》さんの方《はう》に注意《ちゆうい》をして、

『われ。さうきよと〳〵すつぢや無《ね》え。』

と云《い》つてはおなつを叱《しか》りながらゆきました。おなつは電車《でんしや》の中《なか》でも窓《まど》から外《そと》を覗《のぞ》いたり立《た》つたりゐたりしてゐました皆《みんな》は上野《うへの》でお茶《ちや》やに休《やす》んでから又淺草《またあさくさ》へゆきました。おなつは、

『おら、かゝゝ、かちどうが見《み》てえな。』

と云《い》ひます、活動寫眞《くわつどうしやしん》の事《こと》なのです。それから皆《みんな》で電氣館《でんきくわん》へ入《はい》りました。おなつは中《なか》へ入《はい》つて腰《こし》かけのあるにも拘《かゝは》らず立《たつ》て見《み》てゐますと、後《うしろ》から、

『立《た》つんぢやありませんよ。』つて案内《あんない》の女《をんな》に叱《しか》られます。親父《おやぢ》もおなつに小言《こごと》を云《い》ひますけれど實《じつ》は自分《じぶん》も呆氣《あつけ》にとられておなつよりはきよときよとしてゐました。雪枝《ゆきえ》さんはすつかり逆上《のぼせ》てしまひました。お下《さ》げの髮《かみ》がうるさいので、おはまに上《うへ》の方《はう》へ結《ゆ》ひ上《あ》げて貰《もら》ひました。しばらくして皆《みんな》は電氣館《でんきくわん》を出《で》ました。公園《こうゑん》は大變《たいへん》な雜沓《ざつたふ》で人《ひと》と人《ひと》の間《あひだ》には一寸《すん》の隙《すき》もありませんおなつは頰《ほ》つぺたを人《ひと》の背中《せなか》で潰《つぶ》されないばかりにして歩《ある》いてゆきましたが、漸《やうや》く池《いけ》の傍《そば》まで出《で》ると親《おや》父《ぢ》がひよつくり後《うしろ》から人《ひと》ごみを分《わ》けて出《で》て來《き》ました。兩人《ふたり》は吻《ほつ》と息《いき》をしないばかりで交《かう》番《ばん》の傍《わき》に立《た》つてますと其所《そこ》へおはまがうろ〳〵しながらやつて來《き》ました。おはまは親父《おやぢ》を見《み》ると、

『お孃《ぢやう》さんは。』つて聞《き》きました。親父《おやぢ》はおはまが雪枝《ゆきえ》さんの手《て》を曳《ひ》いてくる事《こと》とばかり思《おも》つてましたから

『何《なに》おいらが知《し》るもんで。お前《めへ》何《ど》うしたんだ。』

つて云《い》ひます、おはまはもう顏色《かほいろ》を變《か》へてしまひました。

電氣館《でんきくわん》から交番《かうばん》まではもの丶十四五間《けん》しきやありません。いくら混雜《こんざつ》したつてその間《あひだ》に迷子《まいご》になる氣《き》

遣《づかひ》もあるまいと、それから兩人《ふたり》はおなつを其所《そこ》へ立《た》たしておいて、

『お前《めへ》まで迷子《まいご》になるといけねえから、決《けつ》して傍《わき》へ行《ゆ》くんぢやねえぞ。』

と親父《おやぢ》は云《い》ひ付《つ》けておいて方々《はう〴〵》を探《さが》しましたが何《ど》うしても雪枝《ゆきえ》さんの姿《すがた》は見《み》えません。おはまは雪枝《ゆきえ》さんの蝙蝠傘《かうもりがさ》を持《も》つてをりましたが、それを脇《わき》にはさんで汗《あせ》をかきながら人《ひと》のこんでる中《なか》を彼方《あつち》へ行《い》つたり此方《こつち》へ行《い》つたりして探《さが》しますし、親父《おやぢ》は電氣館《でんきくわん》へ又戻《またもど》つて行《い》つて札賣場《ふだうりば》で、

『きれいな孃《ちやう》さま來《き》ましねえだらうか。』

なんて聞《き》いたもんですから、さもなくつてもこんでる中《なか》を大慳突食《おほけんつくく》はされました。

おはまはおなつを立《た》たしておいた池《いけ》の傍《そば》へ來《き》ました。おなつは柵《さく》のそばにしやがんで人《ひと》の通《とほ》るのを見《み》てゐました。親父《おやぢ》も又戻《またもど》つて來《き》ました。そこで又相談《またさうだん》しておはまは今度《こんど》は一人《ひとり》で仲見世《なかみせ》の方《はう》へ探《さが》しにゆきました。親父《おやぢ》も氣《き》が氣《き》ぢやありませんがおなつが足手纏《あしてまど》ひなので思《おも》ふ樣《やう》に探《さが》して歩《ある》く譯《わけ》にもゆきません。

『孃《ちやう》さま、何所《どこ》さ行《い》つたんたべ。』

おなつもさすがに心配《しんぱい》して聞《き》いてます。面《めん》がつらをした人《ひと》が踊《をど》りながら行《い》つたり、襟《えり》に手拭《てぬぐひ》を卷《ま》き付《つ》けた人《ひと》が笑《わら》ひながら行《い》つたりしてるのを親父《おやぢ》は氣《き》の拔《ぬ》けたやうに茫然《ぼんやり》と眺《なが》めてをりました。おはまは何《い》時《つ》まで立《た》つても歸《かへ》つて來《き》ません。親父《おやぢ》は何《ど》うしていいか分《わか》らなくなつてゐる所《ところ》へ、先刻《さつき》から田舍者《ゐなかもの》の父《おや》娘《こ》がぼんやりと池《いけ》の傍《たば》にゐるのを不思議《ふしぎ》に思《おも》つてゐた巡査《じゆんさ》は、ずか〳〵と寄《よ》つて親父《おやぢ》に、

『お前《まへ》たちは何《なに》をしてゐる。』

と尋《たづ》ねました。親父《おやぢ》は一度《ど》は驚《おどろ》きましたが直《す》ぐに一所《しよ》に出《で》た主人《しゆじん》の娘《むすめ》が迷兒《まいご》になつた事《こと》を訴《うつた》へました。巡査《じゆんさ》はすつかり所番地主人《ところばんちあるじ》の氏名《しめい》などを手帳《てちやう》に書附《かきつ》けました。交番《かうばん》のまはりはもういつぱいの人《ひと》になつ

てしまひました。

『立《た》つちやいけない。』

と云《い》つても聞《き》きません、わい〳〵と騒《さわ》いで、

『自分《じぶん》の歸《かへ》る所《ところ》を忘《わす》れたんだとさ。田舎者《ゐなかもの》は困《こま》るねえあれだから。』

なんて噂《うはさ》をしてます。巡査《じゆんさ》は親父《おやぢ》に、

『さうしてお前《まへ》たちが何時《いつ》まで立《た》つてゐても仕方《しかた》がないから一旦歸《たんかへ》つた方《はう》が宜《よろ》しい。直《す》ぐに本署《ほんしよ》へ通《つう》じて手續《てつゞき》をして上《あ》げるから、さうすれば必《かなら》ず直《す》ぐ知《し》れる。知《し》れたら送《おく》らして上《あげ》るから安心《あんしん》するがいゝ。』

と云《い》つてくれました。巡査《じゆんさ》はいろ〳〵と着物《きもの》や顔《かほ》の事《こと》なども書留《かきと》めてしまひました。親父《おやぢ》は幾《い》つも〳〵お辭義《じぎ》をして手《て》を自分《じぶん》の足頸《あしくび》のところまで下《さ》げてお願《ねが》ひをして歸《かへ》らうとしました。そこへおはまが息《いき》を切らして歸《かへ》つて來《き》ましたが、親父《おやぢ》を見《み》ると涙《なみだ》をこぼして、

『妾《あたし》は家《うち》へ歸《かへ》れないから、お前《まへ》さんだけ御主人《ごしゆじん》のところへ行《い》つておくんなさい。

と云《い》ひます。そこで親父《おやぢ》は今巡査《いまじゆんさ》に訴《うつた》へた事《こと》を話《はな》して、兎《と》も角《かく》一旦家《たんうち》へ歸《かへ》つて御主人《ごしゆじん》にお詫《わ》びをしたり後々《のちのち》のところもお考《かんが》へがあるだらうからと云《い》ふので二人《ふたり》ながら眞《ま》つ靑《さを》な顔《かほ》して日本橋《にほんばし》の主人《しゆじん》の宅《うち》へ戻《もど》りました。

それを聞《き》いた御主人《ごしゆじん》の驚《おどろ》きと云《い》ふものは大抵《たいてい》の事《こと》ではありません。然《しか》し慈悲深《じひぶか》い方《かた》ですからおはまにも親父《おやぢ》にも然《さ》う小言《こごと》は云ひませんでしたが、小言《こごと》を云《い》はれない程二人《ほどふたり》は泣《な》くにも泣《な》かれない辛《つら》い思《おも》ひを致《いた》します。けれども、

『なあにお孃《ぢやう》さんはお利口《りこう》だから、どうかして歸《かへ》つていらつしやる。』

と云《い》ふ頼《たの》みをかけてをりました、御兩親《ごりやうしん》も、

『一人《ひとり》でも淺草《あさくさ》からなら電車《でんしや》へ乘《の》れるから、お小使《こづかひ》も持《も》つてる事《こと》だし、車《くるま》に乘《の》つてゝも歸《かへ》つてくるだらう。』

と少《すこ》しは雪枝《ゆきえ》さんの利口《りこう》なのに望《のぞ》みをかけて安心《あんしん》してゐました。それでも殘《のこ》らずの警察《けいさつ》へ電話《でんわ》をかけて雪枝《ゆきえ》さんの行方《ゆくへ》の早《はや》く知《し》れるやうに賴《たの》んでおきました。斯《か》うして皆《みんな》は何《なに》も手《て》に付《つ》かずに警察《けいさつ》からの賴《たよ》りを待《ま》つてます、番頭《ばんとう》の一人《ひとり》は淺草《あさくさ》の警察《けいさつ》に詰《つ》め切《き》りでをりました。けれ共《ども》雪枝《ゆきえ》さんは何所《どこ》へ行《い》つてしまつたのかとう／＼夕方《ゆふがた》になつても歸《かへ》つて來《き》ませんでした。お母《かあ》さんは御飯《ごはん》も上《あが》らずに泣《な》き通《とほ》してゐます、親父《おやぢ》も、

『何《なん》とも申譯《まをしわけ》がねえで。わしがお附《つ》き申《まを》してゐながら餘《あん》まり用心《ようじん》が足《た》りねえやうで面目《めんぼく》が御《ご》ぜへましねえ。』

と云《い》つては老人《としより》の眼《め》に淚《なみだ》をぼろ／＼溢《こぼ》してゐます
おはまはもう小《ちひ》さくなつて悄然《しほ／＼》としてをりました。
夜《よる》になつても雪枝《ゆきえ》さんの行方《ゆくへ》は分《わか》りません。淺草《あさくさ》の警察《けいさつ》へ行《い》つてた番頭《ばんとう》は歸《かへ》つて來《き》ました。親類《しんるゐ》は皆《みんな》寄《よ》つて來《き》て唯《たゞ》頭《あたま》を突《つ》き合《あ》はせながら溜息《ためいき》をついてをります。お母《かあ》さんはもう雪枝《ゆきえ》さんが死《し》んでゝも了《しま》つた樣《やう》に悲《かな》しんで泣《な》いてゐました。おなつは親父《おやぢ》の傍《そば》にしよんぼり坐《すわ》つてゐましたが、何《なん》と思《おも》つたか、

『お父《と》つさあよ。淺草《あさくさ》へはどう行《ゆ》くべ。』

と尋《たづ》ねました。何《なん》の氣《き》なしに親父《おやぢ》は電車《でんしや》へ乘《の》つて眞《ま》つ直《す》ぐに行《ゆ》くと雷門《かみなりもん》だと話《はな》しました。おなつはだまつて聞《き》いてましたが又《また》、

『電車《でんしや》はいくらでゆくべ。』

つて聞《き》きます。九錢《せん》で往復切符《わうふくきつぷ》を買《か》ふんだと話《はなし》するとおなつは自分《じぶん》の巾着《きんちやく》（毛絲《けいと》であんだ）を出《だ》して中《なか》のお錢《ぜに》を勘定《かんぢやう》してゐました。中《なか》には十錢銀貨《せんぎんくわ》が一《ひ》とつと五錢《せん》の白銅《はくどう》が一《ひ》とつと二錢銅貨《せんどうくわ》が一《ひ》とつはいつてゐました。おなつはそれを又《また》ふところへしまひました。親父《おやぢ》は何《なん》の氣《き》もしずに娘《むすめ》のする事《こと》を見《み》てゐましたが、おなつは少時《しばらく》してから家《うち》に見《み》えなくなりました。又皆《またみんな》が大騷《おほさわ》ぎしました頃《ころ》は、もう夜《よる》の十時《じ》過《す》ぎでございました。おなつは子供心《こどもごゝろ》に淺草《あさくさ》まで雪枝《ゆきえ》

さんを探《さが》しにゆかうと思《おも》つたのです。公園《こうえん》へ行《ゆ》けばきつと雪枝《ゆきえ》さんがゐると思《おも》つて電車《でんしや》へ乘《の》つてだまつて出《で》ていつたのです。

『さつきのかちどうのとこへ行《ゆ》けばきつとお孃《ちやう》さんは泣《な》いてんべ。』

とおなつはかう思《おも》ひこんでゐました。自分《じぶん》が行《い》つてきつとお孃《ちやう》さんを探《さが》してこよう。さうすればお父《とつ》さんも安心《あんしん》するし、御主人《ごしゆじん》さまにも安心《あんしん》させられると斯《か》う思《おも》ひつめてゐるのです。おなつは方法《はうはふ》もなく見當《けんたう》もなく無暗《むやみ》と家《うち》を出《で》て雪枝《ゆきえ》さんを探《さが》しにゆきました。これで探《さが》せたらそれは神《かみ》のお助《たす》けでせう。雪枝《ゆきえ》さんは何處《どこ》へ行《い》つたのでせうか。又《また》おなつは雪枝《ゆきえ》さんを探《さが》しだすでせうか。

（下）

おなつはお孃《ちやう》さんを探《さが》しに出《で》かけましたが、雷門《かみなりもん》と車掌《しやしやう》に敎《をそ》はつて電車《でんしや》を下《お》りた時《とき》はもう九時《じ》でございました。其所等《そこら》中電燈《ちゆうでんとう》がついて、牛屋《ぎうや》だのお料理《れうり》屋《や》だのにはお花見《はなみ》の人《ひと》が上《あが》り込《こ》んでゐて怒罵《どな》るのもありますし唄《うた》つて

るのもありますし淺草《あさくさ》の廣小路《ひろこうぢ》はまことに賑《にぎ》やかで御座《ござ》いました。おなつは仲見世《なかみせ》へ入《はい》りました。仲見《なかみ》世《せ》通《とほ》りのかんざしやは赤《あか》だの白《しろ》だのの色《いろ》があかりに照《て》らされて誠《まこと》に綺麗《きれい》です。人形屋《にんぎやうや》には赤《あか》い着物《きもの》や青《あを》

い兵子帶《へこおび》がこれもあかりで美《うつく》しうございます。おなつは何時《いつ》もならきよろ／＼するのですが今夜《こんや》は自分《じぶん》にはお孃《ぢやう》さまを探《さが》すと云《い》ふ用《よう》があるので一生懸命《しやうけんめい》です。雪枝《ゆきえ》さん位《くらゐ》の年恰好《としかつかう》の子《こ》がくると眼《め》を丸《まる》くして、
『孃《ぢやう》さまぢやねえか。』
と思《おも》つて見《み》ます。そして仲見世《なかみせ》も出《で》てしまつて公園《こうゑん》へ入《はい》りました。さすがに公園《こうゑん》には晝間《ひるま》ほど人《ひと》はをりませんで靜《しづか》でございました。おなつは又《また》ずん／＼と活動寫眞《くわつどうしやしん》の小屋《こや》の方《はう》へやつてゆきました。

先刻《さつき》自分《じぶん》が立《た》たせられた池《いけ》のそばへ參《まゐ》りました。交番《かうばん》もあります。活動小屋《くわつどうこや》にはイルミネーションがすつかりついて實《じつ》に綺麗《きれい》です。これにはおなつも魂《たま》げてしばらくはあたりをきよろ／＼見《み》てをりました

此所《こゝ》の通《とほ》りは可《か》なり人《ひと》が出《で》てゐまして、彼方《あつち》へ行《い》つたり此方《こつち》へ行《い》つたりする人《ひと》が眼《め》まぐるしいやうでした。おなつは晝間《ひるま》見《み》た電氣館《でんきくわん》の前《まへ》まで參《まゐ》りました。晝間《ひるま》見《み》た通《とほ》りの看板《かんばん》が出《で》てをります。大勢人《おほぜいひと》が立《た》つて看板《かんばん》を見《み》てゐます。おなつは其所《そこ》に立《た》つてきよろきよろ方々《はう／＼》を見《み》てゐました。もとより雪枝《ゆきえ》さんは其《その》邊《へん》にをる氣遣《きづかひ》はございません。おなつはそれでもお孃《ぢやう》さんが來《く》るだらうと思《おも》つて見《み》てゐました。十時《じ》に近《ちか》くなりますので活動《くわつどう》もお了《しま》ひになる頃《ころ》で人々《ひと／＼》はそろ／＼と散《ち》りかけて來《き》ました。何《なん》となく淋《さび》しくなつてくるとおなつは又寒《またさむ》さをかんじました。半纏《はんてん》を着《き》て前掛《まへかけ》をしめてちよこんとしてゐる風《ふう》は直《す》ぐ田舍娘《ゐなかむすめ》と思《おも》はれるやうななりです。

おなつは遂《つひ》に雪枝《ゆきえ》さんの姿《すがた》が見《み》えないのでがつかりして了《しま》ひました。何《ど》うかして探《さが》したいと思《おも》ひますので又《また》一生懸命《しやうけんめい》になつて公園《こうゑん》を出《で》ました。おなつは舊《もと》の道《みち》へ返《かへ》るつもりでそこは初《はじ》めての悲《かな》しさで公園《こうゑん》裏《うら》へ出《で》てゆきました。仲見世《なかみせ》へ出《で》るつもりでずん／＼歩《ある》いてゆくと、道《みち》が段々《だん／＼》淋《さび》しくなります。そして角《かど》には大勢車夫《おほぜいくるまや》がをりました。おなつはそれでも氣《き》が付《つ》きません。眞《ま》つ直《す》ぐにゆけば仲見世《かなみせ》へ行《ゆ》くものと

思《おも》つてずん〳〵行《ゆ》きますととう〳〵合羽橋《かつぱばし》と云《い》ふ所《ところ》へ出《で》て了《しま》ひました。

こゝの通《とほ》りは誠《まこと》に淋《さび》しい所《ところ》で、道《みち》のわきに柳《やなぎ》の植《う》はつた溝《どぶ》の横《よこ》に出《で》ますとおなつは方角《はうがく》が分《わか》らなくなつて立止《たちどま》りました。

人足《ひとあし》はもうばつたり留《とま》つて、分署《ぶんしよ》の赤《あか》い電燈《でんとう》がおなつの眼《め》には恐《こは》く見《み》えました。そしておなつの思《おも》ふ樣《やう》な電車《でんしや》の影《かげ》も見《み》えず、賑《にぎや》かな鈴《りん》の音《おと》も聞《き》こえません。おなつは山《やま》の中《なか》へでも迷《まよ》ひこんだ樣《やう》に心細《こゝろぼそ》くなりました。

この道《みち》は眞《ま》つ直《す》ぐに行《ゆ》けば上野《うへの》へ出《で》る道《みち》です。けれども子供《こども》でしかも東京馴《とうきやうな》れない田舍者《ゐなかもの》のおなつにはこの迷《まよ》つた道《みち》がどれ程恐《ほどおそろ》しかつたかしれませんでした。それでも又無暗《またむやみ》と眞《ま》つ直《す》ぐに歩《ある》きだしました。

段々道《だん〳〵みち》は淋《さび》しくなつて人《ひと》は一人《ひとり》も通《とほ》りませんでした。田舍者《ゐなかもの》ですから淋《さび》しいのはおなつには苦《く》にもなりませんで、唯《たゞ》何《ど》うかして電車道《でんしやみち》へ出《で》たいと思《おも》ひ、今《いま》はお嬢《ぢやう》さんの事《こと》も忘《わす》れて一生懸命《しやうけんめい》にかけ出《だ》しました。

さうしてずん〳〵とまつすぐにかけて來《き》ますと途《と》中《ちゆう》で犬《いぬ》に吠《な》えられました。その犬《いぬ》に吠《ほ》えられた所《ところ》は東京《とうきやう》でも貧乏人《びんばふにん》ばかりゐると云《い》はれる山伏町《やまぶしちやう》と云《い》ふ所《ところ》です。其所《そこ》までは交番《かうばん》が一《ひ》とつありましたがおなつのかけて行《ゆ》くのを、何所《どこ》かの女中《ぢよちゆう》が買物《かひもの》にでも行《い》つて走《か》けてゆくものとでも思《おも》つたと見《み》え巡査《じゆんさ》は立《た》つてましたが咎《とが》めませんでした。

おなつは此所《こゝ》まで來《き》て、ふいと其《そ》の横丁《よこちやう》を曲《ま》がつて見《み》ようと思《おも》ひました。何《なん》となく曲《まが》れば電車道《でんしやみち》へ出《で》られる樣《やう》に思《おも》つてずつと曲《ま》がつてしまひました。大《だい》分《ぶ》行《い》つた頃《ころ》にその道《みち》は突《つ》き當《あた》つてゐました。おなつは又曲《またまが》りました。曲《ま》がると其《そ》の横《よこ》から小《ちひ》さな子《こ》が跣《はだ》足《し》で馳《か》けて來《き》たのに逢《あ》ひました。道《みち》は眞《ま》つ暗《くら》ですからおなつには少《すこ》しも見《み》えませんでしたが、その子《こ》の後《うしろ》から又大人《またおとな》が馳《か》けて來《き》てその子《こ》を捕《つかま》へました。そ

の子《こ》は女《をんな》の子《こ》の聲《こゑ》でわつと泣《な》き出《だ》しました。大人《おとな》は、

『づるい阿魔《あま》つちよめ。』

つて云《い》つてその子《こ》の顔《かほ》を打《ぶ》ちました。おなつは吃驚《びつくり》して見《み》てゐましたが自分《じぶん》も打《ぶ》たれては大變《たいへん》と思《おも》つて逃《に》げ出《だ》そうとするとその子《こ》が、

『お家《うち》へ歸《かへ》して下《くだ》さい、お家《うち》へ歸《かへ》して下《くだ》さい。』

と云《い》つてます。それがお孃《ぢやう》さんの聲《こゑ》に似《に》てるとおなつは氣《き》が付《つ》きました。

　それは雪枝《ゆきえ》さんでした。雪枝《ゆきえ》さんは今日《けふ》の晝間《ひるま》人《ひと》

込《ご》みの中《なか》で自分《じぶん》の手《て》が大《おほ》きな手《て》につかまりました。さうしてその大《おほ》きな手《て》は自分《じぶん》をずんずん引《ひ》つ張《ぱ》つてゆきました。雪枝《ゆきえ》さんが吃驚《びつくり》してその手《て》を離《はな》さうと思《おも》つても、何《ど》うしても放《はな》しません、人込《ひとご》みから出《で》た時分《じぶん》は雪枝《ゆきえ》さんの捕《つかま》へられた手《て》が、痛《いた》いくらゐでした。捕《つかま》へた人《ひと》は女《をんな》で雪枝《ゆきえ》さんが、逃《に》げようとすると、脇《わき》の下《した》から手《て》をいれて抓《つね》りました。雪《ゆき》枝《え》さんは痛《いた》いから泣《な》きさうになると、

『いゝ子《こ》だね、小母《をば》さんと一所《いつしよ》にそこまでおいで。直《す》ぐお家《うち》へ歸《かへ》して上《あ》げるから。』

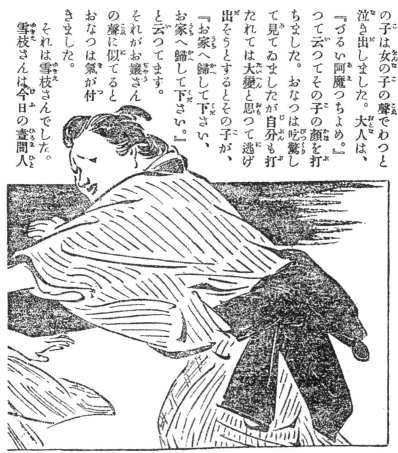

とその女《をんな》はかう云《い》ひました。大《おほ》きな女《をんな》で帶《おび》をお引《ひ》つかけにしてゐました。雪枝《ゆきえ》さんは抓《つね》られるのが痛《いた》いから仕《し》方《かた》なしに附《つ》いてゆきますと、

『直《す》ぐお家《うち》へ歸《かへ》して上《あ》げるから小母《をば》さんと一所《しよ》に來《く》るんだよ。』

と云《い》ひます。雪枝《ゆきえ》さんは直《す》ぐ歸《かへ》して上《あ》げると云《い》はれたので默《だま》つて引《ひ》つ張《ば》られてゆきました、女《をんな》は雪枝《ゆきえ》さんを伴《つ》れて千束町邊《ぞくまちへん》のある家《うち》へ行《ゆ》きました。その家《うち》は雇人口入業《やとひにんくちいれげふ》でしたが雪枝《ゆきえ》さんには分《わか》りませんでした。大勢人《おほぜいひと》がゐて自分《じぶん》は二階《かい》へやられました、其所《そこ》へ大《おほ》きな眼《め》のお婆《ば》あさんが來《き》まして、晩方《ばんがた》まで座敷《ざしき》から出《だ》そうともしませんでした。

夜《よ》るになると女《をんな》は又雪枝《またゆきえ》さんを伴《つ》れて出《で》ました。

女《をんな》の家《うち》は山伏町《やまぶしちやう》の汚《きたな》い家《うち》で其處《そこ》まで雪枝《ゆきえ》さんは歩《ある》かせられました。家《うち》へくると、

『お入《はい》りよ。』

と女《をんな》は云《い》ひます。家《うち》は長屋《ながや》の奥《おく》の方《はう》で一《ひ》と間《ま》しきや座敷《ざしき》がありません、疊《たゝみ》が破《やぶ》れて汚《きたな》い戸《と》が締《し》めてありました。雪枝《ゆきえ》さんは入《はい》りませんでした、すると女《をんな》は又抓《またつね》りました。雪枝《ゆきえ》さんは泣《なき》ながら入《はい》りました。

其所《そこ》へ四十位の女《をんな》が二人《ふたり》も集《あつま》つて來《き》て、何《なん》の事《こと》だか雪枝《ゆきえ》さんには分《わか》りませんが、

『剝《は》がすのかい。いゝものだ。』

と斯《か》う云《い》ひました。それから又《また》、

『お前《まへ》はお稽古《けいこ》に上《あが》つてるの。』
なんて聞《き》きました。雪枝《ゆきえ》さんは泣《な》いたぎりで口《くち》も聞《き》きません。女達《をんなたち》はみんな笑《わら》つてゐました。雪枝《ゆきえ》さんは此所《こゝ》で綺麗《きれい》に着物《きもの》を脱《ぬ》がされて了《しま》ひました。指《ゆび》環《わ》もとられました。さうして雙子《ふたこ》の袷《あはせ》の短《みじか》い汚《よご》れたのを着《き》せられました。

『明日《あした》又《また》好《い》い着物《きもの》を着《き》せてやるから今夜《こんや》はお寐《ね》よ。』

と女《をんな》は云《い》ひました。雪枝《ゆきえ》さんはお母《かあ》さんが戀《こ》ひしくなつて唯《たゞ》しく／＼泣《な》いてゐますと、

『明日《あした》は歸《かへ》してやるよ。』

と云《い》ひます。そして綿《わた》の出《で》た蒲團《ふとん》を一枚《まい》其所《そこ》へ抛《ほう》り出《だ》しました。雪枝《ゆきえ》さんはどうかして逃《に》げて歸《かへ》らうと決心《けつしん》しましたがそれでも悲《かな》しくて仕方《しかた》がないので、いろ／＼お家《うち》の事《こと》を考《かんが》へたり、さぞ今頃《いまごろ》はみんな心《しん》配《ぱい》してゐるだらうなど〻思《おも》つて泣《な》いてゐますと、女《をんな》は便所《べんじよ》へでも行《ゆ》くのか裏《うら》の戸《と》を開《あ》けて外《そと》へ出《で》たようなので、雪枝《ゆきえ》さんは夢中《むちゆう》でその儘《まゝ》はだしで飛《と》び出《だ》したところなのでした。女《をんな》は雪枝《ゆきえ》さんの好《い》い着物《きもの》を取《と》つた上《うへ》、明日《あす》は田舍《ゐなか》の遠《とほ》い所《ところ》へ藝妓《げいしや》に賣《う》らうとしたのでしたから今《いま》に逃《に》げられては大變《たいへん》なので直《す》ぐ追《お》つかけて來《き》たのです。

おなつはいきなり傍《そば》へ行《い》つて、

『孃《ぢやう》さまだべ。孃《ぢやう》さまだねえか。』

と大《おほ》きな聲《こゑ》を出《だ》しました。雪枝《ゆきえ》さんはもう夢中《むちゆう》で、

『誰《だれ》か來《き》て下《くだ》さい。あれえ／＼。』

と大聲《おほごゑ》を出《だ》しました。女《をんな》は雪枝《ゆきえ》さんを引《ひ》つ張《ぱ》つてゆかうとする。丁度《ちやうど》闇《やみ》の晩《ばん》なのでそこいらは眞《ま》つ暗《くら》ですし、貧乏人《びんばふにん》のゐる町内《ちやうない》ですから誰《だれ》もそんな聲《こゑ》を聞《き》いても出《で》ようともしません。おなつは雪枝《ゆきえ》さんの手《て》を持《も》つて一生懸命《しやうけんめい》にかけ出《だ》さうとすると女《をんな》はおなつの袖《そで》をつかみまして、

『お前《まへ》はなんだ。何《なん》だつて人《ひと》の家《うち》の子《こ》を引《ひ》つばるんだ。』

と云《い》ひますと、おなつは、

『人《ひと》の家《うち》の子《こ》なもんか、おらとこの孃《ちやう》さまだ、お前《めへ》は人《ひと》さらひだべ。人《ひと》の子《こ》さらつたゞもの人《ひと》さらひだべ。』

と大《おほ》きな聲《こゑ》を出《だ》すと女《をんな》はぷいと逃《に》げて行《い》つて了《しま》ひました。脛《すね》に疵《きず》をもつてる女《をんな》は大層《たいそう》それがこはかつたのです、おなつは無我夢中《むがむちゆう》に雪枝《ゆきえ》さんを引《ひ》つ張《ぱ》つて馳《か》け出《だ》しました。これがほんとの神《かみ》の引合《ひきあは》せと申《まを》すのでせう。若《も》し此所《こゝ》へおなつが來《こ》なかつたら雪枝《ゆきえ》さんは遠《とほ》くへやられたかも知《し》れません。けれ共《ども》おなつも雪枝《ゆきえ》さんも好《い》いところで逢《あ》つたとも不思議《ふしぎ》とも何《なん》とも思《おも》はずに唯恐《たゞこは》いばつかりに逃《に》げ出《だ》しました、すると廣《ひろ》い通《とほ》りへ出《で》ました。其所《そこ》に洋劔《サーベル》をがちや〱云《い》はせながら巡査《じゆんさ》が巡回《じゆんくわい》してましたがいきなり兩《ふた》人《り》を捕《おさ》へました。

子供《こども》の云《い》ふ事《こと》なので巡査《じゆんさ》にもよく云《い》ふ言葉《ことば》が分《わか》りません、まして、この繁華《はんくわ》な東京《とうきやう》で人浚《ひとさら》ひに逢《あ》つたと云《い》ふのがもう不思議《ふしぎ》なので其所《そこ》まで巡査《じゆんさ》には想像《さうざう》がつきません。兎《と》も角《かく》も合羽橋《かつぱはし》の分署《ぶんしよ》へ伴《つ》れて行《ゆ》くと、今日《けふ》の迷《まよ》ひ子《ご》の届《とゞ》けのうちに雪枝《ゆきえ》と云《い》ふのがありましたので、直《す》ぐ雪枝《ゆきえ》の宅《うち》へ電話《でんわ》をかけまして人《ひと》を呼《よ》びました。

日本橋《にほんばし》の雪枝《ゆきえ》さんの家《うち》では死《し》んだものか生《い》きたやうな喜《よろこ》びで主人《しゆじん》は直《す》ぐ車《くるま》で馳《か》けつけました。其所《そこ》にはおなつもゐました。餘《あま》り事《こと》が不思議《ふしぎ》なので主人《しゆじん》も烟《けむ》にまかれた樣《やう》でした。

いろ〱と話《はなし》を聞《き》くうちに恐《おそろ》しい人浚《ひとさら》ひがこの東京《とうきやう》にゐる事《こと》が分《わか》つて、警察《けいさつ》からはおなつと雪枝《ゆきえ》さんに道《みち》の案内《あんない》をさせてとう〱女《をんな》を捕《つかま》へました。其《そ》の女《をんな》の家《うち》にはまだ雪枝《ゆきえ》さんの美《うつく》しい着物《きもの》がかくしてあつたので、忽《たちま》ち惡事《あくじ》が露現《ろけん》して監獄《かんごく》へ送《おく》られました。

おなつはこんな大手《おほて》柄《がら》をいたしました。

親父《おやぢ》もおなつのお蔭《かげ》で御主人《ごしゆじん》へ申譯《まをしわけ》が立《た》ちました兩親《りやうしん》の喜《よろこ》びはもう云《い》はうやうもありません。おなつを雪枝《ゆきえ》さんの命《いのち》の親《おや》として一生面倒《しやうめんだう》を見《み》たいと云《い》ふので、日本橋《にほんばし》のお家《うち》へおなつを引取《ひきと》つて雪枝《ゆきえ》さんと同《おな》じやうに學校《がくかう》へ通《かよ》はしたりして大切《たいせつ》に育《そだ》てゝやるやうになりました。それで人《ひと》が、

『どうして雪枝《ゆきえ》さんのゐるところが分《わか》つた。』

と聞《き》きますと、

『分《わか》んねえよ。たゞ逢《あ》つたゞもの、おらも迷《ま》ひ子《ご》になつて逢《あ》つたんだもの。』

とかう云《い》ひます。おなつの云《い》ふ通《とほ》りに違《ちが》ひありません。迷子《まいご》同志《どうし》がふいと逢《あ》つたばかりで兩人《ふたり》はこんな仕合《しあ》せをつくりました。

兩人《ふたり》ながら毎日《まいにち》學校《がくかう》に通《かよ》つてよく勉强《べんきやう》をしてゐるとのことで御座《ござ》います。

解題

黒澤亜里子

本巻には、処女作「露分衣」（『文藝倶楽部』明治三六年二月）から戯曲「やきもち」（『文藝倶楽部』明治四三年一二月）までの計三十三編（小説二十、詩八、戯曲一、その他四）を収録した。

この時期は、いわば田村俊子の文章修行時代である。大きく見れば、この時期はさらに前半期と後半期に分かれる。すなわち、幸田露伴の指導のもとで古典を学びながら一葉風の雅文体を目指した明治三四～三九年頃の文壇登場期、そして、自己の文体、作風に迷いを生じ、露伴のもとを離れて、毎日文士劇や新社会劇の女優になるかたわら、口語体の戯曲や小説を試みた明治四〇～四三年にかけての模索の時期である。以下にまず、この時期の作品の特質、時代背景などを述べておきたい。

幸田露伴への入門

明治三五（一九〇二）年四月、俊子は幸田露伴に入門した。すでに前年の四月には、日本女子大学校国文科に第一期生として入学していたが、まもなく退学（学籍上は翌三五年五月まで在籍）。退学理由ははっきりしないが、十八歳の俊子がそれなりの覚悟をもって露伴の門を叩いたことは確かだろう。

俊子は、浅草蔵前の米穀商の佐藤了賢、きぬの長女として生まれた（明治一七〈一八八四〉年四月二五日。二三日との説もある＝筆者注）。佐藤家は札差の家柄で、旗本・御家人の代理として米穀の売捌方を請負い、その手数料を貸付けたりした一種の金融業である。婿養子だった了賢ときぬの折り合いが悪く、父不在の家庭だったようだが、俊子の幼少期にはまだかなり裕福だったらしい。母きぬはなかなか面白い人物で、いわゆる五目の師匠をするような江戸的な教養の持ち主であると同時に、一種の西洋崇拝めいた、明治人特有の進取の気性があったという。

幸田露伴といえば、尾崎紅葉とともに文壇の一方の大家である。当時の文壇のシステムにおいては、大家に弟子入りし、機会を見て雑誌や新聞に推挙してもらうのが一番の早道である。弟子を取ることを嫌った露伴に対し、門弟二百人といわれた紅葉のもとには「四方の書肆文人来貢す」（内田魯庵『思い出す人々』、大正四〈一九一五〉年、春秋社）という勢いだったという。

紅葉を愛読していたという俊子が、露伴を師に選んだ理由が面白い。俊子の自筆年譜によれば、その人柄にひかれ、あまり干渉しないということだった。

初め紅葉を崇拝し、露伴のものは一作も読まざりしも、当時紅葉の『金色夜叉』が宮戸座に上演せられ、露伴の『髯男』が明治座に於て演ぜられつゝあり、紅葉は毎日出張して厳格なる干渉をなすに、露伴は一切無干渉なりと云ふ新聞記事を見て、其の人格を敬慕する余り単独にて其の門を叩きたるなり。

（改造社版『現代日本文学全集』第56篇、昭和六〈一九三一〉年三月）

紅葉が、文人のみならず、派閥の領袖としてのもう一つの顔をもっていたことはよく知られている。親分肌で門弟の面倒見がよい代わりに、上下の折り目に厳しく、往来ですれ違って挨拶しなかったとかで、新兵よろしく「トッチメ」（同前）られたり、勘気に触れて仕事をほされた話など、紅葉の周囲にはこの手の話が後を絶たない。

硯友社がいわば男社会の部活動めいた匂いがするのに対し、一方の露伴にはストイックな単独者の雰囲気がある。厳父、慈父のいずれにせよ、俊子は露伴の中に庇護者としてのジェンダー的な父性を見たのかもしれない。女の弟子をとるにあたっては、露伴の一葉びいきも与《あずか》ったろう。かつて露伴が『めざまし草』で、鷗外、緑雨とともに「たけくらべ」を絶賛したことはよく知られているが、その後、一葉宅を訪ねて親しく言葉を交わしたこともあったらしい。

俊子は、師から露英の号をもらい、一葉を目標として古典の熟読に励んだ。露伴の教育方針で、文芸雑誌の類はいっさい読ませられなかったという。露英の号は、露伴の期待の高さを示すものだろう。明治三七（一九〇四）年三月の『手紙雑誌』には、露伴の以下のような好意的な評言がみえる。

> 露英は漸くこのごろ其の著を世に出せるのみの婦人なるが其の小説の調子は故一葉に似て其の先鋭のところは及ばざれども其の艶麗のおもむきは或は勝れり励めて休まずんば前程測るべからざる作家なり

後に俊子の夫となる松魚、田村昌新《まさとし》が露伴に弟子入りを許されたのは、俊子に先立つ明治三〇年頃のことである。当時、神田鍛治町の露伴の家には、松魚、神谷鶴伴、米光関月らが書生として同居していた。生活は質素で、書生たちは西鶴の一代男などをそれぞれ筆写して朱で意味を書き入れ、露伴が難解な句を教えてやることもあったらしい。

俊子の入門はこれより数年下る向島寺島時代である。松魚はすでに博文館の社員として働くかたわら、新人作家として文壇に認められつつあった。新参の俊子の目に、露伴門下の高弟は眩しく映ったに違いない。

文壇登場

入門の翌年、俊子は文壇処女作となる「露分衣」を『文藝倶楽部』（明治三六〈一九〇三〉年二月号）に発表した。同級の樋口かつみ子は、当時を回想して「余り大した評判と云ふ程ではありませんでしたけれども、流調に達者に書けて居て、第二の一葉だなどと云ふ批評もありました」（「半生の経歴と其の性格」『新潮』大正二〈一九一三〉年三月）と述べている。

俊子によれば、「露伴側の人々」にはおおむね好評だったが、紅葉門下の泉鏡花はこれを読んで「此の人は才分ある人なれども、斯くの如きものを書くは気の毒なり」（自筆年譜）と評したと書かれている。後年の記述であるから多少割り引くとしても、一言でいえば古臭いということだろう。

たとえば、山路愛山は「文章は中々に達者」であり、「可憐なる処女の心情を写してうれし」とする一方で「対話の所も叙事と分たずしてのべつに序したる」ため「ちと分り難き所」があると指摘している（「摘要」『独立評論』明治三六〈一九〇三〉年三月）。すなわち「露分衣」は、今日の文章のように会話と地の文をカギ括弧で区別する表記をとらず、改行も句点もなく読点だけで続けていく一葉風の雅文体で書かれていた。いいかえれば、同時代の愛山をして「読みにくい」といわしめる雰囲気が当時の文壇にはあったということである。

折しも、明治三〇年代は文語体から口語体への転換期である。すでに紅葉は「多情多恨」（明治二九〈一八九六〉年）において「である」調を定着させ、鏡花自身も「高野聖」（明治三三〈一九〇〇〉年）で評価を確立していた。言文一致体が近代小説の新しい文体となりつつある中で、若い俊子の古風な「和文風」がいささか窮屈に見えた、というあたりが鏡花の正直な感想だったかもしれない。折しも、この年の一〇月、一時代を牽引した尾崎紅葉が亡くなり、鏡花は多くの門弟を代表して弔辞を読むことになる。俊子が文壇に出たその年、すでに紅露時代は過去のものとなりつつあったのである。

その後の数年間、俊子は露伴のもとで文体、作風上の試行錯誤を続けることになる。「星菫派」かぶれの軽薄才子を風刺的に描いた「夢のなごり」（明治三七年）、「春のわかれ」*（明治三八年）等、新しい趣向の作品もあるが、「小萩はら」、「夕霜」、「若紫」、「露」といった和文脈の題名に示されるように、基本的にこの時期の着想や文体は、いまだ一葉の影響圏内にあったと言えるだろう。
関礼子は、一葉以後の女性作家に必ず参照され、規範として引用される「一葉」という署名、記号があり、それが小説文体におけるジェンダー規範の学習と矯正のプロセスとして機能すること、一葉自身が、半井桃水の再教育によってそうした「女装文体」を習得したことを指摘している（関礼子『語る女たちの近代』、新曜社、一九九七年四月）。一方、「彼らの文体」すなわち近代小説のスタンダードとしての言文一致体の獲得は、単に文体の問題にとどまらず、新たに文学市場に参入する女性作家の「主体構築」（小平麻衣子『女が女を演じる』、新曜社、二〇〇八年二月）の問題とも密接に関係している。この時期の俊子の試行錯誤の内実もまた、こうした「女装文体」の習得と束縛、「彼らの文体」獲得への模索という、同時代の一連の問題配置の中にあったとみるべきだろう。
この年の八月、田村松魚が博文館を辞めて渡米する。松魚なりに新境地を求めての渡米だったろうか。俊子との恋愛はすでに始まっていたらしいが、松魚が帰国するのは六年後の明治四二（一九〇九）年のことである。

自然主義の勃興

俊子の作風に大きな変化が見られるのは明治三九（一九〇六）年あたりからである。この年の自筆年譜に、俊子は次のように書いている。

此の時代より自己の作風に対して非常に嫌悪を感じ、従来辿り来れる芸術上の道の誤れることを自覚す。書くことが真実嫌になり、新たに自己の進むべき道に就て煩悶す。

露伴が、俊子に厳格な古典教育を施したことはすでに述べた。露伴の方針で、同時代の雑誌はいっさい読ませられなかったというが、翌四〇年の年譜には、「絶えず読書を怠らず。新しきものは大抵此の時代に於て読破せり」とある。俊子はいつごろから露伴の指導に逆らい、新時代の文学に目を開いていったのだろうか。

文学史的にみれば、ちょうどこの時期は一九世紀末の海外文学の日本への紹介期として歴史的なふしめにあたっている。それは、「実に現代世界文壇上の名作はほとんど一時に悉く輸入されたと言ふも不当でない」（『太陽〈明治史第七篇文芸史〉』無署名特別号、明治四二〈一九〇九〉年二月二〇日）というほどの劇的な変化だった。

明治三七（一九〇五）年、三十二歳の田山花袋は、「露骨なる描写」において文壇の現状を次のように批判している。

自分は明治の文壇が久しい間、所謂文章、所謂技巧なるものに支配せられて、充分なる発達を為す能はざることを甚だ遺憾に思うた一人である。文士がいづれも文章に苦心し、文体に煩悶した結果、果ては篁村調とか、紅葉調とか、露伴調とか、鷗外調とかといふ一種特別なる形式に陥り、自から自己の筆を束縛して、新しき思想を有しながら、しかしその一端をも其筆に上すこと能はず、空しく文章の奴隷と為つて居るもの多いのを見もし、試験も為て、尠なからず遺憾に思つたのである。（「露骨なる描写」『太陽』明治三七年二月）

ここでの「新しき思想」とは、「十九世紀末の革新派」としての自然主義思潮である。花袋は、イプセン、トルストイ、ゾラ、ドストエフスキー、ダヌンチオ、ハウプトマン等々をあげ、「自己の内面」と「真実」の凝視、すなわち「露骨」なる現実描写の中にこそ、「血と汗」が滴るような痛切な人生の実感があるとし、既成文壇の美文家を、いわゆる「技巧派」、「文章の奴隷」として一蹴した。

田山花袋が『太陽』で口火を切ると、『早稲田文学』『文章世界』を始め、『趣味』『新潮』『読売新聞』等々のジャーナリズムが加わり、文壇内外の空気は一変した。旧世代や旧道徳《コンベンション》への反感、「何となく不穏の反抗的挙動」（同前）が、日露戦後のアプレゲール的な気分としてこれに伴走した。すなわち、明治三九年から四二年頃までの数年間にわたる、最も強力な文学運動、ないしは近代個人主義の日本的な表出としての「自然主義文学運動」がそれである。

新時代の旗手、花袋が「閨秀文章家」という評論において「佐藤露英」に言及したのは、ちょうどこの時期にあたる明治三九年春のことである。


佐藤露英は露伴氏の門下で、其作はをり〳〵新小説や文藝倶楽部に出て居りますが、中々しつかりした、そして女らしい処があつて、旨いと関心することも随分ありました。其着想は稍々旧派に近いとは思ひますれど、才筆たることを失ひません。

（花袋生「閨秀文章家」『文章世界』明治三九年四月、引用文中の傍点筆者）


ここでの新旧の基準は、内容以前にまず言文一致体であるか否かである。花袋は、小金井喜美子の「浴泉記」等のすぐれた翻訳が日本の思想界に与えた影響の大きさ、意義について高く評価すると同時に、「残念な事」として「女史の翻訳は和文風で書いてありますので、それで余り人の耳に入りにくい、それが今の言文一致で訳してあつたらば、それこそ感化が一層大であつたらうと思ひます」と付け加える。

一方、口語体で書かれた大塚楠緒子の文章は「男性的」で、「今迄日本の女子の切開かない方面をも、盛に大胆に開拓しやうとする勇気には関心せずには居られません」、「花圃女史や喜美子女史などと比べると、新派だけに余程文章が達意で、奔放で、和文の習気などは殆ど無い。将来、すぐれた小説は此の女史の手あたりから出るでせうと思ひます」とし、新世代の作家（正岡秋子、佐藤露英、伊藤政子、小山内八千代）の中では、小山内（岡田）八千代を最も高く評価している。「新しきもの」を貪るように読んでいたという俊子は、花袋の「稍々《やや》旧派に近い」という自己への評価をどう感じたろうか。

女優志願

俊子が「文学以外の新らしき芸術に向つて出でんと志し」（自筆年譜）、毎日文士劇の世界に身を投じたのは、明治三九（一九〇六）年の夏のことである。

毎日新聞演劇会は、同社の劇評記者らが組織した文士劇（岡本綺堂、岡鬼太郎、杉贋阿弥、栗島狭衣ら）である。業界の記者たちの余興として始まった「若葉会」がその前身で、なかば素人の集団だが、そこが当時の時代的な雰囲気をよく表している。

団員の顔ぶれを見ても分かるように、それぞれが役者であると同時に、戯曲や劇評の経験者であり、劇界の現状にあきたらない見巧者の集まりである。単なる素人劇というより、「玄人をして三省せしむるに足る模範劇」（江見水蔭『二六新報』、明治三八年五月一四日）としての自負、熱意をもって演じられたものだった。

明治三六（一九〇三）年、劇界の中心だった菊五郎、団十郎が相次いで亡くなり、その空白を埋めるべく演劇改良論や女優待望論が高まりつつあった時代である。俊子もまた、「脚本を作るには何うしても一度舞台を踏まなければいけない」という坪内逍遙の言に意を強くし、「新らしい芸術の道を、女の手で新らしく切り開いて、男が女の代りをしてゐた舞台上に革命の旗を立てる」という「覚悟」を抱いたいきさつを述べている（「私の女優を志した動機」『新婦人』明治四四年四月）。

初舞台は、明治四〇（一九〇七）年八月一六日、横浜羽衣座の第三回公演、高安月郊作「吉田寅次郎」に寅次郎の妹お文役で出演、以後、同会の解散まで計四回の文士劇に出演した。同年一〇月二三日からの東京座の第四回公演では、岡本綺堂の新作「十津川戦記」に「庄屋娘のお冬」役で出演。翌四一年四月一日からの新富座の第五回公演では、栗島狭衣の喜劇「死神」に「未亡人浦田琴子」役、および岡本綺堂「近江源氏陣館」の腰元役で出演している。同年一一月、東京座の第六回公演では、山崎紫紅作「其の夜の石田」に「南官山の巫女みすず」（狂女）役で出演。毎日派が早稲田派と合同で上演した最初の公演だったが、同会は年末に解散した。

この間、文士劇に加わっていた市川久米八に踊りや義太夫を習う。市川久米八は、九代目団十郎ばりの芸風で「女団州」の異名をとった名優である。久米八には女優養成の意思があり、「女優倶楽部」を組織して素人にも手踊を教えようとしていた。俊子は市川華紅を名乗り、名古屋末広座の「重の井」に久米八とともに出演。また、海外の翻訳劇、女優劇にも関心を示し、明治四一（一九〇八）年九月一五日、川上貞奴が開設した帝国女優養成所に加わっている。

明治四三（一九一〇）年八月半ば、中村春雨（吉蔵）主催の新社会劇団に参加。花房露子を名乗る。一〇月、本郷座の「波」の女主人公豊子を演じて好評を博するが、これが女優としての最後の舞台となった。

「露分衣」以後、さまざまな文体、作風を模索してきた俊子だが、机上の知識というより、むしろこうした女優という身体表現を通じて写実的な文体や「心理描写」のヒントをつかんだようにみえる。すなわち、西欧の近代劇では、歌舞伎のような象徴性よりも、人生や社会の現実を直接に反映する写実性が重視され、表情の変化、声の抑揚、動作などによって、複雑な心理や自意識の微妙なニュアンスを表現しようとする。当時において、脚本の優位やエロキューション（朗読法、発声法）等の技法の重要性が改めて自覚されたゆえんである。

俊子の場合、新社会劇団の「波」の女主人公豊子役がその一つの成果だった。俊子の演技は、土肥春曙の演出とあいまって、島村抱月から「役者としては中心人物の音楽家に扮した女優が第一等の出来だ」「兎も角もアレだけの理屈つぽい白《せりふ》を心持を失はないでやつてのけたのは頼もしい」（「新社会劇所感」『歌舞伎』明治四三年一一月）という高い評価を得ている。

結局、女優としての経歴は中途で終わったが、俊子がこの時期を、演劇という世界に身を置いたことはきわめて幸運だったといえるかもしれない。近代劇の出発期にあたるこの時期には、技員、脚本、演出等の分業が確立しておらず、よくも悪しくも混沌とした現場だった。旧劇、新派、女芝居、義太夫、早稲田派、新詩社系、等々の多様な出自をもつ個性的な人々との交流、刺激の中から、俊子が得たものは少なくなかったはずである。

すでに、「濁り酒」、「葛の下風」あたりから題材や作風の変化が見られるが、「貴公子」（後述の作品解題参照）をひとまずおくとすれば、俊子における口語体小説への移行は、明治四〇（一九〇七）年の「袖頭巾」（未完）からである、完成した口語体小説としては、明治四二年の「老」が最初であり、「女史の傑作として見るべきものだ」（『月旦』『新小説』明治四二年五月）との好評価を得ている。「仲好し」（明治四二）、「下女いぢめ」（明治四三）、「人浚ひ」（明治四三）は「です、ます」体で書かれた少女小説。口語体の喜劇「やきもち」（明治四三）もまた、女優時代の経験から生まれた果実の一つである。

松魚との結婚

松魚の帰国は、明治四二（一九〇九）年四月のことである。二人は、五月に遅塚麗水夫妻の媒酌により結婚（入籍せず）。すでに露伴とは離れていた俊子だが、帰国後の松魚から相談があったらしい。露伴が、門弟の遅塚麗水（金太郎）に媒酌を依頼した以下の手紙が残されている。

田村昌新氏佐藤とし子女と結婚致度旨申自分に於ても其慶をなし進じ度就ては貴台御夫婦に媒妁と事あらためて御面倒相願ふにも無之れど紅縄締結の御役目相願度自分より御願申入候猶委曲は田村氏より直接御聞取是仰候

（明治四二年五月六日、遅塚金太郎宛書簡〔田村昌新持参〕）

また、無事役目を果たした遅塚麗水から露伴への報告の手紙には、「嬌蝶春に酔ふの態余りあり」という、俊子と松魚の手放しの惚気ぶりが書かれていたらしい。露伴の以下の返信からは、麗水へのねぎらいのみならず、新婚夫婦の甘さに呆れる年長者らしい渋面もかいま見える。

御書拝仕候田村氏の為華燭の式御つかさとり有之芽出度御済ませ下されし段御芳情悦入候事に後座候但し御示によれば新夫婦嬌蝶春に酔ふの態余りありて智蝗秋に備ふるの意足らさるを憂ふとの御事実に或はさる事もと存し候何卒機に乗じて一指の御点化是祈申候

（明治四二年五月一三日、遅塚麗水宛書簡）

結婚後、二人は下谷区谷中天王寺町に新居をいとなむ。しかし、松魚が帰国後に出版した『北米の花』（博文館、明治四二年九月）は不評で、不安定な二人の生活はただちに逼迫した。「秋に備ふるの意足らさるを憂ふ」という周囲の心配が現実のものとなったのである。

＊「ゆく春」の連載中断について

この場をかりて、「ゆく春」の連載中断問題について紙幅をさいておきたい。「春のわかれ」は、明治三八（一九〇五）年四月二六日発行『日本』に掲載された「ゆく春」を改稿したテクストと推定される。この作品は、直接発禁になったわけではないが、内田魯庵の翻訳「復活」の腰斬問題とのからみで、第一回のみで連載中止になったいきさつがある。中断しなければ、俊子の最初の新聞連載小説となったはずの作品で、その後の俊子の展開を考える上でも興味深い。

この背景には、露伴および掲載紙である日本新聞双方の「風俗問題」への懸念があった。折しも、この時期は日露戦争の最中である。すでに明治八（一八七五）年の新聞紙条例による検閲制度の骨格はできていたが、戦争に勝利した日本政府が本格的に言論統制に乗り出すのは、まさに日露戦後のこの時期のことである。五年後に大逆事件をひかえたこの時期はまた、近代日本の検閲制度上の歴史的な転換期でもあった。

こうした「風俗問題のやかましき」（明治三八年四月二四日付、古島一雄宛の露伴書簡。『露伴全集』第三九巻、岩波書店、昭和三一年一二月。本文中の露伴書簡はすべて同全集からの引用である）時勢にかんがみて、露伴が一度は推挙した「ゆく春」を自らの手で取り下げる結果となったのは、内田魯庵の「復活」の連載中断問題とトレードのようなかたちになったからである。この件については露伴と日本新聞社の古島一雄との間で、数回にわたる手紙のやり取りがなされており、この間の事情の一端がうかがえる。

すなわち、露伴は当初、古島の求めに応じて中谷無涯の「摩利支天」（日露戦争を摩利支天降魔に擬したもの）、斎藤素影「みさを松」、漆山天童「舟中譚」の三作を推挙し、予備の候補として俊子の「春の別れ」（第一回掲載時に「ゆく春」と改題）を挙げていた。

右のほか女作者のにて小説に／春の別れ　十《三四》数回／といふあり　あの事ゆゑ大ぐにや〱にて日本新聞とは調子悪けれども出来は一葉風にて比較すれば無涯の位書けて居る也　佐藤俊二三年このかた文藝などに時々書ける女也

（明治三八年四月〈推定〉〈使持参〉）

「あの事」とは、「春の別れ」が「男が妻の妹を思ひその女も吾が妹の夫をおもふ」（同四月二四日付、古島一雄宛書簡）という、公序良俗の壊乱と見なされかねない題材、テーマを扱った「大胆もの」であることをさす。露伴も『日本』の社風に合わないことは一応承知していたが、この小説の結末が実際の姦通という「不埒の結果」には終わらないこと、筆力そのものは十分であることを考慮して推挙したわけだろう。四月二二、三日頃に無涯の「摩利支天」と俊子の「春の別れ」の二作が社に届けられたらしい（同年四月二二日付、古島宛書簡、〈使持参〉）。

しかし、二四日になって露伴はにわかに翻意する。「ゆく春」がまだ掲載されていないなら取り下げ、先に推挙したうちの一作と差し替えるか、次の執筆者が決まるまで自分が匿名で雑文を書くと言い出したのだ（同日、古島宛書簡）。この時の露伴の念頭には内田魯庵の「復活」の「腰斬問題」があったと思われる。

この時期、内田魯庵は、『日本』紙上でトルストイの「復活」の重訳（明治三八年四月五日〜一二月二二日、全二一八回）を試みていた。そもそも魯庵を日本に仲介したのが露伴である。魯庵は、連載中止や「無断の筆削」という社内の「婆心の処置」に憤激し、抗議の手紙を露伴に託した。露伴は魯庵の意あるところを日本側に伝える一方、社からの細々とした事情説明や謝罪を魯庵に取次ぎ、最終的に「復活」の連載継続が決まった。

露伴にしてみれば、どちらの顔も立ち、ことが収まったすぐ後に、身内のことで社に迷惑をかけるのははばかられたというところだろうか。結局、俊子の「ゆく春」は露伴自身の手で取り下げられる結果となった。さすがに露伴も気の毒だったとみえ、「僕が考へ不足にて社ならびに作者のどちらにも不利を与へたるの罪」（二六日、古島宛書簡）を詫び、「作者に傷のつかぬやう掲載見合わせをだんまりか若くは「都合ありて」位に御ことわり願ひ候」（二七日、同前）と、その後の紙面の配慮について申し送っている。

後に「ゆく春」は、原題通りの「春のわかれ」として、同年七月号の『文藝界』に再掲載されることになる。「春のわかれ」は、「男が妻の妹を思ひその女も吾が妹の夫をおもふといふ談」（同前）という結構そのものは同じだが、登場人物の名前も設定も変更されている。いずれにせよ、俊子の本来の意図は、「姦通」という行為そのものにはなく、良人の心的葛藤、すなわち露伴のいう「大ぐにや〳〵」にあったと思われる。露伴の助言かどうかは分からないが、「春のわかれ」の方は、一歩間違えば危険なものとなりうる若い良人の欲望を、花園に踏み迷う美的なイメージの中に解消し、洗練された上品な物語に仕上がっている。

露分衣

明治三六（一九〇三）年二月一日発行『文藝倶楽部』第九巻第三号に掲載。署名は佐藤露英女史。女義太夫に入れあげ、妻を顧みない兄の行状に心を痛めた病弱な妹が、身命を賭して兄を諌め、その迷妄をひらくという筋立て。題名の「露分衣」は、露の多い草深い所を分けて行くときに着る衣の意。万葉集、その他にも見える雅言の一種で、文字通り風雨の中を兄のもとに向かう主人公の艱難を暗示している。山路愛山の同時代評「対話の所も叙事と分たずしてのべつに序したる故ちと分り難き所あれども文章は中々に達者なり、嫂を思ひ兄を思ふ可憐なる処女の心情を写してうれし」（「摘要」『独立評論』明治三六年三月）がある。

花日記

明治三六（一九〇三）年九月一日発行『女鑑』第一三年第一七号に掲載。署名は佐藤露英女史。同号の家庭欄に田村松魚が「嫂物語」を寄稿。一種の枠物語の体裁をとり、夫の「花日記」を見つけた若い妻が、夫とかつての許嫁との恋を日記の中に覗き見る、という設定。花にちなむ「物尽し」の発想は、「乙女写真貼」、「仲好し」等にも見られる。

小萩はら

明治三六（一九〇三）年一一月一五日発行『女学世界』第三巻第一五号（定期増刊『玉あられ』）に掲載。署名は佐藤露英。女学校で同窓の三重子と玉江は、玉江の兄に手向ける花を摘むため、萩の咲く寂しい秋の野に来ている。二人の娘の美しさや果敢ない秋の情趣を妖艶な文体で描き出している。

夕霜

明治三七（一九〇四）年二月一日発行『新小説』第九年第二巻に掲載。署名は露英。姉と「又従弟」との間で苦しむ妹の純愛を描く。

夢のなごり

明治三七（一九〇四）年二月一日発行『文藝界』第三巻第三号に掲載。署名は佐藤露英女史。「奈杉菫星」という明星派もどきの軽薄才子が、活花の女師匠の妹に横恋慕する。西洋かぶれの気障な男を、下町風の小娘が小気味よくやり込める笑いが軽妙で、西鶴風の世相風刺、ユーモアも感じられる。

白すみれ

明治三七（一九〇四）年三月一日発行『女鑑』第一四年第四号に掲載。署名は佐藤露英。ハイカラな自転車青年と貧しい子守娘との小さな出会いを描く。社会階層の違う二人のすれ違いが、「たけくらべ」の信如と美登利を思わせる設定。青年は「この花の色と同じう、その心の永へに清かれよ」と願いながら白すみれを娘に手渡して去るが、結末は「谷に真清水、落ちて流れゆく儘にその末の濁らでやあるべき」という暗い予感で結ばれる。

痩せて帰られなば詩想を得て

明治三七（一九〇四）年三月二六日発行『手紙雑誌』第一巻第一号に掲載。署名は露英。田村松魚の渡米を見送った際の露伴宛の書簡。「友人の外国へ出発したる時の模様を其師へ報ずる書」と但し書きがある。松魚は、明治三六（一九〇三）年八月一一日、博文館の同僚や友人達に見送られて旅順丸で横浜港を出発、北米に向かった。送別会の参加者は、江見水蔭、夕颸、鶴伴、濁浪庵、萍水、観象軒、蓬城、露英女史、酔雨、廖坡、烏山等（「時報」欄「松魚氏

送別会」『文藝倶楽部』明治三六年九月)。

賞めてやらざりしが口惜しく候

明治三七(一九〇四)年三月二六日発行『手紙雑誌』第一巻第一号に掲載。師の幸田露伴宛の書簡。署名は露英。本文題名には「妹の死を報ず」と但し書きがある。茂子は俊子が可愛がっていた五才年下の妹で、満十三才で早世している(明治二七年七月二〇日－三五年八月二〇日)。

乙女写真帖

明治三七(一九〇四)年九月五日発行『女学世界』第四巻第一一号に掲載。署名は露英女史。数え年七才から十才までの七人の少女たちを描いたアルバムのような趣の小品集。それぞれの境遇、性格、容貌等を描き分け、大人に媚びる小賢しさや高慢な言動などへの辛辣な観察もある。同号には大塚楠緒子が軍事小説「一美人」を寄稿。

若紫

明治三八(一九〇五)年四月一日発行『女鑑』第一五年第四号に掲載。署名は佐藤露英女史。「若紫」は源氏の第五貼にちなみ、継子話の要素もある。綺麗な友禅や被布にくるまれながら、継母に疎まれ、乳母や下女にも冷たく扱われる幼い令嬢「お末」と、母のない子を哀れみ、妹のように可愛がる下働きの少年「新吉」、実妹「おさわ」という、三人の少年少女の交流を描く。

ゆく春

明治三八（一九〇五）年四月二六日発行『日本』第五六五九号に掲載。署名は露英女史。第一回のみで連載中止となる（前出＊「「ゆく春」の連載中断について」参照）。二八日発行『日本』四面の「謹告」では「露英女史の小説「行く春」は都合により掲載を見合わせ更らに明後日の紙上より左の小説を連載すべし」と記され、「百練道人」（幸田露伴）の「不蔵庵」に変更されている。

春のわかれ

明治三八（一九〇五）年七月一日発行『文藝界』第四巻第八号に掲載。署名は露英女史。「ゆく春」の改稿。飛鳥山、小石川、嵐山という江戸から続く花の名所を背景にとり、美しい姉と妹の間で「今踏む花園《ここ》の美しさにのみ惑ふ」若い良人の葛藤を描く。

露

明治三八（一九〇五）年一一月一日発行『新小説』第一〇年第一一巻に掲載。署名は佐藤露英。同号には、小山内（岡田）八千代が「紫蘭」を寄稿。「愛」と「友」という名の姉妹の一方を襲う突然の死の悲劇を描く。同時代評に「露英女史の『露』は如何にも女性の作と思はれたり。あはれなるはらからの愛を偲びては、眶《まぶち》に露を宿さぬ人もなかるべし」（崑崙生「甘言苦言」『新潮』三巻五号、明治三八年一一月）がある。

かざし笠

明治三八（一九〇五）年一一月一日発行『文藝界』第四巻第一三号に掲載。最好会同人「短詩」中の一編。署名は佐藤露英。同号には他に、公田杳々、米光関月等、最好会同人の詩十九編が掲載されている。

「最好会」は、露伴門下が集まる同好会の名称である。明治三三年正月に第一回が催され、短詩を創作するなど同人相互の親睦をはかった。「最好会」は「さ、行こうかい」のもじりらしく、月一度の例会では、上野を散歩したり、鶯渓伊香保で小宴を張ったりなど、回ごとに趣向を変えて「清遊歓談」を楽しんだという（塩谷賛『幸田露伴』上巻、中央公論社、昭和四〇年七月）。

同会の短詩は、型、様式を重視する露伴が従来の韻文形式を破ろうとした試みであり、露伴はその素志を以下のように述べている。「他日は日本文学史上に四行詩の一体を記せしめ此の一体の中に和歌俳諧今様催馬楽其他一切を包含せしめて、明治の新らしき短詩、（和歌其他の詩体が従来占領したりし地に立つもの）を成り立たしめんと思ひ居るなり」（明治三九年六月二一日、斎藤八郎宛書簡、『露伴全集』第三十九巻、岩波書店、昭和五四年一二月）。

俊子もまた、同人の一人として「かざし笠」以下八編の短詩（本巻作品解題参照）を創作している。この時期にはこの他にも同人とともに何篇かの短詩を創作したと思われ、露伴の書簡（同前）中にもその一編が引用、紹介されている。正確な制作時期は分からないが、ほぼこの時期の作と思われるので新出資料として以下に挙げておく。

〇露英

絶壁　たぎり落つる　百尺の水　　四六七
白雪　埋めつくす　千早の杉　　四六七
この山　ものいはぬ　一ト年の今日　　四六七
石破れ　雲裂けて　ほとゝぎす鳴く　　五五七

人形、山寺、初夏、秋の蝶

明治三八（一九〇五）年一二月二六日発行『はつしほ』、泰山堂刊に収録。短詩四編。署名は佐藤露英。『はつしほ』は、最好会同人によるアンソロジーで、米光関月、中谷無涯、堀内新泉、遅塚麗水、田村松魚ら、同人三十五名が名を連ねている。編集は「最好会」（代表　神谷徳太郎）で、幸田露伴が「序」を付す。

露伴の序文によれば、まことの「詩の道、歌の道」とは、「自然に返り、形式を忘れ」て心のままに詠み出ることであり、すなわち「十七音の歌の可なる時、十七音の歌を作るべし。三十一音の歌の宜しき時、三十一音の歌を作るべし。十七音の歌ともすべからず、三十一音の歌ともすべからざるものにして、而もまことに歌ならんもの世に少からんや、皆之を思ふがままに詠み出して短詩とすべき也」としている。

冬の月、冬の夜

明治三九（一九〇六）年一月一日発行『文藝界』第五巻第一号に掲載。署名は佐藤露英。最好会同人「短詩」中の二編。その他の同人の作として、中谷無涯、神谷鶴伴、斎藤素影（八郎）等の短詩二十八編を掲載。また、同号には「短詩募集」として以下の要項が示されている。「一、題。随意／一、用紙端書（一枚三首以内）／一、四行一章、一行約十音より二十音まで、調但だにあれば一行の長短は随意のこと（別頁短詩参照）／一、選評幸田露伴先生其他最好会諸氏に依頼して合評をなす／一、〆切は毎月三十日限りのこと／一、三月発行の文藝界誌上にて披露す」

柔

明治三九（一九〇六）年二月一日発行『文藝界』第五巻第二号に掲載。署名は佐藤露英。最好会同人「短詩」中の一編。他に神谷鶴伴、中谷無涯、大野若狹等の短詩二十八編を掲載。

濁酒

明治三九（一九〇六）年二月一日発行『文藝界』第五巻第二号に掲載。署名は露英女史。若い糸問屋の内儀が、婚家の零落とともに下層社会の悪風に染まり、身を持ち崩してゆくさまを描く。主に上流家庭の子女を描いてきたこれまでの作品と違い、落ちぶれてゆく夫婦の身上を中心に、芸妓上がりの女、遊び人などの市井の人々に材を取る。

葛の下風

明治三九（一九〇六）年七月一日発行『新小説』第一一年第七巻に掲載。署名は佐藤露英。「小濱保江」は、気楽な趣味人である。旅先で見初めた芳美に執心するあまり、前妻を離縁して芳美を後妻に入れるが、保江には由珂子という「狷介」で「意志の強固」な「三十一歳の今日まで独身」の姉がいた。保江の身勝手を許せない由珂子は、死の床に臥す前妻を芳美に引き合わせる。一転、芳美は自らを恥じて身を引き、一人隠棲する。末尾の「葛の裏葉を吹く風」の歌に示されるように、葛は風になびくと白い葉裏が見えるところから「裏見」と「恨み」をかけたものとされる。着想は古風だが、腰のすわらない「小濱保江」に比べ、前妻、後妻、姉という三人の女性のそれぞれの「思想《おもひ》」とプライドをかけた「筋の通し方」が現代風。後妻芳美がみずからの罪悪感を吐露する長文の「独白」体も、新しい趣向である。

貴公子

明治四〇（一九〇七）年一月二一日発行『万朝報』第四八一七号に掲載。同号の「第四百九十三回懸賞小説当選披露」によれば、応募総数百十通の中の二等として賞金五円を獲得。ただし、この作にはいくつか不明な点がある。すなわち、本文の署名は「露英」だが、同欄では、当選作「貴公子」の作者は「番場宗八」、住所は「日本橋博文館内」

となっている。「番場宗八」は実在する博文館営業部の事務員である。俊子が匿名で応募したとすれば最初の口語体小説ということになるが、渡米中の松魚もふくめて第三者の作である可能性もある。

その暁

明治四〇（一九〇七）年一一月一日発行『新小説』第一二年第一一巻に掲載。署名は佐藤露英。同号には田村松魚（在米中）の「夜露」も掲載されている。浅草界隈のとある寺の内情を露悪的に描いた小説。住職は、「打つ、飲む、買ふ」三拍子揃った腥《なまぐさ》坊主、三十ばかりの貧相な梵妻《だいこく》は、嫉妬深く、貪欲な女。夜も更けると、仲間の坊主たちが集まって徹宵の花札三昧。翌朝の出棺に、着替えもそこそこに飛び出す住職の衣の裾からは何やら怪しげな「白きもの」が覗く、というお粗末。現実の醜悪さや世相の裏面を突き放して描こうとする姿勢がうかがえる。俊子は、明治三八年の春から、母きぬとともに浅草区高原町十八番地にあった萬年山東陽寺（曹洞宗）の離れに住んでおり、この時期の見聞が反映されているとも言われている。

袖頭巾

明治四〇（一九〇七）年一一月二六日から明治四一（一九〇八）年三月一八日まで『東京毎日新聞』に、「上編」三二回、「中編」として五四回、合計八六回連載（未完）。署名は露英女史。

上編の初出は、第一回〜第六回（一一月二六日〜一二月一日）、第七回〜第一一回（一二月三日〜一二月七日）、第一二回〜第一三回（一二月九日〜一二月一〇日）、第一四回〜第三二回（一二月一二日〜一二月三〇日）。中編の初出は、第一回〜第二回（一月一日〜一月二日）、第三回〜第一一回（一月四日〜一月一二日）、第一二回〜第一七回（一月一四日〜一月一九日）、第一八回〜第二三回（一月二一日〜一月二六日）、第二四回〜第二六回（一月二八日〜一月三〇日)、第二七回~第三四回(二月二日~二月九日)、第三五回~第三六回(二月一二日~二月一三日)、第三七回~第三八日(二月一七日~二月一八日)、第三九回~第四四回(二月二二日~二月二七日)、第四五回~第五二回(三月三日~三月一〇日)、第五三回~第五四回(三月一七日~三月一八日)。

言文一致体で書かれた最初の連載長編となるはずだったが、未完のまま中絶。貧しい姉一家と、芸者あがりで派手な生活ぶりの妹とその娘という、二つの母子家庭に生きる娘や息子たち若者世代と、その周囲の人々がおりなす現代の生活風景を描く。口語体小説への試みであると同時に、登場人物の「内面」描写という、近代小説における二つの要素を、形式、内容の上で模索した移行期の重要なテクストといえる。

小説家より女優となりて初めて舞台に上りし時の所感

明治四一(一九〇八)年一一月一日発行『婦人世界』第三巻第一三号に掲載。署名は佐藤露英。談話筆記。俊子は、明治四〇(一九〇七)年八月一六日から一八日まで横浜羽衣座、毎日新聞演劇会の第三回公演、高安月郊作「吉田寅次郎」に出演、寅次郎の妹お文役で初舞台を踏んだ。

老

明治四二(一九〇九)年四月一日発行『文藝倶楽部』第一五巻第五号に掲載。署名は佐藤露英。口語体小説。語り手である若い娘「妾《わたし》」を通して語られる、二人の老いたる「職業婦人《プロフェッショナル・ウーマン》」の物語。「佐藤露英氏の『老』は花魁上りの祖父様のお妾と御殿女中をした事のある。婆やとを同情のある筆で描写したもので女史の傑作として見るべきものだ」(「月旦」『新小説』明治四二年五月)との同時代評がある。

仲好し

明治四二（一九〇九）年八月一日発行『少女界』第八巻第九号に掲載。署名は露英女史。「です」「ます」調の口語体で書かれた少女小説。

私の扮した女音楽師

明治四三（一九一〇）年一一月一日発行『歌舞伎』第一二五号に掲載。署名は花房露子。談話筆記。俊子は、明治四三（一九一〇）年一〇月の本郷座、新社会劇団第二回公演に参加。中村春雨（吉蔵）作「波」の女主人公豊子を演じて好評を博したが、劇団はこの回をもって解散した。

やきもち

明治四三（一九一〇）年一二月一日発行『文藝倶楽部』第一六巻第一六号に掲載。署名は田村俊子。戯曲。目次、本文には「喜劇　やきもち」と記載。口語体。『二六新報』に以下の同時代評がある。「文学士長房留雄妻はん子は大変な嫉妬家《やきて》である、是を見た長房の友人境野彦吉は同情の余り一策を案じ自ら留雄の妻に恋慕したかの如き態度を装ひ夫れを留雄に見さして、大いに嫉妬《やか》さした結果遂にはん子の嫉妬も癒《なお》ると云ふ筋である、擽《くすぐ》りのない自然な作である。」（牧草「創作と翻訳」『二六新報』明治四三年一二月八日）。

下女いじめ

明治四三（一九一〇）年七月一日発行『少女界』第九巻第八号に掲載。署名は俊子。口語体。角書「をしえばなし」。奉公人に当たる我儘な少女を諭す教訓話。

人淺ひ

明治四三（一九一〇）年一一月一日発行『少女界』第九巻第一二号に掲載。署名は田村とし子。口語体の少女小説。日本橋の大店に奉公する小僧の妹「おなつ」が、女衒に身売りされそうになった令嬢をを危ういところで救い出す。設定に無理な部分もあるが、田舎娘の探偵はだしの大活躍が少女小説にはめずらしい新趣向である。

田村俊子全集 第1巻

2012年8月20日 印刷
2012年8月31日 第1版第1刷発行
［監修］ 黒澤亜里子
長谷川 啓
［発行者］ 荒井秀夫
［発行所］ 株式会社ゆまに書房
〒101-0047 千代田区内神田2-7-6
tel. 03-5296-0491 / fax. 03-5296-0493
http://www.yumani.co.jp
［印刷］ 株式会社平河工業社
［製本］ 東和製本株式会社
落丁・乱丁本はお取り替えいたします。 Printed in Japan
定価：本体19,000円＋税 ISBN978-4-8433-3782-0 C3393